जेन आयर

[उपन्यास]

जेन आयर

शार्लोट ब्रॉन्टे

अनुवाद

डॉ. विद्या सिन्हा

राजकमल प्रकाशन

ISBN : 978-81-267-0404-0

मूल्य : ₹499

पहला संस्करण : 2002
This book is printed on **Print on Demand** Technology : 2025

प्रकाशक : राजकमल प्रकाशन प्रा.लि.
1-बी, नेताजी सुभाष मार्ग, दरियागंज
नई दिल्ली-110 002

शाखाएँ : अशोक राजपथ, साइंस कॉलेज के सामने, पटना-800 006
पहली मंजिल, दरबारी बिल्डिंग, महात्मा गांधी मार्ग, प्रयागराज-211 001
1, अनमोल सोराबजी संतुक लेन, धोबी तलाव, मरीन लाइंस, मुम्बई-400 002
वेबसाइट : www.rajkamalprakashan.com
ई-मेल : info@rajkamalprakashan.com

JANE EYRE
by Dr. Vidya Sinha

जेन आयर का हिंदी रूपांतर

शार्लोट ब्रॉन्टे मध्यवर्गीय परिवार की एक अत्यन्त प्रतिभासम्पन्न रचनाकार थी, जिसने उन्नीसवीं सदी की अंग्रेज जनता और सम्भ्रान्त समाज के यथार्थ को कलात्मक अभिव्यक्ति देने में महाकाव्यात्मक प्रयास किया। ऐसा लगता है कि लेखिका ने अपने जीवन-सन्दर्भों से प्राप्त मूल्यवान अनुभवों का जीवन्त उपयोग किया है। यही कारण है कि *जेन आयर* के संघर्षपूर्ण जीवन के चित्रण में वह प्रेम, करुणा और त्याग से समन्वित नैतिक मूल्यों को एक आकर्षक सहजता के साथ प्रस्तुत कर पाती है।

आज पाश्चात्य जगत तमाम नैतिक वर्जनाओं को खारिज कर आदिम प्रवृत्तियों के अनुकूल उन्मुक्त भोग-विलास को प्रोत्साहित करनेवाली उत्तर-आधुनिकता की चर्चा पूरी रुचि के साथ चला रहा है और तदनुकूल साहित्यिक रचनाएँ भी आ रही हैं। यह उत्तर-आधुनिकतावाद समृद्ध समाज की जुगाली से टपकते झागों में बन्द खोखलापन परोसता है, जिसमें द्वितीय प्रकृति की स्वस्थ परम्परा एवं नैतिक मानदण्डों के महत्त्व के नकार का शून्य भरा हुआ है। सांस्कृतिक दिशाविहीनता के इस युग में साम्राज्यवादी इंग्लैंड के उन्नीसवीं सदी के प्रारंभिक उत्थानकाल की शार्लोट ब्रॉन्टे की कृति में *जेन आयर* के दैन्यजड़ित बचपन की झाँकी की प्रस्तुति के साथ ही उसके द्वारा अनवरत संघर्षरत रहते हुए मानवीय संवेदना से सम्पन्न एवं त्यागपूर्ण उदार मनीषा के आवेश में प्रभामंडित प्रेम से उद्भूत नैतिक मूल्यों का वरण आज के इस सर्वनकारवाद के विपरीत नैतिक आस्था की कोख से जन्मी जिजीविषा को बल प्रदान करता है।

अस्तु, महान् उपन्यासकार श्रीमती शार्लोट ब्रॉन्टे की मूल्यवान कृति *जेन आयर* का सफल अनुवाद कर डॉ. विद्या सिन्हा ने उस सर्वनकारवादी उत्तर-आधुनिकता के खिलाफ खड़े होकर गंभीर मानवीय मूल्यों के प्रति हिन्दी पाठकों में आस्था जगाने की अहम भूमिका निभाई है। हमें पूरा विश्वास है कि *जेन आयर* का यह हिन्दी रूपान्तर वैचारिक संघर्ष, नैतिक आस्था, त्याग और प्रेम के नवीन मूल्यों की स्थापना में विशिष्ट सहयोग देगा।

(डॉ.) सुरेन्द्र प्रसाद
उपाध्यक्ष
बिहार राज्य जनवादी लेखक संघ

जेन आयर : शार्लोट ब्रॉन्टे
अनुवादिका : डॉ. विद्या सिन्हा

शार्लोट ब्रॉन्टे कृत *जेन आयर* का हिन्दी रूपान्तर अपने-आपमें महत्त्वपूर्ण एवं पठनीय है। साहित्य-सृजन किसी देश-विशेष में अवश्य होता है किन्तु उसका विस्तार फलक विश्व-मानव ही है। प्राकृतिक परिवेश, भौगोलिक दृष्टि से भिन्न होना स्वाभाविक है किन्तु मूलतः मानव-संघर्ष विकास-प्रकाश ही सत-साहित्य का आधार-स्तम्भ है।

जहाँ तक विश्व-साहित्य में भाषा अनुवाद का प्रश्न है, यह इस सत्य के निकट है कि किसी भी महान कलाकृति का अनुवाद-कार्य साहित्य-संसार के लिए एक अक्षय निधि है। कलाकार के मन-प्राण में भावों की उर्मियों भूत, वर्तमान, भविष्य के जीवन में अमर सन्देशवाहक है। इस तथ्य को विश्व-जीवन में पहुँचाना अनुवाद का महान कार्य है।

राष्ट्रपति पुरस्कार से पुरस्कृत श्रीमती डॉ. विद्या सिन्हा सम्प्रति राजकीय बालिका उच्च विद्यालय, समस्तीपुर (बिहार) से अवकाश प्राप्त कर साहित्य के लिए समर्पित हैं। साहित्य की विविध विधाओं में ख्यातिप्राप्त लेखिका राजकीय सेवा से मुक्त हो साहित्य-सृजन से मानवीय मूल्यों को समादृत करने में लगी हैं।

जेन आयर नारी में स्वतंत्र अस्तित्वबोध एवं अन्तर्लोक में मनोबल जगाकर उसे सतत संघर्ष को ललकारती है। इस उपन्यास का नामकरण भी नायिका प्रधान है। नारी मात्र रूप की धूप नहीं वरन् सद्विचार संघर्ष की मूर्तिमान स्वरूप है। जेन नारी-मन में हीन भावना को दूर कर अस्तित्वबोध कराती है। जेन विवेक एवं संघर्ष के मिलन-बिन्दु पर नारी-व्यक्तित्व की सजग प्रहरी दिखती है।

नारी-व्यक्तित्व की विजय-बैजन्ती फहराती है। उपन्यासकार जेन आयर में आत्मिक शक्ति का उदय कराकर नारी का स्वतंत्र अस्तित्व दिखाने में सक्षम है।

जहाँ तक अनुवाद का प्रश्न है, विद्वान लेखिका श्रीमती डॉ. विद्या सिन्हा अपनी कुशल लेखनी से उपन्यासकार की मानवीय भावना को उजागर करती हैं। हिन्दी साहित्य की श्रीवृद्धि के लिए अनुवाद का कार्य अत्यावश्यक ही नहीं, अनिवार्य है। इनकी इस सफलता को देखकर मेरा मन यह मानता है कि डॉ. विद्या सिन्हा विश्व-साहित्य के अनमोल ग्रन्थों का अनुवाद कर माँ भारती की आरती करती रहें जिससे लोकरंजन के साथ-ही-साथ मानव प्रथ-प्रदर्शन का कार्य स्वतः होता रहेगा।

प्रो. (डॉ.) जियनारायण मिश्र 'हेम'
पक्षधर वाचस्पति राजेन्द्र शोध संस्थान
हिंदी विद्यापीठ, देवघर (झारखंड)

जेन आयर

1

उस दिन टहलने जाना एकदम सम्भव नहीं था। हाँ, सबेरे हम लोगों ने पास की पत्तीविहीन झाड़ियों में जल्द ही लगभग एक घंटे तक चक्कर अवश्य लगा लिया था। दिन का भोजन हो चुका था, क्योंकि किसी सहभोजी के अभाव में श्रीमती रीड जल्द ही भोजन कर लिया करती थीं। भोजन के बाद बर्फीले शीतकालीन झोंकों के साथ ऐसे भयावने बादल छा गए और ऐसी चुभनेवाली वर्षा होने लगी कि मुक्त आकाश तले और अधिक व्यायाम का प्रश्न ही नहीं था।

मैं प्रसन्न ही थी। देर तक घूमना, वह भी ठिठुरती सन्ध्या में, मुझे कभी नहीं भाया। गहराती शाम में घर लौटना, जब उँगलियाँ अकड़ रही हों, आया–बेस्सी की डाँट से मन उदास हो रहा हो और एलिजा, जॉन और जार्जियाना रीड की अपेक्षा कम सुन्दर होने की अनुभूति हृदय को साल रही हो, यह सब मुझे डरावना लगता था।

एलिजा, जॉन और जार्जियाना ड्राइंगरूम में अपनी माँ के इर्द-गिर्द बैठे थे। माँ अँगीठी के पास सोफे पर लेटी, अपने प्यारे बच्चों से घिरी, पूरी तरह सन्तुष्ट दीख रही थी। मुझे उसने यह कहते हुए उस मंडली में आने से मना कर दिया था कि, ''मुझे मजबूर होकर तुम्हें तब तक दूर रखना पड़ रहा है, जब तक बेस्सी यह न बताए और मैं स्वयं भी न देख लूँ कि तुम मिलनसार बनने और अपने में बाल-सुलभ सरल स्वभाव और खुला व्यवहार लाने की सचमुच कोशिश कर रही हो–ऐसा कुछ अधिक सुखदायी, मुक्त और प्राकृतिक हो। तब तक तुम्हें उन सुविधाओं से वंचित रखना पड़ेगा जो सिर्फ सन्तुष्ट, प्रसन्नमुख छोटे बच्चों को मिलती हैं।''

मैंने रुआँसा होकर पूछा, ''बेस्सी ने मेरी क्या गलती बतलाई है ?''

''जेन, उद्दंड और प्रश्न पूछनेवाले बच्चे मुझे अच्छे नहीं लगते। और कोई बच्चा अपने बड़ों से इस ढंग से पूछताछ करे, यह तो सचमुच बहुत निन्दनीय है। कहीं और जाकर बैठो और जब तक मधुर नहीं बोल सकती, चुप ही रहो।''

ड्राइंगरूम से ही लगा एक जलपानकक्ष था। मैं उसी में खिसक गई। इस कमरे में पुस्तकों की एक आलमारी थी। मैंने उसमें से एक किताब निकाली, ऐसी जिसमें चित्र भरे हों। उसके बाद मैं खिड़की पर बैठ गई। दोनों पैरों को मोड़, पालथी लगाकर। मैंने

खिड़की के लाल मोरीन पर्दे खींच दिए और बिल्कुल सुरक्षित, निश्चिन्त होकर विराजमान हो गई।

चुन्नटदार लाल पर्दों के कारण मैं दाहिनी ओर तो कुछ नहीं देख पा रही थी, किन्तु बाईं ओर खिड़की के साफ शीशे थे, जो मुझे ठंड से बचाते हुए भी नवम्बर के ठंडे, सहमे हुए दिन का दृश्य दिखा रहे थे। पुस्तक के पृष्ठों को उलटते हुए मैं बीच-बीच में शरद के अपराह्न के रूप भी देख लेती थी। ऐसा लगता था, जैसे दूर कुहासा और बादल छाए हों। पास में भीगी धरती थी और आँधी से पिटी झाड़ियाँ थीं। लम्बे और सबकुछ उजाड़ देनेवाले तूफान से पहले वर्षा बे-रुके हर चीज को झकझोर रही थी।

मैं फिर लौट आई अपनी किताब की दुनिया में। यह बेविक की किताब *हिस्ट्री ऑफ ब्रिटिश बर्ड्स* थी। इसके मुख पृष्ठ पर मैंने विशेष ध्यान नहीं दिया, पर अपने बचपन के बावजूद मैं इसके कुछ शुरुआती पृष्ठों को बिल्कुल अनेदेखा नहीं कर सकी। ये वे पृष्ठ थे जिनमें समुद्री पक्षी के बैठने की जगहों का वर्णन था, और उन नीरव चट्टानों और अन्तरीप का जिनमें सिर्फ वे ही रहते थे, नार्वे के समुद्रीतट का जिसके सुदूर दक्षिण में लिंडनेस या नेज से लेकर नार्थ केप तक द्वीप-ही-द्वीप थे–

उत्तर सागर जहाँ भयानक लहरों से
दूर बसे थूले के नंगे
और दुखी द्वीपों के चारों फेरे
मार रहा हो हिलकोरे,
और तूफानी हेब्रिडीज में
फेनिल लहरें अटलांटिक की
निश-दिन गिरती रहती हों।

न ही मैं लैपलैंड, साइबेरिया, स्पिट्जबर्गेन, नोवा जेम्बला, आईसलैंड, ग्रीनलैंड के उन नीरव तटों के उल्लेख को भी अनदेखा कर आगे बढ़ी सकी, जहाँ आर्कटिक प्रदेश के विशाल मैदान और वीरान देश के परित्यक्त क्षेत्र, तुषार और हिम के भंडार, युगों तक शिशिर ऋतुओं द्वारा इकट्ठा किए गए बर्फ से ढँके ठोस मैदान अल्पाइन की उत्तरोत्तर ऊँचाइयों में चमकते हुए ध्रुव को घेरे रहते हैं, और घनीभूत ठंड की बेतहाशा कष्टों की खान हैं। इन मौत जैसे सफेद इलाकों के विषय में मैंने अपनी एक धारणा बना रखी थी–धूमिल, अधबूझी धारणाएँ जो बच्चों के मन में धुँधली-सी तैरती रहती हैं, किन्तु गहरा प्रभाव डालती हैं। भूमिका के पृष्ठों में अंकित इन शब्दों का सम्बन्ध बाद में आनेवाले चित्रों से था और वे महत्त्वपूर्ण बना देते थे, इन दृश्यों को–लहरों और छींटों से भरे समुद्र में एकाकी खड़ी चट्टान, नीरव सागरतट पर भटकी हुई एक टूटी नाव, एक डूबते हुए टूटे जहाज को बादलों की ओट से झाँकता एक ठंडा और डरावना चाँद।

मैं नहीं बतला सकती कि कौन-सी भावना मंडरा रही थी उस नीरव एकान्त कब्रगाह पर जिसमें नाम-खुदा एक ऊँचा पत्थर लगा था। एक फाटक, दो पेड़, नीचे

अस्तालच, टूटे दीवालों से छिपा हुआ, जहाँ अभी-अभी उगा हँसुए-सा चाँद सन्ध्याकाल का प्रमाण था।

शान्त समुद्र पर ठहरे हुए दो जहाज मुझे समुद्री प्रेत-से जान पड़े।

उसके पीछे चोर की गठरी को दबोचता हुआ दुष्ट का चित्र। उस काले पृष्ठ को मैंने जल्दी से उलट दिया, क्योंकि वह भय पैदा कर रहा था। ऐसी ही सूरत थी एक काले सींगवाले प्राणी की, जो चट्टान के ऊपर बैठा हुआ, दूर स्थित एक भीड़ को देख रहा था, जो फाँसी के तख्ते के चारों ओर जुटी थी।

प्रत्येक चित्र एक कहानी कहता था—ऐसी जो मेरे अविकसित मन और कच्ची भावनाओं के लिए रहस्यमय होते हुए भी अत्यन्त मनोरंजक थी। वैसी ही मनोरंजक जैसी बेस्सी की कहानियाँ थीं जो वह कभी-कभी जाड़े की शाम में, जब वह प्रसन्न मुद्रा में होती थी, सुनाया करती थी। तब वह इस्तिरी के काम की मेज को नर्सरी की अँगीठी के पास ले आती और हम बच्चों को इसके पास बैठने देती थी। तब वह श्रीमती रीड के परिधान के झालरों और उनकी रात में पहनी जानेवाली टोपी के किनारों पर इस्तिरी करते हुए हमारी उत्सुकता को भी, पामेला और हेनरी, अर्ल ऑफ मोरलैंड के पृष्ठों से पुरानी परी-कथा या प्रेम-संगीत के रोमांस और रोमांचपूर्ण अंश सुना-सुनाकर तृप्त करती जाती थी।

बेविक की पुस्तक को अपने घुटनों पर रखे मैं, कम-से-कम अपने ढंग से, तब प्रसन्न ही थी। मुझे सिर्फ व्यवधान का डर था, जो शीघ्र ही आ धमका। जलपानकक्ष का दरवाजा खुला और जॉन रीड की चीखती आवाज गूँजी, "अरी ओ, मादाम सुस्त !" पर वह रुक गया क्योंकि कमरा उसे खाली ही दिखाई दिया। "दुष्ट गई कहाँ ?" वह चिल्लाया, "लिज्जी, जॉर्जी (बहनों को पुकारते हुए) जेन यहाँ नहीं है। माँ से कहो, वह वर्षा में बाहर भाग गई है, जंगली जानवर !"

'मैंने अच्छा किया था, जो पर्दा गिरा लिया था।' मैंने सोचा और प्रार्थना करने लगी कि वह मेरे छिपने के स्थान को ढूँढ़ न पाए। जॉन तो स्वयं मुझे ढूँढ़ नहीं पाता क्योंकि न तो उसकी दृष्टि तेज थी और न बुद्धि ही। पर उसी समय एलिजा ने दरवाजे से झाँका और तुरन्त बोली, "वह निश्चय ही खिड़की की सिल पर बैठी है, जैक !"

तब मैं तुरन्त बाहर निकल आई क्योंकि मैं जैक के द्वारा घसीटे जाने की आशंका से ही काँप गई। मैंने कुछ हतोत्साहित भाव से पूछा, "तुम क्या चाहते हो ?"

"अरे, ये बोल कि मालिक रीड, आप क्या चाहते हैं।" उसने उत्तर दिया और एक आरामकुर्सी पर बैठकर इशारे से बताया कि मुझे उसके पास आकर खड़ा होना है। बोला, "मैं चाहता हूँ कि तुम यहाँ आओ।"

जॉन चौदह वर्ष का एक स्कूली लड़का था। मुझसे चार वर्ष बड़ा, क्योंकि मैं तो दस वर्ष की थी। अपनी उम्र की दृष्टि से काफी लम्बा-चौड़ा, शुष्क चमड़ीवाला, सपाट चेहरे पर मोटी रेखाएँ और हाथ-पाँव मोटे-मोटे। वह ठूँस-ठूँसकर खाता था। जिससे उसकी पित की मात्रा बढ़ गई थी। उसकी आँखें छोटी और धूमिल थीं, और गाल फूले

थे। उसे तो अब स्कूल में होना चाहिए था, पर उसकी माँ उसके 'दुर्बल स्वास्थ्य' के कारण एक-दो माह के लिए घर ले आई थी। उसके शिक्षक श्री माइल्स का विचार था कि यदि उसे घर से केक और मिठाइयाँ कम भेजी जाएँ तो उसकी प्रगति ठीक चल सकती है। पर उसकी माँ के हृदय को ये कठोर विचार नहीं जँचते थे और उनकी धारणा थी कि जॉन का पीलापन अधिक पढ़ने और घर की यादों में तड़पने का नतीजा था।

जॉन को अपनी माँ और बहनों से अधिक प्रेम नहीं था, और मुझसे तो उसे घृणा ही थी। वह मुझे धमकाता और दंड देता रहता था; सप्ताह क्या, दिन में भी एक-दो बार नहीं, बल्कि निरन्तर। मेरा रोयाँ-रोयाँ उससे डरता था और उसके नजदीक जाते ही मेरा पूरा शरीर काँप उठता था। कभी-कभी तो मैं उसके आतंक से हताश-सी हो जाती थी, क्योंकि उसकी धमकी या अत्याचार के विरुद्ध मैं कहीं गुहार भी नहीं लगा सकती थी। नौकर मेरा पक्ष लेकर अपने छोटे-से मालिक को अप्रसन्न करना नहीं चाहते थे, और उसकी माँ श्रीमती रीड तो इस मामले में बिल्कुल अन्धी और बहरी थी। उनका कहना था कि उन्होंने कभी उसे मुझको पीटते या गाली देते हुए नहीं सुना, यद्यपि वह प्रायः ये दोनों काम उनकी दृष्टि के सामने करता था; और उनकी पीठ पीछे तो निस्सन्देह अधिक ही करता था।

जॉन की आज्ञा मानने की मेरी आदत-सी हो गई थी। सो मैं उसकी कुर्सी के पास चली आई। पहले तो लगभग तीन मिनट तक वह अपनी लम्बी जीभ निकालकर मुझे चिढ़ाता रहा। मैं जानती थी कि वह मुझे अब मारेगा और आघात की आशंका से त्रस्त होते हुए भी मैं उस घातक के घिनौने, कुरूप शक्ल को देख रही थी। लगता है, उसने मेरे चेहरे पर मेरे भावों को पढ़ लिया, क्योंकि बिना कुछ बोले उसने मुझे अचानक जोर से मारा। मैं लड़खड़ा गई और किसी तरह अपने को सँभालते हुए कुर्सी से एक-दो कदम दूर हट गई।

''कुछ देर पहले मम्मी से जबान लड़ाने की जो धृष्टता तुमने की यह उसी के लिए है,'' वह बोला। ''और पर्दे के पीछे छिपने की जो लत है उसके लिए, यह और अभी दो मिनट पहले तुम्हारी आँखों में जो भाव था उसके लिए, यह। चुहिया कहीं की !''

जॉन की गालियों की मैं अभ्यस्त थी। अतः उसे प्रत्युत्तर देने का भाव भी मेरे मन में नहीं आया। मेरी चिन्ता तो यह थी कि इस अपमान के बाद जो पिटाई होगी उसे कैसे झेलूँ।

उसने प्रश्न किया, ''पर्दे के पीछे तुम क्या कर रही थी ?''

''मैं पढ़ रही थी।'' मैं बोली।

''पुस्तक दिखाओ !''

मैं खिड़की के पास गई और उसे उठा लाई।

''तुम्हें हमारी पुस्तकों को छूने का कोई काम नहीं है। तुम हम लोगों पर आश्रित हो। माँ कहती है तुम्हारे पास धन नहीं है, तुम्हारे पिता ने तुम्हारे लिए कुछ नहीं छोड़ा। तुम्हें तो यहाँ हम लोगों जैसे भले आदमियों के बच्चे की तरह रहना, हम लोगोंवाला ही

भोजन खाना और माँ के पैसे से कपड़े पहनना नहीं, भीख माँगनी चाहिए थी। अब मैं तुम्हें किताबों की आलमारियाँ खँगालने का मजा चखाऊँगा, क्योंकि वे मेरी हैं, ये पूरा घर मेरा है, यानी कुछ वर्षों में मेरा हो जाएगा। जाओ, दरवाजे के पास खड़ी हो जाओ, दर्पण और खिड़कियों से अलग हटकर।''

मैंने वैसा ही किया। पहले तो मैं उसका उद्‌देश्य नहीं समझ सकी; पर जब मैंने उसे किताब उठाते, निशाना साधते और उसे फेंकने की मुद्रा में देखा, मैं चीखकर हटने लगी। किन्तु तब तक देर हो चुकी थी। किताब फेंकी जा चुकी थी जो आकर मुझे जोर से लगी और मैं दरवाजे से टकराकर गिरी जिससे मेरा सिर फूट गया। उससे रक्त बहने लगा और टीस के साथ पीड़ा होने लगी। मेरा भय चरम सीमा तक पहुँच गया था और फिर दूसरी भावनाएँ भी उठने लगीं। मैंने कहा, ''दुष्ट निष्ठुर लड़के ! तुम हत्यारे हो, दासों को यातना पहुँचानेवाले हो, तुम रोम के सम्राटों की तरह हो !''

मैंने गोल्ड स्मिथ की *हिस्ट्री ऑफ रोम* पढ़ी थी और नीरो, कलिगुला आदि के विषय में अपनी एक धारणा भी बना रखी थी। मैंने मन-ही-मन जॉन और उन जल्लादों के बीच समता भी पाई थी। परन्तु यह कभी नहीं सोचा था कि मैं चिल्लाकर यह बात घोषित कर दूँगी।

सुनकर वह चिल्लाया, ''क्या ? क्या ? तुमने मुझे ये बातें कहीं ? एलिजा ! जार्जियाना ! सुन रही हो न ? अब मैं माँ से यह शिकायत करूँ कि नहीं ? लेकिन पहले....''

ऐस कहता हुआ वह मेरी ओर सीधे दौड़ा। मैंने अनुभव किया कि उसने मेरे बाल और कन्धे अपनी मुट्‌ठी में जकड़ लिये हैं। मैंने सचमुच उसे एक हत्यारे और अत्याचारी के रूप में पाया। मैंने अनुभव किया कि रक्त की बूँदें सिर से गले पर टपक रही हैं और भीषण वेदना हो रही है। इस अनुभूति ने फिलहाल भय को दबा दिया और मैं भी उससे भिड़ गई। मुझे कुछ पता नहीं कि मैंने अपने हाथों से उसे क्या किया, किन्तु वह मुझे चुहिया-चुहिया कहते हुए बिलबिलाकर रोने लगा। सहायक तो उसके समीप थे ही। एलिजा और जार्जियाना श्रीमती रीड को बुलाने दौड़ पड़ीं, जो ऊपरवाले कमरे में थीं। वह दौड़ती हुई पहुँचीं, और उनके पीछे बेस्सी और उनकी दाई एबट भी भागती हुई आईं। हम लोगों को गुत्थमगुत्था से अलग किया गया और मैंने किसी के ये शब्द सुने, ''राम ! राम ! कैसी क्रोधी है कि छोटे मालिक जॉन को मारने लगी ?''

दूसरे ने कहा, ''क्या किसी ने कभी आक्रोश की ऐसी प्रतिमूर्ति को देखा होगा ?''

तब श्रीमती रीड ने गुरु-गम्भीर स्वर में आदेश दिया–

''इसे लालवाले कमरे में ले जाओ और वहाँ बन्द कर दो।''

चार हाथों ने तुरत मुझे जकड़ लिया और मुझे सीढ़ियों से ऊपर खींचकर ले चले।

2

मैं पूरे रास्ते छूटने के लिए संघर्ष करती रही। विरोध करना मेरे लिए एक नई बात थी। मेरे प्रति बेस्सी और मिस एबट की बुरी धारणा मेरे इस व्यवहार से और गहरी ही हुई। वस्तुस्थिति यह है कि मैं एकदम बेचैन और आपे से बाहर हो गई थी। मैं अब अच्छी तरह समझ रही थी कि एक ही क्षण के विद्रोह ने मुझे विचित्र दंडों का पात्र बना दिया था, और अपनी गहरी निराशा में एक विद्रोही दास की तरह मैं कुछ भी कर बैठने को तैयार थी।

"मिस एबट ! इसकी बाँहें तो जकड़ो, यह तो एक पागल बिल्ली की तरह है।"

स्वामिनी की सेविका चीखी, "छिः ! छिः ! मिस आयर, यह तुम्हारा कैसा निन्दनीय व्यवहार है कि तुम एक भले नवयुवक को मारने लगी जो तुम्हारी ही पालनहार का बेटा है ! जो तुम्हारा मालिक है !"

"मालिक ! वह मेरा मालिक कैसे हुआ ? क्या मैं नौकर हूँ ?"

"नहीं। तुम तो नौकरों से भी बदतर हो, क्योंकि तुम अपने पालन-पोषण के बदले कुछ नहीं करती। चलो, वहाँ बैठ जाओ और अपने दुष्कर्मों पर विचार करो।"

वे लोग मुझे अब श्रीमती रीड के बताए हुए कमरे में ला चुके थे और मुझे एक स्टूल पर बिठा दिया था। मैं स्प्रिंग की तरह तुरन्त उठने लगी, किन्तु दो जोड़ी हाथों ने मुझे तुरन्त जकड़ लिया।

बेस्सी बोली, "यदि तुम चुपचाप नहीं बैठती, तो तुम्हें बाँधना पड़ेगा। मिस एबट, अपने गार्टर तो दो, मेरे गार्टर को तो यह तुरन्त तोड़ देगी।"

मिस एबट अपनी मोटी-मोटी टाँगों से गार्टर निकालने लगी। बन्धन की यह तैयारी और इससे होनेवाले अपमान की अनुभूति ने मेरे आवेश को कुछ ठंडा कर दिया।

मैं चिल्लाकर बोली, "उन्हें मत निकालो। मैं अपनी जगह से हिलूँगी भी नहीं।" और विश्वास दिलाने के लिए मैंने अपनी सीट को हाथों से जकड़ लिया।

"ध्यान रखो, हिलना नहीं," बेस्सी ने कहा। फिर जब उसने देखा कि मैं सचमुच शान्त हो रही हूँ तो उसने अपनी पकड़ ढीली की। उसके पश्चात् वह और मिस एबट दोनों सामने हाथ बाँधे, चिन्ता और शंका से मेरे चेहरे को देखने लगीं मानो उन्हें मेरे

पागल न होने का विश्वास ही न आ रहा हो।

आखिरकार बेस्सी ने एबिगेल की ओर मुड़ते हुए कहा, "ऐसा तो इसने पहले कभी नहीं किया था।"

उत्तर मिला, "पर ये दुष्टता इसमें सदा से थी। मैंने इस बच्ची के विषय में अपनी यह धारणा मालकिन को बतलाई थी और वे भी इस धारणा से सहमत थीं। यह एक छोटी-सी दुष्ट प्राणी है। मैंने इस उम्र की छोटी लड़की को कभी इतना ढोंग रचते नहीं देखा।"

बेस्सी ने उसे तो कोई उत्तर नहीं दिया, किन्तु कुछ देर बाद मुझे सम्बोधित करती हुई बोली, "तुम्हें यह समझना चाहिए, मिस, कि तुम श्रीमती रीड की कृपा पर आश्रित हो। वे ही तुम्हारा पालन-पोषण करती हैं। यदि वे तुम्हें निकाल दें तो तुम्हें गरीबखाने में जाना पड़ेगा!"

इन शब्दों का मेरे पास कोई उत्तर नहीं था और न ये शब्द मेरे लिए नए थे, बल्कि मेरे जीवन की पहली-पहली स्मृतियों तक में ऐसी बातें सम्मिलित थीं। आश्रित होने का यह उलाहना सदा मेरे कानों में स्पष्ट गुनगुनाहट की तरह बजता रहता था। जो मेरी बालबुद्धि से किंचित् परे होने पर भी बहुत ही हताशाजनक और पीड़ादायक था।

मिस एबट बोली, "तुम्हें अपने को श्रीमती रीड के बेटियों और बेटे के बराबर नहीं समझना चाहिए, क्योंकि यह तो मालकिन की कृपा है कि वे तुम्हें उन लोगों के साथ पालती हैं। उन लोगों को बहुत धन मिलेगा, लेकिन तुम्हारे पास तो कुछ भी नहीं है। तुम्हें शोभा तो यही देगा बिल्कुल विनम्र बनो और उन लोगों की दृष्टि में अपने को प्रिय बनाओ।"

बेस्सी ने कड़वाहट से खाली आवाज में समझाया, "हम लोग जो कह रही हैं। तुम्हारे भले के लिए ही है। तुम्हें उपयोगी और मधुर बनना चाहिए, तब शायद तुम्हें यहाँ घर मिल सके। किन्तु यदि तुम क्रोधी और कठोर रही तो मालकिन निश्चय ही तुम्हें निकाल देंगी।"

मिस एबट बोल पड़ी, "इसके अतिरिक्त ईश्वर भी इसे दंड देगा। वह तो इसे इसकी क्रोधाग्नि के बीच भी मार सकता है। तब यह कहाँ जाएगी, आओ बेस्सी, हम लोग इसे छोड़कर चलते हैं। हम लोग इसका मन नहीं जीत सकते। मिस आयर, जब तुम्हें सद्बुद्धि आए तो प्रार्थना करना क्योंकि यदि तुम अपने दुष्कर्मों पर पश्चात्ताप नहीं करती, तो कोई भूत-प्रेत चिमनी के रास्ते अन्दर आकर तुम्हें उठा ले जाएगा।"

इसके बाद दरवाजा बन्द करके और ताला डालकर वे चली गईं।

यह लाल कमरा एक वर्गाकार कमरा था, जो सोने के उपयोग में शायद ही कभी आता हो। जब तक कि कभी गेट्सहेड हॉल (मकान का नाम) में अचानक इतने अतिथि न आ जाएँ कि रहने के सभी स्थान भर जाएँ, तब तक इस कमरे में कोई कभी नहीं सोता था। फिर भी, यह उस भवन के सबसे बड़े और भव्य कमरों में से एक था। कमरे के मध्य में महोगनी के सशक्त पायों पर टिकी एक शय्या थी जिस पर गहरे लाल रंग

के पर्दे लगे थे। दो बड़ी खिड़कियाँ थीं जिनके पर्दे हमेशा गिरे रहते थे और वे झालरों और चुन्नटों से आधी ढँकी हुई थीं। कमरे की दरी भी लाल रंग की थी और बिछावन के पायताने की मेज भी लाल कपड़े से ढँकी थी। कमरे की दीवारें फीके पीले-भूरे रंग की थीं। जिसमें हलकी लाली थी। वार्डरोब, सिंगार की मेज और कुर्सियाँ गाढ़े पालिशदार पुरानी महोगनी के थे। चारों ओर के इन गहरे रंगों के बीच बिछावन पर चमकते सफेद गद्दे और तकिए बिछाए हुए थे। बिस्तर के सिरहाने स्थित एक बड़ी सफेद गद्दीदार आरामकुर्सी बरबस ध्यान खींच लेती थी, जिसके आगे पैर रखने हेतु एक स्टूल भी था। इसे देखते हुए मुझे ऐसा लगा मानो यह एक उदास सिंहासन हो।

यह कमरा ठंडा था, क्योंकि इसमें शायद ही कभी आग जलती थी। यह नीरव था, क्योंकि यह नर्सरी और रसाईघर से बहुत दूर था। यह पवित्र था, क्योंकि इसमें शायद ही कोई आता था। प्रत्येक शनिवार को दाई अवश्य आकर इसके फर्नीचर और दर्पणों पर पड़े सप्ताह-भर के धूल को झाड़ जाती थी, और बहुत दिनों के अन्तराल पर श्रीमती रीड आकर वार्डरोब के एक गुप्त ड्रावर को देख-परख जाती थीं। जिसमें महत्त्वपूर्ण कागजात, उनके जवाहरात के बक्स और उनके मृत पति की छोटी सी मूर्ति रखी हुई थी। इस अन्तिम शब्दों में ही इस कमरे का रहस्य निहित था। यही जादू था। जो इस कमरे की भव्यता के बावजूद भी इसे सूना बनाए रखता था।

मि. रीड को मरे नौ वर्ष हो चुके थे। इसी कमरे में उन्होंने अन्तिम साँस ली थी। उनके मृत शरीर को इसी कमरे में रखा गया था। यहीं से उनके ताबूत को जनाजा ढोनेवाले आदमी ढोकर ले गए थे और उस दिन से एक भयपूर्ण पवित्रता के भाव के कारण यहाँ बार-बार का आना-जाना बन्द हो गया था।

संगमरमर की चिमनी के पास एक कम ऊँचा गद्दीदार स्टूल था, जिस पर बेस्सी और कटुभाषी मिस एबट ने मुझे मानो कील ठोंककर बिठा दिया था। मेरे सामने ऊँचा बिछावन था, मेरी दाहिनी ओर एक ऊँचा, काला वार्डरोब था। जिसमें लगे शीशे की तरेड़ो से टूटी-फीकी परछाइयाँ निकलती थीं। मेरी बाईं ओर पर्देदार खिड़कियाँ थीं। इन दोनों के बीच एक बड़ा दर्पण था जिसमें कमरे और बिस्तर की वीरान भव्यता प्रतिबिम्बित होती थी। मुझे ठीक से पता नहीं था कि वे लोग दरवाजे में ताला बन्द कर गए थे कि नहीं। इसलिए हिलने का थोड़ा साहस होते ही मैं उठी और देखने गई। हाय ! कोई कारागार भी इतना सुरक्षित नहीं होगा। लौटते समय मैं दर्पण के सामने से निकली। मेरी भयभीत आँखों में उसकी गहराई से प्रतिबिम्बित सारे दृश्य स्वतः कौंध गए। नीरव परछाइयाँ वास्तविकता से भी अधिक ठंडी और काली लगती थीं और उसमें खड़ी मेरी ही विचित्र छोटी आकृति अपने श्वेत चेहरे और अँधेरे को टटोलती बाँहें लिये मुझे घूर रही थी। चारों ओर की ठहरी नीरवता में सिर्फ सहमी-सहमी चमक से भरी आँखों का घूमना सचमुच प्रेतात्मा की तरह लग रहा था। मुझे यह किसी भूत, परी या प्रेतात्मा की तरह लगी, जैसी बेस्सी की कहानियों में रास्ते में रात हो जाने पर जंगल वाली घाटी पार करते समय बेचारे यात्रियों के सामने अचानक प्रकट हो जाती थी। मैं

जल्दी ही अपने स्टूल पर भाग आई।

मुझ पर अन्धविश्वास हावी हो रहा था, किन्तु उसने मुझे अभी तक परास्त नहीं किया था। मेरे रक्त में उष्णता अभी शेष थी। विद्रोही दास जैसी मनःस्थिति मुझे कटु उत्तेजना से उभार रही थी। अतीत की यादों के तेज झोंकों को दबाकर मैं अपने निराशा-भरे वर्तमान पर सोचने लगी।

जॉन रीड के सारे हिंसात्मक अत्याचार, उसकी बहनों का उपेक्षापूर्ण अहंकार, उसकी माँ की सारी घृणा और नौकरों का सारा पक्षपात—सभी मेरे उथल-पुथल से भरे मन में ऐसे कौंधने लगे जैसे किसी गदले कुएँ में कोई भयानक वस्तु छिपाई गई हो। मैं ही क्यों हमेशा प्रताड़ित, कुंठित, लांछित और अभिशापित रही हूँ ? क्यों मैं किसी को प्रसन्न नहीं कर पाती ? किसी की कृपा पाने की मेरी सारी चेष्टाएँ व्यर्थ क्यों जाती हैं ? एलिजा हठी और स्वार्थी होने पर भी सम्मानित थी। जार्जियाना को उसके बिगड़े और द्वेषपूर्ण स्वभाव तथा असन्तुलित और बदतमीज व्यवहार के बावजूद सभी प्यार करते थे। उसके सौन्दर्य, गुलाबी गाल और सुनहली लटों को जो भी देखता, मुग्ध हो जाता था और उसके सारे अपराध क्षम्य हो जाते थे। जॉन की कोई बात काटी नहीं जाती थी, दंड देना तो दूर; यद्यपि वह कभी कबूतर की गर्दन मरोड़ता तो कभी मुर्गी के बच्चों को मार डालता; कभी भेड़ों पर कुत्तों को हुलका देता तो कभी कच्ची अंगूरलता से फूल तोड़ लेता और फुलवारी के सबसे सुन्दर पौधों की कलियाँ तोड़ लेता। अपनी माँ को वह 'बूढ़ी लड़की' कहता, कभी-कभी उनकी काली चमड़ी का मजाक उड़ाता, जोकि बिल्कुल उसकी चमड़ी के रंग की ही थी, उनकी इच्छाओं की उद्दंडता से उपेक्षा करता और प्रायः उनके रेशमी परिधान को गंदा करता और फाड़ देता था। फिर भी वह उनका 'उनका प्यारा बेटा' कहलाता था। मैं कोई गलती करने का साहस नहीं करती थी, अपना प्रत्येक कर्तव्य पूरा करने की चेष्टा करती, तो भी सभी मुझे सबेरे से दोपहर तक, दोपहर से रात तक हमेशा दुष्ट, उबाऊ, क्रोधी और ताक-झाँक करनेवाली लड़की कहते रहते थे।

चोट लगने और गिरने के कारण मेरा सिर अभी भी दुख रहा था और रक्त बह रहा था। मुझे निर्ममता से पीट देने पर भी जॉन को किसी ने नहीं डाँटा, किन्तु उसकी अकारण हिंसा से बचने के लिए मैंने जरा-सा प्रतिरोध किया तो मानो सभी की निन्दा का बोझ मुझ पर टूट पड़ा।

आहत भावनाओं से उद्वेलित, क्षणिक शक्तियुक्त मेरे विवेक ने घोषित किया, 'अन्याय है ! अन्याय है !' और मेरी परेशान इच्छाशक्ति इस असह्य यातना से छुटकारा पाने का उपाय ढूँढ़ने लगी—जैसे, हो सके तो भाग जाऊँ, या खाना-पीना त्यागकर मर जाऊँ।

उस हिम-शीतल अपराह्न में मेरी आत्मा कैसी उथल-पुथल में फँसी थी ! कैसे मेरे मस्तिष्क में संघर्ष चल रहा था ! मेरे हृदय में विद्रोह धधक रहा था ! और फिर भी कितने घोर अन्धकार और गहन अज्ञान में मेरे मानस में यह युद्ध चल रहा था ! आज इतने वर्ष बीत जाने पर भी मैं स्पष्ट देख रही हूँ कि मैं अपनी अन्तरात्मा में निरन्तर

उठनेवाले उस प्रश्न का उत्तर नहीं दे सकी थी कि मुझे *क्यों* इस प्रकार कष्ट झेलना पड़ रहा था।

मैं गेट्सहेड हॉल में एक बेसुरे राग की तरह थी। मुझे कोई नहीं चाहता था। श्रीमती रीड या उनके बच्चों अथवा उनके प्रिय सेवकों में और मुझमें कोई समानता नहीं थी। यदि वे मुझे प्यार नहीं करते थे, तो सच बूझो, मैं भी उन्हें नहीं चाहती थी। वे लोग मेरे जैसे जीव को स्नेह देने को बाध्य नहीं थे। जिसे उनमें से किसी के प्रति कोई सहानुभूति नहीं थी। मैं वहाँ एक बेमेल चीज थी–स्वभाव, क्षमता, सम्भावनाओं में उनसे विपरीत; एक व्यर्थ की वस्तु, उनके हित-साधन या आनन्दवर्द्धन के अयोग्य, एक घृणित प्राणी, जिसमें उनके व्यवहार को लेकर घृणा थी और उनके न्याय को लेकर वितृष्णा के भाव भरे थे। मैं जानती हूँ कि यदि मैं एक आशावान, तीव्रबुद्धि, निश्चिन्त, प्रसन्नमुख, सुन्दर, स्वस्थ बच्ची होती, भले ही इसी तरह आश्रित और मित्रविहीन होती, तो श्रीमती रीड मेरी उपस्थिति को अधिक तटस्थ भाव से सह लेतीं, उनके बच्चे मुझे अधिक मित्र-भाव से ग्रहण करते और नौकर मुझे इस तरह नर्सरी का बलि का बकरा बनाने का साहस नहीं करते।

दिन की ज्योति उस लाल कमरे को त्यागकर जाने लगी थी। चार बज चुके थे। बादलों से घिरी सन्ध्या अब उदास रात्रि की ओर बढ़ रही थी। मुझे सीढ़ी की खिड़कियों पर वर्षा की बौछारों की ध्वनि सुनाई दे रही थी, और हॉल के पीछे झुरमुटों में तेज हवा की सरसराहट भी। मैं पत्थर की तरह ठंडी होती जा रही थी। मेरा साहस भी डूब रहा था। अपमान, आत्मविश्वास की कमी और गहरी निराशा मेरी क्रोधाग्नि को बुझाए दे रही थी। सभी कहते हैं कि मैं दुष्ट हूँ, और शायद मैं वैसी ही हूँ ! क्या मैं अभी स्वयं को भूखा मारने की बात नहीं सोच रही थी ? यह तो सचमुच अपराध है। क्या मैं सचमुच मर जाने लायक हूँ ? क्या गेट्सहेड चर्च के नीचे का तहखाना मुझे आश्रय देगा ? मुझे किसी ने बतलाया था कि एक ऐसे ही तहखाने (वाल्ट) में श्री रीड का शरीर दफनाया गया था। यह सोचते ही मुझे उनकी याद आने लगी और मैं भयभीत मन से उस पर सोचने लगी। मुझे उनकी जरा भी याद नहीं है, किन्तु मैं जानती हूँ कि वह मेरे अपने मामा थे–मेरी माँ के भाई। उन्होंने मुझ अनाथ शिशु को अपने घर में स्थान दिया था तथा अपने अन्तिम क्षणों में अपनी पत्नी श्रीमती रीड से एक वचन लिया था कि वह मुझे अपने एक बच्चे की तरह ही रखेंगी और मेरा पालन करेंगी। श्रीमती रीड सम्भवतः यह समझती थीं कि वह अपने वचन को निभा रही हैं, और अपने स्वभाव के अनुकूल वे वैसा कर भी रही थीं। पर वह मुझ जैसे बलात् लादे गए अजनबी को सचमुच कैसे चाह सकती थीं, जो उनके वर्ग का नहीं था और जिससे उनके पति की मृत्यु के बाद उनका कोई सम्बन्ध भी नहीं रह गया था। बलात् वचनबद्ध कर एक विवित्र बच्ची की माता के उत्तरदायित्व का बोझ तथा अपने परिवार-समूह में एक गन्दे पराए प्राणी की स्थायी उपस्थिति सचमुच उन्हें बहुत कष्टप्रद लगती होगी।

मेरे मन में एक अजीब-सा भाव जागा। मुझे इसमें कभी जरा भी सन्देह नहीं था

कि यदि श्री रीड जीवित होते तो वह मुझे प्यार से रखते। अभी जब मैं बैठी हुई उनके सफेद बिछावन और परछाईंवाली दीवाल को देख रही थी, और कभी-कभी मेरी भयभीत दृष्टि, धुँधले चमकते हुए आईने पर भी चली जाती थी, तो मुझे वे बातें याद आने लगी थीं। जो मैंने मृत व्यक्तियों के सम्बन्ध में सुनी थीं–यह कि यदि उनकी अन्तिम इच्छा का उल्लंघन होता है तो वे कब्र में रुष्ट हो जाते हैं और त्रस्त व्यक्ति को छुटकारा दिलाने और दोषी व्यक्ति को दंड देने फिर धरती पर आ जाते हैं। मैंने सोचा कि श्री रीड की आत्मा अपनी बहन की बच्ची की यातना से परेशान होकर अपने निवासस्थान को छोड़कर, चाहे वह कब्र में हों या मृतक आत्माओं के अज्ञात लोक में, कहीं मेरे सामने इस कमरे में प्रकट न हो जाएँ। मैंने आँखें पोंछ डालीं और सिसकियों को थाम लिया– इस भय से कि मेरे गहन दुख का कोई चिह्न देखकर कोई पारलौकिक आवाज मुझे सान्त्वना न देने लगे या कोई ज्योतिर्मय चेहरा अँधेरे से निकलकर मुझे दयापूर्ण भाव से झुककर न देखने लगे। यह विचार जो सिद्धान्त में दिलासाजनक था, यदि वास्तविकता में परिणत हो जाए तो भयानक लगेगा–ऐसा सोचकर मैंने दुख को दबा देने की चेष्टा की और अपने को स्थिर करने का प्रयास किया। आँखों पर झूलते हुए बालों को झटककर मैंने अपना सिर उठाया, और अँधेरे कमरे में चारों ओर साहस से देखने की कोशिश की। उसी क्षण दीवाल पर एक ज्योति चमक उठी। अरे ! मैंने मन में सोचा– क्या, यह चाँद की किरण है जो चिक की जाली से छनकर कमरे में आ गई है ? नहीं, चाँदनी तो स्थिर रहती है, और यह हिल रही है। मैं आँख फाड़कर देख रही थी कि वह ज्योति छत में चमकने लगी है और तब मेरे सिर पर आकर काँपने-सी लगी है। अभी तो मैं यह अनुमान कर सकती हूँ कि ज्योति की यह किरण सम्भवतः लालटेन की रोशनी थी जिसे लिये बाहर मैदान में कोई जा रहा था। किन्तु किसी भयानकता की आशंका से त्रस्त मेरे मस्तिष्क और उत्तेजना से उद्वेलित मेरे तन्तुओं को उस समय तेजी से घूमती हुई यह किरण दूसरे लोक से आती हुई किसी आत्मा की पूर्वसूचना-सी लगी। मेरा हृदय जोर से धड़कने लगा और मेरा सिर बिल्कुल गर्म हो गया। मेरे कानों में आवाज साँय-साँय करने लगी, जो मुझे किसी पंख के सरसराने की ध्वनि-सी लगी। मुझे लगा कि कोई मेरे पास खड़ा है। मैं बेचैन हो गई और मेरा दम घुटने लगा। मेरा धीरज टूट गया। मैं दरवाजे को ओर भागी और बेतहाशा तालों को झकझोरने लगी। मुझे सीढ़ियों पर किसी के कदमों के दौड़ने की आवाज सुनाई पड़ी, चाभी घूमी तथा बेस्सी और एबट कमरे में घुसीं।

बेस्सी ने पूछा, "मिस आयर ! क्या तुम्हारी तबियत खराब है ?"

"कितना भयानक कोलाहल है ! मैं तो बिल्कुल घबरा गई।" एबट बोल पड़ी।

मैंने रोते हुए कहा, "मुझे यहाँ से निकाल लो। मुझे नर्सरी में ले चलो !"

बेस्सी ने फिर पूछा, "किसलिए ? क्या तुम्हें चोट लगी ? क्या तुमने कोई चीज देखी ?"

"ओह ! मैंने एक ज्योति देखी और मुझे लगा कि भूत आ जाएगा।" मैने बेस्सी

का हाथ कसकर पकड़ते हुए कहा और उसने अपने हाथ को मुझसे नहीं छुड़ाया।

एबट भिन्नाकर बोली, "तो इसने जानबूझकर चीख मचाई थी। और चीख भी कैसी थी ! यदि यह बहुत कष्ट में होती तो क्षमा भी किया जा सकता था, पर इसने तो सिर्फ हम लोगों को यहाँ बुलाने के लिए ऐसा किया। मैं इसकी धूर्तता-भरी चालाकियाँ जानती हूँ।"

तभी एक दूसरी दबंग आवाज आई, "यह सब क्या हो रहा है ?" फिर श्रीमती रीड गलियारे से आती दिखाई दीं। उनकी टोपी हिल-डुल रही थी और उनका गाउन भी तेजी से चलने के कारण सरसरा रहा था। "एबट और बेस्सी ! मेरा खयाल है कि मैंने आदेश दिया था कि जेन आयर को इस लाल कमरे में तब तक रहने दिया जाए, जब तक मैं स्वयं इसके पास न आऊँ।"

बेस्सी ने सफाई देते हुए कहा, "मैडम, मिस आयर बहुत जोर से चीखी थी।"

मुझे गम्भीर स्वर में आदेश मिला, "उसे जाने दो, ऐ लड़की, बेस्सी का हाथ छोड़ो ! यह जान लो कि तुम इन उपायों से बाहर नहीं निकल सकती। मुझे प्रपंच से घृणा है, विशेषकर बच्चों के प्रपंच से। यह मेरा कर्तव्य है कि तुम्हें यह दिखला दूँ कि धूर्तता से काम नहीं चलने का। अब तुम्हें एक घंटा और यहाँ रहना पड़ेगा। और उस पर भी तभी तुम्हें मुक्त किया जाएगा जब तुम पूरी तरह आज्ञा पालन करने और शान्त रहने का वचन दोगी।"

"दया मामी, दया ! मुझे क्षमा कर दो। मैं यह नहीं सह सकती। मुझे दंड ही देना है तो कोई दूसरा दंड दो। मैं मर जाऊँगी यदि... ।"

"चुप ! यह जबर्दस्ती सबसे अधिक घृणास्पद है।" और सचमुच उन्हें ऐसा लगता भी था। उनकी दृष्टि में मैं छोटी थी, पर ढोंग रचने में प्रवीण थी। वह सचमुच मानती थीं कि मैं प्रचंड क्रोधी, क्षुद्र और खतरनाक बहानेबाज हूँ।

बेस्सी और एबट वहाँ से खिसक चुकी थीं। श्रीमती रीड ने मेरे छटपटाहट-भरे दुख और जोर की सिसकियों से परेशान होकर मुझे अचानक अन्दर ढकेल दिया और ताला लगाकर बिना कुछ बोले चलती बनीं। मैंने उनके जाने की आवाज सुनी और उनके जाते ही मैं अचेत हो गई। मुझे लगता है, तब मुझे कोई दौरा पड़ा था। फिर बेहोशी ने उस दृश्य पर पर्दा डाल दिया।

3

इसके बाद मुझे यही याद है कि मैं ऐसी अनुभूति के साथ जगी मानो मैंने कोई भयानक स्वप्न देखा हो और मेरे समक्ष भयानक आग की लाल-लाल लपटें हों और उनके ऊपर मोटी काली सीखें हों। मैं आवाज भी सुन रही थी–खोखली-सी आवाज जो हवा या पानी के कलकल में डूबी हो। उत्तेजना, अनिश्चितता और एक सर्वग्रासी आतंक ने मेरी शक्तियों को आच्छादित कर दिया था। किन्तु जल्दी ही मैं यह जान गई कि मुझे कोई उठा रहा है, उठाकर बैठने के लिए सहारा दे रहा है और वह भी अभूतपूर्व स्नेहमयी नरमी के साथ। मैंने अपना सिर तकिया या किसी की बाँह से टिकाया और सान्त्वना का अनुभव किया।

लगभग पाँच मिनटों में मेरी घबराहट की भावना दूर हुई। अब मैं अच्छी तरह जान गई कि मैं अपने ही बिछावन में हूँ और वह लाल लपट नर्सरी की आग है। रात हो गई थी। मेज पर एक मोमबत्ती जल रही थी। बेस्सी हाथ में एक बर्तन लिये मेरे पायताने खड़ी थी और एक सज्जन मेरे तकिए के पास, एक कुर्सी पर बैठे, झुककर मुझे देख रहे थे।

उस वक्त मैंने एक अवर्णनीय राहत का, रक्षा और सुरक्षा का एक मधुर विश्वास अनुभव किया जब मैंने यह जाना कि इस कमरे में एक अपरिचित भी है जो गेट्सहेड का नहीं है और न ही श्रीमती रीड से सम्बन्धित है। बेस्सी की ओर से मुँह घुमाकर (यद्यपि बेस्सी की उपस्थिति, मिसाल के लिए, एबट की उपस्थिति से तो कम ही बुरी थी) मैंने उस सज्जन के चेहरे को ध्यान से देखा। मैं पहचान गई यह मिस्टर लायड हैं–एक वैद्य, जिन्हें श्रीमती रीड कभी-कभी बीमार नौकरों की चिकित्सा के लिए बुलाती थीं। अपने और अपने बच्चों के लिए तो वह डॉक्टर बुलाती थीं।

उन्होंने पूछा, "अच्छा, बताओ तो मैं कौन हूँ ?"

मैंने उनका नाम बताया और अपना हाथ उनके हाथ में दे दिया। उन्होंने मेरा हाथ लेकर मुस्कराकर कहा, "अच्छा, अब सब धीरे-धीरे ठीक हो जाएगा।" फिर उन्होंने मुझे लिटा दिया और बेस्सी को सम्बोधित करते हुए उसे सावधान रहने को कहा, ताकि मुझे रात में कोई कष्ट नहीं हो। फिर कुछ और निर्देश देकर तथा यह सूचना देकर कि कल

फिर आएँगे, वे चले गए। मैं दुखी हो गई। जब तक वे मेरे तकिए के पास कुर्सी पर बैठे थे, मुझे सहारा और साथ मिल रहा था। पर जब वह दरवाजा बन्द करके बाहर निकल गए, मुझे कमरा अँधेरा लगने लगा। मेरा हृदय डूबने लगा, जैसे एक अव्यक्त उदासी का बोझ मुझ पर आन पड़ा हो।

बेस्सी ने थोड़ी नरमी से पूछा, ''मिस, क्या तुम्हें नींद आ रही है ?''

मुझे उत्तर देने का साहस नहीं हो रहा था कि कहीं वह रुष्ट न हो जाए। मैंने कहा, ''कोशिश करूँगी।''

''क्या तुम कुछ पियोगी, या कुछ खा सकोगी ?''

''नहीं, धन्यवाद बेस्सी।''

''तो मेरा खयाल है। मुझे सोने जाना चाहिए ? क्योंकि रात के बारह से अधिक हो चुके हैं। वैसे तुम्हें रात में कोई आवश्यकता पड़े तो मुझे पुकार लेना।''

क्या आश्चर्यजनक विनम्रता थी ! मैंने साहस करके पूछा, ''बेस्सी, क्या बात है ? क्या मैं बीमर हूँ ?''

''मुझे लगता है, तुम उस लाल कमरे में रो-रोकर बीमार हो गई हो। पर निस्सन्देह, तुम शीघ्र ही स्वस्थ हो जाओगी।''

बेस्सी सेविकाओंवाले कमरे में चली गई जो समीप ही था। मैंने उसे बोलते हुए सुना, ''सारा ! आओ और मेरे साथ ही इस नर्सरी में सो जाओ। मैं इस बेचारी बच्ची के साथ आज रात अकेले रहने का साहस नहीं कर सकती। कहीं वह मर न जाए ! उसे इस तरह बेहोशी का दौरा पड़ा, आश्चर्य की बात है। पता नहीं, उसने कुछ देखा हो शायद। मालकिन कुछ ज्यादा ही कठोर हो गई थीं।''

सारा उसके साथ लौट आई। दोनों सोने गईं और आधे घंटे तक फुसफुसाकर बातें करती रहीं। उनकी बातों का कुछ अंश मुझे सुनाई पड़ा जिससे मैं उनकी बातचीत का विषय साफ समझ गई।

''कोई आत्मा उसके पास आई, बिल्कुल श्वेत कपड़े पहने, और फिर अदृश्य हो गई।'' ''एक बड़ा काला कुत्ता उसके पीछे था।'' ''कमरे के दरवाजे पर तीन बार जोरों की थाप पड़ी।'' ''कब्रगाह में उसकी कब्र पर रोशनी जल रही थी,'' इत्यादि-इत्यादि।

अन्त में दोनों सो गईं। आग भी बुझ गई और मोमबत्ती भी। मेरे लिए वह लम्बी रात भयानक जागरण में बीती। मेरे कान, आँख और मस्तिष्क भय से भयभीत थे, ऐसा भय जो सिर्फ बच्चे ही अनुभव कर सकते हैं।

लाल कमरेवाली इस घटना के बाद मुझे कोई लम्बी या गहरी शारीरिक बीमारी तो नहीं हुई, पर मेरे तन्तुओं को एक ऐसा आघात पहुँचा, जिसका कम्पन मैं आज भी अनुभव कर रही हूँ। हाँ, श्रीमती रीड, तुमने मुझे मानसिक यातना की कुछ भयानक टीसें दी हैं। किन्तु मुझे तुमको क्षमा ही कर देना चाहिए क्योंकि जब तुम मेरे हृदय को चीर रही थीं तब भी तुम समझती थीं कि तुम मेरी दुष्प्रवृतियों को उखाड़कर फेंक रही हो।

दूसरे दिन दोपहर तक मैं उठी, कपड़े बदले और शॉल ओढ़कर नर्सरी की अँगीठी

के पास आ बैठी। मैं शारीरिक दुर्बलता और अशक्तता का अनुभव कर रही थी, लेकिन उससे भी अधिक दुखदायी थी मेरे मन की अकथनीय वेदना। वह वेदना जिसके कारण मेरी आँखों से चुपचाप आँसू झर रहे थे। जैसे ही मैं एक खारे बूँद को अपने गाल से पोंछती, दूसरा टपक जाता। फिर भी मैं सोचती हूँ मुझे तो प्रसन्न होना चाहिए था, क्योंकि उस समय रीड-वंश का कोई व्यक्ति वहाँ नहीं था। वे सभी अपनी माँ के साथ गाड़ी में बैठकर बाहर चले गए थे। मिस एबट भी दूसरे कमरे में सिलाई कर रही थी और बेस्सी इधर-उधर करती हुई, खिलौनों और ड्रावर को सँवारती हुई, बीच-बीच में मुझसे प्रेम से एक-दो बातें कर लेती थी। इस तरह की स्थिति तो मेरे लिए शान्ति का स्वर्ग होनी चाहिए थी क्योंकि मैं तो हमेशा की डाँट-फटकार और अपशब्दों की जिन्दगी की आदी हो गई थी। किन्तु मेरे टूटे हुए मन ने मुझे ऐसी स्थिति में ला दिया था कि किसी शान्ति से मुझे आराम नहीं मिलता था, न कोई आनन्द मुझे प्रसन्न कर सकता था।

बेस्सी नीचे रसोईघर में गई और एक मुरब्बा एक चमकते फूलदार चाइना प्लेट में रखकर लाई। उसके लतादार फूलों तथा गुलाब की कलियों में बैठे स्वर्गीय पक्षी मेरे मन में प्रशंसा के उत्साहजनक भाव जगा देते थे, और जिस प्लेट को अपने हाथ में लेने और अच्छी तरह देखने के लिए मैंने कई बार प्रार्थना की थी, किन्तु हर बार मुझे इस कृपा के अयोग्य माना गया था, वही अमूल्य बर्तन अब मेरी गोद में रख दिया गया था और इसमें रखा सुमधुर भोजन खाने के लिए मुझे प्रेम से कहा जा रहा था। व्यर्थ की कृपा थी यह, क्योंकि अधिकांश दूसरी कृपाओं की तरह इसने भी आने में बहुत देर कर दी थी। अकसर तो मैं उसकी चाहत में भी देर कर देती थी। मैं वह मुरब्बा नहीं खा सकी। चिड़ियों के सुनहरे पंख और फूलों के रंग मुझे अजीब मुरझाए-से लगे। मैंने प्लेट और मुरब्बा, दोनों को परे हटा दिया। बेस्सी ने पूछा कि क्या मुझे कोई पुस्तक चाहिए। *पुस्तक* के नाम से मुझमें कुछ उत्सुकता-सी जाग उठी और मैंने अनुभव किया कि मुझे लाइब्रेरी से *गुलिवर्स ट्रेवेल्स* नामक पुस्तक ला दी जाए। यह पुस्तक मैंने बार-बार, बड़े आनन्द के साथ पढ़ी थी। मैं समझती थी कि इसमें तथ्यों का वर्णन है और इसमें मुझे परियों की कथा से भी अधिक आनन्द आता था। जहाँ तक परियों का प्रश्न है, उन्हें फूलों, पत्तियों, कलियों, झुरमुटों और दीवालों को ढँकनेवाली झाड़ियों में व्यर्थ ढूँढ़कर मैंने अन्त में इस कटु सत्य को मान लिया था कि वे अब इंग्लैंड को छोड़कर किसी जंगली देश में चली गई हैं जहाँ जंगल अधिक सघन और भयानक हैं और जनसंख्या कम है। दूसरी ओर लिलीपुट और ब्रोबडिंगनैग मेरे विश्वास के अनुसार इसी ठोस धरातल के अंश थे। मुझे इसमें जरा भी सन्देह नहीं था कि किसी दिन लम्बी समुद्री-यात्रा करके मैं किसी देश में छोटे-छोटे खेतों, घरों, पेड़ों और ठिगने मनुष्यों को और नन्ही-नन्ही गायों, भेड़ों और चिड़ियों को अपनी आँखों से देख सकूँगी और फिर किसी दूसरे देश में जंगल जैसे लम्बी-लम्बी फसलों के खेत, विशाल कुत्ते, राक्षस जैसी बिल्ली, गुम्बद जैसे लम्बे पुरुष और स्त्री मुझे देखने को मिलेंगे।

फिर भी अब जबकि यही मनोवांछित पुस्तक मेरे हाथों में दे दी गई, मैंने इसके

पृष्ठ उलटे और इसके अद्‌भुत चित्रों में वही आकर्षण ढूँढ़ने लगी जो अब तक मुझे हमेशा मिलता रहा था, तो मुझे सभी बिल्कुल फीके और रूखे लगे। राक्षस मुझे हड्डियों के ढाँचेवाले भूत-से लगे, बौने मुझे कटाऊ, डरावने, छोटे-छोटे दुष्ट जान पड़े और गुलिवर बेहद भयावने खतरनाक देशों में भटकनेवाला अकेला घुमक्कड़ जैसा लगा। मैंने पुस्तक बन्द कर दी, जिसे पढ़ने की मुझे हिम्मत नहीं हो रही थी और उसी अछूते मुरब्बे के पास रख दी।

बेस्सी ने अब तक कमरे को झाड़ने-पोंछने का काम पूरा कर लिया था। हाथों को धोकर उसने छोटा-सा ड्रावर खोला जिसमें सुन्दर सिल्क के धागे और मखमल के कपड़े थे और जार्जियाना की गुड़ियों के लिए छोटी-सी टोपी बनाने लगी। साथ-ही-साथ वह गाती जा रही थी। उसका गाना कुछ इस प्रकार था–

उन दिनों जब हम लोग घूमते रहते थे,
बहुत दिन पहले।

मैं यह गीत पहले भी बहुत प्रसन्नता से सुना करती थी क्योंकि बेस्सी का स्वर मुझे बहुत मीठा लगता था। किन्तु आज, स्वर तो उसका मधुर ही था, किन्तु संगीत में विचित्र उदासी थी। काम में मग्न होने पर जब वह मध्यम स्वर में धीरे-धीरे राग से अन्तरा 'बहुत दिन पहले' को स्वर दे रही थी, तो यह मुझे किसी मर्सिया की उदास कड़ी-सी लगी। उसके बाद वह एक दूसरा गाना गाने लगी जो सचमुच ही दर्द-भरा था।

पैर व्यथित और हाथ थके हैं
लम्बी राहें, काले पहाड़
आ रही रात काली उदास-सी
हाय अनाथ बालक की ओर।

क्यों मुझे दूर अकेले भेजा,
फैले खेत, जमी चट्टान,
मानव हाय निठुर मनवाला
देव बचाएँ शिशु के प्राण।

शीतल मन्द रात्रि-समीर है
बादल रहित, तारे आकाश,
रक्षा ईश्वर सदा करेंगे
आ अनाथ बालक के पास।

चाहे भले भटक वह जाए
गिरे खेत में, दलदल में
प्यारे प्रभु अपार करुणा से

उसे समेटेंगे दिल में।

आस यह, विश्वास यही है
भले न यह जग मेरा है,
ईश्वर साथी हैं अनाथ के
स्वर्ग हमारा डेरा है।

"आओ, जेन, रोओ मत।" गाना समाप्त करके बेस्सी बोल पड़ी। उसका यह कहना वैसा ही जैसे वह आग से कहती कि जलो मत। किन्तु बेस्सी को क्या पता कि मैं कैसी मर्मान्तक पीड़ा झेल रही हूँ।

सुबह मिस्टर लायड फिर आए।

नर्सरी में प्रवेश करते हुए उन्होंने कहा, "वाह! उठ गई ! नर्स, अब यह कैसी है ?"

बेस्सी ने मेरे विषय में बतलाया कि मैं बिल्कुल अच्छी हूँ।

"तब तो उसे प्रसन्न दीखना चाहिए। मिस जेन यहाँ आओ! तुम्हारा नाम जेन है, है न ?"

"हाँ, श्रीमान! जेन आयर।"

"अच्छा, तो तुम रो रही थी, मिस जेन आयर ? बताओ तो किस लिए ? क्या तुम्हें कोई पीड़ा है ?"

"नहीं, श्रीमान।"

बेस्सी बीच में ही बोल पड़ी, "ओह! मैं तो कहूँगी, यह इसलिए रो रही है कि वह मालकिन के साथ गाड़ी में घूमने नहीं जा सकी।"

"बिल्कुल नहीं। क्यों, वह इतनी बड़ी होकर इतनी तुच्छ बातों के लिए रोएगी ?"

मेरी भी यही धारणा थी। इसलिए इस झूठे आरोप से मेरे स्वाभिमान को ठेस लगी। मैंने तुरन्त उत्तर दिया–"ऐसी बातों के लिए मैं जीवन में कभी नहीं रोई। मुझे गाड़ी में घूमने जाने से घृणा है। मैं तो इसलिए रो रही थी कि मैं बहुत दुखी हूँ।"

बेस्सी ने कहा,–"छिः मिस, छिः!"

वह भले वैद्य कुछ चकरा-से गए। मैं उनके सामने खड़ी थी। उन्होंने अपनी आँखें मुझ पर गड़ा दीं। उनकी आँखें छोटी और भूरी थीं। अधिक चमकीली नहीं, किन्तु अब मैं कह सकती हूँ कि वे मुझे कुछ चालाक-सी लगीं। कुछ गहरी रेखाओं से भरा किन्तु सज्जन-सा चेहरा था उनका। खूब ध्यान से मुझे देखने के बाद उन्होंने पूछा–"तुम कल बीमार कैसे हो गई थी ?"

बेस्सी फिर बीच में टपकती हुई बोली, "गिर गई थी।"

"गिर गई थी! वाह! यह भी तो बच्चों जैसी बात हुई। क्या इस उम्र में वह ठीक से चल नहीं सकती ? वह आठ-नौ वर्ष की तो होगी ?"

अपमान तथा स्वाभिमान पर लगी चोट से झुँझलाकर, मैंने तुरन्त डंडामार ढंग से स्पष्ट कारण बता दिया, "मुझे धकेल दिया गया था।" फिर मैंने आगे कहा, "लेकिन उससे भी मैं बीमार नहीं पड़ी।" मिस्टर लायड नसवार सूँघते हुए मेरी बात सुन रहे थे।

जब वह नसवार की डिब्बी अपनी जेब में रख रहे थे, उसी समय नौकरों के भोजन की घंटी बजी। वह इस घंटी को समझ गए और बोले, ''नर्स, यह तुम्हारे लिए बज रही है। तुम नीचे जा सकती हो ! जब तक तुम लौटकर आओगी, तब तक मैं मिस जेन को कुछ उपदेश देता हूँ।''

बेस्सी तो रहना चाहती थी, पर उसे जाना पड़ा क्योंकि गेट्सहेड हॉल में समय पर भोजन के नियम का कड़ाई से पालन किया जाता था।

बेस्सी के चले जाने के पश्चात् मि. लायड ने पूछना जारी रखा, ''गिरने से तुम बीमार नहीं हुई। तो फिर कैसे हुई ?''

''रात तक मुझे उस कमरे में बन्द कर रखा गया जिसमें अँधेरे के बाद भूत आते हैं।''

मैंने देखा, मि. लायड मुस्करा पड़े और भृकुटी को तिरछी करते हुए बोले, ''भूत ! फिर वही बच्चों जैसी बातें ! क्या तुम भूतों से डरती हो ?''

''मि. रीड के भूत से तो मैं डरती हूँ। वह उसी कमरे में मरे थे और दूर उस जगह उन्हें कब्र से लिटा दिया था। बेस्सी या कोई दूसरा भी रात्रि में वहाँ जाने की हिम्मत नहीं कर पाता। बिना एक बत्ती के उस अँधेरे कमरे में मुझे बन्द कर देना सचमुच बड़ी निर्दयता थी–इतनी बड़ी निर्दयता कि मैं जीवन-भर इसे नहीं भूलूँगी।''

''बकवास ! क्या इसी कारण तुम इतनी दुखी हो ? क्या तुम अभी दिन में भी डर रही हो ?''

''नहीं। किन्तु जल्दी ही रात फिर आएगी। इसके अतिरिक्त मैं दूसरे कारणों से भी दुखी हूँ, बहुत दुखी।''

''कौन से दूसरे कारण ? क्या तुम कुछ कारण बता सकती हो ?''

मेरी कितनी इच्छा थी कि मैं इस प्रश्न का पूरा उत्तर दे पाती। किन्तु अपने को व्यक्त करना कठिन था। बच्चे अनुभव तो करते हैं, पर अपनी भावनाओं का विश्लेषण नहीं कर पाते। फिर यदि भावनात्मक स्तर पर कुछ विश्लेषण हो भी जाए, तो वे नहीं समझ पाते कि उसे शब्दों में कैसे व्यक्त करें। फिर भी अपने दुखों को अभिव्यक्त करके अपने को हलका करने का मुझे यह जो पहला और एकमात्र अवसर मिला था, उसे खोने के भय से मैंने, एक मिनट की चुप्पी के बाद, यथासम्भव सही उत्तर देने की चेष्टा की, ''एक कारण तो यह है कि मेरे माता, पिता, भाई या बहन नहीं हैं।''

''किन्तु तुम्हारी एक दयालु मामी और ममेरे भाई-बहन तो हैं।''

मैं कुछ देर चुप रही, फिर एकाएक बोल उठी, ''पर जॉन रीड ने मुझे धक्का देकर गिरा दिया और मामी ने मुझे लाल कमरे में बन्द कर दिया।''

मि. लायड ने दूसरी बार अपनी नसवार की डिब्बी निकाली। ''क्या तुम यह नहीं मानती कि गेट्सहेड हॉल एक बहुत सुन्दर घर है ?'' फिर उन्होंने पूछा, ''ऐसे सुन्दर घर में रहने का अवसर पाकर क्या तुम स्वयं को सौभाग्यशाली नहीं समझती ?''

''श्रीमान् यह मेरा घर नहीं है और एबट तो कहती है कि इस घर में रहने का अधिकार मुझे नौकरों से भी कम है।''

"ऊँह ! तुम इतनी बुद्धू तो नहीं हो कि इतने शानदार घर को छोड़ना चाहो !"

"यदि मुझे कहीं और जाने की जगह होती, तो मैं प्रसन्नता से इसे छोड़ देती। पर जब तक मैं वयस्क न हो जाऊँ, मैं गेट्सहेड छोड़कर नहीं जा सकती।"

"कौन जाने ? हो सकता है, जा सको। क्या श्रीमती रीड के अतिरिक्त तुम्हारा कोई और सम्बन्धी है ?"

"शायद नहीं, महाशय।"

"तुम्हारे पिता का कोई सम्बन्धी ?"

"मैं नहीं जानती। मैंने एक बार मामी से पूछा था तो उन्होंने कहा कि अगर मेरा आयर वंश के कुछ दरिद्र, निम्नकोटि के सम्बन्धी होंगे भी तो वे उन लोगों को नहीं जानतीं।"

"यदि ऐसा कोई सम्बन्धी तुम्हारा हो, तो क्या तुम उनके पास जाना चाहोगी ?"

मैं सोच में पड़ गई। निर्धनता तो वयस्क लोगों को भी अप्रिय लगती है, और बच्चों को तो और भी अप्रिय। उन्हें परिश्रमपूर्ण, कार्यरत, सम्मानजनक गरीबी का जीवन जीनेवालों के विषय में कुछ पता नहीं होता। इस शब्द से चीथड़े जैसे कपड़ों, भोजन का अभाव, बुझी अँगीठियों, दुर्व्यवहार और दुर्गुणों का चित्र उनके समक्ष आ जाता है। निर्धनता मुझे पतन जैसी लगती थी। मैंने उत्तर दिया, "नहीं। मैं निर्धन लोगों के पास नहीं जाना चाहती।"

"यदि वे तुम्हारे प्रति दयालु हों, तो भी नहीं ?"

मैंने सिर हिलाया। मैं नहीं समझ पाई कि निर्धन को दयालु बनने का साधन कहाँ से मिलेगा ? और फिर उनके बोलने का ढंग, उनका चाल-चलन सीखना, अशिक्षित होना, और बड़े होकर गरीब नारी बनना जैसा मैंने गेट्सहेड गाँव में कुछ दरवाजों पर कपड़े धोती या बच्चों को पालती हुई नारियों को देखा था। नहीं, नहीं। मैं इतनी वीर नहीं थी कि इतना बड़ा मूल्य देकर स्वाधीनता खरीदूँ।

"पर क्या तुम्हारे सगे-सम्बन्धी इतने निर्धन हैं ? क्या वे मजदूर हैं ?"

"मैं नहीं कह सकती। मामी कहती हैं कि यदि मेरा कोई सगा-सम्बन्धी होगा, तो भिखारी ही होगा। मैं भीख माँगना नहीं चाहती।"

"तुम स्कूल जाओगी ?"

मैं फिर सोचने लगी। मैं नहीं जानती थी कि स्कूल क्या होता है। बेस्सी कभी-कभी बतलाती थी कि यह ऐसा स्थान होता है जहाँ छोटी लड़कियाँ मोजे और ड्रेस पहनकर बैठती हैं और उन्हें विनम्र और अनुशासित रहना पड़ता है। जॉन रीड को तो स्कूल से घृणा थी और वह अपने शिक्षक को गाली देता था, किन्तु जॉन रीड की पसन्द मेरे लिए आदर्श नहीं थी। स्कूल के अनुशासन के बारे में बेस्सी के विवरण से एक ओर यदि थोड़ा डर भी लगता था, तो दूसरी ओर लड़कियों द्वारा स्कूल में सीखे गए गुणों का वर्णन उतना ही आकर्षक था। वह प्रशंसा के भाव से बतलाती थी कि वे प्राकृतिक दृश्यों और फूलों की कितनी सुन्दर चित्रकारियाँ करतीं, अच्छे गाने गातीं, अच्छी धुनें बजातीं, अच्छी पर्स बुनतीं तथा फ्रांसीसी भाषा से अनुवाद कर लेती थीं। ये सुनते-सुनते मैं मन-ही-मन

उनका अनुकरण करने लगी। इसके अतिरिक्त स्कूल जाने का अर्थ था पूरा बदलाव, लम्बी यात्रा, गेट्सहेड से पूरी मुक्ति और एक नए जीवन में प्रवेश। विचारों के निष्कर्ष के रूप में मैंने सुनाया, ''मैं निस्सन्देह स्कूल जाना पसन्द करूँगी।''

''खैर, तो देखो, क्या होता है,'' मि. लायड उठते हुए अपने आप बोले, ''इस बच्ची को जलवायु का परिवर्तन चाहिए, इसकी मनःस्थिति ठीक नहीं है।''

बेस्सी तुरन्त लौटी, और उसी समय साथ की कंकरीली राह पर गाड़ी के खड़खड़ाहट की आवाज सुनाई पड़ी।

मि. लायड ने पूछा, ''नर्स, क्या तुम्हारी मालकिन लौट रही है ? मैं जाने के पूर्व उनसे कुछ बातें करना चाहता हूँ।''

बेस्सी ने उनसे अतिथिगृह में चलने का अनुरोध किया और आगे-आगे राह दिखाती चली। बाद की घटनाओं से मैं अनुमान करती हूँ कि श्रीमती रीड और उनमें जो वार्तालाप हुआ उसमें वैद्य ने मेरे स्कूल भेजे जाने की सिफारिश की और यह सिफारिश तुरन्त स्वीकार कर ली गई। इसलिए कि एक रात जब मैंने सोने जा चुकी थी, एबट और बेस्सी, यह सोचकर कि मैं नींद में हूँ, बातें करने लगीं। एबट बोली, ''मुझे विश्वास है कि मालकिन ऐसी उबाऊ और चिड़चिड़ी बच्ची से छुटकारा पाकर प्रसन्न ही हैं, जो हमेशा ऐसे ताकती थी मानो सभी की निगरानी कर रही है। और कोई षड्यन्त्र रच रही हो।'' मुझे लगता है कि एबट की दृष्टि में मैं एक छोटी-सी गाई फाक्स (एक विद्रोही नेता) ही थी।

एबट द्वारा बेस्सी से कही गई बातों से उसी समय मैंने पहली बार जाना कि मेरे पिता एक निर्धन पादरी थे। मेरी माँ ने अपने सम्बन्धियों की इच्छा का विरोध करके उनसे विवाह किया था, क्योंकि वे लोग इस विवाह को निम्न स्तर का समझते थे। मेरे नाना रीड तो इस विवाह से इतने क्रोधित हुए कि उन्होंने माँ को एक कौड़ी दिए बिना उत्तराधिकार से वंचित कर दिया। विवाह के एक ही वर्ष बाद अपने चर्च के ही क्षेत्र में स्थित एक औद्योगिक शहर में गरीबों की देखभाल करते हुए मेरे पिता को टायफायड बुखार हो गया क्योंकि वहाँ उस समय यह संक्रामक बीमारी फैली हुई थी। मेरी माँ को भी इसकी छूत लग गई और दोनों का एक ही महीने के अन्दर देहान्त हो गया।

इस कहानी को सुनकर बेस्सी ने एक लम्बी साँस ली और बोली, ''बेचारी मिस जेन तो दया की पात्र है, मिस एबट !''

एबट ने उत्तर दिया, ''हाँ, यदि वह एक अच्छी प्यारी बच्ची होती, तो उसके अकेलेपन पर दया भी की जा सकती थी। पर ऐसी मेढकी के लिए कौन चिन्ता करेगा !''

बेस्सी सहमत होते हुए बोली, ''हाँ, बहुत तो नहीं। कुछ भी हो, ऐसी हालत में मिस जार्जियाना जैसी सुन्दर बच्ची पर लोग ज्यादा द्रवित होते।''

एबट उत्साह से बोल उठी, ''हाँ, जार्जियाना तो मुझे प्राणों से प्यारी है। प्यारी बच्ची ! घुँघराले बाल, नीली आँखें और गोरा रंग, मानो गुड़िया का चित्र हो। बेस्सी, लगता है आज खाने में खरगोश का मांस बना है।''

''हाँ-हाँ, भुने प्याज के साथ। चलो, हम लोग नीचे चलें।'' और वे दोनों चली गईं।

4

मि. लायड से बातचीत तथा बेस्सी और एबट के वार्तालाप से मेरे अन्दर आशा जगी, जिससे मुझे स्वस्थ होने की प्रेरणा मिली। एक परिवर्तन जल्द ही आनेवाला था और मैं उत्सुकता से चुपचाप इसकी प्रतीक्षा कर रही थी। किन्तु वह समय टालता गया। दिन और सप्ताह बीतते गए। मेरा स्वास्थ्य पहले जैसा हो गया था, किन्तु उस विषय की कोई चर्चा ही नहीं होती थी, जो मेरे मन में मँडरा रही थी। श्रीमती रीड कभी-कभी मुझे कठोर दृष्टि से देखतीं, किन्तु कभी बात नहीं करती थीं। मेरी बीमारी के समय से उन्होंने मेरे और स्वयं एवं अपने बच्चों के बीच अलगाव की एक रेखा-सी खींच दी थी। एक छोटी कोठरी मेरे सोने के लिए दे दी गई थी, जहाँ मुझे अकेले भोजन करना पड़ता और सारा दिन नर्सरी में बिताना पड़ता; जबकि मेरे ममेरे भाई-बहन आराम से हमेशा ड्राइंगरूम में रहते। यद्यपि वह मुझे स्कूल भेजने के सम्बन्ध में कभी एक शब्द भी नहीं बोलीं, फिर भी मैं मन में निश्चित रूप से समझ रही थी कि वह मुझे इस घर में अधिक दिन सहन नहीं करेंगी। इसलिए कि उनकी दृष्टि यदि कभी मुझ पर पड़ जाती, तो पहले से भी गहरी और अदम्य घृणा की आग उगलती।

जाहिर है कि आदेश का पालन करती हुई एलिजा और जार्जियाना मुझसे बहुत कम बोलतीं और जॉन मुझे देखकर जीभ निकाल देता। एक बार उसने मुझे प्रताड़ित करने की चेष्टा की, किन्तु मैं जैसे ही पहले की भाँति गहरी क्रोधाग्नि और हताश विद्रोह के साथ उस पर टूटी, उसने जान बचाना ही उचित समझा। वह गालियाँ बकता और यह चिल्लाता हुआ भागा कि मैंने उसकी नाक तोड़ दी। मैंने सच ही उसके उस महत्त्वपूर्ण अंग पर बड़े जोर का घूँसा लगाया था। जब मैंने यह देखा कि इस घूँसे या मेरे गुर्राने से वह डरता है तो मेरी बार-बार यही करने की इच्छा होने लगी। किन्तु वह तो अपनी माँ के पास पहुँच चुका था। उसने अपनी माँ से रोकर सुनाना शुरू ही किया था कि 'वह दुष्ट जेन आयर मुझ पर पागल बिल्ली की तरह झपटी,' कि माँ ने उसे कठोरता से रोकते हुए कहा, "उसकी बात मुझसे मत करो, जॉन ! मैंने तुम्हें मना किया था उसके पास जाने से। वह देखने योग्य नहीं है। मैं नहीं चाहती तुम या तुम्हारी बहनें उससे मिले-जुलें।"

सीढ़ी के हत्थे पर झुकी-झुकी मैं बिना सोचे-समझे चिल्लाकर बोल पड़ी, ''वे ही मुझसे मिलने-जुलने योग्य नहीं हैं।''

श्रीमती रीड एक मोटी-सोटी महिला थीं, किन्तु इस विचित्र तथा धृष्टतापूर्ण घोषणा को सुनकर वह तेजी से सीढ़ियों पर दौड़ीं, मुझे झकझोरती हुई नर्सरी में ले गईं और खाट पर मुझे पटकती हुई गुरु-गम्भीर आवाज में बोलीं कि, ''अब यदि यहाँ से उठी और एक शब्द भी बोली तो देखना।''

मैं अनायास बोल उठी, ''यदि मामा रीड जीवित होते, तो वे तुम्हें क्या कहते ?''

मैं अनायास इसलिए कह रही हूँ कि बिना मेरी इच्छा के ये शब्द मेरी जिह्वा से निकल पड़े थे, मेरे अन्दर का कोई बोल पड़ा था, जिस पर मेरा कोई नियन्त्रण नहीं था।

''क्या ?'' श्रीमती रीड साँस रोककर बोलीं। उनकी कठोर स्थिर भूरी आँखें भय के भाव से विचलित हो उठीं। उन्होंने अपने हाथ मेरी बाँह पर से हटा लिये और मुझे ऐसे घूरकर देखने लगीं मानो समझ नहीं पा रही हों कि मैं बच्ची हूँ या कोई प्रेत।

अब मेरी बारी थी। मैं बोली, ''मेरे मामा रीड स्वर्ग में हैं, और तुम जो कर रही हो या सोच रही हो वह सब वे देख रहे हैं, और मेरे माता-पिता भी देख रहे हैं। वे जानते हैं कि तुम कैसे मुझे इस घर में दिन-भर बन्द रखती हो और चाहती हो कि मैं मर जाऊँ।''

श्रीमती रीड ने अपनी शक्ति बटोरी, मुझे खूब झकझोरा, मेरे कान ऐंठे और बिना एक शब्द बोले चली गईं। बेस्सी ने एक घंटे तक मुझे उपदेश दिया, जिसमें उसने निर्विवाद रूप से प्रमाणित कर दिया कि मैं संसार की सबसे दुष्ट और बहकी हुई बालिका हूँ। मुझे कुछ-कुछ विश्वास भी होने लगा क्योंकि सच ही मेरे मन में बुरे भाव कुलबुला रहे थे।

नवम्बर, दिसम्बर और जनवरी का प्रथमार्द्ध भी बीत गया। क्रिस्मस और नववर्ष दिवस हमेशा की भाँति उत्सवपूर्ण ढंग से, उल्लास के साथ गेट्सहेड में मनाए गए। उपहारों का आदान-प्रदान हुआ; भोज और सन्ध्याकालीन पार्टियाँ दी गईं। इस सब आनन्द से मुझे अवश्य वंचित रखा गया। मेरे हिस्से का आनन्द मात्र यही था–प्रतिदिन एलिजा और जार्जियाना को अच्छे वस्त्र पहने देखना, उन्हें सीढ़ियों से उतरकर ड्राइंगरूम में जाते देखना, उन्हें बालों को खूब सजाकर तथा पतले मलमल के फ्रॉक और लाल स्कर्ट पहनकर बाहर जाते देखना, और बाद में नीचे से आती हुई प्यानो और बाँसुरी के स्वर सुनना, खानसामों और नौकरों को इधर-उधर दौड़ते देखना, जलपान दिए जाने के दौरान चाइना प्लेट और गिलासों की खनखनाहट सुनना और ड्राइंगरूम के खुलते-बन्द होते दरवाजे से वार्तालाप के टूटे-फूटे अंश सुनना। यह देखते-देखते जब मैं थक जाती, तो सीढ़ियों से उतरकर अपने एकान्त और नीरव नर्सरी में लौट आती। वहाँ मैं कुछ उदास तो होती, पर दुखी नहीं। सच कहूँ तो मुझे आगन्तुकों के बीच जाने की बिल्कुल इच्छा नहीं होती थी क्योंकि बैठकों में कोई मुझ पर ध्यान नहीं देता था। इसके

अतिरिक्त महिलाओं और पुरुषों से भरे कमरे में श्रीमती रीड की डरावनी आँखों के नीचे समय बिताने की अपेक्षा मुझे बेस्सी के साथ शाम बिताना कहीं अधिक प्रिय था, बशर्ते बेस्सी दयालु और मिलनसार मूड में हो तो। लेकिन बेस्सी उन लड़कियों को कपड़े आदि पहनाने के बाद स्वयं भी रसोईघर या आया के कमरे के आनन्दमय वातावरण में चली जाती थी और साथ ही बत्ती भी ले जाती थी। तब मैं अपनी गुड़िया को गोद में रखकर बैठी रहती थी। तब तक आग धूमिल होने लगती थी और मैं इधर-उधर झाँककर देख लेती थी कि अँधेरे कमरे में किसी डरावनी चीज का प्रवेश तो नहीं हुआ है। और जब आग बुझते हुए मद्धम लाल होने लगती तो प्रयास करके कोट, टोपी आदि की गाँठ खोलकर, ठंडक और अन्धकार से बचने के लिए अपनी खाट में घुस जाती। इस खाट पर मैं अपने साथ गुड़िया को भी ले जाती थी। मानव-मात्र के लिए किसी को प्यार करना अनिवार्य है और प्यार के किसी उत्तम पात्र के अभाव में मैं इसी कुरूप रूखी-सूखी गुड़िया को प्यार करके प्रसन्नता पाने लगी थी। अब तो मुझे यह सोचकर अचरज होता है कि मैं कितनी निष्ठा से उस छोटी गुड़िया को प्यार करती थी, मानो यह सजीव हो और भावों को समझने में सक्षम हो। जब तक मैं इसे अपने फ्रॉक में लपेट न लेती, मुझे नींद नहीं आती थी, और जब यह सुरक्षित और गर्म रहती तो उसे प्रसन्न समझकर मैं भी प्रसन्न हो जाती।

अतिथियों के जाने और सीढ़ियों पर बेस्सी के आने की पदचाप सुनने की प्रतीक्षा करते-करते घंटों बीत जाते। कभी-कभी अपना अंगुश्ताना या कैंची ढूँढ़ने बेस्सी बीच में ही आ जाती, और कभी मेरा रात का भोजन यानी एक मीठी रोटी या पनीर रोटी लेकर आती। तब वह मेरे खाने तक बिछावन पर बैठती, भोजन के बाद मुझे चादर ठीक से ओढ़ा देती और दो बार चूमकर मुझे 'गुड नाइट मिस जेन' कहती। इस तरह के भले मूड में बेस्सी मुझे संसार में सबसे अच्छी, सबसे सुन्दर और सबसे दयालु मालूम पड़ती। तब मेरी यही आन्तरिक इच्छा होती कि बेस्सी हमेशा ऐसी ही प्रिय और मुधर बनी रहे और मुझे कभी नहीं धकियाए, डाँटे या उलटी बातें कहे, जैसाकि वह प्रायः कर दिया करती थी। मुझे लगता है कि बेस्सी अच्छे स्वभाव की लड़की थी, काम करने में बहुत चुस्त थी, और उसका कहानी कहने का ढंग बहुत प्रशंसनीय था, जैसीकि उसकी नर्सरी की कहानियाँ सुनकर मैंने धारणा बनाई थी। उसके चेहरे और व्यक्तित्व के बारे में मेरी स्मृति के अनुसार वह सुन्दर थी। मुझे स्मरण है कि वह एक दुबली-पतली नवयुवती थी, काले बाल, काली आँखें, तीखे नाक-नक्श और अच्छे गोरे रंग की, पर वह कुछ झक्की और हड़बड़ी स्वभाव की थी, तथा सिद्धान्त और न्याय के विषय में अधिक नहीं सोचती थी। फिर भी, वह जैसी भी थी, वह मुझे गेट्सहेड हॉल के किसी भी व्यक्ति से अधिक प्रिय थी।

जनवरी की 15 तारीख थी। सवेरे के नौ बजे थे। बेस्सी जलपान करने नीचे गई थी। मेरे ममेरे भाई-बहन अभी तक अपनी माँ के पास नहीं बुलाए गए थे। एलिजा अपनी टोपी और गर्म कोट पहनकर मुर्गीखाना में जाने और मुर्गियों को दाना खिलाने

के लिए तैयार हो रही थी। यह काम उसे बहुत प्रिय था, पर खानसामे के हाथों अंडे बेचना और इससे प्राप्त पैसा जमा करना भी उसे कुछ कम प्रिय नहीं था। व्यापार में उसकी रुचि थी, और उसमें बचत करने की प्रबल प्रवृत्ति भी थी, जो इससे स्पष्ट प्रमाणित होता था कि सिर्फ अंडों और चूजों की बिक्री से ही नहीं, बल्कि फूलों, बीजों और पौधों को बेचते समय माली से भी वह मेलजोल करती। माली के लिए मालकिन का आदेश था कि यह लड़की जो सामान बेचना चाहे, उसे खरीद लिया जाए। एलिजा तो अपने बाल भी बेच लेती यदि उसे इसका पूरा-पूरा दाम इससे मिलता। अपने पैसे वह किसी कोने में छिपाकर रखती थी, चिथड़े या कागज में लपेटकर। उसकी कुछ जमा राशि एक बार दाई ने देख ली। अपने मूल्यवान कोष के किसी दिन चोरी हो जाने के भय से वह भारी ब्याज पर (पचास या साठ प्रतिशत की दर से) माँ को देने पर सहमत हो गई। यह ब्याज वह हर तीन माह पर माँ से वसूल लेती थी और इसका लेखा-जोखा वह एक डायरी में बड़ी सावधानी से रखती थी।

जार्जियाना एक ऊँचे स्टूल पर बैठी थी। दर्पण में अपने बाल सँवारती और लटों में नकली फूल और सूखे पंख लगाती हुई, जिसका भंडार उसे झरोखे के ड्रावर में मिल गया था। मैं अपना बिछावन ठीक कर रही थी, क्योंकि बेस्सी ने मुझे कड़ा आदेश दिया था कि उसके लौटने के पूर्व मैं इसे ठीक करके रखूँ। (बेस्सी अब प्रायः मुझसे कमरा साफ करने, कुर्सियाँ झाड़ने जैसे छोटी दाई के काम करा लेती थी।) अपने लिहाफ को ठीक करके और अपने रात के परिधान को मोड़कर मैं खिड़की की सिल की ओर गई ताकि चित्रमय पुस्तकों और गुड़ियाघर के बिखरे फर्नीचरों को ठीक कर दूँ। उसी समय जार्जियाना के अचानक आदेश से मेरे हाथ रुक गए कि मैं उसके खेल की वस्तुओं को न छूऊँ। तब और कोई काम नहीं रहने के कारण मैं खिड़की के पास फैले बर्फ से ढँके फूलों को सूँघने लगी और इसी क्रम में खिड़की के शीशे में थोड़ी जगह साफ कर ली, ताकि मैं धरती को देख सकूँ, जो घोर हिमपात के कारण नीरव और जकड़ी पड़ी थी।

इस खिड़की से दरबान का घर और गाड़ी का रास्ता दिखाई पड़ता था। जैसे ही मैंने शीशे को ढँकती हुई हिम-श्वेत डालियों को हटाया, ताकि बाहर देख सकूँ, मैंने देखा कि गेट खुला और एक गाड़ी अन्दर आई। मैं बेमन से गाड़ी को ऊपर आते देखती रही, क्योंकि गेट्सहेड में गाड़ियाँ तो प्रायः आया करती थीं, पर किसी में ऐसे अतिथि नहीं आते थे जिनमें मेरी कोई रुचि होती। यह घर के सामने रुकी, जोर की घंटी बजी और आगन्तुक ने प्रवेश किया। यह सब मेरे लिए अर्थहीन था। इसलिए मेरा खाली ध्यान एक छोटी भूखी रोबिन चिड़िया की ओर आकृष्ट हो गया जो खिड़की से सटे चेरी वृक्ष की पत्तीविहीन डालियों पर आकर चहचहाने लगी थी। मेरे जलपान की रोटी और दूध के अवशेष मेज पर बिखरे पड़े थे। रोटी के टुकड़े को उठाकर, खिड़की का पल्ला पकड़कर मैं इन टुकड़ों को खिड़की की चौखट पर रख रही थी कि बेस्सी सीढ़ियों से दौड़ती हुई नर्सरी में घुसी।

"मिस जेन, अपनी पिनाफोट (कपड़ों के ऊपर पहना जानेवाला कपड़ा) खोलो, तुम

वहाँ क्या कर रही हो ? क्या तुमने आज हाथ-मुँह धो लिया है ?''

उत्तर देने से पहले मैंने फिर खिड़की के पल्ले को खींचा, ताकि रोटी को चिड़िया तक ठीक से पहुँचा सकूँ। पल्ला पकड में आ गया था, इसलिए मैंने रोटी के टुकड़े बिखेर दिए। कुछ चौखट पर, कुछ चेरी के झुरमुट में। तब खिड़की बन्द करती हुई मैंने उत्तर दिया–

''नहीं। बेस्सी, मैंने तो अभी झाड़-पोंछ ही समाप्त किया है।''

''झमेला करनेवाली, लापरवाह बच्ची ! और अब क्या कर रही हो ? चेहरा लाल हो गया है। लगता है, तुम कुछ शैतानी कर रही थी। तुम खिड़की किसलिए खोल रही थी ?''

मुझे उत्तर देने का कष्ट नहीं उठाना पड़ा, क्योंकि बेस्सी इतनी जल्दी में थी कि उत्तर सुनना भी नहीं चाहती थी। बेस्सी ने जल्दी से मुझे बेसिन के पास खड़ा किया, साबुन-पानी और खुद्दरे तौलिए से जोर से मेरा मुँह-हाथ जल्दी-जल्दी पोंछ दिया, ब्रुश लेकर बाल ठीक किया, पिनाफोट उतारा और जल्दी-जल्दी मुझे सीढ़ियों से ऊपर ले चली। ऊपर पहुँचकर उसने मुझे अन्दर जाने का आदेश दिया क्योंकि मुझे जलपानकक्ष में बुलाया गया था।

मैं पूछनेवाली थी कि मुझे किसने बुलाया है, और क्या श्रीमती रीड भी वहाँ हैं, पर बेस्सी तब तक जा चुकी थी और नर्सरी का दरवाजे भी बन्द कर चुकी थी। मैं धीरे-धीरे बढ़ी। लगभग तीन महीने से श्रीमती रीड ने मुझे कभी अपने सामने नहीं बुलाया था। इतने दिन नर्सरी में रहने के कारण, जलपानकक्ष, भोजनकक्ष तथा ड्राइंगरूम मेरे लिए एक अजनबी क्षेत्र-से बन गए थे, जिसमें घुसते हुए मुझे डर लगता था।

मैं उसी खाली हॉल में खड़ी रही। मेरे सामने ही जलपानकक्ष का द्वार था, पर मैं खड़ी रही। भयभीत और काँपती हुई। अनुचित दंड से उत्पन्न भय ने उन दिनों मुझे कितना दयनीय, कितना कायर-सा बना दिया था! मुझे नर्सरी में लौटने में भी भय लगता था और आगे बरामदे में जाने में भी। उसी उधेड़बुन में मैं दस मिनट तक वहाँ खड़ी रही। इसी समय जलपानकक्ष में जोर से घंटी बज उठी। अब मुझे *जाना ही पड़ा*।

दोनों हाथों से जोर लगाकर दरवाजे की कुंडी घुमाई, जिसने दो-एक सेकंड तक मेरी कोशिशों का विरोध किया और मन में सोचा, मुझे कौन बुला रहा है, अन्दर मैं श्रीमती रीड के अतिरिक्त किसे पाऊँगी–कोई पुरुष या स्त्री ?

कुंडी घूमी और दरवाजा खुल गया। अन्दर प्रवेश करके नमस्कार करने के बाद मैंने देखा–एक काला खम्भा! वह मुझे प्रथम दृष्टि में ऐसा ही प्रतीत हुआ–सीधा, पतला व्यक्ति, काले परिधान में तना हुआ, दरी पर खड़ा था। उसका चेहरा एक ढँके हुए नकाब की तरह लगता था जो खम्भे के तने के ऊपर रखा हुआ लगता था।

श्रीमती रीड अँगीठी के पास अपने निश्चित स्थान पर ही बैठी थीं। उन्होंने मुझे आने का संकेत दिया। मैं बढ़ी। उन्होंने उस पथरीले अजनबी से मेरा परिचय इन शब्दों में कराया, ''यही वह छोटी लड़की है जिसके सम्बन्ध में मैंने आपके पास आवेदन भेजा था।''

वह, जो सचमुच मनुष्य ही था, उसने धीरे-धीरे अपना सिर उस ओर घुमाया, जिधर मैं खड़ी थी। घनी भौंहों के नीचे चमकती अपनी दो उत्सुक भूरी आँखों से मुझे परखकर, शुष्क और खनकती आवाज में बोला, ''छोटी लगती है। इसकी क्या उम्र होगी ?''

''दस वर्ष।''

सशंकित उत्तर आया—''इतना?'' फिर वह कुछ मिनटों तक मुझे जाँचता रहा। फिर उसने मुझसे कहा, ''छोटी लड़की ! तुम्हारा नाम क्या है ?''

''जेन आयर, महाशय!''

इन शब्दों को बोलते हुए मैंने ऊपर देखा। वह मुझे एक लम्बा आदमी लगा। लेकिन मैं बहुत छोटी थी। उसका चेहरा बड़ा था। चेहरा तथा अंग-प्रत्यंग कठोर और रूखे लगते थे।

''खूब जेन आयर, क्या तुम एक सुशील बच्ची हो ?''

इस प्रश्न का उत्तर 'हाँ' में देना असम्भव था, क्योंकि मेरी छोटी-सी दुनिया इससे विपरीत विचार रखती थी। अतः मैं चुप रही। मेरे बदले श्रीमती रीड ने सिर हिलाते हुए उत्तर दिया—

''इस विषय पर तो जितना कम बोला जाए, उतना ही अच्छा, मि. ब्रोकलहर्स्ट।''

''यह जानकर सचमुच दुख हुआ। मैं और वह थोड़ी बातें करें।'' ऐसा कहकर, अपनी सीधी मुद्रा को थोड़ा झुकाकर, वह श्रीमती रीड के सामने आरामकुर्सी पर विराजमान हो गए और बोले—''यहाँ आओ।''

मैं कालीन पर आगे बढ़ी। उन्होंने मुझे अपने सामने सीधा खड़ा कर दिया। अब उनका चेहरा मेरी ही सतह पर आ गया था। तब मुझे लगा कि यह कैसी आकृति है! कितनी बड़ी नाक ? कैसा मुँह है ! कितने बड़े, उभरे-से दाँत हैं!

उन्होंने बोलना आरम्भ किया, ''एक दुष्ट बच्चे को देखने से बुरा कोई और दृश्य नहीं होता, विशेषकर जब वह दुष्ट एक छोटी लड़की हो। तुम्हें पता है कि मरने के बाद दुष्ट कहाँ जाते हैं ?''

मैंने तुरन्त परम्परागत उत्तर दिया, ''नरक में जाते हैं।''

''नरक क्या होता है ? बता सकती हो ?''

''अग्नि से भरी एक खाई।''

''क्या तुम उस खाई में गिरना और जलते रहना चाहोगी ?''

''नहीं, श्रीमान!''

''तो इससे बचने के लिए तुम्हें क्या करना चाहिए ?''

मैं एक क्षण सोचती रही और फिर जो उत्तर मैंने दिया वह आपत्तिजनक था, ''मुझे अपना स्वास्थ्य अच्छा रखना चाहिए, ताकि मरूँ नहीं।

''तुम स्वास्थ्य अच्छा बनाकर कैसे रख सकती हो ? तुमसे भी छोटे बच्चे प्रतिदिन मरते हैं। एक-दो ही दिन पहले मैंने एक पाँच वर्ष के बच्चे को दफनाया था—एक भला बच्चा जिसकी आत्मा स्वर्ग में चली गई। यदि तुम्हें वहाँ से बुलावा आ जाए, तो तुम्हारे

विषय में तो भला नहीं कहा जा सकता।''

उसकी शंकाओं को दूर करने की स्थिति में नहीं होने के कारण मैंने अपनी आँखें नीचे गड़ा दीं और कालीन पर रखे उसके दो चौड़े-चौड़े पैरों को देखने लगी। उससे दूर भागने की इच्छा करते हुए मैंने आह भरी।

''मुझे आशा है कि यह आह तुम्हारे हृदय से निकली है और अपनी परम् उपकारिन को कभी दुख पहुँचाने के लिए तुम्हें पश्चात्ताप हो रहा है।''

'उपकारिन! उपकारिन! सभी श्रीमती रीड को मेरी उपकारिन कहते हैं। यही यदि उपकार है तो उपकारिन निश्चय ही एक अप्रिय वस्तु है,' मैंने मन-ही-मन कहा था।

प्रश्नकर्ता ने पूछना जारी रखा, ''क्या तुम सुबह-शाम प्रार्थना करती हो ?''

''हाँ, श्रीमान।''

''क्या तुम बाइबिल पढ़ती हो ?''

''कभी-कभी।''

''प्रसन्नता से ? क्या तुम्हें बाइबिल अच्छा लगता है ?''

''मुझे रिवीलेशन, डेनियल की किताब, जेनेसिस और सैमुएल थोड़ा एक्जोडस, किंग और क्रोनिकिल का कुछ भाग तथा जॉब और जोना अच्छे लगते हैं।''

''और साम (Psalms) ? आशा है, उन्हें भी तुम पसन्द करती हो ?

''नहीं, श्रीमान!''

''नहीं ! बड़े दुख की बात है। अरे, मेरा एक छोटा लड़का है, तुमसे भी छोटा। वह छह साम रटे हुए है। यदि तुम उससे पूछोगी कि चॉकलेट लोगे या साम की एक कविता सीखोगे, तो वह कहेगा कि 'साम की कविता। देवदूत भी साम गाते है! मैं इसी संसार में एक छोटा-सा देवदूत बनना चाहता हूँ।' अपनी शैशव-भक्ति के बदले तब उसे दो चॉकलेट मिल जाते हैं।

''साम पढ़ने में मन नहीं लगता,'' मैंने विचार प्रकट किया।

''इससे प्रमाणित हुआ की तुम दुष्ट हृदय की हो। ईश्वर से प्रार्थना करो कि वे इसे बदल दें, तुम्हें नया और स्वच्छ हृदय दें, तुम्हारे पत्थर का हृदय हटाकर हाड़-मांस का हृदय दें।''

हृदय कैसे बदल जाता है, इस प्रक्रिया के सम्बन्ध में मैं एक प्रश्न पूछने ही जा रही थी कि श्रीमती रीड ने बात काटते हुए मुझे बैठ जाने का आदेश दिया और स्वयं वार्तालाप करने लगीं।

''मि. ब्रोकलहर्स्ट, मेरा खयाल है तीन सप्ताह पूर्व मैंने जो पत्र आपको लिखा था, उसमें बतलाया था कि इस लड़की का चरित्र और स्वभाव मेरी रुचि के अनुकूल नहीं हैं। मैं प्रसन्न हूँगी यदि आप उसे अपने लोवुड स्कूल में भरती कर लें और वहाँ की निरीक्षिका और शिक्षिकाओं को इस पर कड़ी दृष्टि रखने का निर्देश दें, और सबसे बढ़कर यह कि इसकी ढोंग रचने की जो घटिया प्रवृत्ति है उससे सावधान रहें। जेन, मैं यह सब तुम्हारे सामने ही सुना रही हूँ, ताकि तुम मि. ब्रोकलहर्स्ट पर सिक्का जमाने

की चेष्टा न कर सको।''

निस्सन्देह, मैं श्रीमती रीड से डरती थी और उन्हें नापसन्द करती थी, क्योंकि मुझे कठोर आघात पहुँचाते रहना उनका स्वभाव ही था। उनकी उपस्थिति में मैं कभी प्रसन्न नहीं रह पाती थी। मैं कितनी ही सावधानी से उनकी आज्ञा का पालन करूँ, उन्हें प्रसन्न करने की कितनी ही चेष्टा करूँ, मेरी सारी चेष्टाएँ दुत्कार दी जाती थीं। और इसी प्रकार के वाक्यों से उनका प्रतिदान दिया जाता था। किन्तु अभी-अभी एक अपरिचित के समक्ष लगाए गए इन आरोपों ने मेरा हृदय छलनी कर दिया। मेरी समझ में यह बात कुछ-कुछ आने लगी कि जिस नए जीवन में ये मुझे ढकेल रही हैं, वहाँ से भी आशाओं को बाहर धकेल दे रही हैं। मैं बोल तो नहीं पाई, पर अनुभव किया कि वे मेरे भविष्य के मार्ग में भी घृणा और कठोरता के बीज बो रही हैं। मुझे लगा कि मैं मि. ब्रोकलहर्स्ट की दृष्टि में एक छली और घृणित बच्ची हो चुकी हूँ। मैं क्या करूँ कि इस नुकसान की भरपाई हो जाए।

'कुछ नहीं कर सकती, कुछ भी नहीं कर सकती,' सिसकियों को दबाने की चेष्टा करते हुए तथा गहरी पीड़ा के अक्षम प्रमाण-स्वरूप अपने आँसू की बूँदों को शीघ्र पोंछते हुए मैंने सोचा।

मि. ब्रोकलहर्स्ट ने कहा, ''निस्सन्देह, छल बच्चों का एक दुखद दुर्गुण है। यह झूठ के समान है और झूठों को आग और गन्धक की खाई में अपना भाग भोगना ही पड़ेगा। खैर, इस पर ध्यान रखा जाएगा, श्रीमती रीड। मैं मिस टेम्पल और अन्य शिक्षिकाओं से इस सम्बन्ध में बात करूँगा।''

मेरी उपकारिन ने आगे कहना जारी रखा, ''मैं चाहती हूँ कि उसके भावी जीवन को दृष्टिगत रखते हुए ही उसका पालन-पोषण हो। उसे उपयोगी और विनम्र बनाया जाए। जहाँ तक लम्बे अवकाशों का प्रश्न है, मैं चाहती हूँ कि आपकी अनुमति से वह उन्हें हमेशा लोवुड में ही बिताया करे।''

मि. ब्रोकलहर्स्ट ने उत्तर दिया, ''आपका निर्णय बिल्कुल न्यायोचित है, मादाम ! विनम्रता तो एक ईसाई की शोभा है और लोवुड के शिष्यों के पूर्ण अनुरूप है। इसलिए मैंने विशेष निर्देश दे रखा है कि उनमें इस गुण को जगाने पर विशेष ध्यान दिया जाए। उनमें अभिमान की भावना को कैसे मिटाया जाए, इस पर मैंने अध्ययन किया है और हाल ही में मुझे अपनी सफलता का एक सुखद प्रमाण मिला है। मेरी दूसरी बेटी आगस्ता अपनी माँ के साथ स्कूल देखने गई थी, लौटकर बोल पड़ी, ''ओ प्यारे पापाजी, लोवुड की लड़कियाँ कितनी शान्त और साधारण दिखती हैं! सभी के बाल कंघी करके कान के पीछे किए हुए, लम्बा झलँगा पहने हुए, उनके छोटे पॉकेट फ्रॉक से बाहर लटकते हुए, मानो सभी भिखारी बच्चे हो! और वे सब मेरी और माँ के परिधान को ऐसे देखने लगीं जैसे पहले कभी सिल्क फ्रॉक देखा ही नहीं हो।''

श्रीमती रीड ने उत्तर दिया, ''यही बात तो मुझे पसन्द है। मैं पूरे इंग्लैंड में ढूँढ़ने पर भी जेन आयर जैसी बच्ची के लिए इससे अच्छी व्यवस्था कहीं अन्य नहीं कर पाती।

एकरूपता, प्रिय श्री ब्रोकलहर्स्ट, मैं सभी चीजों में एकरूपता की तरफदारी करती हूँ।''

''एकरूपता तो मादाम, ईसाइयों का पहला कर्तव्य है और लोवुड संस्था की हर व्यवस्था में इसका पालन किया गया है। सादा जीवन, साधारण वस्त्र, साधारण निवास, परिश्रम से काम करने की आदत–उस घर और उसके निवासियों की यह दिनचर्या है।''

''बिल्कुल ठीक, महाशय ! तब मैं आश्वस्त हो लूँ कि यह लड़की वहाँ प्रवेश पा लेगी और अपनी स्थिति और भविष्य के अनुकूल प्रशिक्षण पाएगी ?''

''हाँ, हाँ, मादाम ! यह उस बाग के चुने पौधों के बीच रखी जाएगी और मुझे विश्वास है कि इस सुविधा के बदले कृतज्ञता प्रदर्शित करेगी।''

''तो जितनी जल्दी हो सके, मैं उसे भेज दूँगी, मि. ब्रोकलहर्स्ट, क्योंकि विश्वास कीजिए, मैं स्वयं इस उत्तरोत्तर कष्टदायक उत्तरदायित्व से मुक्त होने के लिए चिन्तित हूँ।''

''बेशक, मादाम! अब मैं आपसे अनुमति चाहूँगा। मैं एक-दो सप्ताह में ब्रोकलहर्स्ट हॉल लौटूँगा क्योंकि मेरे मित्र आर्कडीकन मुझे इससे पहले तो लौटने नहीं देंगे। मैं मिस टेम्पल को एक सूचना भेज देता हूँ कि एक नई लड़की उनके पास आनेवाली है, ताकि इसके वहाँ प्रवेश में कोई कठिनाई नहीं हो। नमस्कार!''

''विदा मि. ब्रोकलहर्स्ट, श्रीमती ब्रोकलहर्स्ट और कुमारी ब्रोकलहर्स्ट को मेरी याद दिलाइएगा और आगस्टा, थियोडोर और छोटे ब्राउटन ब्रोकलहर्स्ट को भी।''

''अवश्य, मादाम! ऐ छोटी लड़की, यह *'बच्चों की पथप्रदर्शक'* नाम की एक पुस्तक है। इसे प्रार्थना करके पढ़ना, विशेषकर वह भाग जिसमें झूठ और छल करनेवाली एक दुष्ट लड़की मार्था जी. की भयावह मृत्यु का वर्णन है।''

इन शब्दों के साथ मि. ब्रोकलहर्स्ट ने जिल्द लगी एक छोटी पुस्तिका मेरे हाथ में रख दी और घंटी बजाकर गाड़ी बुलवाने के बाद चले गए।

अब सिर्फ श्रीमती रीड और मैं कमरे में रह गईं। कुछ मिनट चुप्पी में बीते वे सिलाई कर रही थीं और मैं उन्हें देख रही थी। श्रीमती रीड उन दिनों छत्तीस-सैंत्तीस वर्ष की रही होंगी। वह सशक्त शरीरवाली महिला थीं। चौड़े कन्धे, तगड़े अंग, बहुत लम्बी नहीं थीं। स्वस्थ, किन्तु मोटी नहीं थीं। उनका चेहरा कुछ बड़ा था, उनका निचला जबड़ा विकसित और ठोस था, भौंहें नीली थीं, ठुड्डी बड़ी और उभरी हुई थी, मुँह और नाक काफी अच्छे थे। उनकी हलकी भौंहों के नीचे दयाविहीन आँखें चमकती थीं। उनकी चमड़ी काले और धुँधले रंग की थी और बाल सन के रंग के थे। उनका शरीर बहुत ही मजबूत था। रोग उनके पास फटकता भी नहीं था। वे बिल्कुल चुस्त, चालाक व्यवस्थापिका थीं, उनका घर और उनकी प्रजा पूर्णतः उनके नियन्त्रण में थी। सिर्फ उनके बच्चे कभी-कभी उनके अधिकार को चुनौती देते थे या इसका उपहास करते थे। वे हमेशा ही अच्छे कपड़े पहनती थीं और सुन्दर वस्त्रों में उनका व्यक्तित्व और निखर जाता था।

उनकी आरामकुर्सी से कुछ गज की दूरी पर एक छोटे-से स्टूल पर बैठी हुई मैं उनके

शरीर, उनके नाक-नक्श को देख-परख रही थी। मेरे हाथों में वही धार्मिक उपदेश-भरी किताब थी जिसमें किसी झूठे बच्चे के आकस्मिक निधन की कहानी थी, जिसकी ओर समुचित चेतावनी के रूप में मेरा ध्यान दिलाया गया था। अभी जो कुछ हुआ था, मेरे विषय में मि. ब्रोकलहर्स्ट से श्रीमती रीड ने जो कुछ कहा था, उनके वार्तालाप का पूरा भाव अभी मेरे मन में ताजा था और मेरे मन को कचोट रहा था। प्रत्येक शब्द को मैंने जितना स्पष्ट सुना था उतनी ही तीखी इसकी चुभन भी अनुभव की थी और मेरे अन्दर आक्रोश का तूफान-सा उफन रहा था।

श्रीमती रीड ने सहसा ऊपर दृष्टि उठाई। उनकी आँखें मुझ पर टिकीं और तीव्र गति से चल रही उनकी उँगलियाँ भी थम गईं।

"कमरे से निकलो और नर्सरी में वापस जाओ।" उन्होंने आदेश दिया। मेरी दृष्टि या कुछ और चीज उन्हें अवश्य बुरी लगी होगी क्योंकि वे धीरे, किन्तु अत्यधिक चिड़चिड़े स्वर में बोली थीं। मैं उठी, द्वार तक गई, किन्तु फिर लौटी। मैं कमरे में होते हुए खिड़की तक गई और फिर उनके समीप आई। मैं मन में सोच रही थी, मुझे बोलना तो *होगा ही,* और *जबाव* देना भी। किन्तु कैसे ? अपने प्रतिद्वन्द्वी पर प्रतिघात करने की मुझमें भला कितनी शक्ति है ? फिर भी मैंने अपनी शक्ति बटोरी और इस कठोर वाक्य के साथ उन पर आघात किया–

"मैं कपटी नहीं हूँ। यदि होती तो कहती कि मैं *आपको* प्यार करती हूँ। पर मैं स्पष्ट कहती हूँ कि मैं आपको प्यार नहीं करती। जॉन रीड को छोड़ दें तो संसार के किसी भी व्यक्ति की अपेक्षा आपसे मैं अधिक घृणा करती हूँ। और झूठ के बारे में लिखी गई यह किताब आप अपनी बेटी जार्जियाना को दीजिए क्योंकि झूठ वही बोलती है, मैं नहीं।"

श्रीमती रीड के हाथ सिलाई के सामान पर निष्क्रिय पड़े थे। उनकी क्रुद्ध आँखें मुझ पर जम-सी गई थीं।

"तुम्हें और क्या कहना है ?" उन्होंने ऐसे स्वर में पूछा, जैसे किसी बच्चे से नहीं, बल्कि कोई अपने समकक्ष विरोधी से पूछता है।

उनकी उस दृष्टि से, उनके उस स्वर से मेरी घृणा और जाग उठी। सिर से पाँव तक काँपते हुए और असीम आक्रोश से उत्तेजित होते हुए मैं आगे बोलने लगी–

"मुझे प्रसन्नता है कि तुम मेरी सम्बन्धी नहीं हो। मैं जीवन-भर तुम्हें कभी मामी नहीं कहूँगी। मैं जब बड़ी हो जाऊँगी तो कभी तुम्हें देखने नहीं आऊँगी और यदि कोई मुझसे पूछे कि तुम मुझे कैसी लगती हो, अथवा तुम मुझसे कैसा बरताव करती थी तो मैं कहूँगी कि तुम्हारे नाम से ही मुझे बेचैनी होने लगती है और तुम मुझसे घोर निष्ठुरतापूर्वक बरताव करती थीं।"

"तुम ऐसा बोलने की साहस कैसे करती हो, जेन आयर ?"

"कैसे करती हूँ मैं, श्रीमती रीड, कैसे ? क्योंकि यही *सच* है। तुम समझती हो कि मेरे भीतर कोई भावना नहीं है और मैं जरा-सा प्यार और दया के बिना भी जी सकती

हूँ। लेकिन इस प्रकार नहीं जी सकती, और तुममें तो दया है भी नहीं। मैं मरने के दिन तक याद रखूँगी कि तुमने मुझे कैसे धकेला था, कैसे निष्ठुरता से और जोर से उस लाल कमरे में धकेला था और मुझे ताले में बन्द कर दिया था, जबकि यातना से मेरा दम घुट रहा था और मैं वेदना से चिल्ला रही थी–'दया करो मामी, दया करो।' और वह दंड तुमने मुझे इसलिए दिया कि तुम्हारे दुष्ट बेटे ने मुझे मारा था और मुझे अकारण नीचे पटक दिया था। कोई मुझसे पूछेगा तो मैं यही कहानी कहूँगी। लोग समझते हैं कि तुम अच्छी महिला हो, पर तुम बुरी हो, *निष्ठुर हृदयवाली*। तुम *कपटी* हो।''

इस उत्तर को समाप्त करते-करते मेरी आत्मा मुक्त होने लगी थी और स्वाधीनता तथा विजय के ऐसे विचित्र भावों से प्रसन्न हो गई थी जो मैंने कभी अनुभव नहीं किए थे। लगता था जैसे कोई अदृश्य बन्धन टूट गया हो और संघर्ष करके मैंने अप्रत्याशित मुक्ति प्राप्त कर ली हो। श्रीमती रीड कुछ भयभीत लग रही थीं, सिलाई के सामान उनके घुटनों से खिसककर गिर गए थे। हाथ ऊपर उठाकर वे झूलने-सी लगीं और उनका चेहरा बिचक रहा था मानो रो पड़ेंगी।

''जेन, तुम भ्रम में हो। क्या बात है ? तुम इतने जोर से काँप क्यों रही हो ? क्या पानी पीयोगी ?''

''नहीं, श्रीमती रीड।''

''क्या तुम कुछ चाहती हो, जेन ? मैं विश्वास दिलाती हूँ कि मैं तुम्हारी मित्र बनी रहना चाहती हूँ।''

''तुम नहीं। तुमने मि. ब्रोकलहर्स्ट से कहा कि मैं बुरे चरित्र और कपटी स्वभाव की हूँ। मैं लोवुड में सभी को बताऊँगी कि तुम क्या हो और तुमने क्या किया है।''

''जेन, तुम इन बातों को नहीं समझती। बच्चों के दुर्गुणों को दूर करना आवश्यक है।''

मैंने बहुत जोर से चिल्लाकर कहा, ''कपट मेरा दुर्गुण नहीं है।''

''लेकिन तुम क्रोधी हो, यह तो तुम मानोगी। अब तुम नर्सरी में लौट जाओ, प्यारी बच्ची, और थोड़ा आराम करो।''

''मैं तुम्हारी प्यारी नहीं हूँ। मैं आराम भी नहीं करूँगी। मुझे जल्दी स्कूल भेज दो, श्रीमती रीड, क्योंकि मुझे यहाँ रहने से घृणा है।''

श्रीमती रीड अपने आप से बुदबुदाईं, ''मैं सचमुच ही उसे जल्दी स्कूल भेज दूँगी,'' और अपने सिलाई के सामान को इकट्ठा करके वह कमरा छोड़कर चली गईं।

अब मैं वहाँ अकेली रह गई–युद्ध के मैदान की विजेता। यह मेरे जीवन की सबसे कठिन लड़ाई थी, और मेरी पहली जीत भी। मैं कुछ देर कालीन पर खड़ी रही जहाँ कुछ समय पहले मि. ब्रोकलहर्स्ट खड़े थे, और विजय का आनन्द अनुभव करती रही। पहले तो मैं मुस्कराई और प्रसन्न हुई, पर जैसे-जैसे मेरी धमनियों की उत्तेजना शान्त होती गई मेरा भयानक हर्ष भी थमने लगा। मेरी तरह अपने बड़ों से लड़कर तथा अपनी आक्रोशपूर्ण भावों को अनियन्त्रित ढंग से प्रदर्शित करके बच्चे अन्त में पश्चात्ताप की

चुभन और प्रतिक्रिया की सिहरन अनुभव किए बिना नहीं रह सकते। जब मैं श्रीमती रीड से झगड़ रही थी तथा उन पर आरोप लगा रही थी तो मेरी मनःस्थिति उस बंजर भूमि के मेड़ की तरह थी जिसके चारों ओर आग की लपटें धधक रही हों और फैलती हुई हर चीज को भस्मीभूत करने को तत्पर हों। किन्तु आग के बुझ जाने पर वह मेड़ जैसी काली और झुलसी हुई लगती है वैसी ही स्थिति मेरे मनोभावों की अब हो रही थी, जबकि आधे घंटे तक शान्ति से सोचने के बाद मैंने अपने पागलपन और अपनी घृणापूर्ण स्थिति को अनुभव किया था।

प्रतिशोध की भावना का मैंने जीवन में पहली बार अनुभव किया था। यह उस सुगन्धित शराब की भाँति थी जो पीते समय तो उष्ण और स्वादिष्ट लगती है, किन्तु उसके बाद जलन और कुरेदनेवाली अनुभूति से मुझे ऐसा लगा, जैसे मैंने विषपान किया हो। अब मैं स्वेच्छा से श्रीमती रीड के पास जाकर क्षमा माँगने को तत्पर थी, किन्तु मैं अपने अनुभव और अपनी अन्तःप्रेरणा से जानती थी कि ऐसा करने पर श्रीमती रीड मुझे तीखी घृणा के साथ झटक देंगी जिससे मेरे अन्दर की क्रोधाग्नि फिर भड़क जाएगी।

मैंने कटुवचन, क्रोध और घृणा की दुर्भावनाओं से ध्यान हटाकर किसी अच्छे काम में मन लगाने का प्रयत्न किया। मैंने अरबी कथाओं की एक पुस्तक निकाली और बैठकर पढ़ने की चेष्टा करने लगी। पर मैं पढ़े हुए का कोई सिर-पैर न पा सकी क्योंकि मेरी आँखों और पृष्ठ के बीच मेरे विचार ही छा जाते थे। हारकर मैंने उस जलपानकक्ष के शीशे के द्वार को खोला और बाहर देखा। बाहर की झाड़ियाँ बिल्कुल शान्त थीं। हवा न होने और धूप के नहीं निकलने के कारण घना कोहरा पूरे मैदान में छाया हुआ था। मैंने अपने सिर और बाँहों को अपने फ्रॉक के पल्लू से ढँक लिया और एक ओर के पेड़-पौधों के बीच घूमने निकल पड़ी जो बिल्कुल अलग-थलग थे। किन्तु उन नीरव वृक्षों, गिरते हुए फर के फलों और पतझड़ के अवशेष रूपी उड़ते पत्तों के ढेर में—जो भीगने से चिपककर कड़े हो गए थे—मुझे कोई आनन्द नहीं मिला। मैं एक गेट से टिककर खड़ी हो गई और सामने के खाली मैदान को देखने लगी जहाँ कोई भेड़ नहीं चर रही थी और जहाँ के घास कुम्हलाए और पीले लग रहे थे। यह बादलों-भरा दिन था। अपारदर्शी हिमपूर्ण आकाश सभी चीजों को ढँके हुए था। कभी-कभी बर्फ गिरने लगती थी जो पिघले बिना, कड़े रास्तों और मैदान पर जमी हुई थी।

मैं एक दुखियारी बच्ची, खड़ी हुई बार-बार मन में दुहरा रही थी कि अब मैं क्या करूँ ? अब मैं क्या करूँ ?

अचानक मैंने एक स्पष्ट स्वर को बुलाते सुना—"मिस जेन ! तुम कहाँ हो ? भोजन करने चलो।"

मैं खूब समझ गई, यह बेस्सी थी। लेकिन मैं हिली नहीं। उसकी हलकी पदचाप रास्ता पार करते हुए समीप आ रही थी।

पास आने पर उसने कहा, "नटखट बच्ची ! पुकारा जाता है तो आती क्यों नहीं ?"

जिन विचारों में मैं उलझी हुई थी उनकी तुलना में बेस्सी की उपस्थिति प्रसन्नतादायक लगी, यद्यपि हमेशा की भाँति वह कुछ चिड़चिड़ी हो रही थी। बात यह है कि श्रीमती रीड से झगड़ने और उन पर विजय प्राप्त पाने के बाद मुझे आया के क्षणिक क्रोध की कोई परवाह नहीं थी और मैं उसके मन के युवा भावों की छाँव में चहकना *चाहती थी*। मैंने उसके गले में बाँहें डालते हुए कहा, ''बेस्सी मुझे डाँटो मत।''

मेरी यह भंगिमा पहले की अपेक्षा अधिक बेलाग और निर्भीक थी। शायद यही उसे भा गई।

उसने मुझे देखते हुए कहा, ''तुम विचित्र बच्ची हो, मिस जेन। छोटी-सी, अकेले भटकनेवाली। मुझे लगता है, तुम तो अब स्कूल चली जाओगी।''

मैंने सिर हिलाकर हामी भरी।

''और इस बेचारी बेस्सी को छोड़ते तुम्हें दुख नहीं होगा ?''

''बेस्सी को मेरी क्या चिन्ता ? वह तो मुझे हमेशा डाँटती रहती है।''

''क्योंकि तुम हमेशा विचित्र, भयभीत, शर्मीली बनी रहती हो। तुम्हें निर्भीक होना चाहिए।''

''क्या और लात खाने के लिए ?''

''बकवास। हाँ, यह सच है कि तुम्हें हमेशा कुचला जाता है। पिछले सप्ताह जब मेरी माँ मुझसे मिलने आई थी तो वह कह रही थी कि वह अपने बच्चों को तुम्हारी जैसी हालत में रखना कभी नहीं सह पाती। अब चलो तुम्हारे लिए एक अच्छा समाचार है।''

''मेरे लिए कोई समाचार अच्छा नहीं होगा, बेस्सी।''

''अरे, यह क्या ? तुम कितनी उदास आँखों से मुझे देख रही हो! अच्छा, सुनो। मालकिन अपनी बेटियों और बेटे के साथ आज दोपहर चाय पर कहीं बाहर जा रही हैं, तो तुम मेरे साथ चाय पियोगी। मैं रसोइए को तुम्हारे लिए मीठी रोटी बनाने को कहूँगी। तुम मुझे अपना ड्रावर ढूँढ़ने में सहायता करना, ताकि मैं तुम्हारा बक्स आज ठीक कर दूँ। मालकिन तुम्हें एक-दो दिन में गेट्सहेड से भेज देना चाहती हैं। तुम अपनी पसन्द के खिलौने चुन लेना।''

''बेस्सी, मुझे वचन दो कि मेरे जाने तक तुम अब मुझे नहीं डाँटोगी।''

''अच्छा ठीक है। देखो, तुम बहुत अच्छी लड़की हो। तुम कभी भयभीत मत होना। कभी यदि मैं जोर से बोलूँ, तो चौंकना मत। इससे झुंझलाहट होती है।''

''नहीं, अब मैं कभी तुमसे नहीं डरूँगी, बेस्सी, क्योंकि तुमसे मैं घनिष्ठ हो गई हूँ। अब डरने के लिए मुझे जल्दी ही वहाँ दूसरे लोग मिलेंगे।''

''यदि तुम डरी, तो वे भी तुम्हें नापसन्द करने लगेंगे।''

''जैसे तुम करती हो, बेस्सी ?''

''मैं तुम्हें नापसन्द नहीं करती मिस, मैं तो तुम्हें दूसरे सभी लोगों से अधिक प्यार करती हूँ।''

"ऐसा लगता तो नहीं।"

"अरे वाचाल लड़की। तुम्हारे बोलने का ढंग तो बिल्कुल नया है। तुम कैसे इतनी साहसी और शक्तिशाली हो गई ?"

"क्यों ? अब मैं जल्दी तुमसे दूर चली जाऊँगी। इसके अतिरिक्त..." श्रीमती रीड और मेरे बीच जो हुआ था उसे मैं कहने जा रही थी, पर कुछ सोचकर मैंने इस पर चुप रहना ही उचित समझा।

"तो तुम मुझे छोड़कर जाने से प्रसन्न हो ?"

"नहीं बेस्सी। मैं तो अब कुछ दुखी ही हूँ।"

"अब! कुछ! मेरी छोटी मालकिन कैसी गम्भीरता से बोल रही है। मुझे लगता है कि यदि मैं तुमसे एक चुम्बन माँगूँ तो तुम नहीं दोगी, तुम कहोगी अभी *कुछ* नहीं।"

"आओ। मैं तुम्हें चुम्बन दूँ। तुम सिर तो झुकाओ।"

बेस्सी झुकी, हम लोगों ने परस्पर आलिंगन किया और मैं कुछ सान्त्वना पाकर उसके पीछे-पीछे घर में गई। वह दोपहर सुख-शान्ति से बीती। सन्ध्या समय बेस्सी ने मुझे कुछ अत्यन्त मनोरंजक कहानियाँ सुनाईं और कुछ मधुर गीत भी सुनाए। मेरे लिए भी जीवन में खुशी के क्षण कभी-कभी आ ही जाते थे।

5

उन्नीस जनवरी की भोर में अभी पाँच बजे थे कि बेस्सी एक मोमबत्ती लिये मेरी कोठरी में आई और मुझे कपड़े पहने तैयार पाया। उसके आने के आधे घंटे पूर्व ही मैं उठ चुकी थी और खाट के समीप की छोटी खिड़की से आती अस्तप्राय अर्धचन्द्र की चाँदनी में मुँह-हाथ धोकर कपड़े पहन लिये थे। छह बजे सवेरे उस रास्ते से गुजरनेवाली एक कोचगाड़ी से मुझे उस दिन गेट्सहेड से प्रस्थान करना था। पूरे घर में अभी सिर्फ बेस्सी ही उठी थी। उसने नर्सरी में आग जलाई और मेरे लिए कुछ जलपान बनाया। यात्रा के विचार से उत्तेजित बच्चे कुछ खा नहीं पाते, मैं भी नहीं खा सकी। उबले दूध और रोटी वाले नाश्ते से कुछ चम्मच खाने के लिए बहुत दबाब डाले जाने पर जब मैं नहीं खा सकी तो बेस्सी ने एक कागज में कुछ बिस्कुट लपेटे और मेरे बैग में रख दिए। तब उसने मुझे परिधान और टोपी पहनाई, स्वयं भी एक शॉल लपेट लिया और हम दोनों नर्सरी से चल पडीं। श्रीमती रीड के कमरे से जाते समय उसने पूछा, ''तुम अन्दर जाकर उनसे विदा लोगी ?''

''नहीं बेस्सी, रात जब तुम खाना खाने गई थीं, तो वह मेरी खाट के पास आईं और कहा कि मैं सुबह उन्हें या ममेरे भाई-बहनों को नहीं जगाऊँ और याद रखूँ कि वे सदा मेरे सर्वोत्तम शुभेच्छु रही हैं और उनकी चर्चा मैं इसी रूप में करूँ और तदनुसार कृतज्ञ रहूँ।''

''तो तुमने क्या कहा, मिस ?''

''कुछ नहीं। मैंने बिछावन के चादर से चेहरा ढँक लिया और दीवाल की ओर मुँह फेर लिया।''

''यह तो गलत हुआ, मिस जेन।''

''यही ठीक हुआ, बेस्सी। तुम्हारी मालकिन मेरी मित्र नहीं हैं, वे तो मेरी शत्रु रही हैं।''

''अरी मिस जेन, ऐसा मत कहो।''

''गेट्सहेड को विदा।'' मैंने तब जोर से कहा जब मैं हॉल पार करके बाहरी द्वार से निकलने लगी।

चाँद डूब चुका था और अन्धेरा छा गया था। बेस्सी लालटेन लिये चल रही थी जिसकी ज्योति भींगी सीढ़ियों और बर्फ से गीली कंकड़ीली सड़क पर चमक रही थी। जाड़े की वह भोर रूखी हिम-शीतल थी। रास्ते पर तेजी से चलते-चलते मेरे दाँत किटकिटा रहे थे। दरबान के निवास में एक रोशनी दिखाई पड़ी। जब हम लोग समीप पहुँचे तो देखा कि दरबान की पत्नी आग जला रही थी। मेरा बक्स, जो शाम को ही वहाँ भेज दिया गया था, दरवाजे पर बँधा रखा था। छह बजने में कुछ ही मिनट की देर थी। छह की घंटी बजते ही दूर से आती पहिए की आवाज ने गाड़ी के आने की सूचना दी। मैं दरवाजे पर चली गई और अन्धेरे में जल्दी-जल्दी नजदीक आ रही गाड़ी के लैम्प को देखने लगी।

दरबान की पत्नी ने पूछा, ''क्या वह अकेले जा रही है ?''

''हाँ।''

''यहाँ से कितनी दूर है ?''

''पचास मील।''

''इतनी दूर ! आश्चर्य है कि श्रीमती रीड इसे इतनी दूर अकेले भेजने में डरती नहीं हैं।''

गाड़ी नजदीक आ गई और फाटक पर अपने चार घोड़ों और यात्रिओं के साथ खड़ी हो गई। गाड़ीवान और गार्ड ने चिल्लाकर जल्दी करने को कहा। मेरा बक्स खींच लिया गया और मुझे बेस्सी के गले से खींच लिया गया जिसे भींचकर मैं उसे चूम रही थी।

गार्ड ने मुझे उठाकर अन्दर बिठाया तो बेस्सी ने चिल्लाकर कहा, ''ठीक से बिठाना और अच्छी तरह से देखभाल करते रहना।''

''हाँ, हाँ।'' उत्तर मिला। दरवाजा जोर से बन्द हुआ और ''ठीक है'' कहते ही गाड़ी चल पड़ी। इस प्रकार मैं बेस्सी और गेट्सहेड से बिछड़ गई और अब एक अपरिचित, सुदूर और रहस्यमय क्षेत्र में ले जाई जा रही थी जैसाकि मुझे उस समय लग रहा था।

मुझे इस यात्रा की बातें बहुत कम याद हैं। मैं सिर्फ यही जानती हूँ कि वह दिन मुझे अस्वाभाविक रूप से लम्बा लगा था और ऐसा लगा था कि हम लोग सड़क पर सैकड़ों मील की यात्रा कर चुके हों। हम लोग अनेक नगरों से गुजरे, एक बड़े नगर में गाड़ी रुकी, घोड़े खोले गए और यात्रीगण खाना खाने उतरे। मुझे भी एक होटल में ले जाया गया। गार्ड ने मुझे खाना खाने को कहा, पर मुझे भूख नहीं थी। उसने मुझे एक बड़े हॉल में छोड़ दिया जिसके दोनों ओर अँगीठी जल रही थीं, छत से बत्तियाँ लटक रही थीं और ऊँची दीवार पर एक छोटी लाल गैलरी संगीत के वाद्यों से भरी थी। यहाँ मैं बहुत देर तक टहलती रही। मुझे बड़ा विचित्र लग रहा था और बहुत डर लग रहा था कि कहीं कोई आकर मुझे उठाकर न ले जाए। मुझे अपहरणों में विश्वास था क्योंकि बेस्सी की अँगीठी के पास वाली कहानियों में ऐसी घटनाएँ होती थीं। अन्त में गार्ड लौटा, मुझे फिर गाड़ी में बिठाया गया, मेरे रक्षक ने अपनी जगह पर बैठकर भोंपू बजाया

और गाड़ी ल...की फिर पथरीली सड़क पर खड़खड़ाती हुई चल पड़ी।

अपराह्न में वृष्टि होने लगी और कुहासा छाने लगा। फिर गोधूलि हो गई और मुझे लगने लगा कि हम लोग सचमुच गेट्सहेड से बहुत दूर जा रहे हैं। अब नगर नहीं थे। गाँव भी बदले हुए लगते थे। विशाल भूरे पहाड़ क्षितिज तक फैले हुए थे और तारों की झिलमिल में हम लोग जंगल से एक अन्धकारपूर्ण घाटी से उतर रहे थे। रात गहरी होने के कारण कुछ दिखाई नहीं दे रहा था। मैं पेड़ों में तेज हवा की सरसराहट सुन रही थी।

वही ध्वनि सुनते-सुनते मैं थककर सो गई। मुझे नींद आए देर नहीं हुई थी कि गाड़ी की गति थमने से मैं जग पड़ी। गाड़ी का द्वार खुला। सेविका जैसी कोई स्त्री वहाँ पर खड़ी दिखाई पड़ी। उसकी आकृति और कपड़े मैंने लैम्प की रोशनी में देखे।

उसने पूछा, ''क्या जेन आयर नाम की कोई छोटी लड़की इसमें है ?''

मैंने उत्तर दिया, ''हाँ।''

तब मुझे बाहर निकाला गया और मेरा बक्स उतार दिया गया। गाड़ी फिर तुरन्त आगे बढ़ गई।

बहुत देर बैठे-बैठे मैं अकड़ गई थी, और गाड़ी की गति और ध्वनि से भ्रमित-सी थी। अपनी शक्ति बटोरकर मैंने चारो ओर देखा। वर्षा, हवा और अन्धकार वायुमंडल में व्याप्त थे, फिर भी मैंने आगे एक दीवार और उसमें एक द्वार देखा। अपनी नई मार्गदर्शिका के साथ मैं इसी द्वार से गुजरी। प्रवेश करने के बाद उसने द्वार बन्द कर ताला लगा दिया। अब कमरे दिखाई देने लगे थे। यह मकान दूर तक फैला हुआ था। अनेक खिड़कियाँ थीं, कुछ में ज्योति जल रही थी। हम लोग एक पानी से भीगे, चौड़े पथरीले रास्ते से ऊपर चढ़कर एक दरवाजे में घुसे। उसके बाद वही सेविका एक रास्ते से होते हुए मुझे एक कमरे में ले गई जहाँ आग जल रही थी। वहाँ उसने मुझे अकेला छोड़ दिया।

मैं खड़ी थी और आग पर अपनी ठिठुरी उँगलियों को गर्म कर रही थी। फिर मैंने चारों ओर देखा। कोई बत्ती नहीं जल रही थी, पर अँगीठी में कभी-कभी धधकनेवाली लपटों की ज्योति में दिखाई पड़ा—कागज मढ़ी दीवारें, कालीन, पर्दे, चमकते महोगनी के फर्नीचर। यह बैठने का कमरा था। उतना बड़ा और उत्तम तो नहीं था जितना गेट्सहेड का ड्राइंगरूम था, पर आरामदायक था। मैं दीवार पर टँगे एक चित्र का अभिप्राय समझने में उलझी हुई थी कि द्वार खुला और लालटेन लिये एक व्यक्ति ने कमरे में प्रवेश किया। दूसरी पीछे-पीछे घुसी।

पहला व्यक्ति एक लम्बी महिला थी जिसके बाल काले थे, आँखें काली थीं तथा ललाट गोरा और चौड़ा था। उसके शरीर का कुछ हिस्सा शॉल से ढँका था। उसकी मुख-मुद्रा गम्भीर थी और वह सीधी खड़ी थी।

मेज पर बत्ती रखते हुए वह बोली—''इतनी छोटी बच्ची अकेले भेजे जाने योग्य तो नहीं थी।'' एक-दो मिनट मुझे ध्यान से देखने के बाद उसने फिर कहा, ''इसे सोने देना

चाहिए, वह थकी लगती है। क्या तुम थकी हो ?'' उसने मेरे कन्धे पर हाथ रखते हुए पूछा।

''थोड़ी-थोड़ी मादाम !'' मैंने उत्तर दिया।

''और भूख भी लगी होगी, इसमे सन्देह नहीं। मिस मिलर, इसे सुलाने से पूर्व थोड़ा खाना खिला देना। मेरी छोटी बच्ची, क्या तुम पहली बार माता-पिता को छोड़कर स्कूल में आई हो ?''

मैंने उन्हें बतलाया कि मेरे माता-पिता नहीं हैं। उसने पूछा कि उन्हें मरे कितने दिन हुए, मेरी आयु क्या है, मेरा नाम क्या है, क्या मैं कुछ पढ़ना, लिखना और कुछ सिलाई करना जानती हूँ। उसके बाद उन्होंने प्यार से उँगली से मेरे गाल छुए और बोली, ''मुझे आशा है कि तुम एक अच्छी लड़की हो।'' फिर उन्होंने मिस मिलर के साथ भेज दिया।

जिस महिला के पास से मैं चली उनकी आयु लगभग उनतीस वर्ष रही होगी, और जिसके साथ मैं जा रही थी वह कुछ वर्ष छोटी होगी। पहली के स्वर, दृष्टि और बरताव से मैं प्रभावित हुई मिस मिलर अधिक साधारण थी, उनका रंग कुछ लाल था, और मुख-मुद्रा चिन्ताग्रस्त थी। उनकी चाल और अदा में जल्दीबाजी थी, मानो उस पर ढेरों काम का बोझ पड़ा हो। लगता था, और बाद में पता भी चला, वह वस्तुतः एक निचली श्रेणी की शिक्षिका थी। उसके पीछे-पीछे मैं उस बड़े और बेढंगे भवन के एक कमरे से दूसरे कमरे, एक रास्ते से दूसरे रास्ते को पार करती हुई और भवन के उस भाग की नीरवता को लाँघती हुई वहाँ पहुँची जहाँ बहुत-सी आवाजों की गुनगुनाहट हो रही थी और जल्द ही तुरन्त एक लम्बे-चौड़े कमरे में प्रवेश किया जिसके दोनों छोर पर दो-दो मेजें लगी थीं, प्रत्येक पर दो-दो बत्तियाँ जल रही थीं और चारों ओर बेंचों पर बालिकाओं का समूह बैठा था जिनकी आयु नौ-दस से लेकर बीस वर्ष तक की रही होगी। बत्ती की हलकी ज्योति में मुझे वे अनगिनत-सी लगीं यद्यपि वास्तव में उनकी संख्या अस्सी से अधिक नहीं थी। सभी ने पुराने ढंग का मोटा भूरा फ्रॉक पहन रखा था और ऊपर से लम्बा ढीला चोगा। यह अध्ययन का घंटा था। वे सभी कल के पाठ को रट रही थीं। मैंने जो गुनगुनाहट सुनी थी वही इसी धीरे-धीरे की रटन्त के कारण उत्पन्न हुई थी।

मिस मिलर ने द्वार के पास की एक बेंच पर मुझे बैठने का इशारा किया और लम्बे कमरे के छोर पर जाकर जोर से बोली, ''मॉनीटर्स, पाठ्य-पुस्तकों को इकट्ठा करके किनारे रखो।''

चार लम्बी लड़कियाँ विभिन्न मेजों से उठीं और घूम-घूमकर पुस्तकों को एकत्र करके उन्हें अलग रख दिया। मिस मिलर ने पुनः आदेश दिया, ''मॉनीटर्स, रात के भोजन की थालियाँ लाओ।''

लम्बी बालिकाएँ बाहर गईं और कुछ ही देर में लौटीं—हाथों में ट्रे लिये जिन पर पता नहीं भोजन की कौन-कौन-सी चीजें रखी हुई थीं। साथ ही प्रत्येक ट्रे के मध्य में पानी का एक जग और एक मग थे। वही भोजन सभी को दिया जाने लगा। जिसकी

इच्छा हुई, पानी का घूँट पी लिया। वही मग सबके लिए था। जब मेरी बारी आई, मैंने जल पिया क्योंकि मुझे प्यास लगी थी। पर मैंने भोजन को छुआ भी नहीं क्योंकि थकावट और उत्तेजना से मैं कुछ खाने की स्थिति में नहीं थी, य़द्यपि मैंने देखा कि आटे की मोटी-सी रोटी के टुकड़े बाँटे गए थे।

भोजन की समाप्ति पर मिस मिलर ने प्रार्थना पढ़ी। तब दो-दो की कतार बनाकर पूरे वर्ग की लड़कियाँ ऊपर चली गईं। थकावट से चूर होने के कारण मैंने ध्यान नहीं दिया कि सोने का कमरा कैसा था, केवल यही अनुभव किया कि कक्षा के कमरे की भाँति यह कमरा भी बहुत लम्बा था। आज रात्रि में मुझे मिस मिलर के साथ सोना था। उसने वस्त्र खोलने में मेरी सहायता की। लेटकर मैंने बिछावनों की लम्बी कतार पर नजर दौड़ाई, प्रत्येक पर दो-दो सोई हुई थीं। दस मिनट में एकमात्र जलती हुई बत्ती भी बुझा दी गई। नीरवता और पूर्ण अन्धकार में मैं सो गई।

रात्रि जल्दी बीती, थकान के मारे स्वप्न भी नहीं आए। रात में मैं केवल एक बार जगी, आँधी के भयानक झोंकों और मूसलाधार वृष्टि की आवाज सुनी और मिस मिलर को अपने पास सोए हुए पाया। दूसरी बार जब मेरी आँख खुली तो जोर से घंटियाँ बज रही थीं। लड़कियाँ उठकर कपड़े पहन रही थीं, सवेरा अभी नहीं हुआ था, कमरे में एक-दो बत्तियाँ धीमी जल रही थीं। मैं भी अनिच्छा से उठी। भयानक सर्दी थी। काँपते हुए मैंने जैसे-तैसे कपड़े पहने और बेसिन खाली होने पर जाकर मुँह-हाथ धोया। बेसिन जल्दी खाली नहीं होता था क्योंकि हर छह लड़कियों के लिए एक ही बेसिन था जो कमरे के मध्य में नीचे चबूतरे पर लगा था। घंटी पुनः बजी, तो सभी ने दो-दो की कतार बना ली और उसी रूप में सीढ़ी से नीचे उतरकर ठंडे और धीमे प्रकाशवाले कक्षा के कमरे में प्रवेश किया। यहाँ मिस मिलर ने सभी को प्रार्थना करवाई, फिर बोली, ''क्लास बनाकर बैठ जाओ।''

कुछ मिनटों तक जोर का कलरव होता रहा, मिस मिलर बार-बार बोल पड़ती थी, ''चुप रहो, व्यवस्थित रहो।''

जब हल्ला थमा तो मैंने देखा, वे सभी अर्द्धवृत्त बनाकर चार मेजों के आगे लगी चार-चार कुर्सियों पर बैठ गई थीं। सभी के हाथों में पुस्तक थी, और प्रत्येक खाली कुर्सी के आगे मेज पर बाइबिल जैसी कोई मोटी पुस्तक रखी थी। गुनगुनाहट के कुछ क्षण बीते। मिस मिलर हर समूह में घूमकर इस अस्फुट ध्वनि को शान्त करने लगी।

दूर कहीं घंटी टनटनाई। तुरन्त तीन महिलाओं ने कमरे में प्रवेश किया और खाली कुर्सियों पर आकर बैठ गईं। चौथी खाली कुर्सी पर मिस मिलर बैठी, जो द्वार के समीप थी और जिसके चारों ओर सबसे छोटी बच्चियाँ बैठी थीं। इसी निचली कक्षा में बुलाकर मुझे सबसे अन्त में बैठा दिया गया।

काम प्रारम्भ हो गया। पाठ दुहराया गया, धर्मग्रन्थ के कुछ अंश पढ़े गए, फिर बाइबिल के अध्यायों का पाठ चला जो एक घंटे तक चलता रहा। जब यह पाठ समाप्त हुआ, तो दिन पूरी तरह निकल आया था। कभी न थकनेवाली घंटी चौथी बार बजी

और सभी को दूसरे कक्ष में जलपान के लिए ले जाया गया। कुछ खाने की आशा में मैं कितनी प्रसन्न हुई थी, भूख के मारे मैं बीमार-सी हो गई थी क्योंकि पिछले दिन भी जरा-सा खाया था।

भोजनालय एक बड़ा, नीची छतवाला, अँधेरा-सा कमरा था। दो लम्बी मेजों पर किसी गर्म वस्तु के बर्तनों से भाप उठ रही थी, पर इससे मुझे भिन्नाहट हुई कि वह गन्ध वितृष्णा उत्पन्न करनेवाली थी। जब भोजन की गन्ध उनके नाक में घुसी जिन्हें उसे निगलना था तो सभी में मैंने असन्तोष की अभिव्यक्ति देखी। ऊँची कक्षा की लम्बी लड़कियों में यह फुसफुसाहट होने लगी–

''छीः, दलिया फिर जल गया है।''

''चुप।'' एक आवाज गूँजी, मिस मिलर की नहीं, बल्कि ऊँची कक्षा की एक शिक्षिका की जो एक नाटी काली महिला थी। उसने वस्त्र ढंग से पहना था, पर उसकी आकृति शोभाहीन थी। वह एक मेज पर जमी हुई थी, और दूसरी मेज पर एक मोटी-सी महिला थी। पिछली रात मैं जिस महिला से मिली थी उसे देखने के लिए मैंने इधर-उधर दृष्टि दौड़ाई, पर व्यर्थ, वह कहीं नहीं दिखाई दी। मिस मिलर उसी मेज के अन्त में बैठी थी जिस पर मैं थी और एक विदेशी जैसी प्रौढ़ महिला–बाद में ज्ञात हुआ कि वह फ्रेंच पढ़ाती थी–सामनेवाली मेज की सीट पर थी। भोजन के पहले की प्रार्थना पढ़ी गई और एक भजन हुआ। उसके पश्चात् एक सेविका शिक्षिकाओं के लिए चाय लाई। तब भोजन आरम्भ हुआ। क्षुधार्त और अब संज्ञाशून्य-सी होती हुई, मैं स्वाद के बारे में सोचे बिना एक-दो चम्मच निगल गई। किन्तु भूख की प्रथम ज्वाला शान्त होते ही मैंने देखा कि हाथ में लिया हुआ भोजन उबकाई लानेवाला है। जला दलिया सड़े आलू की तरह बुरा होता है–ऐसा जिस पर क्षुधाग्नि भिनक जाए। प्रत्येक लड़की ने चखकर निगलने की चेष्टा की, चम्मचें धीरे-धीरे घूम रही थीं, किन्तु सभी ने खाना छोड़ दिया। जलपान समाप्त हुआ और जलपान किसी ने किया ही नहीं था। जो मिला ही नहीं उसके लिए धन्यवाद दिया जाने लगा। फिर प्रार्थना हुई और भोजनालय छोड़कर सभी कक्षा के कमरे की ओर चले। मैं सबसे अन्त में निकली। निकलते हुए मैंने देखा कि एक शिक्षिका ने बर्तन में से दलिया लेकर चखा और दूसरी शिक्षिकाओं की ओर देखा। सभी के चेहरे पर क्रोध का भाव था। मोटी महिला धीरे से बोली, ''चीज है घिनौनी। कितनी लज्जा की बात है।''

कक्षा आरम्भ होने के पूर्व पन्द्रह मिनट बीते जिसमें कमरे में काफी कोलाहल होता रहा। लगता था, यह अवधि स्वतन्त्र रूप से बातचीत और घूमने-फिरने के लिए रखी गई थी, और सभी इस सुविधा का उपयोग कर रहे थे। वार्तालाप का विषय था जलपान, जिसे सभी गालियाँ दे रही थीं। बेचारी, यही एक सान्त्वना उन्हें थी। कमरे में सिर्फ एक शिक्षिका, मिस मिलर थी। बड़ी लड़कियों का समूह उनके पास खड़ा था। वे गम्भीर और क्रोधित मुद्रा में उनसे बातें कर रही थीं। कुछ लड़कियों को मि. ब्रोकलहर्स्ट का नाम लेते मैंने सुना जिस पर मिस मिलर ने अस्वीकृतिसूचक मुद्रा में सिर हिलाया। किन्तु

उसने इस सामूहिक क्रोध को रोकने का कोई प्रयत्न नहीं किया। निस्सन्देह वह इन भावनाओं से सहमत थी।

कक्षा की घड़ी ने नौ बजाए। मिस मिलर झुंड से अलग हट गई और कमरे के मध्य में खड़ी होकर जोर से बोली, ''शान्ति। अपनी-अपनी सीट पर जाओ।''

अनुशासन छाने लगा। पाँच मिनटों के अन्दर वह अव्यवस्थित समूह व्यवस्थित हो गया और अपेक्षाकृत नीरवता ने जिह्वाओं की बड़बड़ाहट बन्द कर दी। ऊँची कक्षाओं की शिक्षिकाएँ ठीक समय पर अपने स्थान पर आ गईं। पर ऐसा लगता था, सभी प्रतीक्षा कर रही हैं। कमरे में लगी बैंचों पर अस्सी लड़कियाँ स्थिर और तनी हुई बैठी थीं। वे एक अद्भुत समूह लगती थीं। सभी के बाल पीछे की ओर बँधे हुए, एक लट भी दिखाई नहीं देती थी। ऊँचा, गले तक का भूरा परिधान जो गले के पास कसकर बटन से बन्द था, फ्रॉक पर ऊपर से ढँका छोटा हालैंड पॉकेट, जो कामकाज का सामान रखने के उद्देश्य से था। (यह कुछ-कुछ पहाड़ियों के पार्स जैसा दिखाई देता था।) साधारण ऊनी मोजा और देहाती चमड़े से बना जूता जो पीतल के बकलस से बँधा था। यही कपड़े पहने लड़कियों में बीस से ज्यादा तो सयानी, बल्कि नवयुवती थीं। उन्हें यह परिधान तनिक भी नहीं शोभता था और उनमें जो सबसे सुन्दर थी उसको भी अजीब बना रहा था।

मैं उन्हीं लोगों को देख रही थी, और बीच-बीच में शिक्षिकाओं पर भी दृष्टि डाल लेती थी, जिनमें से कोई भी मुझे अच्छी नहीं लगी। मोटीवाली कुछ भद्दी थी तो काली कुछ भयानक। विदेशी तो रूखी और बेढंगी थी। और बेचारी मिस मिलर ! लाल, मौसम की मारी और काम के बोझ से थकी-हारी लगती थी। इसी भाँति जब मेरी आँखें एक चेहरे से दूसरे पर भटक रही थीं, अचानक पूरा स्कूल एक साथ उठकर खड़ा हो गया और मानो एक ही स्प्रिंग से संचालित हो रहा हो।

बात क्या थी ? मैंने किसी को कोई आदेश देते नहीं सुना था। मुझे हैरानी हुई। मैं बातों को समझ पातीं, उसके पहले ही कक्षा फिर बैठ चुकी थी, किन्तु सभी की दृष्टि एक ही ओर लगी थी। मैंने भी अपनी आँखें उसी ओर घुमाईं तो उसी व्यक्तित्व के दर्शन हुए जिसने पिछली रात मेरा स्वागत किया था। वह उस लम्बे कमरे के छोर पर अँगीठी के पास खड़ी थी क्योंकि कमरे के दोनों छोरों पर एक-एक अँगीठी थी। वह बालिकाओं की कतार का मौन गम्भीरता से निरीक्षण कर रही थी। मिस मिलर ने समीप जाकर कुछ पूछा, उत्तर पाकर पुनः अपने स्थान पर गई और जोर से कहा–
''पहली कक्षा की मॉनीटर जाकर ग्लोब लाओ।''

जब आदेश का पालन किया जा रहा था, यह महिला धीरे-धीरे कमरे में आगे बढ़ी। लगता है, मुझमें सम्मान की भावना तीव्र है, क्योंकि मुझमें आज तक वह प्रशंसापूर्ण श्रद्धा बाकी है जिससे मैं उनके बढ़ते कदमों को निखर रही थी। दिन के प्रकाश में वे लम्बी, गोरी और सुन्दर नैन-नक्श की लगीं, दया भाव से चमकती उनकी काली आँखें और पतली लम्बी भौंहें उनके गोरे ललाट पर सज रही थीं। उन दिनों के फैशन के

अनुसार उनके कान के पास गहरे भूरे बाल लटों में झूल रहे थे क्योंकि उन दिनों हेयर बैंड या बड़े छल्लों का प्रचलन नहीं था। उन दिनों की परम्परा के अनुकूल उनका परिधान लाल रंग का था। जिस पर काले मखमल की स्पेनी किनारी लगी थी, और कमर के पास सोने की घड़ी चमक रही थी। इस चित्र को पूरा करने के लिए पाठक इसमें सुन्दर नैन-नक्श, पीला गोरा रंग और गौरवमयी भाव-भंगिमा जोड़ लें तो जिस टेम्पल की आकृति का कम-से-कम उतना सही अनुमान अवश्य हो सकेगा जितना शब्दों में व्यक्त कर सकना सम्भव है। उनका पूरा नाम मेरिया टेम्पल था। यह मैंने बाद में जाना–प्रार्थना की पुस्तक पर लिखे नाम को देखकर–जिसे उन्होंने चर्च ले चलने के लिए मुझे दिया था।

लोवुड स्कूल की अधीक्षिका (जो यही महिला थी) ने मेज पर रखे एक जोड़े ग्लोब के पास स्थान ग्रहण करते हुए पहली कक्षा की छात्राओं को अपने पास बुलाया और भूगोल का पाठ पढ़ाने लगी। निचली कक्षाओं को शिक्षिकाएँ पढ़ाने लगीं–इतिहास, व्याकरण, आदि की पढ़ाई जो एक घंटे चली। उसके पश्चात् सुलेख और गणित चले, और मिस टेम्पल ने बड़ी लड़कियों को संगीत सिखाया। हर पाठ की घंटी थी जिसकी अवधि घड़ी से निर्धारित होती थी। घड़ी ने अन्त में बारह बजाए। अधीक्षिका उठ खड़ी हुई और बोली, "मुझे छात्राओं से एक बात कहनी है।"

पाठों की समाप्ति पर कुछ कोलाहल प्रारम्भ हुआ था जो उनका स्वर सुनते ही थम गया। उन्होंने आगे कहा, "आज प्रातःकाल जो जलपान मिला था, उसे तुम लोग खा नहीं सकीं। तुम्हें भूख अवश्य लगी होगी। मैंने आदेश दिया है कि रोटी और पनीर का भोजन तुम लोगों को दिया जाए।"

शिक्षिकाएँ आश्चर्य से उनकी ओर देखने लगीं। उन्होंने स्पष्ट करते हुए कहा, "यह मैं अपने उत्तरदायित्व पर करा रही हूँ।" और वे तुरन्त कमरे से चली गईं।

रोटी और पनीर तुरन्त लाए और बाँटे गए। पूरे स्कूल को बहुत आनन्द और स्फूर्ति मिली। अब आदेश मिला, "अब उद्यान में चलो।" सभी ने मोटी सींकों से बनी टोपियाँ पहन लीं। जिसमें रंगीन धागा लगा था, और भूरा कशीदाकारीवाला कोट पहन लिया। मैंने भी वैसा ही कपड़ा पहन लिया और उसी धारा के साथ बढ़ती हुई बाहर खुली हवा में चली गई।

उद्यान एक बड़ा घेरा था, जो ऊँची दीवारों से घिरा था, ताकि बाहर की कोई झलक नहीं मिले। एक ओर छतदार बरामदा था और चौड़ी टहलने की रविशें बीच की उस जगह के किनारे-किनारे चली गई थीं जो दर्जनों क्यारियों में बँटी थीं। ये क्यारियाँ छात्राओं को फूल लगाने के लिए दे दी गई थीं, और प्रत्येक क्यारी की एक मालकिन थी। फूलों से भरी होने पर ये सचमुच सुन्दर लगतीं, पर अभी, जनवरी के अन्त में, सभी पाले से मुरझाई, नष्ट-सी लगती थीं।

मैं खड़ी-खड़ी काँपने और चारो ओर देखने लगी। खराब मौसमवाला दिन था जो बाहर के कामों के लायक नहीं था। वर्षा तो नहीं हो रही थी, पर कुहासा झरने के कारण

अँधेरा हो गया था। सभी के जूते-मोजे कल की वर्षा के कारण भीग से गए थे। लड़कियों में कुछ जो बलिष्ठ थीं, दौड़कर कुछ काम करने लगीं, पर अधिकांश दुर्बल और दुबली लड़कियाँ बरामदे में आश्रय और उष्णता के लिए एक जगह इकट्ठा हो गईं। घने कुहासे ने जब उनके काँपते शरीर को छेदा तो उनमें से कुछ को मैंने बार-बार खाँसते हुए सुना।

अब तक मैंने किसी से बात नहीं की थी और न किसी ने मेरी ओर ध्यान दिया था। मैं अकेली खड़ी थी, पर मैं तो इस अकेलेपन की अभ्यस्त ही थी। इससे मुझे अधिक कष्ट नहीं था। मैं बरामदे के एक पाए से टिक गई और भूरे कोट को अपने चारो ओर लपेटकर बाहर की कुरेदती ठंड और अन्दर की कुलबुलाती अतृप्त भूख को भुलाने की चेष्टा करते हुए, काम को देखने और सोचने में अपने को लगा दिया। मेरे विचार इतने अस्पष्ट और छिटपुट थे कि उनका क्या वर्णन किया जाए। मैं अब तक यह नहीं जान पाई थी कि मैं कहाँ हूँ। गेट्सहेड और मेरा पिछला जीवन जैसे बहकर बहुत दूर चला गया था। वर्तमान धुँधला और अपरिचित था और भविष्य के विषय में मैं कोई धारणा नहीं बना सकी थी। मैंने इस कानवेंट जैसे उद्यान को देखा, फिर घर की ओर। यह एक बड़ा भवन था जिसका आधा तो भूरा और पुराना था और शेष आधा बिल्कुल नया। नया भाग, जिसमें स्कूल का कमरा और निवास था, जाली और पल्लेदार खिड़कियों से सजा था जिससे यह चर्चनुमा लगता था। दरवाजे पर लगे एक पत्थर के टुकड़े पर ये बातें खुदी थीं–

'लोवुड संस्था–इस प्रदेश के ब्रोकलहर्स्ट हॉल के नाओमी ब्रोकलहर्स्ट द्वारा यह भाग ईसवी वर्ष...में पुनः बनवाया गया।' 'तुम्हारी ज्योति लोगों के समक्ष ऐसे चमके कि वे तुम्हारे नेक कामों को देख सकें और तुम्हारे स्वर्गवासी पिता का यश बढ़े।–सेंट मैथ्यू, पाँच-16।'

मैंने इन शब्दों को बार-बार पढ़ा। मुझे लगा, इनमें कोई बात स्पष्ट की गई है, पर मैं उनका अभिप्राय पूरी तरह समझने में असमर्थ रही। मैं अभी भी संस्था शब्द पर विचार कर रही थी, और शुरुआती शब्दों और बाइबिल के श्लोक में सम्बन्ध ढूँढ़ने की चेष्टा कर रही थी कि अपने ठीक पीछे एक खाँसी की आवाज सुनकर मैंने सिर घुमाया। मैंने एक लड़की को समीप के एक पत्थर के बेंच पर बैठी पाया। वह एक किताब पर झुकी थी और उसे पढ़ने में मग्न थी। मैं जहाँ खड़ी थी वहाँ से शीर्षक मुझे दिखाई दे रहा था। यह *रासेलाज* था। यह नाम मुझे अजीब लगा और इसलिए आकर्षक भी। पृष्ठ उलटते हुए उसने ऊपर देखा तो मैं सीधे पूछ बैठी–"क्या तुम्हारी पुस्तक मनोरंजक है ?" मैंने उससे किसी दिन पुस्तक उधार माँगने का विचार पहले ही बना लिया था।

एक-दो क्षण रुककर, मुझे ध्यान से देखते हुए, उसने उत्तर दिया, "मुझे अच्छी लगती है।"

"किस चीज के विषय में है ?" मैंने फिर पूछा। मैं नहीं जानती कि मुझे एक अपरिचित से बातचीत प्रारम्भ करने की यह निडरता कहाँ से आई थी। यह मेरे स्वभाव और आदत के विरुद्ध थी, लेकिन लगता है कि उसकी तल्लीनता से मेरे अन्दर

सहानुभूति का कोई तार-सा छू गया था, क्योंकि पढ़ना मुझे भी पसन्द था, भले ही हलका-फुलका और बचकाने किस्म का। इसलिए कि गम्भीर और तथ्य-भरी बातों को मैं पचा या समझ नहीं सकती थी।

पुस्तक मेरी ओर बढ़ाते हुए उस लड़की ने कहा, "तुम इसे देख सकती हो।" मैंने वही किया। कुछ ही देर पढ़ने से मुझे विश्वास हो गया कि इसकी कथावस्तु इसके शीर्षक की भाँति आकर्षक नहीं है। मेरी चपल रुचि को *रासेलाज* बेस्वाद लगी। उसमें न परियाँ थीं, न भूत। कोई मनोरंजक वस्तु उन घने छपे पृष्ठों में नहीं मिली। मैंने पुस्तक उसे लौटा दी, उसने चुपचाप ले लिया और बिना कुछ बोले वह उसी पहले की पढ़नेवाली मुद्रा में निमग्न होनेवाली थी कि मैंने साहस बटोरकर फिर पूछा, "क्या तुम बतला सकती हो कि द्वार पर लगे पत्थर पर लिखे शब्दों का क्या अर्थ है ? लोवुड संस्था क्या है ?"

"यही घर, जहाँ तुम रहने आई हो।"

"तो इसे संस्था क्यों कहते है ? क्या यह अन्य स्कूलों से भिन्न है ?"

"यह खैराती स्कूल है। तुम, मैं और हममें से बाकी सब दान पर पलनेवाले बच्चे हैं। मैं समझती हूँ कि तुम भी अनाथ हो। क्या तुम्हारी माता, तुम्हारे पिता में से कोई एक मर नहीं चुका ?"

"मेरी स्मृति के पूर्व ही दोनों मर गए थे।"

"हाँ, यहाँ की सभी लड़कियाँ माता-पिता में से किसी एक या दोनों को खो चुकी हैं, और यह अनाथों को शिक्षित बनानेवाली का एक संस्था कहलाती है।"

"क्या हम रुपए नहीं देते ? क्या वे निःशुल्क हमें पालते हैं ?"

"हम, या फिर हमारे मित्र, वर्ष में पन्द्रह पौंड एक बच्चे के लिए देते हैं।"

"तब वे हमें दान पर पलनेवाले बच्चे क्यों कहते हैं ?"

"क्योंकि पन्द्रह पौंड खिलाने-रखने और पढ़ाने के लिए पर्याप्त नहीं हैं। यह कमी चन्दे से पूरी की जाती है।"

"चन्दा कौन देता है ?"

"आसपास के और लन्दन की कई परोपकारी महिलाएँ और सज्जन।"

"नाओमी ब्रोकलहर्स्ट कौन थी ?"

"वही महिला जिन्होंने इस मकान का यह नया भाग बनवाया, जैसाकि पत्थर पर अंकित है, और जिनका पुत्र यहाँ की प्रत्येक चीजों का निरीक्षण और निर्देशन करता है।"

"क्यों ?"

"क्योंकि वह इस संस्था का कोषाध्यक्ष और प्रबन्धक है।"

"तो यह घर उस लम्बी महिला का नहीं जो घड़ी बाँधती है और जिसने कहा था कि हम लोगों को रोटी-पनीर मिलेगी।"

"मिस टेम्पल का ? अरे, नहीं। काश कि उनका होता ! उन्हें तो अपने सभी कामों के लिए मि. ब्रोकलहर्स्ट को उत्तर देना पड़ता है। मि. ब्रोकलहर्स्ट ही हमारे लिए भोजन

और वस्त्र खरीदते हैं।''

''क्या वे यहाँ रहते हैं ?''

''नहीं, दो मील दूर, एक बड़े घर में।''

''क्या वे भले व्यक्ति हैं ?''

''वे एक पादरी हैं, और कहा जाता है कि बहुत अच्छे कार्य करते हैं।''

''तुमने बतलाया कि उस लम्बी महिला का नाम मिस टेम्पल है।''

''हाँ।''

''और दूसरी शिक्षिकाओं के क्या नाम हैं ?''

''लाल गालोंवाली को मिस स्मिथ कहते हैं। वे काम देखती हैं और सिलाई सिखाती हैं। हम लोग अपने सभी कपड़े, फ्रॉक, बनियान सभी चीज, स्वयं सीती हैं। काले बाल वाली नाटी मिस स्कैचर्ड हैं। वह इतिहास और व्याकरण पढ़ाती हैं और दूसरी कक्षावालों से पाठ सुनती हैं। और वे जो शॉल ओढ़ती हैं और अपने बगल में पीले रिबन से रूमाल बाँधकर रखती हैं। वे मादाम पियरो हैं, वे फ्रांस में लिस्ले से आई हैं और फ्रांसीसी पढ़ाती हैं।''

''क्या तुम्हें शिक्षिकाएँ अच्छी लगती हैं ?''

''काफी कुछ लगती हैं।''

''क्या तुम छोटीवाली काली मादाम को, और मादाम...को चाहती हो ?...मैं तुम्हारी तरह उनका नाम नहीं बोल पाती।''

''मिस स्कैचर्ड हड़बड़ीवाली महिला है। ध्यान रखो, उन्हें क्रोधित मत करना। मादाम पियरो बुरी किस्म की महिला नहीं हैं।''

''परन्तु मिस टेम्पल सबसे अच्छी हैं। हैं न ?''

''मिस टेम्पल बहुत अच्छी, बहुत चतुर हैं। वे सबों से श्रेष्ठ हैं, क्योंकि वे उन सबकी अपेक्षा अधिक ज्ञानवान हैं।''

''क्या तुम बहुत दिनों से यहाँ हो ?''

''दो वर्षों से।''

''क्या तुम अनाथ हो ?''

''मेरी माँ मर चुकी है।''

''क्या तुम यहाँ सुखी हो ?''

''तुम बहुत प्रश्न करती हो। आज के लिए मैंने तुम्हें बहुत से उत्तर दे दिए हैं। अब मैं पढ़ूँगी।''

किन्तु उसी समय भोजन की घंटी बजने लगी। सभी ने फिर से घर में प्रवेश किया। भोजनालय में अभी जो गन्ध छाई थी। वह उस जलपान की गन्ध से अधिक आकृष्ट करनेवाली तो नहीं ही थी जिसने प्रातः हमारी नासिकाओं को तरोताजा किया था। भोजन दो बड़े टिन के कलईवाले बर्तनों में परोसा गया था, जिनसे सड़ी चर्बी की कड़ी दुर्गन्ध आ रही थी। मैंने देखा कि यह बासी आलू और विचित्र लाल धब्बोंवाले मांस

के टुकड़ों को मिलाकर पकाया गया था। इसी वस्तु से कुछ भरा-सा एक प्लेट सभी के हिस्से में आया था। मुझसे जो थोड़ा-सा खाया जा सका, खाया और चिन्तित होने लगी कि क्या प्रतिदिन यही स्थिति रहेगी ! भोजन के बाद हमें तुरन्त स्कूल के कमरे में जाना पड़ा। पाठ प्रारम्भ हो गए और शाम पाँच बजे तक चलते रहे।

उस अपराह्न की प्रमुख घटना यह थी कि जिस लड़की से बरामदे में मेरी बातचीत हुई थी उसी को मिस स्कैचर्ड ने इतिहास की कक्षा से अपमानित करके निकाल दिया और उसे उस लम्बे कमरे के बीच में खड़ा कर दिया। यह दंड मुझे बड़ा अपमानजनक लगा, विशेषकर इतनी बड़ी लड़की के लिए—क्योंकि वह तेरह वर्ष या कुछ अधिक की ही लगती थी। मैं समझती थी कि वह बहुत दुख और लज्जा का भाव प्रदर्शित करेगी, पर मुझे बड़ा आश्चर्य हुआ कि वह न तो रोई और न लज्जित हुई। सभी की आँखों का निशाना बनी, वह संयत गम्भीर मुद्रा में खड़ी रही। मैंने मन में सोचा, 'वह कैसी शान्ति और दृढ़ता से इसे सहन कर रही है ?' मुझे लगा कि यदि मैं उसके स्थान पर होती तो चाहती कि पृथ्वी फट जाए और मुझे निगल ले। लगता है जैसे वह इस दंड और अपनी स्थिति से अलग कोई अन्य बात सोच रही है, अपने सामने और आसपास की बात नहीं। मैंने दिवास्वप्न के विषय में सुना था, तो क्या वह दिवास्वप्न देख रही है ? उसकी आँखें फर्श पर टिकी थीं, पर मुझे विश्वास है कि वह उसे भी नहीं देख रही थी। उसकी दृष्टि, लगता है, उसके अन्तर्मन में चली गई थी। वह मानो अपने आसपास उपस्थित चीजों पर नहीं, बल्कि अपने मन की स्मृतियों में खोई थी। मैं दुविधा में पड़ गई कि वह कैसी लड़की है—अच्छी या बुरी।

पाँच बजे के बाद हमें कुछ जलपान मिला—एक मग कॉफी, भूरी रोटी का आधा टुकड़ा। मैंने बड़ी रुचि से रोटी खाई और कॉफी पी ली। किन्तु मुझे और कुछ मिलता तो मजा आ जाता, क्योंकि मुझे अभी भी भूख लगी थी। इसके बाद आधे घंटे खेलकूद चले, फिर पढ़ाई। उसके बाद एक गिलास पानी और ओट की रोटी का एक टुकड़ा, तब प्रार्थना और सोना। लोवुड में पहला दिन इसी भाँति बीता।

6

दूसरा दिन भी पहले ही की भाँति प्रारम्भ हुआ–उठना, हलकी रोशनी में कपड़े पहनना–किन्तु आज भोर में हमें मुँह-हाथ धोने से मुक्ति मिल गई क्योंकि घड़ों में पानी जम गया था। पिछली शाम को मौसम अचानक बदल गया था। तेज उत्तरी-पूर्वी हवा चलने लगी थी जो रात-भर हमारे शयनकक्ष की खिड़कियों की दरारों से सनसन करके घुसती रही, हमें बिछावन में कँपाती रही और घड़ों के पानी को बर्फ बनाती रही।

प्रार्थना और बाइबिल पाठ की डेढ़ घंटे की लम्बी अवधि समाप्त होने के पहले ही मुझे लग रहा था कि मैं ठंड से मर जाऊँगी। अन्त में जलपान का समय हुआ। आज प्रातः दलिया जला नहीं था, खाने योग्य था, पर मिला बहुत कम मात्रा में। मेरा हिस्सा कितना कम लगता था। मैं चाहती थी कि इसका दूना मिलता।

दिन में मुझे चौथी कक्षा में भरती कर लिया गया और मुझे पाठ तथा काम सौंप दिए गए। अब तक तो मैं लोवुड की गतिविधियों की दर्शक थी, अब मुझे उनमें प्रतिभागी बनना था। रटने का अभ्यास नहीं रहने के कारण पहले तो मुझे पाठ बहुत लम्बा और कठिन लगा, कामों के जल्दी-जल्दी बदलने से भी परेशानी हुई, इसलिए तीन बजे अपराह्न में जब मिस स्मिथ ने मेरे हाथों में दो गज मसलिन की किनारी, सुई और अंगुश्ताना देकर उसे तुरपने के लिए कमरे के एक कोने में भेज दिया तो मुझे प्रसन्नता हुई। उस पीरियड में अधिकांश लड़कियाँ सिलाई कर रही थीं, पर एक कक्षा मिस स्कैचर्ड की कुर्सी के पास खड़ी पढ़ रही थी। चूँकि चारों ओर शान्ति थी इसलिए उनके पाठ का विषय, लड़कियों के पढ़ने का ढंग, और उन पर मिस स्कैचर्ड की आलोचना या प्रशंसा साफ सुनाई दे रही थी। अंगरेजी-इतिहास पढ़ाया जा रहा था और पढ़नेवालियों में मैंने बरामदेवाली परिचिता को भी देखा। पाठ के प्रारम्भ में वह कक्षा में आगे बैठी थी, पर उच्चारण की कुछ भूल के कारण या विरामों की ओर कुछ ध्यान न देने के कारण उसे अचानक बिल्कुल पीछे भेज दिया गया। उस अदृश्य स्थान पर होने पर भी मिस स्कैचर्ड इस तरह के सम्बोधनों से हमेशा सबका ध्यान उसकी ओर दिलाती रहती थी–

''बर्न्स, (लगता है, यह उसका नाम था, यहाँ लड़कियों को उनके कुलनामों से पुकारा जाता था, जैसेकि दूसरी जगहों पर लड़कों को पुकारा जाता है।) तुम जूते की

नोक पर खड़ी हो, फौरन उँगलियाँ सीधी करो। बर्न्स, तुम ठुड्डी बहुत बेढब निकालती हो, उसे अन्दर करो।" "बर्न्स, मैं कहती हूँ सिर ऊपर करो, इस मुद्रा में मैं तुम्हें नहीं रहने दूँगी।" इत्यादि-इत्यादि।

एक अध्याय को इस तरह दो बार पढ़ने के बाद, पुस्तक बन्द कर दी गई और प्रश्न पूछे जाने लगे। इस पाठ में चार्ल्स प्रथम के शासन का वर्णन था और टन, पाउंड और जहाज शुल्क के विषय में बहुत से प्रश्न थे जिनका उत्तर देने में अधिकांश लड़कियाँ असमर्थ थीं। फिर भी जब बर्न्स से पूछा गया तो उसने सभी के उत्तर दिए। उसे पूरे पाठ की कथावस्तु स्मरण थी और वह सभी प्रश्नों के उत्तर देने को तैयार थी। मुझे आशा बँधी कि अबकी बार मिस स्कैचर्ड उसके मनोयोग की प्रशंसा करेंगी, किन्तु उलटे वह अचानक चीख पड़ीं–

"गन्दी, खराब लड़की ! तुमने आज सवेरे अपना नाखून साफ नहीं किया।"

बर्न्स चुप रही। उसकी चुप्पी पर मुझे आश्चर्य हुआ। मैंने सोचा–'वह क्यों नहीं बतलाती कि आज वह न तो नाखून साफ कर सकी और न मुँह-हाथ धो सकी, क्योंकि पानी जम गया था।'

इसी समय मेरा ध्यान उधर से हट गया क्योंकि मिस स्मिथ मुझे वह धागा पकड़ने को कह रही थीं, जिसे वह लपेट रही थीं। वह मुझसे कुछ बात भी करने लगीं जैसे 'तुम पहले किसी स्कूल में पढ़ी हो कि नहीं, तुम्हें काटना, सिलना, बुनना आदि आता है कि नहीं ?' जब तक उन्होंने मुझे छुट्टी नहीं दी मैं मिस स्कैचर्ड की गतिविधियाँ नहीं देख सकी। जब मैं अपनी सीट पर लौटी उसी समय वह महिला कुछ आदेश दे रही थी जिसे मैं समझ नहीं पाई, पर उस आदेश के अनुसार बर्न्स तुरन्त कक्षा से निकलकर किताबोंवाले छोटे कमरे में गई और आधे मिनट में ही छड़ियों के एक बन्धे हुए बंडल को लिये लौटी। यह अशुभ औजार उसने मिस स्कैचर्ड को सम्मानपूर्वक दे दिया। उसके बाद उसने शान्ति से, बिना कहे अपनी बनियान उतार दी और उस शिक्षिका ने उस छड़ी से उसकी गर्दन पर दर्जनों बार जोर से मारा। बर्न्स की आँखों में आँसू नहीं छलके। मेरी सिलाई रुक गई, क्योंकि इस दृश्य को देखकर एक अलाभकर और विवश क्रोध से मेरी उँगलियाँ काँपने लगीं, किन्तु उसके चिन्ताग्रस्त चेहरे की भंगिमा में कोई परिवर्तन नहीं हुआ।

"पथराई हुई लड़की ! तुम्हारी गन्दी आदतें कोई दूर नहीं कर सकता। छड़ी उठाकर ले जाओ।"

बर्न्स ने आज्ञा का पालन किया। किताबों के कमरे से जब वह निकली तो मैंने कनखियों से उसकी ओर देखा। वह अपनी जेब में रूमाल वापस रख रही थी और एक आँसू का चिह्न उसके नाजुक गाल पर चमक रहा था।

शाम की खेल की घंटी मुझे लोवुड के दिन का सबसे प्रिय भाग लगती थी। पाँच बजे रोटी का टुकड़ा और कॉफी का घूँट निगलने से कुछ स्फूर्ति लौट आई थी, भले ही भूख नहीं मिटी हो। दिन-भर का लम्बा प्रतिबन्ध कुछ ढीला हुआ था। स्कूल का

कमरा प्रातःकाल की अपेक्षा कुछ गर्म लगता था। आग कुछ तेज जला दी गई थी, ताकि रोशनी मिले क्योंकि अभी तक बत्ती नहीं लाई गई थी। आग की लाल चमक, छूट का फायदा उठाकर किया जा रहा कोलाहल और अनेक आवाजों की गड्ड-मड्ड से स्वाधीनता की सुखद अनुभूति मिलती थी।

जिस दिन मैंने मिस स्कैचर्ड को अपनी शिष्या बर्न्स को पीटते देखा था, उसी दिन सन्ध्या में मैं कक्षा, मेज और हँसती लड़कियों के झुंड में सदा की भाँति एक साथी के बिना अकेली भटक रही थी। फिर भी अकेलापन मुझे खल नहीं रहा था। जब मैं खिड़की के पास से गुजरती तो चिक उठाकर खिड़की के बाहर देख लेती थी। बाहर बर्फ गिरने लगी थी और खिड़की के निचले शीशे पर जमने लगी थी। खिड़की के पास कान लगाने पर मैं अन्दर के खिलखिलाहट-भरे ऊधम और बाहर की आँधी की बेचैन कराह के बीच का अन्तर अनुभव कर रही थी।

यदि मैं एक आनन्दपूर्ण घर और स्नेहपूर्ण माता-पिता को छोड़कर आई होती, तो सम्भवतः यही वह समय था जब मैं इस वियोग पर बहुत दुखी होती। तब यह आँधी मेरे मन को उदास कर देती, यह कलरव मेरी शान्ति को भंग कर देता। परन्तु जो वास्तविकता थी, उसमें मुझे दोनों से एक विचित्र-सी लापरवाह और उद्विग्न उत्तेजना मिल रही थी। मैं चाहती थी, आँधी और गरजे अन्धकार और गहराए तथा कलरव कोलाहल बन जाए।

बेंचों को फाँदते हुए और मेजों के नीचे से खिसकते हुए मैं अँगीठी तक चली गई। वहाँ मैंने एक ऊँचे तार के घेरे के पास घुटने टेककर बैठी हुई बर्न्स को देखा–शान्त, तल्लीन, पुस्तक में खोई हुई, जिसे वह जलती लकड़ियों की धीमी रोशनी में पढ़ रही थी।

उसके पीछे जाकर मैंने पूछा, "क्या यह *रासेलाज* ही है।"

"हाँ," उसने उत्तर दिया। "मैंने इसे अभी-अभी समाप्त किया है।"

और पाँच मिनट में उसने पुस्तक बन्द कर दी। मैं प्रसन्न हुई।

मैंने सोचा, अब शायद मैं इससे बातचीत कर सकूँ। मैं उसके समीप फर्श पर बैठ गई–

"बर्न्स के अतिरिक्त तुम्हारा और नाम क्या है ?"

"हेलेन।"

"क्या तुम बहुत दूर से आई हो ?"

"मैं दूर उत्तर के एक स्थान से आई हूँ जो स्काटलैंड की बिल्कुल सीमा पर है।"

"कभी वापस भी जाओगी ?"

"आशा तो है। किन्तु भविष्य के विषय में कोई आश्वस्त नहीं हो सकता।"

"तुम लोवुड को छोड़कर जाना तो चाहती होगी ?"

"नहीं। क्यों जाऊँ ? मुझे लोवुड शिक्षा पाने के लिए भेजा गया है। और जब तक मैं वह लक्ष्य प्राप्त न कर लूँ, तब तक जाने से कोई लाभ नहीं है।"

"किन्तु वह शिक्षिका, मिस स्कैचर्ड, तुम्हारे प्रति बहुत निष्ठुर है।"

"निष्ठुर ! बिल्कुल नहीं। वह कड़ी हैं, मेरे दुर्गुणों को नापसन्द करती हैं।"

"और यदि मैं तुम्हारी जगह होती तो मैं उनसे घृणा करती, मैं उनका विरोध करती। यदि वह मुझे उस डंडे से मारती तो मैं उसे छीनकर उनकी नाक के सामने तोड़कर फेंक देती।"

"शायद तुम ऐसा नहीं करोगी। पर यदि तुमने ऐसा किया तो मि. ब्रोकलहर्स्ट तुम्हें स्कूल से निकाल देंगे और इससे तुम्हारे सम्बन्धी बहुत दुखी होंगे। किसी ऐसे आघात को, जिससे सिर्फ तुम्हें वेदना होती है, किसी अन्य को नहीं, धीरज से सह लेना कहीं श्रेयस्कर है, बनिसबत जल्दीबाजी में किए गए उस काम के, जिसका दुष्परिणाम तुम्हारे सारे सम्बन्धियों को भोगना पड़े। फिर बाइबिल हमें बुराई के बदले भलाई करने की शिक्षा भी तो देता है।"

"किन्तु मार खाना और लोगों से भरे कमरे में खड़ा कर दिया जाना बहुत अपमानजनक लगता है। तुम इतनी बड़ी लड़की हो, मैं तो तुमसे बहुत छोटी हूँ, पर मैं इसे सहन नहीं करती।"

"फिर भी, यदि कोई उपाय नहीं हो तो इसे सहन करना तुम्हारा कर्तव्य है। भाग्य में जो सहन करना लिखा है उसे नहीं सह सकने की बात कहना दुर्बलता और मूर्खता है।"

मैं विस्मय से उसकी बात सुनती रही। मैं इस सहनशीलता के सिद्धान्त को नहीं समझ सकी। अत्याचारी के प्रति उसके धैर्य की बात तो मेरी समझ में बिल्कुल नहीं आई, न ही मैं उससे सहमत हो सकी। पर इतना तो मैंने अनुभव किया कि हेलेन बर्न्स चीजों को उस प्रकाश में परखती है जो मुझे दिखाई नहीं देता। मुझे शंका होने लगी कि वही ठीक है और मैं गलत हूँ। किन्तु मैं इन बातों की गहराई में नहीं गई और फेलिक्स की भाँति किसी अन्य अवसर के लिए इसे टाल दिया।

"हेलेन, तुम कहती हो कि तुममें दुर्गण हैं; कौन से दुर्गुण ? मुझे तो तुम बहुत भली दीख़ती हो।"

"तब मुझे देखकर सीखो कि चेहरे से किसी को परखा नहीं जा सकता। मिस स्कैचर्ड कहती हैं कि मैं गन्दी हूँ, मैं चीजों को कभी व्यवस्थित नहीं रखती, मैं लापरवाह हूँ, मैं नियमों को भूल जाती हूँ। पाठ याद करने के समय पढ़ने लगती हूँ, मुझमें कोई ढंग नहीं है और कभी-कभी तुम्हारी तरह मैं भी कहती हूँ कि व्यवस्था के तामझाम का लादा जाना मैं *सह नहीं सकती*। इन सारी बातों से मिस स्कैचर्ड बहुत चिढ़ती हैं क्योंकि वे स्वभाव से स्वच्छ, समयनिष्ठ और व्यवस्थित हैं।"

"और चिड़चिड़ी और निष्ठुर भी।" मैंने जोड़ दिया, पर हेलेन बर्न्स मेरी जोड़ी हुई बातों से सहमत नहीं हुई। वह चुप रही।

"क्या मिस टेम्पल भी मिस स्कैचर्ड की भाँति तुम्हारे प्रति कड़ा रुख रखती हैं ?"

मिस टेम्पल के नाम का प्रसंग आते ही उसकी गम्भीर मुद्रा पर एक कोमल मुस्कान

छिटक गई।

"मिस टेम्पल नेकी से भरी हैं। दूसरे के प्रति, यहाँ तक कि स्कूल के निम्नतम व्यक्ति के प्रति भी, कठोरता करने में उन्हें स्वयं कष्ट होता है। वह मेरी भूलों को देखती हैं तो मुझे धीरे से कह देती हैं और यदि मैं प्रशंसायोग्य कुछ काम करूँ तो मेरी भरपूर प्रशंसा करती हैं। मेरे बुरे दोषपूर्ण स्वभाव का एक प्रमाण यह है कि उनकी मधुर और विवेकपूर्ण सलाह भी मेरे दुर्गुणों को सुधारने में प्रभावशाली नहीं हो सकी। यहाँ तक कि उनकी प्रशंसा भी–जिसे मैं बहुत महत्त्व देती हूँ–मुझे लगातार सजग और सावधान बनने को प्रेरित नहीं कर सकी।"

मैंने कहा, "आश्चर्यजनक बात है। सजग होना तो बहुत ही सरल है।"

"निस्सन्देह, *तुम्हारे लिए* होगा। आज कक्षा में मैं तुम्हें निरख रह थी तो देखा कि जब मिस मिलर पाठ समझा रही थीं और तुमसे प्रश्न पूछ रही थीं, तुम बहुत ध्यान से सुन रही थी, तुम्हारे विचार भटकते नहीं दिखाई दिए। परन्तु मेरे विचार निरन्तर भटकने लगते हैं। जब मुझे मिस स्कैचर्ड को ध्यान से सुनना चाहिए और जो कुछ वह परिश्रम से पढ़ा रही हैं, उसे ग्रहण करना चाहिए तो मैं मानो स्वप्न में चली जाती हूँ और उनका स्वर भी मुझे सुनाई नहीं पड़ता। कभी-कभी मुझे ऐसा लगने लगता है कि मैं नार्दम्बरलैंड में हूँ और मेरे आसपास की ध्वनियाँ मेरे घर के समीप डीपेन से होकर बहनेवाली छोटी सरिता की कलकल की ध्वनि है। जब प्रश्नोत्तर में मेरी बारी आती है, तो मुझे जगाया जाता है और उस काल्पनिक सरिता की कलकल ध्वनि में पाठ का कुछ भी भाग नहीं सुनने के कारण मुझसे उत्तर देते नहीं बनता।"

"फिर भी आज अपराह्न में तो तुमने बहुत अच्छे उत्तर दिए।"

"यह तो संयोग था कि जो विषय पढ़ाया गया था उसमें मेरी रुचि थी। उस अपराह्न में डीपेन का स्वप्न देखने के बदले मैं इस विस्मय में थी कि अच्छे कार्य करने की इच्छा रखते हुए भी कोई कैसे इतने अन्यायपूर्ण और अविवेकपूर्ण कार्य कर सकता है जैसाकि चार्ल्स प्रथम कभी-कभी किया करता था। मैं यह भी सोच रही थी कि कितने दुख की बात है, जो निष्ठा और विवेक के होते हुए भी वह राजा के विशेषाधिकार के आगे कुछ देख ही नहीं पाता था। यदि वह दूर तक देखने में समर्थ हो पाता तो देखता कि जिस चीज को लोग युग की आत्मा कहते हैं, वह कैसे बढ़ती जा रही है। फिर भी मैं चार्ल्स को प्यार करती हूँ, सम्मान करती हूँ, उस पर दया करती हूँ। बेचारा राजा जो मारा गया। हाँ, उसके शत्रु निकृष्ट थे। उन्होंने वह खून बहाया, जिसे बहाने का उन्हें कोई अधिकार नहीं था। उसे मारने का उनका साहस कैसे हुआ ?"

हेलेन मानो स्वयं से बात कर रही थी। वह भूल गई थी कि मैं उसकी बात समझ नहीं सकती थी, कि मैं वार्तालाप के विषय से लगभग अनभिज्ञ थी। मैंने उसका ध्यान खींचा।

"और जब मिस टेम्पल पढ़ाती होती हैं, तब भी क्या तुम्हारे विचार भटकते हैं ?"

"नहीं, प्रायः नहीं, क्योंकि मिस टेम्पल ऐसी बातें बताती हैं जो मेरे विचारों से

अलग होती हैं, उनकी भाषा भी मुझे बहुत अच्छी लगती है, और वे ऐसा ज्ञान देती हैं जिसे पाने की अभिलाषा भी रहती हैं।''

''अच्छा तो, मिस टेम्पल के समक्ष तुम अच्छी लड़की बनी रहती हो।''

''हाँ, अपने आप। मैं कोई प्रयास नहीं करती, ऐसा स्वतः हो जाता है। ऐसी अच्छाई में कोई प्रशंसा की बात नहीं है।''

''बहुत है। तुम उनके प्रति अच्छी हो जो तुम्हारे प्रति अच्छे हैं। मैं तो बस ऐसा ही बनना चाहती हूँ। निष्ठुर और अन्यायी के प्रति भी यदि लोग भले और आज्ञाकारी बने रहेंगे, तो दुष्ट लोग तो मनमानी पर उतर आएँगे। उन्हें कभी भय नहीं होगा। इसलिए वे कभी बदलेंगे नहीं; और दिन-दिन बदतर होते जाएँगे। इसलिए जब हमें अकारण पीटा जाए तो हमें कसकर प्रतिघात करना चाहिए, अवश्य करना चाहिए, इतनी जोर से कि उसे सीख मिले और वह कभी भविष्य में फिर मारने की बात नहीं सोचे।''

''मुझे विश्वास है कि बड़े होने पर तुम ये धारणाएँ बदल दोगी। अभी तो तुम एक छोटी अपढ़ लड़की हो।''

''किन्तु मेरी धारणा यही है, हेलेन। मुझे उनसे अवश्य घृणा करनी चाहिए जो उन्हें प्रसन्न करने की मेरी पूरी चेष्टा के बावजूद मुझसे घृणा करने पर ही तुले रहते हैं जो मुझे अन्याय से दंडित करे, उसका विरोध मुझे अवश्य करना चाहिए। यह उतना ही स्वाभाविक है जितना यह कि मुझे प्यार करनेवालों से मैं प्यार करूँ या उचित दंड मिलने पर मैं उसे स्वेच्छा से झेलूँ।''

''नास्तिक और जंगली जातियाँ इस सिद्धान्त में विश्वास करती हैं, किन्तु ईसाई और सभ्य देश इसका परित्याग करते हैं।''

''कैसे ? मैं नहीं समझी।''

''हिंसा से घृणा पर विजय नहीं होती, और न प्रतिशोध से घाव भरते हैं।''

''तब कैसे ?''

''न्यू टेस्टामेंट पढ़ो और देखो कि ईसा क्या कहते हैं। उनकी वाणी को अपना नियम बना लो और उनके व्यवहार को अपना आदर्श।''

''वे क्या कहते हैं ?''

''शत्रुओं को प्यार करो, जो तुम्हें शाप दे उसे आशीष दो, जो तुमसे घृणा और दुर्व्यवहार करे उसके साथ भी नेकी करो।''

''तब तो मुझे श्रीमती रीड को प्यार करना चाहिए जो मैं नहीं कर सकती ! मुझे उसके बेटे जॉन को आशीर्वाद देना चाहिए जो मेरे लिए असम्भव है।'' इस पर हेलेन ने मुझसे सारी बातें पूछीं और मैं अपने ढंग से अपनी यातना और प्रतिरोध की कहानी कहने लगी। कटुता और विद्रोह की भावना से उत्तेजित, मैं बिना किसी संकोच और बनावट के सारी बात कह गई।

हेलेन अन्त तक धीरज से मेरी बात सुनती रही। मुझे आशा थी कि वह कुछ मन्तव्य प्रकट करेगी, पर वह कुछ नहीं बोली।

मैंने ही अधीरता से पूछा, "तो क्या श्रीमती रीड एक कठोर हृदया, बुरी स्त्री नहीं हैं ?"

"इसमें सन्देह नहीं कि वे तुम्हारे प्रति कठोर रहीं, क्योंकि तुम्हारे चरित्र की प्रवृत्ति उन्हें अच्छी नहीं लगती थी, जैसे मिस स्कैचर्ड को मेरी आदतें अच्छी नहीं लगतीं। किन्तु उन्होंने तुम्हारे प्रति जो किया या कहा, उसे तुम कैसे बारीकी से याद रखे हुए हो ! तुम्हारे हृदय पर उनके अन्यायों का कितना गहरा प्रभाव पड़ा है ! किन्तु मेरे मन में किसी दुर्व्यवहार की इतनी गहरी छाप नहीं पड़ती। उनके अन्याय और उससे उमड़े हुए आक्रोश को भूलने से क्या तुम सुखी नहीं होगी ? मेरे विचार से जीवन इतना छोटा है कि उसे शत्रुता पालने में या अन्याय गिनने में क्यों बिताया जाए। इस संसार में हम सभी दोषों से भरे हैं, किन्तु एक समय आएगा जब हम इस नश्वर शरीर को छोड़ते समय सभी दुर्गुणों को भी त्याग देंगे। जब पाप और बुराइयाँ इस पार्थिव शरीर के साथ ही हमसे अलग हो जाएँगी, जब मात्र आत्मा की शुद्ध ज्योति बच जाएगी–जीवन और विचार का वही बुद्धि से परे वाला तत्त्व, वैसा ही शुद्ध जैसा वह सृष्टिकर्ता के पास से प्राणियों के पास आया था और जहाँ से आया था वहीं लौट जाएगा। उसे सम्भवतः मनुष्येतर किसी उच्च आत्मा के पास पुनः भेजा जाएगा। इसी तरह उत्थान होता रहेगा। साधारण मानव से देवपुरुष की आत्मा तक। इसके विपरीत ऐसा कभी नहीं होगा कि मनुष्य से शैतान की ओर आत्मा का पतन हो। नहीं, मैं यह नहीं मान सकती। मुझे किसी ने नहीं सिखलाया; पर मेरी आस्था दूसरी है जिसे मैं कभी प्रकट नहीं कहती, पर जिसमें मुझे आनन्द मिलता है, जिसे मैं हृदय से लगाए हूँ, क्योंकि यह सभी के लिए आशा का सन्देश लाती है, यही एक शाश्वत विश्राम दिलाती है–ऐसा विशाल स्थल जहाँ न भय है, न कोई खाई है। इसके अतिरिक्त इस आस्था के सहारे मैं अपराधी और उसके अपराध के बीच साफ-साफ अन्तर कर सकती हूँ। मैं अपराधी को हृदय से क्षमा कर सकती हूँ, पर अपराध से मुझे घृणा है। इस आस्था के कारण प्रतिशोध मेरे मन को कभी दुखी नहीं करता, निन्दा मुझे नहीं उबाती और अन्याय मुझे कुचल नहीं पाता। मैं अन्त की ओर दृष्टि लगाए शान्ति की गोद में रहती हूँ।"

हेलेन का हमेशा कुछ-कुछ झुका रहनेवाला मस्तक इस वाक्य को बोलते-बोलते और झुक गया। उसकी आँखों से मुझे लगा कि इसे मुझसे बात करने की इच्छा नहीं है, बल्कि वह अपने ही विचारों में खो जाना चाहती है। पर ध्यानमग्न होने के लिए भी उसे समय नहीं मिला क्योंकि एक बड़ी कठोर-सी मॉनीटर लड़की तुरन्त आकर जोर से कम्बरलैंड छाप उच्चारण से बोली, "हेलेन बर्न्स, यदि तुम इसी क्षण अपना काम छोड़कर ड्रावर को ठीक नहीं करती, तो मैं मिस स्कैचर्ड को बुलाकर इसे दिखाऊँगी।"

ध्यान टूटते ही हेलेन ने लम्बी साँस ली, और बिना देर किए या उत्तर दिए उठकर मॉनीटर की आज्ञा का पालन करने चल पड़ी।

7

लोवुड में पहले तीन माह मुझे एक युग-सा प्रतीत हुए, पर स्वर्णिम युग नहीं। यह समय स्वयं को नए नियमों और कर्तव्यों का अभ्यस्त करने की कठिनाई से संघर्ष करने में बीता। उनमें असफल होने का भय मुझे अपने शारीरिक कष्ट से भी अधिक चिन्तित कर देता था, यद्यपि ये कर्तव्य हलके-फुलके नहीं थे।

जनवरी, फरवरी और मार्च के कुछ दिनों तक भारी हिमपात, फिर उसके पिघलने और न चलने योग्य सड़कों के कारण हम लोगों का उद्यान की दीवारों से आगे बढ़ना रुका हुआ था। केवल चर्च जाना ही एक अपवाद था, पर इन सीमाओं के अन्दर हम लोगों को खुली हवा में प्रतिदिन एक घंटा व्यतीत करना था। हमारे वस्त्र इतने कम थे कि भीषण ठंड से हमारी रक्षा नहीं हो पाती थी। हमारे पास बूट नहीं थे। बर्फ हमारे जूतों में घुस जाती थी और वहाँ पिघलती रहती थी। बिना दस्ताने के हमारे हाथ सुन्न हो जाते थे कि और पैर की तरह फफोलों से ढँक जाते थे। मुझे अच्छी तरह याद है कि पैर सूज जाने के कारण प्रतिदिन सन्ध्या में मुझे पागल बना देनेवाली खुजलाहट होने लगती थी और प्रतिदिन प्रातःकाल सूजे, छिले और कड़े अँगूठे को जूते में घुसाने की वेदना सहनी पड़ती थी। उस पर से भोजन की अल्प मात्रा और भी यातना देती थी। बढ़ते बच्चों को भूख अधिक ही लगती है, किन्तु हम लोगों को इतना कम खाना मिलता था कि उससे एक छोटा-सा शिशु भी जीवित नहीं रह पाता। भोजन की कमी ने एक बुराई को जन्म दिया जिसका दुष्परिणाम छोटी छात्राओं को भुगतना पड़ा। भूख से विकल बड़ी लड़कियों को जब भी अवसर मिलता, वे छोटी लड़कियों से बहलाकर या धमकाकर उनका भाग ले लेती थीं। कितनी बार तो मुझे ही चाय के समय की भूरी रोटी के छोटे टुकड़े को दो दावेदारों के साथ बाँटकर खाना पड़ा, और तीसरी को अपनी कॉफी का आधा प्याला सौंपने के बाद मैं बचा-खुचा अंश अपने आँसू के साथ पी गई– उन आँसुओं के साथ जो भूख की आग के कारण निकल पड़े थे।

उस शीत ऋतु में रविवार के दिन बड़े कठिन होते थे। हम लोगों को दो मील चलकर ब्रोकलब्रिज चर्च जाना पड़ता था जहाँ हमारे संरक्षक ही प्रार्थना कराते थे। चलते समय हम लोगों को ठंड लगती रहती थी। चर्च पहुँचते-पहुँचते हम लोग ठिठुर जाते थे,

और प्रातःकालीन प्रार्थना में तो हम लोग ठंड से अकड़-से जाते थे। इतनी दूर से भोजन के समय लौटना सम्भव नहीं होता था। अतः थोड़ा-सा ठंडा मांस और रोटी प्रतिदिन के भोजन की भाँति ही अल्प मात्रा में प्रार्थनाओं के बीच, हम लोगों में बाँट दी जाती थी।

अपराह्न की प्रार्थना के बाद हम लोग खुले पहाड़ी रास्ते से लौटते थे, जहाँ उत्तर की हिम-आच्छादित पर्वत शृंखलाओं पर बहनेवाली जाड़े की बर्फीली ठंडी हवा हमारे चेहरे की त्वचा को मानो छीलती जाती थी।

मुझे स्मरण है कि शीत से ठिठुरी-झुकी हम लोगों की कतार के साथ-साथ मिस टेम्पल अपने हलके डगों से तेज चलती थीं। बर्फीली हवा से फरफराते अपने लम्बे ऊनी शॉल को कसकर लपेटे हुए और अपनी बातों और उदाहरण से हम लोगों को साहस बनाए रखने और आगे बढ़ने के लिए उत्साहित करते हुए हमें 'वीर सिपाही' कहती रहती थीं। बेचारी दूसरी शिक्षिकाएँ तो स्वयं इतनी हतोत्साहित रहती थीं कि दूसरों को क्या उत्साहित करतीं !

लौटने पर हम लोग ज्योति और धधकती आग की गर्मी के लिए कैसे उत्सुक रहते थे। किन्तु छोटी बच्चियों को इससे भी वंचित रहना पड़ता था। स्कूल के कमरे की सभी अँगीठियों के आगे दो कतारों में बड़ी लड़कियाँ खड़ी हो जाती थीं और उनके पीछे छोटी बच्चियाँ झुंड में ठिठुरी, अपनी दुर्बल बाँहों को फ्रॉक से ढँके रहती थीं।

चाय के समय थोड़ी सान्त्वना मिलती थी—दूने भोजन के रूप में। तब आधी के बदले पूरी रोटी, हलका मक्खन लगी, मिलती थी। इस भोजन की प्रतीक्षा हम लोग एक रविवार से दूसरे रविवार तक करते थे। मैं उस अतिरिक्त भोजन का आधा हिस्सा बाद के लिए छिपाकर रख लेती थी। शेष बचा भाग मुझे दूसरों को देना पड़ता था।

रविवार की सन्ध्या हमें चर्च कैटेकिज्म को तथा सेंट मैथ्यू के पाँचवें, छठे और सातवें अध्यायों को रटने में बिताना पड़ता था और मिस मिलर द्वारा पढ़े गए लम्बे उपदेश को सुनना पड़ता था। जब बीच-बीच में मिस मिलर की जम्हाइयों से स्पष्ट होता था कि वे स्वयं कितनी थकी हुई हैं। प्रायः किसी-किसी रविवार को यूटिकस का नाटक आधा दर्जन छोटी बच्चियों द्वारा खेला जाता था, जो नींद से बोझिल होने के कारण तीसरी-चौथी सीढ़ी से गिर जाती थीं और उन्हें अधमरे जैसा उठाकर ले जाया जाता था। इसका प्रतिकार यह था कि उन्हें धकेलकर स्कूल के कमरे के बीच ले जाया जाता था और वहाँ उपदेश समाप्त होने तक उन्हें खड़ा होना पड़ता था। कभी-कभी उनके पैर असमर्थ हो जाते थे तो वे एक साथ लुढ़क जाती थीं। तब उन्हें मॉनीटर ऊँचे स्टूल से सटाकर खड़ा कर देती थी।

मैंने अभी तक मि. ब्रोकलहर्स्ट द्वारा विद्यालय के निरीक्षण की चर्चा नहीं की है। बात यह है कि ये महाशय मेरे आगमनवाले महीने में अधिकतर बाहर ही रहे। सम्भवतः वे अपने मित्र आर्कडीकन के यहाँ ही अधिक समय तक ठहरे रहे। उनकी अनुपस्थिति मेरे लिए एक राहत ही थी। कहने की आवश्यकता नहीं कि मेरा उनके आगमन से डरना

अकारण नहीं था। किन्तु वे अन्त में आ ही धमके।

मेरे लोवुड पहुँचने के तीन सप्ताह बाद, एक अपराह्न जब मैं स्लेट हाथ में लिये गुणा-भाग के एक लम्बे हिसाब में उलझी थी, तो मेरी अचानक उठी आँखों ने खिड़की के पास से जाती एक आकृति को देखा। मैंने तुरन्त उस पतली आकृति को पहचान लिया और दो मिनट बाद जब शिक्षिकाओं समेत पूरा स्कूल एक साथ खड़ा हो गया तो मुझे दृष्टि उठाकर इसका निश्चय करने की आवश्यकता नहीं पड़ी कि उन्होंने इस प्रकार किसकी उपस्थिति का स्वागत किया है। एक लम्बे डग में स्कूल के कमरे को पार करके तुरन्त मिस टेम्पल (जो स्वयं खड़ी हो गई थीं) की बगल में वही काला लम्बा खम्भा खड़ा हो गया, जिसने गेट्सहेड की अँगीठी के पास इस कदर डरावने ढंग से मुझ पर दृष्टि डाली थी। अब मैंने कनखियों से इस आकृति को देखा।

जी हाँ, ये मि. ब्रोकलहर्स्ट ही थे। एक बटनदार सर्टाउट में वे पहले से भी लम्बे, पतले और कड़े दीख रहे थे।

मेरे लिए इस बुरे दृश्य से घबराने के अपने कारण थे। श्रीमती रीड द्वारा मेरे स्वभाव के विषय में की गई संक्षिप्त टिप्पणियाँ और उनसे मिस टेम्पल तथा अन्य शिक्षिकाओं को मेरे दुर्गुणों से अवगत कराने के बारे में मि. ब्रोकलहर्स्ट का वचन मुझे अच्छी तरह याद हैं। इस वचन के पालन किए जाने का भय मुझे सदा सालता रहा। उस आनेवाले व्यक्ति का भय मुझे प्रतिदिन होता था जो मेरे विगत जीवन-सम्बन्धी सूचनाओं और बातों को बतलाकर मुझे सदा के लिए एक बुरी लड़की की संज्ञा दिला देता। आज वह व्यक्ति आ ही गया। वह मिस टेम्पल के पास खड़ा था और धीरे-धीरे उनसे बातें कर रहा था। इसमें जरा भी शंका नहीं थी कि वह मेरी दुष्टता के सम्बन्ध में ही भेद खोल रहा था। मैंने दुख और चिन्ता से मिस टेम्पल की आँखों की ओर देखा–आशंकित होते हुए कि उनकी काली पुतलियाँ अब घृणा और वितृष्णा से मेरी ओर मुड़ेंगी। मैं सुनने की चेष्टा भी कर रही थी, क्योंकि मैं कमरे में आगे बैठी हुई थी। जो कुछ मैं सुन पाई उससे मुझे आसन्न भय से मुक्ति मिली–

''मेरा खयाल है मिस टेम्पल कि लाउटन में मैंने जो धागा खरीदा था, उससे काम चल जाएगा। मुझे लगा कि कैलिको कमीज के लिए यह धागा बिल्कुल ठीक रहेगा और मैंने उसके योग्य सुई भी चुन ली। आप मिस स्मिथ को बतलाएँगी कि मैं रफूगरी की सुइयों की बात भूल गया, परन्तु उन्हें कुछ कागज अगले सप्ताह मिल जाएँगे। उन्हें किसी भी स्थिति में एक छात्रा को एक बार में एक से अधिक सुई नहीं देनी है क्योंकि एक से अधिक रहने पर वे लापरवाही से खो देंगी। और मादाम, काश कि ऊनी मोजों की यहाँ अच्छे देखभाल होती ! पिछली बार जब मैं यहाँ आया था तो मैंने किचन-गार्डन में जाकर तार पर सूखते हुए कपड़ों को देखा था। बड़ी संख्या में काले मोजे बेहद फटे हुए थे जिनके मरम्मत की आवश्यकता थी। बड़े-बड़े छेदों से मैं समझ गया कि समय-समय पर इनकी मरम्मत नहीं हुई है।''

वे रुके। मिस टेम्पल ने कहा, ''महाशय, आपके निर्देशों पर ध्यान दिया जाएगा।''

उन्होंने फिर कहा, "और मादाम, धोबिन कह रही थी कि कुछ लड़कियाँ सप्ताह में दो बार मफलर धुलवाती हैं। यह तो बहुत अधिक है, नियम सिर्फ एक बार की अनुमति देते हैं।"

"ऐसा किन परिस्थितियों में हुआ, यह मैं बता सकती हूँ। एग्नेस और कैथेराइन जॉनस्टोन को गत गुरुवार कुछ मित्रों ने चाय पर लाउटन बुलाया था। मैंने ही उन्हें इस अवसर पर धुले मफलर लेने की अनुमति दी थी।"

मि. ब्रोलहर्स्ट ने सिर हिलाया, "खैर ! एक बार चल सकता है, पर कृपया ऐसी स्थिति बार-बार नहीं आने दीजिए। एक और बात से मुझे आश्चर्य हुआ। रसोइए से हिसाब-किताब करते हुए मैंने पाया कि पिछले पखवाड़े में दो बार लड़कियों को रोटी और पनीर का भोजन दिया गया। ऐसा क्यों ? मैंने नियमों को देखा तो भोजन में कहीं इन वस्तुओं का प्रावधान नहीं पाया। किसने यह नई बात प्रारम्भ की ? और किसके आदेश से ?"

"इसके लिए तो मैं ही उत्तरदायी हूँ, महाशय," मिस टेम्पल ने उत्तर दिया, "जलपान इतना रद्‌दी बना था कि छात्राएँ उसे खा ही नहीं सकीं और उन्हें भोजन तक भूखा रखने का साहस मैंने नहीं किया।"

"मादाम, मुझे एक क्षण बोलने दीजिए। आप जानती हैं कि इन लड़कियों के पालन के बारे में मेरी योजना यह नहीं है कि उन्हें विलास-आराम की आदतों का अभ्यस्त बनाया जाए, बल्कि उन्हें परिश्रमी, धैर्यवान और आत्मत्यागी बनाना है। यदि संयोगवश भोजन से कुछ निराशा हो, जैसे भोजन खराब बना, अथवा कम या अधिक परोसा गया, तो नुकसान हुई सुविधा से भी अधिक स्वादिष्ट वस्तु देकर इस घटना को व्यर्थ नहीं बनाना चाहिए और इस भाँति शरीर को सुख देकर संस्था का उद्‌देश्य नष्ट नहीं करना चाहिए। छात्राओं को बल्कि शारीरिक कष्ट और अभाव में धैर्य दिखाने के लिए उत्साहित करके इस घटना का आत्मिक उत्थान के अवसर के रूप में उपयोग किया जाना चाहिए। ऐसे अवसरों पर थोड़ा-सा उपदेश अनुपयुक्त नहीं होगा। एक विवेकशील शिक्षक ऐसे अवसरों का उपयोग करके पहले जमाने के ईसाइयों के दुखों का और बलिदानियों की यातनाओं की चर्चा करता है तथा हमारे प्यारे प्रभु के उस आह्वान का उल्लेख करता है, जिसमें उन्होंने अपने शिष्यों से क्रॉस लेकर अनुसरण करने को कहा था। वह उनकी चेतावनी की ओर भी इशारा करता है। जब उन्होंने कहा था कि मानव सिर्फ रोटी के सहारे नहीं, वरन् ईश्वर के मुख से निकले शब्दों के सहारे जीता है। वह उनकी इस स्वर्गीय सान्त्वना की याद दिलाता है कि, 'यदि तुम मेरे लिए भूख-प्यास की व्यथा झेलते हो तो तुम सौभाग्यशाली हो।' अरे मादाम, जब आप जले दलिए के बदले उनके मुँह में रोटी-मक्खन डालती हैं, तो आप भले ही उनके नश्वर शरीर को पालती हैं, किन्तु आप यह नहीं जानतीं कि आप उनकी अमर आत्मा को भूखी रखती हैं।"

मि. ब्रोकलहर्स्ट शायद अपनी भावनाओं के अतिरेक में बहकर फिर चुप हो गए।

उनके बोलना प्रारम्भ करते समय मिस टेम्पल नीचे देखने लगी थीं, पर अब वे दृष्टि

सामने गड़ाए बैठी थीं। संगमरमर जैसा उनका श्वेत चेहरा उसी के जैसा ठंडा और कठोर भी लगने लगा था। विशेषकर उनके होंठ ऐसे भिंचे मानो अब मूर्तिकार की छेनी से ही खुलेंगे। उनकी भौंहें धीरे-धीरे भय से स्थिर जैसी हो गईं।

इस बीच मि. ब्रोकलहर्स्ट अँगीठी के पास खड़े, हाथ-पीछे बाँधे, शान से पूरे स्कूल को देख रहे थे। अचानक उनकी पलकें झपकीं, मानो पुतलियों ने ऐसा कुछ देखा, जिससे वे चकाचौंध या सन्त्रस्त हो गई हों। मुड़ते हुए वे पहले की अपेक्षा जल्दी-जल्दी उच्चारण करते हुए बोले, "मिस टेम्पल, मिस टेम्पल, घुँघराले बालोंवाली वह लड़की कौन है ? लाल बालवाली, मादाम, वह, घुँघराले, पूरी तरह घुँघराले बालोंवाली ?" और अपने बेंत से उस भयप्रद वस्तु की ओर इंगित किया। ऐसा करते समय उनके हाथ काँप रहे थे।

मिस टेम्पल ने शान्ति से उत्तर दिया, "यह जूलिया सेवर्न है।"

"जूलिया सेवर्न, मादाम ! तो इसने या किसी और ने घुँघराले बाल क्यों रखे हैं ? इस संस्था के सारे सिद्धान्तों और नियमों को चुनौती देकर क्यों वह खुल्लम-खुल्ला इतनी सांसारिकता का पालन कर रही है कि यहाँ इस धार्मिक संस्था में, इस खैराती संस्था में, घुँघराले लटों से उसका सिर ढँका हुआ है ?"

मिस टेम्पल ने और अधिक शान्ति से उत्तर दिया, "जूलिया के बाल अपने आप घुँघराले हो जाते हैं।"

"अपने आप ! किन्तु हमें तो प्रकृति के अनुसार नहीं चलना है। मैं चाहता हूँ कि ये निरीह लड़कियाँ बनें। इतने घने बाल क्यों ? मैंने बार-बार कहा है कि बाल बिल्कुल छोटे-छोटे, सीधे और साधारण रखे जाएँ। मिस टेम्पल, उस लड़की का बाल पूरा कटवा दिया जाए। मैं कल ही नाई को भेजूँगा। मैं कुछ अन्य लड़कियों को भी देख रहा हूँ। जिन्हें अधिक बाल हैं।...वो लम्बी लड़की, उसे मुड़ने के लिए कहिए पहली कक्षा की सभी लड़कियों को उठने के लिए और चेहरे दीवार की ओर करने के लिए तो कहिए।"

मिस टेम्पल ने अपने होंठों पर रूमाल फिराया, मानो स्वतः खिली मुस्कान को दबा रही हों। फिर भी उन्होंने आदेश दिया। जब पहली कक्षा की छात्राएँ समझ गईं कि उन्हें क्या करने को कहा जा रहा है, तो उन्होंने उस आदेश का पालन किया। बेंच पर पीछे टिकी मैं देख रही थी कि कैसे आँखें नचाकर और चेहरे बिचकाकर वे इस कार्य पर अपनी प्रतिक्रिया व्यक्त कर रही थीं। दुख की बात थी कि मि. ब्रोकलहर्स्ट यह सब देख नहीं पा रहे थे, नहीं तो वे जानते कि उनके बाह्य आवरण को वे चाहे जैसा बना दें, छात्राओं का अन्तःकरण उनके हस्तक्षेप से परे था, जिसका मि. ब्रोकलहर्स्ट को अनुमान भी नहीं था।

उन्होंने इन जीवित मूर्तियों के पिछले हिस्से को पाँच मिनट तक परखा, तब दंड सुनाया। ये शब्द मृत्यु की घंटी की तरह गूँजे। "सभी की चुटियों को कटवा दिया जाए।"

लगता था, मिस टेम्पल इसका विरोध कर रही हैं।

उन्होंने बोलने का क्रम चालू रखा, "मादाम, मैं उस मालिक की सेवा कर रहा हूँ

जिसका साम्राज्य यह संसार नहीं है। मेरा लक्ष्य है इन लड़कियों में शरीर की माँग को मिटा देना, उन्हें संकोच और शालीनता से खुद को सजाने की शिक्षा देना, सजे बाल और बहुमूल्य वस्त्रों से नहीं। हमारे सामने की सभी लड़कियाँ बालों की चोटी सजाए हुए हैं, जिसे मानो कोरे अभिमान ने बुना हो। मैं पुनः कहता हूँ, इन्हें काट दिया जाए। जरा सोचिए, कितना समय व्यर्थ...।''

मि. ब्रोकलहर्स्ट रुक गए, क्योंकि इसी समय तीन अतिथि महिलाएँ कमरे में प्रविष्ट हुईं। उन्हें कुछ पहले आना चाहिए था, ताकि वे परिधान पर मि. ब्रोकलहर्स्ट के भाषण को सुन पातीं क्योंकि वे मलमल, सिल्क और रोएँदार बहुत सुन्दर वस्त्रों में सजी थीं। तीनों में दो छोटी ने (जो सोलह और सत्रह वर्ष की लड़कियाँ थीं) उस समय के फैशन के अनुकूल शुतुरमुर्ग के पंखों से सजे भूरे बीवर टोप पहने रखे थे। इस सुरुचिपूर्ण टोप के नीचे खूब घुँघराली, घनी लटें झूल रही थीं। प्रौढ़ महिला एक मूल्यवान मखमली शॉल लपेटे थी, जिसकी किनारी सफेद रोएँवाली थी और वह फ्रांसीसी नकली लटोंवाला विग पहने हुए थी।

मिस टेम्पल ने सम्मानपूर्वक इन अतिथियों का, श्रीमती और कुमारी ब्रोकलहर्स्ट कहकर, स्वागत किया और उन्हें कमरे के सिरे पर स्वागतवाली सीट पर ले गई। लगता है, वे अपने श्रद्धेय सम्बन्धी के साथ ही गाड़ी में आई थीं, और ऊपर के कमरों की जाँच-परख कर रही थीं, जबकि इधर मिस्टर ब्रोकलहर्स्ट रसोइए से हिसाब-किताब, धोबिन से पूछताछ और अधीक्षिका को भाषण देने का काम कर रहे थे। वे अब मिस स्मिथ से बातें कर रही और उन्हें फटकार रही थीं। जिनके जिम्मे कपड़ों की देखभाल और कमरों के निरीक्षण का काम था। किन्तु मुझे उनकी बातें सुनने का अववर नहीं मिला। मेरा ध्यान दूसरी बातों ने आकृष्ट कर लिया था।

अब तक मि. ब्रोकलहर्स्ट और मिस टेम्पल के वार्तालाप को सुनते हुए भी मैंने साथ-साथ अपनी व्यक्तिगत सुरक्षा हेतु सावधानियों की उपेक्षा नहीं की थी। मेरा विचार था कि उनकी दृष्टि से बच जाने से मेरी सुरक्षा हो जाएगी। इस उद्‌देश्य से मैं कक्षा में पीछे बैठ गई थी और हिसाब में व्यस्त होने के बहाने स्लेट को ऐसे पकड़ रखा था कि चेहरा छिपा रहे। मैं तो देखे जाने से बच भी जाती, बशर्ते मेरी धोखेबाज स्लेट मेरे हाथों से फिसलकर झनझनाती हुई नीचे नहीं गिरती, और सभी की दृष्टि मेरी ओर नहीं खिंचती। मैं समझ गई कि सबकुछ समाप्त हो गया, और झुककर टूटे स्लेट के दोनों टुकड़ों को उठाती हुई मैंने दुर्भाग्य का सामना करने के लिए साहस बटोरा। यह दुर्भाग्य आ ही पहुँचा।

''लापरवाह लड़की !'' मि. ब्रोकलहर्स्ट ने कहा और तुरन्त पहचानकर बोले, ''यही नई छात्रा है, अब समझा।'' मेरे साँस लेने के पूर्व ही बोलने लगे, ''मुझे यह भूलना नहीं चाहिए कि इस लड़की के विषय में एक बात बतलानी है।'' फिर जोर से बोले जो मुझे कितना शोर जैसा लगा, ''जिस लड़की ने स्लेट तोड़ा, वह आगे आए।''

अपने आप तो मैं हिल भी नहीं सकती थी। मैं निस्पन्द-सी हो गई थी। मेरे

अगल-बगल बैठी दो बड़ी लड़कियों ने मुझे पैरों पर खड़ा कर दिया और उस भयानक जज के आगे ढकेल दिया। तब मिस टेम्पल मुझे धीरे-धीरे सहारा देकर उनके पैरों के पास ले गई और मैंने उनकी धीमी सलाह सुनी, "डरो मत जेन, मैंने देखा है कि ऐसा अचानक हो गया, तुम्हें दंड नहीं मिलेगा।"

यह दयापूर्ण फुसफुसाहट मुझे बर्छी की भाँति लगी। मैंने सोचा कि एक ही मिनट बाद वह मुझे कपटी समझकर घृणा करने लगेंगी, और इस दंड की आशंका से मेरी नसों में मिसेज रीड, मि. ब्रोकलहर्स्ट आदि के प्रति एक आक्रोश की भावना खोलने लगी। मैं तो हेलेन बर्न्स नहीं थी।

"वह स्टूल लाओ," मि. ब्रोकलहर्स्ट ने उस स्टूल की ओर इंगित करते हुए कहा जहाँ से एक मॉनीटर अभी तुरन्त उठी थी। वह स्टूल लाया गया।

"इस बच्ची को इस पर बिठाओ !"

मुझे उस पर बिठाया गया—किसके द्वारा, मुझे नहीं मालूम। मैं किसी चीज को देखने की मनःस्थिति में नहीं थी। मैं सिर्फ इतना जान सकी कि मुझे उठाकर मि. ब्रोकलहर्स्ट की नाक जितनी ऊँचाई पर रख दिया गया है, कि वे मुझसे एक गज से भी कम दूरी पर हैं और गहरे नारंगी और लाल सिल्की कपड़ों का फैलाव, रुपहले पंखों का बादल बढ़ता जा रहा है और मेरे नीचे झूम रहा है।

मि. ब्रोकलहर्स्ट खाँसे।

"महिलाओ," अपने परिवार की ओर मुड़ते हुए उन्होंने कहा, "मिस टेम्पल, शिक्षिकाओ और बच्चो, आप सभी इस लड़की को देख रहे हैं न ?"

निस्सन्देह वे सभी देख रही थीं, क्योंकि मैंने अनुभव किया कि उनकी आँखें जलते शीशे की तरह मेरी झुलसी त्वचा पर टिकी थीं।

"आप देख रही हैं कि वह अभी छोटी है, आप देख रही हैं कि वह बचपन का सामान्य रूप धारण किए हुए है, ईश्वर ने कृपा करके उसे वही आकृति दी है जो उसने हम सबों को दी है। कोई विशेष कुरूपता उसे अलग व्यक्ति नहीं बना रही। तो कौन यह सोचेगा कि पाप ने उसमें अपने सेवक और प्रतिनिधि रूप में ढूँढ़ लिया है ? फिर भी मुझे दुख के साथ कहना पड़ता है कि वस्तुस्थिति यही है।"

मि. ब्रोकलहर्स्ट थोड़ा रुके। इसी बीच मैंने अपनी धमनियों की कँपकँपाहट को स्थिर किया और अनुभव किया कि रावण लक्ष्मण-रेखा को लाँघ चुका है और अब उस जाँच-पड़ताल का दृढ़ता से सामना करना पड़ेगा, जिससे बचने का कोई उपाय नहीं है।

काले पत्थर जैसे पादरी ने भावुकता से कहना जारी रखा, "मेरे प्यारे बच्चो, यह एक दुखद और उदासी-भरा अवसर है। जब मेरा यह कर्तव्य हो जाता है कि मैं तुम्हें चेतावनी दे दूँ कि यह लड़की, जो प्रभु की अपनी भेड़ों में एक होती, अब परित्यक्त हो गई है। अब यह भक्तों में से एक नहीं, बल्कि घुसपैठी और पराई है। तुम लोग इससे सावधान रहना—तुम लोग इसका अनुकरण नहीं करना, आवश्यक हो तो उसकी संगति से अलग रहना, अपने खेलों से उसे बाहर रखना और अपने वार्तालाप से भी उसे छाँटे

रहना। शिक्षिकाओ, आप लोग उसे परखें, उनकी गतिविधियों पर दृष्टि रखें, उसकी बातों को तौलें, उसके कार्यों की समीक्षा करें, उसकी आत्मा को बचाने के लिए उसके शरीर को दंडित करें, बशर्ते सचमुच ऐसा बचाव सम्भव हो, क्योंकि (ऐसा कहते मेरी जीभ लड़खड़ाती है) यह लड़की, यह बच्ची, इस ईसाई देश की यह निवासी, उस छोटी-सी असभ्य बच्ची से भी बुरी है जो ब्रह्मा की पूजा करती है और जगन्नाथ के समक्ष घुटने टेकती है। यह लड़की असत्यवादिनी है।''

इसके बाद दस मिनट तक चुप्पी रही। इस समय तक मेरी बुद्धि सन्तुलित हो गई थी। अतः मैंने देखा, ब्रोकलहर्स्ट महिलाएँ अपने-अपने रूमाल निकालकर आँखों पर रखे हुए थीं। जब प्रौढ़ महिला इधर-उधर डोल रही थी, छोटी दोनों फुसफुसा रही थीं, ''कितनी दुखद बात है।''

मि. ब्रोकलहर्स्ट ने फिर कहना प्रारम्भ किया–

''ये बातें मैंने उसकी उपकारिनी से जानीं। उस धार्मिक और दानप्रिय महिला से जितने इसे अनाथ हालत में ग्रहण किया, अपनी बेटी की तरह पाला और जिनकी दया और उदारता का प्रतिदान इस अभागी लड़की ने इतनी बुरी और भयावह कृतघ्नता से दिया कि अन्त में उसकी महान् संरक्षिका को इसे अपने बच्चों से अलग करना पड़ा– इस भय से कि कहीं इसके बुरे उदाहरण से उन लोगों की पवित्रता भी दूषित न हो जाए। उस महिला ने इसे यहाँ सुधार के लिए भेजा है, जैसे प्राचीनकाल में यहूदी अपने रोगियों को बेतेस्दा के अशान्त तालाब में भेज देते थे। शिक्षिकाओ और अधीक्षिका, मैं आपसे अनुनय करूँगा कि इसके आसपास के जल को दूषित न होने दें।''

इस उदात्त निर्णय के साथ ही मि. ब्रोकलहर्स्ट ने अपने कोट का ऊपरी बटन ठीक किया, अपने परिवारवालियों से धीमे स्वर में कुछ बोले जो उठ खड़ी हुईं, और मिस टेम्पल को नमस्ते किया। तब ये सभी महान् व्यक्ति कमरे से गौरव के साथ बाहर निकले। द्वार के पास घूमकर मेरे न्यायाधीश ने कहा, ''उसे आधे घंटे और उस स्टूल पर खड़ा रहने दीजिए और आज दिन-भर किसी को उससे बातें मत करने दीजिए।''

और मैं वहाँ उसी ऊँचे स्थान पर खड़ी रह गई। मैं, जोकि कहा करती थी कि मैं कमरे के मध्य खड़ी होने की लज्जा सहन नहीं कर सकती, आज सभी की दृष्टि के समक्ष अपयश के चबूतरे पर खड़ी थी। मेरी भावनाओं का वर्णन कोई भाषा नहीं कर सकती। जब वे सभी उठकर चल पड़ीं, मुझे दम घुटती और साँस रुकती छोड़कर, तो एक लड़की आई और मेरे पास से निकली। जाते-जाते उसने दृष्टि मेरी ओर उठाई। वे आँखें कैसी विचित्र ज्योति से अनुप्राणित थीं ? कैसी अद्वितीय अनुभूति मुझमें उन किरणों से कौंधी ! उस नई भावना ने मुझे कैसा बल दिया ! लगा जैसे कोई बलिदानी वीर किसी दास अथवा प्रताड़ित व्यक्ति के पास से गुजरा और जाते-जाते उसमें शक्ति का संचार कर गया। उठती रुलाई के वेग को मैंने नियन्त्रित किया, अपना सिर उठाया और दृढ़ता से स्टूल पर खड़ी हो गई। हेलेन बर्न्स ने अपने काम-सम्बन्धी कुछ बिल्कुल आसान से प्रश्न मिस स्मिथ से पूछे। और प्रश्नों की तुच्छता पर उसे डाँट भी पड़ी। वह अपनी

जगह लौटी और लौटते समय फिर मेरी ओर देखकर मुस्कराई। कैसा स्मित हास्य था वह ! मुझे आज भी उसकी स्मृति है और मैं जानती हूँ कि वह मुस्कान श्रेष्ठ बुद्धि की, सच्चे साहस की झलक थी। इससे उसके तीखे नाक-नक्श, उसका दुर्बल मुखड़ा उसकी धँसी काली आँखें चमक उठीं, जैसे किसी देवदूत के मुख की प्रतिछवि पड़ गई हो। उस क्षण भी हेलेन बर्न्स की बाँह पर 'गन्दी लड़की' का बिल्ला लगा था। लगभग एक घंटे पूर्व मैंने मिस स्कैचर्ड को उसे दंड देते सुना था कि कल उसे मात्र रोटी और पानी पर रहना पड़ेगा क्योंकि नकल उतारते हुए उसने एक कॉपी गन्दी कर दी थी। ऐसा होता है मानव का अपूर्ण स्वभाव ! स्वच्छतम नक्षत्रों पर भी ऐसे काले धब्बे होते हैं, पर मिस स्कैचर्ड जैसी आँखें मात्र उन सूक्ष्म दोषों को ही देख पाती हैं, नक्षत्रों की पूरी चमक के प्रति वे अन्धी ही रह जाती हैं।

8

आधा घंटा समाप्त होने के पूर्व ही पाँच बज गए और स्कूल में छुट्टी हो गई। सभी लोग भोजनालय में चाय लेने चले गए। तब मैं साहस करके उतरी। शाम गहरी हो चुकी थी। मैं एक कोने में चली गई और धरती पर बैठ गई। जिस जादू ने मुझे अब तक सँभाल रखा था, वह लुप्त होने लगा, प्रतिक्रिया होने लगी और शीघ्र ही अपार व्यथा ने मुझे इतना ग्रस्त कर लिया था कि मैं धरती पर मुँह टिकाकर पड़ गई और फूट-फूटकर रोने लगी। हेलेन बर्न्स वहाँ नहीं थी। मुझे सहारा देने को कोई भी तो नहीं था। अकेली पाकर मैंने अपने को अनियन्त्रित छोड़ दिया और मेरे आँसू फर्श को भिगोने लगे। मैंने अच्छी लड़की बनने की कामना की थी, और लोवुड में बहुत कुछ करना चाहा था–ढेर से मित्र बनाना, सम्मान अर्जित करना और प्यार पाना। मैं इस दिशा में स्पष्ट प्रगति भी कर रही थी। उसी प्रातःकाल मैं कक्षा में सबसे आगे आ गई थी, मिस मिलर ने स्नेह से मेरी प्रशंसा की थी और मिस टेम्पल ने प्रशंसा से मुस्कराकर मुझे देखा था। उन्होंने मुझे ड्राइंग सिखलाने का वचन दिया था और फ्रांसीसी सीखने की अनुमति भी दे देतीं, बशर्ते मैं दो माह इसी भाँति प्रगति करती रहती। मेरे सहपाठी मुझे प्रेम से मिलते थे और मेरी आयु की लड़कियाँ मुझे अपने समान मानती थीं। मेरी कोई उपेक्षा नहीं करता था। किन्तु अब ? अब मैं कुचली और चूर-चूर पड़ी हूँ। क्या मैं कभी उठ पाऊँगी ?

'कभी नहीं ?' मैंने सोचा और मेरी मर जाने की हार्दिक इच्छा होने लगी। मैं सिसकियों के बीच टूटे शब्दों में यह इच्छा व्यक्त कर ही रही थी कि कोई मेरे समीप आया। मैं चौंक उठी। हेलेन बर्न्स ही फिर मेरे समीप आई थी। अँगीठी की बुझती आग में देखा कि वह इस लम्बे खाली कमरे को पार करती हुई आई थी और मेरे लिए रोटी और कॉफी लाई थी।

''आओ, कुछ खा लो,'' उसने कहा। किन्तु मैंने दोनों को परे हटा दिया। मुझे ऐसा लगता था कि इस स्थिति में एक भी कौर या बूँद से मेरी साँस रुक जाएगी। हेलेन ने कुछ अचरज से मेरी ओर देखा। चेष्टा करने पर भी मैं अपनी उत्तेजना को रोक नहीं सकी, और जोर से रोने लगी। वह मेरे पास धरती पर बैठ गई। अपने घुटनों को दोनों

बाँहों से घेरकर उसने अपना सिर उस पर टिका लिया। उस मुद्रा में वह एक भारतीय की तरह चुपचाप बैठी रही। तब मैं ही पहले बोली, "हेलेन तुम ऐसी लड़की के पास क्यों बैठी हो जिसे प्रत्येक व्यक्ति झूठी समझता है ?"

"प्रत्येक व्यक्ति, जेन ? क्यों, यहाँ तो सिर्फ अस्सी हैं, जिन्होंने तुम पर यह आरोप सुना है, और संसार में तो लाखों-करोड़ों लोग रहते हैं।"

"किन्तु लाखों-करोड़ों से मुझे क्या लेना-देना ? जिन अस्सी को मैं जानती हूँ, वे मुझसे घृणा करते हैं।"

"जेन, तुम भूल कर रही हो। स्कूल में सम्भवतः एक भी व्यक्ति तुमसे घृणा या तुम्हें नापसन्द नहीं करता। कई तो निश्चय ही तुम पर दया करती हैं।"

"मि. ब्रोकलहर्स्ट की बात सुनने के बाद कोई मुझ पर दया कैसे करेगा ?"

"मि. ब्रोकलहर्स्ट देवता नहीं हैं। वे एक महान् और प्रशंसित व्यक्ति भी नहीं हैं। उन्हें यहाँ कोई नहीं चाहता। न उन्होंने अपने को प्रिय बनाने के लिए कुछ किया है। यदि वे तुम पर विशेष कृपादृष्टि रखते तो छिपे या खुले रूप में तुम्हारे चारों ओर बहुत-सी तुम्हारी शत्रु ही बन जातीं, किन्तु वर्तमान परिस्थिति में, अधिकांश लड़कियाँ यदि साहस कर पाएँ तो तुम्हारे प्रति सहानुभूति ही जतलाएँ। सम्भवतः शिक्षिकाएँ और छात्राएँ एक-दो दिन तुम्हारी ओर लापरवाही से देखें, किन्तु मित्रभाव उनके हृदय में भी छिपा है। यदि तुम अच्छा काम करती रहो तो ये दबी भावनाएँ शीघ्र ही जोरों से उमड़ पड़ेंगी। जेन, इसके अलावा...," वह रुक गई।

"क्या, हेलेन ?" मैंने अपना हाथ उसके हाथों पर रखते हुए पूछा। वह मेरी उँगलियों को गर्म करने हेतु धीरे-धीरे सहलाने लगी और बोलने लगी...

"यदि सारा संसार तुमसे घृणा करे और तुम्हें दुष्ट समझे, किन्तु यदि तुम्हारी आत्मा तुम्हें ठीक समझे और आरोपों से तुम्हें मुक्त कर दे तो तुम स्वयं को अकेली, मित्रविहीन नहीं पाओगी।"

"नहीं। मैं जानती हूँ कि मेरी आत्मा मुझे ठीक समझती है, पर यही पर्याप्त नहीं है। यदि दूसरे मुझे प्यार न करें तो मैं जीने की अपेक्षा मर जाना चाहूँगी। हेलेन, मैं अकेली और घृणित होना सहन नहीं कर सकती। सुनो, तुमसे या मिस टेम्पल से या किसी अन्य से, जिसे मैं सचमुच प्यार करती हूँ, सच्चा प्यार पाने के लिए मैं स्वेच्छा से अपनी बाँह भी तुड़वा सकती हूँ, साँड़ से टकरा सकती हूँ, लात मारते घोड़े के पीछे खड़ी होकर अपनी छाती पर दुलत्ती खा सकती हूँ..."

"चुप, चुप जेन। तुम मनुष्यों के स्नेह को बहुत अधिक महत्त्व दे रही हो। तुम बहुत भावुक हो, बहुत उत्तेजित। उस सर्वशक्तिमान हाथ ने, जिसने तुम्हारा शरीर रचा, इसमें प्राण भरा, उसने तुम्हारी या किसी अन्य दुर्बल प्राणी की काया के अतिरिक्त अन्य साधन भी तुम्हें दिए हैं। इस पृथ्वी के इस मानवजाति के अतिरिक्त एक अदृश्य संसार भी है–आत्माओं का संसार। वह संसार हमारे समीप है, क्योंकि वह सर्वव्यापी है। वे आत्माएँ हमें देखती रहती हैं, क्योंकि उन्हें हमारी सुरक्षा करने का आदेश है। यदि हम

वेदना और लज्जा से मर रहे हों, यदि घृणा चारो ओर से हमें डँस रही हो, यदि वितृष्णा हमें कुचल रही हो, तो देवदूत हमारी यातना को देखते हैं और हमारे निर्दोष होने के साक्षी होते हैं। (यदि हम सचमुच निर्दोष हों।) मैं जानती हूँ, तुम इस आरोप से मुक्त हो जिसे मि. ब्रोकलहर्स्ट ने श्रीमती रीड से सुनकर क्षुद्र अभिमान के साथ यहाँ दुहरा दिया, क्योंकि तुम्हारी उत्सुक आँखों और स्वच्छ मुखड़े पर मैं सच्चाई को देख रही हूँ। हमें पूरे पुरस्कार से सम्मानित करने के लिए ईश्वर केवल आत्मा के शरीर से अलग होने की प्रतीक्षा करते हैं। तो फिर क्यों हम घबराकर दुखों में डूब जाएँ, जबकि जीवन का शीघ्र अन्त होनेवाला है और मृत्यु हमें निश्चय महिमा और आनन्द के साम्राज्य में प्रवेश करानेवाली है।"

मैं चुप हो गई। हेलेन ने मुझे शान्त कर दिया था। किन्तु जो शान्ति उसने दी, उसमें अव्यक्त उदासी का मिश्रण था। वह जब बोल रही थी, मुझे व्यथा का आभास हो रहा था। यद्यपि मैं यह नहीं जानती कि यह व्यथा कहाँ से आ रही थी। बोलना समाप्त करके वह तेजी से साँस लेने लगी और थोड़ा खाँसने लगी। मैं कुछ देर के लिए अपना दुख भूल गई और उसके लिए मुझे एक अस्पष्ट-सी आशंका होने लगी।

हेलेन के कन्धे पर सिर टिकाकर मैंने अपनी बाँहें उसकी कमर में लपेट दीं। उसने भी मुझे पास खींच लिया और हम दोनों नीरवता में बैठे रहे। इस प्रकार बैठे हमें कुछ ही देर हुई थी कि कोई व्यक्ति अन्दर आया। आकाश में बहती तेज हवा ने सहसा बादलों को उड़ाकर चाँद को उघाड़ दिया था। खिड़की से आती हुई चाँदनी हम लोगों पर तथा उस आती हुई आकृति पर पड़ी। हम लोगों ने तुरन्त पहचान लिया—यह मिस टेम्पल थीं।

"मैं तुम्हें ढूँढ़ने के उद्देश्य से आई, जेन आयर," उन्होंने कहा, "तुम मेरे कमरे में आओ, और चूँकि हेलेन बर्न्स भी तुम्हारे साथ है, वह भी आ सकती है।"

हम लोग अधीक्षिका के पीछे-पीछे चले। कुछ उलझे रास्ते और सीढ़ियाँ पार करके हम लोग उनके कक्ष में पहुँचे जहाँ अच्छी आग जल रही थी और वातावरण आनन्दमय लगता था। मिस टेम्पल ने हेलेन बर्न्स को अँगीठी की बगलवाली एक आरामकुर्सी पर बैठने को कहा और दूसरी कुर्सी पर स्वयं बैठते हुए मुझे अपने बगल में बुलाया।

"समाप्त हो गया न ? रोकर तुमने अपना दुख हलका कर लिया न ?" उन्होंने मेरे चेहरे पर झुककर देखते हुए पूछा।

"नहीं, मेरा दुख कभी कम नहीं होगा।"

"क्यों ?"

"क्योंकि मुझ पर गलत आरोप लगाए गए हैं। मादाम, आप और अन्य सभी लोग मुझे अब दुष्ट लड़की समझेंगी।"

"मेरी बच्ची, हम लोग वही समझेंगी, जो तुम स्वयं को प्रमाणित करोगी। अच्छी लड़की की तरह काम करती रहो, तो तुम मुझे सन्तुष्ट कर सकोगी।"

"क्या ऐसा हो सकता है, मिस टेम्पल ?"

''हाँ,'' उन्होंने अपनी बाँह में मुझे समेटते हुए कहा। ''अब तुम मुझे यह बतलाओ कि यह महिला कौन है, जिसे मि. ब्रोकलहर्स्ट तुम्हारी संरक्षिका कह रहे थे ?''

''श्रीमती रीड, मेरे मामा की पत्नी। मेरे मामा का स्वर्गवास हो चुका है। उन्होंने मुझे मामी के देख-रेख में सौंप दिया था।''

''तो क्या श्रीमती रीड ने स्वेच्छा से तुम्हें गोद नहीं लिया था ?''

''नहीं मादाम, उन्हें तो दुख था कि उन्हें मेरा पालन करना पड़ रहा था। किन्तु, जैसा मैंने नौकरों को प्रायः कहते सुना, मेरे मामा ने मरते समय मामी से वचन ले लिया था कि वे मेरा सदा पालन करेंगी।''

''अच्छा, जेन ! तुम्हें मालूम ही होगा या मैं ही तुम्हें बतला देती हूँ कि जब किसी अपराधी पर आरोप लगाया जाता है तो उसे अपने बचाव में हमेशा बोलने का अवसर दिया जाता है। तुम पर झूठ बोलने पर अभियोग लगा है। मेरे सामने अच्छे ढंग से अपना बचाव करो। अपनी यादों के आधार पर जो सच है। वह मुझे बतलाओ, पर अपनी ओर से कुछ जोड़ो मत और न बढ़ा-चढ़ाकर कहो।''

मैंने अपने हृदय में निश्चय किया कि मैं संक्षिप्त में सही-सही बात बतलाऊँगी। मुझे जो कुछ कहना था। उसे ढंग से व्यवस्थित करने के लिए कुछ मिनट चुप रहने के बाद मैंने अपने दुखी बचपन की पूरी कहानी कह सुनाई। पहले जिस उद्विग्नता से मैं इस विषय पर बोलती थी उसकी अपेक्षा मेरी भाषा, उत्तेजना से निढाल होने के कारण, आज अधिक संयत थी। आक्रोश में लिप्त होने के विरुद्ध हेलेन की चेतावनी मुझे याद थी। अतः मेरी कहानी में पूर्व की अपेक्षा विष या घृणा की मात्रा कम थी। इस प्रकार संयत और संक्षिप्त होने के कारण यह कहानी अधिक विश्वसनीय लगी। कहानी कहते हुए मुझे लगा कि मिस टेम्पल मेरी बातों पर विश्वास कर रही हैं।

कहानी के क्रम में मैंने चर्चा की थी कि मि. लायड ने बेहोशी के बाद मुझे आकर देखा था। मैं लाल कमरे के डरावने अध्याय को कभी नहीं भूल सकती जिसका वर्णन करने में मेरी उत्तेजना अवश्य ही सीमा को लाँघ जाती थी। उस वेदना की छटपटाहट की स्मृति को मैं जरा भी धूमिल नहीं कर सकती जिस वेदना ने मेरे हृदय को जकड़ लिया था, जब क्षमा हेतु मेरी विकल प्रार्थना को श्रीमती रीड ने घृणा से ठुकरा दिया था और मुझे दुबारा उसी अँधेरे भूतहे कमरे में बन्द कर दिया था।

मेरी कहानी समाप्त हो गई थी। मिस टेम्पल मुझे कुछ मिनट तक मौन देखती रहीं, फिर बोलीं—

''मैं मि. लायड को थोड़ा-बहुत जानती हूँ। मैं उन्हें पत्र लिखूँगी। यदि उनका उत्तर तुम्हारे कथन से मेल खाता है तो तुम्हें सार्वजनिक रूप से सारे अभियोग से मुक्त कर दिया जाएगा। मेरे लिए तो जेन, तुम अभी भी निर्दोष हो।''

उन्होंने मुझे चूम लिया और मुझे अपने बगल में ही रखे हुए (जहाँ खड़ी होने में मैं सन्तुष्ट थी क्योंकि उनके मुखड़े, कपड़े, एक-दो गहने, श्वेत ललाट, घनी चमकती लटों और चमकीली काली आँखों को देखने में मुझे बाल-सुलभ आनन्द मिल रहा था)

वह हेलेन से बातें करने लगीं, "आज रात तुम कैसी हो हेलेन ? क्या दिन में बहुत खाँसी हो ?"

"नहीं, बहुत अधिक तो नहीं मादाम !"

"और तुम्हारी छाती का दर्द ?"

"यह भी थोड़ा बेहतर है।"

मिस टेम्पल उठीं और उसके हाथ को लेकर नाड़ी देखने लगीं। फिर वे अपनी सीट पर लौटीं और बैठते हुए एक धीमी आह भरी। कुछ मिनट तक वे चिन्तामग्न रहीं, फिर अपने को सजग करते हुए प्रसन्नता से बोलीं, "पर आज रात्रि तो तुम दोनों मेरी अतिथि हो। मैं इसी रूप में तुम्हारा सत्कार करूँगी।" फिर उन्होंने घंटी बजाई।

घंटी के उत्तर में जो सेविका आई उससे उन्होंने कहा, "बार्बरा, मैंने अभी तक चाय नहीं पी है। ट्रे लाओ और इन दोनों बालिकाओं के लिए भी प्याला लगाओ।"

ट्रे जल्द ही आ गई। अँगीठी के पास छोटी मेज पर रखी चाइना की प्यालियाँ और टी-पॉट मेरी दृष्टि में कितनी सुन्दर लग रही थीं। किन्तु मैंने चिन्ता से देखा (क्योंकि मुझे भूख लग रही थी) कि मात्रा बहुत थोड़ी थी। मिस टेम्पल को भी ऐसा लगा।

"बार्बरा !" उन्होंने कहा, "क्या तुम थोड़ा-सा और रोटी-मक्खन नहीं ला सकती ? तीन व्यक्तियों के लिए यह बहुत थोड़ा है।"

बार्बरा बाहर गई। उसने जल्दी लौटकर कहा, "मादाम, श्रीमती हार्डेन कहती हैं कि उन्होंने हमेशा जितनी मात्रा में सामान भेजा है।"

मिस टेम्पल ने प्रत्युत्तर दिया, "ओह, बहुत अच्छा बार्बरा !"

"मेरा खयाल है, हम लोग इसी से काम चला लेंगे।" और जैसे ही वह लड़की वापस गई, उन्होंने मुस्कराकर कहा, "सौभाग्य से इस बार की कमी पूरा करना मेरे वश में है।"

हेलेन को और मुझे मेज पर बुलाकर हम लोगों के समक्ष चाय का प्याला और रोटी का पतला टुकड़ा रखकर वह उठीं और ड्रावर का ताला खोला। उसमें से कागज में लपेटा एक पार्सल निकालकर खोलते हुए हमें एक अच्छा-खासा बड़ा सीड-केक दिखलाया।

उन्होंने कहा, "मैंने सोचा था कि तुम लोगों को अपने साथ ले जाने के लिए इसमें से थोड़ा-सा दूँगी। किन्तु चूँकि टोस्ट इतना कम है, इसलिए इसे अभी खा लो।" फिर उन्होंने उदारता से उसके बड़े-बड़े टुकड़े काटकर दिए।

उस सन्ध्या हम लोगों ने मानो अमृत का पान किया और हमारी स्वागत करनेवाली हमें जिस सन्तुष्ट मुस्कान से देख रही थी, वह उस स्वागत का कुछ कम आनन्दमय भाग नहीं था, जब हम उदारतापूर्वक दिए गए स्वादिष्ट भोजनों से अपनी विकल क्षुधा को तृप्त कर रहे थे। चाय समाप्त हुई और ट्रे हटा ली गई तो उन्होंने हम लोगों को पुनः आग के पास बुलाया। हम लोग उनकी अगल-बगल बैठ गए। अब उनमें और हेलेन में वार्तालाप होने लगा, जिनमें शामिल होना मेरे लिए सौभाग्य की बात थी।

मिस टेम्पल के व्यवहार में सदा एक सौम्यता रहती थी, मुद्रा में राजसीपन तथा

भाषा में उत्कृष्टता जो चंचल, उद्विग्न और बेचैन उत्सुक व्यक्तियों का भी ध्यान खींच लेती थी। व्यक्तित्व में कुछ ऐसा था जो उन्हें देखने और सुननेवालों के मन में श्रद्धा जगाकर उनके आनन्द को पावन कर देता था। उनके सम्बन्ध में मेरी यही धारणा रही। किन्तु हेलेन बर्न्स के बारे में तो मैं आश्चर्यचकित हो गई।

स्फूर्तिदायक भोजन, चमकती अग्नि, प्रिय शिक्षिका की उपस्थिति और कृपा ने, और इन सबसे भी अधिक उसके अपने अद्वितीय मन में किसी ने, उसकी आन्तरिक शक्तियों को जगा दिया था। वे शक्तियाँ जगीं, जल उठीं, और उसके गालों की लाली में चमकने लगीं–उन गालों में जिसे इसके पूर्व मैंने सदा पीला और रक्तविहीन देखा था। ये शक्तियाँ उसकी आँखों की सरलता से जगमगाने लगीं, जो अचानक मिस टेम्पल की आँखों से भी अधिक सुन्दर हो उठीं। यह सौन्दर्य आँखों के रंग, लम्बी पलकों या पतली भौंहों का नहीं था, वरन् आँखों के अभिप्राय, उनकी गति और उनसे विकीर्ण ज्योति का सौन्दर्य था। लगा जैसे उसकी आत्मा उसकी जिह्वा पर आ बैठी हो; शब्द धाराप्रवाह निकलते जा रहे थे–पता नहीं किस स्रोत से ? क्या चौदह वर्ष की एक बालिका का हृदय इतना विशाल, इतना सशक्त हो सकता है कि शुद्ध, पूर्ण, ओजस्वी वाणी की उफनती निर्झरिणी को अपने में समेट ले ? उस चिरस्मरणीय सन्ध्या को हेलेन का भाषण कुछ उसी प्रकार का था। लगता था जैसे उसकी आत्मा अल्प अवधि में ही उतना जीवन जी लेना चाहती हो। जितना लोग कहीं बहुत अधिक दिनों में जाकर जीते हैं।

वे ऐसे विषयों पर वार्तालाप कर रही थीं, जिन्हें मैंने पहले कभी सुना भी नहीं था। राष्ट्रों की और अतीत की बातें, सुदूर देशों की बातें, प्रकृति के रहस्यों की, आविष्कारों और उनकी सम्भावनाओं की बातें। वे पुस्तकों पर बातें कर रही थीं। कितनी पुस्तकें पढ़ी थीं उन्होंने ! कितना अगाध था उनका ज्ञान ! वे फ्रांसीसी नामों और फ्रांसीसी लेखकों से भी बहुत परिचित लगती थीं। किन्तु तब मेरे आश्चर्य की सीमा न रही जब मिस टेम्पल ने हेलेन से पूछा कि क्या वह कुछ क्षण निकालकर अपने पिता द्वारा सिखाई गई लातीनी भाषा को दुहरा पाती है। उन्होंने आलमारी से एक पुस्तक निकालकर हेलेन से वर्जिल का एक पृष्ठ पढ़कर समझाने को कहा। हेलेन ने आज्ञा का पालन किया, उसकी हर ध्वनित पंक्ति पर मेरी श्रद्धा बढ़ती गई। उसका पाठ समाप्त होने को ही था कि सोने की घंटी बज उठी। इसमें देर करना सम्भव नहीं था। मिस टेम्पल ने हमें दोनों का आलिंगन किया और हमें हृदय से लगाते हुए बोलीं, “ईश्वर तुम्हें सुखी रखे, मेरे बच्चो !”

हेलेन को उन्होंने मेरी अपेक्षा देर तक हृदय से लगाए रखा और अनिच्छा से उसे जाने की अनुमति दी। उनकी आँखें हेलेन का पीछा करते द्वार तक गईं, उसके लिए उन्होंने दुबारा उदास आहें भरीं और उसी के लिए टपके एक आँसू को अपने गालों से पोंछ लिया।

शयनकक्ष में पहुँचने पर हम लोगों ने मिस स्कैचर्ड की तेज आवाज सुनी। वह ड्रावरों की जाँच कर रही थीं और उन्होंने हेलेन का ड्रावर अभी-अभी देखा था। ज्यों

ही हम घुसे, हेलेन पर फटकार की बौछार पड़ी, और कहा गया कि कल उसके कन्धे पर आधी दर्जन मुड़ी-तुड़ी वस्तुएँ बाँध दी जाएँगी।

हेलेन धीमे स्वर में बुदबुदाते हुए मुझसे बोली, ''मेरी वस्तुएँ सचमुच लज्जास्पद ढंग से अव्यवस्थित थीं। मैं उन्हें ठीक करना चाहती थी, पर भूल गई।''

दूसरे दिन प्रातःकाल मिस स्कैचर्ड ने एक कार्डबोर्ड पर बड़े-बड़े अक्षरों में 'गन्दी लड़की' शब्द लिखे और उसे हेलेन के चौड़े, कोमल, तेज और सुन्दर ललाट पर बाँध दिया। वह शाम तक इसे लगाए रही—धैर्य से, बिना क्रोध के और इसे उचित दंड समझकर। जैसे ही अपराह्नवाली कक्षा के बाद मिस स्कैचर्ड हटीं, मैं दौड़कर हेलेन के पास गई, उस कागज को फाड़ डाला और उसे आग में झोंक दिया। जो क्रोध उसे कभी आता ही नहीं था, वही क्रोध मेरी आत्मा में पूरे दिन धधक रहा था और आँसू की गर्म, बड़ी-बड़ी बूँदें मेरे कपोलों को झुलसा रही थीं। इसलिए कि उसके दुखी समर्पण का दृश्य मेरे मन को असहनीय सीमा तक व्यथित कर रहा था।

इस घटना के प्रायः एक सप्ताह पश्चात् मिस टेम्पल को मि. लायड को लिखे गए पत्र का उत्तर मिला। लगता है, उन्होंने जो कुछ लिखा था उससे मेरे कथन की पुष्टि ही हुई। तब मिस टेम्पल ने पूरे स्कूल को एकत्र करके सूचित किया कि उन्होंने जेन आयर पर लगाए गए अभियोगों की जाँच-पड़ताल की और उन्हें यह घोषणा करने में प्रसन्नता हो रही है कि जेन आयर सारे आरोपों से मुक्त पाई गई है। इस पर शिक्षिकाओं ने मुझसे हाथ मिलाया और मुझे चूमा। मेरे सहपाठियों में प्रसन्नता की लहर दौड़ गई।

इस प्रकार एक दुखद बोझ से मुक्त होकर मैं उसी क्षण से फिर काम में जुट गई। मैंने सभी कठिनाइयों के बीच अपना रास्ता निकालने का निर्णय लिया। मैं कठिन परिश्रम करने लगी और मुझे अपने प्रयास के अनुरूप सफलता भी मिलती गई। मेरी स्मृति, स्वभावतः बहुत सशक्त नहीं होने पर भी अभ्यास से सुधरती गई। अभ्यासों से मेरी बुद्धि विकसित हुई और कुछ ही सप्ताह में मैं अगली कक्षा में बिठा दी गई। दो महीने के अन्दर ही मुझे फ्रांसीसी और चित्रकारी सीखने की अनुमति भी मिल गई। मैंने उसी दिन फ्रांसीसी भाषा की क्रिया Etre के दो काल-रूप सीखे और पहली बार एक कुटी का चित्र बनाया जिसकी दीवारों की ढलान पीसा के गुम्बदों के झुकाव को भी फीका किए दे रही थी। उस रात मैं बिस्तर पर कल्पना में गर्म भुने आलू, सफेद रोटी और ताजा दूध का खयाली पुलाव पकाना भूल गई, जिसे आन्तरिक भूख को बहलाने के लिए पकाने की मेरी आदत हो गई थी। उसके बदले में उस काल्पनिक आदर्श चित्रकारी का आनन्द लेने लगी जो अँधेरे में भी मुझे दीख रहा था। ये सब मेरे हाथों की रचनाएँ थीं—सहजता से चित्रित घर और पेड़, मनोरम चट्टान और ध्वंसावशेष, मवेशियों के झुंड, अधखिले गुलाब पर मंडलाती तितलियाँ, पकी चेरियों पर चोंच मारती चिड़ियाँ और पेंचदार और लता की नई टहनियों से घिरी, मोती जैसे अंडों को समेटे फुदकी पक्षियों की घोंसले। मैं कल्पना में यह भी सोचने लगी कि क्या मैं कभी उस

छोटे से फ्रांसीसी कहानी-संग्रह का सही अनुवाद कर पाऊँगी, जो मादाम पियरो ने उसी दिन मुझे दिखलाया था। इसी उधेड़बुन में मैं मधुर निंद्रा में सो गई।

सोलोमन ने ठीक ही कहा है—घृणा के साथ दिए गए पुष्ट बैल के मांस की अपेक्षा प्रेम से परोसे गए साग-पत्तों का भोजन भी श्रेष्ठतर है।

अब मैं लोवुड और इसके अभावों के बदले गेट्सहेड और उसकी विलासिता लेने को कभी तैयार नहीं होती।

9

लेकिन लोवुड के इन अभावों, बल्कि कठिनाइयों में भी कमी आने लगी। वसन्त समीप आ रहा था, बल्कि आ ही गया था। शरद के हिमपात थम गए, बर्फ पिघलने लगी थी। ठंडी हवा की चुभन कम होने लगी थी। मेरे बेचारे पैर, जो जनवरी की कँपानेवाली हवा में छिलने और सूजने से लँगड़ानें लगे थे, अप्रैल की मृदु वायु में सूखने और स्वस्थ होने लगे। रात्रि और प्रभात अब कनाडा जैसे तापमान से हमारी धमनियों में रक्त को नहीं जमाते थे। अब हम लोग उद्यान में खेल की घंटी को झेल सकते थे। कभी-कभी धूप-भरे दिन आनन्दमय और अच्छे भी लगते थे। उन मुरझाई क्यारियों में हरीतिमा भी छाने लगी थी, जिसकी प्रतिदिन की वृद्धि से यह सन्देश मिलता प्रतीत होता था कि आशा हर रात उनसे मिलकर जाती है और उसके चरण के और भी स्पष्ट चिह्न हर प्रातः दिखाई पड़ते हैं। पत्तों के बीच भाँति-भाँति के पुष्प झाँकने लगे थे। गुरुवार की दोपहरी में आधे दिन की छुट्टी होने पर हम लोग घूमने जाते थे तो रास्ते के किनारे झाड़ियों में सुन्दर फूलों को खिला देखते थे।

हमारे उद्यान की ऊँची कँटीली तारवाली चहारदीवारी के बाहर आनन्द का वातावरण क्षितिज की सीमा तक फैला था। यह आनन्द निहित था हरियाली और छाया से भरी, पहाड़ी तालाबों को घेरती ऊँची चोटियों में तथा काले पत्थरों और चमकीली भँवरों से भरी एक पहाड़ी निर्झरिणी के दृश्य में। पर यही दृश्य तब कितना भिन्न लगता था जब मैं इसे हेमन्त के कठोर आकाश के नीचे, पाले से अकड़ा और बर्फ के कफन से ढँका हुआ देखती थी। जब मौत की तरह ठंडा कुहासा पूर्वी हवा के इशारे पर लाल चोटियों के पास भटकता था और पेड़ों को लुढ़काता हुआ अन्त में निर्झरिणी पर जमें कोहरे में विलीन हो जाता था। वह निर्झरिणी उन दिनों एक तूफानी नदी की भाँति लगती थी, उफनती और अनियन्त्रित, यह जंगलों को उखाड़ते हुए उस वायुमंडल में एक गर्जन भर देती थी। जो स्वयं भारी वृष्टि और उड़ते हुए हिमपात से बोझिल लगता था। इसके किनारे के जंगल तो कंकालों की कतार जैसे लगते थे।

अप्रैल बीता और मई आया। यह एक दमकता हुआ शान्त मई का महीना था–नील गगनवाले दिन, शान्त खिली धूप, और पश्चिमी या दक्षिणी मन्द-मधुर वायु से पूर्ण।

इसमें पेड़-पौधे शक्ति पाकर बढ़ने लगे। लोवुड ने भी मानो अपनी लटों को छितरा दिया, सभी कुछ हरा-हरा और फूलों से रंगीन दीखने लगा। इसके बड़े-बड़े बड़, पीपल और ओक के ठूँठ जैसे पेड़ पत्तियों से ढँककर शानदार लगने लगे थे। जहाँ-तहाँ जंगली पौधे घने उग आए थे, इसके गड्ढों में तरह-तरह की काइयाँ भर गई थीं, और जंगली फूलों से लदे पौधों से धरती विचित्र ढंग से जगमगा रही थी। छायादार जगहों में पीली-सुनहली किरणें सुन्दर जगमगाहट की भाँति बिखरी हुई थीं। एकान्त में बिल्कुल अकेली खड़ी होकर मैं इनका पूर्ण और मुक्त आनन्द उठाती थी। इस अकस्मात् आई स्वाधीनता और प्रसन्नता का एक विशेष कारण था, जिसे बतलाना अब मेरा कर्तव्य है।

पहाड़ियों और जंगलों की गोद में, नदी के किनारे ऊपर उठ रही जमीन पर बसी यह जगह निवास के लिए सुन्दर स्थान है, यह तो मैंने आपको बतलाया है न ? सुन्दर तो यह निस्सन्देह थी, पर स्वास्थ्यप्रद थी अथवा नहीं—यह एक प्रश्न है।

यह जंगली घाटी, जहाँ लोवुड बसा था, कुहासों और कुहासों से पैदा कीड़े-मकौड़ों, का पालना थी। चंचल वसन्त के आते ही। वे कीड़े भी सक्रिय हो जाते थे, अनाथ आश्रम में घुस आते थे और इसके ठूँसे हुए स्कूल-कक्ष, शनयगृह में सन्निपात ज्वर का संक्रमण फैलाते थे, जिसके कारण मई के आगमन के पूर्व ही यह विद्यालय एक अस्पताल बन गया।

अधभूखी और ठंड की मारी अधिकांश लड़कियाँ इस संक्रमण का निशाना बनीं। अस्सी में से पैंतालीस छात्राएँ एक ही बार बीमार पड़ गईं। कक्षाएँ बन्द कर दी गईं और नियमों में ढील दे रही गई। कुछ जो स्वस्थ बच गई थीं उन्हें पूरी छूट दे दी गई, क्योंकि चिकित्सक ने जोर देकर कहा कि उन्हें स्वस्थ रखने के लिए उन्हें खुली हवा में घूमने देना अनिवार्य है। मिस टेम्पल का पूरा ध्यान उन रुग्ण छात्राओं पर केन्द्रित था। वे हमेशा रोगियों के कमरे में रहती थीं, केवल रात्रि में कुछ घंटे विश्राम के अतिरिक्त वे इस कमरे को कभी नहीं छोड़ती थीं। अन्य शिक्षिकाएँ उन छात्राओं के सामान ठीक करने और उन्हें प्रस्थान कराने की व्यवस्था में संलग्न थीं, जिनके सम्बन्धी या मित्र उन्हें इस संक्रमण से बचाने के लिए उन्हें वहाँ से ले जाने के इच्छुक और समर्थ थे। रोगग्रस्त कुछ छात्राएँ तो घर जाकर भी मर गईं। कुछ स्कूल में मरीं और उन्हें शीघ्रता से चुपचाप दफन कर दिया गया, क्योंकि इस रोग में विलम्ब वर्जित था।

लोवुड की चहारदीवारी के अन्दर जब रोग अपना आसन जमाकर बैठ गया था और मृत्यु इसकी नियमित अतिथि हो गई थी, जब कमरों में अन्धकार और भय छाया था, इसके कक्ष और रास्ते अस्पताल की तरह बास मारते थे और दवाइयाँ और कृमिनाशक छिड़काव मृत्यु के आक्रोश को रोक नहीं पा रहे थे, तब लोवुड के बाहर सुन्दर मई का सूरज ऊँची चोटियों पर और आकर्षक हरियाली पर जगमगाता रहता था, लोवुड का उद्यान भी फूलों से जगमगाता था, हॉलीहॉक पुष्प की लताएँ पेड़ों जैसी लम्बी हो गई थीं, कमलिनी खिलने लगी थी, ट्यूलिप और गुलाब मुस्कराते रहते थे, फूलों की क्यारियाँ गुलाबी और लाल कुसुमों से झूमती-सी लगती थीं, स्वीटब्रायर की डालियाँ

प्रातः-सायं सेब का सौरभ लुटाती थीं। किन्तु यह सारा सुरभित कोष लोवुड के निवासियों के लिए व्यर्थ था। इनका उपयोग मात्र किसी दवा के रूप में, या कब्र में डालने के लिए एक मुट्ठी फूल लेने के वास्ते ही होता था।

किन्तु मैं और कुछ अन्य लड़कियाँ जो स्वस्थ बच गई थीं, इस ऋतु और परिवेश का पूरा आनन्द ले रही थीं। वे लोग हमें प्रातः से सन्ध्या तक जिप्सियों की भाँति जंगलों में घूमने देते थे। हम लोग अपनी इच्छा के अनुसार जो चाहते, वही करते थे, जहाँ चाहते वहीं जाते थे, और अच्छी तरह रह रहे थे। मि. ब्रोकलहर्स्ट और उनका परिवार अब लोवुड के पास आता भी नहीं था और न घरेलू हिसाब-किताब जाँचे जाते थे। पुरानी चिड़चिड़ी रसोईदारिन रोग के संक्रमण के भय से भाग गई थी और उसकी उत्तराधिकारिन, जो पहले लोवुड चिकित्सालय में नर्स थी, यहाँ के नियमों से अवगत नहीं रहने के कारण हमें उदारता से भोजन देती थी। इसके अतिरिक्त अब खानेवाले भी कम ही थे, रुग्ण लड़कियाँ थोड़ा ही खा पाती थीं। इसलिए हमारे जलपान के कटोरे उन दिनों भरे रहते थे, और यदि कभी भोजन बनाने का अवसर नहीं मिले, जैसा प्रायः होता था, तो वह हमें कोई गुझिया दे देती थी या एक मक्खन लगी बड़ी रोटी। इसे लेकर हम वनों की और चल पड़ते थे और अपनी इच्छानुसार जगह चुनकर, तृप्त होकर भोजन करते थे।

मेरी पसन्द का स्थान था एक चिकना, चौड़ा पत्थर जो झरने के बीच में श्वेत और सूखा उभरा हुआ था। उस तक मैं नंगे पाँव पानी से गुजरकर पहुँचा करती थी। वह पत्थर बस इतना चौड़ा था कि मात्र मैं और कोई एक दूसरी लड़की वहाँ आराम से बैठ सकती थी। उन दिनों मेरी पसन्दीदा सहेली थी। मेरी एन विल्सन—एक चतुर, परखनेवाली लड़की जिसका साथ मुझे अच्छा लगता था, कुछ तो इसलिए कि वह बुद्धिमती और मौलिकता सम्पन्न थी और कुछ इसलिए कि उसके व्यवहार से मैं निश्चिन्त रहती थी। मुझसे कुछ बड़ी होने के कारण वह इस संसार की बातें अधिक जानती थी और मेरी रुचि के अनुकूल बहुत-सी बातें मुझे सुनाती थी। वह मेरी उत्सुकता को तृप्त करती रहती थी, मेरे दोषों को भी टाल जाती थी और मेरी बातों पर रोक या प्रतिबन्ध नहीं लगाती थी। उसे कहानी कहने में रुचि थी और मुझे विश्लेषण में, वह बातें बताती और मैं प्रश्न पूछती। इसलिए हमारे दिन साथ-साथ आनन्द में बीत रहे थे, आपसी बातचीत से हमारा यदि ज्ञानवर्द्धन नहीं, तो मनोरंजन तो अवश्य होता था।

और इन दिनों हेलेन बर्न्स कहाँ थी ? स्वतन्त्रता के ये मधुर दिन मैंने उसके साथ क्यों नहीं बिताए ? क्या मैं उसे भूल गई थी ? अथवा मैं इतनी कमीनी थी कि उसकी पवित्र संगति से ऊब गई थी ? जिस मेरी एन विल्सन की मैंने चर्चा की है, वह मेरी प्रथम परिचिता से निश्चय ही कमतर थी। वह मुझे मनोरंजक कहानियाँ सुना सकती थी, मेरे उत्साहपूर्ण और तीखे गप में हाँ में हाँ मिला सकती थी, जबकि हेलेन—यदि मैं हेलेन के विषय में सच कहूँ—उससे बातें करनेवालों को बहुत उच्च विचारों का आनन्द दे सकती थी।

पाठक, मैं इस बात को जानती थी और मैंने इसका अनुभव किया था। यह सच

है कि मैं एक दोषपूर्ण प्राणी हूँ, मुझमें अनेक अवगुण हैं और गुण बहुत कम। फिर भी मैं हेलेन बर्न्स से ऊबी नहीं थी, और न ही उसके लिए मेरे हृदय में सम्मान और प्रेम की भावना ही कम हुई थी। इसके अतिरिक्त अन्य कुछ हो भी कैसे सकता था। जबकि हेलेन सभी समय और सभी परिस्थितियों में मेरे प्रति अगाध और प्रगाढ़ मैत्री दर्शाती थी, ऐसी मैत्री जो किसी कटुवचन या झगड़े से प्रभावित होनेवाली नहीं थी ? वस्तुस्थिति यह है कि हेलेन उन दिनों बीमार थी। पिछले कुछ सप्ताह से उसे मेरी दृष्टि से हटाकर पता नहीं ऊपर के किस कमरे में पहुँचा दिया गया था। मुझे बताया गया था कि वह घर के अस्पतालवाले भाग में बुखार के रोगियों के साथ नहीं थी क्योंकि उसका रोग क्षयरोग था, सन्निपात ज्वर नहीं था। और अपनी अज्ञानता में मैं क्षयरोग को ऐसा साधारण रोग समझती थी, जो समय और देखभाल से ठीक हो जाएगा।

मेरी इस धारणा की पुष्टि इस बात से हुई थी कि खूब खिली धूपवाली एक दोपहरी में वह एक-दो बार नीचे आई थी, और मिस टेम्पल उसे उद्यान में ले गई थीं। किन्तु उन अवसरों पर मुझे उसके पास जाने या उससे बात करने नहीं दिया गया। स्कूल के कमरे की खिड़की से मैं उसे सिर्फ देख पाई, वह भी स्पष्ट नहीं, क्योंकि वह कई-एक शॉल लपेटे थी और दूर बरामदे में बैठी थी।

जून के प्रारम्भ में एक शाम मैं मेरी एन के साथ देर तक जंगल में रह गई। हमेशा की भाँति हम लोग दूसरों से अलग होकर बहुत दूर तक टहलते चले गए–इतनी दूर कि रास्ता भूल गए। तब हमें एक एकान्त झोंपड़ी में रास्ता पूछना पड़ा, जिसमें एक स्त्री और एक पुरुष रहते थे। जो जंगल में घासपात पर अर्धवन्य सूअरों को चराते थे। जब हम घर लौटे तो चाँद निकल आया था। उद्यान के द्वार पर चिकित्सक का घोड़ा खड़ा था। उसे देख मेरी एन बोली कि कोई अवश्य बहुत बीमार है क्योंकि डॉक्टर मि. वेट्स को इतनी शाम गए, बुलाया गया है। वह तो अन्दर चली गई, किन्तु मैं कुछ मिनट बाहर रुक गई, ताकि जंगल से लाए गए कुछ पौधों की जड़ को उद्यान में रोप दूँ। मुझे डर था कि प्रातःकाल तक छोड़ देने से वे मुरझा जाएँगे। रोपने के बाद मैं कुछ देर और रुकी रही, क्योंकि गिरती ओस में फूलों से बहुत भीनी-भीनी सुगन्ध आ रही थी। कितनी आनन्दमय शाम थी, कितनी शान्त, कितनी गर्म ! पश्चिम में आकाश की लाली से स्पष्ट था कि कल भी दिन अच्छा होगा। चाँद भी पूरी चमक के साथ दूर पूरब में उगा हुआ था। मैं उन्हें देख रही थी और बच्चे की भाँति प्रसन्न हो रही थी कि अचानक मेरे मन में एक बात आई। जो पहले कभी नहीं आई थी–

'रोग-शय्या पर पड़े रहना और मृत्यु की आशंका में रहना कितना दुखदायी है ! यह संसार आनन्द से भरा है। इससे वापस बुला लिया जाना और अज्ञात स्थान में जाने को बाध्य होना कितना दुखद है !'

और तब मेरे मन ने पहली बार यह समझने का गम्भीर प्रयत्न किया कि वह स्वर्ग क्या है और नरक क्या है–जिनकी धारणा उसमें पहले से भरी जाती रही है। पहली बार मन ने घबराकर उससे मुँह फिरा लिया। पहली बार भूत-भविष्य और अगल-बगल

में झाँकने पर उसे अथाह खाई दिखाई पड़ी। उसकी पकड़ में सिर्फ एक चीज आई–वर्तमान। शेष सभी कुछ आकृतिविहिन घटाओं और खोखली खाइयों जैसा जान पड़ा। जब मैं इस नई विचारधारा में खोई थी, मैंने सामने के दरवाजे के खुलने की ध्वनि सुनी। मि. वेट्स निकले, उनके साथ एक नर्स थी। उनके घोड़े पर चढ़ने और प्रस्थान करने के बाद वह दरवाजा बन्द ही करने जा रही थी कि मैं उसके पास दौड़कर गई–

''हेलेन बर्न्स कैसी है ?'' मैंने पूछा।

''बहुत बुरी हालत है,'' उत्तर मिला।

''क्या मि. वेट्स उसे ही देखने आए थे ?''

''हाँ।''

''उन्होंने उसके विषय में क्या कहा ?''

''उन्होंने कहा कि अब वह यहाँ अधिक समय नहीं रहेगी।''

ये बातें, यदि मैं कल सुनती, तो इससे यही समझती कि वह अपने घर नार्थम्बरलैंड जानेवाली है। इसका अभिप्राय यह है कि वह मरनेवाली है, मुझे इसकी शंका भी नहीं होती। किन्तु आज मैं तुरन्त यह बात समझ गई। मेरी समझ में यह स्पष्ट हो गया कि हेलेन बर्न्स इस संसार में जीवन के अन्तिम दिन गिन रही है और अब आत्माओं के साम्राज्य में प्रवेश करनेवाली है–यदि ऐसा कोई क्षेत्र हो तो। मुझे जोर का धक्का लगा, फिर दुख का आघात हुआ। तब एक इच्छा जगी–उसे देखने की अनिवार्यता की। मैंने पूछा, ''वह किस कमरे में पड़ी है ?''

''वह मिस टेम्पल के कमरे में है,'' नर्स ने उत्तर दिया।

''क्या मैं ऊपर जाकर उससे बातें कर सकती हूँ ?''

''ओह नहीं, बच्ची ! यह सम्भव नहीं है, और अब तुम्हारे अन्दर जाने का समय हो गया है। ओस गिर रही है। यदि तुम बाहर रही, तो बीमार पड़ जाओगी।''

नर्स ने सामने का द्वार बन्द कर लिया। मैं बगल के द्वार से अन्दर आई जो स्कूल के कमरे की ओर ले जाता था। मैं ठीक समय पर पहुँची थी। नौ बज रहे थे और मिस मिलर सभी छात्राओं को सोने जाने के लिए पुकार रही थीं।

दो घंटे बीते। लगभग ग्यारह बजे होंगे। नींद नहीं आने के कारण और शयनकक्ष की पूर्ण नीवरता से यह अनुमान करके कि मेरी सभी सहेलियाँ गहरी नींद में मग्न हैं, मैं चुपके से उठी, रात्रि-परिधान के ऊपर फ्रॉक पहना, और बिना जूते के धीरे से कमरे से खिसक गई। मैं मिस टेम्पल के कमरे की खोज में चल पड़ी। यह इस मकान के बिल्कुल दूसरे छोर पर था, पर मैं रास्ता जानती थी। ग्रीष्म के खिले चाँद की चाँदनी में कठिनाई नहीं हुई। कपूर और जले सिरके की गन्ध से मैं समझ गई कि मैं बुखार के रोगियों के कमरे के पास से निकल रही हूँ। मैं इस दरवाजे से जल्दी आगे बढ़ गई क्योंकि मुझे डर था कि सारी रात जगनेवाली नर्स कहीं मेरी पदचाप सुन न लें; क्योंकि मुझे पकड़े और वापस भेजे जाने का भय था। मैं हेलेन को *अवश्य* देखूँगी, मृत्यु के पूर्व उसे एक बार हृदय से लगाऊँगी; उसे अन्तिम चुम्बन दूँगी, उससे अन्तिम बातें करूँगी।

सीढ़ियाँ उतरने के बाद मैंने नीचेवाले मकान के कुछ भाग को पैदल पार किया, दो दरवाजों को निःशब्द खोला और बन्द किया। तब मैं दूसरी सीढ़ी के पास पहुँची। मैं उस पर चढ़ी और तब मेरे ठीक सामने मिस टेम्पल का कमरा था। इसके चाभी के छिद्र से और द्वार के नीचे से ज्योति की चमक आ रही थी। आसपास पूरी नीरवता छाई थी। समीप आने पर मैंने द्वार को थोड़ा खुला हुआ पाया–सम्भवतः रोगी के बन्द कमरे में थोड़ी स्वच्छ हवा के प्रवेश हेतु। बिना हिचकिचाए और अधीर होकर, व्यथा से कम्पित आत्मा और इन्द्रियों को लिये, मैंने दरवाजा खोला और अन्दर झाँका। मेरी आँखें हेलेन को ढूँढ़ रही थीं और मृत्यु को देखने के भय से डरी हुई थीं।

मिस टेम्पल के बिस्तर से सटे, श्वेत जाली से आधी ढँकी, एक छोटी-सी खाट पड़ी थी। कपड़े के नीचे मैंने एक मानव-आकृति को देखा, किन्तु चेहरा लटकते पर्दों से ढँका हुआ था। उद्यान में जिस नर्स से मैंने बातें की थी, वह आरामकुर्सी पर बैठे-बैठे सो गई थी। मेज पर एक जलती हुई मोमबत्ती धीमा प्रकाश दे रही थी। मिस टेम्पल नहीं दिखाई दे रही थीं, बाद में मुझे पता चला कि उन्हें बुखार के रोगियोंवाले कमरे में किसी प्रलाप कर रही रोगिणी को देखने के लिए बुलाया गया था। मैं आगे बढ़ी और खाट के पास जाकर रुक गई। मेरा हाथ पर्दे पर था, लेकिन पर्दा हटाने के पूर्व मैंने बात कर लेना चाहा। शव देखने की आशंका से मैं अभी भी भयभीत थी।

"हेलेन," मैंने धीमे से कहा। "क्या तुम जगी हुई हो ?"

वह थोड़ा हिली, पर्दे को हटाया और मैंने उसका चेहरा देखा–पीला, क्षीण, किन्तु बिल्कुल शान्त। उसमें परिवर्तन इतना कम था कि मेरा भय तुरन्त विलीन हो गया।

"तुम हो, जेन ?" उसने अपने मधुर स्वर में पूछा।

"ओह," मैं आश्वस्त हुई। 'यह मरेगी नहीं, उन लोगों को समझने में भूल हुई है। यदि यह मरनेवाली होती तो इतनी शान्ति से बोल और देख नहीं पाती।'

मैं उसकी खाट पर चढ़ गई और उसे चूम लिया। उसका ललाट ठंडा था, उसके गाल दोनों ठंडे और धँसे हुए थे। उसके हाथ और कलाइयाँ भी बिल्कुल पतली थीं, किन्तु वह पहले की भाँति मुस्करा रही थी।

"तुम यहाँ क्यों आई, जेन ? ग्यारह बज चुके हैं। कुछ मिनट पहले मैंने घंटी सुनी है।"

"मैं तुम्हें देखने आई, हेलेन ! मैंने सुना, तुम बहुत बीमार हो। तुमसे बातें किए बिना मुझे नींद नहीं आ रही थी।"

"तो तुम मुझे विदा देने आई हो ? सम्भवतः तुम बिल्कुल ठीक समय पर आई हो।"

"क्या तुम कहीं जा रही हो, हेलेन ? क्या तुम घर जा रही हो ?"

"हाँ, अपने सुदूर घर, अपने अन्तिम घर।"

"नहीं, नहीं, हेलेन।" मैं व्यथित हो बोल पड़ी। मैं अपने आँसुओं को पीने की चेष्टा कर रही थी कि हेलेन लगातार खाँसने लगी। फिर भी नर्स नहीं जगी। जब खाँसी रुकी,

तो वह कुछ क्षण अशक्त-सी पड़ी रही, फिर फुसफुसाई–

"जेन, तुम्हारे छोटे-छोटे पाँव नंगे हैं, लेट जाओ और मेरे लिहाफ से अपने को ढँक लो।"

मैंने वैसा ही किया। उसने अपनी बाँहें मेरे ऊपर रख दीं और मैं उससे चिपक गई। लम्बे मौन के बाद, वह फिर धीमें-धीमें बोलने लगी–

"मैं बहुत प्रसन्न हूँ, जेन। तुम जब सुनना कि मैं मर गई तो इसका भरोसा कर लेना और दुख मत करना। दुख की कोई बात नहीं है। हम सभी को एक दिन मरना है। जो बीमारी मुझे लिये जा रही है, वह कष्टप्रद नहीं है। यह शान्त और धीमी है। मेरा मन शान्त है, कोई मेरे लिए रोनेवाला नहीं है। मेरे केवल एक पिता हैं, उन्होंने हाल में फिर से विवाह कर लिया है। अतः वे मेरे लिए बहुत दुखी नहीं होंगे। कम आयु में मरने से मैं बहुत से दुखों से बच जाऊँगी। संसार में आगे बढ़ने के लिए मुझमें गुण तो था, पर चतुरता नहीं थी। मुझसे हमेशा भूल होती रहती थी।"

"पर तुम कहाँ जा रही हो, हेलेन ? क्या तुम देख पाती हो ? क्या तुम जानती हो ?"

"मैं विश्वास करती हूँ, मुझे भरोसा है कि मैं ईश्वर के पास जा रही हूँ।"

"ईश्वर कहाँ है ? ईश्वर क्या है ?"

"मेरे और तुम्हारे सृष्टिकर्ता, जो अपनी बनाई वस्तु को कभी नष्ट नहीं करेंगे। मुझे उनकी शक्ति पर पूरा भरोसा है और उनकी नेकी में पूर्ण विश्वास। मैं प्रतीक्षा कर रही हूँ उस क्षण की जो मुझे उनसे मिला देगी, उनके दर्शन मुझे करा देगी।"

"क्या तुम निश्चित हो, हेलेन कि स्वर्ग नाम का कोई स्थान सचमुच है और मरने के पश्चात् सचमुच हम लोग की आत्मा वहाँ जा सकती है ?"

"मुझे विश्वास है कि आगे ऐसा कोई राज्य है। मुझे दृढ़ आस्था है कि ईश्वर अच्छे हैं। मैं बिना किसी शंका के अपनी अमर आत्मा उन्हें सौंप सकती हूँ। ईश्वर मेरे पिता हैं, वे मेरे मित्र हैं। मैं उन्हें प्यार करती हूँ और मुझे विश्वास है कि वे भी मुझे प्यार करते हैं।"

"जब मैं मरूँगी, हेलेन, तो क्या मैं तुमसे मिल पाऊँगी ?"

"तुम उसी आनन्द के साम्राज्य में आ जाओगी। वही महान्, सबके पिता, तुम्हारा स्वागत करेंगे, हमारी जेन, इसमें कोई सन्देह नहीं है।"

मैंने फिर प्रश्न किया, किन्तु इस बार अपने मन में ही–'यह साम्राज्य कहाँ है ? क्या यह सचमुच कहीं है ?' मैंने अपनी बाँहों में कसकर हेलेन को लपेट लिया। वह मुझे पहले से भी अधिक प्रिय लगने लगी। मुझे लगा कि मैं उसे मरने नहीं दे सकती। मैं उसकी गर्दन में सिर छिपाकर लेट गई। शीघ्र ही वह मधुरतम स्वर में बोली, "मैं कितने आराम से हूँ। खाँसी के इस अन्तिम दौरे ने मुझे कुछ थका दिया है। मुझे नींद आने लगी है। किन्तु मुझे छोड़कर मत जाना, जेन। मैं चाहती हूँ कि तुम मेरे पास रहो।"

"मैं तुम्हारे पास रहूँगी। *प्यारी* हेलेन, कोई मुझे तुमसे अलग नहीं कर सकता है।"

"तुम गर्म तो हो न, प्यारी ?"

"हाँ।"

"शुभ रात्रि, जेन।"

"शुभ रात्रि, हेलेन।"

उसने मुझे चूम लिया और मैंने उसे। उसके बाद हम दोनों को शीघ्र ही नींद आ गई।

जब मैं जगी तो सुबह हो गई थी। एक विचित्र हलचल से मैं उठी। मैंने ऊपर देखा, मैं किसी की गोद में थी। नर्स मुझे लिये हुए थी। वह मुझे गलियारी से शयनकक्ष में ले जा रही थी। मुझे बिस्तर छोड़कर जाने के लिए डाँट नहीं पड़ी, लोग किसी दूसरी सोच में पड़े थे। किसी ने मेरे प्रश्नों का उस समय उत्तर नहीं दिया, किन्तु एक-दो दिन बाद मैंने जाना कि मिस टेम्पल जब भोर में अपने कमरे में लौटीं, तो उन्होंने मुझे उस खाट पर सोया हुआ पाया। मेरा चेहरा हेलेन बर्न्स के कन्धे पर टिका था और मेरी बाँहें उसके गले में लिपटी थीं। मैं सो रही थी और हेलेन...मर चुकी थी।

उसकी कब्र ब्रोकलब्रिज कब्रगाह में है। उसकी मृत्यु के पन्द्रह वर्षों बाद तक यह केवल एक घासदार ढूह से ढँकी रही। किन्तु अब उस स्थान पर एक संगमरमर का टुकड़ा लगा है, जिस पर उसका नाम और यह शब्द लिखा है : 'पुनर्जीवन।'

10

यहाँ तक मैंने अपने महत्त्वहीन जीवन की घटनाओं का विशद वर्णन किया है। अपने जीवन के प्रथम दस वर्षों के वर्णन में मैंने लगभग उतने ही अध्याय लिखे, किन्तु यह कहानी एक आत्मकथा नहीं है। अब मैं अपनी स्मृतियों का आह्वान वहीं करूँगी। जहाँ मुझे आशा होगी कि प्राप्त उत्तर में रोचकता की कुछ मात्रा भी है। इसलिए मैं आठ वर्षों की अवधि को मौन छोड़ देती हूँ। तारतम्य बनाए रखने के लिए केवल कुछ पंक्तियों की ही आवश्यकता होगी।

लोवुड में सन्निपात ज्वर ने जब विध्वंस का अपना उद्देश्य पूरा कर लिया, तब यह धीरे-धीरे वहाँ से विलीन हो गया। किन्तु इसके पूर्व ही उसकी भयानकता और उसके मृतकों की संख्या ने जनता का ध्यान स्कूल की ओर आकृष्ट कर लिया। इस लानत के कारणों की छानबीन की जाने लगी और धीरे-धीरे बहुत से तथ्य सामने आए, जिसने जनता के क्रोध को उभार दिया। उस स्थान का अस्वस्थ परिवेश, बच्चों के भोजन के प्रकार और मात्रा, रसोई बनाने में खारे और दुर्गन्धयुक्त जल का प्रयोग, बच्चों के खराब वस्त्र और निवासस्थान–इन सारी चीजों का पता चल गया और इनके प्रकट होने का परिणाम मि. ब्रोकलहर्स्ट के लिए अपमानजनक था, किन्तु संस्था के लिए बहुत लाभप्रद सिद्ध हुआ।

देश के अनेक धनाढ्य और परोपकारी लोगों ने अच्छे परिवेश में आरामदेह भवन के निर्माण हेतु उदारतापूर्वक दान दिया। नई नियमावली बनाई गई, भोजन और वस्त्र में सुधार लाए गए, और विद्यालय-कोष की व्यवस्था का भार एक समिति को सौंपा गया। अपनी सम्पत्ति और कुलीनों से सम्बन्ध के कारण मि. ब्रोकलहर्स्ट की पूर्ण उपेक्षा तो नहीं की जा सकी, वे कोषाध्यक्ष के पद पर बने रहे, किन्तु इस कार्य के सम्पादन हेतु सहृदय और उदार प्रवृत्ति के अन्य सज्जन उनके साथ लगा दिए गए। निरीक्षक के कर्तव्य-पालन में भी उनके साथ कुछ और व्यक्ति शामिल किए गए, जो जानते थे कि विवेक के साथ कड़ाई, मितव्ययित के साथ आराम और दया के साथ न्याय का मिश्रण कैसे करना चाहिए। इस भाँति सुधार लाए जाने पर यह विद्यालय धीरे-धीरे सचमुच एक उपयोगी और अच्छी संस्था बन गया। उसके पुनर्निर्माण के बाद मैं आठ वर्षों तक उसकी

निवासी रही—छह वर्ष छात्रा की भाँति और दो वर्ष शिक्षिका के रूप में—दोनों रूपों में मैं उसके गुणों और महत्त्व की साक्षी हूँ।

इन आठ वर्षों में मेरा जीवन एकरस रहा—किन्तु आनन्दविहीन नहीं, क्योंकि यह निष्क्रिय नहीं था। वहाँ उच्च शिक्षा-प्राप्ति के साधन मेरी पहुँच के भीतर थे। शिक्षा में मेरी रुचि थी और सभी में उत्कृष्ट होने की एक ललक। साथ ही शिक्षिकाओं, विशेषकर मेरी प्रिय शिक्षिकाओं, को प्रसन्न करके आनन्द पाने की भावना ने मुझे निरन्तर आगे बढ़ने की प्रेरणा दी। जो सुविधाएँ उपलब्ध थीं, उनका मैंने भरपूर उपयोग किया और समय आने पर मैं प्रथम वर्ग की प्रथम छात्रा घोषित की गई। तब मुझे शिक्षक का दायित्व सौंपा गया जिसे मैंने उत्साह से दो वर्षों तक निभाया। किन्तु इस अवधि के बाद मुझमें परिवर्तन आया।

विद्यालय की सारी प्रगति के मध्य, मिस टेम्पल ही अब तक यहाँ की अधीक्षिका रही थीं। मेरी अच्छी उपलब्धियों का श्रेय उनके द्वारा दी गई शिक्षा को ही है। उनकी मित्रता और संगति सदा मेरी सान्त्वना का स्रोत रही। वह मेरे लिए माँ, धाई और बाद में साथी भी रहीं। किन्तु अब उन्होंने विवाह कर लिया और अपने पति के साथ (जो पादरी थे और बहुत अच्छे आदमी थे, ऐसी पत्नी के बिल्कुल योग्य) दूर एक गाँव में चली गईं और इस प्रकार मुझसे अलग हो गईं।

जिस दिन वे गईं, उस दिन के बाद मैं वह नहीं रही, जो पहले थी। उनके साथ ही चली गईं, वे सभी स्थिर भावनाएँ, वे सारे लगाव जिन्होंने लोवुड को कुछ-कुछ मेरा घर-सा बना दिया था। मैंने उनसे कुछ उनका ही स्वभाव पाया और बहुत-सी उनकी आदतें ग्रहण कर ली थीं। सम्यक् विचार, जो अनुशासित भावनाओं-से लगते थे, मेरे मस्तिष्क के आत्मीय-से बन गए। कर्तव्य और व्यवस्था के प्रति मुझमें निष्ठा पैदा हो गई थी। मैं शान्त थी, मुझे लगता था कि मैं सन्तुष्ट हूँ। दूसरों की दृष्टि में, और अपनी दृष्टि में भी, मैं एक अनुशासित, नियन्त्रित व्यक्तित्व थी।

किन्तु भाग्य, श्रद्धेय मि. नैसमिथ के रूप में, मेरे और मिस टेम्पल के बीच आ धमका। विवाह-समारोह के तुरन्त बाद मैंने देखा कि वे यात्रा-परिधान में गाड़ी में प्रवेश कर रही हैं। मेरे देखते-देखते गाड़ी पहाड़ी पर चढ़कर उसके पार ओझल हो गई। तब मैं धीरे-धीरे अपने कमरे में लौट आई और समारोह के उपलक्ष्य में स्वीकृत आधे दिन की छुट्टी का अधिकांश भाग वही एकान्त में बिता दिया।

मैं अधिकतर कोठरी में ही टहलती रही। मैं अपनी हानि पर पछता रही थी और सोच रही थी कि इसे कैसे पूरा करूँ। जब मेरे सोचने का क्रम समाप्त हुआ, तो मैंने ऊपर देखा और पाया कि दोपहरी जा चुकी है और शाम गहरी हो गई है। मुझे एक और नई बात का पता चला, वह यह कि इन्हीं कुछ घंटों में मेरे अन्दर पूरा परिवर्तन हो गया। तात्पर्य यह कि मेरे मस्तिष्क ने मिस टेम्पल से जो कुछ सीखा था, उसे परे हटा दिया, अथवा यों कहें कि उनके साथ रहने पर मैं जिस शान्त वातावरण में थी उसे वे अपने साथ लेती चली गईं। मैं पुनः अपने मूल स्वभाव में आ गई और पुराने उद्वेगों

की सुगबुगाहट का अनुभव करने लगी। मुझे ऐसा नहीं लगता था कि सहारा चला गया, वरन् ऐसा लगता था कि प्रेरणा चली गई। ऐसा नहीं था कि मेरी शान्त रहने की शक्ति चली गई, वरन् यह कि शान्त रहने का कारण ही नहीं रहा। कुछ वर्षों से मेरी दुनिया लोवुड तक ही सीमित रह गई थी, यहाँ के नियम और व्यवस्थाएँ ही मेरा अनुभव थीं। अब मुझे सहसा स्मरण हो आया कि वास्तविक संसार इससे बहुत बड़ा है, और आशा-निराशा, भावना-उद्वेगों का एक मिश्रित संसार उनकी प्रतीक्षा करता है, जिन्हें उसकी कठिनाइयों के मध्य जीवन का सही ज्ञान प्राप्त करने के लिए उसके विस्तार में जाने का साहस हो।

मैं खिड़की के पास गई, उसे खोला और बाहर झाँका। भवन के दो भाग थे, उसके बाद उद्यान था और तब लोवुड के पड़ोस का क्षेत्र था। उसके बाद पहाड़ी क्षितिज था। इन सभी को पार करती हुई मेरी आँखें सबसे दूर, नीली चोटियों पर जा टिकीं। मेरी इन्हीं चोटियों को पार करने की प्रबल अभिलाषा थी। इस सीमा के भीतर के सभी चट्टान और मैदान मुझे कारागार-से, निष्कासित व्यक्ति के लिए निर्धारित क्षेत्र जैसे लगते थे। एक पहाड़ की तलहटी से लिपटी हुई एक उजली सड़क पर मेरी दृष्टि पड़ी, जो दो पहाड़ों के बीच जाकर ओझल हो जाती थी। मुझे यह जानने की अदम्य इच्छा होने लगी कि यह सड़क कहाँ जाती है। मुझे वह समय याद आया जब मैं इसी सड़क से गाड़ी में चलकर आई थी; धुँधलके में उन पहाड़ियों से उतरने की बात भी मुझे स्मरण हो आई। जिस दिन मैं यहाँ आई, उसे बीते एक युग-सा लगता है और तब से एक बार भी मैं यहाँ से नहीं निकली। मेरी सारी छुट्टियाँ इसी स्कूल में बीतीं, श्रीमती रीड ने मुझे एक बार भी गेट्सहेड नहीं बुलाया, न वे स्वयं यहाँ आईं और न उनके परिवार का कोई सदस्य कभी मुझसे मिलने आया। पत्र या संवाद या किसी अन्य माध्यम द्वारा बाहरी संसार से मेरा कोई सम्पर्क नहीं था। स्कूल के नियम, उसके कर्तव्य, उसकी आदतें और धारणाएँ, आवाजें और चेहरे, बातें और कपड़े, वहाँ की रुचि में और अरुचियों, मेरा अस्तित्व इन्हीं तक सीमित था और अब मुझे लगने लगा कि यही पर्याप्त नहीं है। आठ वर्षों के रोजमर्रे से मैं एक ही दोपहरी में ऊब गई। मैं स्वाधीनता चाहने लगी, मुक्ति के लिए छटपटाने लगी, मुक्ति के लिए प्रार्थना करने लगी। बाहर की मन्द वायु में स्वाधीनता बिखरी हुई-सी लगती थी। स्वाधीनता की आकांक्षा को उच्चाकांक्षा समझ मैंने उसे त्याग दिया और अपनी माँग कम कर ली—मात्र परिवर्तन की माँग। किन्तु यह प्रार्थना भी शून्य में उड़ गई। मैं हताश हो चिल्ला पड़ी, 'तब मुझे कम-से-कम एक नई नौकरी ही दे दो !'

इसी समय रात्रि-भोजन की घंटी बजने लगी और मुझे नीचे जाना पड़ा।

जब तक शयन की बेला नहीं आई, तब तक मुझे अपनी विचारधारा की टूटी कड़ियों को जोड़ने का अवसर नहीं मिला। बिस्तर पर जाने के बाद भी एक शिक्षिका ने जो मेरे ही कमरे में सोती थी, मुझे अपनी लच्छेदार, पर तुच्छ बातों में उलझाए रखा और विचारों की गोद में लौटने से मुझे रोके रही। मैं चाहती थी, उसे नींद आ जाए

ताकि वह चुप हो। मुझे लगता था कि खिड़की के पास मेरे मन में जो विचार आया था, उस पर यदि मैं मनन करूँ तो शायद मुझे छुटकारे का कोई रास्ता सूझ जाए।

अन्त में मिस ग्राइस खर्राटे भरने लगी। वह वेल्स क़ी निवासी, एक मोटी-सी महिला थी। उनकी नाक का यह संगीत आज के पहले सदा मुझे आफत से कुछ कम नहीं लगा था, किन्तु आज मैंने इस गहरी ध्वनि का सन्तोष से स्वागत किया। मैं विघ्न-बाधा से मुक्त हुई और वे धुँधले विचार फिर से जगने लगे।

'एक नई नौकरी ! इसमें कुछ तो वास्तविकता है !' मैं अपने मन में बोली, (मन में बोली, न कि जोर से।) 'हाँ, सचमुच है, क्योंकि यह सुनने में बहुत मधुर नहीं है। यह स्वाधीनता, उत्साह, आनन्द–जैसा शब्द नहीं है। आनन्ददायक शब्द सुनने में सच लगते हैं, पर मेरे लिए मात्र शब्द के अतिरिक्त कुछ नहीं होते, इतने खोखले और उड़नशील कि उन्हें सुनना केवल समय नष्ट करना है। किन्तु नौकरी ? इसमें कुछ तथ्य लगता है। नौकरी तो कोई कर सकता है। मैंने यहाँ आठ वर्षों तक सेवा की। अब मैं सिर्फ यही चाहती हूँ कि कहीं अन्यत्र नौकरी करूँ। क्या मुझे अपनी इच्छा से इतना भी नहीं मिल सकता ? क्या यह छोटी-सी बात भी असम्भव है ? हाँ, हाँ, यदि मैं अपने मस्तिष्क को सक्रिय करके इसकी प्राप्ति का उपाय सोच निकालूँ तो यह लक्ष्य उतना कठिन नहीं है।'

इस मस्तिष्क को जगाने के लिए मैं बिस्तर पर उठकर बैठ गई। शीत-भरी रात्रि थी। मैंने कन्धों पर शॉल डाल लिया और पूरी शक्ति लगाकर सोचने लगी।

मैं क्या चाहती हूँ ? एक नई जगह, एक नया घर, नए चेहरों और नई परिस्थितियों के बीच। यह मैं इसलिए चाहती हूँ कि इससे अच्छी वस्तु चाहने से कोई लाभ नहीं। लोग नई नौकरी पाने के लिए क्या करते होंगे ? मेरा अनुमान है, वे मित्रों से अनुरोध करते होंगे, पर मेरा तो कोई मित्र नहीं है। किन्तु बहुत-से लोग ऐसे भी तो हैं जिनके मित्र नहीं हैं, जिन्हें अपनी देखभाल स्वयं करनी पड़ती है, अपना सहायक स्वयं बनना पड़ता है। वे कौन-सा उपाय करते हैं ?

मुझे कुछ ज्ञात नहीं था और न मुझे कोई उपाय सूझा। तब मैंने मस्तिष्क पर दवाब दिया कि वह तुरन्त उत्तर ढूँढ़े। यह सक्रिय हो गया। मैंने अनुभव किया कि मेरे सिर और कनपट्टियों की नसें फड़क रही हैं। पर एक घंटे तक उथल-पुथल ही मची रही और परिश्रम का कोई परिणाम नहीं निकला। व्यर्थ के परिश्रम से क्लान्त होकर मैं उठी और कमरे का एक चक्कर लगाया। पर्दे हटाए और गगन में एक-दो तारों को निहारा। तब मैं शीत से काँपने लगी और बिछावन पर लौट आई।

मेरी अनुपस्थिति में कोई दयालु परी अवश्य ही मेरे तकिए पर उचित सलाह रख गई होगी। क्योंकि जैसे ही मैं लेटी, मेरे मन में यह बात चुपके से अनायास आई, 'जो नौकरी ढूँढ़ना चाहते हैं वे विज्ञापन देते हैं। तुम भी *शायर हेराल्ड* पत्रिका में विज्ञापन दो।'

'कैसे ? मुझे विज्ञापन के विषय में कोई जानकारी नहीं है।'

जवाब आसानी से और फौरन मिल गया—

'तुम विज्ञापन की एक प्रति और इसका शुल्क एक लिफाफे में रखकर *हेराल्ड* के सम्पादक के पास भेज दो। इस लिफाफे को शीघ्र ही लाउटन के पोस्ट ऑफिस में डालो। सूचित कर दो कि जवाब वहाँ के जे.ई. के नाम से दिया जाए। पत्र देने के एक सप्ताह बाद तुम जाकर पूछना कि कोई उत्तर आया कि नहीं। यदि आए, तो निर्देश के अनुसार काम करना।'

इस योजना पर मैंने दो-तीन बार सोचा। यह बात मेरे मन में बैठ गई। पूरी बात व्यावहारिक रूप से मेरी समझ में आ गई थी। सन्तुष्ट होकर मैं सो गई।

दूसरे दिन मैं बड़े सवेरे उठी। उठने की घंटी लगने के पूर्व ही मैंने विज्ञापन लिखा, उसे लिफाफे में बन्द किया और उस पर पता लिखा। यह इस प्रकार था—

'अध्यापन में सिद्धहस्त एक नवयुवती किसी परिवार में ऐसी नौकरी चाहती है जहाँ बच्चों की आयु चौदह वर्ष से अधिक नहीं हो (मुझे लगा कि चूँकि मैं स्वयं अठारह वर्ष की हूँ, इसीलिए अपने बराबर आयु की लड़कियों को पढ़ाना उचित नहीं होगा)। वह एक अच्छी अँगरेजी शिक्षा के सभी विषयों को पढ़ाने में सक्षम हैं, साथ ही फ्रांसीसी, चित्रकारी और संगीत भी सिखा सकती है। (पाठक, उन दिनों शिक्षा के ये सीमित विषय ही पर्याप्त माने जाते थे) पता—जे.ई., पोस्ट ऑफिस लाउटन,...शायर।'

यह दस्तावेज पूरे दिन मेरे ड्रावर में बन्द रहा। शाम की चाय के बाद मैंने नई अधीक्षिका से लाउटन जाने की अनुमति माँगी, ताकि अपनी और एक-दो साथी शिक्षिकाओं के कुछ छोटे-मोटे काम कर सकूँ। अनुमति शीघ्र ही मिल गई और मैं चल पड़ी। दो मील पैदल जाना पड़ा। शाम कुछ भीगी-सी थी, किन्तु दिन लम्बे होते थे। मैं एक-दो दुकानों में गई, पोस्ट ऑफिस में चिट्ठी डाली, और फिर तेज वृष्टि में घर लौटी। सारे कपड़ों से पानी टपक रहा था, पर हृदय हलका था।

बाद का सप्ताह बहुत लम्बा लगा, पर अन्त में यह समाप्त हुआ; सभी भौतिक वस्तुओं की भाँति। एक बार फिर मैं एक गर्म सन्ध्या में लाउटन के मार्ग पर पैदल चल पड़ी। मैं आपको बतला दूँ कि रास्ता चित्र की भाँति सुन्दर था, झरने के बगल से निकलकर घाटी में सुन्दर मोड़ लेता हुआ। किन्तु उस दिन तो मैं मैदान और पानी की बजाय पत्र के विषय में सोच रही थी—यह उस पोस्ट ऑफिस में आया होगा कि नहीं, जहाँ मैं जा रही थी।

इस भ्रमण का प्रकट उद्देश्य था, एक जोड़े जूते के लिए अपना नाप देना, सो मैंने पहले वही काम पूरा किया। यह काम हो जाने के पश्चात् मैं जूतेवाले की दुकान से एक छोटी स्वच्छ और शान्त गली को पार करके पोस्ट ऑफिस पहुँची। वहाँ एक बूढ़ी महिला कार्यरत थी, नाक पर चश्मा लटकाए और हाथों में काले दस्ताने पहने।

"क्या जे.ई. के नाम कोई पत्र है ?" मैंने पूछा।

उन्होंने चश्मे से मुझे देखा, फिर ड्रावर खोला और बड़ी देर तक इसके कागजों में ढूँढ़ती रही, इतनी देर तक कि मेरी आशा लड़खड़ाने लगी। अन्त में एक लिफाफा

निकालकर पाँच मिनट तक चश्मे से देखती रही। उसके बाद पुनः मुझे उत्सुक और सशंकित दृष्टि से देखते हुए लिफाफा काउंटर पर मेरी ओर बढ़ाया। यह लिफाफा जे. ई. के ही नाम था।

''क्या एक ही लिफाफा है ?'' मैंने जिज्ञासा की।

उसने कहा, ''और नहीं है।'' तब मैंने इसे जेब में रख लिया और घर की ओर मुँह घुमाया। इसे खोलना सम्भव नहीं था, क्योंकि नियमानुसार मुझे आठ बजे तक लौट जाना था और साढ़े सात बज चुके थे।

पहुँची, तो बहुत-से काम पड़े थे। अध्ययन के समय मुझे लड़कियों के साथ बैठना था, फिर प्रार्थना पढ़नी थी, और तब उन्हें बिछावन पर भेजना था। उसके पश्चात् सभी शिक्षिकाओं के साथ मैंने रात्रि का भोजन किया, और अन्त में जब सभी सोने गए तब भी वह गले पड़ी बला यानी मिस ग्राइस मेरे साथ ही रही। जलती मोमबत्ती का एक छोटा-सा भाग ही बचा था और मुझे डर था कि बातें करते-करते वह इसे समाप्त कर डालेगी। सौभाग्यवश, डटकर खाने के कारण वह ऊँघने लगी और मेरे वस्त्र उतारने के पूर्व ही खर्राटे लेने लगी। अब मोमबत्ती का एक इंच ही अवशेष था। मैंने पत्र निकाला, मुहर पर 'एफ' लिखा था। मैंने मुहर तोड़ी। पत्र में संक्षिप्त बातें थीं–

'यदि जे.ई., जिन्होंने गत गुरुवार को...*शायर हेराल्ड* में विज्ञापन दिया, उल्लिखित योग्यताएँ रखती हों और यदि वे अपने चरित्र और योग्यता के सम्बन्ध में सन्तोषजनक प्रमाणपत्र दे सकने की स्थिति में हों तो उन्हें काम मिल सकता है। जिसमें एक ही छात्रा, दस वर्ष से कम आयु की एक लड़की को पढ़ाना है। वार्षिक वेतन तीस पौंड होगा। जे.ई. से अनुरोध है कि वे अपना प्रमाणपत्र नाम, पता और अन्य उल्लेख निम्नलिखित पते पर भेजें–

'श्रीमती फेयरफैक्स, थार्नफील्ड, मिलकोट के पास...शायर।'

मैंने देर तक इस कागज का निरीक्षण किया, लिपि पुराने फैशन की और अस्थिर हाथों की लगती थी, मानो किसी प्रौढ़ महिला की हो। यह जगह सन्तोषजनक थी। मेरे मन में एक भय था कि कहीं मैं किसी झंझट में न फँस जाऊँ। मैं चाहती थी कि मेरे प्रयासों का परिणाम सम्मानजनक हो, उचित हो, शाहाना हो। मुझे लगा कि जो कार्य मुझे मिल रहा है, उसमें एक प्रौढ़ महिला का होना अच्छा ही है। श्रीमती फेयरफैक्स ! मैंने कल्पना की आँखों से देखा–वे एक काला गाउन और विधवाओंवाली टोपी पहने हुए हैं, भावहीन चेहरा, किन्तु असभ्य नहीं, प्रौढ़ अँगरेज कुलीन महिला की मूर्ति। थार्नफील्ड। यह अवश्य ही उनके घर का नाम होगा...कोई निश्चय ही एक स्वच्छ, व्यवस्थित स्थान होगा यह ! किन्तु मैं उस घर का कोई स्पष्ट ढाँचा अपनी कल्पना से नहीं खींच पाई। मिलकोट,...शायर। मैंने इंग्लैंड के मानचित्र को स्मृति में ताजा किया। हाँ, वह क्षेत्र और शहर दोनों ही याद आए। अभी मैं जिस सुदूर ग्राम में हूँ उसकी अपेक्षा वह क्षेत्र लन्दन से सत्तर मील निकट ही है। यह मुझे और अच्छी बात लगी। मेरी प्रबल इच्छा वहाँ जाने की होने लगी जहाँ जीवन और सक्रियता है।

मिलकोट अ...नदी के तट पर बसा, एक बड़ा औद्योगिक नगर है। निस्सन्देह एक व्यस्त स्थान है। यह और भी अच्छी बात है, क्योंकि इस स्थान से बिलकुल भिन्न तो है। ऐसा नहीं था कि लम्बी चिमनियों और धुएँ के बादलों के विचार से मेरी कल्पना आकृष्ट होने लगी थी। किन्तु मैंने मन में तर्क किया कि थार्नफील्ड तो मिलकोट शहर से दूर ही होगा।

इसी समय मोमबत्ती का टुकड़ा गिर पड़ा और बत्ती बुझ गई।

अगले दिन आगे के काम करने थे। अपनी योजना को अब मन में छिपाकर नहीं रखा जा सकता था; उसकी सफलता के लिए मुझे उसके बारे में दूसरों को बताना ही पड़ेगा। अधीक्षिका से मिलने की अनुमति माँगकर मैंने मध्याह्न के विश्राम के समय उन्हें बतलाया कि मुझे एक नई नौकरी मिलने की सम्भावना है। जिसमें अभी की अपेक्षा दूना वेतन मिलेगा। (लोवुड में मुझे पन्द्रह पौंड प्रतिवर्ष ही मिलता था) और अनुरोध किया कि वे मि. ब्रोकलहर्स्ट तथा समिति के कुछ अन्य सदस्यों को यह बात बतला दें और पता लगाएँ कि क्या वे अपना नाम साक्षी के रूप में मुझे उद्धृत करने देंगे। उन्होंने कृपापूर्वक मध्यस्थता करना स्वीकार कर लिया। दूसरे दिन उन्होंने सारी बातें मि. ब्रोकलहर्स्ट के समक्ष रखीं, जिन्होंने कहा कि श्रीमती रीड को सूचना देनी पड़ेगी, क्योंकि वही मेरी सगी अभिभाविका हैं। तदनुसार एक पत्र उक्त महिला को भेजा गया, जिन्होंने उत्तर दिया कि मैं जैसा चाहूँ करूँ, उन्होंने मेरे विषय में हस्तक्षेप करना कब का छोड़ दिया है। यह पत्र समिति में प्रसारित किया गया। मुझे लग रहा था कि बड़ी देर लग रही है, किन्तु अन्त में मुझे औपचारिक रूप से अपनी आर्थिक स्थिति सुधारने की अनुमति मिल गई और यह भी आश्वासन मिला कि मुझे विद्यालय के निरीक्षकों के हस्ताक्षर से योग्यता-सह-चरित्र प्रमाणपत्र तुरन्त मिल जाएगा क्योंकि मैंने छात्रा और शिक्षिका, दोनों रूपों में हमेशा अच्छा कार्य किया है।

यह प्रमाणपत्र मिलने में मुझे प्रायः एक माह लग गया। इसकी एक प्रति मैंने श्रीमती फेयरफैक्स को भेजी। तब उन महिला का उत्तर आया कि वे सन्तुष्ट हैं। उन्होंने पन्द्रह दिनों की अवधि निर्धारित की जिसके अन्दर मुझे उनके यहाँ शिक्षिका का पदभार ग्रहण कर लेना था।

अब मैं तैयारी में जुट गई। यह पखवाड़ा जल्दी-जल्दी बीता। मेरे पास कपड़ों का कोई ढेर नहीं था, पर वे काम के लायक पर्याप्त थे। अन्तिम दिन मैंने अपना बक्स ठीक कर लिया—वही बक्स जो मैं आठ वर्ष पहले गेट्सहेड से लाई थी।

बक्स बाँध दिया गया और उस पर पता लिख दिया गया। आधे घंटे में ही कोचवान आकर इसे लाउटन ले जानेवाला था और मैं कल बड़े सवेरे प्रस्थान कर वहाँ से गाड़ी पकड़नेवाली थी। मैंने अपने काले रंग के यात्रा परिधान को झाड़कर साफ कर लिया था। अपनी टोपी, मोजा, दस्ताना तैयार कर लिया था और ड्रावरों को जाँचकर देख लिया था कि कहीं कोई चीज छूट न जाए। अब कोई काम शेष नहीं था। अतः मैं बैठकर विश्राम करने की चेष्टा करने लगी। किन्तु नहीं, यद्यपि मैं पूरे दिन पाँव पर

खड़ी थी, फिर भी मैं शान्त नहीं बैठ सकती थी, क्योंकि मैं बहुत उत्तेजित थी। मेरे जीवन का एक अध्याय आज रात्रि में समाप्त हो रहा था और दूसरा कल प्रारम्भ होनेवाला था। इस मध्य सोना असम्भव था। यह परिवर्तन मुझे जगकर ही देखना होगा।

"मिस," एक नौकरानी ने मुझे गलियारे में कहा, जहाँ मैं बेचैन आत्मा की तरह घूम रही थी, "नीचे एक व्यक्ति आपसे मिलना चाहता है।"

'कोचवान होगा,' मैंने मन में सोचा और बिना पूछताछ किए नीचे दौड़ गई। मैं पिछले बरामदे और शिक्षिका-कक्ष से आगे बढ़ रही थी, जिसका द्वार थोड़ा खुला था, और रसोईघर की ओर जा रही थी कि कोई उस कमरे से दौड़ी।

"वही है, वही है, मुझे विश्वास है। मैं तो उसे कहीं भी पहचान लेती।" उसने जोर से कहा और मेरा हाथ पकड़कर मुझे रोका।

मैंने ध्यान से देखा। वह एक स्त्री थी जिसने सेविका के अच्छे कपड़े पहन रखे थे। विवाहित थी, पर कम आयु की, और बहुत सुन्दर, काली आँखें, काले बाल और गोरा रंग।

उसने मुस्कराकर ऐसे स्वर में पूछा जो परिचित-सा लगा–

"अच्छा बोलो, मैं कौन हूँ ? मैं सोचती हूँ, तुम मुझे बिल्कुल भूल नहीं गई होगी, मिस जेन !"

और दूसरे ही क्षण मैं हर्षातिरेक से उसे आलिंगन करने और चूमने लगी। मैं केवल यही बोल रही थी, "बेस्सी ! बेस्सी ! बेस्सी !" और इस पर वह थोड़ा हँस रही थी, कुछ रो भी रही थी। हम दोनों बरामदे में गए। अँगीठी के पास एक तीन वर्ष का बच्चा खड़ा था। इस्तिरी किया फ्रॉक और पाजामा पहने।

बेस्सी ने तुरन्त कहा, "यही मेरा छोटा-सा बेटा है।"

"तो तुमने विवाह कर लिया, बेस्सी ?"

"हाँ, पाँच वर्ष हुए, कोचवान रॉबर्ट लीमेन से, उस बॉबी के अतिरिक्त मेरी एक छोटी बेटी भी है जिसका नाम मैंने जेन रखा है।"

"तुम गेट्सहेड में नहीं रहतीं ?"

"मैं उसी निवास में रहती हूँ जिसे बूढ़े दरबान ने छोड़ा है।"

"अच्छा, और वे लोग कैसे हैं ? बेस्सी, मुझे उन लोगों के विषय में सबकुछ बतलाओ। लेकिन पहले बैठो तो। बॉबी, आओ और मेरी गोद में बैठो, आओ न ?" किन्तु बॉबी अपनी माँ की बगल में ही सटा रहा।

"तुम बहुत लम्बी नहीं हुई, मिस जेन, और न बहुत मोटी ही।" श्रीमती लीमेन बोलने लगी, "लगता है, स्कूल में तुम्हें आराम से नहीं रखा गया। बड़ी कुमारी रीड (एलिजा) तुमसे बहुत लम्बी है और मिस जार्जियाना तो तुम्हारे जैसे दो के बराबर होगी।"

"जार्जियाना तो रूपवती लगती होगी, बेस्सी ?"

"बहुत। वह गत जाड़े में माँ के साथ लन्दन गई थी। वहाँ सभी उसी की प्रशंसा

करते थे। एक लॉर्ड परिवार के नवयुवक को उससे प्यार हो गया, किन्तु उसके परिवार वाले इस विवाह के विरुद्ध थे। फिर क्या हुआ, जानती हो ? वह और मिस जार्जियाना भाग निकले, किन्तु पकड़े गए और विवाह रुक गया। बड़ी कुमारी रीड ने ही उन्हें ढूँढ़ निकाला। मुझे विश्वास है कि उसे द्वेष होने लगा था और अब दोनों बहनें कुत्ते-बिल्ली का जीवन जीती हैं। हमेशा झपटा-झपटी, झगड़ा !''

''अच्छा ! और जॉन रीड का क्या समाचार है ?''

''ओह, उसकी माँ की जैसी इच्छा थी, वह वैसा नहीं निकला।''

वह कॉलेज गया, पर लुढ़क गया, मेरा खयाल है सब यही कहते हैं। तब उसके मामा लोगों ने उसे बैरिस्टर बनाना चाहा और कानून पढ़ने को कहा। पर वह ऐसा शराबी युवक है कि उससे कुछ नहीं होगा। मुझे तो ऐसा ही लगता है।''

''देखने में कैसा है ?''

''लम्बा तो पूरा है। कुछ लोग उसे सुन्दर नवयुवक कहते हैं, पर उसके होंठ मोटे हैं।''

''और श्रीमती रीड ?''

''मालकिन भी स्वस्थ और देखने में ठीक ही लगती हैं। पर मुझे लगता है कि उनका मन शान्त नहीं है। मि. जॉन का आचरण उन्हें अच्छा नहीं लगता। बहुत पैसे खर्च करता है।''

''क्या उन्होंने तुम्हें यहाँ भेजा, बेस्सी ?''

''बिल्कुल नहीं। मेरी ही तुम्हें देखने की बहुत दिनों से इच्छा थी, और जब मैंने सुना कि तुम्हारे यहाँ से चिट्ठी आई है, और तुम देश के दूसरे भाग में जानेवाली हो, तो मैं तुरन्त चल पड़ी, ताकि मेरी पहुँच से तुम्हारे बाहर जाने के पूर्व मैं एक बार तुम्हें देख तो लूँ।''

''तुम मुझे देखकर निराश हुई न, बेस्सी ?'' मैंने हँसकर उसकी उस दृष्टि को भाँपते हुए कहा जिसमें सम्मान था, पर प्रशंसा का भाव नहीं था।

''नहीं, मिस जेन, ऐसा नहीं है। तुम बहुत भद्र लगती हो, तुम तो अच्छे परिवार की महिला लगती हो। और तुमसे यही आशा भी थी, क्योंकि तुम बचपन में भी कोई सुन्दर नहीं थी।''

बेस्सी के स्पष्ट उत्तर पर मैं मुस्करा पड़ी। मैं अनुभव किया कि वह सही है, किन्तु मैं यह भी स्वीकार करती हूँ कि उसकी बातों के भाव से मैं बिल्कुल अप्रभावित नहीं रही। अठारह वर्ष की आयु में सभी चाहते हैं कि वे दूसरों को सुन्दर लगें और इस अनुभूति से सन्तोष तो नहीं ही मिलता कि उनका हुलिया ऐसा नहीं जो इस चाह को पूरा करे।

बेस्सी ने सान्त्वना के स्वर में कहा, ''किन्तु मैं दावे के साथ कह सकती हूँ कि तुम बहुत निपुण हो। तुम्हें क्या-क्या आता है ? क्या तुम प्यानो बजा सकती हो ?''

''थोड़ा। थोड़ा।''

उसी कमरे में एक प्यानो था। बेस्सी ने पास जाकर इसे खोला। तब मुझसे बैठकर एक धुन सुनाने को कहा। मैंने एक-दो वाल्ज बजाए और वह मुग्ध हो गई।

"श्रीमती रीड की बेटियाँ इतना अच्छा नहीं बजा पातीं," उसने प्रसन्न होते हुए कहा, "मैं तो सदा कहती थी कि योग्यता में तुम उनसे आगे बढ़ जाओगी। तुम चित्रकारी जानती हो ?"

"चिमनी के ऊपर टँगा चित्र मेरे ही हाथों का है।" यह जल-रंगों से खिंचा एक भू-दृश्य था जिसे मैंने अधीक्षिका को उपहार में दिया था—मेरे लिए समिति के सदस्यों तक उन्होंने जो मध्यस्थता की थी उसी के कृतज्ञतास्वरूप। उन्होंने इसे मढ़वाकर टँगवा दिया था। यह चमक रहा था।

"वाह, सुन्दर है मिस जेन ! इतना सुन्दर चित्र तो दोनों रीड लड़कियों के शिक्षक ही बना पाते हैं। उन नवयुवतियों की बात छोड़ों, वे तो इसके पास भी नहीं फटक सकतीं। क्या तुमने फ्रांसीसी सीखी है ?"

"हाँ, बेस्सी, मैं पढ़ भी सकती हूँ और बोल भी।"

"और क्या तुम महीन और मोटे कपड़ों पर सिलाई-कढ़ाई कर सकती हो ?"

"हाँ।"

"ओह, तब तो तुम कुलीन परिवार की महिला जैसी बन गई, मिस जेन ! मैं जानती थी, तुम अवश्य बनोगी। तुम्हारे सम्बन्धी तुम पर ध्यान दें अथवा नहीं, तुम जीवन में आगे बढ़ती जाओगी। हाँ, एक बात मैं तुमसे पूछना चाहती थी—तुम्हारे पिता के सगे-सम्बन्धी, आयर लोगों का तुम्हें कोई पता चला या नहीं ?"

"जीवन में कभी नहीं।"

"अच्छा, तुम तो जानती हो, मालकिन हमेशा कहती थीं कि वे लोग निर्धन और घृणित हैं। वे निर्धन हो सकते हैं, पर मुझे विश्वास है कि वे भी उतने ही कुलीन हैं, जितने रीड लोग। इसलिए कि सात वर्ष पूर्व एक दिन कोई एक मि. आयर गेट्सहेड आए थे और उन्होंने तुमसे मिलना चाहा था। मालकिन ने कह दिया कि तुम यहाँ से पचास मील की दूरी पर हो। वे बड़े निराश हुए, क्योंकि उन्हें रुकना नहीं था, वह समुद्री-यात्रा करके विदेश जानेवाले थे और जहाज लन्दन से एक-दो ही दिन में खुलनेवाला था। वह व्यक्ति मुझे भले आदमी जैसा लगा। मेरा खयाल है, वह तुम्हारे पिता का भाई था।"

"वह बाहर के किस देश को जा रहे थे, बेस्सी ?"

"हजारों मील दूर एक द्वीप में—जहाँ शराब बनती है...खानसामाँ ने मुझे बतलाया..."

"क्या, मेडिएरा के लिए ?"

"हाँ, यही। यही नाम था।"

"तो वे चले गए ?"

"हाँ, वे घर में भी कुछ ही मिनट रुके। मालकिन उन पर रोब जमा रही थीं।

उन्होंने बाद में उसे फेरीवाला कहा। मेरे राबर्ट का कहना है कि वह शराब के बड़े व्यापारी थे।''

''हो सकता है,'' मैंने उत्तर दिया। ''या शायद किसी शराब-व्यापारी के लिपिक या एजेंट हो।''

बेस्सी और मैं और एक घंटे तक पुराने दिनों की बातें करते रहे। फिर उसके जाने का समय हो गया। दूसरे दिन सवेरे लाउटन में उससे कुछ मिनट के लिए मेरी भेंट हुई, जब मैं गाड़ी की प्रतीक्षा कर रही थी। आखिर में ब्रोकलहर्स्ट आर्म्स के द्वार पर हम लोग अलग हुए और अपनी-अपनी राह चले। वह लाउटन फेल की ओर चली जहाँ गेट्सहेड जानेवाली गाड़ी उसे मिलती, और मैं उस गाड़ी पर सवार हुई जो मुझे अपने नए कर्तव्यों और मिलकोट के अपरिचित परिवेश में नए जीवन की ओर ले जानेवाली थी।

11

उपन्यास का एक नया अध्याय प्रायः वैसा ही होता है, जैसे नाटक में एक नया दृश्य। जब मैं इस बार पर्दा उठाऊँगी तो, पाठक, आप कल्पना कीजिए कि आप मिलकोट के जॉर्ज होटल में एक कमरा देख रहे हैं, दीवारों पर बड़े-बड़े चित्र लगे हुए, जैसाकि होटलों में हुआ करता है। इस प्रकार की दरी, ऐसे फर्नीचर, अँगीठी के ऊपर ताखे पर सजावट की ऐसी वस्तुएँ और फोटो, जिनमें जॉर्ज तृतीय का, प्रिंस ऑफ वेल्स का तथा वोल्फ की मृत्यु का दृश्य भी था। यह सभी कुछ छत से लटकती तेलवाली बत्ती और धधकती आग के प्रकाश में दिखाई दे सकता था। इसके निकट ही मैं कोट और टोपी पहने बैठी थी, मेरा दस्ताना और छाता मेज पर पड़ा था। अक्तूबर की ठंड में सोलह घंटे बाहर रहने के कारण जो अकड़न और ठंडक मेरे हाथ-पैरों में छा गई थी, उसे मैं गर्म करके भगा रही थी। लाउटन से मैं चार बजे भोर में चली थी और मिलकोट शहर की घड़ी अभी आठ बजा रही थी।

पाठक, देखने से लगता है कि मैं आराम से बैठी हुई हूँ, पर मेरे मन में शान्ति नहीं है। गाड़ी रुकने पर मैंने सोचा था कि कोई मुझे लेने आया होगा। मेरी सुविधा के लिए जो लकड़ी का पायदान लगा दिया गया था उससे उतरते हुए मैंने चारो ओर चिन्तित दृष्टि दौड़ाई–इस आशा से कि कोई मेरा नाम पुकारेगा और कोई गाड़ी मुझे थार्नफील्ड ले जाने के लिए खड़ी दिखाई देगी। किन्तु ऐसा कुछ भी नहीं दिखाई दिया। मैंने जब बेयरे से पूछा कि कोई मिस आयर को ढूँढ़ने आया था तो मुझे नकारात्मक उत्तर मिला। अब मेरे पास होटल में भाड़े पर एक कमरा लेने के अतिरिक्त कोई चारा नहीं था। मैं यहाँ प्रतीक्षा कर रही हूँ और हर प्रकार की शंकाएँ और भय मेरे मन को कष्ट पहुँचा रही हैं।

अनुभवहीन युवती के लिए संसार में अकेले होने की अनुभूति एक विचित्र संवेदना उत्पन्न करती है–सभी सम्बन्धियों से अलग-थलग होना, गन्तव्य स्थान पर पहुँचने के सम्बन्ध में अनिश्चितता, और अनेक कठिनाइयों के कारण छोड़े हुए स्थान पर लौटने में बाधा। साहसिक यात्रा की रोमांचकता इस संवेदना को कुछ मधुर बनाती है और

स्वाभिमान की दीप्ति इसमें उष्णता भरती है, पर भय की धड़कन इसे पीड़ित भी करती है। जब आधा घंटा बीतने पर भी मैं अकेली रही तो मुझमें भय ही प्रबल होने लगा। तब मैंने घंटी बजाना उचित समझा।

इस पुकार पर जो बेयरा आया उससे मैंने पूछा, ''क्या पड़ोस में थार्नफील्ड नाम का कोई स्थान है ?''

''थार्नफील्ड ? मुझे ज्ञात नहीं मादाम ! मैं काउंटर पर पता लगाता हूँ।'' वह लुप्त हो गया, पर शीघ्र ही फिर प्रकट हुआ–''क्या आपका नाम आयर है, मिस ?''

''हाँ।''

''आपसे कोई मिलने आया है।''

मैं उछल पड़ी, अपना दस्ताना और छाता लिया और होटल के गलियारे में जल्दी-जल्दी आगे बढ़ी। खुले द्वार के पास एक व्यक्ति खड़ा था और सड़क की बत्तियों के प्रकाश में मुझे धुँधली-सी एक घोड़ागाड़ी दिखाई पड़ी।

''आपका यही सामान है न ?'' मुझे देखते ही उस व्यक्ति ने गलियारे में रखे हुए मेरे बक्से की ओर इंगित करते हुए अचानक कहा।

''हाँ !'' उसने तुरन्त सामान गाड़ी पर रख दिया और तब मैं उसमें बैठ गई। वह द्वार बन्द ही करनेवाला था कि मैंने पूछा कि ''थार्नफील्ड कितनी दूर है ?''

''कोई छह मील।''

''हमें वहाँ पहुँचने में कितनी देर लगेगी ?''

''लगभग डेढ़ घंटा।''

उसने गाड़ी का द्वार बन्द किया, अपनी सीट पर चढ़ गया और हम लोग चल पड़े। हमारी गति धीमी थी और मुझे सोचने के लिए पर्याप्त समय मिला। अन्ततोगत्वा अपनी यात्रा की समाप्ति के इतने निकट होने पर मैं सन्तुष्ट थी। भव्य तो नहीं, पर आरामदायक इस गाड़ी में पीठ टिकाकर मैं सुविधा से विचारों में खो गई–

'नौकर और गाड़ी के साधारण रूप से मुझे लगता है कि श्रीमती फेयरफैक्स बहुत प्रभावशाली महिला नहीं हैं। अच्छा ही है। एक बार को छोड़ मैं कभी भी बड़े लोगों के साथ नहीं रही, और उन लोगों के साथ मुझे कष्ट ही रहा। पता नहीं कि फेयरफैक्स इस लड़की को छोड़ क्या बिल्कुल अकेली रहती हैं। यदि ऐसा है और यदि वे थोड़ी-सी भी मिलनसार हैं। तो मेरी तो उनसे निभ ही जाएगी। मैं अपनी ओर से पूरी चेष्टा करूँगी। दुख है कि कभी-कभी पूरी चेष्टा करना भी व्यर्थ जाता है। लोवुड में मैंने निश्चय किया, इसका पालन किया और लोगों को प्रसन्न करने में सफल भी हुई, किन्तु श्रीमती रीड के पास तो मेरी प्राणपण से की गई चेष्टा भी घृणा से झटक दी जाती थी। ईश्वर से प्रार्थना है कि श्रीमती फेयरफैक्स दूसरी श्रीमती रीड न निकलें। किन्तु यदि वे वैसी निकलीं तो मैं उनके साथ रहने को बाध्य नहीं हूँ। बुरा है तो बुरा ही सही; मैं फिर विज्ञापन दूँगी। पता नहीं, हम लोग कितना रास्ता पार कर चुके !'

मैंने खिड़की खोली और बाहर देखा, मिलकोट पीछे छूट गया था। इसकी बत्तियों

की संख्या से लगता था कि यह काफी बड़ी जगह है, लोवुड से बहुत बड़ी। देखने से लगा, हम लोग ग्रामीण क्षेत्र में आ चुके हैं, किन्तु चारों ओर घर दिखाई देते थे। ऐसा प्रतीत हुआ कि यह क्षेत्र लोवुड से भिन्न है–जनसंख्या अधिक, भव्य-मनोहर कम; हलचल अधिक, रोमानी कम।

सड़कें नीरव थीं, और रात्रि कुहासा-भरी। मेरे गाड़ीवान ने दिन-भर घोड़े को चलाया था, यह डेढ़ घंटा भी बढ़कर दो घंटे हो गया था। अन्त में वह अपने स्थान से पीछे मुड़ा और देहाती बोली में बोला, ''अब आप थार्नफील्ड से ज्यादा दूर नहीं हैं।''

मैंने फिर बाहर झाँका हम लोग एक चर्च की बगल से जा रहे थे, जिसका कम ऊँचा गुम्बद आकाश के नीचे दिखाई दे रहा था। और उसकी घड़ी सवा ग्यारह बजा रही थी। मैंने एक पहाड़ी के ढलान पर दो-चार बत्तियाँ देखीं। कोई गाँव या टोला होगा। इसके प्रायः दस मिनट बाद गाड़ीवान उतरा और फाटक के पल्ले खोल दिए। हम लोग इससे गुजरकर आगे बढ़े। पल्ले फिर टकराकर बन्द हो गए। हम लोग ऊँचाई पर चढ़ते गए और एक घर के लम्बे दरवाजे पर पहुँचे। पर्दे लगी खिड़की से लालटेन की ज्योति आ रही थी, शेष चारो ओर अन्धकार था। गाड़ी दरवाजे पर आकर रुक गई। दाई ने आकर द्वार खोला, मैं उतरी और भीतर गई।

''इस ओर से आइए न, मादाम !'' लड़की ने कहा और मैं उसके पीछे-पीछे एक बड़े हॉल से गुजरी जिसमें चारो ओर ऊँचे दरवाजे थे। वह मुझे एक कमरे में ले गई। जिसमें बत्ती और आग दोनों के प्रकाश ने मुझे चकाचौंध कर दिया क्योंकि दो घंटे में मेरी आँखें बिल्कुल अँधेरे की अभ्यस्त हो चुकी थीं। अस्तु, जब मैं देख पाई तो एक आरामदायक और प्रिय दृश्य मेरी दृष्टि के समक्ष दिखाई दिया–

एक सुविधापूर्ण छोटा कमरा, खिलती आग के आगे एक गोल मेज, पुरानी डिजाइन की ऊँची पीठवाली एक आरामकुर्सी, जिसमें खूब साफ-सुथरी छोटी-सी प्रौढ़ महिला बैठी थी–विधवाओंवाली टोपी, काला-श्वेत गाउन और श्वेत मलमल की ओढ़नी में। बिल्कुल वैसी ही जैसी मैंने श्रीमती फेयरफैक्स की कल्पना की थी, सिर्फ थोड़ा कम भव्य, और शान्त आकृति की। वे बुनाई में व्यस्त थीं। एक बड़ी बिल्ली चुपचाप उनके पैरों के पास बैठी थी। संक्षेप में, घरेलू आराम के *फैशनेबुल* आदर्श में कहीं कोई कमी नहीं थी। नई गवर्नेस को ढाढ़स बँधानेवाले इस परिचय से उत्तम किसी अन्य बात की तो कल्पना भी नहीं की जा सकती थी। कोई ऐसी भव्यता नहीं थी कि लोग आप्लावित हो जाएँ; कोई ऐसा राजसीपन नहीं था कि लोग घबरा जाएँ। जब मैंने प्रवेश किया, तो वह बूढ़ी महिला उठ खड़ी हुईं, और तत्परता तथा दया-भाव से मिलने आगे बढ़ीं।

''कैसी हो, मेरी प्यारी ? मुझे आशा है कि यात्रा बड़ी थकानेवाली न रही होगी ? जॉन इतना धीरे हाँकता है ! तुम्हें ठंड लगी होगी, आग के पास आओ।''

''मेरा खयाल है आप ही श्रीमती फेयरफैक्स होंगी।'' मैंने कहा।

''हाँ, तुम ठीक समझी। आओ, बैठो।''

उसने मुझे अपनी कुर्सी पर बिठाया, फिर मेरे शॉल और टोप की गाँठ खोलने लगीं।

मैंने प्रार्थना की, ''आप कष्ट मत कीजिए।''

''नहीं, इसमें कोई कष्ट नहीं है। तुम्हारे हाथ-पाँव तो ठंड के कारण ठिठुर गए होंगे। लीया, थोड़ा गर्म पेय बनाओ और सैंडविच का एक-दो टुकड़ा लाओ। ये भंडार की चाभियाँ लो।'' उन्होंने अपनी जेब से गृहिणी जैसी चाभियों का गुच्छा निकाला और सेविका को दिया।

फिर मुझसे बोलीं, ''आग के निकट आ जाओ। तुम अपना सामान लाई होगी, है न ?''

''हाँ, मादाम !''

''मैं स्वयं इसे तुम्हारे कमरे में रखवा देती हूँ।'' कहते हुए वे झट-से बाहर निकलीं।

मैंने मन में सोचा, 'ये मुझे अतिथि का सत्कार दे रही हैं। ऐसे स्वागत की मैंने आशा भी नहीं की थी। मुझे तो रूखेपन और उपेक्षा का भय था। शिक्षिका से जिस प्रकार का बरताव किए जाने की बात मैंने सुन रखी थी वैसा बरताव तो यह नहीं ही था। किन्तु तुरत प्रसन्न हो जाना उचित भी नहीं है।'

अपने हाथ के बुनाई के सामान को उधर ही छोड़ वे लौटीं और मेज पर पड़ीं एक-दो पुस्तकों को हटाकर उस ट्रे के लिए जगह बनाई जिसे लीया लेकर आई थी। तब उन्होंने मुझे अपने हाथ से जलपान दिया। जैसा पहले कभी प्राप्त नहीं हुआ था, वैसा सत्कार मिलने से मैं किंकर्तव्यविमूढ़-सी थी, वह भी अपनी मालकिन और बुजुर्ग की ओर से। किन्तु चूँकि उन्हें नहीं लगता था कि वे अपनी मर्यादा के विरुद्ध कुछ कर रही हैं, मैंने भी उनकी कृपा को शान्ति से ग्रहण करना ही उचित समझा।

जलपान करने के पश्चात् मैंने पूछा, ''क्या आज रात मैं मिस फेयरफैक्स से मिल पाऊँगी ?''

''तुम कुछ कह रही थीं क्या, प्रिये ? मैं जरा ऊँची सुनती हूँ।'' उक्त भद्र महिला ने अपना कान मेरे समीप लाते हुए कहा।

मैंने अपना प्रश्न स्पष्टता से दुहराया।

''मिस फेयरफैक्स ? अच्छा तुम्हारा अभिप्राय मिस वैरेंस से है ! तुम्हारी भावी शिष्या का नाम वैरेंस है।''

''सच ! तो क्या वह आपकी बेटी नहीं है ?''

''नहीं। मेरा कोई परिवार नहीं है।''

मैं आगे प्रश्न पूछनेवाली थी कि वैरेंस आपसे किस रूप में सम्बन्धित है, पर मुझे स्मरण हो आया कि बहुत अधिक प्रश्न करना भद्रता नहीं है। धीरे-धीरे तो मैं सबकुछ जान ही जाऊँगी।

बिल्ली को गोद में लेकर मेरे सामने बैठती हुई वे बोलने लगीं, ''मुझे बहुत प्रसन्नता है, बहुत, कि तुम आ गई हो। अब एक नए साथी के साथ रहना यहाँ आनन्ददायक लगेगा। वैसे तो यह जगह हमेशा आनन्ददायक है, क्योंकि थार्नफील्ड एक प्राचीन विशाल भवन है; पिछले कुछ वर्षों से इसकी अच्छी देखभाल नहीं होने पर भी यह एक

सम्मानित स्थान है। फिर भी, तुम समझती ही होगी, अच्छे-से-अच्छे घर में भी हेमन्त ऋतु में अकेलेपन के कारण उदासी लगने लगती है। मैंने कहा अकेला, लीया यकीनन बड़ी अच्छी लड़की है, और जॉन और उसकी पत्नी भी भले लोग है, पर वे लोग तो आखिर नौकर ही हैं। उन लोगों से बराबरी के स्तर पर बातें तो नहीं की जा सकतीं। अधिकार खोने के भय से उनसे तो कुछ दूरी बनाए रखनी पड़ती है। गत शीत ऋतु में (भीषण शीत ऋतु थी, तुम्हें स्मरण होगा हमेशा बर्फ गिरती रहती थी और जब थमती थी तो बारिश होने और आँधी चलने लगती थी) नवम्बर से फरवरी तक कोई यहाँ नहीं आया—मात्र कसाई और पोस्टमैन के अतिरिक्त। कई रातों तक अकेले बैठे-बैठे मैं उदास हो गई। कभी-कभी मैं लीया को बुलाती थी कि मुझे कुछ पढ़कर सुनाए, किन्तु मेरा अनुमान है बेचारी लड़की को यह काम अच्छा नहीं लगता था। उसे लगता था कि वह घिर गई है। वसन्त और ग्रीष्म में तो आदमी आराम से रहता है, धूप और लम्बे दिन के कारण बहुत अन्तर हो जाता है। और इस बार तो शिशिर के आते ही छोटी एडेली वैरेंस अपनी नर्स के साथ आ गई। बच्चे के आ जाने से घर एकाएक सजीव हो उठा है। और अब जबकि तुम भी आ गई हो, मेरी प्रसन्नता का छोर नहीं होगा।''

इस भली महिला की बातें सुनकर मेरा हृदय प्रेम से भर उठा। मैंने अपनी कुर्सी उनके समीप खींच ली और अपनी हार्दिक इच्छा व्यक्त की कि उन्हें मेरी संगति उतनी ही प्रिय लगे जैसी उन्हें आशा है।

''किन्तु अब मैं तुम्हें बहुत रात तक जगाए नहीं रखूँगी। बारह बज रहे हैं। तुम सारे दिन यात्रा में थी; थकी होगी। यदि तुम्हारे पैर अच्छी तरह गर्म हो गए हों, तो मैं तुम्हारा शयनकक्ष दिखा दूँ। मैंने अपनी बगल का कमरा ही तुम्हारे लिए ठीक कराया है। यह कोठरी छोटी तो अवश्य है, पर मुझे लगा कि तुम आगे वाले बड़े कमरों की अपेक्षा इसे अधिक पसन्द करोगी। उसमें अधिक अच्छे फर्नीचर अवश्य हैं, पर वे बड़े ठंडे और एकान्त हैं। मैं स्वयं भी उनमें कभी नहीं सोती।''

मैंने उनके इस दयापूर्ण चुनाव के लिए उन्हें धन्यवाद दिया। मैं सच ही अपनी लम्बी यात्रा से थक गई थी। अतएव मैंने विश्राम की इच्छा प्रकट की। उन्होंने बत्ती उठाई और मैं उनके पीछे-पीछे चली। पहले वे देखने गईं कि हॉल का द्वार ठीक से बन्द है अथवा नहीं; फिर चाभियों को वहाँ से लेकर मुझे सीढ़ियों से ऊपर ले चलीं। सीढ़ी और उसके हत्थे का घेरा ओक लकड़ी के बने थे; सीढ़ी की खिड़की लम्बी और पल्लेदार थी। सीढ़ी और गलियारा, जिसमें शयनकक्षों के द्वार खुलते थे, दोनों ही घर की अपेक्षा चर्च का भाग अधिक लगते थे। बहुत ठंडी और तहखाने जैसी हवा सीढ़ी और गलियारे में फैली थी। जिससे उस स्थान की उदासी और एकान्त स्पष्ट होते थे। जब मैं अपने कमरे में पहुँचाई गई तो उसे आकार में छोटा और सामान्य ढंग से सज्जित देखकर मुझे प्रसन्नता हुई।

श्रीमती फेयरफैक्स के विदा लेने के बाद कमरा बन्द करके मैंने चारो ओर ध्यान से देखा। उस विशाल हॉल, अँधेरी चौड़ी सीढ़ियाँ, लम्बे ठंडे बरामदे को देखने से जो

एक उड़ता-सा भाव मेरे मन पर छा गया था, वह कुछ दूर हुआ। पूरे दिन की शारीरिक थकान और मानसिक चिन्ता के बाद मैंने अब अनुभव किया कि अन्त में मुझे एक सुरक्षित आश्रय मिल गया है। कृतज्ञता से मेरा हृदय भर गया। मैं बिछावन के पास घुटने टेककर बैठ गई और जो धन्यवाद के पात्र थे उन्हीं परमपिता को धन्यवाद दिया। उठने के पूर्व मैं यह प्रार्थना करना नहीं भूली कि मुझे आगे भी राह दिखाते रहें और उस दया के योग्य बनाएँ जो बिना योग्यता दिखाए मुझ पर उदारतापूर्वक बरसाई गई थी। उस रात्रि मानो मेरे बिस्तर में कोई काँटा नहीं था जो जगाए रखता, और मेरे एकान्त कमरे में कोई भय भी नहीं था। थकी और सन्तुष्ट मैं तुरंत गहरी निद्रा में सो गई। जब नींद खुली तो दिन निकल चुका था।

नीले छींट के पर्देवाली खिड़कियों से सूरज का प्रकाश कमरे में आ रहा था। उसमें मेरा छोटा कमरा मुझे कितना अच्छा लगा ! कागज-मढ़ी उसकी दीवार और कालीन बिछा इसका फर्श लोवुड की नंगी दीवारों और धब्बेदार फर्श से इतने भिन्न थे कि देखकर मेरा मन उत्साह से भर गया। युवा मन पर बाह्य रूप बहुत प्रभाव डालते हैं। मैंने सोचा, मेरे जीवन में एक सुन्दर युग का प्रारम्भ हो रहा है। जिसमें फूल और खुशियाँ होंगी, साथ ही काँटे और परिश्रम भी होंगे। मेरी शक्तियाँ, जो स्थान-परिवर्तन और आशा के अनुरूप कार्यक्षेत्र पाकर सजग हो गई थीं, सक्रिय होने लगीं। मैं ठीक-ठीक नहीं बता सकती कि मेरे मन में क्या आशाएँ थीं, किन्तु वह कुछ मंगल-आनन्द का ही आशावान था—उसी दिन या उसी माह नहीं, बल्कि कभी भविष्य में।

मैं उठी और सावधानी से परिधान पहना। चूँकि मेरे पास सादे परिधान के अतिरिक्त कुछ था ही नहीं, अतः सादगी से ही मुझे सन्तोष करना पड़ा। फिर भी मैं स्वभाव से स्वच्छ रहना पसन्द करती थी। सूरत-शक्ल पर ध्यान नहीं देना या मुझसे दूसरों पर पड़नेवाले प्रभाव के सम्बन्ध में लापरवाह रहना मेरी आदत नहीं थी। इसके विपरीत मैं तो सदा यह चाहती थी कि यथासम्भव सुन्दर दिखूँ और सौन्दर्य के अभाव के बावजूद यथासम्भव लोगों को प्रिय लगूँ।

कभी-कभी मुझे दुख होने लगता था कि मैं अधिक सुन्दर क्यों नहीं हुई। कभी-कभी मेरी बड़ी इच्छा होती थी कि मेरे भी गालों में लालिमा होती, सीधी ऊँची नाक होती, छोटा प्यारा मुखड़ा होता। मेरी लम्बे, भव्य और सुविकसित व्यक्तित्व की भी बड़ी अभिलाषा थी। यह मुझे दुर्भाग्य लगता था कि मैं इतनी छोटी और दुबली हूँ, और मेरे नाक-नक्श बेढंगे और उभरे हुए हैं। किन्तु ये अभिलाषाएँ और ये दुख मेरे मन में क्यों जगे—यह बताना कठिन है क्योंकि यह मैं स्वयं भी अच्छी तरह नहीं जानती थी। फिर भी इसका एक कारण था, वह भी स्वाभाविक और तर्कसंगत। खैर, मैंने अपने बाल झाड़कर ठीक कर लिये, अपना काला फ्रॉक पहन लिया। जो पुराने ढंग का होने पर भी बहुत फिट बैठता था, और अपना बिल्कुल सफेद कॉलर ठीक कर लिया। तब मुझे लगा कि श्रीमती फेयरफैक्स के समक्ष जाने लायक मैं हो गई हूँ और मेरी नई शिष्या मुझे वितृष्णा से मुँह नहीं मोड़ेगी। कमरे की खिड़की खोलकर और प्रसाधन-मेज की सारी

वस्तुओं को व्यवस्थित देखकर मैंने बाहर निकलने का साहस किया।

लम्बे और चटाई बिछे गलियारे को पार करके मैं ओक की बनी चिकनी सीढ़ियों से नीचे उतरी। फिर हॉल में पहुँची, वहाँ एक मिनट रुकी और दीवार पर लगे चित्रों को देखा (मुझे स्मरण है कि एक चित्र में एक काला व्यक्ति कवच पहने था और दूसरे चित्र में बालों में पाउडर डाले और मोती के नेकलेस पहने एक महिला थी), और छत से लटकते पीतल के लालटेन की और ओक लकड़ी के कढ़ाईदार फ्रेम में लगी बड़ी दीवारघड़ी को देखा जो पुरानेपन और घर्षण के कारण बिल्कुल काली हो गई थी। प्रत्येक वस्तु मुझे राजसी और भव्य लग रही थी। बात यह है कि भव्यता देखने का मुझे पहले अधिक अवसर भी तो नहीं मिला था। हॉल का द्वार, जो आधा शीशे का था, खुला था। मैं चौखट से पार निकल गई। सुन्दर शिशिर ऋतु का प्रभात था; प्रातःकालीन सूरज की किरणें भूरे झुरमुटों और शान्त हरे खेतों पर चमक रही थीं। सेहन में थोड़ा आगे बढ़कर मैंने दृष्टि ऊपर उठाई और भवन के बाहरी भाग को देखा। यह तीनतल्ला भवन था। बहुत विशाल तो नहीं था, पर बड़ा अवश्य था। यह किसी भद्र व्यक्ति का खलिहानघर लगता था, किसी जमींदार का आवास नहीं। छत की चहारदीवारी इसे चित्र जैसा सुन्दर बना रही थी। मुर्गीखाने के परिप्रेक्ष्य में इस भवन का ऊँचा अग्रभाग सुन्दर लगता था, इसके काँव-काँव और कुकड़ूँकूँ करनेवाले निवासी अभी उड़ रहे थे। सेहन और क्यारियों के ऊपर से उड़ते हुए वे एक खेत में उतर रहे थे जो चहारदीवारी के उस पार था और जिसके किनारे-किनारे बड़े और काँटेदार पुराने वृक्ष थे–ओक की भाँति मजबूत, फैले हुए और उलझे-पुलझे इन काँटेदार पेड़ों को देखते ही भवन के नामकरण (थार्नफील्ड-अर्थात् काँटों का खेत) का कारण समझ में आ जाता था। उससे कुछ दूरी पर पहाड़ियाँ थीं, पर लोवुड के चारों ओर वाली पहाड़ियों की तरह नहीं–न उतनी ऊँची, न उतनी चट्टानी और न ही बाहरी दुनिया से अलग करनेवाले प्रतिरोध की तरह। फिर भी वे शान्त और मौन पहाड़ियाँ थीं और उन्होंने थार्नफील्ड को बाँहों से घेर इसे एक ऐसा एकान्त दे दिया था, जिसका मैंने अनुमान नहीं किया था, क्योंकि यह मिलकोट के हलचल-भरे क्षेत्र के इतना समीप था। एक टोले के कुछ घर, जिनकी छतें पेड़ों की डालियों में छिप गई थीं, बढ़ते हुए एक पहाड़ी की बगल तक चले गए थे। उस ग्राम का चर्च थार्नफील्ड के निकट ही था। उसके पुराने गुम्बद की चोटी घर और फाटक के बीच के टीले की ओर मुड़ी हुई थी।

मैं अभी शान्त वातावरण और सुखद ताजा हवा का आनन्द ले रही थी; प्रसन्नता से चिड़ियों की आवाज सुन रही थी, हॉल के चौड़े पुराने बाहरी भाग को देख रही थी और सोच रही थी कि श्रीमती फेयरफैक्स जैसी अकेली छोटी महिला के लिए यह जगह कितनी बड़ी है, कि अचानक वह महिला द्वार पर दिखाई पड़ी।

''क्या अभी से बाहर घूम रही हो ?'' उन्होंने कहा। ''मैं देख रही हूँ कि तुम्हें बड़े सवेरे उठने का अभ्यास है।''

मैं उनके पास गई। उन्होंने मुझे स्नेहपूर्ण चुम्बन देकर और हाथ मिलाकर मेरा

स्वागत किया।

"तुम्हें थार्नफील्ड कैसा लगा ?" उन्होंने पूछा।

मैंने उत्तर दिया कि मुझे यह जगह बहुत पसन्द आई।

"हाँ," उन्होंने कहा, "यह सुन्दर जगह तो है, पर यदि मि. रोचेस्टर यहाँ आने और स्थायी रूप से रहने का निश्चय नहीं करेंगे तो यह जल्दी खराब हो जाएगा। कम-से-कम उनका यहाँ और भी जल्दी-जल्दी आना जरूरी है। बड़े घर और सुन्दर उपवन आदि को मालिक की उपस्थिति की आवश्यकता पड़ती है।

"मि. रोचेस्टर ?" मैं बोल पड़ी। "वे कौन हैं ?"

"थार्नफील्ड के स्वामी," उन्होंने शान्ति से उत्तर दिया। "क्या तुम नहीं जानती कि उनका नाम रोचेस्टर है ?"

मैं सचमुच नहीं जानती थी। मैंने पहले कभी उनके विषय में नहीं सुना था। किन्तु यह बूढ़ी महिला शायद उनके अस्तित्व को एक विश्वविदित बात समझती थी, जिसे प्रत्येक व्यक्ति को स्वतः जान जाना चाहिए।

मैंने कहा, "मैं समझती थी कि थार्नफील्ड आपका है।"

"मेरा ? ईश्वर तुम्हारा भला करे, बच्ची ! कैसी धारणा है यह ! मेरा ? मैं तो केवल घर की रक्षक हूँ, व्यवस्थापिका हूँ। यह सही है कि मैं रोचेस्टर की माँ की ओर से उसकी दूर की सम्बन्धी लगती हूँ या कम-से-कम मेरे पति सम्बन्धी थे। वे एक पादरी थे, वहाँ पहाड़ी पर का गाँव हे उनके जिम्मे था और गेट के पासवाला चर्च उन्हीं का था। वर्तमान मि. रोचेस्टर की माँ फेयरफैक्स परिवार की थी, मेरे पति की ददचचेरी बहन। किन्तु उस सम्बन्ध के बल पर मैं कोई अधिकार नहीं जताती। सच पूछो तो यह मेरे लिए कोई मतलब नहीं रखता। मैं अपने को घर की देखभाल करनेवाली एक सामान्य व्यक्ति समझती हूँ। मेरे मालिक अच्छा व्यवहार करते हैं; मुझे और कुछ नहीं चाहिए।"

"और वह छोटी लड़की...मेरी शिष्या कौन है ?"

"वह मि. रोचेस्टर की पालित है। उन्होंने ही मुझे उसके लिए एक शिक्षिका ढूँढ़ने का आदेश दिया था। मुझे लगता है कि वे उसे इसी ग्राम में पालना चाहते हैं। वह आ रही है अपनी बोनी के साथ...नर्स को वह इसी नाम से पुकारती है।"

अब पहेली सुलझ गई थी। यह विनम्र और दयालु बूढ़ी कोई बड़े वंश की महिला नहीं थी, वरन् मेरी ही भाँति आश्रिता थी। किन्तु इससे उसके प्रति मेरा प्यार घटा नहीं, इसके विपरीत, मैं पहले से भी अधिक प्रसन्न हो गई। मेरे और उसके मध्य की समानता सच्ची थी, उसकी कृपा का परिणाम नहीं। अच्छा ही हुआ; मेरी स्थिति और अधिक स्वतन्त्र हो गई।

जब मैं इस नई बात पर सोच रही थी, एक छोटी लड़की दाई के साथ दौड़ती हुई लॉन पर आई। मैंने अपनी शिष्या को देखा जिसकी दृष्टि मुझ पर नहीं पड़ी थी। वह बिल्कुल बच्ची थी, सम्भवतः सात-आठ वर्ष की। पतली, पीला छोटा मुखड़ा, घने बाल लटों में कमर तक छाए थे।

''गुड मार्निंग, मिस एडेली,'' श्रीमती फेयरफैक्स ने कहा, ''आओ और इन महिला से बातें करो जो तुम्हें पढ़ाएँगी और एक दिन तुम्हें खूब निपुण लड़की बना देंगी।''

वह समीप आई।

मेरी ओर इंगित करते हुए उसने फ्रांसीसी में नर्स से पूछा, ''क्या ये मेरी गवर्नेस हैं ?''

''हाँ, निश्चय ही ये तुम्हारी गवर्नेस हैं,'' नर्स ने भी फ्रांसीसी में उत्तर दिया।

''क्या ये विदेशी हैं ?'' उनकी फ्रांसीसी भाषा पर आश्चर्य करते हुए मैंने पूछा।

''नर्स तो विदेशी है। और एडेली ने भी महाद्वीप में ही जन्म लिया था और छह माह पहले ही उसने प्रथम बार इस स्थान को देखा है। जब वह यहाँ आई तो जरा भी अँगरेजी नहीं बोल पाती थी; अब वह थोड़ा-थोड़ा बोल लेती है। वह इतना फ्रांसीसी मिला देती है कि मैं तो नहीं समझ पाती, किन्तु तुम उसकी बात अच्छी तरह समझ जाओगी, मुझे विश्वास है।''

सौभाग्यवश मुझे एक फ्रांसीसी महिला से फ्रांसीसी सीखने का सुअवसर मिला था। चूँकि मैं सर्वदा ध्यान देकर, जितनी बार सम्भव हो मिस पियरो से बातें करती थी; इसके अतिरिक्त विगत सात वर्षों में प्रतिदिन फ्रांसीसी भाषा से बहुत कुछ याद भी कर लिया करती थी, अपना उच्चारण ठीक रखने की चेष्टा करती थी और यथासम्भव अपनी शिक्षिका के उच्चारण का अनुकरण करती थी, अतः मुझे उस भाषा की शुद्धता और प्रवाह पर कुछ अधिकार हो गया था। इसलिए मेरे लिए कुमारी एडेली से बातें करने में घबराने का कोई कारण नहीं था। जब उसने जाना कि मैं उसकी गवर्नेस हूँ तो वह आई और मुझसे हाथ मिलाया। मैं उसे जलपान के लिए अन्दर ले गई और उसी की भाषा में कुछ बातें कीं। पहले तो वह संक्षिप्त उत्तर देती रही, पर जब हम लोग मेज पर बैठ गए और वह अपनी बड़ी-बड़ी भूरी आँखों से मुझे प्रायः दस मिनट तक देखती रही, तो उसके बाद अचानक बहुत-सी बातें करने लगी।

''आह !'' वह फ्रांसीसी भाषा में बोली, ''आप रोचेस्टर की ही भाँति मेरी भाषा अच्छी तरह बोल लेती हैं। मैं जैसे उनसे बात करती थी वैसे आपसे भी कर सकूँगी और सोफी भी कर सकेगी। उसे प्रसन्नता होगी; यहाँ उसकी बात कोई समझता ही नहीं। मादाम फेयरफैक्स तो केवल अँगरेजी बोलती हैं। सोफी मेरी नर्स है। वह मेरे साथ समुद्र से एक बड़े जहाज पर आई, जिसकी चिमनी से धुआँ निकल रहा था। कैसा धुआँ निकलता था वह ! मैं तो बीमार हो गई थी, और सोफी भी; रोचेस्टर भी। मि. रोचेस्टर एक सुन्दर कमरे में सोफा पर लेटे थे। जिसे सैलून कहते हैं। मैं और सोफी छोटे बिस्तर पर दूसरी जगह थे। यह सेल्फ जैसा था, मैं तो गिरते-गिरते बची। अच्छा बोनी, आपका नाम क्या है ?''

''आयर, जेन आयर।''

''ऐयार ? वाह, मैं इसे बोल भी नहीं सकती। हमारा जहाज प्रातः, दिन निकलने के पहले, एक बड़े नगर, बहुत बड़े नगर के किनारे ठहरा, जहाँ बहुत काले और धुएँवाले

घर थे। जिस साफ, सुन्दर शहर से मैं आई थी, वैसा बिल्कुल नहीं था, और मि. रोचेस्टर मुझे अपनी गोद में लेकर लकड़ी के पाट पर होते हुए जमीन पर उतरे। सोफी पीछे-पीछे आई, हम लोग एक गाड़ी में चढ़े जो हमें एक बड़े और सुन्दर घर पर ले गई। इस घर से भी बड़ा और ज्यादा अच्छा जो होटल कहलाता था। हम लोग वहाँ लगभग एक सप्ताह रहे। मैं और सोफी प्रतिदिन पेड़ों से भरे एक बड़े, हरे मैदान में घूमने जाते थे। सुन्दर पक्षियों से भरा एक तालाब था। पंछियों को मैं खाने के लिए टुकड़े दे देती थी।''

''जब वह इस तरह जल्दी-जल्दी बोलती है। तो तुम उसकी बात समझ पाती हो ?'' श्रीमती फेयरफैक्स ने पूछा।

मैं उसे अच्छी तरह समझ रही थी क्योंकि मुझे मादाम पियरो को द्रुत प्रवाह बोलते सुनने का अभ्यास था।

उस भद्र महिला ने कहा, ''मेरी इच्छा है कि तुम उससे उसके माता-पिता के सम्बन्ध में एक-दो प्रश्न पूछो। पता नहीं, उसे उनकी याद है, या नहीं ?''

मैंने पूछा, ''एडेली, जिस स्वच्छ नगर के विषय में तुमने बतलाया, वहाँ तुम किसके साथ रहती थी ?''

''बहुत दिन पहले मैं माँ के साथ रहती थी, किन्तु अब वे माता मरियम के पास चली गई हैं। माँ मुझे नाचना, गाना, कविता पढ़ना सिखाती थीं। बहुत से सज्जन और महिलाएँ माँ से मिलने आते थे। मैं उनके सामने नाचती थी, उनकी गोद में बैठती थी और उनको गाना सुनाती थी। मुझे बहुत अच्छा लगता था। क्या मैं आपको एक गाना सुनाऊँ ?''

उसने जलपान समाप्त कर लिया था, अतः मैंने उसे अपनी कला का एक नमूना प्रस्तुत करने की अनुमति दे दी। तब वह अपनी कुर्सी से उतरकर मेरे पास आई, मेरी गोद में बैठ गई और गम्भीरता से अपने दोनों हाथ सामने की ओर जोड़कर, बालों को पीछे झटककर और छत की ओर देखते हुए उसने किसी ओपेरा का एक गीत गाना प्रारम्भ किया। यह एक परित्यकता युवती का भाव-गीत था। जिसमें वह अपने प्रेमी की निष्ठाहीनता पर दुखी होकर अपने स्वाभिमान को जगाती है और दासी से कहती है कि उसे गहनों और सुन्दर कपड़ों में खूब सज दो। वह निश्चय करती है कि उस रात वह एक बॉल-नृत्य में अपने झूठे प्रेमी से मिलेगी और अपनी प्रसन्नमुद्रा और परिधान से जतलाएगी कि उसके द्वारा त्याग दिए जाने पर भी उसे कोई चिन्ता नहीं है।

शिशु-गायिका को देखते हुए गीत के विषय का चुनाव मुझे विचित्र-सा लगा, पर मैं समझती हूँ इस प्रदर्शन का आनन्द यह था कि बच्चे की तोतली आवाज में प्रेम और ईर्ष्या का गीत सुना जाए। वैसे यह गीत बड़ी गन्दी रुचि का परिचायक था, कम-से-कम मुझे तो ऐसा ही लगा। एडेली ने उस गीत को स्वर के साथ और अपनी आयु की नादानी के साथ गाया। यह समाप्त होने पर वह मेरी गोद से कूद गई और बोली, ''अब, मादाम, मैं आपको कविता सुनाती हूँ।''

फिर मुद्रा बनाकर उसने एक फ्रांसीसी कविता का पाठ प्रारम्भ किया। उस छोटी कविता का उसने विराम-चिह्नों और दबाव आदि पर ध्यान देते हुए पाठ किया, साथ-ही-साथ स्वरों के चढ़ाव-उतार और उचित भाव-भंगिमा के साथ, जो उसकी आयु की दृष्टि से सचमुच असामान्य लगता था और प्रमाणित करता था कि उसे सावधानी से प्रशिक्षण दिया गया है।

''क्या तुम्हें यह कविता तुम्हारी माँ सिखाई थी ?'' मैंने पूछा।

''हाँ, वह इस पंक्ति को ऐसे गाती थीं,'' मेरा हाथ ऊपर करके उसने बतलाया कि ऐसे। फिर उसने मुझे ध्यान दिलाया कि स्वर ऊँचा करके गाना है। ''क्या मैं अब आपको नृत्य दिखलाऊँ ?'' उसने पूछा।

''नहीं, बस। अच्छा, अब यह बतलाओ कि जब तुम्हारी माँ माता मरियम के यहाँ चली गईं, जैसाकि तुमने अभी बतलाया, तब तुम किसके साथ रहती थी ?''

''श्रीमती फ्रेडेरिक और उनके पति के साथ। वह मेरा ध्यान रखती थीं, पर मेरी सम्बन्धी नहीं थीं। मेरा अनुमान है कि वे लोग निर्धन हैं, क्योंकि उनका घर मेरी माँ के घर की भाँति अच्छा नहीं था। मैं कुछ ही दिन वहाँ रही। मि. रोचेस्टर ने मुझसे पूछा कि क्या मैं उनके साथ जाना और इंग्लैंड में रहना पसन्द करूँगी। तो मैंने हाँ कह दिया, क्योंकि मैं श्रीमती फ्रेडेरिक को जानने के पहले ही से मि. रोचेस्टर से परिचित थी। वे हमेशा मुझे प्यार करते थे, और मुझे सुन्दर कपड़े और खिलौने देते थे। किन्तु आप देख रही हैं, उन्होंने वचन का पालन नहीं किया। वे मुझे इंग्लैंड ले आए और वापस चले गए, और अब मेरी उनसे भेंट नहीं होती।''

जलपान के पश्चात् एडेली और मैं लाइब्रेरी में गए। यह कमरा, लगता है, मि. रोचेस्टर के निर्देशानुसार स्कूल-कक्ष के रूप में प्रयुक्त किया जाना था। अधिकांश पुस्तकें आलमारियों में शीशे के पल्ले के भीतर बन्द थीं। किन्तु एक आलमारी खुली थी, जिसमें प्राइमरी शिक्षकों की आवश्यकता की सारी वस्तुएँ थीं। साथ ही हलके साहित्य, कविता, जीवनी, यात्रा, रोमांच, आदि की कुछ पुस्तकें भी थीं। मेरा अनुमान है, उन्होंने यह समझा होगा कि निजी अध्ययन के लिए एक गवर्नेस को इन्हीं पुस्तकों की आवश्यकता हो सकती है और सचमुच, तत्काल मुझे सन्तुष्ट करने के लिए ये पुस्तकें पर्याप्त थीं क्योंकि लोवुड में अल्प संख्या में उपलब्ध पुस्तकों की तुलना में ये पुस्तकें मुझे मनोरंजन और सूचना का भंडार-सी लगीं। इस कमरे में इसके अतिरिक्त एक बक्सादार प्यानो भी था–बिल्कुल नया और अच्छे स्वरवाला। चित्रकारी के लिए बोर्ड तथा एक जोड़ा ग्लोब भी थे।

मैंने पाया कि मेरी शिष्या पूर्ण विनम्र थी, यद्यपि पढ़ने-लिखने की अनिच्छुक थी, क्योंकि उसे नियमित रूप से कोई काम करने का अभ्यास नहीं था।

मैंने सोचा कि प्रारम्भ में ही उसे बहुत देर तक बिठाए रखना उचित नहीं होगा। अतएव उससे बहुत-सी बातें करने के बाद और थोड़ा कुछ सिखलाने के बाद जब दोपहर होने को आई तो मैंने उसे नर्स के पास जाने की छुट्टी दे दी। तब मैंने सोचा कि भोजन

तक अपने को चित्रकारी में व्यस्त रखूँ; ये चित्र उसे पढ़ाने के काम आएँगे।

जब मैं चित्रकारी के लिए बैग और पेंसिल लाने ऊपर जा रही थी, श्रीमती फेयरफैक्स ने मुझे पुकारा, ''मेरा अनुमान है कि तुम्हारी प्रातःकालीन कक्षा समाप्त हो गई है।'' वह एक कमरे में थीं, जिसके मोड़दार दरवाजे खुले थे। उनके पुकारने पर मैं भीतर चली गई। यह एक बड़ा राजसी कमरा था, इसमें लाल पर्दे थे और कुर्सियाँ लगी थीं। तुर्की कालीन बिछी थी। वालनट लकड़ी की दीवारें, गहरे रंग के शीशे लगी एक विशाल खिड़की, और ऊँची सुन्दर मेहराबदार छत। श्रीमती फेयरफैक्स प्लास्टिक के सुन्दर लाल फूलोंवाले फूलदानों को झाड़ रही थीं। जो किनारे मेजों पर सजे थे।

''कितना सुन्दर कमरा है !'' मैंने चारो ओर देखते हुए आश्चर्य से कहा, ''क्योंकि मैंने ऐसे भव्य कमरे की आधी भव्यतावाला कमरा भी नहीं देखा था।

''हाँ, यह भोजनकक्ष है। मैंने अभी खिड़की खोली है, ताकि कुछ हवा और धूप आ जाए, क्योंकि जिन कमरों में कोई नहीं रहता, वे बड़े ठंडे हो जाते हैं। वहाँ जो ड्राइंगरूम है, वह तो तहखाना लगता है।''

खिड़की की सीध में एक चौड़ा मेहराब था, उसकी ओर उन्होंने इंगित किया। वहाँ भी टीरियन रंग के पंखे थे जो अभी मुड़े हुए थे। दो चौड़ी सीढ़ियों से इस पर चढ़कर चारो ओर देखने के बाद मुझे लगा जैसे मैंने परियों के देश का एक दृश्य देखा हो। मुझ नौसिखुआ की आँखों को वह दृश्य बड़ा जगमग-सा लगा। फिर भी यह एक सुन्दर बैठक मात्र था; इसके अन्दर एक छोटा-सा महिला प्रसाधनकक्ष भी था। सभी में उजले कालीन बिछे थे, जिनकी काशीदाकारी से लगता था कि चमकीले फूलों के हार बिछे हैं। दोनों कमरों की सफेत छत में अंगूर की लताओं और पके अंगूर की चित्रकारियाँ थीं और ऊपर की सफेदी की तुलना में नीचे के गहरे लाल रंग के कोच और सोफे जगमगा रहे थे।

पीले पेरियन के लालटेन के ढक्कन पर की गई कलाकारी चमकते बोहेमियन शीशे की थी। बिल्कुल लाल। खिड़कियों के बीच लगे शीशे में मानो बर्फ और आग का मिश्रण प्रतिबिम्बित होता था।

''आप कितना सजाकर इन कमरों को रखती हैं श्रीमती फेयरफैक्स ?'' मैंने कहा, ''न धूल, न गन्दगी, केवल हवा ठंडी है। लोगों को लगेगा कि इसमें हमेशा कुछ लोग रहते हैं।''

''जानती हो, मिस आयर, यद्यपि मि. रोचेस्टर का आगमन यहाँ बहुत कम होता है, पर वे जब भी आते हैं तो अचानक बिना सूचना दिए। मैंने देखा है कि चीजों को गन्दा देखकर या उनके आने पर झाड़-पोंछ की हलचल देखकर उन्हें क्रोध आ जाता है। इसलिए मैंने यही अच्छा समझा कि कमरों को हमेशा तैयार ही रखा जाए।''

''क्या मि. रोचेस्टर कड़े और कठिनाई से प्रसन्न होनेवाले व्यक्ति हैं ?''

''नहीं, कोई विशेष नहीं। किन्तु उनकी रुचि और आदतें एक धनी व्यक्तिवाली हैं और वे आशा करते हैं कि उसी के अनुरूप चीजों को व्यवस्थित रखा जाए।''

''क्या आप उन्हें पसन्द करती हैं ? क्या लोग उन्हें चाहते हैं ?''

''हाँ, हाँ, यह परिवार हमेशा सम्मानित रहा है। पास-पड़ोस की सारी भूमि, जहाँ तक तुम्हें दिखाई देती है, युगों से रोचेस्टर परिवार की ही रही है।''

''अच्छा। भूमि की बात यदि छोड़ दें, तो क्या आप उन्हें पसन्द करती हैं ? उनके व्यक्तित्व के कारण क्या लोग उन्हें चाहते हैं ?''

''*मेरे लिए* उन्हें नापसन्द करने का कोई कारण नहीं है और मुझे विश्वास है कि प्रजा उन्हें एक न्यायी और उदार जमींदार मानती है, किन्तु वे अधिक समय तक इन लोगों के बीच रहते नहीं हैं।''

''पर क्या उनमें कोई विचित्रता नहीं है ? थोड़े में पूछूँ तो उनका चरित्र कैसा है ?''

''ओह ! उनका चरित्र दोषरहित है...जहाँ तक मैं जानती हूँ। वे सम्भवतः कुछ विचित्र से हैं। उन्होंने बहुत यात्राएँ की हैं; दुनिया बहुत देखी है। मैं कह सकती हूँ कि वे बहुत चतुर हैं, किन्तु मेरी उनसे अधिक बातचीत नहीं होती।''

''वे किस रूप में विचित्र हैं ?''

''मैं नहीं जानती; बताना सरल नहीं है। कोई विशेष विचित्रता है भी नहीं; सिर्फ जब वे तुमसे बात करेंगे तब तुम्हें लगेगा। तुम्हें पता ही नहीं चलेगा कि वे गम्भीर हैं या हास्य कर रहे हैं, प्रसन्न हैं या अप्रसन्न। संक्षेप में, तुम उन्हें ठीक से समझ नहीं पाओगी; कम-से-कम मैं तो नहीं समझ पाती। किन्तु इससे कुछ अन्तर नहीं पड़ता। वे बड़े अच्छे मालिक हैं।''

उनके और अपने मालिक के विषय में श्रीमती फेयरफैक्स से मैं इतनी ही जानकारी प्राप्त कर सकी। संसार में कुछ लोग ऐसे होते हैं। जिनमें चरित्र-चित्रण का गुण जरा भी नहीं होता अथवा जिनमें किसी व्यक्ति या वस्तु की विशेषताओं को परखने या वर्णन करने की कला नहीं होती। ये भली महिला भी उसी श्रेणी की थीं। मेरे प्रश्नों ने उन्हें परेशान तो किया, पर उनका दिल खोल नहीं पाए। उनकी दृष्टि में मि. रोचेस्टर मात्र मि. रोचेस्टर थे—एक भद्र पुरुष, धनी भूमिपति और कुछ नहीं। वे न तो ढूँढ़ती और न जानना चाहती थीं। मि. रोचेस्टर के व्यक्तित्व के विषय में ठीक-ठीक जानकारी प्राप्त करने की मेरी इच्छा पर उन्हें स्पष्टतः आश्चर्य हो रहा था।

जब हम लोग भोजनकक्ष से चले तो उन्होंने प्रस्ताव रखा कि घर के शेष भाग को भी घूमकर देख लिया जाए। मैं उनके पीछे-पीछे ऊपर गई, नीचे गई और प्रत्येक स्थान की प्रशंसा करती रही क्योंकि सभी सुसज्जित और सुन्दर थे। सामने के बड़े-बड़े कमरे मुझे विशेष रूप से भव्य लगे। तीनतल्ले पर के कुछ कमरे, यद्यपि अँधेरे और नीची छतवाले थे, पर प्राचीनता का आभास देने के कारण मुझे मनोरंजक लगे। जैसे-जैसे फैशन बदलता, नीचे के कमरों के फर्नीचर हटाकर यहाँ रख दिए जाते थे। छोटी खिड़की से आते सूरज के हलके प्रकाश में सौ वर्ष पुराने पलँग मुझे दिखाई पड़े, ओक या वालनट लकड़ी के बक्से, जिन पर हिब्रू ऑर्क की तरह ताड़ के पत्तों और देवदूतों के चेहरे खुदे हुए थे। ऊँची पीठवाली संकीर्ण कुर्सियाँ और भी पुराने ढंग का स्टूल, जिनके गद्दे की कशीदाकारी

का रंग उड़ गया था। ये जाने कब की, स्वर्गवासी कलाकारों द्वारा बनाई गई थीं और यहाँ पड़ी थीं। ये सभी प्राचीन अवशेष थार्नफील्ड के तीनतल्ले को प्राचीन युग के घर का, स्मृति के मन्दिर का स्वरूप प्रदान करते थे। दिन में तो मुझे इन स्थानों का मौन, अन्धकार तथा विचित्रपना अच्छे लगते थे, किन्तु किसी भी कीमत पर मैं रात्रि में इन चौड़े भारी पलँगों में से किसी पर सोने को तैयार नहीं होती, जिनमें से कुछ तो ओक के किवाड़ों में बन्द थे, कुछ पुराने अँगरेजी पर्दों से ढँके थे, जिन पर मोटी कशीदाकारी में विचित्र फूलों उससे भी विचित्र चिड़ियों और सबसे विचित्र मनुष्यों की आकृतियाँ बनी हुई थीं। ये सभी चाँदनी की पीली ज्योति में अद्‌भुत लगती थीं।

''क्या इन कमरों में नौकर सोते हैं ?'' मैंने पूछा।

''नहीं, वे पिछवाड़े में एक कतार से बनी छोटी कोठरियों में रहते हैं। यहाँ कभी कोई नहीं सोता। लोग यही कहते हैं। कि थार्नफील्ड में यदि कोई भूत है, तो उसका डेरा इन्हीं कमरों में होगा।

''हाँ, मेरी भी यही धारणा है। तो आपके यहाँ भूत हैं कि नहीं ?''

''मैंने तो नहीं सुना,'' श्रीमती फेयरफैक्स ने मुस्कराते हुए कहा।

''किसी भूत की परम्परा भी नहीं ? कोई किंवदन्ती या भूतों की कहानी ?''

''मेरा विश्वास है कि ऐसा कुछ नहीं है। फिर भी लोग कहते हैं कि रोचेस्टर परिवार के लोग अपने जमाने में शान्त नहीं, क्रोधी लोग थे। शायद यही कारण है कि वे अब अपनी-अपनी कब्रों में शान्ति के साथ सो रहे हैं।''

''हाँ, जीवन की बेचैन भागदौड़ के बाद वे शान्त निद्रा में सो रहे हैं।'' मैं बुदबुदाई।

''आप कहाँ जा रही हैं, श्रीमती फेयरफैक्स ?'' उन्हें आगे बढ़ते देख मैंने पूछा।

''छत पर। क्या तुम आकर वहाँ के दृश्यों को देखोगी ?''

मैं फिर पीछे-पीछे चलने लगी–संकीर्ण सीढ़ियों से दुछत्ती पर और वहाँ से एक लकड़ी की सीढ़ी से और छोटे दरवाजे से होकर हॉल की छत पर।

अब मैं एक कौआखाने के सतह के बराबर आ गई थी और उनके घोंसलों में झाँक सकती थी। छत की मुँडेर पर झुककर नीचे झाँकते हुए मैंने देखा कि नीचे की धरती चित्र जैसी बिछी लगती थी। चमकीले मखमली मैदान किलानुमा भवन की नींव को घेरे हुए प्रतीत होते थे। खेत पार्क जैसे लगते थे और पुराने पेड़ उस पार्क पर छोटे-छोटे वृत्त जैसे लगते थे। फाटक के निकट का चर्च, रास्ता और शान्त पहाड़ियाँ, सभी शिशिर ऋतु के दिन की धूप में विश्राम कर रहे थे। क्षितिज मानो शुभ्र, नीले और मोती जैसे श्वेत संगमरमरी गगन से बँधा था। दृश्य में कुछ विशेषता नहीं थी, पर सबकुछ प्रसन्नतादायक था। जब मैं यहा से लौटी और फिर उसी छेद जैसे छोटे द्वार से आगे बढ़ी, तो मुझे लकड़ी की सीढ़ी पर कुछ सूझ ही नहीं रहा था; दुछत्ती एक गुफा की भाँति अँधेरी लगती थी–उस नील गगन की तुलना में जिसे मैं अभी-अभी निहार रही थी, और धूप-भरे उन झुरमुटों, चरागाहों और नीचे पहाड़ियों की तुलना में जिनके बीच थार्नफील्ड बसा था और जिन्हें में अभी-अभी देख रही थी।

श्रीमती फेयरफैक्स उस छोटे से द्वार को बन्द करने के लिए एक क्षण रुकीं, और मैंने, टटोलते हुए दुछत्ती से एक दूसरी राह ढूँढ़ निकाली और एक तंग सीढ़ी से उतरने लगी। यह सीढ़ी जिस लम्बे बरामदे में ले जाती थी। उसमें मैं एक क्षण रुकी। यह तीनतल्ले के आगे और पीछेवाले कमरों को अलग करती थी। यह बिल्कुल पतली, नीची छतवाली और अँधेरी थी। इसमें एकदम छोर पर एक छोटी खिड़की थी और एक कतार में दो छोटे काले बन्द कमरों को देखकर लगता था जैसे किसी ब्लूबियर्ड[1] महल का बरामदा हो।

जब मैं धीरे-धीरे बढ़ रही थी, एक ऐसी ध्वनि सुनाई पड़ी जिसे इतनी खामोश जगह में सुनने की कोई आशा नहीं थी। एक हँसी मेरे कानों से टकराई। यह विस्मयजनक हँसी थी–स्पष्ट, पूर्ण, पर हर्षविहीन। मैं ठहर गई। वह ध्वनि भी थम गई, एक क्षण के लिए, फिर और जोरों से आने लगी। कभी तेज, कभी धीमी। इसके बाद एक चीख सुनाई पड़ी जो सभी खाली कमरों में गूँज गई। यह चीख एक ही कमरे से निकली थी और मैं बता सकती थी कि किस कमरे से निकली थी।

''श्रीमती फेयरफैक्स,'' मैं पुकार उठी क्योंकि अब मुझे बड़ी सीढ़ी से उनके उतरने की आवाज सुनाई पड़ी। ''क्या आपने वह हँसी सुनी ? किसकी आवाज है ?''

''बहुत सम्भव है, किसी सेविका की हो। शायद ग्रेस पूल की हो,'' श्रीमती फेयरफैक्स ने उत्तर दिया।

मैंने फिर पूछा, ''आपने इसे सुना ?''

''हाँ, स्पष्ट सुना। मैं प्रायः सुनती हूँ। वह इन्हीं में से एक कमरे में बैठकर सिलाई करती है। कभी-कभी उसके साथ लीया भी रहती है। वे दोनों हमेशा शोर मचाती रहती हैं।''

हँसी फिर धीमी आवाज में सुनाई पड़ी, फिर विचित्र बुदबुदाहट में बदल गई।

श्रीमती फेयरफैक्स ने पुकारा, ''ग्रेस !''

मेरा अनुमान था कि इस पुकार पर कोई ग्रेस नहीं आएगी, क्योंकि ऐसी वेदना-भरी और असांसारिक हँसी मैंने पहले कभी नहीं सुनी थी। भरी-दोपहरी का समय था और कोई भूतहा वातावरण नहीं था। न तो दृश्य और न ही समय भय के कारण हो सकते थे। लगता है, मैं ही अन्धविश्वास के कारण डर गई थी। फिर आगे की घटनाओं से पता चला कि आश्चर्य का भाव लाना भी मेरी मूर्खता थी। मेरे सबसे पास का द्वार खुला और एक नौकरानी बाहर निकली। तीस से चालीस वर्ष के बीच की होगी। मजबूत चौड़ा शरीर, लाल बाल, कड़ा और सपाट चेहरा। इससे कम रोमानी और कम भूतहा किसी साए तक की कल्पना नहीं की जा सकती थी।

''बहुत शोर हो रहा है, ग्रेस !'' श्रीमती फेयरफैक्स ने कहा, ''निर्देशों को याद रखो।'' ग्रेस ने सम्मानपूर्वक सिर झुकाया और भीतर चली गई।

---

1. अनेक पत्नियोंवाला एक स्त्रीघाती चरित्र।

उन विधवा महिला ने कहना प्रारम्भ किया, ''वह एक सेविका है जिसे हम लोगों ने सिलाई करने और घरेलू कार्यों में लीया की सहायता के लिए रखा है। इसमें कुछ दोष तो है, पर ठीक ही काम करती है। अच्छा, अब यह बतलाओ कि आज प्रातः तुम्हें अपनी नई शिष्या कैसी लगी ?''

वार्तालाप इस प्रकार एडेली की ओर मुड़ गया और नीचे के प्रसन्न वातावरण में आने तक चलता रहा। हॉल में आने पर एडेली दौड़ती हुई हम लोगों के पास आई और बोली, ''मादामो, खाना परोसा जा चुका है।'' फिर आगे बोली, ''अच्छा खाना बना है।''

हम लोगों ने देखा कि भोजन तैयार है और श्रीमती फेयरफैक्स के कमरे में हम लोगों की प्रतीक्षा हो रही है।

12

थार्नफील्ड भवन से मेरे सुखद परिचय के समय एक निर्विघ्न जीवन की जो आशा बँधी थी, वह इस स्थान और इसके निवासियों से अधिक घनिष्ठ होने के बाद भी बनी रही। श्रीमती फेयरफैक्स वही निकलीं जो देखने से लगती थीं–एक शान्त स्वभाव की दयालु महिला, सामान्य शिक्षा और बुद्धिवाली। मेरी शिष्या भी एक चंचल बालिका थी, जो लाड़-प्यार से बिगाड़ दिए जाने के कारण थोड़ी मनमौजी हो गई थी। पर चूँकि वह पूरी तरह मेरे प्रभार में थी और उसकी प्रगति के लिए मेरी बनाई योजना में कहीं से कोई बाधा नहीं थी, अतः वह अपनी छोटी-छोटी झक भूलने लगी और आज्ञाकारी और ग्रहणशील लड़की बन गई। उसमें कोई बड़ी प्रतिभा, कोई चारित्रिक विशेषता, भावना या रुचि की कोई विशेष वृद्धि नहीं थी जो उसे सामान्य बच्चों से श्रेष्ठ बनाती, पर साथ ही उसमें ऐसी कोई कमी या बुराई भी नहीं थी जो उसे उनसे निकृष्ट बनाती। वह समुचित प्रगति कर रही थी। मेरे लिए उसके मन में गहरा तो नहीं, पर सजग स्नेह था, और अपने सीधेपन, मीठी बातों और मुझे प्रसन्न करने की चेष्टाओं से उसने मुझे बाँध लिया। दोनों ओर का यह स्नेह हम लोगों को एक-दूसरे की संगति में प्रसन्न रखने के लिए यथेष्ट था।

परस्पर स्नेह की यह बात ऐसे कुछ लोगों को रूखी-सूखी भाषा लगेगी जो बच्चों के फरिश्ता स्वभाववाले सिद्धान्त को मानते हैं और उन्हें पढ़ानेवाले शिक्षकों का कर्तव्य समझते हैं कि उनके लिए श्रद्धा-भक्ति के नियम तैयार करें। किन्तु मैं यह कहानी उनके पितृजनित अहंकार को तुष्ट करने हेतु नहीं लिख रही हूँ, न ही ऐसे सिद्धान्तों के प्रचार और ऐसी व्यर्थ बातों के प्रसार के लिए। मैं तो सिर्फ सच्चाई का वर्णन कर रही हूँ। मैं सच्चे हृदय से एडेली का कल्याण और विकास चाहती थी। उस छोटी बच्ची के लिए भी मेरे मन में वैसे ही थोड़ा प्रेम था जैसे श्रीमती फेयरफैक्स की कृपा के लिए मेरे मन में कृतज्ञता की भावना थी। उनकी संगति में मुझे उसी अनुपात में आनन्द मिलता था, जितना उनके मन में मेरे लिए शान्त स्नेह था। उनके संयत मन और चरित्र के लिए मैं कृतज्ञ थी।

कोई यदि चाहे तो मुझे यह कहने पर दोष दे सकता है कि कभी-कभी बाहर लॉन

या क्यारियों में टहलते समय या नर्स के साथ एडेली के खेलते समय अथवा श्रीमती फेयरफैक्स द्वारा भंडार में जेली बनाते समय जब मैं तीनतल्ले की सीढ़ियों पर चढ़कर, छोटावाला द्वार खोलकर दुछत्ती से होकर छत पर चली जाती और धूमिल आकाश के नीचे फैले हुए खेतों और पहाड़ियों को देखती, और तब मेरे मन में अदम्य इच्छा उठने लगती कि काश मुझमें देखने की ऐसी शक्ति होती जो इन सीमाओं को पार कर जाती, उस व्यस्त संसार, नगर और जीवन से पूर्ण क्षेत्रों में पहुँच जाती, जिनके विषय में मैंने सुना तो है, पर जिनको देखा कभी नहीं। उस समय मेरी प्रबल इच्छा होती कि काश, मुझे और अधिक व्यावहारिक ज्ञान होता, लोगों से बातें होतीं, यहाँ उपलब्ध लोगों की अपेक्षा और भी विभिन्न प्रकार के चरित्रों से मेरा परिचय होता। श्रीमती फेयरफैक्स और मिस एडेली में जो अच्छाई है, उसका मैं सम्मान करती थी, पर मेरा विश्वास था कि संसार में और भी तरह-तरह की अच्छाइयाँ हैं। मैं जिन बातों में विश्वास करती थी, उसे देखने की भी मेरी अभिलाषा होती थी।

मुझे दोष कौन देगा ? निस्सन्देह ऐसे बहुत से लोग जो मुझे असन्तोषी कहेंगे। पर मैं क्या करूँ ? मेरा वश नहीं चलता। यह बेचैनी मेरे स्वभाव में थी। प्रायः यह मुझे उत्तेजित करके कष्ट पहुँचाती रहती थी। तब मुझे एकमात्र सान्त्वना मिलती थी तीनतल्ले के बरामदे में घूमते रहने में, आगे-पीछे उस जगह की नीरवता और एकान्त में, और अपनी मन की आँखों को कल्पना के सुन्दर प्रदेश में भ्रमण करने की छूट देने में, हृदय को उत्तेजना से धड़कने देने में (जो पीड़ा के साथ-साथ जीवन्तता की भी अनुभूति देती थी) और सबसे अधिक अपने कानों को मन की ऐसी काल्पनिक कहानियाँ सुनने देने में जो कभी समाप्त होने को नहीं आतीं क्योंकि उन्हें मेरी कल्पना जीवन, उत्तेजना और भावुकता भर-भरकर गढ़ती और सुनाती जाती। ऐसी बातें मुझे प्रिय थीं, पर ये मेरे वास्तविक जीवन में नहीं थीं।

यह कहना व्यर्थ है कि मानवों को शान्ति से सन्तुष्ट हो जाना चाहिए। उन्हें काम चाहिए, काम नहीं मिलेगा तो वे काम गढ़ेंगे। लाखों लोग मुझसे भी अधिक निष्क्रिय जीवन जीने को बाध्य हैं, लाखों लोग अपने भाग्य से मौन संघर्ष कर रहे हैं। पृथ्वी पर बसे असंख्य लोगों के जीवन में राजनीतिक विद्रोह के अतिरिक्त और न जाने कितने प्रकार के विद्रोह होते रहते हैं। नारियों को सामान्यतया बहुत शान्त स्वभाव का माना जाता है, पर नारियाँ भी वैसे ही अनुभव करती हैं, जैसे पुरुष। उन्हें भी अपनी शक्तियों के विकास के लिए अवसर चाहिए, अपने काम के लिए क्षेत्र चाहिए जिसकी उनके भाइयों को आवश्यकता होती है। अत्यधिक प्रतिबन्ध, असीम निष्क्रियता से उन्हें भी पीड़ा होती है, जैसे पुरुषों को होती है। और उनके सुविधाभोगी भाइयों का यह कहना बिल्कुल संकीर्णता है कि नारियों को भोजन बनाने, मोजा बुनने, प्यानो बजाने और सिलाई-बुनाई करने तक ही अपने को सीमित रखना चाहिए। परम्परा ने नारियों के लिए जितना उचित माना है, उससे अधिक कोई स्त्री यदि करना या सीखना चाहती है तो उन पर हँसना या उनकी निन्दा करना विवेकहीनता है।

जब इस प्रकार मैं अकेली होती थी तो मैं प्रायः ग्रेस पूल की हँसी सुनती थी—वही चीख, वही धीमी हा-हा, जिसे पहली बार सुनकर मुझे रोमांच हो आया था। मैं उसका पगली जैसा बड़बड़ाना भी सुनती थी, जो हँसी से भी विचित्र लगता था। कुछ दिन ऐसे भी होते थे जब वह बिल्कुल शान्त रहती थी, पर कभी-कभी वह ऐसी आवाज करती, जो मेरी समझ में नहीं आती थी। कभी-कभी मैं उसे देखती थी। वह अपने कमरे से हाथ में कोई कटोरा, या प्लेट या ट्रे लिये निकलती, नीचे रसोईघर में जाती, और एक लोटा शराब लेकर तुरन्त लौट आती। उसका हुलिया मुख से निकली आवाजों से जगी उत्सुकता को दबा देता—उसका थोबड़ा जो बिल्कुल उबड़-खाबड़ और नीरस था, एक भी रेखा ऐसी नहीं थी जिस पर कुछ ध्यान जाए। मैंने कई बार उससे बातें करने की चेष्टा भी की, पर वह बहुत कम बोलनेवाली थी। उसके 'हाँ, हूँ', वाले उत्तर मेरे सारे प्रयास को विफल कर देते थे।

घर के अन्य लोग, जैसे जॉन और उसकी पत्नी, दाई लीया, फ्रांसीसी नर्स सोफी, सभी अच्छे आदमी थे, किन्तु कोई विशेषता उनमें नहीं थी। सोफी से मैं फ्रांसीसी में बातें करती और कभी-कभी उसकी मातृभूमि के विषय में पूछती, पर उसे अधिक कुछ बतलाना आता भी नहीं था। वह ऐसा नीरस, अस्पष्ट उत्तर देती थी, जिससे पूछने की इच्छा बढ़ने के बदले थम जाती थी।

इस प्रकार अक्तूबर, नवम्बर और दिसम्बर बीत गए। जनवरी में एक दिन अपराह्न में श्रीमती फेयरफैक्स ने एडेली को छुट्टी देने का अनुरोध किया क्योंकि उसे सर्दी हो गई थी। एडेली ने भी इतनी व्यग्रता से इस अनुरोध का समर्थन किया कि मुझे अपना बचपन स्मरण हो आया, जब समय-समय पर छोटी छुट्टियाँ मुझे बहुत बहुमूल्य लगती थीं। मैंने छुट्टी दे दी, यह सोचकर कि ऐसे मामले में बात मानकर मैंने ठीक ही किया। यह एक बहुत अच्छा, शान्त दिन था, यद्यपि ठंड बहुत थी। मैं लाइब्रेरी में प्रातःकाल से बैठे-बैठे थक-सी गई थी। श्रीमती फेयरफैक्स ने कुछ देर पूर्व एक चिट्ठी लिखी थी जिसे डाक में गिराना था। अतः मैंने अपनी टोपी और कोट पहन लिया और हे जाकर इसे पोस्ट करने की इच्छा व्यक्त की। दो मील की दूरी तय करना इस जाड़े के अपराह्न में आनन्ददायक टहलाव ही होता। श्रीमती फेयरफैक्स के कमरे की अँगीठी की बगल में मैंने एडेली को आराम से एक छोटी कुर्सी में बिठा दिया। उसे खेलने के लिए सबसे अच्छी गुड़िया देकर (जिसे मैं सामान्यतः कागज में लपेटकर ड्रावर में रखती थी) और मन बहलाने के लिए एक कहानी की पुस्तक देकर, उसके नमस्ते का उत्तर एक चुम्बन से देते हुए मैं चल पड़ी।

जमीन कड़ी थी और हवा धीमी। मेरा रास्ता भी सूना-सूना था। मैं तेजी से चली जिससे मेरे शरीर में गर्मी आ गई। तब मैं धीरे-धीरे चलने लगी, ताकि उस समय उन जगहों में सुन्दर चिड़ियों के अंडे सेने के दृश्य को देख-समझ सकूँ और उसका आनन्द भी ले सकूँ। तीन बज रहे थे। जब मैं घंटाघर के पास से बढ़ी तो चर्च की घंटी बजी। उस समय का सौन्दर्य समीप आती गोधूलि में और धीरे-धीरे खिसकते और पीली किरणें

बिखेरते सूरज में निहित था। मैं थार्नफील्ड से एक मील की दूरी पर थी–उस पगडंडी पर जो गर्मियों में जंगली गुलाब के लिए और शिशिर में बेर और जामुन के लिए प्रसिद्ध था। अभी भी कुछ जंगली फल लटके थे। किन्तु उसका सर्वश्रेष्ठ शीतकालीन आनन्द उसके एकान्त और उसकी पत्तीविहीन नीरवता में था। तेज हवा चलती तो भी यहाँ कोई ध्वनि नहीं होती थी, क्योंकि यहाँ न झाड़ियाँ थीं और न पत्ते, जो खड़खड़ाते। नंगे काँटेदार पेड़ और पीली झाड़ियाँ। पीले पौधे अभी भी उजले घिसे उन पत्थरों की भाँति थे जो सड़क में बिछाए गए थे। दोनों ओर दूर-दूर तक केवल खेत थे, उनमें कोई जानवर भी नहीं चर रहा था और झाड़ी में फुदकती छोटी भूरी चिड़िया, किसी धूसर पत्ते की तरह लगती थी, जो मानो मुरझाकर गिर जाना भूल गया हो।

यह पगडंडी ऊँचाई की ओर चढ़ते हुए कस्बा *हे* तक जाती थी। आधा रास्ता चलने के बाद मैं एक घुमावदार मार्ग की पुलिया पर बैठ गई जो एक खेत में ले जाती था। कोट को अपने चारों ओर कसकर लपेट लेने से और दस्ताने में हाथ छिपा लेने से मुझे ठंड नहीं लग रह थी, यद्यपि ठंड बढ़ती जा रही थी, जोकि पगडंडी पर बर्फ के जमने से स्पष्ट था। वहाँ एक जलधारा बहती थी किन्तु अभी जमी हुई थी। यहाँ बैठे-बैठे में थार्नफील्ड को देख सकती थी। उसका भूरा और घिरे छतवाला हॉल मेरे नीचे की घाटी का मुख्य दृश्य था। इसके पेड़ और चिड़ियाखाना पश्चिम में सिर उठाए खड़े थे। मैं बैठी रही, जब तक सूरज पेड़ों के पीछे नीचे नहीं चला गया और बिल्कुल लाल होकर डूब नहीं गया। तब मैं पूरब की ओर मुड़ी।

मेरे सामने पहाड़ी की चोटी पर मानो उगता हुआ चाँद बैठा था, अभी भी बादलों की भाँति फीका। पर वह क्रमशः चमकीला होता जा रहा था। वह *हे* की ओर देख रहा था, जो पेड़ों में छिपा अपनी चिमनियों से काला धुआँ फेंक रहा था। *हे* अभी भी एक मील दूर था, किन्तु पूर्ण नीरवता के कारण मैं उसके जीवन की मन्द ध्वनि स्पष्ट सुन रही थी। मेरे कानों में जलप्रवाह का भी स्वर आ रहा था–पता नहीं किन घाटियों या गहराइयों से। किन्तु *हे* के उस पार पहाड़ियाँ थीं और उसी में कुछ निर्झरिणियाँ बह रही होंगी। उस सन्ध्या की निस्तब्धता निकट की धारा के या दूर के झरने के स्वर को एक-सा प्रतिध्वनित कर रही थी।

एक कठोर ध्वनि उन जलतरंगों और गुनगुनाहटों को चीर गई। आवाज दूर से आ रही थी फिर भी स्पष्ट थी। घोड़े के खुर की टाप, धातुमय नाल की टाप-टाप, जिसने कल-कल ध्वनि को मिटा दिया जैसे चित्र में सामने यदि काले तेज रंग में चट्टानों का समूह या मोटे पेड़ का तना चित्रित कर दिया जाए तो वह नीली पहाड़ियों, धूप-भरे क्षितिज और आकाश में रंग-बिरंगी बादलों की परस्पर दूरी को मिटा देता है। जहाँ रंग रंगों में विलीन होते जाते हैं।

यह कोलाहल पगडंडी पर हो रहा था। एक घोड़ा आ रहा था। पगडंडी के घुमाव के कारण यह दिखाई नहीं पड़ रहा था, पर यह समीप आ ही गया। मैं पुलिया से उठने ही वाली थी, पर चूँकि वहाँ रास्ता संकीर्ण था, अतः मैंने सोचा कि घोड़े को जाने दूँ।

उन दिनों मैं युवा थी और हर प्रकार की कल्पनाएँ—अच्छी और बुरी दोनों—मेरे मन में बसी थीं। बचपन की कहानियों की कुछ स्मृतियाँ भी अन्य व्यर्थ बातों की तरह वहाँ जमी थीं। और यदि उनकी याद आए तो युवा मन उसमें ऐसी स्फूर्ति और विविधता भर देता है जो बचपन नहीं दे सकता। जैसे-जैसे यह घोड़ा समीप आता गया और मैं अन्धकार से उसके उभरने की प्रतीक्षा करती रही, मुझे बेस्सी की कुछ कहानियाँ स्मरण होने लगीं जिनमें उत्तरी इंग्लैंड का कोई गाईट्रास नाम का प्रेत हुआ करता था जो कभी घोड़े, कभी टट्टू, कभी बड़े कुत्ते की आकृति में एकान्त रास्तों पर भटकता था और रात में पिछड़े हुए राही पर टूट पड़ता था—जैसे यह घोड़ा मेरी ओर आ रहा था।

घोड़ा बहुत समीप आ गया था और अभी भी दिखाई नहीं दे रहा था। अचानक घोड़े की टाप-टाप के अतिरिक्त मैंने झाड़ियों में कुछ खड़खड़ाहट सुनी। पास की झाड़ियों में एक बड़ा कुत्ता दौड़ रहा था जिसके सफेद और काले रंग उसे पेड़ों से बिल्कुल भिन्न वस्तु बना रहे थे। यह ठीक बेस्सी के प्रेत गाईट्रास का एक मुखौटा था, लम्बे बालों और बड़े सिरवाला शेर जैसा प्राणी। किन्तु वह मेरे पास से दौड़ता हुआ आगे बढ़ गया। अपनी विचित्र कुत्ते जैसे आँखों से मुझे घूरा नहीं, जैसी कि मुझे कुछ आशंका थी। पीछे से घोड़ा निकला—बड़ा घोड़ा, पीठ पर एक सवार लिये हुए। उस घुड़सवार, उस मनुष्य ने जादू को तोड़ दिया, क्योंकि गाईट्रास पर कभी कोई चढ़ता नहीं था, वह हमेशा अकेला हुआ करता था। और मेरे विचार में प्रेत भले ही मरे पशुओं के शरीर में प्रवेश कर जाए, वह मनुष्यों का रूप धारण करना नहीं चाहता। यह गाईट्रास नहीं था, केवल कोई यात्री था जिसने मिलकोट जाने के लिए छोटा रास्ता पकड़ लिया था। वह आगे बढ़ गया तो मैं भी चल पड़ी।

कुछ ही पग आगे गई कि फिर मुड़ी, क्योंकि फिसलने की आवाज, ओह के साथ यह उक्ति कि, 'अब मैं क्या करूँ ?' और धप-धप करके गिरने की आवाज ने मेरा ध्यान आकृष्ट कर लिया। घोड़ा और घुड़सवार दोनों धरती पर पड़े थे। वे रास्ते पर फैली बर्फ की सतह पर फिसल गए थे। कुत्ता फिर उछलता हुआ वापस आया और अपने स्वामी को विपत्ति में देख और घोड़े को कराहता सुनकर इतने जोर से भूँकने लगा कि सन्ध्या की शान्त पहाड़ियाँ गूँजने लगीं। उसकी आवाज उसकी विशालता के अनुरूप ही तेज थी। उसने चित पड़े जोड़े को सूँघा, तब मेरी ओर दौड़ा। बेचारा इतना ही कर सकता था; वहाँ सहायता माँगने के लिए कोई और था भी नहीं। मैं उसकी आज्ञा का पालन कर यात्री के निकट गई, जिसने प्रयास कर स्वयं को अब तक घोड़े से अलग कर लिया था। वे इतनी जोर लगाकर प्रयास कर रहे थे कि मैंने अनुमान किया, उन्हें अधिक चोट नहीं लगी है। फिर भी मैंने पूछा, "क्या आपको चोट लगी, महाशय ?"

मुझे लगता है कि वह अपशब्द बोल रहा था, किन्तु मैं निश्चित नहीं कह सकती। फिर भी वह कुछ बोल अवश्य रहा था। जिसके कारण उसने तुरन्त उत्तर नहीं दिया।

"क्या मैं आपकी कुछ सहायता कर सकती हूँ ?" मैंने फिर पूछा।

"तुम बस एक ओर खड़ी रहो।" उठते हुए उसने उत्तर दिया।

मैंने वैसा ही किया। पहले वह घुटने के बल उठा, फिर पैरों पर खड़ा हो गया। इसके बाद प्रारम्भ हुआ जोर-जोर से हाँफना, पैर पटकना, और घोड़े की टाप की आवाज, साथ ही कुत्ते का लगातार जोर-जोर से भूँकना। इन सबके कारण मैं कुछ गज पीछे हट गई, पर वहाँ से टली नहीं, जब तक कि पूरी बात देख न लूँ। खैर सबकुछ अच्छा ही हुआ। घोड़ा फिर से खड़ा कर दिया गया और कुत्ते को 'चुप पायलट' कहकर शान्त किया गया। यात्री ने अब झुककर अपने पैर और पंजों को टटोला मानो जाँचना चाहता हो कि वे ठीक हैं या नहीं। लगता था, कोई कष्ट था क्योंकि कुछ डग चलकर वह उसी छुमावदार पुलिया पर रुक गया जहाँ से मैं उठी थी। वहीं उसे बैठ जाना पड़ा।

मैं कुछ मदद करना चाहती थी या लगता है, कोई सलाह देना चाहती थी क्योंकि मैं फिर उसके समीप गई।

''यदि आपको चोट लगी है, और सहायता चाहते हैं, महाशय, तो मैं थार्नफील्ड हॉल से अथवा हे से किसी को बुलाकर ला सकती हूँ।''

''धन्यवाद ! मेरा काम चल जाएगा। मेरी हड्डी नहीं टूटी है, केवल मोच आ गई है।'' और वह खड़ा हुआ। उसने चलने की चेष्टा की, पर परिणामस्वरूप सिर्फ एक 'उफ्' करके बैठ गया।

गोधूलि का हलका प्रकाश अभी भी था और चाँद भी चमक रहा था। मैं उसे साफ-साफ देख रही थी। उसका शरीर घुड़सवारी के कोट में ढँका हुआ था, जिसमें रोएँदार कॉलर था और इस्पात के बटन लगे थे। व्यक्तित्व का पूरा विवरण तो नहीं पता चल रहा था, पर मुख्य बातें मैं जान गई। वह मध्यम ऊँचाई का था और उसकी छाती काफी चौड़ी थी। उसके चेहरे का रंग काला था, नाक-नक्श कठोर थे और भौंहें घनी थीं। उसकी आँखों और सिकुड़ी भौंहों में अभी कुछ क्रोध और हताशा का भाव था। वह युवावस्था को पार कर चुका था, पर अधेड़ नहीं हुआ था; सम्भवतः पैंतीस वर्ष का रहा होगा। मुझे उससे कोई भय नहीं लगा, केवल थोड़ा संकोच हुआ। यदि वह कोई रूपवान, नायक जैसा युवा पुरुष होता तो मैं उसके पास इस भाँति खड़ी होकर उसकी इच्छा के विरुद्ध प्रश्न पूछने का साहस नहीं करती और बिना माँगे अपनी सेवा देने को तत्पर नहीं होती। मैंने कभी किसी सुन्दर नवयुवक को नहीं देखा था और न ऐसे किसी व्यक्ति से कभी बातें की थीं। सौन्दर्य, सुरूप व्यक्तित्व, शूरवीरता, आकर्षण के लिए मेरे मन में सम्मान और श्रद्धा का भाव था, किन्तु यदि मैं इन गुणों को साक्षात् पुरुष रूप में देखती, तो मैं स्वतः समझ जाती कि उसे मेरे साथ कोई सहानुभूति न तो है और न हो सकती है। इसलिए उसके पास से मैं तुरन्त इस प्रकार हट जाती जैसे कोई व्यक्ति आग, बिजली या अन्य ऐसी किसी वस्तु से हट जाता है जो चमकदार होते हुए भी शत्रुता दिखा सकती है।

यदि वह अपरिचित भी, जब मैं उसे सम्बोधित कर रही थी, मुस्कराता और मृदु स्वभाव का होता, यदि वह मेरे सहायता के प्रस्ताव को हँसकर धन्यवाद के साथ टाल देता, तो मैं अपनी राह चली जाती और पूछताछ करने की कोई इच्छा अनुभव नहीं

करती। किन्तु यात्री की भृकुटी और रूखेपन ने मुझे बिल्कुल आश्वस्त कर दिया। जब उसने मुझे जाने को इंगित किया, तो भी मैं अपनी जगह पर डटी रही और बोली, ''इतनी सन्ध्या में और इतनी सूनी पगडंडी पर मैं आपको छोड़कर जाने की बात भी नहीं सोच सकती, महाशय, जब तक मैं यह न देख लूँ कि आप अपने घोड़े पर चढ़ने योग्य हो गए हैं।''

मेरी ये बातें सुनकर उसने मेरी ओर देखा। इसके पूर्व उसने मेरी ओर दृष्टि नहीं उठाई थी।

''मेरा विचार है कि तुम्हें इस समय अपने घर में होना चाहिए था,'' वह बोला, ''यदि कहीं आसपास में तुम्हारा घर हो तो। तुम कहाँ से आ रही हो ?''

''ठीक नीचे से, और जब चाँदनी रात होती है तो मुझे देर तक बाहर रहने में बिल्कुल भय नहीं लगता। यदि आप कहें तो मैं आपके लिए प्रसन्नता से हे तक दौड़कर जा सकती हूँ। सच तो यह है कि मैं वहाँ चिट्ठी पोस्ट करने जा रही हूँ।''

''तुम ठीक नीचे रहती हो ? क्या तुम्हारा अभिप्राय उस चहारदीवारीवाले घर से है ?'' उसने थार्नफील्ड की ओर उँगली उठाते हुए पूछा, जिसके पुराने बाहरी स्वरूप पर चाँदनी पड़ रही थी। इसी के कारण वह उन जंगलों से बिल्कुल भिन्न और पीला दिख रहा था जो पश्चिमी आकाश के परिप्रेक्ष्य में अभी छाया का ढेर प्रतीत हो रहे थे।

''हाँ, महाशय।''

''यह किसका घर है ?''

''मि. रोचेस्टर का।''

''क्या तुम रोचेस्टर से परिचित हो ?''

''नहीं, मैंने उनको कभी नहीं देखा।''

''तो, वे यहाँ नहीं रहते हैं ?''

''नहीं।''

''क्या तुम बतला सकती हो कि वे कहाँ हैं ?''

''मैं नहीं बतला सकती।''

''तुम उस घर की नौकरानी तो नहीं हो, तुम... ।'' वह रुक गया, उसने अपनी दृष्टि मेरे वस्त्रों पर दौड़ाई जो सदा की भाँति सादा थे–एक काला मेरिनो कोट, एक काली पशु के खाल की टोपी। इनमें से कोई भी किसी धनी महिला की सेविका के योग्य नहीं था। वह उलझन में पड़ा रहा; यह निर्णय नहीं कर पा रहा था कि मैं क्या करती हूँ। मैंने उसकी सहायता की–

''मैं गवर्नेस हूँ।''

''आह, गवर्नेस !'' उसने दुहराया, ''धत् तेरे की, मैं भूल गया था। गवर्नेस !'' उसने फिर मेरे वस्त्रों को परखा। दो मिनट में वह घुमावदार पुलिया से उठा। चलने की चेष्टा करने पर उसके चेहरे पर पीड़ा के भाव उभरे।

''मैं तुम्हें सहायता लाने का निर्देश तो नहीं दे सकता,'' उसने कहा। ''पर यदि

तुम चाहो तो तुम स्वयं मेरी थोड़ी सहायता कर सकती हो।''

''हाँ, महाशय।''

''तुम्हारे पास कोई छाता तो नहीं है जिसे मैं छड़ी की तरह प्रयोग कर सकूँ ?''

''नहीं।''

''घोड़े की लगाम पकड़ लेने की चेष्टा करो और उसे मेरे पास ले आओ। तुम्हें भय तो नहीं लगता ?''

यदि अकेली होती तो मैं घोड़े को छूने से डरती। किन्तु कहे जाने पर मेरी यह आज्ञा मान लेने की इच्छा होने लगी। मैंने अपने दस्ताने को उसी घुमावदार पुलिया पर छोड़ दिया और उस बड़े घोड़े के पास गई। मैंने लगाम पकड़ने का बहुत प्रयत्न किया, किन्तु वह बड़ा तगड़ा प्राणी था; उसने मुझे अपने सिर के पास फटकने ही नहीं दिया। मैंने बार-बार प्रयास किया, पर व्यर्थ। अब मुझे इसके आगे के खुर से कुचले जाने का डर होने लगा। यात्री प्रतीक्षा करता रहा और कुछ देर देखता रहा। अन्त में वह हँसने लगा। बोला, ''मैं देख रहा हूँ पहाड़ खुद चलकर मुहम्मद के पास नहीं आएगा। तो तुम बस यही कर सकती हो कि मुहम्मद को ही पहाड़ के पास जाने में सहायता करो। मैं तुमसे अनुरोध करता हूँ कि यहाँ आओ।''

मैं पास गई। वह फिर बोला, ''क्षमा करना, मजबूरी के कारण मुझे तुम्हारी सहायता लेनी पड़ रही है।'' उसने अपने भारी हाथों मेरे कन्धे पर रखे और कुछ बोझ से मुझ पर झुककर, मेरे सहारे लँगड़ाता हुआ घोड़े तक गया। एक बार लगाम पकड़ लेने पर उसने तुरन्त उसे वश में कर लिया और इसकी पीठ पर उछलकर बैठ गया। इस प्रयास में उसके चेहरे पर वेदनापूर्ण भाव उभरे क्योंकि उसका मोच दुखने लगा था।

कसकर दाँतों में दबे निचले होंठ छोड़ते हुए उसने कहा, ''अब मेरा चाबुक मुझे पकड़ा दो, वह वहाँ झाड़ी में गिरा है।'' मैंने उसे ढूँढ़ा और पा ही लिया।

''धन्यवाद। अब पत्र लेकर शीघ्रता से जाओ और जितनी जल्दी हो सके, लौट आओ।''

एक तेज एड़ लगने से घोड़ा चौंका और पिछले पैरों पर खड़ा हो गया। फिर वह आगे दौड़ने लगा। उसके पीछे कुत्ता भी भागने लगा और तीनों अदृश्य हो गए। जंगल के वीराने में जैसे तेज आँधी भागती है।

मैंने अपना दस्ताना उठाया और चल पड़ी। मेरे लिए यह घटना हुई भी और बीत भी गई। यह घटना मेरे लिए किसी महत्त्व, रोमांस अथवा काम की नहीं थी। फिर भी एक प्रकार से इसने मेरे एकरस जीवन के एक घंटे में कुछ अन्तर तो ला ही दिया। मेरी सहायता की किसी को आवश्यकता हुई और सहायता ली गई। मैंने सहायता दी और कुछ करके मुझे प्रसन्नता हुई। यह भले ही तुच्छ और क्षणिक काम था, फिर भी वह कुछ-न-कुछ तो था ही, और मैं निष्क्रिय जीवन से ऊबी हुई थी। मेरी स्मृतियों के झरोखे में यह नया चेहरा मानो एक नए चित्र की भाँति टँग गया था और यह पहले लटके चित्रों से बिल्कुल भिन्न था। पहले तो इसलिए कि यह चित्र एक पुरुष का था,

और दूसरे इसलिए कि यह काला, सशक्त और कठोर था। जब मैं हे पहुँच गई तब भी यह चेहरा मेरे सामने था। मैंने डाकघर में चिट्ठी गिराई, फिर पहाड़ी से जल्दी-जल्दी नीचे उतरकर घर लौटते समय भी यह चेहरा मेरी आँखों के सामने रहा। जब मैं उसी घुमावदार पुलिया के पास पहुँची, तो मैं एक मिनट रुकी चारों ओर देखा और सुनने की चेष्टा की—इस आशा में कि रास्ते पर घोड़े की टाप फिर सुनाई पड़ेगी और कोई घुड़सवार कोट पहने और गाईट्रास जैसा न्यूफाउंडलैंड कुत्ता लिये फिर प्रकट हो जाएगा। पर मुझे केवल बेंत के पत्तीविहीन पौधे नजर आए और झाड़ियाँ दिखाई पड़ीं, जो चाँद की किरणों से मिलने के लिए शान्त और सीधी खड़ी थीं। एक मील दूर थार्नफील्ड के चारों ओर के पेड़ों में मुझे धीमी हवा के झोंकों के सरसराने की ध्वनि सुनाई पड़ी। जब मैंने नीचे देखा, जिधर से ध्वनि आ रही थी, तो भवन पर भटकती मेरी आँखों को खिड़की में बत्ती की एक ज्योति दिखाई पड़ी। इससे मुझे ध्यान हो आया कि रात हो गई है और मैं तेजी से लौटने लगी।

मैं थार्नफील्ड में फिर घुसना नहीं चाहती थी। चौखट पार करने का अर्थ था निष्क्रियता में प्रवेश करना, नीरव हॉल से आगे बढ़ना, अँधेरी सीढ़ियों पर चढ़ना, छोटे एकान्त कमरे में जाना, फिर शान्त श्रीमती फेयरफैक्स से मिलना और उनके, सिर्फ उनके साथ जाड़े की लम्बी शाम बिताना, टहलने से जो थोड़ी स्फूर्ति आई थी, उसे इस प्रकार मिटा देना, और अपनी शक्तियों को एकरस और बेहद शान्त अस्तित्व की जंजीरों में जकड़ देना। इस अस्तित्व में सुरक्षा और आराम की जो सुविधा थी, वह अब मुझे अच्छी नहीं लग रही थी। एक अनिश्चित संघर्षपूर्ण जीवन की आँधियों में भटकने और रूखे कटु अनुभवों से सीखने से उस समय मुझे और क्या लाभ होता इसके सिवाय कि मैं उस शान्ति की पुनः अभिलाषा करने लगती। जिसमें मैं अभी असन्तुष्ट अनुभव कर रही थी। उतना ही लाभ होता जो आरामकुर्सी में बहुत देर बैठकर ऊबे हुए व्यक्ति को खूब टहलने से होता है। उसकी स्थिति में ऐसा करना जितना स्वाभाविक होता, मेरी स्थिति में भी उतना ही था।

मैं फाटक पर रुकी, फिर लॉन पर रुकी, सेहन में आगे-पीछे टहलती रही। शीशे के द्वार की सिटकिनी बन्द थी, अन्दर का कुछ भी मुझे दिखाई नहीं पड़ रहा था। मेरी आत्मा और मेरी आँखें, दोनों उस अँधेरे घर से, ज्योतिहीन कोठरियों के उस काले खन्दक से विरक्त-सी लगती थीं और सामने फैले हुए आकाश की ओर उन्मुख थीं—बादलों से मुक्त उस नीले आकाश की ओर जिसमें चाँद भव्यता के साथ सिर उठाए, आगे बढ़ता हुआ मध्याकाश को छू लेना चाहता था और जिन पहाड़ियों के पीछे से निकला था। उन्हें गहन अन्धकार में अधिकाधिक पीछे छोड़ता चला जा रहा था, उन काँपते सितारों की ओर जो उसकी राह चले जा रहे थे। इन्हें देखकर मेरा हृदय भी धड़कने लगा और मेरी धमनियाँ गर्म हो गईं। छोटी-छोटी बातें हमें संसार की ओर खींच ही लेती हैं। हॉल में घड़ी ने घंटे बजाए। बस इतना ही यथेष्ट था। मैंने चाँद-तारों की ओर से मुँह फेर बगलवाला द्वार खोला और भीतर चली गई। हॉल में अन्धकार नहीं था और न अभी

इसमें ज्योति जलाई गई थी; केवल छत से पीतल की एक लालटेन लटक रही थी। एक उष्ण प्रकाश इसे और ओक-लकड़ीवाली सीढ़ी के निलचे भाग को प्रकाशित कर रहा था। यह लाल चमकीला प्रकाश बड़े भोजनकक्ष से निकल रहा था। जिसके दो पल्लेवाले द्वार खुले थे। अँगीठी की धधकती आग की चमक में संगमरमर का चूल्हा और इस्तिरी का लोहा जगमगा रहे थे, और लाल पर्दे और पालिशदार फर्नीचर दिखाई पड़ रहे थे। इसी रोशनी में यह भी दीख पड़ा कि आलमारी के पास कुछ लोग मौजूद थे। मैं इसे ठीक से देख भी नहीं पाई थी और प्रसन्नता से भरी मिली-जुली आवाजों को, जिसमें एक एडेली की आवाज भी थी, मैं ठीक से परख भी नहीं पाई थी कि द्वार सहसा बन्द हो गया।

मैं शीघ्रता से श्रीमती फेयरफैक्स के कमरे में गई। वहाँ भी आग जल रही थी, पर न बत्ती थी और न श्रीमती फेयरफैक्स थीं। इनके बदले, अकेले, चटाई पर सीधे बैठे हुए और आग को गम्भीरता से देखते हुए एक बड़े और काले-सफेद रोएँदार कुत्ता को मैंने देखा, जो बिल्कुल पगडंडी वाले गाईट्रास की तरह था। वह उससे इतना मिलता-जुलता था कि मैं सीधे उसके पास गई और बोली, "पायलट !" इस पर वह उठ खड़ा हुआ और मेरे पास आकर मुझे सूँघने लगा। मैंने उसे थपथपाया; वह अपनी बड़ी-सी पूँछ हिलाने लगा। किन्तु इस अद्भुत प्राणी के साथ अकेला होना मुझे विचित्र लगा। पता नहीं वह कहाँ से आ गया था। मैंने घंटी बजाई क्योंकि मुझे लालटेन की आवश्यकता थी और मैं इस आगन्तुक कुत्ते के विषय में भी जानना चाहती थी। लीया आई।

"यह कुत्ता कौन है ?"

"मालिक के साथ आया है।"

"किसके साथ ?"

"मालिक के साथ। मि. रोचेस्टर के साथ—वे अभी तुरन्त आए हैं।"

"सच ? और क्या श्रीमती फेयरफैक्स उन्हीं के पास हैं ?"

"हाँ, और मिस एडेली भी ! वे लोग भोजनकक्ष में हैं। जॉन डॉक्टर को बुलाने गया है, क्योंकि मालिक के साथ दुर्घटना हो गई है। उनका घोड़ा गिर पड़ा और उनके टखने में मोच आ गई।"

"क्या घोड़ा हे वाली पगडंडी पर गिरा था ?"

"हाँ, पहाड़ी से उतरते समय वह बर्फ पर फिसल गया।"

"ओह, एक बत्ती लाओ। लाओगी लीया ?"

लीया बत्ती लेकर आई। उसके पीछे श्रीमती फेयरफैक्स भी आईं। उन्होंने भी यह समाचार सुनाया और यह भी बतलाया कि सर्जन श्री कार्टर आए हैं और मि. रोचेस्टर को देख रहे हैं। तब वह चाय बनाने के लिए आदेश देने हेतु फौरन बाहर चली गईं और मैं ऊपर कपड़े बदलने चली गई।

13

लगता है, डॉक्टर के आदेश से मि. रोचेस्टर उस रात जल्दी सोने चले गए और दूसरे दिन जल्द उठे भी नहीं। देर से बाहर निकले भी तो सिर्फ कामकाज देखने के लिए क्योंकि उनके कार्यकर्ता और कुछ किसान आए हुए थे और उनसे बातें करने के लिए प्रतीक्षा कर रहे थे।

एडेली और मुझे अब लाइब्रेरी खाली करनी पड़ी क्योंकि आगन्तुकों के बैठने के लिए इसकी प्रतिदिन आवश्यकता पड़ती। ऊपर के एक कमरे में आग जला दी गई। वहीं मैं अपनी पुस्तकें ले गई और स्कूल-कक्ष की तरह उस कमरे को सुव्यवस्थित कर लिया। प्रातःकाल के दौरान ही यह बात मैंने अनुभव की कि थार्नफील्ड बदल गया है; यह अब चर्च की तरह नीरव नहीं लगता। दरवाजे पर पड़नेवाली थाप से, घंटियों के बजने से, हॉल में लोगों के चलने की ध्वनि से और नीचे विभिन्न स्वरों में बोली गई नई-नई आवाजों से प्रत्येक एक-दो घंटे बाद यह गूँजता रहता था। बाहरी संसार की एक छोटी धारा अब थार्नफील्ड में प्रवाहित होने लगी थी, क्योंकि इसका स्वामी अब इसके पास था। जहाँ तक मेरा प्रश्न है, मुझे भी थार्नफील्ड अधिक अच्छा लगने लगा।

उस दिन एडेली को पढ़ाना सरल नहीं था। उसका मन नहीं लग रहा था। वह बार-बार द्वार पर दौड़कर जाती और रेलिंग से झुककर नीचे देखती कि मि. रोचेस्टर की झलक मिलती है या नहीं। तब वह नीचे जाने के लिए बहाने बनाती, ताकि मेरे अनुमान के अनुसार, लाइब्रेरी में जा सके, जहाँ उसको किसी ने बुलाया नहीं था। जब मैं थोड़ा अप्रसन्न हो गई और उसे चुपचाप बिठा दिया, तो वह 'मेरे श्रीमान एडवर्ड फेयरफैक्स द रोचेस्टर', जैसाकि वह उन्हें पुकारती थी, के विषय में लगातार बातें करने लगी और अनुमान लगाने लगी कि उसके लिए वे कौन-कौन से उपहार ले आए होंगे। लगता है कि उन्होंने गत रात्रि में ही उसे बतला दिया था कि मिलकोट से उनका सामान आएगा, तो उसमें एक छोटा बक्स भी होगा, जिसमें रखी वस्तुओं में उसके लिए भी आकर्षण की चीजें हो सकती हैं

सदा की भाँति मैंने और मेरी शिष्या ने श्रीमती फेयरफैक्स के बरामदे में खाना खाया। चूँकि अपराह्न में आँधी और बर्फबारी जारी थी, हम लोगों ने वह समय

स्कूल-कक्ष में ही बिताया। जब अँधेरा होने लगा तो मैंने एडेली को पुस्तक और काम की वस्तुएँ हटाने और नीचे जाने की अनुमति दे दी। इसलिए कि नीचे की अपेक्षाकृत शान्ति से और घंटियों की ध्वनि बन्द होने से मैंने अनुमान किया कि मि. रोचेस्टर अब काम से मुक्त हो गए होंगे। जब मैं अकेली रह गई तो मैं खिड़की के पास गई, किन्तु वहाँ से कुछ भी दिखाई नहीं दे रहा था। तारों की टिमटिमाहट और बर्फ की उड़ती परतों से माहौल भर गया था और मैदान की सभी झाड़ियाँ उसमें छिप गई थीं। मैंने पर्दा गिरा दिया और अँगीठी के पास लौट आई।

लाल आग में मैं कोई दृश्य देखने की चेष्टा कर रही थी—राइन नदी पर हाइडिलबर्ग के महल का जो दृश्य मुझे स्मरण था उसी से मिलता-जुलता कोई दृश्य। उसी समय श्रीमती फेयरफैक्स अन्दर आईं। उनके प्रवेश ने मेरे अग्नि दर्शन का ताना-बाना तोड़ दिया और एकान्त में मुझ पर छानेवाले अप्रिय विचारों को बिखेर दिया।

"मि. रोचेस्टार को प्रसन्नता होगी, यदि तुम और तुम्हारी शिष्या आज शाम ड्राइंगरूम में उनके साथ चाय लो," उन्होंने कहा, "वे दिन-भर इतने व्यस्त रहे कि तुमसे मिलने के लिए तुम्हें पहले नहीं बुला सके।"

"उनका चाय लेने का समय कितने बजे है ?"

"ओह, छह बजे ! गाँव में सबेरे ही चाय लिया करते हैं। अच्छा होगा कि तुम अपना फ्रॉक बदल लो। मैं तुम्हारे साथ चलकर बटन आदि लगाने में सहायता कर देती हूँ। यह बत्ती है।"

"फ्रॉक बदलना आवश्यक है ?"

"हाँ, बदल लो तो अच्छा है। जब मि. रोचेस्टर यहाँ होते हैं तो मैं शाम को कपड़े बदल लिया करती हूँ।"

यह अतिरिक्त प्रथा मुझे कुछ राजसी-सी लगी। फिर भी मैं अपने कमरे में गई और श्रीमती फेयरफैक्स की सहायता से काले मोटे वस्त्र को हटाकर काले सिल्क के परिधान को पहन लिया। यही एकमात्र अतिरिक्त और सर्वश्रेष्ठ परिधान था, हलके भूरे रंगवाले परिधान को छोड़कर जो लोवुड की प्रसाधन-सम्बन्धी धारणा के अनुसार सिर्फ विशेष अवसरों पर पहनने के लिए था।

श्रीमती फेयरफैक्स ने कहा, "तुम्हें बालों में एक पिन भी लगाना चाहिए।" मेरे पास एक छोटा मोती जड़ा पिन था, जो मिस टेम्पल ने विदाई की स्मृति में मुझे दिया था। मैंने उसे ही लगा लिया और तब हम लोग नीचे गईं। मुझे अपरिचितों से मिलने का अभ्यास नहीं था; इसलिए मि. रोचेस्टर द्वारा बुलाने जाने पर उनके समक्ष उपस्थित होना मेरे लिए मानो एक परीक्षा थी। इसलिए मैंने श्रीमती फेयरफैक्स को आगे बढ़ने दिया, और उनके पीछे-पीछे बढ़ते हुए पर्देदार मेहराब को पार करके भव्य कमरे में पहुँची।

मेज पर दो मोमबत्तियाँ जल रही थीं और दो मोमबत्तियाँ मेंटलपीस पर। इस ज्योति और लाल आग की गर्मी में पायलट लेटा हुआ था और एडेली उसके समीप घुटने के बल

बैठी थी। कोच पर अधलेटे मि. रोचेस्टर दिखाई पड़े। उनका पैर एक गद्दे पर टिका था, वह एडेली और कुत्ते को देख रहे थे, आग की चमक उनके चेहरे पर पड़ रही थी। मैंने अपने राही को उसकी धनी काली भौंहों से ही पहचान लिया। उसका चौड़ा ललाट काले बालों को कंघी से पीछे की ओर झाड़ने के कारण और भी चौड़ा लग रहा था। मैंने उसकी सुतवाँ नाक को भी पहचाना, जो सुन्दरता की अपेक्षा उसके व्यक्तित्व को अधिक दर्शाती थी। उसकी नासिका, मेरी समझ में, क्रोध की सूचक थी। उसका मुख, ठुड्डी और जबड़ा तीनों कठोर थे; इसमें कोई भूल की सम्भावना नहीं थी। कोट हटे होने के कारण मैंने देखा कि उसकी चौड़ाई उसके शरीर के अनुपात में ही थी। मैं समझती हूँ एक खिलाड़ी की दृष्टि से उसका शरीर ठीक माना जा सकता था। चौड़ी छाती, किन्तु मोटापा नहीं, यद्यपि यह लम्बा और सुन्दर नहीं था।

मि. रोचेस्टर को श्रीमती फेयरफैक्स और मेरे प्रवेश का पता तो चल ही गया होगा, पर लगता है कि वे इसे जताने की मनःस्थिति में नहीं थे, क्योंकि हम लोगों के समीप आने पर भी उन्होंने सिर नहीं उठाया।

श्रीमती फेयरफैक्स ने अपने शान्त ढंग से कहा, "मिस आयर आई हैं, महाशय !"

उन्होंने थोड़ा सिर झुकाया, पर आँखें कुत्ते और बच्चे पर से हटाई नहीं। "मिस आयर को बिठाइए," उन्होंने कहा। उनके बलात् सिर झुकाने में और अधीरतापूर्ण औपचारिक स्वर में कुछ ऐसा था जो मानो कह रहा हो कि 'मिस आयर है अथवा नहीं, इससे मुझे क्या ? अभी मुझे उनसे बातें करने की इच्छा नहीं है।'

मैं बिल्कुल निश्चिन्त होकर बैठ गई। पूर्ण विनम्रता से यदि मेरा स्वागत हुआ होता तो मैं कुछ हतप्रभ-सी हो जाती। मैं अपनी ओर से उतनी सौम्यता और शालीनता से इसका प्रत्युत्तर नहीं दे पाती। किन्तु रूखे झक्कीपन ने मुझे किसी दायित्व में नहीं बाँधा, वरन् उनकी सौम्य गतिहीनता से मुझे लाभ ही हुआ। इसके अतिरिक्त इस प्रक्रिया का झक्कीपन कुछ तीखा था। मेरी उत्सुकता जगी कि देखें, आगे वह क्या करते हैं।

वह एक मूर्ति की भाँति बैठे रहे, अर्थात् न बोले और न हिले।

श्रीमती फेयरफैक्स को लगा कि किसी को तो मिलनसार होना चाहिए। अतः वे बातें करने लगीं। हमेशा की भाँति दयालु ढंग से और हमेशा की भाँति बिल्कुल सामान्य बातें। वे सहानुभूति प्रकट करने लगीं कि उन्हें दिन-भर कितने काम का बोझ उठाना पड़ा, कष्टदायक मोच के कारण उन्हें कितनी परेशानी हुई होगी। फिर भी जिस धैर्य और सहनशीलता से उन्होंने कर्तव्य निभाया, उसकी श्रीमती फेयरफैक्स प्रशंसा करने लगीं।

इस सभी का उन्हें एकमात्र उत्तर यही मिला, "मादाम, मुझे चाय चाहिए।" वह शीघ्रता से उठीं और घंटी बजाने लगीं। जब ट्रे आया तो वे बड़ी सावधानी से प्याला, चम्मच आदि ठीक करने लगीं। मैं और एडेली तो मेज पर चले गए, पर मालिक अपने कोच से हिले नहीं।

श्रीमती फेयरफैक्स ने मुझसे कहा, "क्या तुम मि. रोचेस्टर को प्याला दे आओगी ?

एडेली सम्भवतः इसे छलका देगी।''

मैंने अनुरोध के अनुसार कार्य किया। जब वह मेरे हाथ से प्याला ले रहे थे उसी समय एडेली, मेरी अनुशंसा करने हेतु समय को अनुकूल जानकर जोरों से बोल उठी, ''महाशय, मादाम को भी उपहार दीजिएगा।''

उन्होंने गुर्राकर कहा, ''उपहार की बात कौन करता है ? क्या तुम उपहार प्राप्त करने की आशा करती हो, मिस आयर ? क्या तुम्हें उपहार प्रिय हैं ?'' और वे अपनी आँखों से मेरे चेहरे को पढ़ने लगे। मैंने देखा वे आँखें काली, उद्दंड और चुभनेवाली थीं।

''मैं नहीं जानती, महाशय ! मुझे उपहारों का अनुभव नहीं है। वैसे सामान्यतः वे अच्छी चीजें समझी जाती हैं।''

''सामान्यतः समझी जाती हैं ? किन्तु *तुम* क्या समझती हो ?''

''आपकी रुचि के अनुकूल उत्तर सोचने में मुझे समय लगेगा, महाशय ! उपहार के कई रूप होते हैं, होते हैं न ? और उसके रूप पर कोई धारणा प्रकट करने के पहले सभी बातों पर विचार करना पड़ेगा।''

''मिस आयर, तुम उतनी भोली नहीं हो, जितनी एडेली है। वह मुझे देखते ही शोर मचाकर उपहार माँग लेती है और तुम घुमावदार रास्ते से वहाँ आना चाहती हो।''

''ऐसा इसलिए कि मुझे अपनी पात्रता या अधिकार का उतना विश्वास नहीं है जितना एडेली को है। पुराने परिचय के आधार पर वह दावा करती है और हमेशा उपहार मिलने के रिवाज के आधार पर भी, क्योंकि उसका कहना है कि आप हमेशा उसे खेलने की चीजें देते आए हैं। किन्तु यदि मुझे दावा प्रस्तुत करना पड़े तो मैं तो उलझन में पड़ जाऊँगी। इसलिए कि मैं तो एक अपरिचित हूँ, और मैंने कोई ऐसा काम नहीं किया जिससे मेरा दावा बने।''

''ओह ! बहुत विनम्रता मत दिखलाओ। मैंने एडेली को जाँचा है और पाया है कि उसे पढ़ाने में तुमने बहुत परिश्रम किया है। वह बहुत तीव्र बुद्धि की नहीं है और न ही उसमें चतुराई है, फिर भी इस छोटी अवधि में उसने बहुत प्रगति की है।''

''महाशय, अब आपने मुझे मेरा उपहार दे दिया। मैं आपके प्रति आभार प्रकट करती हूँ। शिक्षक इसी उचित प्रशंसा की सबसे अधिक अभिलाषा रखते हैं कि उनके शिष्य की प्रगति की प्रशंसा हो।''

''हूँ।'' मि. रोचेस्टर ने कहा और चुपचाप चाय पीने लगे।

जब ट्रे हटा ली गई, श्रीमती फेयरफैक्स अपनी बुनाई लेकर एक कोने में बैठ गईं और एडेली मेरा हाथ पकड़कर कमरे में घूमाते हुए सुन्दर पुस्तकों और आलमारी में सजावट की वस्तुओं और पर्दों को दिखा रही थी, तो मालिक ने कहा, ''आग के पास आओ।''

एडेली मेरी गोद में बैठना चाहती थी, पर उसे कुत्ते से खेलने का आदेश मिला।

''तुम मेरे घर में तीन महीने से रह रही हो ?''

"हाँ, महाशय।"

"और तुम आई हो कहाँ से ?"

"लोवुड स्कूल से जो...ग्राम में है।"

"आह ! वह खैराती संस्था। तुम कितने दिन वहाँ रही ?"

"आठ वर्ष।"

"आठ वर्ष ! जीवन पर तुम्हारी पकड़ बहुत सशक्त रही होगी। मेरी धारणा थी कि ऐसे स्थान में इससे आधी अवधि में ही कोई भी व्यक्ति मर जाएगा, भले ही उसका शरीर कितना भी बलिष्ठ क्यों न हो। इसी से तुम्हें देखते ही लगता है कि तुम पाताललोक से आई हो। जब मैंने तुम्हें गत रात्रि *हे* की पगडंडी पर देखा तो मुझे बड़ा विस्मय हुआ कि इस प्रकार का चेहरा तुम्हारा कैसे हो गया। मुझे परियों की कहानियाँ याद आने लगीं और मेरा मन तुमसे यह पूछने को हुआ कि कहीं तुम्हीं ने तो मेरे घोड़े पर जादू नहीं कर दिया। अभी भी मेरे मन में शंका है। तुम्हारे माता-पिता कौन हैं ?"

"मेरे कोई माता-पिता नहीं हैं।"

"और कभी रहे भी नहीं होंगे। मेरा अनुमान है। क्या तुम्हें उनकी याद है ?"

"नहीं।"

"मैं भी यही समझता था। तो तुम उस घुमावदार पुलिया पर बैठकर अपने मित्रों की प्रतीक्षा कर रही थी ?"

"किसकी महाशय ?"

"जंगल में रहनेवाली परियों की। कल की चाँदनी पूर्णतः उनके अनुकूल थी। क्या मैंने तुम लोगों का कोई गोल तोड़ दिया था जिससे क्रुद्ध होकर तुमने रास्ते पर वह दुखदायी बर्फ बिछा दिया ?"

मैंने सिर हिलाया, "जंगल की परियाँ तो सभी सौ वर्ष पूर्व ही इंग्लैंड छोड़कर चली गईं," मैंने उतनी ही गम्भीरता से कहा जितनी गम्भीर मुद्रा में वे बोले थे। "इसलिए न तो *हे* की पगडंडी पर और न ही वहाँ के खेतों में आपको उनकी झलक दिखाई देगी। मैं समझती हूँ कि अब न तो गर्मी, न वसन्त, और न शीत ऋतु की चाँदनी उनके खेलों को निहार सकेंगी।"

श्रीमती फेयरफैक्स ने बुनाई बन्द कर दी थी और भृकुटी उठाए आश्चर्य कर रही थीं कि क्या बातें हो रही हैं।

मि. रोचेस्टर ने फिर वार्ता प्रारम्भ की, "अच्छा, माता-पिता का होना तुम अस्वीकार करती हो, तो तुम्हारे कोई सम्बन्धी तो होंगे—चाचा-चाची ?"

"नहीं, मैंने किसी को नहीं देखा।"

"और तुम्हारा घर ?"

"मेरा कोई घर भी नहीं है।"

"तुम्हारे भाई-बहन कहाँ रहते हैं ?"

"मेरे कोई भाई-बहन नहीं है।"

"किसने तुम्हें यहाँ आने की सलाह दी ?"

"मैंने विज्ञापन निकाला था और श्रीमती फेयरफैक्स ने मेरे विज्ञापन का उत्तर दिया।"

"हाँ," उस भली महिला ने कहा जिन्हें अब बात समझ में आने लगी थी। "और मैं प्रतिदिन ईश्वर को धन्यवाद देती हूँ जिसने मुझे यह चुनाव करने की प्रेरणा दी। मिस आयर मेरी अमूल्य साथी बन गई हैं और एडेली के लिए एक दयालु और सजग शिक्षिका।"

"उसे अच्छे रंग में प्रस्तुत करने का कष्ट मत कीजिए," मि. रोचेस्टर ने प्रत्युत्तर दिया। "प्रशंसा से मैं प्रभावित नहीं होनेवाला। मैं स्वयं परखूँगा। इसने तो मिलते ही मेरा घोड़ा गिरा दिया।"

"क्या महाशय ?" श्रीमती फेयरफैक्स बोल उठीं।

"इस मोच के लिए मैं इनका ऋणी हूँ।"

बेचारी विधवा भौंचक थी।

"मिस आयर, क्या तुम कभी शहर में रही हो ?"

"नहीं, महाशय।"

"क्या तुम्हें भले लोगों के समाज को देखने का अवसर मिला है ?"

"लोवुड की शिक्षिकाओं और छात्राओं के अतिरिक्त और किसी को नहीं। और अब थार्नफील्ड के निवासियों को देख रही हूँ।"

"क्या तुमने यथेष्ठ अध्ययन किया है ?"

"जो पुस्तकें मुझे मिलीं उन्हीं को पढ़ा और वे न तो संख्या में अधिक थीं और न ही ज्ञान में।"

"तुम संन्यासिनी का जीवन जी चुकी हो, तुम्हें धार्मिक कार्यों का पूरा अभ्यास है। लोवुड के संचालक मि. ब्रोकलहर्स्ट एक पादरी हैं, हैं न ?"

"हाँ, महाशय।"

"और तुम लड़कियाँ उनकी पूजा करती थीं, जैसे किसी मठ के मठाधीश की धर्मनिष्ठ लोग करते हैं।"

"ओह ! नहीं।"

"बिल्कुल अन्यमनस्क-सा बोल रही हो या नहीं ? एक ब्रह्मचारी पुजारी की पूजा नहीं करेगा ? यह तो धर्म-विरोधी आचरण लगता है।"

"मैं मि. ब्रोकलहर्स्ट को नापसन्द करती थी, और मात्र मैं ही ऐसा भाव नहीं रखती थी। वे कठोर व्यक्ति हैं, आडम्बरी और प्रत्येक बात में नाक घुसेड़नेवाले। उन्होंने हमारे बाल कटवा दिए और कंजूसी के कारण हम लोगों के लिए बिल्कुल खराब सुई और धागा खरीदते थे, जिससे हम लोग सिलाई कर ही नहीं पाती थीं।"

"यह तो व्यर्थ की कंजूसी थी।" श्रीमती फेयरफैक्स ने अपना मन्तव्य दिया, जिन्हें अब फिर बातचीत का ओर-छोर पकड़ में आया था।

"क्या उसके अपराध का मुख्य विषय यही था ?" मि. रोचेस्टर ने आगे पूछा।

"समिति की नियुक्ति के पूर्व, जब वे अकेले भोजन विभाग के अधीक्षक थे, उन्होंने हम लोगों को लगभग भूखों मार डाला। ऊपर से प्रति माह एक लम्बा भाषण देकर हमें उबा देते थे, और अपनी प्रकाशित पुस्तक के अंश शाम में पढ़कर सुनाते थे जिसमें अचानक मृत्यु और ईश्वर के दंड की बातें होती थीं जिससे हम लोगों को रात में सोने जाने में भी भय लगता था।"

"जब तुम लोवुड गई, तो तुम्हारी आयु क्या रही होगी ?"

"लगभग दस वर्ष।"

"और तुम आठ वर्ष वहाँ रही। तो तुम अभी अठारह वर्ष की हो ?"

मैंने हामी भरी।

"देखती हो, गणित उपयोगी होता है। इसकी सहायता के बिना मैं तुम्हारी आयु का अनुमान नहीं लगा सकता था। यह अनुमान लगाना विशेष कठिन हो जाता है, जहाँ आकृति और शारीरिक बनावट में बहुत भिन्नता हो, जैसा तुम्हारे मामले में है। अच्छा, लोवुड में तुमने क्या सीखा ? क्या तुम प्यानो बजा सकती हो ?"

"थोड़ा, थोड़ा।"

"निस्सन्देह! यही तो घिसा-पिटा उत्तर होता है। लाइब्रेरी में जाओ, मेरा अभिप्राय है कृपा करके, मेरे आदेश के स्वर पर ध्यान मत देना। मुझे आदेश देने का अभ्यास है—यह करो, वह करो, और काम हो जाता है। मैं एक नए व्यक्ति के लिए यह आदत बदल नहीं सकता। इसलिए लाइब्रेरी में जाओ, एक बत्ती भी ले जाओ, द्वार खुला रहने दो और प्यानो के पास बैठकर एक धुन बजाओ।"

उनके निर्देशानुसार मैं चली गई।

कुछ ही मिनट बाद उन्होंने पुकारकर कहा, "काफी है। मैंने देख लिया कि तुम *थोड़ा-थोड़ा* बजा लेती हो, किसी भी अँगरेज स्कूली बालिका की भाँति या उनसे थोड़ा अच्छा, पर बहुत अच्छा नहीं।"

मैंने प्यानो बन्द कर दिया और लौट आई। मि. रोचेस्टर फिर बोलने लगे, "एडेली ने आज प्रातः मुझे कुछ रेखाचित्र दिखलाए। कह रही थी कि उन्हें तुमने बनाया है। मैं नहीं जानता कि उन रेखाचित्रों को अकेले तुम्हीं ने बनाया अथवा सम्भवतः किसी शिक्षक की सहायता से उसे तैयार किया।"

"नहीं, बिल्कुल नहीं।" मैं बीच में ही बोल पड़ी।

"आह, तुम्हारे अभिमान को ठेस लगी! अस्तु तुम अपने उन चित्रों का बस्ता ले आओ, जो बिल्कुल तुम्हारे बनाए हुए हों। यदि तुम्हें इस विषय में इसका पूरा-पूरा विश्वास नहीं है कि वे सिर्फ तुम्हारे हाथों के बने हैं तो दावा मत करना। दो व्यक्तियों द्वारा मिल-जुलकर बनाए गए चित्रों को मैं पहचान लूँगा।

"तो मैं कुछ नहीं बोलूँगी। आप देखकर स्वयं निर्णय कीजिएगा, महाशय।"

मैं लाइब्रेरी से बैग उठाकर ले आई।

"मेज को मेरे पास ले आओ," उन्होंने कहा। मैं मेज को खींचकर पलँग के पास

ले गई। एडेली और श्रीमती फेयरफैक्स भी चित्र देखने समीप आ गईं।

''भीड़ नहीं,'' मि. रोचेस्टर ने कहा। जैसे-जैसे मैं देखना समाप्त करता जाऊँ, मेरे हाथ से चित्र को लेते जाओ, किन्तु मेरे चेहरे पर अपना चेहरा मत सटाओ।''

उन्होंने बड़े ध्यान से प्रत्येक रेखाचित्र और चित्रकारी की जाँच-परख की, उनमें से तीन को उन्होंने एक ओर हटाकर रख लिया। शेष को देखने के बाद अपने पास से हटा दिया।

''श्रीमती फेयरफैक्स, इन्हें लेकर दूसरी मेज पर चली जाइए,'' उन्होंने कहा।

''इन्हें एडेली के साथ बैठकर देखिए। (मेरी ओर देखते हुए) और तुम अपनी जगह पर बैठो और मेरे प्रश्नों के उत्तर दो। मैंने देखा कि ये चित्र एक ही व्यक्ति के हाथ के बनाए हुए हैं। क्या वह हाथ तुम्हारा ही है ?''

''हाँ।''

''तुम्हें इन चित्रों को बनाने का समय कब मिला ? उन्हें बनाने में बहुत समय लगा होगा और थोड़ा सोचना भी पड़ा होगा।''

''मैंने इन्हें पिछले दो लम्बे अवकाशों में बनाया। उन अवकाशों को मैंने लोवुड में ही बिताया था। उस समय मेरे पास कोई अन्य काम नहीं था।''

''तुमने कहाँ से देखकर इन्हें बनाया ?''

''अपने मस्तिष्क से कल्पना करके।''

''वही मस्तिष्क, जो मैं अभी तुम्हारे कन्धे पर देख रहा हूँ ?''

''हाँ महाशय।''

''क्या इस तरह की ओर भी कल्पनाएँ उसके अन्दर हैं ?''

''हो सकता है; मुझे आशा है कि इससे श्रेष्ठतर भी हो सकता है।'' उन्होंने चित्रों को पुनः अपने समक्ष फैला लिया और बारी-बारी से उनका अध्ययन करने लगे।

जब तक वे इस तरह व्यस्त हैं, तब तक पाठक मैं आपको बतलाती हूँ कि उन चित्रों में क्या चित्रकारी की हुई हैं। सबसे पहले तो मैं यह बता देना चाहती हूँ कि उनमें कोई अद्‍भुत बात नहीं है। यही सच है कि कल्पनाएँ मेरे मस्तिष्क में बहुत साफ-स्पष्ट उभर आई थीं, जब मैंने अपनी आत्मा की दृष्टि से उन्हें देखा था, तो वे बड़ी आकर्षक भी लगती थीं। पर जब मैं कल्पना को कागज पर उतारने लगी तो मेरे हाथ मेरी कल्पना को साकार नहीं कर सके। कल्पना में मैंने जो कुछ देखा था उसके धूमिल चित्र ही कागज पर उतर पाए।

ये चित्र जलरंगों से बने थे। पहले चित्र में नीचे उड़ते हुए काले-भूरे रंग के बादल दिखाए गए थे, जो उफनते समुद्र के ऊपर उमड़ रहे थे। परिप्रेक्ष्य में कुछ भी दृष्टिगोचर नहीं हो रहा था। न पीछे का दृश्य और न आगे की धरती। धरती नहीं, बल्कि सागर की लहरें क्योंकि वहाँ धरती तो थी ही नहीं। रोशनी की एक झलक में जहाज का आधा डूबा मस्तूल दिखाई दिया, जिस पर एक काला बड़ा समुद्री पक्षी बैठा हुआ था। उसके पंखों पर ज्वार-भाटे का फेन लगा हुआ था। उसकी चोंच में सोने का एक हीरों जड़ा कंगन

था। मेरे डब्बे में उपलब्ध यथासम्भव सुन्दर चमकीले रंगों से तथा अपनी कूची की निपुणता से मैंने इस कंगन का चित्रण किया था। पक्षी और मस्तूल के नीचे अथाह नीले जल में ऊपर-नीचे आता-जाता एक शव दिख रहा था। उसका एक गोरा हाथ ही साफ दिखाई पड़ रहा था। जिसमें से यह कंगन या तो बह निकला होगा या नोच लिया गया होगा।

दूसरे चित्र में सामने एक पहाड़ी की चोटी का धुँधला दृश्य था, जिस पर लम्बे घास और पत्ते ऐसे झुके थे, मानो तेज हवा उन्हें झुकाए दे रही हो। पीछे और ऊपर आकाश का विस्तार था जोकि तारों की टिमटिमाहट में गहरा नीला लग रहा था। अन्तरिक्ष में एक नारी के ऊपरी आधे शरीर का चित्र था। उसका चित्रण गोधूलि के हलके रंगों से करने का यथासम्भव प्रयास किया गया था। उसके धुँधले ललाट पर एक बड़ा सितारा मुकुट की तरह जगमगा रहा था और नीचे का भाग मानो वाष्प के पीछे दिख रहा हो। उसकी काली आँखों में एक जंगली उन्मुक्त चमक थी, बाल छाया की भाँति पीछे लहरा रहे थे जैसे कोई चमकरहित बादल आँधी या बिजली से खंडित हो रहा हो। गले पर मानो चाँद की हलकी किरण थी। पतले बादलों के समूह में भी वही धूमिल चमक थी जो उड़ते हुए मानो सन्ध्याकालीन तारे के इस रूप का नमन कर रहे थे।

तीसरे चित्र में बर्फ की एक शिला के ऊपरी छोर को दिखाया गया था, जो ध्रुव पर जाड़े के आकाश को मानो छेद रही थी। क्षितिज से लगातार आती उत्तरी किरणों का एक समूह मानो भाले ताने हुए था। इस परिप्रेक्ष्य में एक सिर उठा हुआ—एक विशाल सिर, जो बर्फ की शिला की ओर झुका उस पर टिककर विश्राम कर रहा था। सिर के पीछे दो पतले हाथ जुड़े हुए मानो सिर को सहारा दे रहे थे। नीचे का भाग काले कपड़े से ढँका था, उसकी भौंहें रक्तविहिन और बिल्कुल श्वेत लगती थीं। आँखें धँसी हुई और स्थिर थीं, और उनमें निराशा का भाव छोड़ कोई अर्थ नहीं दिखाई पड़ रहा था। कनपटियों के ऊपर काले कपड़े की उमेंठी हुई पगड़ी थी जो रूप-रंग में बादल जैसी लगती थी और उसके बीच उजली चमकवाला एक वृत्त जगमगा रहा था, जिसमें विचित्र चमकवाले नग जड़े थे। यह धुँधला, पतला चाँद राजा के मुकुट जैसा था और 'आकारहीन के आकार को' सुशोभित कर रहा था।

मि. रोचेस्टर पूछ बैठे, ''जब तुम इन चित्रों को बना रही थी, क्या तुम प्रसन्न मुद्रा में थी ?''

''मैं खोई हुई थी, महाशय ! हाँ, मैं प्रसन्न ही थी। संक्षेप में कहूँ तो उनके चित्रण में मुझे जीवन का सबसे गहरा सुख मिला।''

''यह कहना ही काफी नहीं है। तुम्हारे अपने कथनानुसार तुम्हारे जीवन में हर्ष के क्षण गिने-चुने ही आए हैं। किन्तु इतना तो मैं कह सकता हूँ कि जब तुम इन अद्‌भुत रंगों का सम्मिश्रण और प्रयोग कर रही थी, तुम एक कलाकार के स्वप्नलोक में विचर रही थी। क्या तुम प्रतिदिन बहुत देर तक बैठकर बनाती रहती थी ?''

''मुझे करने के लिए कोई और काम था ही नहीं, क्योंकि छुट्टियाँ चल रही थीं। इसलिए मैं प्रातः से दोपहर और दोपहर से रात तक चित्र में ही लगी रहती थी। भारी

गर्मी के लम्बे दिन मुझे चित्रकारी के लिए पर्याप्त समय दे देते थे।''

''और तुम अपने जी-तोड़ परिश्रम से सन्तुष्टि अनुभव करती थी ?''

''ठीक इसके विपरीत मेरी कल्पना और मेरे चित्र में जो अन्तर आ जाता था, उससे मैं परेशान रहती थी। प्रत्येक चित्र में मेरी कल्पना कुछ और थी जिसे साकार करने में मैं असमर्थ रही।''

''ठीक-ठीक ऐसा तो नहीं है। तुम अपनी कल्पना की छाया को तो पकड़ सकी हो, परन्तु सम्भवतः उससे अधिक नहीं। इसे पूर्ण साकार करने के लिए तुम्हारे पास न तो कलाकार की पर्याप्त कला थी और न ही उसका विज्ञान था। फिर भी एक स्कूली बालिका के बनाए ये चित्र विस्मयजनक हैं। जहाँ तक कल्पनाओं का प्रश्न है, वे अलौकिक लगती हैं। सन्ध्याकालीन सितारे में ये आँखें तो तुमने किसी स्वप्न में ही देखी होंगी। तुमने इन आँखों का चित्रण कितना स्पष्ट किया है और फिर भी उनमें चमक नहीं आई, क्योंकि ऊपर के ग्रह उनकी चमक को मिटाए दे रहे हैं। और इन आँखों की गहराई में क्या अर्थ है ? किसने तुमको हवा का चित्रण करना सिखलाया ? गगन में और पहाड़ी की इस चोटी पर तेज आँधी चल रही है। तुमने लैटमास कहाँ देखा ? क्योंकि यह तो लैटमास ही है। अच्छा, अब इन चित्रों को हटाओ।''

मैंने अभी अपने बैग के फीतों को बाँधा भी नहीं था, कि घड़ी की ओर देखकर वे अकस्मात् बोल पड़े, ''नौ बज गए, मिस आयर। तुम यह क्या कर रही हो; एडेली को इतनी देर तक जगा रखा है ! उसे सुलाने ले जाओ।''

एडेली कमरे से जाने के पूर्व उन्हें चुम्बन देने गई। उन्होंने किसी तरह यह लाड सहन कर लिया। पर लगा कि पायलट यदि ऐसा ही करता, तो उससे जितना आनन्द आता, उन्हें उतना ही या उसे भी कम आनन्द मिला।

''अब मैं तुम सभी को शुभरात्रि कहता हूँ,'' उन्होंने कहते हुए हाथों से दरवाजे की ओर इशारा किया जिसका अभिप्राय था कि वे हम लोगों की संगति से ऊब गए हैं और हमसे छुटकारा चाहते हैं। श्रीमती फेयरफैक्स ने अपनी बुनाई के सामान समेट लिये। मैंने अपना बैग उठाया। हमने उन्हें सिर झुकाया और बदले में उनकी कड़ी भृकुटि पाकर विदा हुए।

''आपने कहा था कि मि. रोचेस्टर कोई विशेष विचित्र नहीं हैं, श्रीमती फेयरफैक्स !'' मैंने एडेली की सुला देने के बाद उनके कमरे में आने पर कहा।

''हाँ, वे अजीब हैं क्या ?''

''मैं तो ऐसा ही समझती हूँ। उनका स्वभाव परिवर्तनशील और अस्थिर है।''

''सच ? निस्सन्देह वे अपरिचितों को, हो सकता है, ऐसा लगें, पर मैं उनके व्यवहार की इतनी अभ्यस्त हो गई हूँ, कि इस पर सोचती भी नहीं। और यदि उनमें स्वभाव की कुछ विचित्रता है तो भी कुछ तरह दे देना चाहिए।''

''क्यों ?''

''कुछ तो इसलिए कि यह उनका स्वभाव है, और अपने स्वभाव पर हम लोगों का

कुछ वश नहीं चलता। और कुछ इसलिए भी कि उनकी कुछ दुख-भरी यादें हैं जिनसे वे त्रस्त रहते हैं और वे उनकी मनोदशा को अस्थिर बना देती हैं।"

"किस चीज के विषय में ?"

"एक तो पारिवारिक झंझट हैं।"

"किन्तु उनका तो कोई परिवार है ही नहीं !"

"अभी नहीं है, पर कभी तो था, या कम-से-कम सम्बन्धी तो थे। कुछ वर्ष पूर्व उनके बड़े भाई का देहान्त हो गया।"

"उनके *बड़े* भाई ?"

"हाँ। वर्तमान मि. रोचेस्टर अभी कुछ दिनों से ही इस सम्पत्ति के स्वामी बने हैं। केवल लगभग नौ वर्षों से।"

"नौ वर्ष तो खासी अच्छी अवधि है। क्या वे अपने भाई को इतना प्यार करते थे कि उनके अभाव को अब तक नहीं भुला सके ?"

"क्यों ? नहीं, सम्भवतः नहीं। मैं समझती हूँ कि उन दोनों के बीच कुछ गलतफहमी थी। मि. राउलैंड रोचेस्टर अपने भाई एडवर्ड रोचेस्टर के प्रति न्यायपूर्ण नहीं थे। शायद, उन्होंने पिता को इनके खिलाफ कर दिया था। बूढ़े महाशय सम्पत्ति के प्रेमी थे और चाहते थे कि पारिवारिक भू-सम्पत्ति एक ही के पास रहे। वह बँटवारा करके जमींदारी को छोटा करना नहीं चाहते थे और उन्हें यह भी चिन्ता थी कि पारिवारिक नाम-यश बनाए रखने के लिए एडवर्ड के पास भी सम्पत्ति हो। जब ये वयस्क हुए, उसके बाद शीघ्र ही कुछ ऐसे कार्य किए गए जो उचित नहीं थे और जिससे बहुत उलझन बढ़ गई। एडवर्ड के लिए सम्पत्ति जुटाने के लिए बूढ़े रोचेस्टर और उनके बेटे राउलैंड ने मिलकर ऐसी परिस्थिति उत्पन्न कर दी जिसे एडवर्ड बहुत कष्टदायक समझते थे। वह कष्टदायक परिस्थिति क्या है, मैं ठीक-ठीक नहीं जानती, किन्तु इसके कारण इन्हें जो कुछ भोगना पड़ा उसे उनकी आत्मा नहीं सह सकी। ये क्षमाशील स्वभाव के नहीं थे। अतः इन्होंने परिवार से नाता तोड़ लिया और कितने ही वर्षों से भटकता हुआ जीवन बिता रहे हैं। बिना वसीयत के भाई की मृत्यु के बाद जब ये थार्नफील्ड के स्वामी बन गए तबसे मैं नहीं समझती कि ये कभी लगातार पन्द्रह दिन भी थार्नफील्ड में रहे हों। और इसमें शक नहीं कि ये इस पुरानी जगह से भागे फिरते हैं।"

"भागे क्यों फिरते हैं ?"

"शायद वे इसे अभिशप्त समझते हैं।

उत्तर टालमटोल वाला था। मैं स्पष्ट उत्तर चाहती थी, पर मि. रोचेस्टर की यातनाओं के उद्‌गम और प्रकृति के बारे में स्पष्ट जानकारी श्रीमती फेयरफैक्स या तो दे नहीं सकती थीं या देना नहीं चाहती थीं। उनका कहना था कि यह उनके लिए भी रहस्य ही है और जो भी वे जानती हैं, अनुमान के आधार पर जानती हैं। इतना स्पष्ट था कि वे चाहती थीं यह विषय अब यहीं बन्द किया जाए। सो मैंने भी ऐसा ही किया।

14

बाद में कई दिनों तक मि. रोचेस्टर से मेरी यदा-कदा ही भेंट हुई। प्रातःकाल वे प्रायः कामकाज में संलग्न रहते थे और अपराह्न में मिलकोट से या पास-पड़ोस से सज्जन लोग उनसे मिलने आते थे और प्रायः सन्ध्याकालीन भोजन में साथ देने रुक जाते थे। जब उनके पैर की मोच में इतना सुधार हुआ कि घुड़सवारी कर सकें, तो वे प्रायः घोड़े पर बाहर निकलने लगे। शायद उन सज्जनों के यहाँ जो उनसे मिलने आए। प्रायः वे देर रात गए ही लौटते थे।

इस अवधि में एडेली को भी उन्होंने नहीं बुलाया और उनसे मेरी मुलाकातें कभी हॉल में, कभी सीढ़ियों पर या कभी गैलरी में अचानक सामना होने तक सीमित रहीं। वे कभी तो अभिमान मिले अन्यमनस्क भाव से मेरी ओर सिर्फ एक दृष्टि डालकर आगे बढ़ जाते, या कभी भलेमानुषों की भाँति स्नेह से किंचित् मुस्करा देते। उनकी मनःस्थिति के इन परिवर्तनों का मैं जरा भी बुरा नहीं मानती थी क्योंकि मैं समझ गई थी कि इन ज्वार-भाटों का कारण मैं नहीं, कुछ और है।

एक दिन सन्ध्याकालीन भोजन के समय कुछ मित्र उनका साथ दे रहे थे। उस समय उन्होंने मेरी चित्रकारी के थैले को मँगा भेजा–निश्चय ही दिखाने के उद्देश्य से। उस समय वे सज्जन लोग जल्दी चले गए। मिसेज फेयरफैक्स के अनुसार उन्हें मिलकोट की एक सार्वजनिक सभा में भाग लेना था। किन्तु बूँदाबाँदी के कारण और तेज हवावाली रात होने के कारण मि. रोचेस्टर उनके साथ नहीं गए। उन लोगों के जाते ही उन्होंने घंटी बजाई और मेरे पास सन्देश पहुँचा कि मुझे और एडेली को नीचे बुलाया है। मैंने एडेली के बाल सँवारे, उसे ठीक-ठाक किया, और यह सुनिश्चित करके कि मैं सामान्यतः ठीक ही हूँ और इसलिए किसी परिवर्तन या पुनः प्रसाधन की आवश्यकता नहीं है, हम लोग नीचे उतरे। एडेली सोच रही थी कि उसका उपहारवाला डब्बा, जो डाक की गड़बड़ी से कहीं भटक गया था, आ पहुँचा क्या ! वह प्रसन्न हो गई क्योंकि हम लोगों के प्रवेश करते ही सामने मेज पर डब्बा पड़ा था। वह देखते ही समझ गई।

''मेरा उपहार ! मेरा उपहार !'' किलकते हुए वह उसकी ओर दौड़ी।

''हाँ, आखिर तुम्हारा उपहार आ ही गया। फ्रांस की सच्ची बेटी, अब इसे एक

कोने में ले जाओ और सामानों को निकालकर अपना मन बहलाओ,'' चिमनी के पास पड़ी आरामकुर्सी में से मि. रोचेस्टर की गम्भीर और कुछ व्यंग्यात्मक आवाज आई। ''किन्तु ध्यान रहे, मुझे खिलौनों के विषय में कोई प्रश्न पूछकर परेशान मत करना। अपनी सारी कार्रवाई उधार शान्ति से खामोश बैठकर करो। समझी न, बच्ची ?''

किन्तु एडेली को इस चेतावनी की आवश्यकता न थी। वह तो अपने खजाने को लेकर एक सोफे पर जा चुकी थी और डब्बे पर बँधे धागे को खोलने का प्रयास कर रही थी। इस झमेले के दूर होते ही और डब्बे के भीतर के कागजों को हटाते ही वह किलक पड़ी, ''कितना अच्छा है ! कितना सुन्दर है !'' वह और भी उत्तेजित होकर उन्हें देखने में फिर मगन हो गई।

अब कुर्सी से थोड़ा उचककर द्वार की ओर, जहाँ मैं अकेली खड़ी थी, देखते हुए गृहस्वामी ने फरमाया, ''क्या मिस आयर वहाँ हैं ? ''आह ! अच्छा, आगे आओ, यहाँ बैठो,'' और एक कुर्सी उन्होंने अपनी कुर्सी के समीप खींच ली। ''बच्चों की तोतली बोली में मेरी कोई रुचि नहीं, क्योंकि लम्बे कुँआरेपन के कारण मेरे मन में उनकी तुतलाहट कोई मधुर स्मृति नहीं जगाती। इसलिए बातूनी बच्चे के साथ सारी शाम बीताना तो मेरे लिए असह्‌य हो जाएगा। अरे ! अपनी कुर्सी दूर मत खींचो, मिस आयर। जहाँ मैंने रखी है, वही बैठो–मेरा मतलब है, कृपा करके। जहन्नुम में जाएँ ये औपचारिकताएँ ! मैं अक्सर उन्हें भूल ही जाता हूँ। न मुझे सीधी-सादी बूढ़ी महिलाएँ याद रहती हैं। फिर भी अपनी को तो ध्यान में रखना ही है। उनकी उपेक्षा नहीं करनी है। वह मेरे वंश फेयरफैक्स की हैं, या यों कहिए कि उस परिवार में विवाहित थीं और खून तो पानी से गाढ़ा होता ही है।''

उन्होंने घंटी बजाई और श्रीमती फेयरफैक्स को निमन्त्रण भेजा जो अपनी सिलाई की टोकरी लिये तुरन्त आ पहुँचीं।

''नमस्कार, मादाम ! मैंने एक उपकार की आशा में आपको बुलाया है। एडेली को मैंने कहा है कि वह अपने उपहारों के विषय में मुझसे बात न करे, और वह है कि अपने उद्‌गारों को व्यक्त करने के लिए बेचैन है। आप कृपया उसकी बातें सुनिए और उससे बातें कीजिए। यह आपकी मुझ पर बड़ी कृपा होगी।''

एडेली ने भी जैसे ही श्रीमती फेयरफैक्स को देखा, उसने उन्हें अपने सोफे पर बुला लिया और जल्दी-जल्दी उनकी गोद में अपने चीनी मिट्टी, हाथीदाँत और मोम आदि के सारे खिलौने डालने लगी। फिर वह उमंग में अपनी टूटी-फूटी अँगरेजी में उन्हें खिलौनों के बारे में बताने लगी।

मि. रोचेस्टर सन्तोष के साथ बोलने लगे, ''अब मैंने एक अच्छे मेजबान का कर्तव्य निभा लिया और अपने अतिथियों को आपस में मनोरंजन करने पर लगा दिया। अब मैं अपने आनन्द की ओर ध्यान देने को स्वाधीन हूँ। मिस आयर, अपनी कुर्सी जरा आगे खींच लो, तुम अभी भी बहुत पीछे हो। मैं इस आरामकुर्सी से तुम्हें देख नहीं पाता, जब तक कि मैं उचककर न देखूँ, और वैसा करने को मेरी इच्छा नहीं है।''

खैर, आदेशानुसार मैंने वैसा ही किया, यद्यपि मेरी इच्छा कुछ छाया में रहने की ही थी। पर मि. रोचेस्टर को इस प्रकार बेधड़क आदेश देने की आदत थी कि उनके आदेश का पालन करना स्वाभाविक ही लगता था।

मैं पहले ही बता चुकी हूँ कि हम लोग भोजन-कक्ष में थे। भोजन के समय के लिए जो आग जलाई गई थी, उसकी खुशनुमा ज्योति कमरे में छाई थी। बड़े-बड़े अंगारे लाल-लाल चमक रहे थे, लाल घने लम्बे पर्दे भव्य वातायनों, और विशाल मेहराबों से लटक रहे थे। एडेली की दबी-सी आवाज (जोर से बोलने का साहस उसे नहीं था) के अतिरिक्त सभी शान्त थे। सिर्फ बीच-बीच में खिड़की के शीशों पर जाड़े की वर्षा की बौछारों की ध्वनि सुनाई दे जाती थी।

अपनी दमिश्की जड़ाऊ कुर्सी पर बैठे मि. रोचेस्टर पहले की अपेक्षा कुछ भिन्न दीख रहे थे—कठोर भी उतने नहीं, और उदास भी कम। उनके होंठों पर एक स्मित रेखा थी और आँखों में एक चमक भी। पता नहीं, शराब के कारण या...। संक्षेप में, वे भोजन के उपरान्तवाली निश्चिन्त मुद्रा में थे—कुछ उदार और प्रसन्न, प्रातःकालीन रुक्ष और रुष्ट मुद्राओं की अपेक्षा खुले-खुले-से। फिर भी वह गम्भीर ही दीख रहे थे। अपने विशाल सिर को कुर्सी की उभरी पीठ से टिकाए और आग की तपिश को अपने प्रस्तर मुद्रा पर ग्रहण करते हुए। उनकी बड़ी, काली आँखों—बेशक उनकी आँखें काली, बड़ी-बड़ी और सुन्दर थीं—की गहराई में भी कुछ अन्तर था, जो यदि कोमलता नहीं, तो उससे मिलते-जुलते भाव की याद दिलाता था।

वे दो मिनट तक आग की ओर देखते रहे, और मैं इतने मिनटों तक उन पर दृष्टि जमाए रही जबकि अचानक मुड़कर उन्होंने अपने चेहरे पर गड़ी मेरी दृष्टि को पकड़ लिया।

"आप मुझे परख रही हैं, मिस आयर ?" उन्होंने पूछा, "क्या मैं आपको सुन्दर दीखता हूँ ?"

यदि मुझे विचारने का अवसर मिलता तो मुझे इस प्रश्न का उत्तर पारम्परिक विनम्रता से, कुछ अस्पष्ट ढंग से देना चाहिए था, पर मेरे अनजाने ही, हड़बड़ी में उत्तर मेरे होंठों से फिसला, "नहीं, महाशय।"

"आह, अपनी सौगन्ध ! तुममें कुछ निरालापन अवश्य है," वे बोल पड़े।

"जब तुम अपनी आँखें फर्श पर टिकाए रखती हो, सिर्फ अभी को छोड़कर जब तुम मेरे चेहरे को भेदती हुई मुझ पर दृष्टि गड़ाए थी, तो अपने हाथों को आगे रखे बैठी हुई तुम एक नन्ही-सी बैरागिन लगती हो—शान्त, गम्भीर, भोली, और न जाने किस युग की। और इसी बीच यदि कोई तुमसे कोई प्रश्न पूछे तो ऐसा हड़बड़ाकर उत्तर देती हो जो उद्दंड नहीं तो रुक्ष जरूर है। इस उत्तर का क्या मतलब ?"

"महाशय, मैं बेढब बोल गई। मुझे क्षमा कीजिए। मुझे इस तरह कुछ कहना चाहिए था कि आकृति या रूप के सम्बन्ध में अचानक कुछ कहना सरल नहीं है, अथवा सौन्दर्य के विषय में अलग-अलग रुचियाँ हैं, अथवा रूप का अधिक महत्त्व नहीं है, मेरे लिए ऐसा ही कुछ कहना उचित होता।"

"ऐसा कुछ कहना उचित नहीं होता। रूप का अधिक महत्त्व नहीं ? ये भी खूब कही। और इस प्रकार अभी-अभी के आघात को सहलाने या मुझे पुचकारने-दुलारने के बहाने, तुम मेरे कान के नीचे पतली-सी छुरी चुभो रही हो। बोलो, मुझमें क्या दोष दिखाई दिया तुम्हें ? मैं समझता हूँ, किसी भी आदमी की भाँति मेरे भी हाथ-पाँव या नाक-कान ठीक-ठाक हैं।"

"मि. रोचेस्टर, कृपा कर मुझे मेरा पहला उत्तर वापस ले लेने दीजिए। मेरा कोई कठोर उत्तर देने का इरादा नहीं था। मुझसे भूल हो गई।"

"हो सकता है। मेरा भी यही खयाल है। फिर भी तुम्हें इसके लिए उत्तरदायी होना होगा। मुझे आलोचनात्मक दृष्टि से देखो...क्या मेरा ललाट तुम्हें नहीं भाया ?"

उन्होंने अपने काले बालों की लटों को उठाया जो उनके भवों पर झूल रहे थे और अपना चौड़ा-सा बुद्धिवाला अंग दिखाया। पर वह मुझे अपूर्ण नजर आया क्योंकि वहाँ उदारता का मधुर चिह्न होना चाहिए था।

"क्या मादाम, मैं बुद्धू लगता हूँ क्या ?"

"ठीक उलटा, महाशय ! यदि मैं पूछूँ कि क्या आप परोपकारी हैं तो आप मुझे रुक्ष समझेंगे क्या ?"

"लो, सिर सहलाने के बहाने फिर चाकू चुभोया, और इसका कारण यह है कि मैंने अभी कहा था, कि मुझे बच्चों और बूढ़ी महिलाओं का साथ नहीं भाता।...(धीमे-धीमे बोलना)...नहीं, कुमारी जी, मैं कोई परोपकारी तो नहीं, पर मुझमें भी आत्मा है।" उन्होंने आत्मा ने निवासस्थान उस अंग की ओर इंगित किया। सच ही उनका वक्षस्थल बहुत चौड़ा था जिसके कारण उनके शरीर का ऊपरी भाग बहुत चौड़ा लगता था। उन्होंने फिर बोलना प्रारम्भ किया, "हृदय की कोमलता कभी मुझमें भी थी। जब मैं तुम्हारी उम्र का था तो मैं भी एक भाव-सम्पन्न प्राणी था, दबे-कुचले लोगों, अनाथों और अभागों का सहायक। पर तब से भाग्य ने मुझे अनेक ठोकरें दी हैं, मुझे पैरों तले रौंदा है, और अब तो भारतीय रबड़ की गेंद जैसी अपनी रुक्षता और कठोरता पर मैं फूला नहीं समाता। तो भी दिल के किसी छोटे-से छेद में घुसकर दया अब भी मुझे भावुक बना देती है। तो क्या मेरे लिए कोई आशा शेष है ?"

"किस चीज की आशा, महाशय ?"

"कि भारतीय रबड़ से कायापलट करके मैं फिर से हाड़-मांस का मानव बन जाऊँगा ?"

'निश्चय ही इन्होंने बहुत शराब पी रखी है,' मैंने मन में सोचा। मुझे समझ नहीं आया कि मैं उनके प्रश्न का क्या उत्तर दूँ। 'मैं क्या जानूँ उनका कायापलट हो सकता है या नहीं !'

"मिस आयर, तुम बहुत उलझन में लगती हो। और जैसे मैं सुन्दर नहीं हूँ वैसे तुम भी कोई रूपवती नहीं हो, फिर भी उलझन का भाव तुम्हें शोभता है। इसके अलावा यह भाव सुविधाजनक भी है क्योंकि यह तुम्हारी इन बेंधती आँखों को मेरे शरीर से

हटाकर कालीन पर बने फूलों में उलझाए रखता है। इसलिए बेहतर है, तुम उलझन में ही पड़ी रहो। कुमारी जी, मेरी आज रात लोगों के साथ रहने और बातूनी बनने की इच्छा है।''

इस घोषणा के साथ वे कुर्सी से उठे और चिमनी के संगमरमरी घेरे पर अपनी बाँहें टिकाकर खड़े हो गए। उस मुद्रा में उनकी शारीरिक बनावट और आकृति साफ-साफ दिखाई पड़ती थी। उनके वक्षस्थल की अस्वाभाविक चौड़ाई उनके हाथ-पैरों के लम्बाई से मेल नहीं खाती थी। निश्चय ही लोग उन्हें कुरूप समझते। फिर भी उनके व्यक्तित्व में इतना स्वाभिमान था, मुद्रा में इतनी स्वाभाविकता, अपनी बाह्य आकृति के प्रति इतनी पूर्ण उदासीनता थी, अपने स्वभावगत या अनायास प्राप्त अन्य गुणों पर इतना अहंपूर्ण विश्वास था कि शारीरिक आकर्षण की कमी की भरपाई हो जाती थी। उसकी ओर देखने का अर्थ था उसकी भाँति शारीरिक सौन्दर्य की ओर से उदासीन होकर, आँखें मूँदकर उसमें विश्वास करना।

''आज मुझे लोगों के साथ रहने और खूब बातें करने की इच्छा है,'' उन्होंने फिर दुहराया, ''इसीलिए मैंने तुम्हें बुलवाया। यह आग और बत्तियों के झाड़-फानूस मेरे साथी नहीं बन सकते, और न ही मेरा पायलट कुत्ता, क्योंकि ये तो बातें कर नहीं सकते। एडेली इनसे थोड़ी अच्छी अवश्य थी, पर फिर भी बात नहीं बनती। श्रीमती फेयरफैक्स भी वैसी ही साबित होतीं। मुझे लगा, तुम यदि चाहो, तो मेरी मनोनुकूल बात हो सकती है। मेरे आमन्त्रण की पहली शाम में ही तुमने मुझे उलझन में डाल दिया था। फिर मैं तुम्हें भूल-सा गया था; इतने काम आ गए थे। किन्तु आज मैंने आराम करने का पक्का इरादा कर रखा है। कुछ काम टपक भी पड़े तो हटा दूँगा, और जो अच्छा लगे वही सोचूँगा। तुम्हें पूरी तरह समझना, तुम्हारे विषय में अधिकाधिक जानना मुझे अच्छा लगेगा। इसलिए बोलती जाओ।''

बोलने की बजाय मैं मुस्कराई और वह मुस्कराहट कोई उदासीन या पराजित-सी मुस्कराहट भी नहीं थी।

''बोलो,'' उन्होंने फिर कहा।

''किस वस्तु के विषय में, महाशय ?''

''तुम्हें जो अच्छा लगे। विषय का चुनाव और कहने का ढंग, सब तुम्हारी पसन्द पर निर्भर है।''

तो भी मैं बैठी रही और कुछ नहीं बोली। 'यदि ये समझते हैं कि मैं सिर्फ बकने के लिए या दिखावे के लिए बोलूँगी, तो अब उनकी समझ में आएगा कि उन्होंने सही व्यक्ति को नहीं चुना।'

''मिस आयर, तुम तो गूँगी बन गईं।''

मैं फिर भी चुप रही। उन्होंने अपना सिर मेरी ओर झुकाया और एक चपल दृष्टि से मानो मेरे नयनों में प्रवेश कर गए।

''जिद ? और रोष भी ?'' उन्होंने कहा, ''आह, यह उचित ही है। मैंने अपना

अनुरोध ऐसे बेढब और धृष्ट ढंग से रखा ही था। मिस आयर, मैं आपसे क्षमा माँगता हूँ। मैं सत्य कहता हूँ। मैं आपको हीन समझकर व्यवहार करना नहीं चाहता। मेरा अभिप्राय है कि आपसे आयु में बीस वर्ष बड़ा होने के कारण और अनुभव में मानो एक शताब्दी आगे होने के कारण यदि आप मुझे श्रेष्ठ मान सकें, तो मैं उसी श्रेष्ठता का दावा करूँगा। ठीक है न ? उसी, सिर्फ उसी श्रेष्ठता के नाम पर मैं चाहता हूँ कि आप मुझसे थोड़ी बातें करें और मेरे खयालों में कुछ परिवर्तन आने दें, जो एक ही विषय पर सोचते-सोचते कटुता से भर गए हैं; मानो उसमें कोई जंग लगी कील चुभी हो।''

वे स्पष्टीकरण दे रहे थे, बल्कि क्षमा माँग रहे थे। उनकी इस विनम्रता से मैं प्रभावित हुए बिना नहीं रह सकी और इसे मैंने व्यक्त भी होने दिया।

मैं बोल पड़ी, ''महाशय, यदि मुझसे हो सके तो आपका मन बहलाने में मुझे प्रसन्नता होगी। किन्तु मैं कोई विषय स्वयं नहीं छेड़ सकती क्योंकि मैं नहीं जानती, आपको क्या अच्छा लगता है। आप प्रश्न पूछें, मैं उनके उत्तर देने का भरसक प्रयास करूँगी।''

''ठीक है, तो सबसे पहले यह प्रश्न...क्या तुम मेरी इस बात से सहमत हो कि मुझे तुम्हारे ऊपर कुछ हक जताने का, अकस्मात् और कठिन आदेश देने का अधिकार है ? उसी आधार पर जो अभी मैंने बताया है...अर्थात् मैं आयु में तुम्हारे पिता के बराबर हूँगा, अनेक देशों में अगणित लोगों के साथ मैं विभिन्न अनुभवों से गुजरा हूँ, आधी पृथ्वी घूम चुका हूँ, जबकि तुम घर के एक कोने में गिने-चुने कुछ लोगों के साथ शान्त जीवन बिताती रही हो।''

''महाशय, आपका जैसा मन आए, वैसा ही कीजिए।''

''यह तो कोई उत्तर नहीं, वरन् यह तो चिड़चिड़ानेवाली बात है; क्योंकि यह टालनेवाली बात हुई। साफ-साफ उत्तर दो।''

''तो महाशय, मैं यह नहीं मानती कि आपको मेरे ऊपर हक जताने का अधिकार सिर्फ इसलिए मिल जाता है कि आप मुझसे अधिक आयु के हैं या आपने मुझसे अधिक दुनिया देखी है। आपका श्रेष्ठता का दावा इस बात पर निर्भर करता है कि आपने अपने समय और अनुभव का सदुपयोग किया या नहीं।''

''ऊँह। टका-सा उत्तर ! खैर, इन्हें छोड़ो, क्योंकि इस दृष्टि से बात नहीं बनेगी, कारण कि मैंने इन दोनों अवसरों का दुरुपयोग नहीं तो सदुपयोग भी नहीं किया। अच्छा, श्रेष्ठता की बात छोड़ भी दें, तो क्या तुम मेरे आदेशपूर्ण स्वर से आहत हुए बिना यदा-कदा मेरे आदेशों को सहर्ष स्वीकार करने को सहमत हो ? बोलो।''

मैं किंचित् मुस्कराई। मन में सोचा, 'मि. रोचेस्टर भी अद्भुत हैं। लगता है कि वे यह भूल गए कि आदेश स्वीकार करने के लिए ही तो वे मुझे तीस पौंड वार्षिक वेतन देते हैं।'

क्षणिक मुस्कान को लखते हुए उन्होंने कहा, ''मुस्कराने में हानि नहीं, पर बोलो भी तो।''

''मैं यह सोच रही थी, महाशय...बहुत कम ऐसे मालिक होंगे जो इस बात की चिन्ता करें कि उनके वेतनभोगी कर्मचारी उनके आदेशों से दुखी होते हैं या नहीं।''

''वेतनभोगी कर्मचारी ! क्या तुम मेरी वेतनभोगी कर्मचारी हो ? सच ? अरे हाँ, मैं तो वेतन की बात भूल ही गया था। अच्छा तो उसी आर्थिक आधार पर, क्या तुम मुझे मनमाना आदेश देने दोगी ?''

''नहीं, महाशय ! पैसे के आधार पर नहीं...बल्कि इस आधार पर कि आप पैसे की बात भूल गए। और इस आधार पर कि आप इस बात की चिन्ता रखते हैं कि आपके अधीन लोग आपकी दासता में कष्ट में तो नहीं हैं। इन आधारों पर मैं सहमत हूँ।''

''और क्या तुम इसके लिए सहमत हो कि मैं कृपया, जी आदि जैसे पारम्परिक औपचारिक शब्द बिना लगाए बात करूँ, इसके अभाव को मेरी धृष्टता या उद्‌दंडता तो नहीं समझोगी ?''

''मुझे विश्वास है, महाशय, कि मैं अनौपचारिकता और उद्‌दंडता में अन्तर समझ सकती हूँ। अनौपचारिकता तो मुझे भी प्रिय है, पर उद्‌दंडता को कोई भी स्वाधीन व्यक्ति सहन नहीं करेगा, भले ही इसके लिए वेतन क्यों न मिलता हो।''

''व्यर्थ की बातें ! अधिकांश स्वाधीन व्यक्ति पैसे के लिए कुछ भी सहन कर लेंगे। इसलिए अपनी बात करो, जनसाधारण की बात मत करो; क्योंकि उनके विषय में तुम बिल्कुल अनभिज्ञ हो। खैर, कुछ त्रुटियों के बावजूद तुम्हारे उत्तर के लिए मैं तुमसे मानसिक स्तर पर हाथ मिलाता हूँ—कहने के ढंग के लिए भी और बातों के सार के लिए भी। कहने का ढंग तो बिल्कुल साफ और निष्ठापूर्ण था। ऐसा दोटूक ढंग प्रायः देखने में नहीं आता। नहीं; वरन् इसके विपरीत—आडम्बर, उपेक्षा, मूर्खों जैसे और भौंडे ढंग से गलत अर्थ समझ लेना ही तो साफदिली के पुरस्कार रहे हैं। स्कूल से अभी-अभी निकली तीन हजार गवर्नेसों में तीन भी वैसा उत्तर नहीं देतीं, जैसा अभी तुमने मुझे दिया है। किन्तु मैं तुम्हारी खुशामद नहीं करना चाहता। यदि तुम अधिकांश लोगों से भिन्न बनी हो तो इसमें तुम्हारी कोई बड़ाई तो नहीं। ईश्वर ने तुम्हें ऐसा बनाया है। और यह भी सम्भव है कि मैंने राय बनाने में जल्दी की हो। क्योंकि अभी मैं तुम्हें जानता ही कितना हूँ ? हो सकता है, तुम दूसरों से जरा भी भिन्न न हो, या तुममें कोई दूसरे ऐसे दुर्गुण हो सकते हैं जो तुम्हारे एक-दो अच्छे गुणों पर पानी फेर दें।''

'आपके साथ भी यही बात हो सकती है,' मैंने मन में कहा और इसी क्षण उनसे मेरी दृष्टि मिली। लगा, उन्होंने मेरी आँखों की भाषा पढ़ ली और ऐसे उत्तर देने लगे जैसे मैंने मन-ही-मन नहीं, जोर से ये बातें कही हों। ''हाँ, हाँ, तुम ठीक कहती हो। मुझमें भी बहुत सारे दोष हैं। मैं उन्हें जानता हूँ और उन्हें हलका करके बताना नहीं चाहता। इतना विश्वास रखो। ईश्वर जानते हैं, मुझे दूसरे के प्रति अक्षमाशील होने का अधिकार नहीं है। मेरा एक अतीत रहा है, मेरे ऐसे कुछ काम, जीवन का ऐसा ढंग, जिन पर मैं मन-ही-मन चिन्ता करता हूँ क्योंकि बात खुलने पर मुझे पड़ोसियों से दुत्कार

और प्रताड़ना ही मिलनेवाले हैं। मैंने जीवन प्रारम्भ किया, या यों कहें कि (सभी अपराधियों की तरह मैं भी आधा दोष दुर्भाग्य और परिस्थितियों को दूँगा) गलत रास्ते पर धकेल दिया गया–इक्कीस वर्ष की आयु में, और उससे अब तक उबर नहीं पाया। किन्तु मैं भिन्न हो सकता था–तुम्हारी तरह अच्छा, तुमसे भी बुद्धिमान और लगभग उतना ही निष्कलंक। मुझे तुम्हारे मन की शान्ति से, निष्पाप आत्मा से, निर्दोष स्मृतियों से ईर्ष्या होती है। नन्ही बालिका, कलंकरहित या दोषरहित स्मृतियाँ एक अनुपम कोष हैं–मन बहलाने का अशेष स्रोत हैं न ?''

''जब आप अठारह वर्ष के थे, तब आपकी स्मृतियाँ कैसी थीं महाशय ?''

''बिल्कुल ठीक थीं उस समय। स्वच्छ और स्वस्थ। किसी बहते हुए गन्दे जल ने इसे दुर्गन्धपूर्ण मटमैले जल का गड्ढा नहीं बनाया था। अठारह वर्ष की आयु में मैं तुम्हारी तरह था, बिल्कुल तुम्हारी तरह। प्रकृति ने मुझे एक अच्छे मनुष्य के रूप में ही गढ़ा था, कुमारी आयर। किन्तु तुम देख ही रही हो, अब मैं वैसा नहीं रहा। तुम कहोगी तुम तो कुछ नहीं देख रही। कम-से-कम, मुझे लगता है कि तुम्हारी दृष्टि यही कह रही है, (सावधान, तुम्हारी आँखें जो कुछ कहती हैं मैं उसे तुरन्त पढ़ सकता हूँ।) तुम मेरी बात का विश्वास करो–मैं दुराचारी नहीं हूँ। किन्तु स्वभाववश नहीं, वरन् परिस्थितिवश मैं एक तुच्छ पतित व्यक्ति बन गया हूँ। धनी, किन्तु अयोग्य लोग जिस प्रकार जीवन को बरबादी के रास्ते पर ले जाते हैं, उसी तरह मैं भी इसमें लिप्त हो गया हूँ। मेरी इन बातों पर तुम्हें विस्मय होता है ? तो जान लो, अपने भावी जीवन में तुम पाओगी कि तुम्हारे निकटस्थ लोग अनायास ही तुम पर विश्वास करके तुम्हें अपनी गूढ़ बातों और रहस्यों का भागीदार बना रहे हैं। मेरी भाँति वे लोग भी स्वतः जान जाएँगे कि तुम अपनी बातें कहने के लिए नहीं, बल्कि दूसरों के मन की बातें जानने के लिए बनी हो। वे यह भी अनुभव करेंगे कि तुम दूसरों की भूलों को तिरस्कारपूर्ण घृणा से नहीं सुनती, वरन् एक स्वाभाविक सहानुभूति के साथ। तुम उसमें बलात् कोई उपदेश नहीं घुसेड़ती जिससे यह राहतपूर्ण और उत्साहवर्द्धक लगता है।''

''आपने कैसे जाना ? आप किस तरह यह सब अनुमान लगा रहे हैं श्रीमान ?''

''मैं खूब जानता हूँ, इसीलिए मैं इतने आश्वस्त भाव से बोल रहा हूँ, मानो डायरी में अपनी भावनाएँ लिख रहा हूँ। तुम कहोगी, मुझे परिस्थितियों पर विजय प्राप्त करनी चाहिए थी। हाँ, बिल्कुल ! बेशक ! पर स्पष्ट है कि मैं वैसा नहीं कर सका। जब भाग्य ने मुझे धोखा दिया तो स्थिर रहने की बुद्धिमत्ता मुझमें नहीं रही। मैं हताश हो गया और पतन के पथ पर लुढ़कने लगा। अब यदि कोई मूर्ख पापी अपने दुष्कर्मों से मेरी घृणा उभारता है, तो मैं अपने मन में यह नहीं कह पाता कि मैं उससे श्रेष्ठ हूँ। मुझे यह मानने को बाध्य होना पड़ता है कि मैं और वह दोनों एक ही श्रेणी के हैं। काश, मैं दृढ़ रहा होता ! ईश्वर जानते हैं, मैं कितना पछताता हूँ। मिस आयर, दुष्कर्म यदि ललचाए तो ग्लानि की ज्वाला से डरना चाहिए। ग्लानि जीवन का विष है।''

''कहते हैं पश्चात्ताप से पाप कटते हैं।''

"नहीं, पश्चात्ताप से नहीं। सुधरने से पाप कट सकते हैं, और मैं सुधर सकता हूँ। अभी मुझमें इतनी शक्ति है। किन्तु इससे मुझ जैसे बाधाग्रस्त, बोझग्रस्त और अभिशापग्रस्त व्यक्ति को क्या लाभ ? और चूँकि प्रसन्नता मुझसे हमेशा के लिए छीन ली गई है, इसलिए मुझे अधिकार है कि मैं प्रसन्नता को झपटने का प्रयास करूँ और मुझे चाहे जो परिणाम भुगतना पड़े, मैं प्रसन्नता को पाकर ही रहूँगा।"

"तब तो, श्रीमान आप और नीचे गिरते जाएँगे।"

"हाँ, हो सकता है। किन्तु, यदि मैं मधुर, स्वच्छ आनन्द प्राप्त करने की चेष्टा करता हूँ तो मेरा पतन क्यों हो ? और मैं उतना ही स्वच्छ, मधुर आनन्द प्राप्त करूँगा, जितना जंगल का मधु होता है, जिसे घाटी में मधुमक्खियाँ सँजोती हैं।"

"इसमें डंक भी होंगे...यह कड़वा होगा, श्रीमान।"

"तुम्हें क्या पता ? तुमने तो कभी ऐसा कुछ नहीं किया। अभी तुम कितनी निष्पाप, कितनी गम्भीर लग रही हो, और तुम इन बातों से उतनी ही अनजान हो, जैसे (मेंटलपीस से एक गुड़िया उठाते हुए) यह गुड़िया है। ऐ नादान, मुझे उपदेश देने का तुम्हें कोई अधिकार नहीं, क्योंकि तुमने अभी जीवन की गलियों में पाँव भी नहीं रखे और इसके रहस्यों से बिल्कुल अपरिचित हो।"

"मैं तो आपको अपने ही शब्दों की याद दिला रही हूँ, श्रीमान्, आपने कहा है कि भूलों से ग्लानि होती है, और ग्लानि जीवन का विष है।"

"और अब भूलों की बात कौन कर रहा है ? मैं नहीं समझता कि जो बात अभी मेरे मन में थी, वह भूल या पाप है। मुझे बल्कि विश्वास है कि यह प्रलोभन नहीं, प्रेरणा है। एक शान्त, सुखद प्रेरणा। यह भाव फिर मेरे मन में आ रहा है। मैं तुम्हें विश्वास दिलाता हूँ कि यह पाप नहीं है, और यदि हो भी तो इसने अभी देवदूत का आवरण ओढ़ रखा है। मैं इस सुन्दर अतिथि को अपने मन में अवश्य आने दूँगा।

"इसका विश्वास मत कीजिए, श्रीमान हो सकता है, यह सच्चा देवदूत न भी हो।"

"मैं फिर पूछता हूँ कि तुम कैसे जानती हो ? किस स्वतःज्ञान से तुम नरक के प्राणी और स्वर्ग के दूत का अन्तर, भटकानेवाले और मार्गदर्शक का भेद समझ पाती हो ?"

"मैंने आपकी मुख-मुद्रा से जाना श्रीमान, जो उस समय अशान्त हो गया था जब आपने कहा कि वह भाव फिर आपके मन में आ रहा है। मुझे विश्वास है कि यदि आप उसकी बात सुनेंगे, तो और कष्ट में पड़ेंगे।"

"बिल्कुल नहीं। यह मुझे संसार का सबसे मोहक सन्देश दे रहा है। इसके अतिरिक्त, तुमने मेरी आत्मा का ठेका तो नहीं ले रखा है। इसलिए अपना सिर मत खपाओ। आ रही है, वह आ रही है मेरी प्रिय विचरनेवाली !"

वे ऐसे बोलने लगे मानो किसी अदृश्य व्यक्ति से बातें कर रहे हों; जो मुझे दिखाई नहीं दे रहा था; पर उन्हें दृष्टिगोचर हो रहा था। फिर अपनी आगे बढ़ी हुई बाँहों को अपनी छाती पर उन्होंने ऐसे मोड़ा मानो उस अदृश्य रूप को आलिंगन में बाँध रहे हों।

फिर मेरी ओर मुड़ते हुए बोले, "मेरा विश्वास है कि मैंने इस आगन्तुक को, बल्कि

इस छद्मवेशी देवी को, अपने हृदय में बिठा लिया है। इसने मेरी भलाई की है। मेरा हृदय मानो एक शवदाहगृह था, किन्तु अब यह एक पूजा की बेदी हो गया है।''

''सच कहूँ, श्रीमान, मैं आपको बिल्कुल समझ नहीं पा रही हूँ। अतः अब मैं बातचीत जारी नहीं रख सकूँगी, क्योंकि यह मेरी समझ के परे है। मैं सिर्फ एक बात जानती हूँ। आपने अभी कहा कि आप उतने अच्छे नहीं बन सके जितना बनना चाहते थे, और यह भी कि आपको अपनी अपूर्णता पर ग्लानि है। आपने यह भी स्वीकारा कि कलंकित स्मृतियाँ जीवन में चिर-अभिशाप की तरह छाई रहती हैं। इन बातों से मुझे ऐसा लगा कि यदि आप प्राणपण से चेष्टा करें, तो कालान्तर में आप ऐसा बन सकते हैं कि आपकी आत्मा सन्तुष्ट हो सके। और यदि आज से ही आप अपने विचारों और कार्यों को सुधारने का निर्णय ले लें, तो कुछ वर्षों में ही आपके पास ऐसी नई और निष्कलंक स्मृतियाँ इकट्ठी हो जाएँगी जिनमें खो जाना आपको प्रिय लगेगा।''

''सही सोचा, मिस आयर ! खूब कहा। किन्तु इस समय तो मैं नरक की ओर तेजी से बढ़ता चला जा रहा हूँ।''

''क्या ?''

''उन सद्भावों को मैं परे रखे दे रहा हूँ, जिन्हें मैं क्षणिक समझता हूँ। इतना तो निश्चित है कि अब से मेरे सहयोगी और मेरे कार्य पहले से भिन्न होंगे।''

''और अधिक उत्तम भी ?''

''हाँ, अधिक उत्तम, उतना ही अधिक उत्तम जितना कि गन्दी कचधातु से उत्पन्न शुद्ध लोहा होता है। तुम्हें सम्भवतः मुझ पर सन्देह हो रहा है, किन्तु मैं स्वयं पर शंका नहीं करता। मुझे पता है कि मेरा लक्ष्य क्या है और मेरे इरादे क्या हैं और मैं इस क्षण एक नियम घोषित करता हूँ–मेडस और ईरानियों की तरह अकाट्य नियम–कि ये लक्ष्य और इरादे, दोनों ही सही हैं।''

''वे हो ही नहीं सकते, श्रीमान, यदि उनकी वैधानिकता के लिए नए नियम बनाने पड़ें।''

''वे हैं, मिस आयर, यद्यपि उनके लिए बिल्कुल नए विधान की आवश्यकता है। अभूतपूर्व परिस्थितियों में अभूतपूर्व नियमों की आवश्यकता तो पड़ेगी ही।''

''यह बहुत ही खतरनाक कथन है श्रीमान, क्योंकि यह तो कोई भी समझ सकता है कि ऐसे नियम के दुरुपयोग की सम्भावना है।''

''चतुर उपदेशिका ! हाँ, सम्भावना है, किन्तु मैं कुलदेवता की सौगन्ध खाता हूँ कि इसका दुरुपयोग नहीं करूँगा।''

''आप मनुष्य हैं। भूलों से परे नहीं हो सकते।''

''हाँ, हूँ। किन्तु तुम भी हो। इससे क्या ?''

''इसलिए मनुष्यों और पतनशील प्राणियों को ऐसा अधिकार हाथ में नहीं लेने चाहिए, जो सिर्फ देवताओं और पूर्ण व्यक्तित्व के हाथों में ही सुरक्षित रह सकता है।''

''कौन-सा अधिकार ?''

"कि किसी अपरिचित, अविहित कार्य के सम्बन्ध में यह घोषित कर सकें कि यही ठीक है।"

" 'यही ठीक है'–ये ही शब्द तो तुमने भी कहे।"

"तो फिर ठीक ही *होगा*।" मैंने उठते हुए कहा, क्योंकि मुझे लगा कि ऐसे वार्तालाप को चलाना व्यर्थ है जो मेरी समझ से परे है। इसके अतिरिक्त बात करनेवाले चरित्र को मैं नहीं जान रही थी। कम-से-कम अभी तो वह बिल्कुल ही मेरी समझ में नहीं आ रहा था। अतः अज्ञानता की अनुभूति से जुड़ी अनिश्चितता और असुरक्षा की भावना भी मुझे सताने लगी।

"जा कहाँ रही हो ?"

"एडेली को सुलाने। उसके सोने का समय हो रहा है।"

"तुम मुझसे डर रही हो क्योंकि मैं एक रहस्यमय व्यक्ति की तरह बोल रहा हूँ।"

"आपकी भाषा रहस्यमय है, श्रीमान, फिर भी, यद्यपि मैं कुछ परेशान हो गई हूँ, पर भयभीत बिल्कुल नहीं हूँ।"

"भयभीत तुम *हो*। तुम्हारा आत्म-प्रेम भूल करने से डरता है।"

"उस दृष्टि से सोचें, तो मैं अवश्य आशंकित हूँ। मुझे व्यर्थ की बातें करने की इच्छा नहीं है।"

"यदि तुम बेकार की बात भी करती तो इतनी गम्भीर शान्त मुद्रा से करती, कि उसे भी मैं समझदारी की बात मान लेता। मिस आयर, क्या तुम कभी भी नहीं हँसती ? उत्तर देने का कष्ट मत करो, मैं समझ गया। तुम बहुत कम हँसती हो, पर तुम में आनन्द से हँसने की क्षमता है। विश्वास करो, तुम्हारी गम्भीरता जन्मजात नहीं है, जैसे मैं भी स्वभाववश दुष्ट नहीं हूँ। लोवुड का कठोर नियन्त्रण अभी भी तुमसे चिपका हुआ है–तुम्हारे भाव-भंगिमा को वशीभूत करता हुआ, तुम्हारी आवाज को दबाता हुआ, तुम्हारी गतिविधियों को नियन्त्रित करता हुआ। इसलिए किसी पुरुष के सामने, चाहे वह भाई, पिता, मालिक, या कोई और हो, खुलकर हँसने में, स्पष्ट बोलने में, तेजी से चलने में तुम डरती हो। किन्तु, मेरे साथ धीरे-धीरे तुम उसी तरह स्वाभाविक हो जाओगी जैसे मेरे लिए तुम्हारे साथ औपचारिकता रखना असम्भव हो गया है। तब तुम्हारी दृष्टि और तुम्हारे चलने-फिरने में अभी की अपेक्षा अधिक जीवन्तता और विविधता होगी। मुझे तुम्हारे नयनों में घनी सलाखोंवाले पिंजरे में बन्द पक्षी की आँखों जैसी भंगिमा कभी-कभी दीख ही जाती है। उनमें एक सुन्दर, बेचैन, और दृढ़मना बन्दी रह रहा है। काश, ये मुक्त होता ! तब तो यह आकाश की ऊँचाइयाँ तक उड़ता ! क्या तुम अभी जाने पर अड़ी हो ?"

"नौ बज गए हैं, श्रीमान।"

"कोई परवाह नहीं। एक क्षण रुको। एडेली अभी बिस्तर पर जाने को तैयार नहीं है। मिस आयर, अभी आग की ओर पीठ फेरकर और चाँद की ओर मुँह करके मैं जो खड़ा हूँ, इस स्थिति में मैं अच्छी तरह सबकुछ देख रहा हूँ। तुमसे बातें करते-करते मैं

बीच-बीच में एडेली को भी देख रहा था। (उसे विचित्र समझने के मेरे पास कारण हैं जिन्हें मैं कभी सम्भव होगा तो—नहीं, नहीं, सम्भव नहीं, निश्चय ही—मैं तुम्हें बताऊँगा।) दस मिनट पूर्व उसने बक्स खोलकर एक गुलाबी रेशमी फ्रॉक निकाली और उसे देखकर उसका चेहरा आनन्द से चमक उठा। उसके रक्त में ही छिछलापन है। जो उसकी बुद्धि और रग-रग में समाया हुआ है। 'कितना सुन्दर ! मैं अभी पहनूँगी !' कहती हुई वह कमरे से बाहर दौड़ गई और अभी सोफी की सहायता से कपड़ा पहन रही है। कुछ ही क्षणों में वह वापस आएगी—और तब मुझे दिखाई पड़ेगा सेलीन वैरेंस का छोटा स्वरूप...जिस प्रकार वह नदी में बजरे पर दिखाई देती थी। किन्तु छोड़ो इस बात को...अभी उसे देखकर मेरी भावनाओं को ठेस पहुँचनेवाली है...मुझे यही आशंका है। देखो, जैसा मैंने कहा वैसा ही होता है कि नहीं।''

शीघ्र ही हॉल पार करके आती हुई एडेली के नन्हे पाँवों की आहट सुनाई पड़ने लगी। अभिभावक की आशंका के अनुकूल उसने नए परिधान पहनकर कमरे में प्रवेश किया। वह पहले पहने हुए भूरे फ्रॉक की बजाय गुलाबी रंग का, रेशम का छोटा, किन्तु घने झालरोंवाला फ्रॉक पहने थी। बालों में गुलाब की कलियों की माला, पाँवों में रेशमी और सफेद साटिन के चप्पल थे।

हुमकते हुए उसने जोर से कहा, ''कैसी लगती हूँ मैं ? शोभता है न मुझे यह परिधान ? मैं नर्तकी जैसी लगती हूँ न ?'' और अपने झालरों को फहराती हुई वह कमरे में नाचने लगी। फिर वह मि. रोचेस्टर के समक्ष पहुँचकर पंजों पर चलने लगी, उसके बाद उसके पैरों के पास घुटनों के बल बैठ गई, और बोली, ''महाशय, बहुत सुन्दर परिधान है। मुझे बहुत अच्छा लगा। बहुत रुपए लगे होंगे इसे खरीदने में !''

''बिल्कुल। बहुत से रुपए। इसने तो मेरी जेब ही खाली कर दी। मिस आयर, कभी मैं जवान था; बिल्कुल हरा-भरा। वैसी हरियाली तो तुममें भी नहीं होगी। किन्तु मेरा वसन्त बीत चुका—एक छोटी-सी फ्रांसीसी फूल को मेरे जिम्मे छोड़कर जिससे मैं पिंड छुड़ाना चाहता हूँ। कारण इस फूल का पौधा ही मुझे पसन्द नहीं था क्योंकि मैं समझ गया था कि सोने की खाद के बिना यह पौधा नहीं बढ़नेवाला। मुझे इस फूल से लगाव नहीं, विशेषकर जब यह अभी की भाँति आडम्बरपूर्ण लगने लगती है। पर अपने किए हुए अनेक पापों को मिटाने के लिए, कैथलिक धर्म की मान्यता के अनुसार ही, मैं इस बच्ची को रखकर इसका पालन कर रहा हूँ। और बातें मैं फिर कभी बतलाऊँगा। शुभ रात्रि !''

15

आगे एक दिन मि. रोचेस्टर ने सारी बातें बतलाईं। अपराह्न का समय था; मैं और एडेली मैदान में थे। तभी वह अचानक आ गए। एडेली पायलट कुत्ते और शटलकॉक के साथ खेल रही थी। उन्होंने मुझसे समीपवर्ती झड़बेरीवाले लम्बे गलियारे में थोड़ा टहलने का अनुरोध किया, ताकि साथ-ही-साथ एडेली पर भी दृष्टि रखी जा सके।

तब उन्होंने मुझे बतलाया कि एडेली एक फ्रांसीसी ओपेरा-नर्तकी सेलीन वैरेंस की बेटी है जिससे कभी उन्हें बहुत प्यार हो गया था। सेलीन का कहना था कि वह भी मुझे हृदय से बहुत प्यार करती है। यद्यपि वे कुरूप हैं, फिर भी उन्हें लगता था कि सेलीन उन्हें देवता मानती है और उनके खिलाड़ियों जैसे हट्ठे-कट्ठे शरीर को अपोलो से भी अधिक आकर्षक समझती है।

''और मिस आयर, मुझ ब्रिटिश प्रेतात्मा के प्रति इस गॉलिक (फ्रांसीसी) परी के प्रेम से मैं इस प्रकार फूलकर कुप्पा हो गया कि मैंने उसके लिए एक होटल खरीद दिया, नौकर-चाकरों की कतार खड़ी कर दी, उसे गाड़ी, पशमीने की शॉलों, हीरे के आभूषणों आदि सभी कुछ से लाद दिया। संक्षेप में यों कहें कि मैं किसी भी वासनाग्रस्त मूर्ख की भाँति घिसे-पिटे ढंग से अपनी बरबादी में जुट गया। लगता है, मुझमें लज्जा और विनाश के नए मार्ग को ढूँढ़ने की भी क्षमता नहीं थी। अतः मैं विनाश के पारम्परिक राह पर ही लुढ़कने लगा। ऐसे वासनाग्रस्त मूर्खों की जो गति होती है, वही मेरी भी हुई। एक सन्ध्या अचानक आने पर, जब सेलीन को मेरे आने का जरा भी अनुमान नहीं था, मैंने पाया कि वह घर से बाहर गई हुई है। रात गर्म थी, पेरिस की गलियों में घूमते-घूमते मैं थका हुआ था, अतः मैं उसके प्रसाधनकक्ष में ही बैठ गया और अपनी प्रेमिका के सद्यःस्पर्श से सुगन्धित वायु में श्वास लेने लगा। नहीं, नहीं, मैंने अतिशयोक्ति की; मैंने ऐसा कभी नहीं माना था कि उसमें बहुत पवित्रता है। यह तो एक प्रकार के इत्र की गन्ध फैली थी, कस्तूरी और केसर की गन्ध, न कि पवित्रता की। नकली फूलों और छिड़के गए इत्रों की गन्ध से मेरा दम घुटने लगा, तो मैंने खिड़की खोली और बालकनी में आ गया। चाँदनी रात थी और बत्तियाँ भी जल रही थीं। बिल्कुल शान्त, स्थिर वातावरण था। बालकनी में एक-दो कुर्सियाँ लगी थीं। मैं बैठ गया और एक सिगार

निकाली। क्षमा करना, एक सिगार मैं अभी ले रहा हूँ।''

थोड़ी देर नीरवता रही। उन्होंने सिगार निकाली, उसे जलाया, होंठों पर रखा और धूपरहित बर्फीली हवा में धुएँ का छल्ला छोड़ दिया। फिर कहने लगे, ''मिस आयर, उन दिनों मुझे चॉकलेट भी अच्छे लगते थे। बारी-बारी से चॉकलेट खाता और धूम्रपान करता हुआ मैं सड़क पर जानेवाली गाड़ियों को देखने लगा, जो निकटवर्ती ओपेरा हाउस की ओर जा रही थीं। तभी एक जोड़े सुन्दर अँगरेज घोड़ों द्वारा खींची जा रही एक सुन्दर गाड़ी उस शुभ्र रात्रि में दिखाई पड़ी। उसे मैंने देखते ही पहचान लिया कि यह सेलिन को मेरी दी हुई गाड़ी थी। वह लौटकर आ गई थी, और लोहे की रेलिंग पर झुके हुए मेरा हृदय जोरों से धड़कने लगा। मेरी आशा के अनुरूप होटल के द्वार पर गाड़ी रुक गई। और मेरी तृष्णा (ओपेरा-नर्तकी के प्रति आकर्षण को और क्या नाम दूँ) उसमें से उतरी। यद्यपि ऐसी गर्म शाम में वह व्यर्थ ही एक लम्बे-ढीले कोट में पूरी तरह ढँकी थी, फिर भी गाड़ी के पायदान से कूदकर उतरते समय उसके ढीले चोगे से झाँकते हुए उसके नन्हे-नन्हे पाँवों को देखकर मैंने उसे तुरन्त पहचान लिया। बालकनी से झुकते हुए मैं गुनगुनाकर, कि सिर्फ मेरी प्रियतमा को सुनाई पड़े, मैं कहने ही वाला था मेरी देवी ! कि मेरी...। तभी अचानक उसके पीछे एक और आकृति गाड़ी से कूदी। वह भी चोगे में ढँकी थी, पर उसके जूते की नुकीली एड़ फर्श से टकरा रही थी, और सिर पर हैट था। वे लोग होटल के पोर्टिको में प्रवेश कर गए। तुम्हें कभी ईर्ष्या हुई है, मिस आयर ? पूछने की आवश्यकता नहीं, तुम्हें बिल्कुल नहीं हुई है, क्योंकि तुम्हें कभी किसी से प्यार ही नहीं हुआ। इन दोनों भावनाओं का अनुभव तुम्हें आगे होगा। अभी तो तुम्हारी आत्मा सो रही है। वह ठोकर जो इसे जगाए, आगे आनेवाली है। तुम समझती हो कि सारी सृष्टि उसी शान्ति में रहती है जैसी शान्ति में तुम्हारी अब तक युवावस्था बीती है ? कान और आँखें बन्द किए लहरों पर तैरती हुई। तुम अभी नहीं देख पाई हो कि कैसे बाढ़ के प्रवाह में, थोड़े ही नीचे, नुकीली चट्टान छिपी रहती हैं, और न ही तुमने किनारे पर ज्वार-भाटों को उफनते हुए देखा है। परन्तु मैं तुम्हें कहे देता हूँ, और तुम मेरी बात गाँठ बाँध लो, तुम्हें भी एक दिन नदिया की चट्टानी राह से गुजरता होगा, जहाँ पूरे जीवन की धारा टूटकर लहरों और भँवरों में, फेन और कोलाहल में बिखर जाती है। वैसी स्थिति में तुम या तो नुकीली चट्टान से टकराकर टुकड़े-टुकड़े हो जाओगी या कोई दयालु जलधारा तुम्हें उठाकर शान्त जलधार में ले जाएगी जैसा मेरे साथ हो रहा है।

''मुझे आज का दिन अच्छा लग रहा है। यह लोहे जैसा आकाश भी, बर्फीले कुहासे से ढँके इस संसार की कठोरता और नीरवता भी। मुझे थार्नफील्ड भी आज भला लग रहा है—इसकी प्राचीनता, इसकी विरागता, इसके ये पुराने पेड़ और कँटीली झाड़ियाँ, इसका ये भूरा आवरण, धातु की कील जड़ी इसकी काली खिड़कियों की पंक्तियाँ, सभी मुझे आज भला लग रहा है। फिर भी सोचो, जाने कब से मुझे इनके खयालों से भी घृणा थी, एक रोगग्रस्त घर समझकर मैं इससे भागा फिरता था। अभी भी मुझे घृणा...।''

यह बोलकर उन्होंने दाँत पीसे और चुप हो गए। वे बिल्कुल रुक गए और अपने जूतों की नोक से धरती में ठोकर मारी। लगता था, मानो किसी घृणित भाव ने उन्हें ग्रस लिया है और ऐसे बाँध लिया है कि वे आगे बढ़ने में असमर्थ हो गए हैं।

जब हम लोग गलियारे में बढ़ रहे थे, वे इस प्रकार ठहर गए। थार्नफील्ड भवन हम लोगों के समक्ष था। इसकी छत के परकोटे की ओर आँखें उठाकर उन्होंने ऐसी दृष्टि से देखा जैसी (दृष्टि) मैंने न पहले कभी देखी थी और न बाद में कभी देखी। काली भौंहों के नीचे भटकती उन आँखों में जैसे पीड़ा, लज्जा, क्रोध, अधीरता, विरक्ति और घृणा के बीच भीषण द्वन्द्व चल रहा हो। यह संघर्ष भीषण था। किन्तु शीघ्र ही दूसरे भाव उठे और उन्होंने उन द्वन्द्वों पर विजय प्राप्त कर ली। ये भाव भी कठोर और विक्षिप्त-से थे, मनमौजी और अडिग भी। इससे उनका आवेग कुछ थम गया और मुद्रा स्थिर हो गई। वे फिर बोलने लगे, ''मिस आयर, इस क्षण जब मैं चुप था, मैं अपनी किस्मत के साथ एक समझौता कर रहा था। वह उस झड़बेरी के पेड़ के पास खड़ी थी। एक कुरूप बुढ़िया की तरह, जैसी वीराने में मैकबेथ के आगे आ गई थी। चेतावनी की मुद्रा में उँगलियाँ उठाते हुए उसने मुझे ललकारा–'तुम थार्नफील्ड पसन्द करोगे ?' और फिर शून्य में उसने कुछ लिखा, जो पूरे घर के ऊपर छा गया। ऊपरी और निचली खिड़कियों की कतार के बीच यह लेखनी फैल गई–'पसंद कर सकते हो तो करो, देखें तो सही। साहस है तो करो, देखें तो सही।' 'हाँ, मैं पसन्द करूँगा। मैं पसन्द करने का दुस्साहस अवश्य करूँगा' मैंने कहा। और मैं अपनी बात पर अटल हूँ। मेरी प्रसन्नता की राह में, हाँ, हाँ, अच्छाई की राह में जो भी बाधाएँ आएँगी, उन्हें मैं तोड़ डालूँगा। मैं पहले से अच्छा मनुष्य बनना चाहता हूँ, जैसे जाब के जलदैत्य ने भाले और तीर तोड़ डाले थे। जो छोटी बाधाएँ लोगों को चट्टान की भाँति कठिन लगेंगी, उन्हें मैं तृण और सूखी डंठल की भाँति टुकड़े-टुकड़े कर दूँगा।''

उसी क्षण एडेली अपने शटलकॉक के साथ दौड़ती हुई उनके समक्ष आई। ''भागो,'' उन्होंने कर्कशता से कहा, ''दूर ही रहो बच्ची, अथवा सोफिया के पास चली जाओ।''

उसके बाद वे फिर बिल्कुल मौन टहलने लगे। तब मैंने बहुत साहस करके उनका ध्यान कहानी के उस बिन्दु की ओर ले जाने की चेष्टा करते हुए, जहाँ से वे भटक गए थे, कहा, ''जब श्रीमती वैरेंस अन्दर आईं तो क्या आप बालकनी से हटे, महाशय ?''

मुझे आशंका थी कि इस असमय प्रश्न के लिए मुझे एक डाँट पड़ेगी। किन्तु इसके विपरीत अपनी विचारमग्नता से जैसे जागते हुए उन्होंने मेरी ओर आँखें घुमाईं और उनकी भौंहों से क्रोध के बादल छँटने लगे–

''हाँ, मैं तो सेलीन को भूल ही गया था। अच्छा, आगे की बात सुनो। जब मैंने अपनी प्रेयसी को दूसरे छैला के साथ आते देखा, मैंने अपने हृदय में ईर्ष्या के सर्प की फुफकार सुनी, जो उस चाँदनी से जगमग बालकनी में मेरे कोट के अन्दर से मेरे हृदय में घुसकर मुझे डँसने लगा था।''

इस बिन्दु पर आकर वे फिर अचानक बोलने लगे, ''अद्‌भुत ! आश्चर्य की बात है कि मैं यह सारी कहानी तुम्हें, एक नवयुवती को, सुना रहा हूँ और इससे भी अधिक आश्चर्य की बात यह है कि तुम स्थिर भाव से यह सारी कहानी सुन रही हो, मानो तुम जैसी कुमारी अनुभवहीन युवती को मेरे जैसे व्यक्ति का अपनी नर्तकी-प्रेयसी की कहानी सुनाना एक सामान्य बात हो। किन्तु अन्तिम विशिष्टता ही पहली बात को भी स्पष्ट करती है। जैसाकि पहले भी एक बार मैंने तुमसे कहा था, तुम्हारी गम्भीरता, विवेक और सतर्कता ने तुम्हें दूसरों के रहस्यों को सुनने-जानने योग्य बना दिया है। इसके अतिरिक्त मैं यह भी जानता हूँ कि मैंने किस प्रकार के मस्तिष्क को अपनी भावनाओं का भागीदार बनाया है...यह ऐसा है जिसे छूत नहीं लग सकता। यह एक अद्‌भुत, एक अद्वितीय मस्तिष्क है। यह तो शुभ-संयोग है कि मैं इसे हानि पहुँचाना नहीं चाहता। पर यदि मैं चाहता भी, तो भी यह बुराई ग्रहण कर नहीं सकता था। इसलिए तुम और मैं जितनी बातें करें, अच्छा ही है क्योंकि इससे तुम्हारी हानि तो हो नहीं सकती, मेरा सुधार अवश्य होगा।''

इस विषयान्तर के बाद वे फिर कहने लगे, ''तो मैं बालकनी में ही खड़ा रहा। इसलिए कि मैंने सोचा कि वह अपने कक्ष में तो आएगी ही; मुझे आक्रमण के लिए तैयार रहना चाहिए। अतः मैंने खुली खिड़की से हाथ बढ़ाकर, एक छोटी-सी जगह छोड़ सारे पर्दे खींच दिए और थोड़ी-सी दरार छोड़ पूरी खिड़की भी बन्द कर दी, ताकि उसी छेद या दरार से भीतर की बातें देख सकूँ और प्रेमियों का धीमा प्रेमालाप सुन सकूँ। फिर जब उन्होंने प्रवेश किया तो मैं छिपकर कुर्सी पर बैठ गया। मेरी आँखें उसी खुले स्थान पर टिक गईं। सेलीन की दाई आई, एक लैम्प जलाया, उसे मेज पर रखा, फिर धीमे से बाहर चली गई। इस जोड़े ने अब अपने गाउन हटा दिए और वे मुझे साफ-साफ दिखाई देने लगे। मेरे दिए हुए रेशमी वस्त्रों और रत्नों से सजी वैरेंस वहाँ थी और ऑफीसर जैसे वस्त्रों में उसका संगी था। मैं पहचान गया। वह एक जवान लफंगा था। एक बुद्धिहीन दुष्ट युवक जिसे मैंने कभी-कभी क्लबों में देखा था, जो कि मुझे घृणा के किसी पात्र से भी तुच्छ लगता था। उसे पहचानने पर मेरे अन्दर ईर्ष्या का फुफकारता हुआ सर्प शिथिल हो गया क्योंकि उसी क्षण सेलीन के प्रति मेरी कामाग्नि भी बुझ गई। एक नारी जो इतने तुच्छ व्यक्ति के लिए मुझे धोखा दे सकती थी, पाने योग्य नहीं थी। वह सिर्फ तिरस्कार के योग्य थी, फिर भी मुझसे कम ही, क्योंकि उसने तो मुझे भी बुद्धू बनाया था।

''वे बातें करने लगे। उनकी बातों से मैं और आश्वस्त होने लगा। बिल्कुल सारहीन, हृदयहीन, बुद्धिहीन और रुपए के लोभ-भरी बातें थीं। ऐसी बातें सुनकर क्रोध नहीं आया, ऊब-सी होने लगी। मेरे नाम का एक कार्ड मेज पर पड़ा था। उस पर दृष्टि जाते ही वे मेरे विषय में बातें करने लगे। उन दोनों में से किसी में न तो इतनी बुद्धि थी और न विवेक था कि मेरी ठीक से आलोचना करते। वे अपनी तुच्छता के अनुकूल भौंड़े ढंग से मुझे अपमानित करने लगे। सेलीन मेरे शारीरिक दोषों पर, उसके शब्दों में

मेरी कुरूपता पर, वाचाल होकर बोलने लगी जबकि उन्हीं को अब तक मेरे समक्ष वह मेरा पुरुषोचित सौन्दर्य कहकर प्रशंसा करते नहीं थकती थी। इस मामले में वह तुमसे बिल्कुल भिन्न थी...तुमसे जिसने दूसरी भेंट में ही मुझे दोटूक कह दिया कि तुम मुझे सुन्दर नहीं समझती, इस भिन्नता पर मैं उसी समय आश्चर्यचकित हो गया था और... ।''

इसी समय एडेली दौड़ती हुई आई और बोली, ''महाशय, जॉन आकर कह गया है कि आपका कारिन्दा आया है और आपसे मिलना चाहता है।''

''अच्छा, तब तो मुझे संक्षेप में कहना पड़ेगा। खिड़की खोलकर मैं सीधे अन्दर घुसा और धड़धड़ाता हुआ उनके सामने जा खड़ा हुआ। सेलीन को अपने बन्धन से मुक्त कर दिया, उसे होटल छोड़ने की नोटिस दे दी और तत्काल खर्च के लिए उसे कुछ पैसे दे दिए। उसकी चीखों, प्रलापों, प्रार्थना, विरोध और छटपटाहट का मुझ पर कोई असर नहीं हुआ। उस व्यक्ति से द्वन्द्वयुद्ध के लिए मैंने बोई दे बोलोन में समय निश्चित कर दिया। मैं दूसरे दिन प्रातःकाल द्वन्द्वयुद्ध के लिए पहुँचा, एक गोली उसकी दुर्बल, निरीह बाँह में मार दी जो किसी चूजे की टाँग जैसी दुर्बल लगती थी, और तब मैंने अपने कर्तव्य की इतिश्री समझ ली। पर दुर्भाग्यवश, छह माह पूर्व वैरेंस ने मुझे यह छोटी एडेली दी थी जिसे वह मेरी बेटी कहती थी। हो सकता है कि वह हो भी, किन्तु इस रूपहीन पैतृकता की कोई निशानी मैं उसकी आकृति में नहीं पाता। उसकी अपेक्षा पायलट और मुझमें कुछ समानता हो सकती है। मुझसे अलग होने के कुछ दिन बाद, उसकी माँ इसे छोड़कर एक गायक या संगीतज्ञ के साथ इटली भाग गई। मुझसे संरक्षण पाने का कोई प्राकृतिक दावा एडेली का है, ऐसा मैं न तब मानता था, न अब मानता हूँ, क्योंकि मैं उसका पिता नहीं हूँ। पर यह सुनकर कि वह बिल्कुल विपन्न दशा में है, मैंने उस बेचारी को पेरिस की कीचड़ और गन्दगी से निकाल लिया और इसे यहाँ रख दिया, ताकि वह इंग्लैंड के ग्राम-उपवन की स्वस्थ धरती पर पनप सके। किन्तु अब जब तुम जान गई हो कि यह मेरी बेटी नहीं, बल्कि एक ओपेरा-नर्तकी की अवैध सन्तान है, तो अपने पद के प्रति तुम्हारा दृष्टिकोण सम्भवतः बदल जाएगा और किसी दिन तुम मेरे पास यह सूचना देने आ जाओ कि तुम्हें कहीं और काम मिल गया है। अतः मैं दूसरी गवर्नेस ढूँढ़ लूँ। क्यों ? है न ?''

''बिल्कुल नहीं। एडेली आपके और अपनी माँ के पापों के लिए उत्तरदायी नहीं है। मेरे मन में उसके लिए स्नेह है, और अब जब मैं जान गई हूँ कि वह एक प्रकार से माता-पिताविहीन है, माँ द्वारा परित्यक्त और आपके द्वारा भी अमान्य। तो श्रीमान मैं तो पहले की अपेक्षा उससे अधिक ही चिपक जाऊँगी। जो छोटी-सी अनाथ बच्ची गवर्नेस को मित्र समझकर लिपट जाती है, उसकी अपेक्षा मैं एक धनी परिवार की बिगड़ी हुई लड़की को अधिक प्यार कैसे कर सकती हूँ जो गवर्नेस को व्यर्थ समझकर घृणा करती है?''

''ओह, तो इस आलोक में तुम इसे देखती हो ? अच्छा, तो मैं अब चलता हूँ।

तुम भी जाओ, अँधेरा हो रहा है।''

पर मैं कुछ मिनटों तक बाहर ही रही, एडेली और पायलट के संग-संग। उसके साथ दौड़ने का खेल खेला और बैटिलडोर तथा शटलकॉक का खेल भी। उसके बाद जब मैं अन्दर गई और मैंने एडेली की टोपी और कोट उतारे, तो मैंने उसे गोद में ले लिया और एक घंटे तक उसे गोद में रहने और बोलने दिया। उन छोटी-छोटी भूलों और बकवासों के लिए उसे डाँटा नहीं, जो अधिक प्यार पाने पर वह कर बैठती थी और जिनसे आभास मिलता था उसके चरित्र के ओछेपन का–जिसे सम्भवतः उसने अपनी माँ से विरासत में पाया होगा, क्योंकि ये ब्रिटिश मनोवृति के अनुकूल नहीं थे। फिर भी उसमें कुछ गुण थे और अभी मैं उन गुणों को ही देखना चाहती थी। मैंने उसकी आकृति में रोचेस्टर से साम्यता ढूँढ़ने की चेष्टा की। पर व्यर्थ। कोई लक्षण, कोई भंगिमा सम्बन्ध की साक्षी नहीं थी। यह दुखद स्थिति थी, क्योंकि यदि कोई साम्यता वह प्रमाणित कर पाती तो रोचेस्टर उस पर अधिक ध्यान देते।

जब मैं रात्रि में सोने के लिए अपने कमरे में आई, तभी मुझे रोचेस्टर की सुनाई हुई कहानी पर गम्भीरता से विचार करने का अवसर मिला। उसने ठीक ही कहा था कि उसकी कहानी में कुछ भी असामान्यता नहीं है–जैसे फ्रांसीसी नर्तकियों के प्रति धनी अँगरेजों की कामुकता, उसकी बेवफाई समाज में सामान्यतः ये सारी बातें निस्सन्देह पाई जाती हैं। किन्तु उन आवेगों और उद्वेगों में कुछ विचित्रता अवश्य थी जिनका एक दौरा-सा तब उन्हें पड़ा, जब उन्होंने अपनी वर्तमान सन्तुष्ट मनःस्थिति और इस भवन और इसके परिवेश से अपने नए लगाव के विषय में स्वीकारा था। मैं आश्चर्य से उस पर विचार करने लगी, पर फिर इसे छोड़ दिया, क्योंकि बात कुछ पल्ले पड़ नहीं रही थी। मैं फिर अपने प्रति मालिक के व्यवहार के विषय में सोचने लगी। उन्होंने मुझे विश्वास का पात्र समझा, यह मुझे अपने विवेक के प्रति उनके सम्मान का चिह्न लगा। इसे मैंने इसी आलोक में समझा और स्वीकार कर लिया। पहले की अपेक्षा इधर कई सप्ताह से मेरे प्रति उनका व्यवहार समरस था। अब मैं उन्हें बाधा नहीं जान पड़ती थी और यदि कभी अचानक हम मिल जाते तो उनकी वह सर्द अहंकारपूर्ण दृष्टि भी अब नहीं हुआ करती थी ऐसी भेंट बल्कि प्रिय जान पड़ती क्योंकि ऐसे अवसर पर उनके एक-दो शब्द और हलकी मुस्कान तो मेरे लिए होते ही थे। वे बुलावा भेजकर मुझे बुलाते, तो स्नेह से स्वागत करते, मानो मैं सचमुच उसका मनोरंजन कर सकती हूँ। ये सन्ध्याकालीन भेंटें उसके आनन्द और मेरे लाभ, दोनों ही के लिए थीं।

सच पूछें तो मैं बोलती कम थी, पर उनकी बातें आनन्द से सुनती थी। कुछ नई बातें बताना उनका स्वभाव-सा था। संसार से अनभिज्ञ बुद्धि के समक्ष संसार का दृश्य दिखाना, इसके ढंग बताना उन्हें प्रिय था। मुझे भी उनके व्यक्त किए हुए विचारों को ग्रहण करने में, उनके चित्रित किए दृश्यों को कल्पना से साकार करने में, और उनके द्वारा वर्णित क्षेत्रों में कल्पना के सहारे उनके साथ घूमने में बहुत आनन्द आता था। इन सबमें कभी किसी गन्दे इशारे के न होने से मुझे कभी कष्ट नहीं हुआ।

उनके व्यवहार की सरलता ने मुझे कष्टप्रद औपचारिकता से मुक्त कर दिया। मेरे प्रति उनकी मित्रवत, उचित और मधुर स्पष्टता ने मुझे उनके समीप ला दिया। प्रायः मुझे ऐसा लगता जैसे वे मेरे मालिक नहीं, वरन् कोई आत्मीय सम्बन्धी हों। फिर भी कभी-कभी वे अभिमान से भरे लगते। पर मैं इसकी परवाह नहीं करती थी, क्योंकि मैं जान गई थी कि यह उनका स्वभाव है। जीवन में इस नए लगाव के आने से मैं इतनी प्रसन्न और सन्तुष्ट हो गई कि मैंने अपनों के लिए तड़पना छोड़ दिया। मेरी क्षीण भाग्यरेखा बढ़ने लगी, अस्तित्व की खाइयाँ भरने लगीं, मेरा शारीरिक स्वास्थ्य सुधरने लगा, मैं मांसल और सशक्त होने लगी। और रोचेस्टर क्या मेरी आँखों में अब कुरूप लगते थे ? नहीं पाठक, नहीं, कृतज्ञता और अन्य मधुर, प्रिय भावनाओं ने मिलकर उनके चेहरे को मेरी दृष्टि में ऐसा कर दिया जिसे देखना मुझे सबसे प्रिय था। कमरे में उनकी उपस्थिति मुझे चमकती अग्नि से भी अधिक उष्णता और आनन्द प्रदान करती थी। फिर भी मैं उनके दोषों को भूली नहीं थी, सच पूछें, तो भूल भी नहीं सकती थी। वे बार-बार उन्हें दुहरा देते थे। वे अभिमानी, निर्मम और किसी भी प्रकार की निकृष्टता के प्रति बहुत कठोर थे। अपने अन्तर्मन में मैं जानती थी कि मेरे प्रति उनकी दया दूसरों के प्रति अनुचित कठोरता से पूरी होती थी। वह झक्की भी थे और अकारण ही वैसा हो जाया करते थे। उन्हें कुछ पढ़कर सुनाने का बुलावा आने पर मैं देखती थी कि वे अकेले लाइब्रेरी में अपनी बाँहों पर सिर झुकाए बैठे हैं। फिर जब वे सिर उठाते थे तो एक उदास, क्रुद्ध भृकुटी से उनकी आकृति काली दिखाई पड़ती थी। किन्तु मुझे विश्वास था कि उनका झक्कीपन, उनकी कठोरता, उनके पिछले चारित्रिक दोष—सभी किसी दुर्भाग्य के कारण उनमें आ गए थे। मेरी आस्था थी कि स्वभावतः वह अच्छी प्रवृत्तियों के, उच्च विचारों के, तथा शुद्ध अभिरुचियों के व्यक्ति हैं, भले ही परिस्थिति, कुशिक्षा या भाग्य-दोष से कुछ बुराइयाँ न उसमें आ गई हों। मेरे विचार से उनमें गुण वर्तमान थे, भले ही सम्प्रति वे गन्दे और धुँधले प्रतीत होते हों। इस तथ्य को मैं नहीं नकारूँगी कि चाहे वे जैसे भी रहे हों, उनके दुख से मैं दुखी थी और उस दुख को हलका करने के लिए बहुत-कुछ त्याग करने को भी तैयार थी।

यद्यपि मैंने बत्ती बुझा दी थी और बिस्तर पर लेटी थी, पर नींद नहीं आ रही थी और वह दृश्य बार-बार आँखों के आगे आ जाता था, जब वह अचानक बगल के रास्ते में रुके और बोले, 'नियति मेरे सामने खड़ी है और चुनौती दे रही है कि देखती हूँ, थार्नफील्ड में तुम कैसे प्रसन्न रह सकते हो !'

मैंने मन में सोचा, 'वे क्यों नहीं प्रसन्न रह सकते ? क्या चीज है जो उन्हें इस घर से विमुख करे ? क्या वे फिर घर छोड़कर चलें जाएँगे ? मिसेज फेयरफैक्स ने कहा था कि वे दो सप्ताह से अधिक कभी भी यहाँ नहीं टिकते। किन्तु इस बार तो वे आठ सप्ताह से यहाँ हैं। यदि वे यहाँ से चले जाएँ, तो यह परिवर्तन बड़ा निराशाजनक होगा। मान लो वसन्त, गर्मी, पतझड़ सभी में वे अनुपस्थित रहें, तो चमकली धूप और हँसते हुए दिन कैसे नीरस लगेंगे !'

पता नहीं, इन विचारों के बाद मुझे नींद आई या नहीं, पर अचानक एक अस्पष्ट ध्वनि सुनकर जाग पड़ी—एक विचित्र और उदास ध्वनि, जो लगता था, ठीक मेरे ऊपर से आ रही हो। काश, मैं लालटेन जलते रहने देती ! रात बहुत अँधेरी थी। मेरा मन डूबा जा रहा था। मैं उठी और बिछावन पर बैठ ध्यान से सुनने लगी। ध्वनि शान्त हो गई थी।

मैंने फिर सोने की चेष्टा की, पर हृदय धड़क रहा था और आन्तरिक शान्ति भंग हो गई थी। दूर हॉल में घड़ी ने दो बजाए। तभी मुझे लगा कि मेरे कमरे के दरवाजे को किसी ने छुआ, मानो बाहर अँधेरे गलियारे का रास्ता टटोलते हुए किसी ने दरवाजे पर उँगलियाँ फिराई हों। मैंने कहा, "कौन है ?" पर कोई उत्तर नहीं। मैं भयभीत हो गई।

अकस्मात् मेरे ध्यान में आया कि यह पायलट हो सकता है जो कभी संयोगवश रसाईघर का दरवाजा खुला छूट जाने पर निकलकर मि. रोचेस्टर के कमरे की चौखट तक पहुँच जाता है। मैंने कई बार स्वयं प्रातःकाल उसे वहाँ लेटे पाया है। इस विचार ने मुझे कुछ आश्वस्त कर दिया मैं फिर लेट गई। नीरवता घबराहट को शान्त कर देती है और चूँकि अब पूरे घर में बिल्कुल शान्ति छाई थी, मुझे झपकी आने लगी थी। परन्तु उस रात सोना भाग्य में बदा ही नहीं था। कोई स्वप्न नयनों में उतरता, उसके पूर्व ही एक लोमहर्षक घटना से घबड़ाकर भाग निकला।

एक भुतही हँसी सुनाई पड़ी—धीमी, दबी-दबी, पर गहरी। लगा जैसे दरवाजे के छेद से आ रही हो। मेरा सिरहाना द्वार के निकट ही था, सो मुझे लगा कि यह भुतही हँसी हँसनेवाली मेरे बिस्तर के पास ही होगी या तकिए से सटी होगी। मैं उठी और चारों ओर देखा, पर कुछ नहीं पाया। मैं दृष्टि फाड़-फाड़कर देख ही रही थी कि वही अमानवीय स्वर पुनः आने लगा। मैं समझ गई कि यह दरवाजे के पास से आ रहा है। मैं स्वचालित गति से उठी, दरवाजे की सिटकिनी चढ़ा दी और तब चिल्लाकर पूछा, "कौन है ?"

कोई गलगला तथा कराह रहा था। पर जल्दी ही किसी की पगध्वनि तीनतल्ले की सीढ़ियों की ओर जाती सुनाई पड़ी। हाल ही में सीढ़ियों में एक किवाड़ लगा दिया गया था। मैंने इस किवाड़ के खुलने और बन्द होने की आवाज सुनी। फिर शान्ति छा गई।

मेरे मन में आया, 'क्या वह ग्रेस पूल थी ? क्या उस पर भूत आता है ?' अब चुपचाप बैठना मेरे लिए असम्भव था। मुझे मिसेज फेयरफैक्स के पास जाना होगा। मैंने जल्दी से फ्रॉक पहना और शॉल लपेटा। सिटकिनी हटाई और काँपते हाथों से द्वार खोला। ठीक बाहर बरामदे की कालीन पर एक जलती हुई मोमबत्ती छोड़ दी गई थी। यह देखकर मैं चकित हुई, पर तब मुझे और आश्चर्य हुआ जब मैंने पाया कि हवा एकदम घुटन-भरी है, मानो धुएँ से भरी हो। फिर चारों ओर ताकने पर कि धुएँ के छल्ले किधर से आ रहे हैं, मुझे जलने की गन्ध स्पष्ट मालूम पड़ने लगी।

कुछ कड़कड़ की आवाज आई। यह अधखुले दरवाजे की आवाज थी। जहाँ

रोचेस्टर के कमरे का द्वार था, वहीं से धुएँ के बादल निकल रहे थे। मुझे न मिसेज फेयरफैक्स का खयाल रहा, न ग्रेस पूल का और न उस भयानक हँसी का। पलक झपकते मैं उस कमरे में थी। बिछावन के चारों ओर से आग की लपटें निकल रही थीं, मच्छरदानी ने भी आग पकड़ ली थी। उन लपटों और धुएँ के बीच मि. रोचेस्टर निस्पन्द पड़े थे, गहरी नींद में।

मैं चिल्लाई, "जागो, जागो !" और उन्हें झकझोरा। किन्तु वह कुछ बड़बड़ाए और दूसरी करवट घूम गए, मानों धुएँ ने उन्हें अचेत कर दिया हो। एक क्षण में कुछ भी हो जाता। चादर भी धधकने लगा था। मैंने दौड़कर उनका घड़ा और सुराही उठा लिया। जिनमें भाग्यवश काफी पानी भरा था। मैंने पूरा-का-पूरा उड़ेल दिया; बिछावन और उसके मालिक दोनों को डुबो-सा दिया। फिर अपने कमरे में दौड़कर गई और अपनी सुराही लाकर पुनः बिछावन को स्नान करा दिया। इस प्रकार ईश्वर की दया से मैं बिछावन की लपकती आग को बुझाने में सफल हो गई।

बुझती आग की वाष्प, खाली करके फेंके गए घड़े के टूटने की आवाज, तथा पानी में भीगने से अन्त में मि. रोचेस्टर की नींद टूटी। यद्यपि अँधेरा था, फिर भी मैं समझ गई कि वे जाग चुके हैं क्योंकि अपने को जलप्लावित पाकर उन्होंने शाप देना शुरू कर दिया था।

"क्या बाढ़ आ गई है ?" वे चिल्लाए।

"नहीं श्रीमान्," मैंने कहा। "आग लग गई थी। जल्दी उठिए, उठिए न। आप भीग गए हैं, मैं एक लालटेन लाती हूँ।"

"हे भगवान, क्या तुम जेन आयर हो ?" उन्होंने पूछा, "तुम यहाँ क्या कर रही थी, डायन, दुष्ट ? तुम्हारे अतिरिक्त कमरे में और कौन है ? क्या तुम लोगों ने मुझे डुबोकर मारने का षड्यन्त्र किया है ?"

"मैं आपको बत्ती लाकर देती हूँ, श्रीमान। पर ईश्वर के लिए आप जल्दी उठिए। किसी ने कुछ षड्यन्त्र तो किया ही है, पर आप तुरन्त तो षड्यन्त्र का अथवा उसे करनेवाले का पता नहीं लगा सकते।"

"ठीक है, लो मैं उठ गया। पर अभी बत्ती मत लाना, वरना...दो मिनट ठहरो, ताकि मैं कुछ सूखे कपड़े पहन लूँ...यदि कोई सूखा बचा हो तो...हाँ, यह मेरा ड्रेसिंग गाउन है। अब दौड़कर लाओ।"

मैं दौड़ पड़ी और गलियारे में जलती मोमबत्ती उठा लाई। उन्होंने मेरे हाथ से बत्ती ली, ऊँचा उठाया और बिछावन को ध्यान से देखा। सभी झुलसकर काले हो गए थे। चादर भीग गया था और फर्श की कालीन पानी में तैर रही थी।

"यह सब क्या है ? किसने किया ?" उन्होंने पूछा।

मैंने सभी वृत्तान्त संक्षेप में सुना दिया—वह भयावह हँसी जो मैंने गैलरी में सुनी, तीनतल्ले की ओर जानेवाली पदचाप, फैला हुआ धुआँ, आग की गन्ध जिससे खिंची मैं इधर चली आई और कैसे मैंने वह सारा पानी जो मुझे मिला, फेंककर लगभग उन्हें

डुबो-सा दिया।

वे बड़ी गम्भीरता से सुनते रहे। उनके चेहरे पर अचरज की अपेक्षा चिन्ता अधिक प्रतीत होती थी। जब मैंने बात खत्म की, वे तुरन्त कुछ नहीं बोले।

मैंने ही पूछा, "क्या मैं मिसेज फेयरफैक्स को बुलाऊँ ?"

चौंककर वे बोले, "मिसेज फेयरफैक्स ! नहीं, उन्हें भला क्यों बुलाओगी ? वे क्या करेंगी ? उन्हें निर्विघ्न सोने दो।"

"तब मैं लीया को बुला लाती हूँ, और जॉन और उसकी पत्नी को भी जगा देती हूँ।"

"कदापि नहीं। शान्ति से बैठी रहो। तुम शॉल लपेटे हुए हो न ? यदि ठंड लग रही हो तो तुम मेरा कोट ले सकती हो, वहाँ है; उसे ओढ़ लो और आरामकुर्सी पर बैठ जाओ। हाँ, मैं इसे पहन लेता हूँ...पैर को स्टूल पर रख लो, ताकि भीगे नहीं। मैं कुछ मिनटों के लिए जा रहा हूँ, और बत्ती भी लिये जा रहा हूँ। जब तक मैं लौटूँ नहीं, तुम जहाँ हो वहीं बैठी रहो, चुहिया की तरह शान्त। मुझे तीनतल्ले पर जाना होगा। ध्यान रहे, हिलना-डुलना नहीं, न किसी को पुकारना।"

वे चले गए। मैं बत्ती की रोशनी को दूर जाते देखती रही। वे धीमे पाँव सीढ़ियों पर चढ़े, निशब्द सीढ़ी का द्वार खोला, बाहर निकलकर फिर इसे बन्द कर दिया। रोशनी की अन्तिम किरण भी लुप्त हो गई। मैं बिल्कुल अँधेरे में थी। मैं कोई आहट सुनने को कान लगाए थी, पर बिल्कुल नीरव था। बहुत समय बीत गया। मैं ऊबने लगी। कोट पहनने के बावजूद भी बहुत ठंड लग रही थी। फिर ठहरने से भी क्या लाभ जब किसी को जगाना ही नहीं था। अब मैं उनकी आज्ञा का उल्लंघन करके उनके क्रोध का पात्र बनने ही वाली थी कि फिर रोशनी की एक किरण सीढ़ियों की दीवार पर चमक उठी। उनकी धीमी पदचाप भी सुनाई पड़ी। मैंने मन को आश्वस्त किया, 'वही होंगे, कोई भूत-प्रेत नहीं।'

उन्होंने कमरे में प्रवेश किया। चेहरे की रंगत उड़ी हुई और चिन्ताग्रस्त। बेसिन पर बत्ती रखते हुए बोले, "मैंने पता लगा लिया। मेरा जैसा अनुमान था, वही हुआ।"

"क्या श्रीमान ?"

उन्होंने कोई उत्तर नहीं दिया। हाथ बाँधे जमीन पर ताकते रहे। कुछ मिनट बाद विचित्र-सी आवाज में पूछने लगे, "मैं भूल गया, तुमने क्या बताया था ? अपने कमरे का द्वार खोलने पर तुमने किसी को देखा था ?"

"नहीं श्रीमान, सिर्फ जमीन पर बत्ती जल रही थी।"

"किन्तु तुमने एक अद्भुत हँसी सुनी ? मुझे लगता है, वैसी हँसी या उस प्रकार का कुछ और तुमने पहले भी सुना होगा।"

"हाँ श्रीमान, यहाँ एक ग्रेस पूल नाम की महिला है जो सिलाई वगैरह करती है। वही उस ढंग से हँसती है। वही अजीब औरत है।"

"बिल्कुल ठीक। ग्रेस पूल...तुमने ठीक अनुमान लगाया। जैसाकि तुम कहती हो

वह सच ही बड़ी अजीब है। खैर, मैं इस पर सोचूँगा। फिलहाल, मुझे इस बात की खुशी है कि आज रात की घटना मेरे अतिरिक्त सिर्फ तुम जानती हो। तुम तो बातूनी हो नहीं, किसी को कुछ मत बताना।'' फिर झुलसे बिछावन की ओर इंगित करते हुए बोले, ''इस हालत का कारण लोगों को मैं स्वयं बतलाऊँगा। तुम अब अपने कमरे में जाओ। मैं लाइब्रेरी के सोफे पर आराम से शेष रात काट लूँगा। चार बज रहे हैं। दो घंटे में नौकर-चाकर जाग जाएँगे।''

मैंने चलते हुए कहा, ''गुडनाइट, श्रीमान।''

वे आश्चर्य में पड़ गए...व्यर्थ ही, क्योंकि उन्होंने ही अभी मुझे जाने को कहा था। उन्होंने चकित होकर कहा, ''क्या ? तुरन्त चल दी ? और वह भी इस ढंग से ?''

''आपने ही तो कहा था श्रीमान कि अब मैं जा सकती हूँ।''

''लेकिन बिना बिदा लिये तो नहीं, कृतज्ञता का एक-दो शब्द कहे-सुने बिना तो नहीं, इस रूखे-सूखे ढंग से तो नहीं। आखिर तुमने मेरी जान बचाई है। मुझे एक भयानक और झुलसती मृत्यु से बचा लिया है। और तुम ऐसे चल दीं, जैसे हम लोग बिल्कुल अपरिचित हों। कम-से-कम हाथ तो मिलाओ।''

उन्होंने हाथ बढ़ाया; मैंने अपना हाथ दिया। उन्होंने मेरा हाथ पहले एक हाथ में, फिर अपने दोनों हाथ में ले लिया। ''तुमने मेरी जान बचाई है। तुम्हारा इतना बड़ा ऋण स्वीकार करने में मुझे प्रसन्नता होती है। तुम्हारे सिवा किसी और का ऐसा ऋण स्वीकार करना मुझे असह्य हो जाता, पर तुम्हारी बात और है। तुम्हारे उपकार मुझे बोझ नहीं लगते, जेन।''

वे रुके और मुझे ध्यान से देखने लगे। लगता था, शब्द उनके होंठों पर काँप रहे हैं और वे बोलेंगे। पर उसकी वाणी अवरुद्ध ही रही।

''फिर गुडनाइट, श्रीमान। इस काम में किसी ऋण, उपकार, बोझ या कृतज्ञता का प्रश्न ही नहीं है।''

वे बोलते रहे, ''मुझे आभास था, तुम कभी-न-कभी किसी-न-किसी रूप में मेरा भला करोगी। जब मैंने पहली बार तुम्हें देखा, तभी तुम्हारी आँखों में मैंने इसे पढ़ लिया था। उन आँखों का भाव और उनकी हँसी अकारण ही मेरे अन्तर्तम में प्रसन्नता नहीं बिखरेती थी। लोग पूर्वजन्म के लगाव के विषय में बातें करते हैं। मैंने देवात्माओं के विषय में भी सुना है। काल्पनिक कहानियों में भी कुछ सत्य तो होता ही है, मेरी प्रिय जीवनरक्षिका। गुडनाइट।''

उसकी वाणी में अद्‌भुत ओज था; आँखों में विचित्र चमक थी।

''मुझे प्रसन्नता है कि मैं संयोगवश उस समय जगी हुई थी,'' मैंने कहा और जाने लगी।

''क्या ? तुम चली जाओगी ?''

''ठंड लग रही है, श्रीमान।''

''ठंड ? हाँ, तुम पानी में खड़ी हो। अच्छा जाओ जेन, जाओ,'' उन्होंने कहा, पर

मेरा हाथ पकड़े ही रहे और मैं हाथ छुड़ा नहीं पा रही थी। मैंने एक उपाय सोचा।

"मुझे लगता है, मिसेज फेयरफैक्स उठ गई हैं," मैंने कहा।

"अच्छा, जाओ," उन्होंने पकड़ ढीली की और मैं तुरन्त चल दी।

मैं अपने बिस्तर पर तो आ गई, पर नींद का पता नहीं था। भोर होने तक मैं मानो तूफानी, अशान्त समुद्र पर हिलकोरे खाती रही जहाँ दुखों के ज्वार के अन्दर आनन्द की धाराएँ भी थीं। मुझे कभी-कभी ऐसा लगता था, जैसे इस तूफानी धारा के बाद कोई किनारा दीख-सा रहा है, ब्यूला की पहाड़ी की भाँति सुखद। लगा जैसे आशा रूपी ताजा समीर के झोंके मेरी आत्मा को उस उपवन की ओर उड़ाएँ लिये जा रहे हैं, किन्तु मैं वहाँ पहुँच नहीं पा रही हूँ, क्योंकि विपरीत दिशा से आनेवाली आँधी मुझे बार-बार पीछे धकेल रही है। फिर विवेक ने इस दिवास्वप्न पर अंकुश लगाया; बुद्धि ने आवेगों को दबाया। बेचैनी से आराम कर सकने में असमर्थ मैं प्रातःकाल होते ही उठ पड़ी।

16

उस निद्राविहीन रात्रि के दूसरे दिन मैं मि. रोचेस्टर से मिलना भी चाहती थी और मिलने से डर भी रही थी। मैं उनका स्वर सुनना चाहती थी, पर आँख मिलाने से डर रही थी। प्रातःकाल कुछ देर तक मुझे आशा रही कि वे आएँगे। वैसे वे बराबर तो स्कूल-कक्ष में नहीं आते थे, पर कभी-कभी आ जाते थे। मेरा अनुमान था कि आज वे अवश्य आएँगे।

सवेरे का समय सामान्य ढंग से बीत गया। एडेली की पढ़ाई में कोई बाधा नहीं पड़ी। पर जलपान के बाद मैंने मि. रोचेस्टर के कमरे की बगल में कुछ हलचल सुनी। श्रीमती फेयरफैक्स की आवाज, लीया की, रसोइदारिन की अर्थात् जॉन की पत्नी की, और जॉन की भी मोटी आवाज। तरह-तरह की बातें सुनाई पड़ रही थीं–'ईश्वर की दया थी कि मालिक बिस्तर में जल जाने से बच गए।' 'रात में बत्ती जलते छोड़ देना संकट का कारण बन जाता है।' 'सौभाग्य से मालिक को सुराही का ध्यान आ गया।' 'आश्चर्य है कि उन्होंने किसी को जगाया नहीं।' 'ईश्वर करे कि लाइब्रेरी के सोफे में रात काटने के कारण उन्हें ठंड न लगी हो।'

इन सब बातों के साथ-साथ रगड़ने-खुरचने और चीजों को सुव्यवस्थित करने की आवाज भी आ रही थी। भोजन के लिए नीचे उतरते समय जब मैं कमरे की बगल से गुजरी, तो खुले द्वार से कमरे में झाँकने पर पाया कि सभी चीजें फिर से व्यवस्थित हो गई थीं। सिर्फ बिस्तर के झालर वगैरह हटा दिए गए थे। लीया खिड़की पर बैठकर धुएँ से धुँधलाए हुए शीशे को रगड़कर साफ कर रही थी। मैं उसे कुछ कहने ही जा रही थी, क्योंकि मैं जानना चाहती थी कि मालिक ने इस घटना का क्या कारण बतलाया है, किन्तु आगे बढ़ते ही मैंने उस कमरे में एक दूसरे व्यक्ति को भी देखा। बिस्तर की बगल में कुर्सी पर एक स्त्री बैठी थी और नई मच्छरदानी का झालर वगैरह सी रही थी। वह स्त्री और कोई नहीं, ग्रेस पूल ही थी।

वहाँ वह बैठी थी–गम्भीर और चुप-सी और हमेशा की भाँति अपने भूरे गाउन, चारखाने के एप्रन, उजले रूमाल और टोपी में। वह अपने काम में लगी थी, जिसमें वह बिल्कुल मग्न-सी थी। उसके सख्त ललाट पर या मामूली चेहरे पर पीलेपन या निराशा

का ऐसा कोई भाव नहीं था जो हत्या का प्रयास करनेवाली स्त्री के चेहरे पर होना चाहिए था, और जिसके शिकार ने गत रात उसके घर तक उसका पीछा करके उस पर जघन्य अपराध का आरोप लगाया था। मैं तो चकित रह गई; विमूढ़-सी। जब मैं उसे ध्यान से देख रही थी, उसने दृष्टि ऊपर उठाई, पर चौंकी नहीं और न उसके चेहरे की रंगत उड़ी। न अपराधबोध था और न ही पकड़े जाने पर भय का भाव। उसने अपना नीरस और संक्षिप्त ढंग से नमस्ते कहा और दूसरा झालर और पट्टी लेकर सिलाई में लग गई।

मैंने मन में सोचा, 'मैं उसकी परीक्षा लूँगी। ऐसा ढोंग समझ से परे है।' और बोली, ''नमस्ते ग्रेस। यहाँ कुछ हुआ था क्या ? मुझे लगा कि कुछ देर पहले नौकर लोग कुछ बोल रहे थे।''

''नहीं, सिर्फ मालिक रात देर तक बिछावन में लेटकर पढ़ते रहे और बत्ती जलती छोड़ सो गए। बस पर्दों में आग लग गई। किन्तु सौभाग्य से पलँग की लकड़ी में आग लगने के पहले वे जग पड़े और घड़े के पानी से आग को बुझा दिया।''

''आश्चर्य की बात है।'' मैंने कहा और उस पर दृष्टि गड़ाकर धीमी आवाज में बोली, ''क्या मि. रोचेस्टर ने किसी को जगाया नहीं ? किसी ने उनकी आहट नहीं सुनी ?''

उसने फिर अपनी आँखें मेरी ओर उठाईं और इस बार उन आँखों के भावों में कुछ सजगता थी। वह मुझे जाँचती-सी लगी। उसने उत्तर दिया, ''नौकर सब तो इतनी दूर सोते हैं कि उनका कुछ सुन पाना सम्भव नहीं है। श्रीमती फेयरफैक्स और आपके कमरे ही मालिक के कमरे के समीप हैं। किन्तु श्रीमती फेयरफैक्स कहती हैं कि उन्होंने कुछ नहीं सुना। जब लोग बूढ़े हो जाते हैं, तो कभी-कभी गहरी नींद में सोते हैं।'' वह रुकी और फिर कुछ अनमने ढंग से पर साफ-साफ शब्दों में बोली, ''किन्तु आप तो जवान हैं, कुमारी जी, और मेरे विचार से कच्ची नींद सोती हैं। सम्भवतः आपने कुछ आहट सुनी हो !''

अपना स्वर धीमा करते हुए, ताकि लीया नहीं सुन सके, मैंने कहा, ''मैंने अवश्य सुना और पहले मैं समझी कि पायलट होगा। किन्तु पायलट हँस तो नहीं सकता और मुझे विश्वास है कि मैंने एक हँसी सुनी थी, एक विचित्र हँसी।''

उसने फिर से धागा लिया, सधे हाथों से उसे नुकीला करके सुई में पिरोया, फिर शान्त भाव से बोली, ''यह तो सम्भव ही नहीं है कि मालिक हँसेंगे, कुमारी जी, विशेष कर जब वे ऐसे खतरे में थे। आप अवश्य स्वप्न देख रही होंगी।''

उसकी निर्लज्ज सर्द-दिली पर कुछ क्रुद्ध होकर मैंने कहा, ''मैं स्वप्न नहीं देख रही थी।''

उसने उन्हीं परखती और सजग आँखों से फिर मुझे देखा और पूछा, ''क्या आपने मालिक को बतलाया कि आपने एक हँसी की ध्वनि सुनी ?''

''मुझे आज प्रातःकाल उनसे बातें करने का अवसर नहीं मिला है।''

''दरवाजा खोलकर गलियारे में झाँकने का विचार आपके मन में नहीं आया ?''

लगता था, वह मुझसे जिरह कर रही है, अनजाने में मुझसे बातें उगलवाने का प्रयास कर रही है। मेरे मन में विचार आया–यदि उसे पता चल जाए कि उसके अपराध के विषय में मैं जानती हूँ या उस पर सन्देह करती हूँ, तो मेरे साथ भी अपनी दुष्टतापूर्ण चालाकी चलेगी। इसलिए मैंने सावधान रहना ही उचित समझा और उत्तर दिया, ''खोलने की बजाय मैंने तो दरवाजे की सिटकिनी चढ़ा दी।''

''तो क्या सोने से पहले हर रात आपको सिटकिनी बन्द करने की आदत नहीं है ?''

दुष्ट ! वह मेरी आदतों के विषय में जानना चाहती है, ताकि तदनुसार षड्यन्त्र रच सके। मेरे विवेक पर चिड़चिड़ाहट छाने लगी। मैंने तल्खी से उत्तर दिया, ''अब तक तो मैं कभी-कभी सिटकिनी बन्द करना छोड़ भी देती थी, क्योंकि मुझे आवश्यक नहीं जान पड़ता था। मुझे पता ही नहीं था कि थार्नफील्ड हॉल में किसी संकट या झमेले का डर भी है। पर भविष्य में मैं सोने के पूर्व सभी कुछ पूरी तरह सुरक्षित कर लेने का ध्यान रखूँगी।''

''यही बुद्धिमत्ता होगी,'' उसने उत्तर दिया। ''वैसे यह क्षेत्र बहुत शान्त है। मैंने इस महल पर कभी डकैतों के आक्रमण की बात नहीं सुनी, यद्यपि यहाँ सैकड़ों पौंड के तो बर्तन-बासन ही होंगे, जैसाकि सभी जानते हैं। और यह तो आप भी समझती हैं कि इतने बड़े महल को देखते हुए यहाँ नौकर-चाकर बहुत कम ही हैं, क्योंकि मालिक कभी यहाँ अधिक समय तक रहते नहीं। जब कभी आते भी हैं तो कुँवारे होने के कारण उन्हें ज्यादा सेवा की आवश्यकता नहीं रहती। फिर भी मेरा हमेशा यही विचार रहता है कि सुरक्षा के मामले में ढिलाई ठीक नहीं। दरवाजा सिटकिनी लगाकर बन्द कर लेना चाहिए, ताकि किसी सम्भावित दुर्घटना से अपना बचाव किया जा सके। बहुत से लोग सभी बातों के लिए ईश्वर पर ही भरोसा करते हैं कुमारी जी, किन्तु मैं कहती हूँ, क्या ईश्वर यह कहते हैं कि कोई उपाय मत करो। वह तो बल्कि बुद्धिमत्ता से प्रयास करनेवालों को आशीष देते हैं।'' इतना कहकर उसने भाषण बन्द किया जो उसके स्वभाव की दृष्टि से लम्बा ही था और जो एक धार्मिक उपदेशिका की भाँति गम्भीरता से दिया गया था।

उसके आश्चर्यजनक आत्मसंयम और अभेद्य-दुर्गम्य आडम्बर पर मैं किंकर्तव्यविमूढ़-सी खड़ी रह गई। उसी समय रसोइदारिन ने वहाँ प्रवेश करके कहा, ''मिसेज पूल, नौकरों का भोजन लगभग तैयार हो गया है। क्या तुम नीचे चलोगी ?''

''नहीं, मेरी बीयर की कटोरी और खीर थाली में रख दो। मैं इसे ऊपर ही ले जाऊँगी।''

''थोड़ा, मांस भी लोगी ?''

''एक कौर, और जरा-सा पनीर, बस।''

''और साबूदाना ?''

''अभी इसकी चिन्ता छोड़ो। चाय के समय के पहले मैं स्वयं आ जाऊँगी और स्वयं बना लूँगी।''

रसोइदारिन तब मेरी और मुड़कर बोली कि श्रीमती फेयरफैक्स मेरी प्रतीक्षा कर रही हैं। इसलिए मैं भी चल पड़ी।

ग्रेस पूल के रहस्यमय चरित्र के उलझन में मैं इतनी खो गई थी कि मिसेज फेयरफैक्स ने मच्छरदानी में आग लगने का जो विवरण दिया, उस पर भोजन करते समय मैं ध्यान ही नहीं दे पाई। उससे भी अधिक मैं यह सोच रही थी कि थार्नफील्ड में उसका स्थान क्या है, उसे आज सवेरे जेल क्यों नहीं भेज दिया गया, अथवा कम-से-कम नौकरी से क्यों नहीं हटा दिया गया। गत रात्रि मालिक ने लगभग स्वीकार कर लिया था कि यह जघन्य काम उसी का होगा। तो फिर वह क्या रहस्य है जिसके कारण वह उस पर आरोप नहीं लगा सकते ? फिर उन्होंने मुझे भी इस विषय पर चुप रहने को क्यों कहा ? यह बड़े अचरज की बात है कि एक निर्भीक प्रतिशोधी, अभिमानी व्यक्ति न जाने क्यों अपने एक तुच्छ आश्रित के वश में है, इतना वश में कि जब उसने उसका प्राण लेने की चेष्टा की तो भी वह उस पर आरोप नहीं लगा सका, दंड देने की बात तो दूर रही।

यदि ग्रेस युवा और सुन्दर होती तो मैं सोचती कि किन्हीं कोमल भावनाओं के वशीभूत होकर मि. रोचेस्टर ऐसा कर रहे हैं, किन्तु उसकी कुरूपता और ढलती आयु को देखते हुए ऐसा सोचा भी नहीं जा सकता था। पर, मैंने सोचा, 'कभी तो मालिक नवयुवक रहे होंगे। उन दिनों यह भी युवा रही होगी क्योंकि मिसेज फेयरफैक्स कहती हैं कि यह बहुत दिनों से यहाँ नौकरी कर रही है। मुझे नहीं लगता वह कभी सुन्दर रही होगी, पर अनुमान है कि रूप की कमी पूरा करने के लिए उसमें विशिष्टता और चरित्र की शक्ति अवश्य रही होगी। मि. रोचेस्टर जिद्दी और उद्वेगी व्यक्ति के प्रशंसक हैं, और ग्रेस कुछ उद्वेगी तो है ही। क्या ऐसा नहीं हो सकता कि उनके जैसे अस्थिर और हठी स्वभाववाला व्यक्ति क्षणिक दुर्बलता के कारण उसके वशीभूत हो गया हो और उसी के कारण उन पर अभी भी उसका एक गुप्त प्रभाव हो, जो उनकी अपनी गलती का ही परिणाम हो, जिससे वे न छुटकारा पा सकते हैं और न उसकी उपेक्षा कर सकते हैं।' किन्तु ऐसा सोचते-सोचते मेरी आँखों के आगे ग्रेस पूल का चौड़ा-चपटा शरीर और कुरूप रूखा-सूखा चेहरा इतना स्पष्ट आ गया कि मैं बोल पड़ी, 'नहीं, असम्भव है। मेरी धारणा गलत है।' पर मेरे अन्तर्मन में किसी ने फुसफुसाकर कहा, 'तुम भी तो सुन्दर नहीं हो, पर मि. रोचेस्टर तुम्हें पसन्द करते हैं। कम-से-कम तुम्हें तो ऐसा अनुभव होता ही है, और पिछली रात तो...याद करो उनकी बातें, उनकी वो दृष्टि, उनका वह स्वर।'

मुझे वे सारी बातें याद थीं। भाषा, दृष्टि, स्वर इस क्षण मेरे आगे साकार-से हो गए। मैं स्कूल-कक्ष में थी, एडेली चित्र बना रही थी। मैं उसके ऊपर झुकी और उसकी मुट्ठी को पकड़कर पेंसिल घुमाने में उसकी सहायता करने लगी। उसने चौंककर मुझे देखा। और बोली, "और बताइए।"

"मैं झुके-झुके थक गई हूँ," मैंने कहा। वह चित्र खींचने लगी और मैं फिर विचार की दुनिया में चली गई।

ग्रेस पूल के सम्बन्ध में जो घृणित विचार मेरे मन में आए थे, उन्हें मैंने जल्दी से दूर किया, क्योंकि यह बहुत अरुचिकर था। मैंने उससे अपनी तुलना की। मुझे लगा, हम लोग बिल्कुल भिन्न हैं। बेस्सी लीवेन ने कहा था कि मैं सम्भ्रान्त महिला दिखती हूँ। उसने सच कहा था कि मैं सम्भ्रान्त महिला हूँ। बेस्सी ने जब मुझे देखा था, उसकी अपेक्षा इन दिनों तो मैं कहीं अधिक अच्छी लगती हूँ। मेरा रंग निखर गया है और शरीर भर गया है। मुझमें ज्यादा जीवन, ज्यादा स्फूर्ति आ गई है, क्योंकि अब मेरे मन में सुन्दर आशाएँ जाग गई हैं और जीवन में रुचि होने लगी है।

खिड़की की ओर देखते हुए मैंने मन में कहा कि शाम होनेवाली है, दिन-भर मैंने न तो मि. रोचेस्टर का स्वर सुना, न ही उनकी पदचाप सुनी, किन्तु रात्रि के पूर्व उनके दर्शन अवश्य होंगे। प्रातः मुझे उनसे मिलने में झिझक हो रही थी, किन्तु भेंट होने की आशा में मैं इतनी देर तक निराश हुई कि मिलने की इच्छा प्रबल हो उठी।

जब अँधेरा हो गया और सोफी के साथ खेलने के लिए एडेली भी मेरे पास से चली गई तो मैं मिलने के लिए बहुत उत्सुक हो गई। मैं कान लगाए बैठी थी कि अब नीचे घंटी बजेगी और अब लीया बुलावे की खबर लेकर आएगी। कभी कल्पना में लगता कि मि. रोचेस्टर के आने की पदचाप सुनाई पड़ रही है। लगता था, अभी द्वार खुलेगा और वे प्रवेश करेंगे, और मैं आगे बढ़ जाती। पर दरवाजा बन्द ही रहा और खिड़कियों से अन्धकार कमरे में प्रवेश करने लगा। फिर भी मुझे आशा थी कि अभी बहुत देर नहीं हुई है। कभी-कभी तो उन्होंने मुझे सात-आठ बजे रात्रि में भी बुलाया था। अभी तो सिर्फ छह ही बजे हैं। मुझे निराश नहीं होना चाहिए। मुझे उनसे बहुत-सी बातें कहनी हैं। मैं उनके सामने ग्रेस पूल की चर्चा चलाना चाहती थी और देखना चाहती थी कि वे क्या उत्तर देते हैं। मैं दोटूक शब्दों में पूछना चाहती थी–क्या उन्हें विश्वास है कि गत रात्रि का घृणित कार्य उसी ने किया था ? यदि हाँ, तो उन्होंने उसकी दुष्टता छिपाई क्यों ? मेरी उत्सुकता से उन्हें चिढ़ ही क्यों न हो जाए, मुझे परवाह नहीं। उन्हें चिढ़ाने और फिर मनाने के आनन्द का स्वाद मुझे मिल गया था। इसमें मुझे बड़ा आनन्द आता था और अपने सहज-ज्ञान से मैं इस कार्य को सीमा के अन्दर ही करती थी। चिढ़ाने से आगे मैं कभी नहीं बढ़ती थी और फिर उन्हें मना भी लेती थी। उन्हें पूर्ण सम्मान देते हुए तथा अपनी हैसियत को भूले बिना मैं निर्भय उनसे तर्क कर सकती थी। यह हम दोनों को रुचता था।

आखिर सीढ़ियों पर पदचाप सुनाई पड़ी। लीया उपस्थित हुई, किन्तु सिर्फ यह कहने के लिए कि मिसेज फेयरफैक्स के कमरे में चाय पर मेरी प्रतीक्षा हो रही है। मैं वहाँ के लिए चली, किसी तरह नीचे जाने के अवसर पर किंचित् प्रसन्न, क्योंकि कल्पना में मुझे लगा कि इससे मैं मि. रोचेस्टर के कुछ समीप तो हो सकूँगी।

मेरे वहाँ पहुँचते ही भद्र महिला ने कहा, ''तुम्हें चाय की आवश्यकता महसूस हो रही होगी। दिन में तुमने कितना कम खाया। मुझे आशंका से कि तुम आज कुछ अस्वस्थ हो। लगता है, तुम्हें बेचैनी और ज्वर है।''

"नहीं, बिल्कुल ठीक हूँ। पूरी स्वस्थ।"

"तो तुम अच्छी भूख दिखाकर इसे प्रमाणित करो। मैं इस सलाई की बुनाई पूरी करती हूँ, तब तक तुम चाय ढालो।" बुनाई पूरी करके वह खिड़की का पर्दा गिराने के लिए उठीं; जिसे उन्होंने अब तक उठा रखा था—सम्भवतः दिन के प्रकाश का उपयोग करने के लिए—यद्यपि गोधूलि जल्दी-जल्दी गहराती हुई सभी कुछ अस्पष्ट किए दे रही थी।

"आज की रात बादल नहीं हैं।" खिड़की के शीशे से बाहर देखते हुए उन्होंने कहा, "यद्यपि तारों की झिलमिल नहीं है, फिर भी कुछ मिलाकर मि. रोचेस्टर की यात्रा की दृष्टि से आज दिन अच्छा ही रहा।"

"यात्रा ! क्या मि. रोचेस्टर कहीं गए हैं ? मुझे नहीं पता था कि वे कहीं बाहर गए हैं।"

"ओह ! वे तो जलपान समाप्त करते ही चल पड़े थे। वे लियस गए हैं, मि. एश्टन के यहाँ। मिलकोट के विपरीत दिशा में दस मील दूर। वहाँ तो पूरी चौकड़ी जमी है—लॉर्ड इनग्राम, सर जॉर्ज लिन, कर्नल डेंट और दूसरे लोग।"

"क्या आपको आशा है कि वे आज रात लौट आएँगे ?"

"नहीं, कल भी नहीं। मैं तो समझती हूँ कि उनके वहाँ एक सप्ताह या उससे भी अधिक रहने की सम्भावना है। जब ये कुलीन फैशनेबुल लोग इकट्ठे होते हैं तो सौन्दर्य और आनन्द से ऐसे घिरे होते हैं, रुचिकर और मनोरंजक चीजों से ऐसे उलझे हुए कि उन्हें अलग होने की कोई जल्दी नहीं होती। ऐसे अवसरों पर उच्चकुल के नवयुवकों को विशेष आमन्त्रण दिया जाता है और मि. रोचेस्टर तो समाज में ऐसे गुणी और जिन्दादिल व्यक्ति हैं कि मुझे विश्वास है, वे बहुत ही लोकप्रिय हैं। युवतियाँ उन्हें विशेष रूप से पसन्द करती हैं। तुम्हें भले ऐसा लगे कि उनकी आकृति ऐसी नहीं जो वे महिलाओं के विशेष प्रिय पात्र बनें, पर मैं समझती हूँ कि उनके गुण, उनकी योग्यता, धन और उच्चकुल मिलकर आकृति की थोड़ी कमी को बहुत कुछ पूरा कर देते हैं।"

"क्या लियस में महिलाएँ भी होंगी ?"

"वहाँ मिसेज एश्टन और उनकी बेटियाँ होंगी—सचमुच वे बहुत आकर्षक युवतियाँ हैं। और ऑनरेबुल ब्लांच और मेरी इनग्राम होंगी जो मैं समझती हूँ बहुत सुन्दर हैं। सच, मैंने ब्लांच को देखा है, छह-सात वर्ष पूर्व जब वह अठारह वर्ष की लड़की थीं। मि. रोचेस्टर ने एक क्रिसमस बॉल पार्टी दी थी; उसी में वह यहाँ आई थीं। काश, तुमने उस दिन भोजन-कक्ष देखा होता—इतना सुन्दर, सजा हुआ और झकाझक प्रकाशमय। मेरे अनुमान से लगभग पचास महिलाएँ और सज्जन उपस्थित रहे होंगे—सभी उच्चकुल के। और मिस इनग्राम उस सन्ध्या की सर्वाधिक सुन्दरी मानी गई थीं।"

"मिसेज फेयरफैक्स, आप कहती हैं कि आपने उसे देखा था। वह कैसी थी देखने में ?"

"हाँ, मैंने देखा था। भोजन-कक्ष के द्वार खुले थे और चूँकि क्रिसमय का अवसर

था, सेवकों को भी हॉल में इकट्ठे होने, महिलाओं का गाना-बजाना सुनने की अनुमति दे दी गई थी। मि. रोचेस्टर ने मुझे अन्दर बुलवाया। मैं एक शान्त कोने में बैठ गई और उन लोगों को देखती रही ऐसा भव्य दृश्य मैंने पहले कभी नहीं देखा। महिलाएँ राजसी परिधान पहने थीं। उनमें से अधिकांश, कम-से-कम युवतियों में से अधिकांश, सुन्दरी लग रही थीं, पर मिस इनग्राम निस्सन्देह सबकी रानी थी।''

''पर वह कैसी थी ?''

''लम्बी और सुन्दर काया, ढालू कन्धे, लम्बी आकर्षक गर्दन, गोरा रंग, तीखे नाक-नक्श, आँखें लगभग मि. रोचेस्टर की आँखों जैसी–बड़ी-बड़ी और काली, जवाहरात जैसी चमकीली। उस पर से घने बालों से ढँका उसका सुन्दर सिर; बाल बिल्कुल काले और सुरुचिपूर्ण ढंग से सजे। घुँघराली लटें पीठ पर झूलती हुईं और एक लम्बी मुलायम लट आगे लटकी हुई। ऐसा तो मैंने पहले कभी नहीं देखा था। उसने धवल श्वेत वस्त्र पहने थे, पीले-भूरे रंग का दुपट्टा कन्धों से होते हुए वक्ष के मध्य से जाकर बगल में बँधा था और उसकी झालरें घुटनों से नीचे लटक रही थीं। उसके बालों में भी पीले-भूरे रंग का फूल लगा रखा था, जो उसकी काली घनी लटों में सज रहा था।''

''तब तो सभी उसी की प्रशंसा कर रहे होंगे ?''

''हाँ, बिल्कुल। न सिर्फ रूप के कारण वरन् गुणों के लिए भी। महिलाओं में मात्र एक वही थी, जो गा रही थी। एक सज्जन प्यानो पर उसका साथ दे रहे थे। उसने और मि. रोचेस्टर ने मिलकर एक गाना सुनाया।''

''मि. रोचेस्टर ! मुझे नहीं पता था कि वे गाते भी हैं !''

''ओह। उनका बड़ा अच्छा, गूँजता-सा स्वर है और संगीत की एक सुरुचिपूर्ण पसन्द भी।''

''और मिस इनग्राम ? उसका स्वर कैसा है ?''

''सुरीला और तीखा। वह बहुत आनन्दमय ढंग से गा रही थी। उसका गाना सुनना एक सौभाग्य था। बाद में उसने कुछ वाद्ययन्त्र भी बजाए। मैं संगीत की कोई पारखी नहीं, पर मि. रोचेस्टर तो हैं। मैंने उन्हें कहते सुना कि उसकी कला काफी अच्छी है।''

''और यह रूपसी और गुणवती महिला अभी तक विवाहित नहीं है ?''

''लगता है कि नहीं है। मेरा अनुमान है, उसके या उसकी बहनों के हिस्से में अधिक सम्पत्ति नहीं आई। बूढ़े लॉर्ड इनग्राम की सम्पत्ति अधिकतर पैतृक थी और लगभग सभी सबसे बड़े पुत्र के हिस्से में आ गई।''

''पर मुझे आश्चर्य लगता है कि कोई जमींदार या धनी नवयुवक उससे आकर्षित नहीं हुआ, जैसे मि. रोचेस्टर। वे तो धनी हैं ? हैं न ?''

''ओह, हाँ ! पर दोनों की उम्र में बहुत अन्तर है। मि. रोचेस्टर लगभग चालीस के होंगे, और वह तो मात्र पच्चीस वर्ष की होगी।''

''उससे क्या ? इससे भी अधिक अन्तर के विवाह प्रतिदिन होते रहते हैं।''

''सच कहा। पर मि. रोचेस्टर के इस प्रकार के विचार होंगे, यह तो मेरी कल्पना

में भी नहीं आता। किन्तु तुम कुछ खा नहीं रही। तुमने तो चाय के अतिरिक्त कुछ छुआ ही नहीं।''

''नहीं, मुझे सिर्फ प्यास ही लगी है। क्या मैं एक कप चाय और लूँ ?''

मैं मि. रोचेस्टर और रूपवती मिस ब्लांच के परिणयसूत्र में बँधने की सम्भावनाओं पर कुछ और बात करनेवाली थी कि एडेली आ धमकी और बात दूसरी दिशा में मुड़ गई।

जब मुझे एकान्त मिला, मैंने अभी प्राप्त सूचनाओं पर विचार किया। मैंने अपने हृदय में झाँका और वहाँ मौजूद विचारों और भावनाओं की जाँच की। कल्पना के सीमाहीन और भटकते क्षेत्र में जो कुछ भावनाएँ उड़ चली थीं। उन्हें मैंने कठोर हाथों से जकड़कर समझदारी के सुरक्षित क्षेत्र में ला पटका।

अब जबकि स्मृति उन आशाओं, इच्छाओं, भावनाओं की चुगली खा चुकी थी जिनको मैं पिछली रात से सँजोए आ रही थी, और उस मनःस्थिति की भी जिसमें मैं लगभग एक पखवाड़े से फँसी हुई थी; और अब जबकि बुद्धि आगे बढ़कर अपने ही खामोश ढंग से एक सीधी-सपाट, मिर्च-मसाले से रहित कहानी कह चुकी थी, जब वह मुझे यह दिखा चुकी थी कि किस तरह मैं वास्तविकता को नकारकर भुक्खड़ की तरह खयाली पुलाव पर टूट पड़ी थी, मैंने इस तरह का फैसला सुनाया–

'जेन आयर से बुद्धू इस संसार में कोई नहीं हुई होगी, झूठे सपनों पर पलनेवाली इससे बड़ी मूर्ख कोई नहीं होगी जिसने अमृत मानकर विष का पान कर लिया।'

'*तुम*,' मैंने अपने मन को धिक्कारा, 'मि. रोचेस्टर की प्रिय पात्र हो ? *तुममें* उन्हें आकर्षित करने का गुण है ? *तुम* उनकी दृष्टि में महत्त्व रखती हो ? जाओ, जाओ। तुम्हारी मूर्खताओं से मुझे वितृष्णा हो रही है। उनके कभी-कभी विशेष ध्यान देने से तुम प्रसन्न हो गई–ऐसा ध्यान जो प्रतिष्ठित कुल के व्यक्ति, दुनियादारी में पारंगत व्यक्ति अपने आश्रितों या नए नौकरों पर दया करके देते हैं। तुम्हें ऐसा सोचने का साहस कैसे हुआ, दयनीय बेसमझ लड़की ? अपने हित का ध्यान भी तुम्हें समझदार नहीं बना पाया ? तुम गत रात्रि के छोटे से दृश्य को मन-ही-मन आज प्रातः दुहरा रही थी ? अरे। चेहरा ढँक लो और शर्म करो। उसने तुम्हारी आँखों की प्रशंसा में कुछ कहा था ? कहा था न ? अन्धी लड़की ! अपनी रुखड़ी पलकों को खोलो और अपनी अभागी नासमझी को निहारो। अपने मालिक से बड़ाई सुनकर फूल उठना नौकरानी के हित में नहीं है, क्योंकि वह तो उससे विवाह की नीयत नहीं रखता। ऐसी स्थिति में मन में प्यार जगने देना पागलपन ही तो है, क्योंकि यदि यह अनजान और प्रतिदानरहित प्रीत रही तो जीवन को नष्ट करके ही रख देगी, और यदि प्यार का आदान-प्रदान हुआ तो ऐसी निन्दा की बड़वानल जलेगी कि उससे निकलना कठिन हो जाएगा।

'इसलिए जेन आयर, अपनी सजा सुनो। कल तुम अपने सामने एक दर्पण रखो, ईमानदारी से अपना एक चित्र बनाओ, किसी कुरूपता को कम मत करना, किसी उभरी हड्डी को छिपाना मत, अप्रिय दोषों को घटाना नहीं, और इस प्रकार चित्र खींचकर नीचे

शीर्षक लिखना, 'चित्र एक गवर्नेस का जो सामान्य कुल की, निर्धन तथा साधारण थी'।

'उनके बाद हाथीदाँत का एक छोटा-सा टुकड़ा लो...तुम्हारे ड्राइंग-बॉक्स में एक तो है ही। अपना पैलेट (रंगों की तश्तरी) लो, सबसे ताजा, सबसे, सबसे साफ रंग मिलाओ, सबसे कोमल कैमल-हेयर पेंसिलें चुनो, अपनी कल्पना से सबसे सुन्दर चेहरे का चित्र बनाओ, और मिसेज फेयरफैक्स ने ब्लांच इनग्राम का जो वर्णन किया है उसी के अनुसार उसमें हलकी आभाओं और मधुरतम रंगों से रंग भरो। याद रखो, उसकी काली लटों और दिव्य आँखों को। क्या, तुम फिर मि. रोचेस्टर की आँखों का ध्यान करने लगीं ? सावधान ! कोई दुर्बलता नहीं, कोई भावोद्वेग नहीं, कोई पश्चात्ताप नहीं। बुद्धि और दृढ़ इच्छाशक्ति के अतिरिक्त कुछ भी नहीं चलेगा। स्मरण रहे, भव्य और सुन्दर नैन-नक्श, मृणाल गर्दन और सुन्दर वक्ष, सुडौल और गोरी बाँहें दृष्टिगोचर होनी चाहिए। और सुन्दर हाथ भी। रत्नजटित अँगूठी और सोने के कंगन भी दिखाई देने चाहिए। परिधान का चित्रण विशेष यत्न से करो–सुन्दर झालरें और चमकीले मखमल, सजीला दुपट्टा और दमकता गुलाब। चित्र खींचकर इसके नीचे शीर्षक लिखो–'ब्लांच, सम्भ्रान्त कुल की एक नवयुती'।

'और भविष्य में जब कभी तुम्हें यह भ्रम हो कि मि. रोचेस्टर तुम्हें पसन्द करते हैं, तो तुम इन दोनों चित्र को निकाल लेना और उनकी तुलना करके कहना, 'मि. रोचेस्टर यदि प्रयास करें तो सम्भवतः इस सुन्दर बाला का प्यार पा सकते हैं। तो क्या वे इस घरेलू, तुच्छ, मामूली औरत पर ध्यान देकर समय गँवाएँगे ?' '

'मैं ऐसा ही करूँगी,' मैंने फैसला किया। इस निश्चय के बाद मन शान्त हो गया और मैं सो गई।

मैंने अपने निर्णय का पालन किया। क्रेयान में मेरा चित्र एक-दो घंटों में ही तैयार हो गया और एक पखवाड़े के अन्दर ही मैंने हाथीदाँत पर उस काल्पनिक ब्लांच इनग्राम की एक तस्वीर बना डाली। सचमुच सुन्दर आकृति बनी थी और जब असली वाली शक्ल से उसकी तुलना की जाती तो आत्मसंयम की माँग के अनुसार ही वैपरीत्य नजर आता। इस काम में व्यस्त रहने से मुझे कुछ लाभ भी हुआ क्योंकि मेरा मस्तिष्क और हाथ, दोनों इसमें व्यस्त रहे थे और जिस नए भाव को अपने हृदय में अमिट ढंग से बिठाया चाहती थी, उस भाव को इससे शक्ति और स्थिरता भी मिली।

अपने मनोद्वेगों को इस प्रकार मैंने जिस परिपूर्ण अनुशासन के अधीन कर दिया, उसके लिए मुझे स्वयं को बधाई देने का शीघ्र ही अवसर मिला। इसके ही कारण मैं बाद की घटनाओं को एक सौम्य शान्ति के साथ झेलने में समर्थ हो सकी। अन्यथा, यदि मैं अचानक उनकी चपेट में आ जाती, तो सम्भवतः बाह्य रूप से भी अपने को संयम में रखने में असफल रह जाती।

17

सप्ताह बीत गया, पर मि. रोचेस्टर का कोई समाचार नहीं मिला, दस दिन बीते, फिर भी वे नहीं आए। मिसेज फेयरफैक्स बोलीं, "कोई आश्चर्य नहीं कि वे लियस से सीधे लन्दन प्रस्थान कर जाएँ, वहाँ से यूरोप की यात्रा को चल दें और आगामी एक वर्ष तक थार्नफील्ड में अपना चेहरा भी न दिखाएँ। ऐसे अचानक और आशातीत ढंग से उन्होंने कई बार पहले भी थार्नफील्ड छोड़ा था।" जब मैंने यह सुना तो मैंने एक विचित्र-सी सिहरन अनुभव की। दिल बैठने-सा लगा। निराशा की एक घटा मुझे घेरने-सी लगी, पर साहस बटोरकर और अपने सिद्धान्तों का स्मरण करके मैंने अपनी भावनाओं को सँभाला। अपनी क्षणिक भूल पर विजय पाकर मुझे आश्चर्य हुआ। मैंने इस भ्रम को छिन्न-भिन्न कर दिया कि मि. रोचेस्टर की गतिविधियाँ मेरी गहरी रुचि का विषय हो सकती हैं। ऐसा नहीं कि इसके लिए अपनी हीनता के दासवत भाव को जगाकर मैंने अपने को धूसरित किया हो, वरन् मन में सिर्फ ये कहा, 'तुम्हें थार्नफील्ड के स्वामी से कुछ लेना-देना नहीं, सिवा उस वेतन के जो वह तुम्हें अपनी पालिता के पढ़ाने के लिए देते हैं। तुम अनुग्रहीत हो सकती हो उस सम्मान और सद्व्यवहार के लिए जो तुम्हारी कर्तव्यशीलता के लिए तुम्हें मिलता है, क्योंकि तुम्हें उनसे यह पाने का अधिकार है। यह निश्चय जानो कि वे तुम दोनों के बीच बस उसी एक सम्बन्ध को मानते हैं। अतः उन्हें अपनी कोमलकान्त भावनाओं, उद्वेगों और बेचैनी का केन्द्र-बिन्दु मत बनाओ। वे तुम्हारी श्रेणी के नहीं हैं; तुम अपनी श्रेणी की सीमा में रहो। कम-से-कम इस आत्मसम्मान को बनाए रखो कि अपनी आत्मा, हृदय और शक्ति का पूरा प्यार ऐसी जगह मत उड़ेलो जहाँ उनकी पूछ नहीं और जहाँ वे तिरस्कृत होंगे।'

मैं अपना दैनिक कर्तव्य तो करती रही, पर बार-बार मेरे मन में यह भावना आती थी कि मुझे थार्नफील्ड से चल देना चाहिए। मैं अनायास मन में विज्ञापन बनाने या अपनी भावी नौकरी के बारे में सोचने लगती। मैंने इन विचारों को नियन्त्रित करने का प्रयास नहीं किया। वे जड़ पकड़ें और फलें तो अच्छा ही होगा।

मि. रोचेस्टर को गए एक पखवाड़ा बीता होगा कि एक दिन डाक से मिसेज फेयरफैक्स को एक पत्र मिला।

"मालिक की चिट्ठी है," लिफाफे पर पता देखते हुए उन्होंने कहा।

"लगता है, अब मालूम हो जाएगा कि उनके लौटने की आशा हम लोग करें या नहीं।"

और जब तक उन्होंने लिफाफा खोला और पत्र पढ़ा, मैं चाय पीती रही। (उस समय जलपान चल रहा था।) चाय गर्म थी। मेरी राय में इसी कारण मेरा चेहरा अचानक तमतमा-सा गया था। किन्तु मेरे हाथ क्यों काँप रहे थे। और प्याले की आधी चाय तश्तरी में क्यों छलक गई, इस पर मैंने गौर तक नहीं किया।

"खैर, कभी-कभी मुझे लगता है कि यहाँ जीवन बेहद शान्त है। किन्तु अब एक अवसर आया है। जब हम लोग बहुत व्यक्त रहेंगे। कम-से-कम कुछ समय तक," चश्मे के पीछे से पत्र पर दृष्टि गड़ाए हुए मिसेज फेयरफैक्स बोलीं।

कुछ पूछने के पहले मैंने एडेली के स्कर्ट का बन्धन ठीक किया जो ढीला हो गया था, उसे दूसरी पावरोटी दी और उसकी प्याली फिर दूध से भर दी। तब मैंने उदासीन भाव से कहा, "मैं समझती हूँ, मि. रोचेस्टर जल्दी लौटनेवाले नहीं हैं।"

"अरे ! लौटनेवाले हैं—तीन दिनों के अन्दर। पत्र में उन्होंने लिखा है अगले गुरुवार को। सो भी अकेले नहीं। मुझे यह तो नहीं मालूम कि लियस से कितने सज्जन उनके साथ आएँगे, पर उन्होंने निर्देश भेजा है कि सभी अच्छे-अच्छे शयनकक्षों को तैयार रखा जाए, पुस्तकालय और ड्राइंगरूमों को भी साफ-सुथरा कर दिया जाए, और मुझे आदेश मिला है कि मिलकोट के जॉर्ज इन्न से या जहाँ कहीं से हो, रसोइए बुला लिये जाएँ। महिलाएँ अपने साथ दाइयाँ लाएँगी और सज्जनगण अपने सेवकों को। अतः हम लोगों का पूरा घर भर जाएगा।" फिर मि. फेयरफैक्स जल्दी-जल्दी नाश्ता निगलकर तैयारी प्रारम्भ करने चल दीं।

जैसाकि उन्होंने कहा था, ये तीन दिन बहुत व्यस्त रहे। मुझे तो ऐसा लगता था कि थार्नफील्ड के सभी कमरे सुन्दर ढंग से साफ और सजे हुए थे, पर लगता है कि ऐसा समझना मेरी भूल थी। सफाई के लिए तीन औरतें लगाई गईं, रंगीन दीवारों को भी खाड़ा-झाड़ा और धोया गया, और कालीनों को पीटकर साफ किया गया। फोटो उतारे और फिर लटकाए गए, आईना और अन्य चमकदार चीजें फिर चमकाई गईं, शयनकक्षों में आग जलाई गई, चादर सुखाए गए और रोएँदार चादर गरमाए गए। ऐसा तो मैंने कभी नहीं देखा था—न इससे पहले, न इसके बाद। एडेली तो खुशी से दीवानी-सी हो गई थी। लोगों के आने की तैयारी और उनके पहुँचने की सम्भावना ने उसे उत्साह से भर दिया था। वह सोफी से कहती कि मेरे शृंगार का सामान ठीक कर दो, कपड़ों को ठीक करो और नए वस्त्रों को सजाकर रख दो। वह स्वयं तो कुछ नहीं करती थी, सिर्फ सामनेवाले कमरों में दौड़ती फिरती, बिस्तर पर उछलती-कूदती, कभी कालीन पर लेट जाती, और चिमनी में जलती आग के पास तकियों और गावतकियों का ढेर लगा देती। पढ़ने के काम से उसे छुट्टी मिल गई थी, क्योंकि मिसेज फेयरफैक्स ने मुझे भी काम में लगा रखा था। मैं भी पूरे दिन भंडार में रहती—उनकी या रसोइए

की सहायता करती हुई, खीर या पनीर के लड्डू या फ्रांसीसी हलवे बनाना, मांस में मसाले लगाना या भोजन की प्लेट सजाना सीखती हुई।

आशा थी कि आगन्तुकों की टोली गुरुवार की सन्ध्या छह बजे, नाश्ते के समय तक पहुँच जाएगी। इस बीच की अवधि में मुझे अपनी भयावह कल्पनाओं में खोने का समय नहीं मिला। मैं भी अन्य लोगों की भाँति व्यस्त और प्रसन्न थी; एडेली की तो बात ही अलग थी। फिर भी कभी-कभी मेरी प्रसन्नता पर एक भारीपन छा जाता, और और न चाहने पर भी मैं आशंकाओं, चिन्ताओं और बुरी कल्पनाओं में डूब जाती। ऐसा तब होता जब मैं तीनतल्ले की सीढ़ियों के द्वार को (जो इन दिनों अधिकतर तालाबन्द रहने लगा था) धीरे से खुलते और उसमें से अच्छी टोपी व साफ एप्रन पहने और रूमाल लिये ग्रेस पूल को निकलते देखती, जब मैं उसे आहिस्ता कदमों से गलियारे में घूमते देखती, जब मैं उसे अस्त-व्यस्त शयनकक्षों में झाँककर मजदूरनी को चिमनी को चमकाने या संगमरमरी मेंटलपीस को साफ करने या दीवारों के धब्बे छुड़ाने आदि के सही ढंग के विषय में दो-चार बातें बताते और फिर आगे बढ़ जाते देखती। इसी प्रकार वह प्रतिदिन एक बार रसोईघर में जाती, अपना खाना खाती, चूल्हे के पास खड़ी होकर धूम्रपान करती और फिर एक कटोरी शराब लेकर अपने ऊपरी अँधेरे निवास में अपना मन लगाने लौट जाती। चौबीस घंटे में मात्र एक घंटा वह अपने संगी-साथी नौकरों के साथ नीचे बिताती, उसका शेष सारा समय तीनतल्ले की किसी नीची छतवाली, लकड़ी की कोठरी में बीतता था। वहाँ वह बैठती, सोती या सम्भवतः अपने आप हँसती, जैसे कालकोठरी में रह रहे नितान्त अकेले कैदी करते हैं।

सबसे अचरज की बात यह थी कि पूरे घर में मुझे छोड़ कोई भी उसकी गतिविधियाँ नहीं भाँपता था, न ही उस पर विस्मय करता था। उसकी स्थिति या कामकाज के बारे में कोई बात नहीं करता, न ही उसके एकान्त पर और उसके परित्यक्त होने पर दया दिखाता। हाँ, सिर्फ एक बार मैंने लीया और एक दाई के बीच बातों का कुछ अंश सुना था, जिसका विषय ग्रेस ही थी। लीया कुछ बोली थी, जो मैं सुन नहीं पाई। उस पर दाई बोली, 'मैं तो समझती हूँ, उसे अच्छा वेतन मिलता है।'

'हाँ,' लीया बोली। 'काश, मेरा वेतन भी उतना अच्छा होता ? यह नहीं कि मेरा वेतन शिकायत करने लायक है; थार्नफील्ड में कंजूसी तो नहीं है, फिर भी मेरा वेतन तो मिसेज पूल के वेतन का पाँचवाँ हिस्सा भी नहीं है। और वह बचा-बचाकर रखती जाती है। हर पखवाड़े मिलकोट के बैंक में जाती है। और कोई आश्चर्य नहीं अगर इतना जमा हो गया हो कि वह नौकरी छोड़ दे और फिर भी स्वतन्त्र रूप से अपना निर्वाह कर ले। पर मुझे लगता है, यहाँ उसका मन लग गया है। फिर वह अभी चालीस की भी तो नहीं हुई है, और शरीर से मजबूत और सशक्त है। अभी उसके काम छोड़ने का समय नहीं आया है।'

'मैं तो कहती हूँ, कि वह काम भी अच्छा करती है।'

'आह ! उसे क्या क़रना है, वह खूब समझती है। उससे अच्छा कौन समझेगा ?'

लीया गूढ़ता से बोली, 'उसका काम दूसरे से सँभलनेवाला भी नहीं। उतना पैसा मिले फिर भी नहीं।'

'हाँ, सो तो नहीं ही होगा।' उत्तर मिला। 'आश्चर्य है कि मालिक...।'

दाई कुछ और कहती पर लीया मुड़ी तो मुझ पर उसकी दृष्टि पड़ी। उसने तुरन्त दाई को इशारा किया।

'क्या वह नहीं जानती ?' उस औरत ने फुसफुसाकर पूछा।

लीआ ने सिर हिलाया और बातें बन्द हो गईं। इससे मैंने यह अनुमान लगाया कि थार्नफील्ड में कोई रहस्य है और उस रहस्य को जानबूझकर मुझसे छिपाया जा रहा है।

गुरुवार आ गया। सारे कार्य एक दिन पूर्व ही पूरे हो गए थे। कालीनें बिछा दी गई थीं, बिस्तरों की झालरें सजा दी गई थीं, उजली चादरें बिछा दी गई थीं, शृंगार-मेज सजाए जा चुके थे, फर्नीचर लगाए जा चुके थे, फूलदानी में फूल सजे थे, कमरे और सैलून भी यथासम्भव ताजा और चमकीले लग रहे थे। हॉल भी चमकाए गए थे, दीवारघड़ी, सीढ़ियों की जमीन और ऊँचे किनारे भी शीशे की तरह चमक रहे थे। भोजनकक्ष में मेजों पर प्लेटें चमक रही थीं, ड्राइंगरूम और शृंगारकक्ष में विदेशी गुलदस्ते चारों ओर खिल रहे थे।

सन्ध्या होने लगी। मिसेज फेयरफैक्स ने काला रेशमी गाउन पहन लिया, और अपनी सोने की घड़ी भी, क्योंकि उन्हीं को आगन्तुकों का स्वागत करना था, महिलाओं को उनके कमरे दिखलाना था, इत्यादि। एडेली भी तैयार हो रही थी, यद्यपि मेरा अनुमान था कि कम-से-कम आज उसका परिचय उन लोगों से नहीं कराया जाएगा। फिर भी उनकी प्रसन्नता के लिए मैंने सोफी को उसे अच्छा परिधान पहनाने को कहा। जहाँ तक मेरा प्रश्न था, मुझे कपड़े बदलने की कोई आवश्यकता नहीं थी। अपने अध्यापनकक्ष के पवित्र आश्रय को छोड़ने की मुझे जरूरत नहीं होगी क्योंकि अब यह मेरे लिए आश्रय ही बन गया था, 'दुख के क्षणों में सुखदायक आश्रय'।

आज का दिन एक शान्त, स्थिर दिन था—मार्च के अन्त या अप्रैल के प्रारम्भ का ऐसा दिन, जिसकी किरणें पृथ्वी पर ग्रीष्म के आने का पूर्वाभास देती हैं। दिन समाप्त हो रहा था, पर सन्ध्या भी गर्म थी और मैं खिड़की खुली रखकर स्कूल-कक्ष में काम कर रही थी।

"देर हो रही है," मिसेज फेयरफैक्स ने हड़बड़ी में कमरे में प्रवेश करते हुए कहा, "अच्छा हुआ कि मि. रोचेस्टर द्वारा बताए गए समय के एक घंटे बाद मैंने भोजन तैयार करने का आदेश दिया। छह तो बज भी चुके हैं। मैंने जॉन को गेट के बाहर भेजा कि जाकर देखो, सड़क पर कुछ आता दिखाई दे रहा है या नहीं। वहाँ से मिलकोट की ओर बहुत दूर तक का दृश्य दिखाई पड़ता है।"

वह खिड़की के पास गईं और बोल पड़ीं, "देखो, वह आ गया।" (खिड़की से झुकते हुए) "क्या जॉन, क्या खबर है ?"

उत्तर मिला, "वे लोग आ रहे हैं। वे दस मिनट में पहुँच जाएँगे।"

एडेली भागकर खिड़की पर आ पहुँची। मैं भी बढ़ी, पर जानबूझकर एक तरफ खड़ी हो गई, ताकि पर्दे की ओट से खुद बिना दिखाई दिए गए, मैं देख सकूँ।

जॉन का दस मिनट लम्बा खिंच गया, पर आखिर पहियों की ध्वनि सुनाई पड़ने लगी। चार घोड़े उछलते-कूदते आ रहे थे, पीछे-पीछे दो खुली गाड़ियाँ थीं। फड़फड़ाते दुपट्टों और पंखों से गाड़ियाँ भरी थीं। गाड़ीवान दो सजीले नवयुवक थे। तीसरे मि. रोचेस्टर थे। अपने काले घोड़े मेसरूर पर सवार; बगल में पायलट उछलता-कूदता हुआ। उनकी बगल में एक युवती घोड़े पर सवार थी। वहाँ दोनों सबसे पहले पहुँचे। उसकी लाल, घुड़सवारी की पोशाक जमीन तक झूल रही थी, उसका दुपट्टा अपनी पारदर्शी चुन्नटों में घुलता-मिलता-सा हवा में लहरा रहा था और इन सबों के बीच उसकी घनी काली लटें चमक रही थीं।

मिसेज फेयरफैक्स बोल उठीं, ''मिस इनग्राम !'' और वह नीचे की ओर, अपने कर्तव्य पर उपस्थित होने के लिए भागीं।

चक्करदार मोड़ के कारण घुड़सवारों का दल ओट में हो गया, और मेरी दृष्टि से ओझल हो गया। एडेली नीचे जाने के लिए अनुनय करने लगी। किन्तु मैंने उसे अपनी गोद में बिठा लिया और समझाने लगी कि अभी, या कभी भी, उसे महिलाओं के समक्ष तब तक नहीं जाना चाहिए जब तक बुलाया न जाए, नहीं तो मि. रोचेस्टर बहुत क्रोधित होंगे, आदि। यह सुनकर उसने सचमुच के कुछ आँसू टपकाए। पर चूँकि मैं भी गम्भीर हो गई थी, अन्त में उसने आँसू पोंछ डाले।

नीचे हॉल में प्रसन्नता की चहल-पहल सुनाई दे रही थी। पुरुषों की भारी आवाज और महिलाओं के कोमल खनकते स्वर मिलकर सुन्दर समाँ बाँध रहे थे। तेज न होने पर भी सबसे स्पष्ट था थार्नफील्ड के मालिक का गम्भीर स्वर जिससे वे अपने निवास में सुन्दरियों और बाँके जवानों का स्वागत कर रहे थे। फिर हलकी पदचापें सीढ़ियों पर चढ़ती सुनाई पड़ीं। गलियारे में चलने की आवाज, कोमल, आनन्दपूर्ण हास्य-ध्वनि, द्वारों का खुलना-बन्द होना, फिर कुछ समय के लिए शान्ति।

''लड़कियाँ कपड़े आदि बदल रही हैं,'' एडेली ने कहा, जो उन लोगों की हर गतिविधियों पर ध्यान रखे हुए थी, और आह भरी। फिर उसने फ्रांसीसी भाषा में अपने माँ के समय की कुछ बातें याद कीं।

''एडेली, तुम्हें भूख तो नहीं लगी ?''

''लगी है, मादाम। छह घंटे हो चुके हैं, मैंने कुछ नहीं खाया है।''

''अच्छा, जब तक महिलाएँ अपने कमरे में हैं, मैं साहस करके नीचे जाती हूँ, और तुम्हारे खाने के लिए कुछ लाती हूँ।''

फिर सावधानी से अपने आश्रयस्थल से निकलकर मैं पिछवाड़े की सीढ़ी से उतरी जो सीधे रसोईघर के पास पहुँचती थी। उस जगह चूल्हे जल रहे थे और हलचल थी। शोरबेदार मछली बस तैयार ही होने को थी। रसोइदारिन इतने ध्यान से कढ़ाई पर झुकी देख रही थी कि आग लगने का डर था। नौकरों के कमरे में दो गाड़ीवान और तीन

सेवक आग के पास खड़े या बैठे थे। अनुमान था कि दाइयाँ अभी ऊपर अपनी मालकिनों के पास ही थीं। मिलकोट से जो नए नौकर बुलाए गए वे ही इधर-उधर दौड़-दौड़कर काम कर रहे थे। इस हलचल को पार करके मैं किसी प्रकार भंडारघर तक पहुँची, वहाँ से मैंने एक ठंडा चिकन, एक ब्रेड रोल, कुछ मुरब्बे, एक-दो प्लेट, काँटे और चम्मच उठाए। इस झपटे गए सामान के साथ मैं फिर ऊपर भागी। मैं गलियारे तक पहुँचकर पिछला द्वार बन्द ही कर रही थी कि तेज गुनगुनाहट ने मुझे सावधान कर दिया कि महिलाएँ कमरे से निकलने ही वाली हैं। उनके दरवाजों के आगे से गुजरे बिना मैं स्कूल-कक्ष में नहीं पहुँच सकती थी और इस तरह खाने की सामग्री के साथ दीख जाने का भय था। इसलिए मैं चुपचाप उसी छोर पर खड़ी रही क्योंकि वहाँ खिड़कियाँ न होने के कारण अँधेरा था, बिल्कुल अँधेरा, क्योंकि सूरज डूब चुका था और तारों की झिलमिलाहट आ रही थी। शीघ्र ही कमरों की रूपवती स्वामिनियाँ एक-एक करके निकलने लगीं। सभी सजी-धजी और प्रसन्न थीं। उनके वस्त्र गोधूलि के झुटपुटे में भी चमक रहे थे। कुछ क्षण तक वे गलियारे के दूसरे छोर पर एकत्र होकर धीमे-धीमे मीठे, दबे, ओज-भरे स्वर में बतियाती रहीं और फिर निःशब्द चाप से सीढ़ियों से ऐसे उतरीं, मानो पहाड़ी पर से कोई चमकीला कुहासा नीचे लुढ़क रहा हो। उनकी सामूहिक स्वरूप ने मुझ पर उच्चकुलीन सौम्यता का ऐसा प्रभाव डाला जिसका मैंने पहले कभी अनुभव नहीं किया था।

पहुँचने पर मैंने एडेली को स्कूल-कक्ष के द्वार से झाँकते हुए देखा, जिसे उसने थोड़ा-सा खोल रखा था। वह अँगरेजी से बोल उठी, "कितनी सुन्दर महिलाएँ हैं। काश, मैं उनके पास जा पाती ! क्या आपको लगता है कि मि. रोचेस्टर आज नाश्ते के पश्चात् हम लोगों को बुलाएँगे ?"

"अरे, नहीं ! बिल्कुल नहीं। मि. रोचेस्टर को बहुत-सी बातों का ध्यान रखना है। आज रात महिलाओं पर ध्यान मत दो। शायद कल तुम उनसे मिल सको। ये लो, तुम्हारा भोजन !"

उसे सचमुच भूख लगी थी। इसलिए चिकन और मुरब्बे ने कुछ समय के लिए उसका ध्यान बँटा दिया। अच्छा हुआ कि मैंने यह खाद्य-सामग्री हथिया ली थी, अन्यथा वह, मैं और सोफी (जिन्हें मैंने यह भोजन बाँटकर दिया था) आज रात भूखे रह जाते, क्योंकि नीचे लोग इतने व्यस्त थे कि उन्हें हमारी याद ही नहीं आती।

भोजन का ले जाया जाना नौ बजे के बाद ही प्रारम्भ हुआ और दस बजे तक भी नौकर लोग थालियाँ और कॉफी की प्यालियाँ लेकर इधर-उधर दौड़ रहे थे। मैंने एडेली को रोज की अपेक्षा अधिक देर तक जगने की अनुमति दे दी, क्योंकि उसका कहना था कि नीचे द्वारों के खुलने-बन्द होने की आवाजों और लोगों की पगध्वनि के बीच उसे नींद आ ही नहीं सकती। उसके अतिरिक्त वस्त्र उतार देने के बाद यदि मि. रोचेस्टर का बुलावा आ जाए, तो सब व्यर्थ हो जाएगा।

जब तक उसका सुनने में मन लगा, मैंने उसे कहानियाँ सुनाईं और सिर्फ मन लगाने

के लिए उसे गलियारे में ले गई। नीचे हॉल में बत्ती जल रही थी। उसका मन सीढ़ियों के किनारे लगे हत्थों के ऊपर से नीचे झाँकने में और नौकरों का इधर-उधर दौड़ते हुए देखने में लगा हुआ था। जब रात गहराने लगी तो ड्राइंगरूम से संगीत की ध्वनि आने लगी जहाँ प्यानो भी पहुँचा दिया गया था। एडेली और मैं सीढ़ियों के छोर पर बैठकर संगीत सुनने लगीं। तभी वाद्ययन्त्र की धुन में एक तीखा स्वर मिल गया। कोई महिला गा रही थी और सचमुच उसका स्वर मीठा था। एकल गीत समाप्त होते ही युगल गीत प्रारम्भ हुआ और फिर खिलखिलाहट और बीच-बीच में वार्तालाप की मधुर गुनगुनाहट आने लगी। मैं देर तक सुनती रही। अचानक मैंने पाया कि मेरे कान मिली-जुली आवाजों को छाँटने में व्यस्त हैं और इस गड्ड-मड्ड में मि. रोचेस्टर की आवाज पहचानने में लगे हैं। फिर जैसे ही यह आवाज पकड़ में आती, कान उस आवाज को (जो दूरी के कारण अस्पष्ट होती थी) शब्दों में ढालने का प्रयास करते।

घड़ी ने ग्यारह बजाए। मैंने एडेली की ओर देखा जिसका सिर मेरे कन्धों पर टिक गया था। उसकी आँखें बोझिल हो गई थीं। इसलिए मैंने उसे गोद में उठा लिया और बिछावन पर ले गई। एक बजे के लगभग ये सज्जन और महिलाएँ अपने-अपने कमरे में गए होंगे।

अगला दिन भी पहले दिन की तरह अच्छा था। आगन्तुक पार्टी ने वह दिन समीपवर्ती किसी दर्शनीय स्थल की यात्रा में बिताया। वे लोग दोपहर से पहले ही जल्दी निकल पड़े। कुछ लोग घोड़े पर थे, और शेष सभी गाड़ियों में। मैंने उनका प्रस्थान और आगमन, दोनों देखा। पहले की तरह इस बार भी मिस इनग्राम ही एकमात्र महिला घुड़सवार थी और पूर्व की भाँति मि. रोचेस्टर उसकी बगल में घोड़ा दौड़ रहे थे। ये दोनों अन्य लोगों से कुछ अलग-अलग चल रहे थे। मैंने इस बात की ओर मिसेज फेयरफैक्स का ध्यान दिलाया जो मेरे पास ही खिड़की पर खड़ी थीं।

''आपने कहा था, इसकी सम्भावना नहीं है कि वे विवाह करने की बात सोचें। किन्तु आप देख रही हैं कि मि. रोचेस्टर अन्य महिलाओं की अपेक्षा उसे ज्यादा पसन्द करते हैं।''

''हाँ, मैं मानती हूँ। बेशक वे उसे चाहते हैं।''

''और वह भी उनको।'' मैंने जोड़ा, ''देखिए, वह कैसे उनकी ओर झुकी हुई है। मानो कुछ गुप्त बात कर रही हो। काश मैं उसका चेहरा देख पाती। उसकी आकृति मैंने अब तक एक बार भी नहीं देखी।''

''आज शाम उसे देख लेना।'' मिसेज फेयरफैक्स ने उत्तर दिया, ''मैंने मि. रोचेस्टर से कहा था कि एडेली महिलाओं से परिचित होने के लिए कितनी इच्छुक है। तो उन्होंने कहा, 'आह ! आज शाम भोजन के बाद उसे ड्राइंगरूम में आने दीजिए और मिस आयर से भी उसके साथ आने का अनुरोध कीजिए'।''

''हाँ, हाँ, उन्होंने सिर्फ विनम्रता के कारण यह बात कही होगी। मेरे जाने की आवश्यकता नहीं, बिल्कुल नहीं,'' मैंने जवाब दिया।

"हाँ, मैंने उनसे कहा था कि तुम्हें ज्यादा मिलने-जुलने की आदत नहीं है और इसलिए मैं नहीं समझती कि तुम्हें ऐसी उमंग-भरी पार्टी के समक्ष जाना अच्छा लगेगा, जहाँ सभी अपरिचित हों। पर उन्होंने तल्खी से उत्तर दिया, 'व्यर्थ बात है। यदि वह आपत्ति करे, तो कहिए कि यह मेरी विशेष इच्छा है। फिर भी प्रतिकार करे तो कहिएगा कि हठ ठानने पर मैं स्वयं आऊँगा और उसे ले ही जाऊँगा'।"

"वह कष्ट मैं उन्हें नहीं दूँगी," मैंने उत्तर दिया। "यदि कोई चारा नहीं, तो मैं जाऊँगी ही, लेकिन मुझे यह नहीं भाता। मिसेज फेयरफैक्स, क्या आप भी चलेंगी ?"

"नहीं, मैंने न आने की छूट माँगी और उन्होंने मेरी बात मान ली। अच्छा, मैं तुम्हें बताती हूँ कि औपचारिक ढंग से प्रवेश करने में जो परेशानी होती है, उससे कैसे बचा जाए, क्योंकि यही पूरे मामले का सबसे अप्रिय अंश है। महिलाएँ भोजनकक्ष छोड़ें, उसके पूर्व ही जब ड्राइंगरूम खाली रहे, तभी तुम चली जाना और एक शान्त कोने में अपनी जगह चुनकर बैठ जाना। जब पुरुष लोग आ जाएँ उसके बाद, यदि तुम्हें अच्छा नहीं लगे तो अधिक ठहरने की आवश्यकता भी नहीं है। सिर्फ मि. रोचेस्टर देख लें कि तुम आई हो। उसके बाद चुपचाप खिसक लेना; किसी को पता भी नहीं चलेगा।"

"क्या आपको लगता है कि ये लोग यहाँ बहुत दिन रहेंगे ?"

"सम्भवतः दो-तीन सप्ताह। इससे अधिक तो बिल्कुल नहीं। सर जॉर्ज लिन जो हाल में ही मिलकोट से सदस्य निर्वाचित हुए हैं, उन्हें ईस्टर की छुट्टियों के बाद अपना स्थान ग्रहण करने के लिए शहर जाना पड़ेगा। मुझे विश्वास है कि मि. रोचेस्टर भी उनके साथ जाएँगे। मुझे तो इसी बात पर आश्चर्य है कि इस बार वे इतने दिनों तक थार्नफील्ड में टिक गए।"

कुछ घबराहट और उत्तेजना से मैंने देखा कि वह घड़ी आ पहुँची जब मुझे अपने दायित्व में दी गई बालिका के साथ ड्राइंगरूम में उपस्थित होना था। यह सुनकर कि आज शाम उसे महिलाओं के समक्ष जाना है, एडेली सारे दिन उमंग में रही। जब सोफी ने उसे कपड़े पहनाकर तैयार करना प्रारम्भ किया, तभी जाकर वह शान्त हुई। इस प्रक्रिया की महत्ता ने उसे शीघ्र स्थिर कर दिया। उसकी लटें सजा-सँवारकर लटका दी गईं, उसे गुलाबी मखमली फ्रॉक पहनाया गया, बेल्ट कमर में बाँध दी गई, झालरदार दस्ताने ठीक से पहना दिए गए और वह किसी जज की तरह गम्भीर दीखने लगी। 'कपड़ा मत बिगाड़ना'—इस चेतावनी की उसे कोई जरूरत नहीं थी। सज-धज जाने के बाद वह बिल्कुल स्थिर अपनी छोटी-सी कुर्सी पर बैठी रही, बैठने से पहले सावधानी से मखमली स्कर्ट उठा लिया ताकि क्रीज नहीं टूटे, और मुझे आश्वासन दिया कि आप जब तक तैयार हो रही हैं, मैं यहाँ से हिलूँगी भी नहीं। तैयार मैं जल्दी ही हो गई। मैंने अपना सबसे अच्छा परिधान (चमकीले भूरे रंग का जो मैंने मिस टेम्पल के विवाह के अवसर पर खरीदा था और उसके बाद कभी नहीं पहना था) पहन लिया। जल्दी से बाल ठीक किए और अपना एकमात्र आभूषण यानी मोती का ड्रेसपिन लगा लिया। तब हम लोग नीचे उतरे।

जिस सैलून में वे लोग भोजन कर रहे थे उससे होकर जानेवाले रास्ते के अतिरिक्त सौभाग्य से ड्राइंगरूम में जाने का एक और प्रवेशद्वार था। हम लोगों ने कमरे को खाली पाया, संगमरमरी चिमनी में खूब आग निःशब्द जल रही थी। उत्तम फूलों से सज्जित मेजों के बीच मोमबत्तियाँ जगमगा रही थीं। मेहराब के आगे एक लाल पर्दा टँगा था। उस पर्दे के कारण सटे हुए सैलून में बैठी पार्टी से एक हलका-सा अलगाव हो गया था। उनकी बातें इतनी धीमी आवाज में हो रही थीं कि हलकी गुनगुनाहट के अतिरिक्त कुछ समझ में नहीं आता था। एडेली जो अभी तक सजावट के प्रभाव में थी, बिना कुछ बोले उस स्टूल पर बैठ गई जिसकी ओर मैंने इंगित किया था। मैं खिड़की के समीप वाली सीट पर बैठ गई और निकटवर्ती मेज से एक पुस्तक उठाकर पढ़ने का प्रयास करने लगी। एडेली अपना स्टूल मेरे पैर के पास ले आई और कुछ ही देर बाद मेरे घुटनों को छूने लगी।

"क्या बात है एडेली ?"

"देखिए, मेरी सजावट ठीक है न ?"

"तुम सजावट के विषय में बहुत सोचती हो, एडेली। खैर, एक फूल लगा लो।" और मैंने फूलदानी से एक फूल उठाकर उसकी बेल्ट में लगा दिया। उसने अमित सन्तोष से एक निःश्वास छोड़ा मानो उसकी खुशी का प्याला भर गया हो। दुर्दम्य मुस्कान को छिपाने के लिए मैंने चेहरा घुमा लिया। वस्त्रों के मामले में इस नन्ही फ्रांसीसी बच्ची के लगाव और निष्ठा में कुछ उपहासप्रद और दुखद तत्त्व भी था।

लोगों के उठने की एक धीमी ध्वनि सुनाई देने लगी। मेहराब के पर्दे खिसका दिए गए, जिससे भोजन-कक्ष दिखाई देने लगा। उसकी जगमगाती बत्तियाँ लम्बी मेज पर शानदार ढंग से रखे रजत और शीशे की थालियों, कटोरों, गिलासों पर प्रकाश की वर्षा कर रही थीं। हटे हुए पर्दे के पास एक झुंड महिलाएँ एकत्र खड़ी थीं। उन्होंने ड्राइंगरूम में प्रवेश किया और पर्दा पुनः गिर गया।

वे संख्या में आठ ही थीं, फिर भी जाने कैसे जब वे इकट्ठी होतीं, अधिक संख्या में होने का आभास देतीं। उनमें से कुछ तो बहुत लम्बी थीं, कुछ ने श्वेत वस्त्र पहन रखे थे। सभी ने इतने शानदार वस्त्र धारण कर रखे थे कि उनके व्यक्तित्व भव्य और गरिमामय लग रहे थे, जैसे कोहरा चाँद को महिमामंडित कर देता है। मैंने उठकर उनका अभिवादन किया। उनमें से एक-दो ने सिर झुकाया और शेष ने मुझे सिर्फ गौर से देखा।

कमरे में वे इधर-उधर छितरा गईं। उनकी हलकी पदचाप और उमंग ने मुझे एक झुंड सफेद नर्म पंखोंवाले पंछियों की याद दिला दी। उनमें से कुछ तो सोफों और दीवानों पर अधलेटी मुद्रा में पसर गईं, कुछ मेजों पर झुककर फूलों और पुस्तकों का निरीक्षण करने लगीं, और शेष आग के समीप जमा हो गईं। सभी धीमी पर स्पष्ट ध्वनि में बातें कर रही थीं, जो उनका स्वभाव ही जान पड़ता था। उनका नाम तो मुझे बाद में पता चला, पर मैं अभी ही बताए देती हूँ।

पहले तो मिसेज एश्टन और उनकी दो पुत्रियाँ थीं। मिसेज एश्टन स्पष्ट ही एक सुन्दर महिला रही होंगी और अभी भी उन्होंने अपनी सुन्दरता बनाकर रखी थी। उनकी

पुत्रियों में बड़ी एमी कुछ नाटी, सीधी और चेहरे तथा व्यवहार से बच्चों जैसी, पर आकर्षक गठाववाली थी। उसका श्वेत मलमल का वस्त्र था और कमर में नीला बँधा दुपट्टा उसे खूब सज रहा था। दूसरी लुइजा उससे लम्बी थी और उसकी देहयष्टि भी सुन्दर थी। प्यारा-सा चेहरा, जिसे फ्रांसीसी में 'मिनाई शिफोन' कहते हैं। दोनों बहनें कमलिनी पुष्प की भाँति गोरी थीं।

लेडी लिन मोटी, गठीले बदन की, लगभग चालीस वर्ष महिला थीं। तनी हुई, अभिमानी-सी, रंग बदलते मखमल की कीमती पोशाक पहने हुए थीं। उनके बालों में सजे नीले पंख के नीचे उनका काले बाल चमक रहे थे। जिनमें कीमती पत्थरों के हेयरबैंड भी लगे थे।

मिसेज कर्नल डेंट ज्यादा आडम्बरवाली नहीं थीं, पर मुझे वही ज्यादा उच्चकुलीन महिला जान पड़ीं। छोटी कद-काठी की, दुबली, सौम्य आकृति और भूरे बालोंवाली। उनका काला रेशमी वस्त्र, विदेशी झालर लगे स्कार्फ, मोती के आभूषण मुझे उस कुलीन महिला की सतरंगी जगमग से कहीं अधिक प्रिय लगे।

किन्तु तीन सबसे आकर्षक महिलाएँ–जो सम्भवतः उस पार्टी में सबसे अधिक लम्बी होने के कारण भी सबसे आकर्षक थीं–सम्पत्तिशाली विधवा लेडी इनग्राम और उनकी बेटियाँ, ब्लांच और मेरी थीं। वे तीनों भव्य व्यक्तित्व की महिलाओं के साक्षात् स्वरूप थीं। सम्पत्तिशाली विधवा चालीस-पचास वर्ष के बीच की रही होंगी। अभी भी वे सुन्दर लगती थीं। रोशनी में उनके बाल अभी भी काले प्रतीत होते थे। उनके दाँत भी अभी तक ठीक-ठाक ही थे। अधिकांश लोग उन्हें उस उम्र में भी शानदार महिला ही कहते और जहाँ तक शारीरिक स्वरूप का प्रश्न था, निस्सन्देह वे थीं भी, किन्तु उनके व्यवहार और आकृति में एक असह्य अहंकार मुखरित होता था। उनकी रोमन आकृति थी और मोटापे के कारण ठुड्डी दोहरी थी। जो खम्भे जैसे गले में विलुप्त-सी हो जाती थी। ये आकृति मुझे बहकी और काली-सी नहीं, बल्कि अभिमान की रेखाओं से भरी लगती थी। ठुड्डी भी उसी भाव से अस्वाभाविक रूप से अकड़ी हुई थी। उनकी आँखें भी उसी भाँति कड़ी और डरावनी थीं। उन्हें देखकर मुझे मिसेज रीड की याद आ गई। वे चबा-चबाकर शब्द बोल रही थीं। स्वर भारी था, और उसका उतार-चढ़ाव आडम्बरपूर्ण, कट्टरतापूर्ण, संक्षेप में असह्य था। एक लाल मखमली पोशाक, और स्वर्णजटित भारतीय वस्त्र का शॉल सिर पर डाले, वह स्वयं को शाही शान से भरी समझती थीं।

ब्लांच और मेरी की ऊँचाई बराबर थी। सरो के पौधे की भाँति सीधी और लम्बी। लम्बाई के अनुपात से मेरी दुबली थी, पर ब्लांच का शारीरिक गठन डियन देवी की भाँति था। यह सच है कि मैं उसे विशेष ध्यान से निरख रही थी। पहले तो मैं यह देखना चाहती थी कि उसका रूप मिसेज फेयरफैक्स के वर्णन से मेल खाता है या नहीं; दूसरे, मेरे द्वारा बनाए गए चित्र से मिलता है या नहीं; और तीसरे, (रहस्य तो खुल ही जाएगा) क्या वह रूप ऐसा है कि मि. रोचेस्टर के मन को भाए।

जहाँ तक शारीरिक बनावट का प्रश्न था, वह मेरे चित्र से और मिसेज फेयरफैक्स

के वर्णन से भी बिल्कुल मेल खाती थी। सुन्दर वस्त्र, ढालू कन्धे, गरिमामय गर्दन, काली आँखें और काली लटें–सभी कुछ बिल्कुल वैसा ही था। पर उसकी आकृति ? उसका चेहरा अपनी माँ जैसा ही था, पर युवा और शिकन से रहित, भौंहें वैसी ही झुकी घनी, वही नुकीले तेवर, वही अभिमान। फिर भी माँ की तरह का अप्रिय अहंकार नहीं। वह हमेशा हँसती रहती थी, पर वह हँसी कुछ व्यंग्यपूर्ण होती थी। उसके मुड़े हुए घमंडी होंठों में भी सर्वदा वही भाव रहता था।

कहा जाता है कि महान् व्यक्तियों में अपनी महानता की चेतना रहती है। मैं यह तो नहीं कह सकती कि मिस इनग्राम महान् थी या नहीं, पर वह अपने विषय में आत्मचेतना से भरी थी, बल्कि बहुत ही आत्मविश्वासपूर्ण। वह भली स्वभाव की मिसेज डेंट से वनस्पतिविज्ञान पर बहस करने लगी। लगता था कि मिसेज डेंट ने वह विज्ञान नहीं पढ़ा था, यद्यपि उनका कहना था कि उन्हें फूल बहुत प्रिय हैं, विशेषकर जंगली फूल। मिस इनग्राम ने पढ़ा था, और वह वनस्पति विज्ञान के शब्दों का प्रदर्शन करने लगी। मैंने शीघ्र समझ लिया कि वह मिसेज डेंट को *नीचा दिखाना* चाहती है, यानी उनकी अज्ञानता का उपहास कर रही है। उसका *प्रदर्शन* चालाकीपूर्ण तो था, पर निस्सन्देह सज्जनतापूर्ण नहीं था। वह वाद्ययन्त्र बजाती थी। उनकी जानकारी अच्छी थी। गाती थी; स्वर भी मीठा था। माँ से अलग में फ्रांसीसी में भी बात कर लेती थी और बेशक बोलती भी अच्छे ढंग से थी–फर्राटे से और अच्छे उच्चारण के साथ।

मेरी इनग्राम ब्लांच की अपेक्षा मृदु स्वभाव और खुले दिल की थी। उसकी आकृति कोमल थी और रंग उससे कहीं गोरा था (ब्लांच स्पेनियों की तरह साँवली थी), पर मेरी में जिन्दादिली नहीं थी। चेहरा कुछ भावविहीन था, आँखें चमकरहित थीं। बोलती कम थी और एक बार कहीं बैठ जाने पर मूर्ति की भाँति उसी कोने में जड़ी रहती थी। दोनों बहनें बिल्कुल श्वेत परिधान में थीं।

और अब क्या मुझे ऐसा लगा कि मिस इनग्राम ऐसी है कि जिसे मि. रोचेस्टर चुन लें ? मैं निर्णय नहीं कर पाई। नारी सौन्दर्य के सम्बन्ध में उनकी क्या धारणा थी, इसका मुझे पता नहीं था। यदि उन्हें भव्य और गरिमापूर्ण सौन्दर्य रुचिकर था, तो वह तो गरिमा की साक्षात् मूर्ति थी, और ऊपर से गुणवती और ओजपूर्ण भी थी। मेरा विचार था कि अधिकांश युवक उसकी प्रशंसा करेंगे और वे भी उसकी प्रशंसा करते हैं जिसका प्रमाण मुझे मिल ही गया था। अब बचा-खुचा सन्देह दूर करने के लिए उन दोनों को सिर्फ साथ देखना शेष था।

पाठक, आप यह न समझें कि अब तक एडेली चुपचाप, स्थिर मेरे पाँव के निकट स्टूल पर बैठी रही। नहीं, जैसे ही महिलाओं ने प्रवेश किया, वह उठी, मिलने के लिए आगे बढ़ी, ढंग से सिर झुकाया और गम्भीरता से कहा, "महिलाओ, नमस्कार !"

और मिस इनग्राम ने व्यंग्यपूर्ण दृष्टि झुकाकर उसे देखा और बोल उठी, "ओह, कितनी छोटी-सी पुतली है !"

लेडी लिन ने कहा, "मेरे विचार से यही मि. रोचेस्टर की पालिता है, वही छोटी-सी

फ्रांसीसी लड़की जिसके विषय में उन्होंने बतलाया था।''

मिसेज डेंट ने प्यार से उसका हाथ अपने हाथों में लिया और एक चुम्बन दिया। एमी और लुइजा एश्टन एक साथ बोल उठीं, ''कितनी प्यारी बच्ची है !''

फिर उन लोगों ने उसे अपने पास सोफे पर बुलाया जहाँ वह उन लोगों के मध्य आराम से बैठी रही, और कभी फ्रांसीसी में, तो कभी टूट-फूटी अँगरेजी में बातें करती रही। वह न सिर्फ उन लड़कियों का, बल्कि मिसेज एश्टन और लेडी लिन का भी ध्यान खींच रही थी और दुलार से बिल्कुल जी भरकर बिगड़ी जा रही थी।

अन्त में कॉफी लाई गई और पुरुषों को भी बुलाया गया। मैं कुछ धुँधलके में बैठी थी, वैसे उस जगमग कमरे में धुँधलका था ही कहाँ ! मैं खिड़की के पर्दे की थोड़ी ओट में थी। फिर पर्दा हटने से मेहराब का मुँह खुला, और पुरुषगण अन्दर आए। पुरुषों की एक साथ उपस्थिति महिलाओं की ही भाँति प्रभावकारी थी। सभी ने काले कोट-पैंट पहन रखे थे, सभी लम्बे थे, और कुछ युवक। हेनरी और फ्रेडरिक लिन बड़े जोशीले नौजवान थे। कर्नल डेंट सभ्य सैनिक जैसे व्यक्ति थे। जिला के मजिस्ट्रेट मि. एश्टन सज्जन जैसे थे। उनके बाल बिल्कुल सफेद थे, पर भौंहें और दाढ़ी अभी भी काली थीं जो उन्हें थिएटर के जमींदार का स्वरूप प्रदान करती थीं। लॉर्ड इनग्राम अपनी बहनों की भाँति बहुत लम्बे थे, उन्हीं की भाँति सुन्दर भी, पर उनके हिस्से भी मेरी जैसा ही उदासीनता का भाव और खोई-खोई दृष्टि पड़े थे। शरीर की लम्बाई-चौड़ाई के अनुपात में उन्हें रक्त की उष्णता या बुद्धि की तीव्रता कम मिली थी।

और मि. रोचेस्टर कहाँ थे ?

उन्होंने अन्त में प्रवेश किया। मैं मेहराब की ओर नहीं देख रही थी और फिर भी उन्हें प्रवेश करते देख रही थी। मैंने अपना ध्यान बुनाई की सलाई पर केन्द्रित करने का प्रयास किया, उस बटुवे की जाली पर जिसे मैं बुन रही थी। मैं तो चाहती थी कि सिर्फ अपने हाथ के काम के विषय में सोचूँ, गोद में पड़े चमकीले मोती और रेशमी धागे को देखूँ, पर मुझे उनका शरीर साफ दिखाई दे रहा था। मुझे अनायास वह क्षण स्मरण हो आया जब मैंने पिछली बार उन्हें देखा था, जब उनके शब्दों में मैंने उन्हें जीवन-रक्षक सेवा दी थी और वे मेरा हाथ पकड़े मेरे चेहरे पर दृष्टि गड़ाए देख रहे थे– ऐसी दृष्टि से जिसमें भरा और छलकने को आतुर हृदय साफ दिखाई दे रहा था। उन उद्वेलित भावों का केन्द्र मैं थी। उस क्षण मैं उनके हृदय के कितनी निकट चली गई थी ! फिर बीच में ऐसा क्या हो गया जिससे मेरी और उनकी पारस्परिक स्थिति बदल गई। अब हम लोग कितनी दूर, कितने अलग हो गए थे ! इतना दुराव कि मैं आशा भी नहीं करती कि वे मेरे समीप आकर मुझसे कुछ बोलेंगे। इसलिए तब मुझे कोई आश्चर्य नहीं हुआ जब उन्होंने मेरी ओर देखे बिना, कमरे के दूसरे भाग में एक कुर्सी ली, और कुछ महिलाओं से वार्तालाप करने लगे।

जैसे ही मैंने देखा कि उनका ध्यान उन लोगों की ओर केन्द्रित है और किसी के बिना ताड़े मैं उनकी ओर देख सकती हूँ, मेरी आँखें अनायास उनके चेहरे की ओर खिंच

गईं। आँखों की पुतलियाँ मेरे वश में नहीं रहीं, वे उठीं और दृष्टि उन पर गड़ गई। मैं देखती जा रही थी। एक अद्‌भुत आनन्द आ रहा था—एक अमूल्य तीक्ष्ण आनन्द, ऐसा शुद्ध सोना, जो नुकीला था और चुभ भी रहा था। यह आनन्द वैसा ही था, जैसे तृष्णा से मरता हुआ व्यक्ति घिसटता हुआ एक कुएँ के पास पहुँचे, उसे पता हो कि उस कुएँ का जल विषैला है और फिर भी वह झुककर उसी शीतल जल का घूँट पिए जा रहा हो।

सच ही कहा है कि 'सौन्दर्य तो देखनेवालों की दृष्टि में होता है।' मेरे मालिक का रंगहीन सफेद चेहरा, चौड़े मजबूत जबड़े, मोटी घनी भौंहें, गहरी आँखें, गठीला बदन, कठोर और गम्भीर मुख जो स्फूर्ति, निर्णय और इच्छाशक्ति का द्योतक था—ये सुन्दरता की परिभाषा में तो नहीं आते थे, पर मेरे लिए तो वे सुन्दरता से भी सुन्दर थे। उनमें एक ऐसी अभिरुचि थी, एक ऐसा प्रभाव था, जिसने मुझे वशीभूत कर लिया था। उन्होंने मेरी भावनाओं को मुझसे छीन अपने अधीन कर लिया था। मैं उनसे प्यार करना नहीं चाहती थी। पाठक जानते हैं कि आत्मा में प्यार के अंकुर के जड़ पकड़ते ही मैंने उसे उखाड़ फेंकने का कितना प्रयास किया था। पर उनके पुनः दर्शन होते ही वे फिर से उग आए—हरे-भरे और सशक्त-से। मेरी ओर देखे बिना ही उन्होंने मुझे प्यार करने को बाध्य कर दिया।

मैं उनके अतिथियों से उनकी तुलना करने लगी। लिन परिवारवालों का बाँकपन या लॉर्ड इनग्राम की क्षीण सुन्दरता, यहाँ तक कि कर्नल डेंट का फौजी दबदबा भी उनकी स्वाभाविक स्फूर्ति या वास्तविक शक्ति की तुलना में क्या था ? उन लोगों की आकृति या उनके भावों में मेरे लिए कोई आकर्षण नहीं था, यद्यपि मैं जानती हूँ कि अधिकांश लोग उन्हें आकर्षक, सुन्दर और प्रभावशाली कहेंगे, जबकि वे ही लोग मि. रोचेस्टर को रुखड़े व्यक्तित्ववाला और मनहूस शक्लवाला कहेंगे। मैंने उन लोगों को मुस्कराते, हँसते देखा, किन्तु मुझ पर कोई प्रभाव नहीं पड़ा। उनकी मुस्कान वैसी ही लगी जैसे बत्ती की प्रकाशमय मुस्कान, और हँसी की खिलखिलाहट घंटी की टुनटुनाहट से अधिक कुछ भी नहीं जान पड़ी। मैंने मि. रोचेस्टर की मुस्कान देखी। उनकी कठोर आकृति मृदु हो उठी, आँखें ज्योतिमान और दयार्द्र और किरणें बेंधती-सी और मीठी लगने लगीं। उस पल वे लुईजा और एमी एश्टन से बातें कर रहे थे। मुझे विस्मय हुआ कि वे लोग कैसे उनकी उस तीक्ष्ण दृष्टि को शान्त भाव से सह सकीं, जिसने मुझे बेंध-सा दिया था। मुझे लगा था कि वे आँखें झुका लेंगी, और उनके चेहरे पर लाली छा जाएगी, पर जब मैंने देखा कि वे जरा भी प्रभावित नहीं हुईं तो मुझे प्रसन्नता हुई। 'वे उनके लिए वह नहीं हैं जो वे मेरे लिए है,' मैंने सोचा। वे उनकी धातु के नहीं हैं मुझे विश्वास है कि वे मेरी धातु के हैं; निश्चय ही वे हैं। मैं उनसे अपनत्व का अनुभव करती हूँ। मैं उसकी भंगिमाओं और गतिविधियों की भाषा समझती हूँ; यद्यपि पद और धन ने हमें बहुत दूर पटक रखा है। मेरे मस्तिष्क और हृदय में, मेरे रक्त और धमनियों में कुछ ऐसा है जो मुझे मानसिक रूप से उनसे घुला-मिला देता है। क्या कुछ ही दिन पूर्व मैंने यह कहा

था कि उनके हाथों से वेतन पाने के अतिरिक्त मुझे उनसे कुछ लेना-देना नहीं है ? मैंने स्वयं को उन्हें वेतनदाता मालिक के अतिरिक्त और किसी रूप में देखने से मना किया था ? प्रकृति के विरुद्ध अन्याय ! मेरे अन्दर जो भी उत्तम, सत्य और ओजपूर्ण भाव हैं, सभी स्वभावतः उनकी ओर खिंचे जाते हैं। यह मैं जानती हूँ कि मुझे अपनी भावनाओं को छिपाना होगा, आशाओं को कुचलना होगा। मुझे यह नहीं भूलना है कि उनके लिए मेरी परवाह करना सम्भव नहीं है। कारण कि यदि मैं कहती हूँ कि मैं उनके जैसी हूँ तो मेरा अभिप्राय यह नहीं कि मुझमें उनके जैसी प्रभावित करने की शक्ति है, या उन जैसा आकर्षित करने का जादू है। मेरा तात्पर्य मात्र यह है कि मेरी और उनकी रुचियाँ और भाव एक जैसे हैं। इसलिए मैं बार-बार कहूँगी कि हम लोग सदा अलग रहेंगे। फिर भी जब तक मेरी साँस है और सोचने की शक्ति है, मैं उन्हें प्यार करती रहूँगी।

कॉफी थमाई जाने लगी। पुरुषों के आने के बाद युवतियाँ पंछियों की भाँति चुलबुली हो गई थीं। मजेदार गप चल रही थी। कर्नल डेंट और मि. एश्टन राजनीति पर विवाद कर रहे थे, और उनकी पत्नियाँ सुन रही थीं। दो अभिमानी सम्पत्तिशाली विधवाएँ आपस में बतिया रही थीं। सर जॉर्ज, जिनका वर्णन करना मैं भूल गई थी, जो एक मोटे और तगड़े ग्रामीण जमींदार थे, अपनी कॉफी हाथ में लिये उनके सोफे के समक्ष खड़े थे और बीच-बीच में एक-दो बातें बोल देते थे। मि. फ्रेडरिक लिन मेरी इनग्राम की बगल में बैठे थे और एक सुन्दर पुस्तक के चित्रों को दिखा रहे थे। वह देख रही थी और बीच-बीच में मुस्करा रही थी, पर बोल बहुत कम रही थी। लम्बे और थुलथुले लॉर्ड इनग्राम हाथ बाँधे छोटी, चुलबुली एमी एश्टन की कुर्सी पर पीछे से झुके थे। वह उनकी ओर ताक रही थी और चिड़ियों की तरह चहचहा रही थी। वह उसे मि. रोचेस्टर से ज्यादा पसन्द कर रहे थे। हेनरी लिन लुइजा के पैरों के पास एक छोटे-से दीवान पर आसन जमाए थे। उनके पास एडेली भी बैठी थी। वह उससे फ्रांसीसी में बोलने का प्रयास कर रहे थे और लुइजा उनकी भूलों पर हँस रही थी। ब्लांच इनग्राम किसके साथ जोड़ा बनाएगी ? वह मेज के पास अकेली खड़ी थी, एक अलबम पर शालीनता से झुकी हुई। उसे किसी के अनुरोध की प्रतीक्षा थी। पर बहुत प्रतीक्षा उससे नहीं हो पाई; उसने स्वयं एक साथी चुन लिया। मि. रोचेस्टार एश्टन परिवारवालों से हटकर, चिमनी के पास वैसे ही अकेले खड़े थे जैसे वह मेज के पास खड़ी थी। वह आगे बढ़ी, मेंटलपीस के दूसरी ओर खड़ी हो गई। बोली, "मि. रोचेस्टर, मेरा खयाल था कि आप बच्चों के शौकीन नहीं हैं ?"

"बिल्कुल नहीं हूँ।"

"तो फिर आपको क्या सूझी कि उसके जितनी छोटी गुड़िया का बोझ ले लिया ? कहाँ से इसे उठा लाए ?"

"उठा नहीं लाया; वह मेरी दया पर छोड़ दी गई।"

"तो उसे स्कूल भेज देते।"

''उतनी मेरी हैसियत नहीं। स्कूल में रखना बड़ा महँगा है।''

''क्यों, मेरा अनुमान है कि आपने उसके लिए एक गवर्नेस रखी है। मैंने अभी-अभी उसके साथ एक महिला को देखा था। क्या वह चली गई ? अरे, नहीं ! वह अभी भी खिड़की के पर्दे के पीछे है। उसका वेतन तो आप ही देते हैं। यह भी उतना ही महँगा पड़ा, बल्कि अधिक ही, क्योंकि दोनों के खाने-खर्च का बोझ भी ऊपर से आपको ही उठाना पड़ता है।''

मुझे डर हुआ, बल्कि कहूँ कि आशा हुई, कि इस जिक्र से मि. रोचेस्टर मेरी ओर दृष्टि डालेंगे। मैं अनजाने और भी ओट में खिसक गई, पर उन्होंने दृष्टि घुमाई ही नहीं।

''मैंने इस विषय पर सोचा ही नहीं,'' उन्होंने सामने देखते हुए उदासीन भाव से कहा।

''नहीं, आप पुरुष लोग मितव्ययिता और समझदारी से काम ही नहीं लेते। गवर्नेस के विषय में आप जरा माँ की बात सुनिए। मेरा अनुमान है, मेरी ने और मैंने अपने जमाने में दर्जनों गवर्नेस देखीं। उनमें आधी तो घृणा योग्य थीं और आधी उपहास योग्य, और सबकी सब बेकार। थीं न माँ ?''

''तुमने, कुछ कहा, मेरी बेटी ?''

उस नवयुवती ने, जिसे माँ ने अपना विशेष धन माना था। अपना प्रश्न एक स्पष्टीरण के साथ दुहराया।

''मेरी सबसे दुलारी बेटी, गवर्नेस का तो नाम मत लो; इस नाम से ही मुझे घबराहट होने लगती है। उनकी योग्यताओं और गलतियों की मैं तो शिकार रही हूँ। ईश्वर को धन्यवाद कि अब उनसे मुझे छुटकारा मिला।''

इसी समय मिसेज डेंट उस धर्मात्मा (!) महिला की ओर झुकीं और कानों में कुछ कहा। उनके प्रत्युत्तर से मैंने अनुमान लगाया, उन्होंने यह याद दिलाया होगा कि उसी घृणित वर्ग की एक महिला यहाँ मौजूद है।

''बला से,'' जमींदारिन बोली। ''सुनेगी तो उसे लाभ ही होगा।'' तब आवाज थोड़ी धीमी करके, फिर भी इतनी तेज मुझे सुनाई पड़े, बोली, ''मेरा ध्यान उस पर गया है। शक्ल-सूरत की मैं विशेष पारखी नहीं, पर उस वर्ग के सारे दोष मुझे उसमें दिखाई देते हैं।''

''वे क्या-क्या हैं, मादाम ?'' मि. रोचेस्टर ने जोर से पूछा।

''मैं तुम्हारे कान में कह सकती हूँ,'' अपनी टोपी को विशेष गम्भीरता से तीन बार ठीक करते हुए उसने उत्तर दिया।

''पर मेरी उत्सुकता तो सीमा पार कर चुकी है, इसे तो अभी भोजन चाहिए।''

''तो ब्लांच से पूछो। वह तो मेरी अपेक्षा तुम्हारे अधिक निकट है।''

''ओह ! मुझसे पूछने को मत कहिए, माँ ! मेरे पास उस पूरे वर्ग के लिए एक ही शब्द है—वे आफत हैं। बात यह नहीं कि मुझे उनसे बहुत कष्ट झेलना पड़ा, मैं तो होशियार रहकर उन्हें ही संकट में डाल देती थी। थियोडोर और मैंने मिलकर मिस

विल्सन, मिस ग्रे, मिस जोबर्ट को कितना छकाया था ! मेरी तो इतनी सुस्त थी कि उत्साह से इन षड्यन्त्रों में भाग ही नहीं लेती थी। सबसे मजा तो मिस जोबर्ट के साथ आया। मिस विल्सन तो बेचारी दुबली-पतली थी, रूआँसी और सुस्त। उन्हें हराने में मजा नहीं आता था। और मिस ग्रे देहाती और भावहीन महिला थी; कोई भी चोट करो, उन पर प्रभाव ही नहीं पड़ता था। पर बेचारी मादाम जोबर्ट, मुझे अभी भी उनका गुस्से से चीखना याद है, जब हम लोगों ने उन्हें बेचैन कर दिया था। अपनी चाय हम लोगों ने गिरा ली, रोटी और मक्खन छींट दिए, अपनी किताबों को छत तक उछालने लगे और डेस्क, रूलर, घेरा, इस्तिरी का लोहा, आदि खटखटाकर कोलाहल के साथ उनका मजाक उड़ाने लगे। थियोडोर, तुम्हें वे आनन्ददायक दिन याद हैं ?''

''हाँ, बिल्कुल याद है,'' घिघियाते हुए लॉर्ड इनग्राम बोले। ''वह बेचारी बुढ़िया चिल्लाकर कहती थी, 'अरे दुष्ट बच्चो !' तब हम लोग उसे समझाते कि जब आपको कुछ आता ही नहीं, तो हम जैसे तीव्रबुद्धि बच्चों को पढ़ाने का दम्भ मत कीजिए।''

''हाँ, हम लोग यही करते थे और टेडो, तुम जानते हो कि तुम्हारे मास्टर को सताने में मैंने तुम्हारी सहायता की थी। वही तुम्हारे मास्टर, रंग-उड़े चेहरेवाले मि. वाइनिंग। हम लोग 'उदास-उदास पुजारीजी' उन्हें कहा करते थे। उन्होंने और मिस विल्सन ने प्यार करने का अवसर निकाल लिया था; कम-से-कम मुझे और टेडो को ऐसा लगता था। उन लोगों की दृष्टि मिलते ही, जिसे हम लोग प्यार की दृष्टि समझते थे, हम लोग उन्हें चौंका देते थे। और हमारे द्वारा यह भेद खोले जाने से लोगों को भी लाभ हुआ, इसे हम लोगों ने घरवालों के दबाव से बचने का एक हथकंडा भी बनाया। मेरी प्यारी माँ को जैसे ही इसका पता चला, उसने घोषित कर दिया कि यह अनैतिक प्रवृत्ति है। है न मेरी माताजी ?''

''अवश्य है, मेरी सबसे अच्छी बेटी। और भरोसा करो, मैंने उचित ही कहा था। ट्यूटरों और गवर्नेसों के प्रेम-सम्बन्धों को एक क्षण के लिए भी भले घरों में क्यों नहीं सहन करना चाहिए, इसके हजारों ही कारण हैं। पहले तो...।''

''हे भगवान् ! माँ, गिनती से छुटकारा दो। यकीन करो, हम सभी उसे जानते हैं। बचपन के भोलेपन पर बुरे प्रभाव का खतरा, कर्मचारी का कर्तव्य से ध्यान बँटना और कर्तव्य की उपेक्षा, दोनों की साँठ-गाँठ और एक-दूसरे पर भरोसा, जिसका परिणाम बदतमीजी, विद्रोह और अशान्ति है। इनग्राम पार्क की जमींदारिन इनग्राम, मैं ठीक कह रही हूँ न ?''

''मेरी फूल-सी बच्ची, तुम तो हमेशा ही ठीक बोलती हो। अभी भी ठीक बोली।''

''तो अब कुछ बोलने की आवश्यकता नहीं। बात बदल दो।''

''एमी एश्टन ने शायद यह आदेश नहीं सुना या इस पर ध्यान नहीं दिया और वह अपनी मृदु, बाल-सुलभ स्वर में बोलने लगी, ''मैं और लुइजा भी अपनी गवर्नेस से बहुत प्रश्न पूछते थे। पर वह इतनी भली थी कि सब सह लेती थी। कभी धीरज नहीं खोती थी। वह कभी हम लोगों पर चिड़चिड़ी नहीं होती थी। होती थी क्या लुइजा ?''

"ना ! कभी नहीं। हम लोग मनमानी करते थे, उसका डेस्क और सामान का डिब्बा भी तोड़ डालते थे, उसके ड्रावर को उलट-पुलट कर देते, पर उसका स्वभाव इतना अच्छा था कि हम लोग जो माँगते, वह दे देती थी।"

"मेरा अनुमान है कि अब," मिस इनग्राम अपने होंठों को सिकोड़ते हुए व्यंग्य से बोलीं, "पहले की सभी गवर्नेसों की स्मृति का एक ग्रन्थ हम लोग तैयार कर लेंगे, ताकि फिर इनके आगमन से बचा जा सके। मैं फिर प्रस्ताव करती हूँ कि वार्तालाप के लिए नया विषय लाया जाए। मि. रोचेस्टर, क्या आप मेरे प्रस्ताव का समर्थन करते हैं ?"

"मादाम ! मैं अन्य सभी विषयों की तरह इस विषय पर भी आपका समर्थन करता हूँ।"

"अच्छा, तो मुझ पर ही इसे लाने का भार रहा। सिन्योर एडुवर्डो, क्या आज रात आपका गला ठीक है ?"

"आपका आदेश मिले तो मैं बिल्कुल ठीक हूँ।"

"तो सिन्योर, मेरा यह राजकीय आदेश है कि आप अपने फेफड़ों और अन्य स्वर-अंगों को चुस्त-दुरुस्त रखें, क्योंकि मेरी राजकीय सेवा में उनकी आवश्यकता पड़ेगी।"

"ऐसी स्वर्गीय देवी मेरी के लिए रिज्जियो बनना किसे पसन्द नहीं होगा ?"

"रिज्जियो की ऐसी-तैसी," वह जोर से बोली और लटों सहित सिर को झटका देते हुए प्यानो की ओर बढ़ी। "मेरी तो धारणा है कि बाँसुरीवादक डेविड बिल्कुल नीरस व्यक्ति रहा होगा। मुझे तो कलुटा बाथवेल ज्यादा भाता है। मेरे विचार से यदि मनुष्य में दुष्टता का कुछ तीखापन न हो, तो मनुष्य बेकार है, और इतिहास जेम्स हेपबर्न के विषय में चाहे जो कहे, किन्तु मेरी तो धारणा यह है कि उस जैसे जंगली, खूँखार, लुटेरे नायक के हाथों में ही मैं अपना हाथ देना पसन्द करती।"

"सज्जनो, सुनिए ! आप लोगों में से किस व्यक्ति में बाथवेल से सर्वाधिक साम्यता है ?" मि. रोचेस्टर ने जोर से पूछा।

"मैं तो कहूँगा कि पसन्द का रुख आपकी ओर है," कर्नल डेंट ने उत्तर दिया।

"अपनी सौगन्ध, मैं आपका अनुग्रहीत हुआ," जवाब आया।

मिस इनग्राम ने, जो अब महारानी की भाँति अपने हिम-श्वेत वस्त्रों को पूरी तरह फैलाकर शान-शौकत के साथ प्यानो के पास बैठ गई थी, बातें करते हुए एक सुन्दर धुन बजाई। आज रात्रि, वह उमंगों के घोड़े पर सवार प्रतीत होती थी। उसके शब्द और उसकी भाव-भंगिमाएँ दर्शकों से न सिर्फ प्रशंसा पाना चाहती थीं, वरन् उन्हें आश्चर्यचकित भी कर देना चाहती थीं। वह स्पष्टतः उन लोगों की दृष्टि में बड़ी तेजस्वी और साहसी दीखने को कटिबद्ध थी।

वाद्ययन्त्रों पर धुनों को छेड़ते हुए वह बोल पड़ी, "ओह, आजकल के नवयुवकों से मैं तो ऊब-सी गई हूँ। बेचारे नन्हे बच्चे, पापा के पार्क गेट के बाहर एक पग भी नहीं रखेंगे, न ही माँ की अनुमति और साथ के बिना कहीं दूर जाएँगे। बेचारे अपनी

शक्ल-सूरत और गोरे-गोरे, छोटे-छोटे हाथ-पाँव सँभालने में ही व्यस्त रहते हैं, मानो पुरुषों के लिए भी सुन्दरता की चिन्ता जरूरी है। सुन्दरता तो नारियों का विशेषाधिकार है, उनकी वैधानिक और पैतृक सम्पत्ति। मैं मानती हूँ कि एक कुरूप नारी संसार की सुन्दर सृष्टि पर एक कलंक है। पर जहाँ तक पुरुषों का प्रश्न है, उन्हें तो सिर्फ शक्ति और साहसवान होने की अभिलाषा रखनी चाहिए। उनका तो ध्येय ही होना चाहिए–शिकार, बन्दूक और संघर्ष। इसके सिवा सब व्यर्थ। यदि मैं पुरुष होती, तो यही मेरा आदर्श होता।''

एक क्षण चुप्पी रही जिसे किसी ने भंग नहीं किया। फिर वह बोलने लगी, ''जब भी मैं विवाह करूँगी, मैंने तो ऐसा पति पाने का निश्चय किया है जो मेरा प्रतिद्वन्द्वी न होकर मेरे विपरीत हो। उस सिंहासन पर मैं किसी प्रतिद्वन्द्वी को सहन नहीं करूँगी। उसके प्यार पर मेरा एकाधिकार होगा। दर्पण में दीखती उसकी आकृति और मेरी आकृति के बीच उसका ध्यान नहीं बँटना चाहिए। चलिए, मि. रोचेस्टर, गाइए। मैं वाद्ययन्त्र पर आपका साथ देती हूँ।''

''मैं आपकी आज्ञा के अधीन हूँ,'' उत्तर मिला।

''तो ये कोरसेयर, लुटेरों का गीत है। जान लीजिए, मैं लुटेरों पर मरती हूँ और इसी कारण इसे उमंग से गाइए।''

''मिस इनग्राम के होंठों से निकले आदेश तो पानी और दूध के प्याले में भी जान फूँक सकते हैं।''

''तो फिर चेत जाइए। यदि आप मेरे मनोनुकूल नहीं गा पाए, तो कैसे गाना चाहिए यह बताकर मैं आपको लज्जित करूँगी।''

''यह तो असफल होने के लिए उकसानेवाली बात हुई। मैं तो अब असफल होने की ही चेष्टा करूँगा।''

'' 'अति लोभे न कर्तव्यम्,' यदि आपने जानबूझकर गलती की, तो मैं उसी अनुपात में सजा दूँगी।''

''मिस इनग्राम को दयालु होना चाहिए क्योंकि उनमें तो इतनी शक्ति है कि उनकी सजा मानव की सहनशक्ति से परे होगी।''

''क्या ? कैसे ?'' युवती ने स्पष्टीकरण का आदेश दिया।

''क्षमा, मादाम, व्याख्या की कोई आवश्यकता नहीं। आपकी तीव्र बुद्धि आपको बता देगी कि आपकी एक कुटिल चितवन ही मृत्युदंड का पर्यायवाची है।''

''गाइए !'' उसने कहा और प्यानो को स्पर्श करते ही एक जोशीली धुन प्रारम्भ कर दी।

''अब मेरे खिसक लेने का समय आ गया,' मैंने सोचा। किन्तु उसी समय हवा को बेंधते हुए स्वर की टीस ने मुझे बाँध लिया। मिसेज फेयरफैक्स ने बताया था कि मि. रोचेस्टर का स्वर बहुत सुरीला है। सचमुच था–एक मृदु सशक्त गूँज भी। जिसमें उन्होंने अपनी भावनाएँ अपने ही सशक्त ढंग से उड़ेल दी थीं। यह मेरे कानों से होकर हृदय तक जा पहुँची और वहाँ सोए भावों को अद्‌भुत ढंग से जगाने लगी। जब तक

इस गहरी स्वरलहरी की अन्तिम कड़ी समाप्त नहीं हुई, मैं रुकी रही। वार्तालाप की लहरें जो कुछ क्षणों के लिए रुकी थीं, पुनः उठने लगीं। तब मैं भी ओटवाली कोने की सीट छोड़ बगल के द्वार से, जो सौभाग्य से निकट ही था, बाहर आ गई। वहाँ से एक सँकरे गलियारे से होकर मैं हॉल में घुसी। हॉल पार करते हुए मुझे लगा कि सैंडिल ढीला हो गया है। इस कारण सीढ़ियों के नीचे कालीन पर घुटने टेककर मैं उसे बाँधने के लिए झुकी। मैंने भोजन-कक्ष के द्वार के खुलने की आहट सुनी। एक सज्जन निकले; जल्दी उठने पर उनसे आमना-सामना हो गया। यह मि. रोचेस्टर थे।

''कैसी हो ?'' उन्होंने पूछा।

''मैं बिल्कुल ठीक हूँ, श्रीमान।''

''तुमने कमरे में मेरे निकट आकर बातें क्यों नहीं कीं ?''

मेरा मन हुआ कि मैं प्रश्न पूछनेवाले पर ही यही प्रश्न जड़ दूँ, पर मैंने उतनी छूट लेना उचित नहीं समझा। मैंने उत्तर दिया–

''मैं आपका ध्यान बँटाना नहीं चाहती थी, श्रीमान क्योंकि आप व्यस्त लग रहे थे।''

'मेरी अनुपस्थिति में तुम क्या करती रहीं ?''

''कुछ विशेष नहीं, हमेशा की भाँति एडेली को पढ़ाती रही।''

''और पहले की अपेक्षा बहुत दुबली होती गईं–जैसाकि प्रथम दृष्टि में ही मैं समझ गया। क्या बात है ?''

''कुछ भी तो नहीं, श्रीमान।''

''जिस रात तुमने मुझे लगभग डूबो डाला था, उस रात तुम्हें ठंड तो नहीं लगी ?''

''जरा भी नहीं।''

''ड्राइंगरूम में लौट आओ। बड़ी जल्दी छोड़कर जा रही हो।''

''मैं थक गई हूँ, श्रीमान।''

एक मिनट वे मुझे देखते रहे।

''थोड़ी उदास लग रही हो,'' उन्होंने कहा, ''किसलिए ? मुझे बतलाओ।''

''कुछ नहीं श्रीमान, कुछ नहीं। मैं उदास नहीं हूँ।''

''पर मैं दावे से कहता हूँ कि तुम उदास हो। इतनी उदास कि दो-चार शब्दों में ही तुम्हारी आँखों में आँसू आ जाएँगे, बल्कि आ ही गए। चमकते और तैरते हुए। एक बूँद तो पलकों से फिसलकर कालीन पर गिर भी पड़ी। यदि मेरे पास समय होता और किसी बकबक करनेवाली सुअर नौकरानी के इधर से गुजरने का भय नहीं होता, तो मैं जाने बगैर नहीं छोड़ता कि इसका क्या कारण है। खैर, आज की रात मैं तुम्हें छोड़ देता हूँ, पर जान लो, जब तक मेरे अतिथि यहाँ ठहरेंगे, मैं आशा करता हूँ कि तुम नित्य सन्ध्या ड्राइंगरूम में आओगी। यह मेरी इच्छा है; इसकी उपेक्षा नहीं करना। अब जाओ और सोफी को भेजो कि एडेली को ले जाए। गुडनाइट, वे रुके, होंठ काटे और अचानक चल पड़े।

18

थार्नफील्ड में वे दिन बड़े आनन्द के थे और व्यस्तता के भी। उसी छत के नीचे जो पहले तीन महीने मैंने नीरवता, उदासी और एकान्त में बिताए थे, उससे कितने भिन्न थे ये दिन ! सारी उदास भावनाएँ और मनहूस स्मृतियाँ घर से भाग गई लगती थीं। हर जगह जीवन्तता थी। सारे दिन चहल-पहल रहती। कभी गुमसुम रहनेवाले गलियारे में या खाली-खाली पड़े सामनेवाले कमरों में इन दिनों जाते ही किसी छैल-छबीली दाई या बाँके सेवक का सामना होना निश्चित था।

रसोईघर, बटलर का चायखाना, नौकरों का आवास, प्रवेशद्वार–सभी एक जैसे सजीव हो उठे थे, सिर्फ कक्ष (सैलून) खाली और शान्त थे, क्योंकि प्रिय वसन्त के नीचे नभ और सुखद धूप ने इसके निवासियों को मैदान में बुला लिया था। यदि कभी बादल छा जाते या कुछ दिनों तक लगातार वर्षा होती तो भी उनके आनन्द में कोई व्यवधान नहीं पड़ता था। बाहर की मस्ती रुक जाने के कारण, कमरे के अन्दर के मनोरंजन अधिक उमंगपूर्ण और बहुरंगी हो जाते थे।

जिस पहली सन्ध्या को मनोरंजन का ढंग बदलने का प्रस्ताव आया, मैं सोचने लगी कि वे अब क्या करेंगे ! वे 'भाव-नाटिका' के विषय में बोल रहे थे, किन्तु अपनी अज्ञानता के कारण मैं इस शब्द को समझ नहीं पाई। नौकर बुलाए गए, भोजन की मेजों को खिसकाया गया, बत्तियाँ दूसरी ओर मोड़ दी गईं और मेहराब के सामने कुर्सियों को अर्द्धवृत्त में लगाया गया। जब मि. रोचेस्टर तथा अन्य सज्जन इन परिवर्तनों के सम्बन्ध में निर्देश दे रहे थे, युवतियाँ ऊपर-नीचे भाग-दौड़ कर रही थीं, और घंटी बजाकर अपनी-अपनी दाइयों को बुला रही थीं। मिसेज फेयरफैक्स को यह जानकारी देने के लिए बुलाया गया कि घर में शॉल, ड्रेस और पर्दे आदि कहाँ हैं। तीनतल्ले पर स्थित एक वस्त्र-भंडार को ढूँढ़ा गया और उसमें रखी वस्तुओं, जैसे जरीदार और घेरेदार पेटीकोटों, रेशमी लबादों, काली टोपियों और लेस के मालाओं को दाइयाँ बोझों और बंडलों के रूप में उतार लाईं। फिर उनमें से कुछ को छाँटकर अलग किया गया और चुने हुए वस्त्रों को महिलाओं के शृंगारकक्ष में पहुँचा दिया गया।

इसी बीच मि. रोचेस्टर ने फिर महिलाओं को अपने पास बुलाया और उनमें से कुछ को अपनी टीम में शामिल किया। "मिस इनग्राम तो, बेशक, मेरी है," उन्होंने कहा, और फिर दोनों एश्टन कुमारियों को और मिसेज डेंट को चुन लिया। उन्होंने मेरी ओर देखा। मैं उस समय उनके निकट ही थी क्योंकि मैं मिसेज डेंट के कंगन का फीता बाँध रही थी, जो कुछ ढीला हो गया था।

"क्या तुम पार्ट करोगी ?" उन्होंने पूछा। मैंने सिर हिलाया। मुझे डर था कि कहीं हठ न करने लगें, पर उन्होंने जिद नहीं किया। मैं चुपचाप लौटकर अपने प्रतिदिन वाले स्थान पर बैठ गई।

वे और उनके साथीगण पर्दे के पीछे चले गए। कर्नल डेंट के नेतृत्व में दूसरी टीम अर्द्धवृत्त में सजी कुर्सियों पर बैठ गई। पुरुषों में से एक, मि. एश्टन ने मुझ पर दृष्टि पड़ते ही प्रस्ताव किया कि मुझे भी इस टीम में भाग लेने के लिए बुलाया जाए, पर लेडी इनग्राम ने तुरन्त इस विचार का विरोध किया। मैंने उन्हें कहते सुना, "नहीं, वह इतनी बुद्धू लगती है कि किसी खेल के योग्य नहीं है।"

जल्दी ही घंटी बजने लगी और पर्दा उठा। मेहराब के अन्दर सर जार्ज लिन का थुलथुला शरीर दिखाई दिया जो सफेद चादर ओढ़े हुए थे। उन्हें मि. रोचेस्टर ने ऐसे ही पार्ट के लिए चुना था। उनके सामने मेज पर एक बड़ी पुस्तक खुली थी, और उनकी बगल में एमी एश्टन मि. रोचेस्टर का कोट पहने खड़ी थी और हाथों में एक पुस्तक लिये हुए थी। नेपथ्य में कोई व्यक्ति आनन्द से घंटियाँ बजाए जा रहा था। तब एडेली (जो हठ करके टीम में सम्मिलित हो गई थी) उछलकर आगे आई, और अपने हाथों में लिये फूलों की डाली से फूलों को छितरा दिया। उसके बाद मिस इनग्राम की भव्य आकृति प्रकट हुई–श्वेत वस्त्र पहने, चेहरे पर घूँघट डाले और सिर गुलाबों की माला से सजा। उसके पार्श्व में मि. रोचेस्टर चल रहे थे। दोनों मेज के निकट आए। वे दोनों घुटने टेककर बैठ गए और श्वेत वस्त्र पहने मिसेज डेंट और लुइजा एश्टन, दोनों उनके पीछे खड़े हो गए। मौन ढंग से ही कुछ रीति-रस्म होने लगे, जिससे स्पष्ट था कि विवाह का दृश्य चल रहा है। इसकी समाप्ति पर कर्नल डेंट ने अपने संगियों से दो मिनट धीमे-धीमे परामर्श किया और तब कर्नल ने घोषणा की–

'नवविवाहिता वधू !' मि. रोचेस्टर ने सिर नवाया और पर्दा गिर गया।

काफी समय बीतने के बाद पर्दा फिर उठा। दूसरी बार पहले की अपेक्षा अधिक सुसज्जित दृश्य दिखाई दे रहा था। जैसाकि मैं उल्लेख कर चुकी हूँ, ड्राइंगरूम जो भोजन-कक्ष से दो कदम ऊँचा था, और ऊपरवाले भाग पर, कमरे में एक-दो गज भीतर, एक बड़ा संगमरमर का जलपात्र-सा रखा था, जिसे मैं तुरन्त पहचान गई। यह पौधागृह की सजावट की सामग्री था, और वहाँ से इसे कठिनाई से लाया गया होगा क्योंकि बहुत ही विशाल और भारी था।

इस जलपात्र के बगल में कालीन पर बैठे मि. रोचेस्टर दिखाई दे रहे थे, शॉल लपेटे और सिर पर पग्गड़ डाले। उनकी काली आँखें साँवला रंग और नास्तिकों जैसी आकृति

पर यह परिधान खूब फब रहा था। वह पूरब के किसी अमीर जैसे दीख रहे थे–किसी योजना के कर्ता या उसके शिकार। जल्दी ही मिस इनग्राम दिखाई दी। वह भी पूर्वी ढंग से वस्त्रों में सुसज्जित थी–एक लाल शॉल का दुपट्टा-सा कमर में बाँधे और ललाट पर चित्रकारी किया हुआ एक रूमाल लपेटे। उसकी गोरी सुडौल बाँहें खुली थीं, और एक बाँह ऊपर की ओर उठी हुई, सिर पर आकर्षक ढंग से रखे घड़े को सँभाल रही थी। उसकी आकृति और सजावट, उसका रंग और उसकी चितवन पुराने जमाने की किसी इसराइली राजकुमारी का आभास देती थी, और निस्सन्देह वह यही पार्ट करना चाहती भी थी।

वह जलपात्र के पास आई, ऐसे झुकी मानो घड़ा भर रही हो और फिर उसे उठाकर सिर पर रख लिया। उसी कुएँ के किनारे बैठे व्यक्ति ने उसे सम्बोधित किया और कुछ अनुरोध किया। वह आगे बढ़ी, सिर से घड़ा उतारा और उसे पीने के लिए जल दिया। तब उस व्यक्ति ने अपनी जेब से एक डिब्बी निकाली, उसे खोला और उसे जगमगाता कंगन और कर्णफूल दिखाने लगा। लड़की ने आश्चर्य और प्रशंसा का भाव दिखाया। आगन्तुक ने घुटने टेके और इस वैभव को उसके चरणों पर रख दिया। लड़की की आँखों और मुखमंडल पर अविश्वास और प्रसन्नता के भाव झलकने लगे। उस अपरिचित ने उसकी बाँहों में कंगन पहना दिया और कानों में कर्णफूल। ये एलीजर और रेबेका थे; सिर्फ ऊँट की कमी रह गई थी।

संयोजक टीम फिर सिर निकट लाकर परामर्श करने लगी। सम्भवतः वे लोग एकमत नहीं हो पा रहे थे कि इस दृश्य का क्या नामकरण किया जाए। उनके प्रवक्ता कर्नल डेंट ने घोषित किया–'टेवेल्यू ऑफ द होल,' और पर्दा गिर गया।

पर्दा जब तीसरी बार उठा, तो ड्राइंगरूम का कुछ ही हिस्सा दिखाई दे रहा था, शेष एक चादर से ढँका था जिसमें काले मोटे झालर लगे थे। संगमरमर का जलपात्र हटा दिया गया था। उसके स्थान पर एक बड़ी मेज और एक भोजन की कुर्सी थी। ये वस्तुएँ एक हॉर्न लालटेन के बहुत ही धीमे प्रकाश में दिखलाई दे रही थीं क्योंकि सभी मोमबत्तियाँ बुझा दी गई थीं।

इस मनहूस दृश्य में एक व्यक्ति अपनी बँधी मुट्ठियाँ घुटनों पर टिकाए बैठा था और उसकी आँखें भूमि पर जमी थीं। मैं मि. रोचेस्टर को पहचान गई, यद्यपि उनका गमगीन चेहरा, अस्त-व्यस्त पोशाक (कोट एक बाँह से झूल-सा रहा था, मानो किसी हाथापाई में पीठ पर से फट गया हो), हताश और गुर्राई आकृति, रूखे और बिखरे बालों में वे पहचान में नहीं आ रहे थे। जब वे बढ़े तो जंजीर खड़खड़ा उठी। उनकी कलाइयों में भी हथकड़ियाँ पड़ी थीं।

कर्नल डेंट ने घोषित किया, 'ब्राइडवेल' और यह भाव-नाटिका समझ में आ गई। इसके बाद काफी समय बीता जिसमें पात्रों ने अपने-अपने सामान्य वस्त्र पहन लिये। उसके बाद वे लोग भोजन-कक्ष में आए। मि. रोचेस्टर मिस इनग्राम के साथ आए। वह उन्हें उनके अच्छे अभिनय के लिए बधाई दे रही थी।

"तुम्हें पता है," उसने कहा, "तुम्हारे तीनों अभिनय-प्रसंगों में सबसे अच्छे तुम मुझे अन्तिम दृश्य में लगे ? ओह, यदि तुम साल-दिन पहले होते तो क्या ही बाँके, कुलीन लुटेरे बनते !"

"क्या सारी कालिख मेरे चेहरे से धुल गई ?" उन्होंने उसकी ओर मुड़ते हुए पूछा।

"हाय ! हाँ, इसी बात का तो दुख है। तुम्हारे रंग पर उस दुष्ट की रंगत के जितना कुछ अन्य नहीं शोभता।"

"तो तुम्हें राह के लुटेरे ही पसन्द हैं ?"

"एक अँगरेज लुटेरा इटेलियन डकैत से कुछ कम अच्छा लगता है, किन्तु एक लेवेनटाइन डाकू तो सभी को मात दे जाता है।"

"खैर, मैं चाहे जो भी हूँ, याद रहे, तुम मेरी पत्नी हो। एक ही घंटे पूर्व हम लोगों का विवाह हुआ है। इन सभी साक्षियों के सामने।" इस पर वह खिलखिला पड़ी और चेहरा लाल-सा हो गया।

"तो डेंट," मि. रोचेस्टर बोले, "अब आपकी बारी है।" दूसरी टीम उठी और मि. रोचेस्टर और उनकी टीम के लोग खाली कुर्सियों पर बैठ गए। मिस इनग्राम अपने हीरो के दाहिनी ओर निकट ही बैठ गई तथा अन्य लोगों ने भी इसकी या उसकी बगल में कुर्सियाँ ग्रहण कर लीं। पर अब मैं नाटक करनेवाले पात्रों को नहीं निरख रही थी, न ही पर्दे के उठने-गिरने की ओर मेरी रुचि थी। मेरा ध्यान तो अब दर्शकों पर केन्द्रित हो गया था। मेरी आँखें, जो पहले मेहराब की ओर लगी थीं, अब अर्धवृत्ताकार कुर्सियों में बरबस उलझ गई थीं। मुझे याद नहीं कि कर्नल डेंट और उनकी पार्टी ने क्या पार्ट किया, क्या-क्या बोले, उनका अभिनय कैसा रहा। पर प्रत्येक दृश्य के बाद दर्शकों में जो परामर्श होने लगता था, उसकी मुझे अभी भी स्मृति है। मैं देख रही हूँ कि मि. रोचेस्टर मिस इनग्राम की ओर मुड़ते हैं और मिस इनग्राम उनकी ओर। मैं देख रही हूँ उसे उनकी ओर सिर सटाते हुए, इतने निकट कि उनकी काली लटें उनके कन्धों को छूने लगती हैं और गालों से सटने लगती हैं। मैं देख रही हूँ उन दोनों का फुसफुसाकर बातें करना, उनकी आँखों का परस्पर मिलना और दृश्यों को देखकर उनके भावों का उमड़ना। ये सब मुझे अभी भी याद हैं।

पाठको, मैं आपसे पहले ही बता चुकी हूँ कि मैंने रोचेस्टर से प्यार किया है। अब मैं इस कारण उन्हें प्यार करना छोड़ तो नहीं सकती कि उन्हें मेरा ध्यान भी नहीं रहा, क्योंकि मैं चाहे घंटों उनके समक्ष बैठी रहूँ, वे एक बार भी मेरी ओर दृष्टि नहीं डालते, क्योंकि उनका सारा ध्यान उस सम्भ्रान्त युवती में खोया रहता जो आते-जाते अपने परिधान के एक कोने से भी मुझे छूने में घृणा करती थी, जिसकी काली और रोबीली आँखें यदि संयोगवश कभी मुझ पर पड़ जातीं, तो वह तुरन्त ऐसे हटा लेती मानो मैं बिल्कुल तुच्छ हूँ। मैं इस विश्वास के कारण प्यार करना छोड़ नहीं सकती थी कि वे शीघ्र ही इस महिला से परिणयसूत्र में बँध जाएँगे, क्योंकि मैं प्रतिदिन उसकी अभिमान-भरी मुद्रा में मि. रोचेस्टर के इरादों के प्रति निश्चिन्तता का भाव पाती थी, क्योंकि घंटों मैं

उन्हें कोर्टशिप की मुद्रा में पाती थी—उस मुद्रा में जो सायास धारणा की गई लगती थी और जो अपनी लापरवाही में आकर्षक और अपने अभिमान में बरबस खींचनेवाली प्रतीत होती थी।

इन स्थितियों में ऐसा कुछ नहीं था जो मेरे प्यार को शिथिल करता या मिटा देता। पर यह मुझमें हताशा भर देने को यथेष्ट था। पाठक, आपको लगेगा कि मुझमें ईर्ष्या जगाने को भी बहुत कुछ था, बशर्ते मुझ जैसी नारी मिस इनग्राम जैसी महिला से ईर्ष्या करने का दम्भ भर सके। किन्तु मैं ईर्ष्यालु नहीं थी। हाँ, नहीं थी। जैसी व्यथा से मैं पीड़ित थी, वह इस शब्द से व्यक्त नहीं होती। मिस इनग्राम ईर्ष्या की पात्र नहीं थी; वह तो ईर्ष्या जगाने के योग्य भी नहीं थी। इस विरोधाभास के लिए आप मुझे क्षमा करेंगे, पर मेरा अभिप्राय वही है जो मैं कह रही हूँ। वह बड़ी आडम्बरपूर्ण थी, पर वास्तविक नहीं ! उसका व्यक्तित्व सुन्दर था और उसमें बहुत-सी योग्यताएँ थीं, पर उसकी बुद्धि क्षीण थी और उसका हृदय स्वभावतः बंजर था। उस भूमि पर स्वतः कुछ नहीं खिल सकता था। कोई स्वाभाविक फूल इसकी ताजगी में नहीं पनप पाता। वह भली नहीं थी और मौलिक भी नहीं थी। वह पुस्तकों के ही भारी-भरकम उद्धरण बोला करती थी, उसके न कोई अपने विचार थे और न उन्हें वह कभी व्यक्त करती थी। भावनाओं की वह बहुत वकालत करती थी, किन्तु वह स्वयं सहानुभूति और दया की भावनाओं से वंचित थी। मृदुलता और सच्चाई उसमें थीं ही नहीं। यह बार-बार उसमें दृष्टिगोचर हो जाता था—नन्ही एडेली के प्रति उसके मन में पली द्वेषपूर्ण घृणा की अभिव्यक्ति से, जब यदि उसके पास वह कभी चली जाए तो एक उपहासपूर्ण सम्बोधन करके उसे परे ठेल देने से, कभी-कभी उसे कमरे से चले जाने का आदेश देने से, और हमेशा भावहीन और गुस्से में उसके साथ व्यवहार करने से। मेरे अतिरिक्त कुछ और आँखें उसके चरित्र के इस पहलू का निरीक्षण कर रही थीं—ध्यान से, गौर से, सूक्ष्मता से। हाँ, भावी वर (पति) मि. रोचेस्टर स्वयं भी अपनी चुनी हुई प्रिया के ऊपर लगातार चौकसी रख रहे थे। उनकी इसी बुद्धिमत्ता से, इसी सजगता से, अपनी सुन्दरी के दोषों की इस स्पष्ट और पूर्व जानकारी से, उसके प्रति उनकी भावनाओं में तीव्रता की कमी से ही मेरी अनन्त व्यथित करनेवाली पीड़ा निसृत हुई थी।

मैं समझ गई थी कि वे उससे विवाह करने जा रहे हैं—उसकी कुलीनता के कारण, सम्भवतः राजनीतिक कारणों से, क्योंकि उसका उच्च वर्ग और उसके सम्बन्धी उनके अनुकूल पड़ते थे। मुझे लगता था कि उन्होंने उससे प्यार नहीं किया है और उसकी योग्यता प्यार रूपी रत्न जीत पाने के योग्य भी नहीं है। यही वह बिन्दु था, जहाँ मेरी संवेदनशीलता आहत और क्षुब्ध होती थी। यहीं से वह जलन निरन्तर दग्ध कर रही थी—*कि वह उन्हें आकृष्ट नहीं कर सकी थी*।

यदि वह किसी तरह उन्हें जीत लेती और वे हारकर उसके चरणों पर अपना हृदय रख देते, तब तो मैं अपना मुख ढँक लेती और मुड़कर उन लोगों के वास्ते (मुहावरे की भाषा में) सदा के लिए मर जाती। यदि मिस इनग्राम एक भली और अच्छी महिला होती,

शक्ति, संवेदनशीलता, दया और समझदारी से ओत-प्रोत, तो मुझे दो शेरों से मर्मान्तक संघर्ष करना पड़ता—ईर्ष्या से और निराशा से।' तब मेरा हृदय छलनी-छलनी होकर निगल लिया जाता। तब भी मैं उसकी प्रशंसा करती, उसकी श्रेष्ठता को स्वीकारती और जीवन के शेष दिन चुपचाप बिता लेती। जितनी ही पूर्ण उसकी श्रेष्ठता होती, उतनी ही प्रगाढ़ मेरी प्रशंसा होती और मेरी सहनशीलता भी उतनी ही शान्त होती। किन्तु वास्तविकता यह थी कि मिस इनग्राम का मि. रोचेस्टर को रिझाते देखना, उसका असफल होते देखना, जबकि वह स्वयं इससे बेखबर रहकर यह समझ रही है कि उसका छोड़ा गया हर तीर निशाने पर लग रहा है, और इस सफलता पर वह फूली जा रही है, जबकि उसका अहंकार और आत्मविश्वास उसे उस व्यक्ति से परे धकेलता जा रहा है। जिसे वह लुभाना चाह रही है—वह सब देखना तो अविराम उत्तेजना और कठोर नियन्त्रण एक साथ झेलने जैसा था।

इसलिए कि जब वह असफल हो गई, तब मेरी समझ में स्पष्ट आ गया कि वह कैसे सफल हो सकती थी। जो तीर लगातार मि. रोचेस्टर को बेंधे बिना फिसल जाते थे और उनके पैरों पर गिर जाते थे, वे ही यदि चतुर हाथों से छोड़े जाते तो उनके अभिमानी हृदय को झकझोर देते, उनकी कठोर आँखों में प्यार और उसके रूखे मुखड़े पर कोमलता खींच लाते। इससे भी अच्छा बल्कि यह होता कि आयुधों के बिना ही उन्हें निःशब्द जीत लिया जाता।

'वह उन्हें अधिक प्रभावित क्यों नहीं कर पाती,' मैंने मन में सोचा, 'जबकि उसे उनके इतने निकट जाने की सुविधा है। निश्चय ही वह उन्हें प्यार, सच्चे हृदय से प्यार नहीं करती। यदि वह करती, तो उसे बार-बार इतनी मुस्कान नहीं दिखानी पड़ती, इतनी बाँकी दृष्टि नहीं डालनी पड़ती। इतने रंग-ढंग और विभिन्न साज-सज्जा की जरूरत नहीं पड़ती। मुझे लगता था कि वह सिर्फ उनकी बगल में बैठकर, बहुत कम बोलकर और देखकर ही उनके हृदय के अधिक समीप पहुँच जाती। उसके उत्साहपूर्ण सम्बोधनों से, जो एक कठोरता-सी उनके चेहरे पर छा गई है, उससे कहीं भिन्न भाव मैंने उनके चेहरे पर देखा है। पर वह भाव स्वतः आया था; किसी सायास कला या सोची-समझी चालाकी से नहीं उभरा था। उसे समझना होगा कि जो कुछ वे पूछें, उसका उत्तर बिना नाज-नखरे के देना है; आवश्यकता होने पर अदाएँ दिखाए बिना उनसे बोलना है। तभी जाकर यह भाव बढ़ सकता है, अधिक दयापूर्ण और मृदु हो सकता है और सूर्य की किरणों की भाँति दूसरे को भी उष्णता प्रदान कर सकता है। जब उनका विवाह हो जाएगा तो वह कैसे इन्हें प्रसन्न रखेगी ? मुझे नहीं लगता था कि वह रख पाएगी। फिर भी, ऐसा किया जा सकता है और मैं सत्य ही विश्वास करती थी कि उनकी पत्नी संसार की सबसे सुखी महिला होगी।'

अभी तक मैंने धन और कुलीन सम्बन्ध के लोभ से प्रेरित मि. रोचेस्टर की विवाह-योजना की कोई निन्दा नहीं की है। जब मुझे प्रथम बार उनकी इस नीयत का पता चला तो मुझे बड़ा विस्मय हुआ। पत्नी के चुनाव में वे ऐसी तुच्छ बातों से प्रभावित हो जाएँ, ऐसा व्यक्ति मैंने उन्हें नहीं समझा था। किन्तु जितना ही मैं दोनों पक्षों की

हैसियत, शिक्षा आदि पर विचार करती, उतना ही मुझे लगता कि उन्हें या मिस इनग्राम को दोष देना उचित नहीं है, क्योंकि वे तो बचपन से ही अपने अन्दर भरी गई भावनाओं और सिद्धान्तों के अनुकूल आचरण कर रही थी। मेरा अनुमान है कि उनके वर्ग के सभी लोग इन सिद्धान्तों का पालन करते हैं। अतः वे भी इनके पालन करने के लिए बाध्य हैं, भले ही यह मेरी समझ में नहीं आए। मेरे मन में आता कि यदि मैं पुरुष होती तो अपने हृदय से ऐसी ही पत्नी को लगाती जो मुझे प्रिय होती। पर इस योजना से पति के सुख में जो स्पष्ट वृद्धि होनेवाली थी, उससे मुझे विश्वास हो गया कि मेरे सिद्धान्त के सर्वमान्य होने के विरुद्ध भी कुछ कारण होंगे, जो मैं नहीं जानती हूँ। नहीं तो मेरे विचार से सारा संसार मेरे ही विचारों के अनुकूल काम करता।

इसके अतिरिक्त अन्य बातों में भी मैं अपने मालिक के प्रति बहुत उदार हो गई थी। उनके अन्य दोषों को भी, जिन पर पहले मेरी कड़ी दृष्टि रहा करती थी, अब मैं भूलने लगी थी। पहले मैं उनके चरित्र के सभी पहलुओं का अध्ययन करने का प्रयास करती रहती थी–अच्छाई के साथ बुराई को भी देखने की और उनका उचित मूल्यांकन करके एक सम्यक् निर्णय लेने की। किन्तु अब मुझे कोई दोष ही नहीं दिखाई देता था। वे व्यंग्य जो पहले मुझे भिन्ना देते थे, वह रुक्षता जो कभी मुझे चिढ़ा देती थी, अब मुझे प्रिय भोजन में पड़े मसालों की तरह प्रतीत होती थी जिनका स्वाद तीखा तो था, पर जिसका अभाव उसे बेस्वाद बना देता। और वह अस्पष्ट-सा भाव, सम्भवतः एक दुर्भाग्यपूर्ण उदास या हताशा भाव, जिसकी एक झलक जागरूक निरीक्षण करनेवाले को कभी-कभी दिखाई दे जाती थी और इस आंशिक झलक की अद्‌भुत गहराई को कोई भाँप सके, उसके पूर्व ही लुप्त हो जाती थी, ऐसी चीज थी जिससे पहले मैं डर और सहम जाती थी, मानो मैं ज्वालामुखी पहाड़ियों में भटक रही हूँ और अचानक लगे कि धरती काँपकर मुँह खोल रही थी। यह ऐसा कुछ भाव था जिसे मैं यदा-कदा अभी भी देखती थी–धकधकाते हृदय से, न कि निर्जीव चेतना से। इससे बचने की बजाय मैं इस भाव को उभारना, जगाना चाहती थी। मैं मिस इनग्राम को सौभाग्यशाली मानती थी, क्योंकि कभी-कभी उसे इस गहराई में सुकून के साथ झाँकने का अवसर, इसके रहस्यों को जानने और उनके कारणों को समझने का अवसर मिलेगा।

इसी बीच, जबकि मैं सिर्फ अपने मालिक और उनकी भावी वधू के विषय में ही सोच रही थी, उन्हीं को देख रही थी, उन्हीं की बातें सुन रही थी, उन्हीं की गतिविधियों को महत्त्व दे रही थी, पार्टी के अन्य व्यक्ति अपने-अपने मनोरंजन और आनन्द में मग्न थे। लेडी लिन और लेडी इनग्राम अकेले आपस में बातें करती रहती थीं, जब वे अपने टोपीदार सिर हिला-हिलाकर एक-दूसरे का समर्थन करतीं, अथवा वार्ता के विषय के अनुरूप आश्चर्य, रहस्य या भय के भाव से चारों हाथ उठाकर भाव व्यक्त करतीं–एक जोड़ी भव्य कठपुतली की तरह। स्थिर स्वभाववाली मिसेज डेंट भली स्वभाववाली मिसेज एश्टन के साथ बात करतीं। वे दोनों कभी-कभी एक सहृदय शब्द या मुस्कान मेरी ओर भी डाल देतीं। सर जॉर्ज लिन, कर्नल डेंट, और मिस्टर एश्टन, राजनीतिक या प्रादेशिक

मामलों या न्यायिक कार्य आदि के विषय में बातें करते। लॉर्ड इनग्राम एमी एश्टन से प्यार जताते, लुइजा लिन बन्धुओं में से किसी को गीत या वाद्य-संगीत सुनाती और मेरी इनग्राम सुस्त-सी दूसरों की जोशीली बातों को सुनती। कभी-कभी सब, मानो सहमति से, अपने-अपने खेलों को छोड़ प्रमुख पात्रों को देखने-सुनने लगते, क्योंकि निर्विवाद रूप से मि. रोचेस्टर, और उनसे घनिष्ठ रूप से जुड़ी रहने के कारण मिस इनग्राम, इस पार्टी के प्राण और आत्मा थे। यदि वे एक घंटे भी कमरे से अनुपस्थित रहते तो अतिथियों के मन पर एक स्पष्ट-सी सुस्ती छा जाती, और उनका पुनःप्रवेश निश्चित रूप से वार्तालाप को नवजीवन प्रदान कर देता।

उनके स्फूर्तिदायक प्रभाव का अभाव उस दिन विशेष रूप से अनुभव हुआ, जिस दिन मि. रोचेस्टर को आवश्यक कार्यवश मिलकोट जाना पड़ा और उनके जल्दी लौटने की सम्भावना भी नहीं थी। अपराह्न में बूँदाबाँदी हो गई थी। पैदल चलकर जिप्सियों का खेमा देखने की योजना बनी थी जो हे ग्राम के निकट ही लगा था, मि. रोचेस्टर के चले जाने के कारण वह योजना छोड़ दी गई। कुछ पुरुष घुड़साल में चले गए, युवकगण युवतियों के साथ बिलियर्डरूम में बिलियर्ड खेलते रहे। सम्पत्तिशाली विधवा इनग्राम और लिन ताश के शान्त खेल में ही मन लगा रही थीं। ब्लांच इनग्राम, जिसने मिसेज डेंट और मिसेज एश्टन के द्वारा उसे वार्तालाप में लगाने के प्रयास को अपने अभिमानपूर्ण मौन से झटक-सा दिया था, पहले कुछ भावपूर्ण धुन और सरगम प्यानो पर गनगुनाती रही, फिर लाइब्रेरी से एक उपन्यास लाकर एक अहंकारपूर्ण बेचैनी से सोफे पर चढ़ गई और अनुपस्थिति के दुसह्य क्षणों को उपन्यास के नशे में बहलाने की तैयारी करने लगी। कमरे और घर में नीरवता थी। सिर्फ कभी-कभी बिलियर्ड खेलनेवालों के कहकहे ऊपर से सुनाई दे जाते थे।

गोधूलि होने ही वाली थी और घड़ी ने भोजन हेतु वस्त्र पहनने की चेतावनी दे दी थी। इसी समय नन्ही एडेली, जो ड्राइंगरूम की खिड़कीवाली सीट पर मेरे निकट ही घुटने टेककर बैठी थी, चिल्ला पड़ी, "वह देखो, मि. रोचेस्टर आ रहे हैं।"

मैंने सिर घुमाया। मिस इनग्राम भी अपने सोफे से छिटककर बढ़ी। दूसरे भी अपने-अपने काम छोड़कर देखने लगे, क्योंकि उसी समय पहियों की घड़घड़ाहट और घोड़े के सुमों की छप-छप भीगे कंकरीले रास्ते पर सुनाई देने लगी। एक घोड़ागाड़ी आ रही थी।

मिस इनग्राम बोल पड़ी, "क्या हो गया है उन्हें, जो इस प्रकार घर आ रहे हैं ? वह तो मेसरूर (घोड़े) पर निकले थे, क्यों ? जब यहाँ से गए थे, पायलट भी उनके साथ था। इन पशुओं का उन्होंने क्या किया ?"

ऐसा बोलते हुए वह अपनी लम्बी देह और प्रचुर परिधान को खिड़की के इतने निकट ले आई कि मुझे पीछे की ओर झुकना पड़ा, इतना कि लगता था रीढ़ की हड्डी टूट जाएगी। अपनी उत्सुकता में उसने पहले मुझे नहीं देखा था। जब उसकी दृष्टि पड़ी तो उसने अपने होंठ सिकोड़े और वह दूसरी खिड़की ओर बढ़ गई। घोड़ागाड़ी रुकी,

गाड़ीवान ने दरवाजे की घंटी बजाई और एक सज्जन यात्रा की पोशाक पहने उतरे, पर ये मि. रोचेस्टर नहीं थे। वे एक लम्बे, फैशनेबुल से व्यक्ति थे—एक अपिरिचित व्यक्ति।

''चिड़चिड़ी।'' मिस इनग्राम (एडेली का नामकरण करते हुए) बोल उठी, ''शैतान बन्दरी किसने तुम्हें झूठी सूचनाएँ देने के लिए खिड़की पर बिठा दिया ?'' और उसने मुझ पर क्रोध-भरी दृष्टि डाली, मानो मैंने ही गलती की हो।

हॉल में कुछ बातें सुनाई पड़ीं, और शीघ्र ही आगन्तुक ने प्रवेश किया। उन्होंने लेडी इनग्राम को सबसे प्रौढ़ महिला समझकर उन्हें प्रणाम किया।

''लगता है कि मैं असमय आ गया, मादाम !'' वह बोला, ''जब मेरे मित्र मि. रोचेस्टर घर से बाहर हैं, किन्तु मैं लम्बी यात्रा से आ रहा हूँ और मैं समझता हूँ कि इतने पुराने और घनिष्ठ सम्बन्ध के बल पर मैं उनके लौटने तक यहाँ टिक सकता हूँ।''

उसका बरताव विनम्र था। बोलते समय उसके उच्चारण में मुझे कुछ अस्वाभाविकता लगी। यह विदेशियों जैसा तो नहीं था, पर अँगरेजों जैसा भी नहीं था। उसकी आयु मि. रोचेस्टर जितनी ही रही होगी—तीस-चालीस के बीच। उसका रंग अजीब पीला था, नहीं तो वह सुन्दर लगता, विशेषकर प्रथम दृष्टि में। विशेष ध्यान से देखने पर उसके चेहरे में कुछ ऐसा दिखाई देता, जो अप्रिय था—या प्रिय नहीं लगता था। उसके नैन-नक्श ठीक थे, पर ढीले-ढीले। आँखें बड़ी-बड़ी और साँचे में ढाली-सी थीं, पर उसकी दृष्टि सुस्त और बेजान-सी थी। कम-से-कम मुझे तो ऐसा ही लगा।

भोजन की घंटी की आवाज पर सभी लोग चल पड़े। भोजन के बाद ही मैंने उसे फिर से देखा। उस समय वह बिलकुल निश्चिन्त लग रहा था। किन्तु उसकी सूरत-शक्ल मुझे पहले से भी अप्रिय लगी। लगता था, जैसे उखड़ा-उखड़ा और निस्पन्द हो। उसकी आँखें भटक रही थीं, पर अकारण ही। इसके कारण वह और विचित्र लगता था; ऐसा मैंने पहले किसी को नहीं देखा था। एक सुन्दर और अच्छे स्वभाववाला व्यक्ति होते हुए भी मुझे उससे बड़ी वितृष्णा लगी। उस लम्बे, चिकने चेहरे में कोई शक्ति ही नहीं थी। नुकीली नाक में और छोटे लाल होंठों में कोई दृढ़ता नहीं। झुके, चिकने ललाट में कोई भाव नहीं, और खाली, भूरी आँखों में कोई सामर्थ्य नहीं।

मैं अपनी सामान्य जगह पर बैठी थी और उसे देख रही थी। मेंटलपीस पर रखी रोशनियों का पूरा प्रकाश उस पर पड़ रहा था, क्योंकि वह आग के निकट एक आरामकुर्सी पर बैठा था और धीरे-धीरे आग के ज्यादा निकट खिसकता जा रहा था, मानो उसे बहुत ठंड लग रही हो।

मैं मि. रोचेस्टर से उसकी तुलना करने लगी। (सभ्यता से बोलूँ तो भी) एक दुर्बल बत्तख और खूँखार बाज के बीच अथवा एक दब्बू भेड़ और उसके रखवाले एक रूखी खालवाले चौकन्ने कुत्ते के बीच भी इससे अधिक अन्तर नहीं होगा।

मि. रोचेस्टर को उसने अपना पुराना मित्र बतलाया था। यह एक विचित्र मित्रता रही होगी; इस पुरानी कहावत का सटीक उदाहरण कि विपरीत वस्तुएँ एक-दूसरे को आकृष्ट करती हैं।

दो या तीन सज्जन उसके निकट बैठे थे और कभी-कभी मुझे उनकी बातों का कुछ अंश सुनाई दे जाता था। पहले तो मेरी समझ में कुछ नहीं आया, क्योंकि मेरे समीप बैठी लुइजा एश्टन और मेरी इनग्राम के गपशप के कारण कभी-कभी सुनाई पड़ जानेवाली बातें भी गड्ड-मड्ड हो जाती थीं। ये दोनों उसी अपरिचित व्यक्ति के सम्बन्ध में बतिया रही थीं और दोनों उसे सुन्दर व्यक्ति कह रही थीं। लुइजा कह रही थी कि बड़ा प्यारा व्यक्ति है और उसे बहुत प्रिय है। मेरी ने उसके छोटे, उदार मुख और सुन्दर नाक का उदाहरण देते हुए कहा कि मुझे ऐसा ही व्यक्ति आकर्षक लगता है।

''और उसका ललाट कितना अच्छा, भला-सा है !'' लुइजा बोल पड़ी, ''इतना चिकन; जिस पर चिढ़ आए ऐसी एक भी शिकन नहीं जो मुझे बहुत बुरी लगती है। कितनी शान्त आँखें हैं और क्या मुस्कान है !''

मुझे बहुत राहत हुई क्योंकि तभी मि. हेनरी लिन ने उन दोनों को कमरे के दूसरी ओर पुकारा, ताकि *हे कॉमन* घूमने जाने की योजना को, जो स्थगित हो गई थी, फिर से निर्धारित कर लिया जाए।

अब मैं अपना ध्यान आग के समीप जुटे लोगों पर डालने में समर्थ हुई। जल्दी ही मेरी समझ में आया कि इस आगन्तुक का नाम मि. मैसन है और यह भी जान गई कि यह हाल ही में किसी गर्म देश से इंग्लैंड आया है। इसी कारण उसका चेहरा इतना पीला था, वह आग के इतने निकट बैठा था और घर में भी बाहरवाले कपड़े पहने हुए था। जमैका, किंग्सटन, स्पेनिश टाउन आदि शब्दों से पता चलता था कि उसका निवास स्थान वेस्टइंडीज है। जल्दी ही यह जानकर मुझे बड़ा आश्चर्य हुआ कि वहीं पहली बार मि. रोचेस्टर से उसकी भेंट हुई थी और परिचय हुआ था। उसने यह भी बतलाया कि उस क्षेत्र की झुलसाती गर्मी, आँधी और बरसाती मौसम से उसके मित्र को घृणा थी। मैं जानती थी कि मि. रोचेस्टर घुमक्कड़ रहे हैं। यह बात मिसेज फेयरफैक्स ने बतलाई थी। पर मैंने सोचा था कि उनके भटकने की सीमा यूरोपीय महादेश रहा होगा। उससे भी दूर के इलाकों की यात्रा का कोई संकेत मुझे अब तक नहीं मिला था।

मैं अभी इन्हीं विचारों में उलझी थी कि एक आकस्मिक और अप्रत्याशित-सी घटना ने मेरी विचारधारा को भंग कर दिया। किसी ने अचानक द्वार खोला, तो मि. मैसन ठंड से काँपते हुए आग में और अधिक कोयला डालने की माँग करने लगे। कारण कि आग बुझने-सी लगी थी, यद्यपि राख का ढेर अभी भी लाल और गर्म था। जो नौकर कोयला लेकर आया, जाते-जाते मि. एश्टन की कुर्सी के पास रुका और धीमे स्वर में उनसे कुछ बोला। जिसमें से मैंने सिर्फ यही सुना–'बूढ़ी, परेशान करनेवाली औरत'। ''उससे कहो कि भाग जाए, नहीं तो उसे बेड़ियों में बाँधकर रख दिया जाएगा।'' मजिस्ट्रेट ने उत्तर दिया।

''नहीं, ठहरो !'' कर्नल डेंट ने टोका, ''उसे भगाओ मत एश्टन, हम लोग उसका उपयोग कर सकते हैं। अच्छा हो कि महिलाओं से परामर्श कर लें।'' फिर वे आवाज ऊँची करके कहने लगे, ''महिलाओ, आप लोग जिप्सी खेमा देखने के लिए *हे कॉमन* जाने की बात कर रही थीं। यहाँ सैम कह रहा है कि एक बूढ़ी तान्त्रिक माता अभी

नौकरों के आवास में बैठी है और कुलीन लोगों के समक्ष जाने की जिद कर रही है, ताकि उनका भविष्य बता सके। क्या आप लोग उससे मिलना चाहेंगी ?''

''सचमुच कर्नल, आप ऐसे ठगों को बढ़ावा मत दीजिए। चाहे जैसे हो, उसे तुरन्त भगाइए,'' लेडी इनग्राम ने जोर से उत्तर दिया।

''किन्तु माननीया, मैं उसे जाने के लिए समझा नहीं सकता, न कोई नौकर उसे बाध्य कर सकता है। मिसेज फेयरफैक्स अभी उसी के पास हैं और उससे चले जाने का आग्रह कर रही हैं, किन्तु वह अँगीठी के कोने में एक कुर्सी पर जम गई है और कहती है कि अन्दर आने की अनुमति जब तक नहीं मिलेगी, वह खिसकेगी भी नहीं।''

''वह चाहती क्या है ?'' मिसेज एश्टन ने पूछा।

''बड़े लोगों का भविष्य बतलाना चाहती है। यही कहती है, मादाम और सौगन्ध खाती है कि बिना बताए नहीं मानेगी।''

''कैसी है देखने में ?'' एक ही साथ दोनों एश्टन कुमारियाँ बोल उठीं।

''बिल्कुल कुरूप बुढ़िया। हाँडी की तरह काली है, कुमारी जी।''

''अरे, बिल्कुल जादूगरनी लगती है।'' फ्रेडरिक लिन ने कहा, ''उसे सचमुच अन्दर आने दिया जाए।

''हाँ, हाँ,'' उसके भाई ने उसका समर्थन किया, ''मनोरंजन के ऐसे अवसर को हाथ से जाने देना भारी भूल होगी।''

''प्यारे बेटो, तुम यह क्या सोच रहे हो ?'' मिसेज लिन बोल पड़ीं।

''ऐसी बेतुकी बातों से मैं नहीं सहमत हो सकती,'' धनी विधवा इनग्राम बोलीं।

''सच माँ, तुम सहमत हो सकती हो और होओगी।'' ब्लांच अभिमान-भरे स्वर में प्यानो के स्टूल पर घूमते हुए बोली जहाँ वह अब तक चुप बैठी शायद संगीत के निर्देश-पत्रों को देख रही थी। ''मैं अपने भविष्य के बारे में जानने को उत्सुक हूँ इसलिए सैम, तुम उस बूढ़ी महिला को भेजो।''

''मेरी प्यारी ब्लांच, याद करो...।''

''हाँ, हाँ, जो कह रही हो, मुझे सब याद है। फिर भी मैं अपनी इच्छा पूरी करूँगी। जल्दी जाओ, सैम।''

''हाँ, हाँ, हाँ !'' किशोर वय के सभी युवक-युवतियाँ चिल्ला पड़े, ''उसे आने दो। बड़ा आनन्द आएगा।''

पर सेवक खड़ा रहा। ''वह ऐसी उजड्ड-सी लगती है,'' वह बोला।

''जाओ।'' सहसा चीखकर मिस इनग्राम ने आदेश दिया। वह आदमी चला गया।

अचानक पूरी पार्टी में उत्साह छा गया। व्यंग्य और हास्य चल रहा था। उसी समय सैम फिर उपस्थित हुआ।

''अब वह नहीं आएगी,'' उसने कहा, ''कहती है कि भौंडे लोगों (उसी का शब्द है) के सामने जाना मेरा उद्‌देश्य नहीं है। मैं उसे एक एकान्त कमरा दे दूँ; वहाँ जो लोग हाथ दिखाना चाहेंगे, बारी-बारी से जा सकते हैं।''

"देख रही हो न, मेरी रानी बेटी ब्लांच," लेडी इनग्राम ने कहा, "वह अब बढ़-चढ़कर बातें करने लगी है। मेरी बात मानो मेरी अच्छी बेटी, और..."

"उसे लाइब्रेरी में बिठा दो," बीच में ही बात काटकर अच्छी बेटी टपक पड़ी। मेरा भी मन नहीं है कि भौंडे लोगों के सामने अपने बारे में भविष्यवाणी सुनूँ। मैं भी अकेले में उससे मिलना चाहती हूँ। लाइब्रेरी में आग जल रही है कि नहीं ?"

"हाँ, मादाम, पर वह तो बंजारन-सी दीखती है !"

"बकबक बन्द करो, बुद्धू, और मेरे आदेश का पालन करो।"

सैम फिर अदृश्य हो गया। रहस्य, उत्तेजना, आशा फिर अपनी चरम सीमा पर पहुँच गए।

"अब वह तैयार है," नौकर फिर उपस्थित होकर बोला, "वह जानना चाहती है कि उसके पास पहले कौन जाएगा।"

कर्नल डेंट ने कहा, "मेरा विचार है कि किसी महिला के वहाँ जाने के पूर्व मैं पहले एक बार उसे देख तो लूँ। जाओ सैम, उसे बोलो कि एक सज्जन आ रहे हैं।"

सैम चला गया और फिर लौटा, "वह कहती है महाशय कि वह पुरुषों से नहीं मिलेगी और न उन्हें उसके पास जाने का कष्ट उठाने की कोई आवश्यकता है।" फिर कठिनाई से हँसी को दबाते हुए बोला, "और न ही महिलाओं को कष्ट उठाने की आवश्यकता है, सिर्फ युवती और कुमारियों को छोड़कर।"

हेनरी लिन बोल उठे, "ईश्वर की सौगन्ध ! क्या खूब पसन्द है उसकी !"

मिस इनग्राम गम्भीरता से उठी, "मैं पहले जाती हूँ," वह ऐसे स्वर में बोली जैसे किसी टूटे जहाज में सैनिकों का दलनायक बोल रहा हो।

"अरे मेरी सबसे अच्छी, सबसे प्यारी बेटी ! रुको...कुछ तो सोचो !" उसकी माँ चिल्ला पड़ी। किन्तु वह राजसी अभिमान के साथ उसकी बगल से आगे बढ़ गई फिर उस दरवाजे से निकली जिसे कर्नल डेंट खोले खड़े थे, और हम लोगों ने उसे लाइब्रेरी में प्रवेश करते देखा।

सन्नाटा-सा छा गया। लेडी इनग्राम को कुछ नहीं सूझा और वह हाथ मलने लगी। मिस मेरी बोली कि वह तो कभी जाने का साहस नहीं करती। मिस एमी और लुइजा साँस रोके हुए थीं और कुछ भयभीत लग रही थीं।

समय बहुत धीरे-धीरे बीत रहा था। पन्द्रह मिनट बीते होंगे तो लाइब्रेरी का द्वार फिर खुला। मिस इनग्राम मेहराब से गुजरकर अन्दर आईं।

क्या वह हँसेगी ? क्या वह यह सब एक मजाक के रूप में लेगी ? सभी आँखें यह जानने के लिए व्यग्र उत्सुकता के साथ उसकी आँखों से टकराईं, किन्तु उसकी आँखों में दुत्कार और उपेक्षा का भाव था। वह न तो उत्तेजित थी और न प्रसन्न। वह कठोरता से अपनी सीट की ओर गई और चुपचाप बैठ गई।

"ब्लांच, क्या हुआ ?" लॉर्ड इनग्राम ने जिज्ञासा की।

"उसने क्या बतलाया, बहन ?" मेरी ने पूछा।

''तुम्हारा क्या खयाल है ? तुम्हें कैसा लगा ? क्या वह सचमुच ज्योतिषी है ?'' दोनों एश्टन कुमारियाँ पूछ बैठीं।

''बस, बस। भले लोगो।'' मिस इनग्राम तुनक पड़ी, ''मुझे बहुत परेशान मत करो। सचमुच तुम लोगों को किसी चीज पर तुरन्त अचरज और विश्वास हो जाता है। इस बात को मेरी अच्छी माँ समेत तुम लोग जितना महत्त्व दे रहे हो, उससे लगता है कि घर में सचमुच की जादूगरनी आ गई है जो इन बूढ़े सज्जन से मिली हुई है। मैंने उस जिप्सी बंजारन को देखा, उसने हस्तरेखा पढ़ने का थोड़ा-सा अभ्यास कर लिया है और उन्हीं लोगों की भाँति कुछ बातें बतलाती हैं। मेरी जिद पूरी हो गई है। अब तो ठीक ही होगा यदि मि. एश्टन अपनी धमकी के अनुसार कल उसे जेल में डाल दें।''

इसके बाद मिस इनग्राम ने एक किताब उठाई, कुर्सी पर पीठ टिकाकर बैठ गई और बातें बन्द कर दीं। मैं उसे आधे घंटे तक देखती रही। इस बीच उसने एक पृष्ठ भी नहीं उलटा था और उसका चेहरा कभी काला, और भी असन्तुष्ट हो उठता था और उस पर अधिक निराशा के भाव छा जाते थे। स्पष्ट था कि उसके भविष्य के विषय में अच्छी बातें नहीं बताई गई थीं। उसकी लम्बी उदासी और चुप्पी से मुझे लगा कि भले ही वह इस घटना को महत्त्वहीन बता रही हो, पर वह स्वयं की गई भविष्यवाणी को अनुचित महत्त्व दे रही है।

इस बीच मेरी इनग्राम, एमी और लुइजा एश्टन कहने लगीं कि वैसे उन लोगों की भी जाने की इच्छा है, पर अकेले-अकेले जाने का साहस वे नहीं जुटा पा रही हैं। फिर सैम के माध्यम से अनुरोध भेजा गया और मुझे लगता है कि बहुत इधर-उधर दौड़ने से सैम की टाँगें दुखने लगी होंगी। अन्त में बहुत कठिनाई से उस झक्की कलूटी से अनुमति प्राप्त की गई कि तीनों एक साथ जाकर उससे मिल सकती हैं।

उनका मिलना इतना निःशब्द नहीं था। जितना मिस इनग्राम का था। लाइब्रेरी से उनके हँसने की या उत्तेजित होकर बोलने की आवाजें सुनाई दे रही थीं। लगभग बीस मिनट बीते होंगे कि उन लोगों ने जोर से दरवाजा खोला और दौड़ती हुई हॉल से आईं, मानो उनकी बुद्धि चकरा रही हो।

वे सभी एक साथ बोल उठीं, ''सचमुच, वह ठीक नहीं है। उसने कैसी-कैसी बातें हम लोगों को बतलाईं ! वह हम लोगों के विषय में सबकुछ जानती है।'' युवकों ने जो कुर्सियाँ जल्दी-जल्दी लाकर उन्हें दीं उनमें वे निढ़ाल होकर गिर पड़ीं।

जब उनसे और प्रश्न किए गए, तो उन्होंने बतलाया कि उसने वे बातें भी बतला दीं जो उन्होंने अपने बचपन में कही थीं और किया था। घर पर उसके शृंगार-कक्ष में जो पुस्तकें या आभूषण हैं उनके विषय में तथा उनके सम्बन्धियों ने जो उपहार दिए उनके विषय में भी उसने बतलाया। उन्होंने स्वीकार किया कि वह उनके मन की बातें भी जानती है और प्रत्येक के कान में उसने उस व्यक्ति का नाम बताया जिसे वह सबसे अधिक चाहती है। उसने यह भी कह दिया कि उनकी सबसे बड़ी अभिलाषा क्या है।

इस पर सभी युवक बहुत अनुरोध करने लगे कि अन्तिम दो बिन्दुओं को जरा स्पष्ट

करके बतलाया जाए, पर उनकी जिद के आगे वे सिर्फ शरमाती-सिकुड़ती और खिलखिलाती रहीं। उनकी माँओं ने इस बीच उन्हें शरबत दिया, उन्हें पंखा झलती रहीं और बार-बार चिन्तित होकर कहती रहीं कि मैंने मना किया था, पर तुम लोग ध्यान ही नहीं देती हो। प्रौढ़ व्यक्ति हँसते रहे और नवयुवक इन उत्तेजित सुन्दरियों को सेवा देने के लिए तत्पर रहे।

इस कोलाहल के बीच जबकि मेरी आँखें और मेरे कान अपने सामने के दृश्य में बिल्कुल मग्न थे, मैंने अपने बिल्कुल समीप हलकी खाँसने की आवाज सुनी। मैं मुड़ी तो देखा सैम था।

''क्षमा करें, कुमारीं जी, जिप्सी औरत कह रही है कि कमरे में एक और अविवाहित कुमारी है, जो अभी तक उससे पूछने नहीं गई है; और वह कहती है कि जब तक सभी से नहीं मिल लेती, तब तक यहाँ से नहीं जाएगी। मैंने सोचा कि आप ही होंगी क्योंकि अब तो यहाँ कोई और नहीं है। मैं जाकर उससे क्या कहूँ ?''

''ओह, मैं अवश्य जाऊँगी।'' मैंने उत्तर दिया और अपनी अत्यधिक उत्तेजित जिज्ञासा को तृप्त करने के इस अनायास अवसर को पाकर प्रसन्न हुई। बिना किसी के देखे मैं चुपचाप निकल गई, क्योंकि पूरी टीम उन्हीं तीनों काँपती लड़कियों के पास जमा थी, जो अभी-अभी लौटी थीं। बाहर निकलकर मैंने अपने पीछे द्वार बन्द कर दिया।

''कुमारी जी, यदि आपकी अनुमति हो,'' सैम ने कहा, ''तो मैं बाहर हॉल में रुका रहूँ। यदि आपको डर लगे तो पुकारिएगा। मैं तुरन्त भीतर आ जाऊँगा।''

''नहीं, सैम, तुम रसोईघर में जाओ, मुझे जरा भी डर नहीं लगता।'' और सच ही मैं भयभीत नहीं थी, बल्कि बहुत उत्सुक और उत्तेजित थी।

19

जिस समय मैंने प्रवेश किया, लाइब्रेरी बहुत शान्त लग रही थी। वह जादूगरनी, यदि वह सत्य ही जादूगरनी थी तो चिमनीवाले कोने में आराम से एक आरामकुर्सी पर बैठी थी। उसने एक लाल कोट और काली टोपी पहन रखी थी, बल्कि यह चौड़े पट्टेवाला एक जिप्सी टोप था जो धारीदार रूमाल से ठुड्डी के नीचे बँधा था। एक बुझी हुई मोमबत्ती मेज पर पड़ी थी। वह आग की ओर झुकी थी। लगता था, प्रार्थना की पुस्तक जैसी कोई छोटी काली पुस्तक आग की रोशनी में पढ़ रही थी। पढ़ते हुए वह बुदबुदा रही थी, जैसा बूढ़ी औरतें करती हैं। मेरे प्रवेश करने पर उसने तुरन्त पढ़ना बन्द नहीं किया। ऐसा लगा मानो वह उस पैराग्राफ को समाप्त करना चाहती हो।

मैं चटाई पर खड़ी हो गई और अपने हाथ सेंकने लगी, जो ड्राइंगरूम में जलती आग से दूर बैठने के कारण कुछ ठंडे हो गए थे। मैं अब बिल्कुल स्थिर और शान्त थी। उस जिप्सी की आकृति में ऐसा कुछ नहीं था, जिससे किसी की शान्ति भंग होती। उसने पुस्तक बन्द की और धीरे से ऊपर देखा। उसके टोप की पट्टी की छाया उसके चेहरे पर पड़ रही थी। फिर भी उसके सिर उठाने पर मैंने देखा कि चेहरा विचित्र-सा था। यह बिल्कुल भूरा और काला लगता था। ठुड्डी के नीचे बँधे उजले फीते के नीचे से छोटी-छोटी लटें निकली हुई थीं और उसके आधे गालों पर, बल्कि जबड़ों पर फैली थीं। उसकी आँखें निर्भीक और सीधी दृष्टि मुझसे टकराईं।

"अच्छा, तो तुम अपना भविष्य जानना चाहती हो ?" वह ऐसे स्वर में बोली, जो उसकी दृष्टि की भाँति स्थिर और आकृति की भाँति कठोर था।

"मुझे इसकी परवाह नहीं माँ; आपकी इच्छा हो तो बताइए। पर मैं आपको सावधान किए देती हूँ कि मुझे इसमें विश्वास नहीं है।"

"ऐसा कहना तुम्हारी उद्दंडता के अनुकूल ही है। मेरा भी यही अनुमान था। अभी तुमने चौखट लाँघकर प्रवेश किया, तो तुम्हारे पदचाप से ही मैं यह समझ गई।

"सच ? आपके कान तो तेज हैं।"

"हाँ, हैं। और आँखें और बुद्धि भी तेज हैं।"

"आपके पेशे में इन सभी की आवश्यकता होती होगी ?"

"हाँ, होती है। विशेषकर जब तुम जैसे ग्राहकों से मेरा पाला पड़ता है। तुम काँप क्यों नहीं रही ?"

"मुझे ठंड नहीं लगी है।"

"तुम पीली क्यों नहीं पड़ी हो ?"

"मैं बीमार नहीं हूँ।"

"तुम मेरी ज्योतिष कला से जानकारी क्यों नहीं माँगती ?"

"मैं बुद्धू नहीं हूँ।"

वह झुर्रियोंवाली बूढ़ी अपनी टोपी और पट्टियों की ओट में थोड़ा हँसी। फिर उसने एक छोटा काला सिगरेट निकाला और जलाकर पीने लगी। इस नशे में कुछ समय बिताने के बाद उसने अपने झुके शरीर को उठाया, होंठों से सिगरेट हटाया, और आग पर दृष्टि जमाए ही दृढ़ता से बोली,

"तुम ठंडाई हुई हो, तुम बीमार हो, तुम बुद्धू हो।"

"तो प्रमाणित कीजिए।" मैंने चुनौती दी।

"हाँ, मैं करूँगी। संक्षेप में ही। तुम ठंडी हो, क्योंकि तुम अकेली हो; कोई सम्पर्क तुममें छिपी आग को प्रज्वलित नहीं कर पाता है। तुम रुग्ण हो, क्योंकि भावनाओं में सबसे अच्छी, सबसे ऊँची, सबसे मधुर वह भावना तुमसे बहुत दूर है जो ईश्वर ने मनुष्य को प्रदान की। तुम बुद्धू हो, क्योंकि तुम चाहे कितना भी कष्ट उठाती रहो, पर उसे अपने समीप बुलाओगी नहीं और न ही एक पग आगे बढ़ाकर उससे मिलोगी, जहाँ वह तुम्हारी प्रतीक्षा कर रहा है।"

उसने पुनः उस छोटे काले सिगरेट को होंठों पर रख लिया और उत्साह से धूम्रपान करने लगी।

"ये बातें तो आप किसी भी ऐसे व्यक्ति से कह सकती हैं, जिसके विषय में आपको पता है कि वह एक बड़े घर में आश्रित की भाँति अकेली रह रही है।"

"मैं किसी भी व्यक्ति को कह तो दूँ, पर क्या वह प्रत्येक के सम्बन्ध में सच हो जाएगी ?"

"मेरी जैसी स्थितिवाले के सम्बन्ध में।"

"हाँ, बिल्कुल ठीक, तुम्हारी जैसी स्थितिवालों के सम्बन्ध में। पर तुम मुझे एक भी ऐसा व्यक्ति बतलाओ, जो तुम्हारी जैसी स्थिति में हो।"

"ऐसे हजारों बतलाए जा सकते हैं।"

"तुम एक भी नहीं बता सकोगी। काश, तुम्हें पता होता कि तुम अद्भुत ढंग से प्रसन्नता के बिल्कुल निकट बैठी हो। हाँ, यह तुम्हारी पहुँच के अन्दर है। सारी चीजें तैयार हैं, सिर्फ उस क्षण की कमी है जो इन्हें मिला दे। संयोग ने उन्हें अलग-थलक कर रखा है। उन्हें समीप आने दो; बस आनन्द-ही-आनन्द छा जाएगा।"

"मैं रहस्यों को नहीं समझती। मैं अपने जीवन में कभी एक भी पहेली नहीं सुलझा सकी।"

"यदि तुम चाहती हो कि मैं साफ-साफ बतलाऊँ तो अपना हाथ दिखाओ।"

"और इस पर माल भी रखना पड़ेगा, क्यों ?"

"अवश्य।"

मैंने उसे एक शिलिंग दिया। उसने उसे एक पुराने झोले में रख लिया, जिसे उसने जेब से निकाला था, और फिर बाँधकर वहीं रख दिया। उसने मुझे हाथ आगे बढ़ाने को कहा। मैंने हाथ बढ़ाया। वह मेरी हथेली पर झुकी, और उसे छुए बिना पढ़ने लगी।

"यह बहुत अच्छा है।" वह बोली, "ऐसे हाथ से कुछ पता नहीं चलता, कोई रेखाएँ नहीं हैं। इसके अतिरिक्त हाथ में क्या रखा है ? वहाँ भाग्य नहीं लिखा रहता।"

"हाँ, मुझे आपकी बात में विश्वास है।"

"नहीं," वह आगे बोली, "यह चेहरे पर लिखा रहता है, ललाट में, आँख के पास, आँखों में भी, मुख के पास की रेखाओं में। घुटने टेककर बैठो और सिर उठाओ।"

"आह। अब आप सच्चाई के निकट आ रही हैं," उसके आदेश का पालन करते हुए मैंने कहा, "अब मैं आपमें कुछ-कुछ विश्वास कर सकती हूँ।"

उससे आधे गज की दूरी पर मैं घुटने टेककर बैठ गई। उसने आग को एक लकड़ी से इधर-उधर किया। कोयलों से एक लपट-सी उठी, किन्तु वह बैठी हुई इस तरह से थी कि उस धधक से उसके चेहरे पर अधिक छाया पड़ने लगी। हाँ, मेरा चेहरा साफ दिखाई देने लगा।

"मैं चकित हूँ कि तुम कौन-सी भावना लेकर आज रात मेरे पास आई हो," उसने कुछ क्षण मेरा परीक्षण करने के बाद कहा, "मैं सोचती हूँ कि कौन से विचार तुम्हारे हृदय में उद्वेलित होते रहते हैं; जब तुम घंटों वहाँ उस कमरे में बैठी रहती हो और ये धनी लोग तुम्हारे सामने इधर-उधर करते रहते हैं, मानो किसी जादुई लालटेन में आकृतियाँ चल रही हों। तुम्हारे और उनके बीच इतना कम सम्पर्क रहता है मानो वे सचमुच के आदमी नहीं, बल्कि उनकी छाया मात्र हों।"

"मैं कभी-कभी थकी-सी अनुभव करती हूँ, कभी उनींदी-सी, पर उदास कभी नहीं।"

"तब तुम्हारे हृदय में अवश्य कोई छिपी हुई आशा है, जो तुम्हें उत्साहित करती रहती है और सुन्दर भविष्य के गीत कानों में गुनगुनाती है।"

"बिल्कुल नहीं। मेरी सबसे बड़ी अभिलाषा यही है कि अपनी आय से कुछ पैसे बचाकर भविष्य में भाड़े के एक छोटे मकान में अपना एक स्कूल खोल सकूँ।"

"आशाओं को जीवित रखने का एक तुच्छ साधन ! और उस खिड़कीवाली सीट में बैठकर तुम...देखो, मैं तुम्हारी आदतें भी जानती हूँ।"

"आपको नौकरों से मालूम हो गया होगा।"

"आह, अपने को बहुत तेज समझती हो। हाँ, ठीक है। शायद उन्हीं से मालूम हुआ। सच कहूँ तो उनमें से एक से मेरा परिचय है...मिसेज पूल से।"

उसका नाम सुनते ही मैं चौंककर खड़ी हो गई।

'परिचय ? उससे आपका परिचय है ?' मैंने सोचा, 'तो इस सारे कारोबार मैं अवश्य कोई भूत-प्रेत का प्रकोप, कोई पैशाचिकता अवश्य है।'

"डरो मत !" उस विचित्र औरत ने कहा, "मिसेज पूल विश्वसनीय व्यक्ति है... आत्मीय और शान्त व्यक्ति। उस पर विश्वास किया जा सकता है। पर हाँ, मैं कह रही थी कि उस खिड़की की सीट पर बैठी क्या तुम अपने भावी स्कूल के अतिरिक्त और कुछ नहीं सोचती ? तुम्हारे सामने सोफे और कुर्सियों पर जो लोग बैठे रहते हैं, उनमें से किसी में क्या तुम्हारी कोई रुचि नहीं है ? क्या तुम किसी भी चेहरे का अध्ययन नहीं करती ? एक भी व्यक्ति की, जिसकी गतिविधियों का कम-से-कम तुम उत्सुकता से निरीक्षण करती होगी ?"

"मुझे सभी के चेहरों, सभी की आकृतियों को देखना भला लगता है।"

"किन्तु क्या तुम किसी एक को या दो को भी अधिक नहीं परखती ?"

"हाँ, प्रायः करती हूँ...जब किसी जोड़े की भंगिमा या दृष्टि कोई कहानी कहती प्रतीत होती हो, तो उन्हें निरखने में मनोरंजन होता है।"

"कौन-सी कहानी तुम्हें सबसे प्रिय है ?"

"ओह ! मैं अधिक चुनाव करने की स्थिति में नहीं हूँ। सभी एक ही कहनी कहते हैं...प्रेमालाप, सारे वचन-वादे एक ही नियति की ओर, विवाह की ओर ही ले जाते हैं।"

"तो यह नीरस विषय तुम्हें पसन्द है ?"

"स्पष्ट है कि मुझे इसकी परवाह नहीं। मुझे इससे कुछ नहीं लेना-देना।"

"तुम्हें कुछ मतलब नहीं ? जब एक युवती, जवान, स्वस्थ और जीवन से पूर्ण, सौन्दर्य से छलकती तथा सम्पत्ति और कुल से सम्पन्न, बैठकर उस युवक की आँखों में हँसी बिखेरती हो जो...।"

"तो मुझे क्या ?"

"जिसे तुम जानती हो और उसके प्रति अच्छे विचार रखती हो।"

"मैं यहाँ के किसी युवक को नहीं जानती। मैंने उनमें से किसी से एक शब्द भी वार्लालाप नहीं किया होगा और, जहाँ तक उनके प्रति अच्छी धारणा का प्रश्न है, मैं समझती हूँ कुछ सम्मानित और धनी व्यक्ति हैं, कुछ प्रौढ़ हैं और कुछ युवक जोशीले, सुन्दर और उमंगपूर्ण हैं। पर निश्चय ही उन्हें अधिकार है कि वे चाहे जिसकी मुस्कान प्राप्त करें। इस सारे कारोबार को मेरी भावना क्यों महत्त्व दे ?"

"तुम यहाँ के किसी युवक को नहीं जानती ? तुमने किसी से एक शब्द भी बात नहीं की ? क्या तुम घर के मालिक के विषय में यह बात कह सकती हो ?"

"वह तो घर पर नहीं हैं ?"

"वाह, खूब कही ! क्या चालाकी भरी बात कही है ! वे आज प्रातः मिलकोट गए और आज रात या कल प्रातःकाल लौट आएँगे। इस स्थिति ने क्या उन्हें तुम्हारे परिचितों की श्रेणी से निकाल दिया ? क्या उनका अस्तित्व ही मिटा दिया ?"

"नहीं, पर मैं समझ नहीं पाती कि आपने जो बात चलाई, उससे मि. रोचेस्टर का

क्या सम्बन्ध है।''

''मैं कह रही थी कि युवतियाँ युवकों की आँखों में आँखें डाल मुस्कराती रहती हैं, और इधर इतनी मुस्कान मि. रोचेस्टर की आँखों में डाली गई है कि दोनों आँखें लबालब भरे प्याले की तरह छलकनेवाली हैं। क्या तुमने इस पर ध्यान नहीं दिया ?''

''मि. रोचेस्टर को अधिकार है कि अपने अतिथियों के सामीप्य का आनन्द उठाएँ।''

''अधिकार का प्रश्न नहीं है। पर क्या तुमने नहीं देखा कि विवाह की सारी कहानियों में सबसे सुन्दर और सबसे क्रमबद्ध कहानी मि. रोचेस्टर के इर्द-गिर्द ही बुनी जा रही है।''

''सुननेवाले की उत्सुकता कहनेवाले की जिह्वा को उत्साह देती है,'' यह बात मैंने उस जिप्सन से अधिक स्वयं से कही, जिसकी विचित्र बातें, स्वर और ढंग ने मुझे एक प्रकार के स्वप्न में आवेष्ठित कर दिया था। एक के बाद एक अप्रत्याशित शब्द उसके मुख से निकलते जा रहे थे और मैं रहस्यों के जाल में घिरती जा रही थी। मैं विस्मित थी कि कौन सी अदृश्य शक्ति बीते सप्ताह मेरे हृदय में बैठी, मेरी भावनाओं को पढ़ रही थी और हर धड़कन को गिन रही थी। ''सुननेवाले की उत्सुकता।'' उसने दुहराया, ''हाँ, मि. रोचेस्टर घंटों बैठे कानों को उन आकर्षक होंठों की ओर झुकाए रहते हैं जो उनसे प्यार जताने में इतना आनन्द अनुभव करते हैं। और मि. रोचेस्टर इसे प्राप्त करने के लिए कितने तैयार रहते हैं और इस मनोरंजन के लिए कितने कृतज्ञ हैं, इस पर तुमने ध्यान दिया ?''

''कृतज्ञ ! मुझे याद नहीं आता कि कभी मैंने उनके चेहरे पर कृतज्ञता का भाव देखा हो।''

''देखा ! अर्थात् तुम सोच-विचार अवश्य कर रही थी। यदि कृतज्ञता नहीं, तो तुमने क्या देखा ?''

मैं कुछ नहीं बोली।

''तुमने प्यार देखा, देखा न ? और आगे कल्पना में उन्हें विवाहित देखा और उनकी पत्नी को प्रसन्न देखा।''

''हुँह ! बिल्कुल नहीं। आपकी जादूगरी कभी-कभी भूल कर जाती है।''

''तो तुमने क्या देखा ? बोलो।''

''छोड़िए। मैं यहाँ पूछने आई हूँ, बतलाने नहीं। क्या लोगों को मालूम है कि मि. रोचेस्टर का विवाह होगा ?''

''हाँ, सुन्दरी मिस इनग्राम से।''

''शीघ्र ही ?''

''देखने से ऐसा ही लगता है, और निस्सन्देह (यद्यपि जिस धृष्टता से तुम प्रश्न कर रही हो, उससे तुम दंड पाने के योग्य लगती हो) वे अत्यन्त ही सुखी दम्पत्ति होंगे। इतनी रूपवती, सुशील, बुद्धिमती, गुणवती युवती को वे अवश्य ही प्यार करेंगे। और

सम्भवतः वह भी उन्हें प्यार करती है...उन्हें नहीं तो कम-से-कम उनकी सम्पत्ति से तो अवश्य करती है। मैं जानती हूँ कि वह मि. रोचेस्टर की धन-सम्पत्ति को बहुत उपयुक्त मानती है, यद्यपि (ईश्वर क्षमा करें) एक घंटे पहले मैंने इसी बिन्दु पर कुछ ऐसी बातें उसे बताईं जिनसे वह बहुत ही गम्भीर हो गई और उसका मुँह लटक गया। मैं तो उसके काले प्रेमी को भी सलाह दूँगी कि अब किसी दूसरी मालदार की ताक में रहे; यह तो उसके हाथ से गई।''

''किन्तु माँ, मैं मि. रोचेस्टर का भाग्य जानने नहीं आई। मैं तो अपना भविष्य सुनने आई थी, और आपने इस सम्बन्ध में तो कुछ नहीं बतलाया।''

''तुम्हारा भाग्य सन्देह से घिरा है। जब मैंने तुम्हारी आकृति का निरीक्षण किया तो सभी लक्षण दूसरों को काटते-से लगे। भाग्य ने तुम्हारे हिस्से में कुछ सुख लिख रखा है, इतना तो मैं जानती हूँ। आज शाम यहाँ आने के पहले भी मैं इसे जानती थी। इसने बड़ी सावधानी से तुम्हारे हिस्से में एक और सुख रख दिया है। मैंने उसे रखते देखा है। अब यह तुम पर निर्भर है कि तुम हाथ बढ़ाओ और उस सुख को उठा लो। किन्तु तुम ऐसा करोगी कि नहीं, इस समस्या को मैं परख रही हूँ। फिर से चटाई पर घुटने टेककर बैठो।''

''मुझे देर तक मत बिठाइए। आग से जलन होती है।''

मैं घुटने टेककर बैठ गई। वह मेरी ओर झुकी नहीं; कुर्सी पर पीठ टिकाए ध्यान से मुझे देखती रही। फिर वह बुदबुदाने लगी–

''आँखों में चमक कौंध जाती है। आँखें ओस की भाँति चमक रही हैं। यह कोमल और भावनाओं से पूर्ण हैं। यह मेरे तन्त्र के शब्दों पर मुस्करा रही है। यह संवेदनशील है। इसकी शुभ्रता में भावों का आना दीख रहा है। मुस्कान थमती है तो उदासी आ जाती है। एक अनजान-सी सुस्ती पलकों पर छाई है जो एकान्त से उपजी उदासी का प्रतीक है। आँखें मुझसे मुँह मोड़ रही हैं; अधिक छानबीन सहन नहीं कर पाएगी। आँखों में उपहास के भाव से लगता है कि मेरी भविष्यवाणी पर इसे विश्वास नहीं होता। यह भावुकता और निराशा, दोनों के आरोप को अस्वीकार करती-सी लगती हैं। इसके स्वाभिमान और गम्भीरता से मेरे विचार की पुष्टि ही हुई है। आँखें ठीक ही हैं। जहाँ तक मुँह का प्रश्न है, हास्य में प्रायः इसे आनन्द आता है। मस्तिष्क में जो भाव आए, उसे यह व्यक्त कर सकता है, पर हृदय की अनुभूति कहने में चुप्पी साध लेगा। इतना तो मैं कह सकती हूँ। चंचल और गतिशील, यह मुँह एकान्त में अनन्त चुप्पी लगाए रखने के लिए नहीं बना है। मुँह ऐसा होना चाहिए जो बहुत बोले और अकसर मुस्कराए, और मानवीय स्नेह से वार्तालाप कर सके। यह लक्षण भी शुभ है।

''भौंहों में ही ऐसा कुछ नहीं जो सौभाग्य के रास्ते में आड़े आए। ये भौंहें मानों कहती हैं कि यदि आत्मसम्मान और परिस्थितियों के कारण ऐसी स्थिति आ जाए तो मैं अकेले जीवन बिता सकती हूँ। सुख के लिए आत्मा को बेचने की कोई आवश्यकता नहीं है। मेरे भीतर ऐसी शक्ति है, जन्मजात शक्ति, जो मुझे जीवित रखेगी, भले ही

सारी खुशियाँ मुझसे छीन ली जाएँ या फिर ऐसी कीमत पर दी जाएँ जो मैं नहीं चुका सकती। ललाट यह कहता प्रतीत होता है कि बुद्धि यहाँ जमकर बैठी है; यहाँ इसी का शासन चलता है। यह भावनाओं में बहकर खन्दक में गिरने का अवसर नहीं आने देगी। आवेग पापियों की तरह चाहे जितना उद्वेलित और बेचैन करे, और इच्छाएँ चाहे जो व्यर्थ कल्पना करें, पर सारी बातों का निर्णय बुद्धि ही करेगी; उसी की विजय होगी। चाहे आँधियाँ, भूचाल, दावाग्नि आ जाए। किन्तु मैं आत्मा के आदेश का ही पालन करूँगी।

''ऐ ललाट ! तुमने खूब कहा। तुम्हारे निर्णय का सम्मान होगा। मैंने अपनी योजनाएँ बना ली हैं। वे मुझे ठीक लगती हैं और उन्हें बनाने में मैंने आत्मा की ही आवाज सुनी है। बुद्धि की ही सलाह मानी है। मैं जानती हूँ कि सुख के बढ़ाए हुए प्याले में यदि लज्जा की एक बूँद का, पश्चात्ताप के एक घूँट का भी पता लगे तो युवावस्था कितनी जल्दी बीत और रूप नष्ट हो जाएगा। मैं अच्छाई का परित्याग, दुख, विनाश नहीं चाहती; मेरी ऐसी कोई रुचि नहीं। मैं तो अच्छाई का समूल विनाश नहीं, उसकी वृद्धि चाहती हूँ। मैं मनुष्यों के धार-धार आँसू का खारा पानी नहीं, उनकी कृतज्ञता चाहती हूँ। मेरे जीवन की संचित पूँजी होगी–मुस्कान, प्यार, मधुरता। इसी से मेरा काम चल जाएगा। अरे, मैं तो बेहोशी में क्या-क्या बक रही हूँ। मेरा वश चले तो चिरकाल तक इसी क्षण में डूबी रहूँ, पर ऐसा नहीं करूँगी। अब तक तो मैंने अपने पर नियन्त्रण रखा है; मन में जैसी शपथ मैंने ली थी, वैसा ही आचरण किया है, पर आगे यह मेरे वश में नहीं है। उठो, मिस आयर, जाओ। खेल खत्म हो चुका है।''

'अरे, मैं कहाँ थी ? सोई थी या जगी थी ? क्या मैं स्वप्न देख रही थी ? क्या अभी भी स्वप्न में ही थी ?' बूढ़ी औरत का स्वर बदल गया था। उसका उच्चारण, उसकी भंगिमा, सभी मुझे परिचित से लगे, जैसे दर्पण में अपनी आकृति दिखे या अपनी ही बोली सुनाई दे। मैं उठ खड़ी हुई, पर गई नहीं। मैंने ध्यान से देखा, आग को कुरेदा और उसकी ज्योति में फिर ध्यान से देखा। किन्तु उसने अपनी टोपी और झुका ली, बन्धनों को चेहरे पर खींच लिया और हाथ से जाने का संकेत करने लगी। आग की रोशनी में उसका बढ़ा हुआ हाथ साफ झलक उठा। सशंकित और सजग हो उठने के कारण मैंने तुरन्त उस हाथ को पहचान लिया। यह किसी बूढ़ी औरत का झुर्रीदार हाथ नहीं था। यह तो एक गठीला, पुष्ट हाथ था। चिकनी सुघड उँगलियाँ थीं और कानी उँगली में एक बड़ी-सी अँगूठी चमक रही थी। झुककर मैंने उसे देखा और उस हीरे को पहचान लिया जिसे मैंने सैकड़ों बार देखा था। फिर मैंने उस चेहरे को देखा जो अब मुझसे फिरा हुआ नहीं था। इसके विपरीत टोपी हटा दी गई, बन्धन भी खोल दिया गया और वह सिर बाहर निकल आया।

''अच्छा, जेन ! क्या मुझे पहचान रही हो ?'' एक परिचित स्वर ने पूछा।

''इस लाल कोट को हटाइए, श्रीमान, तब...।''

''इसमें गाँठ पड़ गई है, खोलने में सहायता करो।''

''तोड़ दीजिए, श्रीमान।''

"अच्छा लो। हटो रे उधार के वस्त्रो !" यह कहकर वे अपने छद्मवेश से बाहर निकल आए।

"सच श्रीमान, आपको यह क्या विचित्र बात सूझी ?"

"किन्तु मैंने इसे ठीक-ठीक निभाया, क्यों ? तुम मानती हो कि नहीं ?"

"युवतियों के आगे तो आपका पार्ट सफल ही रहा।"

"तुम्हारे साथ नहीं ?"

"जिप्सन का पार्ट आप मेरे साथ नहीं कर सके।"

"तो किसका पार्ट मैंने किया ? अपना ही ?"

"नहीं, किसी अज्ञात का। संक्षेप में कहूँ तो आप मुझे इसमें लपेटना चाह रहे थे, मेरे हृदय की बातों को निकालना चाह रहे थे। आप व्यर्थ प्रलाप करके मुझसे भी व्यर्थ की बातें कहलवाना चाह रहे थे। यह उचित नहीं था, श्रीमान।"

"जेन, मुझे क्षमा कर दोगी ?"

"सारी बातों पर विचार किए बिना मैं कुछ नहीं कहूँगी। इस पर मनन करने के बाद यदि मैं पाऊँ कि मैं किसी हास्यास्पद स्थिति में नहीं पड़ी तो मैं आपको क्षमा करने का प्रयास करूँगी। किन्तु आपका ऐसा करना उचित नहीं था।"

"ओह। तुम बहुत सही, बहुत सजग, बहुत समझदार बनी रही।"

मैंने सोचा तो लगा कि सब मिला-जुलाकर मैं ठीक ही रही। इससे कुछ सान्त्वना मिली, किन्तु सच पूछो तो साक्षात्कार के प्रारम्भ से ही मैं कुछ चौकन्नी-सी हो गई थी। मुझे किसी प्रपंच का सन्देह हो गया था। मैं जानती थी कि जिप्सन और भविष्यवक्ता अपने मनोभावों को वैसे व्यक्त नहीं करते, जैसाकि यह बूढ़ी दिखनेवाली महिला कर रही थी। इसके अतिरिक्त मुझे स्वर में भी बनावटीपन लग रहा था और अपने शरीर को छिपाने की चेष्टा में भी। किन्तु मेरा ध्यान ग्रेस पूल की ओर चला गया था जो साक्षात् पहेली थी, बल्कि वह तो मुझे पहेलियों की पहेली लगती थी। मि. रोचेस्टर के विषय में मैंने सोचा भी नहीं था।

"अच्छा !" उन्होंने पूछा, "तो तुम किस विचार में खो गई हो ? यह गम्भीर स्मित हास्य किस बात का सूचक है ?"

"विस्मय का और स्वयं को धन्यवाद देने का, श्रीमान। मुझे आशा है आप मुझे अब जाने की अनुमति देंगे ?"

"नहीं। एक क्षण रुको और मुझे बताओ कि वहाँ ड्राइंगरूम में लोग क्या कर रहे है ?"

"जिप्सन पर बहस...मैं दावे के साथ कह सकती हूँ।"

"बैठ जाओ और मुझे बतलाओ कि वे मेरे विषय में क्या कह रहे थे ?"

"मेरा ज्यादा रुकना उचित नहीं होगा, श्रीमान। ग्यारह बज रहे होंगे। ओह ! आपको पता है कि मि. रोचेस्टर कि प्रातः आपने जाने के बाद एक अपरिचित व्यक्ति यहाँ आए हुए हैं ?"

"अपरिचित ! नहीं तो ! कौन हो सकता है ? किसी के आने की बात तो नहीं थी। क्या वह चला गया ?"

"नहीं। वह कह रहा था कि वह आपको बहुत दिनों से जानता है, इसलिए आपके लौटने तक उसे यहाँ ठहरने का अधिकार है।"

"भाड़ में जाए। क्या उसने अपना नाम बतलाया ?"

"उसका नाम मैसन है श्रीमान, और वह वेस्टइंडीज से आया है। मेरे खयाल से जमैका के स्पैनिश टाउन से।"

मि. रोचेस्टर मेरे निकट खड़े थे। उन्होंने मेरा हाथ पकड़ रखा था–शायद कुर्सी पर बिठाने के लिए। मेरे बोलते ही उन्होंने चौंककर मेरी कलाई कसकर पकड़ ली। उनके होंठों की मुस्कान पथरा गई। ऐसा लगा जैसे साँसों को कोई चीज रोक रही हो।

"मैसन...वेस्टइंडीज !" वह ऐसे बोलने लगे मानो कोई मशीन एक ही बात दुहराए जा रही हो। "मैसन ! वेस्टइंडीज !" उन्होंने फिर कहा और तीन बार इन्हीं शब्दों का उच्चारण करते रहे। इसी बीच वे राख से भी अधिक रक्तहीन दीखने लगे। लगता था, उन्हें पता ही नहीं कि वे क्या कर रहे हैं।

"क्या आप अस्वस्थ अनुभव कर रहे हैं, श्रीमान ?" मैंने पूछा।

"जेन, मुझे आघात लगा है ! मुझे आघात लगा है जेन !" ये लड़खड़ाए।

"ओह, मेरा सहारा लीजिए श्रीमान।"

"जेन, तुमने पहले एक बार मुझे अपने कन्धे का सहारा दिया था...अभी मुझे फिर सहारा दो।"

"हाँ श्रीमान, हाँ, मेरा हाथ पकड़ लीजिए।"

वह बैठ गए और मुझे भी बगल में बिठा लिया। अपने दोनों हाथों में मेरा हाथ पकड़ उसे सहलाते रहे। साथ ही बड़ी वेदनापूर्ण और उदास दृष्टि मुझ पर गड़ाए रहे।

"मेरी नन्ही मित्र," वे बोले, "काश, मैं किसी निर्जन द्वीप में सिर्फ तुम्हारे साथ होता ! और पीड़ा, संकट और घृणित स्मृतियाँ–सभी मुझसे दूर होतीं।"

"क्या मैं आपकी कोई सहायता कर सकती हूँ श्रीमान ? मैं प्राण देकर भी आपकी सहायता करूँगी।"

"जेन, यदि सहायता लेनी पड़ी तो मैं तुम्हारे हाथों से ही सहायता लूँगा। इसका वचन मैं तुम्हें देता हूँ।"

"धन्यवाद श्रीमान, कहिए मुझे क्या करना है। मैं उसे करने की चेष्टा कम-से-कम अवश्य करूँगी।"

"तो, जेन, भोजन-कक्ष में से मेरे लिए एक गिलास मदिरा ला दो। वे लोग भोजन कर रहे होंगे। और मुझे यह बतलाओ कि क्या मैसन भी उन लोगों के साथ है और वह क्या कर रहा है।"

मैं गई। जैसाकि मि. रोचेस्टर ने कहा था, मैंने भोजन-कक्ष में सभी को भोजन करते हुए पाया। वे लोग मेज पर नहीं बैठे थे। भोजन किनारे लगी ऊँची तख्तियों पर रख

दिया गया था। अपनी रुचि के अनुसार लोग उसी से कुछ निकाल रहे थे और प्लेट और गिलास हाथ में लिये हुए, छोटी-छोटी टोलियों में खड़े होकर खा रहे थे। सभी बड़े प्रसन्न दीख रहे थे। हर जगह हँसी और वार्तालाप हो रहा था, और उमंग थी। मि. मैसन आग के निकट खड़े, कर्नल डेंट और मिसेज डेंट से बातें कर रहे थे और उन्हीं लोगों की भाँति प्रसन्न दीख रहे थे। मैंने एक गिलास मदिरा भरी। (मैंने देखा, मिस इनग्राम भृकुटी चढ़ाकर मुझे शराब भरते देख रही थी, क्योंकि उसे यह मेरी अनाधिकार चेष्टा लगी थी) और वापस लाइब्रेरी में लौट आई।

मि. रोचेस्टर के चेहरे का अत्यधिक पीलापन लुप्त हो गया था, और वह फिर से दृढ़ और गम्भीर लग रहे थे। उन्होंने मेरे हाथों से गिलास ले लिया।

''कल्याणमयी परी, यह तुम्हारे स्वास्थ्य के नाम,'' उन्होंने कहा और पीकर खाली गिलास मुझे लौटा दिया। ''वे लोग क्या कर रहे थे जेन ?''

''हँस रहे थे और बातें कर रहे थे, श्रीमान।''

''वे लोग गम्भीर और रहस्यपूर्ण तो नहीं लग रहे थे, मानो उन्होंने कोई अद्भुत बात सुनी हो ?''

''नहीं तो, वे सभी चुहल और प्रसन्नता से भरे हुए थे।''

''और, मैसन ?''

''वे भी हँस रहे थे।''

''यदि वे सारे व्यक्ति एक झुंड में आएँ और मुझ पर थूकें तो तुम क्या करोगी, जेन ?''

''यदि सम्भव हो, तो उन्हें कमरे से निकाल दूँगी।''

एक क्षीण हँसी उनके होंठों पर आई। ''लेकिन यदि मैं उनके पास जाऊँ और वे मुझ पर उपेक्षा की दृष्टि डालें, उपहास के साथ आपस में कानाफूसी करें और फिर एक-एक करके मुझे छोड़कर चले जाएँ, तब क्या होगा ? क्या तुम भी उन लोगों के साथ चली जाओगी ?''

''मैं शायद न जाऊँ, श्रीमान। मुझे आपके संग रहने में अधिक प्रसन्नता होनी चाहिए।''

''मुझे सान्त्वना देने के लिए।''

''हाँ श्रीमान, मुझसे जहाँ तक बन सके, सान्त्वना देने के लिए।''

''और यदि वे मेरा साथ देने के विरुद्ध तुम पर प्रतिबन्ध लगा दें तो ?''

''मैं शायद उनके प्रतिबन्ध के विषय में कुछ जानूँगी ही नहीं, और यदि जान भी जाऊँ, तो इसकी परवाह नहीं करूँगी।''

''तो तुम मेरे लिए लोगों की निन्दा भी सह सकती हो ?''

''मैं किसी भी ऐसे मित्र के लिए निन्दा सह सकती हूँ जो मेरी निष्ठा का पात्र है जैसाकि मुझे विश्वास है, आप हैं।''

''तुम फिर कमरे में जाओ। धीरे से मैसन के समीप जाना; उसके कानों में कहना

कि मि. रोचेस्टर आ गए हैं और आपसे मिलना चाहते हैं। उसे यहाँ अन्दर ले आना। तब तुम चली जाना।''

''अच्छा, श्रीमान।''

मैंने उनके आदेश का पालन किया। सभी लोग, जब मैं उनके बीच से गुजरी, मुझे गौर से देखने लगे। मैंने मैसन को ढूँढ़ा और उसे सन्देश दिया। उसके आगे-आगे कमरे से निकली और उसे लाइब्रेरी तक पहुँचाया उसके बाद मैं सीढ़ियों से ऊपर अपने कमरे में लौट आई।

मेरे बिछावन पर जाने के बाद, काफी रात बीते, मैंने आगन्तुकों के अपने-अपने कमरे में पहुँचने की ध्वनि सुनी। मैंने मि. रोचेस्टर की आवाज भी पहचानी और उन्हें यह कहते सुना, ''इधर से, मैसन, यह तुम्हारा कमरा है।''

उनकी आवाज में प्रसन्नता थी; इस प्रसन्न स्वर ने मेरे हृदय को आश्वस्त कर दिया। मैं शीघ्र ही निद्रा में खो गई।

20

मैं प्रायः पर्दा गिरा लिया करती थी, पर इस रात पर्दा गिराना भूल गई, और खिड़की की चिक गिराना भी। परिणाम यह हुआ कि पूर्णमासी का चमकता चाँद घूमते हुए जब गगन के उस भाग में पहुँचा जो मेरी खिड़की के समक्ष पड़ता था, और मुझे खुली खिड़की से घूरने लगा, तो उसकी जगमगाती किरणों ने मुझे जगा दिया। अर्धरात्रि में जगते ही मेरी दृष्टि चाँद की गोलाई पर पड़ी, जो रजत-श्वेत और प्रस्तर-निर्मल था। यह सुन्दर था, किन्तु बहुत धीर-गम्भीर भी। मैंने आधा धड़ उठाकर पर्दा गिराने के लिए बाँह बढ़ाई।

'हे भगवान ! यह कैसी चीख थी !'

एक वहशी, तीखी, कर्णभेदी चीख ने मानो रात्रि, उसकी नीरवता, उसकी शान्ति को दो टुकड़ों में चीर दिया था...ऐसी चीख जो थार्नफील्ड हॉल के इस छोर से उस छोर तक गूँज गई थी।

मेरी धमनियों का रक्त रुक गया, मेरा हृदय निस्पन्द हो गया और मेरी बढ़ी बाँह को जैसे लकवा मार गया। फिर वह चीख जाती रही और दुबारा नहीं सुनाई पड़ी। सच पूछो तो जिस प्राणी ने भी ऐसा भयावनी चीख निकाली होगी, वह जल्दी फिर ऐसी चीख नहीं निकाल सकता था। यहाँ तक कि एंडीज का विशाल पंखोंवाला गिद्ध भी बादलों से ढँके अपने खोहनुमा घोंसले से ऐसी चीख लगातार दो बार नहीं निकाल सकता था। ऐसी चीत्कार निकालनेवाले प्राणी के लिए दुबारा यह प्रयास करने के पूर्व कुछ विश्राम अनिवार्य होगा।

यह चीख तीसरी मंजिल से आई थी, क्योंकि यह मेरे सिर के ऊपर ही सुनाई पड़ी थी। और हाँ, मेरे छत के ठीक ऊपरवाले कमरे में अब मुझे हाथापाई की आवाज सुनाई पड़ी। शोर से यह हाथापाई भयानक-सी लगी और एक दबी-घुटी-सी आवाज लगातार तीन बार आई–'बचाओ ! बचाओ ! बचाओ !'

'क्या कोई नहीं आएगा ?' आवाज पुनः आई और डरावने लुढ़कने-पटकने की आवाज के मध्य मैंने फर्श के तख्ते और प्लास्टर से होकर आती आवाज सुनी, 'रोचेस्टर ! रोचेस्टर ! ईश्वर की दुहाई, जल्दी आओ !'

एक दरवाजा खुला, कोई निकला और गलियारे से दौड़ पड़ा। ऊपर छत पर किसी ने कुछ पटका और कुछ गिरा। उसके बाद नीरवता छा गई।

मैंने जल्दी-जल्दी कपड़े पहने। भय से मेरे हाथ-पैर काँप रहे थे। फिर भी मैं अपने कमरे से निकली। सभी सोए व्यक्ति जाग गए थे। विस्मित बातें और भयभीत फुसफुसाहट सभी कमरों से सुनाई पड़ रही थीं, एक-एक कर दरवाजे खुले और एक ने झाँका, फिर दूसरे ने झाँका, और गलियारा भर गया। पुरुष और महिलाएँ, सभी बिस्तर छोड़ बाहर आ गए थे। और 'अरे, क्या बात है ? किसे चोट लगी ? क्या हुआ ? बत्ती लाओ। क्या आग लग गई ? क्या डाकू आ गए ? हम लोग कहाँ भागें ?' जैसी बातें चारों ओर से आ रही थीं। चाँदनी नहीं होती तो वे सभी घनघोर अँधेरे में होते। वे लोग इधर-उधर दौड़ रहे थे, फिर एक जगह इकट्ठे हो जाते थे। कुछ स्त्रियाँ सुबक रही थीं; कुछ लड़खड़ाकर गिर रहे थे। बेहद अस्त-व्यस्तता छाई थी।

"ये रोचेस्टर कहाँ मर गया ?" कर्नल डेंट चिल्ला पड़े, "मैं उसे बिस्तर पर नहीं देख रहा।"

"यहाँ हूँ, यहाँ !" चिल्लाकर किसी ने उत्तर दिया, "आप सब शान्त रहिए; मैं आ रहा हूँ।"

फिर गलियारे के छोर पर का दरवाजा खुला और मि. रोचेस्टर एक मोमबत्ती लिये आगे बढ़े। वह अभी ऊपरी मंजिल से उतरकर आ रहे थे। युवतियों में से एक सीधे उनकी ओर दौड़ पड़ी और उनकी बाँह पकड़ ली। यह मिस इनग्राम थी। "कौन-सी भयानक घटना घट गई है ?" उसने पूछा, "जल्दी बोलो। जो भी हुआ, हमें जल्दी बताओ।"

"किन्तु मुझे गिराओ तो मत और मेरा गला मत घोंटो।" उन्होंने उत्तर दिया, क्योंकि दोनों एश्टन कुमारियाँ भी अब तक उनसे चिपक गई थीं और दोनों विधवा महिलाएँ भी अपनी विशाल श्वेत चादरों समेत उन पर झुक गई थीं, मानो पानी में चले जा रहे जहाज से चिपकी हों।

"सब ठीक है। सब ठीक है।" उन्होंने जोर से कहा, " यह तो, मच एडो एबाउट नथिंग' का सिर्फ रिहर्सल था। देवियो, आप लोग अलग रहिए, नहीं तो मैं सचमुच खूँखार हो उठूँगा।"

और सच ही वे खूँखार दीखने लगे। उनकी काली आँखों से चिनगारी निकल रही थीं। फिर अपने को प्रयास से संयत करके उन्होंने कहा, "एक नौकरानी को भयानक स्वप्न आया था; बस इतनी-सी बात है। वह कुछ उत्तेजित और घबड़ा जानेवाली व्यक्ति है। निसन्देह स्वप्न को उसने भूत या ऐसा ही कुछ समझ लिया और भय से अचेत हो गई। बस, अब मैं आप सभी को अपने-अपने कमरे के अन्दर देखना चाहूँगा, क्योंकि जब तक घर शान्त नहीं होता, उसकी देखभाल नहीं की जा सकेगी। सज्जनो, आप लोग महिलाओं के लिए उदाहरण बनिए। मिस इनग्राम, मुझे विश्वास है कि तुम इस झूठे आतंक पर विजय पाने में पीछे नहीं रहोगी। एमी और लुइजा, तुम तो भोली कबूतरियों

जैसी हो, इसी भाँति अपने नीड में लौट जाओ। (विधवाओं से) माननीया, यदि आप इस बर्फीले गलियारे में और देर खड़ी रहीं तो आप लोगों को सचमुच ठंड लग जाएगी।''

और इस प्रकार बारी-बारी बहलाकर और आदेश देकर वे सभी को उनके कमरों में भेजने में सफल रहे। मैंने अपने कमरे में लौटने के लिए उसके आदेश की प्रतीक्षा नहीं की, वरन् उसी भाँति चुपचाप लौट आई जैसे चुपचाप निकली थी।

फिर भी, मैं बिस्तर पर जाने के लिए नहीं लौटी थी। इसके विपरीत मैंने सावधानी से कपड़े पहन लिये। चीख के बाद की आवाज और जो शब्द बोले गए थे, उन्हें सम्भवतः सिर्फ मैंने ही सुना था क्योंकि वे मेरे कमरे के ऊपरवाले कमरे से निकले थे। उन शब्दों से मुझे विश्वास हो गया था कि यह किसी नौकरानी का स्वप्न मात्र नहीं था, जिसने सारे घर में इस प्रकार आतंक फैला दिया था। रोचेस्टर का विवरण अपने अतिथियों को शान्त करने के लिए एक मनगढ़न्त कहानी मात्र था। इसलिए मैं आपात्स्थितियों के लिए तैयार हो गई। वस्त्र पहनने के बाद, बाहर के नीरव मैदानों और सफेद लगते खेतों को निहारती, मैं बड़ी देर तक खिड़की के पास बैठी रही और जाने किस बात की प्रतीक्षा करती रही। मुझे लग रहा था कि इस विचित्र चीख, संघर्ष और पुकार के बाद कोई घटना अवश्य होगी।

किन्तु नहीं, शान्ति लौट आई थी। हर आहट और हलचल धीरे-धीरे समाप्त हो गई और लगभग एक घंटे में थार्नफील्ड हॉल एक मरुभूमि की भाँति निस्पन्द हो गया। लगता था, निद्रा और रात्रि ने फिर अपना साम्राज्य फैला लिया है। इस बीच चाँद भी ढल चुका था और डूबने ही वाला था। ठंड और अँधेरे में बैठे रहने की इच्छा न होने के कारण मेरे मन में आया कि मैं यूँ ही वस्त्र पहने बिछावन पर सो जाऊँ। मैं खिड़की से उठी और धीमे से कालीन पर आगे बढ़ने लगी। जूते खोलने के लिए ज्यों ही मैं झुकी, किसी के सतर्क हाथों ने दरवाजे पर हलकी-सी थाप दी।

''क्या मेरी आवश्यकता है ?'' मैंने पूछा।

''क्या तुम जगी हो ?'' उसी स्वर ने पूछा जिसे सुनने की मेरी आशा थी, अर्थात् मेरे मालिक के स्वर ने।

''हाँ, श्रीमान।''

''वस्त्र पहन चुकी हो ?''

''हाँ।''

''तो धीरे से बाहर जा जाओ। शीघ्र !''

मैंने आज्ञा का पालन किया। मि. रोचेस्टर गलियारे में खड़े थे। हाथ में एक बत्ती लिये हुए।

''मुझे तुम्हारी आवश्यकता है।'' उन्होंने कहा, ''इधर से आओ, स्थिरता से। शोर नहीं हो।''

मेरे जूते पतले थे, मैं कालीन बिछे फर्श पर बिल्ली की भाँति धीमे चल सकती थी। उन्होंने तेजी से गलियारा पार किया, सीढ़ियों पर चढ़े और घटनावाले तीनतल्ले के अँधेरे,

झुके बरामदे में रुक गए। मैं पीछे-पीछे आ रही थी। मैं भी बगल में रुक गई।

"क्या तुम्हारे कमरे में स्पंज है ?" उन्होंने धीमे से पूछा।

"हाँ, श्रीमान।"

"क्या, तुम्हारे पास नमक है ? सुँघानेवाला नमक ?"

"हाँ।"

"लौटकर जाओ और दोनों लेकर आओ।"

मैं लौटी, वाश-बेसिन पर स्पंज ढूँढ़ा और ड्रावर में नमक को, और एक बार फिर वहीं के लिए चल पड़ी। वे प्रतीक्षा कर रहे थे। उनके हाथों में एक चाभी थी। छोटे, काले दरवाजों में से एक के पास जाकर उन्होंने ताले में चाभी डाली, फिर रुके और मुझसे पूछने लगे–

"रक्त देखकर तुम्हें बेहोशी तो नहीं आने लगती ?"

"मेरा अनुमान है कि नहीं। कभी परखने का अवसर तो नहीं आया।"

उन्हें उत्तर देते हुए मुझे रोमांच हो आया था, पर ठंड या बेहोशी-सी नहीं। "तुम्हारा हाथ तो देखूँ।" उन्होंने कहा, "बेहोशी का खतरा उठाना उचित नहीं होगा।" मैंने अपना हाथ उनके हाथों में दिया। "गर्म और स्थिर है," उन्होंने कहा और चाभी घुमाकर द्वार खोल दिया।

मैंने एक कमरा देखा जिसे, मुझे स्मरण है, मैंने पहले भी एक बार देखा था। उस दिन जब मिसेज फेयरफैक्स मुझे कमरों को दिखा रही थीं। उसमें झालर लटके हुए थे। पर ये झालर आज एक ओर सिमटे हुए थे, और एक दरवाजा दिखाई दे रहा था, जो उस दिन छिपा रह गया था। यह दरवाजा आज खुला था। अन्दर के कमरे में ज्योति जल रही थी। मैंने वहाँ से गुर्राने, झपटने जैसी आवाज सुनी, मानो कोई कुत्ता लड़ रहा हो। बत्ती रखते हुए मि. रोचेस्टर ने मुझसे कहा, "एक मिनट रुको !" फिर वे भीतर वाले कमरे में गए। उनके प्रवेश करने पर कोई जोर से हँसा, पहले तो बहुत जोर से, फिर यह हँसी ग्रेस पूल के भूतहे हा-हा-हा में बदल गई। अरे ! तो *वह* अन्दर थी। बिना कुछ बोले उन्होंने कुछ व्यवस्था की, यद्यपि उनसे बोलते हुए किसी की धीमी आवाज मुझे सुनाई पड़ी। वे बाहर निकल आए, और अपने पीछे द्वार बन्द कर दिया।

"जेन, इधर !" उन्होंने कहा और मैं एक बड़े बिस्तर की दूसरी ओर गई जिसकी गिरी हुई मच्छरदानी से कमरे का बड़ा भाग छिप-सा गया था। बिस्तर के छोर पर एक आरामकुर्सी थी। उस पर एक आदमी बैठा था; वस्त्र पहने हुए। सिर्फ कोट नहीं था। वह बिल्कुल चुपचाप पड़ा था, सिर एक ओर झुका हुआ, और आँखें बन्द थीं। मि. रोचेस्टर ने उस पर बत्ती की रोशनी डाली। उसके पीले और निर्जीव जैसे चेहरे से मैंने उस अपरिचित मि. मैसन को पहचान लिया। मैंने यह भी देखा कि उसकी कमीज का एक भाग तथा उसकी एक बाँह रक्त से लथपथ थे।

"बत्ती पकड़ो," मि. रोचेस्टर ने कहा और मैंने बत्ती अपने हाथों में ले ली। वे वाश स्टैंड से एक कठौती पानी ले आए। "इसे पकड़ो," उन्होंने कहा। मैंने आदेश का पालन

किया। उन्होंने स्पंज लिया, पानी में डुबो-डुबोकर उसके निष्प्राण जैसे चेहरे को गीला किया। उन्होंने सुँघानेवाले नमक की शीशी माँगी और उसकी नाक से सटाया। मि. मैसन ने जल्दी ही आँखें खोलीं और कराह उठा। मि. रोचेस्टर ने इस घायल व्यक्ति की कमीज खोली, उसके बाँह और कन्धे पर पट्टी बँधी थी। उसने तेजी से टपकते खून को पोंछकर हटाया।

''क्या जान का खतरा है ?'' मि. मैसन ने अस्फुट स्वर में पूछा।

''हुँह, नहीं तो। एक खरोंच मात्र है। हिम्मत मत हारो, मर्द, साहस बनाए रखो। मैं अभी स्वयं तुम्हारे लिए एक डॉक्टर बुला लाता हूँ। मुझे आशा है कि सुबह तक तुम यहाँ से जा सकोगे।''

''जेन !'' उन्होंने आगे कहा।

''श्रीमान !''

''मुझे इस कमरे में तुम्हें इन सज्जन के पास छोड़कर जाना पड़ेगा। एक घंटे या सम्भवतः दो घंटे के लिए। यदि रक्त बहे तो तुम पोंछती जाना, जैसे मैं इस समय कर रहा हूँ। यदि उसे बेहोशी-सी आए, तो वहाँ मेज पर रखे पानी के गिलास को इसके होंठों से लगा देना, और अपना नमक उसकी नाक से सटा देना। तुम किसी भी बहाने से उससे बोलोगी नहीं। और रिचर्ड, तुम भी यदि बोले तो जान से हाथ धो बैठोगे। यदि बोलोगे, अपने को उत्तेजित करोगे, तो परिणाम के लिए मैं उत्तरदायी नहीं हूँगा।''

इस पर वह बेचारा कराहने लगा। लगता था, वह हिलने का साहस भी नहीं कर पा रहा था। मृत्यु या किसी अन्य भय से वह बिल्कुल पंगु-सा हो गया लगता था। मि. रोचेस्टर ने उस रक्तपूर्ण स्पंज को अब मेरे हाथों में पकड़ा दिया, और मैं उन्हीं की भाँति रक्त पोंछने के लिए बढ़ी। वे एक क्षण मुझे देखते रहे, फिर 'याद रहे, कोई बातचीत नहीं !' बोलते हुए कमरे से निकल गए। ताले में चाभी घूमने की आवाज सुनकर मेरा मन जाने कैसा होने लगा और धीरे-धीरे उनकी जाती हुई पदचाप सुनाई देनी बन्द हो गई।

तो अभी मैं तिमंजिले पर थी, इसके रहस्यमय कमरों में से एक में बन्द ! मेरे चारों ओर रात्रि का अन्धकार, मेरी आँखों और हाथ के नीचे एक दुर्बल और खून भरा, दृश्य, एक हत्यारी मुझसे सिर्फ एक दरवाजे पार बैठी है। ये सब भाव बेचैन कर देनेवाले थे। और कुछ तो मैं किसी तरह सहन कर लेती, पर ग्रेस पूल अचानक मुझ पर झपट पड़ेगी, यह सोचकर ही मैं काँप जाती थी।

फिर भी मुझे अपने कर्तव्य पर डटे रहना होगा। मुझे यह भीषण दृश्य देखते रहना होगा—ये नीले पड़ते निस्पन्द होंठ जिन्हें खुलना वर्जित था, वे आँखें जो कभी बन्द रहतीं, कभी खुलतीं, कभी कमरे में भटकतीं, कभी मुझ पर जम जातीं और हमेशा भयानकता के भाव से भरी हुईं। मुझे बार-बार रक्त और पानी-भरे कटोरे में हाथ डालना पड़ रहा था और टपकते हुए रक्त को पोंछना पड़ रहा था। मैं देख रही थी कि धीरे-धीरे बत्ती की रोशनी भी मन्द होती जा रही थी, और पुराने, कढ़ाई किए हुए झालरों पर काली

छाया पड़ रही थी जो पुराने, बड़े बिस्तर की मच्छरदानी की छाया के कारण और काली लग रही थी। ये छायाएँ सामने रखे आलमारी के किवाड पर विचित्र ढंग से काँप रही थीं और उसके शीशेदार पल्लोंवाले बारह खानों में मानो बारह सिर दिखाई पड़ रहे थे। एक सिर मानो एक घेरे में बन्द। ऊपर के खाने में एक काली सलीब और मरते हुए ईसा मसीह दिख रहे थे।

काँपती-घूमती छाया और टिमटिमाती दम तोड़ती रोशनी के बीच कभी मुझे दाढ़ी वाले हकीम ल्यूक सिर झुकाए दिखाई देते थे, तो कभी सेंट जॉन के लम्बे बाल जो झूल रहे थे। कभी जूडस का दुष्ट चेहरा दिखाई देता, जो आलमारी के पल्ले से निकलता प्रतीत होता और जीवित होकर स्वयं शैतान जैसे उस सर्वाधिक दुष्ट का रहस्य खोलने को तत्पर प्रतीत होता।

इन सभी के मध्य मुझे सजग होकर सुनना भी था और देखना भी था। मुझे वहाँ बगल की माँद में खूँखार जानवर या प्रेतनी की हलचल की ओर से सतर्क भी रहना था। किन्तु मि. रोचेस्टर के निरीक्षण के बाद से वह कुछ नियन्त्रित हो चुकी होती थी। सारी रात में काफी-काफी अन्तराल के बाद मैंने सिर्फ तीन बार उसकी आवाजें सुनीं–पदचाप के खड़खड़ाने की ध्वनि, एक क्षण के लिए कुत्ते जैसे गुर्राने की और एक मनुष्य के कष्टपूर्ण ढंग से कराहने की आवाजें।

फिर मेरे मन की विचारधाराएँ भी तो मुझे परेशान कर रही थीं। यह कैसा पाप है जो देह धारण कर इस वीराने महल में निवास कर रहा है ? जिसे इसे महल के मालिक न तो निकाल सकते हैं और न ही नियन्त्रित कर पाते हैं ? यह कैसा रहस्य है, जो सुनसान आधी रात में कभी आग के रूप में तो कभी रक्तपात के रूप में फूट पड़ता है ? ये कैसा जीव है, जो एक साधारण नारी का वेश धारण करके ऐसी आवाजें निकलता है जो कभी उपहासरत दैत्य की आवाज तो कभी शिकार के पक्षी की घात में लगे गिद्ध की आवाज लगती है ?

और यह व्यक्ति, जिस पर मैं अभी झुकी हूँ, यह सामान्य, शान्त, अपरिचित व्यक्ति, यह कैसे इस भयावहता के जाल में फँस गया ? ये क्रोधाग्नि उस पर कैसे टूट पड़ी ? इस असमय घड़ी में, जब उसे बिस्तर पर नींद में होना चाहिए, वह घर के इस भाग में क्या करने आया ? मि. रोचेस्टर द्वारा उसे नीचे का एक कमरा सौंपे जाते हुए मैंने सुना था। फिर वह यहाँ कैसे पहुँच गया ? और वह इस हिंसा और प्रपंच के बाद इतना दब्बू-सा क्यों बना हुआ है ? मि. रोचेस्टर ने सारी घटनाओं पर पर्दा डालने की जो चेष्टा की है, उसे इसने सिर झुकाकर क्यों मान लिया है ? मि. रोचेस्टर सत्य को बलात् *क्यों* छिपा रहे है ? उनके अतिथि के साथ अत्याचार हुआ और इसके पूर्व उनके अपने जीवन के विरुद्ध भी घृणित षड्यन्त्र रचा गया–दोनों घटनाओं को उन्होंने गुप्त रखकर दबा दिया और विस्मृति में ढकेल दिया। अन्तिम बात मैंने यह देखी कि मि. मैसन मि. रोचेस्टर के वशीभूत हैं। दूसरे व्यक्ति की अदम्य इच्छाशक्ति पहले व्यक्ति के दुर्बल मानस पर पूर्ण आधिपत्य जमाए हुए है। मैं यह सब उन दोनों के बीच हुए

संक्षिप्त वार्तालाप से ही समझ सकी। स्पष्ट है कि उनके अतीत के सम्बन्ध में भी दूसरे व्यक्ति की सक्रिय शक्ति पहले व्यक्ति की दब्बू प्रवृत्ति पर स्वभावतः हावी रही होगी। तो फिर मि. मैसन के आने की बात सुनकर मि. रोचेस्टर में जो घबराहट आई थी, उसका क्या कारण रहा होगा ? इस प्रतिरोधविहीन व्यक्ति का नाम, जो उनके आदेश पर अभी बच्चे की भाँति शान्त है, उनके ऊपर कुछ देर पहले ऐसे क्यों गिरा मानो एक वटवृक्ष पर वज्रपात हुआ हो ?

ओह ! जब उन्होंने फुसफुसाकर कहा था, 'जेन, मुझे आघात लगा है ! आघात लगा है मुझे, जेन !' तो मैं उनकी तब की आकृति और चेहरे की उखड़ी रंगत को नहीं भूल सकती। मैं नहीं भूल सकती कि मेरे कन्धे पर टिकी उनकी बाँह कैसे काँपने लगी थी। यह कोई सामान्य-सी बात तो नहीं ही रही होगी जिसने फेयरफैक्स रोचेस्टर की दृढ़ आत्मशक्ति को झकझोर दिया और उसकी बलिष्ठ काया को कँपा दिया था।

मैं भीतर-ही-भीतर व्याकुल हो उठी। 'वे कब लौटेंगे, वे कब लौटेंगे ?' इसलिए कि रात खत्म होने को नहीं आ रही थी। इधर रक्त-प्रवाह करता हुआ मेरा रोगी चेतनाविहीन हो रहा था, कराह रहा था और ज्यादा रुग्ण होता जा रहा था, और उधर न तो सुबह हो रही थी और न ही कोई डॉक्टरी सहायता उपलब्ध हो रही थी। मैं मि. मैसन के सफेद पड़ रहे होंठों से बार-बार पानी का गिलास लगा रही थी और नाक से सूँघनेवाला नमक सटा रही थी, पर कोई प्रभाव पड़ता नहीं दीख रहा था। सम्भवतः शारीरिक या मानसिक कष्ट से अथवा रक्त-प्रवाह के कारण या फिर इन तीनों कारणों से, वह तेजी से शक्तिहीन होता जा रहा था। वह ऐसे कराह रहा था और ऐसा दुर्बल, विक्षिप्त और संज्ञाशून्य लग रहा था कि मुझे आशंका हो उठी कि वह मर रहा है। फिर मेरे लिए तो उससे बोलने की भी मनाही थी।

मोमबत्ती गलकर अन्त में बुझ गई। रोशनी खत्म होने पर मैंने देखा कि खिड़की के पर्दे के छोर पर कुछ उजाला दिखने लगा था। तो प्रभात होने लगा है ! उसी समय दूर नीचे, आँगन के घेरे में मैंने पायलट के भूँकने की आवाज सुनी। मेरे मन में आशा जाग उठी और यह निराधार भी नहीं थी। पाँच मिनट में ही चाभी के खड़कने की ध्वनि और ताला खुलने की आवाज ने मुझे सचेत कर दिया कि पहरेदारी करने का मेरा कर्तव्य अब पूरा हो गया। दो घंटा समय ही बीत होगा, पर इस अवधि के समक्ष कई सप्ताह मुझे छोटे लगे।

मि. रोचेस्टर ने प्रवेश किया और उनके साथ वह डॉक्टर भी, जिसे लाने वे गए थे।

"सुनो, कार्टर, सजग हो जाओ।" वे उससे बोले, "घाव पोंछने, दवा लगाने, पट्टी बाँधने तथा रोगी को नीचे ले जाने आदि के लिए मैं तुम्हें मात्र आधे घंटे का समय दूँगा।"

"किन्तु, क्या वह हिलने-डुलने में समर्थ है, श्रीमान ?"

"निस्सन्देह। कोई गम्भीर बात नहीं है। वह सिर्फ घबराया हुआ है; उसे हिम्मत

दिलानी पड़ेगी। आओ, काम चालू करो।''

मि. रोचेस्टर ने पर्दे समेट दिए और चिक भी लपेट दिया ताकि प्रभात का उजाला कमरे में आ सके। स्वच्छ प्रभात देखकर मुझे आश्चर्य और खुशी, दोनों हुई। नन्ही गुलाबी किरणें पूरब दिशा को जगमगा रही थीं। तब वे मैसन के निकट गए, डॉक्टर जिसकी मरहम-पट्टी कर चुका था।

''अरे। मेरे मित्र, कैसे हो ?'' उन्होंने पूछा।

''लगता है, उसने तो मुझे मार ही डाला था।'' धीमा-सा उत्तर आया।

''बिल्कुल नहीं। साहस रखो। एक पखवाड़े में तुम बिल्कुल स्वस्थ हो जाओगे। सिर्फ थोड़ा रक्त बहा है, बस। कार्टर, उसे विश्वास दिलाओ कि कोई खतरा नहीं है।''

''मैं बिल्कुल ईमानदारी के साथ यह बात कह सकता हूँ,'' कार्टर ने कहा जिसने पट्टियों को खोल दिया था। ''बस इतना है कि अगर मैं कुछ देर पहले पहुँच जाता तो इनका उतना खून भी नहीं निकलता। किन्तु यह हो कैसे गया ? कन्धे पर घाव चीरा हुआ और काटा हुआ, दोनों लगता है। यह घाव चाकू से हुआ नहीं लगता है, यहाँ तो दाँत गड़ा हुआ है।''

''उसने मुझे दाँतों से काटा।'' वह मिमियाया। ''जब रोचेस्टर ने उससे छुरी छीन ली, तब वह बाघिन की तरह मुझ पर टूट पड़ी।''

''तुम्हें उससे हारना नहीं चाहिए था, बल्कि लड़ना चाहिए था,'' मि. रोचेस्टर ने कहा।

''किन्तु ऐसी स्थिति में कोई क्या करता ?'' मैसन ने उत्तर दिया। ''ओह, यह बिल्कुल भयानक था।'' उसने सिहरते हुए कहा, ''और मुझे इसकी आशंका भी नहीं हुई, क्योंकि पहले तो वह बिल्कुल शान्त लग रही थी।''

''तुम्हें तो मैंने सावधान कर दिया था,'' इसके मित्र ने उत्तर दिया। ''मैंने कहा था न कि यदि उसके निकट जाओ तो सतर्क रहना। उसके अतिरिक्त तुम कल तक प्रतीक्षा कर सकते थे और मुझे साथ ले लेते। आज रात मिलने का प्रयास करना ही भूल थी, और वह भी अकेले।''

''मैंने सोचा कि मैं उसका कुछ भला करूँगा।''

''तुमने सोचा ! तुमने सोचा ! सच ! तुम्हारी बातें सुनकर मैं बेचैन हो जाता हूँ। खैर, तुम तो भोग चुके, और आगे भी मेरी बात पर ध्यान न देने का फल भोगोगे। इसलिए मैं अब कुछ नहीं कहूँगा। कार्टर, जल्दी करो ! फौरन ! सूरज निकलने ही वाला है और मुझे इस व्यक्ति को यहाँ से भेज देना है।''

''लीजिए, श्रीमान, कन्धे की तो मरहम-पट्टी हो गई। बाँहवाले घाव को भी देख लेता हूँ। शायद यहाँ भी उसने दाँत गड़ाया है।''

''वह मेरा खून चूस रही थी, कह रही थी कि कलेजे का पूरा खून पी जाऊँगी।'' मैसन बोला।

मैंने देखा, मि. रोचेस्टर सिहर उठे। वितृष्णा, घृणा और भयावहता की विचित्र-सी

अभिव्यक्ति से उनका चेहरा, विकृत-सा हो उठा। किन्तु उन्होंने इतना ही कहा, "छोड़ो, चुप हो जाओ, रिचर्ड ! उसकी बातों पर ध्यान मत दो, न उसे दुहराओ।"

"काश, मैं इसे भूल पाता !" उत्तर आया।

"भूल जाओगे ! भूल जाओगे ! जब तुम इस देश से चले जाओगे, जब तुम अपने स्पैनिश टाउन वापस पहुँच जाओगे, तब सोच लेना कि वह मर गई और दफना दी गई है। तुम बल्कि उसके विषय में कुछ सोचना ही नहीं।"

"इस रात को भूलना असम्भव है।"

"असम्भव कुछ नहीं है। कुछ हौसला रखो, भाई। दो घंटे पहले तो तुम समझ रहे थे कि हैरिंग मछली की भाँति तुम छटपटाकर मर रहे हो। मगर अभी तुम जीवित हो और बातें भी कर रहे हो। ये लो, कार्टर ने तुम्हारी मरहम-पट्टी लगभग पूरी कर दी है। अब मैं तुम्हें कपड़े पहनाकर जाने लायक बना देता हूँ। जेन !" कमरे में घुसने के बाद से वे पहली बार मेरी तरफ मुड़े, "ये चाभी लो, मेरे शयनकक्ष में जाओ और सीधे मेरे ड्रेसिंगरूम में चली जाओ। वस्त्रों की आलमारी का ऊपर ड्रावर खोलो और उसमें से एक साफ कमीज, एक साफ कालर और रूमाल निकालकर उन्हें यहाँ ले आओ, फुर्ती से !"

मैं चल पड़ी। उनके बताए अनुसार आलमारी ढूँढ़ी, वस्त्र निकाले और लेकर आ गई।

"और अब कमरे के एक ओर खड़ी रहो जब तक मैं वस्त्र बदलता हूँ। किन्तु कमरे से बाहर मत जाना। तुम्हारी फिर आवश्यकता पड़ सकती है।" उन्होंने कहा।

निर्देश के अनुसार मैं एक ओर चली गई।

"जब तुम नीचे गई तो क्या किसी के जगने की आहट सुनी थी ?" उन्होंने तुरन्त पूछा।

"नहीं श्रीमान, सब शान्त पड़े थे।"

"हम लोग होशियारी से तुम्हें ले चलेंगे, डिक, और यही अच्छा भी होगा। तुम्हारे लिए भी और वहाँ उस बेचारी के लिए भी। मैंने कोशिश करके बातों को अब तक उजागर होने से बचा रखा है, और मैं अभी भी यह नहीं चाहूँगा। आओ कार्टर, इसकी कोट पहनने में सहायता करो। तुमने अपना रोएँदार कोट कहाँ छोड़ दिया ? इस बुरे ठंडे मौसम में तुम उसके बिना एक मील भी नहीं जा सकोगे, यह मुझे मालूम है। तुम्हारे कमरे में है ? जेन, मैसन के कमरे में दौड़कर जाओ जो मेरे कमरे की बगल में है, और वहाँ जो कोट दिखाई पड़े, ले आओ।"

फिर मैं दौड़ पड़ी और एक बड़ा अस्तरदार रोएँवाला कोट लेकर लौटी।

"अब मैं एक काम और कहूँगा," मेरे अथक मालिक ने कहा। "तुम फिर मेरे कमरे में जाओ। शुक्र है कि तुमने मखमली जूते पहन रखे हैं। खटखट करके चलनेवाले व्यक्ति से अभी काम नहीं चलनेवाला था। तुम मेरे प्रसाधन की मेज का मध्यवर्ती ड्रावर खोलना और उसमें से एक छोटी शीशी और छोटा गिलास निकाल लेना। जल्दी करो।"

मैं मानो उड़ गई और माँगी गईं वस्तुएँ लेकर लौटी।

''ठीक है। डाक्टर मैं स्वयं अपनी जिम्मेदारी पर इसे एक घूँट पिला रहा हूँ। मुझे यह पेय टॉनिक रोम में मिला था एक इटालियन हकीम से जिसे तुम भगा देते। यह हमेशा प्रयोग की चीज नहीं है, किन्तु विशेष अवसर के लिए अच्छी है, जैसे अभी के अवसर के लिए। जेन, जरा पानी दो।''

उन्होंने गिलास बढ़ाया और मैंने मेज पर रखी पानी की बोतल से गिलास आधा भर दिया।

''बस, अब जरा शीशी का मुँह भिगो दो।''

मैंने शीशी का मुँह भिगो दिया तो उन्होंने लाल रंग के तरल पदार्थ से ठीक बारह बूँदें टपकाईं और गिलास मैसन को दिया–

''पी लो रिचर्ड। यह तुम्हें एक-दो घंटे तक ऊर्जा देगा जो अभी तुम्हारे पास नहीं है।''

''किन्तु क्या इससे मुझे हानि होगी ? जलन होगी ?''

''पी लो। पीयो ! पीयो !''

मि. मैसन ने आदेश का पालन किया क्योंकि विरोध करना साफतौर पर बेकार होता। वह कपड़े पहन चुका था। दुर्बल तो वह लग रहा था, पर खून अब नहीं निकल रहा था, और उतना रूआँसा भी वह नहीं था। तरल पदार्थ पीने के बाद तीन मिनट तक मि. रोचेस्टर ने उसे बैठने दिया। उसके बाद उसे बाँहों का सहारा दिया, ''अब मुझे विश्वास है कि तुम अपने पैरों पर खड़े हो सकते हो। प्रयास करो।''

रोगी उठा।

''कार्टर, दूसरे कन्धे को सहारा दो। हौसला रखो, रिचर्ड, पैर बढ़ाओ। बिल्कुल ठीक।''

''अब मैं कुछ ठीक हूँ।'' मैसन ने कहा।

''बेशक ठीक हो। सुनो जेन, हम लोगों से आगे-आगे तुम पीछेवाली सीढ़ी पर जाओ। बगलवाला दरवाजा खोल देना। आँगन में अथवा उसके ठीक बाहर गाड़ीवान होगा, उसे तैयार रहने को बोल देना। मैंने उसे गाड़ी की खड़खड़ाहट करने से मना किया था। हम लोग आ रहे हैं। और जेन, यदि बाहर कोई हो तो सीढ़ी के नीचे आकर, थोड़ा खाँसकर संकेत कर देना।''

अब लगभग साढ़े पाँच बजे थे और सूरज निकलने ही वाला था, किन्तु मैंने रसोईघर में अन्धकार और नीरवता पाई। बगल का द्वार बन्द था। मैंने निःशब्द उसे खोल दिया। आँगन बिल्कुल शान्त था, पर बाहर का दरवाजा खुला था। उसके बाहर एक गाड़ी लगी थी, घोड़े जुते हुए थे और गाड़ीवान भी बॉक्स पर, अपनी सीट पर बैठा था। मैं उसके समीप गई और बतलाया कि लोग आ रहे हैं। उसने सिर हिलाया। तब मैंने चारों ओर सावधानी से देखा और आहट सुनने की कोशिश की। प्रभात की शान्ति अभी सो रही थी, नौकरों के कमरे में पर्दे अभी खिंचे ही थे। फूलों से लदे बगीचे के

पेड़ों पर चिड़ियाँ चहचहा रही थीं। बन्द घुड़साल में घोड़े कभी-कभी पैरों की टाप सुना देते थे। शेष सभी ओर शान्ति थी।

पुरुष लोग आ गए। मि. रोचेस्टर और डॉक्टर का सहारा लिये मैसन भी ठीक-ठीक चल रहा था। उन लोगों ने सहारा देकर उसे गाड़ी में बिठा दिया। कार्टर भी बाद में चढ़ गए।

"उसकी देखभाल करना !" मि. रोचेस्टर ने डॉक्टर से कहा, "और पूर्ण स्वस्थ होने तक अपने घर रखना। मैं एक-दो दिन में आकर देख जाऊँगा कि यह स्वस्थ हो रहे हैं अथवा नहीं। रिचर्ड, कैसा लग रहा है ?"

"ताजा हवा से मन ठीक लग रहा है, फैयरफैक्स।"

"उसके बगल की खिड़की खुली रहने देना डॉक्टर ! हवा तेज नहीं है। नमस्कार डिक !"

"फेयरफैक्स !"

"क्या बात है ?"

"उसका खयाल रखना। उसके साथ अच्छा बरताव करना। उसे... ।" वह बोलते-बोलते रुका और रो पड़ा।

"मैं अपनी शक्ति-भर कर रहा हूँ। अब तक करता रहा और आगे भी करता रहूँगा," उत्तर मिला। उन्होंने गाड़ी का दरवाजा बन्द कर दिया और गाड़ी चल पड़ी।

"काश, ईश्वर इस यातना का अन्त कर देते !" आँगन के भारी दरवाजे को बन्द करते हुए मि. रोचेस्टर आगे बोलते गए। बन्द करने के बाद बोझिल कदमों से और खोए-खोए-से वे बगीचे की चहारदीवारी में बने एक द्वार की ओर बढ़ते गए। मेरा काम समाप्त हो गया, ऐसा सोचकर मैं घर की ओर लौटने लगी कि मैंने फिर उन्हें पुकारते सुना, "जेन !" वे विशाल दरवाजे को खोलकर मेरी प्रतीक्षा में खड़े थे।

"चलो, कुछ क्षण के लिए वहाँ चलें, जहाँ कुछ ताजगी हो।" उन्होंने कहा।

"वह घर एक कालकोठरी है, तुम्हें ऐसा नहीं लगता ?"

"मुझे तो यह शानदार महल लगता है, श्रीमान।"

"तुम्हारी आँखों पर अनुभवहीनता की चकाचौंध छाई है। तुम इसे रंगीन चश्मे से देख रही हो। तुम यह नहीं पकड़ पा रही हो कि यह चिकनापन नहीं, कीचड़ है, और ये रेशमी झालर नहीं, बल्कि मकड़जाल है। यह संगमरमर खुरदुरा पत्थर है और ये चमकती लकड़ी वृक्षों के खंड और नुचे हुए छाल हैं। पर यहाँ (हरे-भरे बाग की ओर इंगित करते हुए) सबकुछ वास्तविक है, मधुर है और शुद्ध है।"

वह एक रास्ते पर बढ़ते गए, जिसके किनारे बैठने की जगह बनी थी। एक ओर सेब, नाशपाती और चेरी के पेड़ लगे थे और दूसरी ओर क्यारी बनी थी, जो विभिन्न प्रकार के पुराने फूलों से भरी थी—स्टाक, स्वीट-विलियम्स, प्रिमरोज, पैंसी और बीच-बीच में सदर्नबुड, स्वीट ब्रायर और अनेक प्रकार की सुगन्धित झाड़ियाँ। ये सब बिल्कुल ताजा दीख रहे थे जैसाकि अप्रैल माह की वर्षा की फुहारों और धूप और वसन्त के सुन्दर

प्रभात ने उन्हें बना रखा था। सूरज लाल आकाश में उभर रहा था, फूलों से लदे और हिमकणों से भरे बगीचे के पेड़ों पर उसकी किरणें चमकने लगी थीं, और ये किरणें छन-छनकर रास्ते पर भी पड़ने लगी थीं।

"जेन, एक फूल लोगी ?"

झाड़ी पर प्रथम बार पुष्पित एक अधखिले गुलाब को उन्होंने तोड़ा और मुझे दिया।

"धन्यवाद, श्रीमान।"

"जेन, क्या तुम्हें यह सूर्योदय भा रहा है ? और यह आकाश अपने ऊँचे और हलके बादलों समेत जो दिन के गर्म होते ही गायब हो जाएँगे ? और यह शान्त तथा प्यार से सहलाता हुआ वातावरण ?"

"भाता है, बहुत भाता है।"

"तुमने एक अद्भुत रात्रि बिताई है, जेन।"

"हाँ, श्रीमान।"

"इसी कारण तुम कुछ पीली लग रही हो। जब मैं तुम्हें मैसन के पास अकेले छोड़ गया था, तो क्या तुम्हें डर लगा था ?"

"मुझे अन्दरवाले कमरे से किसी के झपटने का डर था।"

"परन्तु मैंने तो दरवाजा बन्द कर दिया था और चाभी अपने पॉकेट में रख ली थी। यदि मैं अपने मेमने को, अपने प्यारे मेमने को, भेड़िए की माँद के इतने निकट, असुरक्षित छोड़ जाता तो मैं एक लापरवाह गडरिया कहलाता। तुम बिल्कुल सुरक्षित थीं।"

"श्रीमान, क्या ग्रेस पूल अभी भी यहीं रहेगी ?"

"अरे, हाँ, तुम उसके विषय में परेशान मत हो। उसे अपने दिमाग से निकाल दो।"

"फिर भी। मुझे लगता है कि जब तक वह यहाँ रहेगी, आपका जीवन सुरक्षित नहीं है।"

"डरो मत। मैं अपना ध्यान रखूँगा।"

"आपको जिस खतरे की आशंका थी, क्या अब दूर हो गया श्रीमान ?"

"जब तक मैसन इंग्लैंड से बाहर नहीं निकल जाता, मैं इसका दावा नहीं कर सकता, बल्कि उसके बाद भी नहीं। जेन, मेरे लिए जीना उस ज्वालामुखी के मुख पर खड़े होने जैसा है जो किसी भी दिन फट सकता है और आग उगल सकता है।"

"किन्तु मि. मैसन तो मुझे सरलता से वशीभूत हो जानेवाले व्यक्ति लगते हैं। आपका प्रभाव तो, श्रीमान, उन पर बिल्कुल हावी है। वे कभी आपको चुनौती नहीं दे सकते या स्वेच्छा से हानि नहीं पहुँचा सकते।"

"ओह, नहीं। मैसन मुझे चुनौती नहीं दे सकता, और न ही जानबूझकर मुझे हानि पहुँचा सकता है। किन्तु अनजान में, किसी क्षण असावधानी के एक शब्द से वह मुझे जीवन से नहीं तो कम-से-कम खुशियों से वंचित तो कर ही सकता है।"

"तो उसे सावधान कर दीजिए श्रीमान, उसे बता दीजिए कि आपको किस बात

का भय है, और यह भी कि इससे कैसे बचा जा सकता है।''

वे व्यंग्य से थोड़ा हँसे, जल्दी से मेरा हाथ पकड़ लिया और फिर तुरन्त ही छोड़ दिया।

''बुद्धू, यदि मैं वैसा कर पाता तो फिर खतरा कहाँ होता ? एक क्षण में समाप्त हो जाता। जब से मैंने मैसन को जाना है, मुझे उससे सिर्फ यह कहना पड़ता है कि 'यह करो,' और काम हो जाता है। परन्तु इस विषय में मैं उसे आदेश नहीं दे सकता। मैं नहीं कह सकता कि 'मुझे हानि पहुँचाने के बारे में सतर्क रहो, रिचर्ड !' क्योंकि यह अत्यावश्यक है कि मैं उसे जानने भी न दूँ कि वह मुझे हानि पहुँचा सकता है। तुम उलझन में पड़ी दीख रही हो; किन्तु मैं तुम्हें अब और उलझन में डालूँगा। तुम मेरी नन्ही मित्र हो, हो न ?''

''मैं आपकी सेवा करना चाहती हूँ, और हर उचित काम में आपकी आज्ञा का पालन करना चाहती हूँ।''

''बिल्कुल ! मैं समझता हूँ, तुम ऐसा ही चाहती हो। तुम्हारी चाल में, तुम्हारी आकृति में, तुम्हारे नयनों में, तुम्हारे मुखड़े पर तब मैं सच्चे सन्तोष की आभा देखता हूँ, जब तुम मेरी सहायता कर रही होती हो या मुझे प्रसन्न कर रही होती हो, तथा तुम्हारे अपने ही शब्दों में 'प्रत्येक उचित कार्य में' मेरे लिए, मेरे साथ काम कर रही होती हो। यदि मैं तुम्हें कुछ वैसा करने को कहूँ जिसे तुम गलत समझती हो, तो फिर ये चपल चाल, ये तत्परता से कार्य की सम्पन्नता, ये जीवन से ओत-प्रोत दृष्टि, चेहरे का ये दमकता रंग, कुछ भी नहीं रहेगा। मेरी मित्र चुप और क्षीण होकर मेरी ओर मुड़ेगी और कहेगी, 'नहीं श्रीमान, यह असम्भव है। मैं यह नहीं कर सकती, क्योंकि यह अनुचित है।' और वह एक स्थिर तारे की भाँति वहीं जम जाएगी। हाँ, तुम्हारा भी प्रभाव मेरे ऊपर है और तुम भी मुझे हानि पहुँचा सकती हो। फिर भी मैं तुम्हें यह बतलाने का साहस नहीं कर सकता कि तुम किधर से मुझ पर घात कर सकती हो अन्यथा, मेरी विश्वसनीय और घनिष्ठ मित्र होने के बावजूद तुम मुझे संकट में डाल सकती हो।''

''यदि आपको मैसन से इतना ही डर है जितना कि मुझसे, तो आप अपने को बिल्कुल सुरक्षित समझें।''

''ईश्वर करें कि ऐसा ही हो। जेन, यह एक छायादार कुंज है। यहाँ बैठो !''

दीवार के मेहराब के नीचे, लताओं से ढँकी एक बैठने की जगह थी। यह एक साधारण-सी जगह थी। मि. रोचेस्टर एक ओर बैठ गए, मेरे लिए जगह छोड़कर। पर मैं वहीं खड़ी रही।

''बैठो !'' उन्होंने कहा, ''इस बेंच पर दो व्यक्तियों के लिए काफी जगह है। तुम्हें मेरी बगल में बैठने में कोई आपत्ति तो नहीं, क्यों ? क्या यह अनुचित है, जेन ?''

मैं उत्तर-स्वरूप बैठ गई क्योंकि मुझे लगा कि इसे अस्वीकार करना मूर्खता होती।

''अच्छा, मेरी नन्ही मित्र ! जब तक इधर सूरज ओसकणों का पान कर रहा है, जब तक इस पुरानी बगिया में पुष्प जागकर विकसित हो रहे हैं, चिड़ियाँ बाहर से अपने

बच्चों के लिए जलपान ला रही हैं तथा मधुमक्खियाँ अपने काम की पहली पारी निपटा रही है, मैं तुम्हारे समक्ष एक मामला रखता हूँ, जिसे तुम अपना समझने की चेष्टा करो। किन्तु इसके पूर्व मेरी ओर देखो और मुझे बतलाओ कि तुम निश्चिन्त तो हो। कहीं तुम यह तो नहीं डर रही कि मैं तुम्हें रोककर भूल कर रहा हूँ या तुम रुककर गलती कर रही हो !''

''नहीं श्रीमान, मैं सन्तुष्ट हूँ।''

''अच्छा तो जेन, तुम अपनी कल्पना का सहारा लो। मान लो, तुम एक अच्छी तरह पाली गई और अनुशासित लड़की नहीं हो, बल्कि बचपन से बिगड़ा हुआ एक लड़का हो। कल्पना करो कि तुम किसी सुदूर विदेश में हो, वहाँ तुम कोई एक बड़ी भूल कर बैठती हो। कैसी भूल या किस नीयत से की गई भूल, इन बातों को छोड़ो। किन्तु उस भूल का परिणाम जीवन-भर तुम्हारा पीछा कर रहा है और तुम्हारे पूरे अस्तित्व को विकृत कर रहा है। ध्यान रहे—मैं भूल शब्द का प्रयोग कर रहा हूँ, अपराध नहीं। मैं किसी रक्तपात या अन्य जघन्य कार्य की बात नहीं कर रहा जिसे करनेवाले को कानून के घेरे में आना पड़ेगा। मैं भूल शब्द बोल रहा हूँ। समय बीतने के साथ इस भूल का परिणाम तुम्हारे लिए असह्य हो रहा है। शान्ति पाने के लिए तुम कुछ उपायों का, असाधारण उपायों का, सहारा लेते हो, पर वे कानून-विरुद्ध और अपराधजन्य उपाय नहीं हैं। फिर भी तुम्हारी यातना नहीं मिटती। जीवन के प्रारम्भ में ही आशा ने तुम्हारा साथ छोड़ दिया। मध्य आकाश में ही तुम्हारे सूरज को ग्रहण लग गया। तुम्हें आशंका है कि जीवन के सूर्यास्त तक यह ग्रहण नहीं हटेगा। कटु और निकृष्ट बातें ही तुम्हारी स्मृतियों की साथी रह गई हैं। तुम इधर-उधर भटकते हो—शान्ति की खोज में विदेश-यात्रा, हृदयहीन शारीरिक विलास में आनन्द-प्राप्ति की चेष्टा, आदि तुम ऐसे ही कार्यों में संलग्न हो जाते हो जो बुद्धि को कुंठित और भावनाओं को मृतप्रायः बना देते हैं। भारी हृदय और बुझी-बुझी-सी आत्मा लेकर तुम वर्षों के स्वतः देशनिकालने से वापस लौटते हो। और तब तुम्हारा किसी से नया परिचय होता है...कहाँ, कैसे, इन बातों को छोड़ो। इस अपरिचित व्यक्ति में तुम्हें वे अच्छे और उत्कृष्ट सद्‌गुण मिलते है, जिन्हें तुम बीस वर्षों से ढूँढ़ रहे थे, पर जो तुम्हें अब तक मिले नहीं थे, और जो बिल्कुल स्वच्छ, स्वस्थ और दोष-कलंक-रहित हैं। ऐसी संगति पुनर्जीवन देती है, पुनर्निर्माण करती है। तुम्हें लगता है कि श्रेष्ठ आकांक्षाओं और स्वच्छ भावनाओं के साथ तुम्हारे अच्छे दिन लौटेंगे। तुम फिर से जीवन प्रारम्भ करना चाहते हो और जीवन के बचे-खुचे दिन ऐसे ढंग से बिताना चाहते हो जो अमर मानव के योग्य हो, पर इसे प्राप्त करने के लिए तुम्हें रीति-रिवाजों के एक बन्धन को तोड़ना पड़ेगा। यह मात्र एक परम्परागत बन्धन है जिसे न तो तुम्हारी आत्मा उचित मानती है और न तुम्हारी बुद्धि ही स्वीकारती है। तो यह क्या उचित होगा ?''

मेरा उत्तर सुनने के लिए वे थोड़ा ठिठके। किन्तु मैं क्या उत्तर देती ! काश, कोई देवदूत इसका सही उत्तर मेरे कानों में बता देता ! पर यह तो व्यर्थ आशा है ! पछुवा

हवा लताओं में गुनगुना तो रही थी, किन्तु कोई दयालु देवदूत इसे शब्दों में रूपान्तरित करके नहीं बताता था। पक्षी वृक्ष की चोटी पर चहचहा रहे थे। उनका संगीत मधुर तो था, पर बोधगम्य नहीं था।

मि. रोचेस्टर फिर से प्रश्न पूछने लगे–

"पश्चात्ताप में डूबे और शान्ति की खोज में परेशान, इस भटकते हुए पापी व्यक्ति के लिए क्या संसार की धारणा को ललकारना उचित होगा ? ताकि वह इस सौम्य, भव्य और मधुर अपरिचित से बँध सके, ताकि वह मानसिक शान्ति और पुनर्जीवन पा सके।"

"श्रीमान !" मैंने उत्तर दिया, "भटकते हुए प्राणी की शान्ति, या पापी का उद्धार किसी मनुष्य पर आश्रित नहीं होना चाहिए। स्त्री और पुरुष मरणशील हैं, सम्भव है कि कोई दार्शनिक व्यक्ति भी विचारों में और ईसाई भी नेकी में भूल कर बैठे। अतः यदि आपके किसी परिचित ने भूल की हो और यातना भोगी हो, तो उससे कहिए कि अपने बराबरवालों के बदले अपने से श्रेष्ठ की ओर निहारे, ताकि उसे पश्चात्ताप करने के लिए शक्ति और उसका दुख हरने के लिए सान्त्वना मिल सके।"

"किन्तु माध्यम ? माध्यम क्या होगा ? सर्वनियन्ता ईश्वर भी तो एक माध्यम बनाते हैं। मैं तुम्हें साफ-साफ कहूँ कि मैं स्वयं एक सांसारिक, बरबाद और बेचैन व्यक्ति रहा हूँ और मुझे विश्वास है कि मैंने अपने उद्धार का माध्यम ढूँढ़ लिया है...।"

वे रुके, चिड़ियाँ गाती जा रही थीं। पत्तियाँ सरसरा रही थीं। मुझे विस्मय हुआ कि इस रहस्य की बात सुनने के लिए उन्होंने अपना संगीत नहीं रोका, अपनी फुसफुसाहट नहीं रोकी। उन्हें बहुत देर रुकना पड़ता क्योंकि यह चुप्पी बड़ी लम्बी हो गई थी। अन्त में मैंने सुस्त वक्ता की ओर दृष्टि उठाई। वे उत्सुक नजरों से मुझे ही देख रहे थे।

"नन्ही मित्र !" उन्होंने बिल्कुल बदले हुए स्वर में कहा। उनके चेहरे का भाव भी बदल गया था। उसकी कोमलता और सौम्यता लुप्त हो गई थी और कठोरता तथा विद्रूपता के भाव उभर आए थे। बोले, "तुमने मिस इनग्राम के प्रति मेरी कोमल भावनाओं को देखा है। क्या तुम्हें ऐसा लगता है कि यदि मैं उससे विवाह करूँ तो वह प्रयत्नशील होकर मेरा पुनरुद्धार कर देगी ?"

वे तुरन्त उठ पड़े और रास्ते के छोर तक चले गए। जब लौटे तो कोई धुन गुनगुना रहे थे।

"जेन, जेन !" मेरे समक्ष रुकते हुए उन्होंने कहा, "तुम अपने जागरण के कारण बिल्कुल पीली पड़ गई हो। विश्राम में बाधा डालने के कारण क्या तुम मुझे शाप दे रही हो ?"

"आपको शाप ? नहीं तो, श्रीमान !"

"तो इस बात की पुष्टि में हाथ मिलाओ। अरे, तुम्हारी उँगलियाँ कितनी ठंडी हैं। गत रात्रि जब उस रहस्यमय कमरे के द्वार पर मैंने इन्हें छुआ था तो ये गर्म थीं। जेन, तुम फिर कब मेरे साथ रहोगी ?"

"जब भी मेरी उपयोगिता हो, श्रीमान।"

"उदाहरण के लिए, मेरे लिये विवाह के एक रात पहले। निश्चय ही मुझे उस रात नींद नहीं आएगी। क्या तुम वचन देती हो कि उस रात मेरा साथ दोगी ? तुमसे मैं अपनी प्रेयसी की बात कर सकता हूँ क्योंकि अब तो तुमने उसे देख और जान लिया है।"

"हाँ, श्रीमान।"

"वह दुर्लभ-सी है। है न, जेन ?"

"हाँ, श्रीमान।"

"एक लम्बी मांसल लड़की, जेन। बड़ी, साँवली, मोटी, बाल कार्थेज की महिलाओं जैसे। अहा ! डेंट और लिन घुड़साल में आ गए हैं। इन झाड़ियों से होकर उस दरवाजे से तुम चली जाओ।"

मैं इस ओर चली, वे उस तरफ गए। फिर मैंने उन्हें आँगन में प्रसन्नता से कहते सुना, "मैसन आज आप सबों से बाजी मार गया। वह सूर्योदय से पूर्व ही निकल गया। मैंने चार बजे उठकर उसे विदा किया।"

21

मनोभाव भी अजीब चीज होते हैं। उसी तरह अजीब लगाव भी होते हैं और शकुन भी। तीनों मिलकर एक ऐसा रहस्य बुन देते हैं जिसका निदान मानवता अभी तक नहीं ढूँढ़ सकी है। मन में अनायास उभरनेवाले भावों का मैंने कभी उपहास नहीं किया, क्योंकि मेरे मन में भी कभी-कभी ऐसे भाव आते रहे हैं। मुझे विश्वास है कि लगाव का अस्तित्व होता है (जैसे सुदूर बसे, बहुत दिनों से बिछुड़े सगे-सम्बन्धियों के बीच जो एक ही स्रोत से उपजे हैं, भले ही वे अपने बीच कोई सम्बन्ध नहीं मानें) जिनका लगाव या खिंचाव मनुष्य की समझ से बाहर होता है। और शकुन ! इसे तो यों समझिए कि प्रकृति मनुष्य के साथ सहानुभूति के रूप में प्रकट करती है।

जब मैं एक छोटी बच्ची थी, मात्र छह साल की, तभी मैंने बेस्सी लीमेन को एक रात मार्था एबट से कहते सुना था कि इन दिनों स्वप्न में वह एक छोटे बच्चे को देखती है, और यह भी कि छोटे बच्चे का स्वप्न देखना आनेवाली दुखद घटना का पूर्वाभास होता है, चाहे वह घटना अपने साथ हो या अपने सम्बन्धियों के साथ। यह बात मेरी स्मृति से मिट भी जाती, पर दूसरे ही दिन ऐसी घटना घटी जिससे यह बात मेरी स्मृति-पटल पर अमिट हो गई। दूसरे ही दिन उसे अपनी मरणासन्न छोटी बहन से मिलने के लिए घर से बुलावा आ गया।

पिछले कुछ दिनों से मुझे यह बात और यह घटना बार-बार याद आ रही थी, क्योंकि पिछले एक सप्ताह से शायद ही कोई रात ऐसी बीती होगी जिसमें एक शिशु स्वप्न में न दिखाई देता हो। उसे मैं कभी गोद में लेकर चुप करा रही होती, कभी गोद में खिला रही होती, कभी इसे मैदान में फूलों से खेलती देखती तो कभी जलधारा में हाथ डुबोते देखती। कभी बच्चा रोता दिखाई देता तो कभी हँसता हुआ, कभी मेरे कलेजे से चिपका हुआ तो कभी मुझसे दूर दौड़ता हुआ। चाहे जिस मनःस्थिति में हो या जिस रूप में हो—यह लगातार विगत सात दिनों से जैसे ही मैं नींद का दुनिया में प्रवेश करती, मेरे स्वप्न में आ जाता था।

एक ही भाव, एक ही चित्र का बार-बार स्वप्न में आना मुझे अच्छा नहीं लग रहा था। अतः जैसे ही सोने का समय आता और दृश्य दिखाई देने की घड़ी पास आती,

मेरे अन्दर घबराहट होने लगती। जिस चाँदनी रात में मैंने चीख सुनी थी, उस रात भी मैं इस शिशुवाले दृश्य से ही जगी थी। एक ही दिन बाद, दोपहर में मेरे पास खबर आई कि मिसेज फेयरफैक्स के कमरे में कोई मुझसे मिलने के लिए आया है। वहाँ जाकर मैंने देखा कि एक व्यक्ति मेरी प्रतीक्षा कर रहा है, जो देखने से किसी जमींदार का सेवक लगता था। वह शोकसूचक परिधान पहने था। उसके हाथ में जो टोप था उसमें भी काली पट्टी लगी हुई थी।

मेरे प्रवेश करने पर उठते हुए उसने कहा, "मुझे लगता है, आपको मेरी याद नहीं होगी। किन्तु मेरा नाम लीमेन है। आठ-नौ वर्ष पहले जब आप गेट्सहेड में रहती थीं तो उस समय मैं श्रीमती रीड का गाड़ीवान हुआ करता था। मैं अभी भी वहीं रहता हूँ।"

"ओह, राबर्ट। तुम कैसे हो ? तुम मुझे अच्छी तरह याद हो। तुम कभी-कभी मिस जार्जियाना के छोटे टट्टू पर मुझे घुमा दिया करते थे। और बेस्सी कैसी है ? तुम्हारी तो बेस्सी से शादी हुई है न ?"

"हाँ, कुमारी जी, मेरी पत्नी स्वस्थ है, धन्यवाद। दो माह पूर्व उसने एक छोटे बच्चे को जन्म दिया है। अब हम लोगों के तीन बच्चे हैं। माँ-बच्चे सभी सकुशल हैं।"

"और घराने के सभी लोग सकुशल हैं न, राबर्ट ?"

"दुख है, मैं इन लोगों का शुभ समाचार आपको नहीं दे सकता, कुमारी जी। इन दिनों वे लोग दुख में है, बड़े कष्ट में।"

"मुझे आशा है, कोई मरा नहीं होगा," उसके काले वस्त्र पर दृष्टि डालते हुए मैंने कहा। उसने भी अपने टोप की काली पट्टी पर दृष्टि डाली और बोला–

"मि. जॉन को लन्दन में अपने निवास पर मरे कल एक सप्ताह बीत गया।"

"मि. जॉन ?"

"हाँ।"

"उनकी माँ ने यह दुख कैसे झेला ?"

"मिस आयर, आप जानती हैं कि यह साधारण दुर्घटना नहीं थी। उनका जीवन बड़ा उच्छृंखल रहा, विगत तीन वर्षों से वे विचित्र ढंग से रह रहे थे और मृत्यु भी उनकी इतनी ही दुखद हुई।"

"बेस्सी ने मुझे बतलाया था कि उसके रंग-ढंग ठीक नहीं हैं।"

"ठीक ढंग ! इससे बुरा अब क्या होता ? उन्होंने अपना स्वास्थ्य और अपनी सम्पत्ति खराब लोगों और खराब औरतों पर लुटा दी। वे कर्ज में फँसे और जेल गए। उनकी माँ ने उनको दो बार जेल से छुड़ाया, पर जैसे ही वे जेल से निकलते, फिर अपने पुराने साथियों और पुराने व्यसनों में लिप्त हो जाते। मस्तिष्क के तो कमजोर थे ही, जिन दुष्टों की संगति में थे, उन्होंने उनको खूब लूटा। लगभग तीन सप्ताह पहले वे गेट्सहेड में आए और मालकिन से सारा धन माँगने लगे। मालकिन ने इनकार कर दिया, क्योंकि उनकी फिजूलखर्ची से उनका धन अब खत्म हो चला था। इसलिए वे चले गए,

और फिर खबर आई कि उनकी मृत्यु हो गई। कैसे मरे, ईश्वर जाने। लोग कहते हैं कि उन्होंने आत्महत्या कर ली।''

मैं मूक हो गई। बड़ा भयानक शकुन था। राबर्ट लीमेन फिर कहने लगा, ''मालकिन का भी स्वास्थ्य कुछ दिनों से खराब चल रहा था। वह मोटी तो थीं, पर अन्दर से दमदार नहीं थीं। ऊपर से धन की बरबादी और गरीबी का भय उन्हें तोड़ता जा रहा था। मि. जॉन की मृत्यु की खबर और उसके कारण से अचानक उन्हें ऐसा आघात लगा कि उन्हें लकवा मार गया। तीन दिन उनकी आवाज बन्द रही। किन्तु पिछले मंगलवार को हालत में कुछ सुधार हुआ। लगता था, कुछ कहना चाह रही हैं। मेरी पत्नी को घिघियाकर और इशारे से कुछ बता रही थीं। कल सवेरे बेस्सी की समझ में आया कि वे आपका नाम बोल रही हैं। बड़ी चेष्टा करके वे बोलीं, ''जेन को लाओ, उसे बुलाओ, मैं उससे कुछ कहना चाहती हूँ।'' बेस्सी समझ नहीं पाई कि उनका दिमाग ठीक भी है या नहीं, और वे सचमुच क्या वही चाहती हैं जो बोल रही हैं। उसने मिस रीड और मिस जार्जियाना को यह बात बतलाई और सलाह दी कि वे आपको बुलवा लें। पहले तो लड़कियों ने यह बात टाल दी, पर उनकी माँ जब बहुत बेचैन होने लगीं और बराबर ''जेन, जेन।'' पुकारने लगीं तो अन्त में उन्हें सहमति देनी पड़ी। मैं कल ही गेट्सहेड से चला और यदि आप तैयार हो सकें, तो मैं आपको साथ लेकर कल बड़े सवेरे प्रस्थान करूँ।''

''हाँ, राबर्ट, मैं तैयार हो जाऊँगी। मुझे लगता है कि मुझे जाना चाहिए।''

''मेरा भी यही विचार है, कुमारी जी। बेस्सी कहती थी, उसे विश्वास है कि आप आने से इनकार नहीं करेंगी। पर मेरा अनुमान है कि आपको जाने से पहले अनुमति माँगनी पड़ेगी।''

''हाँ, मैं अभी माँग लेती हूँ,'' और उसे नौकरों के हॉल में भेजकर तथा उसकी देखभाल का भार जॉन और उसकी पत्नी पर सौंपकर मैं मि. रोचेस्टर की खोज में निकली।

वे नीचे के किसी कमरे में नहीं थे। वे आँगन में भी नहीं थे और घुड़साल तथा मैदान में भी नहीं। मैंने मिसेज फेयरफैक्स से पूछा कि उन्होंने उन्हें देखा है या नहीं। हाँ, उन्हें विश्वास था कि वे मिस इनग्राम के साथ बिलियर्ड खेल रहे थे। मैं जल्दी-जल्दी बिलियर्डवाले कमरे की ओर चल दी। वहाँ से बॉल की खटखट तथा लोगों की आवाज सुनाई दे रही थी। मि. रोचेस्टर, मिस इनग्राम, दोनों एश्टन कुमारियाँ और उनके प्रेमीगण सभी खेल में मग्न थे। खेल में व्यस्त इस पार्टी को टोकने के लिए साहस की आवश्यकता थी, पर मेरा काम ऐसा था कि मैं टाल नहीं सकती थी। अतः मैं मालिक के निकट पहुँची जहाँ वे मिस इनग्राम की बगल में खड़े थे। मेरे निकट जाने पर वही मुड़ी और उसने अहंकार से मुझे देखा। उसकी आँखें मानो पूछ रही थीं कि इस रेंगनेवाले कीड़े को क्या चाहिए। फिर जब मैं धीमे स्वर में बोली, ''मि. रोचेस्टर !'' तो उसके भाव से ऐसा लगा कि मुझे भगा देगी। मुझे उसका उस क्षण का चेहरा याद है। वह बहुत ही सुन्दर और आकर्षक था। वह आसमानी नीले रंग के क्रेप का प्रातःकालीन

परिधान पहने थी और गहरे नीले रंग का स्कार्फ उसके बालों में बँधा था। खेल के कारण उसका रंग दमक रहा था, और चिड़चिड़ाहट ने उसके दम्भी स्वरूप की सुन्दरता को घटाया नहीं था।

उसने मि. रोचेस्टर से पूछा, "क्या उस व्यक्ति को आपसे काम है ?" और मि. रोचेस्टर यह देखने को मुड़े कि वह 'व्यक्ति' है कौन। देखकर, उन्होंने प्रश्नवाचक मुद्रा बनाई जो विचित्र और दोमानी अभिव्यक्ति थी, और अपनी छड़ी फेंक दी। मेरे पीछे-पीछे वे कमरे से बाहर निकल आए।

स्कूल के कमरे का द्वार बन्द करके उस पर पीठ टिकाते हुए उन्होंने पूछा, "क्या है जेन ?"

"यदि आपकी अनुमति हो श्रीमान, तो मैं एक-दो सप्ताह की छुट्टी चाहती हूँ।"

"क्या करना है ? कहाँ जाना है ?"

"एक बीमार महिला को देखने जिसने मुझे बुला भेजा है।"

"कौन बीमार महिला ? कहाँ रहती है वह ?"

"गेट्सहेड में...ग्राम में।"

"...ग्राम ? वह तो यहाँ से सौ मील दूर है। वह कौन होती है जो इतनी दूर से भेंट करने के लिए लोगों को बुलाती है ?"

"उसका नाम रीड है श्रीमान, श्रीमती रीड।"

"गेट्सहेड की रीड ? गेट्सहेड के एक रीड तो थे जो मजिस्ट्रेट थे।"

"वह उन्हीं की विधवा है।"

"किन्तु तुम्हें उनसे क्या प्रयोजन ? तुम उन्हें कैसे जानती हो ?"

"मि. रीड मेरे मामा थे...मेरी माँ के भाई।"

"शैतान कहीं की। तुमने पहले कभी नहीं बतलाया। तुम तो यह कहती रही कि तुम्हारा कोई सम्बन्धी नहीं है।"

"ऐसा कोई नहीं था जो मुझे अपना कहता, श्रीमान। मि. रीड मर गए और उनकी पत्नी ने मुझे निकाल दिया।"

"क्यों ?"

"क्योंकि मैं निर्धन थी और बोझ थी। वह मुझे नापसन्द करती थीं।"

"किन्तु रीड के बच्चे तो होंगे ! तुम्हारे ममेरे भाई-बहन तो होंगे !"

"श्रीमान, जॉर्ज लिन गेट्सहेड के एक रीड के विषय में चर्चा कर रहे थे, जो शहर के नामी गुंडों में से एक था।"

"और इनग्राम भी उसी जगह की जार्जियाना रीड के विषय में बतला रही थी, एक-दो वर्ष पहले जिसके सौन्दर्य की लन्दन में बड़ी चर्चा थी।"

"जॉन रीड भी मर चुके हैं, श्रीमान। उन्होंने अपने को तो नष्ट कर ही दिया, अपने परिवार को भी लगभग बरबाद कर डाला। कहते हैं कि उन्होंने आत्महत्या कर ली। इस खबर से उनकी माँ को इतना धक्का लगा कि उन्हें लकवा मार गया।"

"तो तुम जाकर उनका क्या भला करोगी ? व्यर्थ ! जेन, एक बूढ़ी महिला को देखने के लिए सौ मील दौड़कर जाने की बात तो मैं सोच भी नहीं सकता, जो तुम्हारे वहाँ पहुँचने के पूर्व सम्भवतः मर चुकी होगी। इसके अतिरिक्त तुम बता रही थी कि उन्होंने तुम्हें निकाल दिया था।"

"हाँ, श्रीमान, किन्तु यह बहुत पहले की बात है, जब उनकी स्थिति बहुत भिन्न थी। अब उनकी इच्छा की उपेक्षा करके मुझे चैन नहीं मिलेगा।"

"तुम कितने दिन वहाँ रहोगी ?"

"जितना कम-से-कम सम्भव होगा श्रीमान !"

"वचन दो कि एक ही सप्ताह रहोगी।"

"अच्छा होगा कि मैं कोई वचन न दूँ। वचन तोड़ने को कहीं मुझे विवश न होना पड़े।"

"हर हालत में तुम्हें अवश्य लौटना होगा। किसी बहाने तुम उन लोगों के साथ स्थायी रूप से रहने को तैयार मत हो जाना।"

"अरे, नहीं। सभी कुछ ठीक रहा तो मैं अवश्य लौटूँगी।"

"तुम्हारे साथ कौन जाएगा ? सौ मील तुम अकेले तो नहीं जा सकती।"

"नहीं श्रीमान, उन्होंने अपना गाड़ीवान भेजा है।"

"विश्वसनीय व्यक्ति है न ?"

"हाँ श्रीमान, दस वर्षों से वह परिवार में रह रहा है।"

मि. रोचेस्टर विचारमग्न हो गए। बोले, "कब जाना चाहती हो ?"

"कल बिल्कुल सवेरे, सर।"

"अच्छा तो तुम्हें कुछ रुपयों की आवश्यकता होगी। पैसे के बिना तो तुम यात्रा नहीं कर सकती, और मैं दावे के साथ कह सकता हूँ कि तुम्हारे पास अधिक पैसे नहीं हैं। मैंने तो तुम्हें अब तक वेतन नहीं दिया। जेन, तुम्हारे पास कितने पैसे होंगे ?" उन्होंने मुस्कराकर पूछा।

मैंने बटुआ निकाला, छोटी-सी राशि थी, "पाँच शिलिंग श्रीमान।"

उन्होंने बटुआ ले लिया, पैसे को हथेली पर उड़ेल लिया और खिलखिला पड़े, मानो इसकी तुच्छता से उन्हें आनन्द आ रहा हो।

उन्होंने अपना पॉकेट बुक निकाला। "लो।" एक नोट मुझे देते हुए उन्होंने कहा।

यह पचास पौंड का नोट था, किन्तु उनके ऊपर मेरा बकाया पन्द्रह पौंड ही था। मैंने कहा कि मेरे पास लौटाने के लिए खुदरा नहीं है।

"मैं खुदरा नहीं चाहता, तुम यह जानती हो। तुम अपना वेतन लो।" वे गुर्राए।

मेरा जो बकाया था उससे अधिक लेने से मैंने इनकार किया। पहले तो उन्होंने भृकुटी चढ़ा ली, पर फिर जैसे कुछ याद करके उन्होंने कहा–"ठीक, ठीक। तुम्हें तुम्हारा पूरा बकाया नहीं चुकाना ही अच्छा रहेगा। पचास पौंड तुम्हारे पास रहे तो तुम सम्भवतः तीन महीने वहाँ ठहर जाओगी। यह दस पौंड का नोट है, पर्याप्त है न ?"

"हाँ श्रीमान, आपके पास मेरा पाँच पौंड बाकी रहा।"

"तो इसे लेने के लिए लौटकर आओ, तुम्हारा चालीस पौंड मेरे पास जमा है।"

"मि. रोचेस्टर, मैं एक दूसरी काम की बात भी आपसे कर लेना चाहती हूँ, क्योंकि अभी अवसर है।"

"काम की बात ? मैं सुनने को उत्सुक हूँ।"

"श्रीमान, आपने तो मुझे लगभग बता ही दिया है कि आप शीघ्र विवाह करने वाले हैं।"

"हाँ, तो फिर ?"

"वैसी स्थिति में, श्रीमान, एडेली को स्कूल भेज देना चाहिए। मुझे विश्वास है, आप भी इस बात की आवश्यकता को समझते होंगे।"

"ताकि वह मेरी नवविवाहिता पत्नी के रास्ते से हट जाए, नहीं तो वह उसे रौंद सकती है। बेशक तुम्हारी सलाह में बुद्धिमत्ता है। तुम्हारे अनुसार एडेली को स्कूल चले जाना चाहिए और तुम्हें सीधे...नरक में ?"

"वैसी आशंका नहीं है, श्रीमान, मैं दूसरी नौकरी ढूँढ़ लूँगी।"

"तुम अवश्य ढूँढ़ोगी।" उन्होंने अजीब स्वर तथा विचित्र मुद्रा में कहा जो विस्मयपूर्ण और हास्यास्पद लगता था।

कुछ क्षण मुझे देखते रहे, फिर बोले, "और बूढ़ी मिसेज रीड और उनकी कुमारी बेटियों से तुम अनुरोध करोगी कि वह तुम्हारे लिए नौकरी ढूँढ़ दें, यही न ?"

"नहीं श्रीमान, अपने सम्बन्धियों से मैं इतनी घनिष्ट नहीं कि उनसे किसी कृपा की याचना करना उचित लगे। मैं स्वयं विज्ञापन दूँगी।"

"तुम मिस्र के पिरामिड में चली जाओ," उन्होंने गुर्राकर कहा। "विज्ञापन निकाला तो बुरा होगा। अच्छा होता कि मैं दस पौंड के बदले तुम्हें एक ही पौंड देता। मेरा नौ पौंड मुझे लौटा दो जेन, मुझे इसकी आवश्यकता है।"

"आवश्यकता मुझे भी है श्रीमान," मैंने कहा और अपने हाथों और बटुए को अपने पीछे छिपा लिया, "मैं किसी भी स्थिति में रुपया नहीं दे सकती।"

"नन्ही कंजूस।" उन्होंने कहा, "मेरा आर्थिक अनुरोध ठुकराती हो ! पाँच ही पौंड दे दो न, जेन।"

"पाँच शिलिंग भी नहीं, श्रीमान। पाँच पेंस भी नहीं।"

"अच्छा तो सिर्फ देखने ही दो।"

"नहीं श्रीमान, आप पर विश्वास नहीं किया जा सकता।"

"जेन।"

"श्रीमान !"

"एक बात का वचन दोगी ?"

"मैं आपको ऐसा कोई भी वचन दे सकती हूँ श्रीमान, जिसे मैं अपने विचार में निभा सकूँ।"

''विज्ञापन नहीं निकालने का वचन, काम ढूँढ़ने का भार मुझ पर छोड़ दो। विश्वास करो, समय आने पर मैं स्वयं ढूँढ़ दूँगा।''

''मैं प्रसन्नता से ऐसा कर सकती हूँ श्रीमान, यदि आप बदले में यह वचन दें कि आपकी पत्नी के प्रवेश करने के पूर्व इस घर से मैं और एडेली, दोनों सुरक्षित बाहर चले जाएँगे।''

''बहुत अच्छा ! बहुत अच्छा ! मैं इसका वचन देता हूँ। तो तुम कल चली जाओगी ?''

''हाँ, श्रीमान, बिल्कुल सवेरे।''

''आज रात्रि भोजन के बाद ड्राइंगरूम में आओगी न ?''

''नहीं, श्रीमान, मुझे यात्रा की तैयारी करनी होगी।''

''तब तो तुम्हें और मुझे कुछ समय के लिए विदा लेना होगा।''

''हाँ, लेना होगा।''

''लोग विदाई की रीति कैसे निभाते हैं, जेन ? मुझे सिखलाओ, मुझे नहीं आता।

''लोग कहते हैं–अलविदा, या ऐसा ही कोई शब्द, जो उन्हें भाए।''

''तो कहो।''

''अलविदा, मि.रोचेस्टर, कुछ समय के लिए विदा।''

''मैं क्या कहूँ ?''

''यही श्रीमान, यदि आपको ठीक लगे तो।''

''कुछ समय के लिए विदा, मिस आयर। बस इतना ही ?''

''हाँ।''

''मेरी धारणा में यह बिल्कुल अपर्याप्त है, शुष्क और भावहीन भी। कुछ और हो तो ठीक लगेगा, इस रस्म में कुछ और जोड़ा जाए। जैसे उदाहरण के लिए, हाथ मिलाना। पर नहीं, मुझे उनसे भी तृप्ति नहीं होगी। तो तुम अलविदा करने के अतिरिक्त और कुछ नहीं करोगी, जेन ?''

''यही काफी है, हृदय से निकला एक शब्द भी उतना ही सद्भाव व्यक्त कर सकता है, जितना कि बहुत कुछ शब्द मिलकर करेंगे।''

''हाँ सम्भव है, पर खोखला और भावविहीन लगता है मुझे यह शब्द 'अलविदा'।''

मैंने मन में सोचा, 'दरवाजे से पीठ टिकाए ये कब तक खड़े रहेंगे ? मुझे यात्रा के लिए सामान भी सहेजना है।'

उसी समय भोजन की घंटी टनटनाई और अचानक बिना कुछ बोले वे दरवाजा खोलकर निकल गए। इसके बाद पूरे दिन वे मुझे दिखाई नहीं दिए, और दूसरे दिन उनके उठने के पूर्व ही मैं प्रस्थान कर चुकी थी।

पहली मई को अपराह्न में, लगभग पाँच बजे मैं गेट्सहेड के बाहरी निवास में पहुँची। मुख्य भवन में जाने के पूर्व मैंने इसमें प्रवेश किया। यह बिल्कुल स्वच्छ-साफ था। सजी हुई खिड़कियों में छोटे श्वेत पर्दे लगे थे। फर्श निष्कलंक साफ था। चिमनी

और अँगीठी चमक रही थी और उनमें आग जल रही थी। बेस्सी चूल्हे के पास बैठी अपने नन्हे शिशु को स्तनपान करा रही थी। छोटा राबर्ट और उसकी बहन शान्ति से एक कोने में खेल रहे थे। मेरे प्रवेश करते ही श्रीमती लीमेन बोल उठी, ''आशीष ! मैं जानती थी तुम अवश्य आओगी।''

''हाँ बेस्सी !'' मैंने उसे चूमते हुए कहा, ''मुझे विश्वास है कि बहुत विलम्ब नहीं हुआ। मिसेज रीड कैसी हैं ? मुझे आशा है कि जीवित होंगी।''

''हाँ जीवित हैं। पहले से अधिक चेतना और होश में हैं। डाक्टरों का कहना है कि वे एक-दो सप्ताह टिक सकती हैं। पर बिल्कुल ठीक हो जाने की आशा नहीं हैं।''

''क्या इधर भी उन्होंने मेरा जिक्र किया ?''

''आज ही प्रातः वे तुम्हारे विषय में बोल रही थीं और चाह रही थीं कि तुम आ जाती। किन्तु अभी वे सो रही हैं। दस मिनट पहले ही सोई हैं। जब मैं वहाँ थी। वे अपराह्न में इसी भाँति सुस्त पड़ी रहती हैं और छह-सात बजे जगती हैं। मिस, क्या आप एक घंटे यहाँ विश्राम करेंगी ? फिर मैं आपके साथ वहाँ चलूँगी ?''

गाड़ीवान राबर्ट अन्दर आया तो बेस्सी ने गोद के बच्चे को झूले पर सुला दिया और उसके स्वागत में बढ़ी। उसके बाद बेस्सी ने मुझसे टोपी उतारने और चाय लेने का आग्रह किया, क्योंकि उसके अनुसार मैं थकी और दुर्बल दीख रही थी। उसका आतिथ्य स्वीकार करने में मुझे प्रसन्नता हुई। मैंने अपने यात्रा के वस्त्र उसे वैसे ही उतारने दिए जैसे बचपन में मैं उसे अपने कपड़े उतारने देती थी। उसकी चपल गतिविधियाँ देखकर मुझे पुरानी बातें याद आने लगीं–चाय की ट्रे पर सबसे अच्छे प्याले लगाते हुए, रोटी और मक्खन काटते हुए, चाय के साथ का केक बनाते हुए, और बीच-बीच में छोटे राबर्ट और छोटी जेन को थोड़ा डाँटते हुए, जैसे वह बचपन में मुझे डाँटती थी। बीते जमाने का वह हलका क्रोध बेस्सी में अभी भी था। उसी भाँति उसकी चपल चाल और सुन्दरता भी अभी तक वैसी ही बनी हुई थी।

चाय तैयार होने पर मैं स्वयं मेज तक जाने को उठी, पर उसने अधिकारपूर्ण स्वर में मुझे बैठे रहने को कहा और बोली कि आग के पास ही तुम्हें जलपान दूँगी। और जैसे बचपन में नर्सरी की कुर्सी पर कभी-कभी अच्छी, मीठी खाने की वस्तु देती थी, उसी भाँति छोटी गोल मेज पर चाय और टोस्ट आदि दे गई। मैंने मुस्कराकर बीते दिनों की भाँति उसकी आज्ञा का पालन किया।

वह पूछने लगी कि क्या मैं थार्नफील्ड हॉल में प्रसन्न हूँ, और वहाँ की मालकिन कैसी है ? और मैंने जब यह बतलाया कि वहाँ सिर्फ एक मालिक हैं तो फिर पूछने लगी कि वे अच्छे आदमी हैं कि नहीं, और मैं उन्हें पसन्द करती हूँ या नहीं। मैंने बतलाया कि वे कुछ कुरूप हैं, पर आदमी भले हैं और मेरे प्रति दयालु हैं, और इसलिए मैं सन्तुष्ट हूँ। उसके बाद मैंने बलताया कि वहाँ अभी बहुत प्रसन्न स्वभाव के अतिथिगण ठहरे हुए हैं। इन बातों को बेस्सी ने बहुत ध्यान से सुना, ऐसी बातों में उसका मन भी लगता था।

इन्हीं बातों में एक घंटा बीत गया। बेस्सी ने मुझे टोपी आदि लाकर दिया और

उसके साथ मैं उस आवास से मुख्य आवास की ओर चल पड़ी। जिस रास्ते से मैं आज ऊपर चढ़ रही थी उसी रास्ते से आज से नौ वर्ष पूर्व, मैं बेस्सी के साथ नीचे उतरी थी। वह जनवरी माह की अँधेरी, कुहासा-भरी, चुभनेवाली ठंड मारती भोर थी, जब मैंने इस शत्रुतापूर्ण छत से विदा ली थी, तब एक हताश और दुखी हृदय के साथ तिरस्कार और फटकार के बीच, मैं लोवुड के ठिठुरते आश्रय को थामने चली थी जो इतनी दूर और अनजान था। वही शत्रुतापूर्ण छत आज फिर मेरी आँखों के सामने थी। मेरा भविष्य अभी भी अनिश्चित था और मेरे हृदय में अभी भी व्यथा थी। पृथ्वी पर मैं अभी भी एक भटकनेवाले प्राणी की तरह ही अनुभव कर रही थी, पर अब मुझे स्वयं में और अपनी शक्ति में कुछ विश्वास हो चला था और अत्याचार का भय भी कम हो गया था। मेरे हृदय में अन्याय के कारण जो घाव पैदा हुए थे, वे अब सूख चले थे और असन्तोष की ज्वाला भी शमित हो चली थी।

मुझसे आगे हॉल में प्रवेश करते हुए बेस्सी ने कहा, ''आपको पहले जलपान कक्ष में जाना होगा। कुमारियाँ वहीं होंगी।''

दूसरे ही क्षण मैं उस कक्ष में थी। उस कमरे के सभी फर्नीचर ठीक वैसे ही थे जैसे वे उस सुबह थे, जब मि. ब्रोकलहर्स्ट से मेरा प्रथम परिचय कराया गया था। जिस कालीन पर वे खड़े हुए थे, वह अभी भी फर्श को ढँके हुए थी। पुस्तकों की आलमारी पर दृष्टि डालने से मुझे लगा कि आलमारी के तीसरे खाने में मुझे बेविक के *ब्रिटिश पक्षी* के दो भाग अभी भी पहचान में आ रहे हैं, और उनके ठीक ऊपर *गुलिवर्स ट्रेवेल्स* और *अरेबियन नाइट्स* सजे हैं। निर्जीव वस्तुएँ तो नहीं बदली थीं, पर सजीव प्राणी इतने बदल गए थे कि पहचान में नहीं आते थे।

दोनों नवयुवतियाँ मेरे समक्ष थीं–एक बहुत लम्बी, लगभग मिस इनग्राम जितनी लम्बी और बहुत दुबली भी। पीला चेहरा और कठोर मुद्रा। उसमें कुछ संन्यास जैसा भाव था तथा यह भाव और भी उजागर होता था उसके साधारण काले मोटे कपड़ों से और कलफदार लिनेन कालर से, तथा पीछे की ओर सीटे गए बालों से तथा संन्यासिन जैसी काले दानों की माला से; जिसमें 'सलीब पर ईसा मसीह' का लॉकेट था। मुझे विश्वास हो गया कि यही एलिजा है, यद्यपि इस लम्बोतरे और रक्तहीन चेहरे में और उसके पुराने चेहरे में कोई समानता मैं नहीं ढूँढ़ सकी।

दूसरी भी निश्चय ही जार्जियाना थी, पर वो जार्जियाना नहीं जो मेरी स्मृति में थी–दुबली परी जैसी ग्यारह वर्ष की लड़की। यह पूर्ण विकसित मांसल युवती थी–मोम जैसी साफ जिल्दवाली, तीखे नैन-नक्श और सुन्दर मुखड़ा, खोई-खोई-सी नीली आँखें और घुँघराले पीले लट। उसके भी परिधान का रंग काला था, किन्तु उसके वस्त्र का फैशन उसकी बहन से बहुत भिन्न था–बहुत लहराता और सजा हुआ। यह उतना ही फैशनपूर्ण लगता था, जितना कि दूसरी का सादगीपूर्ण।

दोनों बहनों में उनकी माँ की सिर्फ एक-एक साम्यता आई थी। दुबली, रक्तहीन बहन ने माँ की कठोर आँखें पाई थीं तो खिली हुई, सुविकसित छोटी बहन के जबड़े

और ठुड्डी में यह समानता झलकती थी; जो कुछ कम कठोर तो थी फिर भी मांसल मुद्रा में एक अव्यक्त-सी जड़ता ला देती थी।

मेरे आगे बढ़ने पर दोनों युवतियाँ मेरे स्वागत में उठीं और दोनों ने मुझे मिस आयर कहकर सम्बोधित किया। एलिजा ने बिना मुस्कराए संक्षिप्त, छोटे-छोटे शब्दों में अभिवादन किया और फिर बैठकर उसने आग में दृष्टि गड़ा दी, मानो मुझे भूल गई। जार्जियाना ने हालचाल पूछने के बाद, यात्रा और मौसम आदि के विषय में कुछ सामान्य बातें कीं जो घिसे-पिटे शब्दों में थीं। साथ ही वह इधर-उधर दृष्टि डालकर मुझे सिर से पाँव तक भाँप रही थी। वह कभी मेरे फीके भूरे ऊनी पोशाक पर दृष्टि डालती तो कभी मेरी घरेलू टोपी के सादे झालरों पर नजर दौड़ाती। नवयुवतियों में एक विशेष भंगिमा होती है जिससे वे बिना शब्दों का प्रयोग किए जता देती हैं कि वे आपको हास्यास्पद समझ रही हैं। यह भाव एक विशेष प्रकार की आलोचक दृष्टि, व्यवहार का ठंडापन, स्वर की नीरसता, आदि से व्यक्त हो जाता है, यद्यपि वे रुखे शब्दों का प्रयोग नहीं करतीं और इस कारण आप उन्हें दोषी भी नहीं ठहरा सकते।

किन्तु अब, कोई छिपी या स्पष्ट उपेक्षा मुझे वैसे विचलित नहीं कर सकती जैसाकि कभी कर देती थी। उन दोनों के बीच बैठी हुई मुझे यह पाकर आश्चर्य हुआ कि एक बहन की पूर्ण उपेक्षा और दूसरे के व्यंग्यपूर्ण सत्कार के मध्य मैं बिल्कुल सहज अनुभव कर रही थी। न तो एलिजा से मैंने अपमानित अनुभव किया और न ही जार्जियाना से मैं विचलित हुई। वास्तविकता यह थी कि मेरा ध्यान कहीं और था। विगत कुछ महीनों में मेरी भावनाएँ उतनी उद्वेलित हुई थीं, आनन्द और व्यथा के इतने तीखे चुभन-भरे भाव मैंने सहन किए थे कि उतना इन लड़कियों के बस में नहीं था। अतः उनके व्यवहार से मुझे अच्छा-बुरा कुछ भी नहीं अनुभव हुआ।

''मिसेज रीड कैसी हैं ?'' जार्जियाना की ओर स्थिर दृष्टि से देखते हुए मैंने पूछा। उसने मेरे सीधे सम्बोधन को नियन्त्रित करना आवश्यक समझा, मानो मैं कोई अनाधिकार चेष्टा कर रही हूँ।

''मिसेज रीड ? आह। आपका माँ से अभिप्राय है ? वे बहुत बुरी स्थिति में हैं। मुझे आशंका है कि आज रात आप उनसे नहीं मिल सकेंगी।''

मैंने कहा, ''यदि आप कृपा करके ऊपर जाएँ और उन्हें सूचित करें कि मैं आ गई हूँ तो मैं आपका आभार मानूँगी।''

जार्जियाना चौंक-सी गई, उसकी नीली आँखें विस्फारित हो उठीं। मैंने आगे कहा, ''मुझे मालूम है, उनकी विशेष इच्छा है कि मुझसे मिलें, अतः उनकी इच्छा को अब और टालना मैं नहीं चाहूँगी।''

''माँ सन्ध्या में शान्ति भंग नहीं चाहतीं,'' एजिला बोली।

मैं उठ खड़ी हुई, चुपचाप बिना पूछे अपना टोप और दस्ताना उठाया और कहा, ''मैं जरा बेस्सी से मिल लेती हूँ जो रसोईघर में होगी, और पुछवा लेती हूँ कि मिसेज रीड आज रात मुझसे मिलना चाहेंगी या नहीं।'' मैं निकली और बेस्सी को ढूँढ़कर और

अपने काम पर भेजकर मैंने दूसरे काम की ओर ध्यान दिया।

अब तक मेरी यह आदत थी कि मैं किसी की उद्दंडता या अहंकार देखकर परे हट जाती थी। जैसा आज मेरा स्वागत हुआ था, वैसा यदि आज से एक वर्ष पूर्व होता तो मैं गेट्सहेड छोड़ने का निर्णय करके दूसरे दिन सवेरे ही चल देती। किन्तु अब मुझे यह साफ समझ में आ रहा था कि ऐसा करना मूर्खता होगी। मैंने अपनी मामी से मिलने के लिए सौ मील की लम्बी यात्रा की थी, अतः मैं उनके साथ तब तक रहूँगी जब तक वह अच्छी नहीं हो जातीं या मर नहीं जातीं। जहाँ तक उनकी बेटियों के अहंकार या मूर्खता का प्रश्न था, मैंने उसे परे झटक दिया और स्वयं उससे मुक्त हो गई। अतः मैंने घर की मुख्य दाई से कहा कि मुझे एक कमरा दिखाओ जहाँ मैं एक-दो सप्ताह ठहरूँगी। वहाँ मैंने अपना सामान रखवाया और स्वयं वहाँ गई। वहाँ पहुँचने पर बेस्सी आई।

''मालकिन जगी हैं,'' उसने कहा, ''मैंने उन्हें बतलाया कि आप आ गई हैं। चलिए, देखा जाए कि वे आपको पहचान पाती हैं या नहीं।''

उस सुपरिचित कमरे में जाने के लिए मुझे किसी के मार्गदर्शन की आवश्यकता नहीं पड़ी जिसमें पुराने दिनों में मुझे प्रायः डाँट-फटकार और सजा देने के लिए बुलाया जाता था। मैं बेस्सी से आगे-आगे चली, धीरे से द्वार खोला, मेज पर एक शेड के नीचे बत्ती जल रही थी, क्योंकि शाम गहराने लगी थी। वही पुराना चार पायोंवाला बड़ा पलँग था और वही पुराने पीले पर्दे और झालर थे, वही प्रसाधन की मेज, आरामकुर्सी और छोटा स्टूल जहाँ मुझे सैकड़ों बार घुटने टेकने की सजा दी गई थी। ऐसे अपराध के लिए क्षमा माँगने को कहा गया था जो मैंने किया ही नहीं था। मैंने एक कोने की ओर झाँका। डरते-डरते उसी छड़ी की झलक देखने के लिए जो वहाँ छिपी रहती और अचानक कूदकर मेरी काँपती हुई हथेली या सिकुड़ते हुए गले को पीट देती। मैं बिछावन के नजदीक पहुँची, पर्दा उठाया और तकियों के ढेर पर झुकी।

मुझे मिसेज रीड की आकृति अच्छी तरह याद थी। उसी परिचित चेहरे को मेरी आँखें ढूँढ़ने लगीं। यह अच्छी बात है कि काल प्रतिशोध की पिपासा को शमित कर देता है और क्रोध तथा घृणा के उकसावे को भी शान्त कर देता है। इसी महिला के प्रति मैं कटुता और घृणा के भावों से भरी विदा हुई थी, और आज जब मैं उनके पास आई हूँ तो मन में उनकी यातनाओं के प्रति दया के अतिरिक्त अन्य कोई भाव नहीं है। एक तीव्र इच्छा है कि बीते कष्टों को भूल जाऊँ और क्षमा कर दूँ, मेल-मिलाप हो जाए और हम प्रेम से हाथ मिला सकें।

वही सुपरिचित चेहरा वहाँ था—हमेशा की भाँति कठोर और क्षमाहीन। वही विचित्र आँखें थीं जो कभी पिघलती नहीं थीं, और वही उठी हुई, कठोर जिद्दी भौंहें। इन सबों ने मेरे ऊपर कितनी बार धमकी और घृणा बरसाई थी। इसकी कठोर मुद्रा को देखकर मेरे बचपन के आतंक और पीड़ा की स्मृति जैसे जाग उठी। फिर भी मैं झुकी और उन्हें चूम लिया। वह मुझे देखने लगीं, ''क्या यह जेन आयर है ?'' उन्होंने पूछा।

''हाँ मामी ! आप कैसी हैं प्यारी मामी ?''

मैंने एक बार शपथ ली थी कि मैं उन्हें कभी मामी नहीं कहूँगी। पर उस शपथ को भूलना और तोड़ना आज मुझे पाप नहीं लगा। चादर के बाहर निकली उनकी उँगलियों को मैंने कसकर पकड़ लिया। यदि वे भी मेरी उँगली को प्रेम से पकड़तीं तो मुझे सचमुच प्रसन्नता होती। किन्तु भावनाहीन स्वभाव जल्दी नहीं द्रवित होते हैं और न जन्मजात शत्रुता जल्दी मिटती है। मिसेज रीड ने अपना हाथ खींच लिया और अपना चेहरा भी मुझसे फेरते हुए बोलीं कि रात गर्म है।

फिर वह मुझे इतने ठंडेपन और रुखाई से देखने लगीं कि मैंने तुरन्त अनुभव किया कि मेरे प्रति उनका भाव, उनका विचार नहीं बदला है और न बदलनेवाला है।

उन पथरीली आँखों से, जहाँ कोमलता का प्रवेश असम्भव था, जिसे आँसू द्रवित नहीं कर सकते थे, मैं यह जान गई कि वे अन्त तक मुझे बुरा समझने पर तुली हुई हैं, क्योंकि मुझे भला समझने से उन्हें प्रसन्नता नहीं होती, मात्र मानहानि का बोध होता।

मुझे पीड़ा हुई, फिर मुझे क्रोध आया, उसके बाद मेरे मन ने निर्णय लिया कि उन्हें दबाकर रखा जाए, उनके स्वभाव और उनकी इच्छा के विरुद्ध उन पर हावी हुआ जाए। बचपन की भाँति अभी भी मेरी आँखों में आँसू उमड़ आए थे। मैंने उन्हें बलपूर्वक दबा दिया। मैं एक कुर्सी सिरहाने की ओर ले आई, बैठ गई और तकिए की ओर झुकी।

मैंने कहा, ''आपने मुझे बुलावा भेजा, अतः मैं आ गई हूँ और मेरा विचार है कि यहाँ ठहरकर आपके स्वास्थ्य का हाल देखूँ।''

''ओह। हाँ, हाँ। तुम मेरी पुत्रियों से मिली ?'

''हाँ।''

''अच्छा, तो तुम उन्हें बता देना कि मेरी इच्छा है कि तुम यहाँ तब तक ठहरो जब तक कि मैं अपने मन की बात तुमसे न कर लूँ। आज रात तो देर हो गई, और मुझे वह बात स्मरण करने में कठिनाई हो रही है। लेकिन कुछ बात थी जो मैं तुमसे कहना चाहती थी।''

उनकी भटकती दृष्टि और बदले स्वर से स्पष्ट हो गया था कि किसी जमाने में उनकी जो सशक्त काया थी उस पर क्या विपत्ति टूट पड़ी है। बेचैनी से करवट बदलते हुए उन्होंने बिस्तर की चादर को खींचा। मेरी कोहनी चादर के एक कोने पर टिकी थी। जिसके कारण चादर खींची नहीं जा सकी थी। वह तुरन्त चिड़चिड़ा उठीं, ''सीधे बैठो, कपड़ा दबाकर मुझे परेशान मत करो। क्या तुम जेन आयर हो ?''

''मैं जेन आयर ही हूँ।''

''उस बच्ची से मुझे इतना झमेला उठाना पड़ा कि इस पर कोई विश्वास नहीं करेगा। ऐसा बोझ मुझ पर डाल दिया गया। नित्यप्रति घंटे-घंटे अपने रहस्यमय स्वभाव के कारण और अचानक क्रोध में भभककर और लोगों की गतिविधि को अस्वाभाविक ढंग से निरखते रहकर कितना परेशान उसने मुझे किया। मैं साफ कहती हूँ कि एक बार तो उसने मुझसे पागलों की भाँति, बल्कि दुष्टात्मा की तरह बातें कीं; कोई बच्चा न तो वैसे बोलता है और न देखता है जैसा वह करती थी। उसे घर से हटाकर मुझे

खुशी हुई थी। लोवुड में उन लोगों ने उसके साथ क्या किया। वहाँ संक्रामक ज्वर फैला, बहुत से छात्र मर गए, पर वह नहीं मरी। किन्तु मैंने कहा कि वह मर गई। काश कि वह मर गई होती।''

''अजीब चाह है श्रीमती रीड ! आप उससे इतनी घृणा क्यों करती थीं ?''

''मैं उसकी माँ को भी सदैव नापसन्द करती थी, क्योंकि वह मेरे पति की एकमात्र बहन थी...मुँहबोली प्रिय बहन जब उसने एक निर्धन पादरी से विवाह किया तो उन्होंने ही उसे परिवार से निकाले जाने का विरोध किया। और बाद में जब उनकी बहन की मृत्यु का समाचार आया तो वे मूर्ख की भाँति फूट-फूटकर रो पड़े। उन्होंने बहन के शिशु को मँगवा लिया, यद्यपि मैंने कितना अनुरोध किया कि उसे किसी नर्स के पास पलने दो और सिर्फ खर्च दे दिया करो। पहली ही बार जब मैंने उसे देखा, तभी से उससे घृणा करने लगी। एक रुग्ण, दुबली, रोनेवाली बच्ची ! सारी रात झूले पर रोती रहती। ऐसा नहीं कि अन्य बच्चों की भाँति जोर से रो ले, बल्कि हमेशा कराहती और सिसकती रहती। मि. रीड को इस पर दया आती थी। वे इसे गोद में लेते और प्यार करते, मानो अपनी ही बच्ची हो, बल्कि उतनी ही छोटी उम्र के अपने बच्चे को भी उतना प्यार नहीं करते थे। वे प्रयास करते थे कि उस भिखमँगी बच्ची के साथ मेरे बच्चे मिल-जुलकर रहें। पर मेरे प्यारे बच्चे यह सहन नहीं कर पाते थे और जब वे अपनी नापसन्दगी दिखलाते, तो वे नाराज होकर उन बच्चों से रुष्ट हो जाते थे। अपनी अन्तिम बीमारी में वे लगातार इस बच्ची को अपने बिस्तर पर बुला लेते, और मरने के एक घंटे पहले उन्होंने मुझसे इसे पालने का वचन ले लिया। यह तो मानो एक अनाथालय के भिखमँगे छोकरी को मुझ पर थोपना था, लेकिन वे दुर्बल थे, स्वभाव से दुर्बल। जॉन का स्वभाव अपने पिता से नहीं मिलता, मुझे इस बात की खुशी है। जॉन मेरे जैसा और मेरे भाइयों के जैसा है। वह बिल्कुल गिब्सन है। काश वह मुझे पत्र लिख-लिखकर रुपए के लिए परेशान करना छोड़ देता। उसे देने के लिए अब मेरे पास रुपए नहीं हैं; हम लोग अब निर्धन हो गए हैं। अब मुझे आधे नौकरों को हटा देना पड़ेगा और घर का आधा भाग बन्द कर देना पड़ेगा या भाड़े पर उठा देना होगा। किन्तु वैसा करना मुझे स्वीकार नहीं। तब फिर कैसे चलेगा ? मेरी आय का दो-तिहाई भाग बन्धक रखी वस्तुओं पर ब्याज देने में चला जाता है। जॉन बेहद जूआ खेलता है और हमेशा हार जाता है...बेचारा ! वह धूर्तों से घिरा है। जॉन शराबी और पतित हो गया है, उसे देखने से भी डर लगता है। जब मैं उसे देखती हूँ तो मुझे लज्जा आती है।''

वे बहुत उत्तेजित हो गई थीं। मैंने बेस्सी से जो दूसरी ओर खड़ी थी, कहा, ''मेरा विचार है कि अभी इन्हें छोड़ दिया जाए।''

''हाँ, शायद यही ठीक होगा, मिस। रात होने पर ये प्रायः इसी प्रकार की बातें करती हैं। प्रातःकाल कुछ शान्त रहती हैं।''

मैं उठ खड़ी हुई। ''रुको !'' मिसेज रीड ने कहा, ''एक और बात मैं कहना चाहती थी। वह मुझे धमकाता है, लगातार धमकी देता है अपनी मृत्यु की या मेरी मौत की।

मैं प्रायः स्वप्न में देखती हूँ कि गले में एक बड़े घाव से या सूजा काला चेहरा लिये वह मरा पड़ा है। मेरी विचित्र स्थिति हो गई है। मैं बहुत कठिनाई में हूँ। क्या करूँ ? रुपया कहाँ से लाऊँ ?''

बेस्सी प्रयास करने लगी कि उन्हें नींदवाली एक दवा खिला दे। बड़ी कठिनाई से वह इसमें सफल हुई। इसके बाद शीघ्र ही मिसेज रीड शान्त हो गईं और अर्धनिद्रा में चली गईं। तब मैं वहाँ से चली।

दस दिन से भी अधिक बीते होंगे जब मुझे उनसे फिर बातें करने का अवसर मिला। इस बीच वह या तो बेहोशी में बड़बड़ाती रहतीं या सुस्ती में पड़ी रहतीं, और डॉक्टर ने उन्हें पीड़ादायक, उत्तेजना लानेवाली बातों की मनाही कर दी थी। इस बीच मैं जार्जियाना और एलिजा के साथ यथासम्भव ठीक-ठीक निभा रही थी। प्रारम्भ में तो वे बड़ी गम्भीर बनी रहीं। एलिजा तो आधे-आधे दिन तक बिना मुझसे या बहन से बोले बैठी रहती और सिलाई या पढ़ाई-लिखाई करती रहती। जार्जियाना अपने केनरी पक्षी से निरर्थक बातें करती रहती और मेरी ओर ध्यान नहीं देती। किन्तु मैंने ठान लिया था कि काम या मनोरंजन के अभाव में परेशान नहीं दिखूँगी। मैं चित्रकारी का सामान साथ ही लाई थी। उसी से मेरी दोनों कमी पूरी होती थीं।

पेंसिल का डब्बा और कुछ पन्ने-कागज लेकर मैं उन दोनों से अलग, एक जगह, खिड़की के निकट बैठ जाती और काल्पनिक दृश्यों के चित्रण में व्यस्त हो जाती जो मेरी कल्पना के रंग बदलते पर्दे में कभी क्षण-भर को साकार हो जाते थे—जैसे दो पर्वतों के बीच समुद्र का दृश्य, उगते चाँद का और इसे ढँकते हुए गुजरते जहाज का दृश्य, सरोवर के किनारे घास और चौड़े पत्तेवाले पौधों का दृश्य। और जलपरी की आकृति जो कमल के फूलों से सजी, उसमें से निकल रही हो, जंगली फूलों की माला से सजी एक परी जो झाड़ीवाली गौरैया के घोंसलें में बैठी हुई हो।

एक दिन प्रातःकाल मैं एक चेहरे का चित्रांकन करने लगी। यह चेहरा कैसा होगा, इसे जानने की मैंने परवाह नहीं की। मैंने एक हलका काला पेंसिल लिया, उसकी मोटी नोक बनाई और काम में लग गई। शीघ्र ही कागज पर मैंने एक चौड़ा, उभरा हुआ ललाट खींचा और चेहरे का चौड़ा निचला भाग बनाया। इसे देखकर मुझे प्रसन्नता हुई। मेरी उँगलियाँ तेजी से शेष भागों को चित्रित करने के लिए दौड़ने लगीं। भौंहों के नीचे सशक्त लम्बी पलकें खींचीं, उसके बाद सुघड़ तीखी नाक, सीधी और पूरी नासिका, भाव बदलता चौड़ा मुख, मजबूत ठुड्डी जो नीचे की ओर बीच में बँटी हुई थी। बेशक, अब सिर्फ काली दाढ़ी बाकी थी और काले केश जो कनपट्टियों पर गुच्छों और ललाट पर लहराते हों। जहाँ तक आँखों का प्रश्न है, मैंने उन्हें अन्त में चित्रित करने को छोड़ रखा था, क्योंकि यह काम बड़ी सावधानी से करना था। मैंने बड़ी-बड़ी और सुन्दर-सी, आँखें चित्रित कीं। पलकें लम्बी और गम्भीर थीं, पर पुतलियाँ चमकदार और बड़ी-बड़ी। 'अच्छी बनी, पर बिल्कुल वैसी नहीं,' अपने काम को देखते हुए मैंने मन में सोचा। 'इनमें और शक्ति, और बल चाहिए।' अतः मैंने इर्द-गिर्द अधिक काला चित्रित किया, ताकि आँखों में चमक और

कौंध आ सकें। एक-दो बार, ब्रुश अच्छा चलाने से काम बन गया। देखा, अब मेरे मित्र का मुखड़ा मेरी दृष्टि के समक्ष था। मेरी ओर पीठ फेरकर बैठनेवाली उन नवयुवतियों की दृष्टि में भला इसका क्या महत्त्व ? मैंने इसे फिर से देखा, और उस समानता पर मुस्करा पड़ी। लगता था कि अब यह बोल पड़ेगा। मैं सन्तुष्ट होकर उसमें खो गई।

"क्या यह तुम्हारे किसी परिचित का चेहरा है ?" एलिजा पूछ रही थी जो मेरे अनजाने में ही मेरे पास आकर खड़ी हो गई थी। मैंने उत्तर दिया कि नहीं, यह एक काल्पनिक चित्र है, और इसे अन्य कागजों के नीचे जल्दी से रख दिया। निस्सन्देह, मैं झूठ बोली थी। सच पूछो तो यह मि. रोचेस्टर का ही सही-सही प्रतिरूप था। किन्तु इससे उसे क्या मतलब ? इससे मेरे अतिरिक्त किसी को क्या लेना-देना ? जार्जियाना भी देखने हेतु आगे बढ़ आई। अन्य चित्र तो उसे पसन्द आए, पर इसे उसने कुरूप व्यक्ति कहा। मेरी चित्रकला से वे दोनों विस्मित थीं। मैं उन दोनों के चित्र रेखांकित करने को तैयार हो गई और वे दोनों, बारी-बारी से, तैलचित्र के लिए बैठीं। तब जार्जियाना ने अलबम निकाला। मैंने कहा कि मैं इसमें लगाने के लिए अपनी ओर से वाटर कलर का चित्र दूँगी। इससे वह प्रसन्न-सी हो गई। उसने मुझसे प्रस्ताव किया कि बाहर टहलने चलें। दो घंटे बाहर साथ-साथ रहने के क्रम में ही, हम लोग आत्मीय वार्तालाप में मग्न हो गए। उसने प्रेम से मुझे बतलाया कि दो वर्ष पूर्व एक आनन्दपूर्ण शीत ऋतु उसके लन्दन में कैसे बिताई थी, वहाँ उसकी कितनी चर्चा, प्रशंसा हुई थी, कितने लोग उससे मिले थे, और उसने संकेत से यह भी बतलाया कि वह विजय लगभग पाने ही वाली थी। फिर दोपहर और सन्ध्या में उन्हीं संकेतों पर और बातें हुईं, बहुत से प्रेमालाप बतलाए गए और प्रेम-दृश्यों को दुहराया गया। सच पूछो तो मेरी जानकारी के लिए फैशनेबुल जीवन का एक उपन्यास ही मेरे सामने रख दिया गया। वह प्रतिदिन इसी की बात करती—स्वयं अपने विषय में, अपने प्रेमी के विषय में और अपने दुख के बारे में। आश्चर्य था कि वह कभी भी न तो अपनी माँ की बीमारी की चर्चा करती, न अपने भाई की मृत्यु के विषय में बोलती, और न ही परिवार की दयनीय आर्थिक स्थिति के विषय में कोई जिक्र करती। बीते आनन्द की स्मृति में ही, और भविष्य में मौजमस्ती की आकांक्षाओं आदि में उसका मन खोया रहता। वह अपनी बीमार माँ के कमरे में मात्र पाँच मिनट का समय प्रतिदिन देती थी, जरा भी अधिक नहीं।

एलिजा अभी भी कम बोलती थी। स्पष्टः उसे बातें करने का समय ही नहीं था। उससे अधिक व्यस्त दिखनेवाला व्यक्ति मैंने कभी नहीं देखा। फिर भी वह बतलाना कठिन था कि वह क्या करती थी, या यों कहें कि उसके परिश्रम का परिणाम देख पाना कठिन था। सवेरे जागने के लिए वह एलार्म लगाकर रखती थी। पता नहीं जलपान के पूर्व वह क्या किया करती थी। किन्तु भोजन के बाद का समय उसने कई भागों में बाँट रखा था और हर समय के लिए काम निर्धारित था। दिन में तीन बार वह एक छोटी-सी पुस्तक पढ़ा करती थी, जिसे ध्यान से देखने पर मैंने पाया कि वह प्रार्थना की एक सामान्य पुस्तक थी। मैंने एक दिन उससे पूछा कि उस पुस्तक की विशेषता क्या है ?

उसने उत्तर दिया–रुब्रिक, अर्थात् धार्मिक निर्देशों की पुस्तक। तीन घंटे वह सिलाई करती थी। एक दरी जितने बड़े वर्गाकार, लाल कपड़े का किनारा सुनहरे धागे से काढ़ती थी। एक बार मैंने इस कपड़े के उपयोग के सम्बन्ध में पूछा तो उसने बतलाया कि हाल ही में गेट्सहेड में जो चर्च बना है उसकी बेदी को ढँकने के लिए यह कपड़ा तैयार किया जा रहा है। दो घंटे प्रतिदिन डायरी लिखती थी। दो घंटे अकेले किचन-गार्डेन में काम करती थी और एक घंटा प्रतिदिन अपना हिसाब-किताब देखती थी। लगता था, उसे किसी के साथ की या वार्तालाप की कोई आवश्यकता नहीं है। मैं विश्वास के साथ कह सकती हूँ कि अपने ढंग से वह प्रसन्न थी। यह दिनचर्या उसके लिए पर्याप्त थी और उसे सबसे अधिक भिन्नाहट तब होती थी, जब किसी विशेष घटना के कारण इस घड़ीनुमा दिनचर्या में बाधा पहुँचती।

एक सन्ध्या जब वह अन्य दिनों की अपेक्षा वार्तालाप के लिए अधिक उन्मुख थी, उसने मुझे बतलाया कि जॉन की आदत और परिवार की बरबादी की आशंका उसके लिए बड़ी चिन्ता का कारण बन गई थी। किन्तु अब उसने विचार करके एक निर्णय ले लिया है। अपना हिस्सा उसने सुरक्षित कर लिया है। जरा भी विचलित या दुखी हुए बिना वह स्थिर भाव से बोली कि माँ का ठीक होना या अधिक दिन जीवित रहना बिल्कुल असम्भव है। अतः उसके मरने के बाद वह अपनी चिर-संचित योजना को पूरा करेगी, और ऐसी जगह जा बसेगी जहाँ नियमित जीवन बिताने में कोई बाधा नहीं हो और मदमस्त संसार से वह बिल्कुल दूर रह सके। मैंने पूछा कि क्या जार्जियाना भी उसके साथ जाएगी।

बिल्कुल नहीं। जार्जियाना और उसमें कोई समानता नहीं है और न कभी थी। किसी भी हालत में वह उसका बोझ नहीं उठाएगी। जार्जियाना अपना रास्ता पकड़े और वह अपनी राह पकड़ेगी।

जार्जियाना जब अपने हृदय की बातें मुझसे नहीं बता रही होती, तो अधिकांश समय सोफे पर पड़ी रहती, घर की नीरसता पर कुढ़ती रहती और बार-बार यही चाहती कि काश, मामी गिब्सन निमन्त्रण देकर उसे शहर बुला लें। कहती, 'कितना अच्छा होता कि वह एक-दो महीने के लिए यहाँ से हट जाती जब तक सबकुछ समाप्त न हो जाए।' मैंने यह नहीं पूछा कि सबकुछ समाप्त होने से उसका क्या अभिप्राय था। पर मैं समझती हूँ कि उसका इशारा अपनी माँ की रुग्णता और उनके अन्तिम संस्कार के नीरस रस्म-रिवाज से था। एलिजा अपनी बहन की सुस्ती और शिकायत पर ध्यान ही नहीं देती थी। मानो खीझनेवाली, झींकनेवाली यह प्राणी उसके सम्मुख हो ही नहीं। किन्तु एक दिन जब वह हिसाब की किताब हटाकर कसीदाकारी प्रारम्भ कर रही थी, अचानक उससे कहने लगी–

''जार्जियाना, तुमसे ज्यादा अहंकारी और व्यर्थ प्राणी, पृथ्वी पर बोझ बनकर, कोई नहीं रहा होगा। तुम्हें तो जन्म लेने का अधिकार ही नहीं था, क्योंकि तुमने जीवन का कोई उपयोग नहीं किया। एक समझदार व्यक्ति की भाँति अपने लिए, अपने में और अपने संग जीने के बदले तुम किसी दूसरे व्यक्ति की शक्ति पर अपनी दुर्बलता लाद

देना चाहती हो। तुम्हारे जैसे मोटी, दुर्बल, आडम्बरपूर्ण और व्यर्थ प्राणी का बोझ यदि कोई नहीं उठाना चाहे, तो तुम रोना शुरू कर देती हो कि तुम्हारे साथ दुर्व्यवहार हुआ, तुम्हारी उपेक्षा हुई, तुम्हें कष्ट हुआ। तुम्हारे लिए जीवन का अर्थ हमेशा परिवर्तन और उमंग है, नहीं तो संसार तुम्हें नरक लगेगा। लोग तुम्हारी प्रशंसा करते रहें, खुशामद करते रहें, चापलूसी करते रहें। तुम्हें चाहिए गाना-बजाना, नाचना, मिलना-जुलना, नहीं तो तुम मुरझाने लगोगी, मरने लगोगी। क्या तुममें जरा भी बुद्धि नहीं जिससे तुम ऐसा उपाय निकाल सको कि तुम बिल्कुल स्वतन्त्र हो जाओ ? किसी दिन को लो, उसे खंड-खंड करो, हर खंड के लिए एक काम निर्धारित कर लो, बेकार समय एक घंटा, दस मिनट, पाँच मिनट भी न छोड़ो। हर काम को ढंग से करो, नियमित समय पर करो। तुम्हें पता ही नहीं चलेगा कि दिन कब प्रारम्भ हुआ और कब बीता। समय बिताने के लिए तुम्हें किसी के प्रति कृतज्ञ होने की भी आवश्यकता नहीं पड़ेगी, तुम्हें किसी के साथ की, बात की, सहानुभूति की, सान्त्वना की जरूरत नहीं पड़ेगी, और तुम स्वाधीन व्यक्ति की तरह जी सकोगी। मेरी सलाह मानो जो मैं प्रथम और अन्तिम बार दे रही हूँ—तब तुम्हें मेरी या किसी अन्य की आवश्यकता नहीं पड़ेगी। मेरी सलाह की उपेक्षा करोगी, जैसे अब तक करती आई हो वैसा करोगी—यानी हमेशा कुछ-न-कुछ चाहना, सिसकना, पड़े रहना—तो अपनी मूर्खता का फल भोगो, चाहे वह कितना भी बुरा और असह्य हो। मैं तुमसे स्पष्ट कहती हूँ, सुनो ! जो मैं आज कह रही हूँ फिर नहीं दुहराऊँगी और मैं इसी बात का दृढ़ता से अनुपालन करूँगी। माँ की मृत्यु के बाद, मेरा तुमसे कोई सम्बन्ध नहीं रहेगा। जिस दिन उनकी अरथी गेट्सहेड के चर्च से जाएगी, तुम और मैं ऐसे अलग-अलग हो जाएँगे मानो कभी एक-दूसरे को जानते भी नहीं थे। तुम इस भ्रम में नहीं रहना कि चूँकि हम लोग एक माता-पिता से जन्मे हैं तो मैं किसी भी बन्धन से तुम्हारे साथ बँधी रहूँगी। मैं तुम्हें कहे देती हूँ कि यदि हम लोगों को छोड़कर पूरी मानवजाति ही क्यों न नष्ट हो जाए, सिर्फ हम दोनों इस पृथ्वी पर बच जाएँ, तो भी मैं तुम्हें तुम्हारी पुरानी दुनिया में छोड़ दूँगी और नई दुनिया की ओर चल दूँगी।" इतना कहकर उसने होंठ बन्द कर लिये।

जार्जियाना बोली, "तुमने मुझे यह लम्बा उपदेश देने का कष्ट व्यर्थ उठाया। सभी जानते हैं कि तुम्हारे जैसी, स्वार्थी, हृदयहीन प्राणी दुनिया में नहीं है और मेरे प्रति तुम्हारा द्वेषपूर्ण ईर्ष्या का जो भाव है वह मैं जानती हूँ। मेरे और लॉर्ड एडविन वेरे के साथ तुमने जो धोखाधड़ी की, उससे मुझे उसका स्वाद मिल चुका है। तुम यह सह नहीं सकती थी कि मैं तुमसे ऊपर उठ जाऊँ, मेरा विवाह हो, मैं ऐसे परिवेश में जाऊँ जहाँ तुम मुँह दिखाने के लायक भी नहीं थी। इसलिए तुमने खुफिया और भेदिया की तरह काम किया और मेरा भविष्य सदा के लिए चौपट कर दिया।" यह कहकर जार्जियाना ने अपना रूमाल निकाला और एक घंटे तक सिसकती और नाक पोंछती रही।

एलिजा भावहीन, शान्त और व्यस्त मुद्रा में बैठी रही।

यह सच है कि बहुत से लोग उदार भावनाओं को महत्त्व नहीं देते, पर यहाँ दो

प्रकार की प्रकृति के उदाहरण थे—एक असह्य रूप से तीखी, दूसरी भावनाओं के अभाव में घृणित रूप से बेस्वाद। बिना बुद्धि के भावना भी व्यर्थ घूँट है, पर भावनाहीन बुद्धि भी बहुत कड़वी होती है और ऐसा भूसा होती है जो मनुष्य के निगलने के योग्य नहीं।

आज का अपराह्न बरसाती और तेज हवावाला था। जार्जियाना उपन्यास पढ़ते-पढ़ते सोफे पर सो गई थी और एलिजा नए चर्च में प्रार्थना में भाग लेने चली गई थी, क्योंकि धर्म के विषय में वह बिल्कुल कट्टरता से नियम का पालन करती थी। मौसम कितना भी खराब क्यों न हो, उसे अपने धार्मिक कर्तव्यों के समयनिष्ठ पालन से रोक नहीं सकता था। प्रत्येक रविवार को वह तीन बार चर्च जाया करती थी और अन्य दिनों को उतनी बार जाती थी जितनी बार वहाँ प्रार्थना होती थी।

मैंने मन में सोचा कि ऊपर जाऊँ और देखूँ कि मृतप्राय महिला की क्या स्थिति है जो बिना देख-रेख के वहाँ पड़ी है। नौकर लोग यदा-कदा उनकी ओर ध्यान दे देते थे। किराए की नर्स निगरानी के अभाव में, जब अवसर मिलता, कमरे से बाहर चली जाती थी। बेस्सी तो स्वामिभक्त थी, पर उसे अपने परिवार की देखभाल करनी पड़ती थी। अतः वह कभी-कभी ही भवन में आ पाती थी। जैसी मुझे आशंका थी, प्रवेश करने पर मैंने रोगी के कमरे को परिचारिकाविहीन पाया। नर्स वहाँ नहीं थी। रोगी चुपचाप सुस्त पड़ी थी। उसका स्याह चेहरा तकिए में धँसा था और चिमनी की आग भी बुझने को थी। मैंने फिर से आग जला दी, बिस्तर ठीक कर दिया, कुछ क्षण ध्यान से उन्हें देखती रही, पर वह मुझे नहीं देख पा रही थीं। तब मैं खिड़की की ओर बढ़ गई।

वर्षा की बौछार खिड़की के शीशे पर गिर रही थी। तूफानी हवा चल रही थी। मैंने मन में सोचा, 'वहाँ पर वह स्त्री पड़ी है जो शीघ्र ही धरती के बन्धनों से मुक्त हो जाएगी। वह आत्मा, जो अभी भौतिक शरीर को त्यागने हेतु संघर्ष कर रही है, मुक्त होकर कहाँ उड़ जाएगी ?'

इस रहस्य पर विचार करते हुए मुझे हेलेन बर्न्स की याद आई। उसके अन्तिम शब्द, उसका विश्वास, उसके शरीर-मुक्त आत्माओं की समानता के सिद्धान्त आदि मुझे स्मरण हो आए। कल्पना में मैं अभी भी उसका पूर्ण परिचित स्वर सुन रही थी, और आँखों के समक्ष थी उसकी दुर्बल, किन्तु दैवी आभापूर्ण आकृति, उसकी क्षीण काया और दैवी प्रभायुक्त दृष्टि, जब वह मृत्यु-शय्या पर शान्त पड़ी थी और धीमे-धीमे स्वर में फुसफुसाकर परमपिता परमेश्वर से मिलने की व्यग्रता प्रकट कर रही थी। अचानक पीछे पलँग पर से एक दुर्बल आवाज फुसफुसा उठी, "कौन है ?"

यह मुझे ज्ञात था कि कई दिनों से मिसज रीड की बोली बन्द थी। तो क्या वे अच्छी हो रही हैं ? मैं उनके पास गई, "मैं हूँ, मामी।"

"कौन मैं ?" फिर पूछा, "कौन हो ?" वे मेरी ओर आश्चर्य और परेशानी से देख रही थीं, पर आतंकित नहीं थीं। "तुम तो बिल्कुल अपरिचित हो। बेस्सी कहाँ है ?"

"वह अपने क्वार्टर में है, मामी।"

"मामी !" उन्होंने दुहराया, "मुझे मामी कौन कह रहा है ? तुम तो गिब्सन परिवार

की नहीं हो, फिर भी मैं तुम्हें पहचानती हूँ। यह चेहरा, ये आँखें, यह ललाट सभी मेरे जाने-पहचाने हैं। तुम तो, हाँ तुम तो जेन आयर जैसी हो।''

मैं कुछ नहीं बोली, मुझे भय था कि मेरा परिचय जानकर उन्हें आघात न पहुँचे।

उन्होंने आगे कहा, ''फिर भी लगता है, यह भ्रम है। मेरे विचार भटक रहे हैं। मैं जेन आयर से मिलना चाहती थी, इसलिए उसकी ही आकृति दिखाई पड़ती है। इसके अतिरिक्त इन आठ वर्षों में वह कितना बदल गई होगी।''

अब मैंने धीमे-धीमे उन्हें विश्वास दिलाया कि जो वे समझ रही थीं और जिससे मिलना चाह रही थीं, मैं वही व्यक्ति हूँ। यह देखकर कि वे मेरी बात समझ रही हैं और वे बिल्कुल होश में हैं, मैंने उन्हें बतलाया कि कैसे बेस्सी ने अपने पति को भेजकर मुझे थार्नफील्ड से बुलवाया था।

कुछ ही देर में वह बोलीं, ''तुम्हें तो मालूम ही है कि मैं बहुत बीमार हूँ। कुछ ही मिनट पहले मैं करवट बदलना चाह रही थी, पर देखा कि मेरे अंग उठ ही नहीं रहे हैं। अच्छा होगा कि मरने के पूर्व मैं बात कहकर मन हलका कर लूँ। स्वस्थ रहने पर जिन छोटी-छोटी बातों की लोग परवाह नहीं करते, वे ही मेरी जैसी दशा में मन पर भारी बोझ बन जाती हैं। क्या नर्स यहाँ पर है ? कमरे में तुम्हारे अतिरिक्त कोई और तो नहीं है ?''

मैंने उन्हें विश्वास दिलाया कि हम लोग बिल्कुल अकेले हैं।

''खैर, मैंने दो बार तुम्हारे साथ अनुचित व्यवहार किया है जिस पर मुझे अब पश्चात्ताप हो रहा है। एक तो वह वचन तोड़कर जो मैंने अपने पति को दिया था कि तुम्हें अपने बच्चे की तरह पालूँगी। दूसरे...,'' यह कहकर कुछ चुप हो गईं, फिर जैसे अपने आपसे बोलने लगीं, ''खैर यह शायद अधिक महत्त्व की बात नहीं है। मैं ठीक भी हो सकती हूँ। इसलिए उसके सामने अपने को इतना गिराना कष्टमय लगता है।''

उन्होंने करवट बदलने की चेष्टा की, पर सफल नहीं हुईं। उनका चेहरा बदल-सा गया। उन्हें कुछ आन्तरिक अनुभूति, शायद अन्तिम क्षण की व्यथा की पूर्वानुभूति हुई। फिर बोलीं–

''अच्छा, मैं इसे समाप्त ही कर लूँ। मेरे सामने अनन्त है। उसे बतला ही देना ठीक रहेगा। मेरे ड्रेसिंग केस के पास जाओ, उसे खोलो, वहाँ जो चिट्ठी तुम्हें मिले, उसे ले आओ।''

मैंने उनके आदेश का पालन किया। उन्होंने फिर कहा, ''पत्र पढ़ो।''

पत्र छोटा था और यों लिखा था–

> 'मादाम, क्या आप इतनी दया करेंगी कि मेरी भतीजी जेन आयर का पता मुझे भेज देंगी और यह बतलाएँगी कि वह कैसी है। मेरी इच्छा है कि उसे पत्र लिखूँ और उसे अपने पास मेडिएरा में बुलाऊँ। ईश्वर ने मेरे प्रयासों पर दया करके मुझे सम्पन्न बना दिया है, और चूँकि मैं अविवाहित

और सन्तानविहीन हूँ, मैं उसे अपने जीवनकाल में ही गोद लेना चाहता हूँ और मृत्यु के पश्चात् अपनी सारी सम्पत्ति उसके नाम लिख देना चाहता हूँ। मैं हूँ महाशया, आपका विश्वासभाजन।

जॉन आयर, मेडिएरा।

चिट्ठी पर तीन वर्ष पूर्व की तिथि दी हुई थी। मैंने पूछा, ''मुझे इस चिट्ठी के विषय में जानकारी क्यों नहीं दी गई ?''

''क्योंकि मैं तुम्हें इतनी कट्टरता से घृणा करती थी कि तुम्हें समृद्ध बनाने में योगदान देने की बात सोच भी नहीं सकती थी। मेरे प्रति तुम्हारा जो व्यवहार था, जेन, उसे मैं भूल नहीं सकी...कैसे क्रोध से तुम मुझ पर बिफर पड़ी थी...कैसे स्वर में तुमने कहा था कि तुम मुझे दुनिया में सबसे अधिक घृणा करती हो, बाल-विपरीत दृष्टि और आवाज में तुमने घोषित किया था कि मेरी शक्ल देखकर ही तुम रुग्ण होने लगती हो और दावा किया था कि मैंने तुम्हारे साथ अमानवीय कठोरता से बरताव किया है। मैं उस समय की अपनी अनुभूति को भूल नहीं पाती थी जब तुम अचानक चीखकर अपने मन के जहर को उड़ेलने लगी थी। मैं ऐसे डर गई थी मानो कोई पशु, जिसे मैंने मारा या धक्का दिया है, अचानक मनुष्य की आँखें धारण कर और मनुष्य की आवाज में मुझे अभिशाप देने लगा हो...थोड़ा पानी दो। ओह, जल्दी करो।''

उन्हें पानी का घूँट पिलाते हुए मैंने कहा, ''प्यारी मिसेज रीड, अब इन बातों को मत सोचिए। इन्हें अपने मन से निकाल दीजिए और मेरी क्रोधपूर्ण भावुक बातों को क्षमा कर दीजिए। मैं उस समय बच्ची थी। उस घटना को आठ-नौ वर्ष बीत चुके हैं।''

उन्होंने मेरी बातों पर ध्यान नहीं दिया, किन्तु पानी पीने और साँस लेने के बाद वे फिर बोलने लगीं, ''मैं तुम्हें कह देती हूँ कि मैं इस बात को भूल नहीं सकी। अतः मैंने प्रतिशोध लिया क्योंकि चाचा द्वारा तुम्हें गोद लिये जाने और इस प्रकार तुम्हारे आराम और सम्पन्नता की स्थिति पाने की बात मैं नहीं सह सकी। मैंने उनके पत्र का उत्तर लिख भेजा कि 'मुझे उन्हें निराश करते हुए दुख हो रहा है, पर जेन आयर मर चुकी है। वह लोवुड में टायफायड से मर गई।' अब तुम्हें जैसा ठीक लगे, वैसा करो। पत्र लिखकर मेरी बात का खंडन कर दो और इस प्रकार चाहो तो मेरे झूठेपन की पोल खोल दो। मुझे लगता है कि तुम्हारा जन्म ही मुझे यातना देने के लिए हुआ था। मेरी अन्तिम घड़ी इस कार्य की स्मृति से कलुषित हो रही है जो सिर्फ तुम्हारे कारण मैंने किया, अन्यथा मैं कभी भी नहीं करती।''

''काश कि आप मेरी बात मानकर इसे मन से निकाल देतीं, मामी जी और मुझे दया करके क्षमा दे देतीं...''

वे बोल पड़ीं, ''तुम्हारा बहुत बुरा स्वभाव है और आज तक मैं इसे नहीं समझ पाई कि जब नौ वर्षों तक तुम किसी के व्यवहार और बरताव को धीरज और शान्ति से सहती रही तो दसवें वर्ष में कैसे क्रोध और ज्वाला से फूट पड़ी...यह बात बिल्कुल

समझ में नहीं आती।''

''मेरा स्वभाव इतना बुरा नहीं है जितना आप समझती हैं। मैं भावुक हूँ, पर प्रतिशोधी नहीं। बचपन में कई बार मैं आपको प्यार करना चाहती थी, यदि आप मुझे वैसा करने देतीं। और अभी भी मैं आपसे मिलकर समझौता कर लेना चाहती हूँ। मुझे चूम लीजिए, मामीजी !''

मैं अपने गाल उनके होंठों के पास ले गई पर उन्होंने नहीं छुआ। कहने लगीं कि उन पर झुककर मैं उन्हें कष्ट दे रही हूँ, और फिर पानी माँगने लगीं। उन्हें उठाकर और अपनी बाँहों का सहारा देकर पानी पिलाने के बाद जब मैं उन्हें लिटाने लगी, तो मैंने बर्फ जैसे ठंडे और पसीजते हाथ पर अपना हाथ रखा। किन्तु उनकी दुर्बल उँगलियाँ मेरे स्पर्श से अलग हो गईं। घूरती आँखें दूसरी तरफ घूम गईं।

अन्त में मैंने कहा, ''मुझे प्यार कीजिए या घृणा कीजिए, जैसी आपकी इच्छा हो। किन्तु मैं आपको हृदय से क्षमा कर देती हूँ। अब ईश्वर की क्षमा की याचना कीजिए और शान्ति पाइए।''

बेचारी दुख भोगती नारी। पुरानी आदतों और स्वभावों को बदलने का प्रयास करने के सिलसिले में उन्हें बहुत देर हो चुकी थी। जीवन-भर उन्होंने मुझसे घृणा की, मरते हुए वह मुझसे घृणा ही कर रही थीं।

अब नर्स आ गई थी। उसके पीछे बेस्सी ने भी प्रवेश किया। मैं आधे घंटे और ठहरी, प्रतीक्षा में कि प्रेमभाव का कोई चिह्न दिखाई पड़े, पर उन्होंने ऐसा कुछ नहीं प्रकट किया। वे फिर बेहोशी में खोने लगी थीं। उनकी चेतना फिर नहीं लौटी। उसी रात बारह बजे वे चल बसीं। उनकी आँखें बन्द करने के लिए मैं वहाँ पर नहीं थी और न उनकी बेटियाँ वहाँ थीं। उन लोगों ने दूसरे दिन सुबह बताया कि सब समाप्त हो चुका है। उस समय तक उन्हें बाहर रख दिया गया था। एलिजा और मैं उन्हें देखने गईं। जार्जियाना, जो जोर-जोर से रोने लगी थी, बोली कि उन्हें देखने जाने का साहस उसे नहीं होता। सारा रीड की काया जो कभी बहुत तन्दुरुस्त और फुर्तीली थी, वहाँ अकड़ी और शान्त पड़ी थी। उनकी कड़ी आँखें ठंडी पलकों से ढँकी थीं। उनकी भौंहों और चेहरे की कठोरता पर उनकी अपराजेय आत्मा की छाया पड़ रही थी। मेरे लिए वह शव एक विचित्र और आतंकपूर्ण वस्तु थी। मैं उसे निराशा और पीड़ा से देख रही थी। यह कोमलता, मधुरता, दया, आशा, विनम्रता, झुकना आदि कोई भाव नहीं जगा रही थी। *मेरी* कोई हानि नहीं हुई थी–सिर्फ *उनकी* यातना के लिए एक भारी दुख का भाव उत्पन्न हो रहा था–इस तरह की मृत्यु की भयावहता पर एक उदास आँसूविहीन दुख।

एलिजा ने शान्त भाव से अपनी माँ को देखा। कुछ मिनटों की चुप्पी के बाद बोली, ''अपनी सशक्त देहयष्टि के साथ वह काफी बुढ़ापे तक जीतीं, पर दुखों के कारण उसकी आयु घट गई।'' फिर एक हिचकी से उसका मुँह एक क्षण के लिए बन्द हो गया। हिचकी रुकते ही, वह मुड़ी और कमरे से बाहर चली गई। मैं भी निकल गई। हम दोनों में से किसी ने आँसू नहीं टपकाए।

22

मि. रोचेस्टर ने मुझे एक सप्ताह की छुट्टी दी थी, पर गेट्सहेड छोड़ने में मुझे एक माह लग गया। अन्तिम संस्कार के बाद मैं तुरन्त प्रस्थान कर देना चाहती थी, किन्तु जार्जियाना ने मुझसे बहुत अनुनय किया कि जब तक वह लन्दन नहीं चली जाती तब तक मैं रुक जाऊँ। लन्दन जाने के लिए अन्त में अपने मामा मि. गिब्सन का निमन्त्रण उसे मिल ही गया जो अपनी बहन का कफन-दफन सम्पन्न कराने और उनके पारिवारिक मामले निपटाने आए थे। जार्जियाना कहती थी कि एलिजा के साथ अकेले रहने में उसे भय लगता है। निराशा में न उससे सहानुभूति मिलती है, न भय में सहारा, और न तैयारी में कोई सहायता। इसलिए उसका दुर्बलों जैसा रोना-धोना तथा स्वार्थपूर्ण पश्चात्ताप जैसे-तैसे मुझे ही सहना पड़ा। जहाँ तक बन सका, मैंने उसके लिए सिलाई की और कपड़ों को पैक किया। यह सत्य था कि जब मैं काम करती होती थी, वह बेकार बैठी रहती थी तब मेरे मन में आता था, 'यदि तुम्हें और मुझे भाग्य से एक साथ रहना पड़ता, तो हम लोग दूसरे ढंग से सम्बन्ध का आरम्भ करते। मैं इस प्रकार दब्बू और सहनशील साथी नहीं बनती। मैं तुम्हारे हिस्से का काम अलग कर देती और उसे करने को तुम्हें बाध्य करती; नहीं तो वह काम यों ही पड़ा रहता। मैं यह भी दबाव डालती कि ये झूठे नखरे और दुखड़े अपने मन में ही रखो। चूँकि हम लोगों का साथ बहुत क्षणिक है और एक दुखद अवसर पर हुआ है इसलिए मैं धीरज और सहनशीलता से इसे झेलने को सहमत हो गई हूँ।'

अन्त में मैंने जार्जियाना को विदा किया। अब एलिजा की बारी आई कि वह मुझे एक सप्ताह रुकने का आग्रह करने लगी। अपनी योजना के कार्यान्वयन में उसे पूरा समय और ध्यान लगाना पड़ रहा था। उसका कहना था कि वह किसी अपरिचित क्षेत्र के लिए प्रस्थान कर रही है। वह सारे दिन अपने कमरे में रहती, उसे भीतर से बन्द करके बक्से भरती, ड्रावर खाली करती, रद्दी कागजों को जलाती और किसी से कोई बातचीत नहीं करती। वह चाहती कि मैं इधर घर-बार देखूँ, आगन्तुकों पर ध्यान दूँ और शोक-सन्देशों के उत्तर दूँ।

एक प्रातः उसने मुझे कहा, "अब तुम स्वतन्त्र हो और तुम्हारी बहुमूल्य सेवा और

बुद्धिमत्तापूर्ण व्यवहार के लिए मैं तुम्हारी कृतज्ञ हूँ। तुम जैसे किसी के साथ तथा जार्जियाना के साथ रहने में अन्तर है। तुम अपना काम स्वयं करती हो और किसी पर बोझ नहीं बनती। कल मैं यूरोप महाद्वीप के लिए प्रस्थान करूँगी। मैं लिसले के पास एक धार्मिक संस्था में रहूँगी जिसे तुम नन-निवास कह सकती हो। वहाँ मैं बिल्कुल शान्त और निर्विघ्न रहूँगी। मैं कुछ दिनों तक रोमन कैथलिक धर्म के सिद्धान्त का अध्ययन करूँगी और उनके रीति-रिवाजों को परखूँगी। यदि मुझे लगेगा, जैसाकि थोड़ी-थोड़ी आशा है, कि सारे सांसारिक कृत्य ढंग से और शालीनता से करने के लिए यह धर्म सर्वोत्कृष्ट है तो मैं रोमन धर्म स्वीकार कर लूँगी और दीक्षा ले लूँगी।''

मैंने इस निर्णय पर न तो आश्चर्य प्रकट किया और न उसे रोकने की चेष्टा की। मन में सोचा, 'यह व्यवसाय तुम्हें बिल्कुल अनुकूल पड़ेगा और तुम्हें इससे लाभ ही होगा।'

जब हम लोग अलग होने लगे तो उसने कहा, ''विदा बहन जेन आयर ! मैं तुम्हारे लिए शुभकामना करती हूँ। तुममें समझ है।''

मैंने तब उत्तर दिया, ''तुममें भी बुद्धि है बहन एलिजा, पर जो कुछ तुममें है, फ्रांसीसी मठ में एक वर्ष के भीतर ही सब निचोड़ लिया जाएगा। फिर भी यह मेरी चिन्ता का विषय नहीं है क्योंकि तुम्हें तो यही अच्छा लगता है। अतः मुझे क्या चिन्ता करनी !''

''तुम ठीक कहती हो,'' उसने कहा और इन्हीं शब्दों के साथ हम लोग अपनी-अपनी राह चल पड़े। चूँकि मुझे इसके बाद उसकी या उसकी बहन की चर्चा का अवसर नहीं मिलेगा, अतः मैं अभी बता देती हूँ कि जार्जियाना का विवाह एक धनी, अधेड़ फैशनेबुल व्यक्ति से हो गया। उधर एलिजा नन बन गई और अब वह उसी चर्च में ऊँचे पद पर है जहाँ दीक्षा ली थी। अपना धन भी उसने वहीं लगा दिया।

थोड़े या लम्बे समय तक बाहर रहने के बाद घर लौटते हुए लोगों को कैसा लगता होगा, यह मैं नहीं जानती। इसे अनुभव करने का मुझे कभी अवसर ही नहीं मिला। मैं सिर्फ यह जानती हूँ कि मैं बचपन में जब बहुत दूर तक टहलकर लौटती थी तो क्या होता था—ठंड अनुभव करने या उदास दीखने पर डाँट-फटकार सुनना। बाद में मैंने यह जाना कि चर्च से लावुड लौटने पर कैसा लगता था। पूरा भोजन और आग की गर्मी पाने की इच्छा होती थी, पर मिलता कुछ भी नहीं था। लौटने के ये दोनों प्रकार के अनुभव प्रिय या वांछित नहीं थे। ज्यों-ज्यों नजदीक पहुँचूँ तो कोई आकर्षण शक्ति मुझे अपनी ओर खींचे, ऐसा कोई चुम्बक उस समय नहीं था। थार्नफील्ड लौटते हुए कैसा लगेगा, यह अभी देखना था।

मेरी यात्रा कठिन जान पड़ती थी, बहुत दुरूह। एक दिन में पचास मील यात्रा करना, फिर रात होटल में गुजारना, दूसरे दिन फिर पचास मील यात्रा करना। पहले के बारह घंटों में मुझे मिसेज रीड की ही याद आती रही—उनके अन्तिम क्षणों की याद। मेरी आँखों के आगे उनका विकृत और रंगहीन चेहरा आ खड़ा होता और उनकी

विचित्र-सी बदली हुई आवाज सुनाई देती। मुझे याद आ रहा था उनकी अन्त्येष्टि का दिन, उनका शव, उनका ताबूत, काले किनारे के काले कपड़े पहने उनके किराएदारों और नौकरों की कतार। सम्बन्धी उनमें बहुत कम थे। खुला कब्र, नीरव चर्च और बाइबिल का उदासी-भरा प्रवचन। फिर मुझे याद आने लगीं एलिजा और जार्जियाना। एक मुझे बॉलरूम की जान के रूप में दिखाई दी और दूसरी चर्च की नन के रूप में।

मैं उनके व्यक्तित्व और चरित्र की अलग-अलग विशेषताओं पर मनन और विश्लेषण में डूब गई। शाम को उस बड़े नगर में पहुँचने पर ये विचार बिखर गए। रात्रि ने विचारों को दूसरी ओर मोड़ दिया। यात्री निवास के बिस्तर में लेटे-लेटे मैं स्मृतियों को छोड़ आशाओं की ओर उन्मुख हुई।

मैं थार्नफील्ड लौट रही हूँ, किन्तु कब तक वहाँ टिक सकूँगी ? बहुत दिन तो नहीं ही, यह तो निश्चित था। मिसेज फेयरफैक्स की चिट्ठी मुझे इस बीच मिली थी। ज्ञात हुआ कि अतिथियों की पार्टी थार्नफील्ड हॉल से लौट गई थी। तीन सप्ताह पूर्व मि. रोचेस्टर भी लन्दन चले गए थे, किन्तु वे एक पखवाड़े में लौट आनेवाले थे। मिसेज फेयरफैक्स ने निष्कर्ष निकाला था कि वह विवाह की तैयारी की व्यवस्था करने हेतु गए थे, क्योंकि वह एक नई गाड़ी खरीदने की बात कर रहे थे, यद्यपि उन्होंने लिखा था कि मिस इनग्राम से उनके विवाह की बात उन्हें अभी भी विचित्र लगती है। लेकिन जैसाकि सभी कह रहे थे, और जो वे स्वयं देख रही थीं, इससे सन्देह नहीं था कि यह उत्सव शीघ्र ही होनेवाला है। मैंने मन-ही-मन सोचा, 'यदि आप सन्देह करती हैं तो आप अजीब अविश्वासी हैं। मैं तो शंका नहीं करती !'

सवाल उठा, 'अब मैं कहाँ जाऊँ ?' मैं सारी रात मिस इनग्राम के सपने देखती रही। सुबह के एक सपने में मैंने देखा कि वह मुझ पर थार्नफील्ड के दरवाजे बन्द कर रही और मुझे दूसरा कोई रास्ता दिखा रही है, जबकि मि. रोचेस्टर हाथ बाँधे खड़े सबकुछ देख रहे हैं—मुझे मानो लगा कि मुझ पर और उस पर भी व्यंग्य से मुस्कराते हुए।

मैंने पत्र में मिसेज फेयरफैक्स को नहीं लिखा था कि मैं किस दिन लौटूँगी, क्योंकि यह मेरी इच्छा नहीं थी कि कोई कार या गाड़ी मुझे लेने को मिलकोट आए। मैंने यह दूरी चुपचाप चलकर तय करने का निश्चय किया था। चुपचाप अपने बक्स को सराय के मालिक की निगरानी में छोड़ मैं धीरे से जून माह की एक सन्ध्या को छह बजे जार्ज होटल से निकल पड़ी और थार्नफील्ड जानेवाला पुराना रास्ता पकड़ लिया। यह मुख्यतः खेतों के बीच से जाता था और बहुत कम लोग इस रास्ते चलते थे।

यह गर्मी की बहुत चमकीली और सुन्दर सन्ध्या तो नहीं थी, किन्तु फिर भी सुखद और शान्त थी। पुआल सुखानेवाले मजदूर सड़क के किनारे काम में जुटे थे। आकाश में यद्यपि बादल के कुछ टुकड़े थे, फिर भी पानी का डर नहीं था। आकाश का नीलापन स्पष्ट और स्थिर था, और बादल बहुत ऊँचे व क्षीण-से थे। पश्चिम में गर्माहट थी, बादल या बिजली की चमक होने से ठंडक का डर नहीं था। लगता था, पश्चिम के लाल

आकाश में आग जल रही हो, जैसे सफेद कुहासे के पर्दे के पीछे आग की वेदी जल रही हो।

गन्तव्य स्थान के समीप पहुँचने पर सड़क खत्म होने के बाद मेरे मन में प्रसन्नता छाने लगी। इतनी खुशी कि मैंने रुककर अपने आपसे प्रश्न किया–इस प्रसन्नता का क्या मतलब है ? मैंने अपने आपको समझाया कि यह मेरा घर तो नहीं है जहाँ मैं जा रही हूँ। न यहाँ मेरा स्थायी निवास है और न ऐसी जगह है जहाँ प्रिय मित्र आँखें बिछाए मेरी प्रतीक्षा कर रहे होंगे। यह सच है कि मिसेज फेयरफैक्स मुस्कराकर शान्त भाव से स्वागत करेंगी और नन्ही एडेली तालियाँ बजाकर उछलते हुए मिलने को दौड़ेगी, किन्तु तुम्हारा ध्यान तो इनकी अपेक्षा किसी और की तरफ था और वे मेरे विषय में कुछ नहीं सोचते थे।

किन्तु युवावस्था से अधिक हठी कौन है ? और अनुभवहीनता से अधिक अन्धा कौन है ? ये दोनों इसी बात पर अड़े थे कि कम-से-कम फिर से मि. रोचेस्टर को देखने का अवसर तो मिलेगा, भले ही वह मेरी ओर देखें या न देखें। मेरा युवा और अनुभवहीन मन कह रहा था, 'जल्दी करो, फौरन ! जब तक उनके निकट रह सकती हो, रह लो–कुछ दिन या कुछ सप्ताह ही सही। फिर तो तुम उनसे सदा के लिए अलग हो जाओगी।' और इस विचार के साथ ही एक नई उदासी उभर आई जिसे मैंने कुचल दिया, क्योंकि यह दुर्विचार मैं सह नहीं सकती थी। मैंने तेजी से पग बढ़ाए।

थार्नफील्ड के खेतों में भी पुआल सुखाया जा रहा था, बल्कि मजदूर लोग अब काम बन्द कर रहे थे और फावड़े कन्धों पर रखकर घर लौट रहे थे। इसी समय मैं पहुँची। बस एक-दो खेत पार करना था और सड़क पार कर मैं गेट पर पहुँच जाती। झाड़ियाँ गुलाबों से कैसी लदी थीं ! पर उन्हें चुनने का मेरे पास समय नहीं था। मैं घर पहुँचना चाहती थी। मैंने एक लम्बी झाड़ी को पार किया जिसकी पत्तीदार डाली और फूल-भरी शाखाएँ सड़क पर छाई थीं। मैंने पत्थर की सीढ़ीवाला छोटा दरवाजा देखा और देखा कि मि. रोचेस्टर वहाँ बैठे हैं–हाथ में एक बही और पेंसिल लिये। वे लिख रहे थे।

अरे ये भूत तो नहीं हैं। फिर भी मेरी नस-नस झनझना उठी। एक क्षण के लिए स्वयं पर मेरा नियन्त्रण नहीं रहा। यह क्या ? मैंने नहीं सोचा था कि उन्हें देखते ही मैं ऐसे काँपने लगूँगी या मूक अथवा स्तब्ध हो जाऊँगी। संयत होते ही मैं लौटने लगी क्योंकि मैं अपने को बुद्धू बनाना नहीं चाहती थी। मुझे घर में जाने का दूसरा रास्ता भी मालूम था। पर मुझे बीस रास्ते मालूम हों तो भी क्या लाभ, क्योंकि उन्होंने मुझे देख लिया था।

"हेलो !" उन्होंने जोर से कहा और बही-पेंसिल रख दी, "आखिर, तुम आ गई। आओ, आओ !"

मुझे लगा कि मैं आगे बढ़ रही हूँ पर कैसे, यह नहीं पता था। अपनी चाल का मुझे होश नहीं था। मैं सिर्फ शान्त दीखना चाहती थी और अपने चेहरे के भाव पर नियन्त्रण रखना चाहती थी जोकि लगता था कि मेरी इच्छा के विरुद्ध पूरा विद्रोह कर

रहा है और मैंने जो कुछ छिपाने का निर्णय किया है उसे व्यक्त किए दे रहा है। पर मेरे पास इसके लिए एक पर्दा भी है जो अब भावों पर गिर चुका था। मैंने सौम्य-संयत दीखने की पुनः चेष्टा की।

"और यह जेन आयर है ? क्या तुम मिलकोट से आ रही हो ? पाँव-पैदल ? हाँ, यह तो तुम्हारे अनुकूल ही छकानेवाली बात है–गाड़ी के लिए खबर नहीं भेजना, साधारण लोगों की भाँति पाँव घसीटते हुए, सड़क-गली पार करते हुए आना और सन्ध्या के झुटपुटे में अपने घर में चुपके से प्रवेश करना मानो तुम कोई स्वप्न या छाया हो। पिछले पूरे महीने तुम किस आफत में उलझी रही ?"

"मैं अपनी मामी के साथ थी श्रीमान, जो मर चुकी हैं।"

"बिल्कुल जेन के अनुरूप उत्तर। देवदूत मेरी रक्षा करें। यह दूसरे लोक से आ रही है जहाँ मृतकों का निवासस्थान है–और मुझे बता भी तब रही है जब वह मुझे अकेले इस अन्धियारे में मिलती है। मुझमें साहस होता तो मैं तुम्हें छूकर देखता कि तुम स्थूल शरीरवाली हो या कि मात्र परछाईं। यह तो दलदल में सिरकाटे को पकड़ने जैसा काम होगा।" एक क्षण रुककर वे फिर बोले, "घुमक्कड़ ! अरी घुमक्कड़ ! मुझसे पूरे एक महीने अलग रही और मैं शपथ लेकर कह सकता हूँ कि मुझे बिल्कुल भुला बैठी !"

यह तो मैं जानती थी कि अपने मालिक से फिर मिलना आनन्ददायक होगा, यद्यपि ये आशंकाएँ मुझे झकझोर देती थीं कि अब वे मेरे मालिक नहीं रहेंगे, और यह अनुभूति भी कि उनके लिए मेरा कुछ महत्त्व नहीं है। फिर मि. रोचेस्टर में दूसरों को आनन्द पहुँचाने की हमेशा कुछ ऐसी शक्ति थी (कम-से-कम मुझे तो ऐसा ही लगता था) कि उनके द्वारा छींटे गए दो-चार दाने भी मुझ जैसी भटकनेवाली अपरिचित चिड़ियों के लिए पूरे भोजन के समान हो जाते थे। उनके अन्तिम शब्द मानो मेरे आहत मन पर मरहम ही थे। इससे स्पष्ट था कि मैं उन्हें भुला देती या नहीं भुलाती हूँ, यह बात उनके लिए महत्त्वपूर्ण थी, और उन्होंने थार्नफिल्ड को अभी-अभी मेरा घर भी कहा था। काश कि यह सचमुच मेरा घर होता !

वे सीढ़ी से नहीं हटे और मैं भी जाने की अनुमति माँगना नहीं चाहती थी। मैंने तब पूछा, "क्या आप लन्दन गए थे ?"

"हाँ, मैं समझता हूँ कि तुमने मनुष्येतर शक्ति से यह बात जानी है।"

"मिसेज फेयरफैक्स ने चिट्ठी में लिखा था।"

"क्या उन्होंने यह भी लिखा कि मैं क्या करने गया था ?"

"हाँ, बिल्कुल श्रीमान। सभी आपकी यात्रा के उद्देश्य को जानते थे।"

"जेन, तुम यह गाड़ी देखो और मुझे बतलाओ कि यह मिसेज रोचेस्टर के योग्य है या नहीं, और इसकी लाल गद्दी पर टिककर वह महारानी वोआडीसिया की तरह लगेगी या नहीं। जेन, काश मैं कुछ सुन्दर होता ताकि उसके योग्य हो पाता ! अच्छा चूँकि तुम एक परी हो, मुझे यह बताओ कि क्या तुम कोई ऐसा जादू नहीं कर सकती, कोई ऐसी दवा नहीं दे सकती या ऐसा ही कुछ और नहीं कर सकती कि मैं एक सुन्दर

व्यक्ति बन जाऊँ ?''

''यह जादू की शक्ति से बाहर है, श्रीमान।'' और मन-ही-मन मैंने कहा, 'एक प्यार- भरी दृष्टि में सबसे अधिक सौन्दर्य है ! ऐसों की दृष्टि में आप काफी सुन्दर हैं, बल्कि आपकी कठोरता में सुन्दरता से अधिक आकर्षण है।'

मि. रोचेस्टर कभी-कभी मेरी अव्यक्त भावनाओं को इतना सही पढ़ लेते थे कि मैं चकित हो जाती थी। अभी भी उन्होंने मेरी बातों पर ध्यान नहीं दिया, बल्कि मेरी ओर देखा। वे कुछ ऐसे मुस्कराए जोकि उनकी अपनी अदा थी और जिसे वह यदा-कदा ही प्रयोग में लाते थे। शायद उन्होंने अपनी यह भंगिमा विशिष्ट अवसरों के लिए रख छोड़ी थी। लगता है, वे सामान्य उद्देश्यों के लिए बहुत अनमोल समझते थे। यह थी भावुकता की खिली हुई धूप। जिसे वे उदारता से मुझ पर बिखेर रहे थे।

''जाओ जेन,'' सीढ़ी पर मेरे जाने के लिए रास्ता देते हुए उन्होंने कहा, ''घर में जाओ। अपने नन्हे, भटकते, थके हुए पाँवों को एक मित्र की दहलीज पर विश्राम करने दो।''

अब तो मुझे उनकी आज्ञा का चुपचाप पालन करना ही था। आगे बात करने की कोई आवश्यकता नहीं थी। मैं निःशब्द सीढ़ी पर चढ़ी और चुपचाप जानेवाली थी कि मन के एक आवेग ने मुझे जकड़ लिया मानो किसी शक्ति ने मुझे पीछे मोड़ दिया। मैं बोल पड़ी या यों कहो कि मेरे न चाहने पर भी मेरे अन्दर का कोई बोल उठा, ''आपकी भारी कृपा के लिए धन्यवाद, मि. रोचेस्टर! आपके पास फिर लौटकर मैं अद्भुत रूप से प्रसन्न हूँ क्योंकि जहाँ आप हैं वहीं मेरा घर है...मेरा एकमात्र घर।''

और यह कहकर मैं इतनी तेजी से चली कि वे चाहते तो भी मुझे पकड़ नहीं पाते। मुझे देखते ही नन्ही एडेली खुशी से पागल-सी हो गई। मिसेज फेयरफैक्स ने सदा की भाँति सामान्य मित्रभाव से मेरा स्वागत किया। लीया मुस्कराई। सोफी ने भी प्रसन्नता से मुझे नमस्कार किया। यह सब बहुत आनन्ददायक था। अपने साथियों द्वारा प्यार किए जाने तथा अपनी उपस्थिति से दूसरों को सुख पहुँचने की अनुभूति से बड़ी कोई प्रसन्नता नहीं होती।

उस सन्ध्या मैंने भविष्य की ओर से अपनी आँखें बिल्कुल फिरा लीं। मैंने अपने कानों को वह आवाज सुनने से रोक दिया था जो मुझे शीघ्र होनेवाले वियोग और आगामी दुखों की चेतावनी दे रहे थे। जब चाय समाप्त हो गई और मिसेज फेयरफैक्स ने बुनाई प्रारम्भ कर दी, तो मैं एक छोटे-से स्टूल पर बैठ गई और एडेली कालीन पर घुटने टेककर मुझसे सटकर बैठी। आपसी स्नेह का एक सुनहरा शान्तिपूर्ण घेरा मानो हम लोगों के चारों ओर खड़ा हो गया। मेरे मन से एक निःशब्द प्रार्थना निकली कि हम लोग निकट भविष्य में दूर जाने या बिखरने से बच जाएँ। जब हम लोग इस प्रकार बैठे थे, उसी समय मि. रोचेस्टर ने अचानक प्रवेश किया। हम लोगों पर उनकी दृष्टि पड़ते ही लगा कि इतने स्नेह-भरे समूह का दृश्य देखकर उन्हें प्रसन्नता हो रही है। इसलिए कि वे बोले कि उनके खयाल में माननीया प्रौढ़ महिला अपनी दत्तक पुत्री को

वापस पाकर प्रसन्न हुई होंगी, और यह कि वे देख रहे हैं कि एडेली भी अपनी सुन्दर अँगरेज मम्मी से खुश है। इन बातों से मैंने आशा बँधी कि अपने विवाह के बाद भी वे कहीं अपनी ही छत्रच्छाया में हम लोगों के साथ रहने की व्यवस्था कर देंगे और अपने दर्शन के आनन्द से हम लोगों को बिल्कुल वंचित नहीं करेंगे।

मेरे थार्नफील्ड लौटने के बाद एक पखवाड़ा अनिश्चित शान्ति में बीत गया। मालिक के विवाह की कोई चर्चा नहीं चलती थी और न ही मैंने उस अवसर के लिए किसी प्रकार की तैयारी देखी। लगभग प्रतिदिन मैं मिसेज फेयरफैक्स से पूछती थी कि क्या उन्होंने अब तक कोई निश्चित बात सुनी, और हमेशा उनका उत्तर नहीं में होता था। उन्होंने बतलाया कि एक बार उन्होंने मि. रोचेस्टर से पूछा था साफ-साफ कि वे कब अपनी बहू को यहाँ लाएँगे, तो उन्होंने मजाक में और अजीब मुद्रा में हँसकर कुछ उत्तर दे दिया जिससे वे बहुत समझ नहीं पाईं।

एक बात मुझे विशेष रूप से चकित करती थी, यह कि इनग्राम पार्क से लोगों का आना-जाना, मिलना-जुलना नहीं हो रहा था। निस्सन्देह वह जगह बीस मील दूर थी, एक अन्य काउंटी की सीमा पर। किन्तु विकल प्रेमी के लिए यह दूरी कोई दूरी थी ? मि. रोचेस्टर जैसे अनुभवी और सधे घुड़सवार के लिए यह तो प्रातःकाल की घुड़सवारी के बराबर थी। मेरे मन में कुछ ऐसी आशाएँ पनपने लगीं जिन्हें पालने का मुझे कोई अधिकार नहीं था—कि शायद यह विवाह टूट गया, या इसकी खबर ही भ्रमपूर्ण थी, या दोनों परिवारों ने अथवा उनमें से किसी एक ने विवाह का विचार त्याग दिया। मैं मालिक की ओर यह जानने के लिए देखती थी कि क्या वे उदास या झल्लाए हुए हैं। किन्तु क्रोध या दुर्भावों से इतना मुक्त, लगातार प्रसन्न चेहरा मेरी स्मृति में मुझे पहले कभी नहीं दिखा था। मैं और मेरी शिष्या जब उनके पास होती थी, उस समय यदि मैं कदाचित् उदास या निराश दीखती तो वे प्रसन्न करने के लिए बहुत चपल हो उठते थे। इसके पहले कभी उन्होंने मुझे इस प्रकार बार-बार अपने पास नहीं बुलाया था; पहले कभी इतने अधिक कृपालु मुझ पर नहीं हुए थे।

हाय ! मैंने तो कभी उन्हें इतना अधिक प्यार नहीं किया था।

23

एक सुन्दर ग्रीष्म ऋतु इंग्लैंड में छाई हुई थी। उन दिनों लगातार आकाश इतना स्वच्छ रहता था और सूरज की किरणें इतनी चमकीली होती थीं जैसे हमारे समुद्री लहरों से घिरे देश में शायद ही होती हों। लगता था, दक्षिण से इतालवी दिनों का एक झुंड ही ऐसे आ गया हो मानो शानदार प्रवासी पक्षियों का एक समूह हो, जो अल्बिमन पहाड़ी की चोटी पर विश्राम करने उतरा हो। पुआल सुखाए जा चुके थे, थार्नफील्ड के चारों ओर खेतों की फसल कट चुकी थी और घासों की हरियाली छाई थी। सड़कें उजली और सूखी दीख रही थीं। पेड़ गहरी हरियाली से ढँके थे। झाड़ियाँ और जंगल पत्तियों से भरे रंगीन दीखते थे और बीच-बीच में खेतों में छाई धूप के परिप्रेक्ष्य में आकर्षक प्रतीत हो रहे थे।

ऐसी ही गर्मी की एक शाम एडेली बड़ी देर तक हे लेन में जंगली झड़बेरी को चुनते-चुनते, थककर शाम होते ही झपकी लेने लगी थी। मैंने देखा कि वह नींद में सो गई है तो मैं उसे छोड़ फुलवारी की ओर चल पड़ी।

चौबीस घंटों में यह सबसे मधुर बेला थी। दिन की तीव्र उष्णता समाप्त हो चुकी थी और हाँफते खेतों और झुलसती चोटियों पर ओस शीतलता ढाल रही थी। जब बादलों से मुक्त सूरज नीचे चला गया तो एक लाली छा गई। लाल हीरे की चमक और जलती अँगीठी की लपटें मानो एक पहाड़ी के चेहरे के पीछे जल रही हों जिसकी लाली ऊँचे विस्तृत आकाश में फैल रही थी जो हलकी-हलकी पड़ती आधे नभ में छा रही थी। पूरब में आकाश का अपना अलग आकर्षण था—गहरा नीलापन और उसके बीच जगमगाता एकमात्र टँगा हुआ हीरे जैसा तारा। उसे चाँद से सुशोभित होने का गौरव भी शीघ्र ही मिलनेवाला था। पर अभी तो चाँद क्षितिज से नीचे ही था।

मैं कुछ देर सड़क की बगलवाली पगडंडी पर चलती रही, पर एक हलकी परिचित सुगन्ध, सिगरेट की सुगन्ध खिड़की से आ रही थी। मैंने लाइब्रेरी की खिड़की थोड़ी खुली देखी। मैं जानती थी कि कोई मुझे वहाँ से निहार सकता है; इसलिए मैं अलग बगीचे की ओर बढ़ गई। आसपास की कोई जगह इससे अधिक सुरक्षित और इससे अधिक रमणीय नहीं थी। यह जगह पेड़ों से भरी थी, फूल खिल रहे थे, एक ऊँची दीवार के

कारण यह दरवाजे और दालान के ओट में हो जाती थी। सफेदे के पेड़ों से ढँके रास्ते के कारण यह जगह मैदान से भी नहीं दिखाई देती थी। इसके अन्त में एक धँसी-सी बाड़ थी जो इसे निर्जन खेतों से अलग करती थी। लारेल फूलों के पौधे लगा एक घुमावदार रास्ता बड़े हॉर्स चेस्टनट के पेड़ तक जाता था। जिसकी जड़ में चारों ओर बैठने की जगह बनी थी। इस जगह घूमने में किसी की दृष्टि पड़ने का भय नहीं था। ऐसी मधुमय ओस टपक रही थी, ऐसी नीरव शान्ति छाई थी, ऐसी शाम की धुँधली रोशनी थी कि मुझे लगा, मैं चिरकाल तक ऐसी जगह में भटक सकती हूँ। पर इस घिरे स्थान के ऊपरी भाग में फूलों और फलों के बीच उस खुली जगह की ओर चलते हुए जिधर चाँदनी की ज्योति से मैं आकृष्ट होकर बढ़ी थी, अचानक मेरे पैर ठिठक गए—किसी ध्वनि या दृश्य के कारण नहीं, बल्कि उसी चकित करनेवाली सुवास के कारण।

अनेक प्रकार के फूल स्वीट-ब्रायर, सदर्नवुड, चमेली, कमल, गुलाब बड़ी देर से सन्ध्याकालीन सुवासों का अपना-अपना अर्घ्य दे रहे थे। किन्तु यह सुगन्ध न तो झाड़ियों की थी और न फूलों की। यह तो मि. रोचेस्टर के सिगार की सुवास थी जिससे मैं पूरी तरह परिचित थी। मैं चारों ओर चकित होकर देखती हूँ और आहट सुनने की चेष्टा करती हूँ। मैं पेड़ों को फलों से लदा देखती हूँ, आधा मील दूरी पर जंगल में मैं बुलबुल को गाते हुए सुनती हूँ। कहीं कोई गतिशील आकृति नहीं दिखाई देती, किसी के कदमों की आहट नहीं सुनाई देती, किन्तु वह सुवास बढ़ती जा रही है। मुझे भागना होगा। मैं झाड़ियों की ओर यानी छोटे दरवाजे की ओर बढ़ती हूँ और देखती हूँ कि उसी दरवाजे से मि. रोचेस्टर प्रवेश कर रहे हैं। मैं लताओं की ओट में छिप जाती हूँ—यह सोचकर कि वे अधिक देर नहीं ठहरेंगे, जहाँ से आए हैं जल्दी वहीं लौट जाएँगे, और यदि मैं दम साधे रहूँ तो वे मुझे नहीं देख सकेंगे।

किन्तु नहीं, लगता है कि शाम का सुहानापन उन्हें भी उतना ही भाता है जितना मुझे, और यह प्राचीन बगीचा भी उन्हें उतना ही आकर्षित करता है। वे धीरे-धीरे टहल रहे हैं, कभी बेरोबाली डालियों को उठाकर बड़े-बड़े फलों को देखते हैं, जिससे वे लदी हैं, कभी दीवार पर से एक चेरी तोड़ते हैं। कभी फूलों की उलझी डालियों पर झुकते हैं—सम्भवतः उनकी सुरभि से आकृष्ट होकर अथवा उनकी पंखड़ियों पर जमे ओस की आभा से मुग्ध होकर। एक बड़ा पतंगा मेरी बगल से गुनगुनाता निकल जाता है और मि. रोचेस्टर के पाँव के निकटवाले पौधे पर जा बैठता है। वे उसे देखते हैं और उसे ध्यान से देखने को झुकते हैं।

मैंने सोचा, 'अभी उनकी पीठ मेरी ओर है और उनका ध्यान भी दूसरी ओर है। अभी यदि मैं चुपके से निकल चलूँ तो सम्भवतः बिना दिखाई दिए निकल जाऊँ।' मैं झाड़ियों पर धीरे से पाँव रखकर बढ़ने लगी, ताकि सड़क की कंकड़ियों की खड़खड़ाहट से बच सकूँ। जहाँ से मैं निकल रही थी, उससे वे एक-दो गज दूरी पर थे, और लगता था कि पतंगे को देखने में मग्न हैं। मेरे मन में आया कि अब मैं चुपके से निकल सकती हूँ। पर जैसे ही मैंने उनकी छाया को पार किया, जो अभी उगते चाँद के कारण लम्बी

पड़ रही थी, वे बिना मुड़े हुए बोले, ''जेन, आओ और इन जनाब को देखो।''

मैंने तो जरा भी आहट नहीं की थी और न उनकी पीठ में आँखें थीं। तो उन्होंने कैसे मुझे देख लिया ? क्या उनकी छाया में भी स्पर्श-शक्ति थी ? मैं पहले चौंक उठी, फिर उनके निकट गई।

उन्होंने कहा, ''इसके पंख देखो। यह मुझे वेस्टइंडियन कीड़े जैसा लगता है क्योंकि इंग्लैंड में इतने बड़े और झूमते पतंगे प्रायः नहीं दिखाई देते। अरे, वह तो उड़ चला !''

पतंगा उड़ गया था। मैं भी चुपचाप पीछे की ओर मुड़ी, किन्तु मि. रोचेस्टर भी मेरे पीछे आने लगे और जब हम लोग दरवाजे के पास पहुँचे, बोले, ''लौट आओ। इतनी मधुर रात्रि को कमरे के अन्दर बिताना लज्जाजनक है और निस्सन्देह अभी शाम होते ही, जबकि सूर्यास्त और चन्द्रोदय का मिलन हो रहा है, कोई सोना तो नहीं चाहेगा ?''

मुझमें एक बड़ा दोष है—यह कि मेरी जिह्वा जो प्रायः उत्तर देने के लिए चपल रहती है, कभी-कभी ऐसा समय आता है कि बिल्कुल धोखा दे जाती है और उसकी यह असमर्थता प्रायः संकट के समय ही होती है, जबकि किसी चपल शब्द या किसी विश्वसनीय बहाने का सहारा लेकर वह मुझे संकट से उबार सकती थी। मैं उस घड़ी अकेले मि. रोचेस्टर के साथ इस छायादार बगीचे में नहीं घूमना चाहती थी, पर उनके पास से चले जाने का कोई बहाना मुझे नहीं सूझा। मैं घिसटते पैरों से उनके पीछे चली, पर मन-ही-मन बच निकलने का बहाना ढूँढ़ने में भी व्यस्त थी। किन्तु वे इतने शान्त और गम्भीर दीख रहे थे कि मुझे अपनी उलझन पर शर्म आने लगी। बुराई या उसकी सम्भावना यदि कहीं थी तो मेरे ही अन्दर थी; उनका मन तो साफ और शान्त था।

जब हम लोग लारेल के फूलोंवाली रविश पर पहुँचे और धँसी बाड़ और हॉर्स चेस्टनट के पेड़ की ओर बढ़ने लगे, उन्होंने बातें प्रारम्भ कीं, ''जेन, ग्रीष्म ऋतु में थार्नफील्ड मनभावन जगह लगती है, है न ?''

''हाँ, श्रीमान।''

''तुम्हें भी इस घर से कुछ लगाव तो हो ही गया होगा, क्योंकि तुममें प्राकृतिक सौन्दर्य परखने की समझ है और स्नेह का भाव भी है।''

''हाँ ! मैं सच ही इससे बँध-सी गई हूँ।''

''और यद्यपि यह बात मेरी समझ में नहीं आती कि ऐसा कैसे हुआ, पर मैं देखता हूँ कि उस छोटी-सी मूर्ख बच्ची एडेली से भी तुम्हें कुछ स्नेह हो गया है और उस सरल महिला मिसेज फेयरफैक्स से भी।''

''हाँ श्रीमान, मुझे उन दोनों से अलग-अलग तरह का प्रेम है।''

''और उनसे अलग होने में तुम्हें दुख होगा ?''

''हाँ।''

''अफसोस !'' उन्होंने कहा। आहें भरीं और चुप हो गए। फिर जल्दी ही बोलने लगे, ''जीवन में हमेशा ऐसे ही होता है। जैसे कोई किसी सुहावने विश्रामस्थल में बैठता ही है कि तुरन्त कोई पुकारकर उठने और चल पड़ने का आदेश दे देता है क्योंकि विश्राम

की घड़ी समाप्त हो चुकी होती है।''

मैंने पूछा, ''क्या मुझे चल देना पड़ेगा, श्रीमान ? क्या मुझे थार्नफील्ड छोड़ना पड़ेगा ?''

''मुझे विश्वास है कि तुम्हें छोड़ना होगा, जेन। मुझे दुख है जेनेट, पर मुझे यकीन है कि तुम्हें छोड़ना ही पड़ेगा।''

यह एक बड़ा आघात था। पर मैंने अपने को सँभाल लिया।

''अच्छा श्रीमान, जब चल देने का आदेश आएगा तो मैं तैयार हो जाऊँगी।''

''यह तो आ गया, मुझे आज रात ही आदेश देना होगा।''

''तो आप विवाह करने जा रहे हैं, श्रीमान ?''

''बि-ल-कु-ल ! ए-क-द-म ठीक ! अपनी स्वाभाविक सहज बुद्धि से तुमने ठीक ही निशाना मारा।''

''शीघ्र ही करेंगे, श्रीमान ?''

''बहुत शीघ्र, मेरी...मेरा अभिप्राय है मिस आयर। और तुम्हें याद होगा जेन, पहली बार, मैंने या अफवाहों ने जब तुम्हें यह दोटूक सूचना दी कि अपने लम्बे कुँआरेपन को मैं अब एक पवित्र बन्धन में बाँधने जा रहा हूँ, संक्षेप में मैं विवाहित जीवन में प्रवेश कर रहा हूँ, मिस इनग्राम को हृदय से लगाने जा रहा हूँ (यद्यपि वह थोड़ी मोटी है, फिर भी उससे क्या...वह मेरी सुन्दर ब्लांच जैसी उत्तम व्यक्ति किसी को क्या मिलेगी)...हाँ तो मैं कह रहा था..मेरी बात सुनो, जेन। तुम पतंगों को देखने के लिए उधर मुख मोड़ रही हो ? वह पतंगा तो एक भगोड़े बच्चे जैसा था। मैं तुम्हें यह स्मरण दिलाना चाहता हूँ कि अपने उसी विवेक से जिसका मैं बहुत सम्मान करता हूँ, अपनी दूरदृष्टि भरी समझ और विनम्रता से जो तुम्हारे जैसे जिम्मेदार और अधीनस्थ स्थितिवाले व्यक्ति को शोभता है, तुम्हें पहले-पहल मुझसे कहा था कि यदि मैं मिस इनग्राम से विवाह करता हूँ तो तुम्हें और नन्ही एडेली का तुरन्त यहाँ से चल देना श्रेयस्कर होगा। तुम्हारी इस सलाह में मेरी प्रियतमा के चरित्र के प्रति निन्दा को जो भाव था उसे मैं अनदेखा करता हूँ। बल्कि सच पूछो तो जब तुम दूर चली जाओगी जेनेट, तो मैं इसे भूल जाने की चेष्टा करूँगा। सिर्फ इसमें तुम्हारी उस छिपी बुद्धिमत्ता को ही देखूँगा जिसे मैंने अपने कार्यों का आधार बना लिया है। एडेली को स्कूल जाना होगा और तुम्हें मिस आयर, एक नई नौकरी पकड़नी पड़ेगी।''

''हाँ, श्रीमान, मैं तुरन्त विज्ञापन दूँगी और तब तक मैं समझती हूँ...''

मैं कहने जा रही थी कि तब तक मैं यहाँ रहूँगी जब तक मुझे दूसरा आश्रय न मिल जाए। पर मैं यह देखकर चुप हो गई कि मैं अब अधिक नहीं बोल सकती। अपने स्वर पर मेरा नियन्त्रण नहीं रहा था।

मि. रोचेस्टर फिर कहने लगे, ''लगभग एक माह में मैं दूल्हा बन जाऊँगा। इस बीच मैं स्वयं तुम्हारे लिए एक नौकरी और रहने का आश्रय ढूँढ़ दूँगा।''

''धन्यवाद, श्रीमान। आपको कष्ट देते हुए मुझे दुख हो रहा है।''

"ओह, क्षमा माँगने की आवश्यकता नहीं। मेरा विचार है कि जब कोई अधीनस्थ व्यक्ति अपना कर्तव्य इतनी अच्छी तरह निभाता है, जैसे कि तुमने निभाया है तो अपने मालिक पर उसका एक दावा-सा हो जाता है कि वह सरलता से जो सहायता दे सके, दे। सच पूछो तो मुझे अपनी भावी सास से एक नौकरी का पता चला है जो शायद तुम्हें पसन्द आए। आयरलैंड के कनाट बिटरनट लॉज की एक मिसेज डायोनीसियस ओ'गॉल हैं जिनकी पाँच बेटियों को पढ़ाने का काम है। मेरा खयाल है, तुम्हें आयरलैंड पसन्द आएगा और लोग कहते हैं, आयरलैंड के लोग सहृदय होते हैं।"

"बहुत दूर है, श्रीमान।"

"कोई बात नहीं, तुम्हारी जैसी समझदार लड़की समुद्री-यात्रा या दूरी के कारण इनकार नहीं करेगी।"

"समुद्री-यात्रा नहीं, वरन् दूरी। फिर बीच का सागर भी बाधा है।"

"किस बात में बाधा, जेन ?"

"इंग्लैंड आने और थार्नफील्ड आने में, और..."

"और ?"

"*आपसे* मिलने में सर ?"

मेरे मुँह से यह बात अनायास निकल गई और उसी प्रकार मेरे न चाहने पर भी मेरे आँसू टकपने लगे। रोना सुनाई न दे, इसलिए मैं चुपचाप रो रही थी। मैं सिसक भी नहीं रही थी। मिसेज ओ'गॉल और बिटरनट लॉज के खयाल से ही मेरा हृदय सर्द हो गया था। उसके ऊपर से यह सोचकर कि मेरे और मेरे मालिक, जिनकी बगल में मैं अभी टहल थी, के बीच सागर का खारा जल और झाग लहरें मारता रहेगा, मेरा हृदय निस्पन्द होता जा रहा था। फिर इससे भी हृदय-विदारक खाई थी सम्पत्ति की, जाति की, रीति-रिवाजों की, जो मेरे और उस व्यक्ति के बीच फैली थी। जिसे मैं हृदय की स्वाभाविकता और सम्पूर्णता से प्यार करती थी।

कुछ देर बाद मैंने फिर कहा, "बहुत दूर है।"

"हाँ, दूर तो है, और जब तुम कनाट, आयरलैंड में बीटरनट लॉज चली जाओगी तो तुमसे मेरी भेंट भी कभी नहीं हो पाएगी, जेन। यह तो बिल्कुल निश्चित है। उस देश के प्रति आकर्षण नहीं होने के कारण मैं कभी आयरलैंड नहीं जाता। किन्तु हम लोगों में बड़ी मित्रता रही जेन, है न ?"

"हाँ, श्रीमान।"

"और जब मित्र बिछुड़ने को हो तो थोड़े से बचे समय को एक-दूसरे के संग बिताना चाहिए। आओ, हम लोग इसी समुद्री-यात्रा और बिछुड़न की बातें शान्ति से और कोई आधे घंटे तो कर लें, जब तक तारे चमकते हुए ऊपर आकाश में आ जाएँ। वहाँ चेस्टनट पेड़ है और उसकी पुरानी जड़ों के पास एक बेंच पड़ी है। आओ, आज रात हम शान्ति से वहाँ बैठें, यद्यपि फिर कभी साथ बैठना हमारे भाग्य में नहीं लिखा है।" ऐसा कहकर वे बैठ गए और मुझे भी बिठा लिया।

"आयरलैंड बड़ी दूर है जेनेट, और मुझे अपनी नन्ही मित्र को इतनी कठिन यात्रा पर भेजते दुख हो रहा है। पर यदि मेरा कुछ वश नहीं चलता तो मैं क्या करूँ ? क्या तुम किसी रूप में मुझसे जुड़ी हो ? तुम क्या सोचती हो, जेन ?"

उस समय मैं कुछ बोलने की स्थिति में नहीं थी। मेरा हृदय भर आया था।

वे फिर बोले, "चूँकि तुम्हारे बारे में मेरे मन में अजब-अजब भाव आते हैं, विशेष रूप से जब तुम मेरे समीप होती हो जैसे अभी हो, वह यह कि मेरी बाईं पसली से एक सूत्र तुम्हारी नन्हीवाली पसली तक कसकर, कभी न खुलनेवाली गाँठ से बँधा है। और यह उफनता समुद्र और कोई दो सौ मील धरती यदि हम दोनों के बीच आ जाए, तो मेरे मन में घबराहट होने लगती है कि हम दोनों के बीच का यह बन्धन झटके से टूट जाएगा और मेरे अन्दर रक्त बहने लगेगा। किन्तु तुम...तुम तो मुझे भूल जाओगी।"

"नहीं। मैं ऐसा कभी *नहीं* कर सकूँगी, श्रीमान। यह आप भी अच्छी तरह जानते हैं।" मेरा स्वर अवरुद्ध-सा हो गया था।

"जेन ! क्या तुम वन में बुलबुल का गाना सुन रही हो ? सुनो तो सही।"

सुनते-सुनते मैं सिसककर रोने लगी। मैं अपनी पीड़ा को अब नहीं सह पा रही थी। अतः मैंने प्रतिरोध छोड़ दिया और दुख से मेरा सारा शरीर काँपने लगा। जब आवाज निकली तो मैंने सिर्फ इतना कहा कि, "काश मेरा जन्म ही नहीं हुआ होता या मैं थार्नफील्ड नहीं आई होती !"

"क्या इसलिए कि इसे छोड़ने में तुम्हें दुख हो रहा है ?"

अन्दर के दुख और प्यार से विचलित मेरे भावों के आवेग ने मुझ पर आधिपत्य जमा लिया था और वह अन्य सारे विचारों को पर धकेलकर अपने अस्तित्व को प्रमाणित करने, स्थापित करने, विद्रोह करने के लिए कटिबद्ध था...और हाँ, बोलने के लिए भी।

"हाँ, मुझे थार्नफील्ड छोड़ने में दुख हो रहा है। मैं थार्नफील्ड से प्यार करती हूँ, इसलिए कि यहाँ मैंने एक परिपूर्ण और आनन्दपूर्ण जीवन जिया है, भले ही वह क्षणिक था। यहाँ मेरी आत्मा कुचली नहीं गई, मुझे अपमानित नहीं किया गया, मुझे बुद्धिहीनों के साथ घुटकर नहीं रहना पड़ा और न उच्च, उज्ज्वल और स्फूर्तिदायक विचारों की झलक से वंचित रहना पड़ा। यहाँ मैं खुलकर उनसे बात कर सकी जिसका मैं सम्मान करती थी, एक अनुपम, उत्साही और उदार विचारवाले व्यक्ति से। इसमें मुझे आनन्द आता था। मि. रोचेस्टर, मैंने आपको जाना है और यह सोचकर ही मैं भय और पीड़ा से भर जाती हूँ कि मैं सदा के लिए आपसे अब अलग हो जाऊँगी। किन्तु मैं प्रस्थान की अनिवार्यता को वैसे ही देख रही हूँ जैसे कोई मृत्यु की अनिवार्यता को देख रहा हो।"

"अनिवार्यता तुम कहाँ देख रही हो ?" उन्होंने अचानक पूछा।

"कहाँ ? आपने श्रीमान, आपने इसे मेरे समक्ष इतना स्पष्ट दिखलाया है।"

"किस रूप में ?"

"मिस इनग्राम के रूप में, एक कुलीन और रूपवती नारी के रूप में, आपकी दुलहन

के रूप में।''

''मेरी दुलहन ! कौन दुलहन ? मेरी कोई दुलहन नहीं है।''

''किन्तु आप दुलहन तो लाएँगे।''

''हाँ, लाऊँगा। लाऊँगा।'' उन्होंने दाँत भीचें।

''तब तो मुझे जाना ही होगा। यह आपने स्वयं कहा है।''

''नहीं, तुम्हें रहना होगा। मैं शपथ खाता हूँ और इस शपथ को मैं निभाऊँगा।''

''मैं आपसे कह देती हूँ कि मैं अवश्य चली जाऊँगी।'' मैंने विक्षिप्त-सा होकर उत्तर दिया, ''क्या आप समझते हैं कि मैं यहाँ रहकर यह देख सकूँगी कि मैं आपके लिए कुछ भी नहीं हूँ ? क्या आप समझते हैं कि मैं एक पुतली हूँ ? भावहीन, एक मशीन मात्र, जो अपने मुख का कौर अपने होंठों से छिनता देख सके, जो अपने जल का घूँट धरती पर फेंका जाता सह सके ? क्या आप समझते हैं कि चूँकि मैं निर्धन, परिवारविहीन, सामान्य शक्ल-सूरत की और छोटी हूँ, इसलिए मैं हृदय और आत्मा से भी विहीन हूँ ? आप गलत सोचते हैं। मुझमें भी उतनी ही आत्मा है जितनी आपमें है, और हृदय भी उतना ही भरा हुआ है। और यदि ईश्वर ने मुझे कुछ रूप दिया होता और बहुत-सा धन, तो मुझे त्यागना आपके लिए उतना ही कठिन हो गया होता जितना आपको छोड़ना अभी मेरे लिए कठिन हो रहा है। मैं अभी आपसे दुनिया के रीति-रिवाजों की, बल्कि नश्वर शरीर की भी भाषा में नहीं बोल रही हूँ। यह बल्कि मेरी आत्मा आपकी आत्मा को सम्बोधित कर रही है, मानो हम लोग अपनी-अपनी कब्रों से निकलकर ईश्वर के चरणों में खड़े हों। बिल्कुल बराबर, जैसे अभी हैं।''

''जैसे अभी हैं।'' मि. रोचेस्टर ने दुहराया, और फिर अपनी बाँहों में समेटते हुए, अपने सीने से लगाते हुए और मेरे होंठों पर अपने होंठ जमाते हुए बोले, ''ऐसे ? ऐसे जेन ?''

''हाँ, ऐसे ही श्रीमान।'' मैंने उत्तर दिया, ''फिर भी ऐसे नहीं, क्योंकि आप अब विवाहित हैं...लगभग विवाहित...अपने से निम्न व्यक्ति से विवाहित–जिससे आपको कोई संवेदना नहीं, जिसे मेरे अनुमान से आप सचमुच प्यार भी नहीं करते, क्योंकि उसका उपहास करते मैंने आपको देखा और सुना है। ऐसे मिलने से मुझे घृणा है। इसीलिए मैं आपसे श्रेष्ठ हूँ, मुझे जाने दीजिए।''

''कहाँ जेन ? आयरलैंड ?''

''हाँ आयरलैंड। मैंने मन की सारी बातें कह दी हैं और अब मैं कहीं भी जा सकती हूँ।''

''जेन, शान्त हो जाओ। ऐसे मत छटपटाओ जैसे कोई आतंकित जंगली चिड़िया हताशा में अपने ही पंख नुचवा डालती है।''

''मैं चिड़िया नहीं हूँ और कोई जाल मुझे फँसा नहीं सकता। मैं स्वाधीन इच्छावाली एक स्वतन्त्र प्राणी हूँ जो स्वेच्छा से आपको छोड़ रही है।''

एक और प्रयास करने पर मैं मुक्त हो गई, और उनके सामने तनकर खड़ी हो गई।

"ठीक, तुम्हारी यह स्वतन्त्र इच्छा ही तुम्हारे भाग्य का निर्णय करेगी। मैं तुम्हें अपने हाथ, अपने हृदय और अपनी सारी सम्पत्ति की भागीदार बनने का निमन्त्रण देता हूँ।"

"आप धोखाधड़ी कर रहे हैं जिसकी मैं खिल्ली उड़ाती हूँ।"

"मैं तुमसे अनुरोध करता हूँ कि तुम मेरी जीवनसंगिनी बनो। मेरा ही दूसरा रूप, इस संसार में मेरी सर्वश्रेष्ठ मीत।"

"इस सौभाग्य के लिए आपने पहले ही चुनाव कर लिया है। आप उसी को निभाइए।"

"जेन, कुछ क्षण शान्त हो जाओ। तुम बहुत उत्तेजित हो। मैं भी शान्त हो जाता हूँ।"

पगडंडी की झाड़ियों से लारेल की रविश तक हवा का एक झोंका उड़ता हुआ आया और चेस्टनट पेड़ के झुरमुटों को कँपाता हुआ दूर जाकर समाप्त हो गया। उस क्षण मात्र एक ध्वनि सुनाई दे रही थी–बुलबुल का गीत जिसे सुनकर मैं पुनः सिसकने लगी। मि. रोचेस्टर चुप बैठे थे–मेरी ओर कोमलता और गम्भीरता से निहारते हुए। कुछ समय बीतने के बाद उन्होंने चुप्पी तोड़ी और मुझसे बोले–

"मेरे निकट आओ जेन, हम लोग अपनी-अपनी बातें कहें और एक-दूसरे को समझे।"

"मैं अब कभी आपकी बगल में नहीं आऊँगी। मैं यहाँ से अलग कर दी गई हूँ और अब नहीं लौट सकती।"

"किन्तु जेन, मैं पत्नी के रूप में तुम्हें बुला रहा हूँ। यह सिर्फ तुम ही हो जिससे मैं विवाह की अभिलाषा रखता हूँ।"

मैं चुप रही। मुझे लगा कि वह मेरा उपहास कर रहे हैं।

"आओ, जेन ! यहाँ आओ।"

"आपकी दुलहन हम दोनों के बीच खड़ी है।"

वे उठे और एक लम्बा डग भरकर मेरे पास पहुँच गए, "मेरी दुलहन यहाँ हैं।" मुझे अपने समीप खींचते हुए बोले, "क्योंकि मेरी समकक्ष यहाँ है, मेरी अभिरुचि यहाँ है। जेन, क्या तुम मुझसे विवाह करोगी ?"

फिर भी मैंने कोई उत्तर नहीं दिया और उनकी पकड़ से छूटने के लिए छटपटाती रही क्योंकि मुझे अब भी विश्वास नहीं हो रहा था।

"क्या तुम मुझ पर सन्देह करती हो, जेन ?"

"बिल्कुल।"

"तुम्हें मुझ पर विश्वास नहीं ?"

"तनिक भी नहीं।"

उन्होंने आवेश में पूछा, "क्या तुम्हारी दृष्टि में मैं एक झूठा हूँ ? नन्ही शक्की, मैं *तुम्हें* विश्वास दिलाकर रहूँगा। मुझे मिस इनग्राम से भला क्या प्रेम है ? कुछ भी नहीं। यह तुम जानती हो। उसे मुझसे भला क्या प्यार है ? जरा भी नहीं। मैंने प्रयास करके

यह पता लगा लिया है। मैंने एक अफवाह उड़ाकर उसके पास पहुँचाई कि जितना लोग अनुमान करते हैं उसकी एक-तिहाई भी मेरी वास्तविक सम्पत्ति नहीं है। उसके बाद परिणाम देखने मैं उसके यहाँ गया तो पाया कि बेटी और उसकी माँ, दोनों मुझसे विमुख हैं। मैं मिस इनग्राम से विवाह नहीं करता...नहीं कर सकता था। तुम...तुम जो अद्भुत, इस संसार से परे किसी लोक की प्राणी लगती हो...तुम्हें ही मैं अपने प्राणों की भाँति प्यार करता हूँ। तुम जो निर्धन और गुमनाम हो, छोटी और साधारण-सी हो, तुम्हीं से मैं आग्रह करता हूँ कि मुझे अपना पति स्वीकार कर लो।''

''क्या ? मुझे ?'' मेरे मुख से निकल पड़ा, क्योंकि उनकी व्यग्रता में, विशेषकर उनकी असौजन्यता में मुझे कुछ विश्वास-सा होने लगा था। ''मुझे, जिसका इस संसार में आपको छोड़कर कोई मित्र नहीं है—यदि मैं आपको मित्र कह सकूँ तो...न ही कोई पैसा है, उसे छोड़कर जो आपने मुझे दिया है।''

''हाँ जेन, तुम्हें। तुम्हीं को मैं अपने लिए पाना चाहता हूँ, बिल्कुल अपना बनाना चाहता हूँ। क्या तुम मेरी बनोगी ? कहो, हाँ, शीघ्र कहो।''

''मि. रोचेस्टर, मुझे अपना चेहरा दिखाइए, चाँदनी की ओर मुड़िए।''

''क्यों ?''

''क्योंकि मैं आपके चेहरे का भाव पढ़ना चाहती हूँ। मुड़िए !''

''लो, पर तुम कुछ पढ़ नहीं पाओगी जैसे किसी मुड़े-चुड़े, आड़ी-तिरछी रेखाओं वाले, कटे-फटे पृष्ठ को कोई पढ़ नहीं पाता। लो, पढ़ो। बस जल्दी करना क्योंकि मुझे पीड़ा हो रही है।''

उनकी आकृति बहुत उत्तेजित थी और तमतमायी-सी थी। उनका चेहरा काँप-सा रहा था, और आँखों में विचित्र-सी चमक थी।

''ओह जेन, तुम मुझे सता रही हो।'' वे बोल पड़े, ''अपनी इन दयालु और निष्ठापूर्ण, किन्तु टटोलती आँखों से तुम मुझे यातना दे रही हो।''

''यह मैं कैसे कर सकती हूँ ? यदि आप सच्चे हैं और आपका प्रस्ताव सच्चा है तो आपके प्रति मेरी भावनाएँ तो कृतज्ञता और निष्ठा की ही होंगी। वे सता तो नहीं सकतीं।''

''कृतज्ञता !'' उन्होंने दुहराया और उद्विग्न होकर कहा, ''जेन, मुझे जल्दी स्वीकार कर लो।'' मुझे एडवर्ड कहो, मुझे मेरे नाम से पुकारो। कहो एडवर्ड, मैं तुमसे विवाह करूँगी।''

''क्या आप सत्य कह रहे हैं ? क्या आप सचमुच मुझे प्यार करते हैं ? क्या आप हृदय से मुझे अपनी पत्नी बनाना चाहते हैं ?''

''हाँ, मैं चाहता हूँ, और यदि तुम्हें विश्वास दिलाने के लिए शपथ लेने की आवश्यकता हो तो मैं शपथ लेता हूँ।''

''तो श्रीमान, मैं आपसे विवाह करूँगी।''

''एडवर्ड कहो, मेरी नन्ही पत्नी।''

"प्यारे एडवर्ड।"

"मेरे पास आओ, खुलकर मेरे पास आओ।" उन्होंने कहा और मेरे गालों से गाल सटाकर मेरे कानों में गहरी आवाज में बोले, "मेरी खुशी बनो, मैं तुम्हारे जीवन में खुशियाँ भर दूँगा।"

कुछ देर बाद वे बोल उठे, "ईश्वर मुझे क्षमा करें और कोई व्यक्ति मेरे मामले में टाँग नहीं अड़ाए। मैंने इसे पा लिया है और जीवनपर्यन्त इसका साथ दूँगा।"

"कोई टाँग अड़ानेवाला नहीं है श्रीमान। मेरा कोई सम्बन्धी नहीं है जो बाधा डाले।"

"नहीं...यही सबसे अच्छी बात है," उन्होंने कहा।

यदि मेरा प्यार इतना लबालब नहीं होता तो मुझे अवश्य पता चलता कि उनके उच्चारण और उल्लास में कुछ जंगलीपन है, किन्तु उनकी बगल में बैठे होने के कारण, वियोग के दुःस्वप्न से तुरन्त मुक्त होकर तथा मिलन के सुनहरे संसार में आमन्त्रित होने पर, मैं सिर्फ उस आनन्द को छककर पिए जा रही थी जो मोटी धारा के रूप में बहकर मेरी ओर आ रहा था। बार-बार वे पूछे जा रहे थे, "क्या तुम प्रसन्न हो, जेन ?" और बार-बार मैं भी यही उत्तर दे रही थी, "हाँ।" उसके बाद वे बुदबुदाए, "इससे प्रायश्चित्त हो जाएगा, अवश्य हो जाएगा। क्या मैंने इसे मित्रविहीन, अकेला और बेचैन नहीं पाया था ? क्या मैं अब इसका रक्षक, पालक और सहारा नहीं बनूँगा। क्या मेरे हृदय में प्यार और निर्णय में स्थिरता नहीं है ? ईश्वर के दरबार में इससे मेरा प्रायश्चित्त हो जाएगा। मैं जानता हूँ, मेरे इस कार्य में ईश्वर की सहमति है। अब दुनिया के फैसले की मुझे परवाह नहीं। और मनुष्यों की राय को भी मैं चुनौती देता हूँ।"

पर अचानक रात्रि को यह क्या हो गया था ? चाँद अभी डूबा नहीं था, किन्तु हम लोगों पर छाया फैल गई थी और निकट होने के बावजूद मेरे मालिक का चेहरा मुझे दिखाई नहीं दे रहा था। और चेस्टनट के पेड़ पर क्या आफत आ गई थी ? यह ऐंठ रहा था और कराह रहा था। पगडंडी की झाड़ियों में आँधी गरज रही थी और हमें उड़ाए लिये जा रही थी।

"हमें अन्दर चलना चाहिए," मि. रोचेस्टर बोले, "मौसम बदल गया है। नहीं तो मैं सुबह तक तुम्हारे साथ बैठा रहता, जेन।"

मेरे मन में आया, 'मैं भी वही करती।' पर मैं यही बात कहने ही वाली थी कि जिधर मैं देख रही थी उधर के बादलों में से एक लाल, बड़ी-सी लपट निकली, एक विदारक-सी आवाज हुई, बिजली गिरी और तेज आवाज मानो चीरती चली गई। मुझे अपनी चकाचौंध आँखों को मि. रोचेस्टर के कन्धों में छिपाने के अतिरिक्त कुछ नहीं सूझा।

तेज बारिश होने लगी। वे मुझे जल्दी-जल्दी रविश से, मैदान से होकर खींचते हुए घर में ले आए। फिर भी चौखट में घुसने के पहले हम लोग बिल्कुल भीग चुके थे। वे हॉल में मेरा शॉल हटा रहे थे और मेरे बालों से पानी झाड़ रहे थे कि अचानक मिसेज

फेयरफैक्स ने कमरे में प्रवेश किया। पहले मैंने उन्हें नहीं देखा और न मि. रोचेस्टर ने देखा। लालटेन जल रही थी। घड़ी में बारह बजने वाले थे।

''जल्दी जाकर भीगे कपड़े बदल लो,'' उन्होंने कहा, ''और जाने के पहले गुडनाइट, गुडनाइट, मेरी प्रेयसी !''

उन्होंने बार-बार मुझे चूमा। उनकी बाँहों से निकलकर जैसे ही मैंने ऊपर देखा, वह विधवा खड़ी थी—पीली, गम्भीर और आश्चर्यचकित। मैंने उनकी ओर सिर्फ मुस्कराकर देखा और दौड़कर ऊपर चली गई। मैंने मन में सोचा—पूरी बात बाद में बतलाई जाएगी। फिर भी जब मैं अपने कमरे में पहुँची तो मुझे यह सोचकर पीड़ा हुई कि जो कुछ उस महिला ने देखा उसके आधार पर, कुछ ही देर के लिए सही, पर मुझे गलत तो समझेगी ही। किन्तु फिर प्रसन्नता ने दूसरी भावनाओं को परे ढकेल दिया, और यद्यपि जोर की आँधी चल रही थी, पास ही वज्रपात हो रहा था, बार-बार भयानक बिजली चमक रही थी और मूसलाधार वृष्टि दो घंटे तक होती रही, फिर भी मुझे कोई भय नहीं लगा, कोई घबराहट नहीं हुई। इस मध्य मि. रोचेस्टर तीन बार मेरे दरवाजे पर आए—यह पूछने कि मैं सुरक्षित और शान्त तो हूँ। यह बड़ी सान्त्वनादायक और बहुत शक्ति देनेवाली बात थी।

प्रातः जैसे ही मैं जगी, नन्ही एडेली दौड़ती हुई मुझे यह बतलाने आई कि बगीचे के अन्त में जो एक बड़ा पुराना हॉर्स चेस्टनट का पेड़ था, उस पर रात में वज्रपात हो गया और इसका आधा हिस्सा टूटकर अलग हो गया।

24

जब मैं उठी और कपड़े बदल रही थी, मैंने बीती बातों को सोचा और मुझे लगा यह स्वप्न तो नहीं है। जब तक मैं मि. रोचेस्टर से पुनः नहीं मिलती, और उन्हें प्यार और शपथ के शब्द दुहराते नहीं सुनती, मुझे इसकी वास्तविकता पर विश्वास नहीं होगा।

बालों को सँभालते समय मैंने शीशे में अपना चेहरा देखा तो मुझे लगा कि यह अब सामान्य नहीं है। मुखड़े पर आशा की ज्योति है और रंगत में जीवन की लाली है। नैन ऐसे लगते थे मानो उन्हें रस का स्रोत मिल गया हो और जल की लहरों से उन्होंने चमक ग्रहण कर ली हो। पहले मुझे मालिक की ओर देखने में झिझक होती थी क्योंकि मुझे डर था कि उन्हें मेरा रूप नहीं भाएगा, पर अब मुझे विश्वास हो चला कि यदि मैं मुखड़ा उनकी ओर उठाऊँगी तो उनका प्यार शमित नहीं, बल्कि उद्दीप्त होगा। मैंने अपने बक्स से एक सामान्य, पर स्वच्छ और हलका ग्रीष्मकालीन परिधान निकाला और पहन लिया। ऐसा लगा कि पहले कोई वस्त्र मुझ पर इतना नहीं जँचा था। सम्भवतः इसलिए कि किसी वस्त्र को मैंने इतने उल्लासपूर्ण मन से नहीं पहना था।

जब दौड़कर नीचे हॉल में जाने पर मैंने देखा कि रात्रि के आँधी-तूफान के बाद सुनहरा, सुन्दर जून का प्रभात खिला हुआ है, और द्वारों के खुले शीशों से ताजा सुगन्धित हवा का मैंने अनुभव किया तो मुझे कोई विस्मय नहीं हुआ। जब मैं इतनी आह्लादित हूँ तो प्रकृति को भी आनन्दित होना ही चाहिए। पीले चिथड़े में लिपटी एक भिखारिन और इसका छोटा बच्चा सड़क पर आ रहे थे। मैं दौड़कर उनके पास गई और बटुए में जो पैसे थे मैंने सभी उन्हें दे दिए। कोई तीन-चार शिलिंग होंगे। भला या बुरा, वे भी मेरी खुशी में खुशी मनाएँ। कौवे काँव-काँव कर रहे थे। चिड़ियाँ चहचहा रही थीं, पर मेरे उल्लसित हृदय के संगीत से अधिक मधुर कुछ भी नहीं था।

मुझे तब आश्चर्य हुआ जब उदास मुद्रा से खिड़की के बाहर झाँककर गम्भीरता से मिसेज फेयरफैक्स ने मुझसे कहा, "मिस आयर, क्या आप जलपान हेतु आएँगी ?" खाते समय मैं बिल्कुल शान्त और स्थिर रही, पर उस समय मैं उन्हें सारी बात नहीं बता सकी। मुझे रुकना होगा, ताकि मालिक ही सारी बात बताएँ, और मिसेज फेयरफैक्स को भी तब तक इन्तजार करना होगा। जैसे बना, मैंने थोड़ा खाया और जल्दी

से ऊपर चल दी। मुझे एडेली मिली, जो स्कूल का कमरा छोड़कर जा रही थी।

''कहाँ जा रही हो ? यह पढ़ाई का समय है।''

''मि. रोचेस्टर ने मुझे नीचे नर्सरी में जाने को कहा है।''

''कहाँ हैं वे ?''

''वहाँ।'' जिस कमरे से वह निकली थी उस कमरे की इंगित करके उसने कहा। मैं अन्दर गई। वहाँ वे खड़े थे।

''आओ, मुझे गुडमार्निंग कहो।'' मैं खुशी से आगे बढ़ी। अबकी उनसे मुझे सिर्फ कोई ठंडा शब्द नहीं मिला या सीधे हाथ मिलाना नहीं हुआ, बल्कि संग-संग आलिंगन और चुम्बन भी हुआ। यह स्वाभाविक था। उनसे इतना प्यार पाना, इतना दुलार पाना सचमुच प्रिय लगता था।

''जेन, तुम खिली-खिली-सी, मुस्कराती और रूपवती लग रही हो,'' उन्होंने कहा, ''आज सुबह सचमुच सुन्दर लग रही हो। क्या यही मेरी पीली-पीली, नन्ही परी है। क्या यही मेरी छोटी-सी गुड़िया है ? यह चमकीले चेहरेवाली, गालों में गड्ढेवाली, गुलाबी होंठों वाली क्या यही है ? क्या ये रेशमी नीले बाल, चमकीली नीली आँखें उसी की हैं ?'' (पाठक, मेरी आँखें हरी हैं, पर आप उनकी भूल क्षमा करें क्योंकि मेरा खयाल है कि उनकी दृष्टि में वे एक नए रंग में रँगी थीं।)

''यह जेन आयर ही है, श्रीमान।''

''जो जल्दी ही जेन रोचेस्टर होनेवाली है,'' उन्होंने कहा और फिर बोले, ''चार सप्ताह में, जेनेट, एक दिन भी अधिक नहीं। सुन रही हो न ?''

मैंने सुना, पर ठीक से समझ नहीं पाई। मेरा सिर चकरा गया। इस घोषणा से जो अनुभूति मेरे अन्दर लहराई, वह आनन्द से भिन्न, एक और भी तीव्र अनुभूति थी, जो कुछ चुभी और मुझे सुन्न कर गई। शायद यह कुछ भय जैसा था।

''तुम शरमा रही थी और अभी अचानक सफेद-सी हो गई हो, जेन। ऐसा क्यों ?''

''क्योंकि आपने मुझे एक नया नाम दे दिया—जेन रोचेस्टर। यह अजीब-सा लगता है।''

''हाँ, श्रीमती रोचेस्टर,'' उन्होंने कहा, ''नवयुवती मिसेज रोचेस्टर...फेयरफैक्स रोचेस्टर की बालिका-वधू।''

''ऐसा कभी नहीं हो सकता श्रीमान, यह सम्भव नहीं लगता। मनुष्य इस संसार में सम्पूर्ण सुख कभी नहीं प्राप्त कर पाते। मैं मनुष्यों के भाग्य के लेखों से भिन्न कोई भाग्य लेकर तो पैदा नहीं हुई। इसलिए ऐसे सौभाग्य की कल्पना करना एक परी-कथा मात्र है, एक दिवास्वप्न मात्र।''

''उसी सौभाग्य को मैं लाऊँगा और सत्य करके दिखा दूँगा। इसका आरम्भ मैं आज से ही करता हूँ। आज प्रातः मैंने लन्दन में अपने बैंकर को लिखा है कि उनके लॉकर में मेरे जो खानदानी रत्न हैं उन्हें भेज दें, वे जिनसे थार्नफील्ड की मालकिनें अपने को सजाती रही हैं। एक-दो दिन में उन्हें प्राप्त करके मैं तुम्हारी गोद में डाल दूँगा। अब

से वे सारे सुख, सारी सुविधाएँ तुम्हारे लिए होंगी जो किसी कुलीन की कन्या को मिलतीं, यदि उससे मेरा विवाह होनेवाला होता।''

''ओह श्रीमान, रत्नों की चिन्ता छोड़िए। मैं उनकी चर्चा भी पसन्द नहीं करती। जेन आयर के लिए रत्न। यह सुनना भी अस्वाभाविक और अजीब लगता है। मैं उन्हें नहीं लूँगी।''

''मैं स्वयं तुम्हारे गले में हीरे की माला पहनाऊँगा और ललाट पर माला बाँधूँगा जहाँ वह खूब शोभेगी, क्योंकि प्रकृति ने इस ललाट पर कुलीनता की छाप छोड़ी है। जेन, मैं तुम्हारी कलाइयों में कंगन पहनाऊँगा और इन सुन्दर उँगलियों को अँगूठियों से लाद दूँगा।''

''नहीं, नहीं श्रीमान, दूसरी बातें सोचिए, दूसरी बात कीजिए, ये राग छोड़ दीजिए। मुझे ऐसे मत पुकारिए मानो मैं सौन्दर्य की मूर्ति हूँ। मैं तो आपकी वही साधारण अनाड़ी गवर्नेस हूँ।''

''मेरी आँखों में तुम सौन्दर्य की देवी हो। ठीक मेरे हृदय की अभिलाषा के अनुसार सुन्दरी...कोमल और वायवीय।''

''दूसरे शब्दों में छोटी और तुच्छ। या तो आप कल्पना में डूबे हैं श्रीमान, या मेरा उपहास कर रहे हैं। ईश्वर के लिए, मुझ पर व्यंग्य मत करिए।''

''मैं सारे संसार से मनवाकर रहूँगा कि तुम सुन्दरी हो।'' वे बोलते गए। इधर मैं उनके आलाप पर विकल होने लगी क्योंकि मुझे लगने लगा कि या तो वे स्वयं को भ्रम में रखे हुए हैं या मुझे भ्रम में डालने का प्रयास कर रहे हैं। ''मैं अपनी जेन को मखमल और जरी से सजाकर रखूँगा और बालों में गुलाब लगाऊँगा और उस सिर को एक अमूल्य घूँघट से ढँकूँगा जिसे मैं प्राणों से अधिक प्यार करता हूँ।''

''और फिर आप मुझे पहचानेंगे भी नहीं, श्रीमान क्योंकि तब मैं आपकी वही जेन आयर नहीं रहूँगी। बल्कि जोकर जैसे वस्त्रों में एक बन्दरिया अथवा नकली पंख लगाए एक जे चिड़िया लगूँगी। यह तो वैसा ही हुआ मि. रोचेस्टर जैसे मैं आपको नाटक के पात्रों जैसा झालरों-कपड़ों में सजा देखूँ या अपने को थिएटर की रानी जैसे पोशाक पहने देखना चाहूँ। देखिए, मैंने आपको कभी सुन्दर नहीं कहा है श्रीमान, यद्यपि मैं आपको बहुत प्यार करती हूँ, इतना प्यार कि मैं आपकी खुशामद की बात सोच भी नहीं सकती। आप भी मेरी चापलूसी मत कीजिए।''

मेरे हतोत्साहित करने के बावजूद वे अपनी धुन में मग्न रहे। ''आज ही मैं अपनी गाड़ी में तुम्हें मिलकोट ले चलूँगा। तुम अपनी पसन्द से कुछ परिधान अपने लिए चुन लेना। मैं कह चुका हूँ कि चार सप्ताह में हम विवाहित हो जाएँगे। परिणय शान्त ढंग से होगा, वहाँ उस चर्च में। और तब मैं तुम्हें लेकर तुरन्त शहर चल दूँगा। थोड़े दिन वहाँ रहने के बाद मैं अपनी निधि को सूरज के और पासवाले देशों में ले जाऊँगा। फ्रांस के अंगूर के बागों में और इटली के मैदानों में। पुरानी कहानियों में और नए इतिहास में जो कुछ प्रसिद्ध है सबकुछ देखोगी। उन नगरों के जीवन का भी आनन्द उठाओगी

और दूसरों की तुलना में अपना भी मूल्यांकन कर सकोगी।''

''क्या मैं यात्रा करूँगी ? और वह भी आपके संग, श्रीमान ?''

''तुम पेरिस, रोम और नेपल्स में ठहरोगी...फ्लोरेंस, वेनिस और वियना में भी। जिन-जिन जगहों में मैं भटका हूँ उन सभी जगहों में तुम भी जाओगी। जहाँ-जहाँ मेरे पैर पड़े, वहाँ-वहाँ तुम्हारे ये सुन्दर चरण भी पड़ेंगे। दस वर्ष पूर्व मैं अर्धविक्षिप्त की भाँति यूरोप में यहाँ से वहाँ भागता रहा–वितृष्णा, घृणा और क्रोध हृदय के दबाए। अब मैं स्वच्छ और स्वस्थ हृदय से उन्हें पुनः देखूँगा और इस बार एक देवात्मा मेरी संगिनी होगी।''

उनके यह बोलते ही मैं हँस पड़ी। मैं दावे से बोली, ''मैं देवात्मा नहीं हूँ; बिना मरे होऊँगी भी नहीं। मैं मैं ही रहूँगी मि. रोचेस्टर, आप मुझमें किसी देवात्मा को पाने की आशा या चेष्टा मत कीजिए, क्योंकि यह आपको मिलनेवाली नहीं, जिस प्रकार यह मुझे भी आपसे प्राप्त नहीं होनेवाली और मैं तो इसकी आशा भी नहीं करती।''

''तो तुम मुझसे किस चीज की आशा करती हो ?''

''कुछ दिनों तक तो आप ऐसे ही रहेंगे जैसे आजकल हैं...बहुत ही कम दिनों तक। उसके बाद आप ठंडे पड़ जाएँगे, फिर आप झक्की-से हो जाएँगे। उसके बाद आप कठोर हो उठेंगे और आपको प्रसन्न करने के लिए मुझे बहुत परेशानी उठानी पड़ेगी। किन्तु जब आप मुझसे अभ्यस्त हो जाएँगे तो सम्भवतः आप मुझे चाहने लगेंगे...मैं चाहना कह रही हूँ, न कि प्यार करना। मेरा अनुमान है, आपका प्यार तो छह महीने में या उससे भी कम समय में उड़ जाएगा। पुरुषों के द्वारा लिखी गई पुस्तकों में मैंने देखा है कि पति के प्यार की अवधि अधिक-से-अधिक यही होती हैं फिर भी एक मित्र और साथी के रूप में मैं अपने मालिक को कभी अरुचिकर नहीं लगूँगी, मुझे ऐसी उम्मीद है।''

''अरुचिकर ! और फिर चाहना ! मैं समझता हूँ, मैं तुम्हें बार-बार चाहता रहूँगा। और मैं तुमसे यह बात मनवाकर रहूँगा कि मैं तुम्हें सिर्फ चाहता नहीं, वरन् प्यार करता हूँ–हृदय से, जोश से, निष्ठा से।''

''फिर भी, क्या आप कुछ झक्की-से नहीं हैं श्रीमान ?''

''हाँ, उन स्त्रियों के लिए जो सिर्फ अपने रूप-रंग से मुझे रिझाना चाहती हैं। जब मुझे पता चलता है कि उनमें न तो आत्मा है और न हृदय, जब वे मुझे अपने चरित्र की सपाटता, तुच्छता, व्यर्थता, भद्दगी और दुष्ट प्रकृति दिखलाती हैं तब तो मैं उनके लिए साक्षात् राक्षस ही हो जाता हूँ। किन्तु स्वच्छ नयनों, मीठी वाणी, पवित्र आत्मा और कोमल, मगर दृढ़ चरित्रवाली, उपकारी और सदा एक समान रहनेवाली नारी के लिए, मैं सदा-सर्वदा कोमल और निष्ठावान रहता हूँ।''

''क्या ऐसे चरित्र से पहले आपकी कभी भेंट हुई, श्रीमान ? क्या आपने ऐसी किसी को कभी प्यार किया ?''

''अब तो कर रहा हूँ।''

''किन्तु मुझसे पहले किसी को ? यदि आपके कठिन मानदंड पर मैं सचमुच किसी प्रकार खरी उतरती हूँ तो।''

"मुझे तुम जैसी कोई लड़की कभी नहीं मिली। जेन, तुम मुझे रिझाती हो और मुझे अपने वश में किए हुए हो। फिर भी लगता है कि तुम ही झुक रही हो और यह झुक जाने का भाव मुझे अच्छा लगता है। और जब मैं इस रेशमी शरीर को स्पर्श कर रहा होता हूँ तो एक सिहरन-सी मेरी बाँहों से होती हुई मेरे हृदय को छू जाती है। मैं प्रभावित हो जाता हूँ, पराजित-सा। इस प्रभाव की मधुरता का वर्णन मैं नहीं कर सकता। और इस हार में जो आकर्षण है वह मेरी किसी विजय से कहीं श्रेष्ठ है। तुम मुस्करा क्यों रही हो, जेन ? इस अवर्णनीय, स्मित हास्य का क्या मतलब ?"

"मैं सोच रही थी, श्रीमान (क्षमा करें, यह विचार अचानक मन में आ गया) मैं सोच रही थी कि हरक्यूलीज और सैमसन अपनी-अपनी प्रेयसी के संग कैसे लगते होंगे?"

"अरे तुम ? नन्ही-सी दुष्ट कहीं की..."

"चुप श्रीमान ! आपकी अभी की बातें उतनी बुद्धिमत्तापूर्ण नहीं थीं, जैसे इन सज्जनों के काम बुद्धिमत्तापूर्ण नहीं थे। फिर भी यदि वे विवाह करते तो प्रेमी के रूप में जो कोमलता उन्होंने दिखाई थी उसका बदला पति के रूप में कठोरता दिखाकर चुका लेते। और मुझे डर है कि आप भी वैसा ही करेंगे। मैं सोच रही थी कि अब से एक साल बाद यदि मैं कुछ ऐसा माँगूँ जिसे आप दे न सकें, या देना न चाहें, तो आप क्या उत्तर देंगे।"

"अभी कुछ मुझसे माँगो, जेनेट। कुछ भी। मैं आग्रह सुनना चाहता हूँ।"

"सच। मैं माँगूँगी, श्रीमान। मेरा निवेदन तैयार है।"

"जल्दी बोलो। किन्तु यदि तुम ऐसे देखोगी और मुस्कराओगी तो मैं बिना बूझे-समझे ऐसे वादे कर बैठूँगा कि बाद में मूर्ख बनना पड़े।"

"बिल्कुल नहीं, श्रीमान। मेरी माँग इतनी है कि हीरे-जवाहरात मत मँगाइए और मुझे गुलाबों से मत सजाइए। यह तो ऐसे ही लगेगा जैसे आपके उस छोटे-से, मामूली जेबी रूमाल में सुनहरी जरी का किनारा जोड़ दिया जाए।"

"मैं तो शुद्ध सोना लगा देता, मैं जानता हूँ। अच्छा चलो, तुम्हारी बात मान लेते हैं। कुछ समय के लिए। बैंकर को मैंने जो आदेश भेजा है उसे वापस लौटा लेता हूँ। पर तुमने माँगा तो कुछ भी नहीं, सिर्फ दिए हुए उपहार को वापस करने की प्रार्थना की। फिर से बोलो।"

"अच्छा श्रीमान, कृपा करके एक उत्सुकता शान्त कीजिए जो एक बात पर बड़े उधेड़बुन में पड़ी है।"

वे परेशान से दिखे। जल्दी से बोले, "क्या ? क्या ? उत्सुकता एक खतरनाक निवेदन होती है। अच्छा हुआ कि मैंने हर बात मानने की शपथ नहीं ली थी।"

"किन्तु इस बात को मानने में कोई खतरा नहीं है, श्रीमान।"

"बोलो, जेन। किसी गुप्त रहस्य की पूछताछ की बजाय मैं चाहता हूँ कि तुम मेरी आधी सम्पत्ति माँग लेती।"

"ऐ राजा अहशीर[1] ! मैं आपकी आधी सम्पत्ति लेकर क्या करूँगी ? आप समझते हैं कि मैं कोई यहूदी हूँ जो अपनी धन-सम्पत्ति बढ़ाने में लग जाऊँगी ? इसके बदले मैं आपका पूरा विश्वास चाहूँगी। आपने अपने हृदय में मुझे स्थान दिया है, तो अपने विश्वास से मुझे दूर मत रखिए।"

"मेरे हृदय की उन सारी बातों, रहस्यों को जानने के लिए तुम्हारा स्वागत है। जो जानने योग्य हैं, पर ईश्वर के लिए बेकार के बोझ की इच्छा मत करो। विष की अभिलाषा मत करो। मुझसे साक्षात् हव्वा की तरह जिद मत ठानो।"

"क्यों नहीं, श्रीमान ! अभी आप कह रहे थे कि पराजित होना आपको कितना प्रिय है। आग्रह और जिद आपको कितने भाते हैं। क्या आप यह नहीं सोचते कि मुझे आपकी इस स्वीकारोक्ति का लाभ उठाना चाहिए और आपके फुसलाने और आग्रह करने में जुट जाना चाहिए ? बल्कि आवश्यकता हो तो मुझे रोना और रूठना भी चाहिए...सिर्फ अपनी शक्ति परखने के लिए ?"

"वैसी चेष्टा करके देखो तो सही, मैं चुनौती देता हूँ। जिद करो, हावी हो जाओ, और खेल खत्म।"

"सच, श्रीमान ? आप जल्दी हार मान लेते हैं। आप अभी कैसे कठोर दिख रहे हैं ! आपकी भौंहें मेरी उँगली जितनी मोटी हो गई हैं। और आपका ललाट, किसी विचित्र कविता की भाषा में 'काले घने वज्रमेघ' की भाँति लगता है। आपका विवाहित रूप भी ऐसा ही होगा श्रीमान, मेरा अनुमान यही है।"

"यदि तुम्हारा भी विवाहित स्वरूप ऐसा ही हो, तो एक सच्चा ईसाई होने के नाते मैं एक परी या प्रेतात्मा से विवाह का विचार ही त्याग दूँगा। पर तुम्हें पूछना क्या था, छोकरी ? जल्दी बोलो।"

"यह रहा। अब आप कुछ असभ्य-से लग रहे हैं, पर मुझे खुशामद के मुकाबले असभ्यता अधिक पसन्द है। मुझे परी बनने की बजाय छोकरी कहलाना प्रिय है। मुझे पूछना यही था–कि आपने मुझे यह विश्वास दिलाने के लिए इतना प्रयास क्यों किया कि आप मिस इनग्राम से विवाह करनेवाले हैं ?

"बस इतनी-सी बात ? ईश्वर को धन्यवाद कि बहुत बुरी बात नहीं हुई।" इतना कहते ही उसकी तनी भृकुटि सामान्य हो गई, वह मेरी ओर मुस्कराकर देखने लगे और बालों को सहलाने लगे मानो किसी खतरे के टल जाने से प्रसन्न हो उठे हों। फिर बोले, "हाँ, मैं इसे स्वीकार करता हूँ जेन, यद्यपि तुम्हें इस पर कुछ क्रोध आएगा। मैंने देखा कि क्रोधित होने पर तुम कितनी वीरात्मा हो उठती हो। पिछली रात उस ठंडी चाँदनी में, जब तुमने भाग्य के विरुद्ध विद्रोह किया था और मेरे बराबर होने का दावा किया था, तुम धधक-सी उठती थी। अच्छा जेन, यदि मैं कहूँ कि विवाह का प्रस्ताव तुम्हीं

---

1. प्राचीन ईरान का एक राजा जिसने एस्थर नाम की यहूदी कन्या को अपनी रानी बनाने के लिए उसे अपना आधा राज्य दे दिया था।

ने मेरे आगे रखा तो !"

"बिल्कुल मैंने रखा। किन्तु मैं जो पूछ रही थी, श्रीमान...मिस इनग्राम के विषय में ?"

"अच्छा तो सुनो। मैंने मिस इनग्राम से प्रेम करने का नाटक इसलिए रचा था, ताकि मैं तुम्हें भी प्यार में उतना ही पागल बना दूँ जितना मैं तुम्हारे प्रेम में पागल था। और मुझे लगा कि इस लक्ष्य की प्राप्ति में ईर्ष्या मेरी बहुत बड़ी सहायक होगी।"

"वाह-वाह ! पर अब आप महान् नहीं रहे, मेरी इस कानी उँगली जितने ही छोटे मनुष्य हो गए। यह बड़े शर्म की बात थी। बड़ा अनुचित कार्य था वैसा नाटक करना। क्या, आपको मिस इनग्राम की भावनाओं का कुछ खयाल नहीं आया, श्रीमान ?"

"उसकी भावनाएँ एक ही जगह केन्द्रीभूत हैं...अहंकार में। और अहंकार को तो ठोकर लगनी ही चाहिए। अच्छा जेन, क्या तुम्हें ईर्ष्या हुई थी।"

"छोड़िए, मि. रोचेस्टर, यह जानना आपके लिए आवश्यक नहीं है। सिर्फ एक बात मुझे सच-सच बतलाइए। क्या मिस इनग्राम आपके झूठे प्रेमालाप से आहत नहीं हुई होगी ? क्या वह अपने को परित्यक्त और अकेली नहीं अनुभव करती होगी ?"

"असम्भव। जबकि मैं तुम्हें बतला चुका हूँ कि मैंने नहीं, उसने ही मुझे त्याग दिया। मेरे दिवालिया होने की खबर ने उसके प्रेम को ठंडा कर दिया, बल्कि यह कहो कि प्रेमाग्नि को क्षण-भर में बुझा डाला।"

"आपका मस्तिष्क भी विचित्र और षड्यन्त्रकारी है मि. रोचेस्टर। मुझे भय है कि आपके विचारों में कभी-कभी झक्कीपन दिखाई देता है।"

"मेरे विचारों को नियन्त्रण का अच्छा प्रशिक्षण कभी नहीं मिला। इसके अभाव में उनकी बाढ़ कुछ अनियन्त्रित हुई होगी।"

"मैं एक बार पुनः पूछती हूँ। सच-सच बताइएगा। जो सौभाग्य मुझे प्रदान किया गया है, उसका आनन्द क्या मैं इस चिन्ता से मुक्त होकर उठाऊँ कि अब कोई वैसी पीड़ा नहीं झेलूँगी जैसी मैं कुछ देर पहले झेल रही थी ?"

"हाँ, मेरी नन्ही प्रेयसी। संसार में कोई दूसरा नहीं, जिसे मुझसे तुम्हारे जैसा पवित्र प्यार हो। तुम्हारे प्यार के भरोसे का मरहम मैं आत्मा पर रखता हूँ।"

मैंने अपनी गर्दन को घुमाकर उन हाथों को चूम लिया जो मेरे कन्धे पर पड़े थे। मैं उनसे बहुत प्यार करती थी–अपने कहने की शक्ति से अधिक, शब्दों के वर्णन से अधिक।

उन्होंने फिर कहा, "कुछ और माँगो। आज मेरा आग्रह सुनने और मानने का मन हो आया है।"

अनुरोध लेकर मैं तैयार ही थी। बोली, "अपना निर्णय मिसेज फेयरफैक्स को बतला दीजिए श्रीमान, उन्होंने गत रात्रि मुझे आपके साथ देखा था और चौंक गई थीं। मेरी उनसे भेंट होने के पहले उन्हें सारी बात बता दीजिए। इतनी भली महिला मुझे बुरी समझे, इस बात से ही मुझे वेदना होती है।"

"तुम अपने कमरे में जाओ और टोप पहनकर तैयार हो जाओ। मैं चाहता हूँ कि आज प्रातःकाल तुम मेरे साथ मिलकोट चलो। जब तक तुम तैयार होती हो, मैं उन भद्र बूढ़ी महिला को सारी बात बताता हूँ। अच्छा जेनेट, क्या उन्होंने यह समझा होगा कि तुमने प्यार की खातिर संसार को त्याग दिया और इसे गुम हुई चीज ही मान लिया ?"

"मैं समझती हूँ श्रीमान, उन्होंने यह समझा होगा कि मैं अपनी हैसियत भूल गई हूँ, और आपकी भी।"

"हैसियत ! हैसियत ! तुम्हारी हैसियत और तुम्हारी जगह मेरे हृदय में है, और उन लोगों की गर्दन पर भी जो अब या आज के बाद कभी तुम्हारा अपमान करेंगे। जाओ !"

मैं शीघ्र ही कपड़े पहनकर तैयार हो गई और जब मुझे मिसेज फेयरफैक्स के बरामदे से मि. रोचेस्टर के निकलने की आवाज सुनाई दी, मैं जल्दी से उतरकर वहाँ पहुँची। वह महिला प्रातःकाल के समय का बाइबिल पाठ कर रही थी। बाइबिल अभी भी खुली थी और उस पर उनका चश्मा पड़ा था। मि. रोचेस्टर की घोषणा सुनने में जो काम रुका था, लगता था, उस काम को वे भूल ही गई हैं। सामने की खाली दीवार पर टिकी उनकी आँखें इस अप्रत्याशित समाचार से विचलित होकर सदा शान्त रहनेवाले मस्तिष्क के विस्मय-भाव को व्यक्त कर रही थीं। मुझे देखकर उन्होंने अपने को संयत किया, मुस्कराने की चेष्टा की और बधाई के कुछ शब्द बुदबुदाए, किन्तु हँसी विलुप्त हो गई और शब्द भी अधूरे रह गए। उन्होंने चश्मा पहना, बाइबिल बन्द किया और कुर्सी खिसकाकर खड़ी हो गईं।

"मुझे बड़ा आश्चर्य हो रहा है," वे बोलीं, "मेरी समझ में नहीं आता तुम्हें क्या कहूँ, मिस आयर। मैं स्वप्न तो नहीं देख रही थी, क्यों ? कभी-कभी ऐसा होता है कि अकेले बैठे-बैठे मैं तन्द्रा में लीन हो जाती हूँ और ऐसी बात के होने की कल्पना करती हूँ जो कभी हुई ही नहीं। तन्द्रा में मुझे कई बार ऐसा लगा है कि मेरे प्यारे पति जो पन्द्रह वर्ष पहले मर चुके, आकर मेरी बगल में बैठे हैं और मुझे सुनाई पड़ा कि वे अपनी आदत के अनुसार मेरा नाम (एलिस) लेकर मुझे बुला रहे हैं। अब तुम्हीं बताओ, क्या यह सच है कि मि. रोचेस्टर ने तुमसे विवाह का प्रस्ताव रखा है ? मुझ पर हँसो मत। पर मुझे सचमुच ऐसा लगा कि अभी पाँच मिनट पहले वे यहाँ आए थे और मुझे बतलाया था कि एक माह के अन्दर तुम उनकी पत्नी बन जाओगी।"

मैंने उत्तर दिया, "उन्होंने मुझसे भी यही कहा है।"

"उन्होंने कहा ! तुम उन पर विश्वास करती हो ? क्या तुमने उन्हें स्वीकार किया है ?"

"हाँ," मैंने उत्तर दिया तो वे विक्षिप्त-सी मुझे देखने लगीं।

"मैं तो यह सोच भी नहीं सकती थी। वे अभिमानी व्यक्ति हैं। सभी रोचेस्टर अभिमानी थे। पर उनके पिता को रुपयों का भी लोभ था। वे भी इस मामले में सजग रहे हैं। उनका सचमुच तुमसे विवाह करने का इरादा है ?"

"मुझसे तो ऐसा ही कहते हैं।"

उन्होंने मुझे ऊपर से नीचे तक देखा। उनकी दृष्टि से मुझे लगा कि उन्होंने मुझमें ऐसा कोई आकर्षण नहीं पाया जिससे यह गुत्थी सुलझ सकती।

''यह मेरी समझ से परे है,'' वे बोलती गईं, ''पर जब तुम भी ऐसा कहती हो तो बेशक सच ही होगा। आगे क्या होगा, मैं नहीं कह सकती। सच, मैं नहीं जानती। ऐसे मामलों में बराबरी का परिवार, बराबरी को हैसियत होना ठीक रहता है। इसके अतिरिक्त तुम लोगों की उम्र में भी बीस वर्ष का अन्तर है। वे तो लगभग तुम्हारे पिता जैसे हैं।''

भिन्नाकर मैं बोल पड़ी, ''नहीं, बिल्कुल नहीं, मिसेज फेयरफैक्स। वे मेरे पिता जैसे बिल्कुल नहीं हैं। हमें साथ देखकर कोई एक क्षण के लिए भी ऐसा नहीं सोचेगा। मि. रोचेस्टर वैसे ही युवा लगते और दिखते हैं जैसे कोई पच्चीस वर्ष की आयु में लगता है।''

उन्होंने फिर पूछा, ''क्या वे सचमुच प्यार के कारण ही तुमसे विवाह करना चाहते हैं ?''

उनके रूखेपन और अविश्वास से मैं इतनी दुखी हो गई कि मेरी आँखों में आँसू उमड़ आए।

तब वह विधवा कहने लगीं, ''मुझे दुख है कि तुम्हें चोट पहुँची। किन्तु तुम इतनी कम आयु की हो और तुम्हें पुरुषों के बारे में इतनी कम जानकारी है कि मैंने तुम्हें सावधान करना बेहतर समझा। एक पुरानी कहावत है–सभी चमकनेवाली वस्तुएँ सोना नहीं होतीं। और इस मामले में मुझे आशंका है कि तुम्हारी और मेरी आशा के विपरीत कहीं कुछ अनहोनी न हो जाए।''

''क्यों ? क्या मैं राक्षस हूँ ?'' मैं बोली, ''क्या यह असम्भव है कि मि. रोचेस्टर को मुझसे सचमुच प्रेम हो ?''

''नहीं। तुम बहुत अच्छी हो, और इधर तुम अधिक सुन्दर भी लगने लगी हो। और मैं दावे से कह सकती हूँ कि मि. रोचेस्टर तुम्हें चाहते हैं। मैंने देखा है कि तुम उनकी प्रिय हो ! कई बार ऐसा हुआ कि तुम्हारी चाहत उनमें देखकर मैं तुम्हारे लिए चिन्तित हो उठती थी और तुम्हें सावधान करना चाहती थी, पर मैं किसी अनिष्ट की सम्भावना की ओर इंगित करना नहीं चाहती थी। मैं जानती थी कि ऐसे विचार से तुम्हें धक्का लगेगा और तुम दुखी हो जाओगी...और तुम इनती बुद्धिमती, विनम्र और समझदार तो हो ही कि मुझे आशा थी, तुम अपनी सुरक्षा स्वयं कर सकोगी। मैं तुम्हें कह नहीं सकती कि गत रात्रि तब तुझे कितनी वेदना हुई जब मैंने तुम्हें सारे घर में ढूँढ़ा, पर तुम कहीं नहीं मिली और न ही मालिक मिले और फिर बारह बजे रात्रि में तुम्हें उनके साथ आते हुए देखा।''

मैंने अधीर होकर रोका, ''अच्छा, अब उन बातों को भूल जाइए। अन्त में सब कुछ ठीक हो गया, यही काफी है।''

उन्होंने कहा, ''हाँ, आशा करती हूँ कि अन्त में सब ठीक ही होगा। किन्तु विश्वास

करो, तुम्हें बहुत सावधान रहने की जरूरत है। प्रयास करके मि. रोचेस्टर को अपने से दूर ही रखो। स्वयं पर और उन पर भी भरोसा मत करो, क्योंकि उनकी हैसियतवाले धनी लोग सामान्यतः गवर्नेसों से विवाह नहीं करते।''

मैं सच ही चिड़चिड़ी-सी होने लगी थी। शुक्र था कि एडेली दौड़ती हुई आ पहुँची।

उसने जोर से कहा, ''मुझे भी ले चलिए, मुझे भी मिलकोट ले चलिए। मि. रोचेस्टर तो मुझे नहीं ले जाएँगे, यद्यपि गाड़ी में बहुत जगह है। मादाम, आप उनसे अनुरोध कीजिए कि मुझे ले चलें।''

''हाँ, मैं करूँगी, एडेली।'' कहकर मैं शीघ्रता से उसके साथ नीचे उतरने लगी। मुझे अपनी मनहूस अभिभाविका से मुक्ति पाकर प्रसन्नता हुई। गाड़ी तैयार थी। गाड़ीवान उसे सामने दरवाजे पर लगा रहा था और मालिक दरवाजे पर इधर-उधर टहल रहे थे।

''एडेली भी हम लोगों के साथ चलेगी, है न श्रीमान ?''

''मैं उसे कह चुका हूँ कि नहीं जाना है। मुझे बच्चे नहीं चाहिए, मुझे तुम्हारा साथ चाहिए।''

''उसे आने दीजिए मि. रोचेस्टर, कृपा कीजिए। यही बेहतर रहेगा।''

''बिल्कुल नहीं, वह तो बाधा बन जाएगी।''

उनकी आकृति और स्वर, दोनों में दबदबा था। मिसेज फेयरफैक्स की चेतावनी की सिहरन और उनकी आशंकाओं की धुँध मुझ पर छा गई। असम्भाविता और अनिश्चितता ने मेरी आशाओं को ग्रस लिया। मुझे लगा कि उन पर मेरा जोर नहीं चल रहा है। जब वे मुझे गाड़ी में बिठाने लगे तो बिना कुछ आगे विरोध किए मैं उनकी आज्ञा का पालन करने जा रही थी। तभी अचानक उन्होंने मेरे चेहरे की ओर देखा और पूछने लगे, ''क्या बात है ? सारी खुशी खत्म ? क्या तुम सचमुच उस बातूनी बच्ची को साथ ले जाना चाहती हो ? यदि उसे छोड़ दूँ तो क्या तुम्हें दुख होगा ?''

''यदि वह साथ जाती तो मुझे अच्छा लगता, श्रीमान !''

उन्होंने चिल्लाकर एडेली से कहा, ''तो दौड़कर अपनी टोपी ले आओ...बिजली की तेजी से।''

जितनी तेजी से सम्भव था, उसने आज्ञा का पालन किया।

''खैर, एक सुबह की बाधा से बहुत नहीं बिगड़ेगा, जबकि मैं जल्दी ही तुम्हें पूर्ण रूप से पानेवाला हूँ। तुम्हें तुम्हारे विचारों को, तुम्हारी बातें को, तुम्हारा साथ, सभी कुछ जीवन-भर के लिए।'' वे धीरे-धीरे बोले।

एडेली को जब उठाकर गाड़ी में बिठाया गया तो वह मेरे हस्तक्षेप के प्रति कृतज्ञता व्यक्त करने के लिए मुझे चूमने लगी। मि. रोचेस्टर ने तुरन्त उसे अपनी दूसरी तरफ एक कोने में बिठा दिया। तब वह झाँककर मेरी ओर देखने लगी। इतने कठोर पड़ोसी का नियन्त्रण उसे असह्य था और उनकी वर्तमान क्रोधित मनोदशा में उनसे चुपके-चुपके कुछ बात कहने-पूछने का साहस भी उसमें नहीं था।

मैंने फिर अनुनय किया, "उसे मेरे पास आने दीजिए। वह शायद आपको तंग करेगी। इधर बहुत जगह भी तो है।"

उन्होंने एडेली को ऐसे उठाकर मुझे दिया मानो वह कोई गोद का कुत्ता हो। "मैं इसे स्कूल भेज दूँगा !" वे बोले, पर फिर मुस्कराने लगे।

एडेली ने उनकी बातें सुनीं और बोली, "क्या मैं बिना मादाम के स्कूल जाऊँगी ?"

वे बोले, "हाँ ! बिल्कुल बिना मादाम के। मैं मादाम को चाँद पर ले जाऊँगा और वहाँ की ज्वालामुखी पहाड़ियों के बीच उजली घाटी में एक गुफा ढूँढ़ूँगा। वह उसी में मेरे साथ रहेगी, सिर्फ मेरे साथ।"

"वहाँ तो उन्हें खाने को कुछ नहीं मिलेगा। आप उन्हें भूखों मार देंगे।" एडेली सोचते हुए बोली।

"वहाँ मैं रात-दिन उसके लिए अमृत एकत्र करूँगा। चाँद की घाटी और पहाड़ियाँ अमृत से ढँकी हुई हैं, एडेली।"

"ठिठुरन से बचने के लिए गर्मी चाहेंगी तो उन्हें आग कहाँ से मिलेगी ?"

"चाँद की पहाड़ियों से आग निकलती है। जब उसे ठंड लगेगी तो मैं उसे उठाकर पहाड़ की चोटी पर ले जाऊँगा और ज्वालामुखी के मुख की बगल में बिठा दूँगा।"

"ओह, अच्छा आराम मिलेगा। पर कपड़े ? ये कपड़े फट जाएँगे तो नए कहाँ से लाएँगी ?"

मि. रोचेस्टर ने उधेड़बुन में पड़ने का नाटक किया, "हाँ, ये तो है। अच्छा, ऐसे में तुम क्या करती एडेली ? जरा सोचकर बतलाओ। क्या तुम्हें लगता है कि एक उजले या गुलाबी बादल से कपड़े का काम निकल जाएगा और इन्द्रधनुष को काटकर सुन्दर स्कार्फ बनाया जा सकता है ?"

कुछ देर सोचने के बाद एडेली इस निष्कर्ष पर पहुँची, "नहीं, वे जहाँ हैं, वहीं ठीक हैं। इसके अतिरिक्त वे सिर्फ आपके साथ चाँद पर रहते-रहते ऊब जाएँगी। यदि मैं मादाम की जगह होती तो कभी आपके साथ चलने को तैयार नहीं होती।"

"वह तो तैयार हो गई है। उसने वचन दे दिया है।"

"किन्तु आप उन्हें वहाँ ले ही नहीं जा सकते। चाँद पर जाने का कोई रास्ता ही नहीं है। सिर्फ हवा-ही-हवा है, और न तो आप उड़ सकते हैं और न वे उड़ सकती हैं।"

"एडेली, उस मैदान की ओर देखो !" अब हम लोग थार्नफील्ड गेट से बाहर निकल आए थे और गाड़ी मिलकोट की ओर जानेवाली चिकनी सड़क पर तेजी से फिसलती चली जा रही थी, जिसकी धूल पानी से जम गई थी और जिसके दोनों ओर की झाड़ियाँ और ऊँचे सागवान के पेड़ वर्षा से धुलकर हरे चमक रहे थे। "एडेली, उसी मैदान में मैं एक पखवाड़ा पहले एक शाम देर तक टहलता रहा, उसी शाम जिस दिन तुमने मुझे बगिया के मैदान में पुआल सुखाने में सहायता की थी। चूँकि मैं सूखी फसल के बोझ को उलटते-पुलटते थक गया था, मैं एक ऊँची जगह पर सुस्ताने बैठ गया और एक डायरी और पेंसिल निकालकर बहुत दिनों पहले मुझ पर पड़ी एक विपत्ति के विषय

में लिखने लगा, और अब जो आनन्दपूर्ण दिन मेरे जीवन में आए हैं, उसकी व्यग्र अभिलाषा को भी अंकित करने लगा। सूर्य की किरणें पत्तियों पर से लुप्त होती जा रही थीं, फिर भी मैं तेजी से लिखता जा रहा था। तभी कोई परी सड़क से चलकर आई और मुझसे दो गज की दूरी पर रुक गई। मैंने उसकी ओर देखा। सिर पर हलका, कोमल जाली-सा घूँघट पहने एक नन्ही-सी चीज खड़ी थी। मैंने उसे पास आने का इशारा किया और वह मेरे घुटने के पास आ गई। न तो वह मुझसे कुछ बोली और न ही मैं कुछ बोला, किन्तु हम दोनों ने एक-दूसरे की आँखों में कुछ पढ़ा। हमारी मूक वार्तालाप का सारांश यह है–

''उसने कहा मैं एक परी हूँ और परियों के देश से आई हूँ। मेरा लक्ष्य तुम्हारे जीवन को सुखी बनाना है, पर तुम्हें इसके लिए यह संसार छोड़कर किसी एकान्त जगह में चलना होगा, जैसे चाँद पर। फिर उस पहाड़ी के पीछे उगते अर्धचन्द्र की ओर देखते हुए, सिर हिलाकर इंगित किया। उसी ने मुझे स्पटिक गुफा तथा चाँद की घाटी के विषय में बतलाया, जहाँ हम रह सकें। मैंने उससे कहा कि मैं तो जाने को तैयार हूँ, पर मेरे पास उड़ने के लिए पंख नहीं हैं।

''परी ने उत्तर दिया–इससे कुछ नहीं बिगड़ेगा। मेरे पास एक तावीज है। जो सारी कठिनाइयों को दूर करेगी। फिर एक सुन्दर सोने की अँगूठी दिखाते हुए बोली, इसे अपनी चौथी उँगली में पहन लो। तब मैं तुम्हारी और तुम मेरे हो जाओगे। फिर हम दोनों इस संसार को छोड़ देंगे और वहाँ दूर, अपना एक स्वर्ग बसाएँगे। फिर उसने चाँद की ओर इंगित किया। एडेली, वह अँगूठी मेरे जैकेट की जेब में सिक्के के रूप में है, किन्तु मैं इसे शीघ्र ही फिर अँगूठी बना लूँगा।''

''किन्तु इस बात से मादाम को क्या मतलब ? मुझे परी की कोई परवाह नहीं। आपने तो कहा कि आप मादाम को चाँद पर ले जाएँगे।''

''मादाम ही परी है,'' वे रहस्यमय ढंग से फुसफसाते हुए बोले। इस पर मैंने एडेली से कहा कि उनके बकवास पर ध्यान मत दो। वह भी फ्रांसिसियों की तरह खूब शंका करने लगी, मि. रोचेस्टर को बात गढ़नेवाला बताने लगी और कहने लगी कि आपकी परी आदि पर मुझे विश्वास नहीं है और वह कभी आपके पास नहीं आई होगी, न अँगूठी दी होगी और न आपके साथ चाँद पर रहने को तैयार हुई होगी।

मिलकोट में बिताया गया एक घंटा मेरे लिए कुछ परेशानी का कारण रहा। मि. रोचेस्टर मुझे एक रेशमी परिधानोंवाली दूकान पर ले गए और मुझे आधे दर्जन पोशाक चुनने को कहा। मुझे ऐसे काम से घृणा थी। मैंने अनुनय किया कि अभी इस काम को छोड़ दें। पर नहीं, यह तो अभी करना होगा। उनके कानों में धीमे-धीमे बहुत अनुनय-विनय करने के बाद वे छह से घटाकर दो पर आए, पर ये दो स्वयं चुनने बैठ गए। उनकी आँखें जब कीमती, भड़कीले परिधानों पर दौड़ रही थीं तो मैं चिन्ता से देख रही थी। उनकी आँखें एक चमकते रंगोंवाले बहुमूल्य रेशमी, उच्चकोटि के मखमली वस्त्र पर टिकीं। मेरे फिर से गिड़गिड़ाना शुरू किया कि इससे अच्छा है आप मुझे सोने

का गाउन और चाँदी की टोपी खरीद दीजिए, पर मैं कभी आपकी पसन्द को पहनूँगी नहीं। बड़ी कठिनाई से क्योंकि वह तो पत्थर की तरह अड़ जाते थे, मैंने उन्हें इसके बदले एक सौम्य, काले रंग के साटन के और मोतिया-भूरे रंग के रेशमी वस्त्र पर सहमत किया। वे बोले, ''खैर तो मैं मान लेता हूँ, पर मैं तुम्हें बगीची की तरह दमकता हुआ रखूँगा।''

उस रेशमी वस्त्रालय और हीरे-जवाहरात के आभूषणों की दुकान से निकलकर मैं प्रसन्न हुई क्योंकि वे जितना ही खरीदते जाते थे, उतनी ही मेरे गाल भिन्नाहट और अपमानभाव से लाल हो उठते थे। गाड़ी में लौटने पर मैं निढाल और थकी-हारी-सी थी। तभी मुझे अचानक याद आया (जिसे मैं इन अच्छी-बुरी घटनाओं में बिल्कुल भूल गई थी) मेरे चाचा जॉन आयर का पत्र जो मिसेज रीड को भेजा गया था, और उनका मुझे गोद लेने का और अपना उत्तराधिकारी बनाने का इरादा। मैंने सोचा, 'इससे कुछ राहत मिलेगी। यदि मेरी थोड़ी-सी अपनी सम्पत्ति हो जाए तो मैं कभी भी मि. रोचेस्टर द्वारा गुड़ियों की भाँति सजाया जाना सहन नहीं करूँगी और न ही दूसरी डेनी की तरह बैठकर अपने चारों ओर सोने की फुहार बरसता देखना पसन्द करूँगी। घर पहुँचते ही मैं मेडिएरा पत्र लिखूँगी और अपने चाचा को बतलाऊँगी कि मेरा विवाह होने जा रहा है। किससे हो रहा है, यह भी लिखूँगी। यदि भविष्य में उनकी उत्तराधिकारिणी बनकर मैं मि. रोचेस्टर के लिए कुछ दहेज लाने की आशा कर सकूँ तो अभी उनके प्राप्त भरण-पोषण को किसी भाँति सह लूँगी।' इसी विचार से (जिसे मैं उसी दिन कार्यान्वित करने से नहीं चूकी) मैं कुछ निश्चित होकर पुनः अपने स्वामी और प्रेमी से आँखें मिलाने का साहस कर पाई। वे मुस्कराए, और मुझे उनकी मुस्कान ऐसी लगी जैसे कोई सुलतान अपनी प्रसन्न और आनन्दपूर्ण मुद्रा में अपने उस गुलाम पर मुस्कराता है जिसे उसने अपने सोने और हीरों से सजा रखा है। मैंने उनके हाथों को मरोड़ दिया जो हमेशा व्यग्र होकर मेरे हाथ को ढूँढ़ते रहते थे, भावोद्वेग से लाल होकर उनके हाथों को उनकी ही ओर ठेल दिया, और बोली, ''आप इस तरह तेरी ओर मत देखिए। यदि आप ऐसा करेंगे तो मैं जीवन के अन्त तक अपना वही लोवुडवाला फ्रॉक पहनती रहूँगी और मैं जामुनी रंग के इसी सूती परिधान में विवाह करूँगी। आप इस मोतिया-भूरे रेशमी वस्त्र से अपने लिए ही ड्रेसिंग गाउन सिलवा लीजिए और काले साटन से ढेर सारे वेस्टकोट बनवा लीजिए।''

वे खिलखिलाए और हाथ मलते हुए बोले, ''इसे देखना और इसकी बातें सुनना कितना अच्छा लगता है ! कितनी बेजोड़ है यह ! कितनी मजेदार है ! मैं इस एक छोटी अँगरेज लड़की के बदले तुर्के-आजम का पूरा हरम भी लेना नहीं चाहूँगा जो सुन्दर नयनोंवाली रूपवती स्त्रियों से भरा है।''

यह प्राच्य उपमा मुझे चुभ-सी गई। ''आपको हरम में देखकर मैं बिल्कुल बर्दाश्त नहीं कर सकती। इसलिए मुझे उसका स्थानापन्न मत समझिए। यदि आप वैसी चीजों के प्रति आकर्षित हैं तो श्रीमान, आप फौरन इस्ताम्बूल के बाजारों की ओर प्रस्थान

कीजिए और गुलामों की भारी खरीद में उस फिजूल सम्पत्ति को लगाइए जिसे यहाँ व्यय करने का रास्ता आपको नहीं सूझता।''

''और जब तक मैं वहाँ टनों मांसल शरीरों और ढेरों काली आँखों का मोल-तोल करूँगा, तब तक तुम यहाँ क्या करोगी, जेनेट ?''

''मैं स्वयं तैयार होऊँगी, ताकि एक मिशनरी की भाँति जाकर उन लोगों को स्वाधीनता का सन्देश दूँ जिन्हें पराधीन बनाया जा रहा है—आपके हरम की रहनेवालियों समेत सभी को। मैं वहाँ प्रवेश करूँगी और विद्रोह खड़ा कर दूँगी, और आप तीन पूँछों वाले बादशाह की तरह सजे-धजे एक क्षण में हम लोगों के हाथ बन्दी बन जाएँगे। और मैं तब तक आपके बन्धन काटने पर सहमत नहीं हूँगी जब तक आप अधिकार-पत्र पर, निरंकुश शासकों द्वारा प्रदत्त सबसे अधिक उदार अधिकार-पत्र पर, हस्ताक्षर नहीं करते।''

''मैं तुम्हारी दया पर आश्रित रहना स्वीकार कर लूँगा, जेन।''

''किन्तु मैं तब तक दया नहीं करूँगी, मि. रोचेस्टर, जब तक आप दया की माँग ऐसी नजरों से करते रहेंगे। इसलिए कि जब तक आप ऐसी दृष्टि से देखेंगे, मुझे विश्वास है कि दबाव में आप भले ही हस्ताक्षर कर दें, मुक्त होने पर आप सबसे पहले उन्हीं वादों को तोड़ेंगे।''

''क्यों जेन, तुम चाहती क्या हो ? मुझे भय है कि चर्च की पवित्र वेदी पर सम्पन्न विवाह के अतिरिक्त तुम मुझे बिल्कुल सादे विवाह-उत्सव के लिए बाध्य कर दोगी। मुझे लग रहा है कि तुम विचित्र शर्तें रखोगी। क्या हैं वे शर्तें ?''

''मैं शान्त और स्थिर रहना चाहती हूँ, उपकारों के बोझ तले दबना नहीं। क्या आपको याद है कि आपने सेलीन वेरेंस के विषय में क्या कहा था ? उन हीरो, मूल्यवान वस्त्रों के विषय में जो आपने उसे दिए थे ? मैं आपकी अँगरेज सेलीन वेरेंस नहीं बनना चाहती। मैं एडेली की गवर्नेस का कार्य करती रहूँगी और उस रूप में अपने रहने, खाने-पीने का खर्च अर्जित करती रहूँगी। इसके अतिरिक्त वार्षिक तीस पौंड भी। मैं अपने वस्त्र-परिधान उसी पैसे से खरीदूँगी, और आप मुझ कुछ नहीं देंगे, सिवा इसके कि...''

''हाँ, सिवा किसके...?''

''सिवा अपने प्यार के, और यदि मैं आपके प्यार के बदले प्यार देती हूँ तो मामला बराबर।''

''खैर, इस शान्त स्वाभाविक उद्दंडता तथा शुद्ध जन्मजात स्वाभिमान के मामले में तुम तो अनुपम हो ही।'' उन्होंने कहा। अब थार्नफील्ड नजदीक आ रहा था। जब हम लोग दरवाजे में प्रवेश करने लगे तो उन्होंने पूछा, ''आज शाम मेरे साथ भोजन करने की कृपा करोगी ?''

''नहीं श्रीमान, धन्यवाद।''

''यदि कोई पूछते कि यह नहीं और धन्यवाद किसलिए तो ?''

''मैंने कभी आपके साथ भोजन नहीं किया है और आज करूँ, इसका कोई कारण नहीं दीखता। जब तक कि...''

''क्या जब तक ? तुम्हें आधी बातें बोलने में आनन्द आता है।''

''जब तक ऐसा चल सके।''

''क्या तुम समझती हो कि मैं नरभक्षी राक्षस या भूत-प्रेतों की तरह खाता हूँ जो मेरे साथ खाने से डरती हो ?''

''इस विषय पर मैंने अभी तक धारणा बनाई ही नहीं, श्रीमान, किन्तु मैं चाहती हूँ कि एक माह और वैसा ही चले जैसा चलता आया है।''

''तुम अपनी गवर्नेस की नौकरी तो छोड़ दोगी न ?''

''अरे, माफ कीजिए श्रीमान, मैं नहीं छोड़ूँगी। जैसा चल रहा है, मैं वैसा ही करती रहूँगी। मैं सारे दिन आपसे अलग रहूँगी, जैसाकि मेरा रूटीन रहा है। आप मिलना चाहें तो मुझे शाम में बुलवा सकते हैं। उस समय मैं आऊँगी, पर दूसरे किसी समय नहीं।''

''इन प्रतिबन्धों के दबाव से राहत पाने के लिए और एडेली के शब्दों में छुटकारा पाने के लिए मुझे सिगरेट चाहिए या फिर एक चुटकी नसवार। किन्तु दुर्भाग्यवश न तो सिगरेट की डिबिया है और न नसवार की डिब्बी। पर सुनो (धीरे से), नन्ही अत्याचारिन, अभी तुम्हारा जमाना है। पर जल्दी ही मेरे दिन आएँगे, और जब मैं तुम्हें अच्छी तरह जकड़ लूँगा, पाने और पकड़ने के लिए, तो मैं तुम्हें इस चेन के लॉकेट की तरह बाँधकर रखूँगा। हाँ, नन्ही लड़की। मैं तुम्हें कलेजे से लगाकर रखूँगा। नहीं तो कहीं यह हीरा खो न जाए।'' ऐसा कहते-कहते उन्होंने मुझे गाड़ी से उतरने में सहारा दिया। फिर जब वे एडेली को उठाकर नीचे उतारने लगे, मैं घर में घुसी और तुरन्त ऊपर की ओर चल पड़ी।

उन्होंने नियमतः शाम को मुझे अपने पास बुलाया। मैंने उसके लिए काम सोच ही रखा था क्योंकि मैं पूरी शाम झूठ-मूठ की गप में नहीं बिताना चाहती थी। मुझे उनका मधुर स्वर स्मरण था। मैं यह भी जानती थी कि उन्हें गाना पसन्द है; अच्छे गायक सामान्यतः गाना चाहते ही हैं। मुझे तो वाद्ययन्त्रों की जानकारी थी ही नहीं, और उनकी श्रेष्ठ रुचि के अनुसार मैं संगीतज्ञ भी नहीं थी, पर अच्छा गीत सुनने में मुझे भी आनन्द आता था। जैसे ही शाम, रोमांस की बेला, खिड़कियों पर गहराने लगी, मैं उठी, प्यानो खोल दिया और ईश्वर की दुहाई देकर उनसे गाना सुनाने का अनुरोध करने लगी। उन्होंने मुझे एक झक्की औरत कहा और बोले कि वे दूसरे दिन सुना देंगे, पर मैं जिद करती रही कि आज का दिन ही सबसे ठीक है। उन्होंने पूछा, ''क्या मेरा स्वर तुम्हें पसन्द है ?''

''बहुत,'' मैंने उत्तर दिया। मैं उनके अहंकार के भाव को बढ़ावा देना नहीं चाहती थी, पर एक बार सुविधा की दृष्टि से मैंने उनके भावों को सहलाना और बढ़ावा देना उचित समझा।

''तो जेन, तुम साथ में वाद्य बजाओ।''

"बहुत अच्छा श्रीमान, मैं प्रयास करती हूँ।"

मैंने प्रयास किया, पर शीघ्र ही उन्होंने मुझे स्टूल से हटा दिया और 'नन्ही गोलमाल करनेवाली' कहा। इस प्रकार एक ओर धकेले जाना मुझे पसन्द आया। उन्होंने मेरी जगह ले ली और स्वयं वाद्य बजाकर गाने लगे, क्योंकि उन्हें गाना और बजाना दोनों आता था। मैं जल्दी से खिड़की के पास चली गई और वहाँ बैठी-बैठी बाहर के शान्त पेड़ों और धुँधले मैदानों को देखने लगी। इधर वह गीत मधुर स्वर और मीठी हवा में मिलकर चारों ओर फैल रहा था–

कभी किसी दिल ने अगर हो
शुद्ध प्यार को जाना।
चाहा मेरे कम्पित मन ने
उसी प्यार को पाना

उसका आना मेरी आशा,
उसका जाना पीड़ा।
यदि विलम्ब हो दर्शन में तो
भर जाए मन में पीड़ा।

स्वर्गिक सुख है उसे चाहना,
प्यार उसी का पाना।
भूला मैं सब, रहा याद
बस इसी लक्ष्य को पाना

हम दोनों के बीच खड़ी थी
लम्बी दूरी काली।
गरज रही थी झाग, लहर थी
गहरे सागरवाली।

भूत-प्रेत से घिरी राह थी,
घोर अँधेरे जंगल।
बाधा भारी, कष्ट अनेक
हम दोनों पर पल-पल

मुझे नहीं चिन्ता इन सबकी
दूँ मैं उन्हें चुनौती

बढ़ता ही जाऊँगा पल-पल
झेल यातना, धमकी।
सपनों में मैं इन्द्रधनुष पर
बैठ उड़ा आकाश।
आँखों के आगे जगमग थे
वर्षा और प्रकाश।

अर्ध-चेतना में मेरा मन
लक्ष्य ओर उड़ जाए
मुझे नहीं परवाह कुछ हरगिज
प्रलय जो मुझ पर छाए।

बादल के मजबूत परों पर
बैठ अगर वो आए,
इस सुन्दर पल में गर चारों
ओर मुसीबत छाए,

नफरत मेरी जान भी ले ले
बन्द हो हक का द्वार,
ताकत खूनी आँख दिखाए
जिसका आर न पार,

मेरी प्रियतम ने नन्हा अपना
हाथ मुझे दे डाला।
ईश्वर साक्षी, उसी हाथ की
पहनी मैंने माला।

जीवन-मरण साथ रहने की
शपथ है हमने खाई।
अहा साध अपने जीवन की
आखिर मैंने पाई।

वे उठे और मेरी ओर आए। मैंने देखा कि उनका मुखड़ा भावावेश में था और उनकी बड़ी-बड़ी आँखें चमक रही थीं। प्रत्येक अंग में प्यार और उमंग छाया हुआ था। मैं क्षण-भर के लिए काँप गई। फिर मैंने स्वयं को सचेत किया। प्रेमालाप और प्रणय के

दृश्य मुझे नहीं चाहिए, पर इन दोनों का खतरा मेरे ऊपर मँडरा रहा था। सुरक्षा का कोई उपाय ढूँढ़ना होगा। मैंने अपनी जबान तेज की। उनके पास आते ही मैंने तल्खी से पूछा, ''अब आप किससे विवाह करने जा रहे हैं ?''

''प्रियतमा जेन का यह अजीब-सा प्रश्न है।''

''सच ! मुझे तो यह बिल्कुल स्वाभाविक और आवश्यक जान पड़ा क्योंकि अभी आप अपनी भावी पत्नी से साथ-साथ मरने की आशा कर रहे थे। ऐसे स्वार्थी विचारों से आपका क्या अभिप्राय है ? मेरा आपके साथ-साथ मरने का कोई इरादा नहीं, यह आप जान लें।''

''ओह, मैं तो सिर्फ यह चाहता हूँ, यही प्रार्थना करता हूँ कि तुम मेरे साथ जियो। मृत्यु मेरे जैसों के लिए नहीं है।''

''बिल्कुल है। मुझे भी समय आने पर मरने का उतना ही अधिकार है जितना आपको है। पर अपना समय आने तक मैं प्रतीक्षा करूँगी; सती बनने के लिए जल्दी नहीं करना चाहूँगी।''

''क्या तुम इस स्वार्थपूर्ण भावना के लिए मुझे कृपा करके क्षमा कर दोगी और एक चुम्बन देकर विश्वास दिलाओगी कि तुमने मुझे माफ कर दिया है ?''

''नहीं, मुझे क्षमा करें।''

इस पर मैंने सुना कि उन्होंने मुझे कठोर-हृदया लड़की कहा और बोले कि कोई और स्त्री होती तो अपनी प्रशंसा में ऐसे गीत की पंक्तियों को सुनकर अन्दर तक पिघल जाती।

तब मैंने उन्हें विश्वास दिलाया कि मैं सचमुच ही स्वभावतः कठोर हूँ। अत्यन्त रूखी और भविष्य में भी आप मुझे बार-बार ऐसा पाएँगे। अतः मैंने निश्चय किया है कि चार सप्ताह बीतने के पूर्व अपने सारे दोष, दुर्गुण आपको दिखला दूँ, ताकि आप जान लें कि आपने कैसा चुनाव किया है और यदि चाहें तो समय रहते अपना निर्णय बदल सकें।

''क्या तुम अब चुप करोगी और बुद्धि से बात करोगी ?''

''यदि आप चाहे तो मैं चुप हो जाऊँगी। पर जहाँ तक बुद्धि से बात करने का प्रश्न है, मैं अपनी समझ में बुद्धिमत्तापूर्ण बात ही कर रही हूँ।''

वे चिढ़ गए और झल्लाने, बड़बड़ाने लगे। मैंने मन में सोचा, 'बहुत अच्छा। आप जितना चाहे चिढ़िए और झल्लाइए, पर मुझे विश्वास है कि अभी आपके साथ ऐसा ही व्यवहार करना मेरे लिए ठीक रहेगा। मैं आपको इतना प्यार करती हूँ कि शब्दों में व्यक्त नहीं कर सकती। पर मैं भावुकता की खाई में नहीं डूबूँगी, विवेक के सहारे आपको भी उस खाई से दूर ही रखूँगी और इसी तीखी नीति से हम दोनों के बीच की वह दूरी बनाए रखूँगी जो हम दोनों के लिए हितकर है।''

थोड़ा-बहुत करके मैं उन्हें इसी भाँति चिढ़ाती रही। जब वे रूठकर कमरे के दूसरे छोर पर चले गए, मैं उठी और सदा की भाँति सम्मानपूर्ण ढंग से 'गुडनाईट, सर' कहते हुए बगल के द्वार से निकलकर चली गई।

यह तरीका जो शुरू हुआ तो चार सप्ताह के प्रतीक्षा की अवधि तक पूर्ण सफलता के साथ चलता रहा। वह निस्सन्देह क्रोधित और चिढ़े-से हो जाते थे, पर कुल मिलाकर देखा जाए तो उनका पूरा मन प्रसन्न होता था। सच पूछो तो मेमने की निरीहता और कबूतर की भाँति समर्पण उनके अहंकार को बढ़ाता ही नहीं, बल्कि उनकी बुद्धि, विवेक और रुचि को भी अन्त में नहीं भाता।

दूसरे व्यक्तियों की उपस्थिति में, मैं पूर्व की भाँति शान्त और उनके प्रति सम्मानपूर्ण रहती थी। किसी दूसरे प्रकार के व्यवहार का तो प्रश्न ही नहीं था। मैं सिर्फ सन्ध्या की मुलाकातों में इस प्रकार उन्हें बढ़ने से रोकती और प्रताड़ित करती थी। शाम के सात बजे ही वे मुझे नियमित रूप से बुला भेजते थे, यद्यपि अब जब मैं उनके समक्ष उपस्थित होती तो उनके होंठों पर 'प्रिय या प्रेयसी' जैसे मधुर शब्द नहीं होते थे। मेरे प्रति तब अच्छे-से-अच्छे शब्द ये होते थे–'चिढ़ानेवाली पिल्ली, दुष्ट, ईर्ष्यालु, बेवफा आदि'। प्यार की जगह भी कभी मुझे मुँह चिढ़ाया जाता, कभी हाथ मसल दिया जाता, कभी बाँह में चिकोटी काटी जाती, चुम्बन के बदले कान ऐंठ दिया जाता। पर अभी के लिए यही ठीक था। वर्तमान में भावुक प्रेम के स्थान पर इन भयानक कृपाओं को मैं निश्चय ही अधिक पसन्द करती थी। मैंने यह भी गौर किया था कि मिसेज फेयरफैक्स मेरे व्यवहार का समर्थन करती थीं, मेरे कारण उन्हें जो चिन्ता हुई थी वह दूर हो गई। इसलिए मुझे विश्वास हो चला था कि मेरा व्यवहार ठीक है। इस बीच मि. रोचेस्टर कहते थे कि मैं उन्हें सताकर मारे डाल रही हूँ और धमकाते थे कि भविष्य में जल्दी ही वे मेरे बरताव का कठोर प्रतिशोध लेंगे। उनकी धमकी पर मैं मन-ही-मन हँसती और सोचती थी कि 'यदि अभी मैं आपको सीमा में रख पा रही हूँ तो निस्सन्देह भविष्य में भी मैं आपको नियन्त्रित रख पाऊँगी। एक उपाय प्रभावशाली नहीं रहेगा, तो दूसरा उपाय ढूँढ़ लिया जाएगा।'

सबकुछ होते हुए भी मेरा कार्य सरल नहीं था। प्रायः मेरे मन में इच्छा होती कि उन्हें चिढ़ाने की बजाय उन्हें प्रसन्न रखती। मेरा भावी पति मेरे लिए मेरा सम्पूर्ण संसार बन गया था, बल्कि संसार से भी अधिक, मेरा स्वर्ग। वह मेरे और मेरे धार्मिक विचारों के बीच खड़ा था जैसे ग्रहण मानव और सूरज के बीच आ जाता है। मैं उन दिनों ईश्वर के इस बन्दे के कारण ईश्वर को भी भूल बैठी थी क्योंकि इसी को मैंने अपना पूज्य बना लिया था।

25

प्रणय का माह समाप्त हो चला था; बस कुछ घंटे ही शेष थे। आनेवाले दिन को, विवाह के शुभ दिन को, टाला नहीं जा सकता था। इस शुभ दिन के आगमन की सारी तैयारियाँ पूरी हो चुकी थीं। कम-से-कम मेरे करने के लिए तो कुछ भी शेष नहीं था। मेरे छोटे कमरे की दीवार से लगे, कतार में मेरे बक्से पड़े थे—सभी भरे हुए, तालेबन्द, रस्सी से बँधे। कल ठीक इसी समय वे सभी लन्दन के रास्ते पर जा रहे होंगे, और मैं भी। बल्कि सच कहूँ तो मैं नहीं, वरन् कोई एक जेन रोचेस्टर, जिसे मैं अब तक नहीं जानती थी। इन सभी पर सिर्फ पता चिपकाना बाकी था। पते के चौकोर छोटे-छोटे कार्ड ड्रावर में पड़े थे। मि. रोचेस्टर ने स्वयं प्रत्येक पर पता लिखा था—श्रीमती रोचेस्टर, होटल लन्दन। मेरा मन पता चिपकाने को तैयार नहीं हो रहा था, और न किसी और से यह काम कराने की इच्छा हो रही थी। मिसेज रोचेस्टर ! उसका तो अभी अस्तित्व ही नहीं है। कल प्रातः आठ बजे के पहले तो उसका जन्म भी नहीं होगा। यह आश्वस्त होने के लिए कि वह इस संसार में सजीव हो उठी है, मैं कल तक प्रतीक्षा करूँगी और तभी यह सारी सम्पत्ति उसके नाम करूँगी। अभी तो इतना ही बहुत था कि वहाँ मेरी सिंगार मेज के सामने की आलमारी में उसके लिए मँगाए गए परिधानों ने मेरे लोवुडवाले, काले कपड़े के फ्रॉक और स्ट्रा-हैट को हटाकर अपना स्थान जमा लिया था। मोतिया रंग के परिधान, वाष्प जैसा हलका घूँघट मानो उनकी जगह हड़पकर झूल रहे थे। इस विचित्र और भूत जैसी पोशाक को छिपाने के लिए, जोकि इस सन्ध्या बेला में, नौ बजे, मेरे कमरे के धुँधलेपन में निश्चय ही कुछ भुतहे ढंग से चमक रही थी, मैंने आलमारी बन्द कर दी। मैंने कहा, 'ऐ रुपहले स्वप्न, मैं तुम्हें तुम्हारे ही भरोसे छोड़ती हूँ। मुझे कुछ ज्वर-सा है और मैं आँधी की आवाज सुन रही हूँ। मैं बाहर जाऊँगी और उसे महसूस करूँगी।'

तथ्य सिर्फ यह नहीं है कि तैयारियों की गहमागहमी के कारण, सिर्फ बड़े परिवर्तन या कल से प्रारम्भ होनेवाले नए जीवन की प्रत्याशा के कारण, मैं ज्वर-सा अनुभव कर रही थी। निस्सन्देह उस बेचैनी, उस उत्तेजना में इन दोनों का भी योगदान है, जिससे इतनी रात गए मुझे बाहर अँधेरे में निकलने के लिए बाध्य कर दिया था। किन्तु इन दोनों के अतिरिक्त एक तीसरा कारण भी मेरे मन को आन्दोलित कर रहा था।

मेरे अन्तःकरण में एक अद्भुत और चिन्तित भाव छाया हुआ था। कुछ ऐसा हुआ था जिसे मैं समझ नहीं पा रही थी। मेरे सिवा किसी अन्य ने न तो इस घटना को देखा था और न इसे सुना था। यह घटना कल रात ही घटी थी। कल रात मि. रोचेस्टर घर से बाहर गए हुए थे और अभी तक नहीं लौटे थे। वे आवश्यक कार्यवश यहाँ से तीस मील दूर अपनी जमींदारी और खेती-बारी के सिलसिले में गए थे। उनकी इंग्लैंड से बाहर जाने की नियोजित यात्रा को दृष्टिगत रखते हुए उनके लिए ऐसे आवश्यक कार्यों को स्वयं निपटा लेना आवश्यक भी था। मैं व्यग्र होकर उनकी प्रतीक्षा कर रही थी, ताकि मैं मन के बोझ को उन्हें सुना सकूँ और उनसे मुझे परेशान करनेवाली इस उलझन का समाधान भी पूछ सकूँ। पाठक, आप भी उनके आने तक धीरज रखिए और जब मैं उन्हें अपनी उलझन सुनाऊँगी तो आप भी मेरे मन की बातों को जान जाएँगे।

मैं बगीचे की ओर बढ़ी, बल्कि समीर के झोंकों से ही उधर प्रेरित हो चली। तेज झोंकों में दक्षिण की ओर से दिन-भर हवा बहती रही थी, पर पानी का एक बूँद भी साथ नहीं लाई थी। रात्रि गहराने पर भी थमने के बदले आँधी की गति तेज हो गई थी और गम्भीर गर्जन हो रहा था। पेड़ों की डालियाँ भी हवा के थपेड़े से एक ही ओर झुकी जा रही थीं। वे झूम नहीं रही थीं, बल्कि घंटे में एक बार भी दूसरी दिशा में नहीं झुकती थीं। इतना सशक्त दबाव था हवा का कि उनकी डालियों को उत्तर की ओर झुकाए हुए था। घने बादल आगे दौड़ते जा रहे थे, ढेर-के-ढेर, इतने कि जुलाई माह का दिन होने के बावजूद नीले आकाश की एक झलक भी दिखाई नहीं दे रही थी।

किंचित् उत्तेजना-मिश्रित प्रसन्नता से मैं भी हवा के साथ दौड़ने लगी, ताकि वायुमंडल में गरजती इस अथाह आँधी के थपेड़ों में मेरे मन की चिन्ताएँ भी कुछ बह जाएँ। लारेलवाली रविश को पार करके मैं ध्वस्त चेस्टनट पेड़ के ठूँठ के समक्ष आ खड़ी हुई। यह ठूँठ खड़ा था—काला और झकझोरा हुआ, धड़ बीच से फटा—और उसमें से हवा भयानक साँय-साँय ध्वनि उत्पन्न कर रही थी। दो भाग में फटा इसका तना जड़ से अलग नहीं हुआ था क्योंकि मजबूत धड़ और गहरी जड़ों ने उसे जड़ में अलग होने से बचा लिया था। फिर भी उसकी जीवनशक्ति नष्ट हो गई थी, उसमें अब कोंपलें नहीं पनप सकती थीं, उसकी बड़ी-बड़ी डालियाँ टूट चुकी थीं। आगामी जाड़े की ऋतु में उसके एक या दोनों भाग अवश्य गिर पड़ेंगे। फिर भी अभी तो वे पेड़ के एक ही ठूँठ थे—नष्ट, ध्वंस का एक पूरा ढेर।

'विनाश के बीच भी एक साथ रहकर तुमने ठीक ही किया,' मैंने कहा मानो यह विशाल ठूँठ एक सजीव प्राणी हो और मेरी बात सुन रहा हो। 'मेरे विचार में चाहे तुम जितने भी पिटे, झकझोरे और जलाए हुए हो, फिर भी तुममें किंचित् जीवन तो शेष होगा ही, जो तुम्हारे इस निष्ठावान और विश्वासी जड़ के डटे रहने के कारण बचा होगा। मानती हूँ, तुम पर अब कभी हरियाली नहीं छाएगी, तुम्हारी झुरमुटों में चिड़ियाँ अब कभी भी न तो घोंसले बनाएँगी और न तुम्हें संगीत सुनाएँगी। तुम्हारे आनन्द और प्रणय के दिन बीत चुके। फिर भी तुम भग्नहृदय नहीं हो। तुम दोनों साथी की भाँति इस

विनाश में भी एक-दूसरे के साथ सहानुभूति कर रहे हो।'

यह कहकर मैंने जैसे ही उसकी ओर देखा, आकाश में एक क्षण के लिए चाँद उसी ठूँठ की दरारों के ऊपर दिखाई पड़ा। चाँद लाल था और बादलों से आधा आच्छादित भी। लगता था, उसने मुझ पर एक भ्रमित, उदास दृष्टि डाली और फिर अपने को गहरे बादलों में छिपा लिया। एक क्षण के लिए थार्नफील्ड के चारों ओर आँधी थमी, पर वह दूर जंगलों, झरनों पर एक जंगली उदासी-भरी कराह उड़ेले जा रही थी। जिसे सुनकर विकलता बढ़ रही थी। मैं फिर झटके से चलने लगी।

मैं बगीचे में इधर-उधर भटकने लगी और उन सेबों को चुनने लगी जो पेड़ों की जड़ों में घाट पर ढेरों पसरे हुए थे। फिर मैं कच्चे और पके सेबों को अलग करने लगी, उन्हें उठाकर घर ले गई और भंडार में रख दिया। उसके बाद मैं लाइब्रेरी में यह देखने के लिए गई कि आग जलाई गई है अथवा नहीं, क्योंकि मैं जानती थी कि ऐसी मनहूस सन्ध्या में ग्रीष्म ऋतु में भी मि. रोचेस्टर जब आएँगे तो एक जगमग आतिशदान देखना पसन्द करेंगे। मैंने देखा कि आतिशदान में आग जला दी गई थी और ठीक से जल रही थी। मैंने उनकी आरामकुर्सी खींचकर आतिशदान के पास रख दी और मेज भी निकट खींच लाई। पर्दे गिरा दिए और मोमबत्तियों को ठीक जगह पर रखा, ताकि तुरन्त जलाई जा सकें। इन सारी व्यवस्थाओं को कर लेने के बाद और अधिक व्यग्र होने के कारण मैं शान्त बैठ नहीं पाई और घर में टिक नहीं सकी। कमरे की मेजघड़ी और हॉल की दीवारघड़ी ने साथ-साथ दस बजाए।

'कितनी देर हो गई,' मैंने कहा। मैंने सोचा दरवाजे तक दौड़कर जाती हूँ, बीच-बीच में चाँद बादलों से निकलेगा तो दूर तक सड़क दिखाई देगी। वे शायद अब आते होंगे और उनसे वहीं मिलने से व्याकुलता के कुछ क्षण तो कम हो जाएँगे।

दरवाजे पर झुके पेड़ों में तूफान अभी भी गरज रहा था, पर दाएँ-बाएँ दूर-दूर जहाँ तक मेरी दृष्टि जाती थी, सबकुछ शान्त और नीरव लग रहा था। कभी बादलों की छाया तो कभी फीकी चाँदनी धरती पर पड़ने लगी थी। एक मेरे चलने से इसमें कोई अन्तर नहीं आ रहा था।

निहारते-निहारते मेरी आँखों में विवश आँसू भर आए–निराशा और व्यग्रता के आँसू। लज्जित होकर मैंने उन्हें पोंछ दिया। मैं प्रतीक्षा करती रही। इधर चाँद पूरी तरह अपने कमरे में चला गया और उसने घने बादलों का पर्दा भी खींच दिया। रात्रि अँधेरी हो गई और आँधी के साथ वर्षा धरती को पीटने लगी।

'काश ! वे आ जाते, काश वे आ जाते,' अन्धविश्वासपूर्ण उत्तेजित चिन्ताओं में जकड़ी हुई मैं बोल उठी। मैं चाय के पहले ही उनके लौटने की आशा कर रही थी, पर अब तो अँधेरा हो चला था। किस कारण वे नहीं आ रहे हैं ? क्या कोई दुर्घटना हो गई ? गत रात्रि की घटना फिर मेरे मन में सजीव हो उठी। मुझे लगा कि यह किसी आसन्न आपत्ति का सूचक है। मुझे आशंका होने लगी कि मेरी ऊँची आशाएँ साकार होनेवाली नहीं हैं। इधर मुझे इतना सुख मिला था कि मुझे कल्पना में लगा, मेरे

सौभाग्य-सूर्य का मध्याह्न बीत चला और अब यह डूबने की ओर बढ़ने लगा है।

मैंने सोचा, 'चाहे जो हो, घर तो मैं नहीं लौटकर जा सकती। ऐसे खराब मौसम में जब वे बाहर हैं, मैं आराम से आग के पास तो नहीं बैठ सकती। इसके अतिरिक्त चिन्ताओं से मन को व्यथित करने से तो अच्छा है कि हाथ-पैर ही थककर चूर हो जाएँ। अतः मैं आगे बढ़ूँगी और वहीं उनसे मिलूँगी।'

और मैं चल पड़ी। मैं तेजी से चली, पर दूर तक नहीं चलना पड़ा। चौथाई मील ही चली हूँगी कि घोड़े की टाप की ध्वनि सुनाई पड़ी। एक घुड़सवार घोड़ा दौड़ाता आ रहा था, और एक कुत्ता उसके साथ-साथ दौड़ रहा था। बुरी कल्पनाओं, दुश्चिन्ताओं, भागो ! वही हैं, ये वही हैं। मेसरूर पर सवार, पायलट के साथ। उन्होंने भी मुझे देखा क्योंकि अभी चाँद खुले नीले आकाश में निकल आया था और श्वेत धुँध में चल रहा था। उन्होंने मुझे पहचानकर सिर से टोप उतार लिया और सिर के चारों ओर इसे घुमाने लगे। मैं उनसे मिलने दौड़ पड़ी।

बाँहों को फैलाकर जीन से झुकते हुए उन्होंने कहा, ''ये रहा। तुम्हें भी मेरे बिना चैन नहीं आता, यह तो पता चल गया। मेरे जूतों पर पाँव रखो, मेरे दोनों हाथ थामो और चढ़ जाओ।'' मैंने वैसा ही किया। मैं खुश हो चपल-चंचल हो रही थी। उछलकर घोड़े पर उनके आगे बैठ गई। एक गर्मागर्म चुम्बन स्वागत में मुझे मिला। उन्होंने शेखी के साथ विजेता होने का भाव दिखाया। जिसे मैंने चुपचाप सह लिया। फिर उन्होंने आनन्द के अतिरेक में अचानक ठहरकर पूछा, ''पर क्या कोई विशेष बात है जेन, जो तुम इतनी रात में मुझसे मिलने निकल पड़ी ? क्या कोई गड़बड़ बात हो गई ?''

''नहीं, पर मुझे लगा कि आप अब नहीं आएँगे। घर में बैठे मुझसे प्रतीक्षा नहीं की जा रही थी, विशेषकर इस आँधी-पानी में।''

''आँधी-पानी ? हाँ, सच है। तुम तो जलपरी की तरह भीगी हुई पानी टपका रही हो। मेरा कोट लपेट लो। मुझे लगता है, तुम्हें ज्वर है जेन। तुम्हारे गाल और हाथ दोनों जल रहे हैं। मैं फिर पूछता हूँ, क्या कोई विशेष बात है ?''

''अब तो कुछ भी नहीं। अब न तो मैं भयभीत हूँ और न दुखी।''

''यानी पहले तुम दोनों थी ?''

''हाँ थी, पर मैं इसके विषय में आपको बाद में बताऊँगी श्रीमान, और मुझे विश्वास है कि आप मेरे कष्टों पर सिर्फ हँसेंगे।''

''पहले कल का दिन बीत जाए, फिर मैं दिल खोलकर तुम पर हँस लूँगा। इसके पूर्व मैं हँसने का साहस नहीं कर सकता क्योंकि मेरी अभिलाषा की प्राप्ति निश्चित नहीं है। वह तुम्हीं हो जो सिंघी मछली की भाँति पिछले पूरे माह मेरे हाथों से छिटकती रही और गुलाब के काँटों की तरह मुझे चुभती रही। मैंने कभी हाथ नहीं डाला कि काँटे चुभें। पर अभी मुझे लगता है कि भटकी हुई हिरणी मेरी बाँहों में सिमट आई है। तुम अपने झुंड से निकलकर अपने गडरिए को ढूँढ़ने निकली थी, है न जेन ?''

''हाँ, मैं आपको पाना चाहती थी, पर डींग मत हाँकिए। लीजिए, हम लोग

थार्नफील्ड पहुँच गए। अब मुझे उतर जाने दीजिए।''

उन्होंने मुझे बारादरी में उतार दिया। सेवक जॉन घोड़े को ले चला और वे मेरे पीछे-पीछे हॉल में घुसे। उन्होंने मुझसे कहा कि मैं जल्दी से कुछ सूखे कपड़े पहनकर लाइब्रेरी में आ जाऊँ। जब मैं सीढ़ियों की ओर बढ़ने लगी तो उन्होंने मुझे रोक लिया और शपथ दी कि मैं देर नहीं लगाऊँगी। और सच ही मैंने देर नहीं लगाई। पाँच मिनट में ही मैं उनके पास लौट आई। तब वे रात्रि का भोजन कर रहे थे।

''आओ बैठो और मेरा साथ दो, जेन ! यदि ईश्वर की दया हुई तो इसके बाद हम लोग थार्नफील्ड में अब एक ही बार भोजन करेंगे। उसके बाद लम्बे समय तक ऐसा अवसर नहीं आएगा।''

मैं उनके निकट बैठ गई, पर उन्हें बतलाया कि मैं खा नहीं सकूँगी।

''क्यों, क्या इसलिए कि एक यात्रा आरम्भ होनेवाली है, जेन ? क्या लन्दन जाने की कल्पना ने तुम्हारी भूख मिटा दी ?''

''मेरे भविष्य की योजनाएँ आज रात मुझे स्पष्ट नहीं दिख रही हैं श्रीमान, और मैं यह भी नहीं जानती कि कैसे भावों से मेरा हृदय भरा है। जीवन में हर चीज अयथार्थ लग रही है।''

''मुझे छोड़कर। मैं तो पूरा स्थूल हूँ। मुझे छूकर देख लो।''

''आप तो श्रीमान, मुझे सबसे अधिक काल्पनिक लग रहे हैं। आप तो स्वप्न मात्र हैं।''

हँसते हुए उन्होंने अपने हाथ बढ़ाए और मेरी आँखों के निकट लाते हुए कहा, ''क्या यह स्वप्न है ?'' उनके हाथ, गोल, मांसल और पुष्ट थे। बाँहें लम्बी और सशक्त थीं।

''हाँ, यद्यपि मैं इसे छू रही हूँ, फिर भी यह स्वप्न है।'' हाथों को हटाते हुए मैंने कहा, ''आपने भोजन कर लिया, श्रीमान ?''

''हाँ, जेन ?''

मैंने घंटी बजाई और सेवक को थालियाँ ले जाने का आदेश दिया। जब हम अकेले रह गए तो मैंने आग कुरेदी और अपने मालिक के पाँव के पास एक छोटे स्टूल पर बैठ गई।

''आधी रात हो चली है,'' मैंने कहा।

''हाँ ! पर जेन, याद करो तुमने वचन दिया था कि मेरे विवाह की पूर्व-रात्रि को तुम मेरे साथ जगी रहोगी।''

''हाँ, मैंने वचन दिया था और इसे निभाऊँगी भी। कम-से-कम और एक-दो घंटे। अभी सोने की मेरी इच्छा भी नहीं है।''

''क्या तुम्हारी सारी तैयारियाँ पूरी हो गईं ?''

''बिल्कुल।''

''और मेरी भी,'' उन्होंने उत्तर दिया। ''मैंने सारे काम निपटा लिये हैं। चर्च से

लौटने के आधे घंटे के भीतर हम लोग थार्नफील्ड से रवाना हो जाएँगे।''

''अच्छा, श्रीमान।''

''जेन,'' तुमने कैसे असाधारण मुस्कान के साथ कहा, ''अच्छा ! तुम्हारे गालों पर ये लाल धब्बे कैसे हैं और तुम्हारी आँखों में कैसी अद्‌भुत चमक है ? तुम ठीक तो हो न ?''

''हाँ, मुझे विश्वास है कि मैं ठीक हूँ।''

''विश्वास ! बात क्या है ? मुझे बताओ, तुम्हें कैसा लगता है ?''

''मैं नहीं बता सकती, श्रीमान। शब्दों में कहना मुश्किल है कि मैं कैसा अनुभव कर रही हूँ। मेरी इच्छा है कि यह रात समाप्त न हो। पता नहीं कल का दिन कैसा भाग्य लेकर आए।''

''यह अकारण उदासी है, जेन। तुम अवश्य या तो बहुत उत्तेजित हो या बहुत थकी हुई हो।''

''श्रीमान, क्या आपके मन में शान्ति और खुशी है ?''

''शान्ति ! नहीं, पर हृदय के कोने-कोने में खुशी भरी है।''

मैंने उनकी ओर ताका, ताकि मुखड़े पर प्रसन्नता के चिह्न देख सकूँ। वह सच्चा और तमतमाया हुआ-सा था।

''मुझ पर विश्वास करो, जेन। मन में कोई बोझ हो जो उसे दग्ध कर रहा हो तो मुझे बताकर मन हलका करो। तुम्हें किस बात का भय है ? यही कि मैं अच्छा पति नहीं साबित होऊँगा।''

''नहीं, यह धारणा मेरे मन से कोसों दूर है।''

''जिस नए क्षेत्र में तुम प्रवेश करने जा रही हो, क्या उससे तुम भयभीत हो ? या जिस नए दौर से गुजर रही हो उससे ?''

''ना।''

''तुम मुझे उलझन में डाल रही हो, जेन ! तुम्हारी उदास दृष्टि और उदास स्वर मुझे परेशान और पीड़ित कर रहे हैं। मुझे साफ-साफ बताओ।''

''तो श्रीमान, सुनिए। कल रात आप घर से बाहर थे।''

''हाँ, था ! मैं जानता हूँ और तुमने कुछ देर पहले संकेत दिया था कि कोई घटना मेरी अनुपस्थिति में हुई। कोई विशेष नहीं, किसी महत्त्व की नहीं, पर संक्षेप में उससे तुम विचलित हो। तो मुझे सुनाओ। शायद मिसेज फेयरफैक्स ने कुछ कहा होगा या नौकरों की कोई कानाफूसी तुमने सुन ली होगी जिससे तुम्हारे स्वाभिमान को ठेस पहुँची होगी ?''

''नहीं, श्रीमान।'' उसी समय घड़ी ने बारह बजाए। मेजघड़ी की टन-टन तथा दीवारघड़ी की रूखी, गूँजती हुई घंटी के समाप्त होने तक मैं रुकी और फिर कहना प्रारम्भ किया, ''कल सारे दिन मैं व्यस्त रही और इस अनवरत व्यस्तता में भी प्रसन्न थी, क्योंकि मैं नई जगहों के विषय में किसी काल्पनिक भय से परेशान नहीं हूँ जैसा

कि आप समझते हैं। आपके साथ रहने की आशा मेरे लिए गौरव की बात है क्योंकि मैं आपसे प्यार करती हूँ। नहीं श्रीमान, मुझे अभी दुलारिए मत। मुझे निर्बाध बोलने दीजिए। कल मुझे ईश्वर में पूर्ण आस्था थी, और विश्वास था कि मेरे-आपके कल्याण की दिशा में संयोग बन रहा है। आपको याद होगा कि कल का दिन बिल्कुल स्वच्छ और सुन्दर था। हवा और आकाश में शान्ति को देखकर यात्रा में आपकी सुरक्षा और सुविधा के बारे में मेरे मन में कोई चिन्ता नहीं थी। चाय के बाद मैं कुछ देर घर के बाहर खुले में टहलती रही। कल्पना में आप मेरे इतने समीप थे कि आपकी वास्तविक अनुपस्थिति मुझे नहीं खल रही थी। मैं सोच रही थी भावी जीवन के सम्बन्ध में, आपके जीवन के सम्बन्ध में, श्रीमान, जो मेरे अपने जीवन की अपेक्षा अधिक विस्तृत और अधिक जीवन्त है, उसी प्रकार जैसे सागर की अतल गहराई उसमें विलीन होनेवाली नदियों की छिछली-सी जलधारा से अधिक जीवन्त होती है। मुझे विस्मय होने लगा कि नीतिकारों ने इस संसार को एक नीरस बयावान क्यों कहा, क्योंकि मेरे लिए तो यह गुलाब की भाँति खिल रहा था। किन्तु शाम होते ही जब हवा बर्फीली होने लगी और आकाश बादलों से घिर गया तो मैं घर के भीतर चली गई। सोफी ने परिणय का परिधान दिखाने के लिए मुझे ऊपर पुकारा जिसे वे लोग अभी-अभी लाई थीं। उन कपड़ों के नीचे बक्स में मैंने अपना उपहार देखा–घूँघट जिसे अपनी शाही फिजूलखर्ची के अन्दाज में आपने लन्दन से मँगवाया था। मुझे लगता है कि चूँकि मैं हीरे-जवाहरात न लेने पर अटल थी, आप उतनी ही मूल्यवान दूसरी चीज देकर मुझे ठगना चाह रहे थे। उसे खोलकर देखते समय मैं मुस्करा पड़ी और मन में सोचने लगी कि इस जमींदारोंवाले शौक पर तथा अपनी सामान्य शक्ल-सूरत की दुलहन को रानी जैसी सजाने के आपके प्रयास पर मैं आपको कैसे चिढ़ाऊँगी। मैं सोच रही थी कि निर्धन कुल में जन्मी मुझ जैसी लड़की के लिए मैंने जो एक साधारण, सादा घूँघट तैयार किया था, उसे लेकर यदि मैं आपके पास जाऊँ और पूछूँ कि जो युवती अपने पति के लिए न तो रूप लाई और न सम्पत्ति और न ही उच्च पारिवारिक सम्बन्ध, इसके लिए क्या यही घूँघट यथेष्ट नहीं, तो इस पर आपकी क्या प्रतिक्रिया होगी। कल्पना में मुझे साफ दीख रहा था कि यह सुनकर आप कैसा कड़ा रुख अपनाएँगे और कैसे उत्तेजित-क्रोधित होकर उत्तर देंगे और घमंड से कहेंगे कि अपने धन और मर्यादा को बढ़ाने के लिए किसी खजाने या राजघराने से विवाह करने की मुझे कोई आवश्यकता नहीं है।'' मि. रोचेस्टर बीच में ही बोल पड़े, ''जादूगरनी, मेरे मन की बातें कैसे सही-सही जान लेती हो ! पर यह तो बताओ, उस घूँघट में तुमने और क्या देखा ? क्या तुमने कोई जहर या कटार उसमें छिपा देखा जो तुम इतनी उदास लग रही हो ?''

''नहीं, नहीं श्रीमान, उस कपड़े में कोमलता और कीमतीपन को छोड़कर और कुछ नहीं था। सिर्फ मेरे फेयरफैक्स रोचेस्टर का अभिमान मुझे दिखा। किन्तु उससे मैं विचलित नहीं हुई क्योंकि अब तो मैं इसके दर्शन की अभ्यस्त हो गई हूँ। किन्तु श्रीमान, जैसे-जैसे अँधेरा बढ़ने लगा, आँधी तेज होने लगी। कल की आँधी आज की आँधी की

तरह तेज और झोंकेवाली नहीं थी, बल्कि एक घुटी कराह जैसी आवाज के साथ बह रही थी, एक भुतही आवाज के साथ। मेरे मन में आने लगा कि काश, आप घर पर होते। मैं इस कमरे में आई और खाली कुर्सी तथा बुझे आतिशदान को देखकर मुझे काठ मार गया। बिस्तर पर जाने के कुछ देर बाद तक मुझे नींद ही नहीं आ रही थी। एक चिन्ता-भरी उत्तेजना मुझे सता रही थी। तूफान का शोर बढ़ता जा रहा था। मुझे ऐसा लगा कि यह उस उदास कराह की आवाज को दबा रहा है। यह कराहने की आवाज घर से आ रही थी कि बाहर से, यह मुझे पहले तो पता नहीं चला। पर तूफान के थोड़ा घटते ही यह मनहूस आवाज फिर-फिर सुनाई पड़ने लगती थी। बहुत देर बाद मैं समझ पाई कि दूर कहीं कोई कुत्ता रो रहा है। जब यह आवाज थमी तो मुझे कुछ चैन मिला। नींद आने पर मैं उसी तूफानी अँधेरी रात का स्वप्न देखने लगी। मेरी आपके साथ होने की इच्छा बनी रही और एक विचित्र दुख-भरी अनुभूति मुझे सालने लगी कि हम दोनों के बीच कोई दीवार खड़ी हो रही है। नींद में मैं अनजान रास्ते में भटक रही थी। सबकुछ अनजाना था। घनघोर वर्षा मुझे भिगोए जा रही थी। मेरी गोद में एक छोटा-सा बच्चा था–बिल्कुल दुर्बल, छोटा चलने में असमर्थ, मेरी बाँहों में काँपता हुआ, और कानों के पास चीखता हुआ। मुझे ऐसा लगा श्रीमान, कि आप मुझसे बहुत दूर आगे सड़क पर हैं। मैंने बहुत प्रयास किया कि आपके पास पहुँच जाऊँ। बार-बार आपको पुकारने और रुकने हेतु अनुनय करने की चेष्टा की। पर मैं चल ही नहीं पा रही थी और मेरी आवाज भी रुँध गई थी। मुझे लगा कि आप हर पल दूर, अधिक दूर होते चले जा रहे हैं।''

''क्या इन्हीं स्वप्नों ने तुम्हारी आत्मा को बोझिल बना रखा है जेन ? अब जबकि मैं तुम्हारे इतने निकट हूँ, नन्ही-सी घबरानेवाली लड़की ! काल्पनिक दुखों को भूल जाओ और वास्तविक आनन्द की बातें सोचो। तुमने कहा था कि तुम मुझे प्यार करती हो। मैं इस बात को भूल नहीं सकता और तुम इससे इनकार नहीं कर सकती। *वे* शब्द तुम्हारे होंठों पर आकर व्यक्त हुए बिना नहीं रहे। मैंने उन्हें स्पष्ट और कोमल स्वर में सुना था, पावन और संगीत की भाँति मधुर शब्द 'एडवर्ड, तुम्हारे साथ जीवन बिताने की आशा को मैं गौरव की बात समझती हूँ क्योंकि मैं तुम्हें प्यार करती हूँ।' क्या तुम मुझे प्यार करती हो जेन ? फिर से तो बोलो !''

''हाँ श्रीमान, मैं सम्पूर्ण हृदय से करती हूँ।''

कुछ मिनट की चुप्पी के बाद उन्होंने कहा, ''लेकिन आश्चर्य है कि अभी तुम्हारी यह बात मेरे हृदय मैं दर्द उत्पन्न कर गई है। ऐसा क्यों ? सम्भवतः इसलिए कि यह बात अभी तुमने पवित्र, धार्मिक भाव से कही है, इसलिए कि तुम्हारी ऊपर उठी दृष्टि में पवित्रता, सत्यता और निष्ठा है। मैं सह नहीं पा रहा, मानो कोई पवित्र आत्मा मेरे निकट आ गई हो। तुम कुछ दुष्ट, नटखट दिखो, जेन। तुम्हें अच्छी तरह वैसा दीखना आता है। वैसी ही चंचल, शर्मीली, उकसानेवाली मुस्कान दिखाओ। कहो कि तुम मुझसे घृणा करती हो। मुझे चिढ़ाओ। मुझे परेशान करो, कुछ भी करो, पर मेरे मन को मत पिघलाओ। उदास होने की अपेक्षा मुझे चिढ़ना मंजूर है।''

''मैं जब अपनी कहानी समाप्त कर लूँगी, आपको मन-भर चिढ़ाऊँगी और परेशान करूँगी। पहले पूरी कहानी तो सुन लीजिए।''

''मैंने समझा जेन, कि तुमने पूरी बात कह दी। मैंने समझा कि तुम्हारी उदासी का कारण यही स्वप्न है।''

मैंने सिर हिलाया।

''क्या अभी और शेष है ? किन्तु मैं नहीं मानूँगा कि कोई विशेष बात है। मैं पहले ही कह देता हूँ कि मुझे विश्वास नहीं होगा। फिर भी कहती जाओ।''

उनकी अशान्ति और कुछ भयभीत अधैर्य के भाव से मैं चकित हो गई, किन्तु मैंने कहना जारी रखा।

''मैं फिर दूसरा स्वप्न देखने लगी, श्रीमान यह कि थार्नफील्ड एक ध्वस्त स्थान बन गया है। उल्लुओं और चमगादड़ों का निवासस्थल। मुझे ऐसा लगा कि इसके भव्य बाहरी भाग में एक टूटी-सी बहुत ऊँची पर बहुत कमजोर दीवार को छोड़कर कुछ शेष नहीं बचा। मुझे लगा कि चाँदनी रात में मैं घासवाले अहाते में टहल रही हूँ तो कभी किसी संगमरमरी चिमनी से टकरा जाती हूँ तो कभी किसी टूटे छज्जे के गिरे हुए टुकड़े से। शॉल में लिपटा वह बच्चा अभी भी मेरी गोद में है। पर मैं उसे नीचे रख नहीं पाती, भले ही मेरी बाँहें थककर चूर हो गई हों। और इस बोझ के कारण मैं चल भी नहीं पा रही, फिर भी मुझे इसे ढोना ही पड़ेगा। दूर कहीं घोड़े की टाप की आवाज सुनाई दे रही थी। मुझे विश्वास था कि आप ही जा रहे हैं—अनेक वर्षों के लिए मुझसे दूर, कहीं बहुत दूर देश में। घबराकर मैं उसी कमजोर दीवार पर चढ़ने लगी, ताकि ऊपर से आपकी एक झलक भी मुझे दिखाई पड़ जाए, पर दीवार की ईंटें और पत्थर पैरों के तले खिसकने लगे। जिस पेंचदार लता को मैंने घबराकर पकड़ा वह भी टूट गई। बच्चा डरकर मेरे गले से लटक गया और मेरा दम घुटने-सा लगा। बड़ी कठिनाई से मैं ऊपर चढ़ी, तो बहुत दूर आगे सड़क पर आप एक धब्बे-से दिखाई दिए। हर क्षण ओझल होते जा रहे थे। इतने जोरों की आँधी थी कि मैं सह नहीं पा रही थी। मैं उसी संकीर्ण जगह में बैठ गई और भयभीत शिशु को चुप कराने लगी। इसी समय आप सड़क के मोड़ से बढ़े। मैं आपको देखने के लिए झुकी कि दीवार टूट गई, मेरी गोद से बच्चा लुढ़क गया और मैं भी असंयत होकर गिर पड़ी। तभी मेरी नींद टूट गई।''

''तो बात बस इतनी-सी थी, जेन !''

''अभी तो भूमिका समाप्त हुई है, कहानी तो अब प्रारम्भ होती है। जगने पर एक रोशनी से मेरी आँखें चौंधिया गईं। मुझे पहले लगा कि दिन निकल आया है। किन्तु नहीं, यह मेरी भूल थी। यह बत्ती की रोशनी थी। शायद सोफी कमरे में आ गई थी। प्रसाधन की मेज पर एक बत्ती जल रही थी और आलमारी, जिसमें सोने से पूर्व मैंने अपना परिधान और घूँघट लटका दिए थे, अभी खुली थी। वहाँ कपड़ों की सरसराहट सुनाई पड़ी। मैंने पूछा, 'सोफी, क्या कर रही हो ?' कोई उत्तर नहीं मिला। पर आलमारी की आड़ से एक आकृति निकली, उसने बत्ती उठाई, उसे ऊपर किया और हैंगर से

लटकी हुई पोशाक को देखा। मैंने फिर पुकारा, 'सोफी ! सोफी !' पर आकृति चुप रही। मैं बिछावन पर उठ बैठी और आगे झुकी, तो पहले आश्चर्य और फिर स्तब्धता मुझ पर छा गई और मेरी धमनियों में रक्त का प्रवाह रुकने लगा। मि. रोचेस्टर, यह सोफी नहीं थी, लीया भी नहीं थी। ये मिसेज फेयरफैक्स भी नहीं थीं। तब मुझे विश्वास हुआ, और अभी भी है कि यह वह विचित्र नारी ग्रेस पूल भी नहीं थी।''

मेरे मालिक ने बात काटी, ''नहीं, उन्हीं लोगों में से कोई होगी।''

''नहीं श्रीमान, मैं विश्वास दिलाती हूँ कि ऐसा नहीं था। जो आकृति अभी मेरे समक्ष खड़ी थी, वह इससे पूर्व थार्नफील्ड में कभी मुझे दिखाई नहीं पड़ी थी। उसकी लम्बाई, उसकी आकृति मेरे लिए नई थी।''

''उसका वर्णन करो, जेन।''

''श्रीमान, वह औरत जैसी लगती थी—लम्बी, विशालकाय, उसके मोटे, काले बाल उसकी पीठ तक झूल रहे थे। उसका वस्त्र कैसा था, मैं समझ नहीं पाई। यह उजला और सीधा था, पर गाउन था, चादर थी या कफन था, मैं नहीं कह सकती।''

''क्या तुमने उसका चेहरा देखा ?''

''पहले तो नहीं दिखाई दिया। पर जल्दी ही उसने मेरा घूँघट लिया, उसे ऊपर उठाया, देर तक बड़े ध्यान से देखा, फिर उसे अपने सिर पर ओढ़ लिया और आईने की ओर मुड़ी। उसी क्षण मैंने लम्बे, आदमकद शीशे में साफ-साफ उसका चेहरे और कदकाठी की परछाईं देखी।''

''कैसी थी वह ?''

''डरावनी और भयानक। आह श्रीमान, मैंने ऐसा चेहरा पहले कभी नहीं देखा। वह एक बदरंग चेहरा था, वहशी चेहरा। काश ! मैं उन भयावह लाल आँखों की पुतलियों का घूमना और डरावने, काले, सूजे हुए चेहरे की आकृति को भूल पाती।''

''पर भूत तो प्रायः पीले होते हैं, जेन।''

''पर यह तो काला-लाल था, होंठ सूजे और काले थे, भौंहें सिकुड़ी थीं। लाल आँखों के ऊपर काली भौंहें क्रोध से तनी थीं। उसे देखकर मुझे किसकी याद आई, बताऊँ !

''बताओ ?''

''भयानक जर्मन भूत वैम्पाकर की।''

''ओह ! फिर उसने क्या किया ?''

''श्रीमान, उसने अपने कंकाल जैसे सिर से घूँघट हटाया। उसे दो टुकड़ों में चीर दिया, फर्श पर फेंका और पैरों से रौंद दिया।''

''फिर ?''

''उसने खिड़की का पर्दा हटाया और बाहर झाँका। शायद उसे लगा कि सुबह होने वाली है क्योंकि बत्ती लेकर वह दरवाजे की ओर बढ़ी। ठीक मेरे बिछावन के पास आकर यह आकृति रुकी, आग जैसी आँखें मेरे ऊपर टिकीं, उसने मोमबत्ती मेरे चेहरे से सटा दी और वहीं उसे बुझा दिया। मुझे लग रहा था कि उसका धधकता-सा लाल चेहरा मेरे

चेहरे पर गुर्रा रहा है, और मैं अचेत हो गई। जीवन में दूसरी बार, सिर्फ दूसरी बार मैं भय से चेतना खो बैठी।''

''जब होश आया, तो तुम्हारे पास कौन था ?''

''कोई नहीं। सिर्फ दिन का प्रकाश था। मैं उठी, अपना सिर और चेहरा पानी से धोया, थोड़ा जल पिया और अनुभव किया कि दुर्बलता के बावजूद मैं बीमार नहीं हूँ। तब मैंने निर्णय किया कि सिर्फ आपसे मैं यह दृश्य बताऊँगी। श्रीमान, अब आप मुझे बताइए कि यह औरत कौन है और क्या है ?''

''यह तुम्हारे अत्यधिक उत्तेजित मस्तिष्क की उपज है, और कुछ नहीं। मेरी सर्वस्व, भविष्य में मैं अधिक सजग रहूँगा। तुम्हारी धमनियाँ कठिन, कष्टप्रद स्थितियाँ नहीं झेल सकतीं।''

श्रीमान, आप विश्वास कीजिए, मुझे अपनी सहनशक्ति की गड़बड़ी से ऐसा नहीं लगा। दृश्य वास्तविक था और घटनाएँ भी सचमुच घटी थीं।''

''और तुम्हारे पहलेवाले स्वप्न ? क्या वे भी सच थे ? क्या थार्नफील्ड एक ध्वस्त, नष्ट हो चुकी जगह है ? क्या मैं अजेय बाधाओं के कारण तुमसे बिछुड़ गया हूँ ? क्या मैं बिना आँसू बहाए, बिना चुम्बन दिए, बिना एक शब्द बोले तुमसे दूर जा रहा हूँ ?''

''अभी तक तो नहीं।''

''तो क्या मैं ऐसा करूँगा ? अरे, जो दिन हम दोनों को सदा के लिए एक बन्धन में बाँध देगा, वह दिन प्रारम्भ हो चुका है और जब हम एक हो जाएँगे तो ये मानसिक यातनाएँ तुम्हें फिर नहीं सताएँगी। मैं तुम्हें विश्वास दिलाता हूँ।''

''मानसिक यातनाएँ श्रीमान ! काश मैं भी इन्हें यही समझ पाती ! उस भयानक दृश्य के प्राणी का रहस्य चूँकि आप भी नहीं सुलझा सके, इसलिए अब तो मैं और भी चाहती हूँ कि मैं इसे मानसिक उत्तेजना से जन्मा भय मान सकती।''

''और चूँकि मैं नहीं सुलझा पा रहा हूँ जेन, इसलिए यह अवश्य काल्पनिक होगा।''

''किन्तु श्रीमान, आज सवेरे जगने पर जब मैंने अपने को यही समझाने का प्रयास किया और दिन के प्रकाश में कमरे के चारों ओर परिचित प्रिय वस्तुओं को देखकर साहस और धीरज प्राप्त करने की कोशिश की, तभी फर्श पर मेरी दृष्टि उस चीज पर पड़ी जिसने मेरी मान्यता को बिल्कुल झुठला दिया। फर्श पर मेरा घूँघट पड़ा था—ऊपर से नीचे तक दो टुकड़ों में फटा हुआ।''

मैंने अनुभव किया कि मि. रोचस्टर चौंककर काँप गए। उन्होंने जल्दी से मुझे बाँहों में घेर लिया और बोले, ''ईश्वर को धन्यवाद कि यदि कोई प्रेतात्मा गत रात तुम्हारे निकट आई तो वह सिर्फ घूँघट को ही हानि पहुँचाकर चली गई। नहीं तो जाने क्या हो जाता !''

वे हाँफ-से रहे थे और उन्होंने मुझे इतने जोर से भींच लिया कि मुझे साँस लेने में कष्ट होने लगा। कुछ मिनट की चुप्पी के बाद वे प्रसन्न होकर बोलने लगे—

''जेनेट, मैं तुम्हें समझाता हूँ। यह आधा स्वप्न था और आधी वास्तविकता थी।

बेशक, एक औरत तुम्हारे कमरे में आई, और वह और कोई नहीं ग्रेस पूल थी। अवश्य वही रही होगी। तुम स्वयं भी इसे विचित्र कहती रही हो। जो कुछ उसके विषय में तुम जानती हो, उसके आधार पर तुम्हारा कहना भी उचित ही है। उसने मेरे साथ क्या किया था ? मैसन के साथ क्या किया था ? अर्धजाग्रत और अर्धसुषुप्त मनःस्थिति में तुमने उसे प्रवेश करते और अपना काम करते देखा। तुम कुछ ज्वर से ग्रस्त और प्रलाप की स्थिति में थी। अतः तुम्हारी कल्पना ने उसे प्रेतनी का रूप दे दिया—लम्बे, उलझे बाल, सूजा काला चेहरा, विशाल आकृति। ये सब कल्पना के, दुःस्वप्न के नतीजे थे। हाँ, ईर्ष्या से घूँघट का फाड़ा जाना सत्य है। यह उसी का काम है। अब तुम पूछोगी कि तब मैं ऐसी औरत को घर में रखता ही क्यों हूँ। जब हमारी शादी का एक वर्ष पूरा हो जाएगा तब मैं तुम्हें सबकुछ बतला दूँगा, पर अभी नहीं। जेन, क्या तुम इस उत्तर से सन्तुष्ट हो ? मैंने उस रहस्य की जो व्याख्या की, क्या तुम उसे स्वीकार करती हो ?''

मैंने विचारा, और सचमुच मुझे भी यही एकमात्र सम्भव समाधान प्रतीत हुआ। पूर्ण सन्तुष्ट तो मैं नहीं हो सकी, किन्तु उन्हें प्रसन्न करने के लिए मैंने वैसा दीखने का प्रयास किया। फिर भी मेरा मन कुछ हलका अवश्य हो गया था। और चूँकि अब रात्रि का एक बज चुका था, मैं चलने को तैयार हुई।

मैं मोमबत्ती जलाने लगी तो उन्होंने पूछा, ''सोफी एडेली के साथ नर्सरी में सोती है न ?''

''हाँ, श्रीमान।''

''और एडेली के छोटे बिछावन में तुम्हारे लायक जगह तो होगी ही ! जेन, आज रात तुम वहीं सो जाओ, क्योंकि जिस घटना का तुमने वर्णन किया है उससे तुम्हें घबराहट हो सकती है और मैं भी यही चाहता हूँ कि तुम अकेली मत सोओ। मुझे वचन दो कि तुम नर्सरी में जाओगी।''

''मैं खुशी से ऐसा करूँगी, श्रीमान।''

''और भीतर से दरवाजा ठीक से बन्द कर लेना। ऊपर जाओगी तो सोफी को जगा लेना। कल सवेरे जगा देने के अनुरोध करने के बहाने से जगा देना, क्योंकि तुम्हें आठ बजे के पहले कपड़े पहनकर और जलपान करके तैयार हो जाना है। और अब भयानक विचार बिल्कुल नहीं आने चाहिए। चिन्ताओं को दूर भगाओ, जेनेट ? सुन रही हो, मन्द समीर गुनगुना रहा है, वर्षा के झोंके खिड़कियों से नहीं टकरा रहे हैं। देखो, (पर्दा उठाते हुए) बड़ी प्यारी रात है।''

हाँ, सच ही था। आधा आकाश साफ और बादलों से रहित था। पश्चिमी हवा के साथ बादल लम्बे, उजले ढेरों में पूरब की ओर भाग रहे थे। चाँद निर्मल नभ में चमक रहा था।

मि. रोचेस्टर ने प्रश्न-भरी दृष्टि से मेरे नयनों में झाँककर पूछा, ''क्यों ? मेरी जेनेट अब कैसी है ?''

''रात्रि शान्त हो गई है, श्रीमान और मैं भी।''

"आज रात तुम कष्ट और वियोग के स्वप्न नहीं देखोगी, बल्कि आनन्द-भरे प्यार और सुखद मिलन के स्वप्न देखोगी।"

यह भविष्यवाणी आधी ही पूरी हुई। दुख का स्वप्न तो मैंने नहीं देखा, पर सुख का स्वप्न भी नहीं देख सकी क्योंकि मैं बिल्कुल सो नहीं पाई। एडेली को बाँहों में लिये मैं बचपन की चिन्तामुक्त निद्रा को निहारती रही–कितनी शान्त, कितनी आवेगरहित, कितनी निर्दोष थी। और मैं आनेवाले दिवस की प्रतीक्षा करती रही। मेरी काया में मेरी चेतना सजग और सक्रिय थी और सूरज के उगते ही मैं उठ पड़ी। मुझे स्मरण है कि एडेली को मैं छोड़ने लगी तो वह नींद में ही मुझसे चिपक गई। मुझे स्मरण है कि उसके नन्हे हाथों की पकड़ से अपनी गर्दन छुड़ाते समय मैंने उसे चूम लिया था, एक विचित्र भाव से मैं उस पर रो पड़ी थी और वहाँ से हट गई थी, इस डर से कि कहीं मेरी सिसकी से उसकी शान्त निद्रा न टूट जाए। एक ओर वह मेरे बीते बचपन की प्रतीक-सी लगती थी और दूसरी ओर वे थे जिनसे मैं अभी तैयार होकर मिलने जा रही थी। वे ही मेरे भय और आकांक्षा मिश्रित अनजान, भावी जीवन के प्रतीक थे।

26

सात बजे सोफी मुझे सजाने, तैयार करने आई। इसमें उसने बहुत समय लगा दिया, इतनी देर कि मुझे लगता है कि मि. रोचेस्टर मेरे विलम्ब पर अधीर हो उठे और पुछवाया कि मैं नीचे क्यों नहीं आ रही हूँ। सोफी मेरे घूँघट, उसी साधारण घूँघट को पिन से बालों में बाँध रही थी। मैं यथासम्भव जल्दी से उसके हाथों से निकल भागी।

"रुको !" उसने जोर से कहा, "आईने में एक बार अपने को देख लो। तुमने तो अपनी एक झलक भी नहीं देखी।" अतः मैं दरवाजे से मुड़ी। मैंने आईने में कपड़ों से सजी, घूँघट से ढकी एक आकृति देखी, जो मेरे सामान्य रूप से इतनी भिन्न थी कि मुझे अजनबी-सी लगी। किसी ने पुकारा, "जेन !" और मैं नीचे दौड़ पड़ी। सीढ़ियों से ठीक नीचे मुझे मि. रोचेस्टर मिले।

"काम-टालू !" उन्होंने कहा, "अधीरता से मेरा मस्तिष्क जल रहा है और तुम इतनी देर लगा रही हो !" वे मुझे भोजनकक्ष में ले गए, ऊपर से नीचे तक मुझे ध्यान से देखा और मुझे कमलनी की भाँति सुन्दर, जीवन की निधि ही नहीं, वरन् नयनों की ज्योति भी घोषित किया। तब फिर यह कहते हुए कि मैं तुम्हें जलपान करने के लिए सिर्फ दस मिनट समय दूँगा, उन्होंने घंटी बजाई। इसी ओर काम कर रहे नौकरों में से एक नौकर ने प्रवेश किया।

"क्या जॉन गाड़ी तैयार कर रहा है ?"

"हाँ, श्रीमान।"

"सारे सामान नीचे लाए जा चुके ?"

"हाँ। वे लोग नीचे ला रहे हैं, श्रीमान।"

"तुम चर्च चले जाओ, और देख आओ कि क्या पादरी मि. वुड और उनका सहायक वहाँ पहुँच चुके हैं। जल्दी से लौटो और मुझे सूचित करो।" पाठक तो जानते ही हैं कि चर्च फाटक से सटा बाहर ही था। अतः सेवक तुरन्त लौट आया।

"मि. वुड चर्च के पोशाकघर में है और अपना चोगा पहन रहे हैं।"

"और गाड़ी ?"

"घोड़े जोते जा रहे हैं।"

"चर्च जाने के लिए हमें इसकी आवश्यकता नहीं पड़ेगी। किन्तु जैसे ही हम लौटें, यह तैयार रहनी चाहिए। सारे बक्से और सामान सजे और बँधे हुए हों और गाड़ीवान सीट पर बैठा हुआ हो।"

"जी हाँ, श्रीमान।"

"जेन, तुम तैयार हो गई ?"

मैं उठी। न बाराती पक्ष का कोई व्यक्ति था और न दुलहन पक्ष का कोई। साथ-साथ चलनेवाला कोई सगा-सम्बन्धी भी नहीं था। मेरे और मि. रोचेस्टर के अतिरिक्त कोई नहीं। हम लोग निकलने लगे, तो मिसेज फेयरफैक्स हॉल में खड़ी थीं। मैं उनसे कुछ बोलती, पर मेरे हाथ लोहे जैसी मुट्ठी में कैद थे। लम्बे-लम्बे डगों के साथ मैं भी खिंची जा रही थी, और मि. रोचेस्टर के चेहरे को देखने से लगता था किसी भी कारण से एक क्षण का भी विलम्ब उन्हें सहन नहीं होगा। मैं विस्मय कर रही थी कि क्या कहीं कोई दुल्हा ऐसा मालूम पड़ता होगा जैसे वे दीख रहे थे–एक उद्‌देश्य पर केन्द्रित, दृढ़-प्रतिज्ञ। क्या ऐसी सख्त भौंहोंवाले व्यक्ति की कभी उष्ण चपल दृष्टि हो सकती है ?

मुझे यह भी नहीं पता चला कि दिन साफ है या बादलों से घिरा है। चलते हुए मैं न तो धरती देख रही थी, न आकाश। मेरा हृदय मेरी आँखों में था और दोनों मि. रोचेस्टर पर ही केन्द्रित हो गए थे। चलते-चलते मैं उसी अदृश्य वस्तु को देखना चाह रही थी, जिस पर मि. रोचेस्टर की उग्र दृष्टि टिकी हुई मालूम पड़ती थी। मैं उन भावों का अनुभव करना चाह रही थी जिनकी उग्रता को वे सह रहे थे और प्रतिरोध कर रहे थे।

गिरजाघर के छोटे से दरवाजे पर वे रुके। उन्होंने देखा कि मेरी साँसें फूल रही थीं। "क्या मैं प्यार में निष्ठुर हो गया हूँ ?" उन्होंने पूछा। "अच्छा, एक मिनट सुस्ता लो जेन, मेरा सहारा ले लो।"

और अब मैं ईश्वर के अपने समक्ष स्थित भूरे प्राचीन निवासस्थल का, उसकी गुम्बद का, परिक्रमा करते कौए का, और परिप्रेक्ष्य में प्रातःकालीन लाल आकाश का वर्णन करती हूँ। मुझे कब्र की घास ढँकी मिट्‌टी के उभरे ढेरों का कुछ-कुछ स्मरण है। न ही मैं उन दो अनजान व्यक्तियों की झलक भूली हूँ जो नीची पहाड़ियों के पास भटक रहे थे और कब्र के काई लगे पत्थरों पर खुदे स्मृति-शब्दों को पढ़ रहे थे। मेरा ध्यान उनकी ओर इसलिए खिंचा कि हम लोगों को देखते ही वे चर्च के पीछे चले गए। और मुझे निश्चित रूप से लगा कि वे लोग पिछले दरवाजे से चर्च में प्रवेश करेंगे और यह समारोह देखेंगे। मि. रोचेस्टर ने उन्हें नहीं देखा था क्योंकि उनका ध्यान मेरे चेहरे पर ही केन्द्रित था, जो कुछ क्षण के लिए रक्तहीन-सा हो गया था। मैं ललाट पर पसीने की बूँदों का अनुभव कर रही थी तथा मेरे गाल और होंठ ठंडे लग रहे थे। जल्द ही जब मैं कुछ स्थिर हुई तो वे मुझे लेकर स्थिर गति से चर्च के द्वार की ओर बढ़े।

हम लोगों ने उस शान्त और साधारण-से चर्च में प्रवेश किया। पादरी महाशय

अपने उजले चोगे में, नीचे वेदी के पास हम लोगों की प्रतीक्षा कर रहे थे और उनका सहायक उनकी बगल में था। बिल्कुल शान्ति थी। दूर कोने में दो छायाएँ हिलती दिखाई दीं। मेरा अनुमान सही निकला था—दोनों अजनबी हम लोगों से पहले ही चुपचाप प्रवेश कर चुके थे। वे रोचेस्टर के पूर्वजों के तहखाने के पास खड़े थे। उनकी पीठ हम लोगों की ओर थी। वे प्राचीनता की छापवाली उस संगमरमरी कब्र की जालियों से हमें झाँक रहे थे। जहाँ पर एक घुटने टेके देवदूत की मूर्ति गृहयुद्ध के समय मार्स्टन मूर में मृत डेमर डी रोचेस्टर की अस्थियों की रखवाली कर रही थी, तथा उनकी पत्नी एलिजाबेथ के अवशेष की भी।

प्रार्थना हेतु बनी कतारों में हम खड़े हो गए। मैंने किसी के सावधान कदमों की ध्वनि सुनी पीछे झाँका तो पाया कि उन अजनबियों में से एक प्रार्थनास्थल की ओर बढ़ रहा था। प्रार्थना प्रारम्भ हो गई। विवाह सम्बन्धी उद्धरण पढ़ा जाने लगा। उसके बाद पादरी महाशय एक पग आगे बढ़े और मि. रोचेस्टर की ओर झुककर पढ़ते रहे—

''मैं तुम दोनों पर यह दायित्व और जिम्मेदारी सौंपता हूँ, अन्यथा ईश्वरी न्याय के उस भयानक दिन जब सबके हृदय की छिपी बात उजागर हो जाती है, उस दिन तुम्हें उत्तर देना होगा कि यदि तुम दोनों में से कोई जानता हो कि कोई बाधा है जिसके कारण तुम दोनों विवाह के पवित्र बन्धन में नियमानुसार नहीं बँध सकते तो अभी उसे स्वीकार कर लो, क्योंकि जो दम्पत्ति ईश्वर के नियम के विरुद्ध विवाह कर लेते हैं, वे ईश्वर द्वारा परिणय के सूत्र में नहीं बाँधे जाते। इसलिए उनका विवाह धर्म और नियमों के अनुकूल नहीं होता।''

नियम के अनुकूल वे उत्तर की प्रतीक्षा में थोड़ी देर रुके। क्या इस चुप्पी के बाद कभी कोई उत्तर आता है ? सौ वर्षों में शायद एक बार भी नहीं। और पादरी जिसने पुस्तक से दृष्टि हटाई भी नहीं थी, एक क्षण चुप रहकर आगे पढ़ने ही जा रहा था—उसके हाथ मि. रोचेस्टर की ओर बढ़े थे और होंठ यह पूछने को खुले ही थे कि क्या तुम इस नारी को अपनी विवाहिता पत्नी स्वीकार करते हो—कि उसी समय पास ही से एक स्पष्ट स्वर ने कहा—

''यह विवाह नहीं हो सकता। मैं कहता हूँ कि इसमें एक बाधा है।''

पादरी ने बोलनेवाले की ओर देखा और चुप खड़ा रह गया। उसके सहायक का भी वैसा ही हाल हुआ। मि. रोचेस्टर जरा से हिले मानो उनके पैरों तले से एक भूकम्प गुजर गया हो। पैर कसकर टिकाने के बाद सिर और आँखें घुमाए बगैर उन्होंने कहा, ''आगे पढ़िए।''

उस समय बिल्कुल नीवरता छाई हुई थी जब उन्होंने गुरु-गम्भीर स्वर में यह कहा। किन्तु मि. वुड बोले, ''जो कुछ कहा गया है उस पर और उसकी सच्चाई या झूठ पर पूछताछ किए बिना मैं आगे नहीं बढ़ सकता।''

''यह समारोह टूट चुका।'' मेरे पीछे की आवाज ने फिर कहा, ''मैं अपने आरोप को प्रमाणित कर सकता हूँ। इस विवाह के सम्पन्न होने में एक अजेय बाधा है।''

मि. रोचेस्टर ने सुना, पर ध्यान नहीं दिया। वे जिद्दी और अडिग-से खड़े रहे, बिना हिले-डुले, पर मेरे हाथों को कसकर पकड़े हुए। उनकी मुट्ठी की पकड़ कितनी गर्म और सशक्त थी ! उनका रक्तहीन दृढ़ और चौड़ा ललाट इस समय खुरदरे संगमरमर जैसा लगता था। उनकी आँखें चमक रही थीं, शान्त और चौकन्नी-सी, पर अन्दर उनमें कुछ जंगलीपन भी था।

मि. वुड की समझ में कुछ भी नहीं आ रहा था। उन्होंने पूछा, ''किस प्रकार की बाधा है ? शायद इसे सुलझा लिया जाए अथवा इसका हल निकल आए ?''

उत्तर आया, ''असम्भव। मैंने पहले ही कहा है कि यह बाधा अजेय है और मैं पूरी जानकारी के आधार पर बोल रहा हूँ।''

ऐसा कहते हुए वक्ता सामने आ गया और रेलिंग पर झुककर खड़ा हो गया। उसने बोलना जारी रखा। वह चिल्लाकर नहीं बोल रहा था, पर उसका हर शब्द स्पष्ट, शान्ति से और स्थिर निकल रहा था। उसने कहा, ''बाधा पहले हुए विवाह के कारण है। मि. रोचेस्टर की पत्नी आज भी जीवित है।''

इन धीमे शब्दों ने मेरी नसों में वह धौंकनी उत्पन्न कर दी, जैसा कभी वज्रगर्जन सुनकर भी नहीं हुआ था। मेरे रक्त में वह उबाल आया जैसा कभी पाले और आग से भी नहीं अनुभव हुआ था। फिर भी मैं शान्त रही। मेरे अचेत या बेहोश होने की कोई आशंका नहीं थी। मैंने मि. रोचेस्टर की ओर देखा और उनका ध्यान अपनी ओर खींचा। उनका चेहरा रक्तहीन चट्टान जैसा था। उनकी आँखों में चिनगारियाँ उड़ रही थीं और वे पत्थर की भाँति भावहीन भी थीं। वे किसी बात का खंडन नहीं कर रहे थे, पर लगता था कि वे इन सभी को चुनौती देंगे। बिना बोले, बिना मुस्कराए, बल्कि मुझे मनुष्य के रूप में पहचाने बिना भी उन्होंने अपनी बाँहों से मेरी कमर को घेर लिया और मुझे अपनी बगल में चिपकाए रखा। उन्होंने हस्तक्षेप करनेवाले से पूछा, ''तुम हो कौन ?''

''मेरा नाम ब्रिग्स है। मैं लन्दन की...स्ट्रीट का वकील हूँ।''

''और तुम मुझ पर एक पत्नी लादना चाहते हो ?''

''मैं आपको आपकी श्रीमती की याद दिलाता हूँ श्रीमान, जो कानून की दृष्टि से आपकी पत्नी है, भले ही आप न मानें।''

''मुझे उसके विषय में बतलाओ। उसका नाम, उसके पिता, परिवार का विवरण, उनका घर।''

''अवश्य !'' कहकर मि. ब्रिग्स ने अपनी जेब से एक कागज निकाला और कुछ नकियाते हुए औपचारिक ढंग से पढ़ने लगा–

> 'मैं घोषित करता हूँ और प्रमाणित करता हूँ कि वर्ष...के 20 अक्तूबर को (15 वर्ष पूर्व की तिथि) एडवर्ड फेयरफैक्स रोचेस्टर, जो इंग्लैंड की काउंटी...में थार्नफील्ड हॉल और...शायर में फर्नडीन मेनर के मालिक हैं, स्पैनिश टाउन, जमैका के...चर्च में एक क्रियोल, जोनस मैसन और उनकी

पत्नी एंटोइनिटा की पुत्री और मेरी बहन बर्था एंटोइनिटा मैसन से विवाह-सूत्र में बँधे। इस विवाह का दस्तावेज अमुक चर्च के दस्तावेज में देखा जा सकता है जिसकी एक प्रति मेरे पास है।' हस्ताक्षर रिचर्ड मैसन।

"यदि यह विवरण सत्य भी मान लिया जाए तो इससे यही प्रमाणित होता है कि मेरा विवाह हुआ था। पर इससे यह तो नहीं प्रमाणित होता कि उसमें नामांकित महिला, मेरी पत्नी, अभी जीवित है।"

"तीन माह पूर्व तक वह जीवित थी।"

"तुम कैसे जानते हो ?"

"मेरे पास एक गवाह है श्रीमान, जिसके प्रमाणपत्र का आप भी खंडन नहीं करेंगे।"

"उसे उपस्थित करो, नहीं तो जहन्नुम में जाओ।"

"मैं उसे पहले उपस्थित ही कर देता हूँ। वह यहीं पर है। मि. मैसन, कृपा करके आगे आइए।"

यह नाम सुनते ही मि. रोचेस्टर ने दाँतों को भींचा और अचानक जोरों से काँप गए। चूँकि मैं उनके बिल्कुल निकट थी, मैंने उनके सारे शरीर में प्रवाहित आक्रोश और हताशा के अकस्मात् झटके को अनुभव किया। दूसरा अजनबी, जो अभी तक परोक्ष में ही खड़ा था, अब समीप आया। अधिवक्ता के पीछे एक पीली आकृति दिखाई दी। हाँ, यह मैसन ही था। मि. रोचेस्टर मुड़े और उसकी ओर गुर्राकर देखा। मैं पहले कई बार कह चुकी हूँ कि उनकी आँखें काली थी, पर अभी उन निराश आँखों से मटमैली, बल्कि लाल चमक निकल रही थी। उनका चेहरा तमतमा उठा, जैतून जैसे गालों और रक्तहीन ललाट पर तमक छा गई मानो हृदय की अग्नि ने उन्हें लाल कर दिया हो। वे हिले और अपनी सशक्त बाँहें उठाईं। वे उस पर प्रहार कर देते, उसे निर्दयतापूर्ण आघात से चर्च के फर्श पर गिरा देते, पर मैसन डरकर पीछे हट गया और कमजोरी से चिल्ला पड़ा, "हे भगवान !"

मि. रोचेस्टर की घृणा शमित हो गई। उनका आवेश ऐसे ठंडा पड़ गया मानो पाले ने उसे सिकुड़ा दिया हो। उन्होंने सिर्फ इतना पूछा, "तुम्हें क्या कहना है ?"

मि. मैसन के सफेद होंठों से एक अस्पष्ट-सी ध्वनि निकली।

मि. रोचेस्टर बोले, "यदि तुम स्पष्ट नहीं बोल सकते तो नरक में जाओ। मैं फिर पूछता हूँ, तुम्हें क्या कहना है ?"

चर्च के पादरी ने हस्तक्षेप किया, "श्रीमान, श्रीमान, यह मत भूलिए कि आप एक पवित्र स्थान में हैं।"

फिर मैसन की ओर मुड़कर उसने सज्जनता से पूछा, "क्या आपको मालूम है कि इन महाशय की पत्नी जीवित है या नहीं ?"

वकील ने भी ढाढ़स दिलाया, "साहस करो। बोलो !"

मैसन ने कुछ साफ स्वर से कहा, "वह इन दिनों थार्नफील्ड हॉल में रह रही है।

मैंने गत अप्रैल माह में उन्हें देखा था। मैं उनका भाई हूँ।''

''थार्नफील्ड हॉल में ?'' पादरी ने दुहराया। ''असम्भव। मैं इस क्षेत्र का पुराना निवासी हूँ महाशय, पर कभी थार्नफील्ड हॉल में श्रीमती रोचेस्टर के रहने की बात नहीं सुनी।''

मैंने देखा कि एक विद्रूप हँसी से मि. रोचेस्टर के होंठ सिकुड़ गए। और वे बुदबुदाकर बोले, ''नहीं, ईश्वर की सौगन्ध। मैंने पूरी सावधानी बरती थी कि कोई उसके विषय में न जाने और कम-से-कम इस नाम से तो नहीं ही जाने।''

वे कुछ देर सोचते रहे मानो मन-ही-मन विचार कर रहे हों। अन्त में उन्होंने कुछ निश्चय किया और बोले, ''बहुत हो चुका। सभी लोग यहाँ से तुरन्त जाइए जैसे बन्दूक से गोली छूटती है। वुड, आप अपनी किताब बन्द करें और अपना परिधान उतार दें। जान ग्रीन (क्लर्क), तुम भी चर्च से जाओ। आज कोई विवाह नहीं होगा।'' उस व्यक्ति ने आदेश का पालन किया।

मि. रोचेस्टर कटुता और अनमनेपन से बोलते रहे, ''बहुविवाह एक कुरूप शब्द है। फिर भी मैं आज बहुविवाही ही बनना चाहता था। पर किस्मत मुझे मात दे गई या फिर ईश्वर ने मुझे ऐसा करने से रोक दिया। शायद अन्तिम बात ही ठीक है। इस क्षण मैं साक्षात् शैतान-स्वरूप हूँ। शायद पादरी महोदय कहेंगे कि मैं ईश्वर के कठोरतम दंड का पात्र हूँ, नरक की अन्तहीन अग्नि और कीड़ों-मकोड़ों का ग्रास बनने योग्य। सज्जनो, मेरी योजना असफल हो गई है। यह वकील और उनके मुवक्किल जो कह रहे हैं, सत्य है। मेरा विवाह हो चुका है और जिस नारी से मेरा विवाह हुआ, वह अभी जीवित है। मि. वुड, आप कहते हैं कि आपने कभी वहाँ उस घर में मिसेज रोचेस्टर के होने की बात नहीं सुनी। पर मैं दावे के साथ कह सकता हूँ कि आपने बहुत बार यह कानाफूसी सुनी होगी कि कठिन पहरे और देखभाल में वहाँ एक रहस्यमयी पागल स्त्री रहती है। कुछ ने चुपके से यह भी कहा होगा कि वह मेरी अनैतिक सौतेली बहन है और कुछ ने उसे मेरी परित्यक्त रखैल कहा होगा। पर आज मैं आपको बताता हूँ कि वह मेरी पत्नी है जिससे पन्द्रह वर्ष पूर्व मेरा विवाह हुआ था। बर्था मैसन उसका नाम है, इन दृढ़ मनोबलवाले व्यक्ति की बहन, जो अपने काँपते अंगों और सफेद गालों से आपके सामने इसका उदाहरण रख रहे हैं कि पुरुषों को कैसा सशक्त हृदय रखना चाहिए। साहस बनाए रखो डिक, मुझसे डरने की आवश्यकता नहीं है। तुम्हें मारना या किसी औरत को मारना मेरे लिए बराबर है। बर्था मैसन पागल है; वह पागलों के ही परिवार में जन्मी है—तीन पीढ़ियों से मन्दबुद्धि और पागलोंवाले परिवार में। उसकी क्रियोल माँ भी पागल और शराबी थी जो मुझे उसकी बेटी से विवाह करने के पश्चात् पता चला, क्योंकि पहले उन्होंने परिवार की गुप्त बातें मुझसे छिपा रखी थीं। बर्था ने एक आज्ञाकारी बच्ची की भाँति दोनों बातों में अपने माता-पिता का अनुसरण किया। मुझे बड़ी आकर्षक जीवनसाथी मिली थी—पवित्र, बुद्धिमान, विनम्र। आप कल्पना कर सकते हैं कि मैं कितना सुखी व्यक्ति था, कैसी सुखद घटनाएँ मेरे साथ घटीं। मेरे

अनुभव स्वर्गीय थे। काश कि आप इसे जान पाते ! पर मैं अब आगे कुछ नहीं कहूँगा। ब्रिग्स, वुड, मैसन, आप सभी को मैं अपने घर आने का, तथा मिसेज पूल की देखभाल में रहनेवाली *मेरी पत्नी* को देखने का निमन्त्रण देता हूँ। आप स्वयं देखें कि मुझे ठगकर कैसे जीव से विवाह-बन्धन में बाँध दिया गया और फैसला दें कि क्या मुझे अधिकार नहीं कि ऐसे विवाह-बन्धन को मैं तोड़ दूँ, या कम-से-कम किसी मानव की सहानुभूति तो मैं पा सकूँ !''

फिर मेरी ओर देखते हुए वे बोलते रहे, ''मि. वुड, यह लड़की इस घिनौने रहस्य से वैसे ही अनजान है जैसे आप हैं। यह समझ रही थी कि सभी कुछ ठीक और वैधानिक ढंग से हो रहा है। इसने स्वप्न में भी नहीं सोचा होगा कि वह एक धोखेबाज अभागे के साथ झूठे विवाह-बन्धन में बँधने जा रही है जो पहले से ही एक बुरी, पागल और पशुतुल्य पत्नी से बँधा है। सभी आओ, मेरे पीछे-पीछे !''

मुझे कसकर पकड़े हुए वे चर्च से चले। तीनों सज्जन पीछे-पीछे आ रहे थे। हॉल के सामने दरवाजे पर गाड़ी खड़ी थी।

''जॉन, इसे घुड़साल में ले जाओ।'' मि. रोचेस्टर ने उत्साहहीन ढंग से कहा, ''आज इसकी आवश्यकता नहीं होगी।''

द्वार पर मिसेज फेयरफैक्स, एडेली, सोफी, लीया–सभी हमें बधाई देने के लिए आगे बढ़े। ''वापस जाओ, सभी-की-सभी !'' मालिक चिल्ला पड़े, ''अपनी बधाइयाँ ले जाओ। किसे इसकी जरूरत है ? मुझे नहीं, पन्द्रह वर्ष का विलम्ब हो चुका है।''

वे आगे बढ़ते गए और अभी भी मेरा हाथ जकड़े हुए और सज्जनों को आने का इशारा करते हुए, सीढ़ियों पर चढ़ने लगे। वे लोग पीछे-पीछे आ रहे थे। हम लोग पहली सीढ़ियाँ चढ़े, गलियारा पार किया और तीनतल्ले की ओर बढ़े। वह कम ऊँचाईवाला काला दरवाजा मि. रोचेस्टर की मास्टर कुंजी से खुल गया और हम लोगों ने पर्देवाले कमरे में प्रवेश किया जिसमें एक बड़ा बिस्तर लगा था और चित्रोंवाली आलमारी थी।

हमें ले जानेवाले ने कहा, ''मैसन, तुम इस जगह को अच्छी तरह पहचानते हो। यहीं उसने तुम्हें काट खाया था और चाकू भोंक दी थी।''

उन्होंने दीवार से पर्दा उठाया तो दूसरा द्वार दिखाई दिया। उन्होंने इसे भी खोला। बिना खिड़कीवाले इस कमरे में ऊँची और मजबूत छड़ों के पीछे आग जल रही थी और छत से एक जंजीर में बँधी लालटेन लटक रही थी। ग्रेस पूल आग की ओर झुककर पतीली में कुछ पका रही थी। कमरे के पिछले भाग की छाया में कोई चीज आगे-पीछे डोल रही थी। यह पशु था या मानव–प्रथम दृष्टि में समझना कठिन था। यह चीज चारों हाथों-पैरों पर चल रही थी। यह किसी जंगली पशु की भाँति झपट रही थी और गुर्रा रही थी। पर यह कपड़ों से ढँकी थी। घने काले चीकट बालों से, जो अयाल जैसे जंगली दीखते थे, उसका सिर और चेहरा ढँके थे।

मि. रोचेस्टर ने कहा, ''नमस्कार, मिसेज पूल। कैसी हो ? और तुम्हारी जिम्मेवाली आज कैसी है ?''

“ठीक है सर, धन्यवाद।” ग्रेस पूल ने सावधानी से उस बर्तन को, जिसमें कोई चीज उबल रही थी, ऊपर उठाते हुए उत्तर दिया, “कुछ चिड़चिड़ी है, पर भयंकर नहीं है।”

एक भयानक चीत्कार ने उसके अच्छे रिपोर्ट को झुठला दिया। कपड़ों में ढँका भेड़िया उठ खड़ा हुआ और पिछली टाँगों पर खड़ा हो गया।

“आह ! श्रीमान, वह आपको देख रही है।” ग्रेस ने जोर से कहा, “अच्छा होगा कि आप न ठहरें।”

“कुछ ही क्षण ठहरूँगा ग्रेस कुछ क्षण ठहरने दो।”

“तो सावधान हो जाइए श्रीमान, ईश्वर के लिए सावधान हो जाइए।”

वह पगली चिल्ला पड़ी। उसने उलझे बालों को झकझोरकर अपना चेहरा बाहर निकाला और आगन्तुकों को भयानक दृष्टि से देखने लगी। मैंने तुरन्त उस नीले रक्ताभ और सूजे-सूजे चेहरे को पहचान लिया। मिसेज पूल आगे बढ़ी। “अलग रहो !” मि. रोचेस्टर ने उसे एक ओर करते हुए कहा, “मेरा अनुमान है कि अभी उसके पास चाकू नहीं है, और मैं सावधान हूँ।”

“उसके पास क्या है, क्या नहीं, यह पता नहीं चलता। श्रीमान, वह इतनी चालाक है कि मनुष्यों के बूते की बात नहीं जो उसकी चालाकी को समझ सकें।”

मैसन ने फुसफुसाकर कहा, “अच्छा हो हम लोग यहाँ से चलें।”

“नरक में जाओ !” उसके बहनोई ने सलाह दी।

“सावधान !” ग्रेस ने चिल्लाकर कहा। तीनों सज्जन पीछे हटे। मि. रोचेस्टर ने मुझे पीछे ठेल दिया। वह पगली उछली, उनका गला घोंटने लगी और दाँतों से उनके गाल काटने लगी। दोनों गुत्थमगुत्था हो गए। वह काफी विशाल स्त्री थी, लम्बाई में अपने पति के बराबर होगी, और काफी मोटी भी थी। संघर्ष में वह काफी बल दिखला रही थी। इतने गठीले सशक्त व्यक्ति का भी गला दबाने में वह एक बार सफल हो गई थी। एक तगड़ा चाँटा उसे शान्त तो कर देता, पर वे उसे मारना नहीं चाहते थे। सिर्फ संघर्ष करके उसे रोके हुए थे। अन्त में उन्होंने पगली की, दोनों बाँहें जकड़ लीं। ग्रेस पूल ने उन्हें एक रस्सी दी। उन्होंने उसकी दोनों बाँहें पीछे की ओर बाँध दीं और निकट पड़ी रस्सी से उसे एक कुर्सी से बाँध दिया। जब यह सब किया जा रहा था, वह भयानक चीत्कार कर रही थी और उछलकूद मचा रही थी। बाँधने के बाद मि. रोचेस्टर दर्शकों की ओर मुड़े तथा तिक्त और हताश मुस्कान से उन लोगों की ओर देखा।

“यही *मेरी पत्नी* है।” उन्होंने कहा, “दाम्पत्य का ऐसा ही आलिंगन मेरे भाग्य में लिखा है। यही वे प्रेमालिंगन हैं जो अवकाश के क्षण में मुझे बहलाते हैं और बदले में मैंने जो कुछ पाना चाहा था (मेरे कन्धों पर हाथ रखते हुए) यह है। यही युवा लड़की जो नरक के द्वार पर भी इतनी गम्भीर और शान्त खड़ी है, जो गम्भीरता से राक्षसी का उत्पात देख रही है। इसे मैंने इसी भयानक सम्बन्ध से बदलाव के रूप में चाहा था।

वुड और ब्रिग्स, इन दोनों में अन्तर तो देखिए। इन स्वच्छ नयनों की तुलना उन लाल-लाल पुतलियों से कीजिए। इस मुखड़े की उस मुखौटे से, इस देहयष्टि की उस विशाल मांसल काया से तुलना कीजिए, और तब मेरे अपराध पर फैसला कीजिए। ईश्वर के पुजारी और कानून के अधिकारी, याद रखिए जिस प्रकार आप दूसरों का फैसला करेंगे, ईश्वर भी उसी प्रकार आपका फैसला करेंगे। अब आप सभी यहाँ से भागिए– मैं अपनी निधि को अब सुरक्षित बन्द करके रखूँगा।''

हम सभी निकल आए। रोचेस्टर कुछ क्षण वहाँ रुके–ग्रेस पूल को कुछ निर्देश देने के लिए।

सीढ़ियों से उतरते समय वकील मुझसे कहने लगे, ''आपका मादाम, कोई दोष नहीं है। आपके चाचा यह जानकर प्रसन्न होंगे, बशर्ते वे उस समय तक जीवित रहे जब तक मि. मैसन लौटकर मेडिएरा पहुँचे।''

''मेरे चाचा ? उनका क्या हाल है ? क्या आप उन्हें जानते हैं ?''

''मि. मैसन जानते हैं। मिस्टर आयर कुछ वर्षों से इनसे परिचित हैं और इनके सम्पर्क में है। जब आपके चाचा को आपकी चिट्ठी मिली जिसमें आपने अपने और मि. रोचेस्टर के विवाह के सम्बन्ध में लिखा था, तब मि. मैसन, जो यहाँ से लौटकर जमैका जाते समय रास्ते में उनके स्वास्थ्य का हाल जानने के लिए मेडिएरा में रुके थे, उनके पास ही थे। मि. आयर ने यह समाचार उन्हें बतलाया क्योंकि उन्हें पता था कि मैसन के एक परिचित इस नाम के हैं। मि. मैसन स्वभावतः विचलित और दुखी हो गए, और उन्होंने उन्हें वास्तविक स्थिति बतलाई। मुझे दुख के साथ कहना पड़ता है कि आपके चाचा मृत्यु-शय्या पर हैं। उनके भीषण रोग और उनकी चिन्ताजनक स्थिति को देखते हुए यह असम्भव लगता है कि वे कभी स्वस्थ हो सकेंगे। अतः आपको इस जाल से बचाने के लिए वे स्वयं तो इंग्लैंड नहीं आ सके, पर उन्होंने मि. मैसन से अनुनय किया कि वे शीघ्र जाकर इस झूठे विवाह को रोकने हेतु कदम उठाए। सहायता के लिए उन्होंने मेरा नाम उसे सुझाया। मैंने बड़ी जल्दी की और मैं प्रसन्न हूँ कि समय पर पहुँच गया। आप भी निस्सन्देह प्रसन्न ही होंगी। यदि मुझे पक्का विश्वास होता कि आपके चाचा आपके वहाँ पहुँचने तक स्वर्ग नहीं सिधारेंगे तो मैं आपको मि. मैसन के साथ चले जाने की सलाह देता, पर अब जो स्थिति है उसे देखते हुए यही ठीक है कि अभी आप इंग्लैंड में ही रहें जब तक कि आपको अपने चाचा की या उनके विषय में किसी और की चिट्ठी नहीं मिल जाती।'' इतना कहकर उन्होंने मैसन से पूछा कि क्या अब और ठहरने की आवश्यकता है।

''नहीं। हम लोग जल्दी चलें।'' उसने चिन्तित स्वर में उत्तर दिया और मि. रोचेस्टर से विदा लिये बिना ही वे लोग मुख्यद्वार से निकल गए। पादरी अपने अभिमानी जजमान से उपदेश या नीति के एक-दो वाक्य कहकर विदा हो गया।

अपने कमरे के अधखुले दरवाजे पर खड़ी (जहाँ मैं आ गई थी), मैंने उनके जाने की आवाज सुनी। घर खाली हो जाने के बाद मैं अपने कमरे में बन्द हो गई और

सिटकिनी चढ़ा दी, ताकि कोई घुस नहीं सके। फिर उसके बाद मैंने शुरू किया—नहीं, रोना-धोना नहीं, क्योंकि मैं अभी मन को ढाढ़स बँधाए हुए थी, बल्कि यन्त्रवत् विवाह के परिधान उतारना। फिर मैंने वही साधारण चुस्त गाउन पहन लिया जिसे कल मैंने समझा था कि आज अन्तिम बार पहना जाएगा। उसके बाद मैं बैठ गई। मुझे बहुत दुर्बलता और थकावट का अनुभव हो रहा था। मैंने अपनी बाँहें मेज पर टिका दीं और उन पर सिर थाम लिया। तब मैं विचारों में मग्न हो गई। अब तक तो मैं सिर्फ सुन रही थी, देख रही थी, चल रही थी, जहाँ मुझे ले जाया जा रहा था, घसीटा जा रहा था, वहाँ जा रही थी। एक के बाद एक घटना का होना, एक के बाद एक रहस्य का खुलना निहार रही थी। किन्तु अब ! *अब मैं सोचने लगी*।

आज का दिन एक शान्त दिन ही कहा जा सकता था...यदि पगलीवाला दृश्य छोड़ दें तो। चर्च की घटनाएँ भी शोरगुलवाली नहीं थीं। कोई भावावेश, चिल्लाहट, कोई तीखी नोंक-झोंक, कोई झगड़ा कोई चुनौती या ललकार, आसूँ या सिसकन, कुछ भी नहीं था; सिर्फ कुछ बातें कहीं गई थीं। विवाह का शान्त ढंग से विरोध हुआ था। मि. रोचेस्टर द्वारा कुछ कठोर प्रश्न पूछे गए थे जिनके उत्तर और स्पष्टीकरण दिए गए और प्रमाण प्रस्तुत किया गया था। मेरे मालिक ने सच्चाई को स्पष्ट स्वीकार किया था और उसका सजीव प्रमाण दिखाया था। घुसपैठिए चले गए और सारी बात समाप्त हो गई। मैं सदा की भाँति अपने कमरे में थी, बिना किसी बाह्य परिवर्तन के। किसी चीज ने न तो मुझे काटा था, न घायल किया था, और न ही मुझे अपंग बनाया था। फिर भी कलवाली जेन आयर आज कहाँ थी ? उसका जीवन कहाँ था ? उसकी आशाएँ कहाँ थीं ?

जेन आयर, जो कल तीव्र उमंगों से भरी एक युवती थी, वरणप्राय, एक विवाहिता-सी, आज फिर एक निस्पन्द अकेली लड़की हो गई। उसका जीवन क्षीण हो गया, उसकी आशाएँ मटियामेट हो गईं, मानो ग्रीष्म ऋतु के मध्य में अचानक पाला आ गिरा हो, जून में दिसम्बर का तूफान छा गया हो, पके पीले सेबों पर सफेद बर्फ छा गई हो और खिलते गुलाब को आँधियों ने मसल दिया हो। पुआल, खेत और पके अनाज के खेत, सभी बर्फीले कफन से ढँक गए थे। गत रात फूलों से भरी शरमाती रविशें आज हिमपात से भरी, रास्ताहीन लग रही थीं। मात्र बारह घंटे पूर्व जो घाटी पत्तियों और सुगन्धित झाड़ियों से भरी, समशीतोष्ण प्रदेश जैसे लगती थी, उनकी जगह अब वीरान जंगल फैले थे, जो हिम प्रदेश नार्वे के सफेदी से ढँके चीड़ के वन जैसे लग रहे थे। मेरी सभी आशाएँ मर चुकी थीं। एक नीरव प्रलय ने उन्हें धराशायी कर दिया था, जैसे मिस्र देश में एक रात सभी नवजात शिशुओं पर प्रलयपात हुआ था। मैंने अपनी संचित अभिलाषाओं पर दृष्टि डाली जो कल कितनी चमकीली और खिली-खिली लग रही थीं। वे आज गिरी पड़ी थीं, उन निस्पन्द ठंडे श्वेत शवों की भाँति जो अब कभी जीवित नहीं हो सकते थे। मैंने अपने प्यार को देखा। यह मेरे हृदय में मेरे प्रियतम की जगाई हुई भावना, उनकी ही सृष्टि काँप रही थी मानो कोई बीमार बच्चा ठंडे पालने में रो रहा हो। मानो रोग और कष्ट ने उसे जकड़ लिया हो। यह भावना मि. रोचेस्टर की बाँहों का सहारा

भी नहीं ले सकती थी और न ही उनके वक्षस्थल से उष्णता प्राप्त कर सकती थी। आह, अब उनकी ओर मुड़ा भी नहीं जा सकता था क्योंकि विश्वासघात हो गया था, आस्था नष्ट हो गई थी। मेरे लिए मि. रोचेस्टर अब वह नहीं रह गए थे जो मेरी दृष्टि में वे पहले थे, क्योंकि अब वे वह नहीं थे जो मैंने उन्हें समझा था। मैं उन पर कोई दोष तो नहीं लगा सकती थी, यह नहीं कह सकती थी कि उन्होंने मुझे धोखा दिया, किन्तु उनके विषय में निष्कलंक सत्यता की धारणा भी अब शेष नहीं रही। मुझे उनकी दृष्टि से दूर जाना ही होगा, यह मेरी समझ में साफ-साफ आ गया था। कब, कैसे, कहाँ–यह तो अभी स्पष्ट नहीं था, किन्तु वे स्वयं ही मुझे थार्नफील्ड से हटा देंगे, मुझे इसमें शंका नहीं थी। ऐसा लगता था कि उन्हें मुझसे वास्तविक प्रेम नहीं था, बल्कि वासना का आवेश था। वह योजना अब असफल हो गई थी, अतः अब उन्हें मुझसे कोई प्रयोजन नहीं रह गया था। अब उनसे अचानक मिलने में भी मुझे डर लगने लगा था क्योंकि अब मेरी परछाईं भी उन्हें घृणित लगेगी। हाय, मेरी आँखें कितनी अन्धी हो गई थीं ! मेरा आचरण कितना दुर्बल था !

मेरी आँखें ढँकी और मुँदी थीं, अन्धकार मेरे चारों ओर घिरा आ रहा था, और काली अस्पष्ट परछाइयाँ मुझ पर छा रही थीं। परित्यक्त, अशक्त और दुर्बल, मैं मानो किसी विशाल नदी के सूखे पेटे में पड़ी थी। मुझे सुनाई पड़ा कि सुदूर पहाड़ से एक तीव्र धारा बहकर आ रही है और मुझे डुबोती जा रही है। पर मुझमें न उठने की इच्छा थी, न भागने की शक्ति। मैं बेहोश पड़ी मर जाने की अभिलाषा कर रही थी। सिर्फ एक विचार किसी क्षीण जीवनरेखा की तरह मेरे अन्दर काँप रहा था–ईश्वर की याद। एक क्षीण प्रार्थना मेरे होंठों पर उभरी। मेरे अँधेरे मन में ये शब्द उमड़ने लगे मानो मैं कुछ बोलना चाहती हूँ, पर बोलने की शक्ति मुझमें न हो–

'कृपा करके मुझसे दूर मत रहिए, क्योंकि विपत्ति मेरे निकट है और कोई मेरा सहायक नहीं है।'

यह निकट ही थी, और चूँकि मैंने ईश्वर से इस विपत्ति को टालने की प्रार्थना नहीं की थी, न तो हाथ जोड़े थे, न घुटने टेके थे और न ही प्रार्थना के शब्द निकाले थे, अतः यह विपत्ति मुझ पर टूट पड़ी, पूरे वेग से मुझ पर गिरी। यह अनुभूति कि जीवन बिल्कुल अकेला है, प्यार मिट चुका है, आशाएँ समाप्त हो चुकी हैं, विश्वास पूर्णतः खंडित हो गया है–पहाड़ की भाँति पूरे बल के साथ एकाएक मुझ पर टूट गिरी। उस दुखद घड़ी का वर्णन नहीं किया जा सकता। दुख का अथाह जल मेरी आत्मा पर छा गया। मैं उस दलदल में फँस गई जहाँ मेरे पैरों के नीचे जमीन का पता नहीं था। मैं डूब रही थी और पानी मेरे सिर पर से गुजर रहा था।

27

काफी समय बाद जब लगभग सन्ध्या होनेवाली थी, मैंने सिर उठाया, और चारों ओर देखा। पश्चिमगामी सूरज की डूबती किरणें दीवार पर पड़ रही थीं। मैंने सोचा, 'मैं क्या करूँ ?' मेरे मस्तिष्क ने उत्तर दिया, 'तुरन्त थार्नफील्ड छोड़कर चल दो।' यह उत्तर इतना अचानक, शीघ्र और डरावना था कि मैंने अपने कान बन्द कर लिये। इस निर्णय को मेरा मन नहीं सह पा रहा था। यह दुख कि मैं एडवर्ड रोचेस्टर की ब्याहता नहीं बन सकी, मैं सह लूँगी। इस दुख की भयानकता को भी मैं सह लूँगी कि मैं एक सुहावने स्वप्न से जाग गई और जगने पर सबकुछ झूठ और व्यर्थ पाया। किन्तु उन्हें सदा के लिए छोड़कर तुरन्त इसी क्षण जाना होगा, यह असह्य है। मैं ऐसा नहीं कर पाऊँगी।

पर मेरे मन के अन्दर कोई बोल उठा, 'तुम कर सकोगी और तुम्हें करना ही होगा।' अपने ही मन से मैं उलझ पड़ी। मैं दुर्बल होना चाहती थी, ताकि अपने समक्ष मौजूद वियोग का सम्भावना को मैं टाल सकूँ। पर मेरी आत्मा सहसा कठोर हो उठी, उसने भावनाओं का गला पकड़ लिया और चिढ़ाकर कहा, 'अभी तो तुम्हारे कोमल पाँव थोड़े से कीचड़ में फँसे हैं। मैं इन्हीं लौह हाथों से तुम्हें यातना के अथाह गड्ढे में डुबोकर ही छोड़ूँगी।' मैं चीखकर कहा, 'तो कोई मुझे खींचकर यहाँ से ले चले। कोई मेरी सहायता को आए।'

'नहीं, तुम्हें स्वयं ही अपने को खींचकर अलग करना होगा। कोई तुम्हारी सहायता को नहीं आएगा। तुम्हें ही चाहे अपनी दाईं आँख फोड़ने की पीड़ा झेलनी पड़े या अपना दायाँ हाथ काटने की वेदना सहनी पड़े, तुम्हारा हृदय भले ही टुकड़े-टुकड़े होता हो, तुम्हें ही यति की भाँति इसे नियन्त्रण में रखना होगा।'

मैं सहसा उठी—उस एकान्त से भयभीत होकर जिसमें ऐसे कठोर फैसले सुनाए जा रहे थे, उस नीरवता से त्रस्त होकर जिसमें ऐसी भयानक आवाज गूँज रही थी। सीधे खड़े होते ही मेरा सिर चकरा गया। मुझे लगा, उत्तेजना और दुर्बलता से मैं रुग्ण-सी हो रही हूँ। दिन-भर मैंने न तो कुछ खाया था, न कुछ पिया था, क्योंकि जलपान भी मैंने नहीं किया था। फिर एक विचित्र वेदना से मैंने अनुभव किया कि इतनी देर यहाँ बन्द पड़े रहने पर भी किसी ने मेरी सुध नहीं ली और न ही मुझे नीचे बुला भेजा।

यहाँ तक कि नन्ही एडेली भी द्वार खटखटाने नहीं आई। मिसेज फेयरफैक्स ने भी मुझे याद नहीं किया। बाहर निकलने के लिए द्वार खोलते हुए मैं बुदबुदाई, 'जिससे भाग्य ही रूठ जाता है, उसे मित्र-बन्धु भी त्याग देते हैं।' किसी चीज से मैं टकराई क्योंकि मेरा सिर चकरा रहा था, दृष्टि धुँधली हो रही थी और हाथ-पाँव काँप रहे थे। मैं अपने को सँभाल नहीं पाई। गिरी, पर जमीन पर नहीं। किसी की फैली बाँहों ने मुझे पकड़ लिया। मैंने ऊपर देखा, मि. रोचेस्टर मुझे सहारा दे रहे थे जो कि मेरी चौखट पर ही एक कुर्सी लगाकर बैठे हुए थे। उन्होंने कहा, "आखिर तुम बाहर तो आईं ! मैं कितनी देर से तुम्हारी प्रतीक्षा कर रहा था और आहट सुनने की कोशिश कर रहा था। पर न तो कोई आहट सुनाई देती थी और न कोई सिसकी। यदि पाँच मिनट और ऐसा मौत जैसा सन्नाटा रहता तो मैं एक डाकू की तरह ताला तोड़कर कमरे में घुस जाता। तो तुमने मुझे त्याग दिया ? तुम कमरे में बन्द होकर अकेले दुख भोग रही हो ? इससे तो अच्छा होता कि तुम आकर आवेश से मेरी भर्त्सना करती। तुम भावुक हो; मुझे ऐसे ही दृश्य की आशंका थी। मैं गर्म आँसुओं की बौछार सहने के लिए तैयार था। चाहता था, वे आँसू मेरी छाती पर गिरें, पर निर्जीव फर्श ने उन्हें प्राप्त किया या तुम्हारे रूमाल ने उन्हें सोख लिया। किन्तु शायद मैं भूल कर रहा हूँ। अरे, तुम तो रोई ही नहीं। मैं सफेद गाल और मुरझाई आँखें देख रहा हूँ, किन्तु आँसुओं का तो कोई चिह्न नहीं है तो क्या तुम्हारा हृदय खून के आँसू रो रहा था ?

"क्या जेन, भर्त्सना का कोई शब्द नहीं कहोगी ? कोई कड़ी बात, कोई तीखी फटकार ? भावना को आहत करनेवाली या उत्तेजना को चुभनेवाली कोई बात नहीं बोलोगी ? तुम वहीं चुपचाप बैठी हो जहाँ मैंने बिठला दिया और एक उदास थकी-हारी दृष्टि से मुझे ताक रही हो !

"जेन, तुम्हें इस भाँति आहत करने की मेरी कोई नीयत नहीं थी। मान लो किसी व्यक्ति के पास एक ही छोटी सी, प्यारी-सी मेमना हो जो उसे बेटी की तरह प्रिय हो, जो उसी की थाली में खाए, उसी के प्याले से पानी पिए और उसके कलेजे से लगी रहे। अब अगर वह व्यक्ति भूल से उस मेमने की हत्या कर दे, तो वह व्यक्ति भी अपने दुष्कृत्य पर इतना नहीं पछताएगा, जितना अपनी भूल पर मैं पछता रहा हूँ। क्या तुम कभी मुझे क्षमा करोगी ?"

पाठक, मैंने उन्हें वहीं, उसी क्षण क्षमा कर दिया। उनकी आँखों में इतनी ग्लानि थी, स्वर में इतनी दयनीयता थी, व्यवहार में इतनी पुरुषोचित मर्यादा थी, इसके अतिरिक्त दृष्टि और भाव में वही पूर्ववत् प्रेम था कि मैं क्षमा किए बिना नहीं रह सकी। फिर भी शब्दों में व्यक्त भाव से नहीं, सिर्फ अपने अन्तरतम हृदय में।

"जेन, तुम तो मुझे साक्षात् शैतान समझ रही होगी ?" कुछ क्षण बाद उन्होंने व्यग्र होकर पूछा। मुझे लगा, वे मेरी लगातार चुप्पी पर आश्चर्यचकित थे, उस चुप्पी पर जो जानबूझकर नहीं, वरन् दुर्बलता के कारण थी।

"हाँ श्रीमान !" मैंने उत्तर दिया।

"तो तुम साफ-साफ और रुक्षता से मुझे वैसा कहो। मुझ पर दया क्यों ?"

"मैं वैसा नहीं कर सकती, मैं थकी-हारी और बीमार हूँ। मुझे थोड़ा जल चाहिए।" उन्होंने एक ठंडी आह भरी और बाँहों से मुझे सहारा देकर नीचे ले चले।

पहले तो मुझे पता नहीं चला कि वे मुझे किस कमरे में ले जा रहे हैं क्योंकि मेरी आँखों के आगे धुँध छाई हुई थी। पर शीघ्र ही मैंने आग की गर्मी अनुभव की। गर्मी का मौसम होने के बावजूद मैं कमरे में बैठी-बैठी बिल्कुल सर्द हो गई थी। उन्होंने थोड़ी-सी शराब मेरे होंठों से लगाई। थोड़ा पीने से मुझमें स्फूर्ति आई। फिर उन्होंने मुझे कुछ खिलाया तो मुझसे कुछ शक्ति आई। मैंने देखा कि मैं लाइब्रेरी में उनकी कुर्सी में, उनके बिल्कुल निकट बैठी हूँ। मेरे मन में आया–यदि अभी इसी क्षण, बिना कष्ट के मेरी मृत्यु हो जाए तो कितना अच्छा हो ! मुझे मि. रोचेस्टर से बिछुड़ने का प्रयास करके हृदय को टुकड़े-टुकड़े करने के कष्ट से छुटकारा तो मिल जाता ! मुझे उनसे बिछुड़ना होगा, ऐसा निश्चित लगता है। पर मैं उनसे अलग होना नहीं चाहती, नहीं हो सकती। मि. रोचेस्टर ने पूछा, "अब कैसी हो जेन ?"

"पहले से अच्छी। श्रीमान, मैं जल्दी ही ठीक हो जाऊँगी।"

"थोड़ी शराब और ले लो।"

मैंने उनके कहे अनुसार किया। उन्होंने खाली गिलास मेज पर रख दिया और मेरे समक्ष खड़े होकर मुझे ध्यान से देखने लगे। फिर वे अचानक पीछे मुड़े–एक घुटी आह और कुछ उत्तेजना के साथ। कुछ देर कमरे में इधर से उधर तेजी से चलते रहे। फिर मेरी ओर झुके, मानो चुम्बन के लिए। पर मैंने ठान लिया था कि यह चुम्बन-आलिंगन अब अनुचित होगा। मैंने दूसरी ओर मुँह फेर लिया और उनके चेहरे को परे ठेल दिया।

वे घबराकर बोले, "क्या ? यह कैसी बात है ? समझा ! तुम बर्था मैसन के पति का चुम्बन नहीं लोगी ? तुम समझती हो कि मेरा प्यार, मेरा आलिंगन किसी दूसरी के लिए है ?"

मैंने कहा, "हाँ आखिर मेरा तो इन पर कोई अधिकार नहीं बनता, श्रीमान।"

"क्यों, जेन ? पर मैं तुम्हें अधिक बोलने के लिए बाध्य नहीं करूँगा। मैं ही तुम्हारे बदले उत्तर दे देता हूँ। तुम कहोगी–क्योंकि तुम्हारी तो एक पत्नी पहले से है। मेरा अनुमान ठीक है, जेन ?"

"हाँ।"

"यदि तुम ऐसा सोचती हो, तब तो तुमने मेरे विषय में बड़ी विचित्र धारणा बना रखी होगी। तुमने मुझे षड्यन्त्रकारी गुंडा समझा होगा। एक नीच, दुष्ट व्यक्ति जो जानबूझकर तुम्हें फँसाने के लिए जाल बिछा रहा था और तुम्हारी इज्जत और प्रतिष्ठा लूटने की चेष्टा कर रहा था। क्या तुम यही कहना चाहती हो ? पर मैं देख रहा हूँ कि तुम कुछ कहना ही नहीं चाहती क्योंकि पहली बात यह कि तुम बहुत दुर्बल हो और कष्ट से साँस ले रही हो। दूसरे, मुझे गाली देने और लताड़ने की तुम्हारी आदत नहीं है। इसके अतिरिक्त तुम्हारे आँसुओं के प्रवाह का द्वार खुला-सा है। अधिक बोलने से

आँसुओं की धारा बह निकलेगी। तुम्हारी, डाँटने, प्रताड़ने, तमाशा खड़ा करने की इच्छा भी नहीं है। तुम कुछ करने की सोच रही हो और बोलना व्यर्थ समझती हो। मैं तुम्हें जानता हूँ, इसलिए मैं सावधान हूँ।''

''श्रीमान, आपके हित के विरुद्ध कुछ करने की मेरी इच्छा नहीं है,'' मैंने कहा। मेरी काँपती आवाज ने मुझे कम बोलने की चेतावनी दी।

''*अपनी* धारणा के अनुसार नहीं, पर *मेरे* विचार से तो तुम मुझे नष्ट करने पर तुली हो। तुम लगभग कह ही चुकी कि मैं एक विवाहित व्यक्ति हूँ, और विवाहित पुरुष के रूप में तुम मेरा परित्याग करोगी, मुझसे अलग रहोगी। अभी-अभी तुमने मुझे चुम्बन देने से इनकार किया है। तुम अपने को मुझसे बिल्कुल अपरिचित बना लेना चाहती हो; यहाँ तुम सिर्फ एडेली की गवर्नेस के रूप में रहोगी। यदि मैं कभी मित्रता का एक शब्द बोलूँ या मित्रभाव से तुम्हारे निकट आऊँ तो तुम सोचोगी–यह व्यक्ति मुझे अपनी रखैल बनाने को तत्पर था, मुझे उसके प्रति बिल्कुल रूखा रहना चाहिए और इसलिए तुम बिल्कुल रुक्ष और विमुख बनी रहोगी।''

मैंने गला साफ करके और स्वर सँभालकर कहा, ''मेरे आसपास सबकुछ बदल गया श्रीमान, और मुझे भी बदलना ही होगा, इसमें कोई शक नहीं। और भावनाओं के उतार-चढ़ाव से उबरने तथा स्मृतियों से हरदम संघर्ष करने से बचने का सिर्फ एक ही रास्ता है, श्रीमान कि एडेली के लिए एक नई गवर्नेस आनी चाहिए।''

''ओह, एडेली स्कूल जाएगी; यह तो मैंने पहले ही निर्णय कर लिया था। मैं भी तुम्हें थार्नफील्ड हॉल के घृणित सम्पर्कों और स्मृतियों में सताने के लिए रखना नहीं चाहता। यह अभिशप्त जगह, साक्षात् शैतान का निवासस्थल, खुले आकाश के प्रकाश को साक्षात् मौत की विभीषिका दिखलाती हुई इसकी कालकोठरी, यह संकीर्ण पथरीला नरक जिसमें साक्षात् यमदूत विराजमान है, यह कल्पना के नरक से भी बदतर है। जेन ! तुम यहाँ नहीं रहोगी, और मैं भी नहीं रहूँगा। मुझसे भूल हुई कि तुम्हें थार्नफील्ड में रखा, यह जानते हुए भी कि यहाँ भूतों का प्रकोप है। तुम्हें जानने के पूर्व ही मैंने सभी को निर्देश दिया था कि इस जगह के अभिशाप के विषय में तुम्हें कुछ भी नहीं बतलाया जाए, क्योंकि मैं जानता था कि एडेली की कोई गवर्नेस यहाँ नहीं रहेगी, जब उसे यह पता चलेगा कि इस घर में एक ऐसी प्राणी भी रहती है। और मेरी योजनाएँ उस पगली को यहाँ से अलग हटाने की इजाजत नहीं देती थीं, यद्यपि मेरे पास एक और भी पुराना घर है, फर्नडीन मेनर–सुदूर जंगल में इससे भी अधिक गुप्त, जहाँ मैं उसे बिल्कुल गुप्त रूप से रख सकता था। पर जंगल के बीच के उस निवास के अस्वस्थ वातावरण में उसे रखने की बात मेरी आत्मा स्वीकार नहीं कर पाती। सम्भवतः वे सर्द भींगी दीवारें उसके बोझ से मुझे कभी का मुक्त कर चुकी होतीं, पर अप्रत्यक्ष हत्या मैं नहीं कर सकता, भले ही मैं किसी से बहुत ही घृणा क्यों न करूँ।

''पर उस विक्षिप्त नारी की चर्चा तुमसे छिपाना वैसा ही था जैसे कपड़े के नीचे किसी शिशु को ढँककर सामने पेड़ के नीचे रख देना। दुष्ट का सम्पर्क ही विषैला हुआ

करता है। पर मैं थार्नफील्ड हॉल को सदा के लिए बन्द कर दूँगा, दरवाजे और खिड़कियों में कीलें ठोंक दूँगा। जिस भूतनी को तुम *मेरी पत्नी* कहती हो, उसकी देखभाल के लिए मिसेज पूल को दो हजार सालाना निर्धारित कर दूँगा। ग्रेस पूल रुपए के लिए कुछ भी कर सकती है। वह चाहे तो अपने बेटे को, जो ग्रिम्सबी रिट्रीट में चौकीदार है, बुलाकर अपने साथ रख सकती है, ताकि वह उसका साथ दे और आवश्यकता होने पर सहायता दे। विशेषकर उन स्थितियों में जब *मेरी पत्नी* को भूतहे दौरे पड़ें और वह अपने साथी भूतों के साथ मिलकर लोगों को रात में बिस्तर में जलाने, छुरा घोंपने, हड्डियों पर से मांस उतार लेने जैसे काम करे।''

मैंने उन्हें रोका, ''श्रीमान, उस अभागी नारी के प्रति आप बहुत असहनशील हो रहे हैं। आप घृणा से, प्रतिशोध-भरी तिक्तता से उसकी बात कर रहे हैं; यह तो निर्दयता है। वह स्वेच्छा से तो पागल नहीं बन गई।''

''जेन, मेरी नन्ही प्रेयसी (मैं तुम्हें यों ही पुकारूँगा क्योंकि तुम मेरे लिए यही हो) तुम नहीं जानती तुम क्या बोल रही हो ! तुम मुझे गलत समझ रही हो, उसके पागलपन के लिए मैं उससे घृणा नहीं करता। यदि तुम पागल हो जाती, तो क्या तुम समझती हो कि मैं तुमसे घृणा करता ?''

''निस्सन्देह, मैं यही समझती हूँ।''

''तो तुम भूल कर रही हो और तुम मुझे नहीं जानती। मेरा प्यार कैसा है, इस विषय में तुम कुछ नहीं जानती। तुम्हारे शरीर का एक-एक कण मुझे अपने शरीर जैसा प्रिय है। चाहे यह शरीर कष्ट में हो या रोग में, यह मुझे प्यारा ही रहेगा। तुम्हारा मस्तिष्क मेरा धन है। यदि यह विक्षिप्त भी हो जाए, तो भी यह मेरी मूल्यवान निधि ही रहेगा। यदि तुम प्रलाप करोगी तो कोई तंग पोशाक नहीं, मेरी बाँहें ही तुम्हें प्यार से समेटेंगी। क्रोधाग्नि से भरी तुम्हारी झपट में भी मुझे आकर्षण दिखेगा। यदि तुम पागलों की तरह मुझ पर टूट पड़ोगी, जैसे उस औरत ने आज प्रातःकाल किया, तो भी मैं तुम्हें आलिंगन में भर लूँगा, जिसमें नियन्त्रण और प्यार दोनों होगा। मैं तुमसे घृणावश वैसे मुँह नहीं मोड़ूँगा जैसे मैंने उससे आज मोड़ा, और शान्त क्षणों में तुम्हारी देखभाल और सेवा-सुश्रूषा मैं ही करूँगा। भले ही तुम कभी मुस्कराकर मेरी ओर न देखो, फिर भी अथाह प्यार से मैं सदा तुम्हारे पास मँडराता रहूँगा। तुम्हारी आँखों में झाँकने से कभी नहीं ऊबूँगा, भले ही उन आँखों ने मेरी पहचान भुला दी हो। पर यह सब बोलने से क्या लाभ ? मैं तुम्हें थार्नफील्ड से दूर ले जाने की बात कर रहा था। तुम तो जानती हो—यात्रा की सारी तैयारी पूरी है। कल हम लोग चले चलेंगे। मैं तुमने अनुनय करता हूँ जेन कि सिर्फ एक रात और इस छत के नीचे बिता लो। उसके बाद सदा के लिए हम इन कष्टों और यातनाओं को अलविदा कह देंगे। मेरे पास रहने के लिए एक जगह है जो इन घृणित स्मृतियों, अवांछित हस्तक्षेपों से, झूठ और निन्दा से पूरी तरह सुरक्षित है।''

मैंने रोका, ''आप अपने साथ एडेली को ले जाएँ, श्रीमान। वहाँ आपकी एक साथी तो रहेगी।''

"जेन, तुम कहना क्या चाहती हो ? मैं कह चुका हूँ कि मैं एडेली को स्कूल भेज दूँगा। और एक बच्ची को साथी रूप में लेकर मुझे क्या करना ? वह भी मेरी अपनी बच्ची नहीं, एक फ्रांसीसी नर्तकी की अनैतिक सन्तान है। तुम उसे मुझ पर लादना क्यों चाहती हो ? मैं पूछता हूँ, तुम एडेली को मेरी साथी के रूप में क्यों रख रही हो ?"

"आप अवकाश का जीवन बिताने की बात कर रहे थे, श्रीमान। अवकाश और एकान्त नीरस होते हैं। आपके लिए तो और नीरस होंगे।"

"एकान्त ! एकान्त !" उन्होंने चिड़चिड़ाकर कहा, "लगता है, मुझे साफ-साफ कहना होगा। मैं नहीं जानता तुम्हारे चेहरे पर यह कैसा रहस्यमय भाव छाया हुआ है। मेरे एकान्त की संगिनी *तुम* रहोगी। समझी ना ?"

मैंने ना में सिर हिलाया। इसके लिए भी साहस की आवश्यकता थी क्योंकि वे इतना उत्तेजित हुए जा रहे थे कि निःशब्द विरोध करना भी खतरे से खाली नहीं था। वे तेजी से कमरे में घूम रहे थे। फिर रुक गए मानो एक ही जगह जड़ गए हों। उन्होंने मुझे देर तक घूरकर देखा। मैंने अपनी आँखें फिरा लीं और आग पर टिका दीं। इस तरह मैं संयत-सी हो गई।

चेहरे से वे जितने उत्तेजित दीख रहे थे उसकी तुलना में कुछ शान्ति से आखिरकार बोले, "जेन के चरित्र में यही एक खोट है। रेशम का धागा अभी तक आसानी से सुलझता-निकलता जा रहा था, पर मैं जानता था कि कहीं कोई गाँठ और परेशानी आएगी, और यह आ ही गई। अब परेशानी, हताशा और अनन्त कष्ट हैं। ईश्वर की सौगन्ध, मैं चाहता हूँ कि मुझमें सैम्सन की शक्ति का एक अंश भी होता और मैं तिनके की भाँति इस गाँठ को तोड़ देता।"

वे फिर चलने लगे, पर फिर रुके, इस बार ठीक मेरे सामने। बोले, "जेन, तुम कुछ अक्ल की बात सुनोगी ?" वे झुके और अपने होंठ मेरे कान के पास लाकर बोले, "यदि नहीं मानोगी, तो मैं जबर्दस्ती करूँगा।" उनकी आवाज कठोर हो गई थी और दृष्टि का भाव ऐसा था मानो कोई असह्य बन्धनों को तोड़ अनैतिकता के गर्त में कूद जाने को तत्पर हो। मैं क्षण-भर में समझ गई कि पागलपन का एक और दौर पड़ते ही उन पर मेरा कुछ वश नहीं चलेगा। यही क्षण, समय का एक अत्यन्त छोटा अंश, मेरे वश में है। जिसमें मैं उन्हें नियन्त्रण में रख सकती हूँ। जरा भी घृणा, विरक्ति या भय का भाव मैंने दिखाया तो मेरा विनाश निश्चित है, और उनका भी। भयभीत मैं नहीं थी–जरा भी नहीं। मैंने एक आन्तरिक शक्ति का अनुभव किया, जिससे मुझे सहारा मिला। बड़े संकट की घड़ी थी, पर इसका भी अपना एक आकर्षण था, वैसे ही जैसाकि तब शायद भारतीय अनुभव करते होंगे, जब वे अपनी डोंगी लेकर तूफानी लहरों में उतर जाते होंगे। मैंने उनकी भिंची हुई मुट्ठी पकड़ ली, कसी उँगलियों को सीधा किया और सान्त्वना के स्वर में कहा, "बैठ जाइए। आप जब तक चाहेंगे, मैं आपसे बात करती रहूँगी और उचित-अनुचित जो भी कहेंगे, सुनती रहूँगी।"

वे बैठ गए, पर तुरन्त कुछ बोल नहीं पा रहे थे। मैं भी कुछ देर आँसुओं को रोकने

के लिए संघर्ष करती रही। बड़ी कठिनाई से मैंने उन्हें रोक रखा था क्योंकि मैं जानती थी कि वे मुझे रोते हुए नहीं देख सकेंगे। पर अब मैंने सोचा कि अपने आँसुओं को बेरोकटोक, जब तक चाहें, बहने देना ही ठीक होगा। यदि उन्हें आँसुओं से उलझन महसूस हो तो और भी अच्छा। अतः मैंने प्रयास छोड़ दिया और फूट-फूटकर रोने लगी। जल्दी ही वे मुझसे अनुरोध करने लगे कि मैं शान्त हो जाऊँ। मैंने कहा कि जब वे इतने आवेश में हों, मैं शान्त नहीं हो सकती। ''किन्तु मैं गुस्से में नहीं हूँ, जेन! मैं तो तुमसे अत्यधिक प्यार करता हूँ। तुमने अपना नन्हा मुखड़ा इतना जिद्दी, सर्द और पत्थर जैसा बना लिया है कि मैं सह नहीं पाता। अब चुप हो जाओ और आँखें पोंछ लो।'' उनके कोमल स्वर से ही पता चल रहा था कि वे शान्त हो गए हैं। अतः मैं भी शान्त हो गई। तब उन्होंने मेरे कन्धे पर सिर रखने की कोशिश की, किन्तु मैंने वैसा नहीं करने दिया। तब उन्होंने मुझे अपनी ओर खींचा। पर नहीं, यह भी नहीं।

ऐसी उदासी के स्वर में, जिससे मेरी आत्मा काँप उठी, वे बोल उठे, ''जेन ! जेन ! तो तुम मुझसे प्यार नहीं करती। मेरी ऊँची स्थिति, मेरी पत्नी का पद–यही चीजें थीं, जिनका तुम्हारी दृष्टि से महत्त्व था ! अब जबकि तुम समझती हो कि मैं पति बनने लायक नहीं रहा, तुम मेरे स्पर्श से इस प्रकार बचती हो मानो मैं कोई मेढक या लगूर हूँ।''

इन शब्दों ने मुझे आहत कर दिया। पर मैं क्या कहती और क्या करती ? मुझे शायद कुछ कहना या करना भी नहीं चाहिए था। पर उनकी भावनाओं को चोट पहुँचाने के बाद ऐसा पछतावा मेरे मन को सालने लगा कि चोट पर मरहम रखने की प्रबल इच्छा को दबा नहीं सकी।

मैंने कहा, ''मैं आपको प्यार *करती* हूँ, पहले से भी अधिक। पर अब इस भाव को न दिखाना है और न सोचना है। और यह अन्तिम बार है कि मैं यह भाव व्यक्त कर रही हूँ।''

''अन्तिम बार ? जेन ! क्या ! क्या तुम सोचती हो कि तुम मेरे साथ रहोगी, प्रतिदिन मिलोगी, और प्यार होते हुए भी मुझसे दूर रहेगी और विमुख बनी रह सकोगी ?''

''नहीं, श्रीमान! मैं जानती हूँ कि मैं ऐसा नहीं कर सकूँगी। और इसलिए एक ही रास्ता मुझे सूझता है। पर यदि मैं कहूँ तो आप आगबबूला हो उठेंगे।''

''ओह, बोलो ! मैं गरजूँगा, तो तुम्हें भी तो रोने की कला आती ही है।''

''मि. रोचेस्टर, मुझे आपको छोड़कर जाना होगा।''

''कितने देर तक, जेन ? कुछ मिनटों के लिए ! तब तक तुम बाल सँवारोगी जो उलझे-से लगते हैं ? या मुँह धोओगी, जो बीमार-सा दीखता है ?''

''मुझे एडेली को और थार्नफील्ड को छोड़कर जाना होगा। मुझे आपसे जीवन-भर के लिए अलग होना होगा। अपरिचित चेहरों के बीच और अजनबी जगह में मुझे एक नया जीवन प्रारम्भ करना होगा।''

''बेशक, मैंने भी कहा कि तुम्हें करना होगा। पर मुझसे अलग होने के पागलपन

की बात पर मैं ध्यान नहीं दूँगा। मैं समझता हूँ कि तुम अलग नहीं, मेरे जीवन का अंग बनने की बात कह रही हो। रही, नया जीवन प्रारम्भ करने की बात, सो बिल्कुल ठीक है। तुम फिर भी मेरी पत्नी ही रहोगी। मैं विवाहित नहीं हूँ। तुम्हीं मिसेज रोचेस्टर बनोगी—नाम से भी, यथार्थ में भी। मैं जब तक जीवित रहूँगा, तुम्हारा ही रहूँगा। फ्रांस के दक्षिण में मेरा एक निवासस्थान है, भूमध्य सागर के किनारे एक सफेदी किया हुआ विला। तुम वहीं चलोगी। वहाँ तुम प्रसन्न, सुरक्षित और मासूम जीवन बिताओगी। यह डर मत पालो कि मैं तुम्हें बहलाकर पाप में घसीट रहा हूँ या रखैल बना रहा हूँ। सिर क्यों हिला रही हो ? जेन , समझदारी से काम लो, नहीं तो मैं फिर सचमुच पागलों-सा हो उठूँगा।''

उनकी आवाज और उनके हाथ काँप रहे थे, नथुने फैल गए थे, आँखें लाल थीं। फिर भी मैंने साहस करके कहा, ''श्रीमान, आपकी पत्नी जीवित है। यह तथ्य आज प्रातः आपने भी स्वीकारा है। आपकी इच्छा के अनुसार यदि मैं आपके संग रहूँ, तो मैं आपकी रखैल ही रहूँगी। उसे दूसरा नाम देना बनावटीपन होगा, झूठ होगा।''

''जेन, मैं स्वभावतः सज्जन व्यक्ति नहीं हूँ। यह तुम भूल ही रही हो। मैं बहुत देर सहन भी नहीं कर पाता। मैं शान्त और धीरजवाला मनुष्य नहीं हूँ। अतः मुझ पर और अपने पर भी दया करो। मेरी नाड़ी पर हाथ रखके देखो, यह कैसे धक-धककर रही है, और सावधान हो जाओ।''

उन्होंने कलाई से कपड़े हटाए और मेरी ओर बढ़ाया। उनके गालों और होंठों के रंग उड़ गए थे। वे रक्तहीन दीख रहे थे। मैं चारों ओर से संकट में घिरी थी। इस तरह प्रतिरोध करके, जिससे उन्हें घृणा थी, उन्हें उत्तेजित करना निष्ठुरता का कार्य था। पर झुकने का तो प्रश्न ही नहीं था। ऐसी अथाह विपत्ति की घड़ी में मैंने वही किया जो मानव किया करते हैं—मनुष्य से ऊपर किसी शक्ति की शरण में जाना। मेरे होंठों से अनायास निकल पड़ा, ''हे ईश्वर ! मेरी रक्षा करो।''

अचानक मि. रोचेस्टर बोल पड़े, ''मैं मूर्ख हूँ। मैं कहता जा रहा हूँ कि मैं विवाहित नहीं हूँ, पर उसे बतला नहीं रहा कि मैं ऐसा क्यों कह रहा हूँ। मैं भूल गया कि उस स्त्री के चरित्र के विषय में या मेरे-उसके नारकीय विवाह-बन्धन की स्थितियों के बारे में वह कुछ नहीं जानती। ओह, मुझे विश्वास है कि सारी बातें जान लेने पर जेन मेरे विचारों से सहमत हो जाओगी। जेनेट, जरा अपना हाथ मेरे हाथ में रखो, ताकि देखकर और स्पर्श से भी मुझे विश्वास रहे कि तुम मेरे समीप हो, और मैं संक्षेप में तुम्हें इस मामले की वास्तविकता बतलाता हूँ। क्या तुम मेरी बात सुनोगी ?''

''हाँ श्रीमान, आप चाहें तो घंटों तक सुनूँगी।''

''नहीं, मैं कुछ मिनट की ही माँग कर रहा हूँ। जेन, क्या तुम्हें मालूम है कि मैं इस परिवार का सबसे बड़ा बेटा नहीं हूँ। मेरा एक बड़ा भाई भी था ?''

''हाँ, मुझे याद आ रहा है कि मिसेज फेयरफैक्स ने एक बार मुझे यह बात बतलाई थी।''

“क्या तुमने यह भी सुना कि मेरे पिता एक लोभी और संचयी व्यक्ति थे ?”

“इस आशय की बात भी मैंने सुनी है।”

“अच्छा, जेन ! तो ऐसे ही स्वभाव के कारण पिताजी चाहते थे कि उनकी सम्पत्ति बँटे नहीं। सम्पत्ति का विभाजन करके मुझे मेरा उचित हिस्सा देने की बात वह नहीं सह सकते थे। फिर भी वे अपने एक बेटे को दरिद्र बनाना भी नहीं चाहते थे। इसलिए उन्होंने मेरा विवाह एक धनी परिवार में करने की योजना बनाई। समय आने पर उन्होंने मेरे लिए सम्बन्ध तय किया। वेस्टइंडिया के एक बागान-मालिक और व्यापारी मि. मैसन उनके पुराने परिचित थे। पिताजी को ज्ञात था कि वे बहुत धन-सम्पदावाले थे। उन्होंने पूछताछ करके और जानकारी प्राप्त की कि मि. मैसन के एक बेटा था और एक बेटी थी। उनसे उन्हें मालूम हुआ कि वे अपनी बेटी को तीस हजार पौंड की सम्पत्ति देंगे। काफी था। कालेज की पढ़ाई समाप्त होने पर मुझे जमैका भेजा गया। पहले से ही तयशुदा लड़की से कोर्टशिप करने के लिए। पिताजी ने रुपए-पैसे के विषय में मुझसे कुछ नहीं कहा। सिर्फ इतना बतलाया कि लड़की की सुन्दरता पूरे स्पैनिश टाउन में चर्चा का विषय है। यह बात झूठ भी नहीं थी। देखने पर मैंने उसे सुन्दर नारी पाया—ब्लांच इनग्राम की ही तरह लम्बी, भव्य और साँवली। मैं अच्छे कुल-परिवार का था। अतः मैं उसके परिवार को बहुत पसन्द था, और वह भी मुझे चाहती थी। वे लोग लड़की को खूब सजा-धजाकर पार्टियों में ही मुझे दिखलाते थे। अकेले उसे देखने या अकेले में बात करने का अवसर मुझे नहीं मिला। वह मुझे प्रसन्न करना चाहती थी और मुझे रिझाने के लिए अपने सारे आकर्षण और गुणों का प्रदर्शन करती थी। उस समाज के सारे लोग उसके प्रशंसक थे और मेरे भाग्य पर ईर्ष्या करते थे। मैं चकाचौंध हो गया था और मेरी बुद्धि भी उत्तेजित-भ्रमित हो गई थी। अज्ञान, अनुभवहीन और नवयुवक होने के कारण मुझे लगा कि मैं उससे प्यार करता हूँ। युवा समाज का मूर्खतापूर्ण रागविलास तथा युवावस्था की अन्धी उद्विग्नता मनुष्य को घोर गलतियों की ओर धकेल देती है। उसके सम्बन्धी मुझे प्रोत्साहित कर रहे थे, प्यार में मेरे प्रतिद्वन्द्वी मुझे उकसा रहे थे और वह मुझे रिझा रही थी। इस प्रकार मेरे समझने-सोचने के पूर्व ही विवाह सम्पन्न हो गया। ओह, जब उस सबके विषय में सोचता हूँ तो मुझे अपने से विरक्ति हो जाती है। आन्तरिक घृणा की व्यथा मुझ पर हावी हो जाती है। मैंने उसे प्यार नहीं किया, आदर-योग्य नहीं समझा, यहाँ तक कि ठीक से जाना भी नहीं। इसमें कोई सद्‌गुण भी है, यह भी मैं नहीं जानता था। मैंने उसमें न तो लज्जा और न परोपकार के गुण देखे, न विवेक देखा, न ही बुद्धि और व्यवहार की शिष्टता देखी, और मैंने उससे विवाह कर लिया। कितना नीच, गिड़गिड़ानेवाला, छछूँदर जैसी आँखोंवाला गधा था मैं। इससे तो कम ही पाप होता, यदि मैं...पर नहीं, मुझे भूलना नहीं चाहिए कि मैं किससे बात कर रहा हूँ।

“अपनी पत्नी की माँ को मैंने कभी देखा नहीं था। मैं समझता था कि वे मर चुकी हैं। हनीमून समाप्त होते ही मुझे अपनी भूल मालूम हुई। वे पागल थीं और एक

पागलखाने में बन्द थीं। एक छोटा भाई भी था–बिल्कुल गूँगा और बुद्धू। बड़ा भाई जिसे तुमने देखा है (जिससे मैं घृणा नहीं कर पाता यद्यपि उसके पूरे परिवार से मुझे घृणा हैं क्योंकि उसके दुर्बल मस्तिष्क में स्नेह का कुछ भाव अवश्य है जो अपनी अभागी बहन के प्रति उसके निरन्तर लगाव में और मेरे प्रति भी उसकी कुत्ते जैसी निष्ठा से परिलक्षित होता है) वह भी एक दिन उसी हालत में पहुँच जाएगा। मेरे पिता और मेरे बड़े भाई को यह सब पता था, पर उन पर तो तीस हजार पौंड का नशा छाया हुआ था। इसलिए मेरे विरुद्ध इस षड्यन्त्र में वे भी सम्मिलित हो गए।

''ये सभी गन्दी जानकारियाँ थीं, पर यदि छिपाने की धोखाधड़ी मुझसे नहीं की जाती तो अपनी पत्नी से मुझे कोई शिकायत नहीं होती भले ही मैंने देखा कि उसका स्वभाव मेरे बिल्कुल विपरीत है, और उसकी रुचियाँ मुझे असह्य लगती थीं। उसके विचार बिल्कुल साधारण, निम्न और संकीर्ण थे और उत्कर्ष और उदारता से विहीन थे। जब मैंने पाया कि मैं एक शाम, बल्कि एक घंटा भी उसके साथ आराम से नहीं बिता सकता, कि हम दोनों के बीच प्रेमपूर्ण वार्तालाप सम्भव ही नहीं था क्योंकि चाहे मैं किसी विषय पर बात चलाऊँ, वह तुरन्त उसे नीच, तुच्छ, विपरीत और व्यर्थ मोड़ दे देती थी, जब मैंने पाया कि मैं शान्त, स्थिर परिवार नहीं बसा सकता क्योंकि नौकर-चाकर उसके तेज गुस्से की बौछार अथवा उसके हास्यास्पद, उलटे-पुलटे और कष्टप्रद आदेशों का पालन नहीं कर सकते, तब भी मैंने अपने पर नियन्त्रण रखा, डाँट-डपट नहीं किया, विरोध भी कम करता था, सिर्फ चुपचाप एकान्त में पश्चात्ताप और दुख को घुट-घुटकर सहता था और वितृष्णा को दबाए रखता था।

''जेन, मैं बहुत विस्तार से बतलाकर तुम्हें परेशान करना नहीं चाहता। मुझे जो कहना है, कुछ ही सख्त शब्दों में कह डालता हूँ। ऊपरवाली उस औरत के साथ मैंने चार वर्ष बिताए। उसी चार वर्ष में उसने मेरा धैर्य समाप्त कर दिया। उसके चरित्र के दुर्गुण तेजी से बढ़ते और फैलते जा रहे थे, नित नई बुराइयाँ दिखाई दे रही थीं और वे इतनी घोर बुराइयाँ थीं कि कठोरता का सहारा लेकर ही रोकी जा सकती थीं, पर मैं निर्दयता नहीं करना चाहता था। बुद्धि उसकी कितनी क्षुद्र थी, और बुराइयाँ कितनी वीभत्स थीं ! उन बुराइयों के कारण मैं कितनी अभिशप्त स्थिति में था। बर्था मैसन, एक बदनाम माँ की सच्ची बेटी, मुझे घृणित, पतनमार्गी यातनाओं में घसीटे जा रही थी जो कि ऐसे व्यक्ति के भाग्य में लिखे ही रहते हैं जिसकी पत्नी कर्कशा और चरित्रहीन होती है।

''इसी बीच मेरे भाई का देहान्त हो गया और इन्हीं चार वर्षों के अन्त में मेरे पिताजी स्वर्ग सिधार गए। अब मैं बहुत धनवान हो चुका था, पर फिर भी घृणास्पद सीमा तक वंचित था क्योंकि अत्यन्त क्षुद्र, पतनशील, गिरे स्वभाव की औरत के साथ मैं बँधा था जो समाज और कानून की दृष्टि से मेरा अंश थी। और मैं किसी कानून का सहारा लेकर उससे मुक्ति भी नहीं पा सकता था, क्योंकि डॉक्टरों के कथन के अनुसार *मेरी पत्नी* पागल हो गई थी। उसके उच्छृंखल व्यवहारों ने उसे जल्दी ही विक्षिप्त

बना दिया। जेन, तुम्हें कहानी अच्छी नहीं लग रही है, तुम परेशान दीख रही हो, तो शेष कहानी मैं किसी दूसरे दिन के लिए छोड़ दूँ ?''

''नहीं, श्रीमान आज ही समाप्त कीजिए। मुझे आप पर दया आती है, सचमुच बड़ी दया आती है।''

''जेन, किसी की दया का पात्र बनना असह्य और अपमानजनक बात है, जिसे दया करनेवाले के मुँह पर ही फेंक देना चाहिए। पर ऐसी दया भावनाहीन स्वार्थी लोग व्यक्त करते हैं, जो अपने को अधिक बुद्धिमान समझते है और दुख सहनेवाले को बुद्धिहीन समझकर कुछ उपेक्षा भाव से उस पर दया दिखलाते हैं। पर तुम्हारी व्यक्त दया ऐसी नहीं है, जेन ! यह दूसरे प्रकार का भाव है जिससे तुम्हारा मुखमंडल अभी आलोकित है, जिससे तुम्हारे नयन अभी छलछलाए हुए हैं, तुम्हारा हृदय ठंडी आहें भर रहा है और तुम्हारे हाथ मेरे हाथों में काँप रहे हैं। मेरी प्रेयसी, तुम्हारी दया प्यार से उत्पन्न दया है; सच्चे प्रेम से द्रवित होकर यह दया उपजी है। इसलिए तुम्हारी दया को मैं स्वीकार करता हूँ। इस दया के साथ प्रेम को भी आने दो, मेरी बाँहें इसके स्वागत के लिए फैली हैं।''

''अच्छा श्रीमान, आगे कहिए। जब आपको पता चल गया कि वह पागल हो चुकी है तो आपने क्या किया ?''

''जेन, मैं तो निराशा के कगार तक पहुँच गया था। एक आत्मसम्मान की भावना ही थी जो मेरे और मेरे सम्पूर्ण विनाश के बीच खड़ी थी। दुनिया की दृष्टि में मैं बेइज्जती में गर्क हो गया था, पर मैंने निश्चय किया कि मैं अपनी दृष्टि में पाक-साफ रहूँगा। अन्त तक उसकी बुराइयों से मैंने अपने को बचाए रखा और उसके मानसिक दुर्गुणों से अपने को अछूता रखा। फिर भी समाज उसके साथ मेरा नाम जोड़कर मेरा उपहास करता था। मुझे प्रतिदिन उसके साथ रहना, उसका प्रलाप सुनना पड़ता था, उसकी गन्दी साँस मिली हवा में मुझे साँस लेनी पड़ती थी। मैं भूल नहीं पता था कि मैं उसका पति हूँ। वे सारी स्मृतियाँ उस समय भी बहुत कष्ट देती थीं और अभी भी देती हैं। इसके अतिरिक्त मैं समझ रहा था कि जब तक यह रहेगी, मैं किसी दूसरी, अच्छी स्त्री का पति नहीं बन सकता। उसके परिवार और उसके पिता ने मुझसे उसकी उम्र भी छिपाई थी। (वह मुझसे पाँच वर्ष बड़ी थी।) फिर भी जिस कदर उसका दिमाग पागल था उसी कदर उसके शरीर से तन्दुरुस्त होने के कारण उसके उतने ही दिन जीवित रहने की सम्भावना थी जितने दिन मैं जीवित रहता। यह सब सोच-सोचकर छब्बीस वर्ष की आयु में ही मैं चारों तरफ से हताश हो गया।

''एक रात उसकी चीखों से मेरी नींद खुली। (चूँकि डॉक्टरों ने उसे पागल घोषित कर दिया था, अतः उसे बन्द करके रखा जाता था।) रात गर्मी-भरी थी। उस क्षेत्र के मौसम के अनुसार आँधी आने के सारे लक्षण मौजूद थे। मैं सो नहीं पा रहा था। अतः मैं उठा और खिड़की खोल दी। बिल्कुल गन्धक की भाप जैसी गर्म हवा आ रही थी। मुझे कहीं चैन नहीं मिल रहा था। ढेरों मच्छर घुस रहे थे और कमरे में भिनभिना रहे

थे। समुद्र की जो आवाज सुनाई पड़ती थी वह भी भूकम्प की भाँति घुटे स्वर से गड़गड़ा रही थी। काले बादल आकाश पर छाए थे। लहरों के पीछे आग के गोले जैसा लाल, बड़ा-सा चाँद डूब रहा था और आँधी के झोंकों से काँपती दुनिया पर जैसे अन्तिम दृष्टि डालकर जा रहा था। मेरे शरीर पर मौसम और दृश्य का प्रभाव छाया था और मेरे कान में वह चीख भरी थी जिसे वह पगली निकाल-निकालकर गालियाँ और शाप दिए जा रही थी। राक्षसों जैसी घृणित और कटु भाषा में वह बीच-बीच में मेरा नाम भी बोलती जा रही थी। नीच-से-नीच वेश्या भी इससे अधिक गन्दी भाषा नहीं जानती होगी। बीच में दो कमरे की दूरी होने पर भी उसके प्रत्येक शब्द मुझे सुनाई दे रहे थे क्योंकि वेस्टइंडिया के घरों में बननेवाली पतली दीवारें उसकी भेड़ियों जैसी चीख को नहीं दबा पा रही थीं।

"अन्त में मैंने सोचा, 'यह जीवन नरक-तुल्य है, यह हवा, ये आवाजें एक अथाह गर्त से आ रही हैं। इस नारकीय जीवन से मुक्ति पाने का मुझे अधिकार है। मेरी आत्मा को दग्ध करनेवाली यह घृणित यातना उस हाड़-मांस के साथ ही जाएगी जो मेरी आत्मा पर बोझ बने हुए हैं। परम्परावादी कहते हैं कि आत्महत्या करने से नरक में जाना पड़ता है, पर मुझे उसका भय नहीं। वर्तमान स्थिति से तो नरक भी अच्छा ही होगा। मैं जंजाल तोड़कर आज ईश्वर के घर चला जाता हूँ।' ऐसा बोलते-बोलते मैं घुटने टेककर बैठ गया और बक्स खोलकर एक भरी पिस्तौल निकाली। मैं अपने को गोली मार देना चाहता था। पर यह भाव कुछ ही क्षण मुझ पर हावी रहा। मैं पागल तो नहीं था, अतः असह्य हताशा के भाव से मरने की इच्छा तुरन्त विलीन हो गई।

"यूरोप की ओर से ठंडी हवा चलने लगी और खिड़की से मेरी ओर आने लगी। आँधी भी गरज-चमककर थम गई और आकाश साफ हो गया। तब मैंने अपने मन में एक दृढ़ निश्चय किया। जब मैं अपने भीगे बगीचे में संतरे के चूते हुए पेड़ों के नीचे और भीगे अनार और अन्नानास के पेड़ों के नीचे टहल रहा था और मेरे चारों ओर आनेवाले प्रभात की हलकी रोशनी फैल रही थी, तब मेरे मन में एक विचार आया। जेन, ध्यान से सुनो, क्योंकि वास्तविक सद्बुद्धि ने ही मुझे उस क्षण धीरज बँधाया और चलने की सही राह दिखाई।

"यूरोप से आनेवाली मधुर हवा ताजा धुले पत्तों के बीच फुसफुसा रही थी और दूर समुद्र सुहावनी उन्मुक्तता के साथ लहरें मार रहा था। मेरा मुरझाया, सूखा हृदय इन स्वरों को सुनकर हरा-भरा होने लगा और नए खून का संचार होने से जीवन की आशा मुझमें जागने लगी और मुझे लगा कि फिर से मेरा नवजीवन सम्भव है। फूलवारी के छोर पर फूलों से लदी डालियों के नीचे खड़े होकर मैंने समुद्र को देखा जो गगन से भी अधिक नीला दीख रहा था। पुरानी दुनिया मेरे पीछे थी और भविष्य की आशा सामने खड़ी थी। मेरे मन में आशा ने कहा, 'जाओ और फिर से यूरोप में रहो।' वहाँ किसी को नहीं पता है कि तुम्हारे साथ कौन-सी अपमानजनक कहानी जुड़ी है और कैसे घृणित बोझ से तुम बँधे हुए हो। तुम इस पगली को इंग्लैंड ले जा सकते हो, थार्नफील्ड में इसकी

देखभाल की व्यवस्था करके पूरी सतर्कता से इसे बन्द कर देना। इसके बाद तुम जहाँ चाहो, जाने के लिए स्वतन्त्र हो; जिससे बाँधना चाहो, एक नए जीवन की डोर बाँध सकते हो। यह औरत, जिसने तुम्हारी लम्बी यातना को और कष्टमय कर दिया, तुम्हारी इतनी बदनामी की, तुम्हारा इतना अपमान किया, तुम्हारी जवानी बरबाद कर दी, यह औरत कभी तुम्हारी पत्नी नहीं कहला सकती, और न तुम उसके पति हो। हाँ, इस पर ध्यान देना कि उसकी हालत के अनुकूल उसकी देखभाल की जाए। बस ईश्वर और मानवता को तुमसे इतनी ही अपेक्षा है। उसका नाम, तुमसे उसका सम्बन्ध–यह सब हमेशा के लिए भुला दो, किसी को कभी ये बातें मत बतलाना। उस पगली को यथोचित सुरक्षा दो और उसके आराम की व्यवस्था कर दो, उसके पतनपूर्ण जीवन को आश्रय देकर और छिपाकर रखो। उसके बाद उसे त्याग दो।

''मैंने इसी विचार के अनुसार काम किया। मेरे पिता और भाई ने मेरे विवाह की बात किसी को नहीं बतलाई थी। क्योंकि विवाह की सूचना देते हुए पहली चिट्ठी में ही मैंने इस परिणय के परिणामस्वरूप मुझे हो रही यातना से उन्हें अवगत करा दिया था और उस परिवार के नीच चरित्र के कारण अपने अन्धकारपूर्ण भविष्य की आशंका बतलाते हुए मैंने उनसे विशेष अनुरोध किया था कि इस विवाह की बात छिपाकर रखें। मेरे पिता भी स्वयं चुनी हुई अपनी बहू के दुष्कृत्यों को जानने के बाद उसे बहू स्वीकार करने में लज्जा का अनुभव करने लगे। इसलिए इस सम्बन्ध की बातें किसी को बताने की बजाय वे मेरी ही तरह उसे छिपाकर रखने के लिए चिन्तित हो उठे।

''इस प्रकार मैं उसे इंग्लैंड ले आया। इस रासक्षी के साथ वह समुद्र-यात्रा बड़ी भयानक रही। किसी प्रकार उसे थार्नफील्ड ले आ सकने पर मुझे प्रसन्नता हुई। मैंने उसे तीनतल्ले की एक कोठरी में सुरक्षित रूप से रख दिया। उस गुप्त कमरे को अपने विगत दस वर्षों में जंगली जानवर की गुफा जैसा बनाकर रख दिया है या फिर भूत का घर। उसकी देखभाल के लिए एक दाई ढूँढ़ने में कुछ कठिनाई हुई। मुझे तो ऐसा व्यक्ति चुनना था जिसकी निष्ठा पर विश्वास किया जा सके क्योंकि उसके प्रलाप मेरी गुप्त बातों को जाहिर कर देते थे। उसके अतिरिक्त वह कभी-कभी कई दिनों तक, बल्कि सप्ताहों तक, मुझे सिर्फ गालियाँ ही देती रहती। अन्त में ग्रिम्सबी रिट्रीट की ग्रेस पूल को मैंने दाई नियुक्त किया। मैं अपनी गुप्त बातें सिर्फ दो ही व्यक्तियों को बतलाई हैं–ग्रेस पूल को और डॉक्टर कार्टर को जिसने उस रात मैसन की मरहम-पट्टी की थी जब उसे चाकू मार दिया गया था और वह परेशान था। मिसेज फेयरफैक्स को इन बातों का कुछ अनुमान अवश्य होगा, पर सही-सही बात वे भी नहीं जानतीं। कुल मिलाकर ग्रेस एक अच्छी दाई साबित हुई है, यद्यपि उसके चरित्र के एक दोष के कारण, यानी पीने की आदत के कारण जिसे वह छोड़ नहीं पाती और जो उसके कठिन कर्तव्य को देखते हुए कुछ अनिवार्य हो भी जाती है, उसकी पहरेदारी कभी-कभी ढीली हो जाती है और वह धोखा खा जाती है। वह पगली तो बहुत ही धूर्त और दुष्ट है, और अपनी पहरेदारिन की थोड़ी-सी असावधानी का भी अनुचित लाभ उठाने से नहीं चूकती। एक

बार उसने चुपचाप वह चाकू निकाल लिया जिसे अपने भाई को मारा, और दो बार कमरे की चाभी खोजकर कमरे से बाहर निकल आई। पहली बार बाहर निकलकर उसने मुझे बिस्तर में ही जला डालने की कोशिश की और दूसरी बार तुम्हारे कमरे में उसका भयानक प्रवेश हुआ। मैं तो ईश्वर को धन्यवाद देता हूँ जो तुम्हारी रक्षा कर रहे थे, कि उसने अपना सारा गुस्सा विवाह के वस्त्रों पर ही निकाला। शायद उन वस्त्रों को देखकर उसे अपने विवाह के दिनों की स्मृति आ गई होगी। नहीं तो क्या से क्या हो जाता, यह सोचकर ही मैं थर्रा जाता हूँ। आज प्रातः उछलकर गला घोंटनेवाली राक्षसी के विषय में जब मैं सोचता हूँ, कि उसने अपना धब्बेदार लाल चेहरा मेरी प्रेयसी के ऊपर झुकाया होगा, तो मेरा खून सर्द होने लगता है।''

उनके थमते ही मैंने पूछा, ''श्रीमान, उसे यहाँ ठीक से रख देने के बाद आपने क्या किया ? आप कहाँ गए ?''

''मैंने क्या किया, जेन ? मैंने अपने को भगोड़ा भौंरा बना दिया। मैं कहाँ गया ? मैं उसी भौंरे की तरह भटकता रहा, भटकता रहा। पहले मैं यूरोप महाद्वीप में गया और उसकी सारी जगहों में घूमा। मेरी प्रबल इच्छा थी एक अच्छी और बुद्धिमती युवती ढूँढ़ पाऊँ जिसे मैं प्यार कर सकूँ, जो थार्नफील्ड की इस कर्कशा के विपरीत हो।''

''पर आप विवाह तो नहीं कर सकते थे, श्रीमान।''

''मैंने निर्णय कर लिया था और मुझे विश्वास भी था कि मैं विवाह कर सकता हूँ और मुझे करना भी चाहिए। आरम्भ में मेरी तुम्हें धोखे में रखने की कोई नीयत नहीं थी जैसाकि अभी लग रहा है। मैंने सोचा था कि अपनी सारी कहानी साफ-साफ कह दूँगा और स्पष्ट रूप से विवाह का प्रस्ताव रखूँगा। किसी को प्यार करना, किसी का प्यार पाना—यह सब मुझे इतना स्वाभाविक लगता था कि कभी-न-कभी कोई ऐसी स्त्री मुझे मिलेगी जो मेरी पूरी बात जानकर भी स्वेच्छा से मुझे स्वीकार करेगी, इसका मुझे हमेशा विश्वास रहा। मेरे ऊपर इस अभिशाप का बोझ रहने पर भी।''

''तो...श्रीमान ?''

''जब तुम खोद-खोदकर पूछने लगती हो जेन, तो मुझे हमेशा हँसी आने लगती है। तुम किसी उत्सुक चिड़िया की तरह आँखें फैलाती हो और कभी-कभी बेचैनी की मुद्रा बनाती हो, मानो उत्तर जल्दी-जल्दी तुम्हें नहीं मिल रहे हों। और तुम जल्दी से उत्तर देनेवाले के मन में सारी बात पढ़ लेना चाहती हो। 'तो श्रीमान,' यह छोटा-सा वाक्य तुम प्रायः बोलती हो जिसके बाद जाने कितनी बार मैं लगातार बोलता चला गया। मैं स्वयं नहीं जानता कि क्यों।''

''इसका मतलब यह है श्रीमान, कि इसके बाद क्या हुआ ? आगे आपने क्या किया ? उसके बाद क्या नतीजा निकला ?''

''समझा ! तो अब तुम क्या जानना चाहती हो ?''

''यही कि आपको अपने पसन्द के योग्य कोई मिली कि नहीं ? उससे आपने विवाह का प्रस्ताव किया या नहीं ? और उस पर उसने क्या कहा ?''

"मैं यह तो तुम्हें बता सकता हूँ कि मुझे अपनी रुचि के अनुकूल कोई मिली कि नहीं, और मैंने उससे विवाह का प्रस्ताव किया कि नहीं। पर उसने क्या उत्तर दिया, यह भाग्य के लेख में अभी भविष्य में लिखा जानेवाला है। दस लम्बे वर्षों तक मैं यहाँ से वहाँ भटकता रहा। कभी इस राजधानी में, कभी उसमें। कभी सेंट पीटर्सबर्ग में तो कभी पेरिस में। कभी रोम और नेपल्स में और कभी फ्लोरेंस में। बहुत धनवान होने के कारण और अच्छे कुल-परिवार का होने के कारण मैं किसी भी ऊँची सोसाइटी में जा सकता था। कोई जगह मेरे लिए वर्जित नहीं थी। मैंने अँगरेज महिलाओं के बीच अपनी आदर्श नारी की खोज की। फिर फ्रांस की राजकुमारियों, इतालवी युवतियों और जर्मन सुन्दरियों के बीच भी। पर वह मुझे नहीं मिली। कभी-कभी एक क्षण के लिए मुझे लगता है कि किसी में उसकी एक झलक मिली, उसका स्वर सुनाई दिया, उसकी आकृति दिखी जिससे आशा बँधती कि मेरी कल्पना अब साकार होनेवाली है, पर फिर भ्रम टूट जाता। तुम यह मत समझना कि मैं रूप या ज्ञान के भंडार को ढूँढ़ रहा था। मैं सिर्फ अपने मनोनुकूल किसी को चाहता था जो बार्था क्रियोल से बिल्कुल भिन्न हो, पर मेरी खोज व्यर्थ रही। उनमें मुझे एक भी ऐसी नहीं मिली, जिससे मैं–बेमेल विवाह के घृणित परिणामों, भयानकताओं और खतरों से डरा हुआ–विवाह का प्रस्ताव कर पाता। निराशा से मैं बेपरवाह-सा हो चला। मैं मनमानी जिन्दगी बिताने लगा, पर किसी की पत्नी से अनुचित सम्बन्ध नहीं बनाए क्योंकि इससे मुझे घृणा थी और अभी भी घृणा है। यह एक भारतीय गुण मुझमें था कि ऐसी बातों से घोर घृणा और ऐसी औरतों से भी घृणा होती थी, और इसने मेरे ऊपर नियन्त्रण रखा। उच्छृंखल विलास से मुझे उस नारी में दुर्गुण दीखते लगते थे, और मैं मुख मोड़ लेता था।

"फिर भी मैं अकेला तो नहीं रह सकता था। इसलिए मैंने मिस्ट्रेसों का संग अपनाने की कोशिश की। पहले मैंने सेलीन वेरेंस को चुना, पर यह काम ऐसा था जिसकी याद आने से मनुष्य को अपने आपसे घृणा होने लगती है। तुम्हें मालूम ही है कि वह कैसी थी और उससे मेरा सम्बन्ध कैसे टूटा। उसके बाद और दो औरतें मेरे जीवन में आईं। एक इतालवी थी–गियासिन्ता और दूसरी जर्मन थी–क्लारा। दोनों बड़ी सुन्दर मानी जाती थीं। पर कुछ ही सप्ताहों में उनकी सुन्दरता का मेरे लिए कोई महत्त्व नहीं रह गया। गियासिन्ता सिद्धान्तविहीन और उग्र स्वभाव की थी; मैं उससे तीन ही महीने में ऊब गया। क्लारा स्वभाव से ईमानदार और शान्त थी, पर कुछ कठोर, लापरवाह और संवेदनहीन थी, मेरी रुचि के अनुकूल बिल्कुल नहीं। काफी धन देकर उसे किसी उद्योग में लगा देने पर मुझे प्रसन्नता हुई और इस प्रकार मैंने इज्जत के साथ पिंड छुड़ाया। पर जेन, तुम्हारे चेहरे से ऐसा लगता है कि यह सब सुनकर तुम मेरे प्रति अच्छी धारणा नहीं बना रही हो। क्या तुम मुझे हृदयहीन, सिद्धान्तविहीन दुष्ट समझ रही हो ?"

"हाँ, मैं पहले आपको जितना अच्छा समझती थी, वैसा अब नहीं समझती, श्रीमान। क्या उस प्रकार का जीवन बिताना आपको जरा भी गलत नहीं लगा ? कभी

एक रखैल के साथ, फिर दूसरी के साथ ? आप ऐसे बोल रहे हैं मानो यह सामान्य बात हो।''

''हाँ, मुझे ऐसा लगा और यह मुझे पसन्द भी नहीं था। मैं फिर कभी वैसा नहीं करना चाहूँगा। पैसा देकर रखैल रखना पैसे से गुलाम खरीदने जैसा ही बुरा काम है। दोनों ही अकसर अपनी प्रकृति से और हमेशा अपनी परिस्थितियों से भिन्न कोटि के होते हैं, और नीच स्वभाववालों के साथ हिल-मिलकर रहना पतन की ओर ले जाता है। सेलीन, गियासिन्ता और क्लारा के साथ मैंने जो दिन बिताए उनकी याद से ही मुझे घृणा होने लगती है।''

इन शब्दों की सच्चाई मेरे मन में बैठ गई और उनसे मैंने यह निष्कर्ष निकाला कि यदि कभी ऐसा हो कि मैं अपनी स्थिति भूल जाऊँ, अब तक की सारी शिक्षा को भूल जाऊँ, कोई बहाना करके, कोई औचित्य दिखाकर, किसी लोभ से प्रभावित होकर उन्हीं अभागी लड़कियों की उत्तराधिकारिणी बन जाऊँ, तो एक दिन वे मुझे उसी भाव से देखेंगे। जिसका कसैलापन उनकी स्मृति में अभी तक छाया हुआ है। मैंने इस निष्कर्ष को व्यक्त नहीं किया; सिर्फ मन में बिठा लेना ही काफी था। मैंने इसे हृदयंगम कर लिया, ताकि संकट की घड़ी में मुझे सहारा देने के लिए उसकी याद आती रहे।

''जेन, अब तुम क्यों नहीं कहती कि श्रीमान, आगे क्या हुआ ? मैंने बात खत्म नहीं की है। पर तुम गम्भीर लग रही हो। मुझे लगता है, तुम अभी भी मेरी भर्त्सना कर रही हो। किन्तु मुझे बात तो समाप्त कर लेने दो। गत जनवरी में, सभी रखैलों से पिंड छुड़ाकर, व्यर्थ भटकने और एकाकी जीवन के कारण अत्यन्त रुक्ष और तिक्त मनोदशा में हताशा से पीड़ित, मनुष्यों और विशेषकर *स्त्री-जाति* के प्रति घृणा से भरा (क्योंकि किसी बुद्धिमती, निष्ठापूर्ण प्यारी स्त्री की बात मुझे स्वप्न मात्र लगने लगी) काम से बुलाए जाने के कारण मैं इंग्लैंड लौटा।

''कुहासा-भरी जाड़े की एक सन्ध्या में घोड़े पर सवार मैं थार्नफील्ड के निकट पहुँचा। घृणित जगह है ! यहाँ मुझे जरा भी शान्ति या आनन्द मिलने की आशा नहीं थी। पुलिया के पत्थर पर *हे* लेन में मैंने एक नन्ही शान्त आकृति को बैठे देखा। मैं उपेक्षापूर्ण भाव से उसके आगे बढ़ गया जैसे सड़क के दूसरी ओर के जंगली पेड़ों से आगे बढ़ गया था। मुझे जरा भी आभास नहीं हुआ कि यह मेरे लिए क्या बननेवाली है। मन में जरा भी शंका नहीं हुई कि मेरी भाग्यरेखा की लेखिका, मेरे सौभाग्य या दुर्भाग्य की निर्धारिका, मानव-वेश में वहाँ प्रतीक्षा कर रही है। मेसरूर घोड़े के साथ हुई दुर्घटना के बाद जब वह बढ़ी और मुझे सहायता देने लगी, तब भी मुझे कोई आभास नहीं हुआ। बच्ची और दुबली-पतली लड़की ! लगा जैसे कोई पतंगा कूदकर मेरे पाँव के पास आए और कहे कि मैं तुम्हें अपने पंख पर बिठाकर उड़ा ले चलूँगा। मैं भिन्नाकर बोला, पर वह हटी नहीं। विचित्र धीरज के साथ वह मेरे पास खड़ी रही, और अधिकारपूर्वक मुझे देखती रही और बोल रही थी। मुझे सहायता लेनी होगी और उसके हाथों ही, और अन्त में मैंने सहायता ली ही।

''जब मैंने एक बार उस दुर्बल कन्धे पर दबाव डाला, मानो एक नवीन-सा भाव, ताजा शक्ति और सहारे का भाव मेरे शरीर में प्रवेश कर गया। अच्छा हुआ, मैंने जान लिया था कि यह परी मेरे पास लौटकर आएगी क्योंकि वह मेरे घर में ही रह रही थी। नहीं तो उसे अपने पास से जाते देखना और आगे झाड़ी में उसका खो जाना मुझे बेहद दुखदायी लगता। उस रात तुम्हारे घर लौटने की आहट पर मैं ध्यान लगाए रहा जेन, यद्यपि तुम्हें शायद आभास नहीं होगा कि मैं तुम्हारे ही विषय में सोच रहा था या तुम्हारी ही राह देख रहा था। दूसरे दिन जब तुम गलियारे में एडेली के साथ खेल रही थी, मैं छिपकर आधे घंटे तक तुम्हें देखता रहा। मुझे स्मरण आ रहा है कि वह एक बर्फीला दिन था और तुम बाहर नहीं जा सकी थी। मैं अपने कमरे में था, दरवाजे अधखुले थे, मैं तुम्हें देख भी रहा था और सुन भी रहा था। कुछ देर तक देखने में तुम्हारा ध्यान तो एडेली की ओर रहा, पर मुझे लग रहा था, तुम्हारा मन कहीं और है। फिर भी मेरी नन्ही जेन, तुम बड़े धीरज से उसके साथ रही, उससे बातें करती रही और उसका मन बहलाती रही। अन्त में जब वह तुम्हारे पास से चली गई, तो तुम ध्यानमग्न-सी हो गई और खोई-खोई-सी गलियारे में इधर-से-उधर टहलने लगी। खिड़की से गुजरते समय तुम कभी बाहर जोरों से हो रहे हिमपात को देख लेती थी और हवा की सिसकती ध्वनि सुन लेती थी, और फिर तुम धीरे-धीरे टहलने लगती थी और स्वप्नों में खो जाती थी। मेरा खयाल है कि उन दिनों तुम्हारी कल्पनाएँ आशारहित नहीं थीं। कभी-कभी तुम्हारे नयनों में आनन्दपूर्ण चमक आ जाती थी और मुखड़े पर कोमल उत्तेजना छा जाती थी जिससे पता चलता था कि मन में कोई कटुता, तिक्तता, चिन्ता नहीं है। तुम्हें देखकर बल्कि दिखाई देती थीं—युवावस्था की मधुर कल्पनाएँ जो आशा के चपल पंखों पर उड़कर सुन्दर स्वर्ग में जा पहुँची हों। हॉल में सेवकों को आदेश देते हुए मिसेज फेयरफैक्स की आवाज से तुम सजग-सी हो उठी। तब तुम कितनी मधुरता से स्वतः मुस्कराई थी जेन ! तुम्हारी मुस्कान में बड़ी समझ थी और बुद्धिमत्ता भी, जो अपने ही भावलोक की खिल्ली उड़ा रही थी, मानो कह रही हो कि मेरी मधुर कल्पनाएँ तो ठीक हैं, पर मुझे यह नहीं भूलना चाहिए कि वे काल्पनिक हैं, वास्तविक नहीं। मेरे मन के अन्दर तो सुनहरा गगन है और स्वर्गिक कल्पतरु का उपवन भी, किन्तु मैं अच्छी तरह जानती हूँ कि बाहर संसार में मुझे पथरीली धरती पर चलना है और चारों ओर छाई घोर आँधियों का सामना करना है। इसके बाद तुम सीढ़ियों से उतरकर नीचे चली गई और मिसेज फेयरफैक्स से कोई काम माँगने लगी, जैसे घरेलू खर्चों का साप्ताहिक हिसाब लिखना। मेरी दृष्टि से ओझल हो जाने के कारण मैं तुमसे झल्ला-सा गया।

''उसके बाद मैं बेचैनी से सन्ध्या होने की प्रतीक्षा करने लगा, ताकि मैं तुम्हें अपने समक्ष बुला सकूँ। तुम मेरे लिए एक बिल्कुल अपरिचित, बिल्कुल नया चरित्र-सी लगी। इसलिए इसे कुरेदने और गहराई से जानने की इच्छा मुझमें जगी। इसीलिए मैंने तुम्हें बातों में उलझाया और मेरी समझ में शीघ्र आ गया कि तुम अद्‌भुत विरोधाभासों से भरी हो। तुम्हारे वस्त्र और तौर-तरीके नियमों से बँधे थे, तुम्हारे आत्मविश्वास में कहीं

कुछ कमी-सी लगती थी, पर व्यवहार सुसंस्कृत था। लगता था, लोगों से मिलने-जुलने की आदत नहीं है। अतः किसी भूल या गलती की आशंका से तुम भयभीत-सी थी। फिर भी प्रश्न पूछने पर तुम प्रश्नकर्ता की ओर एक चुभती-सी, चुनौती-भरी और चमक-भरी दृष्टि डालती थी। तुम्हारी प्रत्येक दृष्टि बेधनेवाली और सशक्त थी, और प्रश्नों से घिर जाने पर तुम झटपट सटीक उत्तर देती थी। लगा कि तुम जल्दी ही मुझसे अभ्यस्त-सी हो गई। मुझे विश्वास है, तुम अपने और अपने मनमाने चिड़चिड़े मालिक के बीच सहानुभूति के बन्धन को अनुभव करने लगी क्योंकि मुझे आश्चर्य-सा हुआ कि कितनी जल्दी, सरलता से तुम्हारा व्यवहार शान्त-सा हो गया। चाहे मैं गरजूँ या मुँह लटकाए बैठा रहूँ, तुम न तो चौंकती थी और न भयभीत होती, झल्लाती या क्रोधित होती थी। तुम मुझे ध्यान से देखती थी और कभी-कभी ऐसे सौम्य बुद्धिपूर्ण ढंग से मुस्कराती थी जिसे मैं व्यक्त नहीं कर सकता। जो मैं देखता था उससे सन्तुष्ट और उद्वेलित हो उठता था। जो देखता वह बड़ा अच्छा लगता था, और तुम्हें देखते रहने की अभिलाषा मुझमें बनी रहती थी। फिर भी, बहुत दिनों तक मैं तुमसे औपचारिकता ही निभाता रहा और कभी-कभी ही तुम्हें बुलाता था। मैं बुद्धि-विलासी था और इस नवीन तथा तीखे परिचय के आनन्द का देर तक आस्वादन करना चाहता था। इसके अतिरिक्त मुझे कुछ समय तक इसका भी डर रहा कि यदि उस फूल को मैं हमेशा स्पर्श करूँ तो वह मुरझा जाएगा और इसकी मधुर ताजगी समाप्त हो जाएगी। उस समय मैं नहीं जानता था कि यह कोई साधारण फूल नहीं है, बल्कि कभी नष्ट न होनेवाले हीरे का तराशा हुआ, जगमगाता हुआ पुष्प है। और मैं यह भी देखना चाहता था कि यदि मैं तुमसे विमुख रहूँ तो भी क्या तुम मुझसे मिलना चाहोगी। पर तुमने नहीं चाहा और अपने अध्ययन कक्ष में ऐसे मग्न रही मानो तुम वहाँ की कोई बेंच या डेस्क हो। यदि कभी संयोग से मुझसे भेंट हो जाती तो तुम इतनी जल्दी, हलके-से शिष्टाचार का प्रदर्शन करके आगे बढ़ जाती जो सम्मान के प्रदर्शन की दृष्टि से उचित हो। उन दिनों, जेन, तुम्हारा चेहरा विचारों में खोया-खोया-सा रहता था। यह उदासी-भरा तो नहीं था क्योंकि तुम बीमार नहीं थी, पर उल्लासपूर्ण भी नहीं था क्योंकि तुम्हारे समक्ष कोई आशा या वास्तविक आनन्द नहीं था। मैं यह जानने को उत्सुक था कि तुम मेरे विषय में सोचती हो, या कभी सोचती भी हो या नहीं।

"यह सब जानने के लिए मैं फिर तुम्हारा निरीक्षण करने लगा। जब तुम बातें करती थी तो तुम्हारी दृष्टि में कुछ प्रसन्नता और व्यवहार में कुछ सौम्यता रहती थी। मैंने पाया कि तुम हृदय से मिलनसार हो, पर अध्यापन-कक्ष की नीरवता तथा जीवन की दुरूहता ने तुम्हें उदास बना रखा है। तुम्हारे प्रति दया-भाव दिखाकर मैं आनन्द का अनुभव करने लगा। इस आत्मीयता से तुम्हारे अन्दर भावनाएँ जागीं, तुम्हारा मुखड़ा सुहावना लगने लगा, ध्वनि मधुर होने लगी। जब तुम कृतज्ञभाव से मेरा नाम लेती थी, मुझे बहुत अच्छा लगता था। उन दिनों संयोग से यदि तुमसे मेरी भेंट हो जाती थी जेन, तो मुझे बहुत अच्छा लगता था। तुम्हारे व्यवहार में एक अजीब-सी उलझन हुआ करती थी। तुम कुछ

झेंप या शंका के साथ मेरी ओर देखती थी; मानों तुम्हें पता न हो कि उस समय मुझ पर कैसा झक्कीपन-सा सवार होगा, मैं मालिकाना भाव के साथ रुखाई बरतूँगा या मित्रता के भाव से दयालु दिखूँगा। अब तक तुम मुझे इतना प्रिय लगने लगी थी कि मालिकाना भाव दिखाने का प्रश्न भी नहीं उठता था, और जब मैं आत्मीयता से अपना हाथ बढ़ाता तो तुम्हारे युवा आकांक्षी मुख पर ऐसी लाली, ज्योति और प्रसन्नता छा जाती कि तुम्हें वहीं पर अपने हृदय से लिपटा लेने की अदम्य इच्छा को मैं बड़ी कठिनाई से दबा पाता।''

''उन दिनों की बात मत कीजिए श्रीमान,'' मैंने उन्हें टोका और अपनी आँखों से टपकते हुए आँसू पोंछ लिये। उनकी बातें मेरे लिए पीड़ादायक थीं क्योंकि मैं जानती थी कि मुझे क्या करना है, और वह भी जल्द-से-जल्द। ये सारी स्मृतियाँ, भावों के ये उद्‌गार मेरे काम को और भी कठिन बनाए दे रहे थे। उन्होंने उत्तर दिया, ''नहीं, जेन, बीती बातों को दुहराने से क्या लाभ जबकि वर्तमान इतना निश्चित हो और भविष्य इतना उज्ज्वल ?''

इस प्यार में डूबे दावे से मैं काँप-सी गई।

''तुम समझ गई न कि मेरा मामला कैसा था ?'' वे आगे कहने लगे, ''युवावस्था और आधा जीवन अकथनीय पीड़ा में और आधा उदासी-भरे अकेलेपन में बिताने के बाद अब मुझे वह मिली है कि जिससे मैं सचमुच प्यार करता हूँ, यानी मुझे तुम मिली हो। तुम्हीं मेरे हृदय की भावना हो, मेरी प्रेयसी हो, मेरी देवी हो, मैं गहरे स्नेह-बन्धन से तुमसे बँधा हूँ। मैं तुम्हें अच्छी, गुणवती और रूपवती समझता हूँ। तुम्हें देखकर वास्तविक प्यार मेरे हृदय में उपज आया है, मेरा मन तुम्हारी ओर झुक रहा है और तुम्हें मैं अपने जीवन के केन्द्र और स्रोत की ओर खींच रहा हूँ। मेरी सारी चेतना तुम्हारे इर्द-गिर्द लिपटी है और प्रेम की एक शुद्ध, सशक्त ज्वाला में हम और तुम मिलकर एक हो रहे हैं।

''इस बात को जानकर और अनुभव करके ही मैंने तुमसे विवाह करने का निश्चय किया। यह कहना कि मेरी पहले से एक पत्नी है, निरा उपहास है। तुम अच्छी तरह जानती हो कि वह सिर्फ एक घृणित राक्षसी है। यह मेरी भूल थी कि मैंने तुम्हें अन्धकार में रखने की चेष्टा की। पर तुम्हारे चरित्र में जो एक अक्खड़पन है मैं उसी से भयभीत था। मैं प्रारम्भ में ही तुममें पूर्वग्रह और शंका में नहीं डालना चाहता था। खतरे मोल लेने के पूर्व तुम्हें पा लेना चाहता था। मैं स्वीकार करता हूँ कि यह मेरी कायरता थी। तुम्हारी उदारता और महानता पर भरोसा करके मुझे अपने सारे दुख-दर्द तुम्हें बता देना चाहिए थे जैसाकि मैं अब कर रहा हूँ—अपना यातनापूर्ण जीवन तुम्हारे आगे साफ-साफ रखकर एक अच्छे और श्रेष्ठ अस्तित्व के लिए अपनी पिपासा और उद्विग्नता बताकर, सच्चे और निष्ठापूर्ण प्यार के बदले सच्चा और निष्ठापूर्ण प्यार देने की अपनी दृढ़ इच्छा दिखाकर मुझे तुमसे मेरे प्यार को स्वीकार करने के लिए और अपना प्यार देने के लिए निवेदन करना चाहिए था। जेन, अब तो मुझे अपना प्यार दो।''

एक क्षण चुप्पी छाई रही।

"तुम चुप क्यों हो, जेन ?"

मेरे लिए यह एक विकट संकट की बेला थी। एक तप्त लौह हाथ ने मुझे समेट लिया। यह आपत्ति की घड़ी थी–संघर्ष, कालिमा और जलन से भरी हुई। मुझे जितना प्यार मिला उससे अधिक प्यार की अभिलाषा पृथ्वी के किसी प्राणी ने नहीं की होगी, और अपने प्यार करनेवाले की तो मैं पूजा करती थी। फिर भी मुझे प्यार और प्रियतम को त्यागना होगा। मेरा कठिन कर्तव्य एक भयानक शब्द में निहित था–'चली जाओ !'

"जेन, तुम समझ रही हो कि मैं तुमसे क्या चाहता हूँ ? सिर्फ यह वादा कि मि. रोचेस्टर, मैं तुम्हारी रहूँगी।"

"मि. रोचेस्टर, मैं आपकी *नहीं* हो सकती।"

लम्बी नीरवता छा गई।

"जेन !" उन्होंने फिर बोलना शुरू किया, ऐसी निरीहता से कि मेरा हृदय टुकड़े-टुकड़े हो गया। आशंका-मिश्रित भय से मैं पत्थर-सी हो गई क्योंकि यह धीमी आवाज एक शेर की कराह-सी थी, "जेन, क्या तुम यह कहना चाहती हो कि तुम संसार में एक ओर चल दोगी और मुझे दूसरी ओर धकेल दोगी ?"

"हाँ।"

"जेन," (झुककर मुझे आलिंगन करते हुए) "क्या अभी भी तुम यही कहना चाहती हो ?"

"हाँ।"

"और अब ?" मेरे ललाट और कपोलों को चूमते हुए उन्होंने पूछा।

"हाँ, यही कहना चाहती हूँ।" और मैंने जल्दी से उनसे अपने को बिल्कुल मुक्त कर लिया।

"ओह जेन, यह दुखद है, अनुचित है। मुझे प्यार करना बुरा काम नहीं होगा।"

"आपकी आज्ञा का पालन करना बुरा काम है।"

एक तीक्ष्ण दृष्टि से उनकी भौंहें ऊपर उठीं और चेहरे का भाव बदल गया। वे उठे, पर फिर अपने को सँभाल लिया। मैंने सहारा पाने के लिए कुर्सी की पीठ पर हाथ रखा। मैं काँप उठी, डर गई, पर मेरा निश्चय दृढ़ था।

"एक क्षण, जेन ! तुम्हारे चले जाने के बाद मेरा जो दुखद जीवन होगा उस पर एक दृष्टि डालो। सारी खुशियाँ तुम्हारे साथ चली जाएँगी तो फिर क्या शेष रहेगा ? पत्नी के नाम पर ऊपर वह पगली है। इसे अच्छा कि तुम मुझे कब्रगाह की किसी लाश के हवाले कर दो। तब मैं क्या करूँगा जेन ? संग या आशा पाने के लिए मैं किसकी ओर देखूँगा ?"

"वह कीजिए जो मैं करूँगी। ईश्वर में और स्वयं में भरोसा कीजिए। स्वर्ग में विश्वास कीजिए। वहीं हमारे पुनर्मिलन की आशा कीजिए।"

"तो तुम नहीं मानोगी ?"

“नहीं।”

उन्होंने किंचित् क्रोध से कहा, “तो तुम मेरे लिए अभागों की तरह जीने और अभिशप्त की तरह मरने का भाग्य निश्चित कर रही हो ?”

“मैं आपको पापमुक्त जीवन की सलाह देती हूँ और आपकी शान्त मृत्यु की इच्छा करती हूँ।”

“तो तुम मुझसे मेरा प्यार और मेरी पवित्रता छीन रही हो ? तुम मुझे प्यार के बदले कामुकता की ओर और जीवन में दुष्टता की ओर धकेल रही हो ?”

“मि. रोचेस्टर, मैं आपके लिए यह भाग्य नहीं निर्धारित कर रही हूँ, और न अपने लिए यह नियति चुन रही हूँ। हम मानव जीवन में संघर्ष करने और कष्ट सहने के लिए ही उत्पन्न हुए हैं–आप भी और मैं भी। मैं आपको भूलूँ, उससे पहले ही आप मुझे भूल जाएँगे।”

“ऐसी बातें बोलकर तुम मुझे झूठा बना रही हो, तुम मेरी निष्ठा का अपमान कर रही हो। मैंने कहा कि मैं कभी नहीं बदलूँगा और तुम मेरे मुँह पर कह रही हो कि मैं जल्दी ही बदल जाऊँगा। तुम्हारे व्यवहार से तुम्हारे निर्णय की विकृति, तुम्हारे विचारों की संकीर्णता प्रमाणित होती है। क्या एक साधारण नियम को तोड़ने की अपेक्षा एक प्राणी को मौत की ओर धकेलना ज्यादा अच्छा है ? और वह भी उस नियम को जिसे तोड़ने से किसी की कोई हानि नहीं होती ! यदि तुम मेरे साथ रहोगी तो तुम्हारे तो कोई सम्बन्धी या इष्टमित्र भी नहीं हैं जो अपमानित अनुभव करें।”

यह सत्य था, और जब उन्होंने यह बात कही, मेरी आत्मा और मेरा विवेक मेरे विरुद्ध विद्रोह कर उठे और उनकी बात न मानने के लिए मुझे दोषी ठहराने लगे। वे भावना की तरह ही वाचाल हो उठे और चीख-चीखकर कहने लगे–

‘मान जा। उसके कष्टों की बात सोच। उसके खतरों पर ध्यान दे। जब वह अकेला रह जाएगा तब उसके विवेकहीन स्वभाव और निराशामय उद्विग्नता पर ध्यान दे। उसे धीरज दे, दया दे, प्यार कर, कह दे कि तू उसे प्यार करती है और उसकी रहेगी। संसार में कौन तेरी चिन्ता करने बैठा है और तेरे कार्य से कौन दुखी होगा ?’

पर मेरे मन में ही कोई अजेय स्वर में बोल उठा, ‘*मैं* अपनी चिन्ता आप करती हूँ। मैं जितनी ही अकेली, मित्रविहीन, सहाराहीन हूँ उतना ही अधिक मैं अपने आपका सम्मान करती हूँ। मैं ईश्वर द्वारा बनाए तथा मनुष्यों द्वारा सम्मानित किए गिए नियम का पालन करूँगी। मैं उन सिद्धान्तों के प्रति निष्ठावान रहूँगी जिन्हें मैंने तब सीखा था जब मेरी बुद्धि अभी की भाँति पागल नहीं, स्थिर थी। कानून और नियम उस समय के लिए नहीं होते जब कोई प्रलोभन न हो। उनकी तो आवश्यकता अभी जैसे क्षणों में ही होती है–जब आत्मा और शरीर नियमों की मार, नियमों की कठोरता के विरुद्ध विद्रोह कर उठे हों। वे अकाट्य बने रहेंगे। यदि मैं अपनी व्यक्तिगत सुविधा के लिए उन्हें तोड़ दूँ तो उनका क्या मूल्य रह जाएगा ? पर उनका अपना मूल्य, अपना महत्त्व है–ऐसा मैंने सदा माना है। और यदि अभी मैं ऐसा नहीं मानती, तो यह इसलिए कि

मैं पागल हो गई हूँ, बिल्कुल पागल। मेरी नसों में आग बह रही है और हृदय अगणित धड़कनों से धड़क रहा है। पूर्व के विचार, पूर्व के नियम ही वे आधार हैं जिनका अभी मुझे सहारा लेना है और मैं इस निश्चय पर अडिग हूँ।'

मैं अडिग रही। मेरी मुखाकृति पढ़कर मि. रोचेस्टर जान गए कि मैं अडिग हो गई हूँ। उनका क्रोध धधक उठा। परिणाम की चिन्ता किए बिना वे क्रोध के वशीभूत हो गए। उन्होंने लम्बे डग भरे, मेरी बाँह जकड़ ली और हाथों से कमर को लपेट दिया। लगता था, अपने आग्नेय नेत्रों से वे मुझे लील जाएँगे। उस क्षण शारीरिक रूप से मैंने अपने को वैसा ही अशक्त पाया जैसे एक सूखी-सी ठूँठ धधकती भट्ठी में फेंक जाते समय अनुभव करती होगी। पर मानसिक रूप से अपनी आत्मा पर मेरा नियन्त्रण था, और इसके संग-संग मेरी सुरक्षा भी निश्चित थी। सौभाग्यवश आत्मा का भी एक प्रवक्ता होता है, स्वनियुक्त किन्तु बिल्कुल सही प्रवक्ता। वह है आँखें। मेरी आँखें उनके चेहरे की ओर उठीं और उनके भयानक चेहरे को देखते हुए मैंने अनायास एक ठंडी साँस ली। उसकी पकड़ कष्टदायक थी, और मेरी उद्वेग से झिंझोड़ी गई शक्ति चुकती जा रही थी। "कभी नहीं।" दाँत भींचते हुए उन्होंने कहा, "कोई व्यक्ति इतना दुर्बल और साथ ही इतना अजेय कभी नहीं हुआ होगा। मेरे हाथों में वह एक साधारण टहनी-सी लगती है। (मुझे जोर से झकझोरते हुए) मैं एक अँगूठे और एक उँगली से उसे झुका सकता हूँ; किन्तु उसे झुकाने, उसे चीर डालने या मसल देने से क्या लाभ ? इन आँखों को देखो। इनके अन्दर से झाँकते हुए दृढ़, वन्य और स्वाधीन प्राणी को देखो, जो मुझे चुनौती दे रही हैं...साहस से, बल्कि उससे भी अधिक एक दृढ़, विजयी भाव से। इन पिंजरे का मैं चाहे जो करूँ, मैं इस सुन्दर वन्य प्राणी को नहीं पा सकता। इस दुर्बल पिंजरे को यदि मैं तोड़ डालूँ, चीर डालूँ, तो मेरे अत्याचार से पिंजरे में बन्द आत्मा उड़ जाएगी। इस शरीर रूपी घर पर मेरी विजय भले ही हो जाए, इसमें निवासी आत्मा उड़कर स्वर्ग चली जाएगी। और मैं तो तुम्हें ही, ओ आत्मा, तुम्हें ही तुम्हारी स्वाधीन इच्छा, स्फूर्ति, स्वच्छता और पवित्रता सहित चाहता हूँ, सिर्फ तुम्हारी इस दुर्बल काया को नहीं। स्वेच्छा से तुम स्वयं हलकी-सी उड़ान भरकर आ सकती हो और मेरे हृदय में घोंसला बना सकती हो; पर तुम्हें तुम्हारी इच्छा के विरुद्ध पकड़ने पर तुम पकड़ से ऐसे छूट जाओगी जैसे कोई सुगन्ध को पकड़ना चाहे। मैं तुम्हारी सुगन्ध को ग्रहण करूँ, इसके पूर्व ही तुम लुप्त हो जाओगी। आह, जेन, आओ, आओ !"

ऐसा कहते-कहते उन्होंने मुझे बन्धन से मुक्त कर दिया और मेरी ओर बस देखने लगे। उनके विक्षिप्त बल-प्रयोग की अपेक्षा इस दृष्टि को सहना अधिक कठिन था, पर अब तो एक मूर्ख ही आत्मसमर्पण कर सकता था। मैंने उनके क्रोध को चुनौती दी थी और झेल लिया था; अब उनके दुख को भी टाल देना होगा। मैं दरवाजे की ओर बढ़ी।

"तो तुम जा रही हो, जेन ?"

"मैं जा रही हूँ, श्रीमान।"

"तुम मुझे छोड़कर जा रही हो ?"

"हाँ।"

"तुम नहीं आओगी ? तुम मेरा सहारा, मेरी रक्षिका नहीं बनोगी ? मेरा अथाह प्यार, मेरी अनन्त पीड़ा, मेरी बेचैन प्रार्थना, ये सब तुम्हारे लिए कुछ भी नहीं ?"

कितनी अकथनीय पीड़ा उन शब्दों में थी ! दृढ़ता से यह दुहराना कितना कठिन था कि मैं जा रही हूँ।

"जेन !"

"मि. रोचेस्टर !"

"अच्छा जाओ। मैं अनुमति देता हूँ। किन्तु याद रखो, तुम मुझे यातना में छोड़े जा रही हो। ऊपर अपने कमरे में जाओ, मैंने जो कुछ कहा उस सब पर विचार करो, जेन, मेरी यातना पर दृष्टि डालो मेरे विषय में कुछ सोचो।"

यह कहकर वे मुड़े और सोफे पर गिरकर मुँह छिपा लिया।

"ओह जेन, मेरी आशा, मेरा प्यार, मेरा जीवन !" उनके होंठों से ये वेदनापूर्ण शब्द निकले और उसके बाद एक गहरी, जोर की सिसकी।

मैं द्वार पर पहुँच चुकी थी, किन्तु पाठक, मैं लौट आई। उतनी ही दृढ़ता से लौटी जितनी दृढ़ता से बढ़ी थी। मैं घुटने टेककर उनकी बगल में बैठ गई, सोफे से उनका चेहरा उठाकर अपनी ओर किया, उनके गालों को चूमा, अपने हाथों से उनके उलझे बालों को ठीक किया। मैं बोली, "मेरे प्यारे मालिक, ईश्वर आपका कल्याण करें। ईश्वर आपको हानि और बुराई से बचाएँ, आपको राह दिखाएँ, आपको धीरज दें। आपने इतने दिन मेरे प्रति जो दया दिखाई, उसका आपको सुफल दें।"

"नन्ही जेन का प्यार ही मेरे लिए सबसे बड़ा आशीर्वाद होता।" उन्होंने उत्तर दिया, "इसके बिना मेरा हृदय टुकड़े-टुकड़े हो रहा है। पर जेन मुझे प्यार अवश्य देगी। हाँ, अवश्य देगी। उदारता से।" उनके चेहरे पर लाली लौट आई आँखों में चमक आ गई। वे सीधा खड़े हो गए और अपनी बाँहें फैला दीं। किन्तु मैंने आलिंगन को टाल दिया और तुरन्त कमरे से बाहर निकल गई। उन्हें छोड़कर जाते समय मेरे हृदय ने रोकर कहा, 'विदा !' और निराशा ने जोड़ दिया, 'सदा के लिए अलविदा !'

उस रात्रि मेरा सोने का कोई इरादा नहीं था। किन्तु जैसे ही मैं बिछावन पर गई, मुझे तन्द्रा-सी आ गई। निद्रा में, खयालों में उड़ती हुई मैं बचपन के दिनों में पहुँच गई। मैंने स्वप्न देखा कि मैं गेट्सहेड के लाल कमरे में पड़ी हूँ, रात काली है और मेरा मन विचित्र भय से भरा है। बहुत दिन पूर्व जिस रोशनी को देखकर मैं अचेत हो गई थी, वह इस स्वप्न में दिखाई दे रही है और धीरे-धीरे दीवार पर चढ़ती हुई उखड़ी-उखड़ी छत तक जाकर काँपती हुई थम गई है। मैंने देखने के लिए सिर उठाया तो छत ने बादल का रूप ले लिया, ऊँचे और धुँधले बादल का, और रोशनी ऐसी थी मानो चाँद वाष्प-भरे मेघों को बेधता हुआ धूमिल प्रकाश छिटका रहा हो। मैं अजीब आशंका से चाँद के

मेघमुक्त होने की प्रतीक्षा में निहारने लगी, मानो चाँद पर प्रलय की बात लिखी दिखाई देगी। यदि ऐसे निकला जैसे पहले कभी बादलों से नहीं निकला होगा; लगा कि एक हाथ काले बादलों में घुसा और उन्हें परे ठेल दिया। तब चाँद नहीं, बल्कि एक श्वेत मानव-आकृति नीले नभ में चमकने लगी और जगमग-सी, नीचे देखने लगी। यह मुझ पर दृष्टि गड़ाने लगी और मेरी आत्मा से बातें करने लगी। स्वर बड़ी दूर से आता प्रतीत हो रहा था, फिर भी मेरे हृदय के निकट था। वह बोली, 'पुत्री, प्रलोभन से भागो !'

'हाँ माँ, मैं ऐसा ही करूँगी।'

ऐसा कहते-कहते मैं उस तन्द्रा जैसे स्वप्न से जाग उठी। अभी रात थी, पर जुलाई की रात छोटी होती है। आधी रात के बाद जल्दी ही भोर होने लगता है। मैंने मन में सोचा कि जो कर्तव्य मुझे निभाना है उसे प्रारम्भ करने में अब देर नहीं होनी चाहिए। मैं उठी, तुरन्त तैयार हो गई, क्योंकि जूते के अतिरिक्त मैंने कुछ खोला ही नहीं था। मुझे मालूम था कि ड्रावर में कहाँ पर कपड़ा, लॉकेट और अँगूठी होगी। उन्हें ढूँढ़ने में मेरे हाथों से नेकलेस के वे मोती छू गए जिन्हें कुछ दिन पूर्व मि. रोचेस्टर ने मुझे जिद करके स्वीकार करने को बाध्य कर दिया था। मैंने इसे छोड़ दिया। यह मेरा नहीं था, यह कल्पनालोक की उस दुलहन का था जो हवा में विलीन हो गई थी। दूसरी वस्तुओं की मैंने एक छोटी-सी गठरी बनाई जेब में अपना बटुआ रखा। जिसमें मेरे सिर्फ बीस शिलिंग थे, अपना स्ट्रा-हैट पहन लिया, शॉल लपेट लिया, गठरी हाथों में उठा ली, और चप्पल भी जिसे मैंने अभी नहीं पहना था। तब चुपके के कमरे से निकली।

मिसेज फेयरफैक्स के द्वार के आगे से गुजरते हुए मैंने धीमे से कहा, 'दयालु मिसेज फेयरफैक्स, विदा !' फिर नर्सरी पर दृष्टि डालते हुए फुसफुसाई, 'प्यारी एडेली, विदा।' अन्दर प्रवेश करके उसे आलिंगन करने का प्रश्न ही नहीं था। मुझे एक चौकन्ने कान से बचकर निकलना था, क्योंकि मैं जानती थी कि हर आहट पर उनका ध्यान होगा।

मि. रोचेस्टर के कमरे के आगे से मैं बिना रुके बढ़ जाती, पर उस चौखट पर मेरे हृदय की धड़कन कुछ क्षण के लिए रुक गई और मेरे पाँव स्वतः थम गए। उस कमरे में नींद नहीं थी। उसका निवासी इधर से उधर बेचैन टहल रहा था और बार-बार ठंडी आहें भर रहा था। यदि मैं चाहती तो इस कमरे में मेरा स्वर्ग—क्षणिक स्वर्ग—मुझे मिल जाता। मुझे सिर्फ अन्दर जाकर यह कहना होता, 'मि. रोचेस्टर, मैं आपसे प्यार करती हूँ और मृत्युपर्यन्त, जीवन-भर आपके साथ रहूँगी।' इतना कहते ही आनन्द का एक झरना मेरे होंठों से लग जाता। मैं सोच में डूब गई।

मेरा दयालु स्वामी, जो सो नहीं सका था, व्यग्रता से दिन निकलने की प्रतीक्षा कर रहा था। प्रातः होते ही वह मुझे बुला भेजेगा, पर मैं तो जा चुकी हूँगी। वह मुझे ढूँढ़ेगा, पर व्यर्थ। वह अपने को परित्यक्त अनुभव करूँगा, अपने प्यार को तिरस्कृत। वह पीड़ा में डूब जाएगा और हताश हो जाएगा। ये सभी विचार मेरे मन में आए। मेरे हाथ ताले की ओर बढ़ने लगे, पर मैंने उन्हें रोका और तेजी से चल पड़ी।

उदासी से मैं सीढ़ियों से नीचे उतरी। मुझे ज्ञात था कि क्या-क्या करना है और

मैं यन्त्रवत् वह सब करती गई। मैंने रसोईघर की बगलवाले द्वार की चाभी खोजी, और तेल की शीशी और पंखा भी उठाया। ताले-चाभी में तेल लगा दिया, थोड़ी-सी रोटी और थोड़ा पानी ले लिया क्योंकि शायद मुझे बहुत दूर पैदल चलना पड़े और मेरी कुछ दिनों से झिंझोड़ी जा रही शक्ति कहीं टूट न जाए। ये सभी काम मैंने निःशब्द किए। द्वार खोला, बाहर निकली, और द्वार धीमे से बन्द कर दिया। भोर का धुँधलका आँगन में छा रहा था। विशाल फाटक बन्द था और उसमें ताला लगा था। किन्तु उसमें बने एक छोटे से गेट में सिर्फ कुंडी लगी थी। इससे होकर मैं निकल गई और इसे फिर बन्द कर दिया। अब मैं थार्नफील्ड से बाहर निकल आई थी।

खेतों से परे एक मील चलने पर एक सड़क मिली जो मिलकोट की विपरीत दिशा में जाती थी। इस रास्ते पर मैं पहले कभी नहीं चली थी, पर इसे कई बार देखा था और मन से विचार आया था कि यह कहाँ जाती होगी। आज मैंने उधर ही पाँव बढ़ा दिए। अब कुछ सोचना वर्जित था, पीछे देखना मना था, और आगे भी अतीत या भविष्य किसी के विषय में कुछ नहीं सोचना था। अतीत एक ऐसा पृष्ठ था जिसमें कितनी स्वर्गिक मधुरता थी, फिर भी ऐसी गहन उदासी से भरा कि उस पर सोचने से मेरा साहस टूट जाता और शक्ति समाप्त हो जाती। और भविष्य का पृष्ठ डरावनेपन की सीमा तक कोरा था जैसे प्रलय के बीत जाने के बाद की सूनी दुनिया हो।

मैं खेतों, झाड़ियों, झालियों को पार करती गई जब तक कि सूरज नहीं निकला। लगता था, यह ग्रीष्म का सुन्दर प्रभात है। मैंने देखा कि मेरे जूते, जिन्हें घर से निकलकर मैंने पहन लिया था, ओस से भीग गए थे। पर मैं न तो उगते सूरज को देख रही थी, न ही हँसते आकाश को, और न जागती हुई प्रकृति को। सुन्दर दृश्यों के बीच से फाँसी के फँदे की ओर ले जाया जाता व्यक्ति सड़क के किनारे हँसते फूलों की बात नहीं सोचता, वरन् वह तख्ते और फँदे की बात सोचता है, अपनी नसों और हड्डियों के छिन्न-भिन्न होने की बात सोचता है और खुदी हुई कब्र की बात सोचता है। मैं भी अपना पलायन और गृहविहीन भटकने की बात सोच रही थी। उफ् ! असह्य पीड़ा से मैंने वे सारी बातें याद कीं जिन्हें मैं त्याग आई थी। मेरा मन वश में नहीं था। मुझे उनकी याद आई। वे अपने कमरे से उगते सूरज को निहार रहे होंगे और आशा कर रहे होंगे कि मैं आकर कहूँगी कि मैं उनकी होने का, उनके साथ रहने का निर्णय कर लिया है। मेरे मन में उनकी होने की प्रबल इच्छा होने लगी। मैं लौटने को बेचैन होने लगी। अभी भी देर नहीं हुई थी। मैं अभी भी उन्हें वियोग की भीषण यातना से उबार सकती हूँ। अभी तक लोगों को मेरे भागने का पता नहीं चला होगा। मैं लौट सकती हूँ और उनका सहारा, उनका गौरव, उन्हें दुख तथा विनाश से उन्हें बचानेवाली बन सकती हूँ। आह ! मुझे डर है कि वे अपने जीवन की उपेक्षा करेंगे, जो मेरी उपेक्षा और मेरे परित्याग से भी अधिक बुरा होगा। यही दुख मुझे साल रहा था। यह मेरे हृदय में काँटे की तरह चुभ रहा था, इसे निकालने की चेष्टा में मेरा हृदय विदीर्ण हो रहा था और इसकी याद आते ही मैं रुग्ण और अशक्त होती जा रही थी।

चिड़ियाँ झाड़ियों और झुरमुटों में चहचहाने लगी थीं। चिड़ियाँ अपने साथियों के प्रति निष्ठावान होती हैं; वे प्यार की प्रतीक होती हैं। किन्तु मैं क्या थी ? सिद्धान्तों का सशक्त सहारा लेने के बावजूद, हृदय की पीड़ा में दग्ध, मैं स्वयं से घृणा करने लगी। सम्मान या आत्मप्रशंसा का भाव भी मुझे सान्त्वना नहीं दे पा रहा था। मैंने अपने स्वामी के प्रति विश्वासघात किया है, उन्हें चोट पहुँचाई है और उन्हें त्याग दिया है। मैं अपनी ही दृष्टि में गिर गई। फिर भी मैं लौट नहीं सकी। एक पग भी पीछे नहीं डाल सकी। ईश्वर ने ही मुझे आगे बढ़ाया होगा। जहाँ तक मेरी इच्छा या मेरी अन्तरात्मा का प्रश्न था, गहन वेदना ने एक को रौंद डाला था और दूसरे का गला घोंट दिया था। अकेली राह पर आगे बढ़ते हुए मैं रो रही थी और पागलों की तरह तेजी से आगे चलती जा रही थी। उसके बाद अन्दर की दुर्बलता मेरे हाथ-पैर में समाने लगी, और मैं गिर पड़ी। मैं कुछ क्षण धरती पर पड़ी रही, भीगी घास में अपना मुँह छिपाएँ। मेरे मन में आशंका या आशा थी कि यहाँ मैं मर जाऊँगी, किन्तु जल्द ही मैं उठ बैठी और घुटने के बल कुछ दूर चली। फिर खड़ी हो गई सड़क पर पहुँचने के लिए पहले ही भाँति व्यग्र और दृढ़ होकर आगे बढ़ी।

जब मैं सड़क पर पहुँची, मुझे थोड़ी देर तक एक झाड़ी के नीचे सुस्ताना पड़ा। वहाँ बैठे-बैठे मैंने पहियों की आवाज सुनी और एक गाड़ी को आते देखा। मैं खड़ी हो गई, और हाथ उठाया। गाड़ी रुक गई। मैंने पूछा कि गाड़ी कहाँ जा रही है। गाड़ीवान ने दूर के किसी स्थान का नाम बतलाया जहाँ के विषय में मैं निश्चिन्त थी कि वहाँ मि. रोचेस्टर का कोई मित्र-सम्बन्धी नहीं रहता। मैंने पूछा, "कितने पैसे लोगे ?"

उसने उत्तर दिया, "तीस शिलिंग।" तब मैंने कहा कि मेरे पास तो बीस ही शिलिंग हैं। उसने कहा कि अच्छा, उतने में काम चल जाएगा। तब उसने मुझे अन्दर आ जाने का संकेत दिया, क्योंकि गाड़ी खाली ही थी। मैंने प्रवेश किया। गाड़ी बन्द हुई और आगे चल दी।

प्रिय पाठक, मैंने जो कुछ झेला, वह आपको कभी न झेलना पड़े। आपकी आँखों को ऐसे धुआँधार, हृदय-विदारक आँसू न बहाने पड़ें जैसेकि मेरी आँखों से बहे। उस घड़ी जिस निराशा और विकलता के साथ मैंने ईश्वर की प्रार्थना की, वैसी आपको कभी न करनी पड़े। जिससे आप जी-जान से प्यार करते हैं, उसकी बरबादी का साधन बनने का डर कभी आपको न सताए, जैसा मुझे सता रहा था।

28

दो दिन बीत चुके हैं। गर्मी की शाम थी, गाड़ीवान ने मुझे व्हिटक्रास नामक जगह पर उतार दिया। बीस शिलिंग में वह मुझे इससे आगे नहीं ले जा सकता था, और मेरे पास देने के लिए अब पैसे नहीं थे। गाड़ी एक मील आगे जा चुकी है और मैं अकेली खड़ी हूँ। इसी समय मुझे याद आया कि मैं गाड़ी के ड्रावर से अपनी गठरी निकालना ही भूल गई, जहाँ मैंने सुरक्षा की दृष्टि से उसे रख दिया था। वह वही पड़ी रह गई, और वहीं रहेगी, और इधर मैं बिल्कुल अकिंचन हो गई।

व्हिटक्रास कोई शहर नहीं है और न ही कोई टोला है। यह तो उस गड़े हुए पत्थर का नाम है जहाँ चार सड़कें मिलती हैं। पत्थर उजले रंग से पुता था, ताकि दूरी से, अँधेरे में भी साफ दिखाई दे। इसके ऊपर से चार और पत्थर निकले हुए थे। जिन पर उन दिशाओं में स्थित चार शहरों के नाम खुदे थे। सबसे नजदीक शहर की दूरी दस मील थी और सबसे दूरवाला शहर बीस मील के बाद था। इन शहरों के प्रसिद्ध नामों के कारण मैं समझ गई कि मैं किस क्षेत्र में आ गई हूँ—मध्य-उत्तर का प्रदेश जो घाटियों और पहाड़ों से भरा है। देखने से ही इसका पता चल जाता था। मेरे दोनों ओर तथा पीछे बड़ी-बड़ी घाटियाँ थीं और मेरे पास की घाटी से लेकर दूर-दूर तक पर्वत-शृंखला फैली थी। यहाँ की आबादी अवश्य ही कम रही होगी, क्योंकि सड़कों पर यात्री नहीं दिखाई दे रहे थे। सड़कें पूरब, पश्चिम, उत्तर, दक्षिण, सभी दिशाओं में फैली थीं—उजली, चौड़ी और सूनी सड़कें। वे सभी गहरी घाटी को चीरती हुई दूर तक चली गई थीं और जंगली पौधे बेतरतीब और घने उनके किनारों तक उगे हुए थे। कभी कोई इक्का-दुक्का यात्री आ जाता था, पर मैं चाहती थी कि कोई मुझे न देखे, क्योंकि अपरिचितों को विस्मय होता कि इस साइनपोस्ट के पास बेकार और खोई-खोई-सी खड़ी मैं क्या कर रही हूँ। वे मुझसे प्रश्न करेंगे जिसका मैं कोई विश्वसनीय उत्तर नहीं दे पाऊँगी। इससे सन्देह बढ़ेगा। इस क्षण मानव-समाज से मेरा कोई नाता नहीं रह गया था; कोई आकर्षण या आशा मुझे मानवों की ओर नहीं खींच रही थी। मुझे देखनेवाले किसी भी व्यक्ति की मेरे प्रति दया-भावना या शुभेच्छा नहीं होगी। जो प्रकृति सारे संसार की माँ है उसे छोड़कर मेरा कोई सगा-सम्बन्धी नहीं है। मैं उसी के आँचल में जाऊँगी और शरण लूँगी।

मैं सीधे चौर में चल पड़ी। मैंने एक धँसे गहरे खेत की राह पकड़ी जो उस चौर के बीच दूर तक चली गई थी। इसके झाड़-जंगल में मेरे घुटने तक छिप गए। मैं उसी में चलती गई। यह जिधर मुड़ती थी, मैं उधर ही मुड़ जाती थी। आखिर एक छिपे हुए कोने में काई से गन्दली जैसी एक बड़ी चट्टान देखकर मैं उसकी ओट में बैठ गई। ऊँचे चौर का किनारा मेरे चारों ओर फैला था। चट्टान ने मेरे सिर को छिपा लिया था, और उसके ऊपर आकाश फैला था।

यहाँ भी शान्त होने में मुझे कुछ देर लगी। मेरे मन में एक आशंका थी कि कोई जंगली जानवर यहाँ आ सकता है अथवा कोई शिकारी या खिलाड़ी मुझे ढूँढ़ सकता है। हवा का झोंका भी घास के बीच खड़खड़ाता तो मैं चौकन्ना हो उठती और समझती कि कोई साँड़ दौड़ा आ रहा है। यदि टिटिहरी सीटी बजाती तो मैं समझती, कोई आदमी आ गया। किन्तु अपनी आशंकाओं को निर्मूल पाकर तथा रात गहराने के साथ फैलती हुई नीरवता से मुझमें ढाढ़स बँधने लगा। अभी तक मुझे सोचने-विचारने का अवसर नहीं मिला था। अब तक मैं सिर्फ आहट ले रही थी, चौकन्ना होकर देख रही थी और डर रही थी। अब जाकर सोचने की शक्ति मुझमें लौटी।

मैं क्या करूँ ? कहाँ जाऊँ ? आह ! ये प्रश्न असह्य थे, विशेषकर अभी की स्थिति में जबकि न मेरे करने के लिए कुछ था और न कहीं जाने की जगह थी। जब मेरे इन थके-काँपते पाँवों की लम्बी दूरी तय करनी पड़ेगी, तब कहीं मैं मनुष्यों की किसी बस्ती के निकट पहुँच सकूँगी, जहाँ मेरे गिड़गिड़ाने पर शायद कोई बेमन से मुझे आश्रय दे देगा। माँगने पर अनिच्छा से सहानुभूति देगा, बल्कि मेरी कहानी सुनने और मेरी माँग पूरी करने के पहले मुझे दुत्कार देगा।

मैंने घास को छुआ। ग्रीष्म के दिवस की उष्णता इसमें अभी शेष थी। मैंने आकाश की ओर देखा; वह स्वच्छ था। पर्वत-श्रेणियों के बीच से एक चमकता तारा दिखाई दे रहा था। ओस गिर रही थी, किन्तु धीमे-धीमे, दयापूर्ण कोमलता के साथ। हवा बिल्कुल शान्त थी। प्रकृति मेरे प्रति उदार और दयालु लग रही थी। मुझे लगा, मुझ जैसे गृहविहीन को यह प्यार करती थी, और मैं, जिसे मनुष्यों से सिर्फ अविश्वास, ठुकराव और अपमान मिलने की आशंका थी, बच्चों को भाँति स्नेह से उससे चिपक गई। कम-से-कम आज तो मैं इसी की अतिथि रहूँगी, क्योंकि मैं इसकी बच्ची हूँ। मेरी प्रकृति माँ बिना पैसे और मूल्य के मुझे आश्रय देगी। मेरे पास उस रोटी का एक टुकड़ा बचा था जिसे मैंने यात्रा करते समय शहर में अपने पास बचे अन्तिम पैसों से खरीद लिया था। रात की रोशनी में झड़बेर चमक रहे थे, माला के काले दाने की भाँति। मैंने एक मुट्ठी बेर जमा किया और रोटी के साथ उन्हें खा लिया। मेरी तेज भूख मिटी तो नहीं, पर इस जंगल के भोजन से कुछ शान्त अवश्य हो गई। इसके बाद मैंने सन्ध्याकालीन प्रार्थना की और सोने चली गई।

चट्टान की बगल में चौर की जमीन गहरी थी। लेटने पर मेरे पाँव घास से बिल्कुल ढँक गए, घास दोनों ओर ऊँची-ऊँची उगी हुई थी। अतः रात्रि की ठंडी हवा के आने

का रास्ता नहीं था। मैंने शॉल को दुबारा मोड़ लिया और उसे अपने ऊपर ओढ़ लिया। काईदार मिट्टी का एक ऊँचा ढूह मेरा तकिया बन गया। इस प्रकार रात्रि के प्रारम्भ में तो मुझे ठंड नहीं लगी।

वैसे यह रात्रि-विश्राम मेरे लिए आनन्ददायक होता, पर टूटे हृदय के कारण ऐसा नहीं हो सका। मन की व्यथा टीसें मार रही थी। मन अन्दर-अन्दर रो रहा था और टुकड़े-टुकड़े हो रहा था। यह मि. रोचेस्टर और उनकी बरबादी की आशंका से काँप रहा था, उनके लिए कराह रहा था, उनका साथ पाने के लिए विकल था। और पंख-टूटे पक्षी की भाँति असहाय होने पर भी मन अपने टूटे पंखों को फड़फड़ाकर उन्हें ही ढूँढ़ने का व्यर्थ प्रयास कर रहा था।

इन विचारों से दग्ध और परेशान होकर मैं उठ बैठी। रात गहरी हो गई थी और आकाश तारों, नक्षत्रों से भरा था। यह एक शान्त, सुरक्षित रात्रि थी जिसने भय का कोई कारण नहीं था। यह तो सभी को मालूम है कि ईश्वर हर जगह हैं, पर उनकी उपस्थिति हम सबसे अधिक तब अनुभव करते हैं, जब उनकी कृतियाँ विशाल पैमाने पर हमारे समक्ष फैली रहती हैं, और बादलों से मुक्त निशि-नभ में जब उनके संसार की गाड़ी शान्त भाव से बढ़ती जाती है। हम लोग देखते हैं उनकी अपरिमितता, उनकी सर्वव्यापकता, उनकी सर्वशक्तिमानता। मैं मि. रोचेस्टर के कल्याण हेतु प्रार्थना करने उठ बैठी थी। अश्रुपूर्ण नेत्रों से ऊपर देखते हुए मैंने लम्बी-चौड़ी आकाशगंगा को देखा। यह स्मरण करके कि यह क्या कि जहाँ हलकी ज्योति-रेखा की तरह अगणित विश्व समाए हुए हैं, मुझे ईश्वर की शक्ति और सामर्थ्य की अनुभूति हुई। मुझे विश्वास हो गया कि जिसका उन्होंने निर्माण किया है उसे बचाने में वे बिल्कुल समर्थ हैं। मुझमें दृढ़ आस्था पैदा हुई कि न तो पृथ्वी नष्ट होगी और न इस पर बसे किसी प्राणी का विनाश होगा। मैंने प्रार्थना में धन्यवाद दिया ईश्वर को—जो जीवन का स्रष्टा है और जीवन का रक्षक भी। मि. रोचेस्टर सुरक्षित हैं क्योंकि वे ईश्वर के हैं और ईश्वर के द्वारा उनकी सुरक्षा निश्चित है। इस प्रकार निश्चिन्त होकर मैं पहाड़ी की गोद में सोने चली गई और शीघ्र ही निद्रा में अपने दुखों को भूल गई।

पर दूसरे दिन अभाव मेरे सामने खड़े हो गए—नंगे और स्पष्ट। नन्ही चिड़ियाँ घोंसलों से निकल चुकी थीं और मधुमक्खियाँ ओस सूखने के पूर्व ही प्रातःकाल के जंगली फूलों से मधु इकट्ठा करने चल पड़ी थीं। प्रातःकाल की लम्बी छाया छोटी होने लगी थी, और सारी धरती और आकाश पर धूप फैल चुकी थी। तब मैं उठी और अपने चारों ओर देखा।

कैसा शान्त, उष्ण और भरा-पूरा दिन था ! यह विशाल चौर कैसी सुनहली मरुभूमि प्रतीत होती थी ! सभी जगह धूप की किरणें थीं। मेरे मन में आया कि काश मैं इसी में और इसी पर तृप्त होकर रह पाती। मैंने चट्टान पर एक छिपकली को दौड़ते देखा। मैंने एक मधुमक्खी को मधुर जंगली झँखेड़ों में व्यस्त पाया। मेरी इच्छा हुई कि मैं छिपकली या मधुमक्खी ही बन पाती, ताकि मेरा पोषण भी इन्हीं की भाँति यहीं हो

जाता, और यही मेरा स्थायी निवास बन जाता। किन्तु मैं तो एक मनुष्य थी और मेरी आवश्यकताएँ भी मनुष्योंवाली ही थीं। मुझे अब यहाँ नहीं रहना है जहाँ इनकी पूर्ति नहीं हो सकती। मैं उठी, और उस बिस्तर पर फिर दृष्टि डाली जहाँ से मैं उठी थी। भविष्य की आशाओं से विहीन मेरे मन में यह कामना जागी—मेरे प्रभु ने कल रात नींद में मेरी आत्मा को आश्रय दिया था। भाग्य के थपेड़े खाकर, मृत्यु से मुक्त होकर यह शरीर यहीं धीरे-धीरे नष्ट हो जाता और इस जंगली भूमि की मिट्टी में शान्ति से मिलकर एक हो जाता ! किन्तु जीवन अभी भी मुझमें शेष था, और जीवन के साथ उसकी आवश्यकताएँ, पीड़ाएँ और उत्तरदायित्व सभी मेरे साथ थे। इस बोझ को ढोना ही होगा, इसकी माँग पूरी करनी ही होगी, दुख झेलने होंगे, दायित्वों को निभाना होगा। मैं चल पड़ी।

फिर व्हिटक्रास पहुँचकर मैंने उस रास्ते को पकड़ा जो मध्याह्न के आकाश के उग्र सूरज की विपरीत दिशा को जाती थी। कोई अन्य बात नहीं थी जिससे मेरा चुनाव प्रभावित होता। मैं बड़ी देर तक चलती रही, और तब मुझे लगा कि मैं बहुत चल चुकी और अब थके शरीर की बात मान लूँ, जो खींचा नहीं जा रहा था और बिल्कुल निढाल हो रहा था। मैं नजदीक के एक पत्थर पर बैठ गई और तन-मन पर छाई उदासी में खोने लगी। उसी समय मैंने घंटी की टनटनाहट सुनी—किसी चर्च की घंटी की ध्वनि।

मैं उसी आवाज की दिशा में चल पड़ी, और जिन रोमांचकारी पहाड़ियों के रूप-रंग को एक घंटे पहले मैं अनदेखे किए चली जा रही थी—उन्हीं पहाड़ियों के बीच मैंने एक बस्ती देखी। एक गुम्बद भी देखा। मेरी दाहिनी ओर की घाटी में चरागाह, फसल के खेत और बगीचे थे, और हरियाली की रंग-बिरंगी सुन्दरता के बीच पके खेतों से तथा शान्त वनों से होकर एक जगमगाता झरना आड़ा-तिरछा बह रहा था। आगे सड़क पर गाड़ी के पहियों की आवाज से आकृष्ट होकर मैंने देखा कि सामान से लदी एक गाड़ी धीरे-धीरे पहाड़ी पर चढ़ रही थी और नजदीक ही थी। दो गाएँ और उनका चरवाहा भी मुझसे कुछ खास दूर नहीं थे। मानव-जीवन और मानव-परिश्रम निकट थे। मुझे भी संघर्ष करना चाहिए; अन्य लोगों की भाँति जीने और परिश्रम करने को तैयार रहना चाहिए।

अपराह्न दो बजे के लगभग मैंने गाँव में प्रवेश किया। एक सड़क के अन्त में एक छोटी दुकान थी जिसकी आलमारियों में पावरोटियाँ रखी थीं। एक पावरोटी के लिए मेरा मन ललचा गया। इस जलपान के मिलने पर शायद मुझमें कुछ शक्ति लौट आती। इसके बिना आगे चलना कठिन हो रहा था। मनुष्यों के बीच आते ही मुझमें इच्छा जाग उठी कि काश, मुझमें कुछ शक्ति और स्फूर्ति होती। बस्ती के मुहाने पर ही भूख से बेहोश होकर गिरने की स्थिति मुझे बहुत अपमानजनक लगने लगी। क्या मेरे पास कुछ ऐसा नहीं है। जिसके बदले मुझे एक रोटी मिल सके ? मैंने इस पर विचार किया। मेरे पास गले में बँधा एक छोटा-सा रेशमी रूमाल था और दस्ताने थे। मुझे नहीं मालूम कि अत्यन्त विपन्नता में लोग क्या करते होंगे। मैं यह भी नहीं जानती थी कि इन चीजों को कोई लेगा भी या नहीं। शायद नहीं ही लेगा, किन्तु मुझे प्रयास करके देखना ही होगा।

मैं दुकान में घुसी। एक औरत वहाँ थी। भले व्यक्तियों जैसे कपड़ों से मुझे भद्र महिला समझकर वह विनम्रता से आगे आई और बोली, "क्या सेवा करूँ ?" मैं लज्जा से गड़ गई। सोचा हुआ अनुरोध मेरे मुँह से नहीं निकल सका। मैं उसे अधफटे दस्ताने और मुड़ा-चुड़ा रूमाल देने का साहस नहीं कर पाई। इसके अतिरिक्त मुझे यह हास्यास्पद बात जान पड़ी। अतः मैंने उससे सिर्फ एक मिनट बैठने की अनुमति माँगी क्योंकि मैं थक गई थी। ग्राहक से कुछ निराश होकर उसने अनमने भाव से मेरी बात मान ली और एक सीट की ओर इशारा किया। मैं उसी में धँस गई। मुझे बहुत जोर से रुलाई आ रही थी, पर यह सोचकर कि इसे देखकर लोग क्या कहेंगे, मैंने अपने को रोका। फिर जल्दी ही मैंने उससे पूछा, "क्या इस गाँव में कोई पोशाक सिलनेवाली या सादी सिलाई करनेवाली स्त्री रहती है ?"

"हाँ। दो-तीन हैं, जितने के लायक इस गाँव में काम है।"

मैंने फिर विचार किया। मुझे कुछ करना ही होगा क्योंकि मैं अभावों से पीड़ित हूँ, मेरे पास न कोई साधन है, न मित्र हैं और न पैसे हैं। मुझे कुछ करना ही होगा। क्या ? मुझे काम माँगना होगा। कहाँ ?

"क्या आपको आसपास ऐसे किसी घर का पता है जहाँ नौकर की आवश्यकता हो ?"

"नहीं, मैं नहीं बता सकती।"

"इस जगह का मुख्य व्यवसाय क्या है ? अधिकांश लोग क्या करते हैं ?"

"कुछ खेतों में मजदूरी करते हैं। बहुत-से लोग मि. ओलिवर की सुई की फैक्टरी में और खराद पर काम करती हैं।"

"क्या मि. ओलिवर स्त्रियों को काम देते हैं ?"

"नहीं। यह पुरुषों का काम होता।"

"तो स्त्रियाँ क्या काम करती हैं ?"

उत्तर दिया, "मैं नहीं जानती। कुछ एक काम करती हैं तो कुछ दूसरा काम। गरीब लोग जैसे बने, दिन गुजर लेती हैं।"

वह मेरे प्रश्नों से ऊब-सी गई थी, और सच पूछो तो उसे परेशान करने का मुझे क्या अधिकार था ! आसपास के एक-दो व्यक्ति आ गए। किसी को मेरी कुर्सी की जरूरत आ गई थी। अतः मुझे उठना पड़ा।

मैं सड़क पर आगे बढ़ने लगी। दाहिनी और बाईं ओर के सभी मकानों को देखते हुए, किन्तु कहीं मुझे कोई ऐसा कारण या बहाना नहीं मिला कि मैं किसी घर में प्रवेश करती। मैं बस्ती में भटकने लगी। कुछ दूर भटकते हुए जाती, फिर लौटती। मैं लगभग एक घंटे तक ऐसा करती रही। थकावट से चूर होकर और भूख से परेशान होकर मैं एक गली में घुसी और एक झाड़ी के नीचे बैठ गई। किन्तु कुछ ही मिनटों में मैं फिर खड़ी हो गई, और फिर ढूँढ़ने लगी—कोई साधन, या कम-से-कम कुछ बतानेवाला कोई व्यक्ति। इस गली के प्रारम्भ में एक सुन्दर-सा घर था जिसके सामने फुलवारी थी, बहुत

स्वच्छ और खिलते फूलों से भरी। मैं यहाँ थम गई। पर मुझे इसके स्वच्छ द्वार के पास जाने या चमकते तालों को छूने से क्या प्रयोजन था ? उस घर के निवासियों को मुझे कुछ देने में क्या रुचि हो सकती थी ? फिर भी मैं निकट गई और द्वार खटखटाया। एक शान्त-सी, साफ कपड़े पहने युवती ने द्वार खोला। टूटे हृदय और गिरती कायावालियों के स्वर में, धीमी और काँपती आवाज में मैंने पूछा, "यहाँ नौकर की जरूरत है ?"

"नहीं," उसने उत्तर दिया, "हम लोग नौकर नहीं रखते।"

मैंने फिर कहा, "क्या आप मुझे बतलाएँगी कि मुझे कहाँ काम मिल सकेगा ? इस जगह मैं अजनबी हूँ; मेरा कोई परिचित यहाँ नहीं है। मुझे काम चाहिए, चाहे जैसा भी काम हो।"

पर मेरे विषय में सोचना या मेरे लिए काम ढूँढ़ना उसका काम नहीं था। इसके अतिरिक्त उसकी दृष्टि में मेरा चरित्र, मेरी स्थिति और मेरी कहानी सन्देहपूर्ण लगी होगी। उसने सिर हिलाया और बोली, "अफसोस कि मैं आपको कोई सूचना नहीं दे सकती।" और उसने अपना सफेद दरवाजा शान्ति से धीरे-धीरे बन्द कर लिया। मैं बाहर अकेली रह गई। यदि वह द्वार कुछ देर और खुला रखती तो मैं शायद रोटी का एक टुकड़ा अवश्य माँगती, क्योंकि अब तक मैं बहुत झुक चुकी थी।

मैं उस निर्मम गाँव में फिर नहीं लौटना चाहती थी, जहाँ सहायता मिलने की कोई आशा भी नहीं थी। मेरी इच्छा हो रही थी कि जंगल में चली जाऊँ जो कुछ ही दूर दिखाई दे रहा था, जिसकी घनी छाया मुझे बुलाती प्रतीत हो रही थी। पर मैं इतनी बीमार और दुर्बल थी और प्राकृतिक माँगों से ऐसी परेशान थी कि अनायास ही मैं उधर ही भटकती रही जिधर भोजन मिलने की आशा थी। एकान्त एकान्त नहीं रहेगा और विश्राम भी विश्राम नहीं लगेगा, जबकि भूख रूपी गिद्ध मेरे पेट में चोंच चुभोता रहेगा।

मैं घरों के निकट गई, फिर हट गई, फिर गई, फिर दूर चल पड़ी—बार-बार यही अनुभव करके कि मुझे माँगने का कोई अधिकार नहीं है, यह अपेक्षा करने का मुझे कोई अधिकार नहीं है कि मेरे दुर्भाग्य पर लोग दया करें। एक भटके और क्षुधार्त कुत्ते की भाँति मुझे इधर से उधर भटकते बहुत समय बीत गया और दिन ढलने को हो आया। एक खेत को पार करते समय मैंने सामने एक चर्च का गुम्बद देखा। मैं तेजी से उधर ही बढ़ी। गिरजा के समीप और एक बगीचे के बीच में एक अच्छा-सा, छोटा मकान था जिसे देखकर मुझे सन्देह नहीं रहा कि यह पादरी का घर था। मुझे याद आया कि अपरिचित लोग यदि किसी ऐसे स्थान पर पहुँचते हैं जहाँ उनका कोई परिचित न हो और जिन्हें नौकरी की आवश्यकता हो तो वे पादरी से ही प्रार्थना करते हैं कि उनका किसी से परिचय करा दे या सहायता दिला दे। यह पादरी का कर्तव्य है कि उन्हें सहायता प्रदान करें, कम-से-कम उन्हें सलाह अवश्य दें जो स्वयं के पैरों पर खड़ा होना चाहते हैं। मुझे यहाँ सलाह पाने का एक अधिकार-सा अनुभव हुआ। अपना साहस और बची-खुची शक्ति बटोरकर मैं आगे बढ़ी। मैं घर तक पहुँची और रसोईघर के द्वार पर थाप लगाई। एक बूढ़ी महिला ने द्वार खोला। मैंने पूछा, "क्या यह पादरी का घर है ?"

"हाँ।"

"क्या पादरी अन्दर हैं ?"

"नहीं।"

"क्या वे जल्दी लौट आएँगे ?"

"नहीं, वे घर से बाहर गए हुए हैं।"

"दूर ?"

"बहुत दूर नहीं, लगभग तीन मील दूर। उनके पिता की अचानक मृत्यु हो जाने के कारण उन्हें बुलावा आया। वे अभी मार्श एंड में हैं और एक पखवाड़े तक उनके वहीं रहने की सम्भावना है।"

"क्या घर में कोई महिला है ?"

उत्तर मिला—नहीं, उसके सिवा कोई नहीं है और वह घर की रखवालन है। पाठक, मैं उसके आगे भोजन के लिए हाथ नहीं फैला सकती थी जिसके अभाव में मेरी जीवन-शक्ति समाप्त होती जा रही थी। मैं भीख नहीं माँग सकती थी। अतः फिर घिसटती चल पड़ी।

एक बार फिर मैंने रूमाल उतार लिया। फिर मुझे रोटी की उसी छोटी-सी दुकान का और रोटी का ध्यान आया। आह, एक टुकड़ा भी यदि मिल जाता। इस जठराग्नि की शान्ति के लिए एक कौर भी प्राप्त हो जाता ! अपने आप मेरे पैर फिर गाँव की ओर मुड़ गए। मैं दुकान के पास पहुँची और अन्दर गई। उस स्त्री के अतिरिक्त और भी लोग वहाँ थे। फिर भी मैं पूछ बैठी, "क्या इस रूमाल के बदले तुम मुझे एक रोटी दोगी ?"

उसने स्पष्ट शंका की दृष्टि से मुझे देखा, "नहीं, मैं इस ढंग से चीजें नहीं बेचती।"

बिल्कुल हताश होकर मैंने आधी रोटी की ही माँग की, पर उसने फिर इनकार कर दिया, "मुझे क्या पता कि तुम यह रूमाल कहाँ से उठा लाई ?"

"तो मेरे दस्ताने लोगी ?"

"नहीं, मैं लेकर क्या करूँगी !"

पाठक, इन घटनाओं का वर्णन करना दुखद है। कुछ लोग कहते हैं कि विगत दुखद अनुभवों पर दृष्टिपात करना आनन्ददायक होता है, पर आज मैं जिस प्रसंग का उल्लेख कर रही हूँ उस पर दृष्टिपात करना मैं सहन नहीं कर पाती। नैतिक पतन और शारीरिक कष्ट, दोनों मिलकर ऐसी दुखद स्मृति बनाते हैं जो कभी स्मरण करने योग्य नहीं है। जिन लोगों ने मुझे दुत्कारा, मैं उनमें से किसी को दोष नहीं देती। मुझे लगा कि यही होना था और इससे बचने का कोई चारा नहीं था। एक साधारण भिखारी प्रायः सन्देह का पात्र होता है, और अच्छी पोशाकवाला भिखारी तो और भी। इसमें संशय नहीं कि मैं काम ही माँगती थी, पर यह किसका काम था कि मुझे काम दिलाए ! निस्सन्देह, उन लोगों का तो नहीं ही था जिन्होंने मुझे पहली बार देखा था और जो मेरे चरित्र के विषय में कुछ नहीं जानते थे। जहाँ तक उस स्त्री का प्रश्न है जो रोटी के बदले मेरा

रूमाल लेने को तैयार नहीं थी, वह भी ठीक ही थी, क्योंकि उसे मेरी गतिविधि गड़बड़ मालूम पड़ रही होगी या फिर यह अदला-बदली अलाभकर लग रही होगी। अब मैं इस चर्चा का संक्षेप करना चाहूँगी क्योंकि मैं इससे दुखी हो चुकी हूँ।

अँधेरा होने के कुछ पहले मैं एक खलिहान के पास से गुजरी जिसके खुले द्वार पर एक किसान बैठा अपना रोटी और पनीर का रात्रि-भोजन कर रहा था। मैं वहाँ रुक गई और बोली, ''क्या आप मुझे रोटी का एक टुकड़ा देंगे ? मैं बहुत भूखी हूँ।'' उसने आश्चर्य से मेरी ओर देखा, किन्तु बिना कुछ बोले उसने रोटी का एक बड़ा-सा टुकड़ा तोड़ा और मुझे दे दिया। मुझे लगता है कि उसने मुझे भिखारी नहीं समझा, बल्कि एक झक्की औरत समझ लिया जिसे उसकी भूरी, मोटी रोटी खाने की इच्छा हो आई होगी। जैसे ही मैं उसके घर से ओझल हुई, मैं बैठकर खाने लगी।

मुझे किसी घर की छत के नीचे आश्रय मिलने की उम्मीद भी नहीं थी। अतः आश्रय की खोज में मैं उसी जंगल की ओर चली जिसका मैंने पहले जिक्र किया है। वह रात बड़ी कष्टप्रद रही और मुझे विश्राम नहीं मिल सका। धरती भीगी थी और हवा सर्द। इसके अतिरिक्त जंगली जानवर नजदीक से कई बार गुजरे। मुझे बार-बार जगह बदलनी पड़ी क्योंकि सुरक्षा और शान्ति की वहाँ कोई भी आशा नहीं थी। भोर के समय वर्षा होने लगी और दूसरे दिन तक होती रही। पाठक, उस विकट दिन का वर्णन मुझसे मत माँगिए। पहले की भाँति मैंने लोगों से काम माँगा और उसी तरह दुत्कार दी गई। पहले की भाँति ही मैं भूखी रही। सिर्फ एक बार कुछ खाने को मिला। एक झोंपड़ी के द्वार पर मैंने देखा कि एक छोटी लड़की बासी हलवे को सुअर की नाँद में फेंकने जा रही थी। मैंने कहा, ''मुझे दे दो न !''

वह मुझे ध्यान से देखने लगी और पुकारकर बोली, ''माँ, एक औरत है जो बासी हलवा माँग रही है।''

''अच्छा बेटी, उसे दे दो, यदि वह भिखारन है। सुअर इसे नहीं खाएँगे।''

लड़की ने अकड़ा हुआ पदार्थ मेरे हाथों में उड़ेल दिया और मैं जल्दी-जल्दी उसी को निगलने लगी।

जब रात गहराने लगी तो मैं एक सूनी और संकरी गली में रुक गई जिसमें एक घंटे से भी अधिक समय से भटक रही थी। मैं अपने आप बोलने लगी—मेरी शक्ति समाप्त होती जा रही है। मैं अब और नहीं चल सकूँगी। क्या आज की रात भी मुझे घर से बाहर ही बितानी पड़ेगी ? वर्षा आ रही है। क्या मुझे इसी भीगी, ठंडी जमीन पर सिर रखकर सोना पड़ेगा ? इसके सिवा कोई चारा भी नहीं दीखता क्योंकि कौन मुझे घर के भीतर घुसने देगा ? आह, यह कल्पना भी भयानक है। और ऊपर से यह भूख, बेहोशी, सर्द और परित्यक्त होने की अनुभूति, बिल्कुल उजड़ी हुई आशा। ऐसा लगता है कि सुबह तक मैं मर जाऊँगी। पर मैं मरने की सम्भावना से समझौता क्यों नहीं कर पाती ! मैं इस व्यर्थ जीवन को क्यों ढोते रहना चाहती हूँ ? सम्भवतः इसलिए कि मि. रोचेस्टर अभी जीवित हैं। इसके अतिरिक्त भूख और ठंड से ठिठुरकर मरना

कोई नहीं चाहता। हे ईश्वर ! मुझे कुछ समय और बचा लो। मेरी सहायता करो। मुझे राह दिखाओ।

मेरी चौंधियायी हुई आँखें उस धुँधले और कुहासा-भरे स्थान में भटकने लगीं। मैंने देखा कि मैं गाँव से बहुत दूर निकल आई हूँ, गाँव दिखाई भी नहीं पड़ रहा है। रास्ते और गलियाँ पार करते-करते मैं एक बार फिर चौर के निकट चली आई हूँ। और अब मेरे और उन काली पहाड़ियों के बीच सिर्फ कुछेक खेत थे जो उस चौर की तरह ही बनैले और बंजर थे।

मैंने मन में सोचा, 'चलती राह और गली में मरने की अपेक्षा तो वीरान जगह में मरना अच्छा है, ताकि यदि इस क्षेत्र में कौए और चीलें हों तो मेरे मांस को नोच खाएँ, बजाय इसके कि वह लावारिसोंवाले ताबूत में बन्द होकर उन्हीं जैसी कब्र में पड़ा रहे।'

यही सोचकर मैं पहाड़ियों की ओर चल पड़ी और वहाँ पहुँच भी गई। अब एक गुफा ढूँढ़ना शेष था जिसमें मैं लेट सकूँ और सुरक्षित नहीं रहूँ तो कम-से-कम छिपी रह सकूँ। किन्तु पूरी वीरान घाटी समतल लगती थी। कोई अन्तर नहीं था–रंग के सिवा। पौधे और काई की जगहों पर हरा-हरा दीखता था और जहाँ सूखी जमीन के झाड़ थे–वहाँ काला लगता था। अँधेरा हो जाने पर भी यह अन्तर मुझे दृष्टिगोचर होता रहा, भले ही वह छाया और प्रकाश के रूप में हो रहा था, क्योंकि दिन की रोशनी के बीतने के साथ ही रंग धूमिल हो चले थे।

मेरी आँखें उभरी ऊँचाइयों पर तथा चौर के किनारे जंगल जैसे दृश्यों पर अभी भी भटक रही थीं कि झाड़ियों और पहाड़ियों के बीच एक धुँधली जगह पर एक रोशनी जल उठी। यह अवश्य मृगतृष्णा है। मेरे मन में पहले यही आया और लगा कि यह आग तुरन्त लुप्त हो जाएगी। किन्तु यह स्थिरता से जलती ही रही। न तो पीछे हटी और न आगे बढ़ी। 'तो क्या यह जंगल की अभी-अभी लगी आग है ?' मैंने स्वयं से प्रश्न किया और ध्यान से देखने लगी कि यह फैलती है या नहीं। पर नहीं, यह न तो घट रही थी और न ही फैल रही थी। तब मैंने अनुमान किया, 'यह अवश्य किसी घर में जलती मोमबत्ती होगी। किन्तु यदि ऐसा हो भी तो मैं इस तक नहीं पहुँच पाऊँगी। यह बहुत दूर है। काश, यह मुझसे एक गज की दूरी पर होती। पर उससे भी क्या लाभ ? मैं दरवाजा तो खटखटाती नहीं कि कहीं मुझे झिड़ककर दरवाजा बन्द न कर लिया जाए !'

मैं जहाँ खड़ी थी वहीं गिरने-सी लगी, और मैंने धरती में मुँह छिपा लिया। कुछ क्षण मैं पड़ी रही। रात की तेज हवा मुझे और पहाड़ी को सांय-सांय करके झकझोर रही थी और दूर जाकर कराह जैसी ध्वनि उत्पन्न कर रहे थी। वर्षा भी जोरों से हो रही थी और मुझे भिगोए जा रही थी। यदि मैं इस तुषारपात में जम जाती, मृत्यु की कृपापूर्ण चेतनशून्यता मुझ पर छा जाती, तो यह चाहे जितने ओले बरसाती, मैं इससे विचलित नहीं होती। किन्तु अभी मेरा जीवित शरीर इसके बर्फीले प्रभाव में काँप रहा था। कुछ ही देर में मैं उठ पड़ी। ज्योति अभी भी वहाँ थी। वर्षा में भी धीमी लौ से मगर लगातार

जलती हुई। मैंने फिर चलने का प्रयास किया। अपने थके-माँदे पैरों को घसीटते हुए मैं उसकी ओर चल पड़ी। उसकी खोज में मैं पहाड़ी पर चढ़ी। दलदल से होकर, जो जाड़े में जाने योग्य नहीं होता और इस गर्मी में भी छपछप करता और हिलता हुआ लगता था। यहाँ मैं दो बार गिरी, पर फिर उठी और शक्ति को संचित किया। यही ज्योति मेरी बची-खुची आशा थी। इसे प्राप्त करना ही होगा।

झाड़-झँखाड़ पार करने के बाद मैंने चौर में कुछ सफेदी-सी देखी। पास गई तो पाया कि यह एक सड़क या पगडंडी थी। यह सीधे उस रोशनी की ओर जाती थी, जो अब पेड़ों के झुंड में एक टीले पर से चमक रही थी। पेड़ शायद चीड़ के थे, जैसा कि उनकी आकृति और पत्तों आदि को अँधेरे में देखने से मुझे लगा। नजदीक जाने पर मेरा यह तारा अचानक विलीन हो गया। शायद मेरे और उसके बीच कोई चीज आ गई थी। मैंने हाथ बढ़ाकर सामने के ढेर को टटोला। खुरदरे पत्थरों की एक नीची दीवार जान पड़ी, उसके ऊपर बाँस के घेरे की तरह कोई चीज और अन्दर ऊँची, कँटीली झाड़। टटोल-टटोलकर मैं आगे बढ़ने लगी। फिर कोई उजली चीज सामने चमकने लगी। यह एक फाटक था–छोटा-सा गेट। छूते ही अपनी किल्ली पर झूल-सा गया। गेट के दोनों ओर काली झाड़ें थीं–सदाहरी या बालछड़ी की।

गेट में प्रवेश करने के बाद झाड़ी पार करने पर एक घर की आकृति दिखाई पड़ी–काली, नीची और अपेक्षाकृत लम्बी पर वह मार्गदर्शक ज्योति कहीं नहीं थी। क्या इसके निवासी सो चुके ? मुझे डर लगा कि यही बात होगी ! दरवाजा ढूँढ़ते समय मैं एक मोड़ पर मुड़ी और वह मित्रवत् ज्योति फिर दिखाई देने लगी–जमीन से एक फुट ऊपर, पल्ले लगी खिड़की के चौकोर शीशों से होकर–जो पेंचदार लता या अन्य किसी लता के कारण और छोटे हो गए थे। इसलिए कि उस लता की पत्तियाँ उस खिड़की वाली दीवार पर पूरी तरह छाई थीं। खिड़की का दीखनेवाला भाग इतना छोटा था कि पर्दा या कुंडी की आवश्यकता नहीं समझी गई थी। जब मैं झुकी और इधर छाई डालियों की पत्तियों को एक ओर किया तो मुझे भीतर का दृश्य दिखाई देने लगा। मैंने सपष्ट देखा कि बलुए फर्शवाला एक कमरा था जो स्वच्छ पोंछा हुआ था। अखरोट की लकड़ी की एक आलमारी पर कतार से एल्यूमिनियम की प्लेटें सजी हुई थीं और आतिशदान के आग की लाली उन पर प्रतिबिम्बित हो रही थी। मैंने एक दीवारघड़ी, एक सफेद चमकती मेज और कुछ कुर्सियाँ भी देखी। जो बत्ती मुझे बुला लाई थी वह उसी मेज पर जल रही थी और उसकी रोशनी में एक अधेड़ कामकाजी पर बिल्कुल साफ-सुथरी महिला आसपास के वातावरण जैसा साफ-सुथरा मोजा बुन रही थी।

मैं एक ही दृष्टि में इन सभी चीजों को देख गई। इनमें कोई विशेषता नहीं लगी। इससे अधिक आकृष्ट करनेवालियाँ चूल्हे के पास थीं जिसकी गुलाबी आभा और उससे निकलती गर्मी में वे शान्त बैठी हुई थीं। वहाँ दो सौम्य नवयुवतियाँ बैठी थीं जो सभी प्रकार से सम्भ्रान्त लगती थीं। एक छोटी घुमावदार कुर्सी पर और दूसरी एक छोटे स्टूल पर। दोनों दुखसूचक क्रेप और बोंबजीन के कपड़े पहने हुए थीं और उस काले परिधान

में उनके गोरे गले और मुखड़े आकर्षक लग रहे थे। एक बड़ा, उम्रवाला कुत्ता उनमें से एक के घुटने पर अपना सिर टिकाए था, और दूसरी की गोद में एक काली बिल्ली आराम से बैठी थी।

यहाँ बैठे व्यक्तियों के लिए यह साधारण-सा रसोईघर एक विचित्र जगह थी। ये लोग कौन हैं ? निश्चय ही ये मेज के पास बैठी उस अधेड़ महिला की बेटियाँ नहीं हैं, क्योंकि वह तो देहाती लगती थी और ये लोग कोमल ओर सुसंस्कृत लगती हैं। मैंने कहीं उन जैसा चेहरा नहीं देखा था। फिर भी उन्हें ध्यान से देखते-देखते मुझे उनकी मुखाकृति परिचित-सी लगने लगी। उन्हें रूपवती तो नहीं कहा जा सकता, वे इतनी रक्तहीन और गम्भीर थीं कि इस शब्द से मेल नहीं खाती थीं। एक पुस्तक पर झुकी-झुकी वे विचारमग्न, बल्कि कठोर लग रही थीं। उन दोनों के बीच रखे एक स्टैंड पर एक और बत्ती रखी थी और दो मोटी किताबें भी रखी थीं। लगता था, उनके हाथों में जो छोटी-सी पुस्तक थी उससे वे मिलाती जाती थी, जैसे अनुवाद करते समय लोग बार-बार शब्दकोश की सहायता लेते हैं। यह सारा दृश्य इतना निःशब्द था मानो सभी लोग छाया मात्र हों और वह प्रकाशमान कमरा एक चित्र हो। इतनी नीरवता थी कि लकड़ी की राख गिरने की आवाज तक सुनाई देती थी, और एक कोने में पड़ी घड़ी की टिक-टिक भी। मुझे तो ऐसा लगा कि उस औरत की बुनाई की सलाइयों की खट-खट भी मैं सुन रही थी। इसलिए अन्त में जब इस विचित्र नीरवता को एक स्वर ने तोड़ा तो मुझे साफ-साफ सुनाई दिया।

ध्यानमग्न छात्राओं में से एक बोली, ''सुनो डायना, फ्रैंज और बूढ़े डेनियल रात्रि के समय साथ-साथ हैं। फ्रैंज वह स्वप्न सुना रहा है जिससे भयभीत होकर उसकी नींद टूट गई है। सुनो !'' और धीमी आवाज में उसने कुछ पढ़ा जिसका एक शब्द भी मेरी समझ में नहीं आया। कारण कि यह कोई अज्ञात भाषा थी फ्रांसीसी या लातीनी नहीं थी। यह यूनानी थी या जर्मन, मैं कुछ नहीं बता सकती।

पढ़ना समाप्त करके उसने कहा, ''यह सशक्त है, मुझे अच्छी लगी।'' दूसरी लड़की ने, जिसने बहन की बात सुनने के लिए सिर उठाया था आग की ओर ताकते हुए पढ़े हुए अंश से एक पंक्ति को दुहराया। बहुत बाद में जाकर मैं उस भाषा और पुस्तक को जान पाई। इसलिए मैं उस पंक्ति को फिर से बोलती हूँ, यद्यपि पहली बार पढ़े जाने पर यह मुझे पीतल के खखनाहट की तरह लगी थी–बेमानी। ''वाह, बहुत अच्छा !'' उसने कहा और उसकी काली गहरी आँखें चमक उठीं। '' 'तुम्हारे समक्ष एक धुँधला-सा और शक्तिशाली देवदूत बैठा है–जमकर।' यह अकेली पंक्ति आलंकारिक शब्दजाल के सौ पृष्ठों के बराबर है। क्या अच्छा कहा है ! मुझे पसन्द आया।''

इसके बाद दोनों फिर चुप हो गईं।

बुनाई से दृष्टि उठाकर उस औरत ने पूछा, ''क्या कोई ऐसा देश होता जहाँ का लोग इस भाषा को बोलता ?''

''हाँ, हन्ना, इंग्लैंड से कहीं बड़ा देश है जहाँ के लोग सिर्फ इसी ढंग से बोलते हैं।''

“अच्छा ? मैं नहीं जानता कि कैसे एक लोग वहाँ दूसरे की बात समझता होएँगा। यदि तुम दोनों में से कोई वहाँ जाता तो मुझे लगता, तुम उनकी बात बता सकता था।”

“शायद हम लोग थोड़ा-थोड़ा बता सकते, पूरा नहीं, क्योंकि हन्ना, अभी हम लोगों को उतनी समझ नहीं आई है जितना तुम समझती हो। हम लोग जर्मन बोल नहीं सकते और शब्दकोश की सहायता बिना इसे पढ़ भी नहीं सकते।”

“और इसका सीखने से तुमका क्या लाभ होता ?”

“हम लोग किसी दिन इसी भाषा के शिक्षक बनेंगे, कम-से-कम इसकी आरम्भिक शिक्षा अवश्य देंगे। तब हम लोगों को अभी से अधिक रुपए मिलेंगे।”

“हो सकता। पर अब पढ़ना छोड़ना माँगता। आज तुमन ने काफी पढ़ेला है।”

“हाँ, पढ़ लिया। कम-से-कम मैं तो थक गई। मेरी, क्या तुम भी थकी हो ?”

“बेहद। शब्दकोश छोड़ अन्य किसी मास्टर के बिना किसी भाषा को टटोलते रहना दुष्कर कार्य है।”

“बिल्कुल। विशेषकर ऐसी भाषा में जैसी यह दुरुह पर गरिमामयी डायट्रश भाषा है। पता नहीं सेंट जॉन कब घर आएगा ?”

“निश्चय ही वह और देर नहीं लगाएगा। अभी दस बजे हैं। (कमर से सुनहरी घड़ी निकालकर दिखाते हुए उसने कहा) जोर से वर्षा हो रही है। हन्ना, क्या कृपा करके देखोगी कि बरामदे में आग जल रही है या नहीं ?”

वह स्त्री उठी और उसने दरवाजा खोला जिससे मुझे धुँधला-सा एक रास्ता दिखाई दिया। तुरन्त मुझे अन्दर के कमरे में आग कुरेदे जाने की आवाज सुनाई पड़ी। वह तुरन्त लौट आई।

“आह बच्चा लोग,” उसने कहा। “उस कमरे में जाते मा मुझे बहुत दुख लगता। खाली कुर्सी एक कोने में पड़ा देखने मा बड़ा सूनापन लगता।”

उसने पल्लू से अपनी आँखें पोंछ लीं। दोनों लड़कियाँ, जो पहले गम्भीर थीं, अब दुखी लगने लगीं।

“किन्तु वे इस दुनिया से अच्छी जगह चला गएला है,” हन्ना बोलने लगी। “हम लोगों को यह इच्छा नहीं करना माँगता कि वे इहाँ फिर आवें। इसके अलावा उनका जैसा शान्त मृत्यु और किसी को नसीब नहीं होएला होगा।”

युवतियों में से एक ने पूछा, “तुम्हारे कहने के अनुसार उन्होंने कभी हम लोगों को याद नहीं किया ?”

“उन्हें समय ही नहीं मिला छोरी लोगां एक मिनट में उनके प्राणपखेरू हो गए–तुम्हारे पिता का। एक दिन पहले की माफिक वे कुछ बीमार तो रहेला, पर कोई खास नहीं। और जब मि. सेंट जॉन पूछा कि तुम लोगों में से किसी को बुलवा लेवे तो उस पर हँस पड़ा। दूसरे दिन उन्होंने सिर में कुछ भारीपन की शिकायत किया, यानी कि एक पखवाड़ा पहले की बात होता, और सोने जो गएला तो फिर उठेला ही नहीं। जब तुम्हारा भाई कमरे में गएला और विनका देखेला तो वे ठंडा हो चुका था। आह बच्चा

लोग! पुरानी पीढ़ी के वे अखीर वयक्ति होएला क्योंकि जा चुका वयक्ति से तुम लोग और सेंट जॉन भिन्न होएला। तुम्हारा माँ तुम लोगां जैसा था और पढ़ा-लिखा था। मेरी, वह हू-ब-हू तुम्हारे जैसा था। डायना अपने पिता जैसा होएला।''

मुझे वे दोनों इतनी एकसामान लगती थीं कि मुझे पता नहीं चला कि पुरानी नौकरानी को (क्योंकि अब तक मैं यह बात समझ चुकी थी) कहाँ अन्तर दिखाई देता है। दोनों ही गोरी थीं, और दुबली-पतली। दोनों के चेहरे विशेषता और बुद्धिमत्ता से सम्पन्न थे। यह सच था कि एक के बाल कुछ ज्यादा काले थे और बाल सजाने की शैली भी अलग थी। मेरी के पीले-भूरे बाल माँग निकालकर दो भागों में बँटे थे और कंघी से चिकने बने थे। डायना की काली लटें घुँघराली होकर उसकी गर्दन पर फैली थीं। इसी समय घड़ी ने दस बजाए।

''मुझे लगता, तुम लोगां को भूख लगा होएगा,'' हन्ना ने कहा। ''मि. सेंट जॉन को भी आते ही भूख लगेंगी।''

यह कहकर वह खाना बनाने चली। युवतियाँ भी उठीं और बरामदे में जाने को हुईं। उस क्षण तक मैं उन्हें इतने ध्यान से देख रही थी, उनकी आकृति और वार्तालाप ने मुझे इतना आकृष्ट कर लिया था कि मैं अपनी दुर्दशा को लगभग भूल गई थी। अब मुझे फिर इसकी याद आई। उनकी तुलना में मेरी स्थिति मुझे अधिक वीरान और हताश लगने लगी। मेरी हालत पर इस घर के निवासियों को तरस आए, यह कितना असम्भव था ! और यह भी कि उन्हें मेरे कष्टों और अभावों पर विश्वास हो, वे मेरी भटकनों से उबारकर मुझे आश्रय दें। मैंने दरवाजा टटोला और कुछ हिचक के साथ उसे खटखटाने लगी तो भी आश्रय की बात मुझे असम्भव कल्पना लगी। हन्ना ने द्वार खोला।

''क्या माँगता तुम ?'' हाथ की बत्ती की ज्योति में मुझे देखकर उसने आश्चर्यचकित स्वर में पूछा।

''क्या मैं तुम्हारी मालकिन से बात कर सकती हूँ ?'' मैंने पूछा।

''उनसे जो कहना चाहता, मुझसे कहना माँगता। कहाँ से आएला हो ?''

''मैं एक अजनबी हूँ।''

''इस विकट घड़ी में तुम्हें यहाँ क्या काम होएला ?''

''मैं बाहरी कमरे में या कहीं भी एक रात का आश्रय चाहती हूँ, और खाने को एक टुकड़ा रोटी।''

जिसका मुझे डर था, वही अविश्वास का भाव हन्ना के चेहरे पर छा गया। कुछ थमकर उसने कहा, ''मैं तुम्हें रोटी का टुकड़ा तो दे देंगा, पर भटकनेवालों को घर में नहीं रख सकता। यह सम्भव नहीं होता।''

''कृपा करके मालकिन से बात करने दीजिए।''

''नहीं, कभी नहीं, वे लोग क्या करेंगा ! तुम्हरा इस समय तक भटकते रहना नहीं चाहिएला था। बड़ा बुरा लगता।''

"किन्तु, यदि आप निकाल देंगी तो मैं कहाँ जाऊँगी, क्या करूँगी ?"

"ओह, मुझे मालूम है कि तुम्हें पता होएला कहाँ जाना माँगता, क्या करना माँगता। ध्यान रखो, यहाँ कोई गड़बड़ी नहीं माँगता, समझा।

यह एक पैसा लो और जाओ।"

"पैसा मैं नहीं खा सकूँगी और आगे बढ़ने की मुझमें शक्ति नहीं है...कृपा करके द्वार मत बन्द कीजिए, ईश्वर के लिए मत बन्द कीजिए। "

"मैं बन्द करेगा। बारिश का पानी अन्दर आ रहा होएला।"

"उन महिलाओं को कहिए, उनसे मुझे मिलने दीजिए।"

"कभी नहीं, मैं नहीं मिलना देगा। तुम वो नहीं होता जो तुम्हें होना माँगता, नहीं तो तुम इतना शोर नहीं मचाता। भागो !"

"किन्तु मुझे निकाल दीजिएगा तो मैं मर जाऊँगी।"

"नहीं, तुम नहीं मरेगा। मुझे डर होता कि तुम कोई बुरा प्लान बनाकर आया है। तभी तुम रात में इतने घड़ी लोगां के घर में आता है। यदि तुम्हारे साथ और कोई होता, घरां में सेंध मारनेवाला या ताला तोड़नेवाला नजदीक में, तो उसे कह देना माँगता कि हम लोग घर में अकेले नहीं होता। पुरुष लोगां भी है, और कुत्ता भी, और बन्दूक भी।" इतना कहकर उस ईमानदार, पर अडिग नौकरानी ने द्वार खटाक से बन्द कर दिया और भीतर से कुंडी चढ़ा दी।

हद हो गई। भीषण यातना की टीस, अथाह हताशा की चुभन ने मेरे हृदय को चीर डाला। मैं तो थककर चूर-चूर थी। एक डग भी चलना असम्भव था। मैं उसी भीगी चौखट पर गिर पड़ी, कराहने लगी, हाथ मलने लगी और फूट-फूटकर रोने लगी। आह, मृत्यु का यह प्रेत ! इतनी भयानकता से समीप आती हुई मेरी अन्तिम घड़ी ! हाय ! यह अकेलापन ! मनुष्यों द्वारा मेरा परित्याग ! घर का आश्रय ही नहीं, धीरज का आँचल भी मेरे हाथों से छूट गया—कम-से-कम एक क्षण के लिए। पर कुछ देर में मैंने फिर से धीरज धारण करने का प्रयास किया। मैंने कहा, 'और कुछ नहीं तो मैं मर तो सकती हूँ। मैं ईश्वर में विश्वास करती हूँ। मुझे चुपचाप उनकी इच्छा का पालन करने के लिए तैयार रहने की कोशिश करनी चाहिए।'

ये शब्द मैंने मन में नहीं, वरन् कुछ जोर से कहे, और सारे कष्टों को मन में ही धकेलकर मैंने वहाँ मूक और शान्त रखने का प्रयास किया। निकट ही कोई बोला, "मरना सभी को है। पर सभी लोग इस प्रकार घिसटकर और असमय मृत्यु को नहीं प्राप्त होते जैसे तुम यहाँ अभावों से मरने पर होगी।"

कहीं से भी सहायता की आशा से वंचित मैं उस अप्रत्याशित आवाज से डरकर पूछ बैठी, "कौन बोलता है ?"

कोई आकृति निकट थी, पर रात के अँधेरे और अपनी दुर्बल दृष्टि के कारण मैं नहीं समझ सकी कि वह आकृति कैसी है।

आगन्तुक ने जोरों से देर तक द्वार खटखटाया।

हन्ना ने पुकारकर पूछा, "क्या आप होता, मि. सेंट जॉन ?"

"हाँ, हाँ। जल्दी खोलो।"

"ऐसी विकट रात में आप कितना भीग गएला होंगा और कितना ठंड लग रहेला होंगा। अन्दर आ आव। आपका बहन लोग आपके वास्ते चिन्ता करता और मुझे लगता आसपास में दुष्ट लोग आ गएला है। एक भिखारन आएली थी। मैं दावे से बोल सकता हूँ कि वह अभी गएली नहीं है। वहाँ पड़ेली है। उठो, छिः ! मैं फिर कहता, भागो।"

"चुप, हन्ना। मुझे कुछ कहना है उस औरत से। तुमने उसे निकालकर अपना कर्तव्य पूरा कर लिया, अब मुझे उसे भीतर लाकर अपना कर्तव्य करने दो। मैं निकट ही था और तुम दोनों की बात सुन रहा था। मुझे लगता है, यह विचित्र मामला है, मुझे कम-से-कम इसकी जाँच-पड़ताल करनी होगी। युवती, उठो ! मुझसे पहले तुम मेरे घर में प्रवेश करो।"

कुछ कठिनाई से मैंने उसके आदेश का पालन किया। अब मैं उस स्वच्छ प्रकाशपूर्ण रसोई घर में खड़ी थी, बिल्कुल चूल्हे के पास, काँपती और बीमार-सी और इस बात से सजग कि मेरी आकृति बेहद भयावह, जंगली-सी और आँधी-पानी से उजड़ी मालूम पड़ती होगी। वे दोनों युवतियाँ, उनका भाई मि. सेंट जॉन और वह बूढ़ी नौकरानी, सभी आँखें फाड़कर मुझे देख रहे थे।

"सेंट जॉन, यह कौन है ?" उनमें से एक ने पूछा।

उत्तर मिला, "मैं नहीं बता सकता। मैंने इसे द्वार पर पड़ा पाया।"

"वह सफेद लगेली है," हन्ना ने कहा।

"मिट्टी जैसी या मृत्यु जैसी सफेद।" उत्तर मिला, "वह गिर जाएगी, उसे बिठा दो।"

और सचमुच मेरा सिर चकरा रहा था। मैं गिरने लगी, पर एक कुर्सी में मुझे बिठा दिया गया। मैं अभी भी होश में थी, पर अभी बोल नहीं सकती थी। "शायद थोड़ा जल पिलाने से इसकी शक्ति लौटे। हन्ना, थोड़ा जल लाओ। पर यह कितनी सूख गई है। कितनी दुबली और कितनी रक्तहीन है ये !"

"एकदम कंकाल-सी।"

"क्या यह बीमार है, या सिर्फ भूख-प्यास की मारी ?"

"मुझे लगता है, भोजन के अभाव की मारी। हन्ना, दूध है क्या ? मुझे दो और एक टुकड़ा रोटी भी।"

डायना ने (उसे मैं उन लम्बी लटों से पहचान गई जो उसके झुकते ही मेरे और आग के बीच झूलने लगीं) थोड़ी रोटी तोड़ी, दूध में डुबोया और मेरे मुँह में दिया। उसका मुखड़ा मेरे निकट था। मैंने देखा कि उस पर दया का भाव था। उसकी तेज साँसों में भी मुझे सहानुभूति का अनुभव हुआ। उसकी सीधी-सादी बातों में भी वही मरहम जैसा भाव था। बोली, "खाने की कोशिश करो।"

"हाँ, कोशिश करो।" मेरी ने भी दयालुता से दुहराया, और मेरी के हाथों ने मेरी

भीगी टोपी को हटाया और मेरा सिर उठाया। वे लोग जो कुछ दे रहे थे उसे मैंने खाया– पहले कठिनाई से, पर जल्द ही व्यग्रता से।

"शुरू में ही बहुत मत दो। अब रोक दो।" भाई ने कहा, "वह पर्याप्त ले चुकी।" ऐसा कहकर उसने दूध का प्याला और रोटी की प्लेट हटा दी।

"थोड़ा-सा और, सेंट जॉन, उसकी आँखों में भूख का भाव तो देखो।"

"अभी और नहीं, बहन। देखो कि क्या वह बोल पाती है। उसका नाम पूछो।"

मुझे लगा कि मैं बोल सकती हूँ, सो मैंने उत्तर दिया, "मेरा नाम जेन इलियट है।" मैं पहचान छिपाने के लिए चिन्तित थी। अतः पहले ही मैंने निर्णय कर लिया था कि अपना नाम बदल लूँगी।

"तुम कहाँ रहती हो ? तुम्हारे मित्र-बन्धु कहाँ हैं ?"

मैं चुप रही।

"क्या तुम्हारे परिचितों में से किसी को बुलवाया जा सकता है ?"

मैंने सिर हिलाया।

"तुम अपना परिचय क्या दोगी ?"

इस घर का चौखट एक बार पार कर लेने के बाद और उसके मालिकों से आमने-सामने होने के बाद, अब मैं अपने को परित्यक्त, भगोड़ी, सारे संसार से निकाली हुई अनुभव नहीं कर रही थी। मैंने भिखारी की मनोदशा छोड़ दी और अपने स्वाभाविक रूप और ढंग में आ गई। मैं फिर अपने आपको जानने लगी। और जब मि. सेंट जॉन ने मेरा परिचय माँगा, जिसे अभी अपनी दुर्बलता के कारण मैं नहीं दे सकती थी, तो थोड़ा रुककर मैंने कहा, "श्रीमान, आज रात मैं आपको कोई विवरण नहीं दे सकती।"

"तब तुम मुझसे क्या अपेक्षा रखती हो ?"

"कुछ नहीं।" मैंने उत्तर दिया। अपनी वर्तमान दशा में मैं छोटे-छोटे उत्तर ही दे सकती थी। डायना मेरी बात पर बोली, "क्या तुम यह कहना चाहती हो तुम्हें हम लोगों से जितनी सहायता की आवश्यकता थी, वह तुम्हें मिल चुकी है और अब हम तुम्हें इस बरसाती रात में घाटी में निकाल बाहर कर सकते हैं ?"

मैंने उसकी ओर देखा। मुझे लगा कि उसकी आकृति में कोई उल्लेखनीय विशेषता थी–शक्ति और सहृदयता से पूर्ण। इससे मुझमें शक्ति आई। उसकी दयालु आँखों में आँखें डालकर मैंने मुस्कराकर कहा, "मुझे आप पर भरोसा है। यदि मैं किसी मालिक से रहित भटकती हुई कुतिया होती तब भी मुझे विश्वास है कि आप मुझे घर से आज रात नहीं निकालते। इसलिए मुझे कोई भय नहीं है। मेरे लिए या मेरे साथ जैसा जी में आए, कीजिए। पर मुझे बोलने से मुक्त रखिए। मेरा दम फूल रहा है और बोलने से मेरा शरीर अकड़ने लगता है।"

तीनों मुझे देख रहे थे और तीनों चुप रहे।

अन्त में मि. सेंट जॉन ने कहा, "हन्ना, कुछ देर इसे यहाँ बैठने दो और कुछ मत पूछो। दस मिनट बाद इसे बची हुई रोटी और दूध दे देना। मेरी और डायना ! चलो,

हम लोग बरामदे में चलें और बात करके मामला निपटाएँ।"

वे लोग चले गए। पर जल्दी ही उनमें से एक युवती लौटी। कौन-सी, मैं नहीं कह सकती। उष्ण आग के पास बैठे-बैठे मुझ पर एक तन्द्रा-सी छा रही थी। धीमी आवाज में उसने हन्ना को कुछ निर्देश दिए। उसके कुछ देर बाद, नौकरानी की सहायता से मैं सीढ़ियाँ चढ़ी, मेरे भीगे, टपकते कपड़े बदल दिए गए और जल्दी ही सूखे, गर्म बिस्तर में मुझे लिटा दिया गया। मैंने ईश्वर को धन्यवाद दिया। अकथनीय थकान के बाद मैंने एक कृतज्ञता-भरी प्रसन्नता अनुभव की और सो गई।

29

इसके बाद के तीन दिन और तीन रातों की स्मृति मेरे मन में बहुत धुँधली है। इस अवधि की किसी अनुभूति की याद तो आती है, पर किसी स्पष्ट विचार की नहीं और न ही किसी काम की। मैं जानती थी कि मैं एक छोटे-से कमरे में, छोटे-से बिछावन पर हूँ। मैं मानो उसी बिस्तर से चिपक गई थी, उस पर मैं पत्थर की भाँति बिना हिले-डुले पड़ी थी, और उससे मुझे उठाना मानो मुझे मार डालने के बराबर था। समय बीतने का मुझे कोई एहसास नहीं था। सुबह से दोपहर होती और दोपहर से शाम। मुझे तभी कुछ पता चलता जब कोई कमरे में आता या कमरे से बाहर जाता। मैं यह तो बता सकती थी कि वे कौन थे, जब कोई मेरे समीप कुछ बोलता तो मैं बात भी समझ जाती थी, पर उत्तर नहीं दे पाती थी। होंठ खोलना या हाथ-पाँव हिलाना भी उतना ही असम्भव था। नौकरानी हन्ना ही प्रायः मेरे कमरे में आती थी। उसके आने से मुझे व्यवधान होता था। मन में ऐसा लगता था कि यह मुझे भगाना चाहती है, मुझे और मेरी परिस्थिति को नहीं समझती और मेरे प्रति किसी पूर्वग्रह से ग्रस्त है। डायना और मेरी उस कमरे में दिन में एक या दो बार आती थीं। वे फुसफुसाकर इस प्रकार के वाक्य मेरे बिस्तर के पास बोलतीं, ''अच्छा हुआ कि हम लोगों ने इसे अन्दर आने दिया।'

'हाँ, यदि रात-भर बाहर रह जाती तो सुबह अवश्य ही मरी हुई मिलती। पता नहीं, किन कष्टों से उसे गुजरना पड़ा !'

'मुझे लगता है, विचित्र कठिनाइयाँ रही होंगी। इतनी बेचारी, रक्तहीन, भटकती हुई लड़की।'

'इसके बोलने के ढंग से लगता है कि यह अशिक्षित नहीं है। उसका उच्चारण बिल्कुल शुद्ध है और जो कपड़े उसने उतारे वे कीचड़-भरे और भीगे तो थे, पर फटे हुए नहीं, अच्छे थे।'

'उसका अजीब चेहरा है। मांसहीन और दुबला-पतला तो है, फिर भी मुझे अच्छा लगता हैं यदि अच्छे स्वास्थ्य में और प्रसन्न मुद्रा में होगी तो मेरा अनुमान है कि उसका रंग-रूप प्यारा लगेगा।'

उनकी बातों में एक बार भी मैंने ऐसा नहीं सुना कि इस अतिथि-स्वागत के लिए

उन्हें पछतावा हो, जो उन्होंने मुझे दिया था, या उन्हें मुझ पर सन्देह हो, या मुझसे घृणा हो। इससे मुझे सान्त्वना मिली। मि. सेंट जॉन सिर्फ एक बार आए, मुझे देखा और बोले कि मेरी निष्क्रियता लम्बी और अत्यधिक थकान की प्रतिक्रिया के कारण है। उन्होंने कहा कि डॉक्टर बुलाने की आवश्यकता नहीं है। उन्हें विश्वास था कि छोड़ देने पर सबकुछ स्वतः ठीक हो जाएगा। उन्होंने बताया कि किसी कारण से नस-नस पर भारी तनाव पड़ा है और इसलिए शरीर कुछ समय तक सुस्त पड़ा रहेगा। कोई बीमारी नहीं है। उनका अनुमान था कि ठीक होने की प्रक्रिया प्रारम्भ होने पर स्वास्थ्य में सुधार जल्दी होगा। ये विचार उन्होंने शान्त, धीमी आवाज में और कुछ ही शब्दों में व्यक्त किए और ऐसे व्यक्ति की तरह, जिसे अधिक बोलने की आदत न हो, रुककर बोले, ''कुछ असाधारण शारीरिक बनावट तो है, पर ओछेपन या पतन का सूचक नहीं है।''

डायना ने उत्तर दिया, ''बात इसकी उलटी है, सच कहूँ सेंट जॉन, तो मेरे हृदय में उस बेचारी के लिए बहुत दया है। काश, हम लोग हमेशा के लिए उसका कुछ भला कर पाते।''

''यह शायद ही सम्भव हो,'' उत्तर मिला। ''तुम्हें पता चलेगा कि यह ऐसी युवती है जिसका अपने मित्रों से कुछ मनमुटाव हुआ और शायद इसी से वह अविवेक का परिचय देते हुए उन्हें छोड़कर चली आई। यदि यह जिद्दी न हो तो सम्भवतः हम लोग उसे इसके मित्रों के पास वापस पहुँचाने में सफल हों। पर मुझे इसके चेहरे में दृढ़ता की कुछ रेखाएँ दिखाई देती हैं जिससे इसके मान जाने के सम्बन्ध में मुझे सन्देह होता है।'' यह बोलने के बाद वह मुझे कुछ मिनट देखते रहे फिर बोले, ''वह समझदार मालूम पड़ती है, पर सुन्दर बिल्कुल नहीं है।''

''वह बहुत बीमार है, सेंट जॉन।''

''बीमार हो या स्वस्थ, देखने में साधारण है। उसकी मुखाकृति में सौन्दर्य की कोमलता और समरसता का बिल्कुल अभाव है।''

तीसरे दिन मेरी हालत अच्छी थी। चौथे दिन मैं बोल सकती थी, और खिसकना, करवट बदलना और बिछावन पर उठना आदि भी कर सकती थी। दिन में भोजन के समय हन्ना मेरे लिए कुछ रसदार सब्जी और सूखी रोटी लाई। मैंने रुचि के साथ खाया। खाना अच्छा लगा, क्योंकि पहले की तरह बुखार का वह स्वाद अब मेरे मुँह में नहीं था जिसके कारण हर खाद्य पदार्थ जहर जैसा लगने लगता था। जब वह मेरे पास से गई, मुझे अपने में शक्ति और स्फूर्ति का अनुभव होने लगा। जल्द ही विश्राम से मेरा मन भर गया और कुछ करने की इच्छा होने लगी। मैं उठना चाहती थी। पर पहनूँगी क्या ? वही अपना भीगा और कीचड़ सना कपड़ा जिसे पहने मैं धरती पर सोई थी और दलदल में गिरी थी ! उस परिधान में अपने उपकारकों के सामने जाने में मुझे लज्जा लगती थी। खैर, इस अपमान से मैं बच गई।

बिछावन की बगल में एक कुर्सी पर मेरे अपने कपड़े लोहा करके और सुखाकर रखे हुए थे। मेरा काला रेशमी फ्रॉक दीवार से टँगा था। उसके कीचड़ के धब्बे साफ

कर दिए गए थे; भीगने से आई सिकुड़न भी लोहा करके दूर कर दी गई थी। कपड़ा अच्छा लग रहा था। मेरे जूते-मोजे भी साफ कर दिए गए थे और पहनने योग्य बना दिए गए थे। कमरे में हाथ-मुँह धोने की व्यवस्था थी और कंघी-ब्रुश भी था जिससे बालों को सँवारा जा सके। कुछ थकानेवाली प्रक्रिया के बाद, हर पाँच मिनट पर थोड़ा-थोड़ा सुस्ताकर मैं तैयार होने में सफल रही। मेरे कपड़े मुझे ढीले पड़ रहे थे क्योंकि मैं बहुत दुबली हो गई थी। पर एक शॉल से मैंने इस दुर्बलता को ढँक लिया और इस भाँति एक बार फिर साफ और सम्मानित दीखने लगी। धूल और बेतरतीबी का चिह्न भी नहीं था। जिनसे मुझे घृणा थी और जो मेरी स्थिति को गिराते थे। इस प्रकार तैयार होकर, मैं नीचे चली। सीढ़ी की रेलिंग पकड़कर, सहारा लेते हुए एक तंग रास्ते से मैं रसोईघर में पहुँची।

रसोईघर में ताजा रोटी की सुगन्ध फैली थी और जलती आग की गर्मी भी छाई थी। हन्ना खाना बना रही थी। यह तो सभी जानते हैं कि उन हृदयों से पूर्वग्रह निकालना कठिन होता है जिनमें शिक्षा के अभाव में सहृदयता और सद्‌गुण न पनप पाए हों। वहाँ पूर्वग्रह ऐसे जमकर बैठे रहते हैं जैसे पत्थरों के बीच उपजी जंगली घास। हन्ना पहले तो विमुख और कठोर बनी रही, फिर थोड़ा-सा पसीजने लगी, और अब जब उसने मुझे साफ और ढंग के वस्त्रादि पहने देखा, तो मुस्कराई भी।

''अरे, तुम उठ गएला !'' वह बोली, ''तो तुम अच्छा हो गया, चाहे तो चूल्हे के पास मेरी कुर्सी पर बैठ सकेला।''

उसने कुर्सी की ओर इशारा किया। मैं वहाँ बैठ गई। वह व्यस्तता से इधर-उधर कर रही थी और बीच-बीच में तिरछी दृष्टि से मुझे देखती भी जाती थी। चूल्हे में से रोटियाँ निकालते हुए उसने मेरी ओर मुड़कर एकाएक रूखेपन से पूछा, ''यहाँ आने का पहले कभी तुम भीख माँगेली थी ?''

एक क्षण के लिए मैं भिन्ना गई। पर यह स्मरण करके कि क्रोधित होने का तो प्रश्न ही नहीं उठता और मैं सचमुच प्रथम बार भिखारी के रूप में ही उसे दिखाई दी थी, मैंने शान्ति से, पर स्पष्ट दृढ़ता से उत्तर दिया, ''मुझे भिखारी समझकर तुम भूल कर रही हो। मैं भिखारन बिल्कुल नहीं हूँ, जैसे तुम या तुम्हारी मालकिन नहीं हैं।''

कुछ क्षण रुककर उसने फिर कहा, ''मैं कुछ समझेला नहीं। तुम्हारा कोई घर नहीं होता, और न ही पास में पैसे-रुपए होता है। है न ?''

'घर और पैसा नहीं रहने से कोई भिखारी नहीं हो जाता, जैसाकि तुम समझ रही हो।''

''क्या तुम पढ़ी-लिखी होता ?''

''हाँ, बहुत पढ़ी-लिखी।''

''किन्तु तुम तो कभी किसी होस्टलवाला स्कूल में नहीं पढ़ेली !''

''मैं बोर्डिंग स्कूल में आठ वर्ष तक पढ़ी।''

उसने आँखें फाड़कर देखा। ''तो तुम अपना गुजारा क्यों नहीं चला सकेली ?''

“मैं अपना गुजारा चला रही थी और विश्वास है कि आगे भी चलाने लगूँगी। तुम इन बेरों से क्या बनाओगी ?” मैंने पूछा, क्योंकि वह एक टोकरी फल ले आई थी।

“इनका मुरब्बा बनाता।”

“मुझे दो, मैं चुन देती हूँ।”

“नहीं, मैं नहीं चाहता कि तुम काम करे।”

“लेकिन मुझे कुछ करना चाहिए। मुझे करने दो।”

वह सहमत हो गई, और अपनी पोशाक पर फैलाने के लिए एक साफ तौलिया भी लाकर दिया। फिर बोली, “नहीं तो तुम्हारा कपड़ा खराब हो जाएगा।”

उसने फिर कहा, “तुम नौकरों का काम नहीं करता था, यह तो तुम्हारा हाथ देखने से पता लगेला है। शायद तुम दर्जी का काम करता होगा।”

“नहीं, तुम गलत समझी। पर चिन्ता मत करो कि मैं क्या करती थी, क्या नहीं, मेरे विषय में सिर मत खपाओ। मुझे बतलाओ कि जिस घर में हम लोग हैं उसका नाम क्या है ?”

“कुछ लोग इसे मार्स एंड बोलेला है और कुछ इसे मूर हाउस कहेला है।”

“और जो सज्जन यहाँ रहते हैं, उन्हें मि. सेंट जॉन कहते हैं ?”

“नहीं, वे यहाँ नहीं रहता, वे कुछ दिनां से यहाँ ठहरा होएला है। जब वे घर पर रहेला है तो अपने गाँव मार्टन में रहेला है।”

“वह गाँव कुछ मील दूर है ?”

“हूँ।”

“और वे क्या करते हैं ?”

“वे पादरी होता।”

मुझे चर्च के घर की उस रखवालन का उत्तर याद आया जिससे मैंने पादरी में मिलने की इच्छा व्यक्त की थी। “तो यह उनके पिता का घर है ?”

“हूँ। बूढ़ा, मि. रीवर्स यहाँ रहता था और उसका पिता और दादा, और उसके पहले उनका परदादा आदि लोगां भी।”

“तो इन सज्जन का पूरा नाम मि. सेंट जॉन रीवर्स है ?”

“हाँ, सेंट जॉन उनका बपतिस्मावाला नाम होता।”

“और उनकी बहनें डायना और मेरी रीवर्स कहलाती हैं ?”

“हूँ।”

“उनके पिताजी का स्वर्गवास हो गया ?”

“तीन सप्ताह हुआ दिल का दौरा पड़ने से मर गएला।”

“उनकी माँ नहीं है ?”

“मालकिन तो कई साल पहले मर चुका होएला।”

“तुम बहुत दिनों से इस परिवार के साथ रहती हो ?”

“मैं तीस बरस से यहाँ होता। मैं ही इन तीनों को पाली है।”

''इससे प्रमाणित हुआ कि तुम अवश्य ही एक ईमानदार और निष्ठापूर्ण नौकरानी हो। मैं तुम्हारी प्रशंसा में इतना अवश्य कहूँगी, यद्यपि तुमने तो असभ्यता से मुझे भिखमँगी कह दिया था।''

उसने फिर अचरज से मुझे देखा और बोली, ''सचमुच, मैं तुम्हारा बारे में गलत सोचेली थी, पर आजकल इतना ठग लोगां जो होएला है। तुम मुझे क्षमा करना माँगता।''

मैंने फिर कुछ कठोरता से कहा, ''और तुमने मुझे दरवाजे से निकालने की कोशिश की, वह भी ऐसी रात में जब लोग कुत्ते को भी बाहर नहीं निकालेंगे।''

''हाँ, सख्ती तो किएला, पर कोई होर क्या करता ? मैं अपना बारे में नहीं, बच्चा लोग के लिए ज्यादा डरेला थी। बेचारी बच्चा लोग ! मुझे छोड़कर उन सबका फिकर करनवाला कोई नहीं होता। इसीलिए मुझे कठोर होना पड़ता है।''

मैं कुछ देर गहरी चुप्पी में डूबी रही।

वह फिर बोली, ''तुम मेरा विषय में बुरा मत सोचेला।''

मैंने कहा, ''पर मैं तो बुरा समझूँगी, और क्यों सोचूँगी, यह बता देती हूँ। सिर्फ इसलिए नहीं कि तुमने मुझे आश्रय देने से इनकार किया और मुझे ठग समझा, बल्कि इसलिए भी कि अभी-अभी तुमने मेरी निन्दा इसलिए की कि मेरे पास पैसे नहीं है और घर नहीं है। संसार के कुछ सर्वश्रेष्ठ महान् व्यक्ति मेरी ही तरह निर्धन थे। और यदि तुम ईसाई हो तो तुम्हें निर्धनता को पाप नहीं समझना चाहिए।''

''अब मैं नहीं समझती,'' उसने कहा। ''मि. सेंट जॉन ने यही समझाया। मैं समझ गया कि मैंने गलती करी थी। पर पहले का उलटा अब तुम्हारे बारे में मेरा अलग राय बन गएला। तुम बिल्कुल कुलीन औरत लगेली हो।''

''ठीक है, मैं तुम्हें क्षमा करती हूँ। हाथ मिलाओ।''

उसने अपने आटा सने रूखे हाथों को मेरे हाथों में दिया। उसका रूखा चेहरा आन्तरिक प्रसन्नता की मुस्कान से चमकने लगा। उसी क्षण से हम दोनों मित्र बन गए।

यह स्पष्ट था कि बातें करने में हन्ना का मन लगता था। जब मैं फल चुन रही थी और वह मुरब्बे के लिए चासनी बना रही थी तो साथ-साथ वह मुझे अपने स्वर्गवासी मालिक, उनकी पत्नी, और उनके बच्चों (जैसा वह उन युवा व्यक्तियों को कहती थी) के बारे में बहुत कुछ बतलाती जा रही थी। उसने बतलाया कि बूढ़े मि. रीवर्स सीधे-सादे आदमी थे, किन्तु सज्जन थे। वे एक पुराने कुलीन परिवार के थे। मार्स एंड इन लोगों की पुरानी सम्पत्ति थी और पिछले दो सौ वर्षों से इन लोगों के कब्जे में थी। नीचे मार्टन घाटी में मि. ओलिवर का जो विशाल भवन है उसकी तुलना में यह भले ही छोटी और साधारण दिखती हो, किन्तु उसे याद है कि बिल ओलिवर के पिता प्रारम्भ में सुई बनानेवाले मामूली कारीगर थे और उस पुराने जमाने में भी रीवर्स परिवारवाले जमींदार माने जाते थे। यह बात मार्टन चर्च के सामानवाले कमरे के रजिस्टरों में देखने से पता चल जाएगी। फिर भी वह मानती थी कि पुराने मालिक अन्य लोगों की तरह ही थे; उनसे भिन्न नहीं थे। शिकार करने, खेती करने आदि में उनका खूब मन लगता था।

पर मालकिन भिन्न प्रकृति की थीं। वह पढ़ी-लिखी थीं; बहुत पढ़ती रहती थीं। इसलिए बच्चे भी उन्हीं पर गए हैं। इस क्षेत्र में इन लोगों जैसा कोई नहीं है; पहले भी नहीं था। इन तीनों को पढ़ना-लिखना तभी से अच्छा लगने लगा जब उन्होंने बोलना ही सीखा होगा और वे सभी अपने ढंग के हैं। सयाना होने पर मि. सेंट जॉन ने कॉलेज जाने और बाद में पादरी बनने का निर्णय किया। लड़कियाँ स्कूल की पढ़ाई समाप्त करते ही गवर्नेस का काम ढूँढ़ने लगीं। उन्हें ज्ञात हो गया था कि कुछ दिनों पूर्व उनके पिता की बहुत सी सम्पत्ति नष्ट हो गई थी क्योंकि एक व्यक्ति, जिसे उन्होंने बहुत-सा रुपया दे रखा था, अचानक दीवालिया हो गया। इसलिए अब धन के अभाव में वे बच्चों को सम्पत्ति नहीं दे सकते थे। अतः उन लोगों को अपना पालन-पोषण स्वयं करना होगा। अब बहुत दिनों से ये लोग घर पर बहुत कम रहते हैं और अभी अपने पिता की मृत्यु के कारण कुछ सप्ताह ठहरने के लिए ही यहाँ आए हैं। किन्तु इन लोगों को मार्स एंड और मार्टन बहुत प्रिय है। साथ ही यहाँ के चौर और पहाड़ियाँ भी। वे तीनों लन्दन में तथा अन्य बड़े नगरों में रह चुके हैं, पर वे हमेशा स्वीकार करते हैं कि घर जैसा अच्छा अन्य कोई स्थान नहीं होता। इन लोगों में आपस में भी बहुत मेल है। उन्होंने कभी झगड़ा नहीं किया और न ही हाथापाई की। वह नहीं जानती कि इतना एकजुट परिवार कहीं कोई और होगा।

बड़े बेरों को चुनने का काम समाप्त करके मैंने पूछा, ‘‘दोनों लड़कियाँ और उनके भाई अभी कहाँ हैं ?’’

‘‘मार्टन की ओर टहलने गए हैं, पर आधे घंटे में चाय के समय तक आ जाएँगे।’’

वे लोग उतनी ही देर में लौट आए जितना हन्ना ने बतलाया था। उन लोगों ने रसोईघर के द्वार से ही प्रवेश किया। मि. सेंट जॉन ने जब मुझे देखा तो थोड़ा सिर झुकाया और आगे बढ़ गए, पर दोनों लड़कियाँ रुक गईं। मेरी ने कुछ ही शब्दों में मगर दयालुता और शान्ति के साथ कहा, ‘‘मुझे आपको स्वस्थ और नीचे उतरने में समर्थ देखकर प्रसन्नता हुई।’’ डायना ने मेरा हाथ पकड़ लिया, मुझे देखकर सिर हिलाया और बोली, ‘‘नीचे उतरने के लिए तुम मेरी अनुमति की प्रतीक्षा तो करतीं ! तुम अभी भी पीली और दुबली लग रही हो। बेचारी बच्ची ! बेचारी लड़की !’’

डायना का स्वर मेरे कानों में कोयल की कूक जैसा लगता था। उसकी आँखें ऐसी थीं जिनसे दृष्टि मिलाने में मुझे आनन्द आता था। उसका पूरा मुखड़ा मुझे बहुत आकर्षक लगता था। मेरी की आकृति भी उतनी ही बुद्धिमत्तापूर्ण थी और नाक-नक्श भी सुन्दर थे, पर उसकी बातचीत में उतना खुलापन नहीं था। उसका व्यवहार अच्छा होते हुए भी कुछ दूरीपन लिये हुए था। डायना एक प्रकार के अधिकार से देखती और बोलती थी। स्पष्टतः उसमें मनोबल था। मेरा स्वभाव ऐसा था कि उसके जैसे अधिकार-भाव वाले व्यक्ति के आगे झुकने में मुझे आनन्द आता था। यदि मेरी आत्मा और स्वाभिमान को ठेस न पहुँचे, तो ऐसे व्यक्ति के आदेश को मानने में भी आपत्ति नहीं होती। वह आगे बोलती गई, ‘‘यहाँ तुम्हारा क्या काम है ? यह तुम्हारे लायक जगह नहीं है। मेरी

और मैं कभी-कभी रसोईघर में बैठते हैं क्योंकि घर पर हम लोग स्वतन्त्र रहना चाहते हैं, उच्छृंखल जैसे। किन्तु तुम तो अतिथि हो और तुम्हें ड्राइंगरूम में बैठना चाहिए।''

''मैं यहाँ बिल्कुल ठीक हूँ।''

''बिल्कुल नहीं। हन्ना इधर से उधर कर रही है और तुम्हें आटे से ढँके जा रही है।''

मेरी बोली, ''इसके अतिरिक्त, आग से तुम्हें गर्मी लगती होगी।''

उसकी बहन ने कहा, ''अवश्य। आओ, मेरी बात मानो।'' ऐसा कहकर उसने मेरा हाथ पकड़ा और मुझे ड्राइंगरूम में ले गई।

मुझे सोफा पर बिठाते हुए बोली, ''यहाँ बैठो। तब तक हम लोग कपड़े उतारकर चाय तैयार करते हैं। अपने छोटे-से ग्रामीण घर में हम लोग इसी विशेषाधिकार का उपभोग करते हैं कि यदि मन हो या यदि हन्ना किसी अन्य काम में लगी हो, जैसे रोटी बनाने, शराब बनाने, धुलाई करने या इस्तिरी करने में तो अपना खाना स्वयं बना लें।''

उसने द्वार बन्द कर दिया और मुझे मि. सेंट जॉन के साथ अकेले छोड़ दिया जो मेरे सामने बैठे थे। उनके हाथ में एक पुस्तक या समाचार-पत्र था। मैंने बैठकर पहले तो कमरे को और फिर उसके मालिक को ध्यान से देखा। बैठक का एक छोटा-सा कमरा था, सादे ढंग से सजा। फिर भी यह आरामदेह था क्योंकि साफ-स्वच्छ था। पुराने ढंग की कुर्सियाँ खूब चमक रही थीं और वालनट की मेज तो शीशे जैसी लगती थी। धब्बेदार दीवार पर पुराने जमाने के स्त्री-पुरुषों की कुछ विचित्र प्राचीन मूर्तियाँ सजी थीं। शीशे के पल्लेवाली आलमारी में कुछ पुस्तकें थीं और चीनी मिट्टी के प्यालों, तश्तरियों का एक सेट था। कमरे में कोई विशेष सजावट नहीं थीं आधुनिक उपकरण एक भी नहीं था, सिवाय एक जोड़ा वर्कबाक्स के और रोजवुड से बनी लेडीज डेस्क के जो बगल की मेज पर पड़ी थी। कालीन और पर्दों समेत प्रत्येक चीज पुरानी, पर सँजोई हुई प्रतीत होती थी।

मि. जॉन दीवार पर टँगे धूमिल चित्रों जैसे ही लग रहे थे। उनकी आँखें समाने मौजूद किताब पर केन्द्रित थीं और होंठ भिंचे-भिंचे थे। उन्हें परखना बहुत आसान था। मानव के बदले यदि वे मूर्ति ही होते तो भी कोई अन्तर नहीं पड़ता। वे युवा थे, सम्भवतः 28 से 30 वर्ष तक के होंगे। लम्बे, छरहरे, आँखें चेहरे पर जड़ी-सी। उनकी मुखाकृति यूनानियों जैसी थी, नाक-नक्श तीखे थे, बिल्कुल सीधी ख़ड़ी नाक और एकदम एथेनियन मुँह और ठुड्डी। अँगरेजों के चेहरे पुराने नमूनों की तरह शायद ही होते हों, पर उनका चेहरा था। उनका अपना नाक-नक्श इतना अनुपातमय था कि मेरी सूरत-शक्ल के गैर-आनुपातिक होने पर उनका खिन्न होना स्वाभाविक था। उनकी आँखें बड़ी-बड़ी और नीली थीं और पलकें भूरी थीं। उनका ऊँचा ललाट हाथीदाँत की तरह श्वेत था और उस पर उनके सुन्दर बालों की लापरवाह लटें कहीं-कहीं लटकी थीं।

यह एक सौम्य-सज्जन हुलिया है, है न पाठक ? फिर भी जिनका चित्रण हो रहा है, वे एक सज्जन, झुकनेवाले, आसानी से प्रभावित होनेवाले और शान्त स्वभाव के

व्यक्ति होने का आभास नहीं दे रहे थे। भले ही वे शान्त बैठे हों, उनकी नासिका, मुँह, भौंहों के इर्द-गिर्द कुछ ऐसा था जिसे देखने से मुझे लगा कि अन्दर कुछ बेचैनी, कठोरता या व्यग्रता है। जब तक उनकी बहनें नहीं लौटीं, तब तक उन्होंने न मुझ पर एक दृष्टि डाली और न ही एक शब्द कहा। कमरे में आती-जाती डायना चाय तैयार करते-करते, मेरे लिए एक केक लाई, जो चूल्हे के ऊपर रखकर पकाई गई थी।

उसने कहा, "इसे खाओ। तुम्हें भूख लगी होगी। हन्ना कह रही थी कि जलपान के बाद से तुमने दलिया के अतिरिक्त कुछ नहीं खाया है।"

मैंने इनकार नहीं किया, क्योंकि मुझे जोरों की भूख लगी थी।

मि. रीवर्स ने अब किताब बन्द कर दी और मेज के निकट आ गए। वे बैठ गए और अपनी चित्र-लिखित-सी आँखें मुझ पर गड़ा दीं। एक तीखी, ढूँढ़ती-सी और दृढ़ता से जमी दृष्टि उन आँखों में थी जिससे पता चला कि आत्मविश्वास की कमी के कारण नहीं, बल्कि जानबूझकर ये आँखें अभी तक इस अपरिचित से दूर थीं। "तुम बहुत भूखी हो ?" उन्होंने पूछा।

"हाँ, श्रीमान।" मैंने संक्षेप में उत्तर दिया; क्योंकि यह मेरा ढंग ही है कि संक्षिप्त बोलनेवालों को मैं संक्षेप में उत्तर देती हूँ और सीधे व्यक्ति से सीधेपन से बोलती हूँ।

"अच्छा ही हुआ कि हलके ज्वर ने तुम्हें इन तीनों दिनों तक भोजन से दूर रखा। प्रारम्भ में भूखवश अधिक खाना तुम्हारे लिए घातक होता। अब तुम खा सकती हो, पर अभी भी बहुत नहीं।"

"मुझे विश्वास है कि आप पर बोझ बनकर मैं बहुत दिनों तक नहीं खाऊँगी।" मैंने कुछ भोंडा-सा, बनावटी और लट्ठमार उत्तर दिया।

उन्होंने शान्ति से कहा, "नहीं, जब तुम अपने मित्रों के घर का पता बतलाओगी। फिर हम लोग उन्हें पत्र लिखेंगे और तुम्हें घर पहुँचा दिया जाएगा।"

"तो मैं आपसे साफ कह दूँ कि यह मेरे वश की बात नहीं है, क्योंकि मैं घर-बार और मित्र-बन्धु से विहीन हूँ।"

तीनों मेरी ओर देखने लगे, पर अविश्वास से नहीं। मुझे लगा कि उनकी दृष्टि में अविश्वास नहीं, वरन् जानने की उत्सुकता है, विशेषकर नवयुवतियों में। सेंट जॉन की आँखें यद्यपि शाब्दिक अर्थ में स्वच्छ थीं, पर आलंकारिक अर्थ में उनकी गहराई जानना कठिन था। आँखों को वे अस्त्र की तरह प्रयोग करते थे, दूसरे के हृदय की बातों को जानने के लिए, न कि अपने भावों को व्यक्त करने के माध्यम की तरह। उनकी आँखों की भेदक शक्ति और गम्भीरता दूसरों को प्रोत्साहित करने की बजाय विचलित करती थी। उन्होंने पूछा, "क्या तुम यह कहना चाहती हो कि तुम किसी भी सम्बन्ध से बिल्कुल कटी हुई हो ?"

"हाँ, यही। संसार के किसी प्राणी से मेरा कोई सम्बन्ध नहीं बँधता; और इंग्लैंड के किसी घर में प्रवेश पाने का मेरा कोई दावा नहीं बनता।"

"तुम्हारी उम्र में यह बड़ी अद्भुत स्थिति है।"

मैंने देखा कि उनकी आँखें अब मेरे हाथों की ओर मुड़ गई थीं। जिन्हें मैंने मोड़कर मेज पर टिका रखा था। मुझे आश्चर्य हुआ कि वे वहाँ क्या ढूँढ़ रहे हैं, पर उनकी बातों से यह खोज स्पष्ट हो गई।

"तुम्हारा विवाह नहीं हुआ ? तुम अभी तक कुंवारी हो ?"

डायना हँस पड़ी, "क्यों ? यह अभी सत्रह-अठारह वर्ष से अधिक की नहीं होगी, सेंट जॉन।"

"मैं लगभग उन्नीस वर्ष की हूँ, पर विवाहित नहीं हूँ। नहीं।"

मैंने अनुभव किया कि मेरा चेहरा लाल और गर्म हो गया है क्योंकि विवाह के नाम से कटु और विचलित करनेवाली स्मृति जाग उठी थी। उन लोगों ने मेरी परेशानी और भावोद्वेग को भाँप लिया। डायना और मेरी ने मेरे लाल चेहरे से अपनी दृष्टि दूसरी ओर हटाकर मुझे राहत दी, पर उनके कठोर भाई मुझे ध्यान से देखते रहे जब तक कि उनके कुरेदे हुए दुख से मेरी लाल-लाल आँखों से आँसू नहीं निकल पड़े।

उन्होंने अब पूछा, "तुम अन्तिम बार कहाँ रह रही थी ?"

मेरी ने धीमी आवाज में भुनभुनाकर कहा, "तुम बहुत पूछताछ करते हो, सेंट जॉन।"

किन्तु फिर भी वे मेज पर झुके और उसी प्रकार दृढ़ और तीक्ष्ण दृष्टि फेंकते हुए उत्तर की प्रत्याशा करने लगे।

"वह स्थान जहाँ मैं रहती थी और वह व्यक्ति जिसके साथ रहती थी, अब मेरा गुप्त रहस्य है।" मैंने संक्षिप्त उत्तर दिया।

डायना ने कहा, "मेरे विचार में यदि तुम चाहो तो तुम्हें पूरा-पूरा अधिकार है कि यह बात सेंट जॉन से या किसी भी प्रश्नकर्ता से न बतलाओ।"

"फिर भी यदि मैं तुम्हें या तुम्हारी पिछली बातें न जानूँ तो मैं तुम्हारी सहायता नहीं कर सकता। और सहायता की तुम्हें आवश्यकता है, है कि नहीं ?" उन्होंने पूछा।

"मुझे आवश्यकता है और मैं माँगती भी हूँ। पर इतना ही श्रीमान कि कोई परोपकारी व्यक्ति मुझे कोई काम दे दे जो मैं करूँ और अपने पारिश्रमिक से अपने जीवन की मूलभूत आवश्यकताएँ पूरी कर सकूँ।"

"मैं नहीं जानता कि मैं सच्चा परोपकारी हूँ या नहीं, पर मैं अपनी सामर्थ्य के अनुसार तुम्हारी सहायता करना चाहता हूँ, क्योंकि तुम्हारा उद्देश्य उचित है। पहले तुम मुझे यह बतलाओ कि तुम कौन से काम करने की अभ्यस्त हो और क्या कर सकती हो।"

अब तक मैं चाय ले चुकी थी। उस पेय से मैं ताजा अनुभव कर रही थी जैसे कोई राक्षस शराब पीकर होता है। इसने मेरी नाड़ी को स्फूर्ति दी और मुझे इस भेदी दृष्टि वाले नवयुवक का सामना करने योग्य बनाया।

उनकी ओर मुड़कर और उन्हीं की भाँति खुले और आत्मविश्वासपूर्ण दृष्टि से उन्हें देखते हुए मैं बोली, "मि. रीवर्स, आपने और आपकी बहनों ने मेरा बड़ा उपकार

किया...सर्वश्रेष्ठ उपकार जो कोई मानव किसी मानव के प्रति कर सकता है। आपने अपने उदार आतिथ्य द्वारा मुझे मृत्यु से बचा लिया। इस उपकार से मेरी कृतज्ञता पर आपका बहुत बड़ा दावा बनता है, और मेरे विश्वास और आन्तरिक बातों पर भी कुछ अधिकार बनता है। जिस भटकती आत्मा को आपने आश्रय दिया, उसकी उतनी कहानी मैं आपको सुनाऊँगी जितनी मैं अपने और दूसरों के भी मन की शान्ति और शारीरिक, नैतिक, सुरक्षा को नष्ट किए बिना सुना सकती हूँ।

"मैं एक अनाथ बालिका हूँ। एक पादरी की बेटी। मुझमें समझ-बूझ आने के पहले ही मेरे माता-पिता का देहान्त हो गया। मैं आश्रित की भाँति पली और दान से चलनेवाली एक संस्था में मैंने शिक्षा पाई। मैं आपको इस संस्था का नाम भी बतला देती हूँ जहाँ मैंने छात्रा के रूप में छह वर्ष और शिक्षिका के रूप में दो वर्ष बिताए–लोवुड अनाथ आश्रम। आपने इसका नाम सुना तो होगा मि. रीवर्स ? इसके कोषाध्यक्ष आदरणीय रॉबर्ट ब्रोकलहर्स्ट थे।"

"मि. ब्रोकलहर्स्ट का नाम मैंने सुना है और उस संस्था को भी देखा है।"

"मैंने एक वर्ष पहले लोवुड को छोड़ा और एक जगह प्राइवेट गवर्नेस बन गई। मुझे अच्छी नौकरी मिली थी और मैं प्रसन्न थी। यहाँ आने के चार दिन पूर्व उस स्थान को मुझे छोड़ना पड़ा। मेरे वहाँ से चले आने का कारण मैं बतला नहीं सकती और बतलाना चाहिए भी नहीं। यह व्यर्थ होगा, बल्कि संकट का कारण भी हो सकता है, और सुनने में विश्वसनीय भी नहीं प्रतीत होगा। पर मुझ पर कोई कलंक नहीं है, मैं दोषों से उसी प्रकार मुक्त हूँ जैसे आप तीनों हैं। अभी मैं कष्ट में हूँ और कुछ और समय तक कष्ट में रहूँगी, क्योंकि वह विपत्ति, जिसके कारण मुझे वह घर त्यागना पड़ा जो मेरे लिए स्वर्ग जैसा था, बहुत विचित्र और बुरी प्रकार की थी। वहाँ से निकल भागने में मैंने सिर्फ दो बातों का ध्यान रखा–शीघ्रता से भागूँ और गुप्त ढंग से भागूँ। इन्हीं दो बातों के कारण मेरे पास जो कुछ था सभी कुछ छोड़-छाड़कर मुझे चलना पड़ा। सिर्फ एक छोटी सी गठरी लेकर। उसे भी जल्दी-जल्दी में और अपनी परेशान मनोदशा के कारण मैं उस कोच से निकालना भूल गई, जिससे मैं व्हिटक्रास पहुँची थी। इस प्रकार इस क्षेत्र में मैं पूर्णतः अकिंचन हालत में आई। दो रातें मैंने खुले आसमान के नीचे खेतों बयाबानों में बिताईं। किसी घर में प्रवेश पाए बिना दो दिन, दो रात भटकती रही। इन चार दिनों में सिर्फ दो बार मेरे मुँह में अन्न के कुछ दाने गए, और वह भी तब जबकि भूख थकान और निराशा ने मुझे लगभग अन्तिम साँस तक पहुँचा दिया था और आपने मि. रीवर्स, अपने द्वार पर मरने से मुझे बचा लिया और अपनी छत के नीचे मुझे आश्रय दिया। तब से आपकी बहनों ने मेरे लिए जो कुछ किया वह सब मुझे पता है क्योंकि बेसुध दिखाई देने पर भी मैं बिल्कुल अचेत नहीं थी। मैं उनकी स्वतःस्फूर्त, वास्तविक और कृपापूर्ण दया के प्रति उतनी ही आभारी हूँ जितनी आपके देवतुल्य दान के प्रति।"

मेरे थमते ही डायना बोली, "उसे अब और बोलने को बाध्य मत करो सेंट जॉन, वह अभी भी उत्तेजना झेलने लायक नहीं है। मिस इलियट, सोफे पर आकर बैठो।"

मैं यह छद्म नाम सुनकर अनायास चौंक-सी गई क्योंकि अपना नया नाम मैं भूल ही गई थी। मि. रीवर्स ने जिनकी तीखी परख से कुछ नहीं बच पाता था, इसे भाँप लिया। ''तुमने बतलाया कि तुम्हारा नाम जेन इलियट है ?'' उन्होंने कहा।

''हाँ, मैंने बतलाया था, क्योंकि मैं समझती हूँ कि अभी इसी नाम से बुलाया जाना मेरे लिए ठीक रहेगा। पर यह मेरा वास्तविक नाम नहीं है। इसलिए जब इसे सुनती हूँ, मुझे अजीब-सा लगता है।''

''तो अपना असली नाम तुम नहीं बतलाओगी ?''

''नहीं, क्योंकि मुझे सबसे अधिक पकड़े जाने का भय है और मेरा पता लग जाने पर जो कुछ हो सकता है उसे मैं टालना चाहती हूँ।''

''तुम बिल्कुल सही कह रही हो, मुझे विश्वास है,'' डायना ने कहा। ''अब भैया, कृपा करके इसे कुछ शान्ति तो मिलने दो।''

किन्तु थोड़ी देर सोचने के बाद, उसी प्रकार की शान्ति और तीक्ष्णता के साथ वे फिर बोलने लगे, ''तुम अधिक समय तक हम लोगों के आतिथ्य पर निर्भर रहना नहीं चाहोगी। मुझे लगता है, तुम मेरी बहनों की दया और उससे भी अधिक मेरी *दानवृत्ति* से मुक्ति पाना चाहोगी। (तुमने इन दोनों के बीच जो रेखा खींची है उसे मैं अच्छी तरह समझ रहा हूँ और उससे मुझे कोई शिकायत नहीं, क्योंकि यही सही है।) तुम हम लोगों से अलग, स्वतन्त्र रहना चाहोगी ?''

''हाँ, चाहूँगी। मैं पहले ही कह चुकी हूँ। मुझे बतलाइए क्या काम करूँ या कैसे काम ढूँढ़ूँ ? बस इतना ही मैं माँगती हूँ। इसके बाद मैं निकृष्टतम झोंपड़ी में भी चली जाऊँगी, पर तब तक मुझे यहाँ रहने दीजिए। दुबारा आश्रयविहीन निर्धनता की भयानकता झेलने की कल्पना से मैं भयभीत हूँ।''

डायना ने अपना गोरा हाथ मेरे सिर पर रखते हुए कहा, ''बेशक, तुम यहाँ रहोगी।''

मेरी ने भी स्वाभाविक, दिखावारहित सहृदयता से कहा, ''हाँ, तुम रहोगी।'' मि. सेंट जॉन ने कहा, ''तुम देख रही हो कि मेरी बहनें तुम्हें रखने में वैसा ही आनन्द अनुभव कर रही हैं जैसे जाड़े की किसी तूफानी रात में खिड़की से घुसी किसी ठिठुरी चिड़िया को रखने और पालने में उन्हें आनन्द आता। पर मैं तो तुम्हें अपने पैरों पर खड़ा देखने का इच्छुक हूँ और मैं इसके लिए प्रयास भी करूँगा। पर याद रखो, मेरी पहुँच कुछ ही दूर तक है। मैं एक गरीब ग्रामीण, गाँव का पादरी हूँ। इसलिए मेरी दी हुई सहायता भी साधारण ही होगी। और यदि तुम साधारण चीजों से घृणा करती हो तो मेरे अतिरिक्त किसी और से सहायता माँगो।''

अब मेरे बदले डायना बोली, ''वह पहले ही कह चुकी है कि वह अपनी शक्ति-भर कोई भी सही काम करने को तैयार है। और तुम जानते हो सेंट जॉन कि उसका कोई अन्य सहायक नहीं है। इसलिए तुम्हारे जैसे रुखड़े व्यक्ति की बात सहने के अतिरिक्त उसके पास चारा क्या है।''

"मैं यदि दूसरा कोई काम नहीं मिलेगा तो सिलाई का काम करूँगी, मजदूरी करूँगी, नौकरानी का काम करूँगी, दाई का काम करूँगी।" मैंने उत्तर दिया।

मि. सेंट जॉन ने शान्ति से कहा, "ठीक है। यदि ऐसी ही तुम्हारी इच्छा है तो मैं वचन देता हूँ। समय आने पर अपने ही ढंग से सहायता दूँगा।"

उन्होंने फिर वही पुस्तक पढ़नी प्रारम्भ की, जिसमें चाय से पहले वे मगन थे। मैं जल्द ही वहाँ से हट गई क्योंकि अपनी शक्ति के अनुसार जितना बोल सकती थी, बोल चुकी थी, और जितनी देर बैठ सकती थी, बैठ चुकी थी।

30

मैं मूर हाउस के निवासियों के विषय में जैसे-जैसे अधिक जानकारी प्राप्त करती गई, उतना ही अधिक उन्हें चाहने लगी। कुछ दिनों में मेरे स्वास्थ्य में इतना सुधार आ गया था कि मैं पूरे दिन बैठ सकती और कभी-कभी घूम-फिर भी सकती थी। मेरी और डायना के कामों में हाथ बँटा सकती थी। जब तक वे चाहें, उनसे बातें कर सकती थी तथा जैसे और जब वे अनुमति दें, उनकी सहायता भी कर सकती थी। उनके साथ बातें करने में एक ताजगी-भरा आनन्द मिलता था जिसे मैंने जीवन में पहली बार अनुभव किया था—ऐसा आनन्द जो रुचियों, भावों और सिद्धान्तों में एकरूपता होने से उत्पन्न होता है।

जो पढ़ना उन्हें अच्छा लगता वह मुझे भी भाता था, जिसमें उनका मन लगता उसमें मुझे भी आनन्द आता था, जिसे वे उचित समझती थीं वह मुझे भी सम्मानजनक प्रतीत होता था। उनका अलग-थलग घर उन्हें अच्छा लगता था, और मुझे भी—वह भूरा, छोटा, पुरानी बनावट का घर, नीची छतवाला, लोहे में शीशा लगी खिड़कियोंवाला, उसकी जीर्ण-शीर्ण दीवारें, पुराने चीड़ के पेड़ों से ढँके उसके रास्ते, ऐसे पेड़ों से जो पहाड़ी हवा के झोंकों से झुक गए थे। सदाहरी और बालछड़ी की हरियाली से काली दीखती उसकी फुलवारी और जिसमें सिर्फ सख्तजान फूल खिलते हैं। इन सभी में मुझे वास्तविक और स्थायी आकर्षण दीखता था। घर के चारों ओर तथा पीछे फैली लाल-नीली चौर से वे दोनों चिपकी रहती थीं। घर के दरवाजे से जो कंकरीली सँकरी सड़क गहरी घाटी को जाती थी, जंगली पौधों से भरी जगहों से होती हुई विशाल चौर के किनारेवाली जंगली चरागाहों के पास से गुजरती थी जिसमें उस वन्य क्षेत्र के भेड़ों के झुंड अपने चिकने मुँहवाले मेमनों के साथ चारा पाते थे। मैं दावे से कह सकती हूँ कि इन दृश्यों से वे स्नेहाधिक्य से चिपकी रहती थीं। उनकी अनुभूति को मैं समझती थी, और इस अनुभूति के प्रबल और वास्तविक आकर्षण का मुझे एहसास था। उस क्षेत्र-विशेष के आकर्षण का मैं अनुभव करती थी, उसके एकान्त में जो पवित्रता थी उसकी मुझे अनुभूति होती थी और मेरी आँखों को बाँध लेती थी। इस चौर के चढ़ाव और उतार में निहित सुन्दरता, पहाड़ियों और घाटियों के स्वाभाविक वन्य रंग—जो उन्हें काई, चौर के पुष्पों,

झाड़ियों पर छिटके फूलों, दमकती झाड़ियों, पीला रंग धारण करते चट्टानी पत्थरों से प्राप्त होती थी। नैसर्गिक सौन्दर्य की यह विस्तृत विविधता उनके लिए और मेरे लिए भी समान रूप से शुद्ध और मधुर आनन्द का स्रोत थी। मन्द समीर और तेज आँधी, बादलों से ढँके और सुनहरे दिन, सूर्योदय और सूर्यास्त, चाँदनी रात और मेघ घिरी रात उस क्षेत्र में मेरे तथा उनके लिए एक जैसा आकर्षण रखती थीं। ये मेरी अनुभूतियों पर भी उस प्रकार जादू कर देती थीं जैसे उन्हें मुग्ध कर लेती थीं।

घर के भीतर भी हमारी रुचियाँ मेल खाती थीं। वे दोनों मुझसे अधिक गुणवती और अधिक शिक्षित थीं, पर उनसे मिल सकनेवाले ज्ञान को मैं भी बहुत उत्सुकता से ग्रहण कर रही थी। जो पुस्तकें वे मुझे देती थीं उन्हें मैं जल्दी-जल्दी पढ़ जाती थी और दिन में पढ़े हुए पाठ पर सन्ध्या में सन्तोषजनक ढंग से विचार-विमर्श होता था। हम लोगों की सोच एकसमान थी और विचार भी मिलते थे। संक्षेप में, हम लोग बिल्कुल एकसमान थे।

हम तीनों में यदि कोई श्रेष्ठ या नेत्री थी तो वह डायना ही थी। शारीरिक रूप से वह मुझसे कहीं श्रेष्ठतर थी। वह रूपवती थी, ओजस्वी भी थी। उसकी चपल आत्मा में जीवन भरा था और छलका पड़ता था। इस पर मुझे आश्चर्य होता, पर यह बात मेरी समझ से बाहर थी। शाम होने पर कुछ देर मैं भी खूब बातें करती, पर जीवन्तता और वाक्पटुता के प्रथम चरण समाप्त होते ही मुझे डायना के पैरों के पास पड़े स्टूल पर बैठना और उसके घुटनों पर सिर टिकाना अधिक भाने लगा, जबकि वे दोनों मेरे छेड़े हुए विषय पर भरपूर चर्चा करने में संलग्न हो जाती थीं। डायना ने मुझे जर्मन भाषा सीखने का प्रस्ताव रखा, और मैं उससे सीखना चाहती भी थी। मैंने पाया कि शिक्षिका बनना उसके स्वभाव के अनुकूल और आनन्ददायक था, और उसी प्रकार छात्रा बनना मेरे अनुकूल और आनन्दप्रद। हमारे स्वभावों की एकरूपता के कारण एक सशक्त प्रकार का स्नेह-बन्धन हम लोगों के बीच विकसित हो गया। वे लोग जान गईं कि मुझे चित्रकारी आती है तो उन्होंने अपने रंगों के डिब्बे और पेंसिल मेरे हवाले कर दिए। उन लोगों से मेरी श्रेष्ठता सिर्फ इसी एक बात मैं थी जिससे वे विस्मित हुईं और आकृष्ट भी हुईं। मेरी मेरे पास बैठकर घंटों मुझे चित्रकारी करते देखती रहती। फिर वह मुझसे सीखने लगी और मुझे वह विनम्र, तीव्रबुद्धि और परिश्रमी छात्रा लगी। इस प्रकार व्यस्त जीवन बिताते हुए और आपस में मनोरंजन करते हुए दिन ऐसे जल्दी-जल्दी बीतते मानो घंटे बीते हों। सप्ताह भी दिनों की तरह जल्दी-जल्दी बीतने लगे।

जहाँ तक मि. सेंट जॉन का प्रश्न है, वह आत्मीयता उन तक नहीं पहुँची जो उनकी बहनों और मेरे बीच स्वाभाविक रूप से और शीघ्रता से विकसित हो गई। उनसे मेरी दूरी का एक कारण तो यह था कि वे घर पर बहुत कम रहते थे। उनके समय का अधिकांश भाग उनके अपने क्षेत्र के बीमार और निर्धन व्यक्तियों के यहाँ जाकर उन्हें देखने-सुनने में बीत जाता था।

कोई भी मौसम उन्हें उनके पादरीवाले कामों के लिए बाहर जाने से रोक नहीं पाता

था। चाहे धूप खिली हो या वर्षा हो रही हो, प्रातःकालीन अध्ययन समाप्त होते ही वे टोप उठाकर, पिता के पुराने कुत्ते कार्लो के आगे-आगे प्यार और कर्तव्य से जुड़े अपने उद्‌देश्य से बाहर निकल पड़ते थे। मैं नहीं जानती कि इस कर्तव्य को वे किस दृष्टि से देखते थे। कभी-कभी मौसम बहुत खराब रहने पर उनकी बहनें उनके बाहर जाने का विरोध करती थीं। तब वे एक विचित्र हँसी, आनन्दपूर्ण नहीं, वरन् गम्भीर हँसी, हँसकर कहते थे, "यदि हवा का एक झोंका या वर्षा की कुछ बूँदें मुझे इन सरल कामों से विमुख कर दें तो जो भविष्य मैं अपने लिए निर्धारित कर रहा हूँ उसके लिए यह आलस्य किस तरह की तैयारी होगा ?"

इस प्रश्न के उत्तर में डायना और मेरी सिर्फ एक आह भरकर रह जातीं तथा कुछ मिनटों तक उदास, विचारों में खो जातीं।

किन्तु उनकी बार-बार की अनुपस्थिति के अतिरिक्त उनसे मित्रता में एक और बाधा थी। वह यह कि वे आत्मकेन्द्रित, खोए-खोए-से तथा विचारों में मग्न रहनेवाले स्वभाव के थे। पादरी-वृत्ति में उत्साही, जीवन और आदतों में निष्कलंक होने पर भी उनमें वह मानसिक शान्ति तथा आन्तरिक सन्तोष नहीं दिखाई देते थे। जो एक निष्ठावान ईसाई तथा उपकारी व्यक्ति को सहज उपलब्ध होने चाहिए। प्रायः सन्ध्या में खिड़की के पास बैठे-बैठे और सामने डेस्क पर पुस्तक फैलाए वे हाथ पर ठुड्डी टिकाकर पढ़ना-लिखना भूल जाते थे और पता नहीं किन विचारों में मग्न हो जाते थे। पर ये विचार अशान्त और उत्तेजक ही होंगे, यह उनकी बार-बार चमकती और फैलती-सिकुड़ती आँखों से स्पष्ट होता था।

इसके अतिरिक्त मेरा खयाल है कि प्रकृति जिस प्रकार उनकी बहनों के लिए आनन्द का स्रोत थी, वैसी उनके लिए नहीं थी। उन्होंने एक बार, मेरे सुनने में सिर्फ एक बार, पहाड़ों के रूखे सौन्दर्य के प्रति अपना प्रबल लगाव तथा काली छत और जीर्ण दीवारोंवाले अपने उस घर के प्रति जन्मजात प्रेम को व्यक्त किया था। पर इस भावना को दर्शाते हुए स्वर और शब्दों में आनन्द की अपेक्षा निराशा ही अधिक थी। चौर में प्राप्य सहलानेवाली शान्ति की खातिर वे उसमें घूमते होंगे, ऐसा कभी नहीं लगता था। न ही वे कभी वहाँ उपलब्ध हजारों शान्त खुशियों को ढूँढ़ते थे या प्राप्त करते थे।

उनके मितभाषी होने के कारण कुछ दिन बीत जाने के बाद ही मुझे उनके मन की गहराई को जानने का अवसर मिला। मुझे पहली बार उनकी योग्यता का पता तब चला जब मैंने मार्टन के अपने चर्च में उन्हें प्रवचन देते हुए सुना। काश, मैं उस उपदेश का वर्णन कर पाती ! पर यह मेरी शक्ति से परे है। मैं तो यह भी ठीक से नहीं बता सकती कि इस प्रवचन का मेरे ऊपर क्या प्रभाव पड़ा।

प्रवचन शान्त ढंग से प्रारम्भ हुआ, और जहाँ तक बोलने के ढंग और स्वर के चढ़ाव-उतार का प्रश्न है, यह अन्त तक शान्त ही बना रहा। मर्म को छूते हुए, फिर भी कठोरता से नियन्त्रित भाव ने स्पष्ट अभिव्यक्ति को उद्वेलित कर दिया और भाषा में ओज पैदा कर दिया। वाणी सशक्त हो उठी–भावों से पूर्ण, संक्षिप्त और नियन्त्रित।

उपदेशक की भाषा से हृदय रोमांचित हो उठे और मस्तिष्क विस्मय-विमुग्ध, पर दोनों में से किसी में कोमलता या सहजता नहीं आई। पूरे प्रवचन में एक अद्‌भुत तिक्तता थी और सान्त्वना देनेवाली सौम्यता का अभाव था। उसमें काल्विनवादी का कठोर उल्लेख था, पादरी बनने हेतु चुने जाने का, पूर्वनिर्धारित भाग्य, निन्दा आदि का बार-बार जिक्र था, और इनके बार-बार उल्लेख से लगता था मानो प्रलय की घोषणा की जा रही हो। उनका प्रवचन समाप्त होने के बाद इस ज्ञान से और अधिक शान्ति, अच्छाई और प्रकाश पाने की बजाय मैंने एक अकथनीय उदासी का अनुभव किया क्योंकि मुझे ऐसा लगा, पता नहीं, औरों को लगा कि नहीं कि जो धाराप्रवाह भाषण मैं सुन रही थी, ऐसी गहराई से निकल रहा था, जिसके तल में निराशा की कंकरियाँ पड़ी हों, जहाँ अतुष्ट इच्छाएँ और मथनेवाली आशंकाएँ बेचैन होकर हिलोरें ले रही हों। मुझे विश्वास हो गया कि सेंट जॉन रीवर्स भले ही शुद्ध जीवन बिता रहे हों, विवेकशील हों और उत्साही हों, पर उन्हें अभी तक वह दिव्य शान्ति नहीं मिली जो सारी समझ और सारे ज्ञान से परे है। मेरे मन में आया कि इस परम ज्ञान से वे उसी प्रकार वंचित हैं, जैसे मैं हूँ—मैं जो अपनी टूटी अभिलाषा और खोए स्वर्ग के लिए छिपकर, बेचैन होकर पश्चात्ताप करती हूँ, भले ही उसका मैंने इधर जिक्र भी करना छोड़ दिया है, पर जो मुझ पर हमेशा छाया रहता है और निष्ठुरता से पीड़ित करता रहता है।

इस प्रकार एक माह बीत चला। डायना और मेरी अब जल्द ही मूर हाउस छोड़कर सुदूर, अपने-अपने जीवन-क्षेत्र में लौट जानेवाली थीं। जो उनकी प्रतीक्षा कर रहा था। उन्हें दक्षिणी इंग्लैंड के एक नगर के बड़े फैशनपरस्त परिवारों में गवर्नेसों के रूप में अलग-अलग रहना था जिनके वैभवशाली और अभिमानी सदस्य उन्हें साधारण आश्रित समझते थे। वे उनकी जन्मजात उत्कृष्टता को न तो जानते थे, न ही जानना चाहते थे, वरन् उनके मात्र अर्जित गुणों को मान्यता देते थे, जैसे कोई रसोइए की कला को मान्यता दे या दाई की रुचि को मान्यता दे। मि. सेंट जॉन ने मेरे लिए काम खोज देने का जो वचन दिया था, उसके सम्बन्ध में अब तक उन्होंने मुझे कुछ भी नहीं बतलाया था, पर अब कोई काम मिल जाना मेरे लिए अत्यावश्यक हो रहा था। एक प्रातःकाल, बैठक के कमरे में उनके साथ कुछ मिनट अकेली होने पर मैं साहस करके खिड़की की सीट के समीप गई जिसे उनकी मेज, कुर्सी, डेस्क आदि ने अध्ययन-कक्ष का रूप दे रखा था। मैं कुछ कहना चाहती थी यद्यपि मुझे स्वयं ठीक से पता नहीं कि मैं कैसे यह बात पूछती, क्योंकि उनके जैसे गम्भीर और चुप स्वभाववाले व्यक्ति से बात प्रारम्भ करना कठिन ही था। पर उन्होंने मुझे इस कठिनाई से स्वयं वार्तालाप शुरू करके उबार लिया। मेरे निकट जाने पर ऊपर देखते हुए उन्होंने पूछा, ''तुम्हें मुझसे कुछ पूछना है ?''

''हाँ। मैं जानना चाहती थी कि क्या आपको किसी ऐसे काम का पता चला जिसे मैं कर सकूँ।''

''मैंने तीन सप्ताह पूर्व ही तुम्हारे लिए काम ढूँढ़ा और पा भी लिया। पर चूँकि तुम यहाँ उपयोगी साबित हो रही थी और आनन्द से भी थी क्योंकि मेरी बहनें तुमसे

बहुत घनिष्ट हो गई थीं और तुम्हारी संगति में उन्हें अपार आनन्द मिलता था, इसलिए मैंने तुम लोगों के आनन्द में तब तक विघ्न डालना उचित नहीं समझा जब तक उन लोगों के जाने का समय आने से तुम्हारा जाना भी अनिवार्य न बन जाए।"

"वे लोग तो तीन ही दिन में चली जाएँगी," मैंने कहा।

"हाँ, और जब वे चली जाएँगी तो मैं मार्टन के पादरी-निवास में लौट जाऊँगा और हन्ना भी मेरे संग चली जाएगी। फिर यह पुराना घर बन्द कर दिया जाएगा।"

मैं कुछ देर चुप रही, इस आशा में कि वे इस विषय पर आगे कुछ बोलेंगे, पर वे अपने विचारों में खो गए लगते थे। उनके भाव से लगता था कि वे मुझे और मेरे काम को भूल गए हों। अतः मुझे बाध्य होकर उनका ध्यान फिर उसी विषय की ओर खींचना पड़ा जो आवश्यकतावश मेरे लिए अत्यन्त जरूरी और चिन्ता का कारण बन गया था।

"वह कौन-सा काम था जो आपकी जानकारी में था, मि. रीवर्स ? इतनी देर हो जाने से उस काम के मिलने में कहीं कठिनाई न आए ?"

"ओह, नहीं। इसलिए कि यह ऐसा काम है जो मुझी को देना है और तुम्हें स्वीकार करना है।"

वे फिर चुप हो गए; लगता था, आगे बोलना नहीं चाहते हों। मैं अधीर होने लगी। एक-दो बेचैन मुद्रा के बाद फिर एक उत्सुक और तीखी दृष्टि मैंने उनके चेहरे पर टिका दी जिससे वे मेरा भाव कम ही कठिनाई से, इतने ही पूर्णरूपेण समझ गए जितना शब्दों से सम्भव होता।

"तुम यह जानने के लिए बहुत बेचैन मत हो। मैं तुम्हें स्पष्ट कहे देता हूँ कि मेरे पास कोई अच्छा और लाभदायक काम नहीं है। मैं आगे कुछ कहूँ, इसके पहले तुम कृपा करके पहले दी गई मेरी चेतावनी याद करो जिसमें मैंने कहा था कि यदि मैं तुम्हें कोई सहायता भी दूँगा तो वैसा ही होगा जैसा कोई अन्धा किसी लँगड़े को दे। मैं स्वयं निर्धन हूँ क्योंकि मैंने हिसाब लगाया है कि जब मैं अपने पिता द्वारा लिया गया ऋण चुका दूँगा तब मेरे पास पैतृक सम्पत्ति के नाम पर यह टूटा-फूटा घर, झुके हुए कुछ फर के पेड़, तथा थोड़ी-सी चौरवाली भूमि बचेगी जिसमें झाड़ी, बालछड़ी आदि उपजे हुए हैं। मैं अदना आदमी हूँ। रीवर्स यद्यपि एक प्रसिद्ध वंश का नाम है, किन्तु अब इस वंश के बचे सिर्फ तीन व्यक्तियों में दो तो बाहर अपरिचितों के बीच अपनी जीविका कमाते हैं और तीसरा अपनी मातृभूमि से भी पराया होने जा रहा है–जीवन में ही नहीं, मृत्यु में भी। हाँ, और वह ऐसा मानता है, मानना भी पड़ता है कि यह भाग्य भी सौभाग्य से मिला है और उस दिन की प्रतीक्षा कर रहा है जब इस भौतिक संसार के सम्बन्धों से छुटकारे का आदेश उसके कन्धों पर रख दिया जाएगा और जब इस चर्च के प्रचारक गुरु, जिसका वह एक सामान्य सदस्य है, आदेश देंगे कि, 'चलो, मेरे पीछे आओ !"

सेंट जॉन ने ये शब्द उसी प्रकार कहे जैसे उन्होंने प्रवचन किया था–उसी शान्त, गहरी आवाज में, उसी आवेश से रहित मुद्रा से, आँखों में एक चमक-भरी ज्योति लिये।

उन्होंने फिर आगे कहना प्रारम्भ किया–

"चूँकि मैं स्वयं एक निर्धन और सामान्य व्यक्ति हूँ, मैं तुम्हें नौकरी भी गरीबों और गुमनाम लोगोंवाली ही दे सकूँगा। *तुम्हें* यह काम शायद अपने स्तर से गिरा हुआ लगे, क्योंकि मैंने देखा है कि तुम्हारा रहन-सहन सुसंस्कृत है, तुम्हारी रुचियाँ आदर्श के करीब हैं, और तुम पढ़े-लिखे व्यक्तियों के बीच रहती आई हो। पर मैं कहता हूँ कि ऐसी कोई सेवा हमें पतन की ओर नहीं ले जा सकती जिससे मानवजाति का उत्थान होता हो। मैं तो यह भी मानता हूँ कि वह धरती चाहे जितनी ही बंजर और सूखी हो जहाँ एक ईसाई मजदूर को काम सौंपा जाए, चाहे जितनी कम मजदूरी हो, उसका सम्मान उतना ही अधिक होगा; कारण कि ऐसी स्थिति में वह अग्रणी की भूमिका निभाता है, और बाइबिल के प्रथम प्रचारक धर्मदूत (एपोस्टिल) थे जिनके कप्तान थे ईसा, हमारे उद्धारकर्ता।"

उनके फिर रुकते ही मैंने कहा, "खैर, आगे कहिए !"

बोलने के पहले उन्होंने मुझे देखा, लगा कि वे मेरे चेहरे के भावों को ऐसे पढ़ रहे हों मानो उस पर की रेखाएँ और आकृतियाँ किसी पृष्ठ पर चित्रों की भाँति हों। इस जाँच-परख से प्राप्त निष्कर्ष को उन्होंने अपने आगे के शब्दों में इस प्रकार व्यक्त किया, "मुझे विश्वास है कि जो काम मैं तुम्हें दे रहा हूँ उसे तुम स्वीकार करोगी और कुछ दिनों तक इसे निभाओगी, सदा के लिए नहीं, जैसे मैं भी सदा के लिए इस छोटे से गाँव के चर्च के पादरी का शान्त, अनाम कार्य नहीं निभाऊँगा। कारण कि तुम्हारे स्वभाव में भी एक तत्त्व है जो शान्त नहीं बैठ सकता, वैसे मेरे स्वभाव में भी है, भले ही वह भिन्न प्रकार का हो।"

जब वे फिर चुप होने लगे तो मैंने अनुरोध किया, "थोड़ा और स्पष्ट कहिए।"

"हाँ, कहूँगा, और तुम देख लो, यह कितना साधारण प्रस्ताव है। कितना क्षुद्र, कितना बोझल। मेरे पिता की मृत्यु हो चुकी है। अब मैं भी अधिक दिन मार्टन में नहीं रहूँगा, जबकि मैं अपना मालिक स्वयं हूँ। मैं यह स्थान सम्भवतः एक वर्ष के भीतर ही छोड़ दूँगा। पर जब तक मैं यहाँ हूँ, मैं इसकी यथासम्भव उन्नति के लिए प्रयत्नशील रहूँगा। जब मैं दो वर्ष पूर्व यहाँ आया था, यहाँ मार्टन में कोई स्कूल नहीं था। निर्धनों के बच्चे प्रगति की सारी आशा से वंचित थे। मैं बालकों के लिए एक स्कूल खोल चुका हूँ और अब मैं दूसरा विद्यालय बालिकाओं के लिए खोलना चाहता हूँ। इस उद्देश्य के लिए मैंने एक मकान भाड़े पर लिया है, जिसमें शिक्षिका के लिए दो कमरोंवाला एक निवास जुड़ा हुआ है। शिक्षिका का वार्षिक वेतन तीस पौंड होगा, उनके निवास में साज-सामान की सामान्य, पर फिर भी पर्याप्त आपूर्ति एक महिला, सुश्री ओलिवर की कृपा से की जा चुकी है जो मेरे क्षेत्र के एकमात्र सम्पन्न व्यक्ति श्री ओलिवर की इकलौती बेटी है। मि. ओलिवर इस घाटी की सुई फैक्टरी और खराद के मालिक हैं। वही महिला उस फैक्टरी की एक अनाथ बच्ची की शिक्षा और कपड़े-लत्ते की खर्च भी उठाएगी, इस शर्त पर कि वह अनाथ बालिका शिक्षिका के गृह-सम्बन्धी ऐसे छोटे-छोटे

कार्यों में सहायता करेगी जिसे शिक्षिका अपने कर्तव्य में व्यस्त रहने के कारण सम्पन्न करने का समय न निकाल सके ! क्या तुम इस शिक्षिका का पद स्वीकार करोगी ?''

उन्होंने यह प्रश्न कुछ शीघ्रता से किया। लगता था, उन्हें आशंका थी कि कुछ खिन्नता या घृणा के साथ यह प्रस्ताव ठुकरा दिया जाएगा क्योंकि मेरे विचारों और भावों का कुछ आभास होने पर भी, पूर्ण अवगत नहीं होने के कारण वे नहीं जानते थे कि मुझे यह जीविका कैसी लगेगी। सच पूछो तो यह काम बिल्कुल साधारण कोटि का था, पर इसमें एक आश्रय तो था, और मैं एक सुरक्षित आश्रय चाहती थी। यह मेहनतवाला काम था, किन्तु एक धनी व्यक्ति के घर में गवर्नेस बनने की तुलना में इसमें अधिक स्वाधीनता थी, और अपरिचितों की गुलामी का भय मेरी आत्मा में काँटे की तरह चुभता था। इस दृष्टि से यह निम्नकोटि का नहीं था, व्यर्थ भी नहीं और मानसिक दृष्टि से अपमानजनक भी नहीं। अतः मैंने निर्णय ले लिया और बोली, ''इस प्रस्ताव के लिए मैं आपको धन्यवाद देती हूँ, मि. रीवर्स, और आपके प्रस्ताव को सहर्ष स्वीकार करती हूँ।''

वे बोले, ''पर आप सबकुछ समझ रही हैं न ? यह एक गँवई स्कूल है, आपकी छात्राएँ सब निर्धन बालिकाएँ होंगी। झोंपड़ी की बच्चियाँ या अधिक-से-अधिक किसानों की पुत्रियाँ। बुनाई, सिलाई, पढ़ना, लिखना, चित्रकारी—यही सब उन्हें आपको सिखलाना पड़ेगा। आपमें जो उच्च योग्यताएँ हैं उनका क्या उपयोग होगा ? और आपके मस्तिष्क के उच्च विचारों, भावनाओं और अभिरुचियों का क्या होगा ?''

''उन्हें भविष्य में किसी उपयोग के लिए बचाकर रखूँगी। वे प्रतीक्षा करेंगी।''

''तो आप समझ-बूझकर यह दायित्व उठा रही हैं ?''

''हाँ।''

अब वे मुस्कराए। यह कोई तिक्त या उदास मुस्कान नहीं थी, वरन् प्रसन्न और पूर्ण सन्तुष्ट मुस्कान थी।

''और तुम अपना कर्तव्य कब से प्रारम्भ करोगी ?''

''मैं कल अपने घर में चली जाऊँगी और यदि आप चाहें तो अगले सप्ताह से विद्यालय चलाना प्रारम्भ कर दूँगी।''

''बिल्कुल ठीक, ऐसा ही हो।''

वे उठे और कमरे में टहलने लगे। फिर स्थिर खड़े होकर मुझे देखने लगे। उन्होंने सिर हिलाया।

मैंने पूछा, ''आपको कौन-सी बात ठीक नहीं लगी, मि. रीवर्स ?''

''तुम मार्टन में अधिक दिन नहीं टिकोगी। नहीं टिकोगी, नहीं !''

''क्यों ? आपके ऐसा कहने का क्या कारण है ?''

''मैं तुम्हारी आँखें पढ़कर ऐसा कहता हूँ। ये वैसी नहीं हैं। जिनमें शान्त, स्थिर जीवन बिताने का निश्चय अंकित हो।''

''मैं महत्त्वाकांक्षी नहीं हूँ।''

महत्त्वाकांक्षी शब्द सुनकर वे चौंके। दुहराया, "नहीं, महत्त्वाकांक्षा की बात कहाँ से आई ? कौन महत्त्वाकांक्षी है ? मैं जानता हूँ कि मैं हूँ, पर तुम्हें कैसे पता चला ?"

"मैं तो अपने विषय में बोल रही थी।"

"अच्छा, यदि तुम महत्त्वाकांक्षी नहीं हो तो तुम...।" वे रुक गए।

"तुम क्या ?" मैंने पूछा।

"मैं कहने जा रहा था कि तुम उद्वेगपूर्ण हो, पर शायद तुम उस शब्द का गलत अर्थ समझ लेती और अप्रसन्न हो जाती। मेरे कहने का अभिप्राय है कि मानवीय स्नेह और सद्भावनाएँ तुम्हें वशीभूत कर लेती हैं। मैं दावे से कह सकता हूँ कि इस निर्जनता में अपने अवकाश के दिन बिताकर तथा प्रेरणाविहीन नीरस परिश्रम में अपना कार्यकाल खपाकर तुम अधिक दिन सन्तुष्ट नहीं रह सकती जैसे पहाड़ों में लगी काई में चिपकी जिन्दगी बिताकर मैं सन्तुष्ट नहीं हो सकता।" फिर उन्होंने कुछ जोर देते हुए कहा, "क्योंकि यह ईश्वर की दी हुई मेरी प्रकृति के विरुद्ध है। प्रभु-प्रदत्त योग्यताओं को यह पंगु और व्यर्थ बनाए दे रही है। तुम सुन रही हो मैं कैसी परस्पर-विरोधी बातें बोल रहा हूँ। मैं, जो साधारण लोगों को सन्तोष का उपदेश देता हूँ और लकड़ी की कटाई, पानी की खिंचाई जैसी तुच्छ जीविका को भी प्रभु का काम बताकर सही ठहराता हूँ वही मैं, उसके नाम पर समर्पित एक पादरी, अपने असन्तोष को बयान करते नहीं थक रहा। खैर, रुझानों और सिद्धान्तों को आपस में कहीं-न-कहीं समझौता करना ही होगा।"

वे कमरे से निकल गए। इतनी ही देर में मैं उनके विषय में इतना जान गई जितना पूरे पिछले माह में भी नहीं जान पाई थी। फिर भी वे मेरे लिए रहस्य ही बने रहे।

जैसे-जैसे भाई और घर से बिछुड़ने का समय नजदीक आता जा रहा था, डायना और मेरी अधिक उदास और चुपचाप रहने लगी थीं। वे सामान्य दीखने का प्रयास तो करती थीं, पर जिस पीड़ा से उन्हें संघर्ष करना पड़ रहा था, वह दबाने या छिपाने योग्य था ही नहीं। डायना ने बतलाया कि वह वियोग पहले झेले गए वियोगों से भिन्न है। जहाँ तक सेंट जॉन का प्रश्न है, उनसे सम्भवतः अब वर्षों भेंट नहीं होगी या शायद यह जुदाई जीवन-भर के लिए हो।

उसने आगे कहा, "बहुत दिनों से किए गए निश्चय के अनुसार वे सबकुछ बलिदान कर देंगे, पर जन्मजात स्नेह और लगाव भी बहुत प्रबल होते हैं। सेंट जॉन शान्त दीखते हैं जेन, पर अपनी रगों में वे आग छिपाए हुए हैं। तुम्हें वे सीधे मालूम पड़ेंगे, पर कुछ मामलों में वे मृत्यु की भाँति अडिग हैं। और सबसे दुखद बात तो यह है कि उनके कठोर निर्णय से उन्हें विमुख करने का मैं प्रयास करूँ, यह मेरी आत्मा को स्वीकार नहीं है। सच पूछो तो मैं एक क्षण के लिए भी उन्हें दोषी नहीं ठहरा पाती। उनका निर्णय सही है, उदात्त है, ईसाइयों जैसा है। फिर भी मेरा हृदय टुकड़े-टुकड़े हो रहा है।" यह कहते-कहते उसकी सुन्दर आँखों में आँसू आ गए। मेरी किसी काम में लगी थी; वह उसी पर और झुक गई, ताकि दृष्टि मिलने से बच सके। फिर धीमे स्वर में बोली, "अभी हम लोग पितृविहीन थे, अब जल्दी ही भाई से विहीन और गृहविहीन भी हो जाएँगे।"

उसी क्षण एक छोटी-सी घटना घटी जो भाग्य द्वारा पूर्व-निर्धारित थी और इस मुहावरे को सिद्ध करती थी कि 'विपत्ति अकेले नहीं आती।' यह एक अवसर हाथ से निकल जाने का दुख भी उनके दुख में जोड़ रही थी। सेंट जॉन एक चिट्ठी पढ़ते हुए खिड़की के सामने से गुजरे। फिर कमरे में उन्होंने प्रवेश किया और बोले, "हमारे मामा जॉन अब नहीं रहे।" दोनों बहनें स्तब्ध रह गईं, पर दुखी या भयभीत नहीं हुईं। यह समाचार उनकी दृष्टि में पीड़ाजनक होने की बजाय कुछ महत्त्व का प्रतीत होता था।

डायना ने दुहराया, "चल बसे ?"

"हाँ।"

उसने एक ढूँढ़ती-सी निगाह अपने भाई के चेहरे पर गड़ा दी और धीमे से पूछा, "आगे क्या हुआ ?"

"आगे क्या, डायना ? उन्होंने भावविहीन, प्रस्तर की प्रतिमा जैसा चेहरा बनाकर कहा, "आगे क्या ? क्यों ? कुछ नहीं, लो पढ़ो।"

उन्होंने पत्र उसकी गोद में फेंक दिया। डायना ने उस पर सरसरी दृष्टि डाली और पत्र मेरी को दे दिया। मेरी ने चुपचाप उसे पढ़ा और फिर भाई को लौटा दिया। तीनों एक-दूसरे को देखने लगे और तीनों मुस्करा पड़े–एक उदास, विचारमग्न मुस्कान। अन्त में डायना बोली, "आमीन ! हम लोग फिर भी जी लेंगे।"

मेरी ने कहा, "खैर, इस घटना से हम लोगों की स्थिति में कोई बदलाव नहीं आता। हम पहले ही जैसे हैं।"

"सिर्फ मन में बार-बार यह आता है कि कुछ और हो सकता था।" मि. रीवर्स ने कहा, "और जो कुछ है उससे कुछ विपरीत दिखाई देता है।" उन्होंने पत्र को मोड़कर डेस्क में रख दिया और बाहर चले गए। कुछ क्षण कोई नहीं बोला। तब डायना मेरी ओर उन्मुख हुई, "जेन, तुम्हें हम लोगों पर और हमारी रहस्यमय बातों पर आश्चर्य होता होगा, और मामा जैसे निकट सम्बन्धी की मृत्यु पर भी दुखी नहीं होने से तुम हम लोगों को निष्ठुर-हृदय समझती होगी। किन्तु हम लोगों ने न कभी उन्हें देखा है और न ही उनके विषय में कुछ जानते हैं। वह मेरी माँ के भाई थे। कुछ दिन पूर्व मेरे पिताजी और उनके बीच झगड़ा हुआ था। उनकी ही सलाह पर मेरे पिताजी ने जुए में अपनी बहुत-सी सम्पत्ति दाँव पर लगा दी जिसके कारण वे बरबाद हो गए। उन दोनों के बीच सम्बन्ध बहुत तिक्त हो गया, क्रोध में वे अलग-अलग हो गए, और जीवन-भर उनमें मेल-मिलाप नहीं हुआ। मामा जी बाद में कुछ लाभकारी व्यवसायों में लगे। लगता है कि उससे उन्होंने बीस हजार पौंड की सम्पत्ति अर्जित कर ली। उनका विवाह नहीं हुआ था, और उनका हम लोगों से अधिक निकट का कोई सम्बन्धी भी नहीं था। एक और तो था, पर वह भी हम लोगों के बराबर ही दूरी का सम्बन्धी था। मेरे पिताजी यह आशा बाँधे हुए थे कि वह अपनी गलती की भरपाई अपनी सम्पत्ति हम लोगों को सौंपकर करेंगे, पर इस पत्र से ज्ञात हुआ कि उन्होंने अपनी सारी सम्पत्ति उस दूसरे सम्बन्धी को लिख डाली है, सिर्फ तीन गिन्नी छोड़कर जो दुखसूचक तीन अँगूठियाँ खरीदने हेतु हम तीनों

में बाँटी जाएँगी। बेशक, उन्हें अधिकार था कि अपनी सम्पत्ति को अपनी इच्छानुकूल देते, फिर भी ऐसा समाचार सुनकर हम लोगों की आत्मा पर क्षणिक बोझ तो पड़ ही गया। मेरी और मैं तो एक हजार पौंड प्रतिव्यक्ति मिल जाने से ही अपने को धनी समझ लेतीं और सेंट जॉन के लिए भी इतनी राशि का मिलना उपयोगी होता क्योंकि इससे वह अच्छे-अच्छे कार्य करने में समर्थ होता।''

इस स्पष्टीकरण के बाद इस विषय पर बात बन्द हो गई और फिर इसकी चर्चा नहीं हुई—न तो मि. रीवर्स के द्वारा और न ही बहनों के द्वारा। दूसरे दिन मैं मार्स एंड को छोड़ मार्टन के लिए रवाना हो गई। उसके दूसरे दिन डायना और मेरी भी दूर देश प्रस्थान कर गईं। फिर एक सप्ताह के अन्दर ही मि. रीवर्स और हन्ना फिर से पादरी-निवास लौट गए। इस प्रकार पुराने पैतृक घर का त्याग कर दिया गया।

31

अन्त में मुझे एक घर मिला। मेरा यह घर एक कुटिया थी, चूना-पुती दीवारों का एक छोटा कमरा और पक्का फर्श, जिसमें थीं चार रंगीन कुर्सियाँ और एक मेज, एक दीवारघड़ी, एक छोटी आलमारी, दो-तीन प्लेटें और तश्तरियाँ तथा चाय के चीनी मिट्टी के बर्तनों का एक सेट। इसके ऊपर इसी माप का एक कमरा रसोईघर के लिए, जिसमें लकड़ी का एक पलँग, ड्रावरवाली छोटी-सी आलमारी, पर मेरे इने-गिने कपड़ों की दृष्टि से काफी बड़ी। वैसे मेरे उदार मित्रों की कृपा से आवश्यक सामानों का बंडल कुछ बड़ा ही हो गया था।

शाम का समय था। दाई की तरह मेरी सेवा करनेवाली उस अनाथ लड़की को मैंने एक सन्तरा खरीदने के पैसे देकर छुट्टी दे दी थी। मैं चूल्हे के पास अकेली बैठी थी। आज ही प्रातःकाल इस ग्रामीण विद्यालय का शुभारम्भ हुआ था। इस विद्यालय में बीस छात्राएँ थीं। इसमें से तीन को कुछ पढ़ना आता था, पर लिखना या चित्र बनाना किसी को नहीं आता था। कइयों को बुनना आता था, और कुछेक सिलाई जानती थीं। उनके बोलने में उस क्षेत्र के स्थानीय उच्चारण का प्रभाव था। सम्प्रति, मुझे और उन्हें भी एक-दूसरे की बात समझने में कुछ कठिनाई होती थी। उनमें से कुछ तो बेढंगी, रूखी, कुछ जिद्दी और अज्ञानी थीं, पर शेष सभी शान्त स्वभाव की थीं, कुछ सीखना चाहती थीं और ऐसे स्वभाव की थीं जो मुझे पसन्द था। मैं यह नहीं भूल रही कि मोटे खुरदरे वस्त्रों में हाड़-मांस की ये छोटी किसान बालिकाएँ इतनी ही अच्छी हैं जितनी कुलीन परिवार की बच्चियाँ हैं, और जन्मजात उत्कृष्टता, सुसंस्कृति, बुद्धि की तीव्रता, दया आदि भावनाएँ उनके हृदय में भी उसी प्रकार देखी जा सकती हैं जैसे ऊँचे परिवार में जन्मी बालिकाओं के हृदय में। मेरा कर्तव्य है, इन गुणों को विकसित करना, और निश्चिय ही इस कर्तव्य के पालन में मुझे थोड़ी प्रसन्नता होगी। अपने आगे आनेवाले जीवन में बहुत आनन्द की आशा मैं नहीं करती, फिर भी मुझे दिन-प्रतिदिन जीवन चलाने लायक आनन्द तो प्राप्त हो ही जाएगा, बशर्ते कि मैं अपना मस्तिष्क नियन्त्रित और अपनी शक्तियों को सक्रिय रखूँ।

आज प्रातःकाल और अपराह्न मैंने जब उस साधारण मामूली विद्यालय के कमरे

में अपना समय बिताया, तो क्या मैं प्रसन्न, स्थिर, और सन्तुष्ट थी ? यदि मैं अपने को ठगना न चाहूँ तो मुझे उत्तर देना पड़ेगा, कि नहीं। मैं बल्कि कुछ हताश ही थी। मुझे ऐसा लग रहा था, मेरी मूर्खता के कारण ही सही, कि मेरा पतन हो रहा है। मेरे मन में द्वन्द्व था कि सामाजिक अस्तित्व की दृष्टि से मेरा यह कदम मुझे ऊपर नहीं, वरन् नीचे ले जा रहा है। मैं चारों ओर फैले अज्ञान, निर्धनता और जो कुछ देखती-सुनती थी उसके भोंडेपन पर थोड़ी निराश थी। फिर भी इन भावनाओं के लिए मैं स्वयं से घृणा या स्वयं का तिरस्कार नहीं करूँगी। इन भावनाओं को गलत समझने का भाव मेरे अन्दर आया, यह अपने आपमें एक बड़ी उपलब्धि है। मैं इन भावनाओं पर विजय प्राप्त करने का प्रयास करूँगी। मुझे विश्वास है कि कल मैं इन्हें आंशिक रूप से नियन्त्रित कर लूँगी और कुछ सप्ताहों में इन्हें बिल्कुल दबा दूँगी। बहुत सम्भव है कि कुछेक महीनों में अपनी शिष्याओं की प्रगति और उनमें परिवर्तन देखकर प्राप्त खुशी से मुझमें वितृष्णा की जगह सन्तोष आ जाए।

इस बीच मैं अपने आपसे एक प्रश्न करूँगी—इन दो में से कौन अधिक अच्छा है—प्रलोभन के आगे घुटने टेक देना, वासना की बात सुनना, कष्टसाध्य प्रयास और संघर्ष न करके रेशमी जाल में फँस जाना और उस पर बिछे फूलों पर सो जाना और दक्षिणी प्रदेश के विलासपूर्ण आनन्द-भवन में जागना और फ्रांस में इस समय मि. रोचेस्टर की रखैल के रूप में रहना, आधे समय उनके उन्मत्त प्रेम में खोए रहना क्योंकि वे कम-से-कम कुछ समय तक तो मुझे उन्माद के साथ प्यार अवश्य करते। वे *सचमुच* मुझसे प्यार करते थे; अब कोई मुझसे इस भाँति प्यार नहीं करेगा। सौन्दर्य, युवावस्था और कमनीयता से जो प्रणय-निवेदन किए जाते हैं, उन्हें अब मैं कभी नहीं सुनूँगी, क्योंकि अब किसी अन्य की दृष्टि में मैं यह सबकुछ लगूँगी ही नहीं। वे मुझे बहुत चाहते थे और उन्हें मुझ पर गर्व था। ऐसा कोई पुरुष अब नहीं मिलेगा...पर मैं कहाँ भटक रही हूँ ? क्या बक रही हूँ ? क्या सोच रही हूँ ? मैं पूछती हूँ—क्या मार्सेलीज में, मूर्खों के स्वर्ग में दासवृत्ति अच्छी है ? वह जिसमें कुछ देर तो अत्यधिक आनन्द में डूबे रहो और दूसरे क्षण पश्चात्ताप और ग्लानि के आँसुओं में दम घुटने लगे ? या यह अच्छा है कि इंग्लैंड के एक स्वस्थ कोने में स्वच्छ पहाड़ी समीर के बीच एक ग्राम के विद्यालय में एक सामान्य शिक्षिका बनो, जहाँ स्वाधीनता है और ईमानदारी है ?

हाँ, अब मैं अनुभव कर रही हूँ कि जब मैंने सिद्धान्तों और कानून का दामन पकड़ा था तथा उन्मत्त क्षणों की पागल आकांक्षाओं को घृणा से झटक दिया था तब मैंने ठीक ही निर्णय लिया था। ईश्वर ने मुझे सही राह दिखलाई। मैं इस मार्गदर्शन के लिए प्रभु को धन्यवाद देती हूँ।

सन्ध्याकालीन विचारों में इस प्रकार मग्न रहने के बाद मैं उठी, द्वार तक गई, फसल-कटाई की ऋतु के सूर्यास्त को निहारने लगी तथा कुटिया के सामने फैले शान्त खेतों को देखने लगी। सबसे पास का गाँव इस विद्यालय से आधा मील दूर था। चिड़ियाँ घोंसले में जाने के पूर्व कलरव करती, गाती जा रही थीं—

हवा शान्त है, ओस सुखद है।

इस प्रकार निहारते-निहारते मुझे कुछ खुशी हुई, पर शीघ्र ही आँखों से आँसू निकलते देख मुझे आश्चर्य हुआ। आँसू क्यों ? उस विपत्ति पर जिसने मुझे अपने मालिक से नोंचकर अलग फेंक दिया था ? अब मैं वहाँ यह देखने को नहीं थी कि मेरे भाग जाने के फलस्वरूप उनका अथाह दुख और घातक क्रोधाग्नि उन्हें सन्मार्ग से विमुख कर रहा होगा, इतना विमुख कि उद्धार की कोई आशा ही नहीं बचे। यह विचार मन में आते ही मैंने सन्ध्याकालीन सुन्दर आकाश और मार्टन की सूनी घाटी से मुँह मोड़ लिया—सूनी इसलिए कहती हूँ कि इसका जितना भाग मेरी दृष्टि के आगे था, उसमें पेड़ों में अधछिपे चर्च, पादरी का घर तथा घाटी के बिल्कुल दूसरे छोर पर स्थित वेल हॉल की छत के सिवा कुछ नहीं दिखाई देता था, वही वेल हॉल जहाँ वैभवशाली श्री ओलिवर अपनी पुत्री के साथ रहते थे। मैंने आँखें मूँद लीं और अपने द्वार के पथरीले चौखट पर सिर टिका दिया। पर तुरन्त ही मैदान से लगी मेरी फुलवारी के छोटे गेट के पास कुछ आवाज सुनकर मैंने आँखें खोलीं। एक कुत्ता—बूढ़ा कार्लो, रीवर्स का मार्गदर्शक, जैसा मैंने एक क्षण में ही देख लिया—अपनी नाक से गेट को ठेल रहा था और सेंट जॉन इस पर कोहनी टेके, झुके खड़े थे। उनकी सिकुड़ी भौंहें और गम्भीर दृष्टि अप्रसन्न जैसी, मुझ पर टिकी थी। मैंने उन्हें अन्दर आने के लिए कहा। उन्होंने उत्तर दिया, ''नहीं, मैं नहीं रुक सकता। मैं तो सिर्फ एक छोटा-सा बंडल लेकर आया हूँ जिसे मेरी बहनों ने तुम्हारे लिए दिया था। सम्भवतः इसमें रंगों का डिब्बा, पेंसिल और कागज हैं।''

मैं उसे लेने के लिए निकट गई। अच्छा उपहार था। मेरे निकट जाते ही सम्भवतः पवित्रता के भाव से उन्होंने मेरे चेहरे का भाव पढ़ा। इस पर आँसू के चिह्न निस्सन्देह दिखाई दिए होंगे।

उन्होंने पूछा, ''क्या तुम्हें प्रथम दिन का काम अनुमान से अधिक कठिन मालूम हुआ ?''

''ओह, नहीं। बल्कि मैं तो समझती हूँ कि धीरे-धीरे मैं अपनी छात्राओं में रम जाऊँगी।''

''तो शायद तुम्हारे निवासस्थान, इस कुटिया, फर्नीचर आदि ने तुम्हें निराश कर दिया हो ? सचमुच ये बहुत कम हैं, किन्तु...''

मैंने बीच में ही रोका, ''मेरी कुटिया साफ और हर मौसम के लिए उपयुक्त है। फर्नीचर भी पर्याप्त और आरामदायक है। जो कुछ मैंने यहाँ पाया, उसके लिए मैं कृतज्ञ हूँ, निराश नहीं। मैं इतनी मूर्ख और आरामपसन्द नहीं कि एक कालीन, एक सोफा या चाँदी के प्लेट के अभाव का रोना रोऊँ। इसके अतिरिक्त पाँच सप्ताह पहले मेरे पास तो कुछ भी नहीं था। मैं तब एक परित्यक्त, भिखारन और भगोड़ी थी। अब तो मुझे परिचित लोग मिले हैं, घर और काम मिला है। मुझे ईश्वर की कृपा पर अचरज होता है, और अपने मित्रों की उदारता और अपने सौभाग्य पर भी। मुझे किसी बात का पछतावा नहीं है।''

“तो शायद तुम्हें अकेलापन खलता है ? तुम्हारे पीछे का यह छोटा घर अँधेरा और सूना है।”

“अभी मुझे शान्ति का अनुभव करने का भी समय नहीं मिला है, अकेलेपन से ऊबने की बात तो दूर है।”

“बहुत अच्छा। मैं आशा करता हूँ कि जो सन्तोष तुम शब्दों में व्यक्त कर रही हो, उसका हृदय में भी अनुभव करोगी। कम-से-कम तुम्हारी सद्‌बुद्धि तुम्हें बताएगी कि इतनी जल्दी दुखों की आशंका के आगे घुटने नहीं टेकने चाहिए। यह तो मैं नहीं जानता कि जब मैंने तुम्हें देखा उसके पूर्व तुम किन-किन सुविधाओं और सुखों का त्याग करके आई थी, पर मैं तुम्हें सलाह दूँगा कि तुम अतीत में झाँकने के हर प्रलोभन का दृढ़ता से विरोध करो और अपने वर्तमान कर्तव्य में दृढ़ मन से लगी रहो, कम-से-कम आगामी कुछ माह तक।”

“हाँ, मेरा भी यही इरादा है,” मैंने उत्तर दिया। सेंट जॉन आगे बोलते रहे, “स्वभावतः झुकाव इच्छाओं की माँग पर नियन्त्रण रखना कठिन काम तो है, फिर भी यह किया जा सकता है। यह मैं अपने अनुभव से कह सकता हूँ। ईश्वर ने कुछ दूरी तक हमें अपना भाग्य सँवारने की शक्ति दी है। जब हमारी कामनाएँ ऐसी वस्तु की माँग करती हैं जो प्राप्त नहीं है अथवा यदि हमारी इच्छाएँ उधर जाना चाहती हों जिधर चलना वर्जित है, तो हमें होश गँवाने या हताश होने की आवश्यकता नहीं है। हमें अपने मन के लिए दूसरा आहार ढूँढ़ना होगा, उसी वर्जित फल की भाँति सशक्त और निश्चित आहार। अपने चंचल पगों के लिए वैसी ही सीधी, सुगम राह ढूँढ़नी होगी जैसी वह राह थी जिसे भाग्य ने बन्द कर दिया, भले ही नई राह कुछ कठिन क्यों न हो।

“एक वर्ष पूर्व मैं भी अत्यन्त दुखी था क्योंकि मुझे लगता था कि पादरी का जीवन चुनकर मैंने गलती की है। इसके पवित्र कर्तव्यों का बोझ मुझे मृतप्राय कर देता था। संसार में सक्रिय जीवन जीने की चाह मेरे अन्दर जल रही थी, चाहे वह साहित्यिक जीवन का कठिन परिश्रम हो या कलाकार, लेखक या वक्ता का जीवन हो, पादरी का जीवन छोड़ किसी प्रकार का जीवन हो। हाँ, एक राजनीतिज्ञ, सैनिक, प्रखर अन्वेषक, प्रसिद्ध प्रेमी, शक्तिपूजक, इन सभी का हृदय मेरे पादरी के परिधान के नीचे धड़क रहा था। मैं समझता था कि जीवन इतना व्यर्थ हो गया है कि इसे बदलना होगा या मुझे मरना होगा। एक वर्ष के अन्धकार और संघर्ष के बाद प्रकाश की किरणें फूटीं और मुझे कुछ शान्ति मिली। मेरा कुचला हुआ व्यक्तित्व मानो अचानक सीमाहीन समतल में फैल गया। लगा, मेरी आत्मा ने स्वर्ग से आह्वान सुना कि 'जागो, शक्ति केन्द्रित करो, अपने पंख फैलाओ और इस संकुचित क्षेत्र से ऊपर उठो।' ईश्वर ने मेरे लिए एक कर्तव्य निर्धारित किया है जिसे दूर तक पहुँचाने के लिए, इसे ठीक से सम्पादित करने के लिए सैनिक, राजनीतिज्ञ, वक्ता आदि की चतुरता, शक्ति, साहस, वाक्पटुता और श्रेष्ठ गुणों की आवश्यकता है क्योंकि एक अच्छे पादरी में ये सारे कर्तव्य समाहित होते हैं।

“मैंने ईसाई धर्म-प्रचारक बनने का निर्णय कर लिया। उस क्षण से मेरी मनोदशा

बदल गई, मेरी शक्तियों पर पड़े बन्धन स्वतः टूटकर गिर गए, अब कोई पराधीनता नहीं रही। सिर्फ एक तिक्त याद बची जो समय के साथ मिट जाएगी। मेरे पिता ने इस निर्णय का विरोध किया, किन्तु उनकी मृत्यु के उपरान्त अब मेरे समक्ष कोई वैधानिक अड़चन नहीं रही। कुछ काम निपटाने के बाद, मार्टन के लिए एक नया पादरी ढूँढ़ लेने के बाद जो स्नेह मानवीय दुर्बलता का अन्तिम संघर्षस्थल है उसके एक-दो बन्धन तोड़ या झटक देने के बाद, जिस पर मैं अवश्य विजय पा लूँगा, क्योंकि मैंने ऐसा करने की शपथ ली है, मैं यूरोप छोड़कर पूरब की ओर चल दूँगा।''

उन्होंने ये सारी बातें विचित्र, धीमी, पर सशक्त वाणी में कहीं। जब उन्होंने बोलना बन्द किया, वे मेरी ओर नहीं देख रहे थे, वरन् डूबते सूरज को निहार रहे थे, जिस ओर मेरी दृष्टि भी टिकी थी। खेतों से होकर गेट तक आनेवाले रास्ते की ओर हमारी पीठ थी। घास से ढँकी पगडंडी पर हमें कोई आहट नहीं सुनाई दी। वहाँ उस क्षण घाटी में बहती धारा की कलकल ध्वनि ही व्याप्त थी। इसलिए तब हम लोगों का चौंकना स्वाभाविक ही था जब चाँदी की घंटी जैसी मधुर ध्वनि में एक प्रसन्न स्वर बोल उठा, ''नमस्कार, मि. रीवर्स ! और नमस्कार बूढ़े कार्लो। आपकी अपेक्षा आपका कुत्ता अपने मित्रों को जल्दी पहचान लेता है। मैं खेतों के छोर पर पहुँची तभी उसने कान खड़े कर लिये और पूँछ हिलाने लगा। और आप तो अभी तक मेरी ओर पीठ किए हुए हैं।''

यह सत्य था। यद्यपि उस संगीतमय स्वर के प्रारम्भ में ही मि. रीवर्स चौंक गए थे, मानो उनके सिर के ऊपर बिजली गरजी हो, फिर भी बात समाप्त होने तक भी वे वैसी ही मुद्रा में खड़े रहे जिसमें आगन्तुक ने उन्हें टोका था–उसी प्रकार गेट पर बाँहें टिकाए और पश्चिम की ओर मुँह किए हुए। अन्त में वे पूरे सोच-विचार के साथ मुड़े। मुझे ऐसा लगा मानो उनकी बगल में एक स्वप्न उतर आया हो। उनसे तीन फीट के अन्तर पर ही एक युवा सुन्दर आकृति दिखाई दे रही थी, पूर्ण श्वेत परिधान में। फिर भी शरीर की सुन्दरता स्पष्ट दृष्टिगोचर हो रही थी और जब कुत्ते को पुचकारने के बाद उसने सिर उठाया और अपने दुपट्टे को पीछे झटका तो उनकी आँखों के समक्ष पूर्ण सौन्दर्य की प्रतिमा साकार हो गई। पूर्ण सौन्दर्य कहना एक बड़ा दावा है, पर मैं अपनी बात से पीछे नहीं हट रही या इसे बदलने की चेष्टा नहीं कर रही। पृथ्वी पर प्रकृति जितना सुन्दर रूप रच सकती थी यह वैसा ही था। घाटी की आर्द्रता और आकाश का वायुमंडल मिलकर गुलाब और कमलिनी के रंगों का जितना सुन्दर सम्मिश्रण तैयार कर सकते थे, वह यहाँ इस रूप में मौजूद था। किसी आकर्षण की कमी नहीं थी, कोई दोष दृष्टिगोचर नहीं हो रहा था। इस युवा बाला के नाक-नक्श बहुत सुन्दर और सुकोमल थे। आँखें सुन्दर और काली थीं, जैसी सुन्दर चित्रों में दिखाई देती हैं–बड़ी-बड़ी, काली और फैली-सी। सुन्दर आँखों के ऊपर घनी काली पलकें आकर्षण का केन्द्र थीं। सुचित्रित पतली भौंहें। चिकना ललाट जो सौन्दर्य के रंग और दमक में वृद्धि करता है। गाल भरे, ताजा और चिकने। होंठ स्वस्थ और ताजगी-भरी लाली लिये मधुरता से पूर्ण। कतार में सजे चमकते दाँत। ठुड्डी में हलका गड्ढा। घनी, लम्बी लटें। संक्षेप में सौन्दर्य

के सारे उपादान उपस्थित होकर उसकी रूप-रचना कर रहे थे। इस रूपवती को देखकर मैं आश्चर्यचकित थी और हृदय से उसकी प्रशंसा कर रही थी। प्रकृति ने निश्चय ही बड़े स्नेह से उसे रख होगा, और सौतेली माँ की तरह कुछ-न-कुछ कमी दिखाने की आदत छोड़कर, दादी की भाँति अपनी इस दुलारी को सभी चीजों से परिपूर्ण कर दिया था।

सेंट जॉन रीवर्स पृथ्वी की इस परी के विषय में क्या धारणा रखते हैं ? जब वे उसकी ओर मुड़े और उसे देखा तो मेरे मन में अनायास यह प्रश्न उभर आया और इसका उत्तर पाने के लिए मैंने उनके चेहरे पर दृष्टि जमा दी। उन्होंने अब उस परी से दृष्टि हटा ली थी और गेट की बगल में उगे फूलों के एक गुच्छे को देख रहे थे।

''शाम सुहानी है, पर तुम्हारे अकेले बाहर निकलने के लिए देर हो गई है,'' जूतों से मुँहबन्द फूलों को कुचलते हुए उन्होंने कहा।

''ओह, मैं शहर से अभी तुरन्त घर आई। (बीस मील दूर स्थित एक शहर का नाम उसने लिया।) पापा ने बतलाया कि आपने स्कूल खोल दिया है और उसकी नई अध्यापिका भी आ गई है। इसलिए मैंने चाय के बाद तुरन्त टोपी पहनी और उन्हें देखने घाटी में चल पड़ी।'' मेरी ओर इंगित करके उसने पूछा, ''ये वही हैं क्या ?''

''ये ही हैं,'' सेंट जॉन ने उत्तर दिया।

''क्या आपको ऐसा लगता है कि मार्टन आपको पसन्द आएगा ?'' उसने मुझसे बच्चों की भाँति सीधे-साधे स्वर में, सरलता-मिश्रित प्यारे ढंग से पूछा।

''हाँ, आशा तो करती हूँ कि पसन्द आएगा। पसन्द आने के कई कारण भी हैं।''

''क्या आपने छात्राओं को आशा के अनुकूल पढ़ाई में लग्नशील पाया ?''

''बिल्कुल।''

''आपको घर अच्छा लगा ?''

''बहुत।''

''मैंने इसे ठीक से सजाया है न ?''

''सचमुच, बहुत अच्छे ढंग से।''

''आपकी सहायता के लिए एलिस वुड को मैंने ठीक चुना है न ?''

''बिल्कुल ठीक चुना है आपने। वह समझ-बूझवाली और सक्रिय है।''

अब मैं समझ गई कि यही मिस ओलिवर हैं—एक बड़ी सम्पत्ति की उत्तराधिकारिणी। सौभाग्य और प्रकृति दोनों से उपहार पाने में सौभाग्यशालिनी। जाने इसके जन्म के समय कौन-कौन से सुन्दर ग्रहों का योग हुआ होगा !

''मैं कभी-कभी आऊँगी और पढ़ाने में आपकी सहायता करूँगी,'' उसने कहा। ''कभी-कभी आपके यहाँ आने-जाने से मेरी भी नीरसता जाती रहेगी। मुझे भी परिवर्तन अच्छा लगता है। मि. रीवर्स, उस शहर में ठहरने के दौरान मैं बड़ी प्रसन्न रही। गत रात, बल्कि आज भोर दो बजे तक मैं नाचती रही। दंगे के समय से वहाँ सेना की...रेजीमेंट ठहरी हुई है और उसके अफसर लोग बहुत ही मजेदार आदमी हैं। उन

लोगों के आगे हमारे व्यापारी और उद्योगी नवयुवक फीके पड़ गए।''

मुझे ऐसा लगा कि मि. सेंट जॉन का निचला होंठ लटक गया और ऊपरी होंठ क्षण-भर के लिए सिकुड़ गया। जब उस हँसती हुई लड़की ने यह खबर सुनाई, उनका मुँह कसकर बन्द मालूम पड़ता था और चेहरे का निचला हिस्सा बेहद कड़ा और चौकोर दिखाई देने लगा। उन्होंने फूलों से दृष्टि उठाई और उसकी ओर देखा। एक हँसीविहीन, ढूँढ़ती-सी और गूढ़ दृष्टि थी यह। पर उसने फिर हँसकर इस दृष्टि का सामना किया। उसकी युवावस्था, गुलाबी और गड्ढोवाले गाल तथा चमकती आँखों पर यह हँसी सुशोभित हो रही थी।

वे चुप और गम्भीर खड़े रहे तो वह फिर कुत्ते को दुलारने लगी। बोली, ''बेचारा कार्लो मुझसे प्यार करता है। *वह* अपने मित्रों के प्रति कठोर और बेरुखा नहीं है और यदि वह बोल पाता तो चुप नहीं रहता।''

अपनी स्वाभाविक सुन्दरता के साथ झुककर जब वह युवक और कठोर-हृदय मालिक के सामने कुत्ते का सिर थपथपा रही थी, तो मैंने देखा कि मालिक के चेहरे पर लाली छा गई। मुझे लगा कि अनियन्त्रित भावों से चपल होकर उनकी आँखें अचानक लाल हो गईं। इस प्रकार भावावेश और उत्तेजना में वे उतनी ही पौरुषमय और सुन्दर प्रतीत हुईं जितनी नारी-सुलभ सुन्दरता उस युवती में थी। उनका वक्षस्थल लम्बी साँस से उद्वेलित हुआ, मानो न चाहते हुए भी अत्याचारी प्रतिबन्ध से ऊबकर फैल गया हो और स्वाधीनता पाने के लिए भारी जोर लगा रहा हो। पर उन्होंने फिर उसे कुचल दिया जैसे एक निश्चयी घुड़सवार एक नए घोड़े को दबोच लेता है। उन्हें दिए गए मृदु प्रोत्साहन का उन्होंने न तो शब्दों से कोई उत्तर दिया और न भंगिमाओं से।

उनकी ओर देखते हुए मिस ओलिवर बोलती गई, ''पापा कहते हैं कि अब आप कभी हम लोगों से मिलने नहीं आते। आप तो हमारे घर के लिए अपरिचित हो गए ! पापा आज शाम अकेले हैं और कुछ अस्वस्थ भी हैं। क्या आप मेरे साथ लौटेंगे और उन्हें देखेंगे ?''

''मि. ओलिवर की शान्ति में विघ्न डालने का यह उचित समय नहीं है,'' मि. सेंट जॉन ने उत्तर दिया।

''उचित समय नहीं है ? पर मैं तो कहती हूँ कि है। इसी समय तो पापा को लोगों के साथ की आवश्यकता होती है जब काम समाप्त हो जाता है और उन्हें व्यस्त रखनेवाली कोई बात नहीं होती। मि. रीवर्स, चलिए न ! आप इतने शर्मीले, इतने गम्भीर क्यों हैं ?'' उनकी चुप्पी से खालीपन को उसने स्वयं ही उत्तर देकर भर दिया।

''मैं भूल गई थी,'' उसने अपनी सुन्दर लटोंवाला सिर हिलाते हुए मानो स्वयं पर लज्जित होकर कहा, ''मैं इतनी चपल और विचारहीन हूँ। मुझे क्षमा करें। मेरी स्मृति से यह बात निकल गई थी कि मेरी गपशप में सम्मिलित होने के बारे में आपकी अरुचि के लिए पर्याप्त कारण हैं। डायना और मेरी आज ही आपसे दूर चली गई हैं, मूर हाउस बन्द हो गया है और आप बिल्कुल अकेले हो गए हैं। मुझे सचमुच आप पर दया आती

है। घर चलिए और पापा से मिलिए।''

''आज शाम नहीं, मिस रोजामंड, आज शाम नहीं।'' मि. सेंट जॉन एक मशीन की भाँति बोल पड़े। इस तरह अस्वीकार करने में उन्हें जो पीड़ा हुई होगी, वे ही जानते होंगे।

''अच्छा, यदि आप अपनी जिद पर इतने अड़े हैं तो मैं चलती हूँ, क्योंकि अब और देर मैं नहीं रुक सकती। ओस गिरने लगी है। नमस्कार।''

उसने अपना हाथ बढ़ाया। मि. सेंट जॉन ने उसे सिर्फ स्पर्श किया और एक प्रतिध्वनि की भाँति धीमे खोखले स्वर में दुहराया, ''नमस्कार।''

वह मुड़ी, पर एक क्षण में वापस लौटी और पूछा, ''आप अच्छे तो हैं न ?'' प्रश्न उसने ठीक ही पूछा क्योंकि सेंट जॉन का चेहरा उनके गाउन की तरह ही सफेद था।

उन्होंने उत्तर दिया, ''बिल्कुल अच्छा,'' और थोड़ा झुके फिर गेट से बढ़ चले। वह एक ओर चली गई और वे दूसरी ओर। परियों की तरह चपलता से मैदान पार करते हुए उसने दो बार मुड़कर उन्हें देखा, पर दृढ़ डगों से आगे बढ़ते हुए वे एक बार भी पीछे नहीं मुड़े।

किसी दूसरे व्यक्ति की यातना और त्याग के इस दृश्य ने अपनी ही चिन्ता में डूबे मेरे मन को झकझोर दिया। डायना रीवर्स ने अपने भाई को उपाधि दी थी–मृत्यु की तरह अडिग। उसने कोई अतिशयोक्ति नहीं की थी।

32

उस ग्रामीण विद्यालय में मैं यथासम्भव सक्रियता और निष्ठा से परिश्रम करती आ रही थी। प्रारम्भ में यह सचमुच दुरूह कार्य लगा। पूरे प्रयास के बावजूद कुछ दिन बीतने पर ही मैं अपनी छात्राओं और उनके स्वभाव को समझ पाई। पूर्णतः अशिक्षित और पूरी तरह सुषुप्त चेतनावाली वे छात्राएँ पहले तो मुझे निराशाजनक सीमा तक बुद्धू प्रतीत हुईं। पहली बार देखने पर मुझे वे सभी एकसमान बुद्धिहीन लगीं। पर जल्द ही मुझे अपनी भूल मालूम हो गई। जैसे पढ़े-लिखे लोगों के बीच भी अन्तर होता है, वैसे उनके बीच भी था, और जब मैं उनसे घनिष्ठ होने लगी और वे मुझसे निकट होने लगीं तो यह अन्तर और उजागर होने लगा। मुझ पर, मेरी भाषा, मेरे नियमों, मेरे तौर-तरीकों पर जब उनके आश्चर्य का भाव खत्म हुआ तो इन थोबड़ेवाली, मुँह-खोले छात्राओं में से कुछ बिल्कुल तीव्रबुद्धि की छात्राओं में बदल गईं। कुछ बहुत आज्ञाकारी और अच्छे स्वभाव की लगने लगीं और मैंने देखा कि उनमें से कई स्वाभाविक विनम्रता, जन्मजात स्वाभिमान और सुयोग्यतावाली हैं। इससे उन्हें मेरा स्नेह और मेरी प्रशंसा मिलने लगी। वे लोग अपना काम अच्छी तरह करने में रुचि लेने लगीं। साथ ही अपने को स्वच्छ रखने में, नियमित रूप से पाठ याद करने में और शान्त और व्यवस्थित तरीके सीखने में उनकी रुचि जाग्रत हुई। कई छात्राओं की तीव प्रगति से मुझे विस्मय होने लगा और उन पर मुझे सचमुच गर्व-मिश्रित प्रसन्नता हुई। इसके अतिरिक्त कुछ श्रेष्ठ छात्राओं को मैं व्यक्तिगत रूप से प्यार करने लगी और वे भी मुझे चाहने लगीं। मेरी छात्राओं में किसानों की अनेक पुत्रियाँ थीं जो युवा हो चली थीं। वे पढ़ना, लिखना और सिलाई करना जानती थीं, उन्हें मैंने व्याकरण, भूगोल, इतिहास और अच्छी कशीदाकारी का ज्ञान कराया। उनमें से कुछ का व्यक्तित्व उत्तम था–ऐसी जो अधिक ज्ञान-प्राप्ति और उन्नति की इच्छुक थीं, जिनके साथ मैंने उनके घर पर कई सन्ध्याएँ आनन्दपूर्ण ढंग से बिताईं। उनके माता-पिता (किसानों और उनकी पत्नियों) ने मेरी बड़ी आवभगत की। उनका सरल स्नेह स्वीकार करने में एक आनन्द था। साथ ही उनकी भावनाओं का आदर करके उनका प्रतिदान देना भी प्रिय लगता था। वे इसके अधिक अभ्यस्त नहीं थे, पर ऐसे व्यवहार से वे मुग्ध और लाभान्वित होते थे, क्योंकि इससे उन्हें अपने आप पर आस्था होने लगी और वे उन

गुणों को सीखने में रुचि लेने लगे जिनसे वे सम्मान-योग्य बन सकें।

मुझे ऐसा लगने लगा कि मैं पास-पड़ोस में लोकप्रिय हो रही हूँ। जब कभी मैं बाहर निकलती, चारों ओर से लोग मुझे स्नेह से नमस्कार करते और मुस्कराकर मेरा स्वागत करते। सभी के सम्मान के बीच जीना, भले ही कामकाजी लोगों द्वारा सम्मान क्यों न हो, ऐसा है जैसे आप शान्त, मधुर धूप में बैठे हों जहाँ आन्तरिक भावों की कलियाँ स्नेह की किरणों में खिलती हों। जीवन की इस अवधि में मेरा हृदय प्रायः निराशा में डूबने की अपेक्षा ईश्वर के प्रति कृतज्ञता से भर उठता था। फिर भी, पाठक, मैं आपको बतलाऊँगी कि इस तरह शान्त और उपयोगी ढंग से दिन बिताने के बाद और अकेले, सन्तोषजनक ढंग से चित्रकारी या अध्ययन में शाम काटने के बाद मैं रात्रि में विचित्र स्वप्नों में डूब जाती थी–रंग-बिरंगे, उत्तेजक, आदर्श, विकल करनेवाले बेचैन सपनों में–जहाँ विचित्र दृश्यों के बीच, जोखिम, संकट और रोमांस के बीच, विचित्र परिस्थितियों में मैं बार-बार मि. रोचेस्टर से मिलती थी। उनकी बाँहों में होने की अनुभूति होती और उनका स्वर सुनने, उनसे आँखें मिलाने, उनका हाथ और गाल छूने, प्यार करने, प्यार पाने, उनके साथ जीवन बिताने की अभिलाषा पुनः पूरी सजगता से जीवित हो उठती। तब मेरी नींद टूट जाती। मैं याद करती कि मैं कहाँ हूँ और कैसे हूँ। तब अपने पर्दों से रहित बिस्तर पर उठकर काँपने और सहमने लगती और काली रात मेरी निराशा के थपेड़ों और बेचैन रुलाई की साक्षी होती। फिर दूसरे दिन ठीक नौ बजे मैं समय पर विद्यालय का कमरा खोलती–वैसी ही शान्त, निश्चिन्त, और दिन के नियमित परिश्रम के लिए तत्पर।

रोजामंड ओलिवर ने मेरे पास आने का अपना वचन निभाया। स्कूल में उसका आगमन प्रायः प्रातःकालीन घुड़सवारी के दौरान हुआ करता था। वह अपनी घोड़ी पर सवार होकर विद्यालय के द्वार तक चली आती और पीछे-पीछे वर्दी पहने घुड़सवार नौकर आता था। उसका सुन्दर रूप, नीली पोशाक, काली टोपी जिसके नीचे से उसकी काली लटें निकलकर उसके गाल चूम रही हों और कन्धे पर बिखरी हों, इससे सुन्दर दृश्य की कल्पना भी नहीं की जा सकती। इस प्रकार वह उस ग्रामीण मकान में आती और चकाचौंध छात्राओं के बीच से गुजरती। वह प्रायः उस समय आती जब मि. रीवर्स अपना प्रश्नोत्तर का दैनिक पाठ दे रहे होते। मुझे लगता था कि आगन्तुका की आँखें इस युवा पादरी के हृदय को तीक्ष्णता से बेंधती थीं। किसी स्वतःज्ञान से उन्हें उसके आने का आभास हो जाता था, भले ही वे इधर न देख रहे हों। और जब वे द्वार से दूसरी ओर देख रहे होते, और उस समय वह वहाँ आ जाती तो उनके गाल लाल हो उठते थे और उनका पत्थर-सा मुखड़ा ढीला न होने पर भी अवर्णनीय सीमा तक बदल जाता था। तब वह अपने अन्तर्मन में दबे उद्वेग को और अधिक शक्तिशाली ढंग से व्यक्त करता था, जितना उनके चेहरे की भंगिमा या तीक्ष्ण दृष्टि व्यक्त करती।

निस्सन्देह वह अपनी शक्ति पहचानती थी, पर वे नहीं पहचानते थे क्योंकि वे अपना भाव उससे छिपा नहीं पाते थे। उनके ईसाई वैराग्य के बावजूद वह उनके पास

जाती, उन्हें सम्बोधित करती, प्रसन्नता से, प्रोत्साहित करनेवाले स्नेह से उनके चेहरे को देखकर मुस्कराती, तो उनके हाथ काँपने लगते और आँखें जल उठतीं। शब्दों से नहीं तो अपनी दृढ़ और उदास दृष्टि से वे कहते प्रतीत होते थे, 'मैं तुम्हें प्यार करता हूँ और जानता हूँ कि तुम भी मुझे चाहती हो। प्यार में निराशा के डर ने मुझे मूक नहीं बनाया है। यदि मैं अपना हृदय तुम्हें दूँ तो मुझे विश्वास है कि तुम स्वीकार कर लोगी। किन्तु यह हृदय एक पवित्र वेदी पर पहले ही अर्पित किया जा चुका है और इसके चारों ओर आग के जलने की तैयारी हो चुकी है। जल्द ही यह अर्पण जलकर राख हो जाएगा।'

तब वह एक निराश बच्ची की भाँति मुँह बना लेती। उसकी दमकती चपलता पर एक गम्भीर बादल छा जाता। वह अपना हाथ उनकी ओर से जल्दी से खींच लेती और उनके वीर और बलिदानी स्वरूप से उठकर मुँह फेर लेती। जब वह इस प्रकार उन्हें छोड़कर चल देती तो सेंट जॉन बेशक उसके पीछे जाने, उसे मनाने, रोकने के लिए कुछ भी कर सकते थे, पर वे स्वर्ग की आशा नहीं खोना चाहते थे और प्यार का अमृत पाने के लिए सच्चे, चिरन्तन अमृत का परित्याग नहीं कर सकते थे। इसके अतिरिक्त अपने स्वभाव की अनेक प्रवृत्तियों को—घुमक्कड़, महत्त्वाकांक्षी, कवि, पादरी आदि की प्रवृत्तियों को—एक प्यार की परिधि में नहीं बाँध सकते थे। मिशनरी प्रचार रूपी युद्ध के विशाल क्षेत्र को वे वेल हॉल के भवन और शान्ति पर बलिदान नहीं कर सकते थे। ये सभी बातें मैंने उन्हीं से जानी, जब एक बार उनके न चाहने पर भी मैंने उनके मन की बातों को पूछने की हिम्मत कर डाली।

मिस ओलिवर प्रायः मेरी कुटिया में पधारकर मेरा मान बढ़ाती थी। मैंने उनके चरित्र का पूरा अध्ययन कर लिया था जिसमें कोई रहस्य या छिपाव नहीं था। उसे लुभाने की कला आती थी, पर वह हृदयहीन नहीं थी। लोगों से अधिक अपेक्षा रखती थी, पर व्यर्थ की स्वार्थी नहीं थी। उसे बचपन से ही लाड़-प्यार अधिक मिला था, पर वह बिगड़ी हुई नहीं थी। वह धड़-फड़ करती रहती थी, पर स्वभाव अच्छा ही था। कुछ अभिमानी थी। (यह तो होना ही था जब आईने में प्रत्येक झलक उसे सौन्दर्य के नए-नए रूप दिखाती रहती थी), पर आडम्बर उसमें नहीं था। उदार थी, धन का अहंकार नहीं था। गुणी और तीव्रबुद्धि थी, साथ ही प्रसन्न स्वभाव की और चपल थी। विशेष सोच-विचार में नहीं पड़ती थी और आकर्षक थी। संक्षेप में, वह अपने ही लिंग की मेरे जैसी एक निष्पक्ष निरीक्षक की दृष्टि में भी काफी मनोरंजक और पूर्णतः प्रभावशाली थी। सेंट जॉन की बहनों की अपेक्षा उसका मस्तिष्क कुछ दूसरे ही प्रकार का था। फिर भी मैं उसे पसन्द करती थी, जैसेकि मैं अपनी शिष्या एडेली को पसन्द करती थी। अन्तर इतना ही था कि एक बच्ची के लिए जो हमारी दृष्टि के नीचे पली-बढ़ी हो और जिसे हमने पढ़ाया हो, एक प्रगाढ़ स्नेह मन में उत्पन्न हो जाता है, पर वैसा स्नेह हम वैसे ही आकर्षक किसी वयस्क के लिए नहीं अनुभव करते।

उसे मेरे प्रति एक मनोरंजक लगाव-सा हो गया था। वह कहती थी कि मैं मि. रीवर्स जैसी हूँ। सिर्फ इतना मानती थी कि उनके दसवें भाग जितनी सुन्दरता भी मुझमें नहीं

है। यद्यपि मैं भी प्यारी और अच्छी लड़की हूँ, पर रीवर्स तो देवदूत जैसे हैं। फिर भी मैं अच्छी, बुद्धिमती, समझदार और दृढ़ हूँ, उन्हीं के जैसी। वह दावे से कहती थी कि गाँव के विद्यालय की शिक्षिका की दृष्टि से मैं आशा से भी अधिक अच्छी हूँ। उसे विश्वास था कि मेरे पूर्व जीवन की कहानी का पता यदि चले तो उसमें रोमांस अवश्य होगा।

एक सन्ध्या को जब वह अपनी बच्चों जैसी चपलता और विचारहीन, पर निर्दोष उत्सुकता से मेरी आलमारी और ड्रावर आदि को उलट-पलट रही थी, उसे पहले दो फ्रांसीसी पुस्तकें, शिलर की एक किताब, एक जर्मन व्याकरण और शब्दकोश मिले। फिर मेरी चित्रकारी का सामान, कुछ चित्र, मेरी छात्राओं में से एक भोली, प्यारी-सी लड़की का पेंसिल चित्र और कुछ प्राकृतिक दृश्यों के चित्र (जो मार्टन में तथा आसपास के चौर के बनाए गए थे) आदि मिले। पहले तो वह आश्चर्यचकित हो गई, फिर अचानक प्रसन्न हो उठी और प्रश्नों की झड़ी लगा दी, "क्या आपने ही ये चित्रकारियाँ की हैं ? क्या आप फ्रांसीसी और जर्मन भी जानती हैं ? कितनी प्यारी और अद्भुत हैं आप ? आप तो गाँव...में मेरे पहले स्कूल के शिक्षक से भी अधिक सुन्दर चित्रकारी करती हैं। क्या आप मेरा एक चित्र बना देंगी जिसे मैं पापा को दिखाऊँगी ?"

मैंने उत्तर दिया, "खुशी से बना दूँगी।" इतनी पूर्ण, सुन्दर और जीवन्त मॉडल की चित्रकारी करने का अवसर मिलने पर मुझे एक चित्रकार जैसा ही हर्ष का अनुभव हुआ। उस समय उसने गहरा नीला, रेशमी परिधान पहना हुआ था। उसकी बाँहें और गर्दन खुले थे। आभूषण के रूप में उसके चेस्टनट जैसे बाल थे जो उसके कन्धों पर स्वाभाविक लटों की वन्य शोभा-से लहरा रहे थे। मैंने एक अच्छा कार्डबोर्ड पेपर लिया और सावधानी से रेखाएँ खींची। मैंने इसे रंगीन बनाने का निर्णय किया। चूँकि आज देर हो रही थी, मैंने उससे कहा कि फिर एक दिन आकर कुछ देर बैठना होगा।

उसने अपने पिता से सारी बातों का इस तरह वर्णन किया कि अगले ही दिन सन्ध्या समय मि. ओलिवर स्वयं उसके साथ आए थे। वे एक लम्बे-चौड़े जबड़ेवाले, अधेड़, कुछ पके बालोंवाले व्यक्ति थे–जिनकी बगल में उनकी प्यारी बेटी एक भीषण मीनार की बगल में एक चमकीले फूल-सी लग रही थी। वह मुझे एक कड़े, अहंकारी व्यक्ति मालूम हुए, पर मेरे प्रति उनका व्यवहार बहुत दयापूर्ण था। रोजामंड के चित्र की रेखाकृति से वे बड़े प्रसन्न हुए और कहा कि इसे पूरा करके एक सुन्दर चित्र बना दीजिए। उन्होंने बहुत अनुरोध भी किया कि कल की सन्ध्या मैं वेल हॉल में अवश्य बिताऊँ।

वह वहाँ गई और देखा कि यह एक विशाल, भव्य निवास था, जहाँ उसके स्वामी के वैभव के प्रचुर प्रमाण दृष्टिगोचर हो रहे थे। जब तक मैं वहाँ रही, रोजामंड आनन्द और उल्लास से भरी रही। उसके पिता भी स्नेहमय थे और चाय के बाद जब वे बातें करने लगे तो मार्टन स्कूल में मेरे कार्यों की उन्होंने बड़े सशक्त शब्दों में सराहना की। उन्होंने यह भी कहा कि उन्हें आशंका है कि मैं यह स्थान छोड़कर अन्यत्र चली जाऊँगी, क्योंकि जो कुछ उन्होंने देखा और सुना है उससे स्पष्ट है कि यह जगह मेरे योग्य नहीं है।

रोजामंड ने सहमत होते हुए जोर से कहा, "सचमुच, ये तो इतनी बुद्धिमान हैं कि

किसी उच्च परिवार में गवर्नेस बनने योग्य हैं।"

मैंने मन में सोचा कि देश के किसी उच्च परिवार में नौकरी करने की बजाय मैं यहीं ठीक हूँ। मि. ओलिवर तब मि. रीवर्स के विषय में, रीवर्स परिवार के विषय में बड़े सम्मान से बोलने लगे। उन्होंने बतलाया कि पूरे प्रदेश में यह एक बहुत सम्मानित नाम है, इनके पूर्वज बड़े धनी थे, पूरा मार्टन उन्हीं लोगों का था। अभी भी उनके विचार से उस परिवार का प्रतिनिधि युवक यदि चाहे तो यहाँ के सर्वश्रेष्ठ परिवार में विवाह कर सकता है। उन्होंने इस बात को दुखद बताया कि इतने सुन्दर और गुणवान युवक ने बाहर जाकर मिशनरी का जीवन बिताने का निर्णय कर लिया है। यह तो अमूल्य जीवन को नष्ट करने जैसा है। ऐसा लगा कि रोजामंड का विवाह यदि मि. जॉन से तय होता है तो उसके पिता इसमें बाधक नहीं बनेंगे। मि. ओलिवर की दृष्टि में इस युवक पादरी के धन की कमी की पूर्ति उनके उच्चकुल में जन्म, परिवार की प्रसिद्धि और पवित्र पेशे से हो जाती थी।

पाँच नवम्बर का दिन था और छुट्टी थी। घर की सफाई में सहायता करने के बाद मेरी छोटी-सी नौकरानी पारिश्रमिक के रूप में एक पेंस पाकर और सन्तुष्ट होकर जा चुकी थी। मेरे चारों ओर स्वच्छता और चमक थी। धुला-पुछा फर्श, चमकती चिमनी और खूब पोंछी हुई कुर्सियाँ। मैं भी नहा-धो चुकी थी और वह अपराह्न अपनी इच्छानुसार बिता सकती थी।

जर्मन भाषा की एक पुस्तक से कुछ पृष्ठों के अनुवाद करने में एक घंटा बीता। तब मैंने बोर्ड और पेंसिल लिया और रोजामंड ओलिवर का चित्र बनाने जैसे सरल और आरामदेह कार्य में जुट गई। ऊपरी भाग बनाया जा चुका था। अब उसके पार्श्व भाग को रँगना शेष था और वस्त्रों में रंग भरने थे। होंठों में हलकी लाली देनी थी, बालों में एक-दो कोमल, घुँघराले लट बिखराने थे, नीची आँखों की पलकों के नीचे हलका गहरा रंग भरना था। इन्हीं सूक्ष्म विशेषताओं को पूर्ण करने में मैं व्यस्त थी कि तभी अचानक एक तेज थाप से मेरा द्वार खुल गया और सेंट जॉन रीवर्स अन्दर आ गए।

"मैं यह देखने आ गया कि तुम कैसे अवकाश का दिन बिता रही हो।" उन्होंने कहा, "आशा है कि विचारों में खोई नहीं होगी। नहीं, यह अच्छा है कि तुम चित्रकारी कर रही हो। इससे तुम्हें सूनापन नहीं खलेगा। देख रही हो न, मैं तुम पर अभी भी विश्वास नहीं करता, यद्यपि तुम अब तक बड़े प्रशंसनीय ढंग से सबकुछ झेल रही हो। सन्ध्या में मन लगाने हेतु मैं तुम्हारे लिए एक पुस्तक लाया हूँ।" यह कहकर उन्होंने मेज पर एक नई प्रकाशित रचना रख दी–कविता की एक पुस्तक जो उन दिनों यानी आधुनिक साहित्य के स्वर्णयुग में भाग्यशाली पाठकों को ही मिलती थी। हाय, हमारे युग के पाठक इतने भाग्यशाली नहीं हैं। पर साहस बनाए रखें ! मैं दोष देने या पछताने के लिए नहीं ठहरूँगी। मैं जानती हूँ कि कविता मरी नहीं है, न ही प्रतिभा मिटी है। कुबेर का इन दोनों पर कोई जोर नहीं है कि इन्हें बाँध दे या मार डाले। ये दोनों अपना

अस्तित्व, उपस्थिति, स्वतन्त्रता और शक्ति फिर एक दिन दावे के साथ प्रकट कर देंगी। शक्तिमान देवदूत स्वर्ग में सुरक्षित रहें ! जब निकृष्ट आत्माएँ अपना सिक्का जमाती हैं तो वे विद्रूप से मुस्कराते हैं, किन्तु दुर्बल लोग उनका विनाश हुआ समझकर रोने लगते हैं। कविता नष्ट होगी ? प्रतिभा निष्कासित होगी ? नहीं ! क्षुद्रबुद्धि, नहीं ! ईर्ष्या, यह भाव तुम्हारे मन में न आए। वे न सिर्फ जीवित रहती हैं, वरन् वे ही शासन करती हैं और वे ही उद्धार करती हैं। उनकी दैवी शक्ति का प्रभाव यदि हर जगह न हो तो मनुष्य नरक में चला जाए—अपनी नीचता से निर्मित नरक में।

जब मैं *मर्मियन* (पुस्तक यही थी) के दमकते पृष्ठों पर दृष्टि दौड़ा रही थी, सेंट जॉन झुककर मेरी चित्रकारी को देखने लगे। उनका लम्बा शरीर चौंककर फिर खड़ा हो गया, कुछ बोले बिना। मैंने उनकी ओर देखा, पर वे दृष्टि चुरा रहे थे। मैं उनके मनोभावों को अच्छी तरह जानती थी और उनके हृदय की बातों को पूर्णतः समझ रही थी। इस क्षण मैं उनकी अपेक्षा अधिक शान्त और संयत थी। इस क्षण मैं अस्थायी रूप से उन पर हावी थी और मेरे मन में यदि हो सके तो उनका कुछ कल्याण करने की भावना थी। मेरे मन में आया, दृढ़ता और आत्मनियन्त्रण के बावजूद वे स्वयं को बहुत सताते हैं। हर भाव और पीड़ा को अन्दर दबाए रखते हैं। न व्यक्त करते हैं, न स्वीकार करते हैं और न ही किसी को बताते हैं। मुझे विश्वास है कि इस रूपवती रोजामंड के विषय में चर्चा चलाने से उनका भला ही होगा—जिस लड़की से वे सोचते हैं कि विवाह न करना ही उचित होगा उसकी चर्चा। उन्हें इस विषय पर बोलने को मैं बाध्य कर दूँगी।

मैंने पहले कहा, "कुर्सी पर बैठिए, मि. रीवर्स।" पर वे हमेशा की भाँति बोले कि मैं और नहीं रुक सकता। मैंने मन में कहा, 'बहुत अच्छा, चाहे खड़े ही रहिए, पर आप अभी जा नहीं सकते, यह निश्चित है, क्योंकि एकान्त आपके लिए भी वैसा ही बुरा है जैसा मेरे लिए। मैं देखूँगी कि क्या मैं आपके आत्मविश्वास के रहस्यमय-स्रोत का पता लग सकती हूँ या नहीं, और आपके स्फटिक हृदय में एक छिद्र ढूँढ़ सकती हूँ या नहीं, जिससे सहानुभूति के मरहम की एक बूँद अन्दर गिरा सकूँ।' मैं साफ-साफ पूछ बैठी, "यह चित्र उसके जैसा है कि नहीं ?"

"जैसा ? किसके जैसा ? मैंने ध्यान से नहीं देखा।"

"आपने देखा है मि. रीवर्स।"

मेरे अचानक और अद्भुत दावे से वे कुछ चौंक पड़े और आश्चर्य से मुझे देखने लगे।

मैंने मन में कहा, 'उँह, अभी तो कुछ नहीं हुआ। आपके इस अक्खड़पन से मैं हार नहीं माननेवाली। मैं तो बहुत आगे तक के लिए तैयार हूँ।' फिर मैं उन्हें सुनाकर बोली, "आपने ध्यान से और स्पष्ट रूप से देखा है, पर यदि आप फिर देखना चाहें तो मुझे कोई आपत्ति नहीं है।" यह कहकर उठके मैंने चित्र उनके हाथों में थमा दिया।

"बहुत अच्छी चित्रकारी है।" उन्होंने कहा, "कोमल, स्पष्ट रंग हैं, बहुत सुन्दर, और सही-सही चित्रांकन हुआ है।"

"हाँ, हाँ, यह सब मैं जानती हूँ। पर मिलता-जुलता है कि नहीं ? यह किसके जैसा है ?"

कुछ हिचकिचाहट को दबाकर उन्होंने उत्तर दिया, "मिस ओलिवर जैसा। मेरा अनुमान है।"

"बिल्कुल और अब श्रीमान, इस सही अनुमान करने के लिए पुरस्कारस्वरूप मैं आपको इस चित्र की एकदम सही प्रतिलिपि सावधानी से बनाकर दूँगी, बशर्ते कि आप कहें कि यह उपहार आप स्वीकार करेंगे। मैं ऐसी चीज देकर जिसका आपकी दृष्टि में कोई मूल्य ही न हो, अपना समय और परिश्रम व्यर्थ बरबाद करना नहीं चाहती।"

वे चित्र को निहारते ही रहे। जैसे-जैसे देखते जा रहे थे, चित्र पर उनकी पकड़ मजबूत होती जा रही थी और उनकी चित्र को प्राप्त करने की इच्छा भी बढ़ती जा रही थी। वे धीमे-धीमे बोलने लगे, "बिल्कुल उसके जैसा है। आँखें एकदम ठीक चित्रित हुई हैं। रंग, प्रकाश, अभिव्यक्ति सभी पूरी तरह ठीक है। हँसती प्रतीत होती है।"

"यह बताइए कि ऐसा चित्र पाने से क्या आपको सान्त्वना मिलेगी, अथवा मन आहत होगा। जब आप मेडागास्कर में होंगे, या केप या भारत में, उस समय यह स्मृति-चिह्न आपके पास हो, तो क्या आपको धीरज मिलेगा ? या क्या इसे देखकर आपको वे यादें आएँगी जिससे आप घबराएँगे और दुखी होंगे ?"

उन्होंने चोरों की तरह दृष्टि उठाई, अनिश्चित-से और परेशान होकर मुझे देखा और फिर चित्र देखने लगे।

"मैं इसे पाना चाहता हूँ, इतना तो निश्चित है। पर इसे लेना उचित और बुद्धिमत्तापूर्ण कार्य होगा या नहीं, यह एक अलग प्रश्न है।"

चूँकि मैं अच्छी तरह जान गई थी कि रोजामंड सचमुच उन्हें चाहती है और उसके पिता भी इस परिणय का विरोध नहीं करेंगे, अतः मैं, जो सेंट जॉन की भाँति उच्च विचारोंवाली थी, सहृदय से ठान बैठी थी कि उनके मिलने का पूर्ण प्रयास करूँगी। मुझे ऐसा लगता था कि यदि वे मि. ओलिवर की विशाल सम्पत्ति के स्वामी बन जाएँ तो वे उससे उतना ही जन-कल्याण का काम यहाँ करेंगे जितना बाहर जाकर, ग्रीष्मकालीन तपते सूर्य के नीचे अपनी योग्यता को कुंठित करके और अपनी शक्ति नष्ट करके कर सकेंगे। इसी को ध्यान में रखकर मैंने उत्तर दिया, "जहाँ तक मैं समझती हूँ, इस चित्र के मूल व्यक्ति को यदि आप अपना लें तो वह कहीं अधिक बुद्धिमत्ता और औचित्यपूर्ण कार्य होगा।"

अब तक वे बैठ चुके थे, चित्र को अपने समक्ष मेज पर रख लिया था और दोनों हाथों पर चेहरा टिकाए बड़े स्नेह से उस पर झुके हुए थे। मैंने स्पष्ट पाया कि अब वे मेरी उद्दंडता पर न तो क्रोधित हुए और न खिन्न। मैंने यह भी देखा कि ऐसे विषय पर, जिसे वह चर्चा-योग्य नहीं समझते थे, स्पष्ट बोलने और उस पर स्वाभाविक ढंग से विचार-विमर्श करने में उन्हें एक नए प्रकार का आनन्द आने लगा था, एक आशातीत सान्त्वना मिलने लगी थी। खुले स्वभाववाले व्यक्तियों की अपेक्षा गुमसुम रहनेवाले लोगों को अपनी भावनाओं और पीड़ाओं पर खुले विचार-विमर्श की अधिक आवश्यकता होती है। कठोर दीखनेवाले वैरागी भी आखिर मनुष्य ही होते हैं और उनकी आत्मा के नीरव सागर में जब कोई बेधड़क सद्भावना से कूद पड़ता है तो यह गतिविधि प्रायः उन्हें

कृतज्ञ करनेवाली ही साबित होती है।

उनकी कुर्सी के पीछे खड़ी-खड़ी मैंने कहा, ''वह आपको प्यार करती है, इतना तो मैं कह सकती हूँ, और उसके पिता भी आपका सम्मान करते हैं। इसके अतिरिक्त वह प्यारी लड़की है, अधिक सोच-विचार करनेवाली नहीं है, पर आपके पास यथेष्ट विचार हैं जिनसे आपका और उसका दोनों का काम चलेगा। आपको उससे विवाह कर लेना चाहिए।''

''क्या वह मुझे चाहती है ?'' उन्होंने पूछा।

''निश्चित। किसी और की अपेक्षा अधिक ही। वह हमेशा आपकी ही चर्चा करती है और उसे इससे अधिक आनन्द अन्य किसी विषय में नहीं आता। प्रायः इसी बात पर लौट आती है।''

''यह सुनना बड़ा अच्छा लगता है, बहुत अच्छा। पन्द्रह मिनट तक यही सुनाती रहो,'' उन्होंने कहा और सचमुच ही समय देखने के लिए घड़ी निकालकर उन्होंने मेज पर रख ली।

मैंने कहा, ''पर बोलने से क्या लाभ, जब आप शायद इसकी उलटी बात का हथौड़ा मारने जा रहे हैं या अपने हृदय को किसी अन्य बन्धन में बाँधने की योजना बना रहे हैं।''

''ऐसी कठोर बातों की कल्पना मत करो। मान लो कि मैं झुक जाऊँ और पिघल जाऊँ, जैसाकि अभी हो रहा है। मानवीय प्यार एक नए झरने की तरह मेरे मन में फट पड़ा और मैंने बड़ी सावधानी और परिश्रम से जो जमीन तैयार की थी और उसमें कल्याणकारी और निस्वार्थ सेवा की योजना रूपी जो बीज बोए थे—उन सभी को यह बहाए लिये जा रहा है। अब मेरा मन इस अमृतमय प्रवाह से ओत-प्रोत हो गया है। इसमें कीटाणु भी उत्पन्न हो गए हैं और एक मधुर विष इन्हें नष्ट किए जा रहा है। अभी मैं अपने को वेल हॉल के ड्राइंगरूम में सोफे पर अपनी परिणयिता रोजामंड ओलिवर के पाँव के निकट लेटा हुआ देख रहा हूँ। वह मधुमय स्वर में मुझसे बातें कर रही है, और उन्हीं नयनों से मुझे निहार रही है जिन नयनों को तुमने इतनी अच्छी प्रकार चित्रित किया है। वह अपने लाल होंठों से मुझ पर मुस्करा रही है ! वह मेरी है, मैं उसका हूँ। यह वर्तमान जीवन और क्षणभंगुर संसार ही मेरे लिए यथेष्ट है। शी...चुप। कुछ बोलो मत। मेरा हृदय आनन्द से पूर्ण है, मेरी इन्द्रियाँ सम्मोहित हो गई हैं। जो समय मैंने निर्धारित किया है उसे शान्ति से बीत जाने दो।''

मैंने उनका मन रखने के लिए बात मान ली। घड़ी टिकटिक करती रही। वे तेजी से साँस लेते रहे और मैं चुपचाप खड़ी रही। इसी निशब्दता में पन्द्रह मिनट बीत गए। उन्होंने घड़ी रख दी, चित्र भी नीचे रख दिया, उठे और चिमनी के निकट खड़ा हो गए। बोले, ''वह अल्प समय आनन्दातिरेक और भ्रम को समर्पित था। मैंने प्रलोभन के समक्ष सिर झुका दिया और स्वेच्छा से अपने को उसके अधीन कर दिया था। मैंने उस स्वाद को चखा। इस विलास में तकिया जलता हुआ लगा और माला में डंक मारनेवाली मक्खी मिली। मदिरा का स्वाद कड़वा था। उसकी प्रतिज्ञाएँ खोखली थीं, उसके वादे झूठे थे।

यह सब मुझे अब स्पष्ट दीख रहा है।''

मैं विस्मय से उन्हें देखे जा रही थी।

वे बोलते गए, ''बड़े अचरज की बात है कि यद्यपि मैं रोजामंड ओलिवर को बेहद प्रेम करता हूँ, प्रथम प्रणय की सम्पूर्ण प्रगाढ़ता के साथ प्यार करता हूँ, और मेरी प्रियतमा भी अत्यन्त रूपवती, सुकोमल और आकर्षक है, फिर भी साथ-ही-साथ मुझमें एक शान्त, स्पष्ट अनुभूति भी है कि वह मेरे लिए एक अच्छी पत्नी नहीं साबित होगी; वह मेरे योग्य जीवन-साथी नहीं बन सकेगी। यह बात मैं विवाह के एक वर्ष बीतने के पहले ही जान जाऊँगा। इस प्रकार बारह महीने के आनन्द के बाद जीवनपर्यन्त का पश्चात्ताप प्रारम्भ हो जाएगा। यह मैं जान रहा हूँ।''

''सचमुच, विचित्र बात है,'' मेरे मुँह से निकल पड़ा।

उन्होंने बोलना जारी रखा, ''मेरे अन्दर का एक भाग उसके आकर्षण से बहुत सम्मोहित है, पर मेरा ही दूसरा भाग उसके दोषों से उतना ही अवगत है। वे दोष ये हैं कि मेरी जो आकांक्षा है, उसमें से किसी में उसकी अभिरुचि नहीं हो सकती, मेरे किसी कर्तव्य में वह सहयोग नहीं दे सकती। रोजामंड और एक कष्ट उठानेवाली स्त्री ! एक मजदूरनी ! एक महिला धर्म-प्रचारक ! रोजामंड और एक पादरी की पत्नी ! नहीं !''

''पर आपको धर्म-प्रचारक बनने की आवश्यकता क्या है ? आप इस योजना को त्याग सकते हैं।''

''त्याग ! क्या ? मेरे जीवन के ध्येय का त्याग ? मेरे महान् कार्य का त्याग ? स्वर्ग में आनन्द का भवन पाने हेतु पृथ्वी पर नींव डालने के कार्य का त्याग ? मानवजाति के उत्थान के महान् कार्य में जीवन की सभी आकांक्षाओं को उत्सर्ग करनेवाले मतवालों के समूह का सदस्य बनने की आशा का त्याग ? अज्ञानता के अन्धकार-क्षेत्र में ज्ञान के प्रकाश को ले जाने के कार्य का त्याग ? युद्ध के बदले शान्ति लाने की योजना का त्याग ? अन्धविश्वास के स्थान पर धर्म स्थापित करने के उद्देश्य का त्याग ? नरक के भय से स्वर्ग की आशा का त्याग ? क्या मैं यह सब त्याग दूँ जो मुझे मेरी रगों में बहते रक्त से अधिक प्रिय है ? इसी की आशा में मैं आगे देख रहा हूँ और इसी के लिए जी रहा हूँ।''

बहुत देर चुप रहने के बाद मैंने कहा, ''और मिस ओलिवर ? क्या उसकी निराशा और उसकी पीड़ा का आपकी दृष्टि में कोई मूल्य नहीं ?''

''मिस ओलिवर हमेशा प्रणयार्थियों और प्रशंसकों से घिरी रहती है। एक माह से भी कम समय में मेरी स्मृति उसके हृदय-पटल से मिट जाएगी। वह मुझे भूल जाएगी और सम्भवतः किसी ऐसे व्यक्ति से विवाह कर लेगी जो मेरी अपेक्षा उसे अधिक सुखी बना सकेगा।''

''आप बहुत निःस्पृह की भाँति बोल रहे हैं, पर आप भी इस अन्तर्द्वन्द्व से व्यथित हैं। आप दिन-प्रतिदिन क्षीण होते जा रहे हैं।''

''बिल्कुल नहीं। यदि मैं कुछ दुबला भी हो गया हूँ तो यह मेरे अनिर्धारित भविष्य, बार-बार टल जानेवाली मेरी प्रस्थान-योजना की चिन्ताओं के कारण है। आज ही

प्रातःकाल मुझे सूचना मिली है कि अपने जिस उत्तराधिकारी की प्रतीक्षा मैं इतने दिनों से कर रहा था वह आगामी तीन महीनों तक मुझे कार्यमुक्त करने नहीं आ सकेगा। क्या पता कहीं ये तीन महीने छह महीनों में न बदल जाएँ।''

''मिस ओलिवर जब भी स्कूल के कमरे में प्रवेश करती है, आप लाल हो उठते हैं और काँपने-से लगते हैं।''

उनके मुखड़े पर विस्मय की छाया फिर दीख पड़ी। उन्होंने कल्पना भी नहीं की थी कि एक युवती एक पुरुष से इस प्रकार बातें करने का दुस्साहस कर सकती है। जहाँ तक मेरा प्रश्न है, मैं इस प्रकार के संवादों में विचलित नहीं होती थी। सशक्त, विवेकशील तथा सुसंस्कृत विचारवाले व्यक्तियों से, चाहे वे स्त्री हों या पुरुष, वार्तालाप में मैं तब तक चैन नहीं लेती थी जब तक मैं परम्परागत संकोच की सीमा न लाँघ जाऊँ, उनका विश्वासपात्र न बन जाऊँ और उनके हृदय के अन्दर अपना स्थान न बना लूँ।

वे बोल उठे, ''तुम तो *अनुपम* हो, दब्बू बिल्कुल नहीं। तुम्हारी आत्मा में बहुत वीरता है और तुम्हारे नयनों में बेंधने की शक्ति है। किन्तु फिर भी मैं तुम्हें विश्वास दिलाता हूँ कि तुम मेरी भावनाओं को आंशिक सीमा तक गलत समझ रही हो। तुम उन्हें वास्तविकता से अधिक प्रगाढ़ और सशक्त समझ रही हो। तुम मुझे मेरे उचित अंश से अधिक सहानुभूति दिए जा रही हो। मिस ओलिवर के समक्ष जब मैं लाल हो उठता हूँ या काँपने-सा लगता हूँ तो मैं अपने पर दया नहीं दिखलाता। मुझे दुर्बलता से घृणा है। मैं जानता हूँ, यह अशोभनीय है। शरीर की तृष्णा मात्र। और मैं दावे के साथ कहता हूँ कि यह आत्मा की माँग नहीं है। वह तो अशान्त सागर की गहराइयों में धँसे एक चट्टान की भाँति अटल है। अच्छी तरह जान लो मैं क्या हूँ—एक भावनाहीन कठोर व्यक्ति।''

मैं अविश्वास से मुस्कराई।

वे बोलते गए, ''तुम तो जैसे झकझोरकर मेरे अन्तर्मन में प्रवेश कर गई हो अतः अब मेरे मन की बातें तुम्हारे सामने हैं। मैं अभी सीधे-सीधे अपने मूलरूप में हूँ। ईसाइयत जिस रक्त-सने वस्त्र से मानवीय दुर्गुण रूपी नग्नता को ढँकती है। उससे वंचित, मैं एक भावनाहीन, कठोर, महत्त्वाकांक्षी मनुष्य के रूप में खड़ा हूँ। मेरे ऊपर सभी भावनाओं में सिर्फ स्वाभाविक स्नेह का ही कुछ नियन्त्रण है। मेरा पथप्रदर्शक है विवेक, न कि भावना। मेरी महत्त्वाकांक्षा असीम है। उत्थान की इच्छा, अधिक कार्य करने की ललक, जल्द तृप्त होनेवाली नहीं। मैं सहनशीलता, लग्न, परिश्रम, गुण आदि का सम्मान करता हूँ क्योंकि ये ही वे साधन हैं जिनके द्वारा मनुष्य महान् उद्देश्यों को प्राप्त कर सकता है; उदात्त ऊँचाइयों को छू सकता है। मैं तुम्हारे कार्य को बड़े ध्यान से परख रहा हूँ क्योंकि मैं तुम्हें परिश्रमी, सुव्यवस्थित और सशक्त नारियों में से एक समझता हूँ, इसलिए नहीं कि तुम बहुत-सी यातनाओं से गुजरी हो या अभी भी कष्ट झेल रही हो।''

''आप तो अपना वर्णन एक गैर-ईसाई दार्शनिक के रूप में कर रहे हैं।''

''नहीं। मुझमें और बहुदेव-पूजक दार्शनिकों में अन्तर है—वह यह कि मैं आस्था

रखता हूँ, बाइबिल में विश्वास करता हूँ। तुम्हारी उपमा सटीक नहीं रही। मैं देवपूजक नहीं हूँ, वरन् ईसाई दार्शनिक हूँ–ईसा के मत का अनुयायी। उनके शिष्य होने के नाते मैंने उनके पवित्र, दयापूर्ण और लाभकारी सिद्धान्तों को अपनाया है। मैं इसी का प्रचार करता हूँ। मैं इसके प्रसार के लिए वचनबद्ध हूँ। युवावस्था में ही धर्म द्वारा प्रभावित और विभाजित होकर मेरे नैसर्गिक गुण अब इस रूप में परिवर्तित हो गए हैं। स्वाभाविक स्नेह का बीज विकसित होकर विशाल छायादार, परोपकार रूपी वृक्ष बन गया है। मानवीय औचित्य-भावना की जंगली जड़ से ईश्वरीय न्याय का भाव पनप चुका है। अपने क्षुद्र व्यक्तित्व के लिए शक्ति और प्रसिद्धि प्राप्त करने की आकांक्षा बदलकर सर्वशक्तिमान प्रभु का साम्राज्य विस्तार करने की अभिलाषा में परिवर्तित हो गई है, और क्रॉस की महिमा को विजय दिलाने की इच्छा बनाई है। धर्म ने मेरे लिए कितना कुछ किया है। इसने स्वभाव को काट-छाँटकर तथा शिक्षा देकर मूल चीज को उत्कृष्ट वस्तु बना दिया है। पर वह मानवीय स्वभाव को जड़ से उखाड़ नहीं सका, और यह तब तक नहीं उखड़ेगा जब तक नश्वर शरीर अमरत्व नहीं पा लेता।''

इतना कहकर उन्होंने अपना टोप उठा लिया जो मेरे रंगों के बोर्ड के निकट रखा था। उन्होंने एक बार फिर चित्र की ओर देखा, फिर धीमे से कहा, ''वह प्यारी है। उसका नाम ठीक ही संसार का गुलाब रखा गया, सचमुच।''

''क्या मैं आपके लिये एक ऐसा ही चित्र न बना दूँ ?''

''क्या लाभ ?''

उन्होंने चित्र पर उसी झीने कागज को खींचकर रख दिया जिसपर चित्रों में रंग भरते हुए मैं हाथ रखा करती थी, ताकि रंग लगने से कार्ड बोर्ड गंदा न हो जाए। उन्होंने उस कागज में क्या देखा, यह मैं नहीं बतला सकती, पर उसमें किसी चीज पर उनकी आँखें टिक गईं। उन्होंने झपटकर कागज उठा लिया, उसके किनारे को देखा, फिर एक दृष्टि डाली–विचित्र-सी दृष्टि जो अकथनीय और बिलकुल अबूझ-सी थी, ऐसी दृष्टि जो मेरी आकृति, चेहरा और वस्त्र सभी पर ध्यान देती और मिलान करती मालूम पड़ती थी क्योंकि यह बिजली की तेजी से इस सभी पर दौड़ गई थी। उनके होंठ खुले, मानों कुछ बोलेंगे, पर उन्होंने बाहर आते हुए वाक्य को, चाहे वह जो भी रहा हो, रोक लिया।

मैंने पूछा, ''क्या बात है ?''

उत्तर मिला, ''अरे, कुछ नहीं,'' और मैंने देखा कि कागज रखकर उन्होंने होशियारी से उसके कोने का एक छोटा-सा टुकड़ा फाड़ लिया, और जल्दी से थोड़ा झुककर नमस्ते करके निकल गए। उसी क्षेत्र की बोलचाल की भाषा में मैं बोल पड़ी, ''वाह, हद हो गई !''

मैंने भी उस कागज को ध्यान से देखा, पर पेंसिल से रंग भरते समय पड़े कुछ बेतरतीब धब्बे छोड़कर मुझे कुछ नजर नहीं आया। मैंने एक-दो मिनट इस रहस्य पर सोच-विचार किया। पर कुछ समझ में नहीं आने के कारण और यह निश्चित समझकर कि कोई महत्त्वपूर्ण बात नहीं होगी, मैंने उसे ध्यान से निकाल दिया और जल्दी ही उसे भूल भी गई।

33

जब मि. सेंट जॉन गए, हिमपात शुरू हो चुका था जो झकझोरती आँधी के साथ सारी रात चलता रहा। दूसरे दिन तेज, चुभती हवा के साथ फिर से घनघोर कुहासे जैसी बर्फ गिरती रही। शाम होते-होते पूरी घाटी बर्फ से ढँक गई और चलने योग्य नहीं रही। मैंने दरवाजे बन्द कर लिये और द्वार पर एक चटाई रख दी, ताकि बर्फ अन्दर न आए। आग तेज कर दी और एक घंटे तक आतिशदान के पास बैठकर तूफान की घुटी-दबी साँय-साँय सुनती रही। उसके बाद उठकर बत्ती जलाई और *मर्मियन* पुस्तक लेकर कविता पढ़ने लगी :

> नारहम पहाड़ी पे बने किले के
> नीचे की ढलवान पर
> दिल डूबा, और ट्वीड का दरिया
> लम्बा-चौड़ा, गहरा है।
> शेबियो की यह पर्वतमाला तनहाई की मारी है।
> ऊँची-ऊँची ये मीनारें गहरी खन्दक
> और यह मोह
> चारों ओर से जो घेरे है उसको अपनी बाँहों में,
> पीली-पीली-सी आभा में दमक रहे हैं।

और संगीत में रमकर मैं आँधी को भूल गई।

कुछ आवाज सुनाई पड़ी। मैंने सोचा, तेज हवा द्वार को खटखटा रही है। पर नहीं, यह तो सेंट जॉन रीवर्स थे, जिन्होंने सिटकनी उठाकर बर्फीले तूफान और घटाटोप अँधेरे से अन्दर प्रवेश किया और मेरे समक्ष खड़े हो गए। उनके लम्बे शरीर को ढँकता हुआ लम्बा कोट ग्लेशियर जैसा सफेद दीख रहा था। मैं लगभग भयभीत हो गई, क्योंकि उस रात रास्ता-बन्द घाटी में किसी अतिथि के आने की आशा मैंने नहीं की थी।

मैंने घबराकर पूछा, "कोई बुरी खबर ? कुछ हुआ क्या ?"

"नहीं। तुम कितनी जल्दी घबरा जाती हो," उन्होंने उत्तर दिया, अपना कोट

उतारकर दरवाजे से लटका दिया और चटाई को फिर द्वार के पास खिसकाकर जमा दिया जो उनके आने से सरक गई थी। उन्होंने जूतों पर पड़ी बर्फ झाड़ी।

बोले, ''मैं तुम्हारे सूखे फर्श को गन्दा किए दे रहा हूँ। तुम इसके लिए मुझे क्षमा करना।'' यह कहकर वे आग के निकट चले आए, फिर लपटों पर हाथ गर्म करते हुए कहने लगे, ''समझ लो, बर्फ के झोंकों ने तो मुझे कमर तक बर्फ में धँसा दिया था। सौभाग्य से बर्फबारी अभी हलकी है।''

मैं पूछे बिना नहीं रह सकी, ''पर आप आए क्यों ?''

उत्तर मिला, ''किसी अतिथि के लिए यह बड़ा बेरुखा प्रश्न है। पर जब तुम पूछ ही बैठी, तो सुनो। मैं तुमसे दो बातें करने आया था, क्योंकि मैं मौन पुस्तकों और खाली कमरों से ऊब गया था। इसके अतिरिक्त कल से मैं उस व्यक्ति की भाँति उत्तेजित था जिसे आधी ही कहानी सुनाई गई हो और जो शेष कहानी सुनने के लिए उतावला हो।''

वे बैठ गए। मुझे उनकी कल की विचित्र गतिविधि की याद आ गई और मुझे आशंका होने लगी कि इसकी बुद्धि कुछ पगला तो नहीं रही है। यदि वे पागल भी थे तो उनका पागलपन बड़ा शान्त और संयत था। उनकी सुन्दर मुखाकृति कभी इतने सुन्दर तराशे हुए पत्थर की भाँति नहीं लगी थी, जितनी अभी लग रही थी, जब उन्होंने अपने ललाट से बर्फ पड़े बालों को पीछे किया और आग की आभा उनकी भौंहों और दुबले गालों पर पड़ने लगी। मुझे यह देखकर वेदना होने लगी कि चिन्ता और उदासी के चिह्न उनके चेहरे पर इतने स्पष्ट दिखाई दे रहे हैं। मैंने कुछ देर प्रतीक्षा की कि वे कुछ बोलेंगे, ताकि बात समझ में आ सके, पर वे तो ठुड्डी हाथों पर टिकाए, होंठों पर उँगली रखकर फिर सोच में डूब गए थे। मुझे लगा कि उनका हाथ भी उनके चेहरे की भाँति दुबला हो गया है। अनायास करुणा से मेरा मन भर आया और मैं बोल पड़ी, ''अच्छा होता कि डायना या मेरी आकर आपके साथ रहतीं। यह बहुत बुरा है कि आप बिल्कुल अकेले रहते हैं। आप अपने स्वास्थ्य के विषय में भी बड़े लापरवाह हैं।''

उन्होंने उत्तर दिया, ''बिल्कुल नहीं। आवश्यकता होने पर मैं अपने स्वास्थ्य की देखभाल करता हूँ, पर अभी मैं ठीक हूँ। तुम्हें मुझमें क्या गड़बड़ी दिखाई देती है ?''

यह बात बेपरवाह और खोए-खोए अनमने भाव से बोली गई थी, जिससे लगा कि उनके विचार में मेरी चिन्ता फिजूल है। मैं चुप हो गई।

वे अभी भी अपने ऊपरी होंठ पर उँगली फिरा रहे थे और चमकती आग को स्वप्निल आँखों से देख रहे थे।

मेरे मन में आया कि कुछ बोलना चाहिए। अतः मैंने पूछा कि क्या उन्हें उनके पीठ पीछे के दरवाजे से ठंड लग रही है।

''नहीं, नहीं,'' उन्होंने कुछ तल्खी से संक्षिप्त उत्तर दिया।

मैंने मन में सोचा, 'अच्छा, यदि आप नहीं बोलना चाहते तो चुप रहिए। मैं भी अब आपको अकेले छोड़ देती हूँ और अपनी किताब में लौट आती हूँ।'

अतः मैंने बत्ती की लौ तेज की और फिर *मर्मियन* पढ़ने लगी। उसके बाद वे कुछ

करने लगे। मेरी आँखें तुरन्त उनकी हरकतों की ओर चली गईं। उन्होंने जेब से एक पॉकेटबुक निकाला, उसमें से एक पत्र निकाला और उसे चुपचाप पढ़ने लगे, फिर उसे मोड़कर वापस रख लिया, और फिर ध्यानमग्न हो गए। सामने बैठी ऐसी अबूझ मूर्ति को समझने का प्रयास करना व्यर्थ था, पर अधीरता के कारण मेरे लिए चुप रहना भी सम्भव नहीं था। अतः वे भले ही मुझे डाँटे, पर मैं अवश्य बोलूँगी। ''क्या इधर आपको डायना या मेरी की चिट्ठी मिली है ?''

''गत सप्ताह मैंने जो चिट्ठी तुम्हें दिखलाई थी उसके बाद से नहीं।''

''आपके अपने कार्यक्रम में कोई परिवर्तन तो नहीं हुआ ? आपके अपने अनुमान से पहले ही आपको इंग्लैंड से प्रस्थान करने का बुलावा तो नहीं आ जाएगा ?''

''इसकी आशंका बिल्कुल नहीं है। मेरे जैसे के लिए ऐसा सौभाग्य कहाँ ?''

परेशान होकर मैंने बात बदली। मैंने अब स्कूल और अपनी शिष्याओं के विषय में बात करने का निश्चय किया।

''मेरी गैरेट की माँ अब पहले से अच्छी है और मेरी आज से फिर विद्यालय आने लगी, अगले सप्ताह से फाउंडरी क्लोज से चार छात्राएँ स्कूल आने लगेंगी। वे तो आज से ही आतीं, पर हिमपात के कारण नहीं आ सकीं।

''अच्छा।''

''मि. ओलिवर दो छात्राओं का खर्च उठाएँगे।''

''सच ?''

''वे क्रिस्मस के अवसर पर पूरे विद्यालय-परिवार को भोज देना चाहते हैं।''

''हाँ, मालूम है।''

''क्या आपने ही उन्हें यह सलाह दी थी ?''

''नहीं।''

''तो किसने दी ?''

''मेरा खयाल है, उनकी लड़की की सलाह होगी।''

''उसकी हो सकती है, वह इतने अच्छे स्वभाव की जो है।''

''हाँ।''

फिर चुप्पी का सन्नाटा छा गया। घड़ी ने आठ बजाए तो वे सजग हुए, पैर पर चढ़ाए पैर को अलग-अलग किया, सीधा होकर बैठे और मेरी ओर मुड़े, ''किताब को कुछ क्षणों के लिए छोड़ो, और आग के कुछ निकट आओ।''

विस्मय से मैंने आदेश का पालन किया, और मेरे उस विस्मय का कोई अन्त नहीं था। उन्होंने कहना आरम्भ किया, ''आधे घंटे पूर्व मैंने कहा था कि मैं शेष बची कहानी सुनने को अधीर हूँ। पर विचारने पर मुझे लगता है कि बात तब ज्यादा ठीक लगेगी जब मैं ही कहानी कहनेवाले की भूमिका निभाऊँ और तुम्हें श्रोता बना दूँ। कहानी शुरू करने के पहले तुम्हें यह चेतावनी दे देना उचित होगा कि यह कहानी तुम्हें पुरानी, सुनी-सुनाई लग सकती है, पर पुरानी बातें भी यदि दूसरों के मुँह से सुनी जाएँ तो उनमें कुछ नवीनता

आ जाती है। खैर, कहानी चाहे घिसी-पिटी हो या नई हो, यह छोटी-सी है।

''बीस वर्ष पूर्व एक निर्धन पादरी, इस समय उसका नाम जानने की चिन्ता छोड़ो, को एक धनी व्यक्ति की बेटी से प्यार हो गया। लड़की को भी उससे प्रेम हो गया और अपने सभी मित्रों-सम्बन्धियों की राय के विरुद्ध उसने पादरी से विवाह कर लिया। परिणामस्वरूप विवाह के बाद उन लोगों ने लड़की का परित्याग कर दिया। दो वर्ष बीतने के पूर्व ही इस दीवानी जोड़ी के दोनों व्यक्ति मर गए और क़ब्र में एक ही पत्थर के नीचे दोनों अगल-बगल सुला दिए गए। (मैंने उनकी क़ब्र देखी है। यह...शायर के विशाल, फैक्टरीवाले शहर के घोर काले चर्च के इर्द-गिर्द फैली बड़ी क़ब्रगाह का एक भाग है।) अपने पीछे वे दोनों एक छोटी-सी बेटी को छोड़ गए जिसे जन्म से ही दूसरों के दान पर जीना पड़ा—दान जो उसी प्रकार का रूखा और ठंडा था जैसे वह बर्फ जिसमें मैं आज रात फँस गया। उस असहाय बच्ची को अपने वैभवशाली मामा के घर आश्रय लेने के लिए पहुँचा दिया गया और इसका पालन-पोषण उसकी मामी, (अब मैं नाम बतला रहा हूँ) गेट्सहेड की मिसेज रीड द्वारा हुआ। तुम चौंक गई ! क्या तुम्हें कोई आवाज सुनाई दी ? मैं कहता हूँ, यह बगल में स्कूल के कमरे की छत में चूहे की भागदौड़ की आवाज है। पहले यह एक खलिहान था जिसकी मैंने मरम्मत कराई और थोड़ा हेर-फेर करके स्कूल बना दिया। पुराने खलिहानों में चूहे आते-जाते रहते हैं। हाँ, तो आगे कहानी सुनो। मिसेज रीड ने इस अनाथ बच्ची को दस वर्ष अपने पास रखा। यह अपनी मामी के पास खुशी से रही या दुख से, यह मैं नहीं जानता क्योंकि मुझे यह कभी बतलाया नहीं गया। किन्तु दस वर्ष बाद वह एक जगह भेज दी गई जिसे तुम अच्छी तरह जानती हो—वही लोवुड स्कूल जहाँ तुम भी बहुत दिनों तक रही। ऐसा लगता है कि वहाँ उसका कैरियर बहुत अच्छा रहा। छात्रा रहने के बाद वह वहाँ शिक्षिका भी बनी। तुम्हारी ही तरह। सच, मुझे आश्चर्य होता है कि तुम्हारे और उसके जीवन में बहुत सारी समानताएँ हैं। लोवुड छोड़ने के बाद वह गवर्नेस बन गई। इस बात में भी तुम्हारा और उसका भाग्य एक जैसा है। किसी मि. रोचेस्टर की पालिता की शिक्षा-दीक्षा का भार उस पर पड़ा।''

मैंने टोका, ''मि. रीवर्स !''

वे बोले, ''तुम्हारी भावनाओं का मुझे आभास है, पर कुछ क्षणों के लिए उन्हें दबा कर रखो। कहानी खत्म होने ही वाली है। पूरी सुन लो। मि. रोचेस्टर के चरित्र के विषय में मैं कुछ नहीं जानता, सिर्फ इस बात के अतिरिक्त कि उन्होंने इस युवती से सम्मानजनक विवाह का प्रस्ताव रखा, और उसे विवाह-वेदी पर जाकर पता चला कि उनकी पत्नी अभी जीवित है, यद्यपि वह पगली है। इसके बाद उनका आचरण या प्रस्ताव क्या रहा होगा, यह कल्पना की बात है। पर जब आवश्यकता पड़ने पर गवर्नेस की खोज की गई, तो पता चला कि वह चली गई। कब, कहाँ और कैसे, यह कोई नहीं जान सका। वह लड़की रात में ही थार्नफील्ड छोड़कर चली गई। उसकी बहुत खोज कराई गई, पर सब व्यर्थ। दूर-दूर तक गाँव छान मारे गए, पर उसके बारे में कुछ पता

नहीं चला। फिर भी उसका पता लगाना बड़ा जरूरी था। अतः सभी समाचार-पत्रों में विज्ञापन दिए गए। मुझे भी मि. ब्रिग्स नाम के एक वकील से एक पत्र मिला है जिन्होंने ये सारी बातें लिखी हैं जो मैंने तुम्हें सुनाई हैं। क्या यह कहानी अद्‌भुत नहीं है ?''

मैं बोल पड़ी, ''मुझे जरा यह बतलाइए, और चूँकि आप इतनी सारी बातें जानते हैं तो आप यह भी अवश्य बतला सकते हैं, कि मि. रोचेस्टर का क्या हुआ ? वे कैसे हैं और कहाँ हैं ? वे क्या कर रहे हैं ? क्या वे सकुशल हैं ?''

''मि. रोचेस्टर के विषय में मुझे कुछ नहीं मालूम है। उस पत्र में उनका जिक्र सिर्फ उसी धोखाधड़ी और अनैतिक प्रयास के सम्बन्ध में हुआ है जिसका मैंने उल्लेख किया, उसके बाद कभी नहीं। तुम्हें तो उस गवर्नेस का नाम पूछना चाहिए और यह पूछना चाहिए कि किस बात के लिए उसकी उपस्थिति आवश्यक हो गई है।''

''तो थार्नफील्ड हॉल कोई नहीं गया ? किसी ने मि. रोचेस्टर से भेंट नहीं की ?''

''मेरे अनुमान से तो नहीं।''

''पर उन लोगों ने पत्र तो लिखा होगा ?''

''बेशक।''

''तो क्या उत्तर आया ? किसे उनका पत्र मिला ?''

''मि. ब्रिग्स ने लिखा है कि उनके पत्र का उत्तर मि. रोचेस्टर से नहीं मिला, वरन् एक महिला द्वारा भेजा गया। उस पर हस्ताक्षर है एलिस फैयरफैक्स।''

मैं सिहर उठी। मुझे काठ मार गया। मेरी बुरी आशंकाएँ शायद सच हो गईं। सम्भावना इसी की लगती है कि वे इंग्लैंड छोड़कर चले गए और विवेकहीन हताशा से यूरोप के उन्हीं पुराने अड्डों की ओर दौड़ पड़े। अपनी घोर यातना का कौन-सा निदान, अपने प्रेम के अदम्य आवेग के लिए कौन-सा पात्र वहाँ उन्होंने ढूँढ़ा होगा ? इस प्रश्न का उत्तर देने का साहस मुझे नहीं था। हाय, मेरे बेचारे मालिक ! जो लगभग मेरे पति बन ही चुके थे। जिन्हें मैंने कितनी बार 'मेरे प्रिय एडवर्ड' कहकर पुकारा था। मि. रीवर्स ने मन्तव्य दिया, ''वह अवश्य ही एक बुरे व्यक्ति रहे होंगे।''

मैंने क्रोधित होकर कहा, ''आप उन्हें नहीं जानते। अतः उनके विषय में कोई राय मत दीजिए।''

उन्होंने शान्ति से उत्तर दिया, ''बहुत अच्छा। सच पूछो तो मेरा मन उन बातों में नहीं, वरन् दूसरी बातों में उलझा हुआ है। मुझे कहानी भी पूरी करनी है। चूँकि तुम गवर्नेस का नाम नहीं पूछोगी, अतः मैं स्वयं ही बतला देता हूँ। ठहरो, यह यहाँ मेरे पास है। महत्त्वपूर्ण बातों को हमेशा लिखित रूप में रखना, कागज पर साफ-साफ अंकित करना अधिक सन्तोषजनक होता है।''

तब पॉकेटबुक फिर जान-बूझकर निकाला गया, उसे खोलकर ढूँढ़ा गया और इसके पन्ने से एक मुड़ा-चुड़ा, हड़बड़ी में फाड़ा गया एक छोटा-सा कागज का टुकड़ा निकाला गया। मैं इसकी आकृति और उस पर पड़े नीले-हरे और लाल धब्बों को देखते ही पहचान गई कि यह चित्र ढँकनेवाले बरीक कागज का नुचा हुआ टुकड़ा है। वे उठे और

उसे मेरी आँखों के एकदम निकट लाकर दिखाया। मैंने देखा कि उस पर भारतीय स्याही से मेरी हस्तलिपि में लिखे ये शब्द थे, 'जेन आयर !' निश्चय ही यह बेसुधी के क्षणों में किया गया काम था।

वे बोले, "ब्रिग्स ने एक जेन आयर के विषय में मुझसे पत्राचार किया था। विज्ञापन भी जेन आयर को ढूँढ़ रहे थे और मुझे एक जेन इलियट का पंता था। मैं स्वीकार करता हूँ कि मुझे सन्देह अवश्य था, पर कल अपराह्न में यह सन्देह निश्चय में बदल गया। तो तुम अब अपना नाम स्वीकार करती हो और इस नकली नाम का परित्याग करती हो न ?"

"हाँ, हाँ, पर मि. ब्रिग्स कहाँ हैं ? उन्हें शायद तुम्हारी अपेक्षा अधिक जानकारी होगी मि. रोचेस्टर के सम्बन्ध में।"

"ब्रिग्स तो लन्दन में हैं। मुझे इसमें शक है कि वे रोचेस्टर के विषय में कुछ जानते होंगे। मि. रोचेस्टर में उनकी कोई रुचि भी नहीं है। हाँ, तो तुम तुच्छ बातों में उलझकर मुख्य बात ही भूल बैठी। तुमने यह नहीं पूछा कि मि. ब्रिग्स तुम्हें क्यों ढूँढ़ रहे हैं ? वे तुमसे क्या चाहते हैं ?"

"बतलाइए, वे क्या चाहते हैं ?"

"तुम्हें सिर्फ यह सूचित करना कि तुम्हारे चाचा, मेडिएरा के मि. आयर मर चुके हैं, उन्होंने अपनी सारी सम्पत्ति तुम्हारे नाम लिख दी है। और तुम अब बहुत धनवान हो गई हो। सिर्फ यही, और कुछ नहीं चाहते हैं वे।"

"मैं और धनवान ?"

"हाँ तुम धनवान हो एक बड़ी सम्पत्ति की उत्तराधिकारिणी।"

चुप्पी छा गई।

थोड़ी देर बाद सेंट जॉन फिर बोले, "तुम्हें निश्चित ही अपनी वास्तविक पहचान कायम करनी होगी, और इस काम में कोई कठिनाई भी नहीं है। तब तुम शीघ्र सम्पत्ति पर अधिकार कर सकोगी। तुम्हारी सम्पत्ति इंग्लैंड के बैंकों में जमा है। ब्रिग्स के पास वसीयतनामा और दूसरे कागजात हैं।"

यह लो, एक नया पृष्ठ खुल गया ! पाठक, यह तो एक अच्छी चीज है कि एक क्षण में कोई निर्धनता से उठकर वैभव में चला जाए...बहुत अच्छी चीज है, पर बात तुरन्त समझ में नहीं आ रही। अतः इसका पूरा-पूरा आनन्द नहीं उठाया जा सकता। इसके अतिरिक्त जीवन में और भी अवसर होते हैं जो अधिक रोमांच और उल्लास प्रदान कर सकते हैं। *यह* तो एक स्थूल चीज है, बिल्कुल सांसारिक । इसमें आदर्श कुछ भी नहीं है। इससे जुड़ी सारी बातें स्थूल और जंगम हैं, और सारी अभिव्यक्तियाँ भी वैसी ही हैं। उत्तराधिकार में धन मिलने की बात पर कोई उछलता-कूदता नहीं और वाह नहीं करता। धन मिलने की बात सुनते ही मनुष्य उत्तरदायित्वों के बारे में सोचने लगता है, कर्तव्य पर विचार करने लगता है। कुछ सन्तोष तो प्राप्त होता है, पर गम्भीर चिन्ताएँ भी छाने लगती हैं। हम लोग अपने को नियन्त्रित करते हैं और अपनी खुशी पर गम्भीर

मुद्रा में विचारमग्न हो जाते हैं।

इसके अतिरिक्त उत्तराधिकार, धरोहर आदि शब्दों के साथ ये शब्द भी जुड़े होते हैं—मृत्यु, अन्तिम संस्कार। जिस चाचा के विषय में मैंने सुना था, वे मर चुके हैं। वे मेरे एकमात्र सम्बन्धी थे। जब से मुझे उनके विषय में पता चला, मैंने आशा बाँधी थी कि एक दिन उनसे भेंट होगी, लेकिन अब कभी नहीं होगी। इसके अतिरिक्त यह धन सिर्फ मुझे, ऐसा नहीं कि मुझे और मेरे साथ हर्षित मेरे परिवार को, वरन् सिर्फ मुझे अकेली को सौंपा गया है। इसमें सन्देह नहीं कि यह एक बड़ा वरदान था और इससे प्राप्त होनेवाली स्वाधीनता गौरवमयी होगी। हाँ, मुझे इसकी अनुभूति हुई। *इस विचार* से मेरा हृदय भर आया।

मि. रीवर्स बोले, "आखिर तुमने अपना सिर तो उठाया ! मैं तो समझ बैठा था कि मेडूसा ने तुम पर दृष्टि डाली और तुम पत्थर बनती जा रही हो। शायद अब तुम पूछोगी, तुम कितनी सम्पत्ति की स्वामिनी बनी हो ?"

"कितनी सम्पत्ति की स्वामिनी बन गई मैं ?"

"ओह, थोड़ी-सी। सच, कुछ कहने लायक नहीं। लोगों का कहना है, बीस हजार पौंड। पर उससे क्या लाभ होगा ?"

"बीस हजार पौंड ?"

अब फिर एक नई हक्का-बक्का कर देनेवाली बात ! मैं तो चार-पाँच हजार का हिसाब लगा रही थी। इस खबर से एक क्षण को मेरी साँस रुकने-सी लगी। मि. सेंट जॉन, जिन्हें मैंने पहले कभी हँसते नहीं सुना था, हँस पड़े और बोले, "खैर, यदि तुमने किसी की हत्या की होती, और मैं तुम्हें बतलाता कि तुम्हारा अपराध पकड़ लिया गया है, तो भी तुम इससे अधिक आतंकित नहीं दिखाई देती।"

"बहुत बड़ी राशि है। क्या आपको ऐसा नहीं लगता कि कहीं कोई गड़बड़ी है ?"

"कोई गड़बड़ी नहीं।"

"शायद आपने अंक गलत पढ़ लिया होगा। हो सकता है, दो हजार हो।"

"यह अक्षरों में लिखा है, अंकों में नहीं—साफ-साफ बीस हजार।"

मुझे फिर ऐसा लगने लगा जैसे मैं एक सामान्य पाचनशक्तिवाली व्यक्ति हूँ और मुझे ऐसी मेज पर अकेले भोजन खाने के लिए बिठा दिया गया हो, जिस पर सौ व्यक्तियों के लिए भोजन रखा हो। मि. रीवर्स अब उठे और अपना कोट पहनने लगे।

बोले, "आज यदि इतनी तूफानी रात न होती तो मैं हन्ना को तुम्हारे साथ रहने के लिए भेज देता, क्योंकि तुम इतनी संकट में पड़ी दीखती हो कि अकेले रहने लायक नहीं लगती। पर हन्ना ! बेचारी औरत बर्फ के थपेड़ों में मेरी तरह चल नहीं सकती। उसके पैर इतने लम्बे नहीं हैं। इसलिए मुझे तुम्हें तुम्हारे दुख में अकेला छोड़ना पड़ेगा। नमस्कार।"

वे सिटकनी खोल ही रहे थे कि मुझे एक बात सूझी।

मैंने चिल्लाकर कहा, "एक मिनट रुकिए।"

वे बोले, "क्या बात है ?"

"मुझे यह जानकर उलझन हो रही है कि मि. ब्रिग्स ने आपको मेरे विषय में क्यों लिखा। या उन्होंने यह कैसे समझा या सोचा कि आप जो इतने सुदूर, ग्रामीण इलाके में रहते हैं, मेरी खोज में सहायक बन सकते हैं।"

उन्होंने उत्तर दिया, "ओह ! मैं एक पादरी हूँ और इस तरह के विचित्र मामलों में अक्सर पादरी की सहायता माँगी जाती है।" सिटकनी फिर खड़खड़ाने लगी।

"नहीं, इस उत्तर से मैं सन्तुष्ट नहीं हुई," मैं बोल पड़ी, क्योंकि उनके शीघ्रतापूर्ण और संक्षिप्त उत्तर में कुछ ऐसा था कि शंका मिटाने की बजाय मेरी उत्सुकता को और कुरेद गया।

"यह बड़ी अजीब बात है। मैं इस विषय में और जाने बिना नहीं रहूँगी।"

"फिर कभी।" उन्होंने कहा।

मैंने कहा, "नहीं आज रात। आज ही की रात।" फिर जैसे ही वे द्वार से हटे मैं उनके और दरवाजे के बीच खड़ी हो गई। वे कुछ परेशान दिखाई दिए।

मैंने कहा, "आप तब तक नहीं जा सकते जब तक मुझे पूरी बात नहीं बतला देते।"

"नहीं बताऊँगा, अभी नहीं।"

आपको बतलाना होगा...आपको बतलाना ही पड़ेगा।"

"मेरे विचार से डायना या मेरी तुम्हें बतलाएँ तो ज्यादा अच्छा रहेगा।"

इन आपत्तियों से मेरी उत्सुकता सचमुच चरम सीमा पर पहुँच गई थी। इसे सन्तुष्ट करना होगा, वह भी तुरन्त। मैंने उन्हें साफ-साफ कह दिया।

उन्होंने कहा, "मैं तुम्हें बतला चुका हूँ कि मैं एक कठोर आदमी हूँ, दबाव से नहीं झुकनेवाला।"

"और मैं भी एक जिद्दी नारी हूँ जिसे टालना असम्भव है।"

उन्होंने फिर कहा, "और मैं बर्फ की भाँति भावनाहीन हूँ। आरजू-मिन्नत से नहीं पिघलता।"

"जबकि मैं आग की तरह गर्म हूँ और आग बर्फ को पिघला देती है। आतिशदान की ज्वाला ने आपके कोट पर पड़ी बर्फ को पिघला दिया है, और वह बहकर मेरे फर्श पर फैल गई है और इसे रौंदे हुए सड़क की भाँति गन्दा बना दिया है। मि. रीवर्स, अगर मेरे साफ-सुथरे रसोईघर को गन्दा करने के अपराध और बेढंगेपन के लिए आप क्षमा की आशा करते हों तो मैं जो कुछ पूछ रही हूँ, वह मुझे बताइए।"

तब वह बोले, "अच्छा, मैं झुक जाता हूँ। तुम्हारी उत्सुकता के आगे नहीं, वरन् तुम्हारे धैर्य के आगे, जैसे बार-बार गिरने से पत्थर घिस जाता है। इसके अतिरिक्त किसी दिन तो तुम जान ही जाओगी, तो अभी ही जान लेने में क्या हर्ज है ? तुम्हारा नाम जेन आयर है न ?"

"निस्सन्देह, वह तो पहले ही माना जा चुका है।"

"तुम्हें शायद यह ज्ञात नहीं कि मेरे और तुम्हारे नाम में समानता है। मेरा नाम

रखा गया था सेंट जॉन आयर रीवर्स।''

''अरे, नहीं। मुझे अब याद आया कि आप मुझे कभी-कभी जो पुस्तकें देते थे उसमें आपके हस्ताक्षर में मैंने 'ई' अक्षर लिखा देखा था। पर मैंने कभी नहीं पूछा कि यह किस शब्द का संक्षिप्त है। किन्तु उससे क्या ? निश्चय ही...''

मैं रुक गई। जो भाव मेरे मन में आया था उसे व्यक्त करना तो दूर, उसे मान लेने का भी मुझे साहस नहीं हो रहा था। पर वह भाव साकार हो रहा था और एक क्षण में ही स्थूल सत्य हो गया। स्थितियाँ ऐसी बनती जा रही थीं, इस प्रकार सँवर रही थीं, ऐसा क्रम बैठ रहा था और अभी तक जो कड़ियाँ बिखरी पड़ी थीं वे ऐसे सीधी हो रही थीं कि सभी कड़ियों के जुड़ने से सम्बन्ध पूरे होकर सामने आता जा रहा था।

सेंट जॉन के कुछ कहने के पूर्व ही मैं स्वतःज्ञान से जान गई कि बात क्या है। पर पाठक भी यह सारी बात स्वतः समझ लें, यह आशा मैं नहीं करती। अतः सेंट जॉन का उत्तर मैं दुहराती हूँ, ''मेरी माँ का नाम भी आयर था। उनके दो भाई थे। एक पादरी थे जिन्होंने गेट्सहेड की मिस जेन रीड से विवाह किया। दूसरे श्री जॉन आयर थे, जो फंचल मेडिएरा में व्यापार करने लगे। मि. ब्रिग्स ने, जो श्री आयर के वकील हैं, अगस्त महीने में ही हम लोगों को मामा के मृत्यु की सूचना दी थी और यह भी लिखा था कि मामा ने सारी सम्पत्ति अपने पादरी भाई की अनाथ पुत्री के नाम वसीयत कर दी है। मेरे पिता और उनके बीच पहले जो झगड़ा हुआ था, जिसका क्रोध वे भूल नहीं पाए और उसी के परिणामस्वरूप उन्होंने हम लोगों की अनदेखी कर दी। कुछ सप्ताह पूर्व उन्होंने फिर लिखा, यह सूचित करते हुए कि वसीयत की उत्तराधिकारिणी खो गई है, और जानना चाहा कि हम लोगों को उसका कुछ पता है या नहीं। कागज के एक टुकड़े पर अन्यमनस्क स्थिति में लिखे गए एक नाम ने मुझे ढूँढ़ निकालने में सहायता दी। शेष तो तुम्हें पता ही है।''

यह कहकर वे पुनः जाने लगे, पर मैं द्वार पर पीठ टिकाए रही।

''अब मुझे बोलने दीजिए। मुझे एक मिनट का समय दीजिए, ताकि मैं साँस ले सकूँ और कुछ सोच सकूँ। मैं रुकी। वह हाथ में टोप लिये शान्त दीखते हुए खड़े थे।

मैंने कहना शुरू किया, ''आपकी माँ मेरे पिता की बहन थीं।''

''हाँ।''

''तो वे मेरी बुआ हुईं ?''

उन्होंने स्वीकारात्मक मुद्रा में सिर झुकाया।

''मेरे चाचा जॉन आपके मामा जॉन थे। आप, मेरी और डायना मेरे चाचा की बहन के बच्चे हैं जैसे मैं उनके भाई की बच्ची हूँ।''

''बेशक।''

''आप तीनों तब मेरे फुफेरे भाई-बहन हुए। हमारे और आपके बीच खून का रिश्ता है।''

''हाँ, हम लोग फुफेरे-ममेरे भाई-बहन हैं।''

मैंने उन्हें ध्यान से देखा। मुझे लगा मुझे एक भाई मिल गया है, ऐसा जिस पर मैं गर्व कर सकूँ, उसे प्यार कर सकूँ। और दो बहनें भी जो इस कदर गुणवती हैं ! जब मैं उन्हें पराई के रूप में जानती थी, तब भी उन्होंने मुझे इतनी प्रेरणा दी कि मुझमें उनके प्रति स्नेह और प्रशंसा के भाव जाग्रत हो गए। वे दोनों लड़कियाँ, जिन्हें भींगी जमीन पर घुटने टेककर मूर हाउस के रसोईघर की नीची शीशे लगी खिड़की से देखते हुए उत्सुकता और निराशा के मिश्रित भाव से मैंने गौर से देखा था, वे मेरी निकट सम्बन्धी हैं ! और वह युवक, भव्य सज्जन, जिसने अपनी चौखट पर मुझे मृतप्राय पाया था, वह मेरा रक्त-सम्बन्धी है ! एक अकेली अभागी के लिए ये तो बेहद उम्दा जानकारियाँ हैं ! सच्चा धन तो यही है–हृदय का धन, शुद्ध स्नेहिल प्रेम का भंडार। यह वरदान, दमकता हुआ, स्पष्ट और जीवन्त है; सोने के उपहार की भाँति बोझल नहीं जो अच्छा और स्वागत-योग्य तो होता है, पर अपने भार से लोगों को झुका भी देता है। मैंने हठात् उल्लास से दोनों हाथों से तालियाँ बजाईं। मेरा रक्त उछलने लगा और धमनियाँ रोमांचित हो उठीं।

मैं बोल उठी, "आह ! मैं बहुत प्रसन्न हूँ, बहुत प्रसन्न हूँ।"

सेंट जॉन मुस्करा पड़े, "मैंने कहा था न कि तुम मुख्य बातों की उपेक्षा करके तुच्छ बातों में उलझ जाती हो ! जब मैंने बतलाया कि तुम्हें सम्पत्ति मिली है तो तुम गम्भीर बनी रही, और अब बेकार की बात पर उत्तेजित हो रही हो !"

"आपका अभिप्राय *क्या है* ? यह बात आपके लिए बेकार और महत्त्वहीन हो सकती है। आपकी बहनें हैं, इसलिए आपको ममेरी बहन की परवाह नहीं है। किन्तु मेरा तो कोई नहीं था, और अब अचानक तीन सम्बन्धी–और अगर आप सम्बन्धियों में गिना जाना नहीं पसन्द करते तो दो–मेरी दुनिया में पूर्ण जीते-जागते खड़े हो गए। मैं फिर कहती हूँ कि मैं बड़ी प्रसन्न हूँ।"

मैं कमरे में तेजी से टहलने लगी, फिर रुक गई। विचारों के आधिक्य से मेरा दम घुट रहा था, क्योंकि विचार इतनी जल्दी-जल्दी मेरे मन में आ रहे थे कि मैं उन्हें ग्रहण नहीं कर पाती थी, और न समझ या सुलझा पाती थी। इस सम्बन्ध में विचार कि क्या होता, हुआ या होना चाहिए और वह भी शीघ्र। मैंने नंगी दीवार की ओर देखा। वह मुझे तारों से भरे आकाश की तरह लगी, जिनमें से प्रत्येक मुझे लक्ष्य या आनन्द की ओर ले जा रहा था। जिन्होंने मेरे जीवन की रक्षा की थी, जिन्हें इस क्षण तक मैं सिर्फ प्यार ही दे पाई थी, उन्हें मैं अब कुछ लाभ भी पहुँचा सकती हूँ। वे एक बोझ से दबे हैं; मैं उन्हें मुक्त कर सकती हूँ। वे बिखरे हुए हैं; मैं उन्हें मिला सकती हूँ। जो स्वाधीनता, जो समृद्धि मुझे मिली है, वह उनकी भी हो सकती है। क्या हम लोग चार भाई-बहन नहीं हैं ? बीस हजार पौंड को बराबर-बराबर बाँटा जाए तो प्रत्येक को पाँच हजार मिलेंगे। काफी हैं। यही न्यायोचित होगा, और सभी की खुशियाँ सुरक्षित रहेंगी। इस विचार के आने पर धन मेरे ऊपर बोझ नहीं रह गया। अब यह सिर्फ सिक्कों की वसीयत नहीं थी; यह जीवन, आशा और आनन्द का उत्तराधिकार था।

जब ये विचार मेरी आत्मा को झकझोर रहे थे तब मैं कैसी लग रही थी, यह मुझे नहीं मालूम। पर मैंने देखा कि मि. रीवर्स ने एक कुर्सी मेरे पीछे रख दी और मुझे उस पर बिठाने की चेष्टा करने लगे। उन्होंने मुझे स्थिर होने की सलाह दी। इसमें मेरी असहायता और विक्षिप्तता की ओर जो इशारा था, उस पर मुझे घृणा हुई। मैंने उनके हाथ झटक दिए और फिर टहलने लगी।

मैं बोली, ''कल ही डायना और मेरी को पत्र लिखिए और उन्हें सीधे घर आने को कहिए। डायना ने कहा था कि वे दोनों स्वयं को धनी समझ लेतीं, यदि उन्हें एक-एक हजार पौंड भी मिल गए होते। अब पाँच हजार मिलने पर वे अवश्य खुश होंगी।''

सेंट जॉन ने कहा, ''यह बतलाओ कि तुम्हारे लिए एक गिलास पानी कहाँ मिलेगा ? सच, तुम्हें अपनी भावनाओं को शान्त करने का प्रयास करना चाहिए।''

''बेतुकी बात है ! और इस वसीयत का आप पर क्या असर होगा, क्या आपको इंग्लैंड में ही बाँधकर रख सकेगी, मिस ओलिवर से विवाह करने को प्रेरित कर सकेगी, और एक साधारण मानव की भाँति जीवन बिताने के योग्य बनाएगी ?''

''तुम भटक रही हो। तुम्हारा मस्तिष्क विक्षिप्त-सा हो गया है। मैंने एकाएक तुम्हें जो समाचार दे दिया है, उसकी उत्तेजना तुम्हारी सहनशीलता से बाहर हो गई है।''

''मि. रीवर्स। आप मेरा धैर्य खत्म किए दे रहे हैं। मैं बिल्कुल होश और विवेक में हूँ। आप ही मुझे गलत समझ रहे हैं या गलत समझने का ढोंग रच रहे हैं।''

''यदि तुम अधिक स्पष्ट करके बतलाती तो शायद मैं अच्छी तरह समझ पाता।''

''स्पष्ट करके बतलाती ? इसमें स्पष्ट क्या कहना है ! इतना तो आप समझते ही होंगे कि अभी जो बीस हजार पौंड मिले हैं उन्हें मेरे चाचा की एक भतीजी और तीन भानजे-भानजियों में बराबर-बराबर बाँटने पर प्रत्येक को पाँच-पाँच हजार मिलेंगे। मैं चाहती यह हूँ कि आप अपनी बहनों को पत्र लिखिए और उन्हें मिली इस सम्पत्ति के विषय में बतलाइए।''

''तुम्हारा अभिप्राय है–तुम्हें जो सम्पत्ति मिली है ?''

''सम्पत्ति के विषय में मेरा जो विचार है–वह मैंने आपको बतला दिया। इससे अलग दूसरा विचार मेरा हो ही नहीं सकता। मैं इतनी निष्ठुर, स्वार्थी, अन्धी, अन्यायी और दुष्ट या कृतघ्न नहीं हूँ। इसके अतिरिक्त मैंने निश्चय कर लिया है कि मुझे घर-परिवार और सम्बन्धी मिलने ही चाहिए। मुझे मूर हाउस भाता है, अतः मैं मूर हाउस में रहूँगी। मुझे डायना और मेरी अच्छी लगती हैं, इसलिए मैं जीवन-भर डायना और मेरी के साथ रहूँगी। मुझे पाँच ही हजार पौंड मिलें तो भी मुझे प्रसन्नता होगी, और लाभ भी होगा। किन्तु वह बीस हजार मिलने से मुझे यातना और परेशानी ही होगी, जो सच पूछो तो न्यायोचित रूप से मेरा है भी नहीं, भले ही कानूनी ढंग से हो। अतः जो मेरे लिए पूर्णतः अनुपयोगी और अधिक है, वह मैं आप लोगों को दे देती हूँ। इसमें विरोध नहीं होना चाहिए और न ही इस पर बहस होनी चाहिए। हम लोग आपस में समझौता कर लें और इस बात पर तुरन्त एक निर्णय ले लें।''

"तुम आरम्भिक आवेग में यह सब कर रही हो। कई दिनों तक इन बातों पर खूब विचार कर लो, तभी तुम्हारी बातें सही मानी जा सकेंगी।"

"आह, यदि आप मेरी विश्वसनीयता पर सन्देह करते हैं तो मैं चुप हो जाती हूँ। आपको इस मामले के न्यायोचित होने पर तो विश्वास है न ?"

"कुछ न्यायोचित तो मैं मानता हूँ। पर यह परम्परा के बिल्कुल विपरीत है। इसके अतिरिक्त पूरी सम्पत्ति पर तुम्हारा अधिकार है। मामा ने अपने प्रयास से इस सम्पत्ति को अर्जित किया था, इसलिए उन्हें पूरा-पूरा अधिकार था कि जिसे चाहते, वह सम्पत्ति देते, और उन्होंने तुम्हें दिया। इसलिए न्याय तुम्हें यह सारी सम्पत्ति रखने की अनुमति देता है। तुम बेखटके इस सारी सम्पत्ति को अपना समझ सकती हो।"

मैंने उत्तर दिया, "जहाँ तक मेरा प्रश्न है, यह बात मेरे लिए भावना और औचित्य दोनों से जुड़ी है। मैं इसमें मनमानी अवश्य करूँगी, क्योंकि मुझे मनोनुकूल काम करने का अवसर अभी तक शायद ही कभी मिला हो। आप भले ही एक वर्ष तक बहस करते रहिए, विरोध करते रहिए, मुझे परेशान करते रहिए। पर मैं उस मधुर आनन्द का परित्याग नहीं करूँगी जिसकी एक झलक मुझे दिखाई दे गई है–भारी उपकार का ऋण चुकाने का आनन्द और अपने लिए जीवन-भर के मित्र बनाने का आनन्द।"

सेंट जॉन तुरन्त बोल उठे, "तुम अभी ऐसा इसलिए सोचती हो कि तुम अभी नहीं जानती कि सम्पत्ति का मालिक बनना क्या होता है और इसका आनन्द क्या होता है। तुम्हें जरा भी आभास नहीं है कि बीस हजार पौंड तुम्हें कितना महत्त्वपूर्ण बना देगा, समाज में तुम्हें कैसा स्थान पाने योग्य बनाएगा और तुम्हारे लिए किन-किन सौभाग्यों का मार्ग प्रशस्त करेगा। तुम नहीं जानती कि..."

मैंने बात काट दी, "और आप कल्पना नहीं कर सकते कि भाई-बहन के प्यार के लिए मेरे अन्दर कितनी व्यग्रता है। मेरा कोई घर नहीं था, मेरे कोई भाई-बहन नहीं थे। अब तो मैं उन्हें पाकर ही रहूँगी। आप मुझे बहन मानने और स्वीकारने से हिचकिचा तो नहीं रहे ? बोलिए..."

"जेन, तुम्हारे उचित अधिकार का बलिदान लिये बिना भी मैं तुम्हारा भाई रहूँगा और मेरी बहनें तुम्हारी बहनें रहेंगी।"

"भाई ? हाँ, हजारों मील की दूरी पर। बहनें ? अपरिचित लोगों की गुलामी करती हुईं ! और मैं धनी, ऐसे सोने से लदी हुई जिसे मैंने न तो अर्जित किया और न ही उसके योग्य हूँ ! और आप लोग अकिंचन ! खूब रहा यह समानता और भाईचारा, यह घनिष्ठ मिलन, यह हार्दिक स्नेह !"

"किन्तु जेन, पारिवारिक सम्बन्धों और घरेलू आनन्द की तुम्हारी आकांक्षा, जो उपाय तुम सोच रही हो इसके अतिरिक्त दूसरे ढंग से भी तो पूरी हो सकती है। तुम विवाह कर सकती हो।"

"फिर बेकार बात। विवाह ! मैं विवाह करना नहीं चाहती और कभी विवाह नहीं करूँगी।"

''यह बहुत बढ़ा-चढ़ा दावा है। ऐसे डींग-भरे दावे उस उत्तेजना के प्रमाण हैं जिससे तुम प्रभावित हो।''

''नहीं, यह कोई बढ़-चढ़कर बात बनाना नहीं है। मैं जानती हूँ कि मेरी क्या भावना है और मेरी रुचि विवाह के खयाल से ही बिल्कुल विमुख है। कोई मुझे प्यार नहीं करेगा, और यह मैं नहीं चाहती कि धन के लोभ से कोई मुझे चाहे। और मैं किसी अपरिचित को भी नहीं चाहती–किसी सहानुभूतिहीन, पराए आदमी को, मुझसे बिल्कुल भिन्न व्यक्ति को। मैं सम्बन्धियों को चाहती हूँ, उन लोगों को जिनसे मेरा मेल-मिलाप है। फिर से कहिए कि आप मेरे भाई बनेंगे। आपने जब यह बात कही तो मुझे सन्तुष्टि मिली, आनन्द मिला। यदि आप बोल सकते हैं तो यही बात दुहराइए, हृदय से दुहराइए।

''मुझे लगता है कि मैं बोल सकता हूँ। मैं जानता हूँ कि मैंने अपनी बहनों से हमेशा प्यार किया है और यह भी जानता हूँ कि मेरे प्यार का आधार क्या है। उनके गुणों के प्रति सम्मान, उनकी योग्यता के प्रति प्रशंसा का भाव। तुम भी बुद्धिमान और सिद्धान्तवाली हो, तुम्हारी रुचियाँ और आदतें डायना और मेरी से मिलती हैं, तुम्हारी उपस्थिति मुझे सदैव प्रिय लगी है। तुम्हारी बातों में कुछ दिनों से मुझे वांछित सान्त्वना मिलती रही है। मुझे लगता है कि मैं आसानी से और स्वाभाविक रूप से अपने हृदय में तुम्हें अपनी तीसरी और सबसे छोटी बहन के रूप में स्थान दे सकता हूँ।''

''धन्यवाद। आज रात्रि मुझे इससे सन्तोष मिलेगा। अब आप चले जाइए क्योंकि यदि आप कुछ देर और रहेंगे तो सम्भवतः अपनी अविश्वासपूर्ण उलझनों से मुझे फिर से चिढ़ा डालेंगे।''

''और यह विद्यालय, मिस आयर ? मैं समझता हूँ कि इसे अब बन्द कर देना पड़ेगा।''

''नहीं, मैं शिक्षिका के पद पर तब तक बनी रहूँगी जब तक आपको मेरे स्थान पर दूसरी नहीं मिल जाती।''

वे स्वीकृति में मुस्करा पड़े। हम लोगों ने हाथ मिलया और उन्होंने विदा ली।

मुझे विस्तृत रूप में इसका वर्णन करने की आवश्यकता नहीं कि अपनी इच्छानुसार वसीयत का मसला निपटाने के लिए मुझे और क्या-क्या संघर्ष करने पड़े और कौन-कौन से तर्क देने पड़े। मेरा काम बहुत कठिन था। किन्तु मैं बिल्कुल अडिग रही। मेरे फुफेरे भाई-बहनों ने भी अन्त में समझ लिया कि मेरा मन वस्तुतः अविचलित रूप से सम्पत्ति का उचित बँटवारा करने पर अडिग है। अपने हृदय में उन लोगों ने भी इस विभाजन के औचित्य का अनुभव किया होगा। इसके अलावा मन में वे यह भी समझ रहे होंगे कि यदि वे मेरी जगह पर होते तो वही करते जो मैं करना चाह रही थी। अतः अन्त में उन्हें इस समझौते पर सहमत होने को झुकना पड़ा। इसमें मध्यस्थता मि. ओलिवर तथा एक योग्य वकील ने की। वे दोनों भी मेरे विचार से सहमत थे। अतः मैं अपनी बात मनवाने में सफल हो गई। सम्पत्ति के हस्तान्तरण के कागजात तैयार कराए गए तथा सेंट जॉन, मेरी, डायना और मैं अपने-अपने हिस्से के अधिकारी बन गए।

34

सबकुछ सुलझते-निपटते क्रिस्मस का समय आ गया और सार्वजनिक छुट्टियों के दिन निकट आ गए। मैंने मार्टन स्कूल बन्द कर दिया, पर इस बात का ध्यान रखा कि जुदाई का यह अवसर मेरी ओर से खाली न जाए। सम्पत्ति मिलने पर हाथ और हृदय, दोनों अद्भुत रूप से उदार हो जाते हैं, और बहुत प्राप्त होने पर थोड़ा-कुछ दान देना तो मानो उल्लास के उफान को थोड़ा राहत पहुँचाना होता है। मैंने आनन्द से यह अनुभव किया था कि मेरी ग्रामीण शिष्याओं में अनेक मुझे प्यार करती हैं। फिर जब हम बिछुड़ने लगे तो यह अनुभूति और प्रगाढ़ हो गई। उन लोगों ने अपना स्नेह सरलता से और तीव्र ढंग से व्यक्त किया। यह देखकर मुझे बड़ी सन्तुष्टि मिली कि उनके सरल, आडम्बरहीन हृदय में मुझे सचमुच स्थान मिल गया था। मैंने उन्हें वचन दिया कि प्रत्येक सप्ताह मैं अवश्य उनसे मिलने आऊँगी और विद्यालय में एक घंटे पढ़ा भी दिया करूँगी।

मि. रीवर्स आए। उसी समय विद्यालय बन्द होने पर विभिन्न कक्षाओं की छात्राएँ, जिनकी संख्या अब 60 तक पहुँच गई थी, मेरे आगे-आगे निकल रही थीं और द्वार बन्द हो रहा था। तब मैं चाभी हाथ में लिये उन लगभग आधी दर्जन सर्वश्रेष्ठ छात्राओं से विदा के विशेष शब्द कह रही थी जो ब्रिटिश ग्रामीण युवतिओं की श्रेणी में पाई जानेवाली किसी भी युवती की भाँति सुसंस्कृत, सम्मानपूर्ण, विनम्र और शिक्षित थीं। यह कहना भी अतिशयोक्ति नहीं है कि ब्रिटिश ग्रामवासी यूरोप के किसी भी ग्रामवासी से अधिक शिक्षित, व्यवहार-कुशल और स्वाभिमानी व्यक्ति होते हैं, क्योंकि मैंने बाद में अनेक किसान जातियों को भी देखा है और उनमें जो सर्वश्रेष्ठ मानी जाती हैं वे भी मुझे मेरी मार्टन की बालिकाओं की तुलना में अनभिज्ञ, बेढंगी और गन्दी जान पड़ीं।

उनके जाने के बाद मि. रीवर्स ने पूछा, "क्या तुम्हें लगता है कि एक सत्र के परिश्रम का पुरस्कार तुम्हें मिल गया है ? अपने समय और पीढ़ी के लोगों का सचमुच कल्याण करने की अनुभूति क्या तुम्हें आनन्द नहीं देती ?"

"निस्सन्देह देती है।"

"और तुमने तो कुछ ही महीने परिश्रम किया है ! मानवजाति के पुनरुद्धार में पूरा जीवन लगा देना क्या जीवन का सदुपयोग नहीं होगा ?"

मैंने उत्तर दिया, ''होगा, पर मैं हमेशा ऐसा नहीं कर सकती। मैं दूसरों की प्रतिभा विकसित करने के साथ-साथ अपनी प्रतिभा का भी उपयोग करना चाहती हूँ। मैं अब उसका आनन्द उठाना चाहती हूँ। मेरे मन और शरीर को अब स्कूल का ध्यान मत दिलाइए। मैं इससे बाहर हूँ और छुट्टी मनाने की मनःस्थिति में हूँ।''

वे गम्भीर दीखने लगे। ''अब क्या ? अचानक यह कैसी उत्सुकता तुम दिखाने लगी ? तुम्हारा क्या करने का इरादा है ?''

''सक्रिय होने का। यथाशक्ति और पहले तो मैं आपसे निवेदन करूँगी कि हन्ना को मुक्ति दे दीजिए और किसी और को अपनी सेवा में रख लीजिए।''

''क्या तुम्हें उसकी आवश्यकता है ?''

''हाँ, मेरे साथ मूर हाउस जाने के लिए। एक सप्ताह में डायना और मेरी घर आ जाएँगी और उनके आने तक मैं सभी चीजें सुव्यवस्थित कर लेना चाहती हूँ।''

''समझा ! मैं तो सोचे बैठा था कि तुम कहीं घूमने उड़ चली। ठीक ही है। हन्ना तुम्हारे साथ जाएगी।''

''तो उसे कल तक तैयार रहने के लिए कह दीजिए, और स्कूल के कमरे की यह चाभी लीजिए। अपने कमरे की चाभी मैं आपको कल प्रातःकाल दूँगी।''

उन्होंने ले लिया और बोले, ''तुमने बड़ी खुशी से मुझे चाभी सौंप दी। तुम्हारा यह हलकापन मेरी समझ में नहीं आया, क्योंकि जो काम तुम छोड़ रही हो उसके बदले कौन-सा कार्य तुमने अपने लिए सोच रखा है ? अब तुम्हारे जीवन का लक्ष्य, उद्देश्य और आकांक्षा क्या हैं ?''

''मेरा पहला लक्ष्य होगा *सफाई करना।* (क्या इस अभिव्यक्ति की पूरी शक्ति को आप समझते हैं ?) मूर हाउस को कमरों से लेकर भंडार तक पूरी तरह साफ करना। दूसरा होगा उसे मधुमक्खी के मोम से, तेल से और बेहिसाब कपड़ों से रगड़ते जाना जब तक कि वह फिर से चमकने न लगे। मेरा तीसरा लक्ष्य होगा प्रत्येक कुर्सी, मेज, बिस्तर, कालीन आदि को एकदम ठिकाने से व्यवस्थित करना। उसके बाद मैं आपका सारा कोयला बरबाद करके सभी कमरों में अच्छी तरह आग जलाऊँगी, और अन्त में आपकी बहनों के आने के पूर्व के इन कामों में हन्ना और मैं दो दिन कुछ दूसरे कामों में लगाएँगे, जैसे अंडा फेंटना, किसमिस घोंटना, मसाला पीसना, क्रिस्मस का केक बनाना, चाप बनाने के लिए मांस और दूसरे सामान काटना तथा खाने-पकाने के दूसरे काम पूरे करना जिनका आपके जैसे अनभिज्ञ व्यक्ति को बातों से थोड़ा ही आभास मिल सकेगा। संक्षिप्त में, अगले गुरुवार के पूर्व सभी चीजों को डायना और मेरी के लिए बिल्कुल तैयार करके रखना ही मेरा उद्‌देश्य, और मेरी आकांक्षा यही है कि उन लोगों के आने पर उन्हें शानदार स्वागत दिया जाए।''

सेंट जॉन किंचित्‌ मुस्कराए, पर वे अभी भी असन्तुष्ट थे। बोले, ''हाँ, तत्काल के लिए तो यह सब बहुत ठीक है, किन्तु मैं गम्भीरता से सोचता हूँ कि उल्लास का प्रारम्भिक आवेग समाप्त होने पर तुम इस घरेलू प्यार और आनन्द से श्रेष्ठतर बातों

की ओर भी उन्मुख होगी।''

मैंने बात काटी, ''संसार का सर्वश्रेष्ठ तो यही है।''

''नहीं, जेन, नहीं, यह संसार आशाओं की प्राप्ति का स्थल नहीं है। इसे वैसा बनाने का प्रयास मत करो, न ही विश्रामस्थल बनाने की कोशिश करो। आलसी मत बनो।''

''इसके विपरीत मैं तो व्यस्त होना चाहती हूँ।''

''जेन, अभी तो मैं तुम्हें क्षमा कर देता हूँ। तुम्हें तुम्हारी नई हैसियत का पूरा-पूरा आनन्द उठाने के लिए तथा विलम्ब से ज्ञात हमारे सम्बन्धों के आकर्षण में रमने के लिए मैं दो माह का समय देता हूँ। किन्तु उसके बाद, मैं आशा करता हूँ कि तुम मूर हाउस और मार्टन, बहनों के संसर्ग, स्वार्थमय शान्ति और सम्पन्नता के भौतिक सुखों से आगे देखना आरम्भ करोगी। मुझे आशा है कि तब तुम्हारी ऊर्जा अपनी शक्ति से तुम्हें फिर परेशान करने लगेगी।''

मैंने विस्मय से उनकी ओर देखा और बोली, ''सेंट जॉन, मैं सोचती हूँ कि ऐसी बातों से आप दुष्ट लग रहे हैं। मैं एक रानी की तरह सन्तुष्ट रहने की मनःस्थिति में हूँ और आप मुझे कुरेदकर बेचैन बनाना चाहते हैं। किसलिए ?''

''ईश्वर ने तुम्हें जो गुण सौंपे हैं उसका लाभ उठाने के लिए, और एक-न-एक दिन ईश्वर तुमसे इसका हिसाब माँगेंगे। जेन, मैं गहनता और चिन्ता के साथ तुम्हें परखता रहूँगा। मैं तुम्हें इस ओर से सावधान किए देता हूँ। सामान्य घरेलू आनन्दों में बेहिसाब उत्साह के साथ अपने को लिप्त करने से बचने की कोशिश करो। शारीरिक बन्धनों से इतना कसकर मत चिपको, सही लक्ष्य के लिए अपनी लगन और ऊर्जा को बचाकर रखो, उन्हें तुच्छ, नश्वर वस्तुओं पर नष्ट करने से बचो। तुम सुन रही हो, जेन ?''

''हाँ, वैसे ही जैसे आप यूनानी बोल रहे हों। मैं अनुभव करती हूँ कि मुझे प्रसन्न होने का यथेष्ट कारण है, और मैं प्रसन्न रहूँगी। विदा !''

मूर हाउस में मैं खुश थी। मैंने कठिन परिश्रम भी किया, और हन्ना ने भी। वह यह देखकर मुग्ध थी कि अस्त-व्यस्त घर की व्यस्तता में मैं कितनी खुश रह सकती थी, कैसे मैं बुहारने, झाड़ने, साफ करने और रसोई बनाने के काम कर सकती थी। और सचमुच एक-दो दिन की अस्त-व्यस्तता के बाद धीरे-धीरे सुघड़ता और व्यवस्था आते देखना आनन्दजनक था। मैं पहले...ग्राम में कुछ नए फर्नीचर खरीदने गई। मेरे फुफेरे भाई-बहनों ने मुझे पूरा अधिकार दे रखा था कि मैं जो परिवर्तन करना चाहूँ, कर सकती हूँ, और इस कार्य के लिए एक राशि भी निर्धारित कर दी गई थी। साधारण बैठक और सोने के कमरों को मैंने जैसा का तैसा छोड़ दिया, क्योंकि मैं जानती थी कि फैशनेबुल परिवर्तनों के दृश्य की अपेक्षा पुरानी परिचित मेज-कुर्सी और बिस्तरों को देखकर ही डायना और मेरी को अधिक आनन्द आएगा। फिर भी उनके पुनरागमन को मेरी इच्छानुसार अधिक उल्लासपूर्ण बनाने के लिए कुछ नवीनता अनिवार्य थी। काले रंग के सुन्दर नए कालीन और पर्दे, चीनी मिट्टी और पीतल की सावधानी से चुनी गई कुछ

पुरानी सजावटी वस्तुओं, नर खोलों और दर्पणों, सिंगार-मेज के ड्रेसिंग केसों आदि से काम चल गया। बहुत चुभते हुए न होने पर भी वे ताजा दीख रहे थे। एक ओर बैठक और सोने के कमरे को मैंने बिल्कुल नए रूप से सज्जित कर दिया, पुराने महोगनी के और लाल रंग के साज-सामान से। गलियारे में टाट डाल दिए और सीढ़ियों पर कालीन बिछा दी। इतना कुछ हो जाने पर, मुझे मूर हाउस अन्दर से सामान्य, सुन्दर, आरामदेह घर का भरपूर नमूना-सा लगने लगा। वैसे ही जैसे इस मौसम में उसका बाहरी आवरण शीतकालीन बरबादी और मरुस्थली उदासी से भरपूर दीख रहा था।

वह महत्त्वपूर्ण गुरुवार अन्ततः आ ही गया। शाम के धुँधलके के पूर्व उनके आने की आशा थी। गोधूलि के पूर्व ही ऊपर और नीचे कमरों में आग जला दी गई। रसोईघर बिल्कुल चुस्त-दुरुस्त था। हन्ना और मैंने वस्त्र पहन लिये थे। सबकुछ तैयार था।

पहले सेंट जॉन आए। मैंने उनसे अनुरोध किया कि जब तक सबकुछ व्यवस्थित नहीं हो जाता, तब तक घर के बाहर ही रहें, और सच पूछो तो घर के अन्दर व्यर्थ और तुच्छ हलचल का आभास ही उन्हें घबराकर दूर भगाने के लिए पर्याप्त था। उन्होंने मुझे रसोईघर में पाया, जहाँ मैं चाय के साथ लिये जानेवाले केक को बनते देख रही थी। चूल्हे के समीप आकर उन्होंने मुझसे पूछा कि क्या मैं नौकरानी के कार्य से सन्तुष्ट हुई। मैंने उत्तर देते हुए उन्हें आमन्त्रित किया कि हम लोगों के परिश्रम के परिणाम का निरीक्षण करें। कुछ कठिनाई से ही सही, मैंने उन्हें घर के निरीक्षण के लिए सहमत कर लिया। जो-जो द्वार मैं खोलती जाती थी, उसे वे देखते जाते थे। जब उन्होंने ऊपर के तल्ले और नीचे के कमरों को देख लिया तो वे बोले, ''तुम्हें इतने कम समय में इतना परिवर्तन करने में अवश्य ही बहुत कठिनाई और थकान सहनी पड़ी होगी।'' पर अपने घर के सुधरे हुए रूप पर प्रसन्नता का एक शब्द भी उन्होंने नहीं कहा। उनकी इस चुप्पी ने मेरे उत्साह पर पानी डाल दिया। मुझे लगा कि इन परिवर्तनों से ऐसी कुछ पुरानी यादें गड़बड़ा गई हैं जिनका उनकी दृष्टि में महत्त्व था। मैंने निस्सन्देह कुछ हताश स्वर में पूछा कि क्या यही बात है।

''बिल्कुल नहीं, बल्कि तुमने तो बड़े ध्यान से सारी स्मृतियों को सुरक्षित रखा है। मुझे तो यह डर है कि इस पर जितना ध्यान दिया गया लगता है उतने के योग्य यह है भी नहीं। उदाहरण के लिए इस कमरे की सजावट पर सोचने में कितने मिनट बिताए गए होंगे। अच्छा तुम बता सकती हो कि अमुक पुस्तक कहाँ है ?''

मैंने आलमारी में वह किताब दिखा दी। उन्होंने पुस्तक निकाली और खिड़की के पासवाली परिचित जगह पर जाकर पढ़ने में लीन हो गए।

पाठक, यह बात मुझे अच्छी नहीं लगी। सेंट जॉन आदमी तो अच्छे थे, पर मुझे लगा कि जब उन्होंने कहा था कि वे कठोर और भावहीन व्यक्ति हैं तो उन्होंने अपने विषय में सच ही कहा था। जीवन का मानवीय पक्ष और सुविधाएँ उनके लिए कोई आकर्षण नहीं रखती थीं। न ही जीवन के शान्त आनन्द से उन्हें कोई मोह था। साफ शब्दों में वे सिर्फ महत्त्वाकांक्षा, महान् और कल्याणकारी कार्य की प्राप्ति की आकांक्षा

के लिए ही जी रहे थे। फिर भी वे कभी चैन से बैठनेवाले नहीं थे और न ही अपने निकटस्थ लोगों को चैन से रहना पसन्द कर सकते थे। सफेद पत्थर की भाँति शान्त और रक्तहीन। उनके भव्य ललाट और अध्ययनरत सुन्दर नाक-नक्श को देखते हुए मैं बिल्कुल समझ गई कि ये अच्छे पति कभी नहीं हो सकते; उनकी पत्नी बनना एक दुष्कर कार्य होगा। मानो एक प्रेरणा से मैं समझ गई कि मिस ओलिवर के प्रति उनका प्यार कैसा रहा होगा। मैं उनसे सहमत थी कि यह मात्र इन्द्रियों का प्यार था। मैं समझ गई कि इस प्यार से उनमें जो उत्तेजना होती थी, उस कारण वे अपने से कितनी घृणा करते थे, किस प्रकार इसे घोंटकर मार डालना चाहते थे, और क्यों उन्हें यह विश्वास नहीं था कि वह प्यार कभी उन्हें या मिस ओलिवर की स्थायी खुशी दे सकेगा। मैंने देखा कि वे उस धातु से बने थे जिससे प्रकृति अपने वीरों को गढ़ती है—ईसाई और अन्य धर्मावलम्बी वीरों को, विधिशास्त्रिओं को, राजनीतिज्ञों को, विजेताओं को। महान् उद्‌देश्यों के लिए ठोस चट्‌टानी आधार थे वे, पर घर के चूल्हे के पास वे ठंडे बेडौल खम्भे जैसे लगते थे—सूने और बेतरतीब।

मैंने मन में सोचा, यह बैठकखाना इनके लिए सही जगह नहीं है। हिमालय की पर्वतश्रृंखला या कैफ्रे के जंगल, यहाँ तक कि प्लेग से आक्रान्त गिनी कोस्ट इन्हें इससे अधिक भाएँगे। पारिवारिक जीवन की शान्ति को वे ठीक ही त्याग रहे हैं, क्योंकि वह उनकी प्रकृति के विपरीत है। उनकी शक्ति यहाँ-वहाँ सड़ जाएगी। यहाँ उन शक्तियों का पूरा-पूरा विकास नहीं हो सकेगा। संघर्ष और संकट के क्षेत्र में, जहाँ साहस प्रमाणित होता है, ऊर्जा का उपयोग होता है और धैर्य की परीक्षा होती है, वहीं वे नेता और उच्चाधिकारी की भाँति बोलेंगे और चलेंगे। इस घरेलू चूल्हे के पास तो एक हँसमुख बच्चा भी इनसे भला। अब मैं समझ गई कि उन्होंने अपने लिए पादरी का पेशा ठीक ही चुना है।

बैठक का द्वार खोलते हुए हन्ना चिल्लाई, "वे आ रही हैं। वे आ रही हैं।" उस समय बूढ़ा कार्लो भी खुशी से भौंकने लगा। मैं बाहर दौड़ी। अँधेरा हो चला था, पर पहिए की आवाज सुनाई दे रही थी। हन्ना ने जल्दी से एक लालटेन जला दिया। गेट पर गाड़ी खड़ी हो गई थी। कोचवान ने दरवाजा खोला। पहले एक सुपरिचित आकृति उसमें से निकली, फिर दूसरी। एक ही मिनट में मेरा मुखड़ा उनकी टोपी के नीचे था—पहले मेरी के मुलायम गालों से सटा हुआ, फिर डायना की लहराती लटों से। वे हँस रही थीं। उन्होंने मुझे चूमा, फिर हन्ना को। उसके बाद कार्लो को थपथपाया जोकि खुशी से पागल हुआ जा रहा था। फिर उन्होंने उत्सुकता से पूछा कि सभी लोग अच्छे हैं न ? स्वीकारात्मक उत्तर सुनकर ही उन्होंने घर में प्रवेश किया।

व्हिटक्रास से यहाँ तक की लम्बी और हिचकोले-भरी यात्रा से वे अकड़-सी गई थीं और रात्रि की तुषार-भरी हवा के ठंड से जकड़ी हुई थीं, पर अच्छी सुलगी आग को देख उनके सुन्दर मुखड़े खिल गए। जब हन्ना और कोचवान दोनों मिलकर बक्सों को अन्दर ला रहे थे, उन्होंने सेंट जॉन को खोजा। इसी समय वह बरामदे से निकलकर

आए। उन दोनों ने तुरन्त अपनी बाँहें उनके गले में डाल दीं। उन्होंने इन दोनों को एक-एक खामोश चुम्बन दिया। स्वागत में धीमे-से कुछ शब्द कहे, कुछ क्षण खड़े रहकर वार्तालाप किया और तब यह कहते हुए कि तुम लोग शीघ्र बैठकखाने में आओ, वे उसी एकान्त स्थान पर पुनः लौट गए।

मैंने उनके ऊपरवाले कमरे में जाने के लिए बत्ती जला दी थी, पर डायना को पहले कोचवान के खानपान के लिए आदेश देना था। यह करने के बाद दोनों मेरे पीछे-पीछे ऊपर गईं। कमरे के नएपन और सजावट को देखकर, नई चादर और नए कालीन को तथा कीमती चीनी मिट्टी के गुलदस्तों को देखकर वे प्रसन्न हो गईं। उन्होंने अपनी कृतज्ञता खुले हृदय से व्यक्त की। मुझे अनुभव करके हर्ष हुआ कि मेरी व्यवस्था बिल्कुल उनके मनोनुकूल निकली और मैंने जो कुछ किया उससे उनके घर लौटने के आनन्द में स्पष्ट वृद्धि हुई।

वह सन्ध्या बड़ी मधुर थी। मेरी फुफेरी बहनें उल्लास से भरी हुई, वर्णन और टिप्पणी में इतनी मुखर थीं कि उनके प्रवाह में सेंट जॉन की मितभाषिता ढँक गई। वे अपनी बहनों को देखकर सचमुच प्रसन्न थे, पर उनके उल्लास और हर्षातिरेक में उनका मन नहीं लग रहा था। उस दिन की घटना ने, अर्थात् मेरी और डायना की घर-वापसी ने, उन्हें प्रसन्नता दी थी, पर उस घटना से जुड़ी चीजों से, जैसे खुशी के कोलाहल, स्वागत की खिलखिलाहट आदि से उन्हें चिढ़ थी। मैंने देखा, वे चाहते थे कि यह दिन जल्दी बीतकर शान्त प्रभात आए। चाय के लगभग एक घंटे बाद रात्रि के आनन्द के मध्य में ही द्वार पर एक थाप सुनाई दी। हन्ना यह खबर लेकर आई कि एक गरीब लड़का आया है और उस कुसमय में मि. रीवर्स को ले जाना चाहता—अपनी माँ को दिखाने के लिए जो मृत्यु के समीप थी।

"वह कहाँ रहती है, हन्ना ?"

"व्हिटक्रास ब्रो का बिल्कुल पास, लगभग चार मील दूर। पूरा रास्ता मा चौर है और काई भरा है।"

"जाकर कहो कि मैं चलता हूँ।"

"मेरा विचार है, आप न जाएँ तो अच्छा है। अँधेरा हो जाने के बाद चलने की दृष्टि से यह सबसे खराब सड़क है। दलदल में सड़क का पता भी नहीं चलता। और रात भी इतनी कष्टप्रद है ! बहुत ठंडी हवा चल रही है। अच्छा तो यह होगा श्रीमान, कि आप खबर कर दें कि आप सुबह वहाँ पहुँच जाएँगे।"

पर वे तो कोट पहनते-पहनते गलियारे में पहुँच गए, और कोई आपत्ति किए बिना, एक शब्द बोले बगैर चल पड़े। उस समय नौ बज रहे थे। वे आधी रात के समय लौटे। भूखे और थके-माँदे होने के बाद भी वे प्रस्थान के समय की अपेक्षा अधिक प्रसन्न दीख रहे थे। उन्होंने एक कर्तव्य का पालन किया था, परिश्रम किया था, कुछ करने या इनकार करने की अपनी शक्ति का अनुभव किया था और इसलिए अपने आपसे अधिक सन्तुष्ट थे।

मुझे तो आशंका है कि यह पूरा सप्ताह उनके धैर्य की परीक्षा लेता रहा। यह क्रिस्मस का सप्ताह था। हम लोग किसी निर्धारित रूटीन पर नहीं चल रहे थे, वरन् पूरे सप्ताह को हर्षपूर्ण घरेलू मनोरंजन में बिता रहे थे। खुले चौर की हवा, घर की स्वच्छन्दता, वैभव का उदय आदि ने डायना और मेरी को किसी अमृतधारा की भाँति प्रभावित कर दिया था। वे लोग प्रभात से दोपहर तक और दोपहर से रात तक प्रफुल्लित रहती थीं। वे हमेशा बतियाती रहती थीं और उनकी बातें बुद्धिमत्तापूर्ण, सारगर्भित और मौलिक होने के कारण मुझे इतनी आकर्षित करती थीं कि सभी काम छोड़कर मैं उन्हें सुनना या उनसे बातें करना अधिक पसन्द करती थी। सेंट जॉन हमारे उत्साह को झिड़कते तो नहीं थे, पर उससे भागते अवश्य थे। वे घर में लगभग रहते ही नहीं थे। उनका पुरोहिती का क्षेत्र बड़ा था और आबादी दूर-दूर बिखरी थी। अतः भिन्न-भिन्न भागों में निर्धन और रुग्ण व्यक्तियों को देखने जाना ही उन्होंने अपना दैनिक कर्तव्य बना लिया था।

एक प्रातः, जलपान के समय, कुछ मिनट गम्भीर रहने के पश्चात् डायना ने उनसे पूछा कि आपकी योजना बदली कि नहीं। "न बदली है और न बदलनेवाली है," उत्तर मिला। फिर उन्होंने आगे यह भी बतलाया कि इंग्लैंड से उनका प्रस्थान अब अगले वर्ष पूर्ण निश्चित हो गया है।

"और रोजामंड ओलिवर ?" मेरी के मुँह से निकला। ऐसा लगा कि ये शब्द उसके मुँह से अनायास निकल पड़े थे, क्योंकि बोलने के बाद उनकी भंगिमा ऐसी थी मानो वह अपने शब्दों को वापस लेना चाह रही हो। उस समय सेंट जॉन के हाथों में एक पुस्तक थी, खाते समय पढ़ना उनकी मिलनसारी से रहित आदत थी। उन्होंने पुस्तक बन्द की, ऊपर देखा और बोले, "रोजामंड ओलिवर का विवाह मि. ग्रैनबी से होने जा रहा है जो...ग्राम के सम्मानित निवासी हैं और कुलीन परिवार के हैं। वे श्रीमान फ्रेडरिक ग्रैनबी के पौत्र तथा उनके उत्तराधिकारी हैं। कल ही मुझे यह सूचना उसके पिता से मिली।"

उनकी बहनों ने एक-दूसरे को देखा, फिर मेरी ओर देखा। हम तीनों उनकी ओर देखने लगे, पर वे शीशे की भाँति साफ थे।

"विवाह जल्दबाजी में तय किया गया होगा। वे लोग एक-दूसरे से अधिक दिनों से परिचित नहीं होंगे," डायना बोली।

"मात्र दो महीने से। वे लोग अक्तूबर में...ग्राम में एक ग्रामीण नृत्य में मिले थे। पर जहाँ मिलन में कोई बाधा नहीं हो, जैसाकि इस मामले में है, और जहाँ सम्बन्ध सभी दृष्टि से वांछनीय हो, वहाँ विलम्ब व्यर्थ है। जैसे ही श्रीमान फ्रेडरिक द्वारा प्रदत्त भवन उनके स्वागत के लिए सज-सँवरकर तैयार होता है, उनकी शादी हो जाएगी।"

इस सूचना के बाद जब प्रथम बार सेंट जॉन मुझे अकेले में मिले तो मैं यह पूछने का प्रलोभन कर बैठी कि क्या इस घटना से उन्हें दुख पहुँचा। पर उन्हें सहानुभूति की आवश्यकता बिल्कुल नहीं मालूम पड़ती थी। अतः और कुछ कहने की बजाय, जो मैं बोल चुकी थी उसी पर मुझे शर्म आने लगी। उसके अतिरिक्त इधर उनसे बात करने

की मेरी आदत भी छूट गई थी, उनका अलग-थलग भाव अधिक घनीभूत हो गया था और मेरे मिजाज का खुलापन नीचे दबकर जम-सा गया था। उन्होंने मुझे भी अपनी बहनों जैसा समझने का अपना वचन नहीं निभाया था। वे बराबर उनके और मेरे बीच छोटा-सा पर सिहरानेवाला अन्तर कर देते थे, जो आत्मीयता के बढ़ने में बाधक हो जाता था। संक्षेप में, अब जबकि मैं उनकी सम्बन्धी मान ली गई थी और एक ही घर में उनके साथ रह रही थी, मुझे लगने लगा कि हम लोगों के बीच में दूरी उस समय से भी अधिक हो गई है जब वे मुझे सिर्फ स्कूल-शिक्षिका के रूप में जानते थे। जब मुझे यह स्मरण आता कि मैं एक बार उनकी बिल्कुल निकटस्थ विश्वासपात्र बन गई थी, तो उनकी वर्तमान भावहीनता मुझे कुछ समझ में नहीं आती थी। ऐसी स्थिति में मुझे बड़ा आश्चर्य हुआ जब जिस डेस्क पर वे झुके थे, उससे अचानक उन्होंने सिर उठाया और बोले, "जेन, तुमने देखा, मैंने इस संघर्ष को लड़कर जीत लिया है।"

इस प्रकार सम्बोधित होने से मैं चौंक पड़ी, तुरन्त उत्तर नहीं दे सकी, पर एक क्षण की हिचकिचाहट के बाद बोली, "पर क्या आपको विश्वास है कि आप उन विजेताओं की श्रेणी में नहीं आते जिन्हें विजय की भारी कीमत चुकानी पड़ी ? क्या एक और ऐसी विजय आपको तोड़कर नहीं रख देगी ?"

"मैं ऐसा नहीं समझता। और यदि ऐसा हो भी तो इसका अधिक महत्त्व नहीं। मेरे साथ ऐसी घटना अब घटेगी ही नहीं। इस संघर्ष का परिणाम निर्णायक है। मेरा रास्ता अब साफ है; मैं ईश्वर को इसके लिए धन्यवाद देता हूँ।" ऐसा कहकर वे फिर अपनी पुस्तक, अपनी चुप्पी में मगन हो गए।

चूँकि हमारा आपसी उल्लास (मेरी और डायना का, तथा मेरा) अब कुछ शान्त होने लगा था और हम लोगों ने अपना सामान्य कार्य और नियमित अध्ययन फिर से आरम्भ कर दिया था, सेंट जॉन अब घर पर अधिक रहने लगे। वे हम लोगों के साथ एक ही कमरे में बैठते थे—कभी-कभी तो घंटों तक, जब मेरी चित्रकारी कर रही होती और डायना विश्वकोश के अध्ययन में लगी होती। (मुझे विस्मय है कि उसने इसका भार उठा लिया था) और मैं जर्मन सीखने में माथा खपा रही होती। उस समय वे कोई रहस्यमय भाषा सीखने में मगन रहते थे, शायद कोई पूर्वी भाषा, जिसका ज्ञान उनके विचार में उनकी योजनाओं के लिए बहुत आवश्यक था।

इस भाँति कार्यरत, वे अपने स्थान पर शान्त और मगन मालूम पड़ते थे, पर उनकी आँखों को उस विचित्र विदेशी व्याकरण को छोड़ इधर-उधर घूमने की लत थी, और कभी-कभी हम सहपाठियों पर निरीक्षण की गहन मुद्रा में जम जाने की आदत थी। पकड़े जाने पर उनकी आँखें तुरन्त पलट जाती थीं, पर फिर बार-बार हमारी मेज पर कुछ ढूँढ़ती-सी लौट आती थीं। मुझे आश्चर्य होता कि आखिर इसका क्या अभिप्राय है। मुझे सामान्य लगनेवाली एक अन्य बात पर भी उनका निश्चित सन्तोष व्यक्त करने से चूकना भी विस्मित कर देता था; वह बात थी मार्टन स्कूल में मेरी साप्ताहिक उपस्थिति। इससे भी ज्यादा अचरज मुझे तब होता था, जब दिन ज्यादा असुविधाजनक हो, जैसे

बर्फ पड़ रही हो, वर्षा हो रही हो या तेज हवा चल रही हो, और उनकी बहनें मुझे जाने से रोक रही हों। तब वे उनकी चिन्ता का उपहास करते थे और मौसम की परवाह किए बिना कर्तव्य-पालन के लिए मुझे उत्साहित करते थे। वे कहते थे, "जेन इतनी दुर्बल नहीं है। जितनी तुम लोग उसे समझती हो। वह हम लोगों की तरह पहाड़ों की हवा के थपेड़े, वर्षा की झड़ी और थोड़ा-बहुत हिमपात भी सह सकती है। उसका शारीरिक गठन मजबूत और लचीला है। बहुत से हट्ठे-कट्ठे लोगों की अपेक्षा मौसम के बिगड़े रूपों को वह ज्यादा अच्छी तरह सह सकती है।"

और जब मैं लौटती, कभी-कभी बहुत थकी हुई और मौसम से परेशान, तो मुझे दुखड़ा रोने का साहस नहीं होता था, क्योंकि मैं जानती थी कि शिकायत सुनकर वे क्षुब्ध होंगे। सभी अवसरों पर सहनशीलता उन्हें भाती थी; इसके विपरीत बात से उन्हें विशेष चिढ़ थी।

एक अपराह्न मुझे घर पर रहने की छुट्टी मिल गई क्योंकि मुझे सचमुच सर्दी लग गई थी। मेरे बदले उनकी बहनें मार्टन गईं। मैं जर्मन दार्शनिक शिलर को पढ़ रही थी और वे पूर्वी भाषा के टेढ़े-मेढ़े अक्षरों को पढ़ने की कोशिश कर रहे थे। जब मैं पढ़ना छोड़ अनुवाद की ओर उन्मुख हुई और उनकी ओर देखा तो मैंने अपने को उनकी सतत, सजग नीली आँखों के घेरे में पाया। मुझे नहीं पता कि ये आँखें कब से मुझे आर-पार और बराबर ढूँढ़ती जा रही थीं। ये इतनी चुभती हुई थीं, फिर भी इतनी भावहीन, कि मुझे अन्धविश्वास ने आ घेरा। मुझे लगा कि मैं किसी रहस्यमय जादुई प्राणी के साथ कमरे में बैठी हुई हूँ।

"जेन, तुम क्या कर रही हो ?"

"जर्मन सीख रही हूँ।"

"मैं चाहता हूँ कि तुम जर्मन सीखना छोड़ दो और हिन्दुस्तानी भाषा सीखो।"

"आप गम्भीरता से तो नहीं कह रहे हैं ?"

"इतनी गम्भीरता से कि इसे करा ही लेना है। मैं तुम्हें बतलाता हूँ कि क्यों।"

तब वे बतलाने लगे कि वे इन दिनों हिन्दुस्तानी भाषा सीख रहे हैं। वे जैसे-जैसे आगे सीखते जा रहे हैं, उन्हें डर है कि प्रारम्भिक पाठ भूल न जाएँ। एक शिष्य मिल जाने से उन्हें सहायता मिलेगी, क्योंकि उसके साथ वे बार-बार प्रारम्भिक पाठ दुहराते रहेंगे और इस तरह उन्हें यह पूरी तरह याद हो जाएगा। उनका चुनाव बहनों के और मेरे बीच मँडरा रहा था, किन्तु अब उन्होंने मुझे ही चुनने का निर्णय कर लिया है क्योंकि उन्होंने पाया है कि मैं ही पाठ सीखने में सबसे अधिक समय दे सकती हूँ। उन्होंने पूछा कि क्या मैं इतनी कृपा उन पर करूँगी। मुझे अधिक दिनों तक यह त्याग नहीं करना पड़ेगा क्योंकि अब उनके प्रस्थान में मुश्किल से तीन महीने शेष हैं।

सेंट जॉन ऐसे व्यक्ति नहीं थे जिनकी बात सरलता से टाल दी जाए, क्योंकि आपको ऐसा लगेगा कि दुख या सुख का कोई प्रभाव उन पर बहुत गहरा और स्थायी होता था। अतः मैंने सहमति दे दी। जब डायना और मेरी लौटीं तो डायना ने देखा कि

उनकी शिष्या बदलकर अब भाई की शिष्या बन गई है। वे हँस पड़ीं और दोनों ने इसे स्वीकार किया कि सेंट जॉन उन्हें इस बात के लिए सहमत नहीं करा सकते थे। उन्होंने शान्ति से उत्तर दिया, ''मैं इस बात को जानता था।''

मैंने उन्हें धैर्यवान और सहनशील, किन्तु कठिन कार्य करानेवाला शिक्षक पाया। वे मुझसे बहुत परिश्रम की आशा रखते थे, और जब मैं उनकी आशा के अनुरूप कार्य कर देती तो वे अपने ढंग से मेरी प्रशंसा करते थे। धीरे-धीरे उन्होंने मेरे ऊपर ऐसा प्रभाव जमा लिया कि मेरी मानसिक स्वच्छन्दता चली गई। उनकी उदासीनता से अधिक उनकी प्रशंसा और ध्यान मुझे नियन्त्रित करने लगे। उनके आसपास रहने पर मैं मुक्त रूप से न तो बातें कर सकती थी और न हँस सकती थी, क्योंकि एक उबाऊ गिड़गिड़ाने वाली अन्तर्भावना मुझे बरबस याद दिला देती थी कि मुझमें उल्लास-भाव देखना उन्हें अरुचिकर है। मैं इतनी बात अच्छी तरह जान गई थी कि सिर्फ गम्भीर मुद्रा और कार्य ही उन्हें प्रिय हैं। अतः उनकी उपस्थिति में दूसरे प्रकार का भाव लाने का प्रयास भी व्यर्थ था; मैं तुषार जैसे प्रभाव से ग्रस्त थी। जब वे कहते कि जाओ तो मैं जाती, आओ तो मैं आती, यह करो तो मैं वही करती। पर अपनी यह दासता मुझे अच्छी नहीं लगती थी। कई बार मेरे मन में आता कि इससे अच्छा वे मेरी उपेक्षा ही करते।

एक सन्ध्या को, सोने जाने से पूर्व, उनकी बहनें और मैं उनके पास खड़ी उन्हें 'शुभरात्रि' कह रही थीं तो उन्होंने हमेशा ही तरह उन दोनों को चूमा और मेरी तरफ अपना हाथ बढ़ा दिया। डायना तब कुछ चुहल के मुड में थी। वह उनकी इच्छा से नियन्त्रित नहीं होती थी, क्योंकि एक प्रकार से उसकी इच्छा भी उतनी ही सबल थी। बोल पड़ी, ''सेंट जॉन, आप जेन को तीसरी बहन कहा करते थे, पर आप उससे वैसा व्यवहार तो नहीं करते। आपको उसे भी चूमना चाहिए।''

यह कहकर उसने मुझे उनकी ओर ठेल दिया। मुझे डायना बड़ी शोख लगी और मैं बेचैन-सी घबरा गई। उन्हीं भावों के बीच सेंट जॉन ने सिर झुकाया, उनका यूनानी चेहरा मेरे चेहरे के सामने आ गया। उनकी आँखें बेंधती-सी मेरी आँखों से प्रश्न करती लगीं और उन्होंने मुझे भी चूमा। मैंने प्रस्तर चुम्बन या बर्फ जैसे चुम्बन का नाम नहीं सुना, अन्यथा मैं कहती कि मेरे इस धार्मिक भाई का चुम्बन उन्हीं श्रेणियों में से था। पर प्रयोग-चुम्बन हो सकता है और उसका चुम्बन प्रयोग-चुम्बन ही था। चुम्बन देने के बाद उन्होंने इसका प्रभाव जानने के लिए मेरी ओर देखा, पर कोई विशेष प्रभाव मुझ पर नहीं था। निश्चय ही मैं शरमा नहीं रही थी। हो सकता है, मैं कुछ पीली पड़ गई होऊँ, क्योंकि मुझे लगा कि इस चुम्बन से मेरी हथकड़ियों पर एक मुहर-सी लग गई है। उसके बाद से उन्होंने यह रस्म कभी नहीं छोड़ी और जिस गम्भीरता और विरोधहीन ढंग से मैं इसे झेल लेती थी। उससे उन्हें इसमें विशेष आकर्षण लगने लगा था।

जहाँ तब मेरा प्रश्न है, मैं उन्हें प्रतिदिन अधिकाधिक प्रसन्न रखना चाहती थी। किन्तु वैसा करने में मुझे लगता था कि मैं अपने आधे स्वभाव का परित्याग कर रही हूँ, अपनी ऊर्जाओं का गला घोंट रही हूँ, अपनी रुचियों को उस प्रवृत्ति के अनुसार ढलने

पर बाध्य कर रही हूँ जिसके प्रति मेरा स्वाभाविक झुकाव नहीं है। वे मुझे उस ऊँचाई के लिए प्रशिक्षित करना चाहते थे। जहाँ मैं पहुँच ही नहीं सकती थी। जिस स्तर तक वे मुझे उठाना चाहते थे, उसकी चाह भी मुझे हर क्षण कष्ट पहुँचा रही थी। यह बात उतनी ही असम्भव थी। जितनी उनके सुन्दर नाक-नक्श के अनुसार अपने बेढंग चेहरे को ढालने का मेरा प्रयास होता अथवा अपनी बदलती हरी आँखों को उनके जैसा सागरी नीला रंग और उज्ज्वल चमक देने का प्रयास होता।

पर मुझ पर उनका बढ़ता प्रभाव ही मेरी दासता का कारण नहीं था। इधर मैं प्रायः उदास रहने लगी थी। मेरे हृदय को कुरेदती-सी एक पीड़ा थी जो मेरी प्रसन्नता के स्रोत को ही सुखाए दे रही थी। वह थी मेरी दुश्चिन्ता।

पाठक, सम्भवतः आप समझते होंगे कि सौभाग्य और स्थान के इन परिवर्तनों में मैं मि. रोचेस्टर को भूल गई हूँगी। नहीं, एक क्षण के लिए भी नहीं। उनकी याद मेरे साथ थी, क्योंकि यह खयाल वाष्प जैसा नहीं था जिसे धूप उड़ा देती और न ही बालू पर अंकित मूर्ति जैसी थी जिसे तूफान बहा ले जाता। यह तो पत्थर पर खुदा हुआ नाम था जिसे तब तक रहना था जब तक वह पत्थर रहता, जिस पर यह यह नाम खुदा था। मि. रोचेस्टर का हाल जानने की बेचैनी हर जगह मेरे साथ रही। जब मैं मार्टन में थी, हर सन्ध्या अपनी कुटिया में लौटते समय यही सोचा करती थी। और अब जब मैं मूर हाउस में हूँ, हर रात अपने शयनकक्ष में आकर इसी सोच में रहती हूँ।

वसीयतनामे के सम्बन्ध में मि. ब्रिग्स से आवश्यक पत्राचार करने के दौरान मैंने पूछा था कि उन्हें मि. रोचेस्टर के वर्तमान निवासस्थान और स्वास्थ्य आदि के सम्बन्ध में कुछ जानकारी है अथवा नहीं। पर जैसाकि सेंट जॉन ने अनुमान किया था, वे उनके सम्बन्ध में कुछ नहीं जानते थे। तब मैंने मिसेज फेयरफैक्स को लिखकर इस सम्बन्ध में सूचना देने की प्रार्थना की थी। मेरा पक्का अनुमान था कि इस पत्राचार से मेरा उद्‌देश्य अवश्य पूरा होगा; मुझे विश्वास था कि मेरे पत्र का उत्तर अवश्य आएगा। पर मुझे आश्चर्य हुआ कि पन्द्रह दिन बीतने पर भी कोई उत्तर नहीं आया। किन्तु जब दो माह बीत गए और प्रतिदिन डाक आती, पर उसमें मेरे लिए कुछ भी नहीं होता तो मैं बड़ी चिन्ता में डूब गई।

मैंने फिर पत्र लिखा; शायद मेरा पहला पत्र कहीं खो गया हो। इस पुनः प्रयास के बाद आशा भी फिर से जाग उठी। कुछ सप्ताह तक आशा का दीप चमकता रहा, पर बाद में पहले की ही भाँति उसकी लौ झिलमिलाकर मद्धम पड़ने लगी। एक भी पंक्ति, एक भी शब्द मुझे सुनने को नहीं मिला। इस प्रकार जब छह महीने व्यर्थ आशा में बीत गए तो मेरी आशा मर गई, और मुझे सचमुच अन्धकार दीखने लगा।

मेरे चारों ओर सुन्दर वसन्त की ऋतु थी, पर मैं इसका आनन्द नहीं उठा सकती थी। ग्रीष्म ऋतु आई। डायना मुझे प्रसन्न रखने की चेष्टा करती थी। कहती थी कि मैं बीमार लगती हूँ, और वह मेरे साथ समुद्र-तट चलने को तैयार थी। पर सेंट जॉन इसका विरोध करते थे। उनका कहना था कि मुझे हास-परिहास की, व्यर्थ समय बिताने की आवश्यकता नहीं है, वरन् मुझे उपयोगी काम की जरूरत है। मेरा वर्तमान जीवन

पूर्णतः उद्देश्यरहित है, मुझे लक्ष्य की आवश्यकता है, और सम्भवतः उन्हीं कमियों को पूरा करने के लिए उन्होंने मेरा हिन्दुस्तानी सीखने का समय और बढ़ा दिया। मैं भी एक बुद्धू की भाँति कभी उनका विरोध करने की बात नहीं सोचती थी।

एक दिन मैं अन्य दिनों की अपेक्षा अधिक उदास मुद्रा में पढ़ने के कमरे में आई। निराशा की एक तीव्र अनुभूति के कारण मन डूब-सा रहा था। हन्ना ने आज प्रातः बतलाया था कि मेरे नाम की एक चिट्ठी आई हुई है, और जब मैं उसे लेने गई, इस पूरे विश्वास के साथ कि चिर-प्रतीक्षित समाचार अन्त में मुझे मिल गया, लेकिन मैंने पाया कि यह मि. ब्रिग्स के यहाँ से कामकाज-सम्बन्धी एक साधारण चिट्ठी थी। निराशा के इस धक्के से मेरी आँखों से आँसू निकल पड़े। अभी जब मैं किसी भारतीय लेखक की कठिन लेखनी और अलंकार आदि में माथा खपा रही थी कि मेरी आँखें फिर से भर आईं।

सेंट जॉन ने पढ़ने के लिए मुझे अपनी बगल में बुलाया। पढ़ते हुए अचानक मेरी आवाज रुक गई और शब्द सिसकियों में खो गए। बैठक के कमरे में सिर्फ वे थे और मैं थी। डायना ड्राइंगरूम में गाने का अभ्यास कर रही थी और मेरी बागबानी कर रही थी। यह मई माह का एक सुन्दर दिन था–साफ, धूप-भरा और शीतल समीरवाला। मेरे साथी ने इस भावोद्वेग पर कोई आश्चर्य नहीं व्यक्त किया, और न मुझसे इसका कारण पूछा। उन्होंने सिर्फ इतना कहा, "हम लोग थोड़ी देर प्रतीक्षा करेंगे जेन, जब तक तुम शान्त और स्थिर न हो जाओ।" और जब मैं अपनी हिचकियों को जल्दी-जल्दी दबा रही थी, वे शान्त और धैर्यपूर्वक बैठे रहे और डेस्क से टिके हुए देखते रहे–उस डॉक्टर की भाँति जो अपने रोगी की बीमारी में एक सम्भावित और समझी-बूझी विकट परिस्थिति को वैज्ञानिक दृष्टि से देखता है। सिसकियों को बलपूर्वक रोककर मैंने आँखें पोंछी और बुदबुदाई कि आज सुबह से ही तबीयत ठीक नहीं है। मैंने फिर पढ़ना आरम्भ किया और उसे पूरा भी कर लिया। सेंट जॉन ने अपनी और मेरी किताबें हटाईं, डेस्क को बन्द किया और बोले, "जेन, अब तुम थोड़ा टहल लो, मेरे साथ।"

"मैं डायना और मेरी को भी बुला लाती हूँ।"

"नहीं, आज सुबह मैं एक ही साथी चाहता हूँ, वह भी तुम्हीं को। कपड़े पहन लो, रसोईघर के दरवाजे से बाहर निकलो और मार्स ग्लेन की ओर रास्ता पकड़ो। क्षण-भर में मैं तुम्हारे साथ हूँगा।"

मैंने बीच का रास्ता कभी नहीं जाना। अपने से विपरीत, दबंग, कठोर व्यक्तियों से व्यवहार में या तो मैं बिल्कुल झुकी रहती थी या दृढ़ता से विद्रोह कर उठती थी। इन दोनों के बीच का रास्ता मैंने अपने जीवन में कभी नहीं जाना। मैं हमेशा निष्ठापूर्वक उस क्षण के पूर्व तक झुकी रहती थी, जब तक कि अचानक ज्वालामुखी की रौद्रता से फट न पड़ूँ। चूँकि वर्तमान परिस्थिति में इन दोनों में से किसी की आवश्यकता नहीं थी, और मेरी वर्तमान मनःस्थिति भी विद्रोह की नहीं थी, अतः मैंने सेंट जॉन के निर्देश का सावधानी से पालन किया। दस मिनटों में मैं उनके साथ ग्लेन की ओर जंगली राह पर जा रही थी।

पश्चिमी हवा चल रही थी। यह चौर और झाड़ियों की सुगन्ध लिये पहाड़ियों के ऊपर से आ रही थी। नभ बिल्कुल नीला था। गत वसन्त की वर्षा से उफनती नदी घाटी में स्वच्छ और मोटी जलधारा गिरा रही थी। सूर्य की सुनहरी किरणें उसमें चमक रही थीं और गगन का नीलम पत्थर जैसा नीलापन उसमें प्रतिबिम्बित हो रहा था। आगे बढ़ते-बढ़ते हमने पगडंडी छोड़ दी और घास पर चलने लगे, जो काई जैसी कोमल और पन्ना जैसी हरी थी, जिस पर नन्हे श्वेत पुष्पों ने चादर-सी बिछा दी थी और कहीं-कहीं तारे जैसे चमकीले पीले फूल चमक रहे थे। पहाड़ियों ने चारों तरफ से हमें घेर लिया था क्योंकि घाटी एक छोर पर जाकर बिल्कुल गोलाकार हो जाती थी।

"आओ, यहीं विश्राम करें," सेंट जॉन ने कहा। जब हम लोग चट्टानों के बेतरतीब ढंग से बढ़े उस ढेर के पास पहुँचे जो दर्रे की पहरेदारी कर रहा था और जिसके आगे की पहाड़ी नदी झरने में जाकर मिल जाती थी। इससे कुछ आगे पहाड़ों ने झाड़ और फूलों को उतार दिया था और सपाट बंजर भूमि का वस्त्र पहन लिया था और नुकीले पत्थरों को रत्न जैसा बना दिया था। यहाँ वन भयानक हो गया था और उसकी ताजगी धमकाती, डरावनी-सी लग रही थी जो एकान्त की परित्यक्त आशा को सँजोती हुई थी और नीरवता का सुरक्षित आश्रय बनी थी।

मैं बैठ गई। सेंट जॉन मेरे पास खड़े थे। वे दर्रे और नीची घाटी की ओर देख रहे थे। उनकी दृष्टि जलधारा के साथ भाग रही थी, फिर वह बादलरहित आकाश में भटकने लगी जिसकी प्रतिच्छवि धारा में पड़ रही थी। उन्होंने टोप हटाया तो ठंडी हवा उनके बालों से खेलने लगी और भौंहों को चूमने लगी। उस एकान्तस्थली की आत्मा से वे जैसे एकाकार हो रहे थे। अपनी आँखों से उन्होंने मानो किसी को विदा कहा। फिर जोर से बोले, "मैं इन्हें फिर देखूँगा, स्वप्न में, जब मैं गंगा के पास सो रहा हूँगा, और फिर किसी सुदूर घड़ी में जब चिर-निद्रा मुझे किसी अँधेरी नदी के पास गोद में ले लेगी।"

ये अद्‌भुत प्यार के अद्‌भुत शब्द थे। एक पवित्र देशभक्त का अपनी मातृभूमि के प्रति लगाव था। वे बैठ गए, आधे घंटे तक हममें से कोई नहीं बोला—न मैं उनसे और न वे मुझसे। इतना समय बीत जाने पर उन्होंने कहना शुरू किया, "जेन, छह सप्ताह में मैं यहाँ से चला जाऊँगा। ईस्ट इंडियामैन जहाज में मैंने स्थान सुरक्षित करा लिया है जो बीस जून को रवाना हो जाएगा।"

"ईश्वर आपकी रक्षा करें क्योंकि आपने उनके ही काम का बीड़ा उठाया है," मैंने उत्तर दिया।

वे बोले, "हाँ, यही मेरा उत्कर्ष और मेरी प्रसन्नता है। मैं उसी भूलों से परे मालिक का सेवक हूँ। मैं मानवीय निर्देश से बाहर नहीं जा रहा; दुर्बल नश्वर साथियों के दोषपूर्ण कानून और गलत नियन्त्रण के अधीन नहीं हूँ। मेरा राजा, मेरा नियन्ता, मेरा सरदार बिल्कुल पूर्ण है। मुझे आश्चर्य होता है कि मेरे आसपास के लोग उसी झंडे तले अपना नाम लिखाने को, उसी उद्‌देश्य में सम्मिलित होने को व्यग्र क्यों नहीं होते हैं?"

"सभी में आप जैसी शक्तियाँ नहीं हैं। अतः दुर्बलों की सशक्तों के साथ दौड़ने की इच्छा भूल होगी।"

"मैं दुर्बलों की बात नहीं करता या उनके विषय में नहीं सोचता। मैं उनकी बात करता हूँ जो इस कार्य के योग्य हैं और इसे सम्पन्न करने की क्षमता रखते हैं।"

"उनकी संख्या बहुत कम है और उन्हें ढूँढ़ना भी कठिन है।"

"तुम सच कहती हो, पर जब मिल जाए तो यही उचित है कि उन्हें कुरेदा जाए, उन्हें इस प्रयास के लिए सहमत और उत्साहित किया जाए, उन्हें बतलाया जाए कि उनकी क्या विशेषताएँ हैं और वे क्यों प्रदान की गईं। ईश्वर का सन्देश उनके कानों में सुनाया जाए, ईश्वर की ओर से ईश्वर के प्रियजनों में एक स्थान पाने का उन्हें अवसर दिया जाए।"

"यदि वे सचमुच इस कार्य के योग्य होते, तो क्या उनका अपना हृदय उन्हें सर्वप्रथम इस बात की सूचना नहीं देता ?"

मुझे लगा कि मेरे इर्द-गिर्द एक भयावना-सा जादू छा रहा है और मुझ पर घिरता आ रहा है। मैं काँपने लगी कि कोई ऐसी घातक बात बोली जानेवाली है। जिससे यह जादू स्पष्ट होकर मुझे बाँध लेगा।

सेंट जॉन ने पूछा, "*तुम्हारा* हृदय क्या कहता है ?"

मैं आघात खाकर, छटपटाकर बोल उठी, "मेरा हृदय मौन है, मेरा हृदय मौन है।"

एक गहरी और हार न माननेवाली आवाज बोली, "तो मैं इसके बदले में बोलता हूँ। जेन, मेरे साथ भारत चलो। मेरी साथी और सहकर्मी के रूप में चलो।"

घाटी और आकाश नाचने-से लगे और पहाड़ियाँ काँप उठीं। लगा मानो मुझे स्वर्ग से बुलावा आ गया, मानो किसी अदृश्य दूत ने मकदूनियावाले दूत की भाँति घोषणा कर दी हो कि 'आओ, मेरी सहायता करो।' किन्तु मैं तो ईसा के बारह विद्वानों में नहीं थी। मैं कोई ध्वज नहीं उठा सकती थी। मैंने उनका आमन्त्रण नहीं पाया था।

मैं चीख उठी, "आह सेंट जॉन, रहम कीजिए। रहम !"

पर मैं ऐसे व्यक्ति से आवेदन कर रही थी जो अपनी आस्थानुसार कर्तव्य के पलान में दया या पश्चात्ताप नहीं जानता था। उन्होंने फिर कहना शुरू किया, "ईश्वर और प्रकृति ने तुम्हें किसी पादरी की पत्नी बनने के लिए गढ़ा है। उन्होंने तुम्हें शारीरिक नहीं, बल्कि मानसिक गुण दिए हैं। तुम प्यार के लिए नहीं, बल्कि परिश्रम के लिए बनाई गई हो। तुम्हें पादरी की पत्नी बनना चाहिए, बल्कि बनना होगा। तुम मेरी बनोगी। मैं तुम पर दावा करता हूँ—आनन्द के लिए नहीं, वरन् मेरे सर्वशक्तिमान स्वामी की सेवा के लिए।"

"मैं इसके योग्य नहीं हूँ। मुझे इसमें कोई रुचि नहीं," मैं बोल पड़ी।

उन्होंने इन प्रारम्भिक विरोधों और आपत्तियों का अनुमान कर रखा था। अतः वे चिड़चिड़ाए नहीं। वे बल्कि अपने पीछे की चट्टान पर टिककर बैठ गए, बाँहें छाती पर मोड़ लीं और स्थिर मुद्रा में हो गए। मैंने स्पष्ट देखा कि वे एक लम्बे तथा आजमानेवाले

विरोध के लिए भी तैयार हैं और उन्होंने इतना धीरज जमा कर रखा है जो अन्त तक उनका साथ दे—यह निश्चय करके कि अन्त में विजय उन्हें ही मिलेगी। कहने लगे, ''जेन, विनम्रता ईसाई धर्म का मौलिक आधार है। तुम सही कहती हो कि तुम इस कार्य के योग्य नहीं हो। कौन इसके योग्य है ? और जिन्हें कभी ईश्वर का आदेश मिला होगा, क्या उन्होंने भी अपने को इस कार्य के योग्य समझा होगा ? उदाहरण के लिए मैं तो सिर्फ धूल और राख हूँ। सेंट पॉल की भाँति मैं अपने को सबसे बड़ा पापी मानता हूँ, किन्तु व्यक्तित्व की नीचता की अनुभूति से मैं हतोत्साहित नहीं होता। मैं अपने पथप्रदर्शक को जानता हूँ। वे न्यायी और शक्तिमान हैं और जब उन्होंने एक दुर्बल प्राणी को इस महान् कार्य हेतु चुना है तो अपने असीम भंडार से उसके अभावों को पूरा भी कर देंगे, ताकि लक्ष्य प्राप्त हो सके। मेरी भाँति सोचो जेन, मेरी तरह विश्वास करो। यह तो युगों-युगों की वह चट्टान है जिसका आसरा लेने को मैं तुम्हें कह रहा हूँ। शंका मत करो; यह तुम्हारी मानवीय दुर्बलताओं का बोझ उठा लेगा।''

''मैं मिशनरी का जीवन नहीं समझती। मैंने कभी मिशनरी के कर्तव्यों को नहीं पढ़ा है।''

''ऐसी स्थिति में मैं, जो एक सामान्य आदमी हूँ, तुम्हें वांछित सहायता दे सकूँगा। मैं घंटे-घंटे के लिए तुम्हारा कर्तव्य निर्धारित कर दूँगा, सदा तुम्हारे पास रहूँगा, प्रत्येक क्षण तुम्हारी सहायता करूँगा। प्रारम्भ में मुझे यह सब करने की आवश्यकता पड़ेगी, पर शीघ्र ही तुम स्वयं योग्य और सशक्त हो जाओगी और तुम्हें मेरी सहायता की जरूरत ही नहीं पड़ेगी।''

''पर मेरी आन्तरिक शक्तियाँ ? इन दायित्व के लिए वे हैं ही कहाँ ? मैं उनका अनुभव नहीं करती। आप जब यह सब कह रहे हैं तो मेरी आत्मा में न कोई आवाज है और न कोई हलचल। किसी आन्तरिक ज्योति के प्रकाशित होने का मुझे अनुभव नहीं हो रहा है, न किसी जीवन के जागने का, न किसी आत्मिक स्वर की सलाह या प्रसन्नता का। आह, काश मैं आपको दिखा सकती कि इस क्षण मेरा मन कैसी एक किरण-रहित अँधेरी गुफा जैसा है। एक सिकुड़ा-सा भय इसकी तह में दुबका हुआ है...इस बात का भय कि मैं आपके द्वारा ऐसे प्रयास के लिए बाध्य की जा रही हूँ। जिसे मैं पूरा कर ही नहीं सकती।''

''मेरे पास तुम्हारी बात का उत्तर है। सुनो ! हम लोग जब पहली बार मिले थे, तभी से मैंने तुम्हारा निरीक्षण किया है। विगत दस महीनों से मैंने तुम्हारा अध्ययन किया है। इस अवधि में अनेक परीक्षाएँ लेकर मैंने तुम्हें जाँचा है। और मैंने क्या देखा और पाया है ? उस ग्रामीण स्कूल में मैंने देखा कि तुम बहुत अच्छा कार्य कर सकती हो। समय पर, सही निष्ठा से ऐसा परिश्रम भी कर सकती हो जो तुम्हारी आदतों और अभिरुचियों के प्रतिकूल हो। मैंने पाया कि तुम इन्हें योग्यता और चतुरता से कर सकती हो; नियन्त्रण करने के साथ-साथ तुम दिल भी जीत सकती हो। जिस शान्ति के साथ तुमने इस बात को ग्रहण किया कि तुम एकाएक धनी हो गई हो, उससे मैंने देखा कि

तुम्हारा मन डेमस के दोषों से मुक्त है। लोभ का तुम्हारे ऊपर कोई दुष्प्रभाव नहीं है। जिस दृढ़ तत्परता से तुमने अपनी सम्पत्ति का चार भागों में बँटवारा कर दिया और सिर्फ एक भाग अपने पास रखकर शेष तीन को अमूर्त न्याय के दावों के लिए त्याग दिया, उससे मैंने एक ऐसी आत्मा के दर्शन किए जो त्याग की लौ और उत्तेजना में हर्षित होती है। जिस सुगमता से मेरी इच्छावश तुमने वह पढ़ाई छोड़ दी जिसमें तुम्हारी रुचि थी और दूसरी पढ़ाई इसलिए ग्रहण कर ली कि उसमें मेरी रुचि थी, और जिस थकानरहित परिश्रम से तुम अब तक इसमें जुटी रही, जिस निर्बाध शक्ति और स्थिर स्वभाव से तुमने इसकी कठिनाइयों का सामना किया है—मैं स्वीकार करता हूँ कि यह सब मुझे उन्हीं गुणों का पूरक लगा जिनकी खोज मुझे है। जेन, तुम विनम्र हो, परिश्रमी हो, निस्वार्थ, विश्वासपात्र, स्थिर और साहसी हो, बहुत सुशील और बहुत वीर हो। अपने पर अविश्वास करना छोड़ो। मैं तुम पर बेहद विश्वास करता हूँ। भारतीय विद्यालयों की संचालिका के रूप में और भारतीय महिलाओं के मध्य सहायिका के रूप में तुम्हारी सहायता मेरे लिए अमूल्य होगी।''

लोहे का कफन मेरे चारों ओर कसने लगा, जिद-भरा अनुरोध धीरे, मगर निश्चित डगों से आगे बढ़ने लगा। मैं भले ही आँखें बन्द कर लूँ, पर उनके ये अन्तिम शब्द मेरे अवरुद्ध लगते मार्ग को कुछ साफ बनाने लगे। मेरा कर्तव्य जो पहले बिल्कुल अस्पष्ट और बेहद फैला, आकारहीन लगता था, उनकी बातों से सिमटकर घनीभूत होने लगा और उनके ढालनेवाले हाथों के अधीन एक स्पष्ट आकृति ग्रहण करने लगा। वे उत्तर की प्रतीक्षा कर रहे थे, पर उत्तर देने का जोखिम उठाने के लिए मैंने आधे घंटे समय की माँग की।

''बड़ी खुशी से,'' उन्होंने उत्तर दिया। वे उठकर थोड़ी दूर टहलते हुए पहाड़ों के बीचवाले रास्ते तक चले गए और उगे हुए झाड़-झँखाड़ पर लेटकर शान्त पड़े रहे।

मैं मन में विचारने लगी, 'मैं यह समझने और मानने को बाध्य हो रही हूँ कि जो कुछ वे चाहते हैं उसे मैं कर सकती हूँ, बशर्ते कि जीवन बचा रहे। किन्तु मैं अनुभव करती हूँ कि मेरा शरीर ऐसा नहीं है जो भारतवर्ष की तपती धूप में अधिक दिनों तक टिका रह सके। पर उससे क्या ? उन्हें तो इसकी परवाह नहीं है। जब मेरी मृत्यु की घड़ी आएगी, वे मुझे पूरी गम्भीरता और पवित्रता से उसी ईश्वर को समर्पित कर देंगे जिसने यह शरीर दिया है। यह बात मुझे बिल्कुल निश्चित लग रही है। इंग्लैंड छोड़ते समय मैं एक प्रिय, किन्तु सूने देश को छोड़ूँगी क्योंकि मि. रोचेस्टर यहाँ नहीं हैं। और यदि रहते भी तो क्या ? मुझे क्या फर्क पड़ता ? मुझे तो अब उनके बिना ही जीवन बिताना है। यों दिन-पर-दिन बिताए जाना कितना बेतुका, कितना दुर्बलतापूर्ण है, मानों मैं परिस्थितियों में किसी ऐसे असम्भव परिवर्तन की आशा कर रही हूँ जो उनसे मेरा मिलन करा सके। सेंट जॉन के कथनानुसार, सचमुच मुझे इस खोई हुई आशा के बदले कोई दूसरा उद्देश्य ढूँढ़ना होगा। तो मेरी स्थिति में क्या वह कार्य जो वे मुझे सौंप रहे हैं, वस्तुतः वह सर्वोत्कृष्ट कार्य नहीं है जिसे मनुष्य ग्रहण कर सके और ईश्वर प्रदान करें। उजड़े प्यार और ध्वस्त आशाओं से जो खालीपन पैदा हो गया है उसे भरने के

लिए क्या यह सबसे अच्छा कार्य नहीं होगा, क्योंकि इसका परिश्रम एक अच्छे उद्देश्य के लिए है और परिणाम भी उत्कृष्ट होगा। मुझे विश्वास हो रहा है कि मुझे 'हाँ' कहना चाहिए; फिर भी मैं भय से कम्पित हूँ; हाय ! यदि मैं सेंट जॉन का साथ देती हूँ तो मैं अपने आधे अस्तित्व को नकारती हूँ, और यदि मैं भारत जाती हूँ तो निश्चित मृत्यु की ओर जाती हूँ। इंग्लैंड छोड़कर भारत जाने और वहाँ से कब्र में जाने की अवधि कैसे बीतेगी ? आह, मैं अच्छी तरह जानती हूँ; यह भी मेरी दृष्टि के आगे स्पष्ट है। जब तक मेरी रग-रग न दुखने लगे तब तक सेंट जॉन को सन्तुष्ट करने का प्रयास करके मैं उन्हें सन्तुष्ट *कर दूँगी,* पूर्णतः और बिल्कुल उसकी आशाओं के अनुरूप। उनके साथ जाने का निर्णय *यदि मैं करती हूँ,* जिस त्याग के लिए वे मुझे उभार रहे हैं वह त्याग *यदि मैं करती हूँ,* तो मैं इसे सम्पूर्ण रूप से ही करूँगी। मैं पवित्र वेदी पर सबकुछ समर्पित कर दूँगी—हृदय, ऊर्जा और पूरा शरीर। वे मुझे कभी प्यार नहीं करेंगे, पर मेरी प्रशंसा तो करेंगे ही। मैं उन्हें इतनी ऊर्जा दिखाऊँगी, जिसे उन्होंने अब तक नहीं देखा होगा, इतनी शक्तियाँ, जिनका उन्हें अनुमान भी नहीं होगा। हाँ, मैं उनके जैसा ही परिश्रम कर सकती हूँ और वैसे ही दुखड़ा रोए बिना।

'तो उसकी माँग से सहमत होना सम्भव है। किन्तु एक बात आड़े आती है—एक डरावनी बात। वह बात यह है कि वे मुझे अपनी पत्नी बनाने को कहते हैं, पर उनके हृदय में मेरे लिए पति का प्यार वैसा नहीं है जैसे उस चट्टान रूपी राक्षस में, जिसके नीचे वहाँ वह जलधारा अपने पूरे उफान के साथ मचल रही है। उनकी दृष्टि में मेरी कीमत वही है जो सैनिक की दृष्टि में एक अच्छे शस्त्र की होती है। बस इतनी ही। उनसे विवाह न होने पर मुझे कोई दुख नहीं होगा, पर क्या मैं उन्हें उनकी योजना को पूरा करने की छूट दे सकती हूँ ? यह कि वे भावहीन ढंग से अपनी योजना को कार्यान्वित कर लें, विवाह की रस्मों को पूरा कर लें ? क्या मैं उनसे विवाह की अँगूठी ग्रहण कर सकती हूँ, और प्यार के सारे दिखावे सह सकती हूँ (मुझे जरा भी सन्देह नहीं कि वे इन सबों में से एक-एक को निभाएँगे), यह जानते हुए कि इन सबमें उनका जरा भी मन नहीं लगता ? क्या मैं यह अनुभूति सहन कर सकती हूँ कि प्यार के सारे रस्म वे अपने सिद्धान्तों का बलिदान करके निभा रहे हैं ? नहीं, उनका ऐसा बलिदान राक्षसी होगा; मैं इसे नहीं सह सकती। उनकी बहन के रूप में मैं उनके साथ जा सकती हूँ, पत्नी के रूप में नहीं। मैं उनसे साफ-साफ कहूँगी।'

मैंने पहाड़ी की ओर देखा जहाँ वे गिरे हुए खम्भे की भाँति पड़े थे और मेरी ओर देख रहे थे। उनकी आँखें सजग, चुभती हुई और चमक रही थीं। वे हठात् खड़े हो गए और मेरे समीप आए।

"मैं भारत जाने को तैयार हूँ, यदि मैं स्वाधीन जा सकूँ।"

"तुम्हारे उत्तर का स्पष्टीकरण चाहिए। यह स्पष्ट नहीं है," उन्होंने कहा।

"आप आज तक मेरे मुँहबोले भाई रहे हैं और मैं आपकी मुँहबोली बहन हूँ। ऐसा ही चलने दीजिए। मेरा-आपका विवाह न होना ही ठीक है।"

उन्होंने सिर हिलाया, ''मुँहबोले भाई-बहन का नाता इस मामले में नहीं चलेगा। यदि तुम मेरी अपनी बहन होती तो बात दूसरी थी। तब मैं तुम्हें ले जाता और कोई पत्नी नहीं चाहता। पर जो वास्तविक स्थिति है, उसमें हमारे मिलन को पवित्र बनाना होगा और उस पर विवाह की मुहर लगानी होगी। नहीं तो सम्बन्ध रह ही नहीं सकता। दूसरी किसी योजना के मार्ग में अनेक व्यावहारिक कठिनाइयाँ हैं। क्या यह बात तुम्हें समझ नहीं आती, जेन ? एक क्षण सोचो, तुम्हारी अपनी सद्बुद्धि तुम्हें राह दिखाएगी।''

मैंने विचार किया। फिर भी मेरी बुद्धि ने, जैसी यह थी, मुझे यही बात बतलाई कि चूँकि हम लोग एक-दूसरे को प्यार नहीं करते जैसे पति-पत्नी को करना चाहिए, अतः यही निष्कर्ष निकलता है कि हमें विवाह नहीं करना चाहिए। मैंने यही कहा, ''सेंट जॉन, मैं आपको भाई मानती हूँ और आप मुझे बहन। अतः हमें ऐसा ही रहना चाहिए।''

उन्होंने क्षणिक-तीखी दृढ़ता से उत्तर दिया, ''हम लोग नहीं रह सकते, नहीं रह सकते। इससे काम नहीं चलेगा। तुम बोल चुकी हो कि तुम मेरे साथ भारत जाओगी...याद रखो, तुम बोल चुकी हो।''

''हाँ, सशर्त।''

''अच्छा, अच्छा। मुख्य बात है मेरे साथ तुम्हारा भारत जाना, मेरे भावी कर्तव्यों में मेरी सहायता करना। इससे तो तुम इनकार नहीं करती। तुम तो अब यह भार उठा चुकी। तुम इतनी इरादे की पक्की हो कि इससे अब तुम मुकर नहीं सकती। तुम्हें अब एक ही बात पर विचार करना है–कि जिस काम का भार तुमने उठाया है वह कैसे अच्छी तरह सम्पन्न हो। अपनी उलझी हुई रुचियों, भावनाओं, विचारों, इच्छाओं, उद्देश्यों को सरल बना लो, सारे खयालों को एक लक्ष्य में समाहित कर लो, और वह लक्ष्य यह है कि प्रभावजनक और शक्तिपूर्ण ढंग से महान् प्रभु के उद्देश्य की पूर्ति हो। ऐसा करने में तुम्हें एक सहकर्मी चाहिए, भाई नहीं। वह एक ढीला-ढाला बन्धन है। तुम्हें पति चाहिए। मैं भी बहन नहीं चाहता; बहन तो किसी भी दिन मुझसे छिन सकती है। मैं पत्नी चाहता हूँ, ऐसी एकमात्र संगिनी जिसे मैं जीवन में अच्छी तरह ढाल सकूँ और मृत्युपर्यन्त बिल्कुल अपने से बाँधकर रख सकूँ।''

उनकी बातों से मैं काँप गई। मैंने अपनी हड्डियों में उनका प्रभाव अनुभव किया और अपने अंगों में उनकी जकड़ महसूस की। बोली, ''तो मेरे अतिरिक्त कहीं और ढूँढ़िए, सेंट जॉन किसी और को खोजिए, ऐसी जो आपके अनुकूल हो।''

''तुम कहना चाहती हो मेरे उद्देश्यों, मेरे कर्तव्यों के अनुकूल ? मैं तुमसे फिर कहता हूँ कि यह सामान्य मनुष्यों जैसा महत्त्वहीन, वैयक्तिक, स्वार्थपूर्ण, वासनामय मिलन नहीं है जो मैं चाहता हूँ। यह मिशनरी जैसा मिलन है।''

''मैं मिशनरी को अपनी शक्तियाँ, अपना परिश्रम दूँगी। उसे इन्हीं की आवश्यकता है, मेरी नहीं। यह तो अनाज में भूसा-छिलका मिलाना होगा। उनकी उसके लिए कोई उपयोगिता नहीं है; अतः उन्हें मैं अपने पास रखूँगी।''

''तुम नहीं रख सकती, तुम्हें नहीं रखना चाहिए। क्या तुम समझती हो कि ईश्वर

आधे समर्पण से सन्तुष्ट होंगे ? क्या यह अधकटा बलिदान स्वीकार करेंगे ? मैं ईश्वर की ओर से वकालत कर रहा हूँ। उनके ध्येय के लिए मैं तुम्हें नामांकित कर रहा हूँ। ईश्वर के प्रतिनिधि के रूप में, उनके आदेशानुसार मैं विभाजित भक्ति स्वीकार नहीं कर सकता। यह सम्पूर्ण होनी चाहिए।''

''आह, मैं अपना हृदय ईश्वर को समर्पित कर दूँगी। *आपको* इसकी आवश्यकता नहीं है,'' मैंने कहा।

पाठक, मैं इस बात की कसम नहीं खाऊँगी कि जिस स्वर में मैंने यह वाक्य कहा और जो भाव उसमें सन्निहित था, उन दोनों में दबे हुए व्यंग्य का कोई पुट नहीं था। अब तक मैं भीतर-ही-भीतर सेंट जॉन से डरती थी, क्योंकि मैं उन्हें समझ नहीं पाती थी। उन्होंने मुझे रौब से ग्रस्त कर रखा था क्योंकि उन्होंने मुझे संशय में रखा था। आज से पहले मैं यह नहीं कह सकती थी कि उनमें कितना साधुत्व है और कितनी मानवीय दुर्बलता। पर इस वार्तालाप में यह सब स्पष्ट होता जा रहा था। मेरी आँखों के समक्ष उनके स्वभाव की परतें खुलती जा रही थीं। मैंने उनकी दुर्बलताओं को देखा और उन्हें समझा। मैं समझ गई कि चौर के छोर पर मैं जिस सुन्दर आकृति के साथ, उसके पाँव के समीप बैठी हूँ वह मानव ही है। जो मेरी भाँति भूल कर सकता है। उनकी कठोरता और निरंकुशता पर पड़ा आवरण गिर गया। उनमें इन दुर्बलताओं का अनुभव करके मैंने उनकी अपूर्णता परख ली और मुझमें साहस पैदा हुआ। मैं अपने बराबर के एक मानव के साथ थी—ऐसे व्यक्ति के साथ जिससे मैं तर्क-वितर्क कर सकती थी, ऐसा जिसे ठीक नहीं पाने पर मैं प्रतिरोध भी कर सकती थी।

मेरे अन्तिम वाक्य बोलने के बाद वे चुप हो गए। मैंने साहस करके ऊपर उनके चेहरे की ओर दृष्टि उठाई। मुझ पर झुकी उनकी आँखें कठोरता, विस्मय और तीव्र जिज्ञासा व्यक्त कर रही थीं। 'क्या यह व्यंग्य कर रही है और व्यंग्य भी मुझ पर ?' उनकी आँखें कहती-सी लग रही थीं, 'इसका क्या अभिप्राय है ?'

कुछ देर बाद वे बोले, ''यह मत भूलों कि यह एक पवित्र विषय है। ऐसा विषय जिसके बारे में हलकेपन से सोचना या बोलना भी पाप है। मुझे विश्वास है, जेन, कि जब तुमने कहा कि तुम अपना हृदय ईश्वर को दोगी तब तुम गम्भीरता से बोली थी। बस, मैं यही चाहता हूँ। एक बार तुम मनुष्यों की तरफ से हृदय को हटा लो और उसे अपने सृष्टिकर्ता पर जमा दो, तो उस पिता के आध्यात्मिक साम्राज्य का पृथ्वी पर विस्तार ही तुम्हारा मुख्य आनन्द और प्रयास बन जाएगा। तुम तुरन्त वह सब करने को तैयार हो जाओगी जिससे इस लक्ष्य की प्राप्ति होती हो। तुम देखोगी कि विवाह से तुम्हारे और मेरे शारीरिक व मानसिक मिलन के कारण तुम्हारे व मेरे प्रयासों में कितना उत्साह आता है। यही एकमात्र ऐसा मिलन है जो मानवों के भाग्य और योजनाओं को स्थायी एकात्मकता प्रदान करता है। सामान्य मतभेद, तुच्छ कठिनाइयाँ, भावनात्मक बातें, व्यक्तिगत अभिरुचि-सम्बन्धी छोटी-बड़ी हिचकिचाहटें टाल दो तो तुम इस मिलन में प्रवेश करने के लिए तुरन्त तैयार हो जाओगी।''

“सच ?” मैंने संक्षेप में कहा और उनके चहरे की ओर देखा जो अनुपात में सुन्दर था, पर मौन कठोरता से विचित्र डरावना-सा लग रहा था। उनकी भौंहें दबदबे से भरी, पर सिकुड़ी-सी थीं। आँखें चमक-भरी, गहरी और कुछ ढूँढ़ती-सी थीं, पर कोमल नहीं थीं। मैंने उसके लम्बे, भव्य व्यक्तित्व की ओर देखा और कल्पना में अपने को उनकी पत्नी के रूप में देखा। ओह, यह नहीं चलनेवाला ! उनकी साथ की मिशनरी, उनकी साथी, यह सब तो ठीक है। मैं उन रूपों में उनके साथ समुद्र पार कर सकती हूँ, पूरब की तपती धूप में, एशिया की मरुभूमि में उनके साथ परिश्रम कर सकती हूँ; उनके साहस, निष्ठा और उत्साह की प्रशंसा और उनका अनुकरण कर सकती हूँ, उनके स्वामित्व-भाव को शान्ति से सहकर निभा सकती हूँ, उनकी अदम्य महत्त्वाकांक्षा पर धैर्य खोए बिना मुस्करा सकती हूँ। ईसाई और मानव में अन्तर समझकर एक का गहरा सम्मान और दूसरे को क्षमा कर सकती हूँ। हमेशा उनसे इस रूप में जुड़े रहने से निस्सन्देह मुझे कभी-कभी कष्ट होगा, मेरा शरीर एक कठोर जुए के नीचे होगा, पर मेरा हृदय और मस्तिष्क तो स्वाधीन रहेंगे। उस स्थिति में भी मेरे पास रहेगी—मेरी निष्कलंक आत्मा जिसका सहारा ले सकूँ, मेरी दासतारहित स्वाभाविक भावनाएँ जिनसे एकान्त के क्षणों में बातें कर सकूँ। मेरे मन का कोई खाली कोना होगा जो सिर्फ मेरा होगा, जहाँ वे कभी नहीं आ सकेंगे। और वहाँ भावनाएँ ताजा और सुरक्षित रहकर पनपेंगी, जिन्हें उनकी पवित्रता अभिशप्त नहीं बना सकेगी। न ही उनका सुनियोजित योद्धाओं जैसा प्रस्थान उन्हें रौंद सकेगा। किन्तु उनकी पत्नी के रूप में सदा उनकी बगल में और सदा नियन्त्रित, सदा बाधित, अपने स्वभाव की अग्नि को हमेशा बुझा-बुझा रखने को बाध्य, इसे अन्दर-ही-अन्दर जलने देने के लिए और एक भी चीख न निकालने के लिए विवश भले ही यह बँधी ज्वाला अन्दर-अन्दर सबकुछ राख बनाती जाए—यह तो असह्य है।

जब विचारों में मैं ये सारी बातें देख चुकी तो बोल पड़ी, “सेंट जॉन !”

उन्होंने ठंडे, भावहीन ढंग से उत्तर दिया, “क्या ?”

“मैं फिर दुहराती हूँ, मैं साथी मिशनरी के रूप में तुम्हारे साथ जाने की स्वेच्छा से सहमति देती हूँ, पर तुम्हारी पत्नी के रूप में नहीं। मैं तुमसे विवाह नहीं कर सकती और तुम्हारा अंश नहीं बन सकती।”

“मेरा अंश तुम्हें बनना ही होगा,” उन्होंने दृढ़ता से उत्तर दिया। “अन्यथा सारा मोल-तोल व्यर्थ है। कैसे मैं, जो अभी तीस वर्ष का भी नहीं हूँ, अपने साथ उन्नीस वर्ष की एक लड़की को भारत ले जा सकता हूँ जबकि वह मुझसे विवाहित ही न हो ? कैसे हम लोग सदा साथ रह सकेंगे—कभी निर्जन स्थानों में, कभी जंगली जातियों के बीच, और अविवाहित ?”

मैंने संक्षिप्त उत्तर दिया, “बहुत अच्छी तरह। उन स्थितियों में उतनी ही अच्छी तरह जैसे यदि मैं तुम्हारी अपनी बहन होती या तुम्हारी तरह पुरुष और मिशनरी होती।”

“सभी जानते हैं कि तुम मेरी अपनी बहन नहीं हो। मैं तुम्हारा परिचय इस रूप में नहीं दे सकता। ऐसा करना स्वयं पर हानिकारक सन्देह थोपना होगा। इसके

अतिरिक्त यद्यपि तुम्हें पुरुष जैसा उत्साही मस्तिष्क मिला है, पर तुम्हारा हृदय तो नारी-हृदय ही है। अतः यह नहीं चलेगा।''

मैंने कुछ घृणा से दावा किया, ''यह चलेगा, बहुत अच्छी तरह चलेगा। मेरा हृदय नारी का है, पर आपके लिए नहीं है। आपके लिए मेरे मन में सिर्फ साथी की निष्ठा होगी, एक साथी सैनिक का खुला मिजाज होगा, वफादारी होगी, भाईचारा होगा, यदि आप चाहें तो नव-दीक्षा प्राप्त व्यक्ति का अपने गुरु के प्रति जो सम्मान और समर्पण होता है, वही भाव होगा। इसके अतिरिक्त कुछ नहीं। आप डरिए मत।''

वे मानो स्वयं से बातें करते हुए बोले, ''यही मैं चाहता हूँ, बस, यही तो मैं चाहता हूँ। पर रास्ते में जो बाधाएँ हैं उन्हें तो दूर करना ही होगा। जेन, मुझसे विवाह करके तुम्हें पछताना नहीं पड़ेगा, इतना निश्चित समझ लो। हमें अवश्य विवाहित हो जाना चाहिए। मैं फिर से कहता हूँ, इसके सिवा और कोई रास्ता नहीं है। और निस्सन्देह विवाह के उपरान्त हम दोनों में इतना प्यार तो हो ही जाएगा कि यह विवाह तुम्हारी दृष्टि में भी सही लगने लगे।''

''मैं आपकी प्यार की धारणा से घृणा करती हूँ,'' मैं कहे बिना नहीं रह सकी। मैं उठी और चट्टान से पीठ टिकाकर उनके सामने खड़ी हो गई। ''आप जो नकली भावनाएँ उभार रहे हैं, उनसे मैं नफरत करती हूँ। हाँ, सेंट जॉन, आप इन्हें उभार रहे हैं तो मैं आपसे भी घृणा करती हूँ।''

वे एकटक मुझे देखने लगे। वैसा करते समय वे अपने सुगठित होंठों को कसकर दबाए हुए था। उन्हें क्रोध आ रहा था, अथवा आश्चर्य हो रहा था, या क्या हो रहा था–कहना सरल नहीं था। उन्होंने अपनी मुद्रा को बिल्कुल नियन्त्रण के अधीन कर रखा था।

''मैंने ये उद्गार तुमसे सुनने की आशा बिल्कुल नहीं की थी,'' वे बोले, ''मेरा खयाल है कि मैंने ऐसा कुछ किया या कहा नहीं है जो घृणा का पात्र बनूँ।''

उनके विनम्र स्वर से मैं पिघल गई और उनकी ऊँची, शान्त मुद्रा से डर भी गई।

''मेरे शब्दों को क्षमा कीजिए सेंट जॉन, पर यह आपका ही दोष है जिससे भड़ककर मुझे अनियन्त्रित ढंग से बोलना पड़ा। आपने ऐसा विषय छेड़ा है जिसके बारे में हमारे स्वभाव इस कदर अलग-अलग हैं, जिस पर कभी हमें बात ही नहीं करनी चाहिए। प्यार का नाम ही हम लोगों के बीच झगड़े का कारण है। यदि यथार्थ वांछित है तो हमें क्या करना चाहिए ? हमें कैसा अनुभव करना चाहिए ? मेरे प्यारे फुफेरे भाई, विवाह की योजना त्याग दीजिए, इसे भूल जाइए।''

''नहीं !'' उन्होंने कहा, ''यह एक लम्बे समय से सँजोई हुई योजना है और एकमात्र ऐसी जिससे मेरे महान् उद्देश्य की पूर्ति हो सकेगी। किन्तु अब मैं आगे तुमसे अनुरोध नहीं करूँगा। कल मैं घर से कैम्ब्रिज के लिए प्रस्थान करूँगा। वहाँ मेरे अनेक मित्र हैं जिनसे मैं विदा लूँगा। मैं एक पखवाड़ा अनुपस्थित रहूँगा; इस अवधि में तुम मेरे प्रस्ताव पर विचार करना। भूलो मत कि यदि तुम इसे अस्वीकार करती हो तो तुम

मुझे नहीं, वरन् ईश्वर को इनकार करती हो। मेरे माध्यम से उन्होंने तुम्हारे आगे एक सुन्दर कर्तव्य-जीवन का मार्ग खोला है; मेरी पत्नी के रूप में ही तुम इसमें प्रवेश पा सकोगी। मेरी पत्नी बनने से इनकार करके तुम स्वयं को स्वार्थमय आराम और बंजर अज्ञान की राह में सीमित कर लोगी। भय करो, अन्यथा ऐसी स्थिति में तुम उन लोगों में गिनी जाओगी जिन्होंने धर्म को अस्वीकार किया है और जो अधर्मियों से भी बुरे हैं।''

वे बोल चुके थे और मुझसे मुँह मोड़कर वे पुनः नदियों और पहाड़ों को देखने लगे। किन्तु इस बार उनकी भावनाएँ उनके हृदय में दबी रहीं। मैं उन्हें सुनने की पात्र नहीं थी। जब मैं उनके संग घर की ओर लौटने लगी, मैंने उनकी कठोर चुप्पी में साफ देखा कि मेरे प्रति उनका क्या भाव था–निराशा का भाव, एक अतिपवित्र और निरंकुश व्यक्ति की निराशा का–जिसे आशानुकूल समर्पण के स्थान पर प्रतिरोध मिला हो। दूसरे की भावनाओं और विचारों के प्रति सहानुभूति न रखनेवाले व्यक्ति के भावहीन और कठोर निर्णय को असहमति का भाव मिला। संक्षेप में, वे चाहते तो व्यक्ति के रूप में मुझे धमकाकर आज्ञापालन करा सकते थे। पर सच्चे ईसाई के रूप में उन्होंने मेरी दुष्टता सहन की थी और इतना लम्बा समय मुझे सोचने और पश्चात्ताप करने के लिए दिया था।

उस रात अपनी बहनों को चूमने के बाद उन्होंने मुझसे हाथ मिलाना भी भूल जाना उचित समझा और चुपचाप कमरे से चले गए। मैं उनसे प्यार तो नहीं करती थी, पर मित्रता का भाव बहुत रखती थी। अतः मैं उनकी इस स्पष्ट उपेक्षा से आहत हो गई, इतनी आहत कि आँखों में आँसू आ गए।

डायना ने कहा, ''मुझे लगता है जेन कि चौर में टहलते समय तुममें और सेंट जॉन में झगड़ा हुआ है। पर उनके पीछे-पीछे जाओ। वे गलियारे में रुके हुए हैं और तुम्हारी प्रतीक्षा कर रहे हैं। वे मेल कर लेंगे।''

ऐसी स्थितियों में मैं घमंड नहीं करती। मैं मानिनी बनने की बजाय हमेशा प्रसन्न रहना चाहती हूँ। मैं उनके पीछे दौड़ी। वे सीढ़ियों के नीचे खड़े थे।

मैंने कहा, ''गुडनाइट, सेंट जॉन !''

''गुडनाइट, जेन,'' उन्होंने शान्ति से कहा।

''तो हाथ मिलाइए,'' मैं बोली। कितना ठंडा, बेरुखी-भरा स्पर्श उन्होंने मेरी उँगलियों पर दिया। उस दिन जो कुछ घटित हुआ था, उनसे वे बहुत अप्रसन्न थे। आत्मीयता न उनमें गर्मी ला सकती थी और न आँसू उन्हें पिघला सकते थे। उनसे कोई हर्षपूर्ण समझौता नहीं हो सकता था। न प्रसन्न मुस्कराहट, न उदार शब्द, किन्तु फिर भी वह ईसाई धैर्यवान और भावहीन बना रहा। जब मैंने उनसे पूछा कि क्या उन्होंने मुझे क्षमा कर दिया तो उन्होंने उत्तर दिया कि उन्हें उलझनों की यादों को पालने की आदत नहीं है, और उन्हें किसी बात के लिए माफी देने की आवश्यकता नहीं है क्योंकि उन्हें किसी बात का दुख नहीं पहुँचा है।

और यही उत्तर देकर वे चले गए। मेरे मन में आया, इससे अच्छा होता कि वे मुझे धकेलकर नीचे गिरा देते।

35

उन्होंने दूसरे दिन कैम्ब्रिज के लिए प्रस्थान नहीं किया, जैसाकि उन्होंने कहा था। उन्होंने अपनी यात्रा एक सप्ताह के लिए स्थगित कर दी, और इस अवधि में अपने बरताव से मुझे अनुभव कराते रहे कि एक भला पर कठोर, विवेकशील पर अडिग आदमी कैसी कड़ी सजा उस व्यक्ति को दे सकता है जिसने उसे कष्ट दिया हो। शत्रुता के एक भी खुल्लमखुल्ला कृत्य के बगैर और डाँट-डपट के एक शब्द के बिना भी वे मुझमें क्षण-क्षण यह अनुभूति बिठाते जा रहे थे कि मैं उनकी कृपादृष्टि के बाहर कर दी गई हूँ।

यह नहीं कि सेंट जॉन ने मेरे प्रति कोई गैर-ईसाई प्रतिशोध की भावना पाल रखी हो। यह भी नहीं कि वे मेरा बाल भी बाँका करते, भले ही यह उनके वश की बात होती। स्वभाव और सिद्धान्त, दोनों में वे प्रतिशोध की क्षुद्र सन्तुष्टि से ऊपर थे। उन्होंने मुझे मेरी इस बात के लिए क्षमा कर दिया था कि मैं उनसे और उनके प्यार से घृणा करती हूँ, पर वे इन शब्दों को भूले नहीं थे, और न तब तक भूलते जब तक मैं और वे जीवित रहते। मेरी ओर उनके मुड़ते ही मैं उनकी दृष्टि देखकर यह बात समझ जाती थी यह बात सदा उनके और मेरे बीच की हवा में लिखी जा चुकी है। जब कभी मैं बोलती, मेरे स्वर में यह बात उनके कानों में सुनाई देती और उसकी प्रतिध्वनि उनके हर उस उत्तर में आती जो वे मुझे देते थे।

उन्होंने मुझसे बातें करना बन्द नहीं किया था। वे मुझे हमेशा की तरह हर सुबह डेस्क पर पढ़ने के लिए बुलाते रहे, किन्तु मैं सशंकित थी कि उनके अन्दर के दूषित अहंभाव को एक आनन्द मिलता था। इसका उनके अन्दर के ईसाई को न तो पता था और न वह इसका सहभागी था। मैं देखती कि कितनी चतुरता से उन्होंने अपने सारे कार्यों और वाणी से उस रुचि और प्रशंसा के भावों को निकाल दिया था। जिनसे पहले उनकी भाषा और उनके व्यवहार में एक पावन आकर्षण पैदा होता था। मेरे प्रति वे सचमुच हाड़-मांस के मानव नहीं, बल्कि पत्थर बन गए थे। उनकी आँखें भावहीन, चमकीली, नीले रत्न की भाँति थी। उनकी जिह्वा बोलने का एक यन्त्र थी, और कुछ नहीं।

यह सब मेरे लिए यातना थी–विशुद्ध, लगातार यातना। इससे मुझमें चिड़चिड़ाहट

की एक धीमी आग, पश्चात्ताप की एक सिहरती पीड़ा सदा बनी रहती थी। जो मुझे बुरी तरह सताए और तोड़ जा रही थी। मुझे अनुभव होने लगा कि यदि मैं उसकी पत्नी होती तो यह भला आदमी, जो सूर्य की किरणों से अछूता गहरे जलस्रोत की भाँति पवित्र है, मेरी नसों से एक भी बूँद खून बहाए बिना और अपनी शुभ्र आत्मा पर अपराध का हलका धब्बा भी लगाए बिना मुझे शीघ्र मार डालता। मुझे विशेष रूप से यह अनुभूति तब होती थी जब मैं उन्हें प्रसन्न करने का प्रयास करती थी। मेरी करुणा का उत्तर करुणा से नहीं दिया जाता था। उन्हें इस अनबन से कोई पीड़ा नहीं थी, मेल-मिलाप के लिए कोई व्यग्रता नहीं थी, और यद्यपि अनेक बार मेरे झड़ते आँसुओं ने उस पृष्ठ को भिगोया जिस पर हम दोनों झुके होते थे, उनका उनके ऊपर कोई प्रभाव नहीं होता था मानो उनका हृदय सचमुच पत्थर या धातु का बना हो। इस अवधि में वे अपनी बहनों के प्रति कुछ अधिक ही दयालु रहा करते थे। उन्हें मानो डर था कि मात्र उनकी भावहीनता मुझे अच्छी तरह यह बात नहीं समझा सकेगी कि किस प्रकार उन्होंने मुझे पूरी तरह निकाल दिया और अलग कर दिया है। अतः वे तुलना की शक्ति भी जोड़ देते थे, और मुझे विश्वास है कि वे ऐसा द्वेषवश नहीं, सिद्धान्तवश करते थे।

उनके घर से प्रस्थान की पूर्व सन्ध्या की बात है। उन्हें सूर्यास्त के समय फुलवारी में टलहते देखकर और यह याद करके कि भले ही वे अभी मुझसे रुष्ट हों, किन्तु इस आदमी ने एक बार मेरी जान बचाई थी और हम लोग निकट सम्बन्धी भी हैं, मेरी इच्छा हुई कि उनकी मित्रता पुनः प्राप्त करने का एक अन्तिम प्रयास करूँ। मैं बाहर निकली, जब वे छोटे-से गेट पर झुके खड़े थे, मैं उनके पास गई और सीधे-सीधे अपनी बात कहने लगी, ''सेंट जॉन, मैं दुखी हूँ क्योंकि आप अभी भी मुझसे नाराज हैं। आइए, हम लोग मित्रता कर लें।''

''मेरा खयाल है कि हम लोग मित्र ही हैं,'' उनका दयाहीन उत्तर मिला। फिर वे उगते चाँद को उसी भाँति निरखते रहे जैसाकि मेरे आने के समय कर रहे थे।

''नहीं सेंट जॉन, हम लोग पहले की भाँति मित्र नहीं हैं। आपको यह सब मालूम है।''

''नहीं हैं ? यह गलत है। मेरी ओर से तो, मैं तुम्हारा भला चाहता हूँ। कुछ भी बुरा नहीं।''

''मुझे आपकी बात पर विश्वास है सेंट जॉन, क्योंकि मैं जानती हूँ कि आप किसी का बुरा चाह ही नहीं सकते। पर चूँकि मैं आपकी सम्बन्धी हूँ, मैं चाहती हूँ कि मुझे अधिक स्नेह मिले, वह सामान्य परोपकारिता नहीं जिसे आप अपरिचितों को भी देते हैं।''

''बेशक तुम्हारी इच्छा सही है। मैं तो तुम्हें अपरिचित नहीं मानता,'' वे बोले।

भावहीन और स्थिर स्वर में बोली गई यह बात बड़ी अपमानजनक और चिड़चिड़ानेवाली लगी। यदि मैं अपने अभिमान और क्रोध के भावों से ग्रस्त होती तो मैं तुरन्त चल देती, पर इन भावों की बजाय कोई और भाव मेरे अन्दर अधिक सशक्त था। मैं अपने फुफेरे

भाई के गुणों और सिद्धान्तों का बड़ा सम्मान करती थी। मेरी दृष्टि में उनकी मित्रता का भारी महत्त्व था। इसे खोने की चिन्ता मुझे सताए जा रही थी। पुनः मित्रता जीतने का प्रयास मैं इतनी जल्दी छोड़नेवाली नहीं थी–

"तो क्या हम लोग इसी तरह अलग होंगे, सेंट जॉन ? और जब आप भारत जाएँगे तो क्या मुझे इसी तरह करुणा के शब्दों के बगैर छोड़ जाएँगे ?"

तब उन्होंने चाँद की ओर से निगाह फेरी और मेरे सामने मुँह करके खड़े हो गए–

"जब मैं भारत जाऊँगा जेन, तो तुम्हें छोड़ जाऊँगा ? क्या ? क्या तुम भारत नहीं जा रही ?"

"आपने कहा कि मैं जब तक आपसे विवाह न कर लूँ, नहीं जा सकती।"

"और तुम मुझसे विवाह नहीं करोगी ? तुम उसी निर्णय पर डटी हो ?"

पाठक, क्या आप मेरी भाँति जानते हैं कि ऐसे भावहीन लोग अपने प्रश्नों में कैसी सर्द जड़ता भर सकते हैं ? उनके क्रोध से कैसा वज्रपात हुआ करता है ? कैसा बर्फीले समुद्र का झंझावात उनकी अप्रसन्नता में होता है ?

"नहीं सेंट जॉन, मैं आपसे विवाह नहीं करूँगी। मैं इस निर्णय पर अडिग हूँ।"

"एक बार मैं फिर पूछता हूँ, यह इनकार क्यों ?" उन्होंने पूछा।

मैंने उत्तर दिया, "पहले तो इसलिए था कि आपको मुझसे प्यार नहीं था, और अब इस कारण कि आप मुझसे घृणा करते हैं। यदि मैं आपसे विवाह कर लूँ, तो आप मुझे मार डालेंगे, आप अभी भी मुझे मार रहे हैं।"

उनके होंठ और गाल सफेद पड़ गए, बिल्कुल सफेद।

"*मैं तुम्हें मार डालूँगा ? मैं तुम्हें मार रहा हूँ ?* तुम्हारी बातें ऐसी हैं, जिन्हें बोलना भी नहीं चाहिए–हिंसात्मक, नारी के लिए अशोभनीय और झूठी। इससे विकृत मस्तिष्क की झलक मिलती है; इसे इसके लिए दंड मिलना चाहिए। ये बातें अक्षम्य लगती हैं, पर मनुष्य का कर्तव्य है कि अपने साथी को क्षमा करे, भले ही वह सतहत्तर बार अपराध करे।"

मैंने बात बिगाड़ दी थी। उनके मन से अपनी पहली गलती का चिह्न मिटा देने की हार्दिक इच्छा होते हुए भी मैंने उस चिपकू सतह पर दूसरी और अधिक गहरी छाप डाल दी थी। वहाँ मैंने इस भाव को आग में गर्म करके दाग दिया था।

मैं बोली, "अब आप सचमुच मुझसे घृणा करेंगे। आपसे समझौता करने का प्रयास व्यर्थ है। मैं समझ गई कि मैंने सदा के लिए आपको दुश्मन बना लिया है।"

इन शब्दों ने उन्हें फिर चोट पहुँचाई, और भी जोर से; क्योंकि वे यथार्थ के निकट थे। रक्तहीन होंठ क्षणिक हिचकी से काँप गए। जिस लौहवत क्रोध को मैंने कुरेदा था उससे मैं परिचित थी। मेरा हृदय तार-तार हो गया। तुरन्त उनका हाथ पकड़कर मैंने कहा, "आप मेरे शब्दों का बिल्कुल गलत अर्थ लगा रहे हैं। आपको दुख पहुँचाने या कष्ट देने का मेरा कोई इरादा नहीं था। सच, बिल्कुल नहीं था।"

बड़ी तीखी हँसी वे हँसे और बड़ी दृढ़ता से मुझसे अपना हाथ छुड़ा लिया। कुछ

देर रुकने के बाद बोले, ''तुम अपनी प्रतिज्ञा याद करो। लगता है, तुम भारत बिल्कुल नहीं जाओगी। क्यों ?''

''हाँ, मैं जाऊँगी, तुम्हारी सहायिका के रूप में।'' मेरा उत्तर था।

बड़ी देर तक मौन छाया रहा। इस अवधि में उनकी स्वाभाविक सहज वृत्ति और उदात्त भावनाओं के बीच क्या संघर्ष चलता रहा, मैं नहीं बता सकती। कभी एक विचित्र चमक उनकी आँखों में कौंध उठती थी तो कभी अजीब-सी छाया चेहरे पर छा जाती थी। अन्त में वे बोले, ''मैं तुम्हें पहले ही समझा चुका हूँ कि तुम्हारी आयु की एक अविवाहिता नारी का मेरी उम्र के अविवाहित पुरुष के साथ जाने का प्रस्ताव कितना विवेकहीन है। मैंने इतने स्पष्ट ढंग से समझा दिया था कि मुझे अनुमान था, तुम फिर कभी इस प्रस्ताव का उल्लेख नहीं करोगी। फिर भी तुमने किया है; मुझे तुम्हारे लिए दुख है।''

मैंने उन्हें टोका। डाँट-डपट जैसी इस बात से मुझे तुरन्त साहस मिला। बोली, ''सेंट जॉन, बुद्धि की बात कीजिए। आप बुद्धिहीनता पर उतर रहे हैं। आप दिखावा करते हैं कि मेरी बातों से आपको चोट पहुँची। पर आप वास्तप में आहत नहीं हैं क्योंकि अपनी श्रेष्ठ बुद्धि के चलते आप न तो इतने बुद्धिहीन हैं और न इतने अहंकारी कि मेरी बातों का अर्थ न समझ पाएँ। मैं फिर कहती हूँ, मैं आपकी साथी मिशनरी बनूँगी, यदि आप चाहें तो, पर आपकी पत्नी कभी नहीं।''

वे फिर क्रोध से नीचे-पीले हो गए, पर पहले की ही भाँति उन्होंने अपने क्रोध को पूरी तरह नियन्त्रित कर लिया। बड़ा जोर देकर, पर शान्त स्वर में बोले, ''एक महिला मिशनरी जो मेरी पत्नी नहीं हो, मेरे लिए उपयुक्त नहीं हो सकती। अतः लगता यही है कि तुम मेरे साथ नहीं जा सकती। किन्तु यदि तुम सचमुच जाने को तैयार हो तो मैं शहर में एक विवाहित मिशनरी से बात करूँगा जिसकी पत्नी को एक सहायिका की आवश्यकता है। तुम्हारी अपनी सम्पत्ति होने के कारण तुम्हें चर्च से सहायता लेने की आवश्यकता नहीं पड़ेगी। इस प्रकार तुम वचन-भंग करने के अपमान से भी बच जाओगी और उस समूह का परित्याग करने से भी जिसमें सम्मिलित होने का तुमने वचन दिया था।''

पाठक जानते हैं कि मैंने कभी न तो कोई प्रतिज्ञा की थी और न किसी प्रकार का इकरारनामा किया था। अतः यह भाषा मुझे बड़ी कठोर और अवसर की दृष्टि से बड़ी निरंकुश लगी। मैंने उत्तर दिया, ''इस मामले में वचन-भंग, परित्याग या अपमान की कोई बात ही नहीं है। मैं भारत जाने के लिए जरा भी बाध्य नहीं हूँ, विशेषकर अपरिचितों के साथ। आपके साथ मैं प्रयास कर लेती क्योंकि मैं आपकी प्रशंसा और आपमें विश्वास करती हूँ, और बहन के रूप में प्यार भी करती हूँ। किन्तु मुझे विश्वास है कि चाहे जब और जिसके साथ मैं भारत जाऊँ, मैं उस जलवायु में अधिक दिन नहीं बचूँगी।''

होंठ सिकोड़ते हुए उन्होंने कहा, ''आह, तुम्हें अपनी चिन्ता है !''

"है। ईश्वर ने यह जीवन मुझे व्यर्थ फेंकने के लिए नहीं दिया। और मेरा खयाल है कि आपकी इच्छानुसार कार्य करना लगभग आत्महत्या करने के बराबर है। इसके अतिरिक्त इंग्लैंड छोड़ने का पक्का निर्णय करने से पहले मैं निश्चित रूप से जानना चाहूँगी कि यहाँ रहकर मैं अधिक उपयोगी हूँगी अथवा इसे छोड़कर।"

"क्या मतलब ?"

"इसे समझाना व्यर्थ होगा, किन्तु एक विषय ऐसा है जिसके सम्बन्ध में मैंने लम्बे समय से कष्टदायक संशय की स्थिति झेली है, और जब तक किसी उपाय से यह शंका नहीं मिटती तब तक मैं कहीं नहीं जा सकती।"

"मैं जानता हूँ, तुम्हारा हृदय कहाँ है और किससे चिपका है। जो अभिलाषा तुमने पाल रखी है, गैरकानूनी और अपवित्र है। तुम्हें बहुत पहले ही इसे मन से निकाल फेंकना चाहिए था। तुम्हें इसकी चर्चा करने में लज्जा आनी चाहिए। तुम मि. रोचेस्टर के विषय में सोच रही हो। है न ?"

यह सच था। अपने मौन से मैंने इसे स्वीकार कर लिया था।

"क्या तुम मि. रोचेस्टर को ढूँढ़ोगी ?"

"मुझे पता लगाना होगा कि उनका क्या हुआ।"

वे बोले, "तब तो मुझे यही करना होगा कि प्रार्थना में तुम्हें स्मरण करूँ और ईश्वर से तुम्हारे लिए व्यग्र होकर विनती करूँ कि तुम सचमुच परित्यक्त न बन जाओ। मैंने पहले समझा था कि तुम ईश्वर के प्रियजन में एक हो। पर ईश्वर कुछ और चाहते हैं, और मनुष्य कुछ और चाहता है। *उनकी* इच्छा सर्वोपरि है।"

उन्होंने गेट खोला, बाहर निकले, घाटी में चलते चले गए और शीघ्र ही दृष्टि से ओझल हो गए।

बैठक में लौटने पर मैंने देखा, डायना बड़ी गम्भीर दीखती-सी खिड़की पर खड़ी थी। डायना मुझसे बहुत अधिक लम्बी थी। उसने मेरे कन्धों पर हाथ रखा और झुककर मेरे चेहरे को परखने लगी। बोली, "जेन, इन दिनों तुम हमेशा उत्तेजित और पीली-सी लगती हो। मुझे लगता है, कोई बात है। मुझे बतलाओ कि तुम्हारे और सेंट जॉन में क्या बात चल रही है। मैं आधे घंटे से तुम्हें खिड़की से देख रही हूँ। तुम मेरी यह खुफियागीरी माफ करना। पर काफी दिनों से मेरे मन में एक बात आती है जो मैं स्वयं स्पष्ट नहीं समझती। सेंट जॉन विचित्र आदमी है..."

वह रुकी। मैं कुछ नहीं बोली। शीघ्र ही वह फिर से बोलने लगी, "मेरा वह भाई तुम्हारे सम्बन्ध में कुछ विचित्र भावना रखता है। यह मैं निश्चित कह सकती हूँ उसने तुम्हें विशिष्ट समझकर अलग कर दिया है–तुम्हारे प्रति ध्यान और रुचि दिखलाकर जो उसने किसी अन्य के प्रति नहीं दिखलाया। किसलिए ? काश, वह तुम्हें प्यार करता ! वह तुम्हें प्यार करता है, जेन ?"

मैंने उसके शीतल हाथ अपने गर्म ललाट पर रख लिये, "नहीं, डायना नहीं।"

"तो वह अपनी आँखों से तुम्हारा इस तरह पीछा क्यों करता है ? तुम्हें प्रायः अपने

साथ अकेले चाहना और तुम्हें हमेशा अपनी बगल में रखना क्यों चाहता है ? मेरी और मैं दोनों इसी निष्कर्ष पर पहुँचे हैं कि वह तुमसे विवाह करना चाहता है।''

''हाँ, चाहते हैं। उन्होंने मुझसे अपनी पत्नी बनने के लिए कहा भी है।''

डायना ने ताली बजाई, ''इसी की तो हम लोग आशा करते थे और यही सोचते थे। तो तुम उससे शादी करोगी जेन, करोगी न ? तब वह इंग्लैंड में ही रह जाएगा।''

''इसके विपरीत, डायना, मुझसे विवाह के प्रस्ताव के पीछे उनकी मंशा यही है कि भारत में उनके परिश्रमों में साथ देनेवाली कोई योग्य महिला उसे प्राप्त हो जाए।''

''क्या ! वह तुम्हें भारत ले जाना चाहता है ?''

''हाँ।''

वह बोल पड़ी, ''पागलपन है। तुम तो वहाँ तीन महीने भी जीवित नहीं रहोगी; मुझे विश्वास है। तुम कभी नहीं जाओगी। तुमने सहमति तो नहीं दी है जेन, नहीं दी है न ?''

''मैंने उनसे विवाह करने से इनकार कर दिया।''

''और परिणामस्वरूप उसे अप्रसन्न कर दिया ?'' उसने अनुमान लगाया।

''हाँ, बहुत ही अप्रसन्न। मुझे डर है वे मुझे कभी क्षमा नहीं करेंगे। फिर भी मैं बहन के रूप में उनके साथ जाने को तैयार हो गई थी।''

''ऐसा करना बेहद भारी भूल थी, जेन। जिस काम का भार तुमने उठाया उसके बारे में सोचो–अनवरत थकानेवाला, वहाँ जहाँ थकान मजबूत व्यक्तियों को भी मार देती है, फिर तुम तो कमजोर हो। तुम तो जानती हो, सेंट जॉन असम्भव को सम्भव करने के लिए तुम्हें उकसाएगा। उसके साथ रहने पर तुम्हें तपती घड़ियों में भी विश्राम की अनुमति नहीं मिलेगी। और दुर्भाग्यवश मैंने देखा है कि जो कुछ वह कराना चाहता है उसे तुम स्वयं पर अत्याचार करके भी सम्पन्न कर देती हो। मुझे तो इसी का विस्मय होता है कि तुम्हें उसका विवाह-प्रस्ताव अस्वीकार करने का साहस कैसे हुआ। तो तुम उसे प्यार नहीं करती, जेन ?''

''पति के रूप में नहीं।''

''पर वह सुन्दर नवयुवक है।''

''और मैं इतनी साधारण हूँ, है न डाय ! हमारी जोड़ी नहीं बैठेगी।''

''साधारण ! तुम ! बिल्कुल नहीं। तुम काफी प्यारी हो, और इतनी अच्छी कि कलकत्ता की गर्मी में तुम्हें जीवित झुलसाया नहीं जा सकता।'' फिर उसने मुझसे बहुत अनुरोध किया कि मैं उसके भाई के साथ विदेश जाने का विचार त्याग दूँ।

मैंने कहा, ''सचमुच। छोड़ना ही होगा, क्योंकि अभी जब मैंने सहायक मिशनरी के रूप में उनका साथ देने का प्रस्ताव दुहराया तो उन्होंने मेरी असभ्यता पर चकित होने का भाव व्यक्त किया। उनके विचार में अविवाहित रहकर उनके साथ जाने का प्रस्ताव रखकर मैंने बड़ा अनुचित कार्य किया, मानो प्रारम्भ से ही मैं उन्हें भाई नहीं मानती आ रही और उनसे इसी रूप में व्यवहार नहीं करती रही।''

“जेन, तुम किस बात से समझती हो कि वह तुम्हें प्यार नहीं करता ?”

“तुम उनकी बातें सुनती तो जानती। उन्होंने बार-बार मुझे समझाया कि वे अपने लिए नहीं, वरन् अपने पद के लिए विवाह कर रहे हैं। उन्होंने मुझसे कहा कि मैं प्यार के लिए नहीं, बल्कि परिश्रम के लिए बनाई गई हूँ, जो बेशक सच है। किन्तु मेरे विचार में यदि मैं प्यार के लिए नहीं बनी तो इसका अर्थ यह है कि मैं विवाह के लिए भी नहीं बनी। क्या यह विचित्र नहीं लगेगा डाय, कि जीवन-भर के लिए मैं ऐसे व्यक्ति से बँध जाऊँ जो मुझे सिर्फ एक उपयोगी यन्त्र समझे ?”

“असह्य है, अस्वाभाविक है। इसका तो प्रश्न ही नहीं उठता।”

मैं आगे बोलने लगी, “और अभी यद्यपि उनके प्रति मेरे मन में बहन का भाव है, किन्तु यदि मैं पत्नी बनने को बाध्य कर दी जाऊँ तो मैं इस सम्भावना की कल्पना कर सकती हूँ कि उनके प्रति मेरे मन में एक अपरिहार्य, विचित्र और पीड़ादायी किस्म का प्यार उमड़ आए। इसलिए कि वे इतने गुणवान हैं और उनकी आँखें, व्यवहार और वार्तालाप में एक वीरोचित भव्यता है। उस हालत में मेरी स्थिति तो अवर्णनीय सीमा तक दुखद हो जाएगी। वे नहीं चाहेंगे कि मैं उनसे प्यार करूँ और जब मैं यह भाव व्यक्त करूँगी तो वे मुझे अनुभव करा देंगे कि इस फिजूल चीज की उन्हें कोई आवश्यकता नहीं है, कि यह मेरा अशोभनीय व्यवहार है। मैं जानती हूँ, वे ऐसा ही करेंगे।”

“फिर भी सेंट जॉन एक नेक व्यक्ति है,” डायना ने कहा।

“वे नेक और महान् व्यक्ति हैं, पर अपने महान् विचारों में मग्न होकर वे छोटे लोगों की भावनाएँ और अधिकार निर्दयतापूर्वक भूल जाते हैं। इसलिए अच्छा यही होगा कि छोटे लोग उनकी राह से अलग ही रहें। नहीं तो अपनी प्रगति के लिए वे उन्हें कुचल डालेंगे। वे आ रहे हैं। मैं जा रही हूँ, डायना।” फिर जैसे ही मैंने उन्हें फुलवारी में प्रवेश करते देखा, मैं तेजी से सीढ़ियों से ऊपर चली गई।

पर रात्रि के भोजन के समय मुझे फिर उनसे मिलना पड़ा। उस भोजन के समय वे सदा की भाँति शान्त दीख रहे थे। मैंने सोचा था कि वे मुझसे बातें नहीं करेंगे और मुझे विश्वास था कि उन्होंने विवाह की योजना को त्याग दिया है, पर बाद की घटनाओं से स्पष्ट हुआ कि मैं इन दोनों बिन्दुओं पर गलत थी। उन्होंने बिल्कुल सामान्य ढंग से, बल्कि उन दिनों उनका जो ढंग था, बेहद विनम्रता का, उसी ढंग से मुझे सम्बोधित किया। इसमें शक नहीं कि जो क्रोध मैंने उनमें उभारा था उसे दबाने के लिए उन्होंने पवित्र आत्मा की सहायता माँगी होगी, और मैं समझ रही थी कि उन्होंने मुझे फिर क्षमा कर दिया।

प्रार्थना से पूर्व शाम को पढ़ने के लिए उन्होंने बाइबिल का इक्कीसवाँ अध्याय चुना। उनके होंठों से बाइबिल के जो शब्द निकलते, उन्हें सुनना हमेशा अच्छा लगता था। उनका व्यवहार अपनी उदात्त सरलता में इतना प्रभावशाली पहले कभी नहीं रहा, जितना आज था, जब वे ईश्वर की भविष्यवाणी सुना रहे थे। आज रात्रि उनके स्वर ने अधिक पवित्रता प्राप्त कर ली और व्यवहार में अधिक रोमांचपूर्ण अर्थ छा गया। तब

वे गोलाकार बैठे घरवालों के बीच थे। (मई का चाँद पर्दाविहीन खिड़की से चमक रहा था और मेज पर पड़ी बत्ती को लगभग अनावश्यक बना रहा था।) जब वे वहाँ बैठे थे, उस बड़ी, पुरानी बाइबिल पर झुके हुए, और उसके पृष्ठों से पढ़कर नए स्वर्ग और नई पृथ्वी के दृश्य का वर्णन कर रहे थे तब वे बतला रहे थे कि कैसे प्रभु पृथ्वी पर मनुष्यों के साथ रहने आएँगे, कैसे उनकी आँखों के सभी आँसू पोंछ डालेंगे और वादा करेंगे कि अब किसी की मृत्यु नहीं होगी, न दुख होगा, न रुदन, न कोई पीड़ा होगी, क्योंकि पुरानी बातें बीत चुकी हैं।

उनके द्वारा बोले गए बाद के शब्दों ने मुझे अद्भुत सीमा तक रोमांचित कर दिया। मैंने विशेष रूप से अनुभव किया कि स्वर में हलका अवर्णनीय परिवर्तन लाकर बोलते समय उनकी आँखें मेरी ओर घूम गई थीं।

''वह जो शंकाओं को जीत लेगा, सभी कुछ पाएगा, और मैं उसका ईश्वर हूँगा और वह मेरा पुत्र होगा, किन्तु,'' अब धीमी आवाज में साफ-साफ पढ़ा गया, ''किन्तु जो डरपोक, नास्तिक आदि होंगे, वे उस झील में स्थान पाएँगे जिसमें आग और गन्धक जलती रहती है जो दूसरी मृत्यु के तुल्य है।''

अब मेरी समझ में आ गया कि सेंट जॉन को मेरे कैसे भविष्य का भय था। एक व्यग्र, उत्कंठा-मिश्रित, शान्त, शमित विजय-भाव से उस अध्याय के गौरवपूर्ण पदों का पाठ हुआ। पढ़नेवाले को विश्वास था कि उसका नाम पहले ही लैम्ब की जीवन की पुस्तक में लिखा जा चुका है, और वह उस क्षण की व्यग्र प्रतीक्षा में था जो इसे उस नगर में प्रवेश कराएगा जिसमें पृथ्वी के शासक अपना उत्कर्ष और सम्मान लेकर आते हैं, जिसे जगमग चमकने के लिए सूरज और चाँद की जरूरत नहीं होती क्योंकि ईश्वर की महिमा से यह जगमग चमकता रहता है और लैम्ब ही वहाँ का दीपक है।''

उस अध्याय के बाद जो प्रार्थना हुई, उसमें उनकी सारी शक्तियाँ एकत्र हो गई थीं, उनका कठोर उत्साह जाग उठा था। वे बहुत व्यग्रता में थे–अपनी आत्मा से संघर्ष करते हुए और विजय-प्राप्ति के लिए दृढ़। वे ईश्वर से प्रार्थना कर रहे थे–दुर्बल हृदय वालों को शक्ति देने की, झुंड से भटके लोगों के मार्गदर्शन की, सांसारिक और शारीरिक प्रलोभन जिन्हें इस संकीर्ण पथ से खींच रहे हों उन्हें अन्तिम क्षण में भी लौटा लाने की। वे माँग रहे थे, गिड़गिड़ा रहे थे, दावा कर रहे थे उस वरदान के लिए जो उत्सुक व्यक्तियों से छीना जा रहा था। सच्ची व्यग्रता हमेशा गहराई से पवित्र होती है। पहली बार जब मैंने वह प्रार्थना सुनी, मैं उनकी व्यग्रता पर आश्चर्य करने लगी। जैसे-जैसे प्रार्थना चलती गई और उभार पर आती गई, मैं उससे प्रभावित होने लगी, और अन्त में भयग्रस्त-सी हो गई। उन्हें अपने उद्देश्य की महानता और अच्छाई में इतना विश्वास था कि दूसरे जो उन्हें इसकी वकालत करते सुनते, इसे अनुभव किए बिना नहीं रह सकते थे।

प्रार्थना समाप्त होने पर हम लोगों ने उनसे विदा ली। वे दूसरे दिन बिल्कुल भोर में प्रस्थान करनेवाले थे। उन्हें चुम्बन देने के बाद डायना और मेरी कमरे से चली गईं। मेरा अनुमान है कि धीमे से उन्होंने जो इशारा किया था उसी के अनुसार। मैंने अपना

हाथ उनकी ओर बढ़ाया और उनकी आनन्दमय यात्रा की शुभकामना की।

''धन्यवाद, जेन, जैसाकि मैं बतला चुका हूँ, मैं एक पखवाड़े में कैम्ब्रिज से लौटूँगा। तुम्हारे पास अभी भी यह अवधि सोच-विचार के लिए है। यदि मैं मानवोचित स्वाभिमान की बात सुनता तो तुमसे अपने साथ विवाह की बात फिर नहीं कहता। मैं कर्तव्य की बात सुन रहा हूँ और हमेशा अपने सामने अपने प्रथम लक्ष्य को रखता हूँ–प्रत्येक काम ईश्वर की महिमा के लिए करने का लक्ष्य। मेरे प्रभु ने चिर-यातना झेली, मैं भी वैसे ही झेलूँगा। मैं तुम्हें क्रोध का साधन बनाकर अनन्त विनाश के लिए नहीं छोड़ सकता। अभी जब तक समय है, पश्चात्ताप करो और दृढ़ निश्चय करो। याद रखो, हमें आदेश मिला है कि 'जब तक दिन है, काम कर लो।' हमें चेतावनी दी गई है कि 'जब रात आएगी, कोई व्यक्ति काम नहीं कर सकेगा।' डाइब्स (धनी व्यक्ति) की कहानी याद करो, जिसने जीवन में अच्छे काम किए। ईश्वर तुम्हें उस बेहतर वस्तु को चुनने की शक्ति दे जो तुमसे छीनी नहीं जाएगी।''

अन्तिम शब्द बोलते-बोलते उन्होंने मेरे सिर पर हाथ रखा। वे बहुत व्यग्रता से, धीमे स्वर में बोल रहे थे। उनकी दृष्टि निस्सन्देह उस प्रेमी की दृष्टि नहीं थी जो अपनी प्रेमिका को देख रहा हो, वह उस गडरिए की दृष्टि थी जो अपनी भटकी भेड़ें बुला रहा हो, या इससे भी सटीक, उस संरक्षक देवदूत जैसी जो उस आत्मा को देख रहा हो जिसके लिए वह उत्तरदायी है। सभी चतुर व्यक्ति, चाहे वे भावनाशील हों या न हों, भले ही वे कट्टर धर्मान्ध हों, महत्त्वाकांक्षी हों, निरंकुश हों, यदि वे अपने उद्देश्य के प्रति ईमानदार और निष्ठावान हैं तो उनके उत्कर्ष का एक क्षण ऐसा आता है जिसमें वे दूसरों पर अपना वर्चस्व स्थापित कर लेते हैं। मुझमें सेंट जॉन के प्रति श्रद्धा का भाव महसूस हुआ, ऐसी सबल श्रद्धा का कि उसके जोर ने मुझे उसी बात की ओर धकेल दिया जिससे मैं बचती आ रही थी। मेरे मन में आया कि उनसे संघर्ष करना छोड़ दूँ, उनकी इच्छाओं की बाढ़ में बहकर उनके अस्तित्व रूपी खाड़ी में मिल जाऊँ और अपना अस्तित्व खो दूँ। फिलहाल तो उन्होंने मुझे वैसे ही विवश कर दिया था जैसे मैं इसके पूर्व एक बार और, किसी दूसरे के द्वारा दूसरे सन्दर्भ में की गई थी। दोनों बार मैं ही मूर्ख बनी थी। उस समय झुकना सिद्धान्त-सम्बन्धी भूल होती; इस समय झुकना निर्णय-सम्बन्धी भूल होगी। शान्त समय की गोद में आकर आज जब मैं उस संकट पर विचारती हूँ तो लगता है कि उस क्षण मैं इस गलती के विषय में अज्ञान थी।

अपने गुरु के स्पर्श के नीचे मैं स्पन्दनहीन खड़ी थी। इनकारों को मैं भूल गई थी, भय पीछे छूट गया था, संघर्ष की शक्ति कुंठित हो गई थी, एक असम्भव कार्य अर्थात् सेंट जॉन से मेरा विवाह शीघ्रता के साथ सम्भव बनता जा रहा था। अचानक बहाव में सबकुछ बदलता जा रहा था। धर्म पुकार रहा था, देवदूत बुला रहे थे, ईश्वर का आदेश आ रहा था, जीवन एक कागज के पन्ने की भाँति मोड़ दिया गया था। मृत्यु के द्वार खुल रहे थे और उस पार की अनन्तहीनता दिखला रहे थे। ऐसा लग रहा था कि उस पार की सुरक्षा और आनन्द के लिए इस संसार की सभी वस्तुओं का क्षण में

बलिदान किया जा सकता है। धीमी रोशनीवाला वह कमरा आकृतियों से भर गया था।

"क्या तुमने निर्णय कर लिया ?" मिशनरी ने पूछा। प्रश्न विनम्र स्वर में किया गया था। उन्होंने मुझे अपने निकट खींच लिया। आह, यह विनम्रता ! यह बल-प्रयोग से कहीं अधिक प्रभावशाली थी। मैं सेंट जॉन के क्रोध का सामना कर सकती थी, किन्तु उनकी दया के समक्ष मैं बेंत-सी लचीली होकर झुक गई। फिर भी हर क्षण मैं समझ रही थी कि यदि अभी मैं झुक गई तो कभी-न-कभी एक दिन मुझे अपने पहले किए गए विद्रोह के लिए वे पश्चात्ताप कराए बिना नहीं छोड़ेंगे। एक घंटे की पावन प्रार्थना ने उनका स्वभाव नहीं बदला था; उसका सिर्फ कुछ उत्कर्ष हुआ था।

"मैं निर्णय तो कर लेती, यदि मुझे भरोसा हो जाता। यदि मुझे विश्वास हो जाता कि ईश्वर की इच्छा यही है कि मैं आपसे विवाह करूँ तो मैं यहीं, इसी क्षण विवाह करने की शपथ ले लेती, चाहे बाद में जो होता।"

सेंट जॉन के मुँह से निकला, "मेरी प्रार्थना सुन ली गई।" उन्होंने अपना हाथ मेरे सिर पर और जोर से दबाया, मानो मुझ पर उन्हें अधिकार मिल गया हो। उन्होंने मुझे बाँहों में घेर लिया, *लगभग* वैसे ही मानो उन्हें मुझसे प्यार हो। (*लगभग* मैं इसलिए कह रही हूँ कि अन्तर मैं समझ रही थी। कारण कि मैं अनुभव कर चुकी थी कि प्यार किया जाना क्या होता है, पर उनकी ही की भाँति मैंने अब प्यार को परे रख दिया था और सिर्फ कर्तव्य की बात सोच रही थी।) मैं अपनी आत्मा में छाई धुँध से उलझ रही थी जिसके समक्ष काले बादल छाए थे। मैं हृदय से, अन्तरतम से, बेचैनी से चाह रही थी कि जो सही हो, वही और सिर्फ वही करूँ। 'मुझे राह दिखाओ, मुझे राह दिखाओ !' मैंने ईश्वर से विनय किया। मैं इतनी उत्तेजित कभी नहीं हुई थी। बाद में जो कुछ हुआ, क्या वह उत्तेजना का परिणाम था, यह तो पाठक ही बतलाएँगे।

पूरा घर नीरव था क्योंकि मुझे विश्वास था कि सेंट जॉन और मुझे छोड़कर सभी सो चुके थे। जलती हुई मोमबत्ती बुझने को ही थी। कमरे में चाँदनी छाई थी। मेरा हृदय जोरों से धड़क रहा था और मैं उसकी धड़कन सुन रही थी। अचानक एक अव्यक्त भाव से यह धड़कन थम गई, जिससे पूरा रोमांच हो आया और मेरे सिर से लेकर पैरों तक कँपकँपी-सी छा गई। वह अनुभव बिजली के स्पर्श के आघात जैसा तो नहीं था, पर इतना ही तीव्र, विचित्र और चौकन्ना करनेवाला अवश्य था। मेरी संवेदनाओं पर उसका ऐसा असर हुआ मानो अब तक के सारे काम तन्द्रावश हो रहे थे। जिससे उन्हें पुकारकर, झकझोरकर जगाया गया हो। मेरे भाव चौकन्ने हो गए, आँख और कान सजग हो उठे और शरीर की बोटी-बोटी काँपने-सी लगी।

"क्या सुना तुमने ? क्या देखा ?" सेंट जॉन पूछ पड़े।

मैंने देखा तो कुछ नहीं था, पर कहीं से एक आवाज चीखती सुनाई पड़ी, 'जेन ! जेन ! जेन !' और कुछ नहीं।

मैं छटपटाकर बोल उठी, "हे भगवान् ! यह क्या है ?"

मुझे कहना चाहिए था कि, 'यह कहाँ है ?' कारण कि आवाज कमरे से नहीं आई

थी, न घर में से, न फुलवारी से। यह हवा से भी नहीं आई थी, धरती के नीचे से भी नहीं, और न ऊपर से। फिर भी मैंने सुना...कहाँ से या किधर से, यह जानना बिल्कुल असम्भव था। और यह मनुष्य की आवाज थी–एक परिचित, प्रिय, पूरी तरह याद स्वर, एडवर्ड फेयरफैक्स रोचेस्टर का स्वर। यह आवाज पीड़ा में, कष्ट में, बेचैनी में, जादुई ढंग से व्यग्र होकर बोली गई थी।

मैंने चिल्लाकर कहा, "मैं आ रही हूँ, मेरी प्रतीक्षा करो। आह, मैं अवश्य आऊँगी।" मैं दरवाजे की ओर भागी। जाने के रास्ते में देखा, वहाँ अँधेरा था। मैं बगीचे में दौड़ी; वह भी सूना था। मैं बोल पड़ी, "तुम कहाँ हो ?"

मार्स ग्लेन के पार की पहाड़ियों ने स्पष्ट उत्तर लौटाया, 'तुम कहाँ हो ?' मैं कान लगाए सुन रही थी। चीड़ के पेड़ों में हवा सिसक रही थी। चारों ओर चौर की खामोशी और आधी रात की नीरवता छाई हुई थी।

"अन्धविश्वास का विनाश हो !" मैंने कहा। मेरे मन में भय का अन्धकार गेट पर की काली झाड़ की तरह खड़ा था। "पर यह तुम्हारा धोखा नहीं है, न तुम्हारा जादू है। यह प्रकृति का काम है। प्रकृति उद्वेलित हो गई थी। उसने कोई चमत्कार नहीं, वरन् अच्छा कार्य किया।"

मैं सेंट जॉन से अलग हो गई, जो मेरे पीछे-पीछे आ गए थे और मुझे रोकना चाहते थे। अब दबदबा जमाने का *मेरा* समय आ गया था। *मेरी* शक्तियाँ सक्रिय हो गई थीं और वेग में थीं। मैंने उनसे कह दिया कि वह प्रश्न पूछना या टिप्पणी करना बन्द करें मैंने उनसे कहा कि आप मुझे अकेला छोड़ दें, मैं अकेली, अकेली रहूँगी। उन्होंने तुरन्त बात की लाज रखी। जहाँ आदेश देने की पूर्ण शक्ति हो वहाँ आज्ञापालन सुनिश्चित होता है। मैं ऊपर अपने कमरे में चली गई, अपने को बन्द कर दिया, घुटने टेक दिए और अपने ढंग से प्रार्थना करने लगी। सेंट जॉन से भिन्न ढंग से। पर अपने आपमें यह प्रभावशाली ही थी। मुझे लगा कि मैं सर्वशक्तिमान ईश्वर के समीप पहुँच गई हूँ और मेरी आत्मा कृतज्ञता से उनके चरणों में गिर गई है। ईश्वर को कृतज्ञता-ज्ञापन करके मैं उठी, मन में निश्चय किया और लेट गई–भयरहित होकर, उधेड़बुन से दूर, दूसरे दिन की प्रतीक्षा में व्यग्र।

36

दिन का प्रकाश निकला। मैं भोर में उठी। एक-दो घंटे व्यस्त रही–अपने कमरे, ड्रावर, कपड़ों की आलमारी की चीजों को उस ढंग से व्यवस्थित करने में, जिस रूप में उन्हें अपनी कुछ दिन की अनुपस्थिति में छोड़कर जाना चाहती थी। इसी बीच मैंने सेंट जॉन के कमरा छोड़ने की आवाज सुनी। वे मेरे द्वार के पास रुके। मुझे डर लगा कि वे खटखटाएँगे। पर नहीं, सिर्फ कागज का एक टुकड़ा द्वार के अन्दर घुसा दिया गया। मैंने उसे उठा लिया। उसमें ये शब्द लिखे थे–'तुम पिछली रात मुझे बिल्कुल अचानक छोड़कर चली गई। यदि तुम थोड़ी देर और रुकती, तो तुम क्रिश्चियन क्रॉस और देवदूत के माथे पर अपना हाथ रख देती। जब मैं एक पखवाड़े बाद, आज के ही दिन लौटूँगा तो तुम्हारा स्पष्ट निर्णय सुनने की आशा करता हूँ। इसी बीच सजग रहना और प्रार्थना करना कि तुम प्रलोभन में न फँस जाओ। मुझे विश्वास है कि तुम्हारी आत्मा इसके लिए तैयार है, पर मैं देखता हूँ कि शरीर दुर्बल है। मैं हर क्षण तुम्हारे लिए प्रार्थना करता रहूँगा। तुम्हारा सेंट जॉन।'

मैंने मन-ही-मन जवाब दिया, 'मेरी आत्मा जो सही है उसे करने के लिए तत्पर है, और मुझे विश्वास है कि मेरा शरीर ईश्वर की इच्छा को सम्पन्न करने के लिए मजबूत भी है, बशर्ते कि वह इच्छा मुझे एक बार स्पष्ट रूप से ज्ञात हो जाए। कुछ भी हो, यह इतना मजबूत अवश्य है कि तलाश कर सके। पड़ताल कर सके, संशय के बादलों के इस घेरे से निकलने का मार्ग टटोल सके और निश्चितता का जगमग दिन पा सके।'

जून की पहली तारीख थी। फिर भी प्रभात बादलों से घिरा और सर्द-सा था। वर्षा मेरी खिड़की को पीटे जा रही थी। मैंने सामने का द्वार खुलते और सेंट जॉन को निकलते सुना। खिड़की से देखने पर मैंने उन्हें बगीचे को पार करते देखा। कुहासा-भरे चौर में उन्होंने व्हिटक्रास की तरफ का रास्ता पकड़ा। वहीं उन्हें गाड़ी मिलेगी।

'कुछ ही घंटों में मैं आपके पीछे-पीछे इसी रास्ते पर चलूँगी, भाई,' मैंने मन-ही-मन सोचा। 'मुझे भी व्हिटक्रास से गाड़ी पकड़नी है। हमेशा के लिए प्रस्थान से पूर्व मुझे भी इंग्लैंड में किसी से मिलना और किसी का पता लगाना है।'

जलपान के समय में अभी भी दो घंटे की देर थी। यह समय मैंने कमरे में धीरे-धीरे

टहलने में बिताया–उस संकट पर विचार करते हुए जिसने मेरी योजनाओं को वर्तमान स्वरूप दिया था, जिस आन्तरिक आवेग का मैंने अनुभव किया था, उसे मैंने याद किया क्योंकि अवर्णनीय विचित्रता के बावजूद मैं इसका स्मरण कर सकती थी। मैंने उस स्वर को भी याद किया जो मैंने सुना था। मैंने फिर स्वयं से पूछने लगी कि यह कहाँ से आया था। पर पहले की भाँति पूछना व्यर्थ था। लगता था कि यह *मुझमें ही* था, बाहरी संसार में नहीं। मैंने स्वयं से पूछा कि क्या यह मात्र घबराहट की प्रतिक्रिया थी, एक भ्रम था। मैं न यह मान सकी, न विश्वास कर सकी। यह एक प्रेरणा की तरह था। मेरी भावनाओं को लगा, वह अद्‌भुत आघात उस भूकम्प की भाँति था, जिसने पॉल और साइलस के बन्दीखानों की नींव हिलाकर रख दी थी। उसने आत्मा के द्वार खोल दिए थे और उसकी बेड़ियाँ ढीली कर दी थीं, उसे नींद से जगा दिया था, जहाँ से आत्मा काँपती, कान खोले, आतंकित होकर उछल पड़ी थी। तब एक कम्पित चीख तीन बार गूँजी थी–मेरे चौकन्ने कानों में, मेरे काँपते हृदय में और मेरी आत्मा में, जो डरी या काँपी नहीं, वरन् प्रफुल्लित हो उठी, मानो इस भारस्वरूप शरीर से अलग, एक प्रयास करने का जो सौभाग्य उसे मिला उसकी सफलता पर प्रसन्न हो उठी हो।

अपनी विचार-शृंखला को समाप्त करते हुए मैंने कहा, 'जल्दी ही, मैं उनके विषय में कुछ जान लूँगी जिनकी आवाज पिछली रात मुझे बुलाती-सी लगी। चिट्ठियाँ लिखने का कोई परिणाम नहीं निकला। अब इसके स्थान पर व्यक्तिगत पूछताछ करूँगी।'

जलपान के समय मैंने डायना और मेरी से कहा कि मैं यात्रा पर जा रही हूँ और कम-से-कम चार दिन अनुपस्थित रहूँगी।

उन्होंने पूछा, "अकेली, जेन ?"

"हाँ, एक मित्र से मिलने, उसका समाचार जानने जा रही हूँ, जिसके विषय में कुछ दिनों से मैं चिन्तित हूँ।"

मुझे इसमें शक नहीं है कि उन्होंने मुझे अपने सिवा किसी अन्य मित्र-बन्धु से वंचित समझा होगा, और वे शायद ऐसा कह भी देतीं, क्योंकि सचमुच मैंने ही उनसे प्रायः ऐसा कहा था। किन्तु अपने सच्चे और अच्छे संस्कारों के कारण उन्होंने यह बात नहीं कही। डायना ने सिर्फ इतना पूछा, "क्या तुम्हें लगता है कि तुम्हारी स्थिति यात्रा करने लायक है ? तुम बहुत कमजोर दीखती हो।" मैंने उत्तर दिया कि "मुझे कोई कष्ट नहीं है, सिर्फ चिन्ता है जो मुझे आशा है कि जल्द दूर हो जाएगी।"

इसके बाद आगे व्यवस्था करने में मुझे आसानी हुई, क्योंकि मुझे किसी पूछताछ या उपदेश आदि का झंझट नहीं उठाना पड़ा। एक बार यह कह देने के बाद कि अभी मैं अपनी योजनाओं के विषय में कुछ नहीं बतलाऊँगी, उन्होंने उसी प्रकार दया और बुद्धिमत्ता से मुझे चुपचाप अपना काम करने दिया, जैसे वैसी स्थिति आने पर उन्हें मैं स्वाधीनतापूर्वक अपना काम करने देती।

मैं अपराह्न तीन बजे मूर हाउस से चली और चार बजे के कुछ ही समय बाद व्हिटक्रास के साइनपोस्ट के पास पहुँच गई। वहाँ मैं उस गाड़ी की प्रतीक्षा करने लगी

जो मुझे दूर थार्नफील्ड ले जाती। उन निर्जन सड़कों और पहाड़ियों में खड़ी मैंने बड़ी दूर में गाड़ी के आने की आवाज सुनी। यह वही गाड़ी थी जिससे एक वर्ष पहले, गर्मी की एक सन्ध्या में उसी जगह मैं उतरी थी–कितनी हताश, निराश और उद्देश्यहीन ! मेरे इंगित करने पर यह रुक गई। मैंने प्रवेश किया। इस बार टिकट के लिए मुझे अपनी सारी सम्पत्ति नहीं देनी पड़ी। थार्नफील्ड की राह पर जाते हुए मुझे ऐसा लगा मानो कोई सन्देशवाहक कबूतर घर की ओर उड़ चला हो।

यह छत्तीस घंटे की यात्रा थी। मैं व्हिटक्रास से मंगलवार को अपराह्न में चली थी और गुरुवार को बड़े सवेरे गाड़ी सड़क के किनारे स्थित एक सराय के पास रुकी जहाँ घोड़े को चारा-पानी देने की व्यवस्था थी। यह सराय ऐसी जगह बसी थी। जहाँ की हरी झाड़ियाँ, बड़े-बड़े खेत और छोटी चरागाहवाली पहाड़ियाँ (मार्टन के कठोर उत्तरी-मध्य देश के चौर की अपेक्षा) बहुत ही मृदु परिवेशवाली तथा हरियाली से भरी थीं। मेरी दृष्टि में ये ऐसी लगीं मानो किसी परिचित की मुखाकृति हों। हाँ, मैं इस भूभाग की विशेषताओं को जानती थी। मुझे विश्वास था कि मैं अपने आश्रय के निकट थी। मैंने गाड़ीवान से पूछा, "यहाँ से थार्नफील्ड कितनी दूर है ?"

"सिर्फ दो मील मादाम, खेतों के उस पार।"

मैंने मन में सोचा, 'मेरी यात्रा समाप्त हो गई है।' मैं गाड़ी से बाहर आई। सराय के मालिक को अपना बक्स थमाया–तब तक रखने के लिए जब तक कि मैं माँग न करूँ। गाड़ी का भाड़ा चुकाया। गाड़ीवान सन्तुष्ट हो गया और मैं चल पड़ी। चमकीली किरणें सराय के नाम-पट पर पड़ रही थी। मैंने धातु से लिखे अक्षरों को पढ़ा–रोचेस्टर आश्रय। मेरा हृदय उछल पड़ा; मैं तो अभी ही अपने मालिक की भूमि पर पहुँच गई थी। पर इस भाव के आते ही हृदय फिर उदास होकर कहने लगा–

'तुम्हें अनुमान होना चाहिए कि स्वयं तुम्हारे मालिक हो सकता है ब्रिटिश चैनेल के पार कहीं दूर हों। और मान लो कि वे थार्नफील्ड में ही हों जहाँ तुम दौड़ी जा रही हो, तो वहाँ उनके अतिरिक्त और कौन होगा ? उनकी पागल पत्नी, और तुम्हें उससे कोई मतलब नहीं होगा। तुम न तो उससे बोल सकोगी और न उसे पास बुला सकोगी। तुम्हारा परिश्रम बेकार हुआ, अच्छा होगा कि तुम आगे न जाओ।' मेरे विवेक ने कहा, 'इसी सराय के लोगों से पूछताछ करो। यहीं तुम्हें वे सभी सूचनाएँ मिल जाएँगी, जो तुम जानना चाहती हो, और उन्हीं से तुम्हारी शंकाएँ मिट जाएँगी। उस व्यक्ति के पास जाओ और पूछो कि क्या मि. रोचेस्टर घर पर ही हैं।'

सलाह तो समझ-भरी थी, पर इसे कार्यान्वित करने के लिए मैं साहस नहीं कर पा रही थी। मुझे डर था, ऐसा उत्तर आएगा जो मुझे निराशा से चूर-चूर कर देगा। शंका बनी रहने से आशा भी बनी रहती है। मैं थार्नफील्ड हाल को भरपूर नजर से एक बार जरा और देख तो लूँ। वह छोटी-सी पुलिया सामने ही दीख रही थी, और वे ही खेत थे जिनसे होते हुए मैं दौड़ती चली गई थी–उस भोर में जब मैं अन्धी-बहरी होकर, विक्षिप्त-सी, प्रतिशोधपूर्ण क्रोध से उफनती और उद्वेलित होती–थार्नफील्ड से भागी थी।

बिना सोचे-समझे कि किस रास्ते जाना है, मैं उनके बीच से ही पहुँच गई थी। कितनी तेज गति से मैं चल रही थी, कभी-कभी कैसे मैं दौड़ने लगती थी, कैसे मैं सुपरिचित जंगल की झलक देखने को व्यग्र थी ! किन भावनाओं से परिचित एकाकी पेड़ों, खेतों और उनके बीच स्थित पहाड़ी के जाने-पहचाने दृश्यों का मैं स्वागत करती जा रही थी !

अन्त में बगीचा दिखाई देने लगा। पंछियों के घोंसले घने काले दीख रहे थे। प्रभात की नीरवता को भंग करता जोरों की काँव-काँव सुनाई पड़ी। एक अद्भुत खुशी मुझे उद्वेलित कर रही थी और मैं बढ़ती जा रही थी। एक खेत पार किया, एक गली से निकली और तब दिखाई देने लगीं दालान की दीवारें, पीछे के कार्यालय। चिड़ियाखाना और घर अभी तक छिपे थे। मैंने मन में सोचा कि घर को मैं पहले सामने से ही देखूँगी, जहाँ से उसके मजबूत झरोखे आँखों को सुहाने लगेंगे, जहाँ से मैं अपने मालिक की खिड़की को पहचान लूँगी। शायद अभी वे खिड़की पर खड़े हों, उन्हें सवेरे उठने की आदत है। या सम्भवतः वे बगीचे में टहल रहे हों, या घर के सामने ही फर्श पर। काश, मैं उन्हें एक क्षण के लिए देख पाती ! उस स्थिति में सचमुच मैं ऐसी पागल तो नहीं कि उनके पास दौड़ जाऊँ। क्या जाने, मुझे कुछ पता नहीं ? और यदि मैं दौड़ भी जाऊँ तो क्या ? ईश्वर उन्हें खुश रखें। क्या होगा ? मुझे जीवन से भर देनेवाली उनकी वह दृष्टि–यदि मैं एक बार फिर उसका आनन्द लूँ तो भी किसी का क्या बिगड़ेगा ? मैं पागल-सी बोलती जा रही हूँ। शायद इस समय वे पायरेनीज के ऊपर सूर्योदय का दृश्य या दक्षिण के शान्त, लहरों से हीन सागर को निहारते हों।

मैं बगीचे की नीची दीवारों की बगल-बगल चलती जा रही थी। मैं कोने पर मुड़ी। वहीं पर एक फाटक था, जिसके आगे एक मैदान था–पत्थर के ऐसे दो खम्भों के बीच जिन पर पत्थर की गोल गेंदें बिठाई हुई थीं। एक खम्भे के पीछे से महल के सामने के भाग को मैं चुपके से निहार सकती थी। मैंने सावधानी से सिर निकाला, यह जानने के लिए कि किसी कमरे की खिड़की के पर्दे अभी हटाए गए कि नहीं। चहारदीवारी, खिड़की, सामने का भाग, सभी इस सुरक्षित जगह से मुझे दिखाई दे रहे थे।

जब मैं झाँकने ही वाली थी, सिर के ऊपर उड़ते कौए सम्भवतः मुझे देख रहे थे। पता नहीं वे क्या सोंचते होगे ? उन्होंने अवश्य समझा होगा कि पहले मैं बड़ी सावधान और डरपोक थी, और धीरे-धीरे निर्भीक और लापरवाह हो गई। पहले चुपके से झाँकना, फिर गौर से देखना, फिर कोने से निकलकर भागना और मैदान में दौड़ जाना, बड़े महल के ठीक सामने रुक जाना और उस पर देर तक पथरीली दृष्टि डालना। तो पहले आत्मबल की कमी का बहाना क्यों किया ? वे शायद पूछते, 'और अब उनकी मूर्खतापूर्ण उपेक्षा क्यों ?'

पाठक, मैं एक उदाहरण दे रही हूँ–

एक प्रेमी अपनी प्रेयसी को एक काई-भरे तट पर सोया देखता है। वह चाहता है कि उसे जगाए बिना ही उसके सुन्दर मुखड़े की एक झलक पा ले। अतः वह चुपके से धीमे-धीमे घास पर बढ़ता है–सावधान होकर कि कोई आवाज न हो। उसे लगता

है, वह हिल रही है। वह रुक जाता है, पीछे हट जाता है, किसी भी स्थिति में दिखाई देना नहीं चाहता। फिर सबकुछ शान्त हो जाता है। तब वह फिर बढ़ने लगता है, उसके ऊपर झुकता है, उसके मुखड़े पर जो हलका घूँघट पड़ा है, उसे उठाता है, और नीचे झुकता है। उसकी आँखों में यह आशा है कि सुन्दर दृश्य दिखेगा–उष्ण, खिलता हुआ और सौन्दर्य-भरा, निद्रा-मग्न। कितनी जल्दी से उसने दृष्टि डाली थी ! पर अब वह कैसी जम गई है। वह कैसे आँखें फाड़-फाड़कर देख रहा है ! वह कैसे अचानक आवेश में उस आकृति को बाँहों में भर लेता है। जिसे एक क्षण पहले वह उँगलियों से छूने का भी साहस नहीं कर रहा था ! कैसे वह जोर से एक नाम पुकारता है, बाँहों से घिरी काया को गिरा देता है और विक्षिप्त-सा इसे देखता जा रहा है ! वह इस प्रकार उसे पकड़ रहा है और रो रहा है और देखे जा रहा है क्योंकि अब उसे यह भय नहीं है कि उसकी किसी आवाज से, किसी गतिविधि से वह जागेगी। उसने सोचा था कि उसकी प्रेयसी मधुर निद्रा में सो रही है, पर पाता यह है कि वह तो मर चुकी है।

मैंने छलकती प्रसन्नता से उस भव्य निवास की ओर देखा था। अब मैं एक काला खंडहर देख रही हूँ।

गेट के खम्भों के पीछे छिपने की बिल्कुल आवश्यकता नहीं। न कमरे की खिड़कियों पर इस आशा में झाँकने की कि उसके पीछे जीवन की हलचल होगी। दरवाजा खुलने की आहट सुनने की आवश्यकता नहीं। बरामदे या बाग की पगडंडी पर किसी के पदचाप सुनने की कल्पना करने की जरूरत नहीं। सामने का मैदान और फुलवारी, सभी रौंदे हुए और बरबाद थे। सामने का दरवाजा मुँह बाए वीरान-सा था। जैसाकि मैंने एक बार स्वप्न में देखा था–मकान के सामने का भाग जली हुई दीवार जैसा था, बहुत ऊँचा और पूरी तरह टूटा-फूटा। जली हुई खिड़कियों के छेदों से भरा। न छत, न छत का घेरा, न कोई चिमनी। सभी कुछ धँस गया था।

मृत्यु का सन्नाटा चारों ओर छाया था। वीरान जंगलों की नीरवता। इसमें अचरज नहीं कि यहाँ के पते पर जो चिट्ठी भेजी जाती थी, उसका उत्तर नहीं मिलता था, मानो चर्च के तहखाने में चिट्ठी भेज दी गई हो। पत्थरों की कालिख बतला रही थी कि इस भवन पर क्या दुर्भाग्य टूटा था। आग तो लगी, पर लगी कैसे ? इस विपत्ति के पीछे कौन-सी कहानी थी ? चूने, पत्थरों और लकड़ी के सामानों की बरबादी के अतिरिक्त और क्या-क्या नष्ट हुआ था ? क्या सम्पत्ति की बरबादी के साथ जीवन भी विनष्ट हुआ था ? यदि हाँ तो किसका ? ये भयानक प्रश्न थे, पर उत्तर देनेवाला कोई नहीं था। कोई मूक चिह्न या मूक प्रतीक तक नहीं।

धराशायी दीवारों और बरबाद कमरों के बीच भटकते हुए मुझे इसका प्रमाण मिला कि यह दुर्घटना हाल की नहीं थी। मुझे लगा, जाड़े की बर्फ इन वीरान मेहराबों से होकर टपकी है, जाड़े की वर्षा ने इस खोखली खिड़कियों के गड्ढों को पीटा है। इसलिए कि ध्वस्त भवन के कूड़े के भीगे ढेरों पर वसन्त ने हरियाली सजा दी थी। पत्थरों और लकड़ी की गिरी हुई शहतीरों के बीच घास और जंगली पौधे यहाँ-वहाँ उग आए थे। आह !

और इस बीच इस ध्वस्त भवन का बेचारा मालिक कहाँ रहा ? किस देश में ? किसकी देखरेख में ? मेरी आँखें अनायास फाटक के पास स्थित चर्च के भूरे गुम्बद की ओर मुड़ गईं और मैंने मन-ही-मन सोचा, 'क्या वह डेमर डी रोचेस्टर के साथ उनके संकीर्ण संगमरमरी घर में घुसकर रह रहा है ?'

इन प्रश्नों का कुछ उत्तर तो ढूँढ़ना ही होगा। यह मुझे सराय को छोड़कर और कहीं नहीं मिलनेवाला। अतः जल्दी ही मैं वहीं लौट पड़ी। सराय का मालिक मेरे लिए जलपान बैठकखाने में स्वयं लाया। मैंने उससे अनुरोध किया कि द्वार बन्द करके बैठ जाए, मुझे कुछ प्रश्न पूछने हैं। किन्तु जब उसने वैसा किया तो मेरी समझ में नहीं आया कि मैं कैसे बात शुरू करूँ ? मैं सम्भावित उत्तरों से किस प्रकार भयभीत थी ! फिर भी विनाश के जिस दृश्य को मैं देख आई थी, उससे मैं किसी दुर्भाग्यपूर्ण कहानी के लिए कुछ-कुछ तैयार भी हो गई थी। सराय का मालिक एक सम्मानित, अधेड़ उम्र का व्यक्ति था।

अन्त में मैं किसी भाँति बोली, "आप थार्नफील्ड हॉल को तो अवश्य जानते होंगे ?"

"हाँ, मादाम, मैं एक बार वहाँ रह चुका हूँ।"

"अच्छा ? मेरे खयाल से मेरे समय में तो नहीं, आप तो मुझसे अपरिचित हैं।"

"मैं स्वर्गीय मि. रोचेस्टर का रसोइया था," उसने कहा।

"स्वर्गीय ?" मुझे जोरों का आघात लगा जिससे मैं बचने की अब तक चेष्टा करती आ रही थी।

मैं हाँफती हुई-सी बोली, "स्वर्गीय ? क्या वे मर गए ?"

"मेरा अभिप्राय वर्तमान सज्जन मि. एडवर्ड के पिता जी से है," उसने समझाया। मेरी साँस फिर चलने लगी, रक्त फिर नसों में बहने लगा, इन शब्दों से मैं पूर्ण आश्वस्त हो गई कि मि. एडवर्ड, मेरे मि. रोचेस्टर (वे जहाँ भी हों, ईश्वर उन्हें सकुशल रखें) कम-से-कम जीवित तो हैं, संक्षेप में उन्हें ही वर्तमान सज्जन कहा गया है। ये आनन्ददायी शब्द थे। मुझे लगा कि अब जो भी सुनने को मिले, जो भी जानकारियाँ मिलें, मैं कुछ स्थिर हृदय से सुन सकती हूँ। यह भरोसा हो जाने पर कि वे कब्र में नहीं हैं, मुझे लगा कि मैं यह सुनना भी सह सकूँगी कि वे पृथ्वी के दूसरे छोर पर हैं।

"क्या मि. रोचेस्टर अभी थार्नफील्ड में ही रह रहे हैं ?" मैंने पूछा, अच्छी तरह यह जानते हुए कि उत्तर क्या होगा। पर अभी भी मैं सीधे यह प्रश्न नहीं करना चाहती थी कि वे कहाँ हैं।

"नहीं, मादाम, ओह, नहीं ! कोई वहाँ नहीं रहता। मुझे लगता है कि इस क्षेत्र में आप अजनबी हैं, नहीं तो आपने अवश्य सुना होता कि गत वर्ष पतझड़ के मौसम में क्या घटना हुई थी। थार्नफील्ड हॉल तो अब बरबाद हो चुका है। पिछली फसल-कटाई के समय ही यह जला दिया गया था। भयानक विपत्ति थी यह। कितनी अधिक बहुमूल्य सम्पत्ति बरबाद हो गई ! एक भी फर्नीचर नहीं बचा। आग आधी रात में लगी और मिलकोट से आग बुझानेवाली गाड़ी के आने के पहले ही पूरा भवन आग का गोला बन

गया। डरावना दृश्य था ! मैंने स्वयं देखा था।''

मैं बुदबुदाई, 'आधी रात में ? हाँ, थार्नफील्ड में विनाश की वही घड़ी हुआ करती थी।' फिर स्पष्ट पूछा, ''कुछ पता चला कि आग कैसे लगी ?''

''लोगों ने अनुमान लगाया मादाम, उन्होंने कुछ अनुमान लगाया, मैं बल्कि कहूँगा कि यह पूरी तरह निश्चित भी हो गया। आपको शायद पता नहीं होगा,'' अपनी कुर्सी मेज के नजदीक खिसकाते हुए वह धीरे स्वर में बोला, ''कि वहाँ एक महिला, एक पगली घर में रखी गई थी।''

''मैंने ऐसा कुछ सुना तो था।''

''वह कड़े पहरे में रखी गई थी, मादाम। वर्षों तक लोग उसके विषय में पक्की तरह कुछ नहीं जानते थे। किसी ने उसे देखा नहीं था। सिर्फ अफवाह के आधार पर लोग जानते थे कि ऐसी कोई स्त्री मकान में रहती है। वह कौन थी, क्या थी, यह अनुमान करना कठिन था। लोग कहते हैं कि मि. एडवर्ड उसे विदेश से लाए थे। कुछ लोग कहते हैं कि वह उनकी प्रेमिका थी। पर एक वर्ष पहले एक अजीब घटना घटी, बड़ी ही अजीब घटना।''

मैं डरी कि अब मेरी कहानी शुरू हो जाएगी। मैंने प्रयास किया कि उसे मुख्य बात पर लाया जाए।

''और वह महिला ?''

उसने उत्तर दिया, ''वह महिला, मादाम, मि. रोचेस्टर की पत्नी निकली। यह छिपी बात भी बड़े विचित्र ढंग से मालूम हुई। थार्नफील्ड हॉल में एक नवयुवती, गवर्नेस रहती थी जिससे मि. रोचेस्टर...''

मैंने फिर टोका, ''लेकिन आग ?''

''बता तो रहा हूँ, मादाम। मि. रोचेस्टर उससे प्रेम करने लगे। नौकरों का कहना है कि उन लोगों ने किसी और को उनकी तरह प्यार में इतना डूबा हुआ नहीं देखा, वे हमेशा उसके ही पीछे रहते थे। वे लोग छिपकर देखते थे। नौकर तो देखेंगे ही, मादाम। वे उसके पीछे सबकुछ लुटाने को तैयार थे, पर उनको छोड़ और कोई उस नवयुवती को इतना सुन्दर नहीं समझता था। वह छोटी-सी थी, बिल्कुल बच्ची-सी। मैंने स्वयं तो नहीं देखा, पर मैंने घर की नौकरानी लीया से यह सब सुना था। लीया उसे बहुत मानती थी। मि. रोचेस्टर लगभग चालीस वर्ष के होंगे और यह गवर्नेस बीस वर्ष की भी नहीं थी। आप तो जानती हैं कि उस उम्र का पुरुष जब किसी लड़की से प्यार करने लगे तो ऐसे लट्टू होता है मानो उस पर जादू कर दिया गया हो। वे उससे विवाह करने पर तुले थे।''

मैंने कहा, ''खैर, यह कहानी आप मुझे किसी और दिन सुनाइएगा। अभी तो मैं किसी विशेष कारण से लगी उस आग के बारे में सबकुछ सुनना चाहती हूँ। क्या यह सन्देह तो नहीं किया गया कि उस घटना में उस पगली मिसेज रोचेस्टर का हाथ था ?''

''बिल्कुल ठीक समझा, मादाम, यह तो बिल्कुल निश्चित हो गया कि आग लगाने

में उसी का हाथ था, और किसी का नहीं, सिर्फ उसी का। मिसेज पूल नाम की एक औरत को उसकी देखभाल के लिए रखा गया था। वह अपने काम में निपुण और बहुत विश्वसनीय भी थी। पर उसमें एक अवगुण था, एक दोष जो सामान्यतः अधिकांश दाइयों और नर्सों में पाया जाता है। *वह छिपाकर एक बोतल शराब अपने पास रखती थी* और कभी-कभी कुछ अधिक ही पी जाती थी। वैसे यह क्षम्य था क्योंकि उसकी जिन्दगी बड़ी नीरस और कठिन थी, पर यह बात खतरे से भरी तो थी ही। इसलिए कि जब मिसेज पूल शराब और पानी लेकर गहरी नींद में सो जाती थी, वह पगली स्त्री, जो डायन की तरह धूर्त थी, उसकी जेब से चाभी का गुच्छा निकाल लेती थी, कमरा खोलकर बाहर निकल जाती थी, पूरे घर में भटकने लगती थी और जो-जो खुराफात दिमाग में आए करती जाती थी। लोगों का कहना है कि एक बार तो उसने अपने पति को बिस्तर समेत लगभग जला ही डाला था, पर उसके विषय में मुझे कुछ अधिक नहीं मालूम। पर उस रात को उसने पहले अपने कमरे की बगलवाले कमरे के पर्दों और झालरों में आग लगा दी। तब वह नीचे उतरी और गवर्नेसवाले कमरे की ओर गई। (लगता था वह किसी प्रकार जान गई थी कि क्या बात चल रही थी; इसी से उसे उससे ईर्ष्या हो गई थी।) उसने वहाँ जाकर बिछावन में आग लगा दी, पर सौभाग्य से उसमें कोई सोया हुआ नहीं था। गवर्नेस दो महीने पहले ही भाग गई थी, और यद्यपि मि. रोचेस्टर ने उसको बहुत ढूँढ़ा, मानो वह संसार की सबसे मूल्यवान वस्तु हो, पर उन्हें उसका कुछ पता नहीं चला। वे खूँखार हो गए–निराशा से बिल्कुल वहशी। पहले वे कभी जंगली जैसे नहीं थे, पर उसे खोने के बाद वे खतरनाक हो उठे थे। वे बिल्कुल अकेले रहने लगे थे। उन्होंने घर की रखवाली करनेवाली मिसेज फेयरफैक्स को उनके सम्बन्धी के यहाँ दूर भेज दिया, पर वह काम उन्होंने दयापूर्ण ढंग से किया। उन्होंने उसके जीवन-भर के लिए अच्छी वार्षिक पेंशन-राशि निर्धारित कर दी, और वह इसके योग्य थी भी...बड़ी भली महिला थी। अपनी पालिता मिस एडेली को उन्होंने स्कूल में पढ़ने भेज दिया। सारे भद्र समाज से उन्होंने नाता तोड़ लिया और एक ऋषि की तरह बिल्कुल बन्द होकर एकान्त में रहने लगे।

"क्या ? वे इंग्लैंड छोड़कर बाहर नहीं गए ?"

"इंग्लैंड छोड़कर ! भगवान् भला करे, बिल्कुल नहीं। वे तो घर की चौखट से भी बाहर नहीं निकलते थे, रात्रि के अतिरिक्त; जब वे भूत की तरह खेतों और बगीचे में भटकते रहते थे, मानो पागल हो गए हों। और मेरी समझ में वे कुछ हो भी गए थे क्योंकि गवर्नेस की काली छाया पड़ने के पहले उनके जैसा उत्साही, साहसी, सभ्य युवक किसी ने नहीं देखा था, मादाम। उन्हें न तो शराब की लत थी, न जुए की, न घुड़दौड़ की, जैसाकि युवकों में हुआ करता है। यद्यपि वे बहुत सुन्दर नहीं थे, पर उनमें पुरुषोचित साहस था और दृढ़ इच्छाशक्ति थी। यों समझिए कि मैं उन्हें बचपन से जानता था और मेरे तो मन में आता है कि थार्नफील्ड आने के बदले मिस आयर समुद्र में डूब गई होती तो अच्छा होता।"

"यानी जब आग लगी तो मि. रोचेस्टर घर में ही थे।"

"हाँ, बिल्कुल थे। जब ऊपर-नीचे हर जगह आग धधक रही थी तो वे छत पर चढ़ गए, सोए नौकरों को बाहर निकाला और नीचे उतरने में उनकी सहायता की। अपनी पगली पत्नी को कोठरी से निकालने के लिए वे फिर ऊपर चढ़े। लोगों ने उन्हें पुकारकर बतलाया कि वह तो ऊपर छत पर चढ़ी हुई है। जहाँ वह खड़ी होकर छत के कँगूरों से हाथ भाँज रही थी और इतनी जोर से गरज रही थी कि कोसों दूर तक उसकी आवाज सुनाई पड़ रही थी। मैंने अपनी आँखों से उसे देखा और आवाज भी सुनी। वह लम्बी-चौड़ी औरत थी और उसके बाल लम्बे और काले थे, जिसे लाल लपटों के पास लहराते हुए हम लोगों ने देखा। मैंने भी और बहुत-से लोगों ने भी देखा कि मि. रोचेस्टर रोशनदान से घुसकर छत पर चढ़ गए और हमने उन्हें 'बार्था !' पुकारते भी सुना। हम लोगों ने देखा कि वे उसके पास पहुँच गए। तभी वह जोर से चीखी, उछली और दूसरे ही क्षण धरती पर गिरकर टुकड़े-टुकड़े हो गई।"

"मर गई ?"

"मर गई ! उसी पत्थर की तरह निष्प्राण जिस पर उसके लोथड़े और खून फैले हुए थे।"

"हे भगवान् !"

"हाँ, ठीक ही कहती हैं मादाम, बड़ा डरावना दृश्य था।" वह काँप गया।

मैंने पूछा, "फिर क्या हुआ ?"

"हाँ मादाम, घर के पूरी तरह जलकर ध्वस्त होने के बाद दीवार का थोड़ा-थोड़ा भाग ही यहाँ-वहाँ बचा।"

"क्या कोई और भी मरा ?"

"नहीं। पर मर जाता तो अच्छा होता।"

"क्या कहना चाहते हैं आप ?"

उसके मुँह से निकला, "बेचारे मि. एडवर्ड। मैंने तो ऐसा सोचा भी नहीं था। कुछ लोगों का कहना है कि उन्हें अपनी पहली शादी की बात छिपाने की और एक पत्नी के रहते दूसरा विवाह करने की इच्छा की ठीक ही सजा मिली। पर मुझे तो उन पर दया आती है।"

मैं विकल होकर बोली, "आपने कहा था कि वे जीवित हैं !"

हाँ, हाँ, वे जीवित हैं, पर लोगों का कहना है कि वे मर जाते तो अच्छा होता।"

"क्यों ? कैसे ?" मेरा खून जमता जा रहा था। मैंने चीखकर पूछा, "वे कहाँ हैं ? क्या वे इंग्लैंड में हैं ?"

"हाँ, हाँ, इंग्लैंड में ही हैं। वे इंग्लैंड से बाहर जा ही नहीं सकते। मेरे खयाल से वे अपाहिज हो गए हैं।"

यह कैसी यातना थी ! और वह आदमी उसे बढ़ाते जाने पर तुला था !

अन्त में वह बोला, "वे बिल्कुल अन्धे हो गए हैं। हाँ, अन्धे हो गए हैं मि. एडवर्ड।"

मुझे तो इससे भी बुरी बात का डर पैदा हो गया था। मुझे भय हुआ कि वे पागल न हो गए हों। मैंने साहस जुटाकर पूछा कि यह कैसे हुआ।

"सब उनके साहस के कारण हुआ था, या एक तरह से कहें तो दया के कारण हुआ। जब तक घर से सभी सुरक्षित नहीं निकल जाएँ तब तक वे घर छोड़ने को तैयार ही नहीं थे। मिसेज रोचेस्टर के छत से नीचे कूद जाने के बाद वे सीढ़ियों से उतर रहे थे तो बड़े जोर से गड़गड़ाकर जलती छत नीचे गिरी। किसी तरह उन्हें उसमें से निकाला गया। जीवित तो थे पर बहुत घायल। छत की एक शहतीर ऐसे गिरी कि वे बच तो गए, पर उसके नीचे उनकी एक आँख जाती रही और एक हाथ ऐसे कुचल गया कि सर्जन डॉ. कार्टर को उसे काटकर अलग करना पड़ा। दूसरी आँख भी झुलसी हुई है; उससे भी दिखाई नहीं देता। वे अब बिल्कुल असहाय हैं, सचमुच अन्धे और अपाहिज।"

"वे कहाँ हैं ? कहाँ रह रहे हैं वे ?"

"फर्नडीन में। उन्हीं के एक फार्म पर बने एक मेनर हाउस में। यहाँ से लगभग तीस मील दूर; बिल्कुल वीरान जगह है।"

"उनके साथ कौन-कौन है ?"

"बूढ़ा जॉन और उसकी पत्नी। और किसी को उन्होंने साथ लिया ही नहीं। लोगों का कहना है कि वे अन्दर से बिल्कुल टूट गए हैं।"

"क्या आपके पास कोई गाड़ी है ?"

"हाँ एक घोड़ागाड़ी है मादाम। बहुत सुन्दर टमटम है।"

"उसे तुरन्त तैयार करा दीजिए। और यदि आपका गाड़ीवान मुझे रात होने के पहले फर्नडीन पहुँचा दे तो मैं आपको और उसको भी सामान्य भाड़े की दोगुनी राशि दूँगी।"

37

फर्नडीन का मेनर हाउस काफी पुराना था, सामान्य आकार का, कोई सजावट आदि नहीं, और बिल्कुल बीच जंगल में। इसका नाम मैंने पहले भी सुना था। मि. रोचेस्टर प्रायः इसके विषय में बोलते थे और कभी-कभी वहाँ जाते भी थे। उनके पिता ने इस जायदाद को शिकार करने के लिए खरीदा था। वे तो इस घर को भाड़े पर उठा देते, पर उसके असुविधाजनक और अस्वस्थ परिवेश के कारण कोई किराएदार ही नहीं मिलता था। इसी कारण फर्नडीन सामान से रहित और खाली पड़ा रहा, सिर्फ दो-तीन कमरों को छोड़कर जो जमींदारों के निवास-योग्य सभी सुविधाओं से सम्पन्न थे जब वे शिकार के मौसम में वहाँ जाया करते थे।

इस घर पर मैं अँधेरा होने के ठीक पहले पहुँची। वह सन्ध्या उदास आकाश, ठंडी हवा और रह-रहकर झमक पड़ती तीव्र वर्षावाली थी। वादे के अनुसार दोगुना भाड़ा चुकाकर गाड़ीवान और गाड़ी को छुट्टी देने के बाद शेष एक मील मैं पैदल चली। मेनर हाउस के बिल्कुल नजदीक पहुँच जाने के बाद भी कुछ दिखाई नहीं देता था; अँधेरे जंगल के पेड़ इतने ही घने और काले उगे हुए थे। पत्थर के खम्भों के बीच लोहे का फाटक देखकर मैं समझ गई कि कहाँ से प्रवेश करना है। उनसे होकर मैं घने लगाए गए पेड़ों के झुरमुट में आ गई। दोनों तरफ जंगल के पेड़ों के बीच वाले रास्ते में एक घास-भरी पगडंडी आकर मिलती थी, जिसके ऊपर कँटीली और उलझी डालियों के कम ऊँचाईवाले मेहराब बने थे। मैं इसी पगडंडी पर चलती गई, इस आशा में कि घर पर जल्द पहुँचूँगी। लेकिन पगडंडी बढ़ती ही जा रही थी। वह घूम-घूमकर दूर-दूर तक चली गई थी और घर का कहीं पता ही नहीं था।

मुझे लगा कि मैंने गलत राह पकड़ ली है और रास्ता भूल बैठी हूँ। रात की स्वाभाविक कालिमा और जंगल के अँधेरों से मैं घिर गई। मैंने चारों ओर देखा कि कोई और रास्ता है या नहीं। पर कोई नहीं दिखा। सिर्फ उलझी डालियाँ, घनी ग्रीष्मकालीन पत्तियों से भरे मोटे-मोटे पेड़। कहीं से निकलने का कोई रास्ता नहीं।

मैं बढ़ती गई। अन्त में रास्ता खुला और पेड़ कम हुए। फिर मैंने एक घेरा देखा, उसके बाद घर। घर की जीर्ण-शीर्ण दीवारें इतनी भीगी और हरी थीं कि इस झुटपुटे

में उस घर और पेड़ों में बड़ा कम फर्क लगता था। केवल एक साँकल से बन्द प्रवेशद्वार में घुसकर मैं घिरे हुए अहाते में खड़ी हो गई, जहाँ से देखने पर जंगल कुछ दूरी पर अर्धवृत्ताकार खड़ा हुआ लगता था। वहाँ फूल नहीं थे और न क्यारियाँ थीं; सिर्फ घास-भरे मैदान के चारों ओर चौड़ा कंकरीला रास्ता जंगल के घने परिवेश में स्पष्ट दीख रहा था। घर के सामने के भाग में दो तिकोनी दीवारें थीं, खिड़कियाँ छोटी और शीशा लगी थीं, सामने का द्वार भी तंग ही था, जाने के लिए एक सीढ़ी थी। रोचेस्टर आश्रय के मालिक के शब्दों में यह सब 'बिलकुल वीरान जगह' मालूम पड़ता था। कामकाजी दिनों में जैसे चर्च सूना हुआ करता है, वैसा ही यह भी था। जंगल की पत्तियों पर टपकती वर्षा की बूँदों की टपटप ही इर्द-गिर्द सुनाई देनेवाली एकमात्र ध्वनि थी। मैंने मन में सोचा, 'क्या यहाँ कोई जीवन हो सकता है ?'

हाँ, किसी-न-किसी प्रकार का जीवन वहाँ था, क्योंकि मैंने किसी के हिलने-डुलने की आवाज सुनी। सामनेवाला तंग द्वार खुल रहा था और उस मेनर हाउस में से कोई आकृति बाहर निकल रही थी।

द्वार धीमे से खुला। एक व्यक्ति तारों के झुटपुटे में बाहर निकला और सीढ़ी पर खड़ा हो गया। उस व्यक्ति के सिर पर टोप नहीं था। उसने हाथ बढ़ाया मानो देख रहा हो कि वर्षा हो रही है या नहीं। गोधूलि का समय होने पर भी मैंने उसे पहचान लिया। ये मेरे मालिक थे—एडवर्ड फेयरफैक्स रोचेस्टर। अन्य कोई नहीं।

मैंने अपने डग रोक लिये और लगभग साँस भी। मैं उन्हें खड़ी देखने लगी, छिपे-छिपे उन्हें परखने लगी। हाय, उन्हें तो दिखाई ही नहीं देता। यह अचानक मिलन था, ऐसा क्षण जिसमें आवेशों को रोकना कष्टदायी होता है। मैंने कठिनाई से मुँह से निकलती आवाज रोकी, और तेजी से बढ़ते अपने कदमों को भी।

उनकी आकृति पहले की ही भाँति सशक्त और गठीली थी, शरीर तना था, बाल अभी भी काग जैसे काले ही थे। उनकी आकृति बदली या मुरझाई नहीं थी। एक वर्ष की छोटी-सी अवधि में किसी दुख से उनकी खिलाड़ियों जैसी गठीली देह की शक्ति रौंदी भी नहीं जानेवाली थी और न ही उनका उत्साह-भरा ओज बुझनेवाला था। पर उनकी मुखाकृति में मैंने एक परिवर्तन देखा, हताश और चिन्तामग्न-सा, जिससे मुझे अत्याचार से सताए और बाँधकर रखे गए किसी जानवर या पक्षी की याद आ गई जिसकी कष्टमय क्रुद्ध स्थिति में उसके समीप जाना भी खतरनाक होता है। पिंजरे में कैद वह बाज, जिसकी सुनहरी घेरेवाली आँखों को निष्ठुरता ने बुझा डाला था, ऐसे देख रहा था जैसे दृष्टिहीन सैमसन ने देखा होगा।

पाठक, क्या आप समझते हैं कि उनके अन्धे आक्रोश से मैं भयभीत हो गई ? यदि आप ऐसा समझते हैं तो आप मुझे नहीं जानते। मेरे दुख में एक कोमल-सी आशा आ मिली कि अब जल्दी ही मैं उनकी पत्थर जैसी भौंहों पर तथा उसके नीचे कठोरता से बन्द होंठों पर एक चुम्बन दे सकूँगी, पर अभी नहीं। मैं अभी उन्हें सम्बोधित नहीं करूँगी।

वे एक सीढ़ी नीचे उतरे और टटोलते हुए धीरे-धीरे घास के मैदान की ओर बढ़े।

उनकी मस्ती-भरी चाल अब कहाँ थी ? तब वे रुक गए, मानो उन्हें पता नहीं चल रहा हो कि किधर मुड़ना है। उन्होंने हाथ उठाया, अपनी पलकों को खोला और खाली दृष्टि से बहुत प्रयास करके आसमान और पेड़ों के वृत्ताकार समूह को देखा। कोई भी यह समझ सकता था कि उनके लिए हर तरफ निरा अन्धकार था। उन्होंने दाहिना हाथ फैलाया था। (बाएँ हाथ को, जो कटा हुआ था, उन्होंने छाती के पास छिपा रखा था।) लगता था, वे चाह रहे हैं कि स्पर्श से उन्हें आभास हो जाए कि उनके आसपास क्या है। उन्हें खालीपन ही मिला क्योंकि वे जहाँ खड़े थे वहाँ से पेड़ कुछ दूरी पर थे। उन्होंने प्रयास छोड़ दिया, बाँह मोड़ ली और शान्त और चुपचाप उस वर्षा में खड़े रहे जो अब तेजी से उसके बेढँके सिर पर गिर रही थी। इसी वक्त जॉन किसी ओर से उनके समीप आया और कहा, ''आप मेरी बाँह पकड़ेंगे, श्रीमान ? जोर की वर्षा हो रही है। क्या भीतर चलना ठीक नहीं रहेगा ?''

उत्तर आया, ''मुझे अकेले छोड़ दो।''

मुझे देखे बिना जॉन चला गया। मि. रोचेस्टर फिर टहलने की कोशिश करने लगे, पर व्यर्थ। सब अनिश्चित-सा था। वे टटोलते हुए घर की ओर बढ़े और भीतर प्रवेश करके द्वार बन्द कर लिया।

तब मैं घर के नजदीक गई और दरवाजा खटखटाया। जॉन की पत्नी ने द्वार खोला। मैंने पूछा, ''मेरी, कैसी हो ?''

वह ऐसे चौंकी मानो उसने भूत देखा हो। मैंने उसे शान्त किया। उसने घबराकर प्रश्न किया, ''इस असमय में, इस वीरान जगह में क्या सचमुच आप ही हैं कुमारी जी ?'' उत्तर में मैंने उसका हाथ पकड़ा और उसके पीछे-पीछे रसोईघर में गई, जहाँ जॉन भी अच्छी तरह जल रही आग के पास बैठा था। मैंने उन्हें संक्षेप में बतलाया कि मेरे जाने के बाद थार्नफील्ड में जो कुछ हुआ, वह सब मैंने सुन लिया है और मैं मि. रोचेस्टर से मिलने आई हूँ। मैंने जॉन से कहा कि मोड़वाले मकान पर जाओ जहाँ मैंने गाड़ीवान को छोड़ दिया था, और वहाँ से मेरा बक्स ले आओ। टोपी और शॉल उतारते हुए मैंने मेरी से पूछा कि आज रात मेनर हाउस घर में मेरे ठहरने का प्रबन्ध तो हो जाएगा न। और यह जानकर कि ऐसा प्रबन्ध कठिन तो है, पर असम्भव नहीं, मैंने उसे बतलाया कि मैं यहाँ ठहरूँगी। उसी समय बैठकखाने की घंटी बजी।

मैंने कहा, ''जब अन्दर जाओ तो मालिक से कहना कि एक व्यक्ति उनसे मिलना चाहता है, पर मेरा नाम नहीं बतलाना।'' वह बोली, ''मुझे नहीं लगता कि वे आपसे मिलेंगे। वे किसी से भी मिलने से इनकार कर देते हैं।''

जब वह लौटी तो मैंने पूछा कि उन्होंने क्या कहा था।

उसने उत्तर दिया, ''आप अपना नाम और काम लिखकर दीजिए।''

तब उसने एक गिलास पानी भरा और उसे ट्रे में मोमबत्तियों के साथ रखा।

मैंने पूछा, ''क्या इसी के लिए उन्होंने घंटी बजाई थी ?''

''हाँ, अँधेरा होने पर वे हमेशा मोमबत्ती माँगते हैं, यद्यपि वे अन्धे हैं।''

"यह ट्रे मुझे दे दो। मैं इसे अन्दर ले जाऊँगी।"

मैंने उसके हाथ से ट्रे ले लिया। उसने मुझे बैठकखाने का रास्ता बतलाया। मेरे हाथों में ट्रे काँप रही थी। गिलास से छलककर कुछ पानी गिरने लगा। मेरा हृदय पसलियों में जोरों से और तेजी से धड़क रहा था। मेरी ने अन्दर जाने के लिए द्वार खोल दिया और मेरे भीतर जाने पर बन्द कर दिया।

बैठकखाना अँधेरा और उदास लगता था। आतिशदान में कुछ अँगारे धीमे-धीमे जल रहे थे और उस पर झुका, ऊँचे, पुराने फैशन के मेंटलपीस पर सिर टिकाए कमरे का अन्धा निवासी दिखाई दे रहा था। उसका पुराना कुत्ता, पायलट रास्ते से हटकर एक ओर पड़ा था। सिकुड़ा-सा, मानो डरा हुआ हो तो कहीं धोखे से कुचला न जाए। मेरे अन्दर घुसते ही पायलट ने कान खड़े कर लिये। उसके बाद भौंकता और गुर्राता हुआ वह उछल पड़ा और मेरी ओर दौड़ा। उसके कारण मेरे हाथों से ट्रे गिरते-गिरते बची। मैंने उसे मेज पर रखा, उसे थपथपाया, और धीमे से कहा, "बैठ जाओ।" मि. रोचेस्टर मशीन की तरह मुड़े, *यह देखने को* कि यह हलचल क्यों है, पर चूँकि उन्हें कुछ भी दिखाई नहीं पड़ा, वे फिर मुड़ गए और एक आह भरी।

"मुझे पानी दो, मेरी।" उन्होंने कहा।

मैं अब आधा गिलास पानी ही लेकर उनके समीप गई।

पायलट अभी भी उत्तेजित-सा मेरे पीछे-पीछे था।

"क्या बात है ?" उन्होंने पूछा।

मैंने फिर कहा, "बैठो, पायलट।"

होंठों तक पानी ले जाते-जाते वे रुक गए और कुछ सुनने-से लगे। फिर पानी पी लिया, गिलास नीचे रख दिया और बोले–

"तुम हो मेरी, तुम्हीं हो न ?"

मैंने उत्तर दिया, "मेरी रसोईघर में है।"

उन्होंने झटके से हाथ बढ़ाया। पर मैं कहाँ खड़ी थी, यह दिखाई न देने के कारण वे मुझे छू नहीं सके। उन्होंने पूछा, "कौन है ? कौन है ?" लगा कि उन दृष्टिविहीन आँखों से ही वे देखने का प्रयास कर रहे थे–व्यर्थ और कष्टदायक प्रयास। उन्होंने जोर से आदेशात्मक स्वर में हुक्म दिया, "उत्तर दो। फिर से बोलो।"

मैंने कहा, "क्या आप थोड़ा और जल लेंगे, श्रीमान ? गिलास का आधा पानी मुझसे गिर गया था।"

"*कौन* है ? *क्या* है ? कौन बोलता है ?"

मैंने उत्तर दिया, "पायलट मुझे पहचानता है। जॉन और मेरी जानते हैं कि मैं आई हूँ। मैं अभी शाम को ही आई हूँ।"

"हे भगवान् ! यह कैसा भ्रम मुझ पर छा रहा है ? कैसे मधुर पागलपन ने मुझे जकड़ लिया है ?"

"कोई भ्रम नहीं, कोई पागलपन नहीं। आपका मस्तिष्क इतना मजबूत है, सर, कि

इसे भ्रम हो नहीं सकता, और आपका स्वास्थ्य इतना सशक्त कि इसे पागलपन नहीं जकड़ सकता।

"और बोलनेवाला कहाँ है? क्या यह सिर्फ आवाज ही है ? आह ! मैं देख नहीं सकता, पर छूऊँगा अवश्य। नहीं तो मेरे हृदय की धड़कन रुक जाएगी और मस्तिष्क फट जाएगा। जो कुछ तुम हो, जो भी तुम हो, मेरे स्पर्श के घेरे में आओ, नहीं तो मैं नहीं बचूँगा।"

वे टटोलने लगे। मैंने उनके भटकते हुए हाथों को पकड़ लिया और अपने दोनों हाथों में बाँध लिया।

वे जोर से बोले, "उसी की उँगलियाँ, उसी की छोटी, पतली उँगलियाँ ! यदि ऐसा है तो उसका कुछ और भी होगा।"

वह मांसल हाथ मेरे बन्धन से छूट गया, मेरी बाँहें पकड़ ली गईं। फिर मेरे कन्धे, गला, कमर। मुझे लपेटकर उन्होंने अपने पास खींच लिया।

"क्या यह जेन है ? यह *क्या* है ? बिल्कुल उसी की आकृति, उसी का कद..."

मैंने जोड़ा, "और यह है उसी का स्वर। वह पूरी-की-पूरी यहाँ है, उसका हृदय भी। ईश्वर आपका कल्याण करें सर, मैं फिर आपके इतने निकट आकर प्रसन्न हूँ।"

वे सिर्फ इतना ही बोले सके, "जेन आयर ! जेन आयर !"

मैंने उत्तर दिया, "मेरे प्यारे मालिक, मैं जेन आयर ही हूँ। मैंने आपको ढूँढ़ निकाला। मैं लौटकर आपके पास आ गई हूँ।"

"क्या सचमुच ? सशरीर ? मेरी जीवित जेन ?"

"सर, आप तुझे छू रहे हैं, मुझे पकड़े हुए हैं, कसकर। मैं शव की भाँति तो नहीं हूँ, और न हवा की तरह खाली-खाली हूँ। क्या ऐसी हूँ मैं ?"

"मेरी जीवित प्रेयसी। निश्चित रूप से ये उसी के हाथ-पाँव हैं और यह उसी की आकृति है। पर इन विपत्तियों के बाद मैं इतना सौभाग्यशाली तो नहीं ही हो सकता। यह स्वप्न है। वैसा ही स्वप्न जैसे रात में आते हैं–जब मैंने उसे एक बार फिर अपने हृदय से लगाया जैसाकि अभी कर रहा हूँ, और अभी की तरह चूमा और अनुभव किया कि वह मुझे प्यार करती है और विश्वास किया कि वह मुझे छोड़कर नहीं जाएगी।"

"जो मैं अब कभी नहीं करूँगी, सर आज के दिन से ही।"

"वह स्वप्न कहता है, कभी नहीं छोड़ेगी। पर मैं हमेशा जगने पर पाता था कि यह सिर्फ मजाक है और मैं हताश और परित्यक्त अनुभव करता था। मेरा जीवन अन्धकारमय, अकेला, आशाविहीन। मेरी आत्मा प्यासी, पर पीना माना। मेरा हृदय भूखा, पर भोजन नहीं मिलनेवाला। मेरी बाँहों में पल रही सुन्दर, कोमल स्वप्न, तुम भी उड़ जाओगी, जैसे इससे पहले तुम्हारी सब बहनें उड़ गई हैं। किन्तु जाने के पूर्व मुझे चूम तो लो, मेरा आलिंगन करो, जेन।"

"यह लीजिए सर, यह लीजिए।" किसी समय की दमकती हुई, पर इस समय ज्योतिविहीन उनकी आँखों पर मैंने अपने होंठ दबा दिए। उनकी भौंहों पर झूलते बालों

को मैंने पीछे किया और उन्हें भी चूम लिया। वे अचानक जाग्रत-से होने लगे। अब उन्हें वास्तविकता का विश्वास होने लगा था।

"तुम्हीं हो, क्या तुम्हीं हो, जेन ? तो क्या तुम मेरे पास लौट आई हो ?"

"हाँ, लौट आई हूँ।"

"और तुम नदी के पास वाले किसी गढ़े में मरी पड़ी नहीं हो ? तुम अपरिचितों के बीच अछूत की तरह पछता नहीं रही हो ?"

"नहीं सर, अब मैं एक स्वाधीन नारी हूँ।"

"स्वाधीन ! इसका क्या अर्थ है, जेन ?"

"मेरे मेडिएरावाले चाचा मर चुके हैं और वे मुझे पाँच हजार पौंड दे गए हैं।"

"ओह ! यह तो व्यावहारिक है...वास्तविक है। मैं तो कभी सपने में भी नहीं सोच पाता। इसके अतिरिक्त उसका यह विशेष प्रकार का स्वर है। इतना जीवन-भरा और बेंधता-सा, साथ-ही-साथ सुकोमल। यह मेरे मुरझाए मन को प्रफुल्लित कर रहा है। इसमें जीवन भर रहा है। क्या जेनेट, तुम अब स्वाधीन नारी हो ? धनी नारी ?"

"बहुत धनी, सर। यदि आप मुझे अपने साथ नहीं रहने देंगे तो मैं आपके दरवाजे से सटा अपना मकान बना लूँगी, और यदि आपको सन्ध्या में मेरे साथ ही आवश्यकता पड़े तो आप आकर मेरे बैठकखाने में बैठ सकेंगे।"

"किन्तु अगर तुम धनी हो गई हो जेन, तो निस्सन्देह तुम्हारे बहुत से मित्र भी हो गए होंगे जो तुम्हारी देखभाल करेंगे। वे यह नहीं सह सकेंगे कि तुम किसी अन्धे अपाहिज की सेवा में लगी रहो।"

"मैं आपको बता चुकी हूँ कि मैं स्वाधीन हूँ सर, और धनी भी। अपनी मालकिन मैं स्वयं हूँ।"

"और तुम मेरे साथ रहोगी ?"

"अवश्य, यदि आप आपत्ति न करें तो। मैं आपकी पड़ोसी बनूँगी, आपकी नर्स बनूँगी, आपके घर की रखवालन बनूँगी। मैं देखती हूँ आप अकेले हैं। मैं आपकी संगिनी बनूँगी ? आपको पढ़कर सुनाऊँगी, आपके साथ टहलूँगी, आपके साथ बैठूँगी, आपके इच्छानुसार कार्य करूँगी, आपकी आँखें और हाथ बनूँगी। अब उदास होना छोड़ दीजिए, मेरे प्यार मालिक। जब तक मैं जीवित हूँ, आप कभी उदासी में नहीं रहेंगे।"

उन्होंने उत्तर नहीं दिया। वे गम्भीर लग रहे थे, विचारों में खोए-खोए-से। उन्होंने आह भरी, होंठ कुछ खुले, मानो कुछ बोलना चाहते हों, पर फिर उन्होंने उन्हें बन्द कर दिया। मैं कुछ विचलित-सी हो गई। शायद मैंने बिना सोचे-समझे परम्पराओं का अतिक्रमण किया हो, और सेंट जॉन की भाँति उन्होंने मेरी विवेकहीनता के अनौचित्य को समझा हो। मैंने तो अपना प्रस्ताव इस धारणा के कारण दिया था कि वे मुझे चाहते हैं और मुझसे अपनी पत्नी बनने का अनुरोध करेंगे। नहीं व्यक्त किए जाने पर भी यह बात मुझे अनिश्चित नहीं लगती थी। इसी आशा ने मुझमें यह उत्साह जगाया कि वे तुरन्त मुझे अपनी मान लेंगे। पर इस आशय का कोई इशारा उनसे नहीं मिलने के कारण

तथा उनकी मुखमुद्रा अधिक चिन्ताग्रस्त हो जाने के कारण, मुझे अचानक खयाल आया कि शायद मैं भूल में थी और अनजाने में मूर्खतापूर्ण कार्य कर रही थी। तब मैं धीरे-धीरे अपने को उनकी बाँहों से अलग करने लगी। पर उन्होंने व्यग्र होकर मुझे अपने और निकट खींच लिया।

"नहीं, नहीं, जेन, तुम जाना मत। नहीं, मैंने तुम्हारा स्पर्श किया है, तुम्हारा स्वर सुना है, तुम्हारी उपस्थिति का आनन्द लिया है, तुम्हारी सान्त्वना की मधुरता का अनुभव किया है। इन खुशियों को मैं छोड़ नहीं सकता। मेरे अन्दर अब कुछ नहीं बचा। तुम तो मुझे चाहिए ही। चाहे संसार मुझ पर हँसे, मुझे हास्यास्पद कहे, स्वार्थी कहे, इसका कोई महत्त्व नहीं। मेरी आत्मा तुम्हारे लिए व्याकुल है, यह सन्तुष्ट हो जाएगी। नहीं तो यह शरीर से भयंकर प्रतिशोध लेकर इसे समाप्त कर डालेगी।"

"हाँ सर, मैं आपके पास रहूँगी। मैं तो कह चुकी हूँ।"

"हाँ, पर साथ रहने का तुम एक अर्थ समझती हो, मैं दूसरा अर्थ समझता हूँ। तुम शायद इसके लिए तैयार हो सकती हो कि हमेशा मेरे पास, मेरी कुर्सी के निकट मेरे आदेश के पालन के लिए तैयार रहो, एक दयालु नर्स की तरह हमेशा मेरी देखभाल करो। (इसलिए कि तुम्हारा हृदय स्नेह से भरा और उदार है; जिस पर तुम्हें दया आती है उसके लिए तुम त्याग करने को तत्पर रहती हो।) और इसमें सन्देह नहीं कि मेरे लिए इतना ही बहुत होना चाहिए। मुझे लगता है कि अब मुझे तुम्हारे प्रति पितृवत् भाव के सिवा कोई अन्य भाव नहीं रखना चाहिए। क्या तुम भी यही सोचती हो। आओ, साफ-साफ कहो।"

"आप जो चाहेंगे, मैं वही सोचूँगी सर ! मैं आपकी नर्स बनकर भी सन्तुष्ट रहूँगी, यदि आप इसे ही ठीक समझते हैं।"

"पर तुम सदा मेरी नर्स बनी नहीं रह सकती, जेन ? तुम अभी युवा हो, तुम एक दिन विवाह तो करोगी ही।"

"मुझे विवाह की चिन्ता नहीं है।"

"तुम्हें चिन्ता होनी चाहिए, जेनेट। कभी मैं जैसा था, वैसा ही आज भी होता तो मैं तुम्हें इसकी फिक्र करा देता। पर एक अन्धा अपाहिज..."

वे फिर निराशा में डूब गए। इसके विपरीत मैं उत्फुल्ल हो गई, और मुझमें फिर साहस आ गया। इन अन्तिम शब्दों से मैं समझ गई कि कठिनाई कहाँ पर है, और चूँकि मेरी दृष्टि में यह कोई कठिनाई नहीं थी, मैं अपनी पहले की परेशानी से मुक्त हो गई। मैं अधिक प्रसन्न मुद्रा में बातें करने लगी।

"समय आ गया है कि कोई आपको फिर मनुष्य बनाए," मैंने उनके घने, लम्बे, अनछँटे बालों को सहेजते हुए कहा, "क्यों देखती हूँ कि आप शेर में या वैसे ही किसी जीव में बदलते जा रहे हैं। आपका रूप आसपास के खेतों में बिजूका जैसा है, यह तो निश्चित है। आपके बालों को देखकर मुझे बाज के पंखों की याद हो आती है। इस पर तो मैंने ध्यान ही नहीं दिया कि कहीं आपके नाखून भी तो चिड़ियों के पंजों की तरह नहीं बढ़ आए।"

"इस बाँह में तो न तो हाथ है और न नाखून," उन्होंने अपनी छाती पर से कटी बाँह को निकालते हुए और मुझे दिखलाते हुए कहा। "यह सिर्फ एक ठूँठ है, एक भयावना दृश्य ! क्या तुम्हें ऐसा नहीं लगता, जेन ?"

"इसे देखना दुखद है, आँखों को तथा ललाट पर जले निशान को देखकर दया आती है, पर इससे भी बुरी बात यह है कि इन्हें देखकर किसी को आपसे और अधिक प्यार हुआ जाता है और आपका महत्त्व बढ़ाता जाता है।"

"मैंने तो सोचा था जेन, कि जब तुम मेरी बाँह और धब्बेदार चेहरे को देखोगी तो तुम्हें वितृष्णा हो उठेगी।"

"सचमुच ? ऐसा मत बोलिए, नहीं तो मैं आपके विवेक के सम्बन्ध में कोई अपमानजनक टिप्पणी कर बैठूँगी। अच्छा, अब एक क्षण के लिए मुझे हटने दीजिए, ताकि मैं आग को ठीक से जला दूँ और इस जगह की सफाई कर दूँ। जब आग अच्छी तरह जलती होती है तो क्या आपको पता चलती है ?"

"हाँ, दाहिनी आँख से मुझे एक चमक-सी दिखाई देती है, लाल-सी आभा।"

"और आपको बत्ती का पता चलता है ?"

"बहुत धुँधला-सा। यह चमकीले बादल-सी लगती है।"

"क्या आप मुझे देख पा रहे हैं ?"

"नहीं, मेरी परी, पर मैं तुम्हारी आवाज सुनकर और तुम्हें छूकर ही सन्तुष्ट हूँ।"

"आप रात्रि का भोजन कब करते हैं ?"

"मैं रात में भोजन करता ही नहीं।"

"पर आज रात तो आपको कुछ खाना ही होगा। मुझे भूख लगी है और आपको भी। मैं दावे से कह सकती हूँ कि आप खाने की बात सिर्फ भूल जाते हैं।"

मेरी को बुलाकर मैंने कमरे को ठीक से व्यवस्थित करा लिया। मैंने उनके लिए उसी प्रकार आरामदेह भोजन तैयार कर लिया। मेरा मन उत्तेजित था। मैं आनन्द और सरलता से उनसे बातें करती रही—खाते समय भी और बहुत बाद तक भी। उनके सामने कोई कष्ट-भरा प्रतिबन्ध नहीं था, खुशी या जीवन्तता को दबाने की आवश्यकता नहीं थी, क्योंकि उनके साथ मैं बिलकुल आराम में थी, क्योंकि मैं जानती थी कि मैं उन्हें भाती हूँ। मैं जो भी करती या कहती, सभी बातें उन्हें सान्त्वना देती थीं या उनका मनोबल बढ़ाती थीं। आनन्ददायक अनुभूति थी। इससे मेरे अन्दर जीवन और ज्योति आने लगी। उनके आगे मैं सम्पूर्ण जीवन जी रही थी और वे भी मुझमें जी रहे थे। अन्धा होने पर भी उनके चेहरे पर मुस्कराहट आने लगी, प्रसन्नता का भाव उनके ललाट पर छाने लगा। उसकी मुखाकृति कोमल और भावपूर्ण होने लगी।

रात्रि के भोजन के बाद वे मुझसे बहुत से प्रश्न पूछने लगे कि मैं कहाँ गई थी, क्या कर रही थी, उनका पता मैंने कैसे लगाया। किन्तु मैंने उन्हें कुछ आंशिक उत्तर ही दिए। उस रात विस्तृत विवरण देने की दृष्टि से बहुत विलम्ब हो चुका था। इसके अतिरिक्त मैं उनके अन्तर्मन के तारों को झनझनाना नहीं चाहती थी, उनके हृदय की

भावनाओं के प्रवाह को मुक्त करना नहीं चाहती थी। मेरा एकमात्र उद्‌देश्य उन्हें प्रसन्न करना था। यदि एक मिनट की चुप्पी बातों के तारतम्य को तोड़ देती तो वे बेचैन हो उठते थे, मुझे स्पर्श करते थे और पुकार उठते थे, ''जेन !''

''तुम बिल्कुल मनुष्य हो न, जेन ? क्या तुम्हें पूरा विश्वास है ?''

''मैं आत्मा से ऐसा ही विश्वास करती हूँ, मि. रोचेस्टर।''

''फिर भी इस अँधेरी और उदासी-भरी सन्ध्या में तुम मेरे वीरान निवास में कैसे अचानक प्रकट हो गई ? मैंने हाथ बढ़ाया था भाड़े के नौकर से एक गिलास पानी लेने के लिए और यह मुझे मिला तुम्हारे हाथों। मैंने इस आशा से एक प्रश्न पूछा कि जॉन की पत्नी उत्तर देगी, उसके स्थान पर तुम्हारा स्वर मेरे कानों में बोला।

''क्योंकि मेरी के बदले मैं ही ट्रे लेकर आ गई थी।''

''और जो क्षण अभी मैं तुम्हारे संग बिता रहा हूँ उसमें भी सम्मोहन है। कौन बताएगा कि पिछले कुछ महीने से मैंने कैसे अन्धकारपूर्ण, उदास, निराश जीवन का बोझ ढोया है ! बिना कुछ किए, बिना किसी उम्मीद के। दिन रात में और रात दिन में मिलते जाते थे, सिर्फ आग बुझ जाने पर ठंड का अनुभव होता था और खाना भूल जाने पर भूख का। उसके बाद अनन्त दुख और कभी-कभी जेन को फिर से देखने की लालसा का पागलपन मुझ पर छा जाता था। हाँ, उसे फिर पाने के लिए मैं छटपटा उठता था। अपनी खोई दृष्टि को पाने की इच्छा से भी अधिक व्यग्र होकर। यह कैसे हो सकता है कि जेन मेरे पास हो और कहे कि वह मुझे प्यार करती है ! क्या वह अचानक फिर नहीं लुप्त हो जाएगी जैसे अचानक आई है ? मुझे भय है कि कल मैं उसे नहीं पाऊँगा।''

उनके अपने त्रस्त विचारों की शृंखला से भिन्न एक साधारण, व्यावहारिक उत्तर ही मेरे विचार में उनकी वर्तमान मनःस्थिति में उनके लिए सबसे अच्छा और सबसे अधिक आश्वस्त करनेवाला होगा। मैंने उनकी भौंहों पर उँगलियाँ फेंरी और कहा कि वे बिल्कुल झुलस गई हैं और मैं ऐसी दवा लगा दूँगी जिससे वे फिर पहले की भाँति घनी और काली उग आएँगी।

''मेरी कोई भलाई करने से क्या लाभ, कल्याणमयी परी, जबकि किसी बुरे क्षण में तुम मुझे फिर से छोड़कर चली जाओगी, एक छाया की भाँति ? कहाँ और कैसे, यह मुझे पता भी नहीं चलेगा, और तुम फिर मेरे लिए लुप्त हो जाओगी।''

''आपके पास एक जेबी कंघी है, सर ?''

''किसलिए, जेन ?''

''इस उलझे काले अयाल को झाड़ने के लिए। नजदीक से देखने पर आप मुझे डरावने लग रहे हैं। आप तो मुझे एक परी कहते हैं, किन्तु मुझे विश्वास है कि आप दूसरे ही संसार के जीव लगते हैं।''

''क्या मैं भयानक लगता हूँ, जेन ?''

''बहुत, सर। आप हमेशा से वैसे ही हैं, आप को तो पता है।''

'हुँह। चाहे तुम जहाँ कहीं भी रह आई हो, तुम्हारी शैतानी नहीं गई।''

"फिर भी मैं अच्छे लोगों के साथ रही। आपकी अपेक्षा बहुत अच्छे लोगों, सौगुना अच्छे लोगों के साथ। ऐसे विचारों और भावोंवाले, जैसे आपके मन में जीवन-भर नहीं आए होंगे। बहुत अधिक सुसंस्कृत और उत्कृष्ट लोग।"

"किन दुष्टों के साथ रही तुम ?"

"यदि आप वैसे हिलेंगे, तो मेरे हाथों आपके बाल उखड़ जाएँगे और तब आपको मेरे वास्तविक होने के विषय में हो रही शंका समाप्त हो जाएगी।"

"तुम किन लोगों के साथ रही, जेन ?"

"यह बात आज रात आप मेरे पेट से नहीं निकाल सकेंगे, सर। आपको कल तक प्रतीक्षा करनी पड़ेगी। आप तो जानते ही हैं कि कहानी अधूरी छोड़ना एक तरह की गारंटी है कि इसे पूरा करने के लिए मैं कल आपके नाश्ते की मेज पर फिर उपस्थित हूँगी। तब मैं ध्यान रखूँगी कि आपके कमरे में सिर्फ एक गिलास पानी लेकर न आऊँ। मैं कम-से-कम एक अंडा भी लाऊँ, और साथ में भुना मांस हो तो क्या कहना !"

"चिढ़ानेवाली तितली ! जन्म से परी और मनुष्य द्वारा पली ! आज मुझे ऐसा कुछ लग रहा है जो विगत बारह महीनों से नहीं लगा था। यदि साल तुम्हें डेविड के लिए प्राप्त कर लेता, तो हड्डे की सहायता के बगैर ही दुष्ट आत्मा शमित हो जाती।"

"देखिए सर, अब आप सँवर गए हैं और अच्छे लग रहे हैं। अब मैं भी चलूँगी। मैं पिछले तीन दिनों से लगातार यात्रा कर रही हूँ और पूरी तरह थक गई हूँ। गुडनाइट !"

"सिर्फ एक शब्द, जेन ! जहाँ तुम रही उस घर में क्या सिर्फ महिलाएँ रहती थीं ?"

मैं हँस पड़ी और भाग चली। सीढ़ियों पर चढ़ते हुए भी मैं हँस रही थी। मैंने खुशी से सोचा कि यह एक अच्छा विचार हैं। मैं जान गई कि अभी कुछ दिनों तक इन्हें चिढ़ाकर उदासी से निकालने का मेरे पास एक अच्छा उपाय है।

दूसरे दिन बड़े सवेरे मैंने उन्हें जागे और एक कमरे से दूसरे कमरे में टहलते हुए पाया। जैसे ही दाई मेरी नीचे गई, मैंने यह प्रश्न सुना, 'क्या मिस आयर यहाँ हैं ? उन्हें किस कमरे में ठहराया है ? कमरा सूखा था न ? क्या वे उठ गई हैं ? जाओ और पूछो कि उन्हें कुछ चाहिए तो नहीं, और वे कब नीचे आएँगी ?'

जब मुझे लगा कि जलपान शीघ्र मिलने की आशा है तो मैं नीचे उतरी। मेरी उपस्थिति का उन्हें पता चलने के पहले, कमरे में धीमे से प्रवेश करके मैंने उन्हें ठीक से देखा। उस उत्साहपूर्ण प्राणी को शारीरिक रूप से अशक्त होकर उसका पतन देखना विषादजनक था। वे कुर्सी में बैठे थे, शान्त, पर चैन से नहीं। स्पष्टतः प्रतीक्षा में थे। चिर उदासी का भाव उनके सशक्त चेहरे पर छाया था। उनका चेहरा एक बुझे दीप की याद दिलाता था, जो फिर से जलाए जाने की प्रतीक्षा में हो। पर हाय, जीवन से भरी अभिव्यक्ति की आग अब वे स्वयं नहीं जला सकते थे। इस कार्य के लिए उन्हें दूसरों पर निर्भर रहना पड़ेगा। मैंने ठाना था कि प्रफुल्ल और चिन्तारहित रहूँगी, पर उस बलशाली पुरुष की असहायता ने मेरे मर्मस्थल को छू लिया। फिर भी जीवटता को

जुटाकर मैंने उन्हें सम्बोधित किया। बोली, ''यह चमकता हुआ, खिली धूपवाला प्रभात है सर। वर्षा समाप्त हो चुकी है और उसके बाद सुकोमल चमक छाई है। आप जल्दी ही टहलने चलेंगे।''

मैंने एक आभा जगा दी थी, उनके मुखमंडल पर चमक छा गई।

''आह, नभ में गानेवाली मेरी कोयल तुम सचमुच यहाँ हो, मेरे निकट आओ। तो तुम गई नहीं, लुप्त नहीं हुई ? एक क्षण पहले मैंने तुम्हारी एक सहेली को दूर कहीं जंगल बीच ऊँचे आकाश में गाते सुना था, पर उसके गाने में मेरी कोई रुचि नहीं थी, जैसे मेरे लिए उगते सूरज में किरणें नहीं होतीं। मेरे कानों के लिए संसार का सारा संगीत मेरी जेन की जिह्वा में सिमट गया है। (खुशी की बात है कि यह जीभ स्वभाव से चुप रहनेवाली नहीं है।) मेरे लिए सारी धूप उसकी उपस्थिति में ही है।''

उनकी निर्भरता की यह स्वीकारोक्ति सुनकर मेरी आँखों में आँसू आ गए, जैसे पत्थर से बँधे एक राजसी बाज को बाध्य किया जाए कि वह एक गौरैया से भोजनदाता बनने की खुशामद करे। किन्तु मैं आँसू नहीं बहाऊँगी। मैंने खारी बूँदें झटक दीं और जलपान तैयार करने में लग गई।

प्रातःकाल का अधिकांश समय खुली हवा में बीता। भीगे और बेतरतीब बढ़े जंगलों से निकालकर मैं उन्हें हरे-भरे खेतों में ले गई। मैंने उन्हें बतलाया कि वे कितनी चमकदार हरीतिमा से पूर्ण हैं, फूल और झाड़ियाँ कितनी ताजा दीख रही हैं, और आकाश कितना चमकदार, नीला प्रतीत होता है। एक छिपी हुई, प्यारी-सी जगह पर मैंने उनके लिए बैठने की जगह ढूँढ़ी। यह एक पेड़ का सूखा ठूँठ था। फिर बैठने के बाद जब वे मुझे अपनी गोद में बिठाने लगे तो मैंने इनकार नहीं किया। मैं क्यों इनकार करती जब वे और मैं दोनों अलग रहने की अपेक्षा साथ रहने में अधिक प्रसन्न थे। पायलट हमारे पास लेट गया था। चारों ओर शान्ति थी। मुझे आलिंगन में बाँधते हुए वे अचानक बोलने लगे–

''निष्ठुर, निष्ठुर भगोड़ी ! आह जेन, तब मुझ पर क्या बीती जब मैंने पाया कि तुम थार्नफील्ड से भाग चुकी हो और जब मैं तुम्हें कहीं नहीं पा सका। तुम्हारे कमरे की जाँच करने पर मैंने पाया कि तुमने न तो रुपए-पैसे साथ में लिये थे, और न कोई ऐसी वस्तु जो उनकी जगह काम में आती। मोती का जो हार मैंने तुम्हें दिया था वह अछूता ही, अपनी छोटी-सी डिब्बी में पड़ा था। तुम्हारे बक्से उसी तरह रस्सी से बँधे और तालाबन्द थे जैसे उन्हें विवाह-यात्रा के लिए तैयार किया गया था। मैंने अपने मन में सोचता था कि मेरी प्रेयसी दरिद्र और अकिंचन के रूप में कैसे दिन बिताएगी ? और उसने काम चलाया कैसे ? जरा मुझे सुनाओ तो।''

इस भाँति अनुरोध किए जाने पर मैंने बीते वर्ष का अपना अनुभव सुनाया। तीन दिन की भटकन और उपवास का विवरण मैंने काफी हलका करके बतलाया क्योंकि सबकुछ बतलाना उन्हें अनावश्यक तकलीफ पहुँचाना होता। जो थोड़ा हाल मैंने सुनाया उतने से ही उनके प्रेमपूर्ण हृदय को इतनी पीड़ा हुई जो मैं नहीं चाहती थी।

उन्होंने कहा कि मुझे आगे दिन गुजारने का कोई साधन साथ लिये बिना उन्हें इस

तरह छोड़कर नहीं जाना चाहिए था, मुझे अपना इरादा उन्हें बता देना चाहिए था। मुझे उनमें विश्वास रखना चाहिए था; वे कभी मुझे अपनी रखैल बनने को बाध्य नहीं करते। अपनी हताशा में वे कितने ही हिंसक मालूम पड़े हों, वास्तव में वे मुझसे इतना अधिक प्यार करते थे कि मुझ पर अत्याचार नहीं कर सकते थे। वे मुझे अपनी आधी सम्पत्ति दे देते, बदले में एक चुम्बन भी माँगे बगैर। बिना किसी सहारे के मुझे इस विशाल संसार में अपने को नहीं झोंक देना चाहिए था। उन्हें पक्का विश्वास है कि मैंने जो कुछ बतलाया है उससे अधिक कष्ट मैंने सहा होगा।

''अच्छा, मेरी यातना जो भी रही हो, वह बहुत थोड़े समय ही रही,'' मैंने उत्तर दिया और तब यह बतलाने लगी कि मूर हाउस में मैंने कैसे प्रवेश पाया, कैसे मुझे स्कूल की शिक्षिका की नौकरी मिली, इत्यादि। सम्पत्ति की प्राप्ति, सम्बन्धी होने का पता–यथाक्रम यह सब बतलाया। निश्चिय ही सेंट जॉन का नाम बार-बार मेरी कहानी में आ रहा था। जब मेरी कहानी समाप्त हुई तो इस नाम पर चर्चा शुरू हो गई।

''ये सेंट जॉन, तुम्हारे फुफेरे भाई हैं ?''

''हाँ।''

''तुमने बार-बार उनका नाम लिया है; क्या तुम उन्हें पसन्द करती थी ?''

''वे बहुत अच्छे आदमी हैं, सर, मैं उन्हें कैसे नहीं चाहती ?''

''अच्छे आदमी ! क्या इसका मतलब है कि एक सम्मानित, अच्छे व्यवहारवाला पचास वर्ष का आदमी ? या इसका कुछ और मतलब है ?''

''सेंट जॉन तो मात्र उनतीस वर्ष के थे, सर।''

''अब समझा, फ्रांसीसी मुहावरे में बोलें तो। क्या वे एक नाटे, आलसी और साधारण सूरत-शक्ल के व्यक्ति थे ? ऐसा व्यक्ति जिसकी अच्छाई का अर्थ है अवगुणों से रहित होना, न कि गुणों से परिपूर्ण होना ?''

''वे अथक रूप से सक्रिय हैं। महान् और उत्कृष्ट कार्यों को करने के लिए ही वे जी रहे हैं।''

''किन्तु उनका मस्तिष्क ? यह शायद कुछ दुर्बल होगा ? वे अच्छी बात कहते होंगे, पर उनकी बात सुनकर तुम कन्धा उचकाने लगती होगी ?''

''वे कम ही बोलते हैं सर, पर जो कुछ कहते हैं, बिल्कुल सटीक कहते हैं। उनका मस्तिष्क प्रथम श्रेणी का है, प्रभावशाली ही नहीं, वरन् ओज से भरपूर।''

''तो वे योग्य व्यक्ति हैं ?''

''सचमुच योग्य।''

''पूर्णतः शिक्षित व्यक्ति ?''

''सेंट जॉन एक गुणवान और गहन विद्वान हैं।''

''मुझे लगता है, तुमने कहा है कि उनका तौर-तरीका तुम्हारी पसन्द के अनुकूल नहीं था ? पाखंडी और अति-पवित्रतावादियों जैसा ?''

''मैंने तो उनके तौर-तरीके के विषय में कुछ कहा ही नहीं। किन्तु यदि मेरी अपनी

रुचि बिगड़ी हुई नहीं है तो मुझे अवश्य पसन्द आएगा। उनका व्यवहार सुसंस्कृत, शान्त और सज्जनों जैसा है।''

''उनका हुलिया...मैं भूल गया कि तुमने उनका हुलिया कैसा बतलाया था—एक प्रकार का अनाड़ी पादरी, सफेद कपड़े से गले को आधा बाँधे हुए और मोटे तले का ऊँचा-नीचा जैसा जूता पहने ? क्यों ?''

''सेंट जॉन अच्छा वस्त्र पहनते हैं। वे सुन्दर व्यक्ति हैं, लम्बे, गोरे, नीली आँखों तथा यूनानी मुखाकृतिवाले पुरुष।''

(मुँह फेरकर) 'नरक में जाए' और *(मुझसे)* ''तो तुम उन्हें चाहती थी, जेन ?''

''हाँ मि. रोचेस्टर, मैं उन्हें चाहती थी। पर यह बात आपने पहले भी पूछी थी।''

बेशक मैंने वार्तालाप करनेवाले की मनःस्थिति में आ रहे परिवर्तन को परख लिया। ईर्ष्या उन पर छाने लगी थी, ईर्ष्या ने उन्हें डस लिया था, पर यह डंक उनके लिए लाभकारी ही था। इसने उन्हें निराशा की कुरेदनेवाली पीड़ा से तो छुट्टी दिला दी। इसलिए मैंने विचार किया कि ईर्ष्या के साँप को तुरन्त हटा लेना ठीक नहीं होगा।

अप्रत्याशित रूप से वे बोल पड़े, ''शायद अब तुम मेरे घुटनों पर बैठे रहना पसन्द नहीं करोगी, मिस आयर ?''

''क्यों नहीं, मि. रोचेस्टर ?''

''जो चित्र अभी तुमने खींचा है उसमें मुझे घोर वैपरीत्य मालूम पड़ता है। तुम्हारे शब्दों ने बड़ी कुशलता से सुन्दर अपोलो का चित्र खींचा है, जो तुम्हारी कल्पना में है—लम्बा, गोरा, नीली आँखों और यूनानी मुखाकृतिवाला। और तुम्हारी आँखों के आगे है, एक गिद्ध, एक सच्चा लुहार, काला, चौड़े कन्धेवाला, और ऊपर से अन्धा और टुंटा भी।''

'मेरे मन में तो यह बात पहले नहीं आई थी, किन्तु आप सचमुच कुछ गिद्ध जैसे लगते हैं, सर।''

''ठीक है, तुम जा सकती हो मादाम। पर जाने से पहले (वे मुझे पहले से भी अधिक कसकर पकड़े हुए थे) कृपा करके मेरे एक-दो प्रश्नों के उत्तर देती जाओ।'' कहकर वे रुके।

''कौन से प्रश्न मि. रोचेस्टर ?''

तब यह जिरह और प्रश्नोत्तरी प्रारम्भ हुई।

''यह जानने के पहले कि तुम उसकी ममेरी बहन लगती हो, सेंट जॉन ने तुम्हें मार्टन स्कूल की शिक्षिका बना दिया था ?''

''हाँ।''

''तुम प्रायः उससे मिलती होगी ? वह प्रायः स्कूल में आता होगा ?''

''प्रतिदिन।''

''वह तुम्हारे कार्य की योजना को पसन्द करता होगा, जेन ? मैं तो जानता हूँ कि तुम्हारी कार्य की योजना अवश्य बुद्धिमत्तापूर्ण रही होगी क्योंकि तुम निपुण

और गुणवान हो।''

''वे पसन्द करते थे...हाँ।''

''उसे तुममें बहुत से गुण दिखाई दिए होंगे जिनकी उसने आशा नहीं की होगी ? तुम्हारे कुछ कार्यकलाप तो सामान्य नहीं हैं ?''

''यह तो मुझे नहीं पता।''

''स्कूल से सटी तुम्हारी छोटी-सी कुटिया थी...तुमने बतलाया है। क्या वह यहाँ आकर तुमसे मिलता था ?''

''कभी-कभी।''

''सन्ध्या में ?''

''एक-दो बार।''

चुप्पी छा गई।

''भाई-बहन के सम्बन्ध का पता लगने के बाद तुम उसके और उसकी बहनों के साथ कितने दिनों तक रही ?''

''पाँच महीने।''

''क्या रीवर्स परिवार की महिलाओं के साथ अधिक समय बिताया करता था ?''

''हाँ, बैठकखाने का पिछला हिस्सा उनका और हम लोगों के अध्ययन का कमरा था। वे खिड़की के पास बैठते थे और हम लोग मेज के पास।''

''क्या वह बहुत पढ़ता-लिखता था ?''

''बहुत।''

''क्या चीज ?''

''हिन्दुस्तानी।''

''और उस समय तुम क्या करती रहती थी ?''

''मैं पहले जर्मन भाषा सीखती थी।''

''क्या वह तुम्हें पढ़ाता था ?''

''उन्हें जर्मन नहीं आती थी।''

''क्या उसने तुम्हें कुछ सिखाया नहीं ?''

''थोड़ी-सी हिन्दुस्तानी भाषा।''

''रीवर्स तुम्हें हिन्दुस्तानी सिखलाता था ?''

''हाँ, सर।''

''और अपनी बहनों को भी ?''

''नहीं।''

''सिर्फ तुम्हें ?''

''सिर्फ मुझे।''

''क्या तुमने सीखने की इच्छा व्यक्त की थी ?''

''नहीं।''

"उसकी इच्छा थी तुम्हें सिखलाने की ?"

"हाँ।"

दुबारा मौन छा गया।

"उसने ऐसा क्यों चाहा ? हिन्दुस्तानी तुम्हारे किस काम आती ?"

"वे चाहते थे कि मैं उनके साथ भारत जाऊँ।"

"आह ! अब मैं बात की जड़ में पहुँच गया। वह चाहता था कि तुम उससे विवाह कर लो।"

"उसने मुझसे विवाह करने के लिए कहा भी।"

"यह मनगढ़न्त कथा है...मुझे चिढ़ाने के लिए शैतानी-भरा उपाय।"

"क्षमा कीजिए, यह अक्षरशः सत्य है। उन्होंने मुझसे कई बार अनुरोध किया और इतने जिदपूर्वक आग्रह करते रहे जैसा आपने कभी किया होगा।"

"मिस आयर, मैं फिर कहता हूँ कि तुम जा सकती हो। मैं कितनी बार यह बात कहूँ ? तुम मेरे घुटनों पर जिदपूर्वक क्यों चिपकी हुई हो, जब मैं तुम्हें हट जाने के लिए कह चुका हूँ ?"

"क्योंकि मैं यहाँ आराम से हूँ।"

"नहीं जेन, तुम वहाँ आराम से नहीं हो क्योंकि तुम्हारा हृदय मेरे साथ नहीं है। यह तुम्हारे भाई सेंट जॉन के पास है। आह, इस क्षण तक मैं यही समझता था कि नन्ही जेन पूरी तरह मेरी है। मुझे विश्वास था कि वह मुझसे प्यार करती है, भले ही उसे मुझे छोड़कर जाना पड़ा हो। इस कारण दुख की कटुता में भी कुछ तो मधुरता थी। हम लोग इतने दिन तक अलग रहे, इस वियोग पर मैंने कितने गर्म आँसू बहाए ! पर मैंने तो कभी सोचा भी नहीं कि जब मैं इसके वियोग में दुख भोग रहा था, यह दूसरे से प्यार रचा रही थी। पर अब पछताना व्यर्थ है। जेन, मेरे पास से हटो। जाओ और रीवर्स से विवाह कर लो।"

"तो मुझे झटक दीजिए, सर ! मुझे धकेल दीजिए क्योंकि मैं स्वेच्छा से आपको छोड़कर नहीं जाऊँगी।"

"जेन, तुम्हारी बातें मुझे हमेशा प्रिय लगी हैं। ये अभी भी आशा को फिर से जगा रही हैं। ये सुनने में बिल्कुल सच मालूम पड़ती हैं। जब मैं इन्हें सुनता हूँ तो एक वर्ष पूर्व के युग में चला जाता हूँ। मैं भूल जाता हूँ कि तुमने नया सम्बन्ध जोड़ लिया है। किन्तु मैं एक मूर्ख हूँ। तुम जाओ..."

"मैं कहाँ जाऊँ, सर ?"

"अपनी राह जाओ, उसी पति के साथ जिसे तुमने चुना है।"

"वह कौन है ?"

"तुम तो जानती हो...वही सेंट जॉन रीवर्स।"

"वे मेरे पति नहीं हैं और न कभी होंगे। वे मुझे प्यार नहीं करते, मैं उन्हें प्यार नहीं करती। वे प्यार करते हैं (जैसे वे कर सकते हैं, किन्तु वैसे नहीं जैसे आप करते

हैं) एक सुन्दर नवयुवती रोजामंड से। वे मुझसे विवाह सिर्फ इसलिए करना चाहते थे कि वे समझते थे, मैं एक पादरी की योग्य पत्नी बन सकूँगी, जो वह नहीं बन सकती थी। वे महान् और नेक तो हैं, किन्तु कठोर, और मेरे लिए तो हिमशिला जैसे। वे आपके जैसे नहीं हैं सर, उनकी बगल में मैं प्रसन्न नहीं थी। उनके नजदीक भी नहीं, उनके साथ भी नहीं। उनमें मेरे प्रति कोई दुर्बलता नहीं है और न स्नेह-भाव है। वे मुझमें कोई आकर्षण नहीं पाते, युवावस्था का भी नहीं। सिर्फ कुछ उपयोगी मानसिक गुण पाते हैं। तब भी मैं आपके पास से हट जाऊँ सर, उनके पास जाने के लिए ?''

मैं अनजाने काँप उठी और स्वतः अपने अन्धे, किन्तु प्यारे मालिक से चिपट गई। वे मुस्कराने लगे।

''क्यों जेन, क्या यह सच है ? क्या तुम्हारे और रीवर्स के बीच सचमुच यही बात थी ?''

''बिल्कुल यही, सर। आह, आपको ईर्ष्या करने की आवश्यकता नहीं। मैं आपकी उदासी घटाने के लिए आपको बस जरा-सा चिढ़ाना चाहती थी। मुझे लगा कि दुख से क्रोध ही अच्छा है। किन्तु यदि आप मुझसे प्यार करते हैं तो काश, आप देख पाते कि मैं आपसे कितना प्यार करती हूँ। तब आप सन्तुष्ट और गौरवान्वित हो जाते। मेरा सम्पूर्ण हृदय आपका है सर, यह आपके लिए है और यह आपके साथ ही रहेगा, भले ही भाग्य मुझे आपके पास से हमेशा के लिए अलग फेंक दें।''

मुझे चूमते समय दुख की काली छाया उनके चेहरे पर फिर छा गई। वे पछताते हुए बुदबुदाए, ''मेरी झुलसी आँखें ! मेरी क्षत-विक्षत शक्ति !''

उन्हें सान्त्वना देने के लिए मैंने उन्हें प्यार किया। मैं जानती थी। वे क्या सोच रहे हैं, और उनके बदले बोलना चाहती थी। पर साहस नहीं हो रहा था। जैसे ही उन्होंने चेहरे को दूसरी ओर घुमाया, मैंने देखा कि उसकी बन्द पलकों से आँसू टपक पड़े और उनके पौरुषमय गालों पर होकर बहने लगे। मेरा हृदय उमड़ पड़ा। ''मैं थार्नफील्ड के बगीचे के वज्रपात के मारे बूढ़े चेस्टनट पेड़ जैसा ही हो गया हूँ,'' वे थोड़ी देर बाद बोले, ''उस विनष्ट पेड़ को क्या अधिकार है कि किसी खिलती हुई जंगली लता को आदेश दे कि अपनी ताजगी से उसके विनष्ट भागों को ढँक दे !''

''आप विनष्ट नहीं हैं सर, किसी वज्रपात के मारे पेड़ जैसे नहीं हैं। आप तो युवा और ओजपूर्ण हैं। आपके पैरों के पास पौधे स्वतः उगेंगे, आप भले ही उन्हें कहें या न कहें, क्योंकि आपकी उदार छाया में उन्हें आनन्द मिलेगा। और जब वे बढ़ेंगे, वे आपकी ओर झुकेंगे और आपके चारों ओर लिपट जाएँगे क्योंकि आपकी शक्ति उन्हें बड़ा सुरक्षित सहारा प्रदान करेगी।''

फिर उनके चेहरे पर मुस्कान आई। मेरी बातों से उन्हें ढाढ़स मिला था। ''तुम मित्रों जैसी बात करती हो, जेन ?''

''हाँ, मित्रों जैसी,'' मैंने कुछ हिचकिचाकर कहा, क्योंकि मैं जानती थी कि मेरे मन में मित्रता से अधिक गहरा भाव था, पर कौन से शब्द का प्रयोग करूँ, समझ में नहीं

आया। उनकी बातों से मुझे सहायता मिली।

"आह, जेन ! किन्तु मैं तो एक पत्नी चाहता हूँ।"

"सच, सर ?"

"हाँ, क्या तुम्हें पहली बार पता चला ?"

"बिल्कुल, आपने पहले तो इसके विषय में कुछ नहीं कहा।"

"क्या यह बुरी सूचना है ?"

"यह तो परिस्थितियों पर निर्भर है सर, आपकी मर्जी पर।"

"मेरी मर्जी तुम्हीं बता दो जेन, तुम्हारे निर्णय को मैं मान लूँगा।"

"तो सर, आप उसे चुनिए जो आपको सबसे अधिक प्यार करती हो।"

"मैं तो उसे चुनूँगा, जिसे मैं सबसे अधिक प्यार करता हूँ। जेन, क्या तुम मुझसे विवाह करोगी ?"

"हाँ, सर।"

"मुझे जैसे अन्धे व्यक्ति से जिसे तुम्हें हाथ पकड़कर सहारा देना पड़ेगा ?"

"हाँ, सर।"

"एक अपंग व्यक्ति को जो तुमसे आयु में बीस वर्ष बड़ा है, जिसकी तुम्हें सेवा करनी पड़ सकती है।"

"हाँ, सर।"

"सचमुच जेन ?"

"बिल्कुल सच, सर।"

"ओह, मेरी प्रेयसी। ईश्वर तुम्हें आशीष दें और इसका पुरस्कार दें।"

"मि. रोचेस्टर, यदि जीवन में मैंने कभी कोई अच्छा काम किया होगा, कभी अच्छी बात सोची होगी, कभी हृदय से निष्काम भाव से प्रार्थना की होगी, कभी कोई कल्याणकारी इच्छा की होगी, तो उसका पुरस्कार मुझे अभी ही मिल रहा है। आपकी पत्नी बनना मेरे लिए संसार का सबसे बड़ा सुख है।"

"क्योंकि त्याग करने में तुम्हें आनन्द मिलता है।

"त्याग ! मैं कौन-सा त्याग कर रही हूँ ? भोजन के बदले भूख का, सन्तोष के बदले आशा का। मैं जिससे प्यार करती हूँ उसे बाँहों में भरने का मुझे सौभाग्य मिले, जिससे मुझे प्रेम है उसे चूमने का अवसर मिले, जिस पर विश्वास है उसका मुझे सहारा मिले, क्या यही त्याग और बलिदान है ? यदि है तो सचमुच मुझे त्याग में आनन्द आता है।"

"और मेरी दुर्बलताओं का बोझ उठाना, जेन, मेरी कमियों को अनदेखा करना, यह क्या है ?"

"वे मेरे लिए कुछ महत्त्व नहीं रखतीं, सर। मैं तो अब आपसे पहले से अधिक प्यार करती हूँ जबकि मैं आपके लिए ज्यादा उपयोगी हो गई हूँ। उस समय से भी अधिक जब अपने अभिमान-भरी स्वतन्त्रता में आप सिर्फ दाता और रक्षक की भूमिका निभाना चाहते थे।"

"मुझे किसी की सहायता लेने, हाथ पकड़कर राह दिखाए जाने से घृणा थी। किन्तु आज के बाद मैं इससे घृणा नहीं करूँगा। मैं भाड़े के लोगों के हाथों का स्पर्श नहीं चाहता था, किन्तु जेन की नन्ही उँगलियों का स्पर्श मुझे हर्षित करेगा। नौकरों की हमेशा उपस्थिति की अपेक्षा अकेला रहना ही मुझे अधिक पसन्द था, पर जेन की मृदुल उपस्थिति मुझे चिर आनन्द देगी। जेन मुझे भाती है। क्या मैं जेन को अच्छा लगता हूँ ?"

"मेरी प्रकृति के कण-कण तक को, सर।"

"यदि ऐसा है तो अब हमें किसी बात की प्रतीक्षा नहीं करनी। हमें तुरन्त विवाह कर लेना चाहिए।"

उनके भाव और उनकी भाषा में व्यग्रता भरी थी। उनकी पुरानी उग्रता फिर जाग रही थी।

"हम लोग बिना समय खोए दो शरीर एक प्राण हो जाएँ, जेन। सिर्फ लाइसेंस मिलने की देर है, फिर वह विवाह कर लेंगे।"

"मि. रोचेस्टर, अभी यह बात मेरे ध्यान में आई है कि सूरज मध्य आकाश से काफी दूर अस्ताचल की ओर बढ़ चुका है, और पायलट तो खाना खाने घर भी चला गया। लाइए, मैं आपकी घड़ी देखूँ।"

"इसे अपनी कमर की पेटी में बाँध लो जेन, और अब इसे अपने पास ही रखो। मुझे इसका क्या काम !"

"अपराह्न के चार बजनेवाले हैं सर, क्या आपको भूख नहीं लगी ?"

"आज से तीसरे दिन हम लोगों का परिणय होगा जेन। अब मूल्यवान वस्त्रों और हीरे-जवाहर की चिन्ता नहीं; अब वे व्यर्थ हैं।"

"सूरज ने सारी ओस सूखा दी है सर। हवा भी शान्त हो चली है और गर्मी लगने लगी है।"

"जानती हो जेन, अपनी गर्दन के नीचे काँसे के गुलूबन्द में मैंने तुम्हारे मोतियों के हार को अभी तक लपेटकर रखा है। जिस दिन मेरी एकमात्र रत्न खो गई, उसी दिन से मैं इसे पहने हुए हूँ। उसके स्मृति-चिह्नस्वरूप।"

"हम लोग जंगल के रास्ते घर चलेंगे। यही सबसे छायादार रास्ता है।"

मेरी बात पर ध्यान दिए बिना वे अपने विचारों में खोए, बोलते गए, "मैं दावे से कह सकता हूँ जेन, कि तुम मुझे अधार्मिक पशु समझती हो। किन्तु इस क्षण मेरा हृदय पृथ्वी का कल्याण करनेवाले प्रभु के प्रति कृतज्ञता से ओत-प्रोत है। वे मनुष्यों की भाँति नहीं देखते, बल्कि उनसे कहीं स्पष्ट देखते हैं, मनुष्यों की तरह न्याय नहीं करते वरन् उनसे अधिक बुद्धिमत्तापूर्वक न्याय करते हैं। मैं तो अपने निर्दोष पुष्प को गन्दा बना देता, अपनी अपराध में डूबी साँसों से इसकी स्वच्छता को दूषित कर देता। अतः ईश्वर ने उसे मुझसे छीन लिया। अपने उद्‌दंड विद्रोह में मैंने इस ईश्वरीय निर्णय को कोसा और धिक्कारा, ईश्वरीय आदेश के आगे सिर झुकाने के बदले मैंने उसे चुनौती दी। ईश्वरीय न्याय अपना काम करता रहा। मेरे ऊपर भारी विपत्तियों टूटने लगीं, मुझे मृत्यु की छाया

वाले प्रदेश से गुजरना पड़ा। *उसका* दंड कठोर है और मुझ पर ऐसा पड़ा जिसने मुझे सदा के लिए विनम्र बना दिया। तुम तो जानती हो, मुझे अपनी शक्ति का बड़ा घमंड था। पर अब यह रहा क्या, जब मुझे दूसरे की सहायता लेनी पड़ रही है ? जैसे एक शिशु अपनी दुर्बलता के कारण दूसरे की सहायता लेता है। इधर आकर, जेन, इधर कुछ दिनों से ही मैं अपने पतन में ईश्वर का हाथ देखने और मानने लगा। मैं पछतावा, पश्चात्ताप करने लगा, मेरे मन में सृष्टिकर्ता प्रभु की कृपा फिर से पाने की इच्छा होने लगी। मैं कभी-कभी प्रार्थना करने लगा। संक्षिप्त ही सही, पर बिल्कुल हृदय से।

"आज से कुछ दिन पहले...नहीं, मैं गिनकर बतला सकता हूँ, चार दिन पहले, गत सोमवार की रात्रि थी। एक विचित्र मनःस्थिति मुझ पर छा गई उसमें उत्तेजना, दुख, क्षोभ के बदले मुझमें पीड़ा भर गई। मैं बहुत दिनों से यह समझने लगा था कि चूँकि तुम कहीं नहीं मिल रही हो, अतः तुम मर गई होगी। आधी रात में, शायद ग्यारह-बारह बजे का समय रहा होगा, निराशापूर्ण विश्राम में जाने के पूर्व मैंने ईश्वर से विन्रम प्रार्थना की कि यदि उनकी दया हो तो मुझे भी इस संसार से छुटकारा दे दें और वहाँ ले जाएँ जहाँ जेन से फिर मिलने की आशा हो।

"मैं अपने कमरे में था, खिड़की के पास बैठा हुआ, जो खुली थी। सहलाती-सी, रात्रि की वायु मुझे सान्त्वना दे रही थी, यद्यपि मैं तारे नहीं देख पा रहा था। सिर्फ धुँधला, चमकीला कुहासा-सा मालूम होता था जिससे मैं समझ रहा था कि चाँद उगा है। मैं तुम्हारे लिए छटपटाने लगा। जेनेट, आह, मैं तुम्हारे लिए आत्मा और शरीर से व्यग्र होने लगा। मैंने बड़ी विनम्रता और पीड़ा से ईश्वर से पूछा कि इतनी लम्बी अवधि तक सूनापन, यातना और कष्ट सहने के बाद भी क्या मेरे अपराध समाप्त नहीं हुए ? क्या अब मुझे फिर शान्ति और आनन्द नहीं प्राप्त होंगे ? मैंने स्वीकार किया कि यह सब मेरे पापों के सही दंड हैं, पर गिड़गिड़ाकर मैंने कहा कि अब मैं और नहीं सह सकता। मेरी हार्दिक प्रार्थना का प्रारम्भ और अन्त इन शब्दों में मेरे होंठों से फूट पड़ा– जेन ! जेन! जेन !"

"क्या आपने बहुत जोर से इन शब्दों का उच्चारण किया था ?"

"हाँ जेन, मैंने इतनी उत्कट व्यग्रता से इन शब्दों का उच्चारण किया था कि उस समय यदि कोई सुनता तो मुझे पागल समझता।"

"पिछली सोमवार की रात्रि में, आधी रात के समय ?"

"हाँ, पर समय कोई महत्त्व की बात नहीं है। इसके बाद जो घटना घटी, वह अद्‌भुत है। तुम तो यह सुनकर मुझे अन्धविश्वासी समझ लोगी, कुछ अन्धविश्वास तो मेरे अन्दर है, सदा से रहा है। फिर भी यह सच है, कम-से-कम यह तो सच है जो अब तुम्हें सुनाता हूँ।"

"जैसे ही मैंने पुकारा–जेन ! जेन ! जेन ! न जाने कहाँ से एक स्वर तैरता हुआ आया, पर मैंने पहचान लिया कि यह किसका स्वर था। उस स्वर ने उत्तर दिया, "मैं आ रही हूँ, मेरे लिए प्रतीक्षा करो।"

और एक क्षण बाद हवा के साथ गुनगुनाती आवाज आई, 'तुम कहाँ हो ?'

''यदि मैं कह सकता तो तुम्हें बतलाता कि इन शब्दों का मेरे मन पर क्या प्रभाव पड़ा। पर मैं जो कहना चाहता हूँ उसे व्यक्त करना कठिन है। तुम तो देख रही हो, फर्नडीन गहरे जंगल के बीच में है जहाँ आवाज दब जाती है और बिना सुनाई पड़े मर जाती है। 'तुम कहाँ हो ?' लगता था ये शब्द पहाड़ों के बीच बोले गए थे, क्योंकि मैंने पहाड़ों के बीच इनके गूँजने की आवाज सुनी। उसी क्षण मेरे चेहरे पर शीतल और ताजा समीर का स्पर्श होने लगा। मुझे ऐसा लगा कि किसी वन के निर्जन स्थान पर मैं और जेन मिल रहे हैं। मुझे विश्वास है कि हमारी आत्माएँ अवश्य मिली थीं। तुम तो निस्सन्देह उस क्षण बेसुध निद्रा में होगी जेन। शायद तुम्हारी आत्मा बाहर निकलकर विचरती हुई मेरी आत्मा को सान्त्वना देने आई होगी, क्योंकि वह स्वर तुम्हारा ही था। मैं विश्वासपूर्वक कहता हूँ, वे शब्द तुम्हारे ही थे।''

पाठक, यह सोमवार की ही रात्रि थी, लगभग मध्य रात्रि, जब मैंने भी वह रहस्यमय पुकार सुनी थी। वे ही शब्द थे जिनका मैंने उत्तर दिया था। मैं मि. रोचेस्टर की बात सुनती रही, पर अपनी बात मैंने नहीं कही। एक ही साथ इन घटनाओं का घटना मुझे इतनी डरावनी और अबूझ बात लगी कि उसका वर्णन करने या उस पर विचार-विमर्श करने का प्रश्न ही नहीं था। यदि मैं कुछ कहती तो अवश्य मेरे श्रोता के मस्तिष्क पर मेरी कहानी का बहुत गम्भीर प्रभाव पड़ता, और उस मस्तिष्क को अपनी यातनाओं के कारण उदास होने की आदत हो गई थी। अतः उस पर अन्धविश्वास की गहरी छाया डालने की आवश्यकता नहीं थी। मैंने इन बातों को हृदय में रख लिया और विचार करने लगी।

मेरे मालिक आगे कहने लगे, ''तुम्हें अब तो आश्चर्य नहीं होगा कि गत रात्रि जब तुम अचानक मेरे समक्ष उपस्थित हो गई, तो तुम्हें सिर्फ स्वर और छाया के अतिरिक्त कुछ और समझने में मुझे क्यों कठिनाई हो रही थी ? ऐसा कुछ जो फिर सन्नाटे और शून्य में घुल-मिल जाएगा जैसे वह आधी रात का स्वर और उसकी पहाड़ी गूँज घुल-मिल गई थीं। ईश्वर को धन्यवाद है कि अब दूसरी बात हुई। वैसा नहीं हुआ। हाँ, मैं ईश्वर को धन्यवाद देता हूँ।''

उन्होंने मुझे गोद से उतारा, स्वयं उठे, श्रद्धा से सिर से टोप उतारकर अपनी दृष्टिविहीन आँखें पृथ्वी पर झुकाईं और मौन भक्ति भाव से खड़ा हो गए। मुझे उसकी प्रार्थना के ये अन्तिम शब्द ही सुनाई दिए, ''मैं अपने सृष्टिकर्ता को धन्यवाद देता हूँ कि न्याय करते हुए भी उन्होंने दया करना याद रखा। मैं अपने उद्धारकर्ता से विनम्र अनुरोध करता हूँ कि वे अब मुझे पहले की अपेक्षा अधिक पवित्र जीवन जीने की शक्ति दें।''

तब उन्होंने राह दिखाए जाने के लिए हाथ बढ़ाया। मैंने वह प्यारा हाथ पकड़ लिया, उसे अपने होंठों से एक क्षण को सटा लिया। उसके बाद उसे अपने कन्धे पर रख लिया। उनसे बहुत नाटी होने के कारण मैं उनका सहारा और पथप्रदर्शक दोनों बन गई। हम लोग जंगल में घुसे और घर की ओर बढ़ चले।

38

उपसंहार

पाठक, मैंने उनसे विवाह कर लिया। सादगी से विवाह हुआ हम लोगों का। वे, मैं, पादरी और उसके सहायक, बस ये ही लोग उपस्थित थे। जब हम लोग चर्च से लौटे, मैं उस मेनर हाउस के रसोईघर में गई जहाँ दाई मेरी भोजन बना रही थी और जॉन चाकुओं को साफ कर रहा था। मैंने कहा–

"मेरी, आज प्रातःकाल मेरी शादी मि. रोचेस्टर से हो गई।"

घर की रखवालन और उसका पति, दोनों ही शान्त, सुस्त प्रकार के लोग थे, जिन्हें कभी भी कोई व्यक्ति कोई सनसनीखेज खबर इस समझ के बिना सुना सकता था कि उनकी अचरज-भरी चीख कानों में चुभ जाएगी या अनेक प्रश्नों की बौछार से परेशान होना पड़ेगा। मेरी ने आँखें ऊपर कीं और मुझे ध्यान से देखने लगी। जिस कड़छी से वह चूल्हे पर पकते मुर्गे को चला रही थी, वह लगभग तीन मिनट तक हवा में टँगी रही, और उतनी देर तक जॉन के चाकुओं को भी पालिश से विश्राम मिल गया। उसके बाद मेरी फिर चूल्हे पर झुकते हुए बोली, "हो गई कुमारी जी ! अच्छा ? सचमुच ?"

कुछ क्षण बाद वह फिर बोली, "मैं आपका मालिक के साथ बाहर जाते देखेला था, पर यह नहीं जानेली थी कि आप विवाह के लिए चर्च जा रहा होंगा।" कहकर वह मांस चलाने लगी।

जब मैं जॉन की ओर मुड़ी तो देखा, वह खींसे निपोरकर मुस्करा रहा था।

वह कहने लगा, "मैं मेरी से कहेला कि क्या होवेंगा। मैं जानता कि मि. एडवर्ड (जॉन पुराना नौकर था और अपनी किशोरावस्था से ही मालिक को जानता था। अतः वह प्रायः उनका नाम लिया करता था) क्या करेंगा और मुझे विश्वास रहेला कि वे बहुत दिन तक प्रतीक्षा नहीं करेंगा। और मेरे विचार से विन्होंने ठीक ही किएला है। मैं आपके हर्षमय जीवन का कामना करता कुमारी जी।" कहकर उसने धीरे से माथे की लट खींची।

"धन्यवाद, जॉन। मि. रोचेस्टर ने तुम्हें और मेरी को देने के लिए मुझे यह दिया

है।'' ऐसा कहकर मैंने उसके हाथों में पाँच पौंड का एक नोट रख दिया और कुछ सुनने की प्रतीक्षा किए बिना मैं रसोईघर से चली आई। उस घर के दरवाजे से निकलते हुए कुछ क्षण बाद मैंने ये शब्द सुने, 'कोई कुलीन, बड़ा घर की महिला का मुकाबला यही विनके लिए ज्यादा ठीक रहेगा। यदि वह बहुत सुन्दरी नहीं होएला तो बुरी भी नहीं होएला। उसका स्वभाव बहुत अच्छा होएला। और विनकी आँखों में तो यह बड़ी रूपवती होएली है। ये तो कोई भी समझ सकता है।'

मैंने तुरन्त मूर हाउस और कैम्ब्रिज पत्र लिखकर सूचित कर दिया कि मैंने क्या किया था, और पूरी तरह स्पष्ट भी कर दिया कि ऐसा क्यों किया। डायना और मेरी ने पूरी तरह मेरे कदम का समर्थन किया। डायना ने लिखा कि वह मुझे हनीमून मानने के लिए कुछ समय दे रही है। इसके बाद वह आकर मुझसे भेंट करेंगी।

जब मैंने उसकी चिट्ठी मि. रोचेस्टर को सुनाई, वे बोले, ''हनीमून समाप्त होने की प्रतीक्षा वह न ही करे तो ज्यादा अच्छा हो जेन। यदि करेगी तो बहुत देर हो जाएगी, क्योंकि हमारा हनीमून का चाँद जीवन-भर चमकता रहेगा और इस चाँद की किरणें या तो तुम्हारी या मेरी कब्र पर ही धूमिल होंगी।''

सेंट जॉन ने इस समाचार को किस रूप में लिया, मुझे नहीं पता, क्योंकि इस सूचनावाली मेरी चिट्ठी का उन्होंने उत्तर ही नहीं दिया। लेकिन छह माह के बाद उन्होंने एक पत्र मुझे अवश्य लिखा। पर उसमें मि. रोचेस्टर का नाम या विवाह का उल्लेख नहीं था। उनका पत्र शान्त भाव का था, पर बड़े गम्भीर प्रकार का। उसके बाद से हमेशा तो नहीं, पर पत्र वे लिखते रहे जिसमें आशा करते रहे कि मैं प्रसन्न हूँगी और उन लोगों में नहीं हूँगी और जो ईश्वर को भूल जाते हैं और सिर्फ सांसारिक बातों में मग्न रहते हैं।

पाठक, आप नन्ही एडेली को बिल्कुल भूले तो नहीं होंगे। नहीं होंगे न ? मैं भी नहीं भूली थी। मैंने जल्दी ही मि. रोचेस्टर से अनुरोध करके अनुमति प्राप्त कर ली कि जिस स्कूल में उन्होंने उसे भेज दिया था वहाँ जाकर उससे मिलूँ। मुझे देखते ही उसकी अपार प्रसन्नता से मैं पिघल गई। वह दुबली और पीली लगती थी और उसने बताया कि वह वहाँ खुश नहीं है। मैंने भी देखा कि उस स्कूल के नियम बड़े कठोर थे; उस आयु के बच्चे की दृष्टि से पाठ्यक्रम भी बड़ा बोझिल था। अतः मैं उसे घर ले गई। मेरा विचार फिर से उसे स्वयं पढ़ाने का था, पर शीघ्र मुझे स्पष्ट हो गया कि यह व्यावहारिक नहीं है। मेरे सारे समय और ध्यान की जरूरत अब किसी दूसरे व्यक्ति को थी; मेरे पति को इन सबों की आवश्यकता थी। इसलिए मैंने दूसरे विद्यालय का पता लगाया जो अधिक उदारतापूर्ण ढंग से संचालित होता था और कुछ निकट भी था। इस कारण मैं प्रायः वहाँ जाकर उसे देख सकती थी और कभी-कभी उसे घर भी ले आती थी। मैंने इस बात का ध्यान रखा कि उसे सुविधा की किसी चीज का अभाव न हो। इस नए विद्यालय में वह आराम से रहने लगी, प्रसन्न हो गई, और पढ़ाई में अच्छी प्रगति करने लगी। जैसे-जैसे वह बड़ी होती गई, अच्छी अँगरेजी शिक्षा ने उनके फ्रांसीसी दोषों

को बहुत कुछ दूर कर दिया। और जब उसने स्कूल की पढ़ाई पूरी कर ली तो वह मुझे हँसमुख, विवेकपूर्ण सहयोगी-सी लगने लगी–विनम्र, अच्छे स्वभाव की और अच्छे विचारोंवाली। मुझे और मेरे अपनों के प्रति ध्यान देकर उसने मेरी दया का वह ऋण चुका दिया जो उसके प्रति मैंने कभी किया होगा।

मेरी कहानी अब समाप्त होती है। एक शब्द में अपने विवाहित जीवन के अनुभव के सम्बन्ध में मैं कहूँगी और इस कहानी में जिन-जिन लोगों का नाम आया है। उनके सम्बन्ध में भी संक्षेप में कहूँगी। बस कहानी खत्म हो जाएगी।

मेरी शादी के अब दस वर्ष बीत चुके हैं। मैं जान गई हूँ कि संसार के सर्वाधिक प्रिय व्यक्ति के लिए और उसके साथ जीना क्या होता है। मैं अपने को बहुत सौभाग्यशाली मानती हूँ, इतनी सौभाग्य से भरी कि शब्दों में व्यक्त नहीं कर सकती, क्योंकि मैं पूर्णतः अपने पति का जीवन हूँ, जैसे वे मेरे लिए हैं। कोई नारी अपने पति के इतने निकट नहीं रही होगी जितनी मैं हूँ–शरीर से दो, प्राण से एक। मैं कभी अपने एडवर्ड के सान्निध्य से नहीं थकती और न वे मुझसे, जैसे हमारी अलग-अलग छातियों में धड़कती धड़कन एक ही हो। अतः हम लोग तब से हमेशा साथ-साथ हैं। साथ रहना हमारे लिए एकान्त की स्वाधीनता भी है और संग की प्रफुल्लता भी। मुझे लगता है, कि हम लोग दिन-भर बातें करते रहते हैं; एक-दूसरे से बातें करना मानो उमंगपूर्ण, सुनाई देता हुआ आत्मचिन्तन ही है। मेरी सम्पूर्ण आस्था उनमें है और उनका सारा विश्वास मुझमें है। संक्षेप में, हम लोग एक-दूसरे के बिल्कुल मनोनुकूल हैं। परिणामस्वरूप हममें बड़ा मेल है।

हमारे विवाह के प्रथम दो वर्ष तक मि. रोचेस्टर को दिखाई नहीं देता था। शायद इसी कारण हम लोग इतने निकट आ गए, इतनी गहराई में बँध गए। इसलिए कि उन दिनों मैं ही उनकी दृष्टि थी, जैसे अभी भी मैं उनका बायाँ हाथ हूँ। अक्षरशः मैं उनकी आँखों की पुतली थी। (और वे मुझे इसी नाम से पुकारते भी थे।) वे प्रकृति को और पुस्तकों को मेरे माध्यम से ही देखते थे और इनके बदले उन्हें देखकर मैं कभी ऊबती नहीं थी। सामने के खेतों, पेड़ों, नगर, नदी, बादल, सूरज की किरण–प्रकृति के दृश्य का शब्दों में वर्णन करने में और दृष्टि जो कुछ उन्हें नहीं दिखा सकती थी, उसे शब्दों द्वारा उनके कानों में पहुँचाने में मैं कभी नहीं थकती थी। उन्हें पढ़कर सुनाने में, जहाँ चाहते हों वहाँ हाथ पकड़कर ले जाने में, या जो चाहते हो उसे करने में मुझे कभी थकान नहीं होती थी। भले ही यह थोड़ी दुख-भरी हो, मेरी सम्पूर्ण और उत्कृष्ट सेवा में भी आनन्द था क्योंकि वे बिना लज्जा या आहत अपमान के उसे साधिकार ग्रहण करते थे। वे मुझे इतनी निष्ठा से प्यार करते थे कि मेरी सेवा से लाभान्वित होने में उन्हें हिचकिचाहट नहीं थी। वे अनुभव करते थे कि मैं उन्हें इतना प्यार करती हूँ कि मेरी सेवा स्वीकार करना मानो मेरी सबसे प्यारी इच्छाओं को मान देने जैसा ही था।

दो वर्ष बीतने के बाद एक प्रातः जब मैं उनके निर्देशानुसार पत्र लिख रही थी, वे आए और मेरे ऊपर झुककर बोले–

"जेन, क्या तुम गले में कोई चमकीला गहना पहने हुई हो ?"

मेरे गले में सोने की घड़ीवाली चेन थी। मैंने उत्तर दिया, "हाँ।"

"और तुम हलके नीले रंग का परिधान पहने हुए हो ?"

मैंने वैसा ही पहन भी रखा था। तब उन्होंने मुझे बतलाया कि कुछ समय से उन्हें लगने लगा है जैसे एक आँख का धुँधलापन घटता जा रहा हो, और अब तो उन्हें यह विश्वास हो गया है।

वे और मैं लन्दन गए। उन्होंने आँखों के एक प्रसिद्ध चिकित्सक से चिकित्सा कराई और धीरे-धीरे उनकी एक आँख की ज्योति लौट आई। बहुत स्पष्ट तो वे नहीं देख पाते हैं और बहुत पढ़-लिख भी नहीं पाते, पर बिना सहारा लिये अपना सब काम कर लेते हैं। आकाश भी अब इनके लिए शून्य नहीं है, और न पृथ्वी खाली-खाली है। जब उनके पहले पुत्र को उनकी गोद में दिया गया तो उन्होंने साफ देखा कि बेटे की आँखों उन्हीं की आँखों जैसी हैं, जैसी वे कभी थीं–बड़ी-बड़ी, चमकीली और काली। उस अवसर पर उन्होंने भरे हृदय से स्वीकार किया कि ईश्वर ने न्याय में दया मिलाकर दंड को हलका बना दिया है।

इस प्रकार मि. एडवर्ड और मैं प्रसन्न हैं, और विशेषकर इस कारण कि हम लोग जिन्हें प्यार करते हैं वे भी इसी प्रकार आनन्द से हैं। डायना और मेरी रीवर्स, दोनों का विवाह हो चुका है। बारी-बारी से प्रतिवर्ष वे दोनों हम लोगों से मिलने आती हैं और हम लोग भी उनसे मिलने जाते हैं। डायना के पति जलसेना में कप्तान हैं; एक बहादुर अफसर और एक अच्छे आदमी हैं। मेरी के पति पादरी हैं। उसके भाई के कॉलेज के मित्र और उनके कुलीन सम्बन्ध अपनी उपलब्धियों और अपने सिद्धान्तों के कारण वे सभी तरह से सम्बन्ध के योग्य हैं। दोनों यानी कप्तान फिट्ज़जेम्स और मि. व्हारटन अपनी-अपनी पत्नियों को प्यार करते हैं और वे भी उन्हें प्यार करती हैं।

जहाँ तक सेंट जॉन का प्रश्न है, वे इंग्लैंड छोड़कर भारत चले गए। जो रास्ता उन्होंने अपने लिए चुना था, उसी राह चले और उसी पर चल रहे हैं। चट्टानों और संकटों के बीच उनके अधिक दृढ़ता और अथक लगन से जूझनेवाला अग्रदूत और कोई नहीं हुआ होगा। पक्का, आस्थावान और विश्वासी, शक्ति, उत्साह और सच्चाई से भरे, वह व्यक्ति अपनी जाति के लिए परिश्रम कर रहा है, उसकी कष्ट-भरी राहों को साफ करके उसे प्रगति की ओर ले जा रहा है। रास्ते में आनेवाले, धर्म और जाति के व्यवधानों को वह राक्षस की भाँति चूर-चूर कर रहा है। हो सकता है, वे कठोर हों, कड़ा परिश्रम करते हों, महत्त्वाकांक्षी हों, पर उनकी कठोरता योद्धा ग्रेटहर्ट जैसी है जो 'एपोलियन के अत्याचारों' से अपने तीर्थयात्रियों के झुंड की रक्षा करता था। उनकी कठिन साधना उन जैसी है जो सिर्फ ईसा मसीह के लिए बोलते हैं। जब वे कहते हैं कि जो हमारे पीछे आए वह अपने को भूल जाए, उनका क्रॉस उठा ले और हमारा अनुसरण करे। उनकी महत्त्वाकांक्षा उन बड़े मनस्वियों की महत्त्वाकांक्षा है जो दोषमुक्त होकर ईश्वर के सिंहासन के आगे खड़े हैं, जो लैम्ब की अन्तिम महान् विजयों में साझीदार रहे हैं, जो

ईश्वर के चुने हुए प्रिय व्यक्ति, आस्थावान व्यक्ति कहलाते हैं।

सेंट जॉन अविवाहित हैं; वे अब कभी विवाह नहीं करेंगे। उन्होंने स्वयं बहुत परिश्रम किया है; उनका परिश्रम अब समाप्त होनेवाला है। उनका गौरवपूर्ण सूर्य तेजी से अस्ताचल की ओर बढ़ रहा है। उनकी अन्तिम चिट्ठी पढ़कर मेरी आँखों से दर्द-भरे आँसू निकल पड़े, फिर भी मेरा हृदय दैवी आनन्द से भर गया। उन्हें आशा है कि उन्हें पुरस्कार, उनका अक्षय मुकुट अवश्य मिलेगा। मैं जानती हूँ कि अगली चिट्ठी मुझे किसी अपरिचित द्वारा लिखी हुई मिलेगी। इस समाचार के साथ कि वह नेक और आस्थावान सेवक अन्त में ईश्वर के आनन्दलोक में बुला लिया गया। इसमें रोना क्यों ? सेंट जॉन के जीवन के अन्तिम क्षण मृत्यु के भय की छाया से मुक्त रहेंगे। उनका मस्तिष्क स्वच्छ रहेगा, उनका हृदय उत्साहपूर्ण होगा, उनकी आशा पक्की होगी, उनका विश्वास अडिग होगा। उनके अपने शब्द उनका घोषणापत्र है। वे लिखते हैं–'मेरे प्रभु ने मुझे पूर्व-सूचना दे दी है। प्रतिदिन वह स्पष्टतर रूप से घोषित करते हैं,' 'निश्चय ही मैं शीघ्र आ रहा हूँ' और क्षण-क्षण मैं व्यग्रता से उत्तर देता हूँ, 'आमीन प्रभु ईसा, आओ !'

●●●